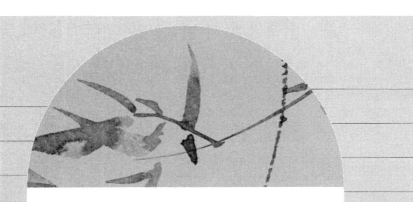

중국
고대 문학 관념
발생사

王齊洲 著

池水涌·梁恩正·裴圭範 譯

보고사
BOGOSA

此書的翻譯、出版受到中華社會科學基金
(Chinese Fund for the Humanities and Social Sciences) 資助

서문 하나

왕셴페이王先霈

문학 연구에 발생학적 방법을 응용한 학술 저작은 국내에서 찾아보기 쉽지 않다. 그런 의미에서 볼 때, 왕치저우 교수가 집필한『중국 고대 문학 관념 발생사』는 바로 이 분야의 연구서라 할 수 있다. 이 책은 저자가 1990년대 후반부터 오랫동안 연구에 매진한 결과물로, 자료가 확실하고 분석이 심오하며 견해가 독창적인 매우 의미 있는 서적이다.

앞서 슬로바키아의 한학자 마리안 · 캘리크는『중국 현대 문학 비평 발생사(중문판)』[1]를 저술하면서, 책머리에 자신의 계통-구조 방법을 운용하는 한편, 자신이 피아제 인식 발생론의 영향을 받았음을 밝힌 바 있다. 그러나 이 말은 중국 현대 문학 비평의 초창기 역사를 말해줄 뿐, 현대 문학 비평 연구에 발생학적 방법을 적용한 것을 의미하지는 않는다.

발생학적 방법은 중국 인문학 및 사회과학 분야를 비롯하여, 철학 · 사학 · 법학 · 예술학 · 문학 연구자들의 관심을 받았다. 특히 1981년 피아제의『발생 인식론 원리』가 중국어로 번역 출판된 이후, 이 방법은 일부 학자들 사이에서 자발적으로 적용되기 시작했다. 피아제는 책머리에서 "전통적 인식론은 오직 고급 수준의 인식에만 그칠 뿐이다. 다시 말해, 최후의 결과에 대한 인식에만 초점을 맞춘다. 그래서 발생 인식론은 각종 인식의 기원에 대한 연구를 목적으로, 가장 밑바닥에서 형성된 인식을 시작으로 각 단계에서의 인식 발전

---

1) [슬로바키아]마리안 · 캘리크,『中國現代文學批評發生史』, 陳聖生 等 譯, 北京:社會科學文獻出版社, 1997年. 중문판은 영문판『The Genesis of Modern Chinese Literary Criticism』을 번역한 것이다.

상황과 이것의 과학적 사유까지 추적하고 연구한다."[2]라고 하였다. 그가 주창하고 실천한 발생학적 방법은 대상의 기원만을 연구하는 것이 아니라 대상의 발전까지 연구하는 것이다. 그가 지적한 전통적 인식론의 한계는 오늘날 문학 연구에서도 두드러지게 나타난다. 우리는 문학과 문학 이론 비평 및 문학사와 문학 이론 비평사를 연구하면서, "문학이란 무엇인가"라는 이 가장 기본적인 문제에 대해 대답할 필요도 없고 분석할 필요도 없다고 생각해왔다. 그러나 우리가 가진 "문학이란 무엇인가"에 대한 이해는 단지 현대인의 관점이자 현재까지의 최종 결과를 가리킬 뿐, 기원 당시 사람들의 문학에 대한 인식 혹은 2,000여 년을 거쳐 오면서 각 시기 문학가와 문학 평론가들이 가졌던 인식이 아니다. 그래서 연구의 사각지대와 단편성이 생기게 된 것이다.

동서양을 막론하고, 학과學科 핵심 개념으로서의 "문학"은 현대에 와서 생겨난 개념이다. 영국학자 레이먼드·윌리엄스는 『키워드(문화와 사회의 용어)』에서 "Literature"는 14세기 영문에서 등장한 것으로, 독서를 통해 얻은 고상한 지식을 일컫는다고 하였다. 영국 사전 편찬의 창시자인 존슨은 『영어사전』에서 문학을 "학문, 문자 기교"[3]라고 풀이하였는데, 이는 오늘날의 학술적 의미와 큰 차이가 난다. 또한 미국 『브리태니커 백과사전』은 "문학 평론"에 대해 "거의 모든 문학 평론이 20세기에 써졌지만, 플라톤과 아리스토텔레스가 처음으로 제시한 문제는 여전히 우선적으로 검토되고 있다."[4]라고 기술하고 있다. 여기에 한 가지 의문점이 든다. 문학이라는 전문 용어가 생긴 지는 최근 몇백 년에 불과하고, 그것이 현대적 개념을 갖게 된 것은 그로부터 한참 뒤의 일이다. 그렇다면 어떤 의미에서 플라톤의 문학 사상 혹은 아리스토텔레스의 문학 관념을 다루어야 할까? 또한 어떤 의미에서 공자의 문학 사상 혹은 맹자의 문학 관념을 다루어야 할까? 왕치저우 교수는 오랫동안 수많은 사람들이

---

2) [스위스]피아제, 『發生認識論原理』, 王憲鈿 等 譯, 北京:商務印書館, 1981, 17쪽.

3) [영국]레이먼드·윌리엄스, 『關鍵詞(文化與社會的詞彙)』, 劉建基 譯, 北京:三聯書店, 2005, 268~274쪽.

4) 『簡明不列顚百科全書』第八冊, 北京:中國大百科全書出版社, 1986, 267쪽.

언급하지 않았던 문제에 대해 다시 진지하게 연구할 필요가 있음을 주장했다. 또한 기원 당시로 거슬러 올라가 문학 관념의 근원을 찾고, 그로부터 문학 관념의 변화와 전환을 이해해야 한다고 하였는데, 이 점은 이 책의 주제이기도 하다.

발생학적 관점은 문학사와 문학 평론사 연구에서 매우 중요하다. 역사 연구는 과거에 사라져버린 대상의 상황을 재현하고자 하지만, 절대적이고 완벽한 재현이나 재건은 있을 수 없다. 역사는 후대 연구자들과 선인들과의 대화를 서술할 뿐이다. 대화란 일방적이지 않고 쌍방으로 이루어지기 때문에 이야기만 해서는 안 된다. 여러 걸림돌을 넘어 선인들의 이야기에 귀를 기울여야 한다. 역대 문학가는 각자가 처한 시대적 배경 속에서 작품을 창작하고 평론을 저술하였다. 때문에 그들의 입장에서 그들의 문학 관념을 이해해야지만 선인들이 왜 문학 창작과 문학 연구를 하였는지, 선인들이 왜 그런 제재·형식·기법을 선택하고 다루었는지, 문학 평론가가 제시한 이론의 출발점과 용어의 의미 등등을 깊숙이 이해하고 합리적으로 기술할 수 있다. 한 마디로, 선인들의 문장을 논하려면 그들의 문학 심리를 알고, 문학 관념을 알고, 고대 문학 관념의 기원과 발전 과정을 알아야 한다. 발생학적 관점에서 문학사와 문학 평론사를 연구하면, 현대적 시각으로 과거를 이해하는 오류를 피할 수 있다. 그리고 오늘날의 이론적 입장에서 나온 연구와 대상에 대한 진정한 고찰을 알맞게 결합할 수 있게 된다.

인류 문학 관념의 발생에는 공통적 규칙이 존재하는 한편, 각 문화 공동체마다 특수한 상황에서 비롯된 그들만의 독특한 규칙이 존재한다. 문학은 주체성이 매우 강한 정신 활동이다. 각 민족과 국가의 문학은 각자 독특한 문학성을 가지는데, 문학 민족성의 근원은 서로 다른 발생사에서 비롯되었다. 문학은 20세기 초 서양에서 유입된 현대 용어로 백여 년의 우여곡절을 겪어야 했다. 학자들은 점차 서양의 학과 구조가 중국의 그것과는 서로 어긋나고 충돌되는 것을 느끼는 동시에, 외국의 것으로 우수한 전통을 가진 중국 문학 사상을 구분하는 것이 잘못되었다는 것과 선인의 언어 방식을 그대로 계속해서 사용할 수 없다는 사실을 깨닫게 되었다. 새로운 자국 문학 이론 체계를 갖추려면 먼저 자국의 문학 관념 발생과 발전의 역사 과정을 정확하게 이해하고 이를 과학적으로 설명할 수 있어야 한다. 그래서 발생사 연구는 당대 문학사와 문학 이론 연구 혁신의 필수 전제 조건이다. 발생학적 방법은 학자들의 문화적 본토 의식을 일깨우고 향상시켜 주었다. 한 가지 덧붙일 것은, 왕치저우 교수가 이 책을 집필하던 무렵, 국내 철학사계는 "중국 철학에 존재하는 합법성 문제"에 관한 토론을 벌인 적이 있다. 이 자리에서 한 학자는 "두 가지를 구분해야 한다. 하나는 철학 개념이 중국에 유입된 후 철학의 범주에 포함된 학술과 사상이고, 다른 하나는 철학 개념이 중국에 유입된 후 사람들이 철학이라는 이름 아래에서 사상과 학술에 대해 내린 해석과 설명이다."[5]라고 하였다. 예술사계도 예술과 그 갈래 개념을 어떻게 합리적으로 운용할 것인가에 관해 논의한 적이 있는데, 한 학자는 "미술이라는 용어는 근대에 유입된 수입품이다. 그것이 가진 특수한 역사적 근원과 함축적 의미가 중국 전통 예술을 종합적으로 설명할 수 있는지에 대한 여부는 다시 고려해 볼 필요가 있다."[6]라고 하였다. 그런 의미에서 이 책은 중국 문학사계와 문학 평론사계가 이 방면에서 보여준 새로운 노력의 성과라고 할 수 있다.

　　문학 관념 발생사를 연구할 때 중요한 것은 어원학의 탐구가 아니다. 선인들은 문학에 대해 비록 오늘날처럼 명확하고 세밀하게 정의를 내리지는 않았지만, 일찍이 언어를 통해 심미적이고 예술적인 활동을 진행한 바 있다. 우리가 말하는 플라톤과 아리스토텔레스의 문학 관념, 공자와 맹자의 문학 관념 같은 선인의 문학 관념은 그들의 어록 중에서 오늘날 사람들이 이해하는 문학 활동과 관련된 내용을 가리킨다. 만약 오늘날 이해하고 있는 문학 활동과 관련이 없다면, 설사 그들의 어록 속에 문학이라는 단어가 포함되었다고 하더라도 문학 관념 발생사의 연구 범주에 포함시키지 않는다.

---

5) 趙景來, 「中國哲學的合法性問題研究述要」, 『中國社會科學』 2003年 第六期.
6) 巫鴻, 「竝不純粹的"美術"」, 『讀書』 2006年 第三期.

문학은 인류 문명의 진화 과정에서 생겨난 것으로 분업과 분화의 산물이다. 인류의 심미 활동, 예술 활동은 오랜 시간을 거쳐 진화하면서 비로소 노동, 주술, 제사, 유희 등에서 분리되어 점차 독립적인 형태를 갖추게 되었다. 또한 문학은 오랜 시간을 거쳐 발전하면서 음악, 춤 등 일련의 예술 활동 과정에서 분리되어 점차 독립적인 형태를 갖추게 되었다. 문학이 독립성을 갖추지 못했거나 혹은 독립성을 막 갖추기 시작했을 무렵, 예술 관념은 실용적 의미로서 종교 관념 및 후대를 양성하는 교육 관념에 잠재되어 있었으며, 문학 관념은 이러한 예술 관념에 잠재되어 있었다. 문학이 비교적 분명한 독립성을 갖춘 후, 문학 관념도 문학 활동 및 그 생산품에 잠재되어 나타났다. 문학 관념에 대한 명확한 설명은 지적 형태의 문학 관념, 즉 문학이 고도로 발전한 이후의 일이다. 문학 관념 발생사를 연구하려면 각기 다른 단계와 문학 관념부터 정리해야 한다. 이 책에 언급된 "관호천문觀乎天文"은 바로 주술, 점복, 제사 활동 중에 잠재되어 있는 문학 관념을 가리키며, "관호인문觀乎人文"은 초기 예술 활동, 즉 예악 활동 중에 잠재되어 있는 문학 관념을 가리킨다.

사회 분업의 결과는 마음을 쓰는 자와 힘을 쓰는 자의 대립으로 나타났다. 사회 상류층과 하류층은 문학에 대해 각자의 수요가 있었다. 상류층은 발언권을 장악하였기 때문에 그들의 문학관은 대량의 문헌 기록을 남길 수 있었다. 그러나 하류층의 문학관은 그것을 대변해 줄 사람이 부족했기 때문에 체계적인 기록을 남기기가 어려웠다. 그렇다고 사회 하류층의 문학관이 문학 관념의 발전이나 변화에 아무런 영향을 주지 않은 것은 아니다. 예술 흥취의 변화에 있어서 하류층의 역량은 종종 상류층의 역량을 크게 뛰어넘었다. 후쓰는 『백화문학사白話文學史』에서 "모든 신문학의 근원은 민간에 있다. 민간의 어린아이들, 시골 사람들, 사랑에 빠진 남녀, 악동과 무녀, 소리꾼, 이야기꾼이 모두 문학사에 새로운 형식과 작풍을 남긴 창조자들이다. 이것은 문학사의 통례였고, 동서고금이 모두 그러했다."[7]라고 하였다. 사회 하류층이 만들어낸 문학

---

7) 胡適, 『白話文學史』, 北京:東方出版社, 1996, 12쪽.

형식은 상류층에 의해 채용되었지만, 그들의 문학에 대한 흥취와 문학 형식에 대한 감수성은 이론으로 승화되거나 체계적으로 정리되지 못했다. 그러므로 문학 관념 발생사를 연구하는 이들은 모든 수단과 방법을 동원하여 색인을 찾아내고, 사회 하류층의 문학관을 발굴하고 정리해야 한다. 이런 연구는 자료가 부족하여 고찰에 어려움이 적지 않다. 문헌의 발굴뿐만 아니라, 인류학자의 현지 조사 방법을 참고하여 당대 민간 문학과 문화에 녹아있는 민간 문학 관념을 그 방증으로 삼아, 이 방면으로 더 많은 구체적인 학술 활동을 진행해야 한다.

"시언지詩言志"는 문학 관념 발생과 발전의 몇 가지 단계는 물론 문학 관념이 잠재되어 있거나 확실하게 드러나는 각종 형태를 관통하고 있다. 이 책 제4장 제1절에서는 원시 시기의 "시언지는 집단의식일 뿐이다."라고 했는데, 시언지는 또한 사회 하류층이 갖고 있던 관념이기도 했다. 그래서 이 책에서 시언지를 중국 고대 문학 관념 발생의 표본이라고 간주한 것은 매우 합당한 일이다. 시언지의 함축 의미는 각 시기마다 큰 차이를 가진다. 『상서尙書』〈요전堯典〉에서 시는 노래, 소리, 율律과 한데 묶여 독립적인 형태를 갖추지 못했다. 『좌전左傳』〈양공27년襄公二十七年〉에서는 "시이언지詩以言志"라고 하였고, 『장자莊子』〈천하天下〉에서는 "시이도지詩以道志"라고 하였으며, 『순자荀子』〈유효儒效〉에서는 "시는 그 뜻을 말하는 것이다[詩是言其志也]"라고 하였는데, 여기서 시언지는 사상과 염원을 완곡하게 표현하는 수사 방식이다. 이런 수사 방식이 크게 유행한 것은 시가 이제 춤과 노래에서 벗어나 문사文辭 내용으로써 사람이 교류할 수 있는 도구가 되었음을 증명한다. 한나라 유학자들은 "지志"와 "정情"을 분리하여 대립시켜, 시詩가 통치 계급의 의식 형태에 종속된 표본이 되게 하였다. 이 책은 이로써 "중국 고대 시의 관념은 하나의 역사 구성 과정이다."라고 결론지었다. 이것은 발생학적 방법을 훌륭하게 운용한 좋은 본보기이다.

문학 관념 발생사 연구는 중국문학사와 문학이론사 연구 혁신의 필수 전제이자, 중국 문화 전통과 문학 정신 확립의 든든한 밑거름으로서 그 의미가 매우 크다고 할 수 있다. 발생학적 방법은 엄격한 실증성과 고도의 사고적 변별력을 요구한다. 이 책은 이 두 방면에서 고단한 노력을 하여 가시적인 성과를 얻어냈기에 아주 중요한 가치를 가진다. 물론 이 중에는 토론이 필요한 부분이 있고 더 다듬어야 할 부분도 있으며 심도 있는 검토가 필요한 부분도 있다. 중국 문학 발생사와 중국 문학 관념 발생사는 부지런히 갈고 닦아야 할 학술 분야이다. 왕치저우 교수의 이 책은 이 방면으로 위대한 발걸음을 내디뎠다. 앞으로 더 많은 연구 성과가 나올 수 있기를 기대한다.

2013년 9월 27일 우창 계자산 북구에서

서문 둘

펑톈위馮天瑜

최근 학술계는 중국 현대 학과의 키워드로 자리 잡은 한자 신조어에 큰 관심을 갖고 이들의 원류를 되짚어보고 있다. 현대 중국인의 사유를 이해하는 데 접점이 될 신개념의 생성 메커니즘과 발전 규칙을 고찰하여 중국 근현대 사상 문화의 발전 궤도를 밝히고자 함이다. 이러한 연구에 '역사 문화 의미론'을 적용한 사례가 국외에서 널리 유행하고 있다. 미셀·푸코의 『지식의 고고학』, 레이먼드·윌리엄스의 『키워드:문화와 사회의 용어』, 다니·카발라로의 『문화 이론 키워드』, 나이젤·라포트와 조안나·오버링의 『사회 문화 인류학의 주요 개념』 등이 국내에 소개된 바 있다. 국내에서 전통 훈고학은 원래 의미론을 연구하는 학문이었지만, 근현대에 접어들면서 학자들은 이를 통해 어떤 개념이 가지는 역사적 함축 의미와 발전 규칙을 발굴하고 있다. 예를 들어 왕궈웨이의 『석사釋史』, 장타이옌의 『변시辨詩』, 후쓰의 『설유說儒』, 푸스녠의 『성명고훈변증性命古訓辨證』 등은 의미론과 역사 문화 연구를 결합하고 있다.

2006년 10월, 중국 우한대 중국전통문화연구센터와 일본의 국제일본문화연구센터가 공동으로 주최한 '역사 문화 의미론' 국제 학술 세미나에서는 "천인커가 '무릇 글자를 해석한다는 것은 곧 한 편의 문화사를 쓰는 것과 같다.'라고 한 명언이 바로 '역사 문화 의미론'에 대한 정의이다. 현재 통용되는 키워드의 발전 과정을 탐구하는 목적은 언어 문자의 고찰에만 있는 것이 아니라, 언어 문자라는 창문을 통해 역사 문화의 광활한 풍경을 보는 것에 있다. 그래서 이런 고찰은 다양한 문화사를 전개하기 마련이다. 이 흥미 있는 작업은 여러 학과의 학자들이 함께 연구하고 상부상조해야 하는 것이지, 결코 어느 한 학과에만 국한된 작업이 아니다."라고 하였다. 왕치저우 교수의 『중국 고대 문학 관념 발생사』는 바로 '역사 문화 의미론'을 통해 중국 고대 문학 개념을 연구한 성공적인 사례이다.

개념과 범주의 발전은 인류 사상 변혁의 상징으로 지식량의 확장과 인식 과정의 변천, 분열, 심화를 반영한다. '문학' 개념의 기원, 변천, 분열, 정합, 심화, 발전, 반복, 성립의 운동 과정을 파악하고, 이러한 개념이 각 시기, 지역, 장소 및 인류 집단에서 공통적으로 나타나는 점과 개별적으로 나타나는 점의 특징을 분석하는 한편, 이 개념 운동의 내적 근거와 외적 조건, 운행 메커니즘과 변천 과정을 밝히는 것은 중국 고대 문학 관념의 역사 문화적 의미와 민족 예술 정신을 이해하고 인식하는데 큰 도움이 될 것이다. 또한 이것은 중국 고대 문학 사상, 문학 이론, 문학 창작, 문학 비평과 문학 발전은 물론이고 전통 문학 관념과도 깊이 관련되어 있다. 그러기에 이러한 작업은 문학 연구 발전에도 좋은 참고가 될 것이다.

은상殷商 시기에 '문文'과 '학學'은 각각 독립적인 개념이었고, '문학' 개념은 아직 생겨나지 않았다. 왕치저우 교수는 갑골문과 금문에 나타난 '문'과 '학'의 의미 연구를 각종 문헌 및 출토 문물과 결합하여, 은상 시기에 '문'의 부호 의미는 문신을 가리킨다고 논증했다. 이것은 일종의 원시 주술 잔여물로, 점복이나 제사 등 종교 활동의 필수 내용은 아니었고, 은상 문화의 주류 의식 형태를 반영하지도 않는다. 그래서 은상 시기 학교에는 문교文教가 없었고, 은상 갑골문에도 문학 개념이 나타나지 않았다. 그러나 '문'의 개념은 은상 갑골문에서 보편적으로 사용되었고 서서히 발전하여 점차 심미적, 도덕적, 사회적 의식 형태를 내포한 의미로 파생되었다. 또한 훗날 '학'과 결합하여 '문학'을 만들어냈는데, 이것은 새로운 사회 문화 메시지를 담아 새로운 사회 의식 형태를 표현하는 동시에, 전통 사회 의식 형태와 문화 교육성과의 계승, 발전, 초월을 의미한다. '문'과 '학'은 훗날 결합하여 신개념을 만들어냈는데 서주西周 시기에 사회 문화가 관호천문에서 관호인문으로 전환되는 것과 춘

추 시기의 가치관이 세경세록世卿世祿에서 불후의 입덕立德, 입공立功, 입언立
言으로 전환되는 것을 경험했다. 이를 바탕으로 공문孔門 '사과四科'와 '사교四
教'를 조목조목 세분하고 비교·연구하여 문학은 문치 교화의 학문이 되었고
다방면의 문화적 의미를 가지게 되었다. 사회학적 관점에서 볼 때, 문학은 서
주 이후의 사회 상류층이 수립한 일종의 귀납적 결론이다. 교육학적 관점에서
볼 때, 문학은 인재를 양성하는 한 유형이다. 정치학적 관점에서 볼 때, 문학은
학생의 정치 참여를 독려하던 방법이다. 문화학적 관점에서 볼 때, 문학은 유
가儒家 학술을 통칭한다. 문학 관념이 가지는 이런 보편성은 춘추 말기 사회
상류층의 건설과 의식 형태가 아직 여러 갈래로 나뉘어 발전하지 못했다는
객관적인 사실을 반영한다. 문학에서 으뜸으로 꼽히는 자유子由와 자하子夏는
공자가 세상을 떠난 뒤 각자 공자 사상의 한 부분을 전파하고 강화시켰다.
이로써 유가 문학 관념의 분열과 변천이 시작되었다. 맹자와 순자의 문학 관
념은 바로 '유하문학由夏文學'의 분열 후 유가 문학 관념의 새로운 발전과 변
화를 의미한다. 전자는 문화의 인화人化를 강조하며 문학을 군자 인격을 나타
내는 창구로 간주하고, 이로써 문학의 인간 정신 산물로서의 속성을 두드러지
게 하였다. 반면 후자는 인간의 문학화를 주장했다. 문학을 인성과 사회를 개
조하는 도구로 간주하고, 이로써 문학이 인문 지식으로 거듭나게 하였다. 맹
자는 문학으로 하여금 인류의 선한 본성 및 이상적인 도덕 인격과 융합할 것
을 제창하고, 문학이 인학人學의 내재적 가치라는 토대를 마련했다. 반면 순자
는 문학과 인간의 악한 본성을 대립하여 비교적 독립적인 사회의식 형태로
만들었고, 이로써 문학이 인문 지식 체계로서의 개념을 구축하게 하였다. 그
래서 왕치저우 교수의 책 속에서 문학 개념의 변천 과정은 한편의 문학사이기
도 하고 문화사이기도 하다.

　다른 예를 살펴보면, '수사입기성修辭立其誠'은 모두가 익히 아는 관념이
다. 왕치저우 교수는 '수사修辭'와 '입성立誠'의 두 개념을 상세히 다루면서,
송·원·명·청 시대의 학자들이 이 두 개념에 대해 내린 분석을 검토하였다.
그러면서 당나라 공영달孔穎達이 이 두 개념에 대해 내린 해석을 보충하였다.

그는 '수사'와 '입성'을 『역전易傳』에서 표현한 역사 언어 환경에 놓고 이해해야 한다고 보았다. '수사'는 무사巫史가 작사作辭, 정사正辭, 용사用辭하는 것에서 춘추 시대 정교政敎와 외교外交의 사령辭令으로 발전한 것을 반영한다. 반면 '입성'은 오랫동안 전해 내려온 관료의 직업정신과 삼가 경계하고 두려워하는 문화적 심리를 주로 강조하였다. '수사입기성'은 수사자가 중정하고 경건한 마음을 가지고 자신의 언사에 대해 확실하게 책임을 져야 하며 가장 좋은 방법으로 표현하고 성공적인 결과를 기대해야 한다. 이로써 중국 문화는 '경언敬言', '근언謹言', '신언愼言'의 우수한 전통을 형성하게 되었다. 이 관념의 계승과 발전은 은상 이후 복서卜筮 문화 전통에서 '중정中正'의 직업 정신과 '사성思成'의 문화 심리 등 많은 중요한 사상과 정감을 강조하였다. 이처럼 풍부한 역사 문화 의미를 담고 있는 사상 관념은 중국 문학, 문장학, 수사학에 커다란 영향을 주었다. 또한 훗날 문예 사상의 발전에 본보기로 삼을 만한 사상적 자원을 제공했다. 이러한 토론은 '역사 문화 의미론' 혹은 전통 훈고학의 관점에서 볼 때 아주 훌륭하다고 하겠다.

한 가지 언급할 것은 『중국 고대 문학 관념 발생사』가 문학 개념의 변천에만 관심을 가진 것이 아니라, 문학 개념을 그것이 발생한 전체 사회 역사에 놓고 동태적으로 관찰하여 중국 문학 관념 구성의 과정, 원인과 메커니즘을 정리하였다는 점이다. 다시 말해, 발생학의 요구에 따라 중국 고대 문학 관념의 발생을 탐구하고 중국 고대 문학 관념 발생사를 구축했다. 또한 '역사 문화 의미론'만으로는 이 연구의 내용과 방법을 설명할 수 없어서 역사학, 사회학, 민속학, 종교학, 예술학, 문화인류학 등 여러 학과의 이론과 방법도 이 연구 과정에서 잘 활용함으로써 이 연구가 더욱 개방적, 창의적, 전면적이고 풍성한 내용적 특징을 갖게 하였다. 왕치저우 교수의 '시언지' 관념의 발생과 변천에 대한 분석이 대표적인 예라 할 수 있다.

왕치저우 교수는 고증을 통해 『상서尙書』〈요전堯典〉에 기록된 '시언지' 관념은 이른 시기에 발생했고, 이것이 원시 악교樂敎의 일부로서 무사 집단이 점복과 제사 과정에서 했던 도사禱辭와 고어告語로 나타났으며, 그것은 "신명을 명백히 알리는 것을 목적으로 한다"라고 하였다. 서주 초기에 '시'는 예악 교화의 체계에 포함되어 세속 정교 및 문화 제도와 긴밀하게 결합되어 있다. '헌시獻詩'와 '채시採詩' 제도는 '시'로 하여금 씨족 정감을 표현하고 정치적 정서를 소통하게 하는 도구로 변화시켰고, 그 목적 또한 "신명을 명백히 알리는 것"에서 '천자청정天子聽政'으로 전환되었다. 또한 체계에 포함된 '시'는 음악과 어우러져 종묘 제사와 조회 및 연회에 사용되는 등 전례典禮 의식의 중요한 부분이 되었고, 이로써 종법宗法 질서를 유지하고 사상과 감정을 교류하는 역할을 하였다. 춘추 시기에 '시'는 점차 독립적인 발전을 이루었다. 먼저 '부시언지賦詩言志'를 통해 악교의 속박에서 벗어났고 이로써 시의 독립적인 '언지' 기능이 발휘되기 시작했다. 다음으로 '예禮'와 '의儀'의 구분을 통해 전례 의식의 속박에서 벗어났고, 이로써 시의 내적 의미 가치가 두드러지게 되었다. 이 두 가지는 상호 작용을 하여 춘추 시교詩敎의 전통을 형성하였고, 시 관념의 해방과 문학 관념의 형성에 기틀을 마련했다. 또한 시가 개인 정감을 표현하고 독립적인 인격을 배양하는 새로운 발전 단계에 접어들게 하였다. 시가 독립적인 가치를 얻고 개인 정신생활 및 인격 수양과 연결 지을 때 독립적인 문학 관념도 생겨났다. 시의 문학적 의미의 파생은 중국 문학 발생의 표본이다. 또한 '시언지' 관념의 발생과 변천은 중국 고대 문학 관념의 발생과 변천을 의미한다.

중국 고대 문학 관념 발생사 연구는 문학 과제이자 역사 과제이다. 역사의 실증성과 이론의 사고 변별성을 요구한다. 왕치저우 교수는 학과의 한계를 뛰어넘어 각종 유용한 방법을 활용하여 중국 문학 관념 발생사를 구축하였는데, 그 방법과 결론은 학술계에 광활한 토론의 장을 마련해주었다. 이 성과는 최신 고고학 자료는 물론이거니와, 중국 초기 문학 관념 자료를 전면적으로 수집한 것으로 나타났다. 이들 자료를 귀납 정리하고 비교 분석하는 과정에서, 사상 관념 생성 변화의 동태적 과정에서, 중국 고대 문학 관념의 풍부한 내적 의미를 탐구하는 한편, 중국 고대 문학 관념의 생장·발생의 메커니즘을 설명하고자 노력했다. 뿐만 아니라 학술 이론 방면에서 중국 고대 문학 관념 발생을 동태적인 역사 구조 과정으로 간주하고 전방위로 고찰하였고, 이로써 중국 고대 문학 관념 발생학의 역사적 틀을 구축하였다. 연구 방법 방면에서 지식 고고학을 참고하여 모든 결론을 신빙성 있는 문헌과 문물을 바탕으로 삼아 도출하였고 그 지식 계보를 열심히 정리하여 중국 학술의 우수한 전통을 드높였다. 체계 방면에서 중국 고대 문학 관념 발생 과정에서 주요 사상 자원, 사유 방식, 표현 방식과 기본 개념을 체계적으로 고찰하여 문학 관념 발생의 내·외적 메커니즘을 탐구하였고 중국 고대 문학 관념 발생사를 구축하였다. 이러한 성과는 문학 연구에서 중요한 이론 가치를 제공할 뿐만 아니라, 사학 연구에도 중요한 참고 의미를 가진다. 또한 이 책은 국가사회과학기금위원회의 심사에서 뛰어난 성과를 검증받은 한편, 국가철학사회과학성과문고에 입선되는 등 명실상부한 걸작이다.

계사년(2014) 추석 우한대 낙가산 자택에서

역자의 말

　문학 관념이란 문학의 보편적 성질이나 기본 속성에 대한 이성적인 인식으로 "문학이란 무엇인가?" 또는 "문학은 어떤 기능을 하는가?"라는 질문에 대답하는 것을 일컫는다. 이것은 문학 이론의 핵심이자 문학 비평의 지침이며 문학사 연구의 기초이다.

　일반적으로 문학 이론가들은 문학 관념에 있어서 주로 이성을 배우는 것에 관심을 가져왔다. 그들은 문학의 보편적 성질을 밝히려고 노력하는 한편, 그것으로 모든 문학 현상을 포괄하고, 문학 활동을 해석하며, 문학 창작과 문학 비평을 지도하고자 하였다. 그러나 사실 선인들의 문학에 대한 이해와 현대인들의 문학에 대한 이해에는 큰 차이가 있을 수밖에 없다. 이것은 국내외를 막론하고 모두 그러하다. 현대 문학 이론가들의 문학 관념으로 고대의 문학 현상을 해석하고, 옛사람들의 문학 활동을 규범화하며, 고대의 문학 창작과 문학 비평을 고찰하는 것은 신발을 신은 채 가려운 곳을 긁고, 견강부회하는 꼴과 다름이 없다. 그러므로 문학사가는 역사의 진실된 언어 환경을 복원하고, 실사구시의 자세로 각각의 역사 시기에 사람들이 어떻게 문학을 인식하고 문학을 이해했는지를 고찰하는데 책임을 다해야 한다. 또한 어떤 문학 관념의 지도 아래 문학 창작과 문학 비평에 종사하게 되었는지와 이러한 문학 관념이 어떻게 발전하고 변화하였는지 그리고 발전과 변화를 초래한 원인이 과연 무엇인지 등도 고찰할 필요가 있다.

　저자는 문학 관념을 그것이 발생한 전체 사회 역사 속에 놓고 동태적으로 고찰하여 중국 문학 관념이 성립되는 과정 및 원인과 메커니즘을 정리하였다.

또한 '발생학'의 요구에 따라 중국 고대 문학 관념의 발생을 검토하여 중국 고대 문학 관념 발생사를 구축하였다.

중국의 문학 관념은 초기 발생사에서 대부분 불규칙한 점 모양의 분산 상태를 보인다. 같은 시대에 다른 집단의 사람들에게서 나타나는 관념이 일치하지 않기 때문에 하나의 확실한 점을 찾기가 쉽지 않다. 발생학의 원리와 지식 고고학의 방법에 근거하여, 이 관념의 성립 과정, 구조의 원인 및 각 발전 단계의 내재적 연계에 대하여 설득력 있는 분석과 해석을 하는 것이 정확한 연구 방법일 것이다. 그러려면 1차 자료의 대량 확보를 통해 연구에 탄탄한 증거를 제시해야 할 뿐만 아니라, 동태적인 관계 속에서 사실에 접근할 수 있는 통 큰 안목이 필요하다. 저자의 말을 빌려 표현하자면, 모든 관념은 부호를 근거로 하고, 모든 언어는 구조 분석을 실시하며, 모든 논증은 이중증거 수집에 주의하고, 모든 결론은 믿을만한 문헌과 유물을 바탕으로 해야만 지식 계보의 정리라는 목적을 달성할 수 있게 된다. 그러므로 서로 다른 개체의 서로 다른 관념 간의 갈등, 융합, 계승, 변화를 아울러 고려하는 것이 이 책이 반드시 넘어서야 하는 최대 난제가 되었다. 관호천문觀乎天文에서 관호인문觀乎人文으로, "시언지詩言志"에서 "수사입기성修辭立其誠"으로, 공자 시학에서 유하 문학由夏文學으로, 공묵이동孔墨異同에서 도법제가道法諸家로, 교육기초에서 주체 의식으로의 변화가 바로 이 책의 주요 관심 대상이 되었다.

한편 중국 고대 문학 관념의 발생 과정에서 나타난 사상 자원, 사유 경로, 표현 형식과 기본 개념을 정리하기 위해서, 이 책은 내외적 메커니즘에 관심을 기울이며 그 발생과 발전의 복잡한 과정을 자세히 그려냈다. 소위 내재적 메커니즘이란 그것의 형성, 변화, 발전의 원인과 과정을 초래하는 것과 같은 문학 관념 자체의 어떤 요소에 관한 것을 말한다. 반면 외재적 메커니즘이란 주로 문학 관념 형성의 외부 환경과 제약 조건 등에 영향을 끼치는 요인이나 구조 형태를 가리킨다. 물론 내외 메커니즘을 비롯한 많은 것들이 이론적인 구분이며, 문학 관념의 실제 발생 과정에서 양자는 종종 서로 영향을 주고 서로 침투한다. 이 책은 이것을 인식의 기점으로 삼아, 문화 주체, 문화 활동,

문학 언어, 사회생활, 학술 사상, 지식 계통의 몇 가지 측면으로 세분화하였다. 그 안팎을 골고루 들여다보는 한편, 그것의 독특한 기능과 상호관련성에 주목하였다. 또한 개별적인 항목에 집중하는 동시에 단계별 심층 연구도 놓치지 않는 등 중국 문학 관념의 초기 발생 원리와 변화 과정을 새로운 각도에서 분명히 하였다. 게다가 자칫 복잡하고 무질서해 보이는 상고 문사 의식을 비교적 과학적이고 정확하게 판단·분석하여, 중국 문학사와 문학 평론사를 새롭게 이해하는데 선구적인 역할을 하였다.

중국 역사에는 근원을 찾아내고 뿌리를 탐구하는 전통이 있다. 그 수량이나 깊이에서 정도의 차이가 있겠지만, 역대 학자들은 중국 문학 발생의 근원에 대해 꾸준히 담론과 논의를 펼쳐왔다. 단지 이러한 담론과 논의는 직관적인 인상이나 일시적인 감정에 속해서, 자각성과 정확성이 부족하고 심층적이지 못한 게 대부분이다. 이 책은 선인에 기초를 두면서 서양 발생 인식론의 이론적 우수성을 접목시켰다. 여기에 보다 자각적인 의식, 과학적인 방법, 상세하고 실질적인 사료를 통해 새로운 시각에서 중국 초기 문학 관념의 발생과 발전을 심층적으로 고찰하는 한편, '문文'·'학學'·'시詩'·'사辭'·'사士'·'유儒'와 같은 중요한 개념에 대해 자세히 탐구하였다. 이로써 그 특정 의미 및 상호관련성에 대해 정확하게 인지하게 되었다. 연구 시각의 전환은 자연스럽게 학술 이념의 향상과 연구 방법의 발전을 가져왔다. 이 책의 서문에서 국내의 저명한 두 학자가 이 점을 높이 칭찬한 바 있다. 왕셴페이는 이 책을 가리켜 발생학적 방법을 문학 연구 분야에 응용한 탐색 작품이라고 하였고, 펑톈위는 "역사문화의미론"을 통해 중국 고대 문학 개념을 연구한 성공적인 사례라고 평가하였다.

이 책은 중국 문학 관념 발생사를 체계적이고 심층적으로 고찰한 첫 전문 저서로서, 뛰어난 학술적 가치와 현실적 의의를 가진다. 한편으로는 대량의 문헌 자료를 해독·분석하고 그 원류를 참고하여 학술을 분류하는 방식을 통해 중국 문학 관념의 원시 형태와 변화 양상을 최대한으로 복원하였다. 다른 한편으로는 고찰 과정에서 역사적 사실로써 이론을 이끌어내고, 역사와 학술을 경외하는 자세로 문헌 자료와 최신 고고학 자료에 대해 세밀하게 고찰하고 비교 분석하였다. 이로써 선인의 사상 관념 생성 변이의 동태적 과정을 탐색하고, 중국 고대 문학 관념의 풍부한 내적 의미를 탐구하며, 밝혀낸 관념의 의미를 당시의 언어 환경에 놓고 검증하였다. 이러한 연구 방법은 오늘날 일부 연구자들이 종종 이론으로써 역사를 이끌어내고 주제를 선행하거나 혹은 현대 문학 관념을 참고하여 문학 관념사를 구축하는 행태를 바로잡고, 규범에 어긋나는 학풍을 바로잡는 데 큰 도움을 주었다. 이와 동시에 문학 분야에서의 발생학 연구는 다른 학과의 동종 연구에 있어서 좋은 참고 가치를 제공하고 시범 역할도 하였다.

2019년 9월 15일 우창 계자산 북구 연구실에서

목차

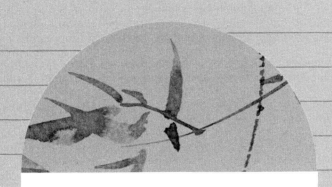

중국
고대 문학 관념
발생사

中國古代文學觀念發生史

중국 고대 문학 관념 발생사 연구

첫째, 중국 고대 문학 관념 발생사를 연구해야 하는 이유

문학 관념은 광의와 협의로 나눌 수 있다. 광의로서의 문학 관념은 문학에 대한 포괄적인 이해를 다룬다. 문학이란 무엇인지, 문학으로 무엇을 할 수 있는지, 문학은 어떻게 이루어지는지 등의 문제에 대해 해답을 주되 문학 본체론, 문학 효용론과 문학 창작론을 포함한다. 반면 협의로서의 문학 관념은 주로 문학에 대한 기본적인 『이해』를 가리킨다. 문학이란 무엇인지, 문학으로 무엇을 할 수 있는지의 문제에 대한 해답을 준다. 이것은 문학 이념의 핵심이자 문학 비평의 지침이며, 또한 문학사 연구의 기본이라고 할 수 있다.

일반적으로 문학 관련 업무에 종사하는 사람은 반드시 문학에 대해 기본적인 이해를 가지고 있어야 한다. 그렇지 않으면 자신이 나아갈 방향을 잃고 결국 직업에 대한 흥미마저 잃게 될 것이다. 하지만 문학을 명확하게 이해하기란 결코 쉬운 일이 아니다. 또한 누군가 이것에 대해 명확하게 이해하고 말할 수 있다고 하더라고, 사람들에게 인정받기란 굉장히 어렵다. 문학이란 무엇이고 문학으로 무엇을 하는지에 대해 이론적으로는 얼마든지 설명이 가능하다. 왜냐하면 문학은 기타 사회의식 형태 및 정신적 산물과 구별되는 본질적 속성을 가지고 있고, 특수한 사회적 역할을 수행하기 때문이다. 그렇지 않으면 문학은 존재할 필요도 없고 존재할 수도 없다. 그러나 문학은 끊임없이 변화하고 발전하는 과정에 있기 때문에 고정된 형태로 존재하지 않는다. 문학의 본질이 문학의 존재를 결정하는 것이 아니라, 문학의 존재 자체가 곧 문학의 본질을 결정하는 것이다. 문학에 대한 사람들의 인식은 문학 형태의 존재와 함께하였다. 하지만 그것은 시기에 따라 많이 달랐으며, 같은 시기라 하더라도 문학을 바라보는 사람들의 시각적 차이로 말미암아 서로 다른 모습을 보여주기도 했다. 그래서 문학이란 무엇이고 문학은 어떤 기능을 하는지에 대해 정확히 설명하는 동시에 사람들로부터 인정을 받기란 여간 어려운 일이 아니다.

중국의 경우, 고대 중국인과 현대 중국인이 가지고 있는 문학 관념에는 차이가 있다. 또 고대 중국인 사이에서 혹은 현대 중국인 사이에서 느끼는 문학에 대한 인식도 다르다. 이를테면, 『논어』에는 공자가 제자인 자유子游와 자하子夏가 문학에 능하다고 칭찬한 내용이 실려 있다. 여기서 문학은 사실 문치교화文治教化의 학술을 가리키는데, 예악 문헌전적禮樂文獻典籍과 예악 문화제도禮樂文化制度 등의 학습과 예악 교화禮樂教化 실천 등의 많은 내용이 포함되어 있다.[1] 사마천은 『사기』에서 율령, 군법, 규정, 예의를 문학으로 간주하였다.[2] 반면에 한나라 사람들은 문학을 경학經學이라고 보는 경우가 많았다. 이처럼 그들의 문학 관념에는 상당한 차이가 있었다. 문학에 대한 현대인의 인식에도 역시 차이가 존재한다. 누구는 "문학은 언어의 예술"이라고 하였고, 또 누구는 "문학은 고민의 상징"이라고 하였다. 이 밖에도 "문학은 정신의 등대", "문학은 현실의 거울", "문학은 곧 시가, 산문, 소설, 희곡"이라고 하는 등 그 정의가 아주 다양한 것을 알 수 있다. 일본의 경우, 명치유신明治維新 이전에만 해도 문학은 학문을 가리켰는데, 그 이후에야 비로소 문학을 언어로 상상력과 정서를 표현한 작품이라고 보기 시작했다. 미카미 산지와 타카츠 구와사부로가 1890년에 공동 출간한 『일본문학사』에서는 문학의 정의를 다음과 같이 내리고 있다. "문학이란 어떤 문체를 사용하여 인간의 사상, 감정

---

1) 拙著, 「論孔子的文學觀念-兼釋孔門四科與孔門四教」, 『孔子研究』1988年第1期 ; 「"游夏文學"發徵」, 『北京大學學報(哲學社會科學版)』2003年第4期.

2) 司馬遷은 『史記』〈太史公自序〉에서 "한나라가 일어나 蕭何가 법령을 정비하고, 韓信이 군법을 밝히고, 張蒼은 문물제도를 만들고, 叔孫通은 의례를 정하니 학문의 기품이 점점 발전하고 있다"라고 하였다.

및 상상을 절묘하게 표현하는 것이다. 문학은 실용과 쾌락을 목적으로 하며, 대다수 사람들에게 일반적인 지식을 전수하기도 한다."[3] 보다시피 현대적 관점에서 내린 문학의 정의에도 여전히 전통적 관점에서의 문학 정의의 일부 요소가 담겨져 있다. 서양에서도 문학 개념은 시기에 따라 차이를 보였다. 19세기 이전의 문학은 일반적으로 저작이나 책 속의 지식을 가리켰다. 프랑스 학자 제르맨 드 스탈이 1800년에 지은 『논문학』은 현대적 의미를 가진 서양 문학 이론 저서로 알려져 있다. 하지만 여기서 논의한 이른바 "문학"도 "시가, 웅변술, 역사 및 철학(인간 정신에 대한 연구)을 포함"[4]함으로써 역시 현대 서양 문학 관념과는 거리가 있다. 그러나 "문학을 이루는 여러 분야에서 어떤 것이 상상에 속하고 어떤 것이 사유에 속하는지 구분해야 한다."라고 한 저자의 지적은 나름대로 의미가 있다고 하겠다. 미국 학자 조나단 컬러는 서양 문학 관념에 대해 언급하면서 "19세기 이전의 문학 연구는 독립적인 사회활동이 아니었다. 사람들은 고대의 시인과 철학자, 연설가를 동시에 연구했다. 즉, 각 분야의 작가와 문학작품을 더 넓은 의미에서의 문화 전체의 구성 부분으로 간주하고 연구 대상으로 삼았다. 그래서 전문적인 문학 연구가 확립된 이후에야 비로소 다른 문자와 구별되는 문학의 특징이 문제로 제기되었다."[5]라고 하였다. 한편, 현대 서양의 문학 연구는 이미 언어학과 문화학으로 전향된 상태이다. 여러 가지 상황이 말해주듯, 문학에 대한 사람들의 인식은 처음부터 고정된 관점이 없었으며 계속해서 발전하고 변화하는 중이다. 또한 일부 관점은 문학 본연의 어떤 특징을 부각하거나 강조하는 데에만 그치고 있어서 문학

---

3) 三上參次(미카미 산지)·高津鍬三郎(타카츠 구와사부로), 『日本文學史』, 東京:金港堂, 1890, 13쪽.
4) 斯達儿夫人(제르맨 드 스탈), 『論文學』第1一編, 北京:人民文學出版社, 1986, 37쪽. 일각에서는 1759년에 萊辛(레싱)이 발표한 「關於當代文學的通迅」에 이미 현대적 의미로서의 문학 관념의 초기 형태가 포함되었다고 주장하고 있는 바, 여기서 말하는 문학이란 곧 현대적인 문학 생산을 일컫는다는 것이다. 그러나 레싱이 언급한 문학은 그 의미가 지나치게 광범위하다.
5) 喬納森·卡勒(조나단 컬러), 『文學性』, M·Angeot 등이 집필한 『問題與觀点-20世紀文學理論綜論』, 天津:百花文藝出版社, 2000, 30쪽에서 재인용.

의 전체적인 의미를 반영하지 못할 뿐만 아니라 문학 본연의 역사 발전도 규정할 수가 없다.

일반적인 문학 종사자들(작가 등)은 문학 작업(문학 창작 등)을 진행하는 과정에 문학이란 무엇인가 하는 문제를 우선적으로 다룰 필요가 없다. 본인의 마음속에 있는 문학 기준에 따라 업무를 진행하면 그만인 것이다. 하지만 특수한 문학 종사자들(문학사 연구자나 교사 등)은 특수한 문학 작업(문학사 교재 집필 또는 문학사 과목 강의 등)을 진행하는 과정에 반드시 문학이란 무엇인가 하는 문제에 확답을 줄 수 있어야 한다. 그렇지 않으면 업무를 더 이상 진행해 나갈 수 없게 된다. 억지로 진행한다 하더라도 그것은 장님이 눈먼 말을 타는 것과 같아 정해 놓은 목표를 이룰 수 없다. 왜냐하면 문학사 교재를 집필하거나 또는 문학사 과목을 강의함에 있어서 우선적으로 연구 대상이나 강의 대상을 확정해야 하는 바, 그것을 확정하기 위해서는 또 선정 기준부터 세워야 하는데, 그 기준이 바로 문학 관념이기 때문이다. 명확한 문학 관념이 없다면 그 어떤 문학 작업도 진행할 수 없다. 바로 이러한 이유로 말미암아 20세기 초에 활동한 초기 중국 문학사가들은 문학 관념에 대해 관심을 갖지 않을 수 없었으며, 문학 관념을 논의하는 데 많은 노력을 기울였다. 예를 들어, 황런黃人의 『중국문학사』(1905), 쩡이曾毅의 『중국문학사』(1915), 셰우량謝無量의 『중국대문학사』(1918) 등은 모두 별도의 편編이나 장章을 할애하여 문학 관념을 다루었으며, 문학사 편찬을 위한 대상과 범위를 확정하였다. 당시 사람들은 문학 관념에 굉장히 많은 관심을 보였는데, 그것은 문학 관념이야말로 그들이 열정을 가지고 종사한 문학사 연구와 문학사 강의의 기본 바탕이었기 때문이다. 후스胡適는 심지어 첸쉬안퉁錢玄同이 제기한 "문학이란 무엇인가?"라는 질문에 대한 자신의 의견을 공개적으로 밝히기도 하였다. 그는 "언어와 문자는 모두 인류가 의미와 감정을 표현하는 도구로서, 의미 전달이 잘 되고 감정 표현이 절묘하면 곧 문학이 된다."[6]라고 함으로써 문학에 대한 사람들의 인식

---

6) 胡適, 「什麽是文學~答錢玄同」, 沈寂 編, 『胡適學術文集 · 新文學運動』, 北京:中華書局,

을 통일하고자 하였다.

문학 관념은 문학사가들이 관심을 갖는 대상일 뿐만 아니라 문학이 하나의 학과學科로서 존립할 수 있는 기초이며 전제 조건이다. 다시 말해서 우리가 문학이란 무엇인지, 문학으로 무엇을 하는지와 같은 것조차 잘 알지 못한다면 문학을 하나의 학과로 존립시킬 수 없는 것이다. 사실 고대 중국에서 초기의 문학 관념은 사회의식이 귀신 숭배에서 세속에 대한 관심으로 전환되면서, 즉 예악禮樂 문화가 제사祭祀 문화를 대신하여 사회 주류 문화로 바뀌면서 나타난 산물이다. 그러므로 이런 문학 관념은 문치 교화와 관련된 모든 사회의식 형태를 포함하는데, 여기에는 예악 제도·문헌 전적·정책 법령·윤리 도덕·종교 예술·행위 규범 등이 모두 망라된다. 이것은 하나의 큰 문학 관념 또는 광의의 문학 관념이라고 볼 수 있다. 사회가 발전하고 문화가 진보함에 따라 사회의식 형태와 인간의 정신생활은 점차 세분화되었고, 정치·경제·철학·역사·종교·예술은 각기 자기의 방향대로 발전하면서 자신의 체계와 형태를 이루게 되었는바, 문학은 이때에야 비로소 기타 사회의식 형태와 분리되어 독립적으로 발전하기 시작했다. 남조南朝의 송문제宋文帝는 원가元嘉 15년(438)에 "현玄·사史·문文·유儒"사학四學을 세웠는데, 이것은 문학 관념에 중대한 변화가 생겼음을 의미한다. 이런 변화는 문학의 외적 의미의 축소와 내적 의미의 심화를 말해준다. 문학과 역사, 철학(玄學)의 분리는 비록 문학의 기반을 축소하는 결과를 낳았지만, 그것은 문학의 성장을 촉진하고 문학의 본질적 속성에 대한 사고와 문학의 문체적 특징에 대한 관심 및 문학의 창작 규칙에 대한 탐구를 자극하는 역할을 하였다. 이에 힘입어 고대 문학 학과 역시 혼돈의 상태에서 벗어나 점차 독립된 학과로 발전하기 시작했다.

물론 엄격한 의미에서 볼 때, 중국 고대 문학은 중국 고대 역사와 철학에 비해 현대 학과의 정의에 덜 부합된다. 현대적 의미에서의 중국 문학 학과의 성립은 20세기 초에 이루어졌다. 1902년 8월 15일, 장백희張百熙의 주최 아래

1993, 87쪽.

반포한 『흠정경사대학당장정欽定京師大學堂章程』은 "일본의 교육 과정"을 본
떠서 그동안 경사대학당에서 고수해온 교육 과정에 변화를 주었다. 즉, 정치
·문학·과학·농업·공예·상무·의과 7개 교과목으로 〈시詩〉·〈서書〉·〈예
禮〉·〈역易〉·〈춘추春秋〉 5개 전통 교과목을 대체하였다. 이러한 변화를 통해
"문학"은 하나의 학과로 독립하게 되었다. 그러나 이때의 문학은 경학經學·
사학史學·이학理學·제자학諸子學·장고학掌故學·사장학詞章學·외국 언어
문자학 등 7개 영역을 포함하고 있었기에 여전히 광의의 개념에 그쳤다. 1904
년 1월 13일에 반포한 『주정대학당장정奏定大學堂章程』(附同儒院章程)에서 드
디어 경학과 이학 등을 문학에서 분리시켰다. 그러나 문학에는 여전히 사학,
문자, 음운, 훈고, 사장, 문법 등의 내용이 포함되어 있었다.[7] 임전갑林傳甲은
바로 이 장정章程에서 규정한 "중국 문학 연구법"에 근거하여 경사대학당 학
생들을 위한 『중국문학사』 교재를 집필하였다. 황런黃人이 사립 동오대학에
서 만들어 사용한 『중국문학사』 강의록 역시 같은 기준에서 이루어졌다. 이때
사람들의 문학 관념은 이미 중국의 전통 문학 관념과 사뭇 달랐는데, 서양의
현대 문학 관념에 점차 가까워지고 있었다. 그 뒤로 1913년 1월 12일 중화민
국 교육부가 공표한 『대학 규정』에서 대학의 문과를 철학·문학·역사학·지
리학 4가지로 분류한 다음에야 문학은 비로소 사학, 철학과 완전히 구별되는
학과로 자리 잡게 되었으며, 문학 관념도 더욱 서양화된 방향으로 발전하게
되었다.[8] 그러나 응용문체와 심미문체에 대한 명확한 구분은 '5.4신문화운동'
을 전후하여 비로소 중시되기 시작했다. 사람들이 서양 문학 관념을 중국에
도입함으로써 중국의 문학 관념은 비로소 현대적인 의미를 갖게 되었고, 문학
관념에 대한 논의도 한층 더 명백해졌다. 그러다가 1920년대 말에 이르러서

---

7) 이 장정이 반포된 것은 광서 29년(계묘년) 11월 26일이다. 그래서 "계묘학제"라고 부르기도
한다. 이보다 앞서 나온 장정은 광서 28년(임인년) 7월 12일에 반포되었는데, "임인학제"라고
부르기도 한다.

8) 琚鑫圭, 『中國近代敎育史資料匯編·學制演變』, 上海:上海敎育出版社, 1991 및 戴燕, 『文
學史的權力』, 北京:北京大學出版社, 2002 참고.

야 비로소 현대적 의미에서의 문학 관념과 문학 학과가 정식으로 성립되었
다.[9] 문학에 대한 고대인들과 현대인들의 기본 인식에 큰 차이가 있기 때문에,
고대의 학과 분류와 현대의 학과 분류에도 마찬가지로 현저한 차이가 존재한
다. 따라서 현대인들은 늘 고대 문학 관념과 현대 문학 관념을 구분하여 따로
따로 논의하곤 한다.

학계, 특히 문학 이론계에서 그동안 문학 관념에 대해 꾸준히 논의해온
것은 주지의 사실이다. 하지만 현행 문학 이론 교재에서는 문학 관념을 논의
함에 있어서 대부분 이론적 측면에 치우칠 뿐 역사적 연구는 하지 않고 있다.
또한 중국 고대 문학 비평사 저서들은 연구 내용에 대한 역사적인 기술은 이
루어져 있지만, 그 초점이 문학 비평 이론에 맞추어져 있음으로써 문학 관념
에 대한 논의는 별다른 관심을 받지 못했다. 중국문학사 연구는 문학 관념에
대한 논의가 반드시 필요하다. 왜냐하면 그렇게 하지 않고서는 연구 대상을
확정할 수 없기 때문이다. 그럼에도 불구하고 1920년대에 중국문학사 학과
체계가 세워지고 중국문학사 교재가 기본적으로 갖추어지자 사람들은 문학
관념에 대한 논쟁이 이미 완전히 해결된 줄로 알고 더 이상 그것에 관심을
보이지 않았다. 그러다가 1980년대에 이르러서야 학술계에서는 "문학사 다시
쓰기"가 거론되었고, 문학 관념에 관한 문제가 다시 사람들의 관심사로 떠올
랐다. 이에 힘입어 "문학 관념 및 문학사" 관련 전국 학술 대회가 여러 번 개최
되었는데, 그중 가장 최근의 것은 2004년 가을 허베이河北 청더시承德市에서
열린 학술 대회이다. 이번 학술 대회는 허베이사범대학교, 국가도서관,『문학

---

9) 1927년, 胡適의『國語文學史』(1928年 재출판하면서『白話文學史』로 개명), 鄭振鐸의『文
  學大綱』, 陳鍾凡의『中國韻文通論』, 王易의『詞曲史』, 範煙橋의『中國小說史』등이 잇달아
  출판되었다. 이것은 중국 문학 관념의 현대화를 상징한다. 그 뒤, 문학 관념을 전문적으로 다루
  는 문장이 줄어들고, 문학사 서적에서도 더 이상 문학 관념에 대해 별도의 논의를 하지 않게
  되었다. 1929년, 曾毅는 수정판『國語文學史』에서 다음과 같이 지적하였다. "오늘날 구미문학
  에 대한 답습이 성행하고 있어 이를 정리할 필요가 있다. 우리의 문학 기준에서는 시가, 희곡,
  소설을 순수문학으로 보는데 고금의 관점에 큰 차이가 있다." 중국 문학 관념 현대화 과정에
  관해서는 拙著,「對中國文學現代化的檢討-以中國文學學科的現代發展爲例」,『人文論叢』
  2000年卷(現代化進程研究專題), 武漢:武漢大學出版社, 2000 참고.

평론』편집부,『문학유산』편집부가 공동으로 개최하였는데, 순수 문학과 비순수 문학의 경계, 중국 문학 관념의 변화와 발전, 중국 고대 문학 관념과 현대 문학 관념의 차이, 문학 관념과 문학사의 관계 등이 논의의 초점이었다. 1980년대 학술계에서 주로 강조된 것이 순수 문학 관념과 문학의 현대성이었다면, 20년이 지난 현시점에서는 순수 문학 관념과 이른바 주류 문학 관념 체계의 한계성이 오히려 반성과 검토의 대상으로 대두되었다. 이러한 현상은 문학 관념이 시종일관 문학 창작과 문학 비평 및 문학 연구를 선도하고 규범하며 제약하고 있음을 의미한다. 이 기간에는 영향력 있는 연구 논문들이 많이 나왔을 뿐만 아니라, 장야신章亞昕의『近代文學觀念流變』(1991), 바오종원包忠文의『現代文學觀念發展史』(1992), 장수즈莊淑芝의『臺灣新文學觀念的萌芽與實踐』(1994), 위안진袁進의『中國文學觀念的近代變革』(1996), 왕빈王彬의『中國文學觀念研究』(1997), 위잉춘於迎春의『漢代文人與文學觀念的演進』(1997), 왕치저우王齊洲의『中國文學觀念論稿』(2004), 구주자오顧祖釗의『華夏原始文化與三元文學觀念』(2005), 장전룽張振龍의『建安文人的文學活動與文學觀念』(2005), 뤄리강羅立綱의『史統, 道統, 文統: 論唐宋時期文學觀念的轉變』(2005), 리칭춘李靑春의『宋學與宋代文學觀念』(2005), 지광마오季廣茂의『意識形態視域中的現代話語轉型與文學觀念嬗變』(2005), 선리옌沈立岩의『先秦語言活動之形態觀念及文學意義』(2006), 펑야페이彭亞非의『中國正統文學觀念』(2007), 리위밍李玉明의『嬗變與建構-中國現代文學觀念形態考察』(2007) 등과 같은 전문 서적들이 잇따라 출간됐다. 1990년대에 불거진 "문학의 자각自覺시대는 한漢나라에서 시작된 것인가 아니면 위魏나라에서 시작된 것인가?"라는 논쟁 역시 문학 관념과 관련이 있다. 자오민리趙敏俐가 「"魏晉文學自覺說"反思」라는 글에서 이 문제를 다루기는 했지만[10] 그렇다고 이 논쟁이 일단락되었다고 단정할 수는 없다. 베이징사범대학교의 궈잉더郭英德 교수와 리칭춘李靑春 교수가 진행하고 있는『中國文學觀念的文化淵源』에 관

---

10) 趙敏俐,「"魏晋文學自覺說"反思」,『中國社會科學』2005年第2期.

한 연구와 베이징대학교 공평청龔鵬程 교수가 현재 강의하고 있는 "中國文學
觀念史"라는 교과목은 중국 문학 관념에 대한 연구가 바야흐로 심화되고 있
음을 그대로 보여준다. 하지만 총체적으로 말하자면, 중국 현대 문학 관념 연
구가 고대 문학 관념 연구보다 더 활발히 진행되고 있으며, 고대 문학 관념에
대한 해석 또한 현대 문학 관념에 의존하는 경우가 대부분이다. 따라서 중국
고대 문학 관념이 언제, 왜, 어떻게 발생하였으며 어떤 사상 문화를 내포하고
있는지 등과 같은 중국 문학 발전의 기초가 되는 중대한 문제에 대해서는 아
직까지 전문적인 연구가 이루어지지 않고 있다.

　일반적으로 문학 이론가들의 문학 관념에 대한 관심은 주로 이론적인 측
면에 치우쳐 있다. 그들은 애써 문학의 보편적인 본질을 밝혀내고 그것으로
모든 문학 현상과 문학 활동을 해석하고 문학 창작과 문학 비평을 지도하고자
한다. 그러나 사실상 동서고금을 막론하고 사람들의 문학에 대한 이해에는
아주 큰 차이가 존재한다. 현대 문학 이론가들이 주장하는 문학 관념으로 고
대의 문학 현상을 설명하고, 고대인들의 문학 활동을 규범 지으며, 그들의 문
학 창작과 문학 비평을 고찰하는 것은 수박 겉핥기와 같은 견강부회한 꼴이라
고 할 수 있다. 따라서 문학사가라면 역사 속의 실제 문학 환경을 복원하고
실사구시의 태도로 서로 다른 시기의 사람들이 어떻게 문학을 인식하고 이해
했는지, 어떠한 문학 관념 속에서 문학 창작과 문학 비평이 이루어졌는지, 또
한 이러한 문학 관념은 어떻게 발전하고 변화하였는지, 그리고 문학 관념의
발전과 변화를 촉진한 요인은 무엇인지 등에 대해 고찰해야 할 책임이 있다.
물론 문학 관념 발전의 역사적 원리에 따르면, 한 민족의 최초의 문학 관념에
는 그 민족의 가장 기본적인 문학 사상과 가장 중요한 문학 정신이 내포되어
있으며, 끊임없이 변화와 발전을 거듭하는 그 민족 문학 관념을 뒷받침하는
깊은 문화적 뿌리와 정신적 근원이 자리 잡고 있다. 그러나 문학 관념은 문학
활동을 수반하는 것으로서, 그것의 형성은 아주 오랜 역사적 과정을 거치게
마련이다. 따라서 발생학적 시각에서 그것의 형성 원리, 내적 구조, 문화적
의미, 민족적 특성 등을 탐구해야지만 그 민족의 문학 관념이 왜 그러한지에

대해 타당하고 합리적인 해석을 내릴 수 있으며, 그 민족의 문학이 왜 그러한 발전 궤도를 밟았는지에 대해서도 역사적 본연에 부합하는 사실적인 기술이 가능해진다.

발생학 연구는 주로 유럽의 고고학과 문화인류학의 영향을 받아 형성된 것으로서, 중국에서도 이미 100년 가까운 역사를 가지고 있다. 20세기에 들어 중국의 예술 발생학 연구는 커다란 성과를 거두었다. 이를테면 차이위안페이蔡元培의『美術的起源』(1918), 린펑미안林風眠의『原始人類的藝術』(1928), 페이원중裵文中의『介紹舊石器時代之藝術』(1933), 천자우冬家梧의『史前藝術史』(1937), 주디朱狄의『藝術的起源』(1982), 덩푸싱鄧福星의『藝術前的藝術』(1986), 리우시청劉錫誠의『中國原始藝術』(1998), 정위안저鄭元者의「藝術之根-藝術起源學引論」(1998) 등이 그 주요한 연구 성과들이다. 문학은 본래부터 광의의 예술에 속한다. 그래서 예술의 기원 또는 예술의 발생에 대해 다룬 상기 논저들은 문학 발생학 연구에 시사하는 바가 크다. 다만 위에서 언급한 연구 성과 가운데 적지 않은 것들이 발생과 기원을 동일시하고 있는데, 최근에 나온 장잉빈張應斌의『中國文學的起源』(2003)도 마찬가지이다. 하지만 기원학은 사건이 일어난 어느 한 기점을 찾는 것인데 반해, 발생학은 새로운 사물의 구조 체계와 구조 원리를 해석하는 것으로서, 그 둘 사이에는 아주 큰 차이가 있다. 비교적 자각적으로 발생학적 방법을 이용하여 중국의 문학예술을 연구하기 시작한 것은, 피아제의『發生認識論原理』중역본이 1981년 상무인서관常務印書館에서 출간된 이후이다. 주디朱狄의『原始文化硏究-對審美發生問題的思考』(1988), 위원제於文杰의『藝術發生學』(1995)과 같은 저서에는 예술 발생학 연구를 위한 저자들의 노력이 고스란히 담겨 있다. 그 밖에 롼메이젠欒梅健의『20世紀中國文學發生論』(1992년 대만판, 2006년 대륙판)은 현대 문학 발생에 대해 탐구한 저서로서 역시 만족할 만한 성과를 거두었다. 한편, 슬로바키아의 한학자漢學者 마리안 가릭은『中國現代文學批評發生史(1917~1930)』의 머리말에서 발생학을 문학 비평사 연구에 도입하겠다고 언급하였지만, 실제 저술에서는 중국 현대 문학 비평이 대두한 역사만 기술하

는 한계를 보였다. 롼메이젠의 『20世紀中國文學發生論』(1992)과 양롄펀梁聯
芬의 『晚淸至五四:中國文學現代性的發生』(2003)은 발생학적 방법으로 중국
현대 문학을 연구한 대표적인 저서이다. 그러나 중국 고대 문학 관념의 발생
학적 연구에 대해서는 지금까지 아무도 관심을 보이지 않고 있다. 문학 창작
은 작품이 후세에 전해짐으로써 그것에 대한 기원학적 연구가 가능하다면,
문학 관념은 그것이 인류가 가진 하나의 인식인 만큼, 피아제의 발생 인식론
원리에 따르면 발생학적 연구를 진행하는 것이 더욱 바람직하다.

피아제는 발생 인식론과 기원학 연구의 차이점에 대해 다음과 같이 지적
했다.

> "발생 인식론"이라는 명사 자체가 나타내듯이, 우리는 인식의 기원에 대
> 한 연구는 필수적인 것이라고 생각한다. 하지만 이에 앞서 우리는 하나의 발
> 생 가능한 오해부터 풀어야 할 것이다. 그런 오해로 말미암아 인식의 기원과
> 끊임없이 형성되는 인식의 단계를 대립시켜 연구를 진행한다면 문제가 심각
> 해질 수밖에 없기 때문이다. 기원 연구에서 얻은 중요한 교훈은 바로 애초부
> 터 절대적인 시작이 없다는 것이다. 바꿔 말하면, 현대 과학의 최신 이론을
> 포함한 모든 사물에는 기원의 문제가 존재하나, 그런 기원이 계속해서 원점
> 으로 확장될 수도 있다는 것이다. 왜냐하면 최초의 원시 단계는 그 자체가
> 유기체 발생의 어느 단계에 속하게 됨으로써 시작되었기 때문이다. 그러므로
> 우리에게는 발생학적 연구가 필요한 바, 발생학적 연구는 절대적인 기점으로
> 인정되는 그 어떤 단계에 특권적 지위를 부여함을 의미하지는 않는다. 오히
> 려 그것은 범주가 확정되지 않은 구조물이 존재함을 인지하고, 그것의 형성
> 원인과 원리를 이해하기 위해서는 그것의 모든 또는 최대한 많은 단계를 이
> 해해야 함을 의미한다.[11]

피아제의 이런 주장은 중국 고대 문학 관념에 관한 발생학적 연구를 해야

---

11) 皮亞杰(피아제), 『發生認識論原理』, 北京:商務印書館, 1981, 18~19쪽.

하는 이유, 그리고 발생학적 연구와 기원학적 연구의 차이점에 대해 아주 잘
설명해 주고 있다. 중국 고대 문학 관념의 발생을 연구하는 것은 중국 고대
문학 관념의 기원을 이루는 어느 한 고정된 기점을 찾으려는 것이 아니다.
사실상 그것은 찾으려고 해도 찾을 수가 없는 것이다. 또한 설사 그것을 인위
적으로 확정해 놓는다 하더라도 검증하기가 무척 어렵다. 문학 관념에 대한
발생학적 연구는 단지 그런 관념이 어떻게 형성되었는지, 그 형성의 원인과
원리는 무엇인지, 그것이 어떠한 발전 단계를 거쳤는지, 그리고 각 단계 사이
에 내재한 연관성은 무엇인지 등에 대한 해석에 주안점을 둔다.

중국 고대 문학 관념에 대한 발생학적 연구는 문학 관념 연구 분야를 확대
시키고 중국 문학 관념 연구의 기초를 마련할 수 있을 뿐만 아니라, 중국 문학
이론사 연구, 중국 문학 비평사 연구, 중국 문학 발전사 연구에 시원적인 성과
를 제공함으로써 이들 분야의 연구가 심도 있게 진행되는 데 도움을 줄 수
있다. 아울러 중국 특색이 있는 문학 이론을 정립하고 중국 문학과 세계 여러
민족 문학이 평등한 입장에서 교류하고 소통할 수 있는 기초적인 플랫폼을
제공해 줄 수도 있다.

둘째, 중국 고대 문학 관념 발생사 연구의 역사적 시각

피아제의 "발생 인식론"에 따르면 발생학 연구는 역사(史前史 포함) 와 불
가분의 관계에 있다. 그것은 발생학 연구는 역사(史前史 포함)나 역사 비평을
통해 인식의 고도高度와 광도廣度, 그리고 심도深度를 갖추어야 하기 때문이
다.[12] 고대 문학 관념이란 문학에 대한 선인들의 인식을 말한다. 이러한 인식

---

12) 피아제는 "어떠한 과학도 완벽할 수 없으며 언제나 형성 과정에 있다. 따라서 인식론적 분석은
조만간에 역사나 역사 비평의 高度와 廣度를 얻게 마련이다. 과학사는 철학으로서 과학을 이해
하는 데 없어서는 안 될 도구이다. 중요한 것은 역사가 역사 이전의 역사를 포함하느냐 여부이
다. 문제는 역사 이전의 인류 개념의 형성에 관한 문헌이 전적으로 부족하다는 것이다. 왜냐하
면 우리는 역사 이전의 인류의 기술 수준에 대해서는 약간의 지식을 가지고 있지만, 그 들의
인식 기능에 관해서는 충분한 자료를 갖고 있지 않기 때문이다. 따라서 우리가 할 수 있는 유일

은 역사상의 일정한 시간과 공간 속에서 어떤 구체적인 문학 대상을 상대로 발생한 것으로서, 일정한 역사 시기에 있어서의 주체와 객체의 관계를 반영한다. 문학에 대한 선인들의 인식은 시간과 공간 및 구체적인 문학 대상의 변화에 따라 끊임없이 발전과 변화를 거듭해 왔다. 고대 문학에 대한 현대인의 인식은 현대 문학 관념의 영향을 받게 마련인 바, 그러한 영향은 또 일반적으로 매우 강렬하고 완고하게 나타난다. 하지만 고대 문학 관념은 그 본질에 있어서는 역사적인 것이지 결코 현실적인 것이 아니다. 따라서 고대 문학 관념을 이해하고 평가함에 있어서는 반드시 역사적 시각視角이 필요하다. 중국 고대 문학 관념을 연구함에 있어서도 마찬가지이다. 중국 고대 문학 관념을 연구함에 있어서 역사적 시각이 필요하다는 것은, 역사적 관점으로 그것을 고찰하고 이해하며, 역사적 방법으로 그것을 분석하고, 역사적 태도로 그것을 평가하는 것이 바람직하다는 것이다.

역사적 관점으로 고대 문학 관념을 고찰하다 보면, 서로 다른 역사 단계마다 문학에 대한 사람들의 인식이 다르다는 것을 발견하게 된다. 뿐만 아니라 같은 역사 단계라 하더라도 문학에 대한 사람들의 견해에는 차이가 있음을 알 수 있다. 물론 현대인과 고대인의 문학 관념에는 더욱 큰 차이가 존재한다. 이를테면, 공자가 말한 "문학"은 그가 주장한 "문교文敎"와 관련이 깊은데, 주로 인문 교화를 가리킨다. 따라서 거기에는 예악 문헌 전적과 예악 문화 제도 등의 학습과 예악 교화 실천이 포함된다. 반면에 묵자가 말한 "문학"은 "출언담出言談"을 위한 것으로, 거기에는 『시』와 『서』 등의 역사 문헌과 개인의 언론 창작은 포함되지만, 『예』와 『악』 문헌과 예악 제도는 포함되지 않는다.[13)]

한 방법은 생물학자에게 배우는 것인데, 생물학자들은 모태 발생학에 힘입어 종족 발생학 지식의 부족한 부분을 채워줄 수가 있다. 심리학적 측면에서 보면, 그것은 모든 연령별 아동 심리의 개체 발생 상황을 연구하는 것을 의미한다. 그 다음으로, 사람들이 자신을 본연의 역사에 국한시킨다 하더라도, 경우에 따라서 인간의 역사와 심리 발생은 여전히 아주 중요한 관계에 놓여 있다."라고 지적하였다.(『發生認識論原理』, 〈英譯本序言〉, 北京:商務印書館, 1981, 13쪽.) 문학 관념은 사실상 문학에 대한 인식론이며, 관념사는 관념 발생의 史前史 및 前史와 관련이 있게 마련이다.

그리고 순자는 "문학"을 지식으로 다루고 있는데, "그것은 경문을 외우는 데서 시작하여 『예』를 읽는 데서 끝난다."라고 하였다.[14] 한편, 한인漢人들은 "문학" 과 "문장文章"을 구별하였다. 즉 그들이 말하는 "문학"이란 문장 제작이 아닌 유가儒家 학술이었다. 만약 오늘날 현대인의 관점에서 고대 문학 관념을 살펴 본다면, 그것이 문학에 대한 현대인의 인식과 크나큰 차이가 존재하기에 현실 적 가치가 떨어진다고 느껴질 수도 있다. 하지만 현대인의 문학 관념이 아무 리 서양 현대 문학 관념의 영향을 많이 받았다고 하더라도, 그 기원은 전통 문학 관념의 모태 또는 혈통에서 찾을 수 있는 것이다. 그러므로 편견만 버린 다면, 우리는 고대 문학 관념에서 현재에 유용한 것들을 얼마든지 흡수할 수 있을 것이다. 역사적 관점으로 사물을 고찰한다는 것은 우선 선입견을 버리고 기본적인 역사 사실에 근거하여, 실사구시의 방법으로 사물을 판단하고 그것 에 대한 가치 판단을 내리는 것을 말한다. 역사적 관점이 중요시하는 것은 "유무有無"이지 "호불호好不好"가 아니다. 또한 "유무"의 문제에 있어서도 현 대인이 선호하는 기준으로 "유무"를 판단해서는 안 되며, 역사상의 존재 여부 를 근거로 역사적 진실을 복원해야 마땅하다. 물론, 역사적 진실은 완전히 복 원할 수 있는 것이 아니다. 하지만 그것은 결코 현대인들이 자기의 기준으로 마음대로 역사를 왜곡하고 날조하며 유무를 조작하거나 자신이 흥미를 가지 는 것에만 눈길을 돌리고 그렇지 않은 것은 간과해 버려도 된다는 것을 의미 하지 않는다. 역사적 관점으로 고대 문학 관념을 고찰하려면 그와 관련된 모 든 역사적인 현상과 사실에 관심을 가져야 하며, 모든 옛 문헌과 출토 유물을 고찰 대상으로 삼아야 한다. 비록 그런 문헌과 유물이 나타내는 현상과 사실 이 역사적 한 단면에 그칠 수도 있겠지만, 어찌 되었건 그러한 현상과 사실이 과거에 존재했었다는 것은 확실하며, 따라서 그것은 고심 끝에 얻어낸 합리적

---

13) 拙著, 「論墨子的文學觀念-兼論孔墨文學觀念之異同」(『陝西師範大學學報(哲學社會科學 版)』 2008年第2期)와 이 책 제8장 참고.

14) 拙著, 「文學的人化與人的文學化-孟荀文學觀念之比較」(『湖北師範學院學報(哲學社會科 學版)』 2001年第1期)와 이 책 제7장의 제4절 참고.

인 추론보다 더욱더 믿을만하다. 어떤 모순된 역사 현상이 나타났거나 우리가
알지 못한 역사 현상을 발견했을 경우, 그것이 사실이라면 우리는 마땅히 객
관적으로 그것에 접근해야 하며, 그것을 사실대로 기술해야 할 것이다. 왜냐
하면 "있는 그대로 기록하면 그것이 곧 사실이 되"[15]기 때문이다. "『춘추』에서
는 믿으면 믿는 바를, 의심하면 의심하는 바를 그대로 전하라."[16]고 했는데,
그것이 바로 중국의 역사 전통인 것이다.

역사적 관점으로 고대 문학 관념을 이해한다는 것은, 고대 문학 관념의
모든 현상과 사실을 명확히 파악한 기초 위에서, 각종 현상과 사실 간의 역사
적 관련성을 찾아내고 전체적 의미를 가진 역사적 환경을 구축하여 구체적인
문학 관념을 그 속에 놓고 이해하는 것을 말한다. 실증주의 사학은 "역사는
사실대로 설명해야 한다."[17]고 주장한다. 즉 "절대적이고 무조건적으로 사실
을 존중하고 충실한 태도로 사실을 수집해야 하며, 표면적인 현상에 현혹되지
말고 모든 상황에서 인과 관계를 파헤치고 그 존재를 가정해야 한다."[18]는 것
이다. 사실상 이와 같은 역사 관념은 중국에서 아주 뿌리 깊은 전통을 갖고
있다. "실록實錄"과 "직서直書"는 줄곧 사관史官의 본분으로 여겨졌고 "세간의
의견을 채용하고 사건을 수집"[19]하는 행위도 줄곧 역사 기록자들이 적극적으
로 수행해온 것이다. 신역사주의는 역사를 "사실로서의 역사", "기록으로서의
역사"와 "창작으로서의 역사"로 나누고, "사실로서의 역사"는 다시 재현될 수
없으며, "기록으로서의 역사"는 주관적 편견에서 자유로울 수 없으나, "창작
으로서의 역사"는 역사를 재구성할 수 있다고 주장한다. 하지만 "기록으로서

---

15) 吳縝, 『新唐書糾繆』〈序〉, 叢書集成初編本, 上海:商務印書館, 1936, 3쪽.

16) 范甯 集解·楊士勳 疏, 『春秋谷梁傳注疏』卷3, 〈桓公五年〉, 十三經注疏本, 北京:中華書局
影印, 1980, 2374쪽.

17) 이것은 랑케가 한 말이다. 랑케(1795~1886)는 19세기 독일의 가장 위대한 역사학자이자 서
양 근대사학의 창시자 중 하나이다. 그는 역사를 연구할 때 연구 자료를 객관적으로 수집한
뒤에 사실대로 역사 원형을 재현해야 한다고 주장했다.

18) W.C.丹皮儿, 『科學史』, 北京:商務印書館, 1995.

19) 杜佑, 『通典』卷首, 〈總序〉, 北京:中華書局影印, 1964, 9쪽.

의 역사"든 "창작으로서의 역사"든 간에 거기에는 역사에 대한 사람들의 인식과 이해가 고스란히 깔려 있다. 또한 이와 같은 역사 기술은 역사적 현상과 사실에 대한 수집과 정리를 거부하지 않을 뿐만 아니라, 오히려 그것을 전제 조건으로 삼는다. 물론 역사학자들의 선택과 재구성이 "사실로서의 역사"와 같을 수는 없겠지만, 그들이 시종일관 역사 관념으로 역사를 이해했다는 점에는 의심할 여지가 없다. "모든 참된 역사는 당대사當代史이다."[20]라고 주장한 베네데토 크로체도 역사와 당대 생활의 연관성 및 역사와 사상 활동의 일치성을 강조하면서 "역사 사실의 완전성, 서술 및 문헌의 통일성과 발전의 내재성"이라는 "역사 관념"에 의견을 달리하지 않았다.[21] "모든 역사는 사상사이다."라고 주장한 콜링우드 역시 "모든 과학은 사실을 기반으로 한다.", "역사학은 사적事蹟에 관한 과학으로 인류가 과거에 제기한 모든 문제에 대해 답을 구하는 것이다.", "역사학은 증거에 대한 해석을 통해 진행하는 학문으로, 여기서 증거란 모든 개별적 문헌을 아우르는 통칭이다."[22]라고 하는 견해에 동조하면서, 사학자들은 반드시 역사적 사실과 현상의 뒷면에 숨겨진 사상을 완벽하게 이해하기 위해 노력해야 한다고 강조하였다. 역사적 관점으로 고대 문학 관념을 이해하기 위해서는 역사적 환경을 구축하고 그것을 바탕으로 선인들의 정신세계를 살펴보고 그들의 사상을 "재현"해야 하는데 절대로 현대인의 사상을 선인들에게 강요해서는 안 된다. 역사적 환경의 구축은 각종 문학 관념의 구체적인 문화적 의미를 이해하는 데 있어서 굉장히 중요하다. 그 어떤 작가든지 그가 표현한 문학 관념은 그 개인의 잡다한 욕망이나 허튼 생각에 그치는 것이 아니다. 다시 말해 한 작가가 표현한 문학 관념은 그가 생활하던 시기의 사회 환경, 문화 풍토, 정치적 분위기, 교육 상황 등과 관련이 있을뿐더러 그 개인의 생활 경험, 문화 수양, 사상 품성, 정신 상태 등과도 관련이 있다.

---

20) 貝奈戴托(베네데토 크로체도), 『歷史學的理論和實際』, 北京:商務印書館, 1982, 2쪽.

21) 貝奈戴托(베네데토 크로체도), 위의 책, 230쪽.

22) 柯林武德(콜링우드), 『歷史的觀念』, 北京:商務印書館, 2003, 37쪽.

이를테면, 공자의 문학 관념에 내포된 예악 문헌과 예악 제도에 대한 관심은 "예악이 붕괴"되기는 했지만 예악 제도가 아직 완전히 소멸되지 않은 춘추 시대의 사회 환경 및 공자 본인의 서주西周 예악 문화 정신에 대한 편애와 갈라놓을 수 없다. 물론 거기에는 어쩌면 자신의 몰락한 귀족 신분의 정체성에 대한 고민과 주공周公에 대한 개인적인 숭배가 들어있을지도 모른다. 반면에 묵자의 문학 관념에 나타난 예악 문화에 대한 반대는 전국戰國 초기에 예악 제도가 사회 정치 생활에서 사라지게 된 것과 묵자 개인이 가졌던 "주나라의 도를 버리고 하나라의 정치를 취한다."라는 문화적 입장과 관련이 있다. 또 거기에는 묵자 자신의 하층민 신분의 정체성과 사회생활에서 비롯된 현실적 입장도 반영되었을 듯하다. 따라서 고대 문학 관념을 이해함에 있어서 거시적인 역사 문화적 시야를 확보해야 할 뿐만 아니라, 개인의 인성과 같은 미시적인 부분에도 관심을 가져야 한다. 그렇지 않으면 선인들의 문학 관념에 대한 정확한 이해를 기하기 어렵다. 청나라의 장학성章學誠은 "사마천은 '배움을 좋아하고 깊이 생각한다면 마음으로 그 뜻을 알 수 있을 것이다.'라고 하였다. 지금 세상에 어디서 그런 뜻을 아는 사람을 만나 저술의 법을 함께 논할 수 있겠는가?"[23]라고 하였다. 그의 이 말에는 위에서 논의한 내용이 어느 정도 포함되어 있다고 하겠다.

역사적 방법으로 고대 문학 관념을 연구하려면 역사학에서 보편적으로 사용하는 방법을 고대 문학 관념 연구에 최대한 적용해야 한다. 역사학에서 사용하는 방법은 아주 많지만, 학과 특성을 가장 잘 나타내는 것으로는 아래와 같은 몇 가지를 들 수 있다. 첫째는 사료법史料法이다. 역사학은 사료를 중요시하는 전통을 가지고 있다. 심지어 "사학은 곧 사료학이다."라는 극단적인 주장이 있을 만큼 사료를 중요시한다. 사료의 수집과 정리를 중시하고 사료 발굴에 힘을 쏟으며 사료를 분석하고 합리적으로 운용하는 것은 역사 연구에서 줄곧 주창해온 방법이다. 고대 문학 관념 연구도 이런 방법을 참고할 수

---

23) 章學誠 撰·葉瑛 校注, 『文史通義校注』 卷5 內篇五〈答客問上〉, 北京:中華書局, 1994, 472쪽.

있으며 또한 참고해야 할 것이다. 누군가의 문학 관념을 연구하기 위해서는 그의 문학 관념과 관련된 모든 자료를 최대한 수집, 정리하고 발굴해야 한다. 마찬가지로 어떤 시기의 문학 관념을 연구함에 있어서도 그 시기의 문학 관념과 관련된 모든 자료를 최대한 수집, 정리하고 발굴해야 한다. 자료적 기초가 마련되면 관련된 문학 관념을 고찰하고 이해할 수 있는 가능성을 확보하게 된다. 그렇지 않으면 어떤 작가나 어떤 시기의 문학 관념을 완전히 이해하는 것은 불가능하다. 둘째는 실증법實證法이다. 역사 연구는 실증을 가장 중요시하고 있기에 사실로써 말하고 사실만큼 말한다. 어떤 판단을 내릴 때 우리는 으레 "증거"를 요구하게 되는데, "판단을 내리는 데는 반드시 증거가 필요하며, 증거 없이 억측하는 것은 반드시 배제해야 한다."[24]는 말도 바로 같은 맥락에서 나온 것이다. 고대 문학 관념을 연구함에 있어서도 우리는 이런 방법을 제창해야 한다. 그것은 문학 관념과 관련된 그 어떤 문제를 논의하든 간에 반드시 사실에 근거해야 하기 때문이다. 여기서 말하는 사실이란 일부 사실이 아닌 전체 사실을 의미한다. 따라서 만약 자신의 견해와 일치하지 않은 사실이 존재한다면, 그것을 숨길 것이 아니라 내놓고 함께 토론해야 한다. "증거를 숨기거나 왜곡하는 것은 부도덕한 일이"[25]라는 말이 있는데, 증거를 존중하는 것은 역사학자들이 반드시 갖추어야 할 덕목일 뿐만 아니라, 모든 학술 연구에서 꼭 지켜야 할 기본적인 도덕이다. 셋째는 편년법編年法이다. 역사는 본래 시간의 연속이기 때문에 역사 연구는 지금까지 아주 강한 시간 관념을 유지해 왔다. 따라서 편년법도 역사학에서 자주 쓰는 방법이 되었다. 시간의 전후는 역사의 과정을 나타낼 뿐만 아니라, 때로는 사건의 시말始末·인과因果·정변正變 등 각종 복잡한 관계를 설명해주기도 한다. 고대 문학 관념 연구에서 편년법을 사용하면 어떤 문학 관념과 일정한 역사 시기를 연관시킴으로써 그런 문학 관념의 사회 역사적 의미를 좀 더 쉽게 파악할 수 있을 뿐만 아니라,

---

24) 梁啟超, 『清代學術槪論』, 上海:上海古籍出版社, 2005, 40쪽.

25) 梁啟超, 위의 책, 40쪽.

문학 관념 발전의 역사적 단서를 보다 분명하게 밝힐 수 있다. 아울러 현대인
의 관념으로 선인들의 관념을 함부로 다룸으로써 나타날 수 있는 부당한 해석
을 미연에 방지할 수도 있다. 이를테면, 공자의 문학 관념은 자유子游와 자하子
夏로부터 분화되었지만, 맹자孟子와 순자荀子의 문학 관념의 차이는 공자의
문학 관념에서 그 근원을 찾을 수 있을 뿐만 아니라, 자유와 자하의 의견 차이
에서도 그 단서를 발견할 수 있다. 한편, 유가 문학 사상의 발전 궤적을 고찰하
기 위해서는 상기 사상가들의 사상과 묵자墨子, 양주楊朱, 장자莊子 등의 사상
을 비교하지 않을 수가 없다. 왜냐하면 문학 관념의 변화는 각종 사상의 운동
속에서 이루어지기 때문이다. 넷째는 관통법貫通法이다. 중국 고대의 역사학
자들은 관통을 중요시했다. 사마천은 "하늘과 사람의 관계를 탐구하고 옛날과
지금의 변화에 통달하여 일가의 말을 이루고자"[26] 하였고, 정초鄭樵는 "천하의
이치를 깨달아야 하고, 고금의 도리를 통달해야 하기에 그 깨닫고 통달하는
의미가 참으로 크다."[27]라고 하였다. 관통법으로 고대 문학 관념을 연구하려
면, 그것을 구체적 역사적 환경에 놓고 이해하는 동시에 역사 발전의 과정
속에서 고찰해야 한다. 뿐만 아니라, 그것을 과거와 현재의 사상을 연관시켜
비교하거나, 심지어 서양의 문학 사상을 참조물로 삼아 고찰할 수도 있다. 그
렇게 하면, 고대의 어떤 문학 관념에 대한 연구를 막론하고 단일적이고 고립
적이며 분산적인 연구가 되지 않고, 총체적이고 체계적이며 전면적인 연구가
될 것이다.

　　역사적 태도로 고대 문학 관념을 평론한다는 것은, 역사적 입장에 서서
선인들을 존중하고 "그들의 정서를 이해"함으로써 그들의 문학 관념을 정확
히 평가하는 것을 의미한다. 1930년에 천인커陳寅恪는 「馮友蘭『中國哲學史』
(上冊)審査報告」에서 다음과 같이 말했다.

---

26) 班固, 『漢書』卷62〈司馬遷傳〉, 二十五史本, 上海:上海古籍出版社, 上海書店縮印, 1986,
　　618쪽.
27) 鄭樵, 『夾漈遺稿』卷3, 〈上宰相書〉, 叢書集成初編本, 18쪽.

선인들은 주로 마음에 느끼는 바가 있는 경우에 글을 써서 견해를 드러냈다. 그래서 그들이 처한 상황이나 시대적 배경을 이해하지 못한다면 우리는 그들의 학설을 제대로 평가하기 어렵다. …… 우리가 오늘날 근거로 삼을 수 있는 자료는 당시로부터 전해 내려온 극히 일부일 뿐이다. 그런 파편들을 통해 전부를 헤아리고자 한다면 반드시 예술가가 고대 회화나 조각을 감상하는 것과 같은 안목과 마음가짐을 가져야 한다. 그래야만 비로소 선인들이 세운 학설의 의도와 대상을 진정으로 이해할 수가 있다. 이른바 진정으로 이해한다는 것은, 상상과 명상을 통해 학설을 세운 선인들과 동일한 경지에 도달함으로써 그들이 온갖 심혈을 기울여 얻어낸 견해에 공감함을 의미한다. 또한 그런 과정을 거쳐야만 비로소 선인들이 주장한 학설의 시비와 득실을 있는 그대로 정확히 평가할 수가 있다.[28]

고대 철학 사상을 평론함에 있어서 이러한 자세가 필요하다면, 고대 문학 관념을 평론함에 있어서도 마땅히 이러한 자세를 갖추어야 할 것이다. 20세기에 들어오면서 상대론과 양자역학은 고전 물리학에 대한 사람들의 인식은 물론 그들의 세계관과 역사관까지도 바꿔 놓았다. 사람들은 사물을 인식할 때 더 이상 절대적 진리를 바라지 않게 되었고, 역사의 진실을 복원할 수 있다는 생각이나 선인들을 완벽하게 이해할 수 있다는 자신감을 더 이상 갖지 않게 되었다. 그렇다고 현대인들이 선인들과의 소통을 위한 노력을 포기한 것은 아니다. 신역사주의는 비록 역사주의와 실증주의가 역사적 진실을 추구하는 환상을 타파하였지만 "사학자들은 반드시 자신의 마음속에서 과거를 재현해야 한다."는 주장은 여전히 고수하고 있다. 물론, "사학자들이 과거를 재현한다는 것은 자신의 지식 구조에서 과거를 재현한다는 것이다. 따라서 그것은 과거를 비판하고 과거에 대한 자신의 가치 판단을 형성함을 의미한다."[29] 역

---

28) 陳寅恪, 「馮友蘭『中國哲學史』(上冊)審査報告」는『中國現代學術經典·陳寅恪卷』(石家莊:河北敎育出版社, 2002年, 838~839쪽)에 수록되어 있다.

29) 柯林武德(콜링우드)의『歷史的觀念』(北京:商務印書館, 2003, 29쪽) 역본 서문을 인용했다.

사 속의 주체와 객체는 서로 통일되어 있지만, 그 속에서 살아 움직이는 주요한 요소는 바로 사상이다. 역사적 사건은 그 속에 사상이 있기에 비로소 후세 사람들의 머릿속에 살아남게 되는 것이다. 따라서 현대인들은 역사를 연구할 때 반드시 역사적 사건 속으로 들어가 그것을 새롭게 체험하고 선인들의 사상을 고찰해 보아야 한다. 그것이 비록 현대적 지식을 바탕으로 한 체험과 고찰일지라도 말이다. 이와 같은 주장은 "선인들을 이해하고 그들과 공감해야 한다."라는 주장과 일맥상통하는 바가 있다. 그러므로 역사적 태도로 고대 문학 관념을 평론하는 것은 일종의 사상적 체험이자 모험이라고 할 수 있다. 우리는 "학설을 세운 선인들과 동일한 경지에 도달"함으로써 그들이 어떻게 느끼고 생각했는지를 체험해 보아야 할 뿐만 아니라, 현대인의 입장에 서서 선인들이 왜 그렇게 생각했는지, 그런 생각이 중국 고대 문학에서 어떤 의미를 가지고 있는지, 또한 그런 생각이 오늘날 어떤 가치를 가지고 있는지 등에 대해 적절한 평가를 내려야 한다. 이렇게 한다면 우리는 실사구시의 방법으로 선인들을 평가할 수 있을 뿐만 아니라, 그들의 사상을 활용하여 오늘날의 문학 사상 구축에 이바지할 수도 있을 것이다. 물론 그것은 굉장히 위험한 작업이자 아주 중요한 작업이기도 하다. 선인들의 사상을 왜곡하여 현대인들의 비위를 맞추어서도 안 되고, 선인들을 추켜세우고 현대인들을 폄하해서도 안 된다. 가장 바람직한 것은 고금古今 사상의 소통과 교류, 충돌과 융합 속에서 중국 문학 사상을 재건하고 승화시키는 것이다. 중국 고대 문학 관념 발생사 연구가 가지는 현대적 의미가 바로 여기에 있다.

요컨대, 고대 문학 관념 발생사 연구의 역사적 시각은 연구자에게 재才 · 학學 · 식識 · 덕德의 종합적인 자질을 갖추는 동시에, 역사를 인정하고 선인들을 존중하며, 역지사지易地思之의 자세와 평등한 입장으로 선인들과 대화를 나누고 사상을 교류하며, "사법史法"과 "사의史意"[30]를 결합하고 "기주記注"와

---

30) 章學誠은 『家書』에서 "나는 역사학에 천부적 재능이 있어서 요점을 밝히고 목록을 쓰는 데 자신이 있다. 이러한 작업은 후세들을 이끄는 데 도움이 될 것이다. 그래서 사람들은 나를 劉知幾에 빗대기도 한다. 그러나 劉知幾는 史法을 말하고 나는 史意를 말한다는 점에서 차이가

"찬술撰述"을 병행할 것을 요구한다.

> 기記와 주注는 지난 일을 잊지 않고자 하는 것이고, 찬撰과 술述은 미래를 흥기興起시키고자 하는 것이다. 그러므로 기와 주는 지난 일을 갈무리하는 명지明智함이 필요하고, 찬과 술은 미래를 시사하는 신명神明함이 요청된다. 지난 일을 갈무리하는 기와 주는 모든 것을 남김없이 보존하고자 하기에 일 정한 격식을 갖추는 것을 원칙으로 한다. 반면에 미래를 시사하는 찬과 술은 저자의 결단에 따라 지난 일을 취사선택해야 하므로 격식에 구애받지 않는 융통성을 지향한다.[31]

우리가 명지함과 신명함을 겸비하고 원칙성과 융통성을 두루 갖춘다면 고 대 문학 관념 발생사 연구는 반드시 새로운 국면을 맞이할 것이다.

셋째, 중국 고대 문학 관념 발생사 연구의 사고방식과 연구 방법

중국 고대 문학 관념 발생사를 연구함에 있어서 여러 가지 사고방식과 연 구 방법이 있겠지만, 주요한 것으로는 아래와 같은 두 가지를 들 수 있다.

하나는 현대인의 문학 관념에 기초하여 과거를 거슬러 올라가 현대인의 문학 관념의 각종 요소에 부합하는 발생학적 증거를 찾음으로써 논리와 역사 를 통일시키는 것이다. 그것은 대다수의 현대 학자들이 사용하는 사고방식과 연구 방법이다. 그러나 이와 같은 연구는 고대의 사례事例로 현대인의 관념을 설명해 줄 뿐, 현대인으로 하여금 선인들을 완전히 이해하게 하거나 또는 현 대인에게 선인들의 문화 지식, 학술 사상과 사유 경험을 제공해 줄 수는 없다. 더군다나 문학에 대한 현대인과 선인들의 인식이 다르고, 중국인과 외국인의 생각이 완전히 같지는 않기 때문에, 이러한 연구를 통해 얻은 결론 역시 설득

있다. 劉知幾는 전체적으로 고치고 정리하는 데 능하고, 나는 한 인물을 저술하는 데 능하다. 이 두 가지 방법은 확연히 달라서 서로 맞지 않는다."라고 하였다.

31) 章學誠 撰·葉瑛 校注, 『文史通義校注』卷1, 內篇1, 〈書教下〉, 北京:中華書局, 1994, 49쪽.

력이 떨어진다. 이를테면, 현재 유행하는 문학 기원설로는 모방설模倣說 · 유
희설遊戲說 · 종교설宗敎說(巫術) · 노동설勞動說 등 몇 가지가 있는데[32] 모두 다
큰 영향력을 가지고 있다. 그렇다면 우리는 어느 설說을 믿어야 할 것인가?
또한 문학 관념과 문학의 기원은 상호보완적 관계에 있기에 서로 다른 문학
기원설은 서로 다른 문학 관념을 도출해내게 마련이다. 그렇다면 우리는 어떤
문학 관념이 고대 중국에서 가장 먼저 실제로 존재한 문학 관념이라고 믿어야

---

32) 예를 들어, 데모크리토스는 예술이 자연에 대한 모방에서 비롯되었다고 생각했다. 그는 "우리
는 수많은 중요한 것 중에서 동물을 모방한다. 우리는 동물에게 배우는 학생이다. 우리는 거미
를 보고 베짜기와 바느질을 배웠고, 제비를 보고 집 짓는 법을 배웠으며, 백조와 꾀꼬리로부터
노래하는 법을 배웠다"라고 하였다.(「著作殘篇」은 『西方文論選』上卷, 上海:上海譯文出版
社, 1979, 4~5쪽에 실려 있다.) 아리스토텔레스도 비슷한 주장을 하였다. 그는 "모방은 우리의
천성에서 나온다. 音調感과 리듬감('韻文'은 분명 리듬의 단락이다)도 우리의 천성에서 나왔다.
이것은 처음에는 이 분야에서 소질을 가장 많이 가진 사람에게서 시작되었고 한 단계씩 발전하
며 즉흥적인 시가로 탄생하게 되었다"라고 하였다.(『詩學』, 北京:人民文學出版社, 1962, 12
쪽.) 칸트, 실러 등은 예술이 유희에서 비롯되었다고 보았다. 칸트는 "예술은 수공예와 다르다.
전자는 자유라고 볼 수 있고, 후자는 고용된 예술이라고 볼 수 있다. 사람들은 전자를 유희로
간주한다. 물론 이것도 하나의 작업이지만 즐거움이 동반된 합목적적인 목표를 달성할 수 있다.
반면에 후자는 노동으로 간주되는데 이 때 작업자는 고통과 불만을 동반한다. 단지 이것의 결과
(월급 등)가 매혹적인 까닭에 어쩔 수 없이 참여하게 되는 것이다"라고 하였다.(『判斷力批判』
上卷, 北京:商務印書館, 1964, 149쪽.) 실러는 "자연은 강압적 요구 또는 엄숙한 자연물에서
시작되었다. 그리고 과도한 강제성 또는 자연물의 유희를 통해 심미 유희로 옮겨간 것이다.
목적을 초월한 구속이 숭고한 미적 자유 영역으로 승격되기 전, 자연은 이미 자유 운동 중에
속하거나 적어도 이러한 독립성에 가까워지고 있었다. 자유 운동 자체가 곧 목적이자 수단인
셈이다"라고 하였다.(「美育書簡」는 『古典文藝理論譯叢』第5冊, 北京:人民文學出版社, 1963,
92쪽에 수록되어 있다.) 헤겔은 예술의 기원이 종교와 밀접한 관련이 있다고 보았다. 그는 "개
체와 대상의 관점에서 볼 때, 예술의 기원은 종교와 아주 밀접한 관계가 있다. 최초의 예술
작품은 모두 신화의 범주에 속했다. 종교 안에서 인류의 의식은 절대적이었다. 비록 이 절대성
이 그것의 가장 추상적이고 가장 결핍된 의미로 해석되기는 하였지만 말이다. 최초의 절대성은
자연 현상에서 나타났다. 인간은 자연 현상에서 어렴풋하게 절대성을 보았고 자연 사물의 형태
로 이것을 관찰 대상화 하였다. 이런 의도는 초기 예술의 기원이다"라고 하였다.(『美學』第2卷,
北京:商務印書館, 1979, 24쪽.) 반면에 고리키는 문학예술이 노동에서 생겨났다고 보았다. 그
는 "언어예술은 상고 시대 인간의 노동 과정에서 생겨났는데 이것은 모두가 공인하고 인정하는
바이다. 예술이 생겨난 것은 인류가 '二言詩', '옛말', '속담'과 고대의 노동 구호 등 가장 쉽게
기억할 수 있는 언어 형식을 사용하여 노동을 조직하기 위해서였다. 또한 언어 예술은 노동에
따라 생산된다. 언어는 인류의 창작 활동과 자연계의 적대 세력에 대한 저항과 투쟁 방식의
과학적 원리를 포함하고 있다."라고 하였다.(「論藝術」은 『文學論文選』, 北京:人民文學出版
社, 1958, 412쪽에 수록되어 있다.)

할 것인가? 사실상 이른바 문학 기원설과 문학 관념은 단지 하나의 논리적 추론이나 가설일 뿐, 그것들을 검증할 수 있는 사실적 근거는 존재하지 않는다. 다시 말해서, 그것들은 진위眞僞를 검증받을 수가 없는 것이다. 만약 그것들이 진위를 검증받을 수 있다면, 그렇게 많은 가설들이 존재하지 않을 것이다. 서양의 과학자들과 철학자들은 과학을 판단하는 기준을 놓고 많은 논쟁을 벌여왔다. 하지만 진위를 검증할 수 없는 대부분의 학설들은 과학적 학설로 취급할 수 없다.[33]

다른 하나는 최대한 전면적으로 중국 초기 문학 관념에 관한 정보를 수집하여, 그것을 귀납하고 정리하며 비교하고 분석하는 과정에서, 또는 고대 문학 관념 생성의 동적인 과정에 대한 고찰을 통해 중국 고대 문학 관념의 풍부한 의미를 찾아내는 것이다. 이른바 중국 초기 문학 관념 관련 정보에는 모든 문학 관념의 부호符號가 기록된 고대 문헌과 고고학 자료, 그리고 모든 고대 문학 활동과 관련된 고대 문헌과 고고학 자료가 포함된다. 이런 연구를 통해 얻어낸 결론은 현대인의 개념에서 연역된 것이 아니라, 모든 문헌과 자료를 귀납하고 정리한 기초 위에서 도출해낸 것이다. 그것은 어쩌면 현대인의 문학 관념과 다를 수도 있겠지만, 반드시 중국 고대 문학 관념의 생성 메커니즘과 발생 원리를 설명할 수 있어야 한다. 이런 연구를 통해 밝혀낸 문학 관념의 문화적 의미는 그 당시의 사회 문화적 환경에 대한 고찰을 통해 검증할 수 있기에 사실에 어긋나는 부분이 있으면 언제든지 바로잡을 수도 있다. 이런 연구는 그 구체적 방법에 있어서 역사와 논리의 통일을 견지하는 것 외에, 지식고고학知識考古學과 문화인류학 방법을 보다 많이 강조하고, 왕궈웨이王國維가 주장한 "이중증거법二重證據法"[34]을 중시하며, 동시에 언어학·문예학

---

33) 伊·拉卡托斯(라카토스), 「科學硏究綱領方法論 導言」, 『科學與僞科學』, 上海:上海譯文出版社, 1986 참고.

34) 王國維는 『古史新證』에서 "오늘날 우리는 문헌 자료뿐만 아니라 고고학 유물을 얻는 행운까지 가지게 되었다. 이런 유물 자료를 통해 문헌 자료의 부족한 점을 보충할 수 있고, 古書의 내용이 분명한 사실임을 증명할 수 있게 되었으며, 그동안 고상하지 못하다고 취급받던 일부 백가사상도 사실로 밝혀낼 수 있었다. 이러한 이중증거법을 통해 고서가 증명하지 못한 것도

·종교학·사회학·문화학·심리학·부호학·통계학 등의 모든 효과적인 방법을 적재적소에 사용한다.

우리는 두 번째 사고방식과 연구 방법을 선호한다. 선인들의 문학 관념은 물론 그들의 머릿속에 존재하는 것으로, 문학에 대한 그들의 입장과 생각을 직접 그들에게 물어볼 수는 없는 것이다. 그러나 선인들의 문학 관념은 이미 그들이 남긴 문자, 도안, 기물 등의 관념 부호를 통해 표출되었다. 따라서 우리는 그런 부호들을 연구하여 그들의 관념을 복원할 수 있을 뿐만 아니라, 그렇게 얻은 결론을 당시의 사회 문화적 환경과 연관시켜 그것의 진위를 검증함으로써 우리 연구의 과학성을 확보할 수 있는 것이다. 아울러 그러한 결론은 대량의 관념 부호를 수집하고 정리하며, 분석하고 연구하는 과정에서 얻어낸 것으로서, 우리에게 현행하는 문학 이론과 널리 사용되는 문학사 저술과는 다른 사상 자료와 이론 정보를 제공해 줄 수 있으며, 중국 고대 사상 문화에 관한 지식과 경험도 제공해 줄 수 있다. 또한 그것은 중국 문학 학과의 발전을 위해 탄탄한 기초를 마련해 주고, 중국 문학사와 중국 문학 비평사의 심도 있는 연구를 위해 원동력을 제공해 주며, 중국 특색을 띤 문학 이론 체계의 정립을 위해 참고 가치가 있는 사상을 제공해 준다. 그러므로 중국 고대 문학 관념 발생사 연구는 이론 선행이나 사상 선행, 그리고 이론으로 역사를 풀이하는 것을 주장하지 않으며, 개념 유희를 하거나 이론 도출에만 집중하는 것도 반대한다. 반대로 지식 고고학에 의한 실증 연구를 중시하고 관념 부호를 증빙 자료로 삼아 자료가 있는 만큼 자신의 관점을 피력한다.

중국 고대 문학 관념 발생사를 연구함에 있어서, 우리는 반드시 선진先秦

결코 부정할 수 없게 되었고, 이미 증명된 것은 더욱 명확해지게 되었다."라고 하였다.(『王國維論學集』, 北京:中國社會科學出版社, 1997, 38~39쪽.) 王國維의 "이중증거법"이 주로 문자 자료(지상, 지하)에 치중하고 있기 때문에 饒宗頤는 "삼중증거법"을 주장하기도 하였다. 그것은 고대로부터 전해 내려온 고서를 첫 번째 증거로, 고고학 유물을 두 번째 증거로, 고문자 자료를 세 번째 증거로 하는 것이다. 그러나 사람들이 王國維의 "이중증거법"을 사용할 때, 사실상 고고학 유물을 "지상의 새 자료"로 간주하며 그 증거대상에 포함시켰기 때문에, 이 책에서는 기존 방식에 따라 "이중증거법"이라고 통칭했다.

문헌(출토 문헌 포함), 문물과 고고학 성과를 주요 근거로 하여, 중국 고대 문학 관념 발생의 문화적 기원, 중국 고대 문학 관념의 표현 체계, 지식 구조, 사유 방식, 가치관과 사회적 실천 등에 대해 종합적으로 분석하고 정리하여야 한다. 그리고 이러한 작업을 통해 중국 고대 문학 관념이 그 발생 단계에 있어서 어떤 모습으로 나타났는지, 어떤 중요한 사상 문화 정보를 담고 있었는지, 또 당시 사람들의 정신문화 생활에 어떠한 영향을 끼쳤는지 등에 대해 밝혀야 한다.

중국 문학의 기원은 어쩌면 아주 오래전으로 소급되어야 할지도 모른다. 그러나 당시에는 아직 독립적인 문학 활동이 이루어지지 않았고, 문학 요소들만 존재했을 뿐이다. 그러한 문학 요소들은 기타 더 중요한 활동(원시 종교 활동이나 인위적인 종교 활동)에 내포되어 있거나 또는 그런 활동(점복, 제사)의 한 부분으로 되었다. 독립적인 문학 활동은 춘추시대에 이르러서야 비로소 가능해졌으며, 고대 문학 관념이 명확하게 드러난 것은 춘추 시대 말기부터이다.[35] 하지만 발생학적 관점에서 볼 때, 고대 문학 관념의 발생은 오랜 역사적 과정을 거쳤는데 거기에는 주체의 변천, 지식의 축적, 시각의 전환, 문화의 변화 및 사회의 발전과 표현 방식의 진화 등이 망라된다. 이처럼 중국 고대 문학 관념 발생사 연구는 다루어야 할 문제가 매우 많고 복잡한데, 대체로 다음과 같은 몇 가지로 귀납할 수 있다.

첫째는 문화의 주체와 문학 관념이다. 문학 관념의 발생은 문화의 주체를 떠나 이루어질 수 없다. 중국의 초기 문화 주체의 변천을 고찰하는 것은 고대 문학 관념 발생에 있어서의 주체의 원리를 이해하는 데 도움이 된다. 은상殷商에서 서주西周를 거쳐 춘추春秋로 접어들면서 사회 문화의 주체는 무사巫史에서 사유士儒로 바뀌었다. 그들의 문화적 지위와 기능의 변화는 고대 문학 관념의 발생과 아주 밀접한 관계가 있으므로 중국 고대 문학 관념 발생사 연구에

---

35) 拙著,「中國文學觀念的符號學探原」,『中國社會科學』1999年第一期;「論孔子的文學觀念」,『孔子研究』1998年第一期 참고.

서 이 부분을 간과해서는 절대 안 된다.

둘째는 문화 활동과 문학 관념이다. 문학 관념의 발생은 문화 활동에서 비롯되었다. 중국의 초기 문화 활동 발전에 대한 연구는 고대 문학 관념 발생에 있어서의 문화적 원리를 이해하는 데 도움이 된다. 점복과 제사를 위주로 하던 문화 활동은 예악과 회맹會盟을 위주로 하는 문화 활동을 거쳐 처사횡의 處士橫議와 백가쟁명百家爭鳴의 문화 활동으로 발전하였다. 이와 같은 문화 활동 발전에 대한 고찰을 통해, 우리는 문학이 점차 독립된 문화 활동으로 발전한 역사적 과정과 독립적인 문학 관념이 발생한 역사적 궤적을 추적해 볼 수 있다.

셋째는 문학적 표현과 문학 관념이다. 문학 관념의 발생은 문학적 표현과 불가분의 관계에 있다. 중국의 초기 문학적 표현의 의미, 연관성 및 확장에 대한 검토는 고대 문학 관념 발생에 있어서의 표현의 원리를 이해하는 데 도움이 된다. 우리는 "시는 마음속 뜻을 말하는 것이고, 노래는 말을 길게 읊조리는 것이며, 소리는 가락을 따라야 하고, 음률은 소리와 조화를 이뤄야한다." 라는 표현에서 "시를 배우지 않으면 말을 할 수 없다."라는 표현으로의 변화, "하늘의 뜻과 인간의 삶이 조화를 이룬다."라는 표현에서 "말을 닦고 뜻을 세운다."라는 표현으로의 변화 등을 통해, 표현 구조에 나타난 주제의 변화가 고대 문학 관념의 발생에 끼친 영향을 분석할 수 있다.

넷째는 사회생활과 문학 관념이다. 문학 관념의 발생은 사회생활에서 비롯되었다. 중국의 초기 사회생활의 변천을 고찰하는 것은 고대 문학 관념 발생에 있어서의 사회적 원리를 이해하는 데 도움이 된다. 은상 시대는 "국가의 대사는 제사와 군대에 달려 있다."라는 사회적 의식이 주류를 이룬 시대였고, 이어서 나타난 서주 시대는 "예악형정禮樂刑政"을 중요시한 시대였으며, 그 뒤를 이은 춘추 시대는 제후쟁패諸侯爭覇와 열국외교列國外交로 얼룩진 시대였다. 이와 같은 시대적 변화에 대한 고찰을 통해, 우리는 사회생활의 변천이 고대 문학 관념의 발생에 끼친 영향을 발견할 수 있다.

다섯째는 학술 사상과 문학 관념이다. 문학 관념의 발생은 학술 사상을 바탕으로 한다. 중국의 초기 학술 사상 발전에 대한 연구는 고대 문학 관념 발생에 있어서의 학술적 원리를 이해하는 데 도움이 된다. 원시 종교로부터 완전한 형태의 종교에 이르기까지, 무술巫術 신앙에서 왕관지학王官之學에 이르기까지, 정교합일政敎合一에서 백가학설百家學說에 이르기까지의 변화를 살펴봄으로써, 우리는 여러 가지 학술 사상이 고대 문학 관념의 발생에 끼친 영향을 판단할 수 있다.

여섯째는 지식 체계와 문학 관념이다. 문학 관념의 발생은 지식 체계 및 교육 배경과 관련되어 있다. 중국의 초기 지식 체계의 구성을 연구하는 것은 고대 문학 관념 발생에 있어서의 인식적 차원의 원리를 이해하는 데 도움이 된다. 은상 시대의 점복에 대한 공부에서 서주시대의 "육예(禮樂射御書數)"에 대한 공부를 거쳐 춘추 시대의 "공자의 4가지 가르침: 문文 · 행行 · 충忠 · 신信"에 대한 공부에 이르기까지, 우리는 이와 같은 변화 과정에 대한 연구를 통해 지식 계통과 교육 배경이 고대 문학 관념의 발생에 끼친 영향을 밝혀낼 수 있다.

위에서 언급한 6가지 항목은 중국 고대 문학 관념 발생사 연구에서 다루어야 할 주요한 내용들이다. 그러나 이 6가지 연구 내용은 서로 밀접한 관련이 있기 때문에 그 어느 하나를 완전히 독립적으로 다룰 수 있는 것은 아니다. 이를테면, 문화의 주체와 문학 활동 및 사회생활은 불가분의 관계에 있으며, 문학적 표현과 학술 사상 및 지식 체계도 서로 밀접한 관계를 가지고 있다. 따라서 그 중 어느 한 가지를 연구하더라도 다른 것과 연관 짓지 않을 수가 없다. 이에 중국 고대 문학 관념 발생사 연구는 총체적인 시각에서 다각도로 연구 대상에 접근하여 역사 발전의 안목으로 전면적이고 체계적으로 당면한 문제를 다룸으로써, 진정으로 연구 대상에 부합하고 역사적 진실에 다가서는 연구를 기하고자 한다.

1934년, 량스추梁實秋는 『편견집偏見集』에서 다음과 같이 지적했다.

나는 중국 문학에서 가장 개혁이 필요한 부분이 문학 사상이라고 생각한

다. 문학 사상이란 바꿔 말하면 문학의 기본 관념을 뜻한다. 문학이란 무엇이
고 문학의 역할은 또 무엇인가? 과거 중국에서는 이런 문제에 대해 어떠한
해답을 내놓았는가? 현재 우리는 그 해답에 대해 만족하는가? 만족하지 않는
다면 어떻게 수정해야 하는가? 나는 이러한 문제들이 신문학운동의 핵심이
되어야 한다고 생각한다.[36)]

　　문학 관념을 신문학운동의 핵심으로 삼은 것은 대체로 문제가 되지 않는
다. 그러나 지금까지도 중국 문학 관념은 시종일관 발전과 변화를 거듭하고
있다. 문학은 영원히 변치 않는 본질을 갖고 있지 않기에 그 존재 자체가 곧
본질이라고 할 수 있다. 따라서 어디에도 다 적용되는 보편성이 있는 문학
관념은 아예 이 세상에 존재하지 않는다. 선인들의 문학 관념에 대해 만족하
느냐의 여부는 중요하지 않다. 중요한 것은 선인들이 왜 그런 문학 관념을
갖게 되었는지에 대해 "이해하고 공감하는 것"이다. 선인들의 문학 관념을 왜
곡하고 전면적으로 부정함으로써 우리 민족의 사상 자원과 문화 전통을 포기
하는 결과를 조성해서는 절대로 안 된다. 현대인들은 자신들의 문학에 대한
인식과 이해에 따라 문학 창작과 문학 비평 등의 문학 활동을 진행할 수 있다.
그러한 문학 관념이 문학 자체의 발전뿐만 아니라 인간과 사회의 전면적인
발전과 진보에 도움이 되기만 하면 아무런 문제가 없다. 그럼에도 불구하고
중국 문학의 역사와 민족 문화의 전통을 저버려서는 안 된다. 왜냐하면 "과거
를 잊는 것은 배신하는 것과 마찬가지이다."라는 교훈도 있거니와, 더욱 중요
한 것은 중국 문학의 역사와 민족 문화의 전통 속에는 우리가 결코 갈라놓을
수 없는 문화의 뿌리와 정신의 근원이 숨어 있기 때문이다.

　　사실상 문학 관념은 문학 운동에서의 핵심일 뿐만 아니라 문학 연구에서
의 핵심이기도 하다. 이 점에 대해서 학술계에서는 오래 전부터 통일된 인식
을 공유해 왔다. 『甘肅社會科學』에서는 "우리의 문학 연구와 문학 관념을 어

---

36) 梁實秋, 『偏見集』, 「現代文學論」, 上海:上海書店, 1934, 145쪽.

떻게 볼 것인가?"라는 주제로 "인문학적 관점에서 본 '대문학관大文學觀'"이란
토론을 조직하였고,[37] 『文藝爭鳴』에서 조직한 "신세기문학"이란 토론에서도
문학 관념에 관한 문제를 비중 있게 다루었다.[38] 중국사회과학원 문학연구소
의 리우웨진劉躍進 연구원은 문학 관념 연구의 중요성에 대해 다음과 같이
지적하였다. "실천이 증명하듯이 중국 문학 연구에서 진정으로 기여를 한 사
람은 모두 문학 관념 연구에서 업적을 낸 사람이며, 문헌 수집에서 성과를
쌓은 사람들이다. 만약 문헌 자료가 뼈와 살이라면, 문학 관념은 그 속에서
흐르는 피와 같다. 피와 살이 있는 연구야말로 최고의 경지에 이른 연구라고
할 수 있다."[39] 하지만 현대인들의 문학 관념은 그냥 생긴 것이 아니다. 그것은
선인들의 문학 사상을 계승하고 현실 사회의 문화적 수요에 대응하면서 생겨
난 것이다. 다시 말해서, 선인들의 문학 관념은 현대인들이 새로운 문학 관념
을 창출하는 데 있어서 밑거름이 되었다. 문학 관념사 연구가 문학 연구의
중요한 부분으로 될 수 있었던 이유가 바로 여기에 있다.

중국 문학 관념사는 주로 서로 다른 시기 사람들의 문학에 대한 서로 다른
인식과 그것들 사이의 문화적 계승, 역사적 관련성과 운동 궤적에 대해 기술
해야 한다. 반면에 중국 고대 문학 관념 발생사는 주로 중국 고대 문학 관념
발생의 초기 모습을 기술하고, 그것을 형성하게 만든 사회적 원인과 내부적
원인을 연구함으로써, 중화민족의 문학 사상과 문학 정신에 대한 깊이 있는
이해를 기해야 한다. 중국 고대 문학 관념 발생사를 제대로 연구하기 위해서
는 무엇보다도 전면적이고 정확한 자료 수집이 중요하다. 물론 이와 같은 연
구에는 또한 상당한 어려움이 뒤따른다. 관련 자료를 이해하고 분석하는 것,
특히 각종 관념 사이의 연관성과 차이점을 세밀하게 분석하고 정리하는 것,
동일한 개념이 서로 다른 사회 문화적 환경과 지식 체계 속에서 서로 다른

---

37) 『甘肅社會科學』 2004年第3期 관련 논문 참고.

38) 『文藝爭鳴』 2006年第1期 관련 논문 참고.

39) 劉躍進, 「在繼承中創新的中國文學硏究」, 『中國社會科學院院報』 2006-4-27(7).

관념을 나타내는 현상에 대해 실사구시의 원칙에 따라 심도 있게 창의적으로 분석하는 것 등이 그 주요한 어려움이라고 할 수 있다.

중국 고대 문학 관념 발생사 연구는 중국 고대 문학 관념 발생사 정립에 그 목적을 둔다. 여기서 말하는 정립이란 연구 대상에 대한 개념 정립이 아니라, 그것의 내용에 대한 역사적 기술이다. 왜냐하면 학리學理적 차원에서 볼 때, 문학 관념 발생사 연구에서 다루는 문학 관념의 발생은 하나의 동적인 역사 과정으로서, 시공간적으로 고정된 구체적인 발생점이 존재하지 않기 때문이다. 따라서 전면적이고 역사적이며 동적인 방법으로 중국 고대 문학 관념 발생사를 분석하고 연구하여 중국 고대 문학 관념 형성의 사회 문화적 원리와 내부 구조적 원리를 밝힘으로써, 그 속에 숨어 있는 풍부한 의미를 이해하는 데 도움을 주어야 한다. 방법론적 차원에서 볼 때, 중국 고대 문학 관념 발생사 연구는 지식 고고학적 방법을 중요시한다. 구체적으로 말하면, 모든 관념은 부호를 근거로 하고, 모든 표현은 구조적 분석을 필수로 하며, 모든 논증은 "이중증거"를 전제로 하고, 모든 결론은 반드시 믿음직한 문헌과 문물을 기초로 할 것을 강조한다. 물론 이것은 중국 학술 연구의 우수한 전통을 발전시키는 데도 유리하다. 아울러 그것은 이 책이 추구하는 목표이자 본 과제가 지향하는 바이기도 하다.

제1장

"觀乎天文": 중국 고대 문학 관념의 기원

중국 고대의 문학 관념은 언제부터 발생한 것일까? 이 문제에 대해 모두가 수긍할 만한 시점을 확정하여 말하기는 매우 곤란하다. 왜냐하면, 중국 고대 문학 관념의 발생은 고대 문학의 발생과 더불어 유구한 역사적 과정을 가지고 있으며, 동시에 중국 고대 문학과 그 관념의 형태는 줄곧 발전과 변화를 거듭해 왔기에 하나의 통일된 표준으로 그것을 가늠하는 것은 거의 불가능하기 때문이다. 이 문제에 대한 기존의 연구를 살펴보면, 연구자들이 항상 각자의 입장에서 각기 다른 시각과 각기 다른 방법으로 논의하곤 했기에 의견 일치를 이루기가 어려웠다. 전통적 사유 방식의 영향으로 말미암아, 사람들은 언제나 이런 논의를 통해 명확한 결론이 도출되거나, 혹은 고대 문학 관념에 대해 정확한 정의가 내려짐으로써 "세상 어느 곳에서나 다 인정할 수 있는" 정답이 등장하기를 희망했다. 이러한 바람은 논의의 어려움을 증가시키고 연구자에게 불필요한 압력을 가져다주었다. 물론, 그렇다고 해서 중국 고대 문학 관념 발생에 관한 연구가 불가능한 것이라는 말은 아니다. 오히려 그것은 우리들에게 이 문제를 다룸에 있어서 본질주의의 선험론적 사유 방식을 극복하고, 거시적인 시각에서 발전적인 안목을 가지고 접근함으로써, 문학 관념 발생을 동태적 과정으로 인지하고 그것을 객관적으로 기술해야 함을 일깨워준다. 이러한 기술은 역사적 실체에 더욱 가까워질 수 있을 것이다. 중국 고대의 작가와 문학이론가, 그리고 사학가들은 중국 문학의 발생과 중국 문학 관념의 발생에 관하여 이론적 의미와 참고적 가치가 큰 저술들을 남겼는데, 그들의 사상적 성과는 우리에게 시사하는 바가 크다. 그들이 제시한 내용에 따라 연구를 진행한다면, 중국 문학 관념 발생에 대해 새로운 해석을 내릴 수 있을 것이다.

제1절 중국 고대의 문학 발생에 대한 인식

주지하듯 문학 관념의 발생과 문학의 발생은 불가분의 관계에 있다. 문학의 발생은 문학 활동 속에서 이루어진다. 문학 활동이 있으면 반드시 그것에 관한 일종의 관념이 생기게 마련이다. 물론 그러한 관념은 모호한 것일 수도 있고 명확한 것일 수도 있다. 이러한 문학 관념이 없으면 문학 활동은 목적성을 가지고 계획적으로 추진될 수가 없다. 바꾸어 말하면, 문학 관념이 있어야 비로소 그 문학 활동이 유치한 것이든 세련된 것이든 관계없이 그것을 의도적으로 전개할 수 있다. 한편, 문학 활동을 떠난 문학 관념은 허공에 뜬 존재로서 그 의미를 상실하게 된다. 그럼 도대체 문학 활동이 진행된 뒤에 문학 관념이 생긴 것일까? 아니면 문학 관념이 생긴 뒤에 문학 활동이 진행된 것일까? 지금까지 그 어떤 문학이론가도 이 문제에 대해 확답을 주지 못했다. 그것은 마치 "닭이 먼저인가, 달걀이 먼저인가"라는 명제와 같이 시종일관 하나의 역설로 존재하기에 우리는 더 이상 이 문제에 집착할 필요가 없다. 하지만 중국 고대 문학 관념의 발생을 논의할 때, 중국 고대 문학의 발생과 서로 연관 짓지 않을 수가 없다. 그것은 이 두 가지 현상이 서로 그림자처럼 따라다니는 불가분의 관계에 있기 때문이다. 따라서 중국 고대 문학 발생에 대한 선인들의 인식을 알아보는 것은 중국 고대 문학 관념의 발생에 대해 탐구할 때 반드시 거쳐야 할 부분이다.

그럼 중국 문학은 언제 발생한 것일까? 이 문제에 관해서는 두 가지 대표적인 관점이 있어 우리에게 좋은 참고가 된다.

그중 하나는 "문학은 처음 백성이 태어나면서 시작되었다."는 설이다. 남조南朝의 학자 심약沈約(441~513)은 『송서宋書』〈사령운전론謝靈運傳論〉에서 이렇게 말했다.

백성이 천지의 신령함을 품부 받고, 오상五常의 덕에 합해지자, 굳셈과 부드러움이 바꿔 운행되고, 기쁨과 성냄의 감정이 나뉘어졌다. 무릇 뜻[志]이 마음에서 움직이니, 가영歌詠으로 표현되고, 육의六義로 인하여 사시四始가 이어졌고, 오르내리며 노래하여 시편들이 분분하게 지어졌다. 비록 우하虞夏 이전이라 남은 글을 볼 수 없지만, 품부 받은 기운과 품은 신령함은 이치가 혹 다르지 않을 것이다. 그렇기에 가영歌詠이 발흥한 것은 응당 백성生民으로 부터 시작된 것이다.[40]

여기서는 비록 문학이란 개념이 사용되지 않았지만, 작자는 분명 가영歌詠을 문학으로 간주했다. 심약은 가영을 감정[情志]의 표현이라고 보았다. 또한 인류는 탄생할 때부터 천지의 기운과 신령함을 품부 받아 감정이 풍부해졌다고 생각했다. 그래서 그는 "가영歌詠이 발흥한 것은 응당 백성生民으로부터 시작된 것"이라고 했다. 즉, 문학은 백성이 처음 태어나면서부터 발생한 것이라고 본 것이다. 그러나 그의 이 결론은 유추類推에 의한 것으로서, 작자 스스로도 객관적 사실에 근거한 것이 아님을 인정했다. 작자가 말한 바와 같이 "우하虞夏 이전이라 남은 글을 볼 수 없었"던 만큼 그는 단지 기존의 상식에 따라 판단했을 뿐이다. 보다시피 문명인의 상식으로 원시인의 행위를 판단하는 것은 인류 문화의 발전이 길고도 복잡한 과정이었음을 간과한 것으로서, 그 결론의 신빙성을 의심하지 않을 수 없다. 게다가 심약이 논증 과정에 언급했던 '오상지덕五常之德'과 '육의六義', '사시四始' 등의 인문학적 관념도 인류 사회가 발전하여 일정한 단계에 이른 뒤에나 나타난 산물이지, 절대로 생민지초生民之初에 이미 나온 것이 아니다. 따라서 심약의 관점은 다분히 주관적 색채를 띠고 있다.

문학이 생민지초에 시작되었다는 심약의 관점은 주관적 색채가 다분하고 지나치게 추상적이었기에 후대의 문학사가들 중 그의 관점을 그대로 답습하

---

40) 沈約, 『宋書』권67, 〈謝靈運傳〉, 二十五史本, 203쪽.

는 이가 적었다. 오히려 유안劉安(前179~前122)의 『회남자淮南子』에서 나오는 구절이 더욱 많은 사람들의 관심을 끌었다. 유안은 『회남자』〈도응훈道應訓〉에서 다음과 같이 말했다.

사람들이 큰 나무를 들어 올릴 때, 앞에서 "어영차" 하면 뒤에서 응해서 따른다. 이것은 무거운 것을 들 때 힘을 내게 하는 노래이다.[41]

이 구절은 『여씨춘추呂氏春秋』〈음사淫辭〉에 나오는 말로, 적전翟煎(『呂氏春秋』에는 '翟翦'으로 되어 있다.)이 양혜왕梁惠王에게 "나라를 다스리는 이치가 문사에 있는 것이 아니다(治國有理, 不在文辭)."는 것을 설명하며 든 예다. 보다시피 그것은 문학의 기원을 설명하기 위한 것이 아니었다. 그런데 이 말이 플레하노프(Georgii ValentiNo.vich PlekhaNo.v, 1856~1918)를 비롯한 문학의 노동기원설을 주장하는 사람들의 관점과 맞아떨어지면서 중국 현대 문학 연구자들의 큰 관심을 끌게 되었다. 플레하노프는 일찍이 다음과 같이 지적했다. "원시 부락 사회에서 모든 노동은 자기와 어울리는 노래를 갖고 있었다. 그런 노래의 박자는 언제나 특유의 생산 동작의 리듬과 매우 정확하게 들어맞았다."[42] 사람과 유인원을 구별해 주는 것이 바로 노동이었기에 문학의 노동기원설은 자연스럽게 문학이 생민지초에 시작되었다는 관점을 아우르게 되었다. 노신魯迅(1881~1936)은 이 점을 더욱 분명히 했다.

인류의 문학 창작은 문자가 생기기 전에 벌써 시작되었다. 하지만 그 누구도 그것을 기록할 방법이 없었다. 우리의 선조인 원시인은 원래 말도 할 줄 몰랐다. 하지만 함께 작업을 하기 위해서는 서로 의견을 나누어야 했고, 그 과정에 점차 복잡한 소리를 낼 수 있게 되었다. 예를 들어 사람들이 함께

---

41) 劉安 撰 · 高誘 注, 『淮南子』 卷12, 〈道應訓〉, 二十二子本, 上海:上海古籍出版社縮印, 1986, 1258쪽.
42) 普列漢諾夫(PlekhaNo.v · Georgii ValentiNo.vich), 『沒有地址的信』, 北京:人民文學出版社, 1962, 39쪽.

나무를 들어 올리는 작업을 하였다고 하자. 누구나 힘겨워하면서도 그것을 표현하지 못하고 있을 때, 그중 한 사람이 "영차! 영차!"라고 소리 지르며 동료들에게 기운을 북돋우어 주었다면 그것이 바로 창작이다. 그리고 동료들이 그의 영치기 소리에 적극 호응하여 그것을 따라 했다면 그것이 바로 출판인 것이다. 또한, 누군가가 그것을 어떤 기호로 기록했다면 그것이 바로 문학이다. 기록한 사람이 바로 작가이고 문학가인 것이다. 굳이 문학 유파를 따진다면 그는 '영차영차파'에 속한다.[43]

노신의 이러한 표현은 문학이 생민지초에 발생했다는 관점을 일상 생활 속에서 일어날 수 있는 일을 근거로 설명함으로써 사람들이 그것을 더욱 쉽게 이해하고 받아들이는 계기가 되었다.

그러나 노동 구호口號를 문학과 동일시할 수는 없다. 만약 노동 구호가 바로 문학이라면, 각 민족의 문학 활동과 문학 관념은 대체로 비슷해야 할 것이다. 하지만 앞에서 이미 언급한 바와 같이, 동서양의 문학 활동과 문학 관념은 사실상 처음부터 상당한 차이를 보여주었다. 만약 노동 구호의 어떤 요소가 문학의 어떤 요소와 비슷하다고 해서 노동 구호가 바로 문학이고, 심지어 노동이 바로 문학 활동이라고 단정한다면, 인류의 모든 문화 활동은 이러한 추론에 근거해 노동에서 그것의 연원을 찾게 될 것이다. 따라서 "세상 어느 곳에서나 다 인정할 수 있는" 이와 같은 이론은 그 진위眞僞를 확인할 수 없는 무의미한 거짓 판단이 되고 말 것이다. 물론 그것은 우리에게 구체적 문제를 해결하는 효과적인 사상적 방법과 학술적 정보를 제공할 수 없을 것이다. 뿐만 아니라 우리가 중국 문학과 문학 관념의 발생을 탐구하고, 더 나아가 중국 문학과 문학 사상의 민족적 특질을 인지하는 데에도 아무런 도움이 되지 않을 것이다. 그동안 우리는 수많은 문제를 탐구할 때 착실한 자료 수집과 정리에 기초한 연구를 무시한 채, 일반적인 이론적 추리에 만족하거나 서구의

---

43) 魯迅, 『魯迅全集』第6卷, 『門外文談』, 北京:人民文學出版社, 1981, 93쪽.

이론을 그대로 답습하여 증거가 불확실한 상고 시대로 거슬러 올라가 확인 불가능한 사물의 연원을 찾는 데 급급해 하였다. 그 결과 우리는 중국 특색을 갖춘 학술 이론 유파를 만들어내지 못했다. 심지어 민족 문화 특질을 지닌 연구 과제를 서양 문화 사상을 검증하는 재료로 전락시킴으로써 우리만의 학술적 개성을 상실하게 되었다. 중국 문학 발생학과 중국 문학 관념 발생학 연구가 지금까지 제대로 전개되지 못한 것은 우리의 경직된 사유 패턴과 연구 방법에 그 원인이 있다고 해도 과언이 아니다.

일반적인 이론적 추리推理는 구체적인 역사 사실의 분석에 도움이 되지 않으며, 각 민족의 문학 관념이 왜, 어떻게 발생하였고, 어떤 민족 문화적 의미를 내포하고 있는지를 밝힐 수가 없다. 뿐만 아니라, 각 민족 문학 활동의 서로 다른 형식과 그런 활동의 민족적 특색을 정확하게 기술할 수도 없다. 이 점은 실로 의심의 여지가 없다. 우리에게는 이론가의 논리적 연역 추리를 과신한 나머지, 사물의 진상을 캐묻지 않는 경향이 있다. 사실상, "과학적 행위의 징표는 자기가 가장 아끼는 이론조차 의심하는 태도이다. 맹목적으로 기존의 이론을 믿는 것은 이지理智의 미덕이 아니라 이지의 죄가 될 만한 허물이다."[44] 우리가 추구하는 것은 '실사구시實事求是'의 학문이다. 때문에 중국 고대 문학 활동의 발생과 문학 관념의 발생을 연구함에 있어서 현존하는 역사적 문헌과 출토된 문물을 토대로 연구를 진행하는 것이 가장 바람직한 방법이라고 할 수 있다.

심약과 동시대이면서 조금 늦은 시기에 활동했던 문학 이론가 유협劉勰(약 465~약532)은 『문심조룡文心雕龍』〈원도原道〉편에서 또 다른 중요한 관점을 제시했다.

인문人文은 천지가 나눠지기 전의 원기元氣인 태극太極으로부터 시작되었는데, 신묘함의 도를 깊이 규명하여 『역易』의 괘상卦象이 가장 먼저 지어졌다.

---

44) 伊·拉卡托斯, 『科學研究綱領方法論』, 上海:上海譯文出版社, 1986, 1쪽.

복희씨가 처음에 팔괘八卦를 그리고 공자가 마지막으로 십익十翼을 지어 완성했다. 그중 건괘와 곤괘는 공자가 특별히 〈문언전文言傳〉을 지어 해석했다. 언어에 무늬가 있는 것은 천지의 마음이기 때문이다. 용龍의 형상을 한 말馬이 짊어지고 있었다는 하도河圖는 팔괘의 원리를 담았고, 신비의 거북이 짊어지고 있었다는 낙서洛書는 천하를 다스리는 원리를 갖고 있었으니, 옥판에 금으로 새겨진 사실과 녹색 죽간 위의 붉은 문자의 화려함은 누가 주관했는가? 이 또한 신묘함의 계시일 뿐이다. 창힐蒼頡이 새의 발자국을 보고 문자를 만들면서부터 매듭으로 기록하는 것을 대신하게 되자 문자의 작용은 비로소 분명히 드러났다. 염제炎帝 신농씨神農氏와 태호太皞 복희씨伏羲氏의 사적은 『삼분三墳』에 기록되어 있는데 연대가 너무 멀어서 사적이 아득해져 문장의 문채를 추적할 수 없다. 요순 시대에 문장은 비로소 문채가 빛나고 풍부해졌다. 순은 노래를 지어 읊고자 하는 뜻을 나타내었고, 백익伯益과 후직後稷이 진술한 책략은 또한 주상문의 풍조를 후세에 전했다. 하후씨夏侯氏 대우大禹가 흥기하여 숭고한 사업과 거대한 공적을 남겼으니, 각각의 일들이 모두 차례가 있고 백성들이 노래하고 칭송을 하니 제왕의 공훈과 덕행이 날이 갈수록 풍부해졌다. 상商나라와 주周나라에 이르러 문장의 문채文采가 전대前代보다 질박하게 되었다. 『시경』의 〈아雅〉와 〈송頌〉의 영향이 미쳐 문장의 문채가 두드러지게 더욱 훌륭해졌다. 주나라 문왕이 은나라 주왕에 의해 유리羑裏에 갇혔을 때 『주역』을 지었으니, 괘사卦辭와 효사爻辭의 광채가 보석처럼 빛나 내용은 풍부하고 의리義理는 정미精微했다. 게다가 주공단周公旦이 다재다능하여 주 문왕의 훌륭한 사업을 펼쳐서 시가를 지어 『시경』의 「주송周頌」을 편집하니 각종 문사文辭가 빛이 났다. 공자가 이전의 성인을 계승하자 종전의 성인과 철인哲人을 뛰어넘게 되었다. 그가 육경을 편정編訂하자 마치 타종打鍾으로 시작하고 격경擊磬으로 끝내는 것처럼 경전이 집대성되었다. 그가 성정性情을 닦고, 사령辭令을 조직하자 이 경전들은 정교政敎를 시행할 때 사용하는 목탁이나 방울과 같이 한 번 치기만 해도 천 리에 울려 퍼졌으니 또한 이는 유학자의 강석講席 위의 보배로 전해져 만세토록 영향을 끼쳤다. 참으로 천지의 밝은 빛을 묘사하고 인류의 총명과 지혜를 계발啓發한 것이다.[45]

보다시피 문학의 기원에 대한 유협의 견해는 심약과는 다르다. 그는 일반적인 이론적 추리에 그치지 않고 명확한 증거가 있는 구체적인 문헌 전적을 근거로 문학이 발생한 대체적인 시기를 찾아냈다. 유협은 먼저 인문에 대해 언급하면서, 인문은 상고上古 시대에 시작되었고, 『역경易經』의 괘상卦象이 최초의 인문 부호라고 했다. 또한 이러한 인문 부호는 일종의 문화적 기원을 뜻하는 것이지 문학의 기원을 의미하지는 않는다고 했다. 그리고 문학에 대해서 그는 다음과 같이 지적했다. "요순 시대에 문장은 비로소 문채가 빛나고 풍부해졌다. 순은 노래를 지어 읊고자 하는 뜻을 나타내었고, 백익伯益과 후직後稷이 진술한 책략은 또한 주상문의 풍조를 후세에 전했다." 여기서 유협은 "순은 노래를 지어 읊고자 하는 뜻을 나타내었다(元首載歌)."라는 표현으로 문학의 기원을 명확하게 설명했다. 위 문장에서 "원수元首"는 순제舜帝를 가리킨다. "재載"는 시작[46]이란 뜻이고, 백익과 후직益稷은 우왕禹王을 보좌한 공신을 말한다. 유협의 뜻은 문장文章은 요순 시대부터 시작되었고, 가영歌詠은 순제舜帝 때부터 시작되었다는 것이다. 전자는 『상서尚書』에 수록된 〈요전堯典〉과 〈순전舜典〉 편에서, 후자는 『상서』에 있는 〈익직益稷〉 편에서 각각 그 증거를 찾았다. 우리가 유협의 견해에 동의하든 말든, 그가 사용한 논증 방법, 즉 역사 문헌에 근거를 둔 객관적인 논증 방법은 나름대로 과학성을 지닌다고 하겠다.[47]

여기서 검토가 필요한 부분은, 유협이 근거로 내세운 역사 문헌의 진실성

---

45) 劉勰 著, 範文瀾 注, 『文心雕龍注』卷1, 〈原道〉, 北京:人民文學出版社, 1958, 2쪽.

46) 이를테면, 鄭玄은 『詩經』〈秦風·駟驖〉의 "재갈에 방울 단 말 가벼운 수레 끌며, 獫과 歇驕를 싣고 가네(輶車鸞鑣, 載獫歇驕)."와 『詩經』〈大雅·皇矣〉의 "上帝가 비로소 王季에게 무한한 영광을 하사하시고(載錫之光)"에 대한 箋注에서 "載, 始也"라고 했으며, 趙岐도 『孟子』〈萬章上〉의 "夏桀에 대한 나의 討伐은 박에서 시작되었다(朕載自亳)."에 대한 箋注에서 "載, 始也"라고 했다. "載"는 모두 "시작"이란 뜻을 갖고 있다.

47) 유협의 "元首載歌"란 말은 鄭玄의 영향을 받았다고 할 수 있다. 鄭玄은 〈詩譜序〉에서 "시의 발흥은 참으로 上皇 시대에서가 아니다. 헌원軒轅의 큰 뜰에서부터 고신高辛에게 미쳤지만 그때는 亡失이 있어 비로소 전적도 사라졌다고 한다. 『虞書』에서 '시는 뜻을 말하고, 歌는 말을 읊고, 聲은 永에 의지하며, 律은 聲에 맞춘다.'라고 했으니, 그런 즉 시의 도가 여기에 있는 것인가?"라고 했다(『毛詩正義』권1, 十三經注疏本, 北京:中華書局影印, 1980, 262쪽).

여부이다. 만약 그 역사 문헌들이 믿을 만한 것이라면 그가 얻어낸 결론은 성립되는 것이다. 하지만 유감스럽게도 그가 증거로 제시한 역사 문헌들은 사실적 근거가 부족하여 신빙성이 떨어진다. 『상서』의 〈요전〉과 〈순전〉[48]은 주대周代의 사관史官이 소문에 근거해 기록하고 정리한 것으로, 요순 시대에 나온 문헌이 아니라는 것이 학계의 공통된 인식이다. 그러므로 유협이 "요순 시대에 문장은 비로소 문채가 빛나고 풍부해졌다."라고 한 지적은 사실적 근거가 없는 결론이다. 그리고 〈익직〉 편에는 순제가 "수족 같은 신하들이 기뻐하면, 임금은 나라를 일으키고, 모든 벼슬아치들도 화락해지리다(股肱喜哉, 元首起哉, 百工熙哉)."와 같은 노래를 했다는 기록이 있는데, 순제의 "노래"는 단지 정치 활동 중에 즉흥적으로 보여준 정감의 표현일 뿐 독자적인 문학 활동의 산물이 아니며, 독자적인 문학 관념에 의해 창작된 것은 더더욱 아니다. 게다가 이 가사歌詞는 주대周代 사관들이 소문을 듣고 정리한 것으로, 당시의 원래 모습을 반영한 것도 아니었다. 사실 당시에 과연 "백공百工"이라는 것이 있었는지도 의문스럽다. 순제의 노래로 전해지는 것으로는 이 외에도 〈경운가卿雲歌〉와 〈남풍가南風歌〉가 있다. 유대걸劉大傑(1904~1977)은 일찍이 다음과 같이 말했다.

　　『상서대전尙書大傳』에 있는 〈경운가卿雲歌〉는 순제舜帝가 부른 노래이고, 『공자가어孔子家語』에 있는 〈남풍가南風歌〉도 순제가 지은 노래라고 한다. 그런데 『상서대전』은 위서僞書로 알려졌고, 『공자가어』도 위魏의 왕숙王肅이 (공안국의 이름을) 빌려 지은 위서라 모두 신빙성이 없다. 심지어 노래 속에 반영된 사상 역시 순제 시대의 것이 아니다. 그 시대는 문자도 등장하지 않았었는데 이토록 정제된 시가 형식과 미려한 시가 예술이 어떻게 나올 수 있단

---

48) 漢代 今文『尙書』와 古文『尙書』는 모두 〈堯典〉은 있지만 〈舜典〉은 없다. 南朝 齊나라 姚方興은 스스로 말하길, "曰若稽古帝舜" 이하 28字를 얻어 〈堯典〉 "愼徽五典" 이하를 잘라 뒤에 다 두고는 제목을 「舜典」이라 붙였다. 唐 孔穎達이 지은 『尙書正義』는 그 설을 따라 지금 전해지는 『尙書』에 〈堯典〉과 〈舜典〉 두 편을 만들었다.

말인가? 이런 가사歌辭들 속에 있는 그것의 내력과 그것이 반영하고 있는 사상과 시가의 형식, 기교는 모두 진위를 판별하는 중요한 근거가 된다.[49]

요堯, 순舜, 우禹의 시대는 여전히 전설의 시대였다. 심지어 하夏나라 시대도 "지금까지 은상殷商 시대의 갑골문과 같은 확실한 실물 자료가 발견되지 않았기에 그 시대의 문화 유물을 식별하기가 여간 어렵지 않다."[50] 후세 사람들이 기록한 확증할 수 없는 전설을 빌어 사실을 논증하거나 신빙성이 부족한 위서僞書를 논리의 근거로 삼는 것은 비과학적일 뿐만 아니라 사람들을 잘못된 길로 이끌어 깊이 있는 논의를 전개하는 데 부정적 영향을 준다. 현존하는 실물 자료와 신빙성 있는 문헌 자료를 바탕으로 논의를 전개하기 위해서는 은상殷商 시대를 논의의 기점으로 삼을 수밖에 없다. 물론 나중에 새로운 발견이 나오면 기존의 관점을 다시 수정해도 늦지 않을 것이다. 은상 시대 이전의 경우, 기껏해야 몇 가지 추론만이 가능할 뿐이다. 이런 추론은 단지 논의의 편리를 위한 것이거나, 어떤 가능한 사고방식을 제시하기 위한 것으로서, 과학적 결론이 되어서는 안 되며 또 그럴 수도 없다.

유협은 일부 위서僞書를 근거로 삼음으로써 객관적 역사 사실에 완전히 부합되는 결론을 내놓지는 못했다. 하지만 그의 사고방식과 연구 방법은 참고할 만한 가치가 있으며 우리에게 시사하는 바가 크다. 이를테면, 그는 문화 부호가 가장 먼저 생겨났고, 문자는 그 뒤에 나온 것이라고 했다. 또한 문자가 성숙한 뒤에야 문장이 만들어졌으며, 문학 활동과 문학 관념도 잇따라 발생한 것으로 보았다. 이것은 객관적 역사 사실과 사물 발전의 규칙성에 상당히 부합하는 것이다. 이 밖에도 그는 무릇 논리적인 결론을 내릴 때에는 그 근거를 최대한 역사 문헌에서 찾았다. 이런 실사구시實事求是의 학술 태도 역시 매우 바람직한 것이다.

---

49) 劉大傑, 『中國文學發展史』, 上海:上海古籍出版社, 1982, 5쪽.
50) 李健民·柴曉明, 『中國遠古曁三代政治史』, 北京:人民出版社, 1994, 67쪽.

근세에 들어와 유협의 이런 사고방식을 수용하고 그의 연구 방법을 개진하여, 현존하는 역사 문헌과 출토된 고고학 자료에서 초기 중국 문학 활동의 자취와 중국 문학 관념의 발생과 관련된 실마리를 찾는 방법이 등장하게 되었다. 그것이 바로 왕국유王國維가 제창한 '이중증거법二重證據法'[51]이다. 중국 문학 관념의 발생학적 연구도 이런 사고방식과 연구 방법에 따라 진행하고자 한다.

제2절 중국 고대의 문학 관념 발생에 관한 논술

유협은 『문심조룡』〈원도〉편에서 중국 문학의 발생뿐만 아니라 중국 문학 관념의 발생에 관해서도 자신의 견해를 피력했다.

문장의 속성이 얼마나 널리 퍼져있단 말인가! 그것과 천지가 함께 만들어진 것은 어째서인가? 천지가 만들어질 때부터 흑색과 황색, 둥근 하늘과 네모난 땅의 구별이 생겨났다. 해와 달은 옥을 겹쳐 놓은 것처럼 하늘 위에 형상을 드러내었고, 산과 내는 찬란한 비단처럼 대지의 풍성한 무늬를 보여주었으니, 이는 모두 대자연의 문장이다! 하늘을 올려다보면 해와 달이 눈이 부시고, 대지를 내려다보면 산과 내와 만물은 풍부한 문채文彩를 품고 있다. 여기서 하늘은 높고 땅은 낮은 자리가 확정되었으니, 이로부터 하늘과 땅의 '양의兩儀'가 생겨났다. 다만 사람만이 하늘과 땅과 짝이 되어 하늘과 땅의 영성靈性을 잉태하게 되었으니 이를 '삼재三才'라 한다. 사람이 오행五行 중의 영장이 된 것은 실제 생각 속에 하늘과 땅의 마음이 들어있어서이다. 생각을 하면

---

51) 陳寅恪은 『古史新證』에서 '二重證據法'을 제기했고, 뒤에 「王靜安先生遺書序」에서 王國維의 학술적 업적을 종합하면서 그가 채용한 '二重證據法'을 다음과 같이 구체적으로 개괄했다. "첫째, 地下의 실물과 종이 위에 남긴 문장을 서로 해석하고 논증했다.……둘째, 이민족의 고사와 우리나라의 古籍을 서로 補正했다.……셋째, 외래의 관념과 고유의 자료를 서로 참고하여 증명했다.……"(『中國現代學術經典 · 陳寅恪卷』, 石家莊:河北敎育出版社, 2002, 854쪽).

마음이 움직이고 언어가 그것을 따라 확립되며, 언어가 확립되면 문장이 선명해진다. 이것은 자연의 도다.……복희씨伏羲氏로부터 공자孔子까지 태고의 성인들은 경전을 창작하고, 공자는 그 가르침을 기술했다. 그들은 항상 자연의 도리에 근거하여 설명하였고, 그 도리를 깊이 연마하여 교화하고 교육하였다. 그들은 〈하도河圖〉와 〈낙서洛書〉를 본받고, 시초蓍草와 귀각龜殼으로 점을 쳐 사물의 미래 변화를 물었으며, 천도의 운행 규칙을 관찰하여 사시의 변화를 알았고(觀天文以極變), 인륜의 도덕을 살펴서 천하를 널리 교화했다(察人文以成化). 그런 뒤에야 천하를 다스릴 수 있었고, 항구한 근본 법칙을 만들었으며, 위대한 성인의 사업을 진작하였고, 문사文辭의 의리義理가 최대한 작용할 수 있게 하였다. 이를 통해 알 수 있는 것은 자연의 도는 성인의 문장을 통해 표현되며, 성인 역시 문장을 통해 자연의 도를 천명한다는 것이다. 그러니 두루 통하여 막힘이 없고 날마다 써도 없어지지 않는다.[52]

유협이 보기에 성령性靈을 갖춘 사람은 '자연의 이치自然之道'에 따라 후세에 교훈이 될 만한 말을 한다. 즉 입언立言을 한다. '자연의 이치'란 바로 '해와 달', '산과 내'에 드러난 '천문天文'이고, 사람이 후세에 남긴 입언立言은 바로 '인문人文'이다. 유협의 총괄적인 의미가 담긴 찬사贊詞로 표현하면 다음과 같다. "도의 기본 정신은 정묘한 것이니 천도의 이치를 연구하여 백성을 교화해야 한다. 고대 성현은 천도의 이치를 빛나게 하여 인仁과 효孝를 선양했다. 용마가 그림을 바치고 거북이 글을 바쳤으니, 천문을 관찰하고 백성들에게 그것을 본받게 해야 한다."[53]

만약 옛사람들의 문학에 대한 관념을 현대인들의 문학 관념으로 규범화하지 않고, 그것을 중국 전통 문화라는 커다란 배경 아래에서 고찰한다면, 우리는 유협의 '원도原道' 사상이 비록 사람을 중심으로 했지만 우리에게 문학에 대한 두 가지 시각을 제공하고 있음을 알 수 있다. "천도의 운행 규칙을 관찰

---

52) 劉勰 著·范文瀾 注,『文心雕龍注』권1,〈原道〉, 北京:人民文學出版社, 1958, 1~3쪽.
53) 劉勰 著·范文瀾 注,『文心雕龍注』권1,〈原道〉, 3쪽.

하여 사시의 변화를 알았고, 인륜의 도덕을 살펴서 천하를 널리 교화했다."가
바로 그것이다. 그 중 "천도의 운행 규칙(天文)을 관찰하는 것"이 "인륜의 도덕
(人文)을 살피는 것"보다 더욱 본원적인 의미를 가진다. 다시 말하면, 유협은
문학이란 '천문지학天文之學'과 '인문지학人文之學'으로 양분할 수 있으며 이
둘은 서로 연관되어 있다고 생각했다. 즉, '천문지학'은 '인문지학'의 기초이
며, '인문지학'은 '천문지학'의 합법칙적 발전의 결과라는 것이다. 또한 이 말
은 중국 고대의 문학 관념은 본래 '천문지학'에서 기원한 것이라는 뜻이기도
하다. 따라서 중국 고대 문학 관념의 발생에 대해 이해하려면, 반드시 상고上
古시대의 '천문지학'에 대한 인식과 이해가 선행되어야 한다.

　여기서 짚고 넘어가야 할 것은, "천도의 운행 규칙을 관찰하여 사시의 변
화를 알았고, 인륜의 도덕을 살펴서 천하를 널리 교화했다."와 "천문을 관찰하
고 백성들에게 그것을 본받게 해야 한다."라는 표현은 유협이 처음으로 만들
어낸 것이 아니라는 점이다. 그것은 『역경易經』〈분괘賁卦〉편의 단사象辭에서
처음 등장한다.

　　그러므로 천지가 음양의 조화를 이루는 것은 천문이요, 문치文治로 인류
　을 교화하는 것은 인문이다. 천도의 운행 규칙을 관찰하여 사시의 변화를 알
　고(觀乎天文, 以察時變), 인륜의 도덕을 살펴서 천하를 널리 교화한다(觀乎人文,
　以化成天下).[54]

분괘賁卦의 괘상은 "하늘이 상象을 드리워 길흉을 보인다."이다. 이것이
바로 '천문'이다. "천지가 음양의 조화를 이루는 것"은 천문이 준 계시啓示로
서, 사람들은 천문이 준 계시에 따라 자기의 행동을 결정한다. 그리고 "문치로
인류을 교화하는 것"은 바로 '인문'이다. 보다시피 "천도의 운행 규칙을 관찰
하여 사시의 변화를 알았고, 인륜의 도덕을 살펴서 천하를 널리 교화했다."는

---

54) 王弼·韓康伯 注, 孔穎達 疏, 『周易正義』권3, 〈賁〉, 十三經注疏本, 北京:中華書局影印,
　1980, 37쪽.

것은 고대의 문학 관념을 논의함에 있어서 간과해서는 안 될 중요한 내용이다. 바꿔 말하면, 중국 고대의 문학 관념은 본래부터 이와 같은 풍부한 의미를 가지고 있었다. 요컨대, "천도의 운행 규칙을 관찰하는 것(觀乎天文)"은 "인륜의 도덕을 살피는 것(觀乎人文)"의 기초이며, 중국 고대의 문학 관념은 바로 "천도의 운행 규칙을 관찰하는 것"에서 시작되었다고 할 수 있다.

물론 옛사람이 말한 '천문지학'과 지금 사람들이 말하는 '천문지학'은 동일한 개념이 아니다. 지금 사람들이 말하는 '천문'은 해와 달과 별과 같은 천체가 우주에 분포되어 운행하는 현상을 일컫는다. 이와 관련해 '천문지학'이란 천체, 우주의 구성과 발전에 대해 연구하는 학문으로, 여기에는 천체의 구조, 성질 및 운행 규칙 등에 관한 연구가 망라된다. 그러나 고대 중국 사람들이 말한 '천문'은 광의와 협의로 구분할 수 있다. 광의의 '천문'은 "하늘에서는 象을 이루고, 땅에서는 形을 이루는"[55] 일체의 자연 현상을 말한다. 해와 달과 별 등의 '천상天象'과 변화하는 산천과 만물의 현상(山川物候) 등의 '지형地形'이 여기에 포함된다. 한편, 협의의 '천문'는 오직 해와 달과 별 등의 '천상'만을 가리킨다. 중국 고대의 '천문지학'은 '천문'에 대한 사람들의 인식과 이해, 그리고 대응책을 말한다. 이것 역시 광의와 협의로 나누어 살펴볼 수 있다. 광의의 '천문지학'은 『주역周易』〈계사상繫辭上〉편에서 지적한 바와 같이 "하늘이 신물을 내리니 성인께서 그것을 본받고, 하늘과 땅이 변화하니 성인께서 그것을 본받고, 하늘이 상을 드리워 길흉을 보이시니 성인께서 그것을 본뜨며, 하수에서 그림이 나오고 낙수에서 글이 나오니 성인께서 그것을 본받는"[56] 것으로, 여기에는 천상을 관측하여 시간을 정하거나, 길흉을 점치거나, 귀신에게 제사 지내는 등의 여러 가지 내용들이 포함된다. 협의의 '천문지학'은 『한서漢書』〈예문지藝文志 · 수술략數術略〉편에서 말한 것처럼 "천문天

---

55) 王弼 · 韓康伯 注, 孔穎達 疏, 『周易正義』卷7,〈繫辭上〉, 十三經注疏本, 76쪽. "在天成象, 在地成形."

56) 王弼 · 韓康伯 注, 孔穎達 疏, 『周易正義』卷7,〈繫辭上〉, 十三經注疏本, 82쪽.

文은 이십팔수二十八宿의 순서와 수금화목토水金火木土의 오성과 일월의 운행으로 길흉의 상을 기록함으로써 성왕께서 정치에 참고로 하는"[57] 것으로, 후세 사람들이 말하는 점성학占星學과 비슷하다. 그럼 문학사가들이 문학의 기원을 논의할 때 언급하는 '천문'이나 '천문지학'은 무엇일까? 그것은 일반적으로 광의의 '천문'이나 '천문지학'을 말한다. 유협이 『문심조룡』〈원도〉편에서 언급한 '천문' 또는 '천문지학'도 마찬가지이다. 『주역』〈계사하繫辭下〉편에서도 일찍이 고대 '천문지학'에 대한 기술을 남겼는데, 후세에 상당한 영향을 끼쳤다.

> 옛날에 포희씨包犧氏가 천하를 다스렸다. 하늘을 우러러 상象을 관찰하고, 땅을 굽어보며 법法을 관찰했다. 금수禽獸의 아름다움과 땅에서 자라는 식물들의 마땅함을 관찰하면서 가까이로는 자기 몸에서, 멀리는 만물에서 이치를 찾아냈다. 이리하여 처음으로 팔괘八卦를 만들어 신명神明의 덕과 통하게 하고 만물과 같은 마음이 되게 하였다.[58]

여기서 팔괘가 상고 시대 '천문지학'의 산물이라거나, 포희씨가 만든 상고 시대 '천문지학'의 대표작이라고 말한 것은 '천문지학'에 대한 옛사람들의 이해와 당시의 인식 수준에 부합하는 것이라고 볼 수 있다.

옛사람들은 문학은 '천문지학'과 '인문지학'으로 나눌 수 있으며, 이 양자의 연관성에 관심을 갖고 그 관계 속에서 문학에 대한 진정한 이해를 찾아야 한다고 보았다. 이것은 문학에 대한 옛사람들의 기본적인 시각이며, 가장 대표적인 문학 관념이라고 할 수 있다. 양梁나라 간문제簡文帝 소강蕭綱(503~551)은 〈소명태자집서昭明太子集序〉에서 다음과 같이 지적했다.

> 문장으로 의리를 삼으니 크고도 심원하도다. 그러므로 공자께서는 '성도

---

57) 班固, 『漢書』卷30, 〈藝文志〉, 二十五史本, 532쪽.
58) 王弼·韓康伯 注, 孔穎達 疏, 『周易正義』卷8, 〈繫辭下〉, 十三經注疏本, 86쪽.

性道'라 칭했고, 요임금은 '흠명欽明'이라 했다. 무왕武王은 상商나라를 정복한 공이 있었고, 우虞는 유민邊民을 신하臣下로 품은 덕이 있었다. 그러므로 『역易』에서 "천도의 운행 규칙을 관찰하여 사시의 변화를 알았고, 인륜의 도덕을 살펴서 천하를 널리 교화했다."라고 한 것이다. 이 때문에 정기精氣와 합쳐져 풍경을 토로하니, 육위六衛의 온갖 휘황찬란한 법도가 있었으며, 바야흐로 구슬은 용에 비유되니 남국성과 북릉北陵의 문채가 있었다. 이를 일러 천문天文이라 한다. 한편, 문적文籍이 생기고, 서계書契가 지어지며, 영가詠歌가 일어나고, 부송賦頌이 흥기하였으며, 인륜에서 효孝와 경敬이 이루어지고, 왕정王政에 의해 풍속이 바뀌었다. 또한 도가 팔극八極에 이어지고, 이理가 구해九垓에 미쳤으며, 신묘함의 도가 앞서 도와서 움직이고, 즐거움이 뒤에 모였다. 이를 일러 인문人文이라 한다.[59]

이처럼 소강蕭綱은 '문文'이 내포한 의미를 '천문'과 '인문', 두 가지 차원에서 이해했다. 그가 언급한 '천문'은 "하늘에서는 상象을 이루고, 땅에서는 형形을 이루는" 일체의 자연 현상을 말한다. 그리고 '인문'은 주로 문적文籍, 서계書契, 영가詠歌, 부송賦頌 같은 것을 가리킨다.

문학에 대한 당나라 사람과 육조六朝시대 사람들의 이해는 크게 다르지 않았다. 이를테면, 위징魏徵(580~643)은 『수서隋書』〈문학전서文學傳序〉에서 다음과 같이 말했다.

『역』에서 말하길, "천도의 운행 규칙을 관찰하여 사시의 변화를 알았고, 인륜의 도덕을 살펴서 천하를 널리 교화했다."고 했고, 『전傳』에서 말하길, "말은 몸의 문채다. 말이 문채나지 않으면 그 실천은 멀리가지 못한다."고 했다. 그러므로 요임금은 '하늘을 본받는다(則天)'고 하여 문명文明을 표현했고, 두루 '성덕盛德'을 말하여 빛나는 아름다움을 드러냈다. 그런 즉 문장의 쓸모가 크게 된 것이다. 이를 통해 군주는 백성에게 덕교德敎를 펼치고, 백성

---

59) 蕭綱, 『梁昭明太子文集』卷首, 〈昭明太子集序〉, 四部叢刊本.

들은 군주에게 자기의 마음과 뜻을 전달하게 되었다. 그리하여 먼저 천지를 다스림에 법전을 지어 모범으로 삼았고, 다음으로 풍요風謠와 가송歌頌을 지어 부르게 하여 군주를 바루고 백성들을 화목하게 하였다.[60]

'문文'에 대한 이해에 있어 위징 역시 소강과 마찬가지로 '천문'과 '인문'을 아울러 고려했다. 하지만 문학의 기능에 대해서는, 그것이 사회 정치 생활 전반에 걸쳐 영향을 미친다고 보았다. 이 밖에 소영사蕭穎士(717~768)는 〈위진정경진속상서표爲陳正卿進續尚書表〉에서 "제가 듣건대 『역易』에서 "천도의 운행 규칙을 관찰하여 사시의 변화를 알았고, 인류의 도덕을 살펴서 천하를 널리 교화했다."고 했습니다. 변화를 살펴 덕德을 세워 그 상象을 바르게 하며, 그 변화에 느껴 말을 세워(立言) 그 공을 찬양합니다. 그러므로 위에서는 태극이 삼계오위三階五緯를 펼치고, 아래에서는 성인께서 삼분오전三墳五典을 지으셨습니다. 지극하구나, 그 문채남이여! 하늘과 사람이 서로 합쳐지고 명수名數가 대통大統으로 돌아갑니다."라고 하였고, 상형尚衡은 〈문도원귀병서文道元龜並序〉에서 "문도文道의 흥기는 중고中古시대의 일이었던가? 그 비롯함이 없었던가? 천도天道는 오행五行으로 오위五緯를 구별하고 지도地道는 오색五色으로 방위를 구별하고, 인도人道는 오상五常으로 덕을 구별했다. 그리하여 『역』에서 '천도의 운행 규칙을 관찰하여 사시의 변화를 알았고, 인류의 도덕을 살펴서 천하를 널리 교화했다.'라고 하였으니, 오위五緯가 아니었으면 누가 천도를 알 것이며, 오방五方이 아니었으면 누가 지도를 분별했을 것이며, 오상五常이 아니었으면 누가 백성을 교화했겠는가? 문文의 도는 이렇게 심원한 것이며, 그것은 또한 천도와 인도 사이에서 얻은 것이다."[61]라고 하였다. 그들은 모두 '천문'과 '인문'을 문학의 중요한 내용으로 간주하되, 특히 양자의 밀접한 관계를 강조하였다. 또한 '천도의 운행 규칙을 관찰하는 것'과 '인류의

---

60) 長孫無忌 等, 『隋書』卷76, 〈文學傳序〉, 二十五史本, 3455쪽.

61) 尙衡, 〈文道元龜並序〉, 姚鉉 編, 『唐文粹』卷45, 四部叢刊本.

도덕을 살피는 것' 중 전자가 우선하는 것임을 분명히 하였다.

송나라 사람들도 '천문'과 '인문'이라는 두 가지 차원에서 '문文'의 의미를 인식했는데, 특히 고문가古文家들은 이 점을 더욱 중시했다. 이를테면 저명한 고문가였던 석계石介(1005~1045)는 다음과 같이 지적했다.

> 무릇 천지가 있기에 문장이 있다. 하늘이 높고 땅이 낮기에 건곤이 정해졌다. 높고 낮은 것이 펼쳐져서 귀천의 자리가 생겼다. 동動과 정靜에 일정한 법칙이 있으니 강剛과 유柔가 분명히 나뉘졌다. 바야흐로 같은 부류끼리 모이니 만물은 무리를 지어 나뉘지고 거기서 길흉이 생긴다. 하늘에서는 상象을 이루고, 땅에서는 형形을 이루니, 변화가 보인다. 이것이 문장이 생겨난 이유이다. 하늘이 상象을 드리우면 그 길흉을 보고 성인이 본뜬다. 하수에서 그림이 나오고 낙수에서 글이 나오니 성인이 그것을 본받았다. 이것이 문장이 드러난 이유다. 천도의 운행 규칙을 관찰하여 사시의 변화를 알았고, 인륜의 도덕을 살펴서 천하를 널리 교화했다. 이것이 문장이 완성된 이유이다. 삼황三皇의 글은 대도大道를 말했는데, 그것을 『삼분三墳』이라 한다. 오제五帝의 글은 상도常道를 말했는데, 그것을 『오전五典』이라 한다. 이것이 문장이 자취가 있는 이유이다. 사시四始와 육의六義는 『시詩』에 있고, 전典과 모謨와 고誥와 서誓는 『서書』에 있으며, 군주를 편하게 하고 백성을 다스리는 것은 『예禮』에 있고, 풍속을 좋게 만드는 것은 『악樂』에 있으며, 이치를 궁구하고 본성을 다하는 것은 『역易』에 있고, 권선징악은 『춘추春秋』에 있다. 이것이 문장이 지어진 이유이다.[62]

청대淸代에 들어와서도 이러한 생각은 변함이 없었다. 여전히 많은 학자들이 '관호천문觀乎天文'과 '관호인문觀乎人文'의 시각으로 문학을 이해하였고, 이 개념은 그들의 기본 사고방식이 되었다. 위예개魏裔介(1616~1686)의 다음과 같은 기술은 이러한 점을 잘 보여주고 있다.

---

62) 石介, 『徂徠石先生集』卷13, 〈上蔡副樞書〉, 北京:中華書局, 1984.

역대 고문古文은 천지의 상스러운 조짐이며, 우주의 정화菁華이다. 복희씨가 괘를 그리고 창힐倉頡이 문자를 만들면서부터 문장이 열리게 되었다. 『역』에서 말하길, "천도의 운행 규칙을 관찰하여 사시의 변화를 알았고, 인륜의 도덕을 살펴서 천하를 널리 교화했다."라고 했다. 이에 『역』을 지어 본떴고, 『서』를 지어 기록했으며, 『예』를 지어 차례를 매겼고, 『시』를 지어 노래했으며, 『춘추』를 지어 바로잡았다. 그렇게 한 뒤에야 천하의 온갖 일과 사물들의 이치가 갖추어졌다.[63)]

'천문'과 '인문'은 고대 작가들이 문학을 고찰하는 중요한 시각이었다. 따라서 그것은 그들이 문학을 이해하고 창작하는 가치의 기준이 되기도 하였다. 한漢나라 사마천司馬遷(前145~?)은 일찍이 〈보임안서報任安書〉에서 자신이 『태사공서太史公書』를 편찬하는 것은 "천도와 인도 사이를 연구하고, 고금의 변화를 통달하여 일가의 말(一家之言)을 이루기"[64)] 위해서임을 분명히 밝혔다. 그것은 '천문'과 '인문'을 아우르는 이념에서 비롯된 것으로, 그 바탕에는 '천문'과 '인문'의 관계를 밝히고 "천도와 인도를 궁구하고자(窮究天人)" 하는 노력이 깔려 있다. 진晉나라 지우摯虞(?~311)는 〈문장유별론文章流別論〉에서 다음과 같이 문장을 정의하였다.

문장이란 하늘과 땅의 현상을 해석하고, 인륜의 차례를 밝히며, 사물의 이치와 인간의 본성을 궁구함으로써 만물의 법칙을 연구하는 것이다.[65)]

지우의 이와 같은 견해는 문학은 '천문'과 '인문'에 관심을 가지고 그것을 중시해야 한다는 전통 관념을 그대로 계승하고 있다.

갖가지 현상과 대량의 증거가 말해 주듯, 중국 고대의 문학 관념에는 '천

---

63) 魏裔介, 『兼濟堂文集』 卷3, 〈古文欣賞集序〉, 四庫全書本.

64) 班固, 『漢書』 卷62, 〈司馬遷傳〉, 二十五史本, 618쪽.

65) 嚴可均 校輯, 『全上古三代秦漢三國六朝文·全晉文』 卷77, 北京:中華書局影印, 1958, 1905쪽.

문'과 '인문'이라는 두 가지 차원의 의미가 내포되어 있다. 그리고 전자는 후
자의 논리적 전제이면서 이론적 기초이다. 고대의 '천문지학'을 알지 못한다
면 고대의 '인문지학' 역시 제대로 알 수가 없다. 또한 고대의 '천문지학'과
'인문지학'의 관련성에 대해 정확히 이해하지 못한다면, 중국 고대 문학의 민
족 정신과 문화적 품격도 진정으로 이해할 수 없다. 아울러 중국 고대 문학
관념의 발생에 대해서도 올바른 이해를 할 수 없다.

그럼에도 불구하고 현대 학자들이 고대의 문학 관념에 대해 논의할 때면
흔히 '인문지학'만 거론할 뿐 '천문지학'에 대해서는 아주 적게 거론하거나,
아예 거론조차 하지 않는다. 왜 이런 현상이 일어난 것일까? 필자가 보기에
여기에는 두 가지 원인이 있다. 현대 문학이론가들은 주로 서양의 근현대 문
학 사상의 영향을 많이 받았다. 거기에다 '5.4신문화운동'이 내세운 인문 정신
에 물들다 보니, 그들은 자연히 '천문지학'보다는 '인문지학'에 더 많은 관심
을 갖게 되었다. 이것이 그 첫 번째 원인이다. 중국 고대의 문학 관념은 한
차례 중대한 시각의 전환을 거쳤다.[66] '천문지학'은 이미 오래전부터 원래의
모습을 찾아볼 수 없게 되었으며, 후세 사람들 또한 그것에 대한 교정 작업에
관심을 갖지 않았다. 따라서 사람들은 중국 고대의 '천문지학'과 '인문지학'의
관련성에 대해 잘 알지 못하게 되었으며, 중국 고대 문학 관념을 연구할 때
고대의 '천문지학'은 거론하지 않아도 된다는 그릇된 인식을 갖게 되었다. 이
것이 그 두 번째 원인이다. 중국 고대의 문학 관념은 고대의 '천문지학'에서
기원했다. 그러므로 중국 고대의 문학 관념에 대한 현대인들의 올바른 인식을
기하기 위해서는 반드시 중국 고대의 '천문지학'에 대한 심도 있는 논의가
선행되어야 한다.

---

66) 拙著,「從"觀乎天文"到"觀乎人文":中國文學觀念的視角轉換」,『華中師範大學學報(人文社
會科學版)』2008年第4期와 본 책 제2장.

제3절 '通天'之術: 上古 시대 '天文之學'의 핵심 내용

『국어國語』〈초어하楚語下〉 편에는 다음과 같은 내용의 글이 기재되어 있다.

옛날에는 사람과 신이 함께 섞여 살지 않았습니다. 백성들 중에 정신이 깨끗하고 다른 생각을 갖지 않은 자로서, 또한 중정中正을 공경할 수 있고, 그의 지혜가 천지로 하여금 위아래가 각각 마땅한 바를 얻게끔 할 수 있으며, 그들의 성명聖明이 멀리까지 비출 수 있고, 그 밝은 빛이 모든 것을 통찰할 수 있으며, 그 총명함이 사방을 통달하는 자가 있다면 신명神明이 그에게 강림합니다. 그래서 남자의 경우는 격覡이라 하고, 여자의 경우는 무巫라 합니다. 이런 사람들에게 신이 처한 제위祭位와 존비尊卑의 선후를 제정하게 하고, 제사에서 사용하는 희생犧牲과 제기祭器와 복식服飾을 만들게 합니다. 그런 뒤에 선성先聖의 후손 중 공덕이 있는 자로 하여금 산천의 명위名位와 조묘祖廟의 신주神主와 종묘宗廟의 사무事務와 소목昭穆의 차례와 장경莊敬의 부지런함과 예절의 마땅함과 위의威儀의 규칙과 용모의 수식修飾과 충신의 성실과 제복祭服의 청결함을 알 수 있게 하고, 또한 신명을 공경할 수 있는 사람을 태축太祝으로 삼습니다. 명성이 있는 가문의 후손으로 하여금 사시四時의 생장과 제사에 사용하는 희생이나 옥백玉帛 등 각종 부류와 채복采服의 예의와 제기祭器의 많고 적음, 존비의 선후와 제사의 위치와 설단設壇하는 장소, 상하 신령의 존비, 성씨의 출처를 알 수 있게 하고, 또한 마음으로 옛 법을 따르는 사람을 종백宗伯으로 삼습니다. 이에 하늘과 땅과 백성과 신과 만물을 맡아 관리할 수 있는 관원을 두었는데, 이것이 바로 오관五官입니다. 각자 자기의 직책을 주관하였기에 서로 혼란이 없었습니다. 백성들이 이 때문에 충忠과 신信을 익힐 수 있었고, 신령은 이 때문에 덕을 밝힐 수 있었으니, 백성들과 신의 일이 서로 혼동되지 않아 공경하되 가벼이 업신여기지 않았습니다. 때문에 신령이 복을 내려 곡물이 자라게 하고 백성들은 이를 신에게 바치니 재앙災殃이 이르지 않고 재화財貨의 운용에 부족함이 없었습니다. 그러다가 소호씨少皞氏 시대가 쇠락하자 구려족九黎族이 덕정德政을 어지럽혀, 백성들과 신이 서로 섞여 살게 되자(民神雜糅) 신에게 방물方物을 바치지 않게 되었

습니다. 사람들마다 제사를 거행하되 집집마다 모두 스스로 무사가 되자(家爲
巫史) 서로 약속된 근거가 없어졌습니다. 이에 백성들은 제사에 가산을 탕진
했어도 복을 받지 못하게 되었습니다. 제사에는 법도가 없어져서 백성들과
신은 동등한 지위가 되고 말았습니다. 그러자 백성들은 맹서盟誓를 가벼이
여기고 신에 대한 경외敬畏의 마음이 없어졌습니다. 신은 인간의 이런 습관에
대해 늘 있는 일이라 생각하고 제사의 정결함을 구하지도 않았습니다. 곡물
이 신령이 내려주는 복을 받지 못하자 그것을 신에게 제사하여 바치는 일도
없어졌습니다. 재앙은 빈번하게 찾아왔으며, 진정 사람의 생기 있는 활동은
발휘할 수 없게 되었습니다. 전욱顓頊이 이런 상황에서 남정중南正重에게 명
해 하늘의 일을 주관하여 신을 섬기게 하고(命南正重司天以屬神), 화정려火正黎
에게 명해 땅의 일을 주관하여 백성들을 관리하게 했습니다(命火正黎司地以屬
民). 그리하여 원래의 질서를 회복하고 다시는 서로 침범하거나 가벼이 여기
지 못하게 했으니 이것이 말씀하신 지상의 백성과 천상의 신이 서로 통하는
길을 단절시켰다는 뜻입니다. 이후에 삼묘三苗가 구려九黎의 흉덕凶德을 이어
받아 천하를 어지럽히자 요堯가 다시 중씨重氏와 여씨黎氏의 후손 중 그들의
조상이 했던 사업을 잊지 않던 이들을 새로 길러 그들로 하여금 옛 법을 회복
하게 했습니다. 그로부터 줄곧 하夏나라와 상商나라에 이르러 그 후손들이
예전처럼 하늘과 땅의 일을 주관하여 백성과 신의 제위祭位와 존비의 선후를
분별하게 하였습니다.[67]

이 문장은 초나라 소왕昭王이 던진 "『주서周書』에서 중重과 여黎에게 명해
하늘과 땅이 통하지 않게 했다는 말은 무슨 뜻인가?"라는 질문에 대한 대부大
夫 관사보觀射父의 대답이다. 이와 비슷한 견해는 『상서尚書』의 〈여형呂刑〉,
『산해경山海經』의 〈대황서경大荒西經〉, 『사기史記』의 〈역서曆書〉와 〈태사공자
서太史公自序〉 등의 문헌에서도 나타난다. 이것은 사람들이 이 부분의 역사
혹은 신화神話에 대해 상당히 공감하고 있었음을 말해 준다. 관사보는 오제五

---

67) 徐元誥, 『國語集解』, 〈楚語下〉, 北京:中華書局, 2002, 512~516쪽.

帝 이전은 "백성들과 신이 서로 섞여 살지 않았"으며, 원시시대 성직자인 무격
巫覡이 존재하여 종교적인 제사를 주재했다고 보았다. 다만 그것이 사실인지
여부에 대해서는 확증하기 어렵다. 하지만 오제 때 제사가 개인적인 행사에서
점차 집단적인 행사로 전환되었다고 보는 그의 견해는 어느 정도 신빙성이
있다. 그의 말에 따르면, 소호少皞 시대에는 백성들과 신이 서로 섞여 살고
개인이 자유롭게 신령과 교류할 수 있었다고 한다. 즉, 제사 행사가 개인에
의해 이루어졌다는 것이다. 분명한 것은, 이때는 원시적 만물萬物 숭배가 성행
하던 시기로, 정해진 숭배 대상이 없었고 제사를 담당하는 전임 요원도 없었
다. 그 뒤, 전욱顓頊 시대에 들어와서야 비로소 권위 있는 성직자들이 나타났
고, 그들이 천지天地 제사(즉 '通天')를 전담하면서부터 일반 민중들은 신앙의
자유를 잃게 되었다는 것이다. 이것은 사회적으로 직업적 분업이 생겨나고,
계급 분화가 가속화되었으며, 추장酋長의 사회적 지위가 높아졌다는 징표이
기도 하다. 이 시기에는 원시적 종교가 사회적 의식 형태의 전부였고, '통천通
天'의 수단을 장악한 추장과 무당巫師들이 사회 문화의 주체로 군림했다. "이
신화는 고대 중국 무격巫覡에 관한 가장 중요한 자료로, 그것은 우리가 고대
중국 정치에서 무격 문화가 차지했던 핵심적 지위를 이해하는 데 중요한 시사
점을 준다. 하늘은 모든 인간사人間事와 관련된 지식의 집합체이다. …… 이런
지식을 얻으려면 정치적 권위를 손에 넣어야 한다. 고대에는 누구든지 무당의
도움을 받아 하늘과 소통할 수 있었다. 그러나 하늘과 땅의 교통이 끊긴 이후
로는 오직 소통 수단을 장악한 사람만이 천하를 통치하는 지식, 즉 권력을
가질 수 있었다."[68] "백성들과 신이 서로 섞여 살게 되었고, 집집마다 모두
스스로 무사가 되었다."에서 "남정중에게 명해 하늘의 일을 주관하여 신을 섬
기게 하고, 화정려에게 명해 땅의 일을 주관하여 백성들을 관리하게 했다."로
의 변화, 즉 "지상의 백성과 천상의 신이 서로 통하는 길을 단절시킨(絶地天
通)"것은 중국 문화가 원시 자연 종교에서 인위적인 종교로 전환된 것을 의미

---

68) 張光直, 『美術, 神話與祭祀』, 瀋陽:遼寧教育出版社, 1988, 33쪽.

한다. 이때에 이르러 '공중무술公衆巫術'은 '개체무술個體巫術'을 대체해 사회의 의식형태로 되었으며, 무당의 직책도 전문화되었다. 여기서 알 수 있는 바와 같이, 이른바 "지상의 백성과 천상의 신이 서로 통하는 길을 단절시켰다."는 것은 강력한 세력을 가진 씨족 집단과 그 우두머리가 정신문화에 대한 통제를 강화하고, 천지 귀신과 소통할 수 있는 권리를 더욱 확실히 장악함으로써, 기타 씨족 집단에 대한 통치의 합법성과 권위를 과시하고자 한 것에 불과한 것이다. 이때부터 고대 '천문지학'은 소수의 명문거족名門巨族의 무당들에 의해 독점된 '신비지학神秘之學'이 되고 말았다.

'무巫'와 '무술巫術'은 인류 문화사에서 가장 일찍 나타난 문화적 주체이자 문화 현상으로, 인류의 성장 및 문화 발전과 그 역사를 함께 해왔다. 뿐만 아니라 과학이 발달한 뒤에도 역사의 뒤안길로 사라지지 않았다. 영국의 문화인류학자인 말리노프스키는 무술의 기원에 대해 언급하면서 다음과 같이 지적했다.

아무리 지식과 과학이 인간에게 도움을 주고 그들의 요구를 만족시켜 준다고 할지라도 그것은 어디까지나 한계가 있기 마련이다. 인간사人間事에는 과학으로 해결할 수 없는 광대한 영역이 존재한다. 이 영역에서는 질병과 부패腐敗를 제거할 수 없으며 죽음을 막을 수도 없다. 또한 인간과 환경이 더욱 완벽한 조화를 이루도록 도와주지 못하며, 인간과 인간이 더욱 원활한 관계를 맺도록 배려해 주지도 못한다. 이 영역은 종교적 범위에 속하는 것으로, 영원히 과학의 지배를 받지 않는다. 이미 발달한 과학이든 원시적 차원의 과학이든 할 것 없이, 과학은 모든 경우를 완전히 지배하지 못하며 의외의 사건을 방지하지 못한다. 또한 자연에서 발생하는 돌발적인 변화를 예측할 수 없으며, 인류의 모든 작업이 실제 수요에 부합되게 하거나 만족할 만한 결실을 보게 할 수도 없다. 이 영역에서는 자연히 실용적인 목적을 가진 특수한 의식儀式이 행해지게 되는데, 인류학人類學에서는 그것을 통칭해서 '무술巫術'이라 부른다.[69]

---

69) 馬林諾夫斯基(MaliNo.wski), 『文化論』, 北京:華夏出版社, 2002, 53쪽.

중국 초기의 '무巫'와 '무술巫術'은 중국 초기의 문화를 대변하다시피 했다. 이에 대해 장광직張光直은 일찍 다음과 같이 지적했다.

> 무巫자의 구조를 보면 두 개의 곱자가 교차하여 이루어진 모양으로 되어 있다. 고대에 천지를 상징하는 방원 도형方圓圖形은 모두 곱자로 그렸다. 그래서 곱자는 천지의 장악을 상징하는 의구儀具로 간주되었으며, 이런 의구를 사용하는 자는 자연히 천문과 지리에 능통(通天曉地)한 사람이었다.[70]

인류가 아직 자연력自然力의 구속에서 벗어나지 못한 채 자연계自然界에 두려움을 품고 있던 시기에, '통천通天'의 수단을 장악한 무당에게 존경심과 신앙심을 가지고 의지하게 되는 것은 지극히 당연한 일이었다. 그리고 사회권력을 가진 자가 사람들의 신앙심을 이용하여 자신의 권력을 공고히 하고 사회에 대한 통제를 강화하게 된 것 역시 매우 자연스러운 결과였다. 이에 대해 풍시馮時는 다음과 같이 말했다.

> 바로 이런 이유 때문에 무巫는 중국 사회에서 점차 그 무엇으로도 대신할 수 없는 중요한 지위를 확보하게 되었고, 중국의 초기 천문학 또한 처음부터 뚜렷한 점성학占星學적 특징과 강한 정치적 색채를 띠게 되었다. …… 따라서 고대 중국에서는 일반적으로 제왕帝王이 최고의 무축巫祝이 되어 백성들에게 천신天神의 뜻을 전달하고, 길흉을 예측하며 천상天象과 역법曆法을 공포公布하는 등 신비한 통천법술通天法術을 행사했다. 바꿔 말하면, 옛사람들은 아주 오랫동안 조상신祖上神의 뜻을 전달할 수 있는 능력을 지닌 사람만이 진정한 통치자로서의 자격을 가진다고 한결같이 믿어 왔다. 천문학은 고대 정교일치 政教一致의 제왕이 장악하고 있던 신비한 지식이었다. 농업 경제에 있어서 역법준칙曆法準則으로서의 천문학 지식은 가장 중요한 의미를 가진다. 그러

---

70) 張光直, 『中國靑銅時代』 2集, 「商代的巫與巫術」, 北京:生活·讀書·新知三聯書店, 1990 참고.

므로 백성들에게 역법을 전수할 수 있는 사람이 곧 백성들의 영수領袖가 될 수 있었던 것이다.[71]

전설 속에 나오는 중국 고대 제왕들은 모두 '통천通天'의 수단을 갖고 있었는데, 그 원인이 바로 여기에 있다. 『예문유취藝文類聚』에서는 〈고사고古史考〉를 인용하여 "포희씨庖犧氏가 처음 점을 쳤다."라고 했다. 포희씨(伏羲라고도 함) 때에 점을 쳤는지에 대해서는 고증할 방법이 없다. 하지만 전설 속의 오제五帝가 몸소 무당의 직무를 대행했고, 그들이 바로 큰무당大巫이었다는 것에는 역사적 근거가 있다. 사마천司馬遷(기원전 145~?)의 『사기史記』〈오제본기五帝本紀〉의 기록에 따르면, 황제皇帝는 "태어나면서 신령스러움이 있었고, 태어난 지 얼마 되지 않아 말을 할 수 있었고, 어렸을 때는 총명하고 기민했으며", 또한 "천지天地 사시四時의 규율에 순응하고, 음양의 변화를 추측하고, 생사의 도리를 풀어서 말했으며, 존망의 원인을 논해서 말할 수 있었다." 그리고 전욱顓頊은 "각종 농작물과 가축을 양식함에 땅의 힘을 충분히 이용했으며, 사시四時 절령節令을 계산해서 자연에 순응했으며, 귀신을 따라 예의를 제정했으며, 사시 오행五行의 기氣를 다스려 백성들을 교화했으며, 심신身心을 청결히 하여 귀신에게 제사 지냈고", 제곡帝嚳은 "태어나면서 신령스러움이 있어 스스로 자기 이름을 말했으며", "일월의 운행을 계산해서 세시절기를 정하여 공경스럽게 그것이 들고나는 것을 영송迎送했으며, 귀신을 잘 알아 신중하게 섬겼다." 또한 요堯 임금은 "인덕仁德이 하늘과 같고 지혜가 신과 같았다. 그에게 다가가면 태양처럼 따뜻했고, 그를 바라보면 운채雲彩가 대지를 덮은 것 같았으며", 순舜 임금은 "임시 의식을 거행하여 상제上帝에게 제사 지냈고, 세수祭需를 불 위에 태우는 의식으로 천지天地와 사시四時에게 제사 지냈고, 요제遙祭의 의식으로 명산대천에 제사 지냈고, 일반적으로 각 길의 신들에게 제사 지

---

71) 馮時, 『中國天文考古學』第2章「上古時代的天文與人文」, 北京:中國社會科學出版社, 2007, 77쪽.

냈다."[72] 주지하다시피 당시에는 생산력 수준이 매우 낮았고 물질적으로도 그다지 풍족하지 못했다. 그래서 그들의 이른바 신령과 소통하는 종교적인 제사 행사에는 문명文明 요소가 많지 않았다.

전욱顓頊은 전설 속에 나오는 오제 중의 한 명으로, 『사기』〈오제본기〉에서는 두 번째 자리를 차지했다. 전하는 바에 의하면 그는 "침착하고 신중하면서 지혜가 있는" 사람이었는데, 그가 가진 모든 특별한 재능은 전부 상고 시대 '천문지학'과 관련이 있었다. 그가 남긴 정치 업적 또한 "북으로는 유릉幽陵에, 남으로는 교지交阯에, 서쪽으로는 유사流沙에, 동쪽으로는 반목蟠木에 이르렀다. 움직이거나 고요한 물건과 크고 작은 신들은 해와 달이 비춰 귀복歸服하지 않는 게 없었다."[73] 보다시피 그는 '통천'의 수단을 장악해 백성들의 종교 신앙을 통제했던 영수領袖로서, 인간 사회의 통치자이면서 귀신의 대리인이었던 것이다. 이런 '통천'의 수단이란 사실상 상고 시대의 '천문지학'을 뜻한다. 관사보가 "지상의 백성과 천상의 신이 서로 통하는 길을 단절"시킨 것이 전욱 시대부터 시작되었다고 한 것은 전혀 근거가 없는 말은 아니다. 현대 고고학 연구 결과에 따르면, 중국의 초기 도시국가는 하왕조夏王朝에서 시작된 것이 아니라 전욱·요·순 시대에 형성되었다고 한다. 그것은 바로 고고학에서 말하는 용산문화龍山文化 시기이다. 자료가 부족한 관계로 전욱 시대부터 이루어진 '천문지학天文之學'의 발전에 대해 구체적으로 설명하기는 어렵다. 하지만 그 단서가 될 만한 흔적은 찾을 수 있다.

요堯 역시 전설 속에 나오는 오제 중의 한 명이다. 『상서尙書』〈요전堯典〉은 요 임금의 주요한 정치 업적으로 "이에 희羲씨와 화和씨에게 명하시어 넓은 하늘을 삼가 따르게 하시고, 천수天數를 따라 일월성신의 운행 규칙을 계산하여 역법을 만들고 공손하게 천시절령天時節令을 사람들에게 알려준"[74] 것과

---

72) 司馬遷, 『史記』卷1, 〈五帝本紀〉, 二十五史本, 6~8쪽.
73) 司馬遷, 『史記』卷1, 〈五帝本紀〉, 二十五史本, 7쪽.
74) 孔安國 傳·孔穎達 疏, 『尙書正義』卷2, 〈堯典〉, 十三經注疏本, 119쪽.

순 임금에게 제위帝位를 양위讓位한 것이라고 기록하고 있다. 『사기』〈오제본기〉에 기록된 제요帝堯의 사적도 이 두 가지뿐이다. 이것은 제요 시대에 전승된 주요한 문화가 바로 '천문지학'이었음을 말해 준다.[75] 요 임금을 "인덕仁德이 하늘과 같고 지혜가 신과 같았다. 그에게 다가가면 태양처럼 따뜻했고, 그를 바라보면 운채雲彩가 대지를 덮은 것 같았다."[76]라고 형용한 것은 그의 큰 무당大巫으로서의 이미지를 부각하기 위한 것에 지나지 않는다. 『사기』〈오제본기〉에는 "(요 임금이) 순舜을 산림山林과 천택川澤에 들어가 폭풍우와 천둥 번개를 만나게 했는데, 순은 길을 헤매거나 일을 그르치지 않았다."라는 기록이 있다. 그것은 요 임금이 제위를 양위하기에 앞서 순의 '통천' 능력을 시험한 것이다. 순이 시험을 통과하자, "요 임금은 나이가 많아 순에게 명해 천자의 정사를 대리하게 하고 그가 천자에 부합하는지 하늘의 뜻을 살폈다." 그러자 "순은 이에 북두성을 관측하여 일월 및 금목수화토 오성五星의 운행이 이상이 있는지를 고찰하였다(舜乃在璿璣玉衡, 以齊七政). 이어 임시 의식을 거행하여 상제에게 제사 지냈고, 제수祭需를 불 위에 태우는 의식으로 천지天地와 사시四時에게 제사 지냈고, 요제遙祭의 의식으로 명산대천에 제사 지냈고, 일반적으로 각 길의 신들에게 제사 지냈다."[77] 비록 "선기옥형璿璣玉衡"이라는 말에 대해 선인들의 해석이 엇갈리는 부분이 있지만, 그것이 천체天體 관측과 관련이 있다는 데에는 이견이 없다. 이것은 순이 천자의 정사天子之政를 대행할 수 있었던 것은 그가 '천문지학'에 능통했기 때문이었음을 말해 준다.

하우夏禹의 주요 업적은 치수治水였지만 그가 "귀신에게 지극하게 제사 지낸" 점도 간과해서는 안 된다. 『국어國語』〈노어하魯語下〉에서는 "대우大禹가

---

75) 江曉原에 의하면, 『상서』「요전」에 기록된 요 임금의 爲政에 관한 글자는 총 225자인데, 그중 '천문학' 업무와 관련된 글자가 무려 172자에 달하여 전체 글자 수의 약 76%를 차지한다고 한다. "「요전」은 요 임금의 가장 주요하고 뛰어난 정치 업적이 바로 그가 천문학과 관련된 업무에 주력한 것이라고 말하는 듯한 느낌을 준다." 江曉原, 『天學眞原』, 瀋陽: 遼寧敎育出版社, 1991, 37쪽 참고.

76) 司馬遷, 『史記』卷1, 〈五帝本紀〉, 二十五史本, 7쪽.

77) 司馬遷, 『史記』卷1, 〈五帝本紀〉, 二十五史本, 8쪽.

회계산會稽山에서 각 길의 신들에게 제사 지냈다."[78]라고 하였다. 그리고『사기』〈하본기夏本紀〉에는 "이때 천하가 모두 우禹가 척도尺度와 음악에 밝음을 추숭하여 그를 산천의 신주神主로 받들었다. 순 임금이 우를 하늘에 추천하여 그가 제위帝位를 잇게 했다."[79]라는 기록이 있다. 이것은 우가 제위를 계승할 수 있었던 것도 그가 상고 시대 '천문지학'에 능통하고 '통천지술通天之術'을 장악했기 때문이었음을 말해준다. 이와 관련해『논어』〈요왈堯曰〉편에는 다음과 같은 기록이 있다. "요가 말하길, '아! 그대 순이여! 하늘의 운수가 그대의 몸에 있으니 진정으로 중용을 지키도록 하라. 사해의 백성이 곤궁해지면 하늘이 내리신 복록이 영원히 끊어지리라.'라고 했다. 순 임금도 우 임금에게 왕위를 물려줄 때 이렇게 명했다."[80] 이에 원가袁珂(1916~2001)는 "우禹는 추장과 나라무당(巫教主)으로서의 이미지를 한 몸에 가지고 있었던 것이 분명하다. 그러므로 우가 원래부터 무술巫術에 능한 무사巫師였다고 상상해 보는 것도 지나친 것은 아니다."[81]라고 지적했다. 실제로 "상고 시대에는 백성이 순박하고 풍속이 빛나 군주는 오직 하늘과 신을 섬기는 것만을 자신의 의무로 생각했다. 그러므로 그 다스림이 사람에게는 소략했지만 하늘에는 자세했"[82]는데, 그것은 지극히 당연한 일이었다.

제요帝堯 시대의 "천수天數를 따라 일월성신日月星辰의 운행 규칙을 계산하여 역법을 만들고 공손하게 천시절령天時節令을 사람들에게 알려준다."는 말에 대해 후세 사람들은 대부분 역법을 만들어 날씨에 따라 농사일을 안배한다는 뜻으로 풀이하였다. 그러나 천문학사가天文學史家인 쨩샤오위엔江曉原은 치밀한 연구를 거쳐 이와는 다른 결론을 얻어냈다. 즉, 그는 "그 말은 표면상으로는 '과학적' 색채가 다분하고 역법 문제를 다루는 듯하지만, 사실은 여전

78) 徐元誥, 『國語集解』, 〈魯語下〉, 北京:中華書局, 2002, 202쪽.

79) 司馬遷, 『史記』卷2, 〈夏本紀〉, 二十五史本, 11~13쪽.

80) 何晏 集解·邢昺 疏, 『論語注疏』卷24, 〈堯曰〉, 十三經注疏本, 2535쪽.

81) 袁珂, 『中國神話史』, 上海:上海文藝出版社, 1988, 351~352쪽.

82) 鄭樵, 『通志』卷2, 〈五帝紀〉2, 北京:中華書局影印, 1987, 35쪽.

히 통천通天 업무를 말하는 것"[83]이며, "이른바 '천상을 관측하여 시간을 정하
거나' 또는 '공손하게 천시절령天時節令을 사람들에게 알려준다.'라는 말의 본
래 의미는 결코 '농사일을 안배한다.'는 것이 아니라 역법 지식에 근거해 통치
계급의 중대한 정치적 업무 일정을 안배한다는 것"[84]이라고 했다. 그는 여기
서 더 나아가 다음과 같이 지적했다.

> 고대 천문 점성天文星占에 관한 학문은 상고 시대의 '통천지술通天之術'에
> 속한다. 태사太史가 별을 보고 기후를 측정하는 것은 무격巫覡이 제단祭壇에
> 올라 굿을 하는 것과 다를 바가 없다.[85]

"백성들과 신이 서로 섞여 살고", "집집마다 모두 스스로 무사가 되었"던
시대에 인간과 하늘은 분리되지 않았고 인간의 물질생활과 정신생활은 혼돈
상태에 있었다. 하지만 "지상의 백성과 천상의 신이 서로 통하는 길이 단절"된
후, 인간과 하늘은 분리되었고, 인간이 하늘과 정신적 소통을 하는 '통천지술
通天之術'은 당시 물질생활 자료를 통제하고 있던 무격 집단巫覡集團에 의해
독점되었다. 상고 시대에는 왕과 큰무당을 구분하지 않았다. 다시 말하면, "왕
은 정치적 영수이면서 여전히 무격 집단의 우두머리였다."[86] 보다시피 요와
순, 우 등은 무격 집단의 우두머리로 큰무당大巫에 지나지 않았다. 따라서 그
들이 전승한 '천문지학天文之學'이란 바로 상고 시대의 '통천지술通天之術'이
었다.[87]

---

83) 江曉原, 『天學眞原』, 瀋陽:遼寧教育出版社, 1991, 94쪽.

84) 江曉原, 『天學眞原』, 151쪽.

85) 江曉原, 『天學眞原』, 98쪽.

86) 陳夢家, 「商代的神話與巫術」, 『燕京學報』 1936年第20期.

87) 許進雄은 다음과 같이 지적했다. "小篆에서 舜字의 구조는 舛과 매우 흡사한데, 磷光을 발하
   는 귀신이 궤짝 안에 담긴 구조(囊)이다. 磷은 어두운 곳에 있을 때에야 비로소 빛을 발할 수
   있기 때문에 어두운 궤짝 안에 몸을 숨기는 것이 가장 바람직했다. 舜은 대체로 몸에 磷을 바른
   채 어두운 감실에 숨어 있는 巫人이나 神像을 가리켰다. 磷光은 빛을 발하는 시간 간격이 매우
   짧기에 開花期가 짧은 舜花를 지칭하였다. 고대의 帝舜은 아마 이런 방법으로 백성들을 겁먹

1987년, 안후이성安徽省 함산현含山縣 링쟈탄凌家灘 4호묘에서 지금으로부터 약 4,500년 전의 옥귀옥판玉龜玉版 한 세트가 출토되었는데, 옥판 표면에는 신비한 도안이 새겨져 있었다. 위웨이차오俞偉超는 그것이 사마천이 『사기』〈귀책열전龜策列傳〉에서 언급한 영귀신앙靈龜信仰[88]이라고 주장했고, 라오쫑이饒宗頤는 그것이 중국에 문자가 없던 시절에 '방위'와 '수리數理'를 나타내던 도구[89]라고 지적했다. 또한 천성융陳剩勇은 그것은 사시역법四時曆法을 표시하는 원시 팔괘도八卦圖로, 하대夏代 또는 더 이른 시기의 '율력제도律歷制度'[90]를 반영한 것이라고 보았다. 그리고 펑스馮時는 세밀한 고증을 거친 뒤, 그것은 고대 '식반式盤'의 성격을 지닌 '의구儀具'임에 틀림없다고 주장했다. 그는 "옥판 중앙에 새겨진 두 개의 원은 바로 후세 식반式盤에 나타난 천반天盤의 원시 형태로, 하늘을 본뜬 둥근 모양을 하고 있다. 그리고 두 개의 원 사이에 새겨진 여덟 개의 화살 형태의 표기는 각기 팔방을 가리키는데, 그것은 여덟 절기를 뜻하는 것이다."라고 했다. 이어서 그는 "옛사람들은 옥판 가운데의 사방오위도四方五位圖를 통해 동서남북을 확정하고 마침내 팔방구궁八方九宮 체계를 완성하였다. 따라서 옥판에 새겨진 이 세 층차의 도안은 모든 방위 개념을 포함하고 있다고 할 수 있다."[91]라고 지적했다. 펑스馮時는 이를 바탕으로 다음과 같은 결론을 내렸다.

옥판 도안의 이런 내적 연관성은 그것이 일정한 때를 기록하고 점괘를 징험하는 기능을 갖고 있음을 의미한다. 하지만 반식을 운영하는 관건은 옥판 중앙에 그려진 낙서구궁洛書九宮에 있다. 특히 주의해야 할 것은, 함산含山에서 옥판玉版과 옥귀玉龜가 함께 출토되었다는 점과 옥판이 출토될 때 옥귀

게 했던 巫者였을 것이다."(許進雄, 『中國古代社會-文字與人類學的透視』, 北京:中國人民大學出版社, 2008, 559쪽).

88) 俞偉超, 「含山凌家灘玉器和考古學中研究精神領域的問題」, 『文物研究』第4輯1989年 참고.

89) 饒宗頤, 「未有文字以前表示方位與數理關係的玉版」, 『文物研究』第6輯1990年 참고.

90) 陳剩勇, 「東南地區夏文化的萌生與崛起」, 『東南文化』1991年第1期 참고.

91) 馮時, 『中國天文考古學』, 北京:中國社會科學出版社, 2007, 520~527쪽.

의 등 껍질背甲과 배 껍질腹甲 사이에 끼워져 있었다는 사실이다. 그것은 마치
귀갑龜甲이 사방의 천연天然 상징으로 늘 옛사람들에게 점복占卜의 물건으로
사용되었던 것과 같다. 그러고 보면 옥판이 가지고 있는 시점時占의 성격도
자명해진다. 영귀靈龜와 옥판의 이런 절묘한 조화는 서로의 이미지를 부각시
킴으로써 옥판의 성격과 낙서구궁의 함의含意가 더욱 두드러지게 하였다. 이
점을 고려한다면, '낙서洛書'의 본명이 '귀서龜書'였다는 견해도 충분히 납득
이 간다.[92]

이처럼 함산含山 옥판옥귀玉版玉龜에 대한 해석에 있어서는 학자들마다 이
론異論이 있다. 하지만, 그것을 고대의 '통천' 도구로 보는 데에는 모두가 이견
이 없다. '무巫'자는 본래 두 개의 '공工'이 직각으로 교차해서 형성된 것으로,
여기서 '공'은 고대의 '곱자矩'를 가리킨다. 보다시피 원시적인 '무巫'는 바로
'곱자'를 이용해 천지를 측량하는 자를 일컫는 말이었다.[93] 함산 옥판옥귀는
실물로써 다음과 같은 사실을 증명하고 있다. 즉, "중국 고대 사상은 처음부터
'하늘天'과 관련되어 있으며" "천지사방의 신비한 감각과 사상에서 비롯된
사색과 상상은 중국 고대 사상의 원초적 출발점이었다. 바꿔 말하면, 그것은
고대 중국인들의 추리推理와 연상聯想의 관념적 기반과 근거였다."[94] 따라서
상고 시대의 문화는 본질적으로 '통천通天'의 문화였으며, 무당들이 장악한 지
식 역시 주로 '통천'의 지식이었다. 만약 그 속에 문학적 관념이 잠재해 있었거
나 내재해 있었다면, 그것은 상고 시대의 '천문지학天文之學'이 아닐 수 없다.

요, 순, 우의 시대는 어디까지나 전설의 시대였으므로 지식 고고학에 필요
한 실증 자료가 부족하다. 하지만 우리는 은상殷商 시기의 갑골복사甲骨卜辭를
통해 상고 시대 '천문지학'의 존재를 증명할 수 있는 충분한 증거를 찾을 수
있다. 당대 군주當代君主를 중심으로 하는 은상殷商 갑골복사는 비록 그 내용

---

92) 馮時, 『中國天文考古學』, 532쪽.
93) 李學勤, 「論淩家灘玉龜玉版」, 『中國文化』第六期1992年 참고.
94) 葛兆光, 『中國思想史』第1卷, 上海:復旦大學出版社, 2001, 19쪽.

이 매우 풍부하지만, 대부분 은상의 왕실에서 그들의 조상신이나 상제上帝에게 문의하거나 조상과 자연신에게 제사를 지내며 소원을 비는 것에 대한 기록이다. 그들은 이런 귀신들이 천시天時, 풍년年成, 정벌征伐, 사냥田獵, 길흉과 안부旬夕安否 등에 대해 제시해 주거나 자신들을 보호해 주기를 바랐다. 다시 말해서, 그들은 자신들이 장악한 '천문지학'을 이용해 '통천' 활동을 진행한 것이다. 그러나 이런 행사는 아무나 참여할 수 있는 것이 아니었다. 그것은 상왕商王을 비롯한 무격巫覡 집단에 국한되어 있었다. 점복占卜은 엄격한 절차에 따라 진행되었다. 그리고 점조占兆, 변체辨體, 의사擬辭, 각사刻辭 등 모든 단계마다 전문적인 훈련을 받은 무당들에 의해 규범에 맞게 진행되었다. 그러므로 왕실의 점복 활동은 당시 사람들의 천인天人 관계에 대한 인식 수준과 자기 통제 능력을 반영한다고 할 수 있다. 점복 활동이 진행될 때마다 담당 무당은 아주 경건한 마음으로 행사를 주재하였고, 행사에서 사용된 복사卜辭는 "왕실의 문서 기록이자 은대殷代의 왕가 문서"[95]로 남겨져 전담자가 보관함으로써 기밀이 밖으로 새지 않도록 하였다. 따라서 우리는 점복을 단순히 사기극으로 치부해서는 안 된다. 오히려 그것을 전형적인 문화 행사로 간주하는 것이 더욱 바람직할 것이다. 상왕을 중심으로 하는 무당들은 당시 가장 높은 권력과 문화 수준을 가진 사람들이었다. 그들은 기타 모든 사람들처럼 귀신이 세상을 지배한다고 믿었고, 동시에 귀신과의 소통, 즉 '통천'을 통해 자신의 운명을 장악함으로써 기타 씨족을 통치할 수 있다고 믿었다. 그 '통천'의 수단이 바로 "관호천문觀乎天文"이었다. 여기서 '천문'은 모든 자연 현상과 무술巫術 징후徵候를 망라한 개념이다. 중국계 미국인 학자인 장광즈張光直(1931~2001)는 이에 대해 다음과 같이 지적했다.

통천通天의 무술巫術은 통치자의 특권, 다시 말하면 그들의 통치 도구가 되었다. '하늘天'은 지식의 원천이었기 때문에 통천通天하는 사람은 선견지명

---

95) 陳夢家, 『殷虛卜辭綜述』, 北京:中華書局, 1988, 46쪽.

을 가지고 있었으며, 인간 사회를 통치하는 지혜와 권리를 가지고 있었다. ······ 조상신의 뜻을 받들어 전하는 수단을 장악한 사람은 통치자로서의 자격을 갖게 되었다. 통치 계급을 통천 계급이라고도 할 수 있었는데, 통천의 능력을 가진 무당과 통천 수단으로서의 무당을 소유한 제왕이 여기에 속했다. 사실상 제왕 본인이 무당이었던 경우도 매우 많았다.[96]

여기에 덧붙여 언급할 것은, '통천'에 능한 통치 계급은 '통천'의 지식과 권력을 독점하였을 뿐만 아니라 제도적 장치를 통해 그것을 자신의 후손들에게 물려주었다는 점이다. 상대商代의 학교 교육은 점복占卜 교육을 위주로 이루어졌는데, 귀족 자제들만 학교 교육을 향유할 수 있었다. 사실, 갑골문에서 '학學'자가 가지고 있던 본래의 의미는 바로 큰 집에서 점복을 배우는 것이기도 했다.[97] 이것은 '통천'의 지식과 권력이 통치 계급에 의해 세습되었음을 의미한다.

보다시피, 갑골복사를 중심으로 하는 현존 은상殷商 시대 문헌은 사실상 왕무王巫(나라무당, 大巫)들이 '통천'했던 기록이다. 왕무들은 점괘의 '무늬文'를 통해 사물을 판단하였다. 즉, "하늘이 상을 드리워 길흉을 보이면" 그것을 보고 자신들의 행동을 결정하였던 것이다. 이것은 전설 속에 나오는 제요帝堯 시대의 "천수天數를 따라 일월성신日月星辰의 운행 규칙을 계산하여 역법을 만들고 공손하게 천시절령天時節令을 사람들에게 알려준다."라는 표현과 일맥상통하는 것으로, 모두 다 상고 시대의 '천문지학'에 속한다. 이런 '천문지학'은 은상殷商 시대의 문화를 대표했을 뿐만 아니라, 동시대의 학술을 대표하기도 하였다.

물론, 상고 시대 '천문지학'과 '통천지술'이 점복에만 국한된 것이 아니었다. 제사 역시 '통천'의 중요한 수단이었다. 제사의 대상은 일반적으로 옛사람

---

96) 張光直, 『考古學專題六講』, 北京:文物出版社, 1986, 107쪽.
97) 拙著, 「中國古代文學觀念的符號學探原」, 『中國社會科學』 1999年第1期 참고.

들이 숭배하거나 경외했던 존재였다. 옛사람들이 보기에 그들은 비록 형체는 없지만 세상을 장악하고 인류를 통제하는 신비로운 역량을 가지고 있었다. "백성들과 신이 서로 섞여 살고", "집집마다 모두 스스로 무사巫史가 되었던" 시대에 제사는 개인이나 집안의 일이었기에 아무도 간섭하지 않았다. 하지만 "지상의 백성과 천상의 신이 서로 통하는 길이 절단된" 이후로, 그것은 공공신 앙公共信仰으로 대체되어 소수의 사람에 의해 통제되었으며, 귀신과 소통하는 권력 역시 '통천' 능력을 가진 소수의 사람 손에 넘어가게 되었다. 누구를 제 사의 대상으로 정할 것인가 하는 것은 제사를 지내는 사람과 제사 대상 사이 의 친분 유무에 달려 있었다. 하지만 누가 제사를 주재하는가 하는 것은 주제 자主祭者의 신분과 지위와 직결되어 있었으며, 무엇보다도 그것은 주제자들만 이 인간과 천지 귀신 사이의 소통을 이룰 수 있다는 것을 의미했다. 따라서 그들은 자연스럽게 천지 귀신의 대변인이자 인간 사회의 통치자로 군림하게 되었던 것이다.

제사는 이미 용산문화龍山文化 시기, 즉 전설 속의 전욱顓頊·요·순 시대 에 통치자들에 의해 독점되고 통제되었다. 이를테면, 산시성山西省 샹펀슈엔 襄汾縣 타오쓰陶寺 유적에서 발굴된 천여 개의 고분古墳 중, 규모가 가장 큰 몇 개 고분의 묘주墓主만이 반룡문도반蟠龍文陶盤과 같은 신성한 제기祭器를 가지고 있었다. 이것은 그들이 당시 제사의 주재자이면서 인간 사회의 영수였 음을 의미한다. 또한 남방의 량주良渚 유적에서 발굴된 규모가 가장 크고 부장 품副葬品이 가장 많은 고분들도 일반적으로 옥종玉琮, 옥벽玉璧, 옥월玉鉞 등의 부장품을 완벽히 갖추고 있었다. 『주례周禮』〈대종백大宗伯〉의 기록에 따르면 옥종과 옥벽은 하늘에 제사 지낼 때 쓰던 예기禮器였다. 그 중 옥종은 밖은 모나고 안은 상하가 관통된 둥근 형태로 되어 있다. "외관만으로 볼 때, 종琮은 천지 관통의 상징이라고 할 수 있다. 다시 말해, 그것은 하늘과 땅을 관통하는 수단 또는 법기法器였다."[98] 옥종과 옥벽과 같은 부장품을 가진 묘주는 당연히

---

98) 張光直, 「談"琮"及其在中國古史上的意義」, 『文物與考古論集-文物出版社成立三十周年

당시 제사를 주관하던 제사장祭司이었다. 그리고 옥종과 옥벽이 가장 많이 부
장된 사람은 틀림없이 당시 가장 중요한 주제자主祭者이자 가장 큰 권력을
가진 사람이었다.

　하夏, 상商 두 왕조의 통치자들은 제사를 매우 중시했는데, 사서史書에는
이와 관련된 많은 기록이 남아 있다. 노선공魯宣公 3년(前606)에 주 대부周大
夫 왕손만王孫滿이 다음과 같은 말을 한 적이 있다. "옛날 하夏나라가 덕이
있을 때 먼 지방의 물건을 그려서 도상圖像을 만들고는 구주九州의 장관에게
동기銅器를 바치게 하여, 구정九鼎을 주조하고 그 도상을 솥에다 새겼는데,
모든 물상物像이 그 위에 구비되어 백성들이 신물神物과 괴물怪物을 알 수 있게
했다. 그리하여 백성들이 천택산림川澤山林에 들어가도 자기에게 이롭지 않은
물건은 접하지 않게 되었으며, 온갖 도깨비와 같이 기괴한 것도 모두 만나지
않게 되었다. 이로 인하여 상하가 화해할 수 있어 하늘의 복을 받게 되었다.
하나라 걸桀이 혼란하여 상商나라에 정통을 넘기니 전후 6백 년이었다. 그 뒤,
상나라 주紂가 폭정을 하자 다시 주周나라에 정통을 넘기게 되었다."[99] 여기서
정鼎은 제사에 쓰이는 예기禮器였다. 정鼎의 이동은 곧 제사를 주재하는 권력
의 이동을 뜻하며, 동시에 통치권의 교체를 의미한다. 하지만 이런 제사를 주
관할 수 있는 권력은 "덕德에 달렸지 정鼎에 있는 것이 아니었다."[100] 덕은 천
명天命으로부터 얻을 수 있다는 말이다.[101] 탕湯이 걸桀을 정벌할 때, 그는 "하
나라가 수많은 죄를 짓자 상제上帝가 내게 명해 그를 토벌하게 했다. …… 내

紀念』에 최초 게재, 北京:文物出版社, 1986. 이후『中國靑銅時代』2集에 재수록, 北京:生活
　· 讀書 · 新知三聯書店, 1990, 71쪽.

99) 杜預 注 · 孔穎達 疏, 『春秋左傳正義』卷21, 〈宣公三年〉, 十三經注疏本, 1868쪽.

100) 杜預 注 · 孔穎達 疏, 『春秋左傳正義』卷21, 〈宣公三年〉, 十三經注疏本, 1868쪽.

101) 晁福林은 선진시대 '덕'의 관념이 세 가지 단계를 거쳤다고 보았다. 첫 번째는 하늘의 덕과
　조상의 덕이다. 두 번째는 제도의 덕이다. 세 번째는 정신품행의 덕이다. 오랜 역사동안 '덕'
　의 관념은 천도 관념의 영향에서 벗어나지 않았다. '덕'의 관념이 天命神意의 혼돈의 시기를
　벗어난 것은 서주 때의 일이다. 저자의 「先秦時期"德"觀念的起源及其發展」, 『中國社會科學』
　2005年第4期 참고.

가 상제를 두려워하니 정벌하지 않을 수 없다."[102]라고 하면서, 상제의 뜻을 집행한다는 명분을 내세웠다. 반경盤庚이 동쪽으로 천도遷都할 때 민중들을 설득하기 위해 내세운 명분 역시 상제의 뜻이었다. 이른바 "지금 선왕의 사업을 계승하지 않는다면 하늘이 나라의 운명을 끊어버릴지 모르거늘", "하늘은 우리들의 국운國運이 이 새 도읍지에서 길이 이어지게 하였다."[103], "군왕君王과 대신大臣이 서로 근심하였기에, 하늘의 바른 때(天時)에 맞지 않는 일이 드물었다.", "내 하늘에게 너희들의 생명이 이어지도록 설득했다."[104], "지금 상제께서 우리 고후高后(成湯)의 아름다운 덕을 회복하여 다스림이 우리 국가에 미치게끔 하셨다."[105]라는 것이 바로 그것이다. 상商 주왕紂王도 자신이 패망한 것은 하늘의 뜻이었다고 생각했다. 그의 말을 빌리자면 "내 일생에 복명福命이 하늘에 있지 않구나."[106]였다.

은상殷商 시대를 통틀어 통치자들이 제일 중요하게 생각한 일이 바로 '하늘'과 소통하는 것, 즉 종교적 업무를 관리하는 일이었다. 그것은 또한 그들의 주요 직무이기도 했다. "왕국유王國維의 고증에 따르면, 은나라 사람들의 직책에는 상하존비가 없었다. 사직史職에는 종교적 무사巫師와 복사卜師의 부류가 있었다. …… 그러므로 은대의 사상은 종교가 중요한 지위를 차지했다."[107] 은상 통치자들은 주로 두 가지 사무에 집중했다. 즉, 그들은 대외적으로 외부 세력과 작전을 벌이는 한편 대내적으로는 종교적 업무를 관리했다. 바로 옛사람들이 말한 이른바 "나라의 큰일은 제사와 정벌에 있다."[108]였다. 종교적 업무란 주로 '하늘과 통하는(通天)' 것이었다. 주공周公은 일찍이 군석君奭에게

---

102) 孔安國 傳·孔穎達 疏, 『尙書正義』卷8, 〈商書·湯誓〉, 十三經注疏本, 160쪽.

103) 孔安國 傳·孔穎達 疏, 『尙書正義』卷9, 〈商書·盤庚上〉, 十三經注疏本, 168쪽.

104) 孔安國 傳·孔穎達 疏, 『尙書正義』卷9, 〈商書·盤庚中〉, 十三經注疏本, 170~171쪽.

105) 孔安國 傳·孔穎達 疏, 『尙書正義』卷9, 〈商書·盤庚下〉, 172쪽.

106) 孔安國 傳·孔穎達 疏, 『尙書正義』卷10, 〈商書·西伯戡黎〉, 177쪽.『史記』〈宋微子世家〉에 "我生不有命在天乎? 是何能爲!"라고 나와 있다.

107) 侯外廬·趙紀彬·杜國庠, 『中國思想通史』第1卷, 北京:人民出版社, 1957, 23쪽.

108) 杜預 注·孔穎達 疏, 『春秋左傳正義』卷27, 〈成公十三年〉, 十三經注疏本, 1911쪽.

다음과 같이 말했다.

> 내 들으니 종전에 성탕成湯이 이미 천명天命을 받았을 때, 당시 이윤伊尹 같은 이가 황천皇天을 바로잡았으며, 또한 태갑太甲 시대에는 보위保衡같은 이가 있었으며, 태무太戊 시대에는 이척伊陟과 신호臣扈 같은 이가 있어 상제 上帝를 바로잡았으니, 무당들이 모두 왕국을 다스린 것이다. 조을祖乙 시대에 는 무현巫賢과 같은 이가 있었다. 무정武丁 시대에는 감반甘盤같은 이가 있어 이렇게 도를 갖춘 사람들이 은나라를 안정적으로 다스렸다. 그러므로 은나라 의 제도는 군왕이 죽은 뒤 그들의 신령을 모두 하늘에 제사 지내는 것으로, 긴 역사를 가지고 있는 것이었다.[109]

위에서 언급된 이윤伊尹, 보형保衡, 이척伊陟, 무함巫咸, 무현巫賢 등은 모두 상대商代의 유명한 무격巫覡들이었다. 그들은 "황천을 바로잡고" "상제를 바로잡아" 인간과 신령이 교류(즉 '通天')하는 데 필요한 연결 고리가 되었다. 그들은 당시 상고 시대의 '천문지학'을 장악한 걸출한 대표이자 제사를 주관하거나 제사에 참여했던 핵심 인물들이었다. 그들은 사실상 상왕商王을 도와 종교 신앙과 사회 의식형태를 통제하였다. "다시 말해, 제사를 주재했던 자들은 그 시대에 가장 많은 지식과 기술을 장악하고 가장 높은 문화를 소유한 상징적 인물들이었다. 그리하여 왕의 주변에는 전문적으로 천제天帝의 뜻을 받아오고 귀신과 인간 사이의 소통을 성사시키는 신비주의자 집단이 형성되었는데"[110] 그들의 주요 직책은 바로 '통천通天'하는 것이었다. 상왕은 "비록 정치적 영수였지만 동시에 또한 무격巫覡 집단의 우두머리였기에"[111] 경우에 따라 큰무당大巫의 역할을 하기도 했다. 물론 이것은 상왕과 무격들이 의도적으로 사기극을 벌였음을 의미하는 것은 아니다. 실제로, 사회 생산력과 인류

---

109) 孔安國 傳·孔穎達 疏, 『尙書正義』卷16, 〈周書·君奭〉, 十三經注疏本, 223~224쪽.

110) 葛兆光, 『中國思想史』第1卷, 上海:復旦大學出版社, 2001, 28쪽.

111) 陳夢家, 「商代的神話與巫術」, 『燕京學報』第20期1936年.

발전 수준의 제약으로 말미암아, 당시 사람들은 매우 진지하게 귀신과 상제上帝를 신앙의 대상으로 삼았다. 상왕과 무격들 역시 귀신과 상제가 모든 것을 지배한다고 굳게 믿었으며, 오직 귀신과 상제를 만족시켜야 비로소 그들에게서 복을 받을 수 있다고 생각했다. 귀신과 상제를 우러러 존경하고 그들의 환심을 사기 위해 상왕과 무격들은 경건한 마음으로 날마다, 그리고 해마다 점을 치고(卜筮) 제사를 올렸다. 특수한 경우에는 자기를 희생하는 것마저도 마다하지 않았다. 『여씨춘추呂氏春秋』〈훈민順民〉 편에는 다음과 같은 기록이 남아 있다.

옛날에 상탕商湯이 싸워서 하夏를 이기고 천하를 다스리기 시작했다. 하늘이 크게 가물어 연이어 5년 동안이나 수확이 없었다. 이에 상탕은 자신을 제물로 삼아 상림桑林에 기도를 올렸다. ……이에 큰 비가 대지를 적셨다. 상탕은 신령과의 교류를 통해 인간 세상의 문제를 해결하였던 것이다.[112]

『제왕세기帝王世紀』에도 상나라의 첫 번째 군주인 탕왕湯王이 비가 내리게 하기 위해 "재계하고 머리를 깎고 손톱을 깎아 자기를 희생물로 삼아 상림桑林의 토지신에게 기도하며"[113] '통천'의 노력을 기울였다고 했다. 이는 비록 전설이기는 하지만 상 왕조가 '귀치주의鬼治主義'[114]의 시대였음을 잘 증명해 준다. "은 왕조의 사상에서 종교가 중요한 위치를 차지했다."[115]는 것은 학술계의 공통된 인식이다. "은나라 사람들은 신을 존중하며 귀신을 섬기는 것으로 백성을 다스렸다."[116] 그러기에 제사가 아주 빈번하고 점복이 성행하는 등 사회 전체가 짙은 종교적 미신의 분위기에 휩싸여 있었다. 상왕과 무격이 귀신과 소통하는 것을 제외하고서도 상 왕조에는 축祝, 종宗, 복卜, 사史 등 대량의

---

112) 呂不韋 撰·高誘 注, 『呂氏春秋』卷9, 〈季秋紀·順民〉, 二十二子本, 654쪽.

113) 皇甫謐, 『帝王世紀』, 叢書集成初編本, 19쪽.

114) 顧頡剛, 『盤庚中篇今譯』, 『古史辨』第2冊, 上海:上海古籍出版社, 1982, 44쪽.

115) 侯外廬·趙紀彬·杜國庠, 『中國思想通史』第1卷, 北京:人民出版社, 1957, 23쪽.

116) 鄭玄 注·孔穎達 疏, 『禮記正義』卷54, 〈表記〉, 十三經注疏本, 1642쪽.

전문 성직자들이 거대한 무격 집단을 형성하고 있었다. 천머영쟈陳夢家(1911
~1966)는 제사와 관련된 복사卜辭 자료를 연구한 뒤 다음과 같이 말했다.

제사를 거행할 때, 축祝 · 종宗 · 무巫 · 사史는 최고의 권력을 가지게 마련
이다. 그것은 그들의 직책이 바로 이런 막중한 제사 의식을 거행하는 것이기
때문이다. 사실상 제사는 친속 관계에 따라 그 대우가 달라진다. 우리는 "옛
대신" 가운데 오직 종교 책임자인 무巫와 왕실의 책임자인 보保만이 가장 중
요한 대접과 존경을 받은 것을 발견할 수 있다.[117]

또한 점복과 제사도 밀접한 관계를 가지고 있었으며 그 상황은 이와 비슷
했다. 확실한 것은 상 왕조의 문화 활동이 주로 점복과 제사 등 종교 활동으로
나타났다는 점이다. 무격 집단이 이 활동의 주체가 되었고, 사람들이 허구虛構
로 만든 가상假想적 귀신과 상제가 종교 활동의 대상이 되었다.

먼저 복서卜筮에 대해 살펴보자. 상왕商王은 전쟁의 승패, 농사의 풍작, 인
사 관리와 같은 군사 및 정치와 관련된 큰일로부터 출입의 길흉과 운세의 좋고
나쁨과 같은 일상의 작은 일에 이르기까지도 먼저 점을 친 후 행동으로 옮겼다.
오늘날 우리가 볼 수 있는 은허殷墟 갑골甲骨 복사卜辭는 무격들이 진행했던
점복占卜 활동에 관한 기록이다. 이른바 점복이란 징조에 따라 길흉을 판단하
는 것으로, 『설문說文』에서는 "점은 조짐을 보고 묻는 것이다."[118]라고 하였다.
하지만 점복은 일정한 절차를 가지고 있었을 뿐만 아니라 상왕의 통제를 받아
야 했다. 다음은 『주례周禮』〈춘관春官 · 점인占人〉 편에 나오는 말이다.

점을 칠 때 군주君主는 점괘의 체體에서 길흉을 관찰하고, 대부大夫는 점
괘의 색色에서 선악을 관찰하고, 사관史官은 점괘의 묵墨에서 대소를 관찰하
고, 복인卜人은 점괘의 갈라진 틈(坼)을 관찰한다.[119]

---

117) 陳夢家, 『殷虛卜辭綜述』, 北京:中華書局, 1988, 500~501쪽.
118) 許愼, 『說文解字』(注音版)三下, 長沙:嶽麓書社, 2006, 70쪽.

이에 대해 당唐나라 가공언賈公彦의 소疏에서는 "체體는 조짐의 모양(兆象)으로, 금·목·수·화·토 다섯 가지 조짐을 말한다."[120]라고 하였다. 『예기禮記』〈옥조玉藻〉 편에서는 "복인卜人은 귀갑龜甲 위에 갈라진 작은 균열 무늬를 살피고, 태사太史는 귀갑 위에 갈라진 큰 균열 무늬를 살피고, 군주는 이런 균열 무늬의 의미가 무엇인지를 살핀다."[121]라고 하였다. 다시 말해서, 전체 점술 활동은 군왕君王·대부大夫·복인卜人·사史로 분업이 이루어져 각자가 직책을 가지고 있기는 하였지만, 거북이 등껍질을 구워서(기타 형식의 卜筮 포함) 얻은 징조에 대한 판정과 해석은 상왕의 권리였다. 그리고 점복 결과는 갑골에 새겨서 왕실 문서로 보관했다. 이렇게 함으로써 사실상 점복 활동에 대한 왕권의 통제력을 확보할 수 있었다. 물론, 농작물의 수확이나 대외 전쟁 같이 중대한 사항에 대한 점복의 조짐은 상왕이 직접 "확정定體"했지만, 그 외에 그리 중요하지 않은 일반적인 점복은 전문 무격이 주관할 수 있었다. 하지만 무격이 점을 쳐서 판단을 했다 하더라도 최종 판결은 여전히 상왕의 몫이었다. 이러한 점술의 절차로 볼 때, 상왕이 점복 활동에서 시종일관 결정적인 역할을 했다는 것을 알 수 있다.

사실상, 상왕商王이 모든 주술 활동을 직접 할 수 없었기 때문에 허다한 점복 활동은 복사卜史에 의해 대리 수행되었다. 그런 까닭에 전문 점술사는 점복 활동에서 아주 중요한 역할을 하였다. 점복의 결과가 실제로 상왕商王, 즉 나라에서 취해야 할 행동을 결정하게 되므로, 무격 집단의 사회적 지위도 그만큼 높아지게 되었기에 사회의 정신문화 생산은 사실상 그들에 의해 통제되었다. 천머엉쟈陳夢家는 갑골 복사卜辭의 성질에 대해 다음과 같이 지적하였다.

은나라 사람들의 전책典冊은 죽간竹簡과 목간木簡에 기록하였는데 오늘날 남아 있는 것은 없다. 하지만 점을 칠 때 사용한 갑골의 각사刻辭와 복사卜辭

---

119) 鄭玄 注·賈公彦 疏, 『周禮注疏』卷24, 〈春官·占人〉, 十三經注疏本, 805쪽.
120) 鄭玄 注·賈公彦 疏, 『周禮注疏』卷24, 〈春官·占人〉, 十三經注疏本, 805쪽.
121) 鄭玄 注·賈公彦 疏, 『周禮注疏』卷29, 〈玉藻〉, 十三經注疏本, 1475쪽.

는 더러 남아 있다. 그것들은 왕실의 문서 기록으로서, 비록 복사이지만 은대 왕가王家의 문서임에는 틀림없다. 우리가 복사를 왕실 문서라고 보는 데에는 다음과 같은 몇 가지 이유가 있다. 첫째, 은나라 사회에서는 왕과 무격이 정치 적 대권을 장악하였으며, 동시에 점술도 주재하였다. 그래서 복사는 정사政事 결정에 대한 기록이라고 볼 수 있다. 둘째, 복사는 은나라의 수도 안양安陽에 서 집중적으로 출토되었으나, 그중에는 수도 이외의 지역을 기록한 것도 눈 에 자주 띈다. 이것으로 볼 때, 타지에서 점술에 이용된 갑골 역시 수도에 보관된 것을 알 수 있다. 셋째, 은나라 수도의 갑골은 대부분 한곳에 보관되거 나 비축되었다. 당시에 문서 보관소가 있었다는 말이다. 넷째, 복사가 아닌 부수적인 내용의 각사도 기록되어 있었다. 여기에는 갑골의 내력 및 사용 경 위가 기록되어 있을 뿐만 아니라, 이를 관리했던 복관卜官의 이름도 담겨 있 다. 이는 당시 따로 문서를 관리하던 사람이 있었음을 의미한다.[122]

비록 점복이 점술사에 의해 이루어졌고 그 징조 역시 상왕이 판단하거나 허락을 해야 했지만, 당시 사람들은 이것이 누군가의 개인적인 행위라고 여기 지 않았다. 오히려 이것을 상제와 귀신의 뜻으로 보고 절대적으로 신봉했다. 통치자들 역시 사람의 뜻보다는 오직 천명만을 믿었다. 주왕紂王이 신하의 충 언을 듣지 않은 것도 그가 "우리의 목숨은 하늘에 달려 있는 것이 아닌가?"[123] 라고 믿었기 때문이다. 또한 술을 즐기는 풍속은 신에 대한 이와 같은 절대적 인 의존과 복종을 개인의 허황한 체험으로 이어지게 함으로써 인간에 대한 신의 통치를 더욱 강화하게 되었다.

다음으로 제사를 살펴보자. 제사는 "남교南郊에서 상제上帝에게 제사를 지 내는 것은 지고무상至高無上한 하늘의 지위를 정하기 위해서고, 나라의 토지 신에게 제사를 지내는 것은 대지의 이로움을 명시하기 위해서고, 사당에서 조상에게 제사를 지내는 것은 집안사람끼리 어여삐 여기는 것을 근본으로 삼

---

122) 陳夢家, 『殷虛卜辭綜述』, 北京:中華書局, 1988, 46쪽.
123) 司馬遷, 『史記』卷3, 〈殷本紀〉, 二十五史本, 16쪽.

기 위해서고, 산천에 제사 지내는 것은 귀신에게 예경禮敬을 보여주기 위함이고, 오사五祀에 제사 지내는 것은 각종 제도가 여기서 나왔음을 명시하기 위해서다. 그러므로 천자가 종묘에 있을 때 종축宗祝이 서로 돕고, 조정에서는 삼공三公이 보좌하고, 태학太學에서는 삼로三老가 건의를 한다. 천자의 앞에는 귀신의 일을 맡아보는 무巫가, 뒤에는 언행을 기록하는 사史가, 점치는 관원과 연주와 규간規諫을 맡은 관원이 모두 천자의 좌우에 있다."[124]라고 하여 그 종류가 굉장히 많았다. 천신과 지신天神地祇으로부터 조상의 혼령까지 모두 제사의 대상이 되었다. 은나라 사람들의 제사는 크게 두 종류로 나눌 수 있다. 하나는 물질적인 것으로, 술과 고기와 오곡을 바치는 향제享祭였다. 다른 하나는 정신적인 것으로, 북을 치며 춤을 추고 악기를 연주하며 노래를 부르는 오제娛祭였다. 향제 가운데 가장 야만적인 것은 인제人祭였다. 이른바 인제란 살아있는 사람을 제물로 삼아 신령과 조상에게 제사 지내는 것을 말한다. 상나라의 통치자는 신령과 조상에게 화를 피하고 복을 받을 수 있게 해달라고 빌면서 크고 작은 가축을 제물로 바치는 한편, 살아 있는 사람을 죽여 제물로 바쳤다. 이렇게 하는 것만이 귀신과 조상을 향해 최고의 경외를 표시하는 방법이라 생각한 것이다. 현존하는 갑골 복사에 대한 불완전한 통계에 따르면, 무정武丁 시대의 관련 갑골 복사 1,006개에는 9,021명이 제물로 희생되었다고 나와 있다. 가장 많을 때에는 한 번에 500명이 희생되기도 했다. 나머지 531개의 복사 기록에는 희생자 수가 나와 있지 않다. 품신稟辛부터 문정文丁 시대까지는 3,205명이 제물로 바쳐졌고, 가장 많을 때에는 한 번에 200명이 희생되었다. 조경祖庚과 조갑祖甲 시대에는 622명이 제물로 바쳐졌고, 가장 많을 때에는 한 번에 50명이 희생되었다. 제을帝乙과 제신帝辛 시대에는 104명이 제물로 바쳐졌고, 가장 많을 때에는 한 번에 30명이 희생되었다. 반경盤庚이 은殷으로 천도한 뒤부터 은나라가 멸망하는 제신帝辛 시대까지 8대 12명의 왕이 집정한 시기는 전체 상 왕조의 후기에 해당한다. 현재까지 파악된

---

124) 鄭玄 注·孔穎達 疏, 『禮記正義』 卷22, 〈禮運篇〉, 十三經注疏本, 1425쪽.

갑골 복사 자료에 의하면, 이 시기에는 모두 13,052명이 제물로 희생되었다. 여기에는 희생자 수가 기록되지 않은 1,145개의 복사는 포함되지 않았다. 이것만 보더라도 상 왕조에서 사람을 제물로 바치는 것이 얼마나 성행하였는지를 알 수 있다. 후호셴胡厚宣(1911~1995)은 다음과 같이 말했쭉.

> 1934년부터 1935년까지 환베이洹北 호쟈좡侯家莊 시베이강西北岡에 있는 은 왕조의 왕릉 터에서 세 번에 걸쳐 무덤 발굴이 이루어졌는데, 총 9개의 큰 무덤이 발견되었다. 거기에 부장품을 묻은 이른바 "가짜 큰무덤(假大墓)"까지 합치면 큰 무덤이 모두 10개가 발굴된 셈이다. 그리고 큰 무덤의 동쪽 터에서는 또 큰 무덤에 딸린 작은 무덤이 1,242개나 발견되었다. …… 훼손된 큰 무덤 안에는 순장殉葬된 노비들이 있었는데, 그 수가 무려 수백 명에 달했다. …… 1,242개의 작은 무덤에 순장된 것만을 계산해도 어림잡아 2,000명에 이를 것이다.[125]

이상의 고고학적 발굴은 갑골 복사 기록의 진실성을 확실히 증명하고 있으며, 상 왕조가 인간의 생명과 가치를 무시했음을 보여주고 있다.

향제享祭와 문학 예술 사이에는 별다른 연관성이 발견되지 않는다. 하지만 오제娛祭에는 비교적 많은 문학 예술적 요소가 존재하고 있음을 보아낼 수 있다. 물론 이런 현상은 은 왕조에서 시작된 것이 아니라 이미 오래전부터 지속되어 온 것이다. 이를테면, 이기씨伊耆氏의 작품으로 전해지는 〈사사蜡辭〉에는 아래와 같은 문장이 있다. "제방이 편안하게 무사하고, 도랑이 넘쳐흐르지 않고, 병충해가 생기지 않고, 잡풀과 야생나무가 농토에 자라지 않으리라(土反其宅, 水歸其壑, 昆蟲毋作, 草木歸其澤)."[126] 이것은 제사에서 쓰는 축사祝詛之辭가 분명한데, 형식이 정결하고 압운이 잘 되어 있어 한 수의 시가와 같다. 그 밖에 『여씨춘추呂氏春秋』〈고락古樂〉 편에는 "옛날 갈천씨葛天氏의 음악을

---

125) 胡厚宣,「中國奴隷社會的人殉和人祭」上篇,『文物』1974年第7期.
126) 鄭玄 注·孔穎達 疏,『禮記正義』卷26,〈郊特牲〉, 十三經注疏本, 1454쪽.

연주할 때, 세 사람은 손으로 소꼬리를 잡고 발을 구르며 무악舞樂 8장을 노래했다."[127]라는 기록이 있고, 『하도옥판河圖玉版』에는 "고대 월越 땅의 풍속은 방풍防風의 신에게 제사를 지낸다. 제사 지낼 때 방풍고악防風古樂을 연주하는데, 대나무를 세 자 길이로 잘라서 불면 고함소리 같은 것이 난다. 동시에 세 사람이 머리카락을 풀어 헤치고 춤을 춘다."[128]라는 기록이 있다. 이것은 모두 고대 제사 활동에 대한 기술記述이다. 이런 제사 활동에서 우리는 문학 예술적 요소를 쉽게 찾을 수 있다. 은상 시기에 이르러서도 비슷한 활동이 자주 벌어졌다. 라오종이饒宗頤는 이와 관련해 다음과 같이 말했다.

> 『예기』〈교특생郊特牲〉 편에는 "은나라 사람의 제사는 음악을 귀하게 여겼다(尙聲). 아직 희생을 죽이기 전에 먼저 음악을 혹은 높고 혹은 낮게 연주하는데, 세 장을 연주한 뒤에야 문을 나가 희생을 맞이한다. 이 악곡의 노래는 천지 간의 귀신들이 와서 흠향歆饗하기를 바라며 부르는 것이다."라고 나와 있다. 그리고 『시경』〈상송商誦·나那〉 편에서는 "조화롭고 청평淸平한 곡조, 우리 경쇠소리 돕는구나(依我磬聲). 아, 빛나는 상탕商湯의 자손이여, 아름다우면서 장엄한 그 소리. 종과 북이 함께 울리니, 눈앞엔 온갖 춤 성대하게 펼쳐지네."라고 하였다. 경쇠 소리로 평화를 부르고 나아가 신인합일神人合一의 경지에 이르고자 한 것이다. 은나라 사람들은 희생을 맞이하기에 앞서 반드시 음악을 연주하였는데, 복서에 나오는 '만무萬舞'와 악기 연주에 관한 기록은 그 숫자를 헤아릴 수 없을 정도이다.[129]

미국 화교 출신 학자 저우처중周策縱(1916~2007)은 '은殷'자의 의미 고찰을 통해 '은'과 악무樂舞가 연관이 있다는 결론을 얻었다. 그는 다음과 같이 말했다.

---

127) 呂不韋 撰·高誘 注, 『呂氏春秋』卷5, 〈仲夏紀·古樂〉, 二十二子本, 643쪽.

128) 孫毅 輯, 『河圖玉版』, 叢書集成初編本.

129) 饒宗頤, 『饒宗頤新出土文獻論證』(二), 「從郭店楚簡談古代樂教」, 上海:上海古籍出版社, 2005, 158~159쪽.

　주지하다시피 상商나라는 또 은殷나라라고도 한다. 비록 『사기색은史記索隱』에 반경盤庚이 은殷 지역으로 천도했기 때문에 이 국호를 갖게 되었다고 나와 있지만, 이 국호의 정확한 유래와 의미는 여전히 밝혀지지 않았다. 『설문說文』에서는 '은殷'자의 뜻을 다음과 같이 풀이하였다. "악기를 성盛하게 연주하는 것을 은이라 하는데, 月과 수殳로 구성되었다. 『역易』에서는 또 그 뜻을 '성대하게 상제에게 바친다.'라고 했다." 은殷이란 고대에 여러 사람이 한데 모여 성대한 악무樂舞를 펼치는 제사를 가리킨다. 이와 관련해 주쥔성朱駿聲은 "月은 춤추는 모습이고, 수殳는 춤출 때 쓰는 기구이다. 月과 은殷은 또한 전성轉聲이다."라고 했는데, 아주 정확한 해석이라고 할 수 있다. 『설문』에서는 月을 "돌아가다歸. 음은 빈이다."라고 풀이하였다. '귀歸'는 『광운廣韻』에 나오는 "月은 의에 속한다(月, 歸依也)."라는 뜻을 갖고 있었으며, 의衣나 의依처럼 '반절로 이(於機切)'라고 읽거나 은隱처럼 '반절로 은(於謹切)'이라 읽었다. 그리고 은殷자는 『절운切韻』과 『광운』에서 모두 '은(於斤切)'이라고 읽었다. 왕국유王國維는 『은례징문殷禮徵文』에서 갑골문과 금문金文에서 모두 다 '은제殷祭'의 은을 '의衣'라고 표기했음을 밝히고, 『상서尙書』〈강고康誥〉에 나오는 "殪戎殷"이라는 말을 『중용中庸』에서는 "壹戎衣"로 표기한 사실도 예로 들어 설명하였다. 『여씨춘추呂氏春秋』〈신대람愼大覽〉 고유주高誘注에서도 "지금 연주兗州 사람들은 은씨殷氏를 일러 모두 의衣라고 한다."라고 했으며, 주쥔성朱駿聲도 "지금 안후이安徽 이셴黟縣 사람들은 아직도 은을 의衣라고 읽는다."라고 하였다. 은殷자 왼쪽 부분을 거꾸로 보면 마치 제사에서 춤을 추는 사람의 형상과 비슷하다. 의衣자로 제사를 표시한 것은, 아마도 복식服飾으로 춤을 추는 사람의 모습을 표현하기 위해서일 것이다.[130]

　상왕商王은 족장族長의 신분으로 모든 가문의 귀족들이 공동의 왕실 조상신에게 올리는 제사를 주관하였다. "상나라 귀족들이 왕실 제사에 참여했음을 말해주는 수많은 복사卜辭와 거기에 나타난 제사 제도의 번잡함은 상왕 및 그와 같은 성씨를 가진 귀족들이 서로의 관계를 이어주는 종교 활동을 매우

---

130) 周策縱, 『古巫醫與"六詩"考-中國浪漫文學探源』, 上海:上海古籍出版社, 2009, 75쪽.

중시했음을 의미한다."[131] 또한 제사 활동의 형식도 아주 다양했다. 희생과 옥백玉帛을 제물로 바쳐 신을 즐기게 하는 향제享祭뿐만 아니라, 가무 공연으로 신을 기쁘게 하는 오제娛祭도 있었고, 심지어 흉악한 귀신을 엄하게 꾸짖는 저주詛呪 형식의 제사도 있었다. 그래서 천지 귀신과 소통하는 제사 활동에서는 음악, 춤, 노래, 사령辭令 등 다양한 공연이 많이 펼쳐졌다. 은상殷商의 갑골 복사 중에서 가장 많이 눈에 띄는 것은 자연의 천지신명과 조상신에게 제사를 지내던 기록으로, 제사 날짜, 제물의 종류와 수량 등을 자주 점쳤음을 알 수 있다. 이것은 제사가 상나라 왕실에서 가장 중요하고도 자주 있는 행사이며, 점복과 상호보완적 관계에 있었음을 보여준다. 제사는 또한 아주 세밀한 분업을 가지고 있었는데, 무巫·축祝·종宗·사史를 두었다. 이것 역시 당시의 '통천지술通天之術'이 상당한 수준에 이르렀음을 의미한다. 예를 들면, 『주례周禮』〈춘관종백하春官宗伯下〉에는 다음과 같은 기록이 남아 있다.

> 대축大祝은 여섯 가지 축고사祝告辭를 맡아 인귀人鬼와 천신天神과 지신地神에게 제사지낼 때 사용하여 복상福祥과 영원한 정명正命을 기구한다. (축고사의 종류는) 첫째, 순축順祝, 둘째, 연축年祝, 셋째, 길축吉祝, 넷째, 화축化祝, 다섯째, 서축瑞祝, 여섯째, 책축策祝이 있다. 또한 여섯 가지 제사에서 기도하는 법을 맡아서 인귀과 천신과 지신이 화목하게 일치하게 한다. (제사의 종류는) 첫째, 유제類祭, 둘째, 조제造祭, 셋째, 회제襘祭, 넷째, 영제禜祭, 다섯째, 공제攻祭, 여섯째, 설제說祭가 있다. 여섯 종류의 문사文辭를 지어서 위와 아래, 친하고 소원하고, 가깝고 먼 사람들을 소통하게 한다. (문사의 종류는) 첫째, 사祠, 둘째, 명命, 셋째, 고誥, 넷째, 회會, 다섯째, 도禱, 여섯째, 뇌誄가 있다.[132]

대축大祝은 '축祝'의 우두머리이자 무격 집단의 구성원이기도 하다. 그가

---

131) 朱鳳瀚, 『商周家族形態研究』(增訂本), 天津:天津古籍出版社, 2004, 207쪽.
132) 鄭玄 注·賈公彦 疏, 『周禮注疏』卷25, 〈大祝〉, 十三經注疏本, 808~809쪽.

가진 '통천지술'은 주로 언사言辭를 활용해 귀신과 소통하는 목적에 도달하는 것이다. 은상殷商 시대의 '축'의 축사祝辭와 기도祈禱가 『주례周禮』의 기록처럼 그렇게 복잡했는지는 알 수가 없다. 하지만 언사가 무격들의 '통천' 수단이었음에는 틀림이 없다. 언사가 무격들이 '통천'하는 하나의 수단이었기 때문에, 언사를 표현하는 훈련은 자연스럽게 그들의 직업상 특징이 되었다. 또한 그것은 수사기법修辭技法의 발전을 크게 촉진함으로써 '천문지학'과 '인문지학'이 소통할 수 있는 연결고리를 마련하게 되었다.

상 왕조 말기에 이르러 사회 정권의 운영은 이미 상당한 정비가 이루어졌다. 하지만 사람들에 대한 '무巫'와 '무술巫術'의 정신적 통제는 조금도 완화되지 않았다. 출토된 은나라 갑골 복사에 대한 정리와 연구를 통해 사람들은 다음과 같은 사실을 알 수 있었다. "은 왕조는 무정(武丁, 은 왕조 후기에 가장 큰 영향력을 가졌던 英王 - 인용자) 시기에 두 개(內服百官과 外服侯伯 - 인용자)의 비교적 완전한 관료 시스템을 갖추고 있었다. 그밖에 무정을 비롯한 왕족이 또 하나의 핵심 세력으로 군림해 있었는데, 이 핵심 집단에는 무정의 부인, 왕자와 왕실의 각 계층 종친 이외에도 점복 권력을 장악한 사관史官들이 포함되어 있었다. 갑골학甲骨學에서 '정인貞人'이라고 부르는 이들 사관들은 당시의 상류 지식층으로서, 문화를 장악하였을 뿐만 아니라 풍부한 사회 지식과 경험을 갖고 있었으므로 늘 상왕의 측근에서 그를 보좌하였다. 또한 상왕은 모든 일을 점복으로 처리했기 때문에 매사(기밀機密을 포함)에 그들의 힘을 빌리지 않을 수 없었다."[133] 이른바 '사관' 또는 '정인'이란 사실상 무격 집단의 구성원이었다. 그들은 '통천지술', 즉 천지 귀신과 소통하는 능력을 갖고 있었기에 사회 정치와 문화생활 전반에 걸쳐 상당한 영향력을 행사했다. 멍스카이孟世凱가 지적한 바와 같이 "점복을 장악한 사관은 비록 관직이 높지는 않았으나 상당한 권력을 가지고 있었다. 그들은 제사를 지내고 점을 칠 때 왕을 대신하

---

133) 孟世凱, 『商史與商代文明』 11, 「一代英王武丁」, 上海:上海科學技術文獻出版社, 2007, 116 ~117쪽.

여 일을 처리할 수 있었고, 복사를 통해 상제와 귀신의 뜻을 전달할 수 있었다. 그들은 비교적 높은 문화 수준과 풍부한 지식을 가졌던 사람들이다."[134] 보다 시피 점복을 장악한 사관들은 당시 문화의 주체였으며 그들이 장악한 문화는 주로 '통천'의 문화였다. 이 점은 의심의 여지가 없다.

요컨대, 은 왕조 시대에 전해진 모든 문헌과 고고학 자료들은 우리에게 다음과 같은 사실을 말해주고 있다. 즉, 점복이든 제사든 모두 다 "지상의 백성들과 천상의 신이 서로 통하는 길이 단절"된 이후에 발전한 천지신과 인간이 소통하는 '통천'의 문화이며, 동시에 그것은 통치자들에 의해 독점된 문화이기도 하였다. 당시 사람들의 의식 속에 "자연과 인류 사회는 단지 종교 의식意識에 의해 연결되는 존재였으며, 사회적 분업에 대한 추구보다는 모든 것을 상제신上帝神의 의지意志에 맡기는 관념이 지배적이었다."[135] 이런 문화는 "하늘이 상을 드리워 길흉을 보인다.", "천도의 운행 규칙을 관찰하여 사시의 변화를 알았다."와 같은 사고 패턴에 따라 운영되고 발전하였다. 또한 "천수天數를 따라 일월성신日月星辰의 운행 규칙을 계산하여 역법을 만들고 공손하게 천시절령天時節令을 사람들에게 알려주는" 것이 이런 문화 패턴 속에서 천인天人 관계를 처리하는 기본 준칙이 되었다. 물론 그중에는 원시적 종교와 미신뿐만 아니라, 원시적 과학과 예술도 포함되어 있었다. 한편, 이런 문화는 통치적 지위를 차지한 무격 집단에 의해 장악되고 전수되었기 때문에, 중국 초기의 관변官邊 학술로 입지를 다지게 되었다. '통천通天'을 핵심으로 하는 '천문지학'은 기나긴 발전 과정을 통해 중국 고대 문명의 중요한 단계를 형성하였다. 또한 "무술巫術을 통해 천지신과 인간의 소통을 실현하는 것은 중국 고대 문명의 중요한 특징이었으며, 소통 수단에 대한 독점은 중국 고대 계급사회의 주요한 현상[136]"이었다. 이 점에 대해 간과해서는 절대 안 된다. 따라서 중국

---

134) 孟世凱, 『商史與商代文明』 11, 「一代英王武丁」, 116~117쪽.

135) 侯外廬·趙紀彬·杜國庠, 『中國思想通史』 第1卷, 北京:人民出版社, 1957, 65쪽.

136) 張光直, 『考古學專題六講』, 北京:文物出版社, 1986, 13쪽.

고대 문학 관념은 그 기원을 반드시 '천문지학'에서 찾아야 할 것이다. 왜냐하면 어떤 의미에서 볼 때, '천문지학'은 중국 고대 문명의 근원根源이자 중국 고대 문화의 합법칙적인 전제 조건이기 때문이다.

제4절 "觀乎天文": 중국 고대 문학 관념의 기원

앞서 언급한 바와 같이 "관호천문"은 중국 고대 문명의 중요한 단계에 나타난 문화 현상이었으며, '통천'을 핵심으로 하는 '천문지학' 또한 당시의 주요한 학술學術이었다. 따라서 만약 당시에 문학이 존재하였다면, 그러한 문학도 분명 천지 귀신과 소통하는 '통천지술通天之術'과 연관이 있었을 것이다. 그러므로 오늘날 그 당시의 문학과 문학 관념을 인식하고 이해함에 있어서 '천문지학'을 떠날 수 없다. 다시 말해서, "통천"의 시각에서 그 당시의 문학과 문학 관념에 접근해야만 본래의 모습을 보아낼 수 있는 것이다.

중국 문학사를 연구하는 일부 학자들은 중국 문학의 기원을 삼황오제三皇五帝 시대에서 찾는 경우가 있다. 이를테면 복희씨伏羲氏의 〈가변곡駕辯曲〉, 신농씨神農氏의 〈부지가扶持歌〉, 갈천씨葛天氏의 〈팔궐가八闋歌〉, 이기씨伊耆氏의 〈납사蠟辭〉, 황제黃帝 때의 〈강구요康衢謠〉, 당요唐堯 때의 〈격양가擊壤歌〉, 우순虞舜 때의 〈남풍가南風歌〉, 〈경운가卿雲歌〉 등의 가요들을 중국 최초의 문학 작품으로 보는 것이 바로 그것이다. 그러나 대다수 학자들은 상기 이른바 원시 가요들에 대해 회의적인 입장을 보이고 있다. 그것은 이들 작품 대부분이 그 출처가 위서僞書이면서도 비교적 늦은 시기에 나왔고,[137] 작품 속에 반영

---

137) 예를 들어, 〈擊壤歌〉는 晉나라 皇甫謐이 쓴 『帝王世紀』에서 나왔는데, 굉장히 늦은 시기라고 할 수 있다. 〈康衢謠〉는 『列子』에서 나왔는데, 현전하는 『列子』는 西晉 말 張湛이 편찬한 것으로 오늘날 僞作으로 의심 받고 있다. 〈南風歌〉는 출처가 『孔子家語』인데, 현전하는 『孔子家語』는 魏나라 왕숙王肅이 편찬한 것으로 후세 사람들로부터 僞作이라는 평가를 받고 있다. 〈卿雲歌〉는 『尙書大傳』에서 나왔는데, 『尙書大傳』은 漢나라 伏勝의 제자들이 그의 말을 수집하여 기록한 것이다.

된 사상 관념 또한 그 당시의 시대정신과 부합하지 않기 때문이다. 예를 들어
〈남풍가〉에는 "남풍이 때마침 부는구나, 우리 백성의 재산을 불려주겠네."라
는 식의 천순민의天順民意의 사상이 등장한다. 그러나 이것은 자신을 '상제上
帝'로 여겼던 순제舜帝가 가질 수 있는 성질의 것이 아니었다. 그리고 〈격양
가〉에는 "상제上帝가 우리에게 해준 것이 무엇인가?"라는 식의 상제에게 무례
無禮를 범하는 말이 나오는데, 이것 역시 제요帝堯 시대의 노인이 함부로 내뱉
을 수 있는 것이 아니었다. 따라서 이들 작품은 그 내용으로 볼 때, "통천"을
핵심으로 하는 문화 시대의 산물이 아니다. 게다가 상고 시대 문화는 무격巫覡
들에 의해 장악되었고, 그것의 전승 또한 무술巫術의 힘을 빌려 이루어졌다.
저명한 문학사가인 류다제劉大傑(1904~1977)는 전설로 내려온 상기 가요들을
고찰한 뒤, 다음과 같이 지적했다.

> 문자가 생겨나기 전, 문학은 기록을 할 수 없어 사람들의 입을 통해 전래
> 되었다. 그래서 우리는 당시에 창작된 구비 문학을 볼 수가 없다. 중국 고서에
> 기록되어 있는 황제·요·순 시대의 가요, 즉 정연한 형식에 복잡한 사상 내용
> 을 담은 상고 시대 가요들은 그 대부분이 후세 사람들에 의해 위조僞造된 것
> 이다. 그래서 〈강구요〉, 〈격양가〉, 〈경운가〉, 〈남풍가〉 등은 모두 신빙성이
> 떨어진다. …… 물론 상고 시대의 구비 가요는 아주 다양했다. 그러나 당시에
> 는 문자가 없었기 때문에 기록이 남아있지 않아 눈으로 확인할 수 없다. ……
> 초창기 때 문자로 기록된 문사文辭는 무술巫術에 의해 존재하고 보존되었기
> 때문에 자연스럽게 무술巫術의 부속물이 되었다.[138]

역사학계의 일반적인 관점에 따르면, 전설로 전해지는 오제五帝 시대는
씨족 사회 말기에 속하는 시대로, 원시사회에서 계급사회로 전환하는 과도기
적 시대이기도 하다. 그 당시에 상대적으로 독립된 문학 활동이 이미 존재했
음을 확인할 수 있는 문헌 자료와 실물 자료는 지금까지 전무全無하다. 그것은

---

138) 劉大傑, 『中國文學發展史』, 上海:上海古籍出版社, 1982, 3~6쪽.

인류의 의식意識 활동을 나타내는 관념 부호로서의 문자가 그 당시에 아직 출현하지 않은 것과 큰 관련이 있다.

'통천지술'을 핵심으로 하는 '천문지학'을 문화의 정수精髓로 삼은 시대에, 문학은 무술巫術을 벗어나 독립적으로 존재할 수 없었다. 기록 문학 역시 무술 문헌에 부속되어야 했음은 두말할 나위가 없다. 문학사에서 자주 거론되는 〈납사蠟辭〉에는 "흙은 터전으로 돌아오고 물은 골짜기로 돌아오라! 벌레는 생기지 말며 초목도 연못으로 돌아오라!"139)라고 적혀 있고, 〈탄가彈歌〉에는 "대나무를 잘라 대나무를 묶고 흙덩이를 던져 금수를 쫓아낸다."140)라고 적혀 있다. 이 작품들은 창작 시기는 정확히 알 수 없지만, 내용과 형식으로 미루어 볼 때, "지상의 백성들과 천상의 신이 서로 통하는 길이 단절된" 이후 무격들이 천지 귀신과 소통하는 "통천" 행사에서 쓰던 축도사祝禱辭임은 거의 확실해 보인다. 은상 시대의 갑골 복사, 『주역周易』에 나오는 괘효사卦爻辭와 금문今文 『상서尚書』에 나오는 〈우서虞書〉, 〈하서夏書〉, 〈상서商書〉 등은 모두 이 시대의 문학 양상과 특징을 잘 반영하고 있으며, 아울러 이 시대의 문학 관념도 잘 보여주고 있다.

이를테면, 금문 『상서』에는 상고 시대의 전설이 기록되어 있는데, 이런 전설들은 우리가 상고 시대의 '천문지학'을 이해하는 데 도움을 준다. 금문 『상서』는 주나라 사관이 전해지는 이야기를 기록하고 정리하여 완성한 것으로, 그 가운데 일부 내용은 춘추전국 시대를 거치면서 문인들에 의해 가공되기도 하였다. 하지만 그중에는 분명 중요한 사료적 가치를 가진 상고 시대 문화 사료史料와 문학 자료들도 보존되어 있다. 예들 들어 『상서尚書』〈우서·익직虞書·益稷〉에는 다음과 같은 내용이 실려 있다.

기夔가 말했다. "옥경玉磬을 두드리고 금슬琴瑟을 연주하면서 노래를 부르

---

139) 鄭玄 注·孔穎達疏, 『禮記正義』卷26, 〈郊特牲〉, 十三經注疏本, 1454쪽.
140) 趙曄, 『吳越春秋』卷9, 〈勾踐陰謀外傳〉, 四部叢刊本.

자 조상들의 신이 내려오고, 우리 제왕님의 빈객들이 자리에 착석하고, 여러
제후諸侯들이 서로 읍하고 자리를 양보하였습니다. 악사樂師들이 관악기를
불고 도고鼗鼓를 칠 제, 축柷이 울리면 연주를 시작하고 어敔가 울리면 연주를
마쳤습니다. 생황笙簧과 큰 종(鏞)으로 번갈아 연주하니, '새'와 '짐승'들이
너울너울 춤을 추고, 〈소소簫韶〉를 마지막(九成)까지 연주하니 '봉황'이 와서
의젓이 춤을 추었습니다."

기夔가 말했다. "아! 제가 경을 치고 두드리니, 온갖 '짐승'들이 저를 따라
춤을 추고 여러 관장官長들도 화합하였습니다."[141]

여기서 〈소소簫韶〉란 바로 〈대소大韶〉를 가리키고, 구성九成이란 곧 구장九
章을 뜻한다. 전하는 바에 의하면, 〈소소簫韶〉는 제요帝堯 시대에 나온 악곡으
로, 악관樂官 기夔가 지은 것이라고 한다. "조상들의 신이 내려오고, 우리 제왕
님의 빈객들이 자리에 착석하고, 여러 제후諸侯들이 서로 읍하고 자리를 양보
하였다."와 같은 표현에서 알 수 있듯이, 상기 내용은 조상신에게 제사를 올리
는 장면을 묘사한 것이다. 사람들은 날짐승과 길짐승(씨족 사회의 토템으로 추정
됨)으로 분장하여 노래와 거문고·비파·북·징·축어·생황 등의 각종 악기
로 연주하는 음악에 맞추어 춤을 추었는데, 그 모습은 실로 장관壯觀이었다.
이 모든 것은 조상들을 기쁘게 하여 자손들이 복을 받게 하기 위해서였다.
다시 말해서, '소악韶樂'을 중심에 놓고 진행된 이 행사는 사실상 종족의 우두
머리 집단이 그들의 조상과 소통하던 "통천"의 행사였다. 여기서 그들의 조상
은 이미 신격화된 존재였다. "통천" 행사를 책임진 사람은 악관과 무격이라는
두 가지 직무를 맡은 기夔였다. 이와 같은 "통천" 행사에서 '천문지학'은 분명
그 속에 '인문지학'을 내포하고 있었으며, 인간의 정신세계를 승화시키는 결
과로 이어졌다. 그도 그럴 것이 조상신을 우상화하는 것은 인간의 본질을 대
상화하는 것으로, 그것은 인간의 정신생활에서 비롯되었다. 사람들은 바로
조상들을 즐겁게 하는 행사를 통해 자신의 몸과 마음을 힐링시킬 수 있었던

---

141) 孔安國 傳·孔穎達疏, 『尙書正義』卷5, 〈虞書·益稷〉, 十三經注疏本, 144쪽.

것이다. 이에 공자孔子는 훗날 제나라에서 '소악韶樂'을 듣고 깊은 감동을 받은 나머지 "석 달이나 고기 맛을 잊었다."[142]라고 했으며, "〈소韶〉는 그 소리와 내용이 더할 수 없이 훌륭하구나."[143]라고 찬탄하기도 했다. 〈소韶〉에 관한 공자의 언사言辭를 보면, 그는 '천문지학'이 아닌 '인문지학'의 시각에서 '소악韶樂'을 이해했던 것이 분명하다. 이것은 상고 시대의 '천문지학'과 훗날의 '인문지학'은 서로 상통相通하는 바가 있었으며, 아울러 아주 밀접하면서도 자연스러운 관계를 갖고 있었음을 잘 말해준다.

한 가지 덧붙이자면, 은상 시대에 '천문지학'과 결합되어 있던 '인문지학', 다시 말해서 '천문지학'에 내포된 '인문지학'은 그 내용이 아주 풍부하였기에 그것이 그대로 중국 고대 문학과 문학 관념 발전의 토대가 되었던 것이다. 당시의 무격 집단은 당시로서는 상당히 높은 문화 수준을 가지고 있었다. 그들은 복서卜筮나 제사 행사를 진행할 때면, 자신의 재능을 나타내고 왕의 신임을 얻으며 신을 즐겁게 하기 위해 늘 스스로 종교 행사에 원래 존재했던 문학 예술적 요소들을 발전시켜 나갔다. 현재 전해지는 갑골 복사 중에서 우리는 비교적 간결하고 세련된 서사敍事와 리듬감이 강한 운어韻語를 찾아볼 수 있다. 예를 들면,

계묘일에 점을 쳤다. 오늘 비가 올 것이다. 그것은 서쪽에서 오는 비인가? 동쪽에서 오는 비인가? 북쪽에서 오는 비인가? 남쪽에서 오는 비인가?[144]

무당貞人이 묻노라. 사냥감이 서쪽에서 오는가? 북쪽에서 오는가? 동쪽에서 오는가? 남쪽에서 오는가?[145]

---

142) 何晏 集解·邢昺 疏, 『論語注疏』卷7, 〈述而〉, 十三經注疏本, 제2482쪽.
143) 何晏 集解·邢昺 疏, 『論語注疏』卷3, 〈八佾〉, 十三經注疏本, 제2469쪽.
144) 郭沫若, 『卜辭通纂考釋』, 『郭沫若全集』考古編 第2卷, 北京:科學出版社, 1982, 369쪽.
145) 郭沫若 主編, 『甲骨文合集』, 北京:中華書局, 1978~1982, No.14294·10903.

오제娛祭 때 사람들은 노래하고 연주하고 춤을 추며 흥을 돋우었는데, 그 중의 제가祭歌는 시가의 초기 형태라고 할 수 있다. 굴원屈原의 『이소離騷』에 나오는 "하계夏啓는 구변九辯과 구가九歌를 얻어서, 온종일 향락만 추구하며 쾌락에 자신을 던졌다네."라는 내용이 사실이라면, 제사 때 신을 즐겁게 하는 동시에 인간 스스로를 즐겁게 하던 이런 악가樂歌는 이미 하夏 왕조 때에 그 실마리를 드러냈고 스스로 즐기는 경향을 보였으며, 상 왕조 때에 이르러 그 것을 바탕으로 새로운 발전이 있었음을 알 수 있다. 『사기史記』의 기록에 따르면, 상나라의 주왕紂王은 "사연師涓에게 음란한 곡을 새로 만들게 하고, 북부 지방의 저속한 춤과 퇴폐적인 음악에 빠졌다. …… 사구沙丘에 수많은 악공과 광대를 불러들이고, 술로 연못을 채우고 고기를 매달아 숲을 이루어 놓고는 벌거벗은 남녀로 하여금 그 사이를 서로 쫓아다니게 하면서 밤새 술을 마시고 놀았다."[146]라고 하였다. 이것은 사람들이 이미 신을 즐겁게 하는 데 사용하던 노래와 춤을 자신의 감성적인 수요를 만족시키는 수단으로 삼았음을 말해준다. 인간이 스스로 즐기는 이와 같은 활동이 지속되면서, 문화의 정신은 신비로운 세계에서 일상적이고 세속적인 현실 세계로 이전移轉하게 되었으며, 문화의 주체도 신성화神聖化된 주체에서 세속화世俗化된 주체로 서서히 바뀌어 갔다. 또한 그동안 주도적 지위를 차지했던 '천문지학' 역시 점차 '인문지학' 에 그 주도적 지위를 내주게 되었던 것이다.

이 점에 대해 정확한 이해를 가진 다음 『상서尙書』〈요전堯典〉의 기록을 다시 살펴본다면, 상고 시대부터 전해 내려온 '시언지詩言志'라는 문학 관념에 대해 보다 합리적이고 깊이 있는 이해를 할 수 있을 것이다. 『상서』〈우서 · 순전虞書 · 舜典〉에는 다음과 같은 기록이 있다.

순 임금께서 이르셨다. "기夔여! 그대를 음악장관(典樂)에 임명하노니, 태 자와 경대부들의 자제들을 가르치시오. 곧되 온화하며, 너그럽되 위엄 있으며,

---

146) 司馬遷, 『史記』卷3, 〈殷本紀〉, 二十五史本, 같은 책, 15~16쪽.

강하되 포악하지 않으며, 단순하되 오만하지 않게 해 주시오. 시는 뜻을 읊는 것이요, 노래는 말을 길게 늘인 것이요, 소리는 가락을 따르고 음률은 소리가 조화를 이룬 상태인 것이요. 팔음이 조화를 이루어 서로의 음계音階를 빼앗지 않게 하면, 신과 사람도 이로써 조화를 이룰 것이오." 기夔가 대답했다. "아! 제가 경을 치고 두드리니, 온갖 '짐승'들이 저를 따라 춤을 추었습니다."[147]

전악典樂이란 관직을 가진 기夔가 귀족 자제들에게 "통천"의 방법을 가르쳤다는 점, 다시 말해서 귀족 자제들이 상고 시대의 '천문지학'을 배웠다는 점은 의심의 여지가 없다. 위에서 언급한 "신과 사람도 이로써 조화를 이룰 것이오.", "제가 경을 치고 두드리니, 온갖 '짐승'들이 저를 따라 춤을 추었습니다."와 같은 내용들이 이 점을 증명해 준다. 또한 『상서』〈우서·익직〉과 서로 대조하여 검증할 수도 있다. 라오종이饒宗頤는 "『여씨춘추呂氏春秋』〈중하기仲夏紀〉에 '요 임금이 기夔에게 돌을 치고 두드려 상제上帝의 옥경玉磬 소리를 내게 하자 사람들이 각종 동물로 분장하여 춤을 추었다.'라는 내용이 있는데, 그것은 바로 『상서』〈우서·익직〉의 '기전악夔典樂' 관련 기록에서 따온 것이다. 산시山西 둥샤平東下馮 유적지에서 출토된 신석기 시대의 석경石磬과 은허殷墟 우관촌武官村에서 출토된 은 왕조 시기의 호문 대경虎紋大磬의 음계音階를 측정한 결과 모두 #C로 나타났다. 『이아爾雅』에서는 '대경이란 큰 경쇠(磬)를 일컫는다.'라고 하였고, 곽박郭璞은 '악기는 옥으로 장식되었다.'라고 주注를 달았는데, 이것은 모두 돌을 치고 옥을 두드린 물증物證이다."[148]라고 지적했다. 여기서 분명히 알 수 있는 것은, 기夔가 전악典樂을 지내던 당시에 "돌을 치고 두드리는 것"은 무술巫術적 성격을 가진 제사 악기를 연주하는 것이었고, "온갖 '짐승'들이 따라서 춤을 추는 것"은 귀족 자제(胄子)들이 짐승들의 가면을 쓰거나 씨족의 토템으로 분장하여 춤을 추면서 "신과 사람이 서로 조화를 이루는" '통천지술'을 배우는 것이었다. 그러므로 "시언지詩言志"는 상

---

147) 孔安國 傳·孔穎達 疏, 『尙書正義』卷2,〈虞書·舜典〉, 十三經注疏本, 131쪽.

148) 饒宗頤, 『饒宗頤新出土文獻論證』, 上海:上海古籍出版社, 2005, 158쪽.

고 시대 '통천' 행사 중 일종의 관목關目이자 상고 시대 '악교樂敎'의 기본 내용
중 하나였다고 할 수 있다. 하지만 "시언지"는 필경 인간의 내면세계를 표출하
는 방식으로, 인간의 생각·의지·감정·태도 및 그것에 대한 표현과 갈라놓을
수 없었다. 따라서 '시언지'는 비록 '통천' 행사 중 하나의 관목이었지만, 거기
엔 사람들의 자기 생명에 대한 관심과 자기 운명의 주인이 되고자 하는 의지가
담겨 있었으므로 역시 '인문지학'의 성장에 긍정적인 영향을 미쳤다.[149]

"시언지"는 중국 고대의 중요한 문학 관념으로, 춘추春秋 시대 이래 각계
인사들의 높은 관심 속에서 그 의미에 대한 해석이 충분히 이루어졌고, 또한
당대 문학 활동을 지도하는 이론으로 활용됨으로써, 중국 문학과 문학 관념의
발전에 크나큰 영향을 끼쳤다. 그래서 "시언지"는 줄곧 중국 고대 시론詩論의
"원조 강령(開山綱領)"[150]이자 중국 고대의 가장 대표적인 문학 관념으로 간주
되어 왔다. 물론 이 문제에 대해 학계에서 이미 충분한 토론과 깊이 있는 논의
가 이루어졌지만, 앞으로 계속 보다 심도 있는 연구가 진행되어야 한다고 본
다. 이 책의 제4장에서 "시언지"라는 관념의 발전과 문학 관념 발생의 관련성
에 대해 집중적으로 다루게 될 것이기에 여기서는 다만 아래의 세 가지 요점
만 제시하도록 한다. 첫째, 고대 '천문지학'에 내포되어 있는 "시언지"라는 관
념은 중국 고대 문학 관념의 남상濫觴으로, 중국 고대 문학 관념의 중요한 기
원으로 보아야 한다. 둘째, 중국 고대 문학 관념 발생에 대한 논의는 반드시
고대 '천문지학', 즉 '관호천문'에서 출발해야 한다. 그렇지 않으면 중국 고대
문학 관념을 제대로 이해할 수 없다. 셋째, 고대 문학 관념에 관한 중국 고대
문학 이론가들의 기술은 충분한 사실적 근거를 가지고 있다. 따라서 이 부분
에 대해 반드시 큰 관심을 가져야 한다.

이 밖에 수사修辭 관념의 발생과 수사修辭 기법의 발전 역시 상고 시대

---

149) 「"詩言志": 中國古代文學觀念發生的一個標本」, 『淸華大學學報(哲學社會科學版)』, 2010
年第1期와 이 책 제4장 제1절 참고.
150) 朱自淸, 『詩言志辨』序, 上海:華東師範大學出版社, 1996, 4쪽.

'천문지학'에서 그 기원을 찾아야 한다. 앞서 언급한 바와 같이 대축大祝이 관장했던 육축사六祝辭는 그 내용이 아주 풍부했는데, 그것에 대한 세밀한 유형 구분은 무격들의 수사 관념과 수사 수준을 그대로 보여주었다. 비록 이 부분의 연구에서 실증 자료로 쓸 수 있는 자료가 현재까지 발견된 것이 아주 적지만, 은상 시대의 갑골 복사에서 우리는 고대 수사 관념과 수사 기법에 관한 적지 않은 정보를 찾아볼 수 있다. 은나라의 갑골 복사는 왕과 무격들이 천지 귀신에게 문의하고 길흉을 점쳤던 기록으로, 거기에는 서사敍辭·명사命辭·점사占辭·험사驗辭가 있다. 점을 친 날짜와 무격의 이름을 적는 서사는 정해진 격식을 가지고 있었고, 점괘 사항과 그 이유를 기록하는 명사는 표현의 명백함을 추구했다. 그리고 나타난 징조에 의해 길흉을 점치는 점사는 간결한 언어와 함축된 표현을 선호했고, 예언한 결과를 기록하는 험사는 사실을 정확히 개괄하는 데 주안점을 두었다. 복사의 표현 풍격에 대한 이와 같은 요구는 복사를 쓰는 무격들에게는 하나의 시련이라고 해도 과언은 아니었다. 하지만 훈련이 잘 되어있는 무격들은 오히려 이 과정을 통해 자신의 양호한 문화적 소양과 뛰어난 수사 능력을 드러낼 수 있었다. 다음은 갑골 복사에 나온 내용이다.

> 계사癸巳일에 점을 쳤다. 무당 각㲉이 물었다. 10일간 재앙이 없을까요? 왕이 점괘를 보고 말하길, 우환이 있을 것이고 어려움이 찾아올 것인데, 5일째인 정유丁酉일에 서쪽으로부터 재앙이 닥쳐올 것이다. 지알沚戛이 보고하기를, 토방국土方國이 우리 동쪽 변경으로 쳐들어와 두 개 성을 공격하였고, 공방국工方國이 우리 서쪽 변경 지역을 침략하였습니다.[151]

> 계사일에 점을 쳤다. 무당 각㲉이 물었다. 10일간 근심될 일이 없을까요? 왕이 점괘를 보고 말하길, 또 이제 우환이 있을 것이다. 과연 그러하였다. 갑오甲午일에 왕께서 암코뿔소를 쫓으러 가셨고 신하들이 수레와 말을 몰았

---

151) 郭沫若 主編, 『甲骨文合集』, 北京:中華書局, 1982년, No.6057.

는데, 왕의 수레가 바위에 부딪쳤고 자앙子央도 떨어졌다.[152]

상기 복사에서 서사, 명사, 점사, 험사는 모두 상당한 수준을 자랑한다. 글이 간결하고 정확하며 거기에 생동감까지 있어, 복사 작성자의 수사 실력을 잘 보여준다. 어떤 복사에는 추리, 묘사, 의인화 등의 수사 기법도 나타나 있다. 예를 들면,

갑신甲申일에 점을 쳤다. 무당 각般이 물었다. 왕비가 분만을 하려는데 경사스러울까요? 왕이 점괘를 보며 말하길, 정丁일에 분만을 하면 경사스러울 것이고, 경庚일에 분만을 하면 대단히 길할 것이다. 30일에서 하루가 지난 갑인甲寅일에 분만을 하였는데 과연 경사스럽지 않았다. 딸이었다.[153]

왕이 점괘를 보고 말하길, 우환이 있을 것이다. 8일 뒤인 경술庚戌일에 과연 구름이 동쪽으로부터 몰려왔다. 하늘이 어두워지더니 저녁 무렵에는 또한 북쪽으로부터 무지개가 나타나 황하의 물을 마셨다.[154]

『주역周易』에 나오는 괘효사卦爻辭도 그 수사 기법이 상당한 수준에 이르렀다고 할 수 있다. 괘효사는 대부분이 은상殷商 시대부터 전해 내려온 무격들의 점복사로, 그 표현이 형상적이고 생동감 있으며 간결하고 함축적이며 소박하면서도 세련되고 의미심장하다. 그것은 또한 "말은 완곡하면서도 객관적"이고, "기술記述은 명백하면서도 신중하며", "글은 평이하면서도 깊은 뜻을 가지고 있으며", "작은 일을 통해 큰 이치를 설명해주는" 특징을 가지고 있다. 괘효사의 이와 같은 다양한 수사학적 표현 특징은 오랜 시간 동안 중국 고대 문학과 문학 관념에 막대한 영향을 끼쳤다.

---

152) 郭沫若 主編, 『甲骨文合集』, No.10405.
153) 郭沫若 主編, 『甲骨文合集』, No.14002(정면).
154) 郭沫若 主編, 『甲骨文合集』, No.10405(뒷면).

선인들은 "수사는 믿음을 세우는 것이다(修辭立其誠)."[155]라고 하였는데, 이것도 역시 중국 고대의 중요한 문학 관념이다. 이 문학 관념도 상고 시대 '천문지학'에서 연원하였는데, 어원학語源學적 차원에서 그것을 증명할 수 있다. 갑골문에는 '성誠'자는 없지만 '성成'자는 있다('成'자를 '誠'자의 기원으로 보는 것이 맞다). '성成'은 은상殷商 왕조의 시조인 탕왕으로, 그 지위가 매우 독보적이었다. 은나라의 무격들은 제사를 올리든 점을 치든 늘 황송한 마음으로 탕왕을 대하였다. 그들은 탕왕을 진심으로 떠받들고 그에게 절대적으로 충성하면서도, 한편으로는 또 탕왕이 자신들의 요구를 반드시 들어줄 것이라고 믿었다. 그들의 이러한 마음과 믿음은 다른 귀신들을 대상으로 한 점사占辭나 축사祝辭에도 그대로 반영되었는데, 그것이 바로 '성誠'자의 본래 의미라고 할 수 있다. 보다시피 "수사는 믿음을 세우는 것이다."라는 관념은 언어 표현에만 국한된 것이 아니라, 문화 심리와 시대정신과도 밀접한 관련을 가지고 있다. 따라서 상고 시대 '천문지학'이라는 사회 문화적 배경 속에서 고찰해야만 그것의 진정한 사상적 근원과 심리적 동기를 찾을 수 있다.[156] 이 문제에 대해서는 이 책의 제6장에서 집중적으로 다루게 되므로 여기서는 더 이상 논의하지 않겠다. 다만 한 가지 강조하고 싶은 것은, 이 문제를 다룸에 있어서 '관호천문'의 시각으로 합리적인 해석을 진행한 다음 그것의 발전 상황에 대해 논의하는 것이 가장 바람직한 연구 방향이라는 것이다.

요컨대, 중국 고대 문학 이론가들은 '천문'과 '인문'을 구분 짓고, '관호천문'과 '관호인문'의 연관 속에서 중국 고대 문학과 문학 관념의 요지要旨와 진수眞髓를 찾아야 한다고 주장하였다. 그들의 이와 같은 주장 및 상고 시대 '천문지학'에 대한 기술記述은 오늘날 우리가 진지하게 사고하고 깊이 있게 연구해야 할 바라고 본다. 그것은 우리가 중국 고대 문학과 문학 관념의 문화적 기반, 민족정신과 시대적 특성을 이해하는 데 큰 도움이 될 것이다.

---

155) 韓康伯 注, 孔穎達 疏, 『周易正義』卷1,〈賁〉, 十三經注疏本, 15쪽.
156)「"修辭立其誠"本義探微」,『文史哲』第6期2009年과 이 책 제6장 참고.

제2장

"觀乎天文"에서 "觀乎人文"으로 : 중국 고대 문학 관념의 관점 전환

앞에서 언급했듯이, 중국 고대 문학 관념은 "관호천문"에서 비롯되었다. 초기의 문학 형태는 상고 시대의 "천문지학"을 가리킨다. 상고 시대의 "천문지학"이란 사실 무당이 했던 "통천지술通天之述"이었다. 그것은 당시 사회의 주류 의식 형태이자 문화 형태였다. 사람들은 이 사회의식 형태와 문화 형태에서 벗어나 문학 활동에 종사하거나 문학을 이해할 수 없었다. "천문지학"을 장악한 이들은 곧 "통천" 능력을 가진 무격들로 그 당시 사상 문화의 생산자였다. 또한 그들의 정신적 지도자인 큰 무당은 사실 당시 사회의 정치 지도자로서 정치와 종교를 융합하였다. 그래서 중국 초기의 문학은 무격들이 "통천" 업무를 보는 것으로 나타났고 형식과 내용이 모두 당시의 정교政敎와 아주 밀접한 관계를 맺고 있다. 또한 문학 관념도 은상이 멸망할 때까지 원시 종교 관념과 씨족 정치 관념을 포용한 상태로 유지되었다. 그렇지만 서주西周 초기에 이르러 주공主公으로 대표되는 통치자들은 은상 문화의 계승을 바탕으로 사상 문화와 정치 제도의 개혁을 과감하게 추진하여 문화 관점을 "관호천문"에서 "관호인문"으로 전환하였다. 그러면서 중국 문학 관념 역시 근본적인 변화를 맞이하게 되었다.

제1절 "觀乎天文":
周公으로 대표되는 西周 통치자의 문화 계승

만약 "관호천문"이 중국 고대 문학 관념의 기원이라고 한다면, "관호인문"은 어떻게 생겨난 것일까? 중국 고대 문학 관념은 왜 "관호천문"에서 "관호인문"으로 관점 전환이 이루어진 것일까? 이 전환은 어떻게 이루어진 것일까? 왜 "관호천문"에서 "관호인문"의 관점 전환이 중국 고대 문학 관념의 발전 방향을 나누는 기준이라고 말하는 것일까? 이런 문제들은 논리성을 띠고 있기에 자세히 설명할 필요가 있다.

은상殷商 시기로 거슬러 올라가 보자.

은상 시기에 종교와 제사는 통치자들이 가장 중요하게 여기던 활동 중 하나였다. "은나라 사람은 신을 존중하여 신을 섬기는 것으로 백성을 다스렸다. 먼저 귀신을 섬긴 뒤에 예를 다했으며, 먼저 벌을 준 뒤에 상을 내렸다."[157] 또 "군왕들은 여러 가지 의심스러운 일들을 결정할 때마다 복서卜筮에 참여하였다. 시초나 귀갑으로써 결단을 내렸는데, 이것은 바꿀 수 없는 법도였다."[158] 문제가 생기면 귀신에게 점을 치는 것은 상왕 귀족들의 가장 중요한 임무였다. 최근 100년 동안 은허殷墟에서 출토된 15만 점 좌우의 갑골 복사가 이를 증명해 주고 있다. 점복 과정에서의 의사擬辭, 정사正辭와 제사 과정에서의 가무와 오락에는 모두 문학적 의미가 가득 담겨있을 뿐만 아니라 문학 관념이 자라나고 있었다. 상왕은 순수한 정치 활동에서도 귀신의 권위를 이용하여 자신의 행정 능력을 강화하였다. 예를 들어, 상왕 반경盤庚이 은으로 천도하면서 민중 동원에 대한 필요성이 생기자 그 당위성을 점복으로 얻은 천명에서 찾았다. 몇 가지 예를 들면, 첫 번째는 "점을 치며 '이 일을 어찌하면 좋겠는가?'라고 물었다. 먼저 임금께서는 일이 있으면 천명을 공경하고 삼가셨지만

---

157) 鄭玄 注·孔穎達 疏, 『禮記正義』卷54, 〈表記〉, 十三經注疏本, 1642쪽.
158) 司馬遷, 『史記』卷128, 〈龜策列傳〉(褚少孫補), 二十五史本, 351쪽.

이에 더욱 편하지 못하였다. …… 하늘은 이 새로운 도읍에 우리들의 명을 길게 하시리라."[159]이고 두 번째는 "내가 그대들의 명을 하늘에서 맞이하노니, 내 어찌 그대들을 위협하리오. 그대 무리들을 받들어서 기를지니라. 나는 우리 선왕께서 그대들의 선조들을 수고스럽게 하였음을 생각하노니, 내가 크게 그대들을 길러줌은 그대들을 생각하기 때문이니라."[160]이며 세 번째는 "그대들은 나에게 어찌하여 만백성을 진동시키면서까지 천도했느냐고 말하고 싶을 것이오. 이에 상제께서는 우리 조상의 덕을 회복하시어 다스림이 우리 국가에 미치게 하시거늘, 나는 독실하고 공경하는 이들과 더불어 백성들의 명을 삼가 받들어 길이 새로운 도읍에서 살겠노라."[161]이다. 점복으로 천명을 이해하고, 천명으로 사람들의 사상과 행동을 통일하는 것은 귀신을 신봉하던 시대에 가장 권위적이고 효과적인 방법이었다. 이렇게 형성된 전典, 모謨, 훈訓, 서誓, 사辭, 명命 등의 구전 또는 기록 작품들은 신성불가침한 성물聖物로 여겨졌고 '경언敬言', '근언謹言', '신언愼言'의 관념이 잇따라 생겨났다. 그래서 "관호천문"에서 탄생한 문학은 사회 종교 생활과 정치 생활(당시의 정치와 종교는 밀접한 관계를 맺고 있었다)의 한 부분이었고 그 문학 관념도 정교政敎 관념의 예속품이 아닐 수 없었다.

사회 생산력이 증가함에 따라 사람들의 자연에 대한 인식 능력, 통제 능력과 생산 수준은 계속 높아졌고 통치자의 개인적 욕망도 커져갔다. 상왕 조갑祖甲 때까지만 해도 "백성들을 보살펴 편안하게 하며 홀아비와 과부를 업신여기지 않았"으나, "그 후에 즉위한 왕들은 편히 살려고만 하였다. 편히 살려고만 하니 씨 뿌리고 거두는 어려움을 알지 못하였고 백성들의 수고로움을 헤아리지 못했으며 오로지 마음껏 즐기는 일만 추구하였다."[162] 상나라 말기에 이르러, 왕은 점복의 권력을 더욱 완전히 장악하기 시작했다. 예를 들어, 조갑의

---

159) 孔安國 傳·孔穎達 疏, 『尙書正義』 卷9, 『商書』 〈盤庚上〉, 十三經注疏本, 168쪽.
160) 孔安國 傳·孔穎達 疏, 『尙書正義』 卷9, 『商書』 〈盤庚中〉, 十三經注疏本, 171쪽.
161) 孔安國 傳·孔穎達 疏, 『尙書正義』 卷9, 『商書』 〈盤庚下〉, 十三經注疏本, 172쪽.
162) 孔安國 傳·孔穎達 疏, 『尙書正義』 卷16, 『周書』 〈無逸〉, 十三經注疏本, 221~222쪽.

손자인 무을武乙과 증손자 문정文丁(『사기』에서는 太丁이라 칭함)이 집권한 시기
에는 왕이 직접 점복을 쳤기 때문에 정인貞人이 왕을 대신하여 친 갑골 복사
수량은 대폭 감소하였다. 상왕은 더 이상 수동적으로 천명을 받아들이지 않았
고 일부 무격이 천제와 귀신의 힘으로 자신의 행동을 제약하는 것을 허락하지
않았다. 대신 왕권을 충분히 행사하며 자신의 뜻대로 점복의 결과를 판단하였
다. 『사기』〈은본기殷本紀〉에는 다음과 같은 내용이 실려 있다.

> 무을武乙은 무도無道하여 우상偶像을 만들어 놓고 '천신'이라 부르면서 도
> 박을 하였는데, 사람들에게 심판을 보게 하여 천신이 지면 모욕을 주었다.
> 또 가죽 주머니를 만들어 피를 가득 채워 높이 매달아 놓고는 화살로 쏘았는
> 데, 하늘을 쏜다는 뜻에서 '사천射天'이라 불렀다.[163]

감히 사천射天한다는 것은 상왕 무을이 천신을 공경하지 않았음을 의미한
다. 그리고 여기에는 전통적으로 내려온 "천문지학"에 대한 의심과 무한한 정
치 권력에 대한 욕망이 들어 있었다. 훗날 무을은 번개를 맞아 죽었다고 전해
지는데 그의 이런 노력이 실패로 끝났음을 의미한다. 그럼에도 불구하고 그의
증손자 제신帝辛(紂)은 이보다 더하면 더했지 덜하지는 않았다. 사마천(기원전
145~?)은 선인의 자료를 바탕으로 제신을 다음과 같이 소개했다.

> 주紂의 재주는 천부적으로 사물을 분별하는 능력이 대단하고 민첩하여
> 받아들이고 이해하는 능력 또한 빼어났다. 힘은 보통 사람보다 훨씬 세어 맨
> 손으로 맹수와 싸울 정도였다. 지혜는 남의 말을 듣지 않을 정도로 충분하였
> 고, 말솜씨는 잘못을 감추고도 남았다. 신하들 앞에서 자신의 재주를 뽐내기
> 좋아하였고, 자신의 명성이 천하의 누구보다 높다고 생각하여 모든 사람을
> 자기 아래로 여겼다. 술을 좋아하고 음악에 빠졌으며 특히 여색을 탐하였다.
> 달기妲己를 예뻐하여 달기의 말이라면 무엇이든 들어주었다. 사연師涓에게

---

163) 司馬遷, 『史記』卷3, 〈殷本紀〉, 二十五史本, 15쪽.

음란한 곡을 새로 만들게 하고, 북부 지방의 저속한 춤과 퇴폐적인 음악에
빠졌다. 세금을 무겁게 매겨 돈으로 녹대鹿臺를 채우고, 곡식으로 거교鉅橋를
채웠다. 여기에 개와 말 그리고 기이한 물건들로 궁실을 가득 메웠다. 사구沙
丘의 원대苑臺는 더 크게 넓혀 온갖 짐승들과 새들을 잡아다 풀어놓았다. 귀
신도 우습게 알았다. 사구에는 수많은 악공과 광대를 불러들이고, 술로 연못
을 채우고 고기를 매달아 숲을 만들어 놓고는 벌거벗은 남녀로 하여금 그
사이를 서로 쫓아다니게 하면서 밤새 술을 마시고 놀았다.[164]

주왕紂王은 타고난 자질이 뛰어나고 자기 방식을 고집하던 사람이었다.
그의 "귀신에 대한 불손한" 태도는 교만하고 사치스러우며 방탕하고 태만한
행동과 맞물려 은상 왕조의 멸망을 재촉하였다. 은왕이 "신법으로 백성을 다
스리던" 것에서 "귀신에 대한 불손한" 태도로 변화한 것은 신권이 점차 몰락하
고 인성이 점차 깨어났음을 반영한다. 또한 은왕들이 더 이상 귀신의 권위에
두려움을 느끼지 않고 자신의 욕망에 따라 제멋대로 행동한다는 것은 그들의
관심이 이미 세속 생활로 옮겨졌음을 뜻하며, 그것은 또한 상고 시대의 "천문
지학"이 "인문지학"으로 전환되거나 그쪽으로 치우치는 시대가 도래하고 있
음을 예고했다고 할 수 있다.

그렇지만 사상과 관념의 전환은 종종 정권 교체보다 더 어렵기도 하다.
또 관념의 전환이 문화 발전에 미치는 영향은 정권 교체보다 더 중요할 수도
있다. 그래서 학술계는 사회사상과 문화 관념의 전환에 특별히 관심을 가지게
되었다. 왕궈웨이王國維(1877~1927)는 『은주제도론殷周制度論』에서 "중국의
정치와 문화에서 은나라와 주나라 교체기보다 변혁이 더 심했던 적은 없었
다."[165]라고 하였다. 이것은 비록 제도상의 고찰에서 얻은 결론에 불과하지만
우리가 사상 문화를 연구하는데 많은 도움을 주었다. 문학 관념을 보자면, 은
주 시대 역시 거대한 변혁을 준비하며 관념 전환을 실현하던 시대였다.

---

164) 司馬遷, 『史記』卷3, 〈殷本紀〉, 二十五史本, 15~16쪽.
165) 王國維, 『觀堂集林』卷10, 〈殷周制度論〉, 石家莊:河北教育出版社, 2003年2版, 231쪽.

　주周나라는 본래 상나라의 동맹국으로 신하를 자처하던 나라였다. 상나라 말기에 상왕 문정文丁은 주나라의 계력季歷을 서백西伯에 책봉하였다. 그러나 문정은 그의 세력이 커질 것을 걱정한 나머지 계력을 은으로 불러들여 감옥에 가두었고 결국 계력은 우울증으로 죽고 말았다. 주紂왕 때는 계력의 아들 희창 姬昌을 서백에 책봉하였지만 같은 이유로 희창을 유리羑里로 유배 보냈다. 이에 주周나라는 상나라 사신에게 뇌물을 주어 희창을 풀어주게 하고 그더러 "정벌에 전념하도록 했다." 그 뒤, 주나라는 주왕紂王이 동쪽 정벌에 나선 틈을 타, 상의 변방을 정벌하면서 자신의 세력을 확장하였고 마침내 상을 정복하였다. 작은 우방국이었던 주나라가, 대국인 상나라를 정벌한 것은 실로 기적 같은 일이었다. 그 원인에 대해 역사학자들의 해석이 분분한데, 여기서는 생략하도록 하겠다. 그러나 문화적 측면에서 볼 때, 주는 상으로부터 아주 많은 것을 계승하였고, 이에 대한 근거가 많이 남아 있다. 약 반세기에 걸쳐 샨시陝西 저우웬周原에서 발견된 300점이 넘는 갑골 점사를 보면, 상나라 말부터 주나라 초까지 주나라 사람들은 은나라 사람들처럼 복서 활동을 했고 천지 귀신을 신봉했으며 은나라 사람의 조상신을 제사 지내는 등 은상 문화의 영향을 크게 받은 것을 알 수 있다. 역사적으로 주문왕周文王이 유리에 유배되었을 때『역경易經』을 연역하였다는 주장이 있는데, "저우웬에서 발견된 갑골과 문헌 기록을 연계하여 고찰하면 과거 일부 학자들이 제출한 대략 은주殷周 교체 시기에『역경』이 나왔다는 주장은 얼마든지 성립될 수 있음을 알 수 있다."[166] 『주역』은 은상 복서 문화의 계승이자 귀납 그리고 발전을 의미한다. 동시에 서주西周 이기彝器 명문銘文에 나온 의衣·증烝·보報 등 제사 예기가 20여 종에 이르는 것만 봐도, 주나라 사람이 제사를 중시했음을 알 수 있다.[167] 그래서 주나라 초기의 통치자들은 한편으로는 주나라가 흥하고 상나라가 망하게 된 이유를 되짚으며, 상나라 사람들이 가졌던 사상에서 탈피하여 새로운 사상과

---

166) 張廣志,『西周史與西周文明』, 上海:上海科學技術文獻出版社, 2007, 17쪽.
167) 徐良高,『中國民族文化源新探』, 北京:社會科學文獻出版社, 1999 참고.

관념을 반영한 주나라 특유의 새로운 문화를 창출하였으며, 다른 한편으로는 상나라로부터 전해진 "천문지학"을 관습적으로 이용하여 자연을 관찰하고, 사회를 이해하며, 문제를 분석하고 해결함으로써 전통 문화의 기본 정신과 일부 특징을 보존하였다.

주공周公은 주나라 초기 문화를 대표하는 인물로서 그를 통해 신구新舊 문화의 충돌, 조화 및 전환이 이루어졌다. 주공(생몰년 미상)의 성은 희姬, 이름은 단旦, 숙단叔旦이라고도 부른다. 주 문왕 희창의 넷째 아들로, 무왕 희발姬發과는 같은 어머니에게서 난 형제이다. 주(현 陝西 岐山 북쪽)나라 땅에 봉해졌기 때문에 주공周公 또는 주공단周公旦이라고 불린다. 희단은 주나라 초기에 배출된 걸출한 사상가, 정치가, 군사 전문가이자 문화학자였다. 그는 무왕을 도와 은상을 무너뜨렸을 뿐만 아니라, 국내 정세를 안정시키고 전장典章 제도를 제정했으며 서주 문화를 개발하는 등 혁혁한 공훈을 세움으로써 후세 사람들로부터 존경을 받았다. 그는 은상 문화의 계승자이면서 서주 문화의 창시자였다. 문화 관점에서 볼 때, 주공은 상고 시대 "천문지학"의 집대성자로, 하늘의 형상으로 인간사를 판단하였다. 즉, 그는 은나라 사람과 마찬가지로 우선 "관호천문으로 사계 운행의 규칙을 파악한" 뒤, 현실의 행동을 결정하였다.

몇 가지 예를 들어보자.

『상서』〈금등金縢〉편에 따르면, 상을 함락한 지 2년 만에 무왕이 병으로 몸이 불편해지자, 주공은 자신을 제물로 삼아 제단祭壇 세 개를 세우고 북쪽을 향해 서서 벽璧과 규珪를 들고는 태왕太王·왕계王季·문왕文王에게 다음과 같이 아뢰었다.

> 오직 그대의 원손인 아무개가 사납고 모진 병을 만났습니다. 당신들 세 왕은 원자의 책임을 하늘에 두셨으니, 저로써 아무개의 몸을 대신하게 하소서. 제 어짊은 돌아가신 아버님께 순한지라, 능히 재주가 많고 솜씨가 많아 귀신을 섬길 수 있거니와 또한 원손은 저의 다재다예함만 같지 못하여 능히 귀신을 섬기지 못함이리다. 이에 상제의 뜰에서 명하시어 널리 사방을 도우

시어 이로써 능히 당신들의 자손을 아래 땅에 정하셨으니, 사방의 백성이 공경하고 두려워하지 아니함이 없으셨도다. 아아! 하늘이 내리신 보배로운 명을 무너뜨림이 없어야 우리 선왕도 길이 의지하여 돌아감이 있으시리라.[168]

축사를 마친 뒤, "거북 세 마리로 점을 쳤다." 이것이 『상서』에 기록된 주나라 초기의 가장 완전한 복서책축卜筮冊祝 활동이다.[169]

주공은 수많은 중대한 상황에서 이와 같이 갑골 점복으로 천명을 기다리는 활동을 진행하였다. 예를 들어, 무왕이 세상을 떠난 후 삼감三監과 회이淮夷가 반역을 일으키자, 주공은 동쪽 정벌에 나서면서 다음과 같이 〈대고大誥〉를 발표하였다.

앞 사람이 받은 명을 펴는 것은 큰 공을 잊지 못함이니, 내가 감히 하늘이 내리신 위용을 막지 못할 것이다. 문왕께서 나에게 크고 보배로운 거북을 물려주심은 하늘의 밝음을 잇게 하심이다. 명에 이르길, "큰 어려움이 서쪽 땅에 있을 것이다. 서쪽 땅의 사람들이 또한 안정되지 못하고 이에 동요하고 있다. 은나라 작은 임금小腆이 감히 그 기강을 세우겠다고 하니, 하늘이 위엄을 내림에 나라에 병이 있어 백성들이 편안하지 못함을 알고, 가로대 '내가 회복하리라!'고 하며 도리어 우리 주나라를 업신여기고 있다. 지금 내가 움직이기 시작하니 다음 날 백성들이 어진 열 명의 사내를 바쳐 나를 돕게 함으로써 무왕께서 도모하시는 일을 이어 다스리게 하였다. 앞으로 내게 생길 큰일이 아름답지 않은가?"라고 하였다. 짐이 점을 쳐보니 과연 길하였다.[170]

---

168) 孔安國 傳·孔穎達 疏, 『尙書正義』卷13, 『周書』〈金縢〉, 十三經注疏本, 196쪽.

169) 蔡沈은 『書集傳』에서 "무왕이 병이 난 것은 주공이 왕실을 안정시키지 못하고 은민을 설복시키지 못해 나라의 근본이 흔들렸기 때문이다. 그래서 삼왕께 무왕을 대신하여 죽기를 원한다고 아뢰었다. 사관은 이 책축문의 전말을 자세하게 한 편으로 엮어 金縢에 보관하였다. 그 뒤, 책을 엮은이가 〈金縢〉이라 이름 불렀다." 오늘날 전해지는 〈金縢〉에는 주공단의 책축문과 사관이 그 전말을 보충하여 기록한 내용이 실려 있다.

170) 孔安國 傳·孔穎達 疏, 『尙書正義』卷13, 『周書』, 〈大誥〉, 十三經注疏本, 198쪽. 顧頡剛·劉起釪, 『尙書校釋譯論』第3冊, 『周書』, 〈大誥〉, 北京:中華書局, 2005, 1266쪽을 참고하여 교정함.

이것은 분명 천명으로 정의를 신장하고, 길한 점괘로 사기를 진작하려는 것이다.

또 다른 예를 살펴보자. 주공은 삼감의 난을 진압한 뒤, 낙읍洛邑을 건설하고 여러 차례 점복을 쳤다. 그가 성왕成王에게 이르길,

저는 을묘일 아침, 낙 땅으로 와서 황하 북쪽의 여수黎水를 점쳐 보았습니다. 제가 간수澗水 동쪽과 전수瀍水 서쪽을 점쳐 보았으나 오직 낙 땅만이 길하였습니다. 이에 오시게 해서 지도와 점괘를 바칩니다.[171]

점복을 통해 낙읍을 부지로 선정한 것은 주공이 하늘의 뜻에 따랐음을 의미한다. 그 뒤, 주공은 다시 소공召公과 함께 점을 쳐 길한 점괘를 얻었고, 마침내 부지를 확정하고 착공에 들어갈 수 있었다.

이상의 예는 주공이 자신의 "재주 많고 귀신을 부릴 수 있는" 특수한 능력을 중요하게 여겼음을 잘 보여준다. 그리고 이런 능력은 곧 상나라의 큰 무당이 가지고 있던 재능, 즉 "통천通天"의 능력이었다. 사실 주공 역시 문왕이 선정한 큰 무당이었다. 주공이 "영왕甯王이 나에게 크고 보배로운 거북을 물려주셨다."라고 말한 것과 『좌전』 〈정공 4년〉에서 위衛 축타祝佗가 "주공은 대재大宰이다."[172]라고 말한 기록이 이를 잘 뒷받침해준다.

주공은 무사巫士의 우두머리였고, 그의 장자 백금伯禽(禽父) 역시 대축大祝이었다. 주나라 초기에 제후를 봉할 때, "노공魯公에게 대로大路와 대기大旂와 하후씨夏后氏의 황璜과 대부封父의 번약繁弱과 은나라 유민遺民의 여섯 종족인 조씨條氏, 서씨徐氏, 소씨蕭氏, 삭씨索氏, 장작씨長勺氏, 미작씨尾勺氏를 나누어 주고서 그 종족을 거느리고 그 부족들을 모으고 그 무리를 거느리고서 주공의

---

171) 孔安國 傳·孔穎達 疏, 『尙書正義』 卷15, 『周書』, 〈洛誥〉, 十三經注疏本, 214쪽.

172) 『左傳』 〈定公四年〉에 위 축타의 말이 실려 있다. 董仲舒『春秋繁露』 〈三代政制質文〉에서 "탕은 왕이 된 뒤, 상관명을 尹이라고 하였다. 문왕은 왕이 된 뒤, 상관명을 宰라고 하였다."라고 밝혔다. 여기서 상관은 무당의 우두머리를 뜻한다.

법을 따르게 하였다. 이로 인해 그들이 주나라 조정으로 가서 주공의 명을 받으니, 그들에게 노나라로 가서 직무를 맡아 주공의 밝은 덕을 밝히게 하였다. 노공에게 토전土田과 배돈陪敦과 축종祝宗과 복사卜史와 비물備物과 전책典策과 관사官司와 이기彝器를 나누어 주고, 상엄商奄의 백성을 그대로 소유하게 하고서, '백금'으로 명명하고서 소호少皞의 옛터에 봉하였다."[173]라고 하였다. "축祝·종宗·복卜·비물備物·전책典策·관사官司·이기彝器"와 같은 것들이 노나라에 배분된 것은, 주공과 그 후예들이 무축巫祝 권력을 장악했던 것과 큰 관련이 있다.[174] 또 "노나라로 가서 직무를 맡은" "은민 여섯 부족"도 은상의 무사 문화를 노나라로 가져간 것으로 보인다. 서주 시대의 이기彝器〈금괴禽盨〉 명문에서는 "왕이 초나라 정벌을 나서자 주공이 대축大祝을 백금伯禽에게 당부하였고, 백금은 또한 잘 축원하였다."라고 하였다. 궈모뤄郭沫若(1892~1978)는 "주공과 금이 함께 나왔는데, 주공은 주공 단이고 금은 백금이다. 백금은 아마도 주나라의 대축大祝인 것 같은데, 〈대축금정大祝禽鼎〉이 사실을 뒷받침해준다."[175]라고 하였다. 또한 『상서』〈낙고洛誥〉에서는 "주공이 말하기를 '왕은 빨리 성대한 예식을 거행하사 신읍에 제사를 지내시되 모두 차례를 갖추어 꾸밈이 없게 하소서."[176]라고 하였다. 즉, 낙읍을 건설한 후 주공은 문식文飾에 치중하는 대신 은나라의 예법에 따라 제사를 지내고자 한 것이다. 이것은 주공이 자발적으로 은상 문화를 계승했음을 의미한다. 주나라 초기 문화를 대표하는 주공과 주나라 예법을 가장 완전하게 계승한 노나라가 사실은 가장 주체적이고 적극적으로 은상 문화를 계승했음을 알 수 있다. 그러므로 주공으로 대표되는 주나라 초기의 통치자들이 여전히 "관호천문"을 중시하였고, 천명과 점복 그리고 상제와 귀신에게 받은 계시를 중요하게 여긴 것

---

173) 杜預 注·孔穎達 疏, 『春秋左傳正義』卷54, 〈定公四年〉, 十三經注疏本, 2134쪽.

174) 郝鐵川, 「周公本爲巫祝考」, 『人文雜志』1987年第5期 참고.

175) 郭沫若, 『郭沫若全集』考古卷第8卷, 「兩周金文辭大系圖錄考釋」, 北京:科學出版社, 2002, 12쪽.

176) 孔安國 傳·孔穎達 疏, 『尙書正義』卷15, 『周書』, 〈洛誥〉, 十三經注疏本, 214쪽.

은 조금도 이상한 일이 아니다.[177]

제2절 "觀乎人文": 중국 문학 관념의 관점 전환

주공으로 대표되는 주나라 초기의 통치자들은 여전히 천명을 믿고 귀신을 숭배하며 "통천"술에 의지하여 국사를 처리했다. 그러나 이들이 옛것을 계승만 하고 새것을 창조하지 않은 것은 아니었다. 이와는 반대로 "귀신을 섬기고 공경하되 멀리하였고",[178] "관호천문으로 사계 운행의 규칙을 파악하는" 한편, 세속 생활에 관심을 가지고 이상적인 사회 질서 확립에 힘쓰면서 점차 "인문을 관찰하여 천하를 변화시킨다."는 사고 패턴을 갖게 됨으로써 "관호천문"에서 "관호인문"으로의 관점 전환을 이루었다. 정치 역사관에서 발생된 이와 같은 전환은 사회 정치 제도, 문화 이념, 문학 관념에도 영향을 미쳤다.

왕궈웨이王國維(1877~1927)는 『은주제도론』에서 다음과 같이 언급했다.

주나라의 제도는 상나라와 큰 차이가 있었다. 첫째는 적장자 승계 제도이다. 여기에서 종법宗法과 상복喪服 제도가 생겨났다. 또한 봉건자제封建子弟 제도 및 군천자신제후君天子臣諸侯 제도가 생겨났다. 둘째는 종묘宗廟의 수數에 관한 제도이다. 셋째는 동성 결혼 불가 제도이다. 이상의 제도로 주는 천하를 다스리게 되었다. 천자天子, 제후諸侯, 경卿, 대부大夫, 사士, 서민庶民의 모

---

177) 『禮記』〈禮運〉에서는 공자가 "예라고 하는 것은 선왕께서 하늘의 도를 받들어 사람의 감정을 다스리는 일이다. 그러므로 이를 잃는 자는 죽고 이를 얻는 자는 산다. …… 예란 하늘에 근본을 두고 땅에 귀신을 배열해 둔 것과 같다. 상례와 제례, 말 타고 활쏘기 및 관례와 혼례에까지 이른다."라고 하였다. 또한 『禮記』〈禮器〉에서는 "이런 까닭으로 옛날에 선왕이 예를 제정한 것은 재물로써 예의 의미를 결정했다. 그래서 큰일을 할 때면 天時를 따라야 했다. 아침에는 해를, 저녁에는 달을 따라야만 하고, 높은 것은 반드시 구릉을, 낮은 것은 반드시 川澤을 따라야만 한다."라고 하였다. 후세 학자들이 서주가 예악을 구축함에 있어서 "관호천문"의 영향을 받았다고 생각했음을 알 수 있다.
178) 鄭玄 注 · 孔穎達 疏, 『禮記正義』卷54, 〈表記〉, 十三經注疏本, 1642쪽.

든 계급이 도덕을 받아들여 도덕 집단을 이루는 것을 그 목적으로 하였다. 주공의 창제 목적이 바로 여기에 있다고 할 수 있다.[179]

왕궈웨이는 주나라의 제도 개혁이 천인天人 관계가 아닌 인간의 질서와 관련이 있다고 보았다. 특히 "모든 계급이 도덕을 받아들여 도덕 집단을 이루는 것"에 그 창제 목적이 있다고 주장한 것은 문제의 핵심을 제대로 간파한 것이라고 할 수 있다.

앞에서 주공들이 여전히 상고 시대 "천문지학"을 이용하여 국사를 처리하였다고 했다. 그러나 이것은 주나라 개국 초에 자신들의 의식 형태와 문화 제도가 아직 자리를 잡지 못한 상황에서 중대한 문제를 처리할 때에만 사용된 것이었다. 주공들은 국내 정세가 안정되고 점차 사회 제도가 갖춰진 뒤부터 세속 사회의 정치, 경제, 문화생활에 관심을 기울이게 되었다. "인문지학人文之學"이 그들의 관심사가 되었으며 "관호인문"은 그들이 문제를 고찰하는 데 있어 기본 관점이 되었다. 물론 여기에는 문학에 대한 인식과 이해도 포함된다. 통치 계급의 관념 전환은 그들의 집정 방식을 근본적으로 바꾸었고, 사람들의 정신생활과 문화생활에도 큰 영향을 끼쳤다. 쉬푸관徐復觀(1902~1982)은 다음과 같이 말했다.

갑골문을 통해 은나라 사람들의 정신생활을 엿볼 수 있는데, 그들이 아직 원시 상태를 벗어나지 못했음을 알 수 있다. 그들의 종교는 여전히 원시적이었다. 당시 그들의 행위는 마치 복사를 통해 조상신, 자연신, 상제 등 외재적 신에 의해 완전히 통제되는 것 같았다. 주나라 사람들의 공헌은 바로 전통적인 종교 생활에 주체적인 정신을 주입하여 그동안 기물에 나타나던 문화적 성과를 관념으로까지 확대 발전시킴으로써 중국의 도덕 문화 정신을 수립하게 했다는 점이다.[180]

---

179) 王國維, 『觀堂集林』卷10, 〈殷周制度論〉, 石家莊:河北敎育出版社, 2003, 232쪽.

180) 徐復觀, 『中國人性論史』(先秦篇) 第2章, 「周初宗敎中人文精神的躍動」, 上海:上海三聯

주공의 정치적 업적에 관해서는 이덕림李德林이 위나라로 돌아가기 위해 책을 정리하면서 『상서대전尙書大傳』을 인용한 것이 『수서隋書』〈이덕림전李德林傳〉에 실려 있다.

> 주공이 섭정을 시작한 뒤, 1년에 혼란을 평정하고, 2년에 은을 정벌하고, 3년에 엄奄을 토벌하고, 4년에 후위侯衛 제도를 구축하고, 5년에 주를 건립하고, 6년에 예악禮樂을 제정하고, 7년에 왕위에 올랐다.[181]

이러한 주장이 매우 정확하다고는 할 수 없지만 실제와 부합하는 면이 적지 않다. 그동안 출토된 수많은 서주 시대의 이기 명문彝器銘文으로 이를 확인할 수 있다. 예를 들어, 주나라 군대가 주紂왕의 아들인 무경을 정벌한 것이 기록된 〈대보궤大保簋〉에서는 "주공이 섭정을 시작한 뒤, 1년에 혼란을 평정했다."라고 했다. 주공이 은나라 도읍을 평정했다고 기록된 〈하궤何簋〉에서는 "2년에 은을 정벌했다."라고 했다. 주나라 군대가 엄奄나라를 정벌했다고 기록한 〈금궤禽簋〉, 〈강겁존岡刼尊〉과 〈강겁유岡刼卣〉에서는 "3년에 엄을 토벌했다."라고 했다. 주 천자가 위衛를 봉한 것이 기록된 〈逤簋〉에서는 "4년에 후위侯衛 제도를 구축했다."라고 했다. 주를 건설한 것이 기록된 〈하준何尊〉에서는 "5년에 주를 건립했다"라고 했다.

문화 사상 관념의 차원에서 볼 때, 주공의 정치 업적 중에 가장 주목할 만한 것은 "예악의 제작"이다. 주공의 "예악 제작"은 『좌전』〈문공 18년〉, 『국어』〈노어〉, 『예기』〈명당위〉 등에서 찾아볼 수 있다. 그 중 『좌전』〈문공 18년〉에는 계문자季文子가 태사 극克을 보내 노魯 선공宣公에게 이른 내용이 실려 있다.

> 선대부先大夫 장문중臧文仲이 행보行父에게 가르쳐 준 임금 섬기는 예를,

書店, 2001年, 13~14쪽.
181) 長孫無忌 等, 『隨書』卷42, 「李德林傳」, 二十五史本, 3391쪽.

행보는 받들어 감히 어기지 않았다. 선대부가 말하기를 "임금에게 예가 있는 자를 보거든 효자가 어버이를 봉양하듯이 그를 섬기고, 임금에게 예가 없는 자를 보거든 매가 새를 뒤쫓아 낚아채듯이 그를 주살하라."고 하였다. 선군 주공께서 『주례』를 지어 말하기를 "예칙禮則으로써 그 사람의 덕을 관찰하고 덕으로써 일을 처리하고 일로써 공적을 헤아리고 공功으로써 백성을 먹인 다."라고 하였다. 또 〈서명誓命〉을 지어 말하기를 "법을 파괴하는 자를 적賊이 라 하고, 적을 숨겨주는 자를 장藏이라 하고, 재물을 훔치는 자를 도盜라 하고, 보기寶器를 훔치는 자를 간奸이라 한다. 주장主藏의 이름을 가지고 훔쳐온 보 기를 탐하는 것은 큰 흉덕이 된다. 이런 자에게는 규정한 형벌이 있어 용서할 수는 없다는 말이 구형九刑에 실려 있으니 잊을 수 없다."라고 하였다.[182]

이것은 주공의 "예악 제작"을 최초로 자세히 기록한 것으로, 『상서대전』에 실린 말이 근거가 있음을 증명해 준다.

물론, "예악"은 주공이 만든 것이 아니라 훨씬 이전부터 존재했다. 또 예악 제도는 주나라 때에 그 고정된 형식을 갖추게 되었지만, 주공 한 사람에 의해 단기간에 형성된 것이 아니라 오랜 기간에 걸쳐 완성된 것이다. 주공은 단지 주나라 초기의 통치자로서 제도의 혁신을 이끈 대표적인 인물일 뿐이다. 그러 나 주나라 사람들로부터 시작된 서주 예악 문명이 중국 고대 문화 전환의 중 심이자 중국 고대 문학 관념 전환에 있어 핵심적 역할을 한 것에는 의심할 여지가 없다. 양샹쿠이楊向奎(1910~2000)는 다음과 같이 말했다.

주공이 없었다면 무왕이 은나라를 멸망시키고 천하를 통일하는 일은 일 어나지 않았을 것이다. 주공이 없었다면 예악 문명이 후대로 전해지는 일은 없었을 것이다. 주공이 없었다면 유가儒家의 역사 기원은 발생하지 않았을 것이다. 그리고 유가가 없었다면 중국 전통 문명은 지금과는 전혀 다른 정신 면모를 갖게 되었을 것이다.[183]

---

182) 杜預 注·孔穎達 疏, 『春秋左傳正義』卷20, 〈文公十八年〉, 十三經注疏本, 1861쪽.

여기에 한 마디 덧붙이자면, 주공이 없었다면 중국 고대 문학 관념의 관점 전환도 없었을 것이고 중국 문학 역시 전혀 다른 모습을 갖게 되었을 것이다.

주나라 초기 통치자들은 역사 경험과 교훈을 토대로 예악 문화를 이룩했다. 이것은 매우 이성적인 행위였다. 그들은 국가의 흥망성쇠가 천명이라고 여기면서도 근본은 민심에 있다고 보았다. 또는 천명은 민심을 기초로 하며 민의民意로 나타나고 표현된다고 보았다. 예를 들어, 주공이 무경을 제압한 뒤, 은상 귀족(多士)과 평민(庶殷)을 낙읍으로 이주시켰다. 여기에 원래 낙읍에 살고 있던 은나라 사람들까지 더해져 이곳에 은나라 사람들이 많아지자 이를 안정시키고 관리하기 위해 무왕의 유지를 받들어 낙읍을 건설하고 동도로 삼았다. 이로써 주나라 사람의 통치를 공고히 하는 동시에 은나라 사람들을 낙읍 건설의 노동력으로 이용할 수 있었다. 그래서 먼저 소공을 낙읍으로 보내 조사하고 준비하도록 한 뒤, 주공과 성왕이 직접 낙읍으로 가서 시찰하고 낙읍 건설을 촉구하였다. 주공이 성왕(姬誦)에게 이르길,

> 하늘이 이미 큰 나라인 은나라의 명을 끝내 멀리하셨으며, 이 은나라의 많은 옛 어진 임금들도 하늘에 계시건마는 그 뒤의 임금과 백성들이 그 명을 따라 마침내 지혜로운 자가 숨고, 병 든 자가 있거늘, 지아비가 그 지어미와 자식들을 보호하여 품고 이끌어 보존할 줄을 알아 슬픔으로 하늘을 부르며 도망 다니다가 잡히니, 하늘 또한 사방의 백성들을 슬퍼하시는지라. 그 돌아보고 명하심을 힘쓰는 이에게 하시니, 왕께서는 서둘러 그 덕을 공경하소서. 옛 선민인 하나라를 보건대 하늘이 이끌어주시고 자손까지 보존해주시거늘 하늘을 향하여 머리를 조아리셨으니 지금은 벌써 그 명을 떨어뜨렸나이다. 이제 은나라를 보건대 하늘이 이끌어주시고 바로잡아 보존해주시거늘 하늘을 향하여 조아리셨으니 지금은 벌써 그 명을 떨어뜨렸나이다. …… 왕은 공경으로 처소를 삼으실지니 덕을 공경하지 아니할 수 없나이다. 저는 하나라를 살펴보지 않을 수 없으며 또한 은나라를 살펴보지 않을 수 없습니다. 제가

---

183) 楊向奎, 『宗周社會與禮樂文明』(修訂本), 北京:人民出版社, 1997, 141쪽.

감히 알지 못하노니, 이르건대 하나라가 천명에 복종하여 여러 해를 두었던 가? 제가 감히 알지 못하노니, 이르건대 연장하지 못했던가? 그 덕을 공경하 지 아니하여 일찍이 그 명을 떨어뜨렸나이다. 제가 감히 알지 못하노니, 이르 건대 은나라가 천명을 받아 여러 해를 두었던가? 제가 감히 알지 못하노니, 이르건대 그 연장하지 못했던가? 그 덕을 공경하지 아니하여 일찍이 그 명을 떨어뜨렸나이다.[184]

주공은 "하느님이 사방의 백성을 가엽게 여기사 근면하고 신중한 사람을 임명하여 천하를 다스리도록 하였다. 하느님의 명을 받들어 나는 특별히 덕행 을 중시할 것이다. 그렇지 않으면 천하를 잃게 될 것이다. 하상은 하느님의 보살핌과 사랑을 받았었으나 그들의 후손이 덕행을 소홀히 하여 결국 천하를 잃게 되었다."라고 성왕에게 경고했다. 주공이 거듭 강조한 것은 "덕을 중시" 하는 것이 "천명을 중시"하는 것보다 중요하다는 점이었다. 덕을 중시하지 않 은 것이 하상이 패망하게 된 근본 원인이라고 본 것이다.[185]

주공은 반란을 평정한 뒤, 아우 강숙康叔을 옛 은나라 영토였던 위衛(妹邦,

---

184) 孔安國 傳·孔穎達 疏,『尚書正義』卷15,『周書』,〈召誥〉, 十三經注疏本, 212~214쪽.〈召 誥〉는 한나라 때부터 소공이 지은 것이라고 여겨져 왔다. 于省吾는 금문에 나온 이체자를 근거 로 이를 주공이 쓴 것이라고 주장했다. 顧頡剛과 劉起釪는 그의 주장에 동의하면서도〈召誥〉의 마지막 일부는 소공이 썼을 것이라고 지적했다.(顧頡剛·劉起釪,『尚書校釋譯論』第3冊,『召 書』,〈大誥〉, 北京:中華書局, 2005.)

185) 주나라 군대의 상부 呂望(呂尚, 姜尚, 太公望으로도 불린다)도 같은 생각을 가지고 있었다. 『사기』〈齊太公世家〉에는 "주나라의 서백창은 유리에서 빠져나온 뒤, 여상과 덕을 닦으며 상을 무너뜨릴 계획을 세웠다. …… 무왕은 주왕을 정벌하기 전에 거북으로 점을 쳤지만 점괘가 길하 지 않았다. 폭우가 몰아치자 군신들이 모두 두려워하였다. 오직 태공망이 나서서 무왕을 설득하 자 무왕이 이에 따랐다."라고 하였다. 여상이 천명의 점괘를 맹신하지 않았음을 알 수 있다. 賈誼는『신서』에서〈태공〉을 인용하여 "천하를 얻은 이는 오직 도덕으로 나라를 다스려야 한다. …… 나라를 유지하려는 이도 도덕이 없으면 오랫동안 다스릴 수 없다."라고 하였다.『繹史』 권13에는『說苑』을 인용한 내용이 실려 있다. "무왕이 주왕을 정벌하면서 태공망에게 '싸우지 않고 이기고자 하는데 …… 무슨 방법이 있소?'라고 묻자, 태공망이 '있습니다. 왕께서 민심을 얻으신다면 …… 싸우지 않고도 이길 수 있습니다.'라고 하였다." 여상은 스스로 덕을 닦아야 하며, 도를 얻으면 곧 민심을 얻는 것이라고 보았다. 이것은 주나라 초기 통치자들이 보편적으 로 가졌던 사상이다.

沬邑)에 봉하였다. 그리고 강숙에게 은나라 패망을 교훈으로 삼아 술과 여색에 빠지지 말고 안락만을 추구하지 않으며 민생에 관심을 기울이고 덕행을 쌓으라고 특별히 당부하였다.

　　내 들으니 또한 이르기를, 이제 뒤를 이은 왕【紂를 가리킴 - 인용자】이 있어 술에 빠져 그 명이 백성들에게 나타나지 아니하고, 공경하여 보존함이 원망에 미치거늘 바꾸지 아니하였고, 음탕함을 떳떳하지 못한 일에 크게 그 멋대로 하여 안일함으로써 위의를 상하게 하였다. 백성들이 애통해하고 마음 상하지 않은 이가 없거늘 오직 술에 빠져 좋아하여 스스로 안일함을 그칠 것을 생각지 아니하며, 그 마음이 미워하고 사나워 능히 죽음을 두려워하지 아니하며, 허물이 상나라 도읍에 있어 이에 은나라가 멸망하는 데도 근심하지 아니하도다. 그러니 덕으로 향기로운 제사가 하늘에 올라가 들리지 않고, 크게 백성들이 원망하는 모든 술로부터 나온 더러움이 하늘에 들리게 되었는지라. 그러므로 하늘이 은나라를 망하게 하시어 은나라를 사랑하지 아니함은 오직 안일함이다. 하늘이 사나운 것이 아니라 백성들이 스스로 허물을 불렀느니라.[186]

통치자의 문란한 생활이 백성들로부터 원망을 불러일으켜 은상이 멸망하게 되었다고 보았다. 주공은 또한 다음과 같이 언급했다.

　　너의 크게 밝으신 아버지 문왕께서는 덕을 밝히고 벌을 삼가시었고, 감히 홀아비 과부들도 업신여기지 않으셨으며, 수고하시고 공경하시며 위엄 있게 백성들을 밝히셨다.[187]

　　하늘이 정성스런 말을 도우심은 우리 백성을 살피심이니, 내가 어찌 그 앞서 영인寧人이 도모하신 공에 나아가 마치지 아니하겠는가. 하늘 또한 이로

---

186) 孔安國 傳·孔穎達 疏,『尙書正義』卷14,『周書』,〈酒誥〉, 十三經注疏本, 207쪽. 顧頡剛·劉起釪,『尙書校釋譯論』第3冊,『周書』,〈酒誥〉, 北京:中華書局, 2005年, 1407~1408쪽을 참고하여 교정함.
187) 孔安國 傳·孔穎達 疏,『尙書正義』卷14,『周書』,〈康誥〉, 十三經注疏本, 203쪽.

써 우리 백성들을 수고롭고 고달프게 하는지라 병이 있는 것 같이 하시나니, 내가 어찌 감히 앞서 영인이 받은 바의 아름다움을 마치지 아니하겠는가.[188]

주공은 주나라가 흥성할 수 있었던 이유는, 특히 문왕이 "명덕明德", "신벌愼罰", "현민顯民", "보민保民" 사상을 치국 이념으로 세웠기 때문이라고 생각했다. 그래서 책봉된 각 제후들에게 "하늘은 두려우나 정성스러우면 돕거니와 백성들의 뜻은 커서 가히 볼 수 있으나 소인들은 보존하기가 어렵도다. 가서 네 마음을 다하여 편안히 즐기는 것을 좋아함이 없어야 이에 그 백성들을 다스릴 수 있다."[189], "밭을 가꿈에 이미 널리 묵정밭 일구기를 부지런히 했다면 오직 그 베풀고 닦기를 밭두둑과 도랑을 만드는 것과 같이 할 것이며, 집을 지음에 이미 담장을 부지런히 쌓았다면 오직 그 흙손질하고 이엉으로 지붕을 잇는 것과 같이 할 것이며, 가래나무로 재목을 만듦에 이미 다듬고 깎기를 부지런히 했다면 그 단청을 칠하는 것과 같이 해야 할 것이니라."[190]라고 충고했다. 집정자는 천명을 맹신해서는 안 되고 스스로를 자제해야 하며, 또한 민생에 관심을 가지고 민심을 살피며 생산력 확대에 집중해야 한다고 강조했다.

이상의 기록에서 볼 때, 주나라 초기 통치자들은 두 선왕으로부터 중요한 역사적 교훈을 얻었음을 알 수 있다. 하나는 주나라 문왕이고, 다른 하나는 상나라 주왕이다. 상나라 주왕의 패망은 "천명이 영원하지 않음"을 보여주며, "은을 거울로 삼아야"[191] 함을 의미한다. 반면 주나라의 흥성은 "문왕이 지닌 덕의 순수함"[192]에서 비롯되었으며, "문왕을 본받아야"[193] 함을 뜻한다. 그들은

---

188) 孔安國 傳·孔穎達 疏, 『尙書正義』卷13, 『周書』, 〈大誥〉, 十三經注疏本, 199쪽. 顧頡剛·劉起釪, 『尙書校釋譯論』第3冊, 『周書』, 〈大誥〉, 1275쪽을 참고하여 교정함.

189) 孔安國 傳·孔穎達 疏, 『尙書正義』卷14, 『周書』, 〈康誥〉, 十三經注疏本, 203쪽.

190) 孔安國 傳·孔穎達 疏, 『尙書正義』卷14, 『周書』, 〈梓材〉, 十三經注疏本, 208쪽.

191) 鄭玄 箋·孔穎達 疏, 『毛詩正義』卷16, 『大雅』, 〈文王〉, 十三經注疏本, 505쪽. 『국어』〈周語下〉에는 다음과 같은 내용이 실려 있다. "周詩에 이르기를, '하늘이 버티고 막는 것은 무너뜨릴 수 없고, 이미 무너진 것은 버티고 막을 수 없다.' 무왕이 은을 점령한 뒤, 시를 짓고 제목을 〈支〉라고 하였다. 승리를 축하하는 동시에 후세 사람들에게 경고하고자 함이었다." 이를 통해, 무왕도 은을 거울로 삼고자 했음을 알 수 있다.

"문왕이 위에 계시어, 아! 하늘에 밝게 계시니, 주나라가 드러나지 않겠느냐, 상제의 명이 때에 맞지 않겠느냐, 문왕의 오르내리심이 하느님의 곁에 계시니라."[194]라고 주장하면서도, 상 주왕처럼 자신의 운명을 완전히 "하늘"에 맡긴 것은 아니었다. 오히려 자신을 각성하고 현실의 행동과 끊임없는 노력을 통해 "하늘"의 보살핌을 받고자 하였다. 이것은 쉬푸관徐復觀(1902~1982)의 주장과도 일맥상통한다.

주공들이 문왕과 하느님을 결합시킨 것은 문왕이 명덕明德, 신벌愼罰, 보민保民, 애민愛民하고 "문왕이 지닌 덕이 순수"했기 때문이다. 문왕이 개인적으로만이 아니라 정치적으로도 최고 경지를 수립했기 때문에 하느님이 그를 믿고 "명"을 하사한 것이라고 보았다. 주공들은 국가의 흥망성쇠에 대해 겉으로는 하느님의 결정이라고 보면서도, 실제로는 통치자의 행위가 이를 결정한다고 생각했다. 이로써 정치적 큰 방향이 결정되었고, "행위사관行爲史觀"이 "신권사관神權史觀"을 대신하게 되었으며 은주의 역사 발전에 결정적인 역할을 하게 되었다.[195]

주공들은 "명덕", "신벌", "현민", "보민"이야말로 주나라 흥성의 이유이자 주나라를 오랫동안 유지시켜 나갈 수 있는 가장 믿을만한 신념이라고 보았다. 또 "신권사관神權史觀"이 "행위사관行爲史觀"으로 전환된 만큼, 그들에게 있어 가장 중요한 업무는 통치자를 비롯한 백성들의 행위를 규범 지을 수 있는 일련의 제도를 마련하는 것이었다. 그래서 주공의 "예악 제작"도 이것을 목표로 진행됐다. 이른바 "예악 제작"은 사실상 예악을 중심으로 마련된 아주 효과적인 제도였다. 사람들의 일상 행위를 제약하는 사회 규범으로써 사회 질서 유지

---

192) 鄭玄 箋·孔穎達 疏, 『毛詩正義』卷19, 『周頌』, 〈維天之命〉, 十三經注疏本, 584쪽.

193) 鄭玄 箋·孔穎達 疏, 『毛詩正義』卷16, 『大雅』, 〈文王〉, 十三經注疏本, 505쪽.

194) 鄭玄 箋·孔穎達 疏, 『毛詩正義』卷16, 『大雅』, 〈文王〉, 十三經注疏本, 503~504쪽.

195) 徐復觀, 『兩漢思想史』第1卷附錄1, 「有關周初若干史實的問題」, 上海:華東師範大學出版社, 2001, 230쪽.

와 화합을 이루어냈다. 예악은 시종일관 사람을 사고의 중심에 둠으로써 귀신을 중심으로 한 은상의 "귀치주의鬼治主義"[196] 문화와 현저한 차이를 보였다.

주공의 "예악 제작"에 관한 후세 사람들의 해석은 분분하다. 간단하게 소개하자면, "예"는 사회 정치 제도·도덕 기준·행위 규범을 뜻하고, "악"은 이런 제도, 기준과 규범이 실제 역할을 할 수 있게 도와주는 음악·춤·노래를 일컫는다. "예"는 "차이"에 중점을 두고 "높은 이를 높이는 뜻"을 분명하게 드러내는 반면, "악"은 "합동"을 중시하고 "친한 이를 친애하는 뜻"을 분명하게 나타냈다. "악은 같아지는 것이고 예는 다르게 하는 것이다. 같아지면 서로 친해지고 다르면 서로 공경한다. 그러나 악이 지나치면 혼탁해지고 예가 지나치면 멀어진다. 서로 뜻을 합하고 외관을 장식하는 것은 예악이다. 예악이 서게 되면 귀천의 등분이 있게 되고, 악문樂文이 같으면 상하가 화목하게 된다. 좋고 싫음이 밝게 나타나면 착한 것과 나쁜 것이 구별된다. 형벌을 써서 난폭함을 금하고 벼슬로써 어진 이를 기용한다면 정치가 고르게 이루어진다. 인으로 이것을 사랑하고, 의로 이것을 바로 잡는다. 이와 같이 한다면 민치民治가 행해질 것이다."[197] 이러한 사상에 따라, 주공들은 "장자를 세움에는 나이로 하되 현명함으로 하지 않고, 장자를 세움에는 귀함으로 하되 나이로 하지 않는다."[198]는 적장자 계승 제도, "서자(別子)가 조祖가 되고 서자를 계승한 것이 종宗이 되고 이를 계승한 것이 小宗이 된다."는 종법 제도, 또한 이와 관련된 "참최斬衰·자최齊衰·대공大功·소공小功"의 상복 제도,[199] "친척을 봉하여 세워 주나라 왕실의 울타리로 삼는"[200] 분봉 제도, "남주는 반드시 동성을 시켜야 하고 여주는 반드시 이성을 시켜야"[201]하는 동성 결혼 불가 제도, "천자가 몸

---

196) 顧頡剛, 『盤庚中篇今譯』, 『古史辨』第2冊, 上海:上海古籍出版社 1982, 44쪽.

197) 鄭玄 注·孔穎達 疏, 『禮記正義』卷37, 〈樂記〉, 十三經注疏本, 1529쪽.

198) 傅隷朴, 『春秋三傳比義』, 北京:中國友誼出版公司, 1984, 2쪽.

199) 鄭玄 注·孔穎達 疏, 『禮記正義』卷32, 〈喪服小記〉, 十三經注疏本, 1495~1497쪽.

200) 杜預 注·孔穎達 疏, 『春秋左傳正義』卷15, 〈僖公二十四年〉, 十三經注疏本, 1817쪽.

201) 鄭玄 注·孔穎達疏, 『禮記正義』卷32, 〈喪服小記〉, 十三經注疏本, 1495쪽.

소 쟁기질하고 보습질을 하여 농사짓는"[202] 적전籍田 제도, "9부를 1정으로 하고, 4정을 1읍으로 하는"[203] 정전井田 제도, "전복甸服·후복侯服·수복綏服·요복要服·황복荒服"[204]으로 행정을 구분 짓는 기복畿服 제도 등을 구축했다. 이 밖에 문학 발전과 밀접한 관련이 있는 것으로는 사회 정교 언론 관리 제도 (아래 참고)가 있다. 이런 제도는 물론 한 사람이 단기간에 설계하고 완성한 것이 아니다. 어떤 제도는 오랫동안 실행을 거쳐 점차 완성된 것도 있고, 또 어떤 제도는 후세 사람들에 의해 정리되고 이상적으로 가공된 것도 있다. 현재 학계에서는 구체적 자료 부족 때문에 주공의 "예악 제작"에 대한 일치된 의견을 갖추지는 못했지만, 이것 한 가지만은 모두가 인정하고 있다. 그것은 바로 주공이 예악을 핵심으로 한 제도 구축에 효시가 되었으며, 그 근본 목적이 "천자天子, 제후諸侯, 경卿, 대부大夫, 사士, 서민庶民의 모든 계급이 도덕을 받아들여 도덕 집단을 이루는"[205] 것이었다는 점이다. 즉, 모든 이들이 "덕"을 갖추도록 하였다는 것이다.

도덕은 아주 복잡한 문제이다. 학계에서 이미 여러 번에 걸쳐 토론을 하였기에 여기서는 별도로 다루지 않겠다. 다만, 은상 시대의 "덕"은 "순循"과 같아서 이동과 순행을 뜻하거나,[206] "득得"과 같아서 취득과 획득을 뜻했다.[207] 『예기』〈악기樂記〉에는 "덕은 얻는 것이다."[208]라고 하였다. "덕"을 "득得"으로 해석한 것이다. 그러나 상인의 "덕"은 주로 조상이 얻은 천명을 뜻했다. 예를 들어, "내가 스스로 이 덕을 황폐하게 하는 것이 아니라, 너희가 덕을 감추어 나 한 사람을 두려워하지 않는구나.", "나는 선왕께 제사 지낼 때, 네 할아버지

---

202) 鄭玄 注·孔穎達 疏, 『禮記正義』卷14,〈月令〉, 十三經注疏本, 1356쪽.

203) 鄭玄 注·孔穎達 疏, 『周禮注疏』卷11,〈小司徒〉, 十三經注疏本, 711쪽.

204) 孔安國 傳·孔穎達 疏, 『尚書正義』卷6, 『夏書』〈禹貢〉, 十三經注疏本, 153쪽.

205) 王國維, 『觀堂集林』卷10 『殷周制度論』, 232쪽.

206) 郭沫若 主編, 『甲骨文合集』 No.6390·6739·7421.

207) 郭沫若 主編, 『甲骨文合集』 No.6399·6737·7231.

208) 鄭玄 注·孔穎達 疏, 『禮記正義』卷37,〈樂記〉, 十三經注疏本, 1528쪽.

도 따라 더불어 제사 지내 복을 만들고 재앙을 만들 것이니, 나 또한 감히 잘못된 덕을 쓰지 않겠다.",[209] "하느님께서 장차 우리 조상의 덕을 회복하여 다스림이 우리 국가에 미치게 하리라."[210] 등이다. 상왕은 자신이 가진 모든 것을 조상이 하느님으로부터 얻은 것이라고 보았다. 그래서 하늘과 조상에게 만 책임을 다하면 될 뿐, 다른 것은 신경 쓸 필요가 없다고 생각했다. 상나라 주왕은 전쟁에 임박해서도 "내 명은 하늘에 달렸다!"[211]라고 할 정도였다. 자 오푸린晁福林은 다음과 같이 말했다.

> 은상 시대에는 천명과 조상이 하사한 것을 "덕德(得)"이라고 보았다. 그것 은 아무 조건 없이 아주 당연하게 하사되었다. 그들에게 있어서 천신과 조상 의 은혜를 받는 것은 아주 당연한 것으로 온전히 독자적으로 누릴 수 있었다. 복사에 나타난 신의 뜻에 따라 일을 처리하면 될 뿐, 다른 문제는 조금도 염두 에 둘 필요가 없었다. 반면 주나라 사람들의 생각은 이와 달랐다. 이런 하사는 더 이상 아무 조건 없이 당연하게 주어지는 것이 아니라, 조건적이고 선택적 으로 이루어진다고 보았다. 그들은 문왕이 천명을 받게 된 것은 그가 가진 두 가지 뛰어난 능력 때문이라고 믿었다. 하나는 천명을 공경하는 것이고, 다른 하나는 백성들이 "덕(득)"을 받게 하는 것이었다. 이런 점은 주나라 사람 의 "덕"에 대한 관념이 진보했음을 잘 보여준다. ……특히 눈여겨 볼 것은 주나라 이기彝器에 나타난 "덕"자는 모두 "심心"을 편방으로 가지고 있어서 갑골문에서의 "덕"자와 차이를 보였다. 이것을 "마음의 기능은 생각하는 것" 이라는 훈고와 결합해 보면, "덕"이 "마음"에서 나왔다는 결론을 얻을 수 있 다. 이는 곧 "덕"의 관념이 더 많은 이성적 의미를 가졌음을 나타낸다.[212]

---

209) 孔安國 傳·孔穎達 疏, 『尚書正義』卷9, 『商書』, 〈盤庚上〉, 十三經注疏本, 169쪽.

210) 孔安國 傳·孔穎達 疏, 『尚書正義』卷9, 『商書』, 〈盤庚下〉, 十三經注疏本, 172쪽.

211) 孔安國 傳·孔穎達 疏, 『尚書正義』卷10, 『商書』, 〈西伯勘黎〉, 十三經注疏本, 177쪽.

212) 晁福林, 「先秦時期"德"觀念的起源及其發展」, 『中國社會科學』 2005年第4期. "德"자가 주 나라 초기에 "心"을 편방으로 가진 것과 비슷하게, "文"자는 은상 시대에 엇갈리게 그린 "문신" 을 가리켰다. 서주 초기에 엇갈리게 그린 것을 "心"자로 바꾼 것이 나타났는데, 이것은 "文"자도 도덕 관념과 의식 형태를 갖추게 되었음을 의미한다. 拙作, 「中國文學觀念的符號學探原」, 『中

주공들은 "덕"을 이성적으로 사고하였다. "덕"을 현실 이익의 기초에 놓고 생각하고 "경덕", "명덕", "보민", "혜민"해야 한다고 주장하였다. 사람들에게 "덕(득)"을 갖추도록 함으로써 이성적인 사회 질서와 조화로운 인간관계라는 현실적 기반을 마련하도록 한 것이다. 이것은 은상 귀족들이 오직 자신들만이 조상들의 천명지덕을 누릴 수 있다고 생각한 것과 확연한 차이가 난다. 주나라 사람의 봉건 종법은 "밝은 덕이 있는 사람을 선발해 제후로 삼아서 주나라의 울타리"[213]로 만들고 귀족들에게 "덕(득)"을 가지도록 하는 것이었다. "감히 홀아비 과부들도 업신여기지 않고 수고하며 공경하고 위엄이 있게 백성들을 밝혀서" 백성들이 "덕(득)"을 가질 수 있게 하였다. 이런 "덕(득)"은 제도 규정으로 나타난 권리와 의무로서 현실적이면서도 구체적이었다. 이렇게 "덕(득)"을 고려하려면, 인간과 관련된 모든 것에 관심을 갖고 제도를 실행하지 않을 수 없었다. 특히 주공들은 홀아비와 과부, 고아와 노인 등 사회적 약자에 관심을 가졌는데 이것은 그들이 인간의 생명, 존엄, 현실적 요구를 존중했음을 의미한다. 이런 "주공들"의 노력이 있었기에 중국 초기 인문 정신이 사회적으로 확립될 수 있었다. 쉬푸관(1902~1982)은 다음과 같이 지적했다.

주나라 초기의 문헌에 나타난 "덕"자는 구체적인 행위를 가리키고 있다. 만약 글자의 형태가 직直과 심心에서 나왔다면 본다면, 이것은 곧은 마음에서 나온 행위에 책임을 지는 것을 뜻한다. 책임을 지는 행위를 뜻하는 덕惪은 처음에는 좋고 나쁨을 구분하지 않았다. 그래서 어떤 것은 "길덕吉德", 또 어떤 것은 "흉덕凶德"을 뜻했다. 그러다가 주나라 초기 문헌에 덕惪자 위에 "경敬"이나 "명明"자를 덧붙인 것이 등장하면서 이것으로 좋음을 표현하기 시작했고, 나중에는 이것이 변해 좋은 행위를 뜻하게 되었다. 좋은 행위는 대부분 사람에게도 좋은 영향을 끼치므로 은혜지덕恩惠之德으로 그 뜻이 확대되었다. 좋은 행위는 사람의 마음에서 나온다. 그러므로 외부의 좋은 행위를 계속

國社會科學』 1999年第1期 참고.

213) 杜預 注·孔穎達 疏, 『春秋左傳正義』卷54, 〈定公四年〉, 十三經注疏本, 2134쪽.

내부화하면 사람의 마음에도 결국 좋은 작용을 일으키게 될 것이고, "덕행"이 "덕성"으로 발전하게 될 것이다. "경덕"은 진실한 행위이고 "명덕"은 현명한 행위이다. 〈강고康誥〉 중의 "명덕신벌明德慎罰"과 "경재敬哉", 〈소고召誥〉 중의 "어찌 공경하지 않을 수 있을까."와 "왕은 서둘러 덕을 공경해야 한다."는 주나라 초기 문헌에서 일관적으로 나타나는 정신으로 곳곳에서 찾아볼 수 있다. 주나라 사람들은 "경敬"으로 일관되는 "경덕", "명덕"의 관념 세계를 구축하고 이로써 자신의 행위를 관찰하고 지도하며 책임지고자 하였다. 이것은 중국 최초의 인문 정신이라고 볼 수 있다. 이러한 인문 정신은 "경"을 원동력으로 삼아 도덕적 성격을 갖게 되었는데, 이 점이 바로 서양에서 말하는 인문주의와 가장 다른 부분이다.[214)]

특히 강조할 것은, 주나라 초기에 생겨난 분명하고 확고한 인문 정신이 관념의 측면 또는 개인의 행위에만 국한된 것이 아니었다는 점이다. 오히려 이것은 제도적 측면에 반영되어 정치적인 힘을 보태기도 하였다. 왕궈웨이는 주나라 사람의 제도 마련이 "모든 계급이 도덕을 받아들이는" 것에서 이루어졌다고 하였는데, 사실상 "주나라의 제도, 전례典禮는 모두 도덕을 바탕으로 구축되었다. 제도와 전례가 대부와 사 이상에만 해당되고 백성에게는 이르지 않았다."[215)] 휘와이루侯外盧(1903~1987)는 "은나라 사람은 권리와 의무로서의 도덕을 만들어내지 못했다. 주나라에 이르러서야 비로소 도덕관념이 그 제도에 반영되었다."[216)]라고 하였다. 주나라 제도에 반영된 도덕관념은 주나라 사람들이 은나라 사람들의 천제·귀신을 따르던 비현실적 세계에서 벗어나, 세속 생활에 관심을 가지고 현실 세계로 눈을 돌렸음을 의미한다. 또한 이로써 도덕관념, 종교와 신앙, 정치적 입장과 문화 이념의 중요한 전환이 이루어질 수 있었던 것이다. 이런 전환은 모든 방면에서 이루어졌다. 정치적 운영 측면

---

214) 徐復觀, 『中國人性論史』(先秦篇), 第2章「周初宗教中人文精神的躍動」, 上海:上海三聯書店, 2001, 21쪽.

215) 王國維, 『觀堂集林』卷10, 「殷周制度論」, 242쪽.

216) 侯外盧·趙紀彬·杜國庠, 『中國思想通史』第1卷, 北京:人民出版社, 1957, 64쪽.

에서는 사사건건 귀신에서 점을 치던 것에서 벗어나 실제 사회 생산이나 생활에 관심을 갖고 민심에 귀 기울이며 민심을 이해하는 쪽으로 바뀌었다. 또한 문학 관념 측면에서는 "관호천문"에서 "관호인문"으로의 관점 변화를 가져오게 되었다.

제3절 "史鑒"과 "民鑒": "觀乎人文"의 두 가지 관점

사마천(기원전 145~?)은 사회 발전과 변화에 대해 "하나라의 정치는 온후했다. 온후함의 폐단은 소인이 무례함으로 다스리는 것인데, 은나라 사람이 그것을 이어받아 공경으로 다스렸다. 공경함의 폐단은 소인이 귀신을 섬기는 것인데, 주나라 사람이 그것을 이어받아 예의로 다스렸다."[217]라고 귀납하였다. "야野"로써 하나라 사람의 특징을 정확하게 요약했다. 고고학계는 수십 년간의 탐색과 발굴을 통해 1차적으로 허난河南 얼리토우二里頭 문화를 하나라의 것으로 결론지었다. 당시의 문화는 이미 문명의 문턱을 넘었다고는 하지만, 여전히 원시적이고 낙후된 편이었다.[218] 마찬가지로 "귀鬼"로 은나라 사람의 특징을 귀납한 것도 아주 정확했다. 은나라 사람은 귀신을 숭배한 까닭에 귀신이 완전히 은나라의 사회의식 형태와 인간의 사상 관념을 통제할 수 있었다. 인문 정신 또한 귀신에게 억압되어 그 발전 속도가 굉장히 느렸는데 수십만 점에 달하는 갑골 점사가 이 사실을 증명해 준다. 은나라 사람과 확연한 대조를 이루는 것은, 주나라 사람이 천명 귀신의 속박에서 벗어나 인간사에 관심을 두기 시작했다는 점이다. 그들은 "천명이 영원하지 않음"[219]을 깨닫고

---

217) 司馬遷, 『史記』卷8, 〈高祖本紀〉, 二十五史本, 44쪽.

218) 詹子慶은 "지금까지 우리는 하나라로부터 전해진 그 어떤 문헌도 찾아볼 수 없었다. 오직 고서에 기록된 〈夏書〉, 〈夏訓〉, 〈夏禮〉, 〈夏時〉, 〈禹之總德〉, 〈禹誓〉, 〈禹刑〉 등의 명칭 또는 고서에 인용된 짧은 몇 마디를 통해 약간의 내용을 알 수 있을 뿐이다. 즉, 당시에 하인이 어떤 부호(혹은 문자)로 문화를 표현하거나 전파했을 가능성도 있다."(『夏史與夏代文明』, 上海:上海科學技術出版社, 2007, 19쪽.)

"백성이 원하는 바를 하늘은 반드시 따른다."[220]는 이치를 이해하였다. 그리하여 "경덕"과 "보민"을 통치 사상으로 하고 "군사 활동을 멈추고 문치 교화에 힘쓰며", "예악을 제작하고" 완전한 종법 계급 제도와 윤리 도덕규범을 갖추기 시작했다. 이러한 제도와 규범이 얼마나 분명한 계급성을 가졌는지는 알 수 없지만, 인문에 대한 관심은 앞선 그 어떤 시대와도 비교가 되지 않을 정도였다. 그래서 공자는 "주는 하나라와 은나라 2대를 거울로 삼았다. 찬란하구나, 그 문화여! 나는 주를 따르겠다."[221]라고 하였다.

주나라 사람은 "문文"을 중시하였다. 그중에서도 역사 경험과 민심 및 민정을 중시하였는데, 그것은 곧 "사감史鑒"과 "민감民鑒"을 가리킨다.[222] "물을 거울로 삼지 말고, 백성을 거울로 삼는다."[223] "나는 하나라를 살펴보지 않을 수 없고, 또한 은나라를 살펴보지 않을 수 없다."[224]는 생각을 명확히 제시했다. 서주의 통치자들은 역사 경험과 민심 및 민정에 관심을 가졌고, 은상 통치자들은 귀신의 계시와 하늘의 형상에 관심을 가졌다. 이들은 두 개의 서로 다른 문화 양식을 대표한다. 그래서 구제강顧頡剛(1893~1980)은 은상 문화와 서주 문화를 "귀치주의"와 "덕치주의"로 요약하였다.[225] 아주 정확한 분석이 아닐 수 없다.

주나라 사람의 문학 관념은 "관호천문"에서 "관호인문"으로 관점 전환을 이루었다. 다시 말해, 주나라 사람의 문학적 입장, 관점과 방법은 은나라 사람들과 본질적인 차이가 난다. 구체적으로 분석하자면, 주나라 사람의 문학 관념은 크게 두 가지 관점을 포함한다. 하나는 역사를 거울로 삼는 것과 다른

---

219) 鄭玄 箋·孔穎達 疏, 『毛詩正義』卷16, 『大雅』, 〈文王〉, 十三經注疏本, 505쪽.

220) 杜預 注·孔穎達 疏, 『春秋左傳正義』卷40, 〈襄公三十一年〉, 十三經注疏本, 2014쪽.

221) 何晏 集解·邢昺 疏, 『論語注疏』卷3, 〈八佾〉, 十三經注疏本, 2467쪽.

222) 이 책 제2장 참고.

223) 孔安國 傳·孔穎達 疏, 『尙書正義』卷14, 『周書』, 〈酒誥〉, 十三經注疏本, 207쪽.

224) 孔安國 傳·孔穎達 疏, 『尙書正義』卷15, 『周書』, 〈召誥〉, 十三經注疏本, 213쪽.

225) 顧頡剛, 『盤庚中篇今譯』, 『古史辨』第2冊, 上海:上海古籍出版社, 1982, 44쪽.

하나는 백성을 거울로 삼는 것이다. 그러나 "사감"이든 "민감"이든 모두 "관호
인문"을 바탕으로 이루어졌다. 이것이 바로 "관호천문"을 위주로 했던 은나라
사람의 문학 관념과 대비되는 점이다. 문학 관념의 관점 전환은 주나라 초기
의 문학 작품 중에서 충분한 증거를 찾을 수 있다.

우선 "사감"을 살펴보자.

주나라 사람의 "사감" 의식은 주공이 쓴 대량의 명령과 시편에 고스란히
나타나 있다. 하나라와 은나라의 패망이 주는 교훈을 반복적으로 강조하는
글이나 주나라 사람의 성공한 업적에 대해 진지하게 평가하는 글에서도 주공
의 세속 정치에 대한 관심과 "인문"을 바탕으로 사회 정치 이상을 건설하려는
노력이 담겨져 있다. 앞에서 우리는 〈대고〉, 〈낙고〉, 〈강고〉, 〈소고〉에 나타난
주공의 말을 인용하였다. "나는 하나라를 살펴보지 않을 수 없고, 또한 은나라
를 살펴보지 않을 수 없다."라고 반복적으로 강조하면서, 은나라 주왕이 음탕
하고 방종하여 멸망하게 된 교훈과 "문왕이 덕을 밝히고 신중하게 벌을 내린
다."라고 했던 전통을 명심하도록 하였다. 은나라 유민에 대한 훈시에서는 주
공이 천명으로 전환한 사상으로써 은나라 사람들을 설복하여 주나라 사람의
통치에 순종하도록 한 것과 천명의 전환은 은나라 사람들이 "크게 음탕하고
방자하여 하늘의 빛남과 백성의 공경을 돌아보지 않은" 결과이므로 은나라
사람은 주나라 사람을 원망하지 말고 마땅히 "덕을 밝히지 않은" 결과를 책임
져야 함을 강조하였다.

은나라의 유민들이여! 불행히도 하늘은 은나라를 크게 멸망시켰다. 우리
주나라 임금은 천명을 도우시어 하늘의 밝은 위엄으로 임금의 별을 이루시어
은나라의 운수를 상제의 뜻에 따라 끝맺게 하셨다. 그러니 그대들이여! 우리
작은 나라가 감히 은나라의 명을 뺏은 것이 아니다. 하늘은 진실로 굳게 다스
리지 못하는 사람과 함께 하지 아니하시어 우리를 도우신 것이니 우리가 어
찌 제위를 구하였겠는가? 상제께서 함께 하지 않으셨음은 우리 낮은 백성들
의 마음가짐과 행동 때문이니 하늘의 두려움을 밝힌 것이라 하겠다. 내가 들

건대 상제께서는 우리를 안락하게 이끈다고 하였으되 하나라 임금은 지나치게 안락함에 빠져 있으니 곧 상제께서 내려오셔서 하나라로 향하셨다. 하나라 왕은 지나친 음탕함에 빠져 변명하려 했지만, 하늘은 들을 생각도 하지 않고 큰 명을 폐하여 벌을 내리셨다. 그리고 그대들의 선조 탕 임금에게 명하여 하나라를 개혁하게 하시고 뛰어난 사람들에게 세상을 다스리게 하셨다. 탕 임금으로부터 제을에 이르기까지는 덕을 밝히고 제사를 삼가지 않는 이가 없었고, 또 하늘도 은나라를 크게 세우고 보호하여 다스리니 은나라 임금도 감히 하느님의 뜻을 잃지 않아 하늘에 배합되어 그 은택을 입지 않는 이가 없었다. 하지만 그 뒤를 이은 임금은 크게 하늘에 밝지 못하거늘 하물며 옛 임금들이 국가를 위하여 부지런하였던 것을 듣고 생각하려 하였겠는가? 그는 크게 음탕하고 방자하여 하늘의 빛남과 백성의 공경을 돌아보지도 않았다. 그래서 상제께서는 보호해 주시지 않고 이러한 큰 멸망을 내리신 것이다. 하늘이 함께 하지 않으신 것은 그의 덕을 밝히지 않았기 때문이다. 모든 세상의 작고 큰 나라들이 망한 것은 나쁜 평판이 있어 벌을 내리지 않은 것이 없는 바이다.[226]

한 가지 주의할 것은, 주공이 경덕敬德 보민保民했던 은왕을 찬양했다는 점인데, 역사에 대한 그의 이성적인 태도를 잘 보여준다. 예를 들어,

내 들으니, 옛 은왕【태종께서는 왕이 되는 것이 의롭지 않다고 하시어 오랫동안 소인으로 있었는데, 일어나 즉위하여 이에 백성들의 의지를 아시어 능히 뭇 백성들을 보호하고 은혜롭게 하시며 감히 홀아비와 과부를 업신여기지 아니하시니 그리하여 33년을 누리었다】중에는 중종中宗이 계셨는데 엄숙하고 공손하며 공경하고 두려워하시어 천명으로 스스로를 헤아렸으며 백성을 다스림에 공경하고 두려워하시어 감히 안일함에 빠지지 아니하셨으니 그러므로 중종의 나라가 75년을 누렸었다. 그리고 고종이 계셨을 때에는 오랫동안 바깥에서 일하시며 백성들과 함

226) 孔安國 傳·孔穎達 疏,『尚書正義』卷16,『周書』,〈多士〉, 十三經注疏本, 219~220쪽. 顧頡剛·劉起釪,『尚書校釋譯論』第3冊,『周書』,〈多士〉, 1512~1513쪽을 참고하여 교정함.

께 하시더니, 일어나 즉위하시어서 혹 양음亮陰에서 3년 동안 말씀을 하지
않으셨다. 비록 말씀은 하지 아니하셨으나 말씀을 하실 때면 온화하시며 감
히 안일과 유희에 빠지지 아니하시어 은나라를 아름답게 하시며 안정되게
하시어 작고 큰 사람에 이르기까지 이에 혹 원망하는 이가 없었으니, 그러므
로 고종의 나라가 59년을 누리었다.[227]

이외에도,

내 들으니, 옛날에 은나라의 앞서가신 밝은 임금들께서는 하늘의 밝음과
백성들을 두려워하여 가서 덕을 다스려 밝음을 잡고서 성탕成湯으로부터 제
을帝乙에 이르기까지 왕을 이루고 돕는 이를 두려워하시었거늘, 어사들이 공
경히 도와 스스로 한가하고 편안히 지내지 아니했거늘 하물며 감히 술 마시
는 것을 숭상하였겠는가? 그리고 외복外服에 있는 후侯와 전甸과 남男과 위衛
와 방백邦伯과 내복內服에 있는 백료百僚와 서윤庶尹과 아亞와 복服과 종공宗
工과 그리고 백성과 마을에 거주하는 이들도 감히 술에 빠지지 아니할 뿐만
아니라 또한 그럴 겨를도 없었으며, 왕의 덕을 이루어 나타나게 하며 윤인尹
人이 법을 공경하도록 도왔다.[228]

주공은 은상의 훌륭한 군주는 모두 백성을 위해 부지런히 정사를 돌보았
을 뿐만 아니라, "왕의 덕을 이루어 나타나게 하고", "안일과 유희에 빠지지
않으며", "스스로 한가하고 편안히 지내지 않았다."고 생각했다. 오직 "소민"
과 "백성들을 보호하고 은혜롭게 하는" 일에 관심을 가지고 덕을 공경하며
부지런히 정사를 돌봐야지만 오랫동안 나라를 유지할 수 있다고 강조했다.
이와 동시에 주공은 오랫동안 국가의 치안을 유지하려면 천명에 맹목적으로
빠지지 말아야 하며, 집정자가 부지런히 노력하고 성실하게 업무를 집행해야

---

227) 孔安國 傳·孔穎達 疏, 『尙書正義』卷16, 『周書』, 〈無逸〉, 十三經注疏本, 221쪽. 顧頡剛
· 劉起釪, 『尙書校釋譯論』第3冊, 『周書』, 〈無逸〉, 1532쪽을 참고하여 교정함.
228) 孔安國 傳·孔穎達 疏, 『尙書正義』卷14, 『周書』, 〈酒誥〉, 十三經注疏本, 206~207쪽.

한다고 지적했다.

오호! 우리 주나라의 태왕太王과 왕계王季께서는 스스로 겸손하고 두려워
하실 줄 아셨으며, 문왕께서는 허름한 옷을 입으시고 황량한 들일과 밭일을
하셨다. 그분은 인자하고 관후하시며 어질고 공손하시어 낮은 백성들을 아끼
고 보호하시고 홀아비와 과부들도 사랑하고 잘 돌보아 주셨다. 아침부터 한
낮을 거쳐 해가 지기까지 밥 먹을 틈도 없이 나라 안 백성들과 늘 함께 하셨
다. 문왕께서는 감히 돌아다니며 사냥하기를 즐기지 않으셨으며, 만백성과
더불어 정사를 정성껏 돌보았다. 문왕께서 중년에 명을 받고 왕에 오르셨는
데, 50년 동안 나라를 누리셨다.[229]

주공은 주나라가 흥성하게 된 것이 태왕太王, 왕계王季, 문왕의 노력과 분
투의 결과라고 보았다. 특히, 문왕이 덕을 존중하고 백성을 보호하며 부지런
히 행정을 돌본 것은 주나라 사람이 영원히 계승하고 대대손손 잊어서는 안
되는 것이라 생각했다. "하늘을 믿고 있을 수만은 없다. 나의 길은 오직 나라
를 편하게 하신 문왕의 덕을 길게 이어가는 것이다."[230], "내가 문왕의 공을
게을리하지 않아서 …… 그대는 백성들의 덕을 아나니, 또한 그 처음에 능치
않음이 없으나 그 마침을 생각할지니, 이를 공경하고 순히 하여 가서 공경하
여 이로써 다스려라."[231], "이제부터 이어서 그 입정立政과 입사立事와 준인准
人과 목부牧夫에 내 능히 그 순함을 훤히 알아 크게 다스려서 우리가 받은
백성을 돕게 하시며, 우리의 여러 옥사와 여러 삼감을 조화롭게 하시고, 이에
곧 이간질함이 없도록 하소서. 한 말씀 한 마디 말로부터 우리가 곧 마침내
오직 덕을 이룬 아름다운 선비들을 두어 우리가 받은 백성들을 다스리게 하소
서."[232] 주공들은 더 이상 국가의 운명을 천명에 맡기지 않았다. 또 귀신이

---

229) 孔安國 傳·孔穎達 疏, 『尚書正義』 卷14, 『周書』, 〈無逸〉, 十三經注疏本, 222쪽.

230) 孔安國 傳·孔穎達 疏, 『尚書正義』 卷16, 『周書』, 〈君奭〉, 十三經注疏本, 223쪽. "天不可
信, 我道惟甯(文)王德延".

231) 孔安國 傳·孔穎達 疏, 『尚書正義』 卷16, 『周書』, 〈君奭〉, 十三經注疏本, 225쪽.

자신들에게 닥친 화를 막아줄 것이라고 믿지 않았다. 오히려 자신의 행위야말로 결과의 원인이 된다는 것을 분명히 깨닫고 "입정立政", "입사立事", "일화일언一話一言" 등 자신의 행동에 책임져야 한다고 생각했다. 즉, "행위사관行爲史觀"이 "신권사관神權史觀"을 대신하게 된 것이다.

『일주서逸周書』〈사기해史記解〉에는 목왕穆王이 삼공三公과 좌사左史 융부戎夫에게 선대가 패망하게 된 역사적 교훈을 본보기로 삼고, "매월 초하루와 보름에 아뢰도록 하였다."라고 나와 있다. 이는 주공이 제창한 "사감" 의식이 주나라 후대 통치자에게 깊은 영향을 끼쳤음을 증명해 준다. 비록 『일주서』에서 담고 있는 각 편이 책으로 엮어진 시기는 다르지만,[233] "〈사기해〉에 기록된 내용이 『기년紀年』【『竹書紀年』을 가리킴 - 인용자】과 합치하는 부분이 많아 단연 믿을 만하다. 중국 최초의 사감이자 완성된 역사 저서로서 손색이 없다."[234] 기록에 따르면,

정월에 목왕은 성주成周에 머물렀다. 어느 날 아침 목왕이 삼공과 좌사左史 융부戎夫를 불러 "오늘 내가 잠에서 깬 것은 지난 일이 나를 놀래켰기 때문이오." 그리하여 좌사 융부에게 역사상에 있었던 일 중 경계로 삼을만한 내용을 수집하여 매월 초하루와 보름에 아뢰도록 하였다.……

임금이 향락을 즐기면 대신이 권력을 독점하게 된다. 대신이 권력을 독점하면 백성만이 형벌을 받게 된다. 임금이 향락에 빠지면 대신들이 권세를 다투고 백성의 형벌은 극에 달하게 된다. 그래서 우 임금은 멸망하게 되었다.……

---

232) 孔安國 傳·孔穎達 疏, 『尙書正義』卷17, 『周書』, 〈立政〉, 十三經注疏本, 232쪽.

233) 黃懷信은 "71편【『逸周書』를 가리킴 - 인용자】은 주나라 왕실의 한 정치가가 쓴 『書』에서 후세 사람들에 의해 빠진 내용과 후대에 전해진 기타 주 왕실의 문헌(예를 들어, 狼曋이 『左傳』에서 인용한 〈周志〉 등) 및 당시의 작품(〈太子晉〉 등)을 합친 70편을 『書』의 형식으로 엮은 것을 말한다. 내용은 시대순에 따라 배열하였고 〈書序〉를 본떠 〈序〉도 한 편 보충해 넣었다. 시대는 대략 晉 평공 사망 뒤인 주 경왕의 집권기로, 기원전 533년부터 520년까지이다."라고 하였다.(『逸周書校補注譯』(修訂本), 西安:三秦出版社, 2006, 46쪽.)

234) 黃懷信, 『逸周書校補注譯』(修訂本), 〈前言〉, 61쪽.

옛날에 소巢씨에게 지위가 높은 난신亂臣이 있었다. 소씨는 그에게 국사를 넘겨주고, 대권을 맡기고, 국정을 처리하도록 하였다. 훗날 소씨가 권력을 되찾으려 하자, 난신은 분노하여 정변을 일으켰다. 그래서 소씨는 멸망하게 되었다.……

옛날에 현도玄都는 귀신을 중시하였다. 인재를 등한시하고 하늘만 신봉하였으며, 책사는 기용하지 않고 점복만 따랐다. 무당에게 나라를 다스리도록 하자, 인재들이 모두 나라를 떠났다. 그래서 현도는 멸망하게 되었다.……

궁궐이 나라를 무너뜨렸다. 예전에 낙洛씨가 끊임없이 새 궁궐을 지었고, 지나치게 큰 연못과 정원도 지었다. 공사가 날로 더해졌고 새것이 옛것을 대신했다. 백성들이 쉴 틈이 없었고, 농민들은 농사철을 놓쳐 먹을 것이 없었다. 성탕이 그를 공격하여 낙씨는 멸망하게 되었다.[235]

다음으로 "민감"을 살펴보자.

주공은 섭정 2년에 무경의 난을 평정하고 이어서 엄나라를 제압했다. 4년에는 위후衛侯를 건설하고 아우인 강숙을 위에 봉했다. 그리고 책봉 "명서命書"인 〈강고康誥〉를 만들어 이르길,

선인께서는 "물을 거울로 삼지 말고, 백성을 거울로 삼으라."라고 말씀하셨다. 오늘날 은나라는 이미 그 운이 다하고 말았으니, 우리는 이를 본받아 반성하고 깨달아야 할 것이다![236]

감監은 감鑒이다. 즉, 거울을 뜻한다. 고대에 청동거울이 제작되기 전, 사람들은 대야에 물을 가득 담고 거울처럼 자신을 비춰보았다. 주공은 선인의 말을 인용하여, 아우인 강숙康叔에게 물로 얼굴만 비춰볼 것이 아니라 은나라

---

235) 黃懷信,『逸周書校補注譯』(修訂本), 344~353쪽.
236) 孔安國 傳·孔穎達 疏,『尙書正義』卷14,『周書』,〈酒誥〉, 十三經注疏本, 207쪽.

사람들이 민생을 경시하고 민심을 소홀히 하여 패망하게 된 역사적 교훈을
되새기며, 오직 민감民鑒으로 정치적 이해를 따져야 함을 강조했다.

그렇다면 민감은 어떻게 하는 것일까? 주공은 강숙에게 부친 문왕의 덕업
과 가르침을 본받고, 은 유민들의 의견을 경청하며, 은왕이 남긴 훌륭한 치국
경험과 언행을 배워야 한다고 하였다. 주공이 강숙에게 이르길,

> 봉封【강숙의 이름 - 인용자】이여! 너는 유념하라. 이제 백성들은 부친 문왕을
> 공경하고 따르는데 달렸으니 들은 바를 이어나가고 덕이 될 말을 실행하라.
> 가서 은나라의 옛 어진 선왕들께 널리 구하여 보전하고 백성들을 다스려라.
> 그대는 크게 멀리 상나라의 늙고 경험 많은 사람들의 말을 들어 마음을 정하
> 고 교훈으로 삼아라. 옛 어진 선왕들에 대하여 듣기를 널리 구하여 백성들의
> 편함을 보호하며 하늘같이 크게 되게 하라. 덕이 풍부해지면 임금의 명령을
> 지키고 저버리지 않게 되리라.[237]

또한 주공은 강숙에게 일반 백성과 말단 관리들의 뜻을 각 귀족에게 보고
하게 하고, 모든 관리와 백성의 소리를 왕조에 전하게 하는 것이야말로 임금
이 마땅히 해야 할 도리라고 하였다. 주공이 강숙에게 이르길,

> 봉아! 그 백성들과 그 신하로서 큰 집안에 이르게 하고, 그 신하들로서
> 임금에게 이르게 하는 것이 제후이다. 너는 언제나 이렇게 말하라. "내가 가
> 르침을 받는 스승과 사도司徒, 사마司馬, 사공司空, 윤尹, 려旅여! 나는 함부로
> 사람을 죽이지 않겠노라. 또 임금이 먼저 공경하고 일하면 마침내는 그들도
> 가서 공경하고 일하게 될 것이다. 그러니 가거든 간사하고 간악한 자와 사람
> 을 죽인 자와 난동을 부리는 자라도 용서할 자는 용서하며 또 그의 임금을
> 본떠 일하는 자라면 남을 상처 입히고 해친 자라도 용서하라." 임금이 보살필
> 사람을 임명함은 백성들을 위하여 다스리고자 함이니 "서로 해치지 말고 서

로 사나운 짓을 말며 약한 자를 공경하고 여인들을 돌봄에 이르러 모두 포용하라." 임금이 제후들을 본받아 임금의 일을 한다면 그 천명이 어찌하겠는가? 예로부터 임금이 이와 같이 살피면 백성들이 잘못되는 바가 없었다.[238]

주나라 사람의 "민감"은 "물을 거울로 삼지 말고, 백성을 거울로 삼는다." 는 인식의 측면에만 국한되는 것이 아니라 사회 정치 제도 측면에도 널리 반영되었다. 주공이 강숙에게 당부한 것들은 각 방면의 의견을 일정한 방식을 통해 임금부터 천자에까지 전달하라는 것인데 이것은 "민감" 사상에 따라 생겨난 제도적 안배였다. 그리고 이런 안배는 주공이 정치 운영을 하는 중에도 계속 관철되었다. 『한시외전韓詩外傳』에는 주공이 자신을 가리켜 "한 번 목욕하는데 머리카락을 세 번밖에 움켜쥐지 못하고 한 번 식사하는데 세 번을 뱉어내더라도 천하의 현인을 잃을까 걱정한다."[239]라며 백성의 소리를 귀담아듣고 민정을 두루 살피는 친서민적 태도야말로 모범이 될 만하다고 하였다. 『상서』〈무일無逸〉편에 따르면,

> 주공이 아뢰기를 "아아! 듣건대 옛 선인들은 그래도 서로를 훈계하고 보호하고 사랑하며 가르치고 교훈하여 백성들은 아무도 서로 속여 어지럽게 하는 일이 없었다고 합니다. 이것을 따르지 않으시면 관리들은 곧 그것을 본받아 선왕들의 올바른 법도를 바꾸어 어지럽히고 작고 큰 것이 모두 그렇게 되기에 이를 것입니다. 백성들은 크게 그들의 마음으로 어기고 원망할 것이며 크게 저주를 할 것입니다."

> 주공이 아뢰기를 "아아! 은왕【태종 및】 중종으로부터 고종과 우리 주나라의 문왕, 이 네 분들은 슬기로움으로 이끈 분들이십니다. 그분들에게 누가 아뢰기를 '백성들이 왕을 원망하고 욕하고 있다.'라고 하면 곧 서둘러 스스로

---

238) 孔安國 傳 · 孔穎達 疏, 『尚書正義』卷14, 『周書』「梓材」, 十三經注疏本, 208쪽.

239) 韓嬰, 『韓詩外傳』卷3, 四庫全書本.

행동을 삼가셨습니다. 그분들이 허물이 있으시면 '나의 허물이 진실로 이와 같다!'라고 하셨으니 화를 풀지 않을 수 없었습니다. 그분들이 이것을 따르지 아니하시면 관리들은 곧 누구든지 어리둥절할 것이니 '낮은 백성들이 당신을 원망하고 당신을 욕하고 있다.'라고 말하거든 곧 그것을 믿으십시오. 만약에 그의 할 일을 언제나 생각지 않고 그의 마음은 크고 너그럽지 못하거나 함부로 죄 없는 사람을 벌하고 허물없는 사람을 죽일 것 같으면 원망이 합쳐져서 이것이 그의 몸에 모이게 될 것입니다."

주공이 또 아뢰기를 "아아! 뒤를 잇는 임금께서는 이것을 살펴셔야 합니다!"[240]

왕궈웨이王國維(1877~1927)는 다음과 같이 말했다.

『예경』에서 다스림의 자취를 말하면서는 단지 천자·제후·경·대부·사만 언급했고, 『상서』에서 다스림의 의미를 말할 때에는 단지 백성만 언급했다. 〈강고〉 이하 9편에는 주나라가 천하를 다스렸던 도리가 들어 있는데, 그 책에서는 모두 백성에 대해서만 이야기하고 있다. 〈소고〉 편에서는 더욱 반복적으로 상세하게 논했는데 …… 이러한 말로써 천하를 다스린다면, 다스림이 극치에 다다를 것이요, 역대로 정치해온 사람 중 이보다 더 높이 올라갈 자는 없을 것이다. 옛날의 성인들도 일성복조一姓福祚의 염원을 마음속에 간직하지 않은 자가 없었다. 하지만 일성의 복조와 만성의 복조는 둘이 아닌 하나라는 사실도 잘 알고 있었다. 그래서 하늘에 영명永命을 빌었던 것은 바로 "덕德"과 "민民" 두 글자에 달려 있었던 것이다. 〈소고〉 편은 비로소 공이 말하고, 사관들이 이를 글로 써서 천하에 권고한 것이라 하는 것인데, 문왕·무왕·주공이 천하를 다스렸던 정의와 대법이 여기에 들어 있다. 따라서 주나라의 제도와 전례가 오로지 대부와 사士 이상에게 미치게 한 것도 애초부

---

240) 孔安國 傳·孔穎達 疏, 『尙書正義』卷16, 『周書』, 〈無逸〉, 十三經注疏本, 222~223쪽. 顧頡剛·劉起釪, 『尙書校釋譯論』第3冊, 『周書』, 〈無逸〉, 1541~1542쪽을 참고하여 교정함.

터 백성을 위한 것이었음을 알 수 있다.[241]

백성을 중시하고 백성을 위하며 백성을 사랑하는 것을 기본으로 하여, 백성의 소리에 귀 기울이고 민정을 두루 살피는 "천자청정天子聽政" 제도가 형성되었다. 이것은 주공이 제창한 "백성을 거울로 삼는다."라는 사상과도 완전히 일치한다. 비록 이것은 주나라 사람이 이룩한 봉건 종법 사회의 안정을 위한 것이기는 하지만, 세속 사회에 관심을 가지고 각 계층 사람들의 의견과 요구를 중시함으로써 사회 안정의 기초를 모색하고 "관호인문"의 독립적 관점을 구현할 수 있었다.

『일주서逸周書』에도 이 제도를 증명할 수 있는 약간의 사료가 담겨 있어 우리가 이를 이해하는 데 도움을 주고 있다. 예를 들어, 『일주서』〈왕문해黃門解〉에는 주공이 군신들에게 한 말이 실려 있다.

예전에 어떤 나라에 서왕聖王이 있었는데 항상 백성들의 구휼에 근심했다. 그에게는 가문의 적자와 세신勢臣들이 있었는데, 모두 근면하게 최선을 다했고 또한 진실하여 믿을 만했다. 그들은 임금을 도와 정사와 가사를 돌보았다. 또한 방법을 강구하여 성인聖人과 무관을 뽑아 조정에 들게 하였다. 또한 어진 신하와 서자도 덕행이 있으면 성심껏 임금에게 의견을 올릴 수 있었다. 모든 이들이 임금을 돕고 공경하여 제사를 지내며 공정하게 형벌을 진행했다. 임금이 본보기가 되었고 임금의 명령에는 분명한 법령이 있었으며 모든 일에 규범이 있어 성공할 수 있었다. 또한 천명에 따라 일을 하였다. 백성들도 조정을 위해 힘을 쓰고 서로에게 좋은 일을 하도록 서로 권하고 영원히 하늘과 땅에 충성하도록 하였다.[242]

주공은 군신에게 "어진 신하와 서자도 덕행이 있으면 성심껏 임금에게 의

---

241) 王國維, 『觀堂集林』卷10, 「殷周制度論」, 242쪽.
242) 黃懷信, 『逸周書校補注譯』(修訂本), 239쪽.

견을 바칠 수 있을" 정도로 자신을 도와 나라를 잘 다스리고 건설적인 의견을
많이 내주기를 바랐다. 〈대광해大匡解〉에는 다음과 같은 기록이 있다.

> 주 문왕이 정程에 머문 지 3년 되던 해에 가뭄을 만났다. 문왕은 〈대광大
> 匡〉을 지어 각지에서 다스리도록 하였고, 삼주의 제후가 모두 그대로 따랐다.
> 문왕은 총경塚卿, 삼로三老, 삼리三吏, 대부大夫 및 모든 집사執事를 맡은 사람
> 을 왕궁으로 불렀다. 그리고 질병의 원인, 정사의 잘못된 부분, 형벌의 위배,
> 과도한 향락의 여부, 연회에서의 사치의 여부, 낭비의 여부, 시장의 세금 징
> 수, 삼림의 황폐화, 전답의 황폐화, 수로의 파손, 나태함, 교만함, 홍수와 가뭄
> 의 징조 등에 대해 물었다. 그리고 이르기를 "내가 덕이 없고 정사를 잘 돌보
> 지 못해 국가가 질병에 휩싸이고 고칠 수가 없소이다. 여러분들께서 나를 돕
> 지 않으시겠소? 관리들이 직분을 제대로 수행하고 있는지 조사하고, 시골 백
> 성들의 상황을 이해하고, 노인들에게 백성들을 해치는 것이 무엇이고, 또 그
> 이유가 무엇인지 물어보시오. 그 뒤, 그러한 일들을 숨기지 말고 내게 보고하
> 시오. 내 명을 따르지 않는 이는 절대 용서하지 않겠소!"[243]

주공은 자연 재해를 만나면 은나라 사람처럼 오로지 귀신에게 해결과 도
움을 구하는 것이 아니라, 우선 "총경塚卿, 삼로三老, 삼리三吏, 대부大夫 및
모든 집사執事를 맡은 사람"에게 의견과 방안을 구하였다. 또한 모든 관리에게
사실을 축소하거나 숨기지 말고 사실대로 보고하도록 하였다. 이것은 주나라
초기 통치자들의 정치관과 집정 이념에 큰 변화가 생겼음을 의미한다.

제도를 통한 원활한 소통이 보장되면서 하의상통下意上通과 상명하달上命
下達의 수요가 생겨났다. 이런 제도의 마련은 사회 정치 생활에 큰 영향을 끼
쳤고 이로 인해 사람들의 사상 관념과 문학 관념에 변화를 가져왔다. 춘추
초기 많은 정치가들은 이 제도의 영향력을 이용하여 임금이 신하의 의견에
귀담아야 한다고 간언하였다. 예를 들어, 『국어』〈주어상周語上〉에는 다음과

---

243) 黃懷信, 『逸周書校補注譯』(修訂本), 66~68쪽.

같은 기록이 있다.

주나라 여厲왕이 학정을 하여 백성들이 왕을 비난하였다. 소공邵公이 아뢰기를 "백성들은 전하의 명령을 받아들일 수 없습니다." 왕이 화가 나서 위나라 무당을 불러 비방하는 자들을 감시하게 하였다. 왕을 비방하는 자가 고발되면 곧 그를 죽였다. 백성들이 아무도 감히 말하지 못하고, 길에서 만나면 서로 쳐다보기만 하였다. 왕이 기뻐하며 소공에게 말하였다. "나는 비난하는 것을 못하게 할 수 있소. 이제 감히 불만을 토로하지 못할 것이오." 소공이 말하였다. "이는 그들의 입을 막은 것에 불과합니다. 사람들의 입을 막는 것은 하천을 막는 것보다 더 위험합니다. 하천이 막히면 언젠가 무너져 사람들을 해치는 일이 틀림없이 많아질 것인데, 사람들의 입을 막는 일도 이와 같습니다. 이런 이유로 하천을 다스리는 자는 둑을 터서 물길을 인도하는 법입니다. 백성들을 다스리는 자도 사람들에게 은혜를 베풀어 그들로 하여금 말을 할 수 있게 해야 합니다. 그러므로 천자가 정치에 관한 이야기를 들을 때, 공경公卿에서부터 열사列士에 이르기까지 시를 지어 바치게 합니다. 악사는 노래를 지어 바치게 하고, 사관에게는 책을 바치게 하며, 소사少師에게는 경계하는 말을 하게 하고, 소경에게는 시를 읊조리게 하며, 청맹과니에게는 글을 암송하게 하고, 백관들에게는 자신이 느낀 바를 말하게 하며, 서민들에게는 말을 전하게 하여 듣고, 근신近臣들에게는 마음껏 직언할 수 있게 하며, 친척들에게는 과실과 시비를 살피게 하고, 태사太師와 태사太史에게는 가르침으로 깨우치게 하며, 원로 사전師傅에게는 그것들을 정리하도록 합니다. 그런 뒤에 왕께서 헤아려 버릴 것은 버리고 취할 것은 취하니, 이렇게 해야 일이 행하여지되 어그러지지 않는 것입니다. 사람들에게 입이 있음은 마치 대지에 산과 하천이 있는 것과 같아서 쓸 만한 물건들이 여기에서 나오고, 또 평원에 비옥한 곳이 있는 것과 같아서 옷과 식품이 여기에서 나옵니다. 입이 말을 하게 하면 좋은 것과 나쁜 것이 여기에서 나옵니다. 좋은 것을 행하고 나쁜 것에 대비함은 쓸 만한 물건들과 옷, 식품들을 풍부하게 하는 방법입니다. 사람들이 마음으로 생각을 하면 입으로 그것을 말하게 되는 법이니, 이룰 만한 것이면 행하면 되지 어찌 막을 수 있겠습니까! 만약 그 입을 막을 수 있다고 하더라도, 그것이 얼마나 가겠습니까!" 왕이 이 말을 듣지 않았다. 이런 이유로 백성들이 아무도 감히 말을 하지 않았다. 3년이 지나자 백성들이 왕을 체(彘) 땅으로 쫓아냈다.[244]

여왕은 엄격한 법과 형벌을 통해 진언을 막았는데 이는 주공이 제정한 언론 제도와는 맞지 않았다. 소공召公(穆公虎)은 여왕에게 간언하면서 예전에 실행했던 효과적인 제도를 추천했다. 이런 제도가 가지는 의미는 아주 구체적이고 명확했다. 즉, "천자가 정치에 관한 이야기를 들을 때, 공경에서부터 열사에 이르기까지 시를 지어 바치게 한다. 악사는 노래를 지어 바치게 하고, 사관에게는 책을 바치게 하며, 소사에게는 경계하는 말을 하게 하고, 소경에게는 시를 읊조리게 하며, 청맹과니에게는 글을 암송하게 하고, 백관들에게는 자신이 느낀 바를 말하게 하며, 서민들에게는 말을 전하게 하여 듣고, 근신들에게는 마음껏 직언할 수 있게 하며, 친척들에게는 과실과 시비를 살피게 하고, 태사太師와 태사太史에게는 가르침으로 깨우치게 하며, 원로 사전師傅에게는 그것들을 정리하도록 한다. 그런 뒤에 왕이 헤아려 버릴 것은 버리고 취할 것은 취하니, 이렇게 해야 일이 행하여지되 어그러지지 않는 것이다." 하지만 여왕은 이를 듣지 않았고 결국 백성들에 의해 체彘(현 山西 霍縣) 땅으로 유배되었다. 이 제도를 지키지 않아 형벌을 받게 된 대표적인 인물이라고 할 수 있다.

이상의 예를 통해, 주공이 제정한 언론 관리 제도가 온 나라에서 실행되었고 서주 대부분의 시기에 걸쳐 각 제후국에서도 이에 따라 집행되었을 것으로 추측할 수 있다. 그러다가 서주 말기에 이르러 여왕이 제도를 지키지 않고 도에 반하는 행위를 하는 바람에 패망에 이르게 되었다. 그렇지만 춘추 초기까지는 여전히 일부 통치자들이 이 제도를 고수하였다. 예를 들어, "예성叡聖"이라 불리는 위나라의 국왕 무공武公(衛和, 共伯和)은 이 제도를(다음 장 제1절 참고) 충실히 따랐다. 그리고 사람들도 이것을 통치자(임금, 경대부 포함)가 덕을

---

244) 徐元誥, 『國語集解』, 〈周語上〉, 北京:中華書局, 1982, 10~13쪽.

갖추었는지를 판단하는 중요한 참고 기준으로 여겼다. 예를 들어,『국어』〈보어晉語〉에는 조무趙武가 관례를 치르고 성인이 되어 범문자范文子(范燮)를 만난 일화가 기록되어 있다. 범문자가 이르기를,

> 이제부터 경계해야 합니다. 현명한 사람은 총애를 받으면 더욱 경계하지만 지혜롭지 않은 이는 총애를 받으면 자만하게 됩니다. 그래서 대업을 이루고자 하는 군왕은 간언을 하는 신하에게 상을 내리지만 향락만 탐내는 군왕은 그들에게 벌을 내립니다. 옛날에 어떤 군왕이 덕정德政을 세운 뒤, 백성의 의견을 귀담아들었다고 합니다. 그래서 소경이 조정에서 글을 읽고, 백관은 시를 바쳐 권고하여 자신을 속이지 못하게 했습니다. 또한 시장에서 행상이 전하는 말을 듣고, 가요에서 길흉을 판단하고, 백관의 직무를 살피고, 길에서 비방과 칭찬을 듣고, 사악한 바를 바로잡았습니다. 이것이 바로 경계하고 조심하는 방법입니다. 선왕이 가장 걱정한 것은 바로 자만입니다.[245]

범문자는 사대부가 경계하고 두려워하고, 수시로 군왕에게 간언을 올리며, 교만해서는 안 된다고 하였다. 또한 군왕도 진심으로 여러 방면의 의견을 두루 수렴하고, 간언을 올린 충신에게는 상을 내리며, 책임을 다하지 못한 관리는 마땅히 처벌해야 한다고 보았다.

주나라 초기의 통치자들은 제도를 마련하는데 있어서 민심에 귀 기울이고 관심을 가지며 민정을 세심히 살폈는데, 여기에도 증거가 될 만한 기록이 있다. 예를 들어,『국어』〈주어周語〉에는 단양공單襄公(單朝)의 말이 남아 있다.

> 주나라 법도에 이르기를, "나무를 심어 도로의 거리를 표시하고, 변두리 읍에 객사를 세워 객에게 음식을 제공하며, 국도에서 백 리 떨어진 성 밖에는 목장을 세우고, 국경에는 객사와 수비군을 두며, 못에는 초목이 무성히 자라도록 하고, 동산 안에는 나무와 물이 있게 하여 재난을 막아야 한다. 이 밖에 곡식

---

245) 徐元誥,『國語集解』,〈晋語六〉, 387~388쪽.

심는 곳에서는 백성들이 한가하게 농기구를 걸어두지 않게 하고, 들에 잡초가 없게 하며, 바쁜 농사철에 백성에게서 시간을 빼앗지 말고, 헛되이 애쓰게 하지도 말라. 그러면 풍부하고 모자람이 없으며 편하고 피로하지 않다. 도성에서 일을 조리 있게 처리해야 현에 있는 사람들이 법을 지키게 된다."[246)

이것으로 주나라 초기 통치자들이 민생을 중시했던 것을 알 수 있다. 심지어 국가의 제전祭典에서도 민생에 유리한 지 여부를 해석의 기준으로 삼았는데, 이런 해석은 춘추 시대의 집정자에게도 줄곧 영향을 미쳤다. 예를 들어, 노魯 대부大夫 전금展禽은 이렇게 말했다.

성왕께서 제사 의식을 제정함에 있어서 그 법이 백성들에게 이로울 때만 제사를 지내며 나라를 위하여 목숨을 바친 사람을 위해 제사를 지내고 나랏일에 열심인 자를 위해 제사를 지내셨다. 큰 재난을 막은 사람을 위해서 제사를 지내고 외환을 막은 사람을 위해서 제사를 지냈다. 이러한 사람이 아니면 제사의 대상에 들어갈 수 없었다. 옛날에 신농씨가 천하를 다스릴 때, 그의 아들은 주柱인데, 그는 온갖 곡식과 채소를 다 심을 줄 알았다. 하나라가 일어나자 주나라 시조인 기棄가 그 일을 이어받아 그를 곡물신으로 섬겨 제사 지냈다. 공공共工씨가 천하를 제패했을 때, 그의 아들은 후토後土인데, 그가 천하의 토지를 잘 정비하여 백성들이 그를 사신社神으로 제사 지냈다. 황제는 만물의 명칭을 정하여 백성들이 미혹됨이 없게 하고 재물도 공급하여 주었는데 전욱顓頊이 그의 일을 이어받아 다스릴 수 있었다. 제곡帝嚳은 삼신에 대해 설명하여 편히 쉴 수 있는 시간을 추구하도록 하였다. 요 임금은 형벌을 고르게 하여 백성들이 선을 추구하도록 하였다. 순 임금은 백성들의 일에 힘쓰다가 들에서 돌아가셨다. 곤鯀은 치수에 공을 세우지 못해서 죽임을 당했다. 우왕은 덕으로 곤이 못 다한 일을 이어받아 이루어냈다. 설契은 사도司徒라는 관직을 맡아 백성들을 화목하게 했다. 명冥은 직무에 충실하다가 물에 빠져 죽었다. 탕왕은 백성을 너그럽게 다스리시고 사악한 것을 없애셨다. 직稷은

---

246) 徐元誥, 『國語集解』, 〈周語中〉, 66쪽.

농사일에 힘쓰다가 산에서 죽었다. 문왕의 문덕은 밝게 빛났고 무왕은 백성에게 해가 되는 것을 제거했다. 그러므로 우나라 사람들은 황제에게 체제禘祭를, 전욱에게 조제祖祭를, 요 임금에게 교제郊祭를, 순 임금에게 종제宗祭를 지냈다. 하후씨는 황제에게 체제를, 전욱에게 조제를, 곤에게 교제를, 우에게 종제를 지냈다. 상나라 사람들은 순 임금에게 체제를, 설에게 조제를, 명에게 교제를, 탕 임금에게 종제를 지냈다. 주나라 사람들은 곡에게 체제를, 직에게 제제를, 문왕에게는 조제를, 무왕에게는 종제를 지냈다. 막幕이 전후의 덕행을 좇았기 때문에 우 왕조는 그에게 보제報祭를 지냈다. 저杼가 우 임금의 덕행을 좇았기 때문에 하후씨가 그에게 보제를 지냈다. 또한 상갑미上甲微가 설의 덕행을 좇았기 때문에 상나라 사람들이 그에게 보제를 지냈다. 고어高圉와 태왕太王은 직의 덕행을 좇았기 때문에 주나라 사람들이 그에게 보제를 지냈다. 체제, 교제, 조제, 종제, 보제 이 다섯 가지는 나라의 제사 의식이다. 여기에 사직, 산천의 신을 덧붙였는데 이것들은 모두 백성들에게 큰 은덕이 있는 것들이다. 또한 옛날 철인과 훌륭한 덕을 가진 사람들은 백성들이 분명히 믿을 수 있다고 여긴 사람들이었다. 하늘의 삼신은 모두 백성이 우러러보는 것이고, 땅 위에 있는 오행은 모두 백성들이 생활을 의뢰하는 것이며, 천하의 명산과 하천과 못은 모두 자원이 있는 곳이다. 이런 곳이 아니면 제사를 지내지 않았다.[247]

춘추 전기 전금展禽은 제사의 대상이 국가 경제와 국민 생활에 유리한지를 기준으로 선정해야 한다고 강조했다. 물론 이것은 서주나라 초기 통치자들의 관념이 반영된 주장은 아니다. 그렇지만 전금이 언급한 "성왕께서 제사 의식을 제정한" 것도 사실 서주에서 전해진 것이지 당시에 생겨난 제도는 아니었다. 그러므로 여기서도 주나라 사람이 가졌던 "백성을 거울로 삼는다."라는 문화적 관점을 찾을 수 있다.

---

247) 徐元誥, 『國語集解』, 〈魯語上〉, 154~161쪽.

제4절 "史鑒", "民鑒" 정교 활동에서의 문학의 발달과 성장

주나라 사람의 "사감", "민감" 제도는 통치자들로 하여금 역사 경험을 거울로 삼아 전대 패망의 교훈을 배우도록 하였다. 또한 국가 경제와 국민 생활에 관심을 가지고 민심과 민정에 집중하며 상하 사이에 적극적으로 의견, 사상 및 감정을 교류할 수 있는 소통 방식을 마련하게 하였다. 동시에 문학 예술의 표현 방식도 자연스럽게 생겨났다.

주공은 주나라의 후손들이 대대손손 역사적 교훈을 배울 수 있도록 주도적으로 연향宴饗, 조회, 종묘의 악가樂歌를 제정하였다. 오늘날 전해지는 『시경』 중의 일부 〈아〉, 〈송〉이 여기에 포함된다. 이를 통해 주나라 사람에게 사감 의식을 널리 알리고, 항상 "사감"의 문화적 분위기에 심취할 수 있게 하였다.

남송 시기에 주희朱熹(1130~1200)는 다음과 같이 언급했다.

> 頌은 종묘의 악가이니, 〈대서大序〉에 이른바 성덕盛德의 형용을 찬미하여 그 성공을 신명에게 고했다는 것이다.……『주송周頌』 31편은 주공이 정한 것이 많고, 혹은 성왕 이후의 시도 있다.[248]

주공이 만든 〈송頌〉시는 사감 의식이 굉장히 짙은 작품이었다. 예를 들어, 〈청묘清廟〉에서는 "주공이 이미 낙읍을 이루어 제후들에게 조회를 받고 인하여 제후들을 거느리고서 문왕을 제사한 악가이다. '아! 심원하구나. 이 청정清靜한 사당이여. 제사를 돕는 공후公侯들이 모두 공경하고 또 화목하며, 일을 맡은 사람들도 또 문왕의 덕을 받아 행하지 않는 이가 없었다. 그리하여 이미 하늘에 계신 신을 대하였고, 또 사당에 계신 신주神主를 매우 분주히 받드니, 이와 같다면 문왕의 덕이 어찌 드러나지 않겠는가. 어찌 떠받들지 않을 수

---

248) 朱熹, 『詩集傳』卷19, 『周頌』, 上海:上海古籍出版社, 1980, 223쪽.

있겠는가. 진실로 사람들에게 미움을 받는 일이 없었다.'"[249]라고 하였다. 〈유천지명維天之命〉에서는 "이 또한 문왕을 제사한 시이다. 천도가 다함이 없거늘 문왕의 덕이 순수하고 잡되지 아니하여 하늘과 더불어 간격이 없음을 말하여 문왕의 덕의 성대함을 칭찬한 것이다."[250]라고 했다. 〈유청維淸〉에서는 "이 또한 문왕을 제사한 시이다. 마땅히 청명하게 하여 이어 밝힐 것은 문왕의 법이다. 그러므로 처음 제사함으로부터 지금 이룸에 이르렀으니, 실로 주나라의 상서로움이라고 말한 것이다."[251]라고 했다. 〈천작天作〉에서는 "이는 태왕을 제사한 시이다. 하늘이 기산岐山을 만드시거늘 태왕이 처음 다스리셨고, 태왕이 이미 만드시거늘 문왕이 또 편안히 하셨다. 이에 저 험하고 궁벽한 기산에 돌아오는 사람들이 많아서 평탄한 도로가 생기게 되었으니, 자손들은 마땅히 대대로 보존하여 지키고 잃지 않아야 함을 말한 것이다."[252]라고 했다. 〈사문思文〉에서는 "후직后稷의 덕이 참으로 하늘에 짝할 만하였으니, 우리 백성으로 하여금 곡식을 먹을 수 있게 한 것은 그 덕이 지극하지 않은 것이 없다. 또 우리 백성들에게 밀과 보리의 종자를 주심은 이는 상제의 명이니, 이것으로써 하민下民을 두루 기르게 한 것이다. 이 때문에 원근遠近과 피차의 차이가 없게 하였고 그 군신과 부자의 떳떳한 도를 중국에 펼 수 있었다고 말한 것이다."[253]라고 했다. 주나라 사람이 종묘에서 "아, 심원한 청묘淸廟에 공경하고 화한 훌륭한 상相이며 많은 선비들이 문왕의 덕을 잡아 하늘에 계신 분을 대하고 사당에 계신 신주를 매우 분주히 받드나니 드러나지 아니할까, 떠받들지 아니할까, 사람에게 미움을 받을 리가 없으시도다."[254], "경쟁할 수 없는 그분, 사방에서 그를 교훈으로 삼네. 크게 드러나는 이 덕, 모든 제후들이 본받으니, 아

---

249) 朱熹, 『詩集傳』 卷19, 『周頌』, 〈淸廟〉, 223쪽.
250) 朱熹, 『詩集傳』 卷19, 『周頌』, 〈維天之命〉, 223~224쪽.
251) 朱熹, 『詩集傳』 卷19, 『周頌』, 〈維淸〉, 224쪽.
252) 朱熹, 『詩集傳』 卷19, 『周頌』, 〈天作〉, 225쪽.
253) 朱熹, 『詩集傳』 卷19, 『周頌』, 〈思文〉, 227쪽.
254) 朱熹, 『詩集傳』 卷19, 『周頌』, 〈淸廟〉, 223쪽.

아, 선왕을 잊지 못하네."[255], "문왕의 법을 본받아 날로 사방을 안정시키면 복을 내리는 문왕께서 이미 오른쪽에 계셔 흠향하시리라. 내 밤낮으로 하늘의 위엄을 두려워하여 이에 보전할지어다."[256] 등의 시가를 부를 때, 문왕은 그들의 정신적 지주일 뿐만 아니라 현실에서의 본보기로써 신봉의 대상이 되었다. 그들의 행위가 반드시 문왕과 일치해야지만 그의 자손이 될 자격이 주어졌다. 이것은 은나라 사람이 귀신을 신봉하면서 가졌던 심리 및 현실에 대한 기대와는 큰 차이가 있다.

『시경』〈대아大雅〉에 실린 주공이 지은 시에도 마찬가지로 "사감"의식이 담겨 있다. 예를 들어, 주희(1130~1200)는 "천자와 제후가 조회하는 음악으로 삼은 것이니, 장차 후세의 군신들을 경계하고, 또 선왕의 덕을 천하에 밝히려고 한"〈문왕文王〉편,[257] "태왕이 처음 기주岐周로 천도하여 왕업을 여시니, 문왕이 이로 인하여 천명을 받음을 노래한"〈금錦〉편,[258] "태왕, 태백, 왕계의 덕을 서술하여 문왕이 밀密나라를 정벌하고 숭崇나라를 정벌한 일에 이른"〈황의皇矣〉편,[259] "문왕이 풍豐으로 천도하고 무왕이 호경鎬京으로 천도한 일을 말한"〈문왕유성文王有聲〉편[260] 등을 언급했다. 이런 시가는 제후의 조회 또는 군주의 회견에 사용되었다. 그들이 "문왕이 위에 계시어, 아, 하늘에 밝게 계시니 주나라가 비록 오래된 나라이나, 천명은 새롭도다. …… 왕국에서 능히 길러내니 주나라의 단단한 나무로다. 많은 선비들이여, 문왕이 이들 때문에 편안하시도다. …… 주나라에 복종하니 천명은 일정하지 않은지라. 은나라 선비 중에 아름답고 민첩한 자들이 주나라 수도에서 강신제降神祭를 도우니 …… 상천上天의 일은 소리도 없고 냄새도 없거니와 문왕을 본받으면 만국

---

255) 朱熹, 『詩集傳』卷19, 『周頌』,〈烈文〉, 224쪽.
256) 朱熹, 『詩集傳』卷19, 『周頌』,〈我將〉, 225쪽.
257) 朱熹, 『詩集傳』卷16, 『周頌』,〈文王〉, 177쪽.
258) 朱熹, 『詩集傳』卷16, 『大雅』,〈綿〉, 179쪽.
259) 朱熹, 『詩集傳』卷16, 『大雅』,〈皇矣〉, 184쪽.
260) 朱熹, 『詩集傳』卷16 『大雅』,〈文王有聲〉, p188.

이 진작하여 믿으리라."[261]라고 하거나 "종묘의 선공에게 순종하사 신이 이에
원망함이 없으며 신이 이에 슬퍼함이 없음은 아내에게 법이 되시어 형제에게
이르시어 온 나라를 다스리셨기 때문이니라."[262]라고 할 때, 눈앞에는 현실
사회 정치에 대한 청사진과 조상들이 고생해서 이룩한 위대한 업적이 떠올랐
고 마음속에는 세속 생활을 더욱 풍부하게 만들겠다는 욕구가 용솟음쳤다.
반면, 천명과 귀신에 대해서는 지극히 제한적으로만 의존하였다.

"민감"은 주로 사회 언론 규범에 대한 관리와 효율적인 활용을 뜻한다.
이른바 "천자가 정치에 관한 이야기를 들을 때, 공경公卿에서부터 열사列士에
이르기까지 시를 지어 바치게 한다. 악사는 노래를 지어 바치게 하고, 사관에
게는 책을 바치게 하며, 소사少師에게는 경계하는 말을 하게 하고, 소경에게는
시를 읊조리게 하며, 청맹과니에게는 글을 암송하게 하고, 백관들에게는 자신
이 느낀 바를 말하게 하며, 서민들에게는 말을 전하게 하여 듣고, 근신近臣들
에게는 마음껏 직언할 수 있게 하며, 친척들에게는 과실과 시비를 살피게 하
고, 태사太師와 태사太史에게는 가르침으로 깨우치게 하며, 원로 사전師傳에게
는 그것들을 정리하도록" 하는 것으로 원활한 정교 운영을 그 목적으로 한다.
그러나 이런 언론 관리 제도는 분명 문학 요소의 발생과 성장도 촉진했다.
그래서 이와 관련된 시時, 곡曲, 서書, 잠箴, 부賦, 송誦, 소문, 풍문 등도 끊임없
이 다양하게 발전해 나갔다. 『시경』의 『소아小雅』, 특히 〈국풍國風〉은 바로 이
런 제도 아래에서 파생되어 나온 것이다. 전통적인 주장에 따르면, 『시경』 중
의 "정아正雅"와 "정풍正風"은 서주 초기의 작품으로 대부분 주공이 만든 것이
다.[263] 이런 "연향지악宴饗之樂"과 "민속 가요"는 모두 세속 생활과 관련된 내

---

261) 朱熹, 『詩集傳』卷16, 『大雅』, 〈文王〉, 175~176쪽.
262) 朱熹, 『詩集傳』卷16, 『大雅』, 〈思齊〉, 183쪽.
263) 주희는 "雅는 正이니 정악의 노래이다. 그 편이 본래 大小의 구별이 있고 선유의 말에도
또한 正變의 분별이 있느니라. 이로써 이제 상고해 보건대, 바른 小雅는 잔치하는 음악이고,
바른 大雅는 조회의 악과 음복을 받으면서 경계를 베푸는 말이다. 그러므로 더러는 기뻐하고
즐거워하며 화열하여 모든 아래 사람들의 정을 다하였고, 더러는 공손하고 공경하고 재계하고
씩씩하여 선왕의 덕을 발휘하였으되, 말의 기운이 같지 아니하고 소리와 가락이 또한 다르니,

용으로 각 장소의 특성에 맞추어져 있어서 사람들의 감정을 효과적으로 표현할 수 있고 정신생활을 한껏 풍부하게 해 주었다. 예를 들어, 『소아』에 나오는 "군신과 귀빈을 연향燕饗하는"[264] 〈녹명鹿鳴〉, "사신의 노고를 위로하는"[265] 〈사목四牧〉, "군주가 사신을 배웅하는"[266] 〈황황자화皇皇者華〉, "형제간의 의리를 드러내는"[267] 〈상체常棣〉, "옛 친구를 연향하는"[268] 〈벌목伐木〉, "부역 가는 것을 배웅하는"[269] 〈채미采薇〉, "부역에서 돌아옴을 위로하는"[270] 〈체두杕杜〉 등이다. "『시경』에 실린 서주나라 초기의 시를 보면 주 왕실의 통치자들이 진실한 마음으로 자신과 농업, 농민을 함께 어우른 것을 알 수 있다. 그래서 〈무일無逸〉의 정신〖'농사와 수확의 어려움을 아는 것', '백성들이 의지함을 아는 것'을 가리킴 - 인용자〗을 진정으로 관철할 수 있었다. 주나라 초기 왕위를 얻은 이후, 경계하고 두려워하는 마음으로 자신의 행위를 정돈하고 정치 목적을 애민愛民에 두었으며, 스스로 항상 노동, 생산과 직접적인 관계를 유지하도록 노력했다."[271] 통치자의 시범은 가히 성공적이었다. 그들은 자신의 사상과 감정을 시로 표현했고 은연중에 사회 곳곳에 영향을 끼쳤다. 『시경』에 나온 시가는 일상생활에서의 실제 느낌과 체험에서 비롯되었다. 그리고 여기에 악곡이 더해져 종묘

대부분 주공이 지을 때에 정한 것이다."라고 하였다.(『詩集傳』卷9) 또한 "國은 제후를 봉한 바의 경계이고, 風은 민속 가요의 시라. 풍이라 이른 것은 위의 덕화를 입은 까닭에 둔 말이고, 그 말이 또한 족히 사람을 감동시켰기 때문이니, 마치 물건이 바람의 움직임으로 소리가 있고, 그 소리가 또한 족히 물건을 움직임이라. 제후가 채택하여 천자에 바치면 천자가 받아서 악관에게 나눠주니, 이로써 그 풍속이 숭상하는 아름다움과 악함을 살펴서 그 정치의 득실을 앎이라. 옛말에 二南으로 正風을 삼았다고 하니, 규문과 향당과 나라에서 써서 천하를 교화시켰음이다."라고 하였다.(『詩集傳』卷1)

264) 朱熹, 『詩集傳』卷9, 「大雅」, 〈鹿鳴〉, 100쪽.
265) 朱熹, 『詩集傳』卷9, 「大雅」, 〈四牧〉, 101쪽.
266) 朱熹, 『詩集傳』卷9, 「大雅」, 〈皇皇者華〉, 101쪽.
267) 朱熹, 『詩集傳』卷9, 「大雅」, 〈常棣〉, 103쪽.
268) 朱熹, 『詩集傳』卷9, 「大雅」, 〈伐木〉, 103쪽.
269) 朱熹, 『詩集傳』卷9, 「大雅」, 〈采薇〉, 105쪽.
270) 朱熹, 『詩集傳』卷9, 「大雅」, 〈杕杜〉, 108쪽.
271) 徐復觀, 『兩漢思想史』第1卷, 「封建政治社會的崩潰及典型專制政治的確立」, 上海:華東師範大學出版社, 2001, 58쪽.

제사, 주연 접대의 장소에서 불렸는데 감정을 교류하고 분위기를 돋울 뿐만 아니라 엄격한 종법 계급 제도를 조화롭게 만드는 수단이자 방법이 되었다. 그러나 이 모든 것은 종교와 정치의 수단이 아닌 문학과 예술의 수단을 통해 나타났는데, 이것이야말로 주나라 사람이 이룩한 놀라운 성과라고 할 수 있다. 이런 성과는 그들이 사회와 인생에 대해 가졌던 인식이 "관호천문"에서 "관호인문"으로 전환한 것과 밀접한 관련이 있다. 세속 정치에 대한 열망이나 일상생활에 대한 관심이 없었다면, 혹은 인간 욕망에 대한 어느 정도의 인식이 없었다면, 인간의 보편적인 사상과 감정이 반영된 시가가 창작, 수집, 정리되고 제도화되는 일은 없었을 것이다.

한 가지 지적할 것은 『시경』에서 "정풍"으로 간주되는 "이남二南"은 주나라 사람의 "민감" 제도에서 특별한 의미를 가지기 때문에 관심을 가질 필요가 있다는 것이다. 공자는 아들 공리孔鯉를 가르치면서 "너는 시경의 〈주남周南〉과 〈소남召南〉을 배웠느냐? 사람이 이것을 배우지 않으면 담장을 정면으로 마주하고 서 있는 것과 같다."[272]라고 하였다. 공자가 왜 이토록 "이남"을 중시한 것인지에 대해서는 사람들의 해석이 제각각이다. 주희는 『시집전詩集傳』에서 정이程頤(1033~1107)의 말을 인용하여 다음과 같이 주장했다.

천하의 다스림은 집안을 바로잡는 것이 최우선이니, 천하의 집안이 바로 서면 천하가 다스려질 것이다. 이남二南은 집안을 바로 세우는 도이다. 황후와 대부의 아내의 덕을 말하였으니, 선비와 서민의 집안에 이르게 하는 것과 같은 것이다. 그러므로 국가로부터 향당鄕黨에 이르기까지 모두 쓰고, 조정으로부터 위항委巷에 이르기까지 모두 노래하고 읊으며 낭독하게 한 것이니, 이는 천하를 풍화風化한 것이다.[273]

이것은 이학자理學者들의 주장인데, 오늘날은 "이남"을 대부분 애정시로

---

272) 何晏 集解 · 邢昺 疏, 『論語注疏』卷17, 〈陽貨〉, 十三經注疏本, 2525쪽.
273) 朱熹, 『詩集傳』卷1, 『召南』, 14쪽.

보고 있다. 애정시를 〈국풍國風〉의 첫수로 배열하였다는 것은 곧 『시경』의 첫 수가 된다는 뜻인데, 이를 통해 사람들이 이런 감정을 중시하고 인정하게 되었음을 알 수 있다. 또 전통적인 이해 방식으로 보더라도 "이남"의 각 편은 "황후와 대부의 아내의 덕을 말하는" 것으로, 즉 그녀들이 부부 감정의 정正을 "얻"을 수 있었음을 의미한다. 여기서 "정正"의 의미를 어떻게 이해하든, 부부의 정에서 확대되어 나온 남녀 간의 정은 사회 풍토를 판단하는 기준으로 여겨졌고, 천자가 민심을 이해하는 창구가 되었다. 시가가 이런 감정을 노래하는 것이 아주 당연한 일이 되면서, 시가는 가장 활력 있고 매력적인 표현 대상을 갖게 되었다. 사실 남녀 간의 정은 세속 생활의 기본적인 내용으로 자연, 사회와 복잡하게 얽혀있다. 그렇기에 민심과 풍속을 가장 잘 반영할 수 있는 창구이자 인성과 인정을 가장 잘 표현할 수 있는 수단이기도 하다. 주나라 사람은 여기에 특별한 관심을 가지고 합당한 지위를 부여하였다. 이는 주나라 사람의 "관호인문"이 전면적이고 이성적이었음을 증명해준다. 이런 문화적 관점은 후대 문학 발전에 중요한 역할을 하였다. 만약 『시경』 "이남"이 부부 간의 정을 바탕으로 하지 않았거나, 혹은 사랑을 순결하고 아름다우며 친근하게 묘사하지 않았거나, 혹은 후대 문학이 『시경』 "이남"의 우수한 문화적 전통을 계승하지 않았다고 가정해보자. 한 마디로, 중국 문학이 독특한 민족 특색을 가진 애정 묘사와 찬미에서 벗어났다면, 과연 그토록 사람의 마음을 울리고 사람의 영혼을 움직일 수 있었을까? 또 오늘날의 모습을 갖출 수 있었을까?

이상의 분석을 통해, 만약 주나라 초기 통치자들이 습관적으로 은나라 사람이 가졌던 "관호천문"의 문화적 전통을 계승했다고 한다면, 주공이 "예악 제작"을 한 이후부터 사회 문화는 "신권사관"에서 "행위사관"으로 전환되었고, 문학 관념 역시 "관호천문"에서 "관호인문"으로 전환된 것을 알 수 있다. "덕치주의"의 문화적 배경 속에서, 줄곧 종교와 미신에 휩싸이고 억눌려 있어야만 했던 인문 정신은 서주에서 발전을 시작하게 되었다. 일부 문학·예술적 요소 역시 왕성하게 생겨나기 시작했으며, 문화와 문학의 주체 역시 중요한 전환을 맞이했다. 그리고 "성왕과 강왕"이 이런 전환을 한층 공고히 하였다.

장광즈張廣志는 다음과 같이 지적했다.

> 문왕과 주공 시기에 이미 무력으로 은나라를 제압하고, 반란을 평정하였
> 다. 또한 봉건 국가를 세우고, 동도를 건설하며, 제도(예악 제작)를 마련하는
> 등 일련의 역사적 업적을 달성했다. 게다가 은나라 사람에 대한 정책과 조치
> 가 매우 적절하게 이루어졌다.(진압을 마친 뒤, 사람들을 위로하는데 성공하였다. 微
> 史 가문 등 적지 않은 은나라 상류층이 주나라에 발탁되었고, 일반 백성들 역시 계속해서
> "자신들의 집에 거처하며 자신들의 밭을 갈았다." 무경이 반란을 일으킨 지역에서도 일부
> 은나라 상류층들이 주나라 편에 설 정도였다. 『상서』〈대고〉에 나오는 "10명의 현인이 보
> 필하였다."를, 위작 『孔傳』에서는 "지금 천하가 어지러운데……네 나라에서 온 10명의 현
> 인이 주나라를 보필하였다."라고 해석하였다. 공영달의 소에서는 "10명의 현인은 반역자
> 를 따르지 않고……주나라에 투항하여, 주나라에 발탁되었다."라고 하였다.) "이에 성왕
> 과 강왕의 시기에 천하가 안정되어 40여 년간 형벌이 행해지지 않았다."(『사
> 기』〈周本紀〉)고 했으며, 후세의 역사가들은 이를 두고 "성강지치成康之治"라고
> 치켜세웠다.[274]

사회가 안정되면서 주나라 통치자들은 사회 민생에 정력을 쏟아 부었고,
문화도 사회 정치 및 세속 생활과 연관되어 제도를 갖게 되었다. 주나라 사람
은 "사감"과 "민감"을 기본 바탕으로 문학이 세속 정교 및 문화 제도와 긴밀한
관계를 맺도록 하는 한편, 인간의 사상과 감정을 표현하고 사람 간의 감정
교류를 강화하는 특징도 갖게 하였다. 문학은 정교의 요구를 만족시켰을 뿐만
아니라, 사회 문화제도 및 도덕관념 형성과 결합하여 사회 상류층과 문화 의
식 형태를 구축하는 한편, 정치 교화와 감정 교류의 도구로 쓰이는 등 다양한
역할을 수행하였다. 이런 기본 구조는 중국 문학 발전의 기초를 다지는 한편,
앞으로 중국 문학이 나아갈 발전 방향을 제약하기도 하였다. 중국 문학 관념
의 발생 과정에서 파생된 인문 정신은 중국 문학 발전의 멈추지 않는 원동력

---

274) 張廣志, 『西周史與西周文明』, 上海:上海科學技術文獻出版社, 2007, 64쪽.

이 되었고, 동시에 중국 문학에서 가장 중요한 문화 전통과 민족 특색으로 자리 잡았다. 서주 시기에 이루어진 "시"의 생산과 소비가 이를 잘 증명해준다. 이에 대해서는 제3장과 제4장에서 자세히 다루도록 하겠다.

제3장

기능과 가치: 春秋 시대 중국 고대 문학 관념의 발전

제1장과 제2장에서 중국 고대 문학 관념이 "관호천문"에서 비롯되었고, 상고 시대에 무사巫史 집단이 진행하던 "통천지술"의 한 부분이었다고 언급했다. 그 뒤, 은주 시대를 거치면서 "관호천문"에서 "관호인문"으로 관점 전환이 이루어졌다. 주나라 사람은 "행위사관"으로 은나라 사람의 "신권사관"을 대신하였고, "하늘은 믿을 수 없음"과 "천명이 영원하지 않음"을 깨달았으며, 오직 "경덕敬德"과 "보민保民"해야지만 국가가 오랫동안 유지될 수 있다고 생각했다. 주공은 "예악 제작"을 통해 "사감"과 "민감"을 제도 문화 건설의 주요 관점으로 삼았고, 이를 통해 사회 문화의 전환과 발전을 이루는 데 튼튼한 기초를 마련할 수 있었다. 서주의 문학 발전은 "관호인문"의 예악 교화를 바탕으로 이루어졌다. 그러다가 춘추 시대에 접어들면서 중국 고대 사회는 거대한 역사적 전환기를 맞이하게 되었다.[275] 왕실의 쇠퇴, 예악의 붕괴, 제후들의 패권 다툼, 빈번한 전쟁, 경대부卿大夫의 전횡, 나라의 운명을 장악한 가신과 사인士

---

275) "춘추"는 『春秋』라는 책명에서 비롯되었다. 『春秋』는 노 은공 원년(기원전 722)에서부터 노 애공 14년(기원전 481)까지를 기록하고 있다. 『左傳』은 『春秋』를 해석한 것이지만, 월나라가 오나라를 멸망시킨 때(기원전 473)까지만 서술하고 있다. 그래서 『春秋』 또는 『左傳』을 근거로 춘추의 시작과 끝을 구분하고 있다. 어떤 역사학자는 춘추 원년을 주 평왕이 동쪽으로 천도한 해(기원전 770)로 보고 말년은 『史記』 〈六國年表〉를 근거로 주 경왕이 사망한 해(기원전 476)로 보고 통사를 서술하였다. 또 어떤 이는 춘추 말년을 韓·魏·趙가 智氏를 멸하고, 제·초·연·한·위·조·진 7개 나라가 공존한 국면을 형성했던 해(기원전 453)로 보았는데, 이렇게 구분하면 시대적 특징을 파악하는데 더욱 용이하다. 본문에서는 후자를 따랐다.

人의 궐기, 조세 개혁, 법제 개편, 개인의 학교 설립 등 잇따라 사회 대개혁이
일어났다. 이른바 말하는 "천하의 모든 강들은 들끓고, 산봉우리마다 무너져
내려, 높은 언덕은 계곡이 되고, 깊은 계곡은 산이 된"[276] 것이다. 이런 천지개
벽의 시대에 사회의 모든 것에는 급격한 변화가 생겨났는데 문학 관념도 예외
가 아니었다. 이런 발전과 변화는 중국 고대 문학 관념이 앞으로 나아갈 방향
을 제시해 주었다.

제1절 衛武公의 "自儆"과 예악 제도의 붕괴

서주 초기, 주공으로 대표되는 통치자들은 역사 경험의 교훈을 토대로 "하
늘은 믿을 수 없다. 나의 길은 오직 나라를 평안케 하신 임금의 덕을 연장시켜
문왕께서 받으신 명을 하늘이 버리지 않도록 하는 것이다."[277]라는 신념을 갖
고 "경덕"과 "보민" 사상에 따라 종법 씨족 정치를 뒷받침해 줄 예악 제도를
제정했다. 이 제도가 포함하는 내용은 아주 많다. 예를 들어, 적장자 승계 제
도, 상복 제도, 봉건 제도, 종묘의 수에 관한 제도, 동성 결혼 불가 제도, 정전
제도, 적전 제도, 기복 제도 등이다. 어떤 제도는 당시 이미 완전히 갖춰진
것도 있고 또 어떤 것은 후세 사람들에 의해 점차 완성된 것도 있다. 왕궈웨이
는 주나라 사람의 제도가 "천자天子, 제후諸侯, 경卿, 대부大夫, 사士, 서민庶民
의 모든 계급이 도덕을 받아들여 도덕 집단을 이루는 것을 그 목적으로 하였
다. 주공이 제도를 만든 목적이 바로 여기에 있다."[278]라고 하였다. 이런 제도
는 무력이나 형법을 통해 강제로 집행된 것이 아니라, 문교와 문학을 통해
은연중에 감화되도록 하였다. 즉, 『주역』〈분賁 · 단사彖辭〉에서 말한 "인문을
관찰하여 천하를 변하시키는" 것이다. 주나라 사람의 "사감", "민감"의 문학

---

276) 朱熹, 『詩集傳』卷11, 『小雅』,〈十月之交〉, 132쪽.
277) 孔安國 傳 · 孔穎達 疏, 『尙書正義』卷16, 『周書』,〈君奭〉, 十三經注疏本, 223쪽.
278) 王國維, 『觀堂集林』卷10, 「殷周制度論」, 232쪽.

관념은 체계화된 문화 제도 속에 고스란히 스며들었는데, 후세 사람들이 전한 "천자청정天子聽政" 제도가 바로 그 핵심 내용 중 하나이다.

앞서 우리는 『국어·주어상國語·周語上』에 실려 있는 소공邵公이 여왕厲王 에게 진언을 막는 것에 대해 간하면서 "천자가 정무를 볼 때면, 공경公卿에서 열사列士에 이르기까지 시를 지어 바치게 했다."라고 한 이야기를 언급하면서, 그것은 주공 때부터 실시한 정치 제도와 문화 제도라고 하였다. 사실, 이런 제도는 주공이 제정한 것이지만 그것은 어디까지나 역사적 전통에 대한 계승 과 발전이라고 보는 것이 마땅하다. 『좌전左傳』〈양공 14년〉(기원전 559)에는 사광師曠의 말이 실려 있다.

> ……그러므로 천자에게는 공이 있고 제후에게는 경이 있으며 경에게는 측실側室이 있고 대부에게는 이종貳宗이 있으며 사士에게는 친구가 있고 서인 庶人, 공工, 상商, 조皁, 예隸, 목牧, 어圉에게도 모두 친한 사람이 있어, 서로 도우며 선행이 있으면 칭찬하고 잘못이 있으면 바로 잡으며, 어려움을 만나 면 구제하고 실패하면 개혁하게 하였으니, 천왕으로부터 이하로 각각 형제와 자제가 있어 그 정령政令의 득실을 살펴 잘못을 보완하게 한 것이다. 사관은 임금의 거동을 기록하고, 악사는 시로써 간언하고, 악공은 잠언을 낭독하며, 대부는 충언으로 임금을 가르치고, 사는 임금의 과실을 대부에게 전하며, 서 민들은 모여서 비방하고, 상인들은 시장에서 득실을 비평하며, 백공百工은 기예를 바친다. 그러므로 『하서夏書』에서 '주인遒人이 목탁을 흔들며 거리를 순행하고, 관사官師는 서로 경계하고, 공인工人은 기예를 가지고 간언하라.' 라고 하였다. 음력 정월이 되면 주인이 거리를 순행하며 목탁을 흔드는 일이 있는 것은 사람들로 하여금 상도常道를 벗어난 임금의 과실을 간언하게 하기 위함이다. 주 하늘이 백성을 사랑하는 것이 지극하니 어찌 한 사람으로 하여 금 백성의 위에서 방자하게 사악한 짓을 하여 천지의 성性을 버리도록 놓아두 겠는가? 절대로 그렇지 않을 것이다![279]

---

279) 杜預 注·孔穎達 疏, 『春秋左傳正義』卷32, 〈襄公十四年〉, 十三經注疏本, 1958쪽.

사광이 지적한 것은 주공 이래 실시된 천자청정天子聽政 제도를 말하는
것이나, 그가『하서』에 이미 비슷한 활동에 관한 기록이 실려 있다고 언급한
것으로 보아, 이런 제도는 주로 씨족 사회의 민주 풍속을 계승한 것으로 그
기원은 아주 오래전으로 거슬러 올라간다. 단지 이러한 풍속이 주공의 제도
개혁을 거쳐 고정된 정치 제도와 문화 제도로 자리 잡았을 뿐이다. 이상의
내용을 종합해 보면, 천자청정의 내용은 시에만 국한된 것이 아니라 곡曲·
서書·잠箴·부賦·송誦·간諫·가요·여언臚言·소문·교훈 등이 모두 청정의
대상에 속했다. 더욱 중요한 것은 이런 제도가 주나라 통치자들에 의해 말로
만 외쳐진 것이 아니라, 상하 모든 집단에서 참답게 실시되었다는 점이다. 민
심을 이해하고 민중을 교화하기 위해 천자뿐만 아니라 각 제후들도 이를 본받
아 그들의 이야기에 귀 기울였다. 그러나 서주 말기에 이르러 종법 질서가 무
너지고 통치자들이 교만하고 사치스러우며 방탕하고 태만해져서 더 이상 아랫
사람의 이야기를 귀담아듣지 않게 되었고 이 제도는 결국 유명무실해졌다.

그러나 이 제도는 춘추 초기에 와서도 여전히 일부 예악 전통을 충실히
따르는 제후국에서 예악 제도를 고수하는 군주들에 의해 간신히 그 명맥을
유지하고 있었음을 알 수 있다. 예를 들어, 서주 말에서 춘추 초 사이에 활동한
위衛 무공武公은 이 제도를 거듭 강조하면서 성실히 따를 것을 명했다.『국어』
〈초어상楚語上〉에는 좌사左史 의상倚相의 말이 실려 있다.

옛날 위나라 무공은 나이 95세에도 온 나라에 주의시켜 이르기를 "경卿부
터 사士에 이르기까지 조정에 있는 사람이라면 나를 늙었다고 내버려 두지
말고 조정에서 반드시 공손하게 임하고, 아침저녁으로 내가 경계토록 하시
오. 한두 마디라도 들으면 잘 외웠다가 내게 가르쳐 이끌어주시오."라고 하였
다. 수레를 타면 여분旅賁의 규범이 있고, 뜰에 서 있을 때는 관사官師의 법이
있으며, 책상에 기대고 있을 때는 송훈誦訓의 간함이 있고, 침전에 들어서는
설어褻御의 잠언이 있고, 일을 처리함에 있어서는 고사瞽史의 인도가 있고,
한가롭게 거처할 때는 사공師工의 송이 있다. 사관이 기록하는데 실수하지

않고, 소경이 외우는데 실수하지 않도록 가르치고 다스려야 한다. 이에 〈의懿〉 편을 지어 스스로 경계코자 하였다.[280]

위 무공(기원전 852~758)은 강숙康叔의 제9대 손으로 위나라 9대 임금이다. 성은 희姬, 씨는 위衛, 이름은 화和로, 공읍共邑 땅에 봉해져 공백화共伯和라고도 불린다. 『사신정명師晨鼎銘』, 『사유궤명師兪簋銘』의 기록에 따르면, 무공은 일찍이 주 여왕의 사마司馬를 맡아 도읍의 군사를 관할한 적이 있다. 주 선왕宣王 16년(기원전 812)에는 부친 희僖를 이어서 위나라 군주의 자리에 올랐다. 주 유왕幽王 11년(기원전 771)에 견융大戎이 유왕幽王을 죽이자 무공이 병사를 이끌고 좌주佐周에 가서 견융을 평정하였다. 주 평왕平王이 그를 공公에 책봉하고 왕실의 사마로 임명했다. 평왕 13년(기원전 758)에 세상을 떠났다. 당시 그의 나이 95세로 재위 기간만 55년에 이른다. 시호는 무武로, 위 무공이라고 불린다. 그는 당시 가장 현명한 군주 중에 하나로 평가받고 있다. 위 무공은 서주 말부터 춘추 초까지 활약한 인물로 역대로 여왕, 선왕, 유왕과 평왕을 보필했다. 고령의 나이에도 신하들로부터 스스로 의견을 구하고 경계코자 하였는데, 주공 이후에 천자와 제후들이 실시한 청정 제도를 따랐던 것으로 볼 수 있다.

사실, 천자청정이든 제후청정이든 "인문을 관찰하여 천하를 변화시킨다."는 문화 사상이 제도화되어 나타난 것이다. 또한 청정 제도의 목적 역시 "모든 계급이 도덕을 받아들이는" 것이었다. 이 제도가 실행되기 시작한 서주 흥성기(성왕, 강왕 시기)에는 통치자들이 청정을 통해 민심을 이해하고 이로써 인문 교화의 내용과 방법을 결정하였다. 당시에는 백성의 생활이 상부에 전해지고 백성은 상부의 모범을 본받고자 하였다. 통치자들은 행정 명령 혹은 엄격한 법률과 형벌로 백성을 다스린 것이 아니라, 예악 문화와 자신의 솔선수범으로 사회에 영향을 끼쳤다. 이른바 "오직 성인이 윗자리에 있으면 감동된 것이

280) 徐元誥, 『國語集解』, 〈楚語上〉, 500~502쪽.

바르지 않음이 없어 그 말씀이 모두 가르침이 될 수 있는 것이요, 혹시라도 감동됨이 잡스러워 나타나는 바가 선택할 것이 있지 못하면 윗사람이 반드시 스스로 돌이킬 바를 생각해서 이것으로 인하여 선을 권면하고 악을 징계함이 있으니, 이 또한 가르침이 된다. 그 옛날 주나라의 전성기에 위로는 교제郊祭와 종묘 제사와 조정으로부터 아래로는 향당鄕黨과 여항閭巷에 이르기까지 그 시의 말이 순수하여 모두 정도正道에서 나온 것은 성인이 진실로 이것을 음률에 맞추어 지방 사람들에게도 사용하고 국가에도 사용하여 천하를 교화한"[281] 것이다. 그래서 청정은 통치자들이 민심을 이해하는 창구이자 도덕적 본보기를 표현하는 방식이 되었다. 또한 예악 형식을 통해 백성을 다스리는데 유용한 좋은 말과 행실을 각지로 확대해 나갔고, 낡은 풍속을 개선하는 효과를 거두었다. 『상서』에 나오는 주 초기의 문고文誥, 『시경』에 나오는 "송頌"시 및 선인들이 언급한 "정풍正風", "정아正雅" 등의 서주 흥성기에 나온 작품들을 읽어보면 이 같은 사실을 쉽게 이해할 수 있다.

그러나 서주 사회가 몰락하면서 사회 구조상에 큰 변화가 생겨났다. 통치자들은 솔선수범에 대한 의식과 역할은 뒤로한 채, 교만하고 사치스러우며 방탕하고 태만한 생활을 즐겼다. 그래서 상하 소통이 가로막혀 백성들의 의견과 요구를 들어주는 사람이 없었고 천자도 민생을 걱정하지 않게 되었다. 결국 도덕 교화는 각국에서 그 힘을 잃게 되었고 청정 제도도 자연스럽게 맥이 끊기고 말았다. 『국어』〈국어상周語上〉에는 다음과 같은 기록이 있다.

주나라 여왕이 모질고 괴롭히는 정치를 하여 백성들이 왕을 비난하였다. …… 왕이 화가 나서 위나라 무당을 불러 비방하는 자들을 감시하게 하였다. 비방하는 자를 알려오면 곧 그를 죽였다. 백성들이 아무도 감히 말하지 못하고, 길에서 만나면 서로 쳐다보기만 하였다.[282]

---

281) 朱熹, 『詩集傳』卷首,〈詩集傳序〉, 1쪽.
282) 徐元誥, 『國語集解』,〈周語上〉, 11~12쪽.

오늘날 전해지는 『시경』 중에는 『대아大雅』 〈탕蕩〉 편이 있는데, 〈모서毛序〉에서 "소목공召穆公이 주나라 왕실이 크게 무너짐을 서글퍼한 시이다. 여왕이 무도하니 천하가 어지럽고 기강과 문장이 없기 때문에 이 시를 지은 것이다."라고 하였다. 삼가시三家詩도 이와 크게 다르지 않다. "문왕이 말씀하시기를, 아, 슬프다, 너희 은상아, 일찍이 포악한 자와 가렴주구하는 자들이 지위에 있고 정사를 보는구나."라고 하였다. 정현은 전箋에서 "여왕이 간언을 막자, 목공을 비롯한 조정의 대신들은 왕의 악행을 비난할 수 없었다. 그래서 문왕이 은 주왕을 비난했던 말로 여왕을 풍자했다."[283]라고 하였다. 이런 정치 환경 속에서 예악 정신은 자연스럽게 이해관계에 의해 대체되었고, 천자에 대한 제후와 대부들의 경외는 자연스럽게 그에 대한 원망으로 바뀌었으며 급기야는 하늘에 대한 원망으로까지 치닫게 되었다. 소위 말하는 "변풍變風"과 "변아變雅"도 바로 이러한 시운에 때맞추어 생겨난 것이다.

예를 들어, 대부 범백凡伯은 시를 지어 여왕을 풍자하였다. "하느님이 상도를 뒤집은지라 백성들이 모두 병들거늘 하는 말이 옳지 못하며 내는 꾀가 원대하지 못하여 …… 하늘이 포악하시니 그렇게 희화하지 말지어다. 늙은 지아비는 정성을 다하거늘 어린 아들은 교만하고 교만하도다. 내 말이 노망나서 하는 말이 아니거늘 너는 걱정할 일을 농담으로 여기나니 근심스러운 일이 많으면 장차 불같이 일어나서 구원하고 치료할 수 없으리라."[284] 백성들도 "광대하신 상제께서는 백성의 군주이시오, 포악한 하느님은 그 명에 사악함이 많도다. 하늘이 뭇 백성을 내시니 그 명이 믿을 수 없음은 처음에는 선하지 않은 이가 없으나 선으로 마치는 이가 적기 때문이니라."[285]라고 원망했다. 대부 예양부芮良夫는 "무릇 백성의 왕이란, 이익이 잘 흐르도록 유도하여 상하에 널리 퍼지도록 하는 자입니다. 그리하여 신과 백성과 온갖 만물이 그 지극

---

283) 鄭玄 箋·孔穎達 疏, 『毛詩正義』 卷18, 『大雅』, 〈蕩〉, 十三經注疏本, 553쪽.

284) 朱熹, 『詩集傳』 卷17, 『大雅』, 〈板〉, 200~201쪽.

285) 朱熹, 『詩集傳』 卷18, 『大雅』, 〈蕩〉, 203쪽.

함을 얻지 못함이 없도록 하되, 그러면서도 날로 두려워하며 경계하여 혹시라
도 원망하는 자가 나오지 않을까 두려워해야 하는 것입니다. …… 지금 왕께서
천하의 이익을 독차지하는 것을 배우고 계시니, 그것이 가당한 일이겠습니
까? 필부가 이익을 독차지하는 것도 도적이라 일컫는 터에 왕께서 그러하시
니 그렇게 하면 왕께 귀의할 자가 적을 것입니다."286)라고 지적했다. 예악 제도
의 규정에 따르면, 주왕은 만천하의 정치 지도자일 뿐만 아니라 도덕 행위의
좋은 본보기였다. 그래서 그가 모범을 보이면 아래에서 본받고 예악이 각국에
서 실행될 수 있었다. 그러나 왕이 사치와 탐욕을 부리면 백성들로부터 지지를
받을 수 없어 예악 제도가 근본을 잃고 사회가 어지럽게 된다. 그래서 여왕은
결국 백성들의 원망을 사서 쫓겨나게 되고 공백화共伯和가 왕정을 대행하였다.
하지만 공백화가 백성의 지지를 받기는 하였지만 보수 세력은 여전히 막강하
였다. 결국 공백화는 그들의 공세를 이기지 못하고 선왕에게 정권을 내주어야
했다. 예양부芮良夫는 이에 큰 불만을 품고 〈상유桑柔〉라는 시를 지었다.

하늘이 재앙을 내려 우리가 세운 왕을 멸망시켰도다. 해충들을 내려보내
모든 곡식이 병들어 버렸도다. 슬픔과 두려움이 온 나라에 퍼지고 모두가 위
태롭고 황폐해져 푸른 하늘이 내리는 재앙을 생각할 여력조차 없도다. 의리
에 순응하는 왕을 백성들이 우러러보는 것은 마음을 잡고 두루 계책을 내어
보필할 재상을 신중히 등용해서라네. 의리를 따르지 않는 왕은 스스로 독단
으로 잘한다고 하며 스스로 사견을 마음속에 가져 백성들이 갈팡질팡 미치게
만드는구나.287)

사실, 예악 제도가 붕괴되고 사실이 왜곡되는 현상은 서주 말기에 아주
흔히 볼 수 있는 일이었다. "해와 달이 흉조를 알려 제 길로 가지 않네. 천하에
바른 정치 없어 어진 사람 쓰지 않네. 저 달이 줄어드나 늘 있는 일일세. 이

---

286) 徐元誥, 『國語集解』, 〈周語上〉, 13~14쪽.
287) 朱熹, 『詩集傳』卷18, 『大雅』, 〈桑柔〉, 208~209쪽.

해가 줄어드니 무엇이 잘못되었나!"[288]와 "그대는 남의 땅을 빼앗고, 그대는 남의 백성을 약탈하는구나. 그대는 죄 없는 사람을 가두고, 그대는 죄 있는 사람을 놓아주는구나."[289]는 당시 상황을 보여주는 대표적인 작품이다. 사회 질서가 무너지고 씨족 종법 구조가 붕괴되며 사람들의 가치관과 문화 동질감에 변화가 생겼을 때, 문화제도의 탈변과 문학 관념의 변화는 더 이상 피할 수 있는 것이 아니었다.

이런 상황을 인지하면, 우리는 위 무공이 노년에 청정제도를 다시 회복하기 위해 기울인 노력에는 주나라 예악 제도가 와해되는 과정에 나타난 시대적 고민이 담겨 있음을 알 수 있게 된다. 서주 말 춘추 초에 이르러, 비록 예악 제도는 이미 유명무실해졌지만, 예악 문화는 역사 무대에서 사라지지 않았으며, 예악 정신도 사회적으로 상당한 호응을 얻고 있었다. 따라서 위 무공의 이런 행위는 그것의 문화적 의미가 정치적 의미보다 크다고 볼 수 있다. 무공은 말년에 유왕幽王이 국정을 잘 살피지 못하자, 시를 써서 유왕이 포사褒姒를 총애하고 참언讒言을 맹신하며, 신후申後를 폐하고 태자를 유배 보낸 것을 풍자했는데, 오늘날 전해지는 『시경』『소아』〈청승青蠅〉편이 바로 그것이다.[290]

---

288) 朱熹,『詩集傳』卷11,『小雅』,〈蕩〉, 132쪽.

289) 朱熹,『詩集傳』卷18,『大雅』,〈瞻卬〉, 220쪽.

290) 〈모시서〉에서는 이 시를 두고 "대부가 유왕을 풍자했다"라고 했으나 衛 무공이 지은 것이라고는 하지 않았다. 陳奐은『詩毛氏傳疏』에서 아래와 같이 말했다. "『襄十四年左傳』에서 〈青蠅〉을 짓고 물러났다.'고 하는 것으로 보아 풍자시가 명백하다.『詩考』는 袁孝政의 注『劉子』를 인용하여 魏 무공이 풍자시를 믿었다고 하였다. '魏'는 당시 '衛'를 잘못 쓴 것이다. 三家詩는 이를 모아 하편【〈賓之處筵〉을 가리킴—인용자】을 엮었고, 모두 衛 무공의 작품이라고 하였다. 何楷도 같은 생각이었다.……魏源은『易林』〈豫〉에서 '쉬파리들이 모여 번식하고, 군주는 참소를 믿네. 어진 이와 충신을 해하였고 우환을 부인으로 삼았네.'라고 하였다. 또한 〈觀革〉에서 '말굽이 수레에 부딪히고, 며느리가 악하면 집안이 망한다. 쉬파리들이 흰 것을 오염시키고, 공손한 아들이 집을 떠나게 만든다. 幽王이 참소를 들은 폐해는 廢後거나 放子보다 크지 않으니 여기서 우환을 부인으로 삼았다고 말한 즉 褒姒를 가리키는 것이 분명하다. 恭子離居은 申生의 일을 인용하였으니 宜臼를 가리키는 것이 분명하다. 그러므로 '讒人罔極, 構我二人'이라 한 것은 왕과 母後를 이르는 것이다. '讒人罔極, 交亂四國'이라 한 것은 戎, 繒, 申, 呂를 이르는 것이다.'라고 하였다. 살피건대, 위원이 한 말이 본시『世本古義』을 바로잡으려고 한 것이겠는가?『漢書』에 戾太子의 亂 때 壺關三老와 茂가 上書하길, '옛날에 虞舜의 효가 지극

『고본죽서기년古本竹書紀年』에 따르면, 신후를 폐하고 태자를 유배 보낸 것은
유왕 8년(기원전 774)의 일로 무공의 나이 79세 때였다. 그는 또한 〈의懿〉라는
시를 지어 스스로 경계토록 하였는데, 오늘날 전해지는『시경』『대아』〈억抑〉
편이 바로 그것이다. 〈모시서〉에서는 "〈억〉은 위 무공이 여왕을 풍자하는 것
이자, 스스로 경계하는 시이다."[291]라고 하였다. 무공의 활동 연대와 작품 내용
으로 볼 때, 스스로 경계하려고 지은 시라는 것에는 신빙성이 있으나 여왕을
풍자하려고 지은 것이라는 말은 좀처럼 믿기 어렵다. 여왕이 백성들에게 쫓겨
날 때 무공은 겨우 12살이었기 때문에 여왕을 풍자했다고는 볼 수 없기 때문
이다. 오히려 유왕을 풍자했다고 하는 말이 더 신빙성이 있어 보인다. 또 시에
서 "또한 이미 늙었구나."라고 한 것만 봐도, 이것이 무공 말년인 춘추 초기에
지은 것임을 알 수 있다. 그래서 주희朱熹(1130~1200)는 "위 무공이 이 시를
지어 매일 읽으며 스스로 경계코자 하였다."라고 하였고, "〈서〉에서 여왕을
풍자했다는 것은 오해다."[292]라고 하였다. 무공의 〈억抑〉시는 다음과 같다.

　　치밀한 위의威儀는, 덕의 단면이니라. 사람들이 또한 말하되, 현철한 사람
　　치고 어리석지 않은 이가 없다더니. 서인庶人들의 어리석음은 또한 기질의
　　병통 때문이거니와. 철인哲人의 어리석음은 이 상도常道에 어긋나도다. 이보
　　다 더 강한 사람이 없다면 사방이 본보기로 삼으리오. 정직한 덕이 있으면
　　사국이 순종하나니. 큰 계책을 세우고 명령을 살펴 정하며, 장구한 계획을
　　때에 따라 고告하며. 위의를 공경하고 삼가야 백성들의 모범이 되리라. 지금
　　에 있어 정사에 미란迷亂함을 숭상하고 그 덕마저 전복시키고 술에 빠져 즐거

했는데도 瞽叟에게는 맞지 않았으며, 효가 이미 비방을 당하자 伯奇는 추방을 당했고, 骨肉의
至親인 父子가 서로 의심하였으니 어째서인가? 비방이 쌓여서 그렇게 된 것이다.'라고 하였다.
그 아래에 〈青蠅〉편을 인용하였으니 幽王이 宜臼를 추방한 것과 일치한다.『楚辭』〈九歎〉에
서 '쉬파리가 자질을 바꿔버렸고, 晉나라 驪姬가 배신했구나.'라고 했다. 또한 幽王의 폐첩 褒
姒의 경우와 같다. 모두 三家에서 나왔으되, 모시의 뜻을 분명히 보충할 만하다."

291) 鄭玄 箋·孔穎達 疏,『毛詩正義』卷18,『大雅』,〈抑〉, 十三經注疏本, 554쪽.
292) 朱熹,『詩集傳』卷18『大雅』,〈抑〉, 205쪽, 207쪽.

위하고 있구나. 너는 술에 빠져 즐겁겠지만 조상이 이어준 전통을 생각하지 않는 것인가. 널리 선왕의 도를 구하여 밝은 법을 시행하지 않는구나.[293)

무공은 당시의 통치자들이 위의威儀가 부족하다고 생각했다. 이것은 덕행을 근본으로 한다. 그래서 위의가 없으면 백성들에게 좋은 본보기가 될 수 없고 백성들도 따라야 할 바를 잃게 된다. 당시에 좋은 본보기가 될 수 있는 인물은 문왕, 무왕, 주공 등의 선왕이었다. 그래서 그는 다음과 같이 호소했다.

아, 소자小子야. 좋고 나쁨을 알지 못하는가. 손으로 잡아 줄 뿐만 아니라 일로 보여주며 대면하여 가르쳐 줄 뿐만 아니라 그 귀를 잡고 말해주노라. 설령 지식이 없다 하나 또한 이미 아들을 안고 있도다. 사람들이 자만하지 않는다면 누가 일찍 알고 늦게 이루리오. 하늘이 매우 밝으시니 우리 삶이 즐겁지 않도다. 네 몽몽함을 보고 내 마음 서글퍼지노라. 너를 가르치기를 간곡히 하는데도 너는 내 말을 건성으로 듣는구나. 가르쳐 준다고 여기지 않고 도리어 사납다고 하는구나. 설령 지식이 없다 하나 또한 이미 늙었도다. 아, 소자야. 너에게 옛 법을 말해주노라. 내 계책을 들어 쓴다면 아마도 큰 후회가 없으리라. 하늘이 막 어려운지라 그 나라를 망하게 하니, 취하여 비유함이 멀지 않은지라. 하늘의 이치가 어그러지지 않거늘 그 덕을 사악하게 하여 백성으로 하여금 크게 곤궁하게 하는구나.[294)

이와 같이 스스로를 경계하는 태도와 간곡한 충고는 사람을 감동시키기에 충분했다. 하지만 무공에게서는 주나라 초기 통치자들이 가지고 있던 그런 자신감을 더는 찾아볼 수가 없었다. 그 대신 무공은 어려움에 처한 나라와 백성들에 대해 두려움과 부끄러움을 느끼며, 젊은 귀족 자제들이 자신처럼 스스로 반성하고 충고와 의견을 귀담아들으며 신중하게 정사를 돌보기를 바

---

293) 朱熹, 『詩集傳』卷18 『大雅』, 〈抑〉, 204~205쪽.
294) 朱熹, 『詩集傳』卷18, 『大雅』, 〈抑〉, 206~207쪽.

랐다. 그가 다시 청정제도를 회복시키고자 한 것은 아마도 이런 생각에서 비롯되었을 것이다. 무공은 자신의 음주 행위를 뉘우치는 시를 지은 적도 있다. 오늘날 전해지는 『시경』〈소아 · 빈지초연賓之初筵〉 편이 바로 그것이다. 무공은 시에서 "무릇 이 술을 마심에 혹 취하고 혹 취하지 않는지라, 이미 감監을 세우고 혹은 사史로 보좌하게 하나니, 저 취하여 선하지 못함을 취하지 않은 이가 도리어 부끄러워 하나니라. 따라가 말하여 너무 태만하지 말라고 할 수 없겠는가. 말하지 않을 것은 말하지 말며 따르지 않을 것은 말하지 말라. 취중에서 나오는 대로 말하는 자에게 뿔이 없는 양을 내놓으라 하리라. 세 잔에도 기억하지 못하거니 하물며 감히 또다시 마신단 말인가."[295]라고 하며 역설적으로 스스로를 반성하였다.

서주 말 춘추 초에 위 무공처럼 주나라 예악 제도를 수호하고 자신을 되돌아보며 반성하던 통치자는 아주 드물었다. 그래서 사람들은 그가 살아있을 때는 〈기오淇奧〉를 지어 칭송하고[296], 그가 세상을 떠난 뒤에는 "예성무공睿聖武公"[297]이라고 높여 불렀다. 무공의 행위는 자주 사람들에게 회자되었다. 심지어 일부에서는 주 평왕이 동쪽으로 천도한 뒤, 위 무공이 아닌 진晉 문후文侯를 통해 주 왕실을 부흥코자 한 것은 잘못된 선택이었다고 평가하기도 했다. 명나라 때의 왕초王樵(1521~1599)는 다음과 같이 말했다.

평왕平王은 주나라의 부흥을 기대했던 것이 아니라 당시 주나라의 쇠락을

---

295) 朱熹, 『詩集傳』卷14, 『小雅』,〈賓之初筵〉, 164쪽. 주희는 이 시의 중심 사상을 다음과 같이 해석했다. "毛氏는〈序〉에서 위 무공이 유왕을 풍자했다고 하였다. 韓氏는 위 무공이 술을 마시고 과오를 뉘우친 것이라고 하였다. 오늘날 이 시의 의미를 보면 『大雅』〈抑〉 편과 비슷하다. 무공이 스스로 반성하기 위해 지은 시가 틀림없다. 나는 韓義의 말을 따르겠다."

296) 『詩經』『衛風』〈淇奧〉에는 "아름답고 찬란하게 빛나는 군자는 귀에 매단 아름다운 옥돌이 고깔과 어울려 별과 같구나. 엄숙하고 우아하며 성대하고 의젓하도다. 아름답고 찬란하게 빛나는 군자는 끝내 잊을 수가 없구나."라고 하였다.〈모시서〉에는 "무공의 덕을 찬미한 것이다. 문장에 능하였고 또 신하들의 간언을 들어 예로써 스스로 단속하였다. 이 때문에 주나라 조정에 들어가 도우니, 이것을 찬미하여 이 시를 지은 것이다."라고 하였다. 삼가시의 주장도 이와 비슷하다.

297) 徐元誥, 『國語集解』,〈楚語上〉, 502쪽.

막으려고 한 것이었는데, 또한 이것은 문후가 할 수 있는 일이 아님을 알았다. 오직 위衛 무공武公만이 동시대와 함께 정사를 전수하여 문무文武의 대업을 회복할 수 있었다. 아주 쉬운 일이었지만 평왕은 이를 알지 못했다.[298]

사실, 평왕이 무공의 능력을 몰라서 그를 임용하지 않은 것은 아니었다. 무공의 방법으로는 당시 사회가 맞닥뜨린 모순과 문제를 해결할 수 없다고 생각했기 때문에 임용하지 않은 것이다. 서주 초기 통치자들이 실행한 청정제도는 씨족 종법 사회에서 상하 소통을 가능케 하던 통로로, 통치자들의 문화 이념과 도덕 행위로써 백성들을 교육하고 낡은 풍속을 고치는 데 중점을 두었다. 즉, 일종의 정교 합일政教合一의 단체 행위였다. 반면, 위 무공이 실행한 청정은 의견을 수렴하는 통로를 확보하는 것으로, 통치자들이 자신의 행위를 단속하게 하는 데 중점을 두었다. 즉, 일종의 자아 교육과 자아 구원의 개인 행위였다. 사회 전체로 보면, 무공의 청정은 더 이상 위에서 모범을 보이면 아래에서 본받고, 낡은 풍습을 고치는 등의 정교 효과를 발휘할 수가 없었다. 씨족에 대한 사회 구성원들의 의존도가 낮아진 반면, 실제 이익에 대한 그들의 요구가 예악 제도에 대한 숭배를 훨씬 넘어섰기 때문이다. 사람들이 청정을 예악 제도의 형식으로만 볼 뿐, 그 의미를 깊이 이해하지 못했기 때문에, 청정으로 사회를 부흥시키고자 한 것은 현실에 맞지 않은 환상에 불과했다. 그러나 사회 구성원으로서의 개인으로 보자면, 무공의 청정과 자아 성찰은 춘추 초기 귀족들의 자아에 대한 관심과 인식의 반영이라고 할 수 있다. 무공은 아무도 통치자에게 훈계하지 않음으로써 초래된 국가의 동요와 개인의 피폐를 인식하였지만, 당시의 귀족들은 자아를 단속하고 반성하는 데 인색했다. 사실상 청정과 자아 반성은 제후들이 자아 교육과 자아 구원을 할 수 있는 좋은 방법이자 수단이었다.

이렇게 보면, 위 무공의 청정과 자아 반성은 서주 예악 제도로의 진정한

---

298) 王樵, 『尚書日記』卷16, 〈文侯之命〉, 四庫全書本.

회귀가 아니라 서주 예악 제도에 대한 비자발적인 해체였다. 또한 사회 씨족 종법 구조의 제도화 구현이 아니라 개인 정치 생명을 위한 응급 조치였던 셈이다. 이런 해체와 조치는 서주 말 춘추 초와 서주 전성기의 문화적 차이를 여실히 보여준다. 서주 전성기의 통치자들은 천명 귀신에 대한 의존에서 주 문왕 등 명군성주明君聖主에 대한 숭배로 관점 전환을 함으로써 사람들로 하여금 허황한 신앙 세계에서 현실의 세속 생활로 관심을 돌리게 하는 한편, 번거로운 예악 제도를 통해 씨족 종법에 의존하도록 하였다. 또 이렇게 함으로써 중국 문화가 "관호인문"의 관점으로 새롭게 발전할 수 있는 길을 열어주었다. 반면에, 서주 말 춘추 초에는 각종 사회 주체의 독립적 지위와 인격을 인정하고, 개인의 이익 추구의 합리성을 인정하면서 상대방과의 상호 의존 속에서 상대방의 가치를 인식하였다. 또한 통치자도 스스로 자기 수양과 자아 단속을 강화하고 성군의 이미지를 만들어 냄으로써 사회의 인정과 존경을 받았다. 이로써 중국 문화는 전체 가치를 존중하는 동시에 개인의 가치도 중시하게 되었다. 이것은 중국 문화에 있어서 또 한 번의 중요한 관점 전환으로 중국 문학 관념 발전에 새로운 문화 관점을 제공했다.

제2절 尹吉甫의 "作誦"과 詩歌 기능의 변화

위 무공과 동시대에 활약한 주나라 경사卿士 윤길보尹吉甫도 문학 관념을 이야기할 때 빠뜨릴 수 없는 중요한 인물이다.

윤길보는 혜백길보兮伯吉甫라고도 한다. 성은 길姞이고, 선대는 악鄂씨였다. 주나라 팡링房陵(현 湖北 十堰市 房縣)으로 이주한 뒤 혜兮씨로 바꾸었다. 이름은 갑甲(伯), 자는 길보吉甫(父)로, 정식 명칭은 혜백길부兮伯吉父 또는 혜갑길부兮甲吉父라고 부른다. 윤尹은 관명으로, 그가 주 선왕의 사윤師尹을 지냈기에 윤길보라고 부른다. 일부에서는 그 선대가 윤관尹官을 지내서 윤씨로 보기도 한다.[299] 생몰년은 미상이다. 윤길보는 서주 말기 선왕 시기에 경사卿士

를 지내며 내사를 관장하고 책명을 관리했다. 또한 대장大將이 되어 험윤玁狁을 정벌하기도 하였다. 말년에 중상모략을 당해 유배되었다가 유왕에게 사형을 받고 팡링에 안장되었다. 유물로는 "혜갑반兮甲盤"이 있다. 윤길보가 『시경』을 처음 한데로 모았다고 전해진다. 오늘날 전해지는 『시경』〈대아〉에 실린 〈숭고崧高〉, 〈증민蒸民〉, 〈한혁韓奕〉, 〈강한江漢〉 등은 모두 그의 작품이다. 그래서 "길보작송吉甫作誦"은 작자 미상이 많은 『시경』을 상징하는 대명사가 되었다. 그래서 일부에서는 그를 가리켜 "중화 시조詩祖"라고 부르기도 한다. 위 무공의 청정과 "자아 반성"의 시가를 통해 서주 예악 제도의 해체와 문화 관점의 전환을 볼 수 있다고 한다면, 윤길보의 "작송"을 통해서는 서주 말기에 나타난 시가 기능의 변화를 감지할 수 있다. 따라서 서주 말기부터 춘추 시대까지의 문학 관념 변천에 관한 중요한 단서를 여기서 찾을 수 있다고 하겠다.

『시경』 중 〈풍〉과 〈아〉는 예로부터 "정正", "변變"의 이론이 있었다. 이른바 "정풍", "정아"는 〈국풍〉 및 서주 흥성기에 지은 〈대아〉와 〈소아〉의 작품을 일컫는다. 반면, "변풍", "변아"는 〈국풍〉 및 서주 쇠퇴기 이후에 지은 〈대아〉와 〈소아〉의 작품을 일컫는다. 서주 쇠퇴기는 여왕 때부터 시작해서 선왕과 유왕을 포함한다. 서주 사회가 몰락하면서 통치자들은 교만하고 사치스럽고 방탕하고 태만했으며 백성들의 생활은 도탄에 빠지게 되었다. 그래서 "변풍", "변아"와 "정풍", "정아"는 그 작풍에서 분명한 차이가 난다. 사회 부조리를 밝히고 통치자에 대한 불만을 드러내며 분한 마음을 분출하고 풍자하는 것은 "변풍", "변아"의 주요 사상 내용이자 예술 특징이다.

그러나 우리가 윤길보의 시가에서 볼 수 있는 것은 풍자가 아니라 찬송이다. 예를 들어, 『시경』〈대아 · 숭고〉에서는 "신백申伯의 덕이여, 유순하고 또 정직하도다. 만방을 다스려 사방의 나라에 알려지도다. 길보가 송시를 지으니

---

299) 정현은 『詩經』 『大雅』 〈崧高〉의 箋에서 "尹吉甫는 이름이 甲伯이고, 주나라 卿士이다. 윤은 官氏이다."라고 하였다. 공영달은 疏에서 "『좌전』에서 '관에는 세공이 있고 관족이 있다.'라고 하였다. 오늘날 윤길보는 윤을 씨로 하고 있는데, 이는 그가 윤관을 지낸 뒤 그것이 씨가 되었기 때문이다. 고로 '윤은 관씨이다.'"라고 하였다.

그 시가 심히 훌륭하구나. 그 소리가 마침내 아름다우니 이것을 신백에게 주
노라.", 〈증민〉에서는 "네 필의 검은 숫말이 건장하며 여덟 방울이 화하게 울
리네. 중산보가 제나라에 가나니 그 돌아옴을 빨리하리로다. 길보가 송시를
지으니 의미심장함이 청풍과 같도다. 중산보가 길이 생각하는지라 그 마음을
위로하노라.", 〈한혁〉에서는 "네 필의 검은 숫말이 크고 크니 심히 키가 크고
또 크도다. 한후韓侯가 들어와 뵈니 개규介圭로써 들어와 왕을 뵙도다. 왕께서
한후에게 물건을 내려주시니 좋은 개와 유장과 화문석으로 만든 가리개와 빛
나는 형과 검은 곤룡포와 붉은 신과 갈고리와 가슴걸이와 조각한 당로와 털
없는 가죽 고삐와 호피로 만든 덮개와 가죽 고삐와 쇠고리로 묶은 것이로다.",
〈강한〉에서는 "소호는 머리 숙여 엎드려 절하며 왕의 아름다운 명을 답하여
밝히고. 소공을 추모하여 섬기며, 천자의 만수무강을 빌었다네. 밝고 밝으신
천자께서 훌륭한 명예가 끝이 없으시고. 문덕을 베푸시어 온 세상을 무젖게
하소서."라고 하였다. 이 시가들의 목적에 대해서는 선인들의 주장이 거의 일
치한다. 〈숭고〉에 대해서는 〈모시서〉에서 "윤길보가 선왕을 칭송하였다. 천하
를 안정시켜 나라를 세우고 제후들과 사이가 좋으며 신백에게 상을 내렸다
."[300]라고 하였다. 주희는 "선왕宣王이 외숙인 신백을 사謝에 봉하자, 윤길보가
시를 지어 올렸다."[301]라고 하였다. 〈증민〉에 대해서는 〈모시서毛詩序〉에서
"윤길보가 선왕을 칭송하였다. 어진 사람에게 정사를 맡기고 능력 있는 자를
부려 주나라 왕실이 부흥하였다."[302]라고 하였다. 주희는 "번후樊侯 중산보가
선왕의 명을 받고 제나라로 성을 쌓으러 가자, 윤길보가 시를 지어 전송했다
."[303]라고 하였다. 〈한혁〉에 대해서는 〈모시서〉에서 "윤길보가 선왕을 칭송하
였다. 제후에게 책명을 내렸다."[304]라고 하였다. 주희는 "한후가 처음 즉위하

---

300) 鄭玄 箋·孔穎達 疏, 『毛詩正義』卷18, 十三經注疏本, 565쪽.
301) 朱熹, 『詩集傳』卷18, 『大雅』, 〈崧高〉, 212쪽.
302) 鄭玄 箋·孔穎達 疏, 『毛詩正義』卷18, 十三經注疏本, 568쪽.
303) 朱熹, 『詩集傳』卷18, 『大雅』, 〈崧高〉, 214쪽.
304) 鄭玄 箋·孔穎達 疏, 『毛詩正義』卷18, 十三經注疏本, 570쪽.

여 조정에 와서 비로소 왕명을 받고 돌아가자 시인이 시를 지어 올렸다."305)라고 하였다. 〈강한〉에 대해서는 〈모시서〉에서 "윤길보가 선왕을 칭송하였다. 혼란을 평정하고 소공에게 명해 회이淮夷를 정벌하게 하였다."306)라고 하였다. 주희는 "소목공召穆公이 선왕宣王의 명을 받고 회남淮南의 오랑캐를 정벌하자 시인이 칭송하였다."307)라고 하였다. 즉, 윤길보가 지은 이 시들의 내용은 신백이 책봉을 받고, 한후가 왕명을 받아 돌아가고, 중산보가 제나라에 가서 성을 쌓고, 소공이 회이를 평정하는 것이지만 그 목적은 주 선왕의 중흥을 찬양하는 것으로 창작 목적이 매우 분명하다. 이런 찬양을 목적으로 하는 작풍은 "변아"에서 유난히 두드러지게 나타나 "정아"의 작풍과 유사하게 보임으로써 사실을 밝히고 풍자하는 것을 목적으로 하는 "변아"의 작풍과는 선명한 대조를 이룬다. 거의 "정아"의 작풍에 가깝다고 할 수 있다.308) 그렇다면 선인들은 왜 그의 작품을 "정아"가 아닌 "변아"로 분류한 것일까?

여기서는 두 가지 문제만 다뤄보도록 하겠다. "선왕이 과연 중흥을 했었는가?"와 "윤길보의 송가는 어떠한 문화적·문학적 메시지를 시사하고 있는가?"이다.

첫 번째 질문에 있어서 선인들의 주장은 꽤 모순적이다. 〈모시서〉와 기타 시경 전문가들은 선왕이 실제로 중흥을 했었고, 윤길보의 송가로 대표되는 선왕 시기의 작품 및 시가詩家의 해석이 이를 증명한다고 했다. 그렇다면 이

---

305) 朱熹, 『詩集傳』卷18, 『大雅』,〈韓奕〉, 216쪽.

306) 鄭玄 箋·孔穎達 疏, 『毛詩正義』卷18, 十三經注疏本, 573쪽.

307) 朱熹, 『詩集傳』卷18, 『大雅』,〈江漢〉, 217쪽. 일부에서는 시 중에 "虎가 절하고 머리를 조아려 왕의 아름다운 명에 답하여 칭송하여 召公의 이름을 지었으니, 천자여, 만수무강하소서."라고 한 구절을 근거로, 소백호(소목공)가 이 시를 지었다고 주장했다. 주희의 주장에 따르면, 이 시는 소백호가 淮夷를 평정한 것을 노래하고 있지만, 윤길보가 지은 것이 분명하다고 보았다. 여기서는 주희의 의견을 따른다.

308) 사실 선왕의 재위 기간에 그를 찬양한 이는 부지기수였다. 예를 들어, 仍叔이 지은 〈雲漢〉(『詩經』〈大雅〉참고)에는 가뭄이 나자 선왕이 側身修行한 것을 찬미하였고, 소목공이 지은 〈常武〉(『詩經』〈大雅〉참고)에는 선왕이 西夷의 난을 평정한 것을 찬양했으며, 작자 미상의 〈車攻〉과 〈吉日〉(『詩經』〈小雅〉참고)에는 선왕이 동도와 서도에서 농사일 한 것을 칭송하고 있다.

시기의 작품 속에 나타난 "청풍淸風 같은 온화함"과 "왕의 아름다운 명을 답하여 칭송함"은 왜 "변아"로 분류된 것일까? 선왕의 집권 시기가 서주 말기에 해당된다고 해서 작풍은 고려하지 않고 무조건 이 시기의 작품들을 "변아"로 분류했다는 주장은 쉽게 납득이 가지 않는다. 사실, 『시』는 이미 이 사실에 주목하였고 선왕이 중흥을 이룬 왕이 아니라고 보았다. 예를 들어, 『시경』〈소아 · 유월〉에는 선왕이 왕위에 오른 뒤, "윤길보가 선왕의 명을 받아 군사를 이끌고 험윤玁狁【인용자】을 정벌하고 공을 세우고 돌아오자 시인이 이 일로써 시를 지었다."[309]라고 하며 군대의 위엄과 윤길보의 공로를 찬양하였다. 그러나 〈모시서〉에서는 이와 다르게 묘사하고 있다.

〈유월六月〉은 선왕이 북벌한 것을 읊은 시이다. 〈녹명鹿鳴〉이 폐해지면 화락이 없어질 것이요, 〈사목四牧〉이 폐해지면 군왕의 의가 없어질 것이요, 〈황황자화皇皇者華〉가 폐해지면 충신이 없어질 것이요, 〈상체常棣〉가 폐해지면 형제의 정이 없어질 것이요, 〈벌목伐木〉이 폐해지면 친구의 의리가 없어질 것이요, 〈천보天保〉가 폐해지면 복록이 없어질 것이요, 〈채미采薇〉가 폐해지면 정벌이 없어질 것이요, 〈출거出車〉가 폐해지면 공력功力이 없어질 것이요, 〈체두杕杜〉가 폐해지면 군대가 없어질 것이요, 〈어려魚麗〉가 폐해지면 법도가 없어질 것이요, 〈남해南陔〉가 폐해지면 효우孝友의 행실이 없어질 것이요, 〈자화白華〉가 폐해지면 염치가 없어질 것이요, 〈화서華黍〉가 폐해지면 저축이 없어질 것이요, 〈유경由庚〉이 없어지면 음양이 그 도리를 잃을 것이요, 〈남유가어南有嘉魚〉가 폐해지면 현자가 불안하고 백성들이 살 곳을 얻지 못할 것이요, 〈숭구崇丘〉가 폐해지면 만물이 이루어지지 못할 것이요, 〈남산유대南山有臺〉가 폐해지면 나라를 다스리는 기본이 실추될 것이요, 〈유의由儀〉가 폐해지면 만물이 그 도리를 잃을 것이요, 〈요소蓼蕭〉가 폐해지면 은택恩澤이 괴리될

---

309) 朱熹, 『詩集傳』卷10, 『小雅』, 〈六月〉, 114쪽. 이 시의 마지막 장에서는 "길보가 잔치에서 기뻐하심은 많은 복을 받아서라네. 호 땅에서 돌아왔으니 내가 떠난 지 오래되어서라네. 내가 여러 친구들에게 음식을 권하노니 자라찜과 잉어회라네. 그 자리에 있는 친구 누구일까? 효성스럽고 우애로운 장중이라네."라고 하였다. 그래서 張仲이 이 시를 지었다고 주장하는 이도 있다.

것이요, 〈담로湛露〉가 폐해지면 만국이 흩어질 것이요, 〈동궁彤弓〉이 폐해지면 제후가 쇠망할 것이요, 〈청청자아菁菁者莪〉가 폐해지면 예의가 없어질 것이며, 〈소아小雅〉가 모두 폐해지면 사방의 오랑캐가 교대로 침범하여 중국이 미약해질 것이다![310]

한 마디로, 〈모시서〉의 지은이가 볼 때, 〈유월〉에 나타난 것은 중흥의 모습과 기세가 아니라, "정"〈소아〉 정신의 전체적인 폐단과 몰락이었다. 그래서 〈유월〉의 시는 전통 詩家가 보기에 "정"〈소아〉의 연속이 아니라, "변"〈소아〉의 시작이었다.

시가詩家의 눈은 매우 예리했다. 선왕은 결코 중흥의 왕이라고 할 수 없었다. 역사 기록을 살펴보면, 선왕이 "천무千畝 경작의 전례를 올리지 않고", "대원大原에서 호구조사를 하며"며, "희戲를 세우고 노나라를 공격"한 것 등은 모두 "중흥의 왕"이 마땅히 가지는 행위가 아니었다. 오히려 주 왕실의 근본을 뒤흔들고 장차 세상을 혼란하게 만들 화근을 만든 셈이었다.

먼저 "천무 경작의 전례를 올리지 않은" 것에 대해 살펴보자. 『국어』〈주어상〉에 따르면 "선왕이 즉위하고 나서 천무 경작의 전례를 올리지 않았다. 그러자 괵괵號 문공文公이 간언하였다. '안 됩니다. 무릇 백성에게 있어서 가장 큰 일이 농사입니다. …… 지금 천자께서 그 훌륭한 제도를 이어 가야 함에도 불구하고 그 큰 공적을 포기하려 하시니, 그렇게 되면 신에게 바치고 제사에 올리는 물품이 궁핍하게 될 것이며, 백성들 또한 재물이 없어 곤란해질 것인데 장차 어찌 신에게 복을 구하거나 백성을 이용할 수 있겠습니까?' 그러나 왕은 이를 듣지 않았다. 선왕 39년, 서융이 천묘千畝에 침입하자 선왕의 군대가 맞서 싸웠으나 강씨의 융적에 계속 패하였다."[311] 고대 제도에는 천자가 도시 근교에 1,000묘畝(1묘=666.67㎡)의 논밭을 두고 농사를 중시하였다. 왕이

---

310) 鄭玄 箋·孔穎達 疏, 〈毛詩正義〉卷10, 十三經注疏本, 424쪽.
311) 徐元誥, 『國語集解』, 〈周語上〉, 15~21쪽.

직접 농사에 참여하는 모범을 보이기 위해 매년 그곳에서 선농제를 거행하였다. 선농제는 여왕 때부터 폐지되었고, 선왕 때도 거행되지 않았다. 쉬푸관은 농업은 당시 경제의 근간으로 그 생산 방식은 상하가 하나 되어 협동하는 노동 정신에 달려 있는데 "천묘 경작의 전례를 올리지 않는다."는 것은 이런 정신이 파괴되었고, 서주 "봉건 경제가 몰락하기 시작했음"³¹²⁾을 의미한다고 하였다. 선왕이 주 왕실을 진흥하고자 했다면 마땅히 선농제를 부활시켜야 했지만, 그는 대신들의 간언에도 불구하고 이에 따르지 않았다. 선왕은 선농제를 반대한 것이다. 『시경』〈기부祈父〉疏疏에서는 공조孔晁가 "선왕이 선농제를 올리지 않아 하늘이 노하고 백성은 곤궁에 빠졌다. 이에 견융이 봉기하여 근교에서 전투가 벌어졌다."³¹³⁾라고 한 것을 인용하여, 선왕이 "천묘 경작의 전례를 올리지 않아서" 불러온 사회적 해악을 강조하였다.

다음으로 "호구조사"한 것에 대해 살펴보자. 『국어』〈주어상〉에는 또한 "선왕이 전쟁으로 남국의 군사를 잃자 대원大原의 호구조사를 하려고 하였다. 이에 중산보가 간언하였다. '호구조사를 해서는 안 됩니다. …… 백성을 다스림에 일하기를 싫어하신다면 법명을 부과할 수 없게 됩니다. 게다가 이유 없이 호구조사를 하는 것은 하늘도 싫어하는 바이니 정치에 해악이 되고 후손도 방해가 될 것입니다.' 그러나 선왕은 끝내 호구조사를 고집하였다. 그리하여 유왕 때 이르러 나라가 멸망하고 말았다."³¹⁴⁾라고 하였다. 이른바 "호구조사"란 인구와 토지 소유량을 등록하여 조세 징수의 근거로 삼는 것을 말한다. 한편, "대원大原"은 산시山西 타이위안太原이 아니라, 당시 주나라 북방의 국경 지역으로 지금의 간수甘肅 구위안固原 일대를 가리킨다. 선왕은 대원에서 호구조사를 실시하였는데 변방 지역까지 빠짐없이 가혹한 조세 징수가 이루어졌음을 알 수 있다. "너무 과도하게 착취하여 백성들이 도저히 감당할 수 없었

312) 徐復觀, 『兩漢思想史』第1卷, 「封建政治社會的崩壞及典型專制政治的確立」, 上海:華東師範大學出版社, 2001, 40쪽.

313) 徐元誥, 『國語集解』, 〈周語上〉, 21쪽.

314) 徐元誥, 『國語集解』, 〈周語上〉, 23~25쪽.

다. 그래서 '유왕 때 이르러 나라가 멸망하고 말았다.'"315)

주 선왕이 "희戲를 세우고 노나라를 공격한" 잘못된 결정으로 주 천자의 위신에 더욱 심각한 손실을 가져왔고 주 왕실과 제후 간의 관계를 악화시켰으며 서주 봉건 종법 제도에 근본적인 동요를 초래하였다. 『국어』〈주어상〉과 『사기』〈노주공세가〉에 따르면, 선왕 13년(기원전 815)에 노 무공이 죽자, 선왕이 개인적인 감정을 앞세워 무공의 장자 괄括을 폐하고 둘째 아들인 희戲에게 부친의 뒤를 이어 의공懿公에 오르게 하였다. 의공 9년(기원전 807)에 괄의 아들 백어伯禦와 노인魯人이 의공을 죽이고316) 백어가 노군魯君의 자리를 계승했다. 11년 뒤, 선왕이 군사를 이끌고 노나라에 쳐들어와 백어를 죽이고 의공의 아우인 칭稱으로 하여금 형의 뒤를 이어 효공孝公에 오르게 하였다. 이 같은 결정은 결과적으로 선왕의 승리로 끝이 났지만 "제후와 사이가 나빠지고"317), "제후가 왕명에 반기를 드는"318) 심각한 문제를 낳게 하였다. 이런 제도적으로 주 왕실 통치의 근본을 뒤흔드는 행위가 선왕 시기에 발생하였는데 주 선왕을 과연 "중흥의 왕"이라고 할 수 있을까? 선왕이 사회에 초래한 동요와 백성들에게 불러온 고통은 매우 자명한 사실이다. 그래서 그의 죽음이 베일에 싸인 것도 어쩌면 아주 당연한 일이라고 할 수 있다.319)

선왕은 왕위에 오른 뒤, 생산력 확대에 관심을 기울이지 않고 간언을 받아

---

315) 徐復觀, 『兩漢思想史』第1卷, 「封建政治社會的崩壞及典型專制政治的確立」, 40쪽.

316) 『史記』〈魯周公世家〉, 『國語』〈周語上〉의 韋昭 注에서 "백어는 괄이다."라고 한 것을 근거로 하였다.

317) 徐元誥, 『國語集解』, 〈周語上〉, 22쪽.

318) 司馬遷, 『史記』卷33, 〈魯周公世家〉, 二十五史本, 188쪽.

319) 주 선왕이 세상을 떠나자, 『國語』〈周語上〉에는 內史의 말을 실어 "주나라가 흥하고 鸑鷟이 岐山에서 울었다. 그것이 쇠하자 杜伯이 鄗 땅에서 선왕을 쏘았다."라고 하였다. 韋昭의 주에서는 『周春秋』의 말을 인용하여 "선왕은 두백을 죽이고 마음이 편치 않았다. 3년 후, 선왕이 제후들과 함께 사냥을 나갔다. 정오 무렵, 두백의 화신이 나타났다. 붉은 옷에 붉은 모자를 쓰고, 붉은 활에 붉은 화살을 당겨 선왕을 쏘았다. 심장에 명중하여 선왕이 그 자리에서 죽었다."라고 하였다. 『墨子』〈明鬼下〉도 이와 비슷하다. 그러나 『春秋公羊傳』〈소공 31년〉에서는 선왕이 邾婁와 叔術에게 살해당했다고 하였다. 어느 것이 맞는지 알 수 없으니 역사의 수수께끼로 남았다.

들이지 않았으며 봉건 종법 제도를 마음대로 훼손하고 주 왕실과 제후 간의 관계를 악화시켰다. 또한 험윤玁狁, 회이淮夷, 강한江漢 등 주나라 부근의 소수 민족 정벌을 위해 전쟁을 일삼고, 거기에 필요한 병력을 동원하기 위해 백성을 가혹하게 착취하였다. 이로써 서주 몰락에 더욱 박차를 가하게 되었다. 훠와이루侯外廬(1903~1987)은 다음과 같이 말했다.

선왕의 "중흥" 정책에 대해서는 〈소아〉에 실린 원정 출병에 관한 시편을 통해 오랑캐와의 전쟁을 조장하여 내부 위기를 완화하려고 했던 것을 알 수 있다. 그러나 이 정책은 실패하였고 오히려 내부 위기를 확대하는 결과를 낳았다.[320]

사실, 선왕 시기에 탄생한 수많은 시가는 당시 백성들의 고통과 분노를 묘사하고 있다. 예를 들어, 『시경』〈소아 · 기부〉 편에는 "사마님이시여, 저희는 왕의 발톱과 이빨입니다. 어찌 저희를 궁휼 속에 굴려서 머물 곳도 없게 하십니까?"라고 하고, "〈서〉는 선왕을 풍자하는 시라고 하였다. 또한 선왕 39년에 천묘千畝에서 전쟁이 발발하자 선왕이 몸소 정벌에 나섰지만 강융에게 크게 패했고 분노한 군사들이 이 시를 지었다."[321]라고 하였다. 『소아』〈백구白駒〉에서는 "희고 흰 망아지, 내 밭의 풀 먹인다. 매어두고 묶어두어 아침 내내 잡아놓는다. 바로 그 사람, 여기서 놀게 하리라."라고 하고, 〈모시서〉에서 "대부가 선왕을 풍자하였다."[322]라고 하였다. 『소아』〈황조〉에서는 "꾀꼬리여, 꾀꼬리여. 닥나무에 앉지 마라. 쪼지 마라, 우리 벼 없어진다. 이 나라 사람들이 나를 잘 대접하지 않는구나. 돌아가리, 돌아가리. 내 나라 내 가족에게로."라고 하고, 〈모시서〉에서 "선왕을 풍자하였다."[323]라고 하였다. 『소아』〈아행기

---

320) 侯外廬 · 趙紀彬 · 杜國庠, 『中國思想通史』第1卷, 北京:人民出版社, 1957, 104쪽.

321) 朱熹, 『詩集傳』卷11, 『小雅』, 〈祈父〉, 122쪽.

322) 鄭玄 箋 · 孔穎達 疏, 『毛詩正義』卷11, 十三經注疏本, 434쪽.

323) 鄭玄 箋 · 孔穎達 疏, 『毛詩正義』卷11, 十三經注疏本, 434쪽.

야我行其野〉에서는 "내가 들판을 거닐자 가죽나무 무성하게 우거졌구나. 혼인의 일로 그대 집에 왔다네. 그대 나를 돌보지 않아 다시 내 고향 내 친척에게로 돌아가려네."라고 하고, 〈모시서〉에서 "선왕을 풍자하였다."[324)라고 하였다. 선왕 시기 백성들의 생활이 여왕과 유왕 시대보다 그다지 넉넉하지 않았음을 알 수 있다. 또 앞에서 공백화가 왕권을 선왕에게 넘기자, 예양부가 "하늘이 죽음의 재앙을 내려 우리가 세운 왕을 죽였도다. 이런 벌레들을 내려서 가을 추수할 곡식들이 모조리 병들어 버렸기" 때문이라고 분노한 것만 봐도, 선왕이 백성들로부터 추앙받던 천자가 아니었음을 증명해준다.

다시 윤길보의 송시 이야기로 돌아가 보자. 그럼 송시는 어떤 문화적·문학적 메시지를 전달한 것일까? 한 가지 분명한 것은 윤길보는 시를 지어 조정을 보좌하고 권선징악을 하려고 했던 것이 아니라, 아부하고 떠받들며 혼란한 세상을 감추고 태평한 것처럼 꾸미려고 했다는 점이다. 당시 그가 "밝고 밝으신 천자께서 훌륭한 명예가 그치지 않으시며", "신백의 덕이여, 유순하고 또 정직하도다."라고 소리 높여 노래 부를 때, 그는 이미 시를 자신의 선전 도구로 여겼고 그 덕분에 사람들로부터 "문무에 뛰어난 길보는 만방에 모범이구나. 길보가 잔치에서 기뻐함은 많은 복을 받아서라네."[325)와 같은 값싼 칭찬을 얻을 수 있었다. 비록 서주 흥성기에도 많은 축원과 아첨을 하는 시가가 있었다고는 하지만 그것은 일종의 이상과 질서에 대한 예찬이었다. 문왕을 맹목적으로 신봉한 것이라고 하더라도 한 개인에 치우친 것이 아니라 주 민족에 대한 예찬의 성격이 짙었다. 더욱 중요한 것은 당시의 시가들이 사실적 내용을 바탕으로 했기 때문에 백성들이 씨족의 공동 목표를 위해 노력할 수 있도록 힘을 북돋아 주었다는 점이다. 반면, 윤길보가 지은 선왕에 대한 찬미는 국가와 민족의 이익에서 비롯된 것이 아니라 대부분 개인의 이해타산에서 나온 것이었다. 그래서 이런 찬미는 사회 가치관의 혼란을 빚어 사회의 대혼란을

---

324) 鄭玄 箋·孔穎達 疏, 『毛詩正義』卷11, 十三經注疏本, 435쪽.
325) 鄭玄 箋·孔穎達 疏, 『毛詩正義』卷10, 『小雅』, 〈六月〉, 十三經注疏本, 425쪽.

불러오는 역효과만 낳았다. 『소아』〈절남산〉에서는 윤씨 가문(윤길보 및 그의 후손)의 정권 장악에 대해 강한 불만을 드러냈다.

　　태사 윤공은 주나라의 주춧돌, 나라의 권력 잡아 사방이 다 매였도다. 천자의 성덕을 도와 백성들을 미혹하게 하지 않고 살피지도 않는 하늘이여, 태사를 그대로 두는 것은 옳지 않도다. 정사를 몸소 보지 않으면 뭇 백성이 믿지도 않고 정치를 제대로 묻지 않고 나라님을 속이지 말라. 공평하게 사람을 쓰고 소인을 가까이하지 마시라. 보잘 것 없는 인척을 후하게 씀은 법도가 아니도다. 하늘은 좋은 사람 쓰지 못하고 더 없는 어지러움을 내리셨는가. 하늘은 은혜롭지 못하여 이러한 변괴를 내리었는가. 임금이 바른 도리 이어 간다면 민심도 가라앉으리라. 임금이 공평만 하신다면 쌓였던 분노도 풀어지리라.[326]

　　이러한 불만과 풍자야말로 사회 정서의 진정한 반영이라고 할 수 있다. 위 무공의 자아 반성과 윤보길의 송시는 서주 말부터 춘추 초까지 문학의 사회적 기능이 조용히 변화하고 있음을 두 가지 다른 관점에서 보여주고 있다. 일찍부터 예악 제도에서 중요한 작용을 했던 『시』, 『서』 등의 전통 문학은 더 이상 사회 예악 교화의 구성 요소가 아닌, 점차 개인의 정치적 목적을 실현하거나 개인 이미지를 창출하기 위한 도구가 되었다. 심지어 아부하고 떠받들며, 혼란한 세상을 감추고 태평한 것처럼 꾸미는 도구로 변모하였다. 문학이 예악 제도를 벗어나 독립적인 성향을 갖게 된 것이다.

　　이런 경향은 진인晉人의 대화를 통해 더 자세히 알 수 있다. 주 영靈왕 13년(기원전 559)에 위 헌공獻公이 백성들에 의해 국경 밖으로 쫓겨났다. 이에 진후晉侯가 사광師曠에게 "위나라 사람들이 군주를 내쫓았는데, 또한 너무 심하지 않은가?"라고 묻자, 사광이 대답하기를,

---

326) 鄭玄 箋·孔穎達 疏, 『毛詩正義』卷12, 『小雅』, 〈節南山〉, 十三經注疏本, 440~441쪽.

그 임금이 실로 너무 심했던 것 같습니다. 어진 임금은 선량한 자를 장려하고 사악한 자를 징벌하며 백성을 자식처럼 길러서 하늘처럼 덮어주고 대지처럼 포용합니다. 그러므로 백성들은 그 임금을 떠받들어 부모처럼 사랑하고 일월日月처럼 우러르고 신명처럼 공경하고 우뢰처럼 두려워합니다. 그런데 어찌 임금을 내쫓을 수 있겠습니까? 임금은 신명의 제사를 주관하는 사람으로 백성의 희망인데, 만약 백성의 생활을 곤궁하게 하고 신명의 제사를 끊이게 한다면 백성은 희망을 잃고 사직에는 주나라 사람이 없는 것이니, 그런 임금을 어디에 쓰겠습니까? 내쫓지 않고 어찌 하겠습니까? 하늘이 백성을 내고서 임금을 세운 것은 그 임금으로 하여금 백성을 다스려 천성을 잃지 않게 하기 위함이고, 임금을 세우고서 경좌卿佐를 둔 것은 법도를 넘지 못하게 하기 위함입니다. 그러므로 천자에게는 공이 있고, 제후에게는 경이 있으며, 경에게는 측실側室이 있고, 대부에게는 이종貳宗이 있으며, 사士에게는 친구가 있고, 서인庶人, 공工, 상商, 조皂, 예隸, 목牧, 어圉에게도 모두 친한 사람이 있어, 서로 도우며 선행이 있으면 칭찬하고 잘못이 있으면 바로 잡으며, 어려움을 만나면 구제하고 실패하면 개혁하게 하였으니, 천왕으로부터 이하로 각각 형제와 자제가 있어 그 정령政令의 득실을 살펴 잘못을 보완하게 한 것입니다. 사관은 임금의 거동을 기록하고, 악사는 시로써 간언하고, 악공은 잠언을 낭독하며, 대부는 충언하여 임금을 가르치고, 사는 임금의 과실을 대부에게 전하며, 서민들은 모여서 비방하고, 상인들은 시장에서 득실을 비평하며, 백공百工은 기예를 바칩니다. 그러므로 『하서夏書』에 '주인遒人이 목탁을 흔들며 거리를 순행하고, 관사는 서로 경계하고, 공인工人은 기예를 가지고 간언하라.'고 하였습니다. 음력 정월이 되면 이때 주나라 사람이 거리를 순행하며 목탁을 흔드는 일이 있는 것은 사람들로 하여금 상도常道를 벗어난 임금의 과실을 간언하게 하기 위함입니다. 주 하늘이 백성을 사랑하는 것이 지극하니 어찌 한 사람으로 하여금 백성의 위에서 방자하게 사악한 짓을 하여 천지의 성성性을 버리도록 놓아두겠습니까? 절대로 그렇지 않을 것입니다![327]

---

327) 杜預 注 · 孔穎達 疏, 『春秋左傳正義』卷32, 〈襄公十四年〉, 十三經注疏本, 1958쪽.

이상의 대화는 두 가지 중요한 문화 사상적 메시지를 담고 있다. 하나는 임금과 백성의 관계에 대한 이해이다. 군주는 백성을 위해 세워진 것으로 백성을 사랑해야 하고, 만약 군주가 천지의 성을 버려 백성을 실망시킨다면 백성은 군주를 버릴 수 있다. 다른 하나는 사회 계층에 대한 이해이다. 군신 상하는 서로 의존하여 군주는 간언을 진심으로 받아들이고 신하는 적극적으로 충언을 해야지만 사회가 비로소 합리적으로 운영될 수 있다. 또 이 두 가지는 청정 제도에 대한 이해와도 연관된다. 춘추 시대의 사람들은 청정이 주로 군주가 비판적인 의견 수렴을 하는데 유리하다고 생각했다. 이런 관점에서 볼때, 이 시기 통치자들은 청정이 군주 개인의 도덕 수양과 그 행정에 끼치는 영향에는 많은 관심을 가졌지만, 청정 제도에 포함된 예악 교화가 사회 전체에 미치는 중요한 의미에 대해서는 간과하였다. 서주 시대의 청정은 씨족 내부의 정보 교류와 감정 전달에만 유리한 것이 아니라, 각 나라의 문화를 융합하고 낡은 풍습을 고치는 것을 촉진하기도 하였다. 그러나 춘추 시대에는 청정이 의견 수렴의 방식이나 심지어 공적과 은덕을 찬양하는 도구로 변모했다. 이런 변화는 사람들이 청정 중의 간언, 특히 『시』나 『서』 등 전통 문학의 기능을 이해하는데 생겨난 변화와도 일치한다. 윤길보의 송시는 춘추 시대에 시작된 문학의 실용화, 문학의 효능화, 문학의 개인화 이해에 대한 효시라고 할수 있다.

제3절 叔孫豹의 "不朽觀"과 문학 가치의 새로운 변화

춘추 시대에 이르러, 문학 기능에 대한 사람들의 이해에 조용한 변화가 생겨났다. 동시에, 문학 가치에 대한 판단에도 변화가 발생했다. 노 양공襄公 24년(기원전 547) 봄, 진나라와 노나라 대신의 대화에서 이런 강력한 변화를 엿볼 수 있다. 『좌전』〈양공 24년〉에 따르면,

봄에 노나라 대부인 목숙穆叔이 진晉나라에 갔다. 진나라 권력자인 범선
자範宣子가 맞이하면서 물었다. "옛사람의 말에 '죽은 뒤에도 없어지지 않는
다.'라고 했는데 이 말은 무엇을 뜻하는 것이오?" 목숙이 미처 대답하기도
전에, 범선자가 말했다. "옛날 내 조상은 우나라 이전에는 도당陶唐씨이며,
하나라 때는 어룡禦龍씨가 되었고, 상나라 때는 시위豕韋씨가 되었고, 주나라
때는 당두唐杜씨가 되었고, 진나라가 천하의 맹주로 회맹을 주관할 때는 범씨
가 되어 이렇게 오래도록 관작이 이어지는 것을 뜻하는 것이 아니오?" 목숙이
말했다. "제가 듣기에 그것은 세록世祿이라 하지 불후不朽가 아닙니다. 노나
라에는 돌아가신 대부 장문중臧文仲이 계십니다. 그분은 이미 세상을 떠났지
만 그분이 남긴 말은 지금도 유익하게 작용되고 있습니다. 이런 것일 겁니다.
제가 듣기에 '크고 최고의 것은 덕을 세우는 일이며, 그 다음은 공을 세우는
일이고, 그 다음은 말을 세우는 일입니다. 덕과 공과 말이 오랜 세월을 견뎌
사라지지 않을 때, 그것을 불후라고 한다.'라고 하였습니다. 자기 성씨와 종묘
를 보존하고 제사가 끊이지 않게 하는 건 어느 나라든 다 하는 일이니, 이는
큰 세록일 뿐이지 불후라고 할 수 없습니다!"[328]

범선자(?~기원전 547), 성은 기祁, 씨는 범範, 이름은 개匃, 진나라 상류 귀족
이다. 범씨가 사士씨의 방계여서 사개士匃(丐)라고 부르기도 한다. 시호를 선
宣이라고 하여 범선자라고 부른다. 그의 조부 사회士會는 진 경공景公 때 국정
을 장악하였고, 부친 사섭士燮은 상군좌·상군장·중군좌를 역임하였다. 사개
는 이때 중군좌를 역임하면서 국정을 지휘했다. 목숙穆叔(?~기원전 538)의 성
은 희姬, 씨는 숙손叔孫으로 노나라 3대 귀족 중 하나이다. 시호를 목穆이라고
하여 숙손표, 목자穆子, 목숙으로 불렸다. 당시 노 대부를 지내며 외교 업무를
맡았는데 그 태도가 고상하고 예의 바르며 격에 맞아 여러 나라에서 존경을
받았다. 진나라와 노나라의 두 대신이 나눈 이 대화는 두 가지의 서로 다른
가치관을 보여주며 시대를 구분 짓는 역할을 하였다. 즉, 서로 다른 가치관으

---

328) 杜預 注·孔穎達 疏, 『春秋左傳正義』卷35, 〈襄公二十四年〉, 十三經注疏本, 1979.

로 서주 시대와 춘추 시대의 문학관을 나누는 것이다.

서주 시대의 문학이 "관호천문"에서 "관호인문"으로 관점을 전환하기는 하였지만, 서주 사람들이 생각하는 "관호인문"의 기본 내용은 씨족 흥성·종족 번영·집단 이익·사회 질서 등이었다. 예를 들어, 『시경』 〈주송·천작〉에는 "하늘은 높은 산을 만드시고, 대왕이 이를 개척하셨네. 그분께서 일구시고 문왕께서 풍성하게 하셨네. 그분께서 가시어 기산에 평평한 길 생겨 자손들이 이를 보전하리라."[329]라고 했고, 〈민여소자閔予小子〉에는 "할아버님 생각하시기를 뜰에 오르내리시는 듯하시니, 이 어린 자식도 밤낮으로 공경해 받들겠나이다. 아, 할아버님과 아버님, 남기신 법도 생각하면서 잊지 않겠나이다."[330]라고 했고, 〈양사良耜〉에는 "집집마다 곡식 가득 채워 아녀자들 편히 살리라. 큰 황소를 잡아 구부정한 그 뿔로 길이길이 제사 모시어 옛사람들의 뜻을 이어가리라."[331]라고 했고, 『시경』 〈대아·역박棫樸〉에는 "밝은 저 은하수 하늘에서 무늬를 이루고, 주 임금께서 만수무강하시니 어찌 인재를 잘 등용하지 않으시리요. 옥을 쪼아 무늬를 새기고 쇠와 구슬의 그 바탕을 따라 부지런하신 우리 임금님 천하를 바르게 다스리시네."[332]라고 했고, 〈하무下武〉에는 "이 한 분을 사랑하시어 마땅히 덕에 힘쓰셔야 하고 오래도록 효도 다 하시어 이어받으신 일을 밝히셔야 합니다. 앞으로 올 날 밝히어 조상의 발자취를 밝히시면, 아, 만년이 되도록 하늘의 복 받으시리라."[333]라고 했고, 『시경』 〈소아·녹명鹿鳴〉에는 "길을 잃고 배가 고파 사슴이 우네. 들에 난 쓰디쓴 검고 속 빈 뿌리를 먹네. 내게 훌륭한 손님이 있기에 북치고 거문고 타고 북치고 거문고 타고, 북치고 거문고 타고 북치고 거문고 타며 아양 떨고 풍악을 울리고 술도 대접했네. 나는 맛있는 술도 내놓았네. 훌륭한 손님의 마음을 얻어 보기 위해서

---

329) 杜預 注·孔穎達 疏, 『毛詩正義』卷19, 十三經注疏本, 585~586쪽.
330) 杜預 注·孔穎達 疏, 『毛詩正義』卷19, 十三經注疏本, 598쪽.
331) 杜預 注·孔穎達 疏, 『毛詩正義』卷19, 十三經注疏本, 603쪽.
332) 杜預 注·孔穎達 疏, 『毛詩正義』卷16, 十三經注疏本, 514쪽.
333) 杜預 注·孔穎達 疏, 『毛詩正義』卷16, 十三經注疏本, 525~526쪽.

라네."[334]라고 했고, 〈당체棠棣〉에는 "아내와 자식이 잘 어울려 금슬을 올리는
듯하여도 형제가 화합해야 아이처럼 화락하고 또 즐거워진다. 그대 집안 질서
를 잡고 그대 처자가 즐겁게 해야 한다. 이를 찾고 이를 도모한다면 진정 그렇
게 될 것이다."[335]라고 하였다. 시에서 묘사하고 노래하는 것은 예악 제도의
환경 속에서 귀족들의 아늑하고 화목하고 조화롭고 질서 있는 생활이었다.
하지만 통치자들은 예악 제도를 지키지 않거나 예악 정신을 어긴 언행에 대해
서는 사정을 봐주지 않고 아주 엄격하게 처벌하였다. 주공은 〈강고康誥〉에서
희에게 "가장 미워해야 할 악행은 효도하지 않고 형제 사이에 우애롭지 않은
것이다. 자식이 아버지를 존경하고 복종하며 섬기지 않고 그 마음을 상하게
하거나 아버지가 자녀를 사랑하지 않고 미워하는 것, 동생이 하늘의 뜻을 염
두에 두지 않고 형을 공경하지 않거나 형이 동생을 측은히 여겨 지원하지 않
고 우애 없이 대하는 것, 이런 일을 우리가 죄악으로서 처단하지 않으면 하늘
이 우리에게 주신 도리가 크게 혼란에 빠질 것이다. 따라서 문왕이 만든 형벌
을 적용하여 신속히 처벌하고 용서하지 말아야 한다."[336]라고 당부하였다.

예악 제도와 봉건 종법 정치의 결합은 주나라 사람의 종법 계급 관념을
더욱 강력하게 만들었다. 원래 주 "문왕 시대에 종법 제도가 이미 갖춰졌기
때문에, 주나라 사람이 상을 정복하기 전에 세운 국가와 상 왕조는 상당히
비슷했다. 모두 왕의 동성 종친을 주요 근간으로 하고, 가족 종법 제도를 정치
의 근본으로 하였다."[337] 주나라 사람이 상을 정복한 뒤, 민족 융합을 촉진하는
많은 조치를 시행하였지만, "종법을 기본으로 하는 전통 사회 정치 구조를
근본적으로 바꾸지는 못했다. 단지 기존의 가족 생존 환경과 형식을 개혁하
여, 봉건 통치 아래에서 새로운 방식으로 살아가는 각종 가족 형태를 만들어
냈을 뿐이다."[338] 그렇지만 주나라 사람은 종법 정치를 효과적으로 시행하기

---

334) 杜預 注·孔穎達 疏, 『毛詩正義』卷9, 十三經注疏本, 406쪽.
335) 杜預 注·孔穎達 疏, 『毛詩正義』卷9, 十三經注疏本, 408~409쪽.
336) 孔安國 傳·孔穎達 疏, 『尙書正義』卷14, 『周書』, 〈康誥〉, 十三經注疏本, 204쪽.
337) 朱鳳瀚, 『商周家族形態研究』(增訂本), 天津: 天津古籍出版社, 2004, 235쪽.

위해 봉건 제후들의 후대 혈통이 이미 흩어지고 기타 족계가 대량으로 주나라 사람의 가족에 유입된 상황에서, 가족 내 계급과 신분을 더욱 강화하였다. "서주 귀족 가문에서 가장인 아버지와 장남 및 그 이하 자제 간의 친족 관계는 비록 가족 공동체를 유지하기 위한 근본이었지만 엄격한 종법 계급 관계를 취함으로써 더 강력한 종법 계급제의 성격을 띠게 되었다. 이런 관계는 더 나아가 정치화되었고, 가족 내부의 군신(宗君) 관계(또는 주신 관계)로 변모하거나 이런 관계를 더욱 강화하는 예의 제도를 낳게 하였다. 이런 혈연관계의 정치화는 가족 정치의 가장 높은 형태이지만, 동시에 혈연 친족 관계가 가지는 본래 의미는 한층 약화되었다고 볼 수 있다."[339] 주나라 사람들의 가족 관계의 변화 및 그 종법 정치에 대한 요구도 주나라 사람들이 예악 제도 건설을 촉진하게 한 요인 중 하나였다. 사람들은 가족 내에서 자신의 위치를 찾았을 뿐만 아니라, 그에 상응하는 책임을 감당해야 했다. 또한 사회관계에서도 자신의 위치를 찾고 그에 상응하는 사회적 책임을 져야 했다. 세경세록제世卿世祿制는 바로 이런 요구에 적응하기 위해 생겨난 중요한 정치 제도이자 기본 조치 중 하나이다. 그래서 한 가족의 세경세록은 가문의 끝없는 번영과 높은 사회적 명성을 증명하는 동시에, 이 가족 구성원의 사회적 가치를 구현해주었다.

이상의 내용으로 비춰볼 때, 주나라 사람들이 자기 가문의 세경세록에 대해 마음속 깊이 자부심을 느끼는 것은 매우 보편적인 사회의식이었다. 그래서 범선자가 숙손표와 불후에 대해 이야기를 나누면서 득의양양하게 자신의 가문이 도당씨, 어룡씨, 시위씨, 당두씨, 그리고 진나라가 천하의 맹주가 된 뒤로는 범씨가 되어 대대로 영광을 누린 것을 거론하며 불후라고 한 것이다. 서주 시대에는 이런 불후관에 대해 아무도 의심을 품지 않았지만, 춘추 시대에 접어들면서 사람들의 가치관에 큰 변화가 생겼고 일부 사람들은 이런 관점을 받아들이지 못하게 되었다. 심지어 숙손표는 반대 의견을 내놓기도 하였다.

---

338) 朱鳳瀚, 『商周家族形態研究』(增訂本), 285쪽.
339) 朱鳳瀚, 『商周家族形態研究』(增訂本), 313쪽.

숙손표는 범선자가 언급한 세경세록이 "어느 나라든 다 하는 일無國無之"로 불후라고 할 수 없고, 오직 노나라의 옛 대부인 장문중처럼 비록 세상을 떠났지만 그가 한 말은 여전히 세상에 남아 있는 것이야말로 불후라고 하였다. 그는 또한 "첫째는 입덕立德이요, 그 다음은 입공立功이요, 그 다음은 입언立言인데 오래 지나도 사라지지 않기에 불후라고 한다."라고 하였다. 이런 불후관은 춘추 이후에 새롭게 생겨난 가치관으로 매우 중요한 의미를 가진다. 쉬푸관徐福觀(1902~1982)은 다음과 같이 말했다.

> 진晉나라 범선자范宣子는 가문이 세경세록을 이어가는 것을 불후不朽라고 보았는데 이것은 종교가 영생하는 것과는 다르다. 반면, 노나라 손숙표叔孫豹는 입덕立德·입공立功·입언立言을 세 가지 불후라고 보았다. 이것은 곧 인문으로 인류 역사의 가치를 완성하고 종교에서의 영생에 대한 요구를 대신한 것이다. 이로써 인간의 역사의식을 강화할 수 있었다. 즉, 역사의 세계로 "피안彼岸"의 세계를 대신한 것이다. 종교계는 피안으로 인간의 생명을 확장했지만 중국에서는 전통적으로 역사로 인간의 생명을 확장했다. 종교가 하늘의 뜻에 따라 상벌 여부를 결정하였다면 중국에서는 전통적으로 역사 결과에 따라 이를 결정하였다.[340]

"삼불후三不朽"관으로 형성된 중국 특유의 가치 문화 전통은 정확히 말하면 춘추 중기부터 시작되었다. 그래서 문학 가치관의 새로운 변화에도 춘추 중기에 시작된 가치 문화 전통이 포함되어 있다.

"세경세록"의 "불후"관은 가족을 기준으로 하는 신분 판단이고, "입덕·입공·입언"의 "삼불후"는 개인을 기준으로 하는 행위 판단이다. 예를 들어, 앞에서 얘기했듯이 주공으로 대표되는 주나라 사람은 은나라 사람의 "신권사관"을 통치자의 "행위사관"으로 바꿈으로써 은상 문화를 서주 문화로 전환하는 기초를 마련했다.[341] 그러나 이런 "행위사관"은 여전히 전체에 대한 관찰에

---

340) 徐復觀, 『中國人性論史』(先秦篇), 上海:上海三聯書店, 2001, 49쪽.

주목하였고 씨족이나 민족은 그 사고의 기본 관점이었다. 다시 말해, 그들은 은나라 사람이나 주나라 사람을 한 민족의 전체로 놓고 사고하였고 개인(주왕과 문왕) 역시 전체의 대표로 여겼다. 그래서 세경세록의 불후관은 사실『상서』〈주서〉,『시경』〈주송〉,〈대아〉와 서주의 이기 명문에 보편적으로 나타난다. 예를 들어,『시경』〈대아·문왕〉에서는 "문왕의 자손이 모두 백세로 뻗어가며, 주나라 백성들도 대대로 번창하여 이어가도다."라고 하였고,『시경』〈주송·옹雝〉에서는 "밝고 어지신 문덕, 문무를 겸하신 임금이시어, 위로는 하늘을 편안케 하시고, 아래로는 후손을 창성하게 하기"를 바랐으며,『시경』〈대아·즉취卽醉〉에서는 "위의가 때에 맞거늘, 군자가 효자를 두었도다. 효자가 끊이지 아니하니 길이 네게 선함을 주리라."라고 찬양한 것 등이다. 주 초기 통치자들은 은나라 사람처럼 천명에 의지하지 않는 대신, "천명이 영원하지 않고" "하늘을 믿고 있을 수만은 없다."라고 생각했다. 그렇지만 세경세록의 불후관은 은연중에 주나라 사람들로 하여금 가문의 영광을 천명과 천도에 의지하게 하였고, 이러한 현상은 사람들이 천명과 천도가 무용지물이라는 것을 깨닫게 될 때까지 계속되었다. 쉬푸관(1902~1982)의 주장이 이를 뒷받침해 준다.

> 서주西周 여왕厲王과 유왕幽王 시대에 천명의 권위는 땅에 떨어졌다. 현실 정치에 의해 강제로 그렇게 된 이유도 있지만 인문의 빛이 비추면서 사람들이 명확한 의식을 통해 천명이 전능하지 않음을 몸소 겪게 된 이유도 있다. 이로 인해 인문 정신은 더욱 발전하게 되었다.[342]

"입덕·입공·입언"의 "삼불후"관은 천명과 천도에 대한 비판을 바탕으로 "집단 행위 사관"을 "개인 행위관"으로 전환하고, 가족은 물론 하늘에도 의지하지 않고, 모든 사람이 자신의 행위에 대해 철저히 책임지도록 하였다. 즉,

---

341) 拙作,「從"觀乎天文"到"觀乎人文":中國古代文學觀念的視覺轉換」,『華中師範大學學報(人文社會科學版)』2008年第4期 및 이 책 제2장 참고.

342) 徐復觀,『中國人性論史』(先秦篇), 36쪽.

"입덕·입공·입언"은 개인의 독립적인 행위로, 여기에서의 불후는 개인 생명의 불후를 뜻하는 것이지 가족의 명성과 관련된 것이 아니었다.

그렇다면 숙손표叔孫豹가 입언立言의 불후라고 말한 장문중臧文仲(?~기원전 617)에 대해 이야기하지 않을 수 없다. 『좌전』〈희공 21년〉(기원전 639)에 따르면,

> 여름에 큰 가뭄이 들자 희공이 무왕巫尫을 태워 죽이려고 하였다. 장문중이 말하기를 "그런다고 가뭄을 막을 수는 없습니다. 성곽을 수리하고, 양식을 줄이고, 비용을 줄이고, 농사에 힘쓰고, 나눠 먹기를 권하는 것에 힘써야 합니다. 무왕이 어찌 가뭄을 일으키겠습니까? 하늘이 그를 죽이려고 했다면 처음부터 태어나게 하지도 않았을 것입니다. 그가 가뭄을 일으켰다고 해서 태워 죽인다면 가뭄은 더 심해질 것입니다."라고 하였다. 희공이 이에 따랐다. 그 해에 흉작이 심했으나 백성을 해치는 일은 없었다.[343]

노나라에 큰 가뭄이 발생하자 희공은 무왕巫尫을 태워 죽여 비를 구하고자 하였는데, 이는 예로부터 전해진 미신 행위를 답습한 것이었다. 이에 장문중은 정무에 힘을 쏟아야지 무왕을 불태워 죽여서는 안 된다고 하였다. 무왕은 가뭄을 일으킬 수 없고 하늘이 그를 죽이고자 했다면 처음부터 태어나게 하지도 않았을 것이며, 만약 정말 가뭄을 일으킬 능력이 있다면 그를 불태워 죽임으로써 가뭄이 더욱 심해질 것이라고 하였다. 사실, 장문중의 주장은 당시 백성을 중시하고 신을 경시하는 사회 풍조를 대표한다. 일찍이 노 환공 6년(기원전 706)에 수 대부 계량季梁은 수후隨侯에게 "이른바 도라는 것은 백성에게 충실하고 신에게 신실한 것을 말합니다. 윗사람이 백성을 이롭게 하는 것이 충이고, 제관과 점관이 바르게 말하는 것이 신입니다. 그러나 지금 백성은 굶주리는데 군주는 욕심만 채우려 하고 제관은 거짓으로 제사를 올리니 저는 그것이 옳은지 알 수 없습니다."라고 말했다. 또한 "민중은 신神의 주인입니다. 그

---

343) 杜預 注·孔穎達 疏, 『春秋左傳正義』卷14, 〈僖公二十一年〉, 十三經注疏本, 1811쪽.

러므로 성인은 먼저 민중을 고르게 살핀 후, 신에게 치성을 드려야 합니다."[344] 라고 하였다. 노 장공 32년(기원전 662)에 괵虢공이 신에게 땅을 내려달라고 기원하자, 태사 효囂는 "괵나라는 망할 것이다. 내가 듣기로는 나라가 흥하려 면 백성에 귀 기울이고 망하려면 신명에 따른다고 하였다. 신은 총명하고 정 직하며 한결같아 사람에 따라 행한다. 괵나라는 덕이 저리 박하니 어찌 땅을 얻을 수 있겠는가?"[345]라고 평했다. 노 희공 16년(기원전 634) 봄, 송나라에 다 섯 개의 돌이 떨어졌는데 운석이었다. 여섯 마리의 물새가 뒤로 밀려 송나라 의 도읍을 지나갔는데 바람 때문이었다. 주나라의 내사 숙흥叔興이 송나라를 예방하자 송 양공襄公이 이에 대해 물었다. "이것은 무슨 조짐이오? 길흉의 소재는 어디에 있소?" 숙흥은 형식적으로 대답한 뒤, 물러나면서 사람들에게 말했다. "양공의 질문은 올바름을 잃었소. 이번 일은 자연의 조화이지 길흉의 발생과는 상관이 없다오. 길흉은 사람에게서 나오는 것이오."[346] 이렇듯 백성 을 우선으로 중시하고, 길흉은 사람에게서 나온다는 사상은 춘추 시대의 가장 중요한 사상으로, 훠와이루侯外廬(1903~1987)가 말한 바와 일치한다.

주의할 것은 춘추 시대에 천도에 반대하고 인도를 중시한 사상인데, 이것 은 서주 천인합일 사상에 대한 혁명이었다.[347]

장문중은 바로 이 사상 혁명을 계승하고 추진했던 주요 인물 중에 하나였 다. 그는 무왕의 목숨을 살렸을 뿐만 아니라, 노나라 군주에게 민생을 중시하 고 정무에 힘쓸 것을 권했고 그 결과 가뭄이 백성들에게 가져온 피해를 줄일 수 있었다. 그래서 숙손표는 그의 입언이 불후라고 생각했다.

"입덕·입공·입언"의 "불후"는 종교의 속박에서 벗어났을 뿐만 아니라 가

---

344) 杜預 注·孔穎達 疏, 『春秋左傳正義』卷6, 〈桓公六年〉, 十三經注疏本, 1749~1750쪽.
345) 杜預 注·孔穎達 疏, 『春秋左傳正義』卷10, 〈莊公三十二年〉, 十三經注疏本, 1783쪽.
346) 杜預 注·孔穎達 疏, 『春秋左傳正義』卷14, 〈僖公十六年〉, 十三經注疏本, 1808~1809쪽.
347) 侯外廬·趙紀彬·杜國庠, 『中國思想通史』第1卷, 127쪽.

족의 한계에서도 벗어나 사람들의 관심을 개인의 현실 행위로 옮겨가게 하였다. 이것은 사람들이 종법 계급의 제약을 청산하고 독립적 창조 활동을 확대하게 해주는 작용을 하였다. 또한 사람들의 가치 판단과 사회 실천이 가급적 일치할 수 있게 해주었다. 바로 이런 가치관의 변화로 인해, 사람들이 문제 인식을 하는데 있어서 서주 시대와 확연한 차이를 갖게 하였는데 군신 관계에 대한 이해가 가장 대표적인 경우이다. 예를 들어, 주 간簡왕 13년(기원전 573)에 진나라의 난서欒書와 중행언中行偃이 진 여공을 살해하자, 노 성공成公이 조정에서 "신하가 군주를 죽인 것은 과연 누구의 잘못이오?"라고 대부에게 물었다. 대부가 차마 대답하지 못하자 이혁里革이 아뢰기를,

> 군주의 잘못입니다. 자고로 군주는 위엄이 높아야 하는데, 진 여공厲公은 위엄을 잃었을 뿐만 아니라 죽임까지 당했으니, 그 잘못이 아주 큽니다![348]

주 경왕敬王 10년(기원전 510)에 노 소공昭公이 건후乾侯에서 객사하자, 조 간자趙簡子가 사묵史墨에게 "계씨가 군주를 내쫓았음에도 백성이 계씨를 따르고 제후도 그러한데, 군주가 죽었음에도 그를 단죄할 생각을 하지 않는 것은 왜인가?"라고 물었다. 사묵이 대답하길,

> 하늘이 계씨를 내어 노 제후를 보좌하게 한 지가 오래이니 백성들이 그에게 복종하는 것이 당연하지 않습니까? 노군은 대대로 안일하고 방종했지만, 계씨는 대대로 근면을 실천하였으니, 백성들은 임금을 잊었습니다. 임금이 비록 외지에서 죽었으나 누가 그 임금을 가엾게 여기겠습니까? 사직에 봉사자奉祀者가 영원히 고정된 적이 없었고, 군신 사이에 그 지위가 영원히 고정된 적이 없었던 것은 예로부터 그러하였습니다.[349]

---

348) 徐元誥, 『國語集解』, 〈魯語上〉, 172쪽.
349) 杜預 注·孔穎達 疏, 『春秋左傳正義』卷53, 〈昭公三十二年〉, 十三經注疏本, 2128쪽.

이런 군신 관계에 대한 이해는 종법 정치가 아닌 새로운 가치관으로 새로운 판단을 내린 것이다.

이런 가치 판단은 문학 관념 발전에 직접적으로 깊은 영향을 미쳤다. 사람들은 문학의 "입언"을 통해 자신의 불후를 실현하고 사회에 가지는 인식과 평가를 표현했다. 이렇듯, 문학은 더 이상 씨족 단합을 위한 연결 고리 혹은 예악 교화 활동의 한 부분에 그치는 것이 아니라, 사회 실천에서의 독립적인 활동으로 사회 비판을 가능케 하는 예리한 무기이자 개인이 인생의 불후를 실현할 수 있는 중요한 수단이 되었다. 그래서 시인들은 "주나라 종가는 이미 망해 머무를 곳마저 없구나. 정직한 대부들 모두 떠나 우리 괴로움 아는 이 없구나. 삼경과 대부들은 아침저녁 일하려 하지 않네. 제후국의 제후들은 아침저녁 조회하려 하지 않네. 선하기를 바라나 도리어 더 악한 일만 하는구나."[350], "우리 부모 날 낳아 어찌 내 마음 병들게 하나. 나보다 앞서지 않고 나보다 뒤서지도 않으셨는가. 좋은 말도 입에서 나오고 궂은 말도 입에서 나오네. 시름 하는 마음이 근심되어 이토록 남의 수모를 받는구나."[351], "어느 풀인들 검어지지 아니하며 어느 사람인들 홀아비가 되지 않으리오. 불쌍한 우리 정부들은 홀로 백성이 아니란 말인가?"[352]라고 노래했다. 이런 마음의 소리는 마치 서주 흥성기가 아닌, 다른 시대의 작품처럼 느껴질 정도이다. 여기에는 시인의 개인 생명에 대한 존중과 자아 가치에 대한 수호가 반영되어 있으며, 문학 관념 전환 과정에서의 새로운 변화를 나타내고 있다.

중국 문학 관념의 변화는 문학의 새로운 변화와 직접적인 관련이 있을 뿐만 아니라, 춘추 시대에 인문주의 정신이 고조된 것과 밀접한 관련이 있다. 그리고 이 두 가지는 서로 인과 관계를 가진다. 또 춘추 시대 인문주의 정신의 고조는 "예악이 붕괴되고", "기강이 해이해져", "천자가 관직을 잃고 학문을

---

350) 鄭玄 箋·孔穎達 疏, 『毛詩正義』卷12, 『小雅』,〈雨無正〉, 十三經注疏本, 447쪽.
351) 鄭玄 箋·孔穎達 疏, 『毛詩正義』卷12, 『小雅』,〈正月〉, 十三經注疏本, 442쪽.
352) 鄭玄 箋·孔穎達 疏, 『毛詩正義』卷15, 『小雅』,〈何草不黃〉, 十三經注疏本, 501쪽.

지킬 수 없게 되어", "학문이 사방의 오랑캐 나라로 흩어졌던" 문화 해방과도
일치한다. 장자는 이 시대를 가리켜 "진리를 닦는다는 도술이 세상을 찢어내
는구나."라고 하였지만, 서양학자들은 오히려 "철학의 돌파"라고 보았다. 장
광즈張光直(1931~2001)는 춘추 시대 문화와 서주 문화의 차이점을 다음과 같
이 결론지었다.

평왕은 샨시山西 유목 부족이 압력을 가하자 수도를 낙양으로 옮겼는데
이것은 단순한 별개의 정치 사건이 아니라 중국 사회·문화의 커다란 변화를
상징한다. 동주 시대, 희姬를 성으로 하는 왕실의 정치·군사·교육 등 각 방
면의 힘은 점차 줄어든 반면, 크고 작은 일족과 기타 성을 가진 씨족의 지배를
받던 제후의 힘이 상대적으로 강해지기 시작했다. 이전에 종주宗周와 그 종실
이 독점했던 중국 문명은 지역 범위가 확대되고 그 깊이가 더해졌다. 학술,
문자와 과학 및 정치 철학은 더 이상 종실의 소유가 아니라 점차 변방으로
확대되어 백성들 사이로 파고들었다. 춘추 중기 이후부터 제련술이 점점 발
달하면서 도시가 늘어나고 그 규모도 커져 정교政教가 발전하고 상공업이 번
성하게 되었다. 이러한 요인으로 인해 지방 세력이 점차 확대되었다. 그래서
많은 역사학자들은 춘추 시대부터 고대 역사상 문예 부흥과 인문주의 사상이
대두되기 시작했다고 주장하였다.[353]

이런 인문주의 사상은 인간에 대해 전면적인 관심을 갖게 하고 인간과 신
의 관계에 대해서도 다시금 생각하게 하였다. 이것은 사인士人 문화의 정신적
근원이다. 『좌전』에는 춘추 시대 이후에 인간과 신의 관계에 대해 사고한 내용
이 적지 않게 기록되어 있다. 예를 들어, 환공 6년(기원전 706)에 계량季梁이
수후隨侯에게 나라를 잘 다스릴 것을 권하면서 "민중은 신神의 주인입니다. 그
러므로 성인은 먼저 민중을 고르게 살핀 후, 신에게 치성을 드려야 합니다."[354]

---

353) 張光直, 『中國青銅時代』, 北京:生活·讀書·新知三聯書店, 1983, 307~308쪽.
354) 杜預 注·孔穎達 疏, 『春秋左傳正義』卷6, 〈桓公六年〉, 十三經注疏本, 1750쪽.

라고 하였다. 장공 32년(기원전 662)에는 태사 효囂가 곽공의 실정에 대해 "곽 나라는 망할 것이다. 내가 듣기로는 나라가 흥하려면 백성에 귀 기울이고 망 하려면 신명에 따른다고 하였다. 신은 총명하고 정직하며 한결같아 사람에 따라 행한다. 곽나라는 덕이 저리 박하니 어찌 땅을 얻을 수 있겠는가?"[355]라 고 평했다. 희공 19년(기원전 641)에는 사마 자어子魚가 송 양공이 증자鄫子를 산 제물로 바치려는 것에 대해 "고대에 여섯 가지 가축은 서로 제물을 대신하 지 않았고, 작은 제사에 큰 제물을 쓰지 않았습니다. 하물며 어떻게 사람을 제물로 쓸 수 있겠습니까? 제사는 사람을 위한 것입니다. 백성은 곧 신의 주인 입니다. 사람을 제물로 삼는다면 어떤 신이 그 제사를 흠향하겠습니까? 제 환공은 세 나라를 존속시켜 제후들을 복속시켰지만 의로운 사람은 오히려 그 의 덕이 박하다고 평했습니다. 지금 우리 군주는 한 번의 회맹을 주관하여 두 나라의 군주를 잔혹하게 처리하고, 더구나 음란한 귀신에게 사람을 제물로 바쳤으니 장차 패자를 추구하는 일은 어렵지 않겠습니까? 천수라도 누릴 수 있다면 다행일 것입니다."[356]라고 비판했다. 소공 18년(기원전 524)에는 화재가 잇따르자 정인이 비조裨竈의 말에 따라 옥잔과 옥그릇으로 액막이를 하려고 하였다. 그러자 자산子産이 "천도는 아득하고 인도는 가까워서 서로 미칠 수 있는 바가 아니니 어찌 천도를 가지고 인도를 알 수 있겠습니까? 비조가 어찌 천도를 알겠습니까? 그는 말이 많은 사람이니 어찌 간혹 맞는 말이 없겠습니 까? 그러면서 끝내 옥잔과 옥그릇을 내어주지 않았다. 이후 정나라에는 더 이상 화재가 발생하지 않았다."[357]라고 하였다. 이런 예를 통해, 춘추 시대 사 람들이 귀신의 세계에서 인간의 세계로 눈을 돌리게 되었고 정치가들도 사람 을 중심에 놓고 정치 문제를 고려하지 않을 수 없게 되었으며 인도주의와 인 문 정신이 점차 당시의 사조가 되었음을 알 수 있다. 이것은 문화와 교육 분야

355) 杜預 注·孔穎達 疏, 『春秋左傳正義』卷10, 〈莊公三十二年〉, 十三經注疏本, 1783쪽.
356) 杜預 注·孔穎達 疏, 『春秋左傳正義』卷14, 〈僖公十九年〉, 十三經注疏本, 1810쪽.
357) 杜預 注·孔穎達 疏, 『春秋左傳正義』卷48, 〈昭公十八年〉, 十三經注疏本, 2085쪽.

도 마찬가지였다. 예를 들어, 공자는 "기괴한 것, 힘을 믿는 것, 도를 어지럽히는 것, 요괴한 것을 입에 담지 않는다."[358]라고 하며 "삶에 대해서도 모르는데 어찌 죽음에 대해서 알겠는가."[359]라고 고백하고, "아는 것을 안다고, 모르는 것을 모른다고 하는 것이 아는 것"[360]임을 강조하며, "백성들이 이롭게 여기는 것에 따라서 이롭게 해주니, 이것이 또한 은혜롭지만 허비하지 않는 것이 아니겠는가. 수고롭게 할 만한 일을 가려서 수고롭게 하니, 또 누가 원망하겠는가. 인자하고자 하여 인자함을 얻었으니 또 무엇을 탐내겠는가. 군자는 많거나 적거나 크거나 작거나 관계없이 감히 교만함이 없으니 이것이 태연하면서도 교만하지 않는 것이 아니겠는가. 군자는 의관을 바르게 하며 안목을 공경히 하여 근엄하게 사람들이 바라보고 두려워하니 이것이 또한 위엄이 있으면서도 사납지 않은 것이 아니겠는가."[361]라고 주장했다. 이런 인식은 각 방면에서 확고한 이성주의적 태도와 강력한 인도주의 정신을 구현하였다. 그리고 이런 태도와 정신은 춘추 말기 공자가 세운 문학 관념의 사상 문화적 원천이자, 사회 문화 형태와 문화 주체 변천에서 얻은 중요한 사상 성과라고 할 수 있다.

제4절 정치 주체의 이동과 문학 관념의 발전

인류 사회의 모든 활동은 주체의 활동이고 모든 관념도 주체의 관념이다. 그래서 춘추 시대의 문학 관념을 이야기할 때 문학 주체를 떠올리지 않을 수 없다. 문학과 정교가 아직 분리되지 않았던 서주와 춘추 시대에는 문학 주체와 정치 주체도 분리될 수 없었다. 서주 흥성기에 예악 교화를 목적으로 했던 문학의 창작과 소비는 귀족을 주체로 이루어졌다. 『상서』 중의 〈주서周書〉,

---

358) 何晏 集解·邢昺 疏, 『論語注疏』卷7, 〈述而〉, 十三經注疏本, 2483쪽.
359) 何晏 集解·邢昺 疏, 『論語注疏』卷11, 〈先進〉, 十三經注疏本, 2499쪽.
360) 何晏 集解·邢昺 疏, 『論語注疏』卷2, 〈爲政〉, 十三經注疏本, 2462쪽.
361) 何晏 集解·邢昺 疏, 『論語注疏』卷20, 〈堯曰〉, 十三經注疏本, 2535쪽.

『시경』중의 〈주송周頌〉과 이른바 말하는 "정아正雅" 등 서주 흥성기에 탄생한 작품들은 거의 상류 귀족이 지은 것으로 주로 귀족들의 정치 생활, 종묘 제사, 조회와 연회에서 소비되었다. 그래서 서주 흥성기의 문학 관념은 주로 상류 귀족의 관념을 대표한다. 그러나 사회·정치·경제·문화가 발전하면서 사회 구조는 끊임없이 변화하고 정치 주체도 점차 하층으로 이동하게 되었고, 그로 인해 춘추 시대에는 서주 흥성기와 전혀 다른 정치 구조와 문화 면모를 형성하게 되었다.

춘추 시대 사회와 정치 주체의 이동에 대해서 많은 학자들이 해석을 하였다. 그 중에서 쉬저우윈許倬雲은 다음과 같이 지적했다.

> 춘추 말기에 "군자"가 쇠퇴하면서 정권이 넘어가고 춘추 초기의 봉건 질서와는 전혀 다른 면모를 갖게 되었다. 이런 변화는 무려 250년이라는 오랜 시간을 걸쳐 점차적으로 진행되었다. 초기에는 경대부가 정권을 장악하다가 점차 사가私家로 권력이 옮겨가면서 사士의 세력이 커지게 되었고 가신들도 권력을 손에 쥘 수 있었다.[362]

이런 주장은 다른 비슷한 논저에서도 찾아볼 수 있다. 그러나 쉬저우윈은 특별히 반고班固의 『한서』〈고금인표古今人表〉를 근거로, 춘추 전국 시대 사회와 정치 주체의 이동을 구체적으로 고찰했다. 이들은 사회, 정치, 경제, 문화 발전에 영향을 끼친 중요한 인물이기 때문에 이를 통해 각 시기의 사회와 정치 주체의 구성 상황을 알 수 있다. 이런 연구는 아주 참신하고 독창적이다.

춘추 시대 사회와 정치 주체의 이동에 관해, 쉬저우윈은 『좌전』에 나타난 516명을 대상으로 한 연구를 통해 믿을 만한 결론을 얻었다. 쉬저우윈은 이 516명을 공자·경대부·사의 3개 계층으로 나누고, 매 30년을 한 세대로 잡았다. 제1대와 2대, 즉 춘추 초기 60년 동안에는 중요 인물이 모두 72명이었다.

---

362) 許倬雲의 「春秋戰國間的社會變動」은 『臺灣學者中國史硏究論叢·社會變遷』, 北京:中國
大百科全書出版社, 2005, 40쪽에 수록되어 있다.

이 중에서 공자 25명, 경대부 40명으로 각각 전체 34.7%와 55.6%를 차지했다. 여기에 기타 및 신분이 불확실한 사람이 7명이었고, 사는 한 명도 없었다. 제4대부터 6대까지, 즉 춘추 중기 90년 동안의 중요 인물은 모두 223명으로, 이 중에는 공자가 23명, 경대부가 157명, 사가 12명으로 각각 전체 10.3%, 70.4%, 5.3%를 차지했다. 기타 및 신분이 불확실한 사람은 31명이었다. 제8대와 9대, 즉 춘추 말기 60년 동안의 중요 인물은 모두 83명으로, 이 중에는 공자가 6명, 경대부가 52명, 사가 15명으로 각각 전체 7.0%, 62.7%, 18.1%를 차지했다. 기타 및 신분이 불확실한 사람은 10명이었다.[363] 이런 수치는 다음과 같은 사실을 말해준다. "초기의 공자들은 국정을 돕거나 군주 자리를 탐내기도 하는 등 직접적으로 정치에 참여하였다. 하지만 후기에 접어들면서 직접적으로 정치 활동에 참여하는 공자는 점점 줄어들었다." "공자 집단의 인원수 비율이 경대부 및 사 두 개 집단과 비교했을 때 확연히 줄어든 것을 알 수 있다. …… 가족과 국가 간의 밀접한 관계가 종식되었음을 의미한다. 공자와 왕자가 더 이상 자신들의 신분을 이용하여 자동적으로 통치권을 얻지 못하게 되었다는 점이 이를 증명한다." "대부 집단의 구성원은 소수 가문에 집중되었다. 당대 명문가에 속하는 대부가 전체 대부 수의 약 41%를 차지했는데 제5기 · 제6기 · 제8기 · 제9기에 걸쳐 가장 많이 분포되어 있고, 제7기에만 약간 저조했다. 그래프를 통해 춘추 후반기에 대부 세력이 증가한 것과 춘추 중기에 공자 집단이 쇠약해진 것을 알 수 있다." "대부 집단의 상승 곡선은 공자 집단의 하락 곡선과 맞물려 있다. 마지막 두 시기에 대부 집단은 침체 현상을 보였는데, 이때는 '사' 집단이 대두되던 시기였다." "제1기와 제2기에는 사의 흔적을 찾을 수 없었으나 제3기(기원전 662~633) 이후에 경전經傳에서 이들을 찾을 수 있었다. 제3기에서 제6기까지 활동하여 기록에 남은 사는 보통의 가신과 무사였다. 그러나 제7기(기원전 542~513)의 사 집단에는 권력을 제후에게 돌려

---

363) 許倬雲, 「春秋戰國間的社會變動」, 52쪽, 부록 표1〈春秋社會層頻率表〉. 원래 표에는 매 시기의 평균 백분율이 나와 있지만, 본문에 사용된 백분율은 필자가 표에서 얻은 수치를 근거로 계산한 것이다.

주기 위해 계씨를 배신한 남괴南蒯도 있었다. 읍재邑宰도 병력을 소유할 수 있었으니 당시 그 세력을 가히 짐작해 볼 수 있다." "마지막 두 시기에 사 집단 이 상승하는 동시에 대부 집단이 하락하는 추세가 두드러졌다. 이런 극명한 대비는 일부 권력이 대부에서 사로 옮겨가는 경향을 보여준다. 양호陽虎와 동 안우董安於의 예가 바로 이런 보편적인 현상을 설명해준다."364)

춘추 시대 문학 관념의 발전과 사회 · 정치 주체의 이동은 밀접한 관련이 있다. 춘추 시대의 각 단계마다 사회 · 정치 주체에는 차이가 존재했고, 이들 각 주체의 입장과 관점이 서로 달랐으며 관심을 가졌던 사회 문제도 판이했 다. 그래서 춘추 시대의 문학 관념 발전도 시기별 특징을 갖는다. 각 시기에 문학이 사회에 갖는 관심 분야가 달랐고 그 사회적 기능과 가치관도 상이했 다. 어떤 문제는 각 시기마다 관심을 받기도 하였지만 그 의미에는 이미 변화 가 생겨났다. 이런 작은 변화 속에서, 우리는 사상 관념의 발전 맥락을 이해할 수 있는 유용한 정보를 얻을 수 있다. 물론, 춘추 시대 사상 관념의 변화는 여러 방면과 관련되어 있다. 따라서 여기서는 문학과 "예", "덕"의 관계를 중심 으로 춘추 시대 각 시기별 문학 관념의 발전 상황에 대해 알아보도록 하겠다.

"예禮"는 갑골문에서 제기를 가리키던 것이 훗날 제사(배례) 예절로 파생된 것이다.365) 서주 초기 문헌인『상서』〈주서〉의 〈금등金縢〉, 〈낙고洛誥〉, 〈군석君 奭〉과『시경』〈주송周頌〉의 〈풍년豊年〉, 〈재삼載芟〉에는 모두 7개의 "예"자가

---

364) 許倬雲,『春秋戰國間的社會變動』, 41~46쪽.

365) 허신은『설문해자』示部에서 "예는 이행이다. 그래서 신을 섬겨 복이 이르도록 하는 것이다. 자형은 示와 豊으로 구성되며 소리는 豊을 따른다."라고 하였고, 풍부豊部에서 "풍은 제사 지낼 때 쓰는 그릇이다. 자형이 豆를 따르는 상형자이다."라고 하였다. 갑골문에도 "豊"자가 있다. 왕국유는『釋禮』에서 "이 글자는 두 개의 옥이 그릇에 담긴 형상을 하고 있다. 옛 사람들은 옥으로 예식을 거행했다. 그래서『설문』에서는 '豊은 제사 지낼 때 쓰는 그릇이다.'라고 하였다. 이런 주장은 옛날부터 있었다. 오직 許君만이 珏 珏자인 것을 몰랐다. 그래서 豆로 상형자로 이것을 해석했는데, 사실 豊은 珏가 凵안에 담긴 것을 뜻한다. 豆로 구성된 상형자가 아닌 회의 자이다. 성옥盛玉은 신에게 제사 지내던 그릇으로 琾라고 불렸는데 豊과 비슷했다. 신에게 제 사 지내던 술을 담던 그릇은 醴라고 추측할 수 있다. 또 신에게 제사를 지내던 일은 禮라고 통칭했을 것으로 추측할 수 있다."고 하였다.(『觀堂集林』卷6,『藝林』6, 石家莊:河北教育出 版社, 2003, 144쪽)

등장하는데 모두 제사 예절을 가리킨다. 인문적 요소가 이미 "예"의 관념에 녹아든 것을 알 수 있다. "덕德"은 갑골문에서 "순循"과 같아서 이동과 순행을 뜻하거나 "득得"과 같아서 취득과 획득을 뜻했다.[366] 『예기』〈악기樂記〉에는 "덕은 얻는 것이다."라고 하며 "덕"을 "득"이라고 해석했다. 은나라 사람의 "덕"은 주로 자신들의 조상이 얻은 천명을 가리켰는데, 이런 "덕"은 타인에게 이전하거나 타인과 향유할 수 없었다. 주 초기 통치자들은 "덕"을 이성적으로 사고했다. "덕"을 현실 이익의 기본에 놓고 사고하며, "경덕"과 "보민"을 주장 하였다. 모든 이가 "덕(득)"을 가짐으로써 이성적인 사회 질서와 조화로운 인간 관계를 위한 현실적 발판을 마련해야 한다고 보았다.[367] 주나라 사람의 봉건 친척이 "밝은 덕이 있는 사람을 선발해 제후로 삼아서 주나라의 울타리"[368]로 만든 것은 귀족들에게 "덕(득)"을 가지도록 하는 것이었다. "감히 홀아비 과부들도 업신여기지 않고 수고하며 공경하고 위엄이 있게 백성들을 밝힌" 것은 백성들이 "덕(득)"[369]을 가질 수 있게 하는 것이다. 이 "덕(득)"은 종법 제도에서 규정한 권리와 의무로, 이것은 개인을 대상으로 하는 것이 아니라 씨족 집단과 각 사회 계층을 대상으로 하고 있다. 그래서 "덕(득)"은 반드시 "예"의 규범에 부합해야 하며, 그래야지만 "길덕"할 수 있고 그렇지 않으면 "흉덕"이라고 하였다. 서주의 예악 교화와 예악 정신은 바로 이런 제도화된 의식 중에서 나타났고, 문학 관념 역시 예악 교화 및 예악 정신과 관련이 있었다.

춘추 초기, "예"와 "덕"의 관념에 변화가 나타났다. 사람들은 더 이상 "예" 를 "덕"의 기준으로 삼지 않고 "덕"을 "예"의 근거로 삼아 "덕"의 지위를 제고 하고자 하였다. 예를 들어, 노 은공 11년(기원전 712)에 제齊·정鄭·노魯 삼국 이 허許나라를 정벌한 뒤, 정나라 장공莊公이 허나라 대부 백리百裏에게 허숙

---

366) 전자는 『甲骨文合集』(中華書局, 1982) No.6390·6739·7421 참고, 후자는 같은 책 No.6399 ·6737·7231 참고.

367) 이 책 제2장 제3절 참고.

368) 杜預 注·孔穎達 疏, 『春秋左傳正義』卷54, 〈定公四年〉, 十三經注疏本, 2134쪽.

369) 孔安國 傳·孔穎達 疏, 『尚書正義』卷14, 『周書』, 〈康誥〉, 十三經注疏本, 203쪽.

許叔을 모시고 허나라 동쪽 변방에 거주하도록 하고, 공손획公孫獲은 허나라 의 서쪽 변방에 살게 하였다. 그리고 공손획에게 "무릇 모든 기물과 재화는 허나라에 남겨 두지 마시오. 내가 죽으면 곧바로 그곳을 떠나시오. 내 선대 주군께서 이곳에 새로 도읍을 정하였고 주나라 왕실이 이미 쇠약해졌으며 주 나라의 자손들은 갈수록 그 지위를 잃어가고 있소. 허나라는 태악의 후예이 오. 하늘이 이미 주나라의 운명을 버리기로 하였는데 어찌 허나라와 다툴 수 있겠소?"라고 하였다. 당시, "정나라 장공莊公은 이 점에서 예의에 맞게 하였 는데" 그 이유는 아래와 같다.

> 예의는 나라를 다스릴 수 있게 하고 국가를 안정시키고 백성들을 이끌며 후손들을 이롭게 하는 것이다. 허나라가 법도를 지키지 않아 그를 토벌하였 지만 잘못을 인정하면 그를 용서하고 덕을 헤아려 문제를 처리하고 자신의 실력을 감안하여 일을 행하고 때에 맞춰 움직이고 후대에 누를 끼치지 않으 면 예의를 안다고 할 수 있다.[370]

여기에서 종법 정치로서의 "예"는 여전히 강조되고 있지만, "덕"은 이미 "예"의 집행을 결정하고 시행하는 기준이 되었다.

환공 2년(기원전 710)에 노나라가 고郜나라의 큰 솥을 얻어 태묘에 들여놓 았는데 이것은 주나라의 예절에 어긋나는 것이었다. 그러자 노나라 대부 장애 백臧哀伯이 말하길,

> 백성의 군주가 되는 이는 덕을 찬양하고 그릇된 것을 막아서 모든 관료들 에게 훤히 알리면서 혹시라도 덕을 잃게 되는 경우가 있을까 걱정하며 가장 훌륭한 덕을 찬양하여 자손들에게 제시하는 것입니다. …… 무릇 덕이란 검소 하고 절도 있고 오르고 내림에 일정한 수가 있어야 합니다. 문양과 사물을 만들어 그것을 기록하고 소리와 광명으로 그것을 드러내서 모든 관료들에게

---

370) 杜預 注·孔穎達 疏,『春秋左傳正義』卷4,〈隱公十一年〉, 十三經注疏本, 1736쪽.

명백히 알리는 것입니다. 모든 관료들이 이에 두려움과 경계심을 갖고 감히 법도를 어기지 못하게 됩니다. 그런데 오늘 덕은 사라지게 하고 그릇된 것을 높이 세워서 뇌물로 받은 물건을 태묘에 들여놓아 모든 관료에게 분명히 알리니 모든 관료들이 그것을 본받는다면 무슨 말로 그들을 비난하실 수 있겠습니까?[371]

장애백은 "예"는 반드시 "덕"을 기본으로 갖춰야 해서 "덕을 잃게 되"면 "예"를 이룰 수 없다고 보았다. 덕이 있어야 예가 있다는 관념은 『주례』에서 "예로써 그 사람의 덕을 관찰하고, 덕으로써 일을 처리하고, 일로써 공을 헤아리고, 공으로써 백성을 먹인다."[372]라고 한 사유관과 현격한 차이가 난다. 주공이 제작한 『주례』는 "예"를 최고 법칙으로 하고 있어서 "예로써 그 사람의 덕을 관찰"할 수 있었다. 즉, "예"를 법칙으로 하여 "덕"을 고찰하도록 하는 것인데, "예"에 맞는 법칙은 "길덕"이고 그렇지 않은 것은 "흉덕"으로 보았다. 게다가 『주례』의 "덕"은 종법 관계를 중시하지만, 춘추 초기의 "덕"은 종법 관계 이외에도 윤리와 덕성을 강조했다. 예를 들어, 위 대부 석작石碏은 "임금은 의롭고 신하는 의를 행하며, 아비는 자애롭고 자식은 효도하며, 형은 우애하고 아우는 공경해야 한다." 등의 "육순六順"을 거론했다.[373] "예"와 "덕"이 현실에서의 종법 질서를 옹호하는 한편, 현실적 가치관도 반영한 것이다. 사람들의 마음속에서 이른바 문학이란, 후손들에게 본보기가 될 수 있도록 질서와 방향을 제시하는 것이었다. 예를 들어, 장공 23년(기원전 671)에 조귀曹劌는 다음과 같이 말했다.

예는 백성들을 정돈하는 것이다. 그러므로 회맹하여 상하의 법도를 훈시

---

371) 杜預 注·孔穎達 疏, 『春秋左傳正義』卷5, 〈桓公二年〉, 十三經注疏本, 1741~1743쪽.

372) 杜預 注·孔穎達 疏, 『春秋左傳正義』卷20, 〈文公十八年〉에서 주공이 제작한 『周禮』를 인용, 十三經注疏本, 1861.

373) 杜預 注·孔穎達 疏, 『春秋左傳正義』卷3, 〈隱公三年〉, 十三經注疏本, 1724쪽.

하고 재용財用의 절도를 제정하며, 조현朝見하여 작위에 따라 서열을 정하는 예를 바로잡고 장유長幼의 차례를 따르게 하며, 정벌하여 명을 따르지 않는 자들을 토죄討罪하는 것이다. …… 이런 일이 아니면 임금은 거동하지 않는다. 임금의 거동은 반드시 기록하는 것이니, 법도에 맞지 않는 일을 기록한다면 후손들이 무엇을 보고 본받겠는가?[374]

종법 계급 질서를 유지하고 개인 도덕 수양을 중시했던 문학 관념은 춘추 초기 주 왕실이 몰락하고 제후가 정무를 주관하던 정치 상황과 기본적으로 일치한다.

춘추 중기, 예악 제도가 무너지고 대부가 권력을 독점하며 사가 정치 무대에 등장하면서 통치자의 관념에 큰 변화가 발생했다. 『좌전』에 따르면, 노 문공은 당시 서주 예악 제도에 따라 국가 대사를 처리하는 일이 극히 드물었다. 예를 들어, 문공 원년(기원전 626)에는 "윤삼월을 두었는데 법도에 맞지 않았다.", 3년(기원전 624)에는 "부강婦姜을 맞이해 올 때 경이 가지 않았으니 예가 아니다.", 6년(기원전 621)에는 "윤월閏月이라고 고삭告朔을 하지 않는 것은 예가 아니다.", 7년(기원전 620)에는 "수구須句를 빼앗아 주나라 문공의 아들을 대부로 세웠는데 이것은 예가 아니다.", 9년(기원전 618)에는 "모백위毛伯衛가 와서 부의賻儀를 요구했는데 이것은 예가 아니다.", 12년(기원전 615)에는 "성백郕伯이 죽자 성郕나라 사람들이 임금을 세웠다. 태자는 부종夫鍾과 성규郕邽를 가지고 노나라로 도망쳤다. 문공이 그를 제후로 맞아들였는데 이것은 예가 아니다.", 15년(기원전 612)에는 "일식이 있으니, 북을 치고 사社에 제물을 올렸다. 예가 아니다."라고 한 것 등이다.[375] 『좌전』에도 춘추 전기에 예악 제도에 맞지 않는 행위가 기록되어 있지만, 이토록 빈번하고 집중적으로 실리지는 않았다. 이것은 "예악 붕괴"가 이미 돌이킬 수 없는 지경에 이른 것을 설명해준다.

또한 "예"와 "악"의 관계에 대해서도 이 시기와 앞선 시기의 이해가 확연히

---

374) 杜預 注·孔穎達 疏, 『春秋左傳正義』卷10, 〈宣公二十三年〉, 十三經注疏本, 1778~1779쪽.
375) 『左傳』 문공 기록 참고, 十三經注疏本, 1836~1855쪽.

구분된다. 예를 들어, 노 문공 7년(기원전 620)에 진 극결郤缺이 조선자趙宣子에게 묻기를,

> 과거 위나라가 복종하지 않았기 때문에 우리가 그 땅을 빼앗았습니다. 이제 위나라가 복종한 지 이미 오래되었으니 그 땅을 돌려주는 것이 옳습니다. 배반했는데 토벌하지 않으면 어떻게 위엄을 보이겠습니까? 또 복종했는데 헤아리지 않으면 어떻게 세상에 은혜로움을 보이겠습니까? 위엄도 은혜도 아니라면 무엇으로써 세상에 덕을 보여줄 수 있겠습니까? 덕 없이 무슨 수로 결맹을 주관하시겠습니까? 진나라의 정경이 되어 제후의 일을 주관하는 데 있어서 덕을 쌓지 않으면 장차 어떻게 하시렵니까? 『하서』에 좋은 말로 훈계하고 위엄으로 살피며 구가九歌로써 권면하여 공적이 훼손되지 않도록 하라고 했습니다. 아홉 가지 공적의 덕이 하나같이 노래로 찬양할 만한 것을 구가라고 하고, 육부六府와 삼사三事를 구공九功이라 합니다. 물·불·쇠·나무·흙·곡식을 육부라고 하고, 정덕正德·이용利用·후생厚生을 가리켜 삼사하고 합니다. 육부와 삼사를 올바르게 베푸는 것을 가리켜 덕과 예라고 부릅니다. 예가 없으면 백성들이 즐겁지 않아 반란이 일어나게 됩니다. 군주의 덕을 노래로 찬양할 수 없습니다.[376]

극결이 주장하는 "예"는 곧 "덕례德禮"로, "덕례"는 "구공지덕九功之德"을 가리킨다. 또 "구공지덕"은 사회 물질 생산과 백성의 생활에 관심을 가지는 것으로 종법 계급 질서와는 큰 관계가 없다. 선공 12년(기원전 597)에 수 무자武子는 "덕행이 수립되고, 형벌이 시행되고, 정령이 이루어지고, 사무의 처리가 시의時宜에 맞고, 전장典章을 따르고, 예의에 순서가 있으니, 어찌 저들을 대적할 수 있을까?"[377]라고 하였다. 양공 26년(기원전 547)에 진 성자聲子는 "상 주기를 좋아하는 것", "형벌을 두려워하는 것", "백성을 돌보는 것"을 가리켜, "이 세 가지는 예의 대절이니, 예가 있어야 실패하지 않는다."[378]라고 하였는

---

376) 杜預 注 · 孔穎達 疏, 『春秋左傳正義』 卷19上, 〈文公七年〉, 十三經注疏本, 1846쪽.
377) 杜預 注 · 孔穎達 疏, 『春秋左傳正義』 卷23, 〈宣公十二年〉, 十三經注疏本, 1879쪽.

데, 이것은 "예"로써의 종법 질서가 아닌 실제 행정 행위를 가리킨다. 춘추 중기에 대부 세력이 팽창하게 되면서 사도 정치 무대에서 도약하기 시작했다. 종법 제도가 해체되어, 사람들은 실제 행정 사무에 관심을 가지고 사회적 기능의 전문화와 개인적 품덕品德의 수양을 중시하게 되었다. "예"와 "덕"에 대한 이해에서 종법 관념은 매우 희박해진 반면, 정치와 도덕의 의미는 더욱 풍부해진 것이다. 당시 사람들의 시각에서 본다면,

세상이 잘 다스려지면 군자가 오히려 능력이 있어도 아랫사람에게 양보하고, 소인은 온 힘을 다해 윗사람을 섬기게 된다. 그럼으로써 상하가 예를 갖추고 간사한 이는 멀리 축출되어 분쟁이 없어지게 되니 이를 의덕懿德이라 한다. 세상이 어지러워지면 군자는 공적을 과시하고 소인을 업신여기며 소인은 자신의 재주를 자랑하여 군자를 능멸한다. 상하가 예가 없어지고 혼란과 잔혹함이 함께 생겨나 서로 선을 다투게 되니 이것을 가리켜 혼덕昏德이라 한다.[379]

당시 사람들은 "예"와 "덕"의 관계를 현실적으로 이해하고자 하였다. 이것은 사대부들이 정치 사무에 전념하고, 현실 이익을 적극적으로 도모한 것과 일치한다. 이른바 "인을 체현하면 사람들의 우두머리가 될 수 있고, 아름다운 사람들의 모임은 예에 부합하며, 만물을 이롭게 하면 의와 조화를 이루고, 신의를 공고히 하게 되면 사물의 근간이 될 수 있다."[380]라는 것으로 역시 이와 같은 사상을 나타낸다.

이러한 사상 배경 속에서 "삼불후"관이 나타난 것은 아주 당연한 일이었다. 또한 문학 관념도 자연스럽게 현실 정치의 사무와 도덕 자질의 구현을 중심 사상으로 하게 되었다. 예를 들어, 노 양공 11년(기원전 562)에 위강魏絳은 진晉나라 제후가 음악을 하사하자 사양하며 말했다.

---

378) 杜預 注 · 孔穎達 疏, 『春秋左傳正義』 卷37, 〈襄公二十六年〉, 十三經注疏本, 1991쪽.

379) 杜預 注 · 孔穎達 疏, 『春秋左傳正義』 卷32, 〈襄公十三年〉, 十三經注疏本, 1954쪽.

380) 杜預 注 · 孔穎達 疏, 『春秋左傳正義』 卷30, 〈襄公九年〉, 十三經注疏本, 1942쪽.

대저 음악으로 덕을 편안하게 하고, 의로써 덕을 처하며, 예로써 덕을 실천하고, 믿음으로써 덕을 지키고, 인으로써 덕을 격려하며, 여러 나라들을 어루만지고, 복록을 함께 하며, 멀리 있는 나라들도 귀속시킬 수 있게 하니 이것이 이른바 함께 즐긴다는 것입니다.[381]

조문자趙文子가 노 목숙穆叔에게 전쟁을 멈출 것을 제안하며 "나 또한 초나라의 영윤슈尹과 잘 알고 있으므로 만약에 공경으로 예를 행하고 문사들과 함께 이끌어 제후들을 안정시킨다면 전쟁이 멈출 것이오."[382]라고 하였다. 이들은 자발적으로 문학(문사), 도덕, 정무를 하나로 결합하여 이들의 특수한 사회적 기능이 발휘되길 기대했다. 문학이 사회 정치와 윤리 도덕을 지향하는 것이 당시의 주요 관념이 된 것이다.

춘추 말기, 사회 정치 생활에서 사士의 영향력이 나날이 두드러졌다. "덕"(개인 도덕을 가리킴)은 그들이 몸과 마음을 의지할 신앙과 같아서 덕목이 점점 명확하고 구체화되었다. 또한 "예"도 "덕"과 어우러져 개인 도덕적 수양과 사회 윤리적 질서의 상징이 되었고, 원래 있던 예의는 "예"의 핵심 가치에서 배제되어 일종의 의식으로 전락했다. 예를 들어, 소공 5년(기원전 537)에 노나라 제후가 진나라를 예방하면서 교외에서부터 예물을 올리며 예를 행하자 진나라 제후가 그에게 예를 안다고 칭찬하였다. 그러자 여숙제女叔齊가 "이것은 의식일 뿐이지 예를 아는 것은 아닙니다."[383]라고 하였다. 소공 25년(기원전 517)에는 조간자가 자대숙을 만나 주 왕실의 예인 읍양揖讓을 하자, 자대숙이 "그것은 의식이지 예가 아니오."라고 말했다. 그러면서 이르기를,

예는 상하의 기강이며 천지의 경위經緯이고, 경위는 직물의 날실과 씨실이 서로 섞여 무늬를 이루는 것이다. 백성들이 생존하는 원리이므로 선왕이

---

381) 杜預 注 · 孔穎達 疏, 『春秋左傳正義』卷31, 〈襄公十一年〉, 十三經注疏本, 1951쪽.
382) 杜預 注 · 孔穎達 疏, 『春秋左傳正義』卷36, 〈襄公二十五年〉, 十三經注疏本, 1985쪽.
383) 杜預 注 · 孔穎達 疏, 『春秋左傳正義』卷43, 〈昭公五年〉, 十三經注疏本, 2041쪽.

제일 중요하게 여긴 것이다. 그러므로 스스로 능히 굽히기도 하고 곧추기도 하여 예를 행하는 사람을 성인이라 하니, 위대한 것이 당연하지 않겠는가![384]

또한 자대숙은 조간자에게 개인이 지켜야 할 아홉 가지 도덕 준칙을 이야기했다. "화란禍亂의 수괴首魁가 되지 말 것이며, 부유함을 믿지 말 것이며, 총애를 믿지 말 것이며, 공동의 의견을 어기지 말 것이며, 예가 있는 사람을 깔보지 말 것이며, 재능을 믿고 교만하지 말 것이며, 남의 분노를 가중시키지 말 것이며, 덕이 아닌 일을 꾀하지 말 것이며, 의가 아닌 것을 범하지 말라."[385] 이러한 것들은 춘추 말기 예의 형식에 대해 사람들이 보다 많은 반성을 했음을 보여준다. "상징으로서의 예의 제도 본연과 그것이 상징하던 의미가 분리되면서, 단순한 의식은 더 이상 의미 있는 권위를 갖지 못했다. 이것은 사람들이 예의 본래의 합리성을 판단하기 시작했음을 의미한다."[386] 사람들은 더 이상 예의 형식을 중시하지 않는 대신, 개인의 도덕적 수양과 현실의 정치적 행위를 더욱 중시하게 되었다.

소공 2년(기원전 540)에는 진숙晉叔이 노 숙궁叔弓이 예를 안다고 칭찬하며 그 이유를 다음과 같이 말했다.

충신忠信은 예의 그릇이고 겸양은 예의 근간이다. 말하는 중에도 나라를 잊지 않았으니 충신한 사람이다. 나라를 앞세우고 자신은 뒤로 돌리니 겸손한 사람이다. 『시』에 "삼가하고 거동에 위엄이 있어야 덕에 가까이 갈 수 있다."라고 하였으니 저 사람은 덕에 근접한 사람이다.[387]

"덕에 가까운" 사람은 "예를 안다." 이것은 춘추 말기 사람들이 "예"와 "덕"의 관계에 대해 가졌던 기본 인식이다. 당시의 사람들에게 있어서 "예"의 기본

384) 杜預 注·孔穎達 疏, 『春秋左傳正義』卷51, 〈昭公二十五年〉, 十三經注疏本, 2107~2108쪽.
385) 杜預 注·孔穎達 疏, 『春秋左傳正義』卷54, 〈定公四年〉, 十三經注疏本, 2135~2136쪽.
386) 葛兆光, 『中國思想史』第1卷, 上海:復旦大學出版社, 2001, 84쪽.
387) 杜預 注·孔穎達 疏, 『春秋左傳正義』卷42, 〈昭公二年〉, 十三經注疏本, 2029쪽.

은 개인의 도덕을 바탕으로 사회 윤리와 정치 행위를 구현하는 것이지, 『의례
儀禮』에서 강조한 그런 예절이 아니었다. 이른바 "예는 사람의 근본이다. 예가
없으면 사람이 일어설 수 없다."[388], "임금이 명하고 신하가 받들며, 부모는
인자하고 자식은 효도하며, 형은 사랑하고 동생은 공경하며, 남편은 온화하고
아내는 부드러우며, 시부모는 인자하고 며느리는 따르는 것이 예이다."[389],
"군자는 자신을 존귀하게 여긴 뒤에 다른 사람을 예로써 존귀하게 여기는"[390]
것이다. 사대부는 종법 제도 안에서 공자 · 세경들과 귀천을 비교할 수는 없지
만, 도덕적 수양과 정치적 업적에서는 우열을 겨룰 수 있었다. 만약 문학이
개인의 도덕 수양과 정치 업적을 반영할 수 있다면, 사대부들이 필요로 하는
문학 기능이 발휘될 수 있을 것이다. 예를 들어, 조간자가 초나라의 보배인
흰 형珩에 관해 묻자 왕손어王孫圉가 대답하길,

　　원래 그것을 보배로 여긴 적이 없습니다. 초나라가 보배로 여기는 것은
관사보觀射父입니다. 그는 훈사訓辭를 짓는데 뛰어나, 제후들 사이에서 외교
활동에 종사해 우리 임금께 구실이 될 만한 것을 만들어 주지 않습니다. 또
좌사 의상倚相은 선왕의 훈사와 전적에 관해 진술을 잘하며 모든 일의 차례를
정하고, 아침저녁으로 우리 임금께 잘한 점과 잘못한 점을 아뢰어서 임금께
서 선왕의 업적을 잊지 않도록 하며, 또 위아래로 귀신들을 기쁘게 하고, 그들
이 바라는 것과 싫어하는 것에 따라 순응함으로써 귀신이 초나라를 원통하게
생각지 않도록 합니다. 이외에 또 운몽雲夢이라는 큰 못이 도주徒洲에 접해
있는데, 금金 · 목木 · 죽竹 · 전箭이 생산됩니다.……제후들이 좋아하는 예물을
준비하고 훈계하는 말로 제후들을 잘 인도하며 의외의 재난에 대비하고 하늘
이 도우신다면 임금께서는 제후들에게 죄를 받지 않아 나라를 안정시킬 수
있습니다. 바로 이런 것들이 우리 초나라의 보배입니다.[391]

388) 杜預 注 · 孔穎達 疏, 『春秋左傳正義』卷44, 〈昭公七年〉, 十三經注疏本, 2051쪽.
389) 杜預 注 · 孔穎達 疏, 『春秋左傳正義』卷52, 〈昭公二十六年〉, 十三經注疏本, 2115쪽.
390) 杜預 注 · 孔穎達 疏, 『春秋左傳正義』卷51, 〈昭公二十五年〉, 十三經注疏本, 2106쪽.
391) 徐元誥, 『國語集解』, 〈楚語下〉, 526~527쪽.

초나라 사람들은 관사보觀射父와 좌사左史 의상依相을 국보로 여겼다. 이 두 사람은 문학으로 정치와 사회 가치를 실현한 대표적인 인물로, 춘추 말기에 나타난 문학의 사회적 기능과 가치관의 변화를 잘 보여준다. 물론 이들의 문학 활동과 관련된 역사 기록은 극히 드물지만,[392] 초나라 사람들은 자신들의 "훈사訓辭"와 "훈전訓典" 등의 활동과 초군의 덕업 및 안녕을 함께 연결 짓고, 개인의 가치를 인정하였다. 이 점에 대해서는 우리가 더 많은 관심을 가질 필요가 있다.

여기서는 시의 생산과 소비를 예로 들어, 이상에서 서술한 춘추 시대 문학 관념의 발전 맥락에 대해 검토해보도록 하자. 춘추 초기, 청정 제도와 헌시가 여전히 남아 있는 상태에서 군자도 활발히 시를 짓기 시작했다. 『시경』 중의 일부 "변풍", "변아"가 바로 이 시대의 산물이다. 물론, "헌시는 공경公卿과 열사列士의 일이어서 서인庶人) 여기에 낄 수 없었다."[393] 그러나 이것은 윤길보의 송시와 달랐다. 대부분 통치자에 대한 풍자의 시로 공경들이 예악 제도에 가지는 불안과 집정자들에 대한 불만을 표현함으로써 문학이 사회 비판을 하고 정치를 개량하는 책임을 갖게 하였으며 문학이 예악 제도에서 탈피하여 독립적인 성향을 갖게 하였다. 춘추 중기에 예악이 붕괴되고 청정 제도가 더 이상 시행되지 않고, 헌시가 점차 사라지면서 부시賦詩가 생겨났다. "여러 나라 군신은 부시로 생각을 표현했는데, 이를 이해하지 못하거나 대답하지 못하는 사람은 아주 이상한 사람이다."[394]라고 생각했다. 『좌전』에 기록된 부시언지賦詩言志와 관련된 일들은 대부분 이 시기에 발생했고, 특히 양공 시기에

---

392) 『국어』〈楚語下〉에는 관사부가 "절지천통"에 관해 이야기한 것이 실려 있는데 앞에서 이미 다루었다. 또한 이 책에는 초 소왕이 관사부에게 "祀牲"에 대해 물어본 일도 기록되어 있다. 이것은 관사부가 예악 문화에 대해 많은 수양을 쌓았음을 뜻한다. 좌사 의상은 초나라의 사관으로 초 영왕이 일찍이 右尹 子革을 가리켜 "참으로 훌륭한 사관이오. 잘 봐 두시오. 〈三墳〉, 〈五典〉, 〈八索〉, 〈九丘〉의 옛 책을 읽을 줄 안다오."라고 칭찬하였다.(『좌전』〈昭公十二年〉) 일설에는 『좌전』의 작자 左丘明이 그의 후손이라고 전해진다.

393) 朱自淸, 『詩言志辯』, 上海:華東師範大學出版社, 1996, 7쪽.

394) 朱東潤, 『詩三百篇探故』, 昆明:雲南人民出版社, 2007, 76~77쪽.

가장 많았다.[395] "헌시하는 시는 모두 대상이 명확하고 전편의 의미가 분명하다. 반면 부시는 전체적인 뜻을 고려하지 않고 남의 글을 제멋대로 인용하고 자기 마음대로 갖다 붙여 눈앞에서 감흥이 일어날 뿐 명확한 대상은 없었다."[396] 각국이 모인 회맹이나 개인 연회에서 부시언지는 아주 중요한 절차였다. 이것은 공경·대부들로 하여금 시를 배워 자신의 자질을 높이지 않을 수 없게 하였고, 이들이 이런 사회 수요에 적응하면서 문학이 개인의 정치적 능력과 문화 수양의 상징이자 정치 활동과 사회 활동의 도구가 될 수 있었다. 라오종이饒宗頤는 다음과 같이 말했다.

> 『좌전』〈양공 8년〉에 이런 기록이 있다. 진나라의 범선자范宣子가 노나라에 내빙하여 〈표유매摽有梅〉를 읊자 계문자季武子가 말하길, "누가 감히 그럴 수 있겠습니까? 오늘날 초목에 비유한다면 저희 주군과 진군의 관계는 임금의 냄새와 맛과 같습니다. 기꺼이 명령을 받들지언정 어찌 시기를 따질 수 있겠습니까?" 이 말은 냄새와 맛이 같으니 사이가 아주 좋음을 뜻한다. 춘추 시대의 사람들은 시교에 흠뻑 빠져 시로 자신의 생각을 표현하고 자신을 초목에 비유하며 자신들이 "시"의 언어에서 나왔다고 보았다. 당시 사회 전체가 문학의 분위기에 젖어 있었음을 알 수 있다. 완전히 '시화詩化'된 것이다.[397]

춘추 말기에 이르러 "입덕·입공·입언"은 사인들의 생명 가치에 대한 자발적인 추구가 되었고 "문사는 예를 실행하기 위한 것이다."[398]와 "말에 꾸밈이 없으면 실행된다 해도 멀리 가지 못한다."[399]는 사회의 공공연한 인식이

---

395) 예를 들어, 『좌전』 양공 4년, 양공 8년, 양공 16년, 양공 20년, 양공 26년, 양공 27년, 양공 29년 등에 모두 賦詩言志의 내용이 담겨 있다. 특히 양공 27년에 조무가 정나라 일곱 대부를 보고 부시언지한 것이 아주 상세히 실려 있다.

396) 朱自淸, 『詩言志辯』, 18쪽.

397) 饒宗頤, 『饒宗頤新出土文獻論證』(三), 「興於時 - 「詩序」心理學的分析」, 上海:上海古籍出版社, 2005, 203쪽.

398) 杜預 注·孔穎達 疏, 『春秋左傳正義』卷52, 〈昭公二十六年〉, 十三經注疏本, 2115쪽.

399) 杜預 注·孔穎達 疏, 『春秋左傳正義』卷36, 〈襄公二十五年〉 공자의 말 인용, 十三經注疏

되었으며, "시를 배우지 않으면 말을 할 수가 없다."[400]는 사인들이 자기 수양을 함에 있어서 가장 기본적인 목표가 되어서 문학의 독립적 지위가 한층 더 부각되었다. "시는 가히 흥하고, 가히 관찰하고, 가히 무리 짓고, 가히 원망하고, 가까이는 부모를 섬기고 멀게는 임금을 섬기는 것이며 조수와 초목의 이름을 많이 알게"[401] 하였다. 그래서 사인들의 마음속에서 "시"는 흡사 다방면의 사회적 기능을 가진 가치 실체로서 몸과 마음을 의지할 수 있는 생활 터전이나 다름없었다. 그래서 진정한 개인의 문학 감상과 문학 창작의 사회 활동은 이때부터 막을 올리게 되었다.

이상을 종합해 보면, 춘추 시대의 문학 관념은 사회 발전과 함께 계속해서 발전과 변화를 거듭했다. 서주 시대 문학은 단지 예악 제도와 예악 문화의 상징으로, 이것이 의지하고 보호하는 것은 혈연관계를 유대로 한 종법 정치 제도와 씨족의 이익이었다. 그래서 문학은 독립적인 지위를 갖지 못했고 문학과 예악 교화는 형식과 관념이 모두 일치할 수 있었다. 그러다가 서주 말기에 종법 정치 제도가 점차 해체되면서 문학은 예악 제도의 속박에서 벗어나 정치 활동과 여론 선전의 도구가 되었다. 그 뒤 춘추 중기에 사인이 역사 무대에 등장하면서 문학은 점차 개인의 도덕 수양과 정치 업적을 나타내는 도구로 변모했고, "입언"은 "입덕"·"입공"과 더불어 개인 생명을 불후不朽하게 만드는 중요한 수단이 되었다. 이로써 문학은 독립적인 사회 지위를 얻게 되었고 개인이 죽을 때까지 종사할 수 있는 활동이 되었으며 문학의 사회적 가치는 사인의 사회 가치를 직접적으로 반영할 수 있었다. 이런 춘추 시대 문학 관념의 변화는 중국 고대 문학 관념의 기본 가치를 마련해주었을 뿐만 아니라 중국 고대 문학의 문화적 특색을 구현하고 중국 고대 문학의 발전 방향을 열어주었다.

本, 1985쪽.

400) 何晏 集解·邢昺 疏, 『論語注疏』卷16, 〈季氏〉, 十三經注疏本, 2522쪽.

401) 何晏 集解·邢昺 疏, 『論語注疏』卷17, 〈陽貨〉, 十三經注疏本, 2525쪽.

제4장

"詩言志": 중국 고대 문학 관념 발생의 표본

　　발생학 이론에 따르면, 중국 고대 문학 관념의 발생에 대한 연구에서는 "절대적 기원이라고 인정받은 단계"를 찾을 것이 아니라, 중국 문학 관념 형성의 전체 과정과 기본 원인 및 주요 원리를 알아야 한다고 하였다. 시는 중국 문학계에서 가장 먼저 생겨난 가장 중요한 분야이다. 중국 고대 문학 관념의 발생 과정에서 시는 매우 중요한 역할을 해왔다. 또한 시의 발전 중에 형성된 "시언지詩言志"의 관념에 대해 근대 학자들은 "천고千古 시교詩敎의 기원"[402]이라고 보았고, 현대 학자들은 중국 시론의 "창시적 강령"[403]이라고 평가했다. 이것은 선진 시대 유가의 시가 이론과 문학 관념에 직접적인 영향을 주었을 뿐만 아니라, 한인漢人이 제창한 시교에도 막대한 영향을 끼쳤다. 시가 중국 고대 문학에서 시종일관 중요한 위치를 차지하고 있어서 시론과 시교 역시 자연스럽게 중국 고대 문학 관념의 중요한 내용이 되었다. 그래서 어떤 의미에서 볼 때, "시언지"는 중국 고대 문학 관념 발생의 표본이라고 할 수 있다. 시의 생산과 소비로부터 생겨난 중국 문학 관념의 형성 과정을 정리하는 것은 중국 고대 문학 관념의 문화 기원과 기본 의미 및 표현 형식을 이해하는데 있어서 굉장히 필수적이고 유익한 작업이다. 피아제는 "전통적 인식론은 오직 고급 수준의 인식에만 그칠 뿐이다. 다시 말해, 최후의 결과에 대한 인식에만 초점을 맞춘다. 그래서 발생 인식론은 각종 인식의 기원에 대해 연구하는 것

---

402) 劉毓崧, 〈古謠諺序〉, 杜文瀾 輯, 『古謠諺』卷首, 北京:中華書局, 1958, 1쪽.

403) 朱自淸, 『詩言志辨』〈序〉, 上海:華東師範大學出版社, 1996, 4쪽.

을 목적으로 하고, 가장 밑바닥에서 형성된 인식을 시작으로 각 단계에서의 인식 발전 상황과 이것의 과학적 사유까지 추적 연구한다."[404)라고 하였다. 제4장에서는 "시언지"라는 표본이 나타내는 몇 가지 역사 형태에 대해 거시적 관점에서 동태적인 기술을 할 것이다. 이로써 중국 고대 문학 관념 발생사에 대한 인식이 강화되기를 기대한다.

제1절 "詩言志"와 원시 樂敎

예로부터 중국 고대 문학 관념 또는 시가 이론을 토론할 때면 "시언지"의 개념을 매우 중시하고 또 수없이 연구해온 것이 사실이다. 그러나 이 관념이 도대체 언제 생겨났고, 구체적인 의미는 무엇인지에 대해서는 사람마다 의견 이 분분하여 아직도 미해결 문제로 남아 있다.

문헌학적 관점에서 볼 때, "시언지"라는 말은 『상서』〈요전堯典〉에서 비롯 되었다.

> 순 임금께서 이르시길, "기夔여! 그대를 음악장관에 임명하노니, 태자와 경대부들의 자제들을 가르치시오. 곧되 온화하며, 너그럽되 위엄 있으며, 강 하되 포악하지 않으며, 단순하되 오만하지 않게 해 주시오. 시는 뜻을 읊는 것이요, 노래는 말을 길게 늘인 것이요, 소리는 가락을 따르고 음률은 소리가 조화를 이룬 상태인 것이요. 팔음이 조화를 이루어 서로의 음계를 빼앗지 않 게 하면, 신과 사람도 이로써 조화를 이룰 것이오." 기가 대답하길, "오! 제가 경을 치고 두드리니, 온갖 짐승들이 저를 따라 춤을 추었습니다."[405)

〈요전〉은 비록 한나라 초기에 복생伏生이 쓴 『금문상서今文尚書』 28편에

---

404) 皮亞杰(피아제), 『發生認識論原理』, 17쪽.

405) 孔安國 傳·孔穎達 疏, 『尚書正義』卷3, 〈舜典〉, 十三經注疏本, 131쪽.

수록되어 있지만, 그 출처가 분명하여 청나라 사람들은 이를 위서로 보지 않았다.[406] 그러나 구제강顧頡剛(1893~1980)으로 대표되는 "고사변파古史辨派"는 요순堯舜은 춘추 이후에 위작된 고사古史의 일부로서 "공자 이후, 누군가〈요전〉을 썼는데 …… 사실 『상서』에 실린〈요전〉은 이미 위작된 것이었다. 『맹자』에 실린 인용문은〈요전〉에서 비롯된 것에 덧붙여 쓴 것이다. 당시에 전문적으로 위작을 쓰던 사람이 있었음을 알 수 있다."[407]라고 하였다. 이 말대로라면,〈요전〉의 사료적 가치는 많이 떨어지게 된다.〈요전〉이 언제 책으로 만들어졌는지에 대해서는 춘추 중기, 춘추 후기, 전국 시대, 진한 시대 등으로 보는 여러 가지 의견이 있다.〈요전〉이 위작이거나 또는 먼 후대에 와서 편찬된 것이라면, 이른바 "시언지"라고 하는 것은 당연히 이른 시기에 나온 관념이 아니라 위작을 쓴 사람이나 이를 정리한 사람이 만들어낸 관념이 된다. 천량윈陳良雲은 "'시언지'가 순 임금에게서 비롯되었다는 주장은 철저히 부정해야 한다"고 하였으며, "『시』와 '지志'가 연결된 시점은 기원전 546년에서 기원전 469년(『좌전』에 기록된 마지막 해) 사이였을 것"[408]으로 보았다. 그는 또 『좌

---

406) 진시황이 실시한 "분서갱유"로 인해 『상서』는 사회에서 자취를 감추게 되었다. 한나라 초에 濟南 伏生(勝)이 입으로 전하고 조착이 이를 기록했다. 모두 28편으로 한나라 때 통용된 것은 예서로 되어 있고 『今文尚書』라고 부른다. 여기에는〈堯典〉도 실려 있다. 한 경제 말년에 공자의 옛집에서 선진 시대 고문으로 쓴 『상서』가 발견됐는데 『古文尚書』라고 부른다. 그러나 이것은 서진 말년에 유실되었다. 동진 豫章內史 梅賾이 孔安國이 쓴 『상서』를 元帝에게 바쳤다. 이 역시 선진 고문으로 쓰여서 『古文尚書』라고 부른다. 여기에는 복생이 쓴 『今文尚書』가 포함되어 있다. 그러나 『今文尚書』에는〈堯典〉을〈堯典〉과〈舜典〉으로 나누어 싣고 있다. "시언지"는〈舜典〉에 실려 있다. 『古文尚書』는 당나라 때, 孔穎達이 황제의 명을 받아 正義하였고 『五經正義』 중에 하나로서 세상에 반포됐다. 청나라 때 阮元이 『十三經注疏』에 이를 수록했고 깊은 영향을 끼쳤다. 그 뒤, 閻若璩가 『尚書古文疏證』에서 『古文尚書』가 위작이라고 주장하자, 학계에서 이를 인정했다. 근대 시기에 張巖이 『審核古文「尚書」案』(中華書局, 2006)에서 이를 다시 연구했고 염약거의 주장에 대해 증거 부족으로 인해 판단을 내릴 수 없다고 하였다.

407) 顧頡剛, 「論孔子刪述(六經)設及戰國著作僞書書」, 『古史辨』第1冊, 上海:上海古籍出版社, 1982, 42쪽.

408) 陳良雲, 『中國詩學體系論』, 北京:中國社會科學出版社, 1992, 34·36쪽. 陳良雲은 또한 『中國詩學批評論』(南昌:江西人民出版社, 1995)에서 "〈堯典〉에서 중국 최초의 시론을 논하는 부분은, 전국 중기에 무명씨가 사서를 정리하면서 모작한 것이다. 『시』는 이미 오래전에 전해졌기 때문에, 이것은 비교적 늦게 나온 시론이라고 할 수 있다."라고 하였다.

전』〈양공襄公 27년〉에 "백유伯有는 장차 죽임을 당할 것입니다. 시는 자신의
뜻을 말하는 것인데, 그 뜻이 임금을 모독하고 공공연히 원망하는 데 있고,
또 그것을 빈객으로서의 영광으로 생각한다면 어찌 오래 갈 수가 있겠습니
까?"[409]라는 진 대부晉大夫 조맹趙孟의 말이 실려 있고, 『국어』〈노어하魯語下〉
에 "시는 뜻을 표현하는 것이고 노래는 시를 읊는 것이다."[410]라는 사해師亥의
말이 실려 있는 것을 감안하면, "시언지"의 관념은 늦어도 춘추 중기에는 이미
생겨났고, 사람들에게 두루 받아들여졌다고 보았다. 그러나 만약 『상서』 연구
가인 리우치위劉起釪의 의견을 수용하여 『상서』〈요전〉에 나타난 "상고적 요
소"[411]를 인정하고 "시언지"도 여기에 속한다고 보면 조맹趙孟과 사해師亥가
제기한 "시언지" 관념은 어쩌면 상고 시대 "시언지" 관념의 영향을 받아 생겨
난 것으로, 그들이 처음으로 주장한 게 아님을 알 수 있다. 그렇지 않으면,
"시언지"는 춘추 전국 시대에 위작을 쓴 사람이나 이를 정리한 사람이 춘추
시대의 관념을 받아들여 "모작"한 것으로 된다. 만약 전자라면 그것이 "천고
시교千古詩敎의 기원" 혹은 중국 시론의 "창시적 강령"이라는 견해가 자연스럽
게 성립되고, 후자라면 그와 같은 견해는 성립되기 어렵다.

필자는 "시언지"의 개념이 이른 시기에 발생했다고 보고 있다. 우순虞舜
시대에 생겨난 것은 아니더라도 적어도 은상 시대에는 생겨났기 때문에 "천고
시교의 기원" 또는 중국 시론의 "창시적 강령"이라고 할 수 있다. 그 이유는
아래와 같다.

첫째, 요순 시대는 전설의 시대에 속하기 때문에 요순과 관련된 이야기는
모두 후대에 와서 기록한 것이다. 이것은 전설이기 때문에 과장되거나 사실과
다르게 묘사되기 마련이다. 또 후대에 와서 기록하다 보니, 기록하는 이의 주

---

409) 杜預 注·孔穎達 疏, 『春秋左傳正義』卷38,〈襄公二十七年〉, 十三經注疏本, 1997쪽.

410) 徐元誥, 『國語集解』,〈魯語下〉, 200쪽.

411) 劉起釪는〈堯典〉에 세 방면의 내용이 담겨 있다고 했다. 첫째는 고대부터 전해 내려온 것이
고, 둘째는 유가 사상 또는 이상에 관한 것이고, 셋째는 한나라 때 정리자들이 추가한 것이다.
(『尚書學史』, 北京:中華書局, 1989, 511~512쪽)

관적인 생각과 이해가 투입되는 것도 피할 수 없다. 그러나 전설마다 다르고 기록마다 다르다고 이것들이 가지는 역사의 흔적마저 부정해서는 안 된다. 또는 사람들이 의도적으로 역사를 위조했다고 해서 이 시대의 존재 자체를 부정해서는 더욱 안 될 것이다. 그렇게 되면, 모든 민족의 사전사史前史는 지워져야 하고 역사는 더욱 믿을 수 없고 이해할 수 없는 것이 될 것이다. 게다가, 선진 제자가 요순에 대해 비록 다른 기술을 하고, 양위 여부에 대해 논란이 존재하며 각각의 인물과 사건에 대한 평가에도 상당한 차이가 있지만, 그 누구도 역사상에 요순 시대가 존재했음을 부정한 적은 없다. 백가쟁명百家爭鳴 시기에, 사람들은 역사에 대해 서로 다른 관점을 가지고 자신의 문화 이념과 가치 판단을 분명히 드러냈다. 하지만 논쟁 상대가 자신의 말에 꼬투리를 잡지 않도록 하기 위해 위조된 역사로 자신의 학설을 주장하지 않았다. 이것은 보편적 상식과 일반적 논리에 부합하는 것이다. 현대 고고학은 롱산龍山 문화가 요순 시대와 상응한다는 것을 증명했다. 요堯나라의 수도라고 전해지는 평양平陽(현 山西 襄汾)에서 옛 타오스陶寺 성터를 발견했는데 탄소 동위 원소법으로 연대를 측정한 결과 대략 기원전 2,500년에서 기원전 1,900년 무렵의 것이었다. 이것은 전설 속의 요순 시대의 연대와 기본적으로 일치하므로 "당요제도唐堯帝都"였을 가능성이 아주 크다. 이 성터는 초기의 소도시, 중기의 대도시와 소도시 세 부분으로 구성되어 있고, 중기 소도시에서는 관상대도 발견되었다. 유적지의 고분은 대, 중, 소로 나뉘는데, 대고분은 채 1%도 되지 않고 소고분이 90%를 차지한다. 일부 대고분은 주칠된 관을 사용하였고 부장품으로 반룡무늬 채색 도반, 악어북, 특경과 각종 옥기, 칠기, 석기 등이 있었는데 거의 200점에 달하였다. 반면 소고분에서는 대부분 부장품이 발견되지 않았는데, 이것은 당시에 이미 계급 분화가 일어났고 원시 사회에서 초기 문명 국가로 넘어가는 과도기에 있었음을 설명해 준다.[412] 성터에서 출토된 납작

---

412) 高煒·高天麟·張岱海,「關於陶寺墓地的幾個問題」,『考古』1983年第六期. 王克林,「陶寺文化與唐堯虞舜—論華夏文明的起源」(上,下),『文物世界』2001年第12期 참고.

도자기병에는 "문요文堯" 두 글자가 붓으로 주서朱書되어 있다. "타오스 성터의 발굴과 연구는 요·순·우로 하여금 '전설 시대'에서 벗어나 역사학적 의미를 갖게 하였다."[413] 이런 흔적들은 요순의 전설이 전혀 근거 없는 풍문이 아닐 뿐만 아니라 그 문명의 발전 정도가 우리가 생각하는 것보다 훨씬 대단했었음을 나타낸다. 사마천은 자신이 가진 사학자적 식견과 담력으로 『사기』를 짓고 요순을 정사로 기록하였다. 그러므로 선진 시대에 있었던 요순의 전설을 쉽게 부정해서는 안 된다. 『상서』〈요전〉은 춘추 이후에 사관이 전설에 입각하여 정리하고 완성한 것이지만 그 역사적 가치를 함부로 부정해서도 안 된다. 후 허우쉬안胡厚宣(1911~1995)은 갑골문에 기록된 사방풍명四方風名을 고증한 뒤, 다음과 같이 단언했다.

> 오늘날 알려진 것처럼, 〈요전〉에는 맹자, 순경을 비롯해서 선진 시대의 내용까지 잡다하게 실려 있다. 그러나 적지 않은 부분은 상고 시대의 사료를 근거로 하고 있다. 축가정竺可楨은 세차歲差를 근거로 정한 〈요전〉의 사중중성四仲中星을 주나라 초기의 현상으로 보았다. 최근에 와서 당란唐蘭 역시 〈요전〉의 "366일을 1년으로 한다."라는 말이 은나라 무정武丁 시기에 복사에 나온 기일법과 같다고 하였다. 일부에서는 무정 시기 복사卜辭에 나온 조성鳥星이 곧 〈요전〉의 성조星鳥이고, 늠신廩辛과 강정康丁 시기의 복사에서 출입일을 제사 지낸 것은 또한 〈요전〉에서 "떠오르는 해를 공손히 맞이한다.", "해가 지는 것을 공손히 전송한다."와 일치함을 고증했다. 지금 여기다 사택四宅과 사방四方과 풍명風名을 더해 다섯이 되었는데, 이것이 전혀 근거 없는 이야기라고 할 수 없다.[414]

---

413) 何駑,「陶寺文化遺址:走出堯, 舜, 禹"傳說時代"的探索」,『中國文化遺產』2004年創刊號.

414) 胡厚宣,『甲骨學商史論叢初集』上册,「甲古文四方風名考證」, 石家莊:河北教育出版社, 2002, 271~272쪽. 근대 시기에 趙莊愚는 〈堯典〉의 四仲中星이 당우 시대의 것과 매우 일치한다고 밝히며, "지금으로부터 3,600년에서 4,100년 전일 것이다"라고 추산했다.(「從星位歲差論證幾部古典著作的星象年代及成書年代」,『科技史文集』第十輯,『天文學史專輯』(3), 上海:上海科學技術出版社, 1983)

둘째, 요순 시대에도 "시"가 있었다. 물론 이에 대한 직접적인 증거는 없지만 합리적인 추론은 가능하다. 오늘날 전해지는 요순 시대의 작품에는 〈격양가擊壤歌〉, 〈강구요康衢謠〉, 〈경운가卿雲歌〉, 〈남풍가南風歌〉 등이 있다. 이들 작품이 위작에 실려 있을 뿐만 아니라 비교적 늦은 시기에 나왔고[415], 또한 이들 작품 속에 반영된 사상 관념이 요순 시대의 것과는 맞지 않기 때문에 모두 신빙성이 떨어진다. 〈남풍가〉에서 말한 "남풍이 때마침 부는구나, 우리 백성의 재산을 불려주겠네."와 같은 천순민의天順民意의 사상은 "하느님께 제사 지내고, 천지사시에 제사지내고, 산천에 제사 지내고, 여러 신들에게 두루 제사 지냈던"[416] 순 임금이 가질 수 있는 것이 아니었다. 또한 〈격양가〉 중의 "임금이 우리에게 해준 것이 무엇인가"와 같은 상제에게 무례를 범하는 표현은 제요帝堯 시대의 노인이 함부로 내뱉을 수 있는 것이 아니었다. 한 마디로, 이들 작품의 내용으로 볼 때, "통천"의 기술을 핵심으로 하는 무격巫覡 문화 시대의 산물이 아닌 것이다.[417] 그러나 시가 순제와 어느 정도의 관련이 있다는 말은 결코 과장이 아니다. 순 임금의 부친은 고수瞽瞍(叟)라고 전해진다. 『좌전』〈소공 8년〉에 "막幕에서 고수에 이르기까지 천명을 어긴 적이 없으며 순 임금은 거듭 아름다운 덕을 밝히었다."라고 하고, 두예杜預(222~284)가 주注에서 "막은 순의 선조이고, 고수는 순의 아버지이다. 막으로부터 고수에 이르기까지 천명을 어겨 폐절廢絶한 자가 없었다."[418]라고 하였다.

---

415) 〈擊壤歌〉는 진나라 황보밀이 쓴 『帝王世紀』에서 비롯된 것으로 비교적 늦은 시기에 쓰였다. 〈康衢謠〉는 『列子』에서 나왔다. 오늘날 전해지는 『列子』는 서진 말기에 張湛이 편찬한 것으로 근대에 오면서 위서로 의심받고 있다. 〈南風歌〉는 『孔子家語』에서 나왔다. 오늘날 전해지는 『孔子家語』는 위나라 왕숙이 편찬한 것으로 역시 후세인들에게 위서라고 의심받고 있다. 〈卿雲歌〉는 『尙書大傳』에서 나왔다. 『尙書大傳』은 위나라 복생이 입으로 전한 것을 그 제자들이 기록하고 엮은 것이다.

416) 司馬遷, 『史記』卷1, 〈五帝本紀〉, 二十五史本, 上海:上海古籍出版社, 上海書店影印, 1986, 8쪽.

417) 拙著, 「"觀互天文":中國古代文學觀念的濫觴」(『文藝硏究』 2007年第9期) 및 本書 第1章 참고.

418) 杜預 注·孔穎達 疏, 『春秋左傳正義』卷44, 〈昭公八年〉, 十三經注疏本, 2053쪽.

『국어』〈정어鄭語〉에서 사백史伯은 "무릇 천지를 도와 대업을 이룬 자는 그 자손이 찬란하지 않은 것이 없다. 우, 하, 상, 주가 그러하다. 우막虞幕은 바람 소리를 들을 수 있어 음악을 만들어 만물을 즐겁게 했다. 하우夏禹는 물과 땅을 다스릴 수 있어 여러 부류들을 맞춰 처리하였다. 상계商契는 오교五教와 화합하여 백성들이 편히 살 수 있게 하였다. 주기周棄는 백 가지 곡식을 심어 백성들에게 의복과 음식을 제공하였다. 그들의 후손들은 모두 왕공후백이 되었다."라고 하였고, 위소韋昭(204~273)가 주注에서 "협協은 화和다. 바람 소리를 듣고 안다는 뜻이다. 시기와 기후에 따라 만물이 생장하게 하니 잘 자라게 할 수 있다."[419]라고 하였다. 『국어』〈주어상周語上〉에서는 괵 문공虢文公이 고대 적전籍田 제도에 대해 이야기한 것이 실려 있다. "……5일 전에 고瞽가 바람 소리가 들린다고 알리자, 왕은 재궁齋宮에 나아가고 백관은 그에 맞는 준비를 하여 각기 사흘 동안 재를 올린다. …… 이날에 고는 악관들을 인솔하여 바람과 땅의 상태를 살펴 농사를 시작할지를 판단한다."고 했고, 위소韋昭는 주注에서 "고는 음악의 태사이다. 바람의 소리를 알아들을 수 있다.", "음관은 악관이다. 음률로 땅과 바람을 살펴서 바람의 기운이 조화롭게 되면 땅이 기운이 길어지는 것이다."[420]라고 하였다. 이것으로 볼 때, 순 임금의 조상(막부터 고수까지)은 악관이었고 "음률로 바람과 땅을 살필" 책무가 있었다. 동시에 『좌전』〈양공 14년〉에는 사광師曠이 "임금으로부터 이하로 각각 형제와 자제가 있어 그 정령政令의 득실을 살펴 잘못을 보완하게 한 것이다. 사관은 임금의 거동을 기록하고 악사는 시로써 간언하고 악공은 잠언을 낭독하며 대부는 충언하여 임금을 가르쳤다."[421]라고 하였고, 『국어』〈주어상〉에는 소공이 "천자가 정무를 볼 때면, 공경公卿에서부터 열사列士에 이르기까지 시를 지어 바치게 한다. 악사는 노래를 지어 바치게 하고, 사관에게는 책을 바치게

---

419) 徐元誥, 『國語集解』, 〈鄭語〉, 466쪽.
420) 徐元誥, 『國語集解』, 〈周語上〉, 17~19쪽.
421) 杜預 注·孔穎達 疏, 『春秋左傳正義』卷32, 〈襄公十四年〉, 十三經注疏本, 1958쪽.

하며, 소사少師에게는 경계하는 말을 하게 하고, 소경瞍에게는 시를 읊조리게 하며, 청맹과니矇에게는 글을 암송하게 한다."[422]라고 간언한 내용이 실려 있다. 이것은 고수가 "시를 읊조리"고, "노래를 바치"는 직책을 가지고 있었고, 또 시가 고대에 음악과 어울려 연주되었는데 악관이 이를 관리했음을 의미한다. 순 임금은 악관 가문 출신이었다. 만약 당시의 악관이 서주에서 고수에 의해 장악됐던 악관과 역사적으로 관련이 있다면, 순 임금도 음악에 능통했을 것이고 어쩌면 그도 처음에는 악관이었을 가능성이 있다. 또한 그가 고악교古樂敎에 능통했기 때문에 임금에 오른 뒤, 악관 기夔를 전악典樂에 명하고 주자胄子를 가르치도록 했다는 일화가 사실일 수도 있다. 이를 통해, 시가 고악교에 원래부터 포함되어 있었다는 것을 알 수 있다. 시가 음악과 어울리면 기억하고 표현하기가 용이했다. 『논어』에는 다음과 같은 기록이 있다.

　　요 임금이 말했다. "아! 그대 순이여! 하늘의 운수가 그대의 몸에 있으니 진정으로 중용을 지키도록 하라. 사해의 백성이 곤궁해지면 하늘이 내리신 복록이 영원히 끊어지리라." 순 임금도 우 임금에게 왕위를 물려줄 때 이렇게 말했다.[423]

만약 이것이 사실이라면, 요·순·우가 전한 이 네 구절은 시가 아니라고 할 수 없고, 또 이런 전수는 반드시 매우 엄숙한 장소에서 일정한 의식에 따라 진행되었을 것이다. 이것은 어쩌면 고악교의 한 부분일 수 있다. 타오스陶寺 성터에서 출토된 악어북과 특경 등의 악기 역시 고악교가 존재했을 가능성을 증명해준다.

　　셋째, 만약 이상의 두 가지가 단지 추측에 불과하다고 한다면, 은상 시대에 이미 시가 존재했음을 증명할 수 있는 기타 여러 가지 증거를 찾을 수 있다.[424]

---

422) 徐元誥, 『國語集解』, 〈周語上〉, 11쪽.

423) 何晏 集解·邢昺 疏, 『論語注疏』卷20, 〈堯曰〉, 十三經注疏本, 2535쪽.

424) 하나라 때 이미 시가가 있었다고 전해진다. 예를 들어, 『山海經』〈大荒四經〉에는 "어떤 사람

오늘날 전해지는 『시경』의 〈상송商頌〉과 『국어』〈노어하魯語下〉에는 민마부閔
馬父의 말이 실려 있다. "옛적에 정고보正考父는 주나라 태사太師에게서 상나
라의 작품 『송頌』 12편을 얻어 정리했는데, 〈나那〉를 첫 번째로 하였다."[425]
〈모시서〉에서는 "미자微子부터 대공戴公에 이르는 사이에 예악이 붕괴되었는
데, 정고보란 자가 〈상송〉 12편을 주나라 태사에게서 얻으니, 〈나那〉 편을 첫
번째로 삼았다."[426]라고 하였다. 『시보詩譜』에는 "주 태사가 어떻게 〈상송〉을

이 귀에 두 마리의 푸른색 뱀을 걸고, 두 마리의 용을 타고 다니는데, 그의 이름은 夏後開(啓)였
다. 그는 손님으로 하늘에 세 번을 올라가 〈九辨〉과 〈九歌〉 악보를 얻어 인간 세계로 내려왔다."
라고 하였다. 王應麟은 "夏後開가 〈九辨〉, 〈九歌〉을 얻은 이후 인간 세계로 내려왔다. 그리고
목야의 들판에서 〈九招〉을 노래했다."라고 하였다. 또 다른 예를 보면, 『여씨춘추』〈音初〉에는
"夏后씨 孔甲이 東陽의 蕡山에서 사냥을 하는데 하늘에 큰바람이 불고 어두워 보이지 않았다.
공갑이 미혹해 민가에 들었는데 주나라 사람이 마침 젖을 먹이고 있었다. 혹자는 말하길, '후가
좋은 날에 왔구나. 이 아이는 반드시 대길할 것이다.' 혹자는 말하길, '이겨내지 못할 것이다.
이 아이는 반드시 재앙이 있을 것이다.' 후는 이에 그 아이를 얻어 돌아가며 말하길, '이 아이를
내 아들로 삼으면 누가 감히 재앙을 내리겠는가?' 아이들이 자라 성인이 되어 나무를 쪼개는데
나뭇결이 풀리며 장작이 터지니, 도끼가 그 발을 찍어 결국 문지기가 되었다. 공갑이 말하길,
'오호라! 急病이 있으니 천명이로구나.' 이에 〈破斧之歌〉를 지었으니 실은 東音의 시초가 된
다."라고 하였다. 또한 상나라에도 시를 지었다는 전설이 있다. 예를 들어, 『여씨춘추』〈古樂〉에
는 "은나라 탕왕이 즉위하자 하나라는 무도하여 만민에게 포학하게 굴고 제후를 침략하고 軌度
가 없으니 천하가 우환으로 들끓었다. 탕은 이에 여섯 고을의 군대를 이끌고 걸을 토벌하니
공명이 크게 이루어 백성이 평안했다. 탕은 이윤에게 명해 〈大濩〉를 짓게 하고 〈晨露〉를 노래하
며 〈九招〉, 〈六烈〉을 닦아 선함을 보였다."라고 하였다. 정현은 『詩譜』〈商頌譜〉에서 "商은
契에게 봉해준 땅이었다. 娀씨에게는 딸이 있었는데 이름이 簡狄이었다. 간적은 제비가 떨어뜨
린 알을 먹고 계를 낳았다. 요 임금 말기에 순은 계를 사도에 추천했다. 계는 五敎之功을 가지고
있어서 성씨를 내리고 상에 봉했다. 계의 후손들은 책임감이 많았는데, 14대 후손인 탕은 하늘
의 명에 따라 하나라의 걸을 토벌하고 천하를 안정시켰다. 탕의 후손 중에 중종이 있는데 겸손
하고 공경하여 천명을 자신의 법칙으로 삼고 백성을 다스렸고 모든 일에 아주 신중했으며 나태
하며 편안하게 지내려고 하지 않았다. 중종의 후손 중에는 고종이 있는데 오랫동안 외지에서
부역을 하면서 백성을 보살폈다. 즉위한 후에는 겸손하여 3년 동안 말을 하지 않았으되, 간혹
그가 하는 말은 모두가 믿고 따랐다. 나태하고 편안하게 지내려고 하지 않고 은나라를 잘 보살
펴서 나라의 크고 작은 지역의 백성들 중에 그를 원망하는 이가 없었다. 세 왕은 하늘의 명을
따르고, 중흥의 공을 세웠다. 그래서 사람들이 종종 시를 지어 그들을 찬양했다."라고 하였다.
또한 宋鎭豪는 갑골점사에 있는 "商奏", "美奏", "戚奏", "新奏", "名奏", "嘉奏" 및 〈商〉, 〈美〉,
〈戚〉, 〈新〉, 〈名〉, 〈嘉〉 등이 모두 악가라고 주장했다.(『夏商社會生活史』, 北京:中國社會科學
出版社, 1994, 332쪽)

425) 徐元誥, 『國語集解』, 〈魯語下〉, 205쪽.
426) 鄭玄 箋·孔穎達 疏, 『毛詩正義』 卷20, 十三經注疏本, 620쪽.

얻게 된 것이냐고 묻자, 주나라는 육대지악六代之樂을 사용했기 때문에 〈상송〉을 가질 수 있었다고 대답하였다."[427]라는 기록이 있다. 정고보正考父(甫)는 송 대부宋大夫로 공자의 7대조이다. 송은 은상의 후예로 서주가 육대지악을 사용했기 때문에 주 태사가 은상 시악을 보존할 수 있었다. 이상의 기록에 따르면 〈상송〉은 정고보가 주 태사에게서 얻은 은상 시대의 시악으로, 오늘날 전해지는 『시경』〈상송〉은 곧 상나라 시가 된다. 그러나 『사기』〈송미자세가宋微子世家〉에서는 "양공襄公 때는 인의를 수행하며 맹주가 되고자 했다. 이에 대부 정고보가 이를 찬미하고자 설契, 탕湯, 고종高宗, 은殷이 흥기한 이유를 기리며 〈商頌〉을 지었다."라고 하면서 〈상송〉이 정고보의 작품인 것이 확실하며 춘추 초기에 만들어졌다고 지적했다. 이에 당나라 사마정司馬貞은 『소음索隱』에서 "정고보는 대공戴公 · 무공武公 · 선공宣公을 보좌했는데, 이들은 양공보다 약 100년이 앞선다. 그러므로 정고보가 어떻게 양공을 찬양할 수 있겠는가? 참으로 그 말이 황당하다."[428]라고 하면서 반박하기도 했다. 한편, 공영달孔穎達(574~648)은 『모시정의毛詩正義』에서 자세한 논증을 통해 이것이 상나라 시가 맞다고 강력하게 주장하였고, 이때부터 거의 정설로 받아들여지게 되었다. 그러다 근대에 와서 다시 논쟁이 일어났고 지금까지도 의견이 분분하다.[429]

그런데 『시경』〈대아 · 대명〉 편에 나오는 "은나라의 무리들이 숲처럼 모여 살았다. 목야의 들판에서 군사들을 조련하며 내가 일어났도다 하셨다. 상제께서는 그대들과 함께 하시어 그대들을 마음 변치 않게 하시었다."[430]라는 시구는 분명 무왕이 목야牧野에서 은나라를 정벌할 때 병사들이 은나라를 경계하도록 지은 사辭로, 이때 은상은 아직 멸망하지 않았기 때문에 당연히 상나라

---

427) 鄭玄 箋 · 孔穎達 疏, 『毛詩正義』卷25, 〈商頌譜〉, 十三經注疏本, 620쪽.

428) 司馬遷 撰, 司馬貞 索隱, 『史記』卷38, 〈宋微子世家〉, 二十五史本, 197쪽.

429) 예를 들어, 魏源 · 皮錫瑞 · 王先謙 · 王國維 · 梁啓超 · 郭沫若 등은 宋詩라고 보았고, 楊公驥 · 張松如 · 劉毓慶 · 趙明 등은 商詩라고 보았다. 王夫之와 夏傳才 등은 상시인 것도 송시인 것도 섞여 있다고 하였다.

430) 鄭玄 箋 · 孔穎達 疏, 『毛詩正義』卷16, 十三經注疏本, 508쪽.

시에 속한다. 『좌전』〈은공 3년〉(기원전 720)에는 군자가 〈상송〉에서 "은나라가 형제에게 왕위를 전한 방법은 모두 의로우니 그렇기에 많은 복을 받을 수 있었다."라고 한 것을 인용하여 송 목공宋穆公이 상공殤公에게 왕위를 전수한 것에 대해 칭찬한 것이 실려 있다. 이것은 송 양공宋襄公(재위 기간 기원전 650~637)이 즉위하기 70년 전의 일로, 당시에 이미 〈상송〉이 전해졌음을 알 수 있다. 『국어』〈진어사晉語四〉에는 공손고公孫固가 송 양공에게 〈상송〉에서 "탕 임금 내려오시기 늦지 않으셨네. 날마다 거룩하게 공경히 행하셨네."라고 한 것을 인용했는데, 이것은 오늘날 전해지는 『시경』〈상송·장발長發〉 편에 나오는 말이다. 이것은 오늘날 전해지는 『시경』〈상송〉이 양공 이전에 이미 세상에 널리 알려졌음을 의미한다. 최근, 칭화대에 소장된 일부 전국 시대의 죽간에서도 상나라 말기의 시가가 발견됐다.

한발 양보해서, 『시경』 중에 상나라 시가 없다고 하더라도 그 흔적은 얼마든지 찾을 수 있다. 모두가 알다시피 상나라 사람들은 점복을 중시했다. 라오종이는 다음과 같이 주장했다.

> 점복에는 요사繇辭가 있는데 마찬가지로 시의 성질을 가지고 있었다. 은나라 〈귀장歸藏〉의 요사는 후베이湖北 왕자타이王家臺에서 발견된 진간秦簡에서 찾아볼 수 있다. 요사는 시의 일종으로 점복의 부산물이다. "시언지"는 신명을 명백히 알리는 것을 목적으로 한다.[431]

장타이옌章太炎(1869~1936)도 『국고논형國故論衡』〈변시辨詩〉에서 다음과 같이 말했다.

> 〈춘관春官〉 고몽瞽矇이 구덕육시九德六詩를 관장하였는데 시에는 육의六

---

431) 饒宗頤, 「貞的哲學」, 北京大學中國傳統文化研究中心編 『文化的饋贈·漢學研究國際會議論文集(哲學卷)』, 北京:北京大學出版社, 2000, 47쪽. 또한 「饒宗頤新出土文獻論證·詩言志再辨」(上海:上海古籍出版社, 2005, 151쪽)에서 "『易』의 점사는 『詩』와 뿌리가 같아서 모두 '志'와 어느 정도의 관련이 있다."고 하였다.

義만 있었던 것이 아니라 구가九歌도 있었다. 그 종류가 굉장히 발달하여 관잠점주官箴占繇가 모두 시에 속했다. 그래서 『시경』〈정요庭燎〉 편에서는 잠箴, 〈면수沔水〉 편에서는 규規, 〈학명鶴鳴〉 편에서는 회誨, 〈기부祈父〉 편에서는 자刺라고 불렀고, 분명 시 외에는 관잠官箴이 없었다. 〈신갑辛甲〉의 모든 편은 고시 3,000수에 포함된다. 『시부략詩賦略』에는 〈은서隱書〉 18편이 수록되어 있는데, 동방과 관로사복管輅射覆의 사에서 나왔다. 또한 〈성상成相〉과 〈잡사雜辭〉는 한갓 서로 쌍이 되는 역할을 하였으되, 이 시구는 길이가 일정하지 않음에도 모두 수록되었다. 대체로 말하자면, 압운이 있으면 모두 시라고 볼 수 있는데 그 양이 매우 방대하다.[432]

이들은 고인古人이 시를 이해하는 것과 금인今人이 시를 이해하는 것이 다르다는 것을 알고 있었다. 요사는 시의 성질을 가지고 있었다. 후푸안胡樸安(1878~1947)은 『주역고사관周易古史觀』에서 "둔괘屯卦에서 이괘離卦는 원시 시대부터 상나라 말까지의 역사임"[433]을 강력하게 입증했다. 이중 적지 않은 효사가 시와 비슷하다. 예를 들어 "둔이여! 말을 탄 젊은이가 여기저기 돌아다니는데, 도적이 아니면 청혼하리라."(『屯卦』〈六二〉), "비탈이 없는 평지가 없으며 떠나간 것들은 반드시 돌아온다네. 어려움 속에서도 올바른 마음을 지키면 큰 허물은 없다네. 이 사실을 믿고 염려하는 마음을 내려놓아야 한다네. 복이 있어 음식을 나누어 먹게 된다네."(『泰卦』〈九三〉) 등인데, 은상 시대에 시가 있었음을 증명해준다. 또한 갑골 점사에 "왕이 만萬에게 연주하게 하였다."(『京人』 2158), "만에게 춤을 추게 하였다."(『甲』 1585) 등의 기록이 있는데, 〈상송〉〈나那〉 편의 "큰 종과 큰 북을 웅장하게 울리고 갖가지 춤을 성대하게 춘다."와 조금도 다를 게 없어, 〈상송〉이 곧 상나라 시라는 말이 납득이 간다. 직접적인 증거는 출토된 갑골 점사에 있다. 예를 들어, "동방신의 이름은 석析이고, 바람신의 이름은 협協이다. 남방신의 이름은 협夾이고, 바람신의 이름은

---

432) 章太炎, 『國故論衡』, 〈辨詩〉, 上海:上海古籍出版社, 2006, 151쪽.
433) 胡樸安, 『周易古史觀』, 〈辨詩〉, 上海:上海古籍出版社, 2006, 7쪽.

미微이다. 서방신의 이름은 이夷이고, 바람신의 이름은 이彝이다. 북방신의 이름은 완宛이고 바람신의 이름은 역役이다.", "무당貞人이 묻노라. 사냥감이 서쪽에서 오는가? 북쪽에서 오는가? 동쪽에서 오는가? 남쪽에서 오는가?"[434], "기사년에 왕이 점을 쳤고, 무당은 올해 곡식이 어떠한지 물었다. 왕이 점을 치자 길하다고 했다. 동쪽 땅이 풍년이고, 남쪽 땅이 풍년이고, 서쪽 땅이 풍년이고, 북쪽 땅이 풍년이다."[435] 등인데 이들이 시가 아니라고 보기 어렵다. 은상 시대에 이미 시가 있었다고 한다면, 반드시 시와 관련된 관념이 있었을 것이다. 이런 관념이 "시언지"와 관련이 있었는지에 대해서도 토론해 볼 필요가 있다.

만약 은상 시대에 이미 시가 있었다고 한다면, "시언지" 관념은 이미 은상 시기에 존재했었을 것이다. 왜냐하면 "시"와 "시의 관념"은 동시에 상호 발생하기 때문이다. 『상서』〈요전〉에 따르면, 시의 이런 관념은 은상 전에 이미 있었던 오래된 관념이었다. 또한 『좌전』〈문공 18년〉에는 태사 극克이 〈우서虞書〉의 "삼가 오전五典을 아름답게 하라"의 육구六句를 인용한 것이 나오는데, 이것은 금문 『상서』〈요전〉의 내용으로, 『상서』〈요전〉이 책으로 만들어진 시기가 춘추 중기보다 앞서며, 그 자료의 유래는 더 이른 시기임을 설명해 준다. 오늘날 전해지는 〈요전〉이 후손에 의해 정리되고 보충된 내용이라고 할지라도 말이다. 『상서』〈요전〉의 기록을 분석하면, 이것이 고대 원시 악교에 대한 일종의 회상이라고 할 수 있는데 상당히 신빙성이 있다. 그러므로 이것이 우순 시대에 대한 사실적 기록인지의 여부에 집착할 필요는 없다.

전설에 따르면 기夔는 순 임금의 악관으로, 순 임금은 기를 전악典樂에 명하고 주자冑子를 가르치도록 하였는데 이것이 바로 고악관의 직무였다. 고대에서 음악은 그 범위가 아주 넓었다. 이른바 "하늘에는 해 · 달 · 별들이 있고,

---

434) 郭沫若 主編, 『甲骨文合集』, 北京:中華書局, 1978~1982, No.14293 · 36975.

435) 郭沫若, 『卜辭通纂 · 卜辭通纂考釋』, 『郭沫若全集』考古編第2卷, 北京:科學出版社, 1983, 369쪽.

땅에는 산·강·바다가 있으며, 세월은 만물을 성장하게 한다. 나라에는 현성賢聖·궁관宮觀·주역周域·관료官僚가 있고, 사람에게는 언어·의복·체모體貌·수양(端修)이 있다. 이를 이르러 악이라고 한다."[436]는 것이다.

물론 이것은 가장 넓은 의미에서의 범위를 뜻한다. 일반적인 의미에서 보면, 고대 악은 음악, 시가, 무도舞蹈를 포함했다. 『예기』〈악기樂記〉에는 "음의 시작은 사람 마음의 움직임에서 비롯된다. 사람 마음의 움직임은 외물이 그러하도록 만든 것이다. 사물에 대한 감응이 일어나서 성聲을 이룬다. 성은 서로 감응하여 변화를 일으킨다. 성의 변화가 일정한 틀을 이루면 이를 음이라 한다. 여러 음을 배열하여 연주하고 그에 따라 깃털을 들고 춤추는 것을 악이라 한다."[437], "시는 그 뜻을 말하는 것이고, 노래는 소리를 읊는 것이고, 춤은 그 모양을 움직임으로 나타내는 것이다. 이 세 가지는 마음에 바탕을 두고 있으며 그러한 뒤에 즐거움이 따른다. 이런 까닭에 정이 깊어야 문장이 나타나며 기가 성해야 감화가 신묘하다. 화순의 덕이 쌓이면 아름다운 빛이 밖으로 드러난다. 오직 악은 거짓으로 꾸밀 수 없다."[438]라고 하였다. 선인들은 성聲, 시詩, 가歌, 무舞가 포함된 악이 "사람의 마음이 외물에 감응한 것"으로 가장 진실하게 인간의 사상과 감정을 반영한다고 했다. 또한 『여씨춘추呂氏春秋』〈고악편古樂篇〉에 따르면, 악은 아주 오래 전부터 생산되었다고 했다.

옛날 주양朱襄 씨가 천하를 다스림에 바람이 많고 양기가 축적되어 만물이 흩어 풀어지고 과실은 이루어지지 못하였다. 그래서 사달士達이 5줄의 거문고를 지어 음기를 오게 하고 이로 군생을 안정시켰다. 갈천葛天씨의 악은 세 사람이 소꼬리를 잡고 발로 차며 팔결八闋을 노래했다. 첫째는 재민載民이고, 둘째는 제비이고, 셋째는 초목을 이루다이고, 넷째는 오곡을 떨치다이고, 다섯째는 하늘의 떳떳함을 공경한다이고, 여섯째는 천제의 공을 세운다이고,

436) 張守節, 『史記正義』卷24,〈樂書第2〉, 四庫全書本, 353쪽.
437) 鄭玄 注·孔穎達 疏, 『禮記正義』卷37, 『禮記』, 十三經注疏本, 1527쪽.
438) 鄭玄 注·孔穎達 疏, 『禮記正義』卷38, 『禮記』, 十三經注疏本, 1536쪽.

일곱째는 땅의 덕에 의지한다이고, 여덟째는 만물禽獸의 지극함을 총합한다 이다. 옛날 도당씨陶唐氏가 시작함에 음기가 많이 적체 잠복되어 침적하고 물길이 옹색해 그 근원이 행하지 않아 백성은 기운이 답답하게 막히고 근육 과 뼈는 오그려 쭈그러들고 이르지 못하기에 춤을 지어 펼쳐 인도했다. …… 요 임금이 서자 질質에게 명해 악을 하게 하니 질은 이에 산림과 계곡의 음을 본받아 노래하고 이에 사슴 가죽으로 질장구에 입혀 두드리며 이에 돌을 두 드리고 이로 천체의 옥돌 종소리를 본떠 온갖 짐승의 춤을 이루니 고수가 이에 5줄의 비파를 버무려 15줄의 비파로 하여 대장大章이라 명명하고 이로 써 상제에게 제사를 올렸다. 순 임금이 서자 연延에게 명해 이에 고수가 만든 비파를 버무려 23줄의 비파로 하니, 순 임금은 이에 질質에게 명해 구초九招 · 육열六列 · 육영六英을 닦게 해 이로 상제의 덕을 밝혔다.[439)]

고고학계는 신석기 시대에 제작된 도훈陶壎, 도각陶角, 골적骨笛 등의 악기 를 발견했다.[440)] 출토된 은상 시대의 악기는 경磬, 령鈴, 용庸, 고鼓 등으로 일일 이 다 헤아릴 수 없을 정도로 많다. 게다가 이것들은 대부분 제사 활동과 관련 이 있었다.[441)] 이것으로 볼 때, 고악은 사실 상고 시대에 인류가 생산하고 생활 하던 중요한 부분이자 그들이 천지 · 귀신과 소통하던 중요한 수단이었다. 여 기에는 원시 인류가 "무술巫術과 교감"하던 신앙이 내포되어 있어서 악관도 무관巫官과 상통한 것을 알 수 있다. 이것은 류스페이劉師培(1884~1919)의 주 장과도 일치한다.

---

439) 呂不韋 撰 · 高誘 注 · 筆沅 校, 『呂氏春秋』卷6, 『仲夏記』, 〈古樂〉, 二十二子本, 643~644쪽.

440) 예를 들어, 약 8,000년 전의 河南 舞陽賈湖 신석기 시대 유적지에서 세로형 骨笛이 발견됐 다. 약 7,000년 전의 浙江 杭州 河姆渡 유적지에서 陶壎, 골적이 발견됐다. 약 6,000년 전의 陝西 臨潼康寨에서 도훈, 도향기가 출토됐다. 약 5000년 전의 青海 大通 上孫家寨 유적지에 서 채색도분악무도가 발견됐다. 약 4,000년 전의 감숙 玉門 火燒溝 유적지에서 개구리형 도훈 이 출토됐다. 약 4,000년 전의 山西 襄汾陶寺 유적지에서 악어북, 특경이 발굴됐다. 이뿐만 아니라 고고학계는 하나라 도성인 河南 偃師 二里頭 유적지에서 도훈과 도각 등을 발굴했다.

441) 方建軍, 「從商周樂器的出土情況看其與祭祀活動之關系」, 『中央音樂學院學報』2006年第 三期 참고.

『주관周官』에 따르면, 고몽瞽矇과 사무司巫 두 직책은 고대에는 원래 하나의 관직으로 악무를 관장하였다. 표면적으로는 백성의 선도宣導를 목적으로 하지만, 사실은 신의 강림이 진짜 목적이었다.[442)

신의 강림을 목적으로 하는 이런 악무에도 어쩌면 시가 포함되어 있을 수도 있다. 예를 들어, 주공이 제작했다고 전해지는 〈대무大武〉는 왕궈웨이의 고증에 따르면, 무舞에는 육성六成, 즉 육단六段이 있었다. 이것은 여섯 편의 시를 의미하는데, 오늘날 『시경』에 실려 있는 〈호천유성명昊天有成命〉 · 〈무武〉 · 〈작酌〉 · 〈환桓〉 · 〈뢰賚〉 · 〈반般〉이다.[443) 신의 강림을 목적으로 하는 악무에 시가 있는 것 이외에 점복 · 제사 중에도 시가 있었다. 『주례』 〈춘관종백春官宗伯〉 편에는 "큰 무당은 세 가지 징조에 대한 점복법을 관장했다. …… 나라에는 거북점을 쳐야 할 여덟 가지 중대한 일이 있다. 첫째는 정벌이요, 둘째는 천재지변이며, 셋째는 일을 도모할 때이고, 넷째는 큰일을 꾀할 때이며, 다섯째는 결단을 내릴 때이고, 여섯째는 이르는가의 여부를 결정할 때이며, 일곱째는 비가 내리는가의 여부를 물을 때이고, 여덟째는 병이 완쾌되는가의 여부를 물을 때이다."라고 적혀 있다. 정현(127~200)은 이에 대해 "국가 대사에 따른 여덟 가지 점복법을 제작했다. 이것을 이용하여 거북점의 길흉을 판단했다."[444)라고 해석하였으며, 또 "태축太祝은 여섯 가지 축사祝辭를 관장했다. 귀신을 제사하여 복을 기원하고 영원한 정명을 기원했다. …… 여섯 가지 축사를 통해 위아래, 친함과 그렇지 않음, 멀고 가까움을 통하게 하였다. 첫째는 교대를 통하게 하고, 둘째는 외교를 통하게 하고, 셋째는 윗사람과 아랫사람을 통하게 하고, 넷째는 맹세를 통하게 하고, 다섯째는 축하하고, 여섯째는 죽은 이를 애도하는 것이다."라고 했다. 정중鄭衆(?~83)은 "사祠는 사辭이다. 사령辭

---

442) 劉師培, 『劉師培辛亥前文選 · 舞法起於祀神考』, 北京:生活 · 讀書 · 新知三聯書店, 1998, 437쪽.

443) 王國維, 『觀堂集林』 卷2, 「周〈大武〉樂章考」, 48~50쪽.

444) 鄭玄 注 · 賈公彦 疏, 『周禮注疏』 卷24, 〈大卜〉, 十三經注疏本, 802~803쪽.

令을 뜻한다."[445]라고 하였으며, 또 "저축詛祝은 맹盟, 저詛, 유類, 조造, 공攻, 설說, 회繪, 영禜의 축호祝號를 관장한다. 이들 축사를 기록하여 국가의 신용으로 삼고, 제후국 사이에 신용이 있게 하였다."라고 하였다. 정현은 이에 대해 "여덟 가지 축사는 신명을 알리는 것이다. …… 이를 기록하고 이것을 책으로 엮었다. 재물을 바치고 그 책을 위에 올린다."[446]라고 해석하였다. 만약 이런 기록과 해석이 사실이라면, 축복祝蔔이 진행한 사는 내용이 풍부할 뿐만 아니라 세밀한 분업이 이루어졌고 대부분은 귀신과 소통하는 시였음을 알 수 있다 (자세한 설명은 아래를 참고). 비록 이것은 서주 시대 및 그 이후의 상황을 반영한 것이지만 은상 시기의 제사 점복과 악교樂敎 활동에도 시가·사령 등의 중요한 내용이 들어있었음을 증명할 수가 있다. 왜냐하면 서주의 점복과 제사는 대부분 은나라의 예법을 답습하였기 때문이다.[447]

이상의 자료를 통하여, 『상서』〈요전〉에 기록된 순 임금이 기夔를 전악典樂에 명하고 주자胄子를 가르치게 한 것은 고악교의 전통에 부합했음을 알 수 있다. 『상서』〈요전〉의 기록으로 볼 때, 기가 가르친 악교의 대상은 "주자"였다. 공전孔傳은 주자란 "임금의 맏아들로부터 경대부의 맏아들에 이르기까지"[448]를 가리킨다고 하였다. 물론, 우순 시대에 경대부와 같은 관직이 없었을 수도 있지만 이들을 종족의 귀족 자제로 본다면 큰 문제가 없을 것이다. 악교의 내용에는 "시", "가", "성", "율", "무"가 포함되는데 이 역시 선인들이 이해했던 악의 범위 안에 속했다. 또한 악교의 목적은 "팔음이 조화를 이루어 서로의 음계를 빼앗지 않게 하면, 신과 인간도 이로써 조화를 이루는" 것으로, 악이란 인간과 천지·귀신이 소통하는 중요한 수단이었음을 잘 설명해 준다. 그리고 "곧으면서 온화하고 관대하면서 참을성이 있으며 굳건하면서 학대함

---

445) 鄭玄 注·賈公彦 疏, 『周禮注疏』 卷25, 〈太祝〉, 十三經注疏本, 808~809쪽.

446) 鄭玄 注·賈公彦 疏, 『周禮注疏』 卷26, 〈詛祝〉, 十三經注疏本, 816쪽.

447) 『論語』〈爲政〉에는 공자가 "주나라는 은나라의 예법을 따랐기에 그중에 더해진 것이나 감해진 부분을 알 수 있다."라고 한 말이 실려 있다.

448) 孔安國 傳·孔穎達 疏, 『尚書正義』 卷2, 〈舜典〉, 十三經注疏本, 131쪽.

이 없고 간략하면서 거만함이 없어야 한다."는 것은 악 풍격에 대한 요구라고
볼 수 있다. 악이 이런 풍격을 가져야만 "신과 인간이 조화를 이루는" 목적을
달성할 수 있기 때문이다. 만약 이런 분석이 성립한다면 "시언지"는 원시 악교
의 한 부분으로 인간과 신이 소통하고 "신과 인간이 조화를 이루"게 하는 수단
이었다고 할 수 있다. 이것은 라오종이가 "시언지는 신명을 명백히 알리는
것을 목적으로 한다."라고 한 주장과도 일치한다.[449] 따라서 『상서』〈요전〉에
나오는 "시언지"는 독립적인 문학 관념이 아니라 종교적 관념이며, "신명을
명백히 알리는 것을 목적"으로 하는 종교 행위의 절차이자 과정에 불과하다.

이상의 분석이 성립한다면 "시언지" 개념은 비교적 구체적인 범위 안에서
이해해야지 함부로 해석해서는 안 된다. 동한 시기에 허신許慎(약 58~147)은
『설문해자』에서 "시는 사람의 마음속에 있는 뜻이다. 자형은 언을 따르고 소
리는 사寺와 같다."[450]라고 하였다. "지志"로써 "시"를 해석하고, 이 두 글자가
상통한다고 생각한 것이다. 량수다楊樹達(1885~1956)는 『석시釋詩』에서 다음
과 같이 말했다.

> "지志"는 자형으로 "심心"을 따르고 소리는 "㞢"를 따른다. "사寺"의 소리
> 역시 "㞢"와 같다. "㞢", "지志", "사寺"는 옛날에 소리가 모두 똑같았다. ……
> "㞢"로써 "지"를 대신하거나, "사"로써 "지"를 대신한 것인데, 소리가 같아 가
> 차假借를 한 것이다.[451]

원이둬聞一多(1899~1946)는 『신화와 시神話與詩』〈노래와 시歌與詩〉에서
다음과 같이 말했다.

> 지志는 "㞢"에서 나왔다. 복사의 㞢를 㞢로 간주했다. 지止 아래에 一을

---

449) 饒宗頤, 『貞的哲學』, 47쪽.

450) 許慎, 『說文解字』(注音版)卷3上,〈言部〉, 長沙:嶽麓書社, 2006, 51쪽.

451) 楊樹達, 『積微居小學今石論叢』, 北京:中華書局, 1983, 25~26쪽.

더한 것으로 사람의 발이 땅에 멈춰선 형상과 같다. 그래서 止의 본래 뜻은 정지를 뜻한다. ……志는 止와 심心에서 나왔다. 본래의 뜻은 마음에 멈춘 것을 뜻한다. 마음에 멈춘 것은 마음에 간직하는 것을 뜻한다. 그래서 『순자』 〈해폐解蔽〉에서는 "志志도 간직하는 것이다."라고 하였고, 『주』에서는 "마음 속에 있는 것이 지이다."라고 하였다. 마음에 간직하는 것을 뜻한다. 『시서詩序』의 〈소疏〉에서는 "마음속에 간직하는 것이 지이다"라고 하였다. 가장 정확 한 해석이다.[452]

그러면서 또 다음과 같이 밝혔다.

지志와 시詩는 원래 한 글자였다. 지는 세 가지 뜻을 가지고 있다. 첫째는 기억, 둘째는 기록, 셋째는 뜻이다. 이 세 가지 뜻은 시의 발전 과정에서 나타 난 세 가지 중요한 단계를 대표한다.[453]

주즈칭朱自清(1989~1948)은 『시언지변詩言志辨』에서 다음과 같이 말했다.

"시언지詩言志"와 "시이언지詩以言志"라는 표현에 이르러서는 "지"는 "뜻" 을 가리킨다.[454]

만약 『상서』 〈요전〉과 고악교를 결합하여 고찰한다면 "시언지"의 "지"는 원이둬가 주장한 시의 첫 번째 발전 단계에 해당되는데, 그것은 "기록"과 "뜻" 이 아닌 "기억"을 가리킨다. 왜냐하면 전악典樂 기夔가 다루는 음성音聲, 가영 歌詠, 무도舞蹈는 "기록"과는 관련이 없기 때문이다. 또한 "돌을 쳐서 장단을 맞추니 온갖 짐승들이 기어들어 춤을 추었다."는 것은 집단적 교류 형식으로, 여기서 "지"를 "뜻"으로 이해한다고 하더라도 참가자 개인으로 볼 때 그가 나

---

452) 聞一多, 『神話與時』, 上海:上海人民出版社, 2006, 151쪽.
453) 聞一多, 『神話與時』, 151쪽.
454) 朱自清, 『詩言志辨』, 3쪽.

타내는 것은 단지 집단(씨족)의 염원과 바람일 뿐이었다. 따라서 "시"에서 말하는 "지"는 어디까지나 집단적 의지일 뿐, 개인의 "뜻"이 아니다. 다시 말하면, 악교 또는 후대의 제사 활동에서 악관 및 참가자들은 "시"를 통해 개인의 "뜻"을 표현한 것이 아니라, 집단의 염원을 표현한 것이다. 개인의 "뜻"을 표현할 때에는 "기억"이 필요 없지만 집단의 염원을 표현할 때에는 반드시 "기억"이 필요했다. 즉, 이런 활동에서는 집단의 염원을 신령에게 있는 그대로 표현해야지만 "신명을 명백히 알릴 수 있게" 되는 것이다. 이런 집단적 염원은 아마도 신령에게 기도하기 전에 집단 토론을 거쳐서 얻었을 것이다.[455] 이런 활동에서 시를 이용한 것은 시가 압운으로 되어 있어 기억하기 쉬울 뿐만 아니라 음악과 서로 어울릴 수 있기 때문이었다.[456] 이렇게 기억을 통해 집단의 소망을 전달하는 "언지言志" 활동이 바로 원이둬가 말한 중국 시가의 첫 번째 발전 단계에 해당한다. 즉, 문자가 출현하기 전의 발전 단계이자 시가 관념사에서의 첫 번째 단계이다. 그것은 하늘과 교감하는 무술巫術의 영향하에 악교를 핵심으로 하는 발전 단계이며, 문학 관념이 아직 무술에서 벗어나 독립적인 발전을 이루지 못한 단계이다. 물론 은상 시기에 이르러 문자가 점차 체계를 갖추어가자 무사巫師들은 점복·제사 중 신령에게 고하는 말 또는 "신명을 명백히 알리는" 말을 기록으로 남겨 검증하기 시작했다. 오늘날 전해지는 은상 시대의 갑골 점사가 바로 그 역사적 산물이다. 이로써 "시언지"의 "지" 역시 기록의 의미를 갖게 되었다.

---

455) 饒宗頤는 「詩言志再辨―以郭店楚簡資料爲中心」에서 "고대의 매부는 먼저 '뜻을 정하고 (蔽志)', 그 다음 '거북에게 이것을 알렸다(昆命於元龜)' 먼저 뜻을 결정한 뒤 점복을 통해, 뜻과 결과가 일치하기를 바랐다. 즉, 하늘과 인간에게 모두 인정받고자 한 것이다(『尙書』〈大禹謨〉참고). '蔽'는 결단을 뜻한다. 먼저 결정을 한 뒤에, 점을 쳐서 묻고 의견을 확정하는 것인데, '定志'라고도 한다"라고 하였다.(「饒宗頤新出土文獻論症」(二)『楚辭與詩樂』, 上海: 上海古籍出版社, 2005, 149쪽)『左傳』〈哀公十八年〉에 실린 혜왕이 뜻을 안다고 한 것이 이를 증명해준다.

456) 축저의 사는 대부분 운어로 되어 있어서 모두 시라고 볼 수 있다. 예를 들어, 『예기』〈郊特性〉에는 "흙은 대지로 돌아가고, 물은 구덩이로 돌아가고, 곤충은 번성하지 말고, 초목은 늪으로 돌아가리."라고 하였다. 한 편의 저사가 분명하다. 옛사람들도 시라고 불렀다.

제2절 "獻詩陳志"와 西周 禮敎

"시언지" 관념은 아주 오래 전부터 시작되었다. 그 본래 뜻은 "신명을 명백히 알리는 것"으로 원래는 독립된 문학 관념이 아닌 제사 문화 관념의 일부였다. 그러나 서주 초기에 이르러 주공은 역사 경험을 바탕으로 현실 사회의 수요에 따라 "예악을 제작"[457]하게 되었다. 예악을 핵심으로 하는 정치 제도와 문화 제도를 수립하고, "천자天子, 제후諸侯, 경卿, 대부大夫, 사士, 서민庶民의 모든 계급이 도덕을 받아들여 도덕 집단을 이루는 것을 그 목적"으로 하였다. 시를 예악 교화의 체계에 포함시킨 것이다.[458] 이때부터 시는 새로운 의미와 가치를 갖게 되었다.

왕궈웨이(1877~1927)는 『은주제도론』에서 은주 제도의 본질적 차이에 대해 다음과 같이 결론지었다.

상나라의 도는 귀신을 숭상했는데도 귀신에게 바치는 희생을 훔치고, 경사卿士들은 위에서 혼탁한 난을 일으켰고, 법령은 아래에서 타락했으며, 나라 전체가 오직 간사하고 악독한 짓을 해 원수 될 일만 일삼았다. 그래서 맹진孟津의 회맹과 목야牧野의 맹서를 기다리지 않았어도 나라의 망함은 이미 결정되어 있었다. 주 대왕 이후, 덕을 대대손손 전해나갔고 서쪽의 군주부터 어린 아이에게까지 문왕의 덕을 가르쳤다. 또한 백성들도 조상으로부터 전해 받은 관습을 배워야 했다. 주은殷周의 흥망성쇠는 바로 덕의 유무에 달려 있었다.

---

457) 주공의 "예악 제작"에 관해서는 『좌전』〈文公十八年〉, 『상서대전』, 『예기』〈明堂位〉 등의 문헌에 기록이 남아 있다. 『隋書』〈李德林傳〉에는 이덕림이 위나라로 돌아가기 전에 책을 정리하면서 『상서대전』을 인용한 것이 실려 있다. "주공이 섭정을 시작한 뒤, 1년에 혼란을 평정하고, 2년에 殷을 정벌하고, 3년에 奄을 토벌하고, 4년에 侯衛 제도를 구축하고, 5년에 주를 건립하고, 6년에 예악을 제정하고, 7년에 왕위에 올랐다." 학계에서는 대부분 이 말을 따르고 있다.
458) 鄭玄은 『儀禮』〈鄉飲酒禮〉 주에서 "〈南陔〉, 〈白華〉, 〈華黍〉"를 가리켜 "옛날 주나라의 흥성을 노래한 것이다. 주공이 禮樂을 만들 때, 당시 세상의 시를 채집하여 악가를 만들었다. 그래서 당시의 풍토와 정서에 부합한다."라고 하였다.(十三經注疏本, 986쪽) 시와 예악의 관계에 대해서 설명했다.

그래서 은상을 점령한 후 덕성으로써 신중하게 통치하였다. …… 주나라의 군신이 계승 초기에 반복적으로 교육을 받은 이유도 이와 같은 맥락에서 비롯된 것이다. 악행을 일삼는 이들을 원수로 간주하여 그들을 내쫓고, 나라를 자애롭고 오래 유지할 수 있었던 것은 주나라가 덕성의 사상을 가지고 있었기 때문이다. 주공의 위대함과 주공이 왕이 될 수 있었던 이유를 알려면 반드시 이런 관점에서 살펴보아야 한다.[459]

문학의 관점에서 볼 때, 주나라 초기 통치자들이 관습적으로 은나라 사람들의 "관호천문"의 문화 전통을 계승함으로써 시가 여전히 점복과 제사 장소에서 "신명을 명백히 알리는" 기능을 했다면, 주공이 "예악을 제작"한 이후로는 사회 정치가 "귀치鬼治"에서 "덕치"로, 사회 문화가 "신권사관神權史觀"에서 "행위사관"으로, 문화 관념이 "관호천문"에서 "관호인문"으로 전환됨에 따라 시의 기능도 현실 사회의 세속 정치를 위한 것으로 바뀌게 되었다. 주나라 사람이 가졌던 "사감"과 "민감"의 기본적인 문화 관점은 문학이 세속 정치 및 문화 제도와 밀접한 관계를 갖게 하였다. 또 문학이 정교를 위한 역할을 하는 한편, 사회 문화 제도 및 도덕 건설과 결합하여 사회 상류층 건설과 의식 형태를 책임지고, 더 나아가 정치 교화와 감정 교류에서의 도구가 되는 등 다양한 역할을 수행하게 하였다. 이런 기본 구조는 중국 고대 문학의 발전에 기틀을 마련하는 한편, 중국 고대 문학이 앞으로 나아갈 방향을 제한하기도 하였다.[460] 또한 시가 이런 문화 전환 중에서 중요한 역할을 했기 때문에 사람들의 시에 대한 인식에도 커다란 변화가 나타났다.

주나라 사람이 가졌던 시의 관념에 대해 더 깊이 이해하기 위해서, 여기서 시의 생산과 소비라는 두 가지 차원에서 시가 서주 사회에서 발휘했던 기능을 간단하게 고찰해 보도록 하자.

---

459) 王國維, 『觀堂集林』 卷10, 243~244쪽.

460) 拙著, 「從"觀乎天文"到"觀乎人文": 中國古代文學觀念的視覺轉換」(『華中師範大學學報(人文社會科學版)』 2008年 第4期) 및 이 책 제2장 참고.

문헌상으로 볼 때, 서주 시대에 시의 생산은 주로 직무 행위에서 비롯되었다. 앞에서 이미 설명했듯이, "천자가 정치에 관한 이야기를 들을 때, 공경에서부터 열사列士에 이르기까지 시를 지어 바치게" 했는데, 이것은 서주 시대에 실제로 실행했던 정치 문화 제도였다. 『좌전』〈소공 12년〉의 기록에 따르면, "옛날 목왕이 그 마음을 방자하게 가져 천하를 두루 돌아다님에 어디서나 그가 타고 다닌 수레바퀴 자국과 말발굽 자국이 있게 하고자 하였다. 그런데 채공蔡公 모보謀父가 〈기초祈招〉라는 시를 지어 목왕의 마음을 가라앉게 했다. 그래서 목왕은 저궁祗宮에서 편하게 세상을 떠나게 되었다."[461] 이것은 공경부터 아래 관원들까지 시를 지어 왕정을 보좌했던 증거이다. 현존하는 『시경』에 실린 작자의 이름이 있거나 또는 작자를 짐작할 수 있는 서주 시가는 모두 귀족들이 지은 것으로 "공경에서부터 열사에 이르기까지 시를 지어 바치게 했다."라는 말에 신빙성을 더해준다. 예를 들어, 옛날부터 『주송』 중의 〈무武〉, 〈작酌〉, 〈환桓〉, 〈뇌賚〉, 〈반般〉, 〈시매時邁〉 등은 주공이 문왕의 공덕을 그리워하고 무왕이 은나라를 정벌한 것을 찬양하기 위해 지은 것이라고 하였다. 『대아』 중의 〈문왕文王〉, 〈대명大明〉, 〈면綿〉, 〈황의皇矣〉, 〈문왕유성文王有聲〉 등은 주공이 문왕과 조상의 덕을 찬양하고 성왕에게 당부하기 위해 지은 것이다. 『빈풍豳風』 중의 〈칠월七月〉, 〈치효鴟鴞〉 등은 주공이 성왕 시대에 농사짓기가 어렵고 나라를 잘 다스리지 못한 것을 풍자하기 위해 지은 것이다. 『대아』 중의 〈공유公劉〉는 소강공召康公이 성왕成王에게 경계하도록 하기 위해 지은 것이고, 〈민로民勞〉는 소목공召穆公이 여왕厲王을 풍자하기 위해 지은 것이고, 〈판板〉은 주 대부 범백凡伯이 여왕을 풍자하기 위해 지은 것이고, 〈상유桑柔〉는 주 대부 병양부芮良夫가 여왕을 풍자하기 위해 지은 것이고, 〈운한雲漢〉은 주 대부 잉숙仍叔이 선왕을 찬양하기 위해 지은 것이고, 〈숭고崧高〉, 〈증민蒸民〉, 〈한혁韓奕〉, 〈강한江漢〉 등은 주 대부 윤길보尹吉甫가 선왕宣王을 찬양하기 위해 지은 것이며, 〈상무常武〉는 소목공이 선왕을 찬양하기 위해 지은

---

461) 杜預 注·孔穎達 疏, 『春秋左傳正義』 卷32, 〈昭公十二年〉, 十三經注疏本, 2064쪽.

것이다. 『소아』〈소변小弁〉은 유왕幽王의 태자 의구宜曰가 지었고,〈하인사何人斯〉는 소공이 지었고,〈대동大東〉은 담대부譚大夫가 지었고,〈빈지초연賓之初筵〉은 위 무공武公이 지었고,〈백화白華〉는 신후申后가 지었다. 이 밖에 작자를 알 수 없는 시가도 대부분은 "귀족의 가요"[462]였다. 민간에서 전래된 가요라 할지라도, 주인遒人이 수집하고 악관들이 정리한 뒤, 곡을 붙여 연주해서 천자에게 들려주었다. 덧붙일 것은, 이른바 "헌시진지獻詩陳志"는 자신의 뜻을 이야기한 것이 아니라 공경들과 아래 관원들이 그 직분의 요구에 따라 종족 또는 봉건국 사회의 정서와 정치 상황을 천자에게 바친 것이었다. 여기에는 물론 민간의 풍속과 정서도 포함되었는데 천자가 나라를 다스리는데 도움을 주고자 한 것이다. 이런 헌시에는 어쩌면 개인의 정서나 감정이 뒤섞여 있을 수도 있겠지만, 이것은 개인의 행위라기보다는 직무의 행위라고 보는 것이 더 타당하겠다.

이제 학계에서 논쟁이 분분한 "채시采詩"에 대해서 분석해 보도록 하자.

채시에 대해 명확하게 언급한 것은 한漢나라 사람들이었다. 『주례』〈왕제王制〉에는 "천자는 5년에 한 번씩 전국을 순행하였다. 해마다 2월에는 동쪽을 순행했다. 태산에 이르러 장작을 태워 산과 강에 제사를 지냈다. 각 나라의 제후를 만나고 100세 노인을 방문했다. 각 태사太師에게 시를 읊게 하여 풍속을 살폈다."[463]라고 하였다. 태사에게 시를 읊게 하여 풍속을 살폈다는 주장을 제기했는데, 학계에서는 『예기』〈왕제〉를 한인漢人이 지은 것으로 보고 있다. 반고班固(32~92)는 『한서』〈화식지食貨志〉에서 "매년 봄가을이면 무리 지어 살던 사람들이 흩어져 행인行人이 목탁을 흔들고 길을 걸으며 시를 채집했다. 그리고 태사에게 바친 후 음률을 곁들어 천자에게 들려주었다."[464]라고 하며, 시를 모으는 사람을 행인으로 보았다. 허신許愼(약 58~147)은 『설문해자』〈기

---

462) 朱自淸, 『詩言志辨』, 70쪽.

463) 鄭玄 注·孔穎達 疏, 『禮記正義』卷62,〈射義〉, 十三經注疏本, 1327~1328쪽.

464) 班固, 『漢書』卷24上,〈食貨志〉, 二十五史本, 476쪽. "春秋"를 "暮春"이라고 하였다. 그럼 음력 3월이 되겠다.

부丌部)에서 "기는 옛날의 주인遒人이다. 목탁을 흔들어 시를 기록했다."[465]라고 하며, 시를 기록하는 사람을 주인이라고 하였다. 유흠劉歆(?~23)은 〈與揚雄求方言書〉에서 "하·상·주와 진나라 때에 주인遒人과 헌거사자軒車使者를 매년 8월에 각지로 보내 길에서 동요와 가극을 채집하고 총목總目을 얻고자 했다."[466]라고 하면서, 가요를 수집하는 사람을 주인과 헌거사자라고 하였다. 하휴何休(129~182)는 『춘추공양전春秋公羊傳』〈선공 15년〉에서 "오곡이 다 거두어지고 백성들이 모두 집에 거함에 이정里正은 바느질을 하게 하였다. 남녀가 함께 모여 밤마다 바느질을 하였다. …… 시월에서 정월이 다 끝날 때까지는 남녀가 서로 원한이 있으면, 굶주린 자는 먹을 것을 노래하고 수고로운 자는 하는 일을 노래한다. 남자 나이 육십과 여자 나이 오십에 자식이 없으면 관에서 먹을 것과 입을 것을 제공해주고 그들로 하여금 백성들 사이에서 시를 구해오도록 하였는데, 향리에서는 읍으로 가져오고 읍에서는 국도로 가져와 국도에서는 천자가 들을 수 있게 하였다."[467]라고 주해했다. 여기서 시를 구하는 것은 분명 시를 채집한다는 뜻으로 남녀노소가 모두 시를 모은 것을 알 수 있다. 이상의 문헌을 종합해 보면, 한인이 말한 시를 모으는 사람과 시를 모으는 시기가 모두 다른 것을 알 수 있다. 그래서 후대 사람들은 이것의 사실 여부를 의심하게 되었다.

사실 여러 문헌을 참고로 고증해 보면, 서주 시대에 채시 제도가 이미 존재했던 것을 확인할 수 있다. 『좌전』〈양공 14년〉에서 사광師曠은 〈하서夏書〉를 인용하여 "주인은 목탁을 치며 길을 순행하고, 각 관직의 수장은 서로 잘못을 바로잡아주고, 장인들은 가진 기술로서 간언한다."라고 하였다. 두예(222~284)는 주에서 『일서逸書』에서 주인은 길을 다녔던 관리라고 하였다. 목탁은

---

465) 許愼, 『說文解字』(注音版)卷5上, 〈丌部〉, 長沙: 嶽麓書社, 2006, 99쪽.

466) 王應麟, 『玉海』卷44, 『藝文』, 〈漢別國方言〉, 四庫全書本, 211쪽.

467) 何休 解詁·徐彦 疏, 『春秋公羊傳注疏』卷16, 〈宣公十五年〉, 十三經注疏本, 2287쪽. 이 밖에, 『孔叢子』에서도 "고대에 천자가 태사에게 시를 채집하도록 명하였다. 풍속을 살피기 위함이었다."라고 하였다.

나무로 된 방울이자 쇠로된 종이다. 길을 다니며 묻는다는 것은 민요의 가사를 구한다는 것이다."[468]라고 하였다. "주인이 목탁을 치며 길을 순행하는"것을 채시("민요 수집")로 본 것이 분명하다.『상서』〈하서夏書·윤정胤征〉에도 이와 같이 기록되어 있다.[469] 목탁과 금탁은 안의 혀 모양이 나무냐 금속이냐로 구분한다. 주나라 사람은 명령을 내리거나 문교를 할 때 목탁을 사용하고, 금탁은 군사 용도로 사용하였다.『주례』와『예기』에는 목탁을 친 기록이 많이 남아 있다. 명나라 때 진사원陳士元(1516~1597)은 다음과 같이 결론지었다.

> 『단궁檀弓』에 따르면 목탁을 치며 궁궐을 순행하면 합사合祀의 예를 뜻한다. 〈명당위明堂位〉에 따르면 조정에서 목탁을 치는 것은 체禘 제사의 예를 뜻한다. 〈월령月令〉에 따르면 음력 2월에 목탁을 치는 것은 혼례를 경계하는 것이다. 〈윤정胤征〉에서 주인은 명령을 내리는 관직이었고 치관治官과 교관教官을 가리킨다. 『주례』의 소재小宰와 궁정宮正은 치관에 속하고, 소사도小司徒와 향사鄕師는 교관에 속했다. 소사구小司寇, 사사士師, 사훤司烜은 형관에 속한다. 형은 필교弼教로서, 교는 명례明禮로서, 예는 출치出治로서 무사라고 불렀다. 모두 목탁을 쓴다.[470]

만약 왕궈웨이가 말한 것처럼『하서』가 우하로부터 전래된 뒤, 서주 초기에 사관에 의해 기록·정리된 것이라면, "주인이 목탁을 치며 길을 순행한 것"은 오래된 민심 수집 방법 중 하나였다고 할 수 있다. 그 뒤, 서주 통치자들에게 계승되면서 "채시"가 중요한 형식으로 자리 잡게 되었는데, 이런 형식은 서주의 예악 제도와 완전히 일치했다. 비록 〈주관周官〉(『주례』)에서는 "주인"

---

468) 杜預 注·孔穎達 疏, 『春秋左傳正義』卷32, 〈襄公十四年〉, 十三經注疏本, 1958쪽.

469) 『尙書·夏書』〈胤征〉에서 "선왕이 하늘의 경계를 삼갔도다. 신하가 떳떳한 법도를 세우고, 백관이 그 직무를 닦아서 보필하였으므로 그 임금이 밝고 밝도다. 매년 이른 봄에, 주인이 목탁을 들고 거리를 돌아다니며 관리들은 서로 배우고 가르치며, 백공은 기술로써 간언하라. 공손하지 못하면 나라에 떳떳한 형벌이 있다"라고 하였다.

470) 陳士元, 『論語類考』卷19, 〈木鐸〉, 四庫全書本, 271쪽.

의 기록을 찾아볼 수 없지만, 춘추 시대 "행인"이 성행하면서 곳곳에서 그들의 행적을 찾아볼 수 있다. 이른바 "행인"이란 사실 제후가 각국에 보낸 사신으로 그 직위 고하가 모두 달랐다. 천자가 각지에 보낸 사신 및 제후가 천자를 알현하는 것을 모두 "행인"[471]으로 볼 수 있는 것이다. 그래서 『하서』에서 "주인이 목탁을 치며 길을 순행한 것"이 『한서』에서는 "행인이 목탁을 흔들며 길에서 시를 수집하는 것"이 되었다. "남자 나이 육십과 여자 나이 오십에 자식이 없으면 관에서 먹을 것과 입을 것을 제공해주고 그들로 하여금 백성들 사이에서 시를 구해오도록" 한 것에 관해서도 역시 기록을 찾아볼 수 있다. 서주 사회는 본래 노인을 공경하는 세속이 있었는데, "향음주례鄕飮酒禮는 장유의 질서를 밝히는 것"[472]으로, 노인은 사회적 존중과 보호를 받았다. 국가는 자식이 없는 노인들에게 입을 것과 먹을 것을 나눠주고 민간에서(하층민을 가리킴. 이하 동문) 시를 구하도록 함으로써 일거양득의 효과를 얻었다. 그들은 본래 민간에서 생활해서 민간의 시가를 쉽게 얻을 수 있었다. 그들이 얻은 시가는 주인이 "태사에게 바친 후 음률을 곁들여 천자에게 들려주어" 왕정을 이롭게 하였다. 이 밖에 송나라 엽시葉時는 시를 수집한 시기에 관해서 다음과 같이 해석했다. "하나라에서는 음력 1월을 1년의 시작으로 보았다. 그래서 맹춘에 순행을 하였다. 주나라에서는 음력 11월을 1년의 시작으로 보았다. 그래서 정세正歲에 순행을 하였다. 그 시기가 일치한다."[473] 이것으로 어느 정도 의문이 풀렸을 것이라 믿고, 더 자세히 다루지는 않겠다.

만약 이상의 논증이 성립한다면 "시"는 서주 시대에 제도적으로 생산되었다고 볼 수 있다. 체계에 속하지 못한 시는 관심을 받을 수 없었고 기록으로 남겨지기 어려웠다. 공경들과 아래 관원들은 시를 바쳐야 할 의무가 있었는데, 위정의 목적이 강했다. 민간의 시가라고 할지라도 주인이 수집하고 악관

---

471) 『國語』〈周語中〉에는 周 簡王 8년(기원전 578)에 노 성공이 내조하자, 왕이 행인의 예로 대우하였다고 기록하고 있다. 이것은 아주 전형적인 사례라고 할 수 있다.

472) 鄭玄 注·孔穎達 疏, 『禮記正義』卷62, 〈射義〉, 十三經注疏本, 1686쪽.

473) 葉時, 『禮經會元』卷1下, 〈像法〉, 四庫全書本, 28쪽.

고사瞽史(태사는 악관의 우두머리였다)가 정리하여 "음률을 곁들인" 후에 연주하여 천자가 "청정聽政"할 수 있게 하였다. 이 역시 아주 현실적인 정치 목적을 가지고 있었다. 설명을 덧붙이자면, 체계에 속하는 시의 형식은 아주 복잡했다. 그 원래 출처와 용도가 모두 달랐기 때문이기도 하고, 축저祝詛가 했던 사辭의 영향 때문이기도 했다. 이것은 장타이옌章太炎(1869~1936)이 말한 바와 같다. "『춘관』 고몽瞽曚은 구덕육시九德六詩를 관장하였는데 시에는 육의만 있던 것이 아니라 구가도 있었다. 그 종류가 굉장히 발달하여 관잠점주官箴占繇가 모두 시에 속했다."[474] 그리고 이런 시는 모두 음악이 더해졌다. 그래서 소공邵公은 "천자가 정치에 관한 이야기를 들을 때, 공경公卿에서부터 열사列士에 이르기까지 시를 지어 바치게 합니다. 악사는 노래를 지어 바치게 하고, 사관에게는 책을 바치게 하며, 소사少師에게는 경계하는 말을 하게 하고, 소경에게는 시를 읊조리게 하며, 청맹과니에게는 글을 암송하게 하였다."고 했다. 또 조문자趙文子는 "공인으로 하여금 조정에서 간언하게 하고, 아래 관원들에게 시를 바치도록 하였다."[475]라고 하였고, 사광師曠은 "사관은 임금의 거동을 기록하고 악사는 시로써 간언하고 악공은 잠언을 낭독하며 대부는 충언하여 임금을 가르치고 사는 임금의 과실을 대부에게 전하며 서민들은 모여서 비방한다."[476]라고 하였다. 겉보기에는 이들의 주장이 다른 듯 보이지만 그 본질에는 차이가 없다. 또 "아래 관원들에게 시를 바치도록 하였다."와 "시를 채집하여 풍속을 살폈다."도 유기적으로 일치한다. 당나라 때의 성백여成伯璵(생몰년 미상)는 다음과 같이 말했다.

고대의 왕이 발언을 하거나 거동을 할 때 주변의 사관들이 이를 기록하였다. 그러나 역사 기록이 바르지만은 않기 때문에 신하들이 왜곡할 것을 우려하였다. 그래서 사방 순수巡狩한 곳을 살펴보았고 옳고 그름을 밝혔으며 제후

---

474) 章太炎, 『國故論衡』, 〈辨詩〉, 上海:上海古籍出版社, 2006, 70~71쪽.

475) 徐元誥, 『國語集解』, 〈晉語六〉, 北京: 中華書局, 2002, 387쪽.

476) 杜預 注·孔穎達 疏, 『春秋左傳正義』卷32, 〈襄公十四年〉, 十三經注疏本, 1958쪽.

국에서는 사신을 보내 진서陳詩를 하여 풍습을 보았다. 또한 채시관을 보내 왕에게 보고하게 하고, 고사瞽史에게 명해 이를 箴으로 엮어 읊도록 하여 광범위하게 의견을 얻었다. 사람들의 희로애락과 왕정의 득실이 모두 여기에 있었다.[477]

서주 사회는 관리가 학문을 장악했던 정교합일政敎合一의 사회였다. "청정"으로 인해 체계에 속하게 된 시도 자연스럽게 사회 문화 교육의 훌륭한 교재가 되었다. 사람들이 종묘 제사와 조회 연회에서 시를 사용하게 되면서 시가 가진 문화 교육 기능이 더욱 부각 되었고, "시언지"의 목적이 "신명을 명백히 알리는 것"에서 사회 정치 윤리 질서 추구로 전환되었다. 오늘날 전해지는 『시경』을 통해, 서주 초기의 몇몇 시가 후대에 이르러 종묘 제사에 쓰이기는 하였지만 대부분이 찬미의 시였음을 알 수 있다. 그러나 그 찬미의 대상은 상상 속에서 인간의 모든 것을 관할하던 신령이 아니라, 종족을 이끌고 어렵게 눈부신 역사를 일궈낸 태왕·왕계·문왕·무왕 등의 선조였다. 찬미의 내용도 선조들이 얼마나 신명했는지가 아니라, 주로 그들이 얼마나 근면하고 용감하며 덕을 공경하고 백성을 사랑했는지를 노래하고 있다. 예를 들어, "고공단보古公亶父가 아침에 말을 달려와 서쪽 물가를 따라 기산 아래에 이르러 이에 후비 강녀와 더불어 드디어 와서 집터를 보았다."[478], "공류公劉 임금께서 편히 사실 겨를도 없이 땅을 고르시고 노적을 쌓고 창고에 거둬들인다. 마른 음식과 곡식을 전대와 자루에 넣고 평화롭게 빛나게 하시려 활과 살을 벌려 메신다. 방패, 창, 도끼를 들고 비로소 길 떠나신다."[479] "왕계王季님 상제께서 그 마음을 헤아리시고 그 명성이 크심을 알고 그 덕이 밝으심을 아셨다. 밝고 선하게 하시어 어른노릇 임금노릇 하실 자질을 지니시고 이 큰 나라 임금님 되시어 백성의 뜻을 좇아 친화하게 되셨다. 문왕에 이르러 그 덕성에 잘못이

---

477) 成伯璵, 『毛詩指說』, 〈興述第一〉, 四庫全書本, 170쪽.
478) 朱熹, 『詩集傳』卷16, 『大雅』, 〈綿〉, 179쪽.
479) 朱熹, 『詩集傳』卷17, 『大雅』, 〈公劉〉, 196쪽.

없으시어 이어받으신 상제의 복은 자손까지 뻗쳤다."[480] "무왕께서 천명을 받아 무공을 세우셨도다. 숭崇나라를 정벌하고 풍 땅을 도읍으로 삼으셨네. 훌륭하도다, 문왕이시어."[481], "경쟁할 수 없는 그 분, 사방에서 그를 교훈으로 삼네. 크게 드러나는 이 덕, 모든 제후들이 본받으니, 아아, 선왕을 잊지 못하네."[482] 등이다. 이런 종묘 제사는 종족의 친목을 강화하고 종족의 응집력을 증진시켰다. 또한 종족의 후손에게 전통 교육을 통해 나라를 세우고 지키는 것이 얼마나 어려운 일인지 일깨워 줄 수 있었다. 서주 중후기에 탄생한 대량의 아시와 풍시도 귀족 연회와 접대 등 일상생활에서 사용되면서 감정 교류와 단결력을 강화시켜 주었다. 예를 들어, 연례와 향음주례鄕飮酒禮에서 사용된 〈녹명鹿鳴〉, 〈사목四牡〉, 〈황황자화皇皇者華〉는 오늘날 전해지는 『시경』〈소아〉의 〈녹명鹿鳴〉 시가이다. 〈녹명〉이 표현한 것은 자신은 좋은 술이 있어서 손님을 접대하고, 손님은 덕이 있어서 이를 따르게 된다는 것으로, "대개 은근히 후한 정을 이루어서 그 가르쳐 보여 주고자 함이 끝이 없음"[483]을 뜻한다. 〈사모〉, 〈황황자화〉는 "감정을 표현함으로써 수고를 위로하는 것"[484] 또는 "행동의 근면함을 칭찬하고 그 마음속 이야기를 풀어내는 것"[485]을 의미한다. 물론, 당시 군왕에 대한 간언의 시도 여전히 존재했지만 풍자의 의미가 더욱 짙었다. 예를 들어, 『소아』〈절남산節南山〉에서 "하늘은 재앙을 내리니 사람은 삼단처럼 쓰러지고 백성의 말은 기쁨을 잃었도다. 어찌 징벌하려 하지 않는가. …… 가보家父는 노래를 지어 재앙을 캐보려 하는구나." 등이다. 당시에 시가 이미 사회생활의 곳곳에 스며든 것이 분명하다. 시는 더 이상 복축卜祝들이 점복·제사를 지낼 때 신령에게 기도하는 축사가 아니라, 주로 현실 사회생활

480) 朱熹, 『詩集傳』卷16, 『大雅』, 〈皇矣〉, 184~185쪽.
481) 朱熹, 『詩集傳』卷16, 『大雅』, 〈文王有聲〉, 188쪽.
482) 朱熹, 『詩集傳』卷19, 『周頌』, 〈烈文〉, 224쪽.
483) 朱熹, 『詩集傳』卷9, 『小雅』, 〈鹿鳴〉, 100쪽.
484) 朱熹, 『詩集傳』卷9, 『小雅』, 〈四牡〉, 100쪽.
485) 朱熹, 『詩集傳』卷9, 『小雅』, 〈皇皇者華〉, 101쪽.

에 대한 기록이자 진실한 감정의 표현이었다.

여기서 강조할 것은 시의 생산과 소비 과정에서 시가 예악 문화의 일부로써 예악 제도를 위한 역할을 했다는 점이다. 춘추 시대 때의 한 일화를 예로들어 살펴보자. 『좌전』〈양공 4년〉(기원전 569)에 따르면,

> 목숙穆叔이 진晉나라를 예방했다. 지무자知武子의 예방에 대한 답례였다.진 도공이 그에게 연회를 베풀고 〈사하肆夏〉의 세 편을 연주했지만 그는 답례를 하지 않았다. 악공이 〈문왕文王〉의 세 편을 노래했지만 역시 답례하지 않았다. 〈녹명鹿鳴〉의 세 편을 부르자 비로소 세 차례 절을 올렸다. 한韓 헌자獻子가행인行人 자원自員을 시켜 그 까닭을 물었다. "당신이 군명을 받들어 우리나라를 방문하셨기에 선군의 예를 따라 음악을 헌상하여 그대의 노고를 치하했습니다. 당신은 큰 음악은 버려두고 작은 음악에 두텁게 답례를 하니 어떤 예인지 물어볼 수 있겠습니까?" "〈삼하三夏〉는 천자가 제후의 수장에게 향례를 베풀 때 사용하는 음악으로서 사신인 제가 감히 들을 수 없는 것입니다. 〈문왕〉은 양국 군주가 상견할 때의 음악이니 사신이 받을 수 없는 것입니다. 〈녹명〉은 귀국 군주께서 우리 임금을 찬양한 것이니 어찌 거듭 절하지 않을 수 있겠습니까? 〈사모〉은 귀국 군주께서 사신의 노고를 위로하는 음악이니 어찌 거듭 절하지 않을 수 있겠습니까? 〈황황자화〉는 군주께서 사신에게 '반드시 현명한 신하에게 자문을 구하라'라고 훈계하신 것입니다. 소신은 '선한 이를찾아가 묻는 일을 자咨라 하고, 친척에 대해 자문을 구하는 일을 순詢이라하며, 예에 대해 자문하는 일을 도度라 하고, 국사를 자문하는 일을 추諏라하며, 곤경에 대해 자문하는 일을 모謀라 한다.'라고 들었습니다. 소신이 이렇듯 다섯 가지 선함을 얻었는데 어찌 거듭 사례하지 않을 수 있겠습니까?"[486]

춘추 중기의 이 대화는 역사적 사실을 설명해주고 있다. 즉, 춘추 시대진나라와 같은 대국에서도 이미 서주 예악 제도를 따르지 않고, 감히 〈사하〉

---

486) 杜預 注·孔穎達 疏, 『春秋左傳正義』卷29, 〈襄公四年〉, 十三經注疏本, 1931~1932쪽.

의 세 편을 연주하고, 〈문왕〉의 세 편을 노래하여 노나라 사신을 맞이한 것이다. 그러나 노나라 사신 목숙은 여전히 전통 예법을 고수하며 서주 예법에서 벗어난 "특별한 예우"를 받아들이지 않았다. 왜냐하면 〈사하〉의 세 곡(또는 〈삼하〉)은 〈사하肆夏〉, 〈소하韶夏〉, 〈납하納夏〉로 천자가 제후를 예우하는 악곡이기 때문이었다. 〈문왕〉의 세 곡, 즉 『시경』 〈대아〉의 〈문왕〉 · 〈대명〉 · 〈면綿〉은 제후가 서로 만날 때 노래하는 시이기 때문에 진후가 이런 악가로 노나라 사신을 예우할 수 없었다. 목숙의 태도는 서주 예악 제도에 담긴 시악에 대한 엄격한 계급 규정을 보여주고 있는데, 이것은 함부로 넘을 수 있는 것이 아니었다. 여기서 우리는 서주 시기 시와 악이 예에 속했으며 정식적인 장소에서 사용되었음을 알 수 있다. 이 점에 관해서는 『의례儀禮』에 상당히 자세한 기록이 나와 있다. 예를 들어, 주나라 예법에 따르면 "무릇 활쏘기를 할 때, 왕이면 〈추우騶虞〉를, 제후면 〈이수狸首〉를, 경대부면 〈채빈采蘋〉을, 사면 〈채번采蘩〉을 연주하는"[487] 등 함부로 사용할 수 없었다.

시는 서주에서 여전히 악교의 범주에 속했고 독립적인 지위는 갖지 못했다. 『주례』 〈지관地官 · 보씨保氏〉에는 다음과 같이 기록되어 있다.

보씨는 왕의 그릇됨을 간언하고 나라의 자제들을 도로써 배양했다. 그들에게 육예를 가르쳤는데, 이 육예는 첫째 오례五禮, 둘째 육악六樂, 셋째 오사五射, 넷째 오어五馭, 다섯째 육서六書, 여섯째 구수九數이다.[488]

이상의 "육예"는 학계에서 모두 서주의 교육 내용이라고 보고 있다. 이것은 "오례"를 우선으로 하며, 시를 단독으로 가르치지 않았다. 『주례』 〈춘관春官 · 태사太師〉에는 다음과 같이 기록되어 있다.

태사는 육율六律과 육동六同을 관장하여, 음양의 소리를 조화롭게 했다.

---

487) 鄭玄 注 · 賈公彦 疏, 『周禮注疏』卷24, 〈鐘師〉, 十三經注疏本, 800쪽.
488) 鄭玄 注 · 賈公彦 疏, 『周禮注疏』卷14, 〈保氏〉, 十三經注疏本, 731쪽.

양성陽聲에는 황종黃鐘·태주大簇·고선姑洗·유빈蕤賓·이칙夷則·무역無射이 있고, 음성陰聲에는 대려大呂·중려仲呂·남려南呂·응종應鐘·임종林鐘·협종 夾鐘이 있다. 오성五聲에는 궁宮·상商·각角·치徵·우羽가 있고, 팔음八音에 는 금金·석石·토土·혁革·사絲·목木·포匏·죽竹 있다. 육시六詩에는 부賦· 비比·흥興·풍風·아雅·송頌이 있다. 육덕六德을 바탕으로 하고, 육률六律을 음音으로 한다.[489]

여기서 비록 "육시"를 거론하기는 하였지만 "육시"는 악관 대사가 장악하고 있었다. 왕소순王小盾의 고증에 따르면, "육시"(풍, 부, 비, 흥, 아, 송)는 사실 "서주 악교의 여섯 가지 항목으로, 의식에서 서사시를 노래하고 춤추게 하는 역할을 하였다."[490] 정현(127~200)은 "여섯 가지 덕을 바탕으로" 한 것을 "시를 가르칠 때는 지, 인, 성, 의, 충, 화가 있어야 한다. 그 후에 악가를 가르칠 수 있다."라고 해석했다. "여섯 가지 률을 음으로 한다."는 "률로써 어떤 이가 음을 붙이고 어떤 노래인지 알 수 있다."[491]라고 해석했다. 대사가 가르친 "육시"는 단지 악교의 한 부분이고, 시는 여전히 악교 중에 포함되었으며 악교는 예교를 위해 존재했음을 알 수 있다. 이런 수업 배정은 서주 예악 제도의 구성과 예악 교화의 요구에 부합하는 것이었다. 또한 악시의 실제 운용에서 시도악의 일부이자 예악 제도를 위한 역할을 하였다. 위에서 인용한 "목숙이 진나라를 예방"한 이야기가 이 점을 충분히 증명해준다.

서주 시가의 생산과 소비를 통해, 서주 시대의 시를 이해하고 기본적인

---

489) 鄭玄 注·賈公彦 疏, 『周禮注疏』卷23, 〈大師〉, 十三經注疏本, 795~796쪽.

490) 王昆吾(小盾), 『中國早期藝術與宗教』, 「詩六義原始」, 上海: 東方出版中心, 1998, 213쪽. 王昆吾는 책에서 육시의 "'풍'과 '부'는 언어로 시를 전수하는 방식으로 方音誦과 雅言誦으로 나뉜다. '비'와 '흥'은 가창으로 시를 전수하는 방식으로 虜歌와 和歌로 나뉜다. '아'와 '송'은 기악으로 시를 전수하는 것으로 樂歌와 舞歌로 나뉜다."라고 하였다. 이로써 "육시"는 태사가 장악하고, "여섯 가지 률을 음으로 한다."에 대해 합리적인 해석을 내릴 수 있었다. 그러나 후대에서 말하는 "六詩"가 시의 "三體"(풍, 아, 송)이고 "三用"(부, 비, 흥)이라는 점에 관해서는 실제 서주의 "육예"지교와 부합하지 않는다.

491) 鄭玄 注·賈公彦 疏, 『周禮注疏』卷23, 〈大師〉, 十三經注疏本, 796쪽.

관념을 알 수 있었다. 첫째, 서주 시대의 시는 더 이상 무축巫祝이 점복과 제사에서 하던 점사나 축사가 아니었다. 공경과 아래 관리들이 바친 찬양하고 간언하는 사詞이거나 또는 주인遒人이 수집하고 악관이 정리한 민간의 노래였다. 이런 시는 모두 음률을 덧붙여 천자가 청정할 수 있도록 연주되었는데 "이러한 까닭에 정사를 행하면서 어그러짐이 없었다." 그래서 시는 더 이상 점복·제사의 한 부분이 아니라 조정에서 정교의 구성 부분이 되었다. 시는 귀신 세계에 대한 관심을 넘어 점점 세속 생활에 대해 관심을 갖게 하였고 사회생활의 중요한 내용이 되었다. 둘째, 서주의 시는 모두 악가로 음악과 더불어 노래되었다. 서주 시대에 육예를 교육할 때, 예와 악은 있었지만 시는 없었다. 그래서 시는 여전히 악교의 일부로써 음악과 어울려 예악 제도를 위한 역할을 실행했다. 그러나 서주의 악교와 은상 이전의 원시 악교에는 이미 차이가 발생했다. 원시 악교가 인간과 신이 소통하던 다리 역할을 했다면, 서주의 악교는 종족의 감정을 이어주는 연결 고리였다. 그래서 사람들은 시가 예악 교화에서 하는 역할, 즉 종법 계급 제도를 유지하는 과정에서의 역할과 기능으로써 시를 이해하였다. 셋째, 서주 종법 계급 제도는 많은 의식과 규범으로 나타났다. 시악은 이런 의식과 규범을 관철하는 하나의 수단으로 종묘제사, 조회 연회 등 일상 생활에 녹아들었고 그 자체로 하나의 의식과 규범이 되었다. 그래서 시의 의미는 작가가 원래 표현하려고 했던 의미가 아니라, 주로 의식과 규범에서 쓰이면서 사회가 부여하는 의미를 갖게 되었다. 바꿔 말하면, 시가 의식에서 음악에 곁들어져 연주될 때, 그 의미와 가치는 작가가 부여한 것이 아니라 예악 제도 중에서 사회 규범에 따라 부여된 것이었다.

서주 시대 시의 특징을 이해했다면, 〈모시서〉에서 왜 "〈관저關雎〉는 왕후의 덕행을 표현한 시로, 국풍의 첫수이다. 이로써 천하 사람들을 교화하고 부부의 도리를 바로 잡으려는 것이다. 그래서 그것을 향민에게 적용할 수도 있고, 제후국에 적용할 수도 있다."[492]라고 했는지 이해할 수 있을 것이다. 이것

---

492) 鄭玄 箋·孔穎達 疏, 『毛詩正義』卷1, 『周南』, 〈關雎〉, 十三經注疏本, 269쪽.

은 한인이 만든 새로운 관념이 아니라 서주 시대부터 내려온 오래된 관념이
다. 〈관저〉·〈갈담葛覃〉·〈권이卷耳〉 등은 서주 시대 궁중 여인들의 "방중지악
房中之樂"이었기 때문에, 이를 시골에서부터 나라 전체에까지 두루 미치게 하
였다. "이것으로 부부를 다스리고 효도와 공경을 이루며 인륜을 후하게 하고
교화를 아름답게 하고 풍속을 바꾸었다."[493] 오늘날 우리가 이해하는 애정시
가 아니었다. 대부분의 국풍이 민가라고 주장한 주희朱熹(1130~1200)도 다음
과 같이 말했다.

> 주나라 문왕은 성덕을 타고난 데다 또 성녀聖女 사씨姒氏를 얻어 배필로
> 삼았다. 궁중 사람들이 그녀가 처음 이르렀을 적에 그 얌전하고 정숙한 덕을
> 보았기 때문에 이 시를 지은 것이다. 저 관관연關關然한 저구雎鳩는 서로 함께
> 하주河洲 가에서 온화하게 우니, 이 요조한 숙녀가 어찌 군자의 좋은 짝이
> 아니겠는가? 서로 더불어 화락하면서도 공경함이 또한 저구가 정이 두터우면
> 서도 분별이 있음과 같음을 말한 것이다.[494]

옛 주장을 옹호하기 위해 강력하게 설명하고 있는 것을 알 수 있다. 사실,
이 시의 작자가 누구인지에 대해 명확하게 밝힐 필요는 없다. 단지 이런 시가
서주 시대 궁중 여인들의 "방중지악"으로 쓰였고, 이것의 의미와 가치가 당시
의 예악 제도 환경에서 정해졌다는 것을 알면 그만이다. 전례 의식에서 언제
나 형식은 내용보다 중요했다. 사람들은 주로 의식의 절차가 정확한지, 악시
의 선택이 적합한지, 악공과의 협주가 조화로운지를 중요하게 생각했지, 가사
내용에 대해서는 깊이 고려하지 않았다. 같은 이치로, 『소아』 중의 〈녹명〉,
〈사모〉, 〈황황자화〉는 서주 시대에 주로 연회와 손님을 대접하는 예법에서
쓰였다. 임금이 군신에게 주연을 베풀 때, 제후가 사신을 대접할 때, 향대부가
손님을 맞이할 때 노래할 수 있었다. 그래서 연례, 임금이 사신의 노고를 위로

---

493) 鄭玄 箋·孔穎達 疏, 『毛詩正義』卷1, 『周南』, 〈關雎〉, 十三經注疏本, 270쪽.
494) 朱熹, 『詩集傳』卷1, 『周南』, 〈關雎〉, 1~2쪽.

하는 연회, 향음주례 때에 〈사모〉가 "사신의 노고를 위로하는 시"인지 여부, 〈황황자화〉가 "사신을 질책하는 시"인지 여부는 따지지 않고 〈녹명〉 세 곡을 불렀다. 한 마디로, 서주 시대에 시의 의미는 음악과 어울려 실현되었고, 그 가치는 예법을 따르는 의식에서 나타났다. 만약 서주에 "시언지"의 관념이 있었다면, 그 "지"는 개인의 "뜻"이 아니라 여전히 집단의 의지였을 것이다. 공경 · 대부 및 아래 관원들이 바친 시도 그들의 사상과 감정을 표현한 것이 아니라 직무의 요구에 따라 사회 정서와 종족의 감정을 대변한 것이다. 바꿔 말하면, 그들의 시에 개인적인 감정이 숨어 있을지라도 그들은 어디까지나 그것을 종족의 이익을 지키고 종족의 정서를 대변하는 수단으로 간주하였던 것이다. 그래서 시는 공공의 생산품에 속했다. 청나라 때 노효여勞孝與(1735년 전후 활동)는 『춘추시화春秋詩話』에서 다음과 같이 말했다.

> 작자의 이름이 없고 노래하는 사람의 이름도 없는 것은 어쩐 일인가? 당시에는 시만 있었지 시인은 없었다. 그래서 선인들이 지은 시를 후대 사람들이 자신의 시라고 할 수 있었다. 저 사람이 지은 시를 이 사람이 지었다고 하였는데 이것은 언지言志일 뿐이다. 시에는 작가가 없고 명확하게 드러나는 의미도 없었다. 그래서 시에서 이름이 있고 없고는 중요하지 않았으며, 시를 위해 시를 지은 것이 아니었다.[495)

그러나 당시의 시 관념은 이미 원시 악교가 시에 대해 가졌던 이해와는 아주 큰 차이가 있었다. 시가 말하고자 하는 "지"는 이미 더 이상 "신명을 명백히 알리는 것"이 아니라 세속 사회의 정치 윤리 질서에 대한 묘사로 현실 정교에 직접적으로 작용하였다. 사실 시와 정교의 밀접한 결합은 시의 독립적 발전에 대한 필요성과 가능성을 내포하고 있었다. 그리하여 춘추 중후기에 이르러 마침내 이루어지게 되었다.

---

495) 勞孝與, 『春秋詩話』卷1, 叢書集成初編本, 上海: 商務印書館, 1935, 1쪽.

제3절 "賦詩言志"와 春秋詩敎

춘추 시대는 시가 예악의 속박에서 벗어나 독립적인 발전을 모색하고 시의 관념이 독립적인 발전을 이루게 된 중요한 시기였다. 또한 시 관념의 독립적 발전은 문학 관념 발생의 중요한 상징이 되었고, 문학 관념의 발전에 있어서 풍부한 사상 문화적 밑거름을 제공했다.

춘추 초기, 임금에게 시를 바쳐 청정하게 한 것과 간언으로 국정을 보좌한 것은 시가 가진 주요한 정치 기능이었고, 여기에 악교가 더해져 예악 제도를 위한 역할을 하는 것은 시가 가진 주요한 문화적 기능이었다. 앞에서 이미 밝혔듯이, 위 무공은 신하들에게 자신을 훈계하고 깨우치도록 하였고, 시를 지어 스스로 경계코자 하였다. 이것은 서주의 헌시 청정 제도가 춘추 초기까지 이어졌거나, 아니면 적어도 위나라에서는 실행되었음을 의미한다. 이때 채시 제도는 위나라에서 여전히 실행되고 있었다. 오늘날 전해지는 『시경』의 〈대아〉, 〈소아〉에 수록된 위 무공이 지은 〈억〉과 〈빈지초연〉뿐만 아니라, 〈국풍〉의 "이남二南" 뒤에 수록된 "삼위三衛"(즉, 〈패풍邶風〉, 〈용풍鄘風〉, 〈위풍衛風〉)의 시는 "변풍"을 대표하는 시가 되었다. 이것은 "위시"가 『시경』에서 특별한 지위를 차지했음을 의미하는데 앞에서 언급한 위 무공의 정치적 행보와 관련이 있다.

춘추 시대는 아주 어지러운 시대였다. 제후가 정벌에 나서고, 가신이 국가의 운명을 뒤흔들고, 자신의 권력을 믿고 약자를 깔보고, 다수가 소수를 괴롭히고, 왕의 기강이 해이해지면서 "예악 붕괴"[496)]가 일어났다. 춘추 초기에 위 무공처럼 성실하게 예악 제도를 지키는 임금도 있었지만 이는 극히 일부에 불과했다. 그래서 후손들은 그를 "예성睿聖"[497)]으로 추앙하였다. 반면, 대부분

---

496) 사마천의 『사기』〈太史公自序〉에 따르면, "춘추의 기록에는 살해당한 군주가 36명이고, 망한 나라는 52개국에, 그 사직을 보존하지 못하고 다른 나라로 달아난 제후들의 숫자가 헤아릴 수 없을 정도로 많다"라고 하였다. 顧棟高의 『春秋大事表』에 따르면, 秦晉 간의 전쟁이 18번, 晉楚 간의 전쟁이 3번, 吳楚간의 전쟁이 23번, 吳越간의 전쟁이 8번, 齊魯 간의 전쟁이 34번, 宋鄭 간의 전쟁이 39번이나 있었다. 이것은 일반적인 군사충돌이 아닌 대규모의 전쟁이었다.
497) 徐元誥, 『國語集解』, 〈楚語上〉, 500~502쪽.

의 제후들은 부국강병을 통해 세력을 확장하고 패권 장악에 나섰다. 서주 예악 제도의 엄격한 계급 규정은 그들의 발전을 극도로 제한했고, 시악의 전례 의식도 그들의 이상 추구에 방해가 되었다. 그래서 그들은 예악 제도의 계급 규정을 무시하고 시악을 사용하게 되었다. 진나라 제후가 목숙穆叔을 대접할 때 천자가 원후元侯에게 하는 예를 갖춘 것이 바로 전형적인 예이다. 제후들은 앞장서 예악 제도를 파괴하고 시악을 마음대로 이용하기 시작했다. 이와 같은 행위는 시가 예악의 속박에서 벗어나는데 강력한 원동력으로 작용하였다. 그래서 시는 예악의 속박에서 벗어나 독립적인 발전을 추구하는 새로운 단계로 접어들게 되었다.

춘추 시기, 시는 크게 두 가지 경로를 통해 예악의 속박에서 벗어나 독립적인 발전을 이룰 수 있었다. 하나는 "부시언지"를 통해 악교의 속박에서 벗어났고, 시가 가진 독립적인 "언지"기능이 부각될 수 있었다. 다른 하나는 "예"와 "의"의 구별을 통해 전례 의식의 속박에서 벗어났고, 시가 가진 내재적 의미와 가치를 부각시킬 수 있었다. 이 두 가지는 서로 보완하며 형성되었다. 이로써 독특한 춘추 시교의 전통을 만들어냈고, 시의 관념이 해방되고 문학 관념의 발전에 기초를 마련했다.

그렇다면 "부시언지賦詩言志"란 무엇인가? 『한서』〈예문지〉에는 다음과 같이 실려 있다.

> 옛날에 제후·경·대부가 이웃 나라와 담판을 할 때 은미한 말로 서로 감정을 나누었다. 외교 장소에서 만났을 때는 반드시 『시』를 인용하여 자신의 뜻을 비유적으로 전달했다. 이로써 현명함과 어리석음을 판단하고 상대방의 성쇠를 관찰했다.[498]

주즈칭朱自清(1898~1948)은 다음과 같이 주장했다.

---

498) 班固, 『漢書』卷30, 〈藝文志〉, 二十五史本, 531쪽.

이것도 "관지觀志"이다. 『순자』에서는 "관인觀人"이라고 하였다. 춘추 시대 이후에 관인이 중시되었고 "남에게 좋은 문장을 보여주는 것"(〈비상편非想篇〉)에 관한 더 많은 기록을 찾을 수 있다. "언言"은 부시賦詩에 제한을 받지 않았지만, "시로써 뜻을 말"하고, "뜻으로 말을 확정하여"(『좌전』〈소공 29년〉), 부시 "관인" 역시 자연스럽게 이루어졌다. 이런 관점에서 시를 연구한다면, "언지"는 덕의 의미로 파생되는데, 이것은 헌시진지獻詩陳志처럼 그렇게 간단하지 않다. 게다가 춘추 시대의 부시는 어떤 경우에는 헌시의 기능도 있었지만, 앞에서 이야기했듯이 외교에서의 부시는 자신이 지은 것이 아니라, 시언지를 차용할 뿐이었다.[499]

즉, 춘추 시기에는 "부시언지"가 대표적인데 이것은 "행인"이 외교 장소에서 하던 "차시언지借詩言志"를 가리키는 것이다. 여기서 시는 부시자가 직접 지은 것이 아니라, 주로 음악과 더불어 연주되던 예악 문화 교재로서의 『시』였다. 바꿔 말하면, "부시언지"는 "시"가 "악"의 속박에서 벗어난 상황에서 독립적으로 "언지" 기능을 진행한 것을 일컫는다. 이것은 시의 분명한 해방이었다. 게다가 부시를 통해 부시자의 "지"를 엿볼 수 있어서, "지"가 덕을 나타내는 의미로 파생되었다. 그리고 시가 가지는 독립적인 의미도 부각되기 시작하였다.

춘추 시대의 "부시언지"에 관해서는 『좌전』에 자세한 기록이 남아 있다. 청나라 때, 양이승梁履繩(1748~1793)은 다음과 같이 결론지었다.

『좌전』에 기록된 부시賦詩는 희공 23년부터 시작되었다. 진백秦伯은 진晉 공자 중이重耳를 흠향하여 공자가 〈하수河水〉를 읊자, 공이 〈유월六月〉로 회답했다. 공자는 많은 나라에 갔지만 부시를 경험하지 못했다. 특히 진나라에 갔을 때, 자범子犯은 문채가 뛰어나지 않은데 어떻게 공자를 대접한다는 말인가라고 하였다. 문공 4년에 영무자甯武子가 노나라를 예방하자, 문공이 연회를 베풀고 〈담로湛露〉와 〈동궁彤弓〉 편을 부시하였다. 영무자는 그들이 연습

---

499) 朱自淸, 『詩言志辨』, 17쪽.

을 하는 것이라고 생각하고 노나라의 과함을 완곡하게 말했다. 정공 4년에 신포서申包胥가 출병을 요청하자, 진나라 애공이 〈무의無衣〉 편을 부시하였는데, 이것이 『좌전』에서 마지막으로 보이는 부시였다. …… 은공 원년부터 희공 23년까지의 85년 동안 더 이상 부시하는 이가 없었다. 오직 양공과 소공 시대에 『시』를 노래하는 이들이 있었다. 진나라에 범경范卿 · 한경韓卿 · 조경趙卿이 있었고, 노나라 계손씨季孫氏에 문자文子 · 무자武子 · 평자平子가 있었고, 숙손씨叔孫氏에 목자穆子 · 소자昭子가 있었고, 정나라에 일곱 대부가 있었다. 이들은 모두 세경공족世卿公族으로 품위 있고 풍류를 즐겼다. 이들은 100년 동안 집중적으로 나타났다. 희공僖公과 문공文公 전에는 『시』를 노래하는 이가 없었고, 소공昭公과 정공定公 후에는 더 이상 나타나지 않았다.[500]

『좌전』의 기록에 따르면, 춘추 전기에는 "부시언지"하는 일이 없었다. "부시언지"는 희공 23년(기원전 637)에 시작되어 백 년 동안 지속되었다. 이때는 마침 헌시獻詩와 채시采詩가 사회 문화 체제에서 퇴장하던 시기이자 제후의 패권 다툼이 가장 극렬했던 시기였다. "부시언지"를 이끈 집단은 세경공족世卿公族이었다. 그들은 외교 무대에서 위세가 당당하면서도 거동이 우아하였고, 여전히 예의를 숭상하였다. 따라서 시의 기능이 충분히 발휘될 수 있었던 것이다. 이것은 주동룬朱東潤(1896~1988)이 말한 바와 일치한다.

춘추 조정의 맹회에서 각국 군신은 반드시 부시賦詩로 이상을 펼쳐야 했는데, 뜻을 모르거나 답을 하지 못하는 부시자는 이상한 취급을 받았다. 기록을 살펴보면, 『좌전』 양공 28년에 제사 활동을 했는데 숙손叔孫 목자穆子가 좋아하지 않았다. 공인工人에게 〈모치茅鴟〉를 읽게 하였지만 알지 못했다. 소공 12년에 송 화정華定이 노나라를 예방했다. 노나라 사람들이 환대하며 〈요소蓼蕭〉를 읽었다. 송 화정은 뜻을 모르고 답시도 읊지 못했다. 소자는 "화정이 반드시 망할 것이다. 연회에서 대답할 말을 생각지도 못하고, 은혜에 대한

---

500) 梁履繩, 『左通補釋』 9, 續修四庫全書本, 上海:上海古籍出版社, 1995, 333~334쪽.

답례도 할 줄 모르며, 훌륭한 덕도 모르고, 함께 축복할 줄도 모르니, 어떻게 존재할 수 있겠는가!"라고 하였다. 그래서 대부가 『시』를 쓰지 못하면 조향朝 享의 예를 갖추지 않았다. 『좌전』 희공 23년에 진 공자 중이가 진秦나라에 간 일이 기록되어 있다. "어느 날, 목공이 그에게 연회를 베풀었다. 호언이 말하였다. '저는 조쇠趙衰보다 학식이 떨어지니 그를 데려가시지요.' 중이가 연회에서 〈하수河水〉를 읊자 목공이 〈유월六月〉로 회답했다." 이것으로 볼 때, 춘추 각국의 군신들은 『시』를 반드시 알아야 했다.[501]

예를 들어, 후세 사람들의 입에 오르내리는 정나라의 일곱 대부가 수롱垂 隴에서 한 부시는 저마다의 재능과 풍류를 드러내고 있다. "연회를 마친 뒤에 문자文子가 숙향叔向에게 말하기를 '백유伯有는 장차 죽음을 당할 것입니다. 시는 자신의 뜻을 말하는 것인데, 그의 뜻은 임금을 모함하고 공공연히 원망 하는 데 있었고, 또 시로써 손님을 영광스럽게 하였으니 어찌 오래 살 수 있겠 습니까? 운이 좋아야 죽지 않고 망명할 수 있을 것입니다.'라고 하니, 숙향이 말하기를 '그렇습니다. 너무 오만하니, 이른바 5년을 넘기지 못할 것이라는 말은 바로 저 사람을 두고 한 말일 것입니다.' 문자가 말하기를 '그 나머지 사람들은 모두 여러 대를 전할 주나라 사람이지만 그중에 자전子展이 가장 뒤에 망할 사람이니 윗자리에 있으면서 자신을 낮추기를 잊지 않습니다. 인씨 印氏가 그 다음으로 오래갈 사람이니 안락을 즐기되 직무를 폐기하지 않습니 다. 안락으로 백성들을 안정시키고 과도하게 백성을 부리지 않으니 남보다 뒤에 망하는 것이 당연하지 않습니까!'"[502] 조맹趙孟은 정나라 일곱 대부가 한 부시에서 그들의 포부를 엿보고 그들의 미래를 예측했다. 이를 통해, 시가 개인의 정치 생활에서 얼마나 중요한 의미를 가졌는지 알 수 있다. 여기서의 "시로써 뜻을 말하는" 것은 신령의 뜻을 기억하거나 현실 생활에 대한 기록을 남기는 것이 아니고 예악 전례 의식의 한 부분도 아니었다. 그것은 부시자의

---

501) 朱東潤, 『詩三百篇探故』, 〈古詩說摭遺〉, 昆明:雲南人民出版社, 2007, 76~77쪽.
502) 杜預 注·孔穎達 疏, 『春秋左傳正義』卷38, 〈襄公二十七年〉, 十三經注疏本, 1997.

"뜻"과 그들의 재능을 직접적으로 뽐내는 도구였던 것이다.

주의할 것은 춘추 시대 조정의 맹회에서는 중대한 일을 결정할 때, "부시언지"로 그 뜻을 표현하였다는 점이다. 그래서 기본적인 원칙이나 시에 대한 공통된 관념이 형성될 수밖에 없었다. 그렇지 않으면 서로 간에 소통이 어려웠기 때문이다. 『좌전』에 의하면, 모두가 따르던 최소 두 가지의 부시 관념이 있었다. 하나는 "가시필류歌詩必類"이고 또 하나는 "부시단장賦詩斷章"이다.

"가시필류"에 관해서는 『좌전』〈양공 16년〉(기원전 557)에 기록이 남아 있다.

> 진 평공과 제후들이 온溫에서 연회를 열고 여러 대부들에게 춤을 추게 하며 말하였다. "시를 부르되 반드시 춤에 어울려야 한다." 제나라 고후高厚의 노래가 춤에 어울리지 않았다. 순언荀偃이 화를 냈다. "제후들 중 딴 마음을 품고 있는 이가 있다." 여러 대부들에게 고후와 맹세하게 했더니 고후가 도망쳤다. 이때 숙손표叔孫豹, 진晉 순언荀偃, 송宋 향술向戌, 위衛 영식寧殖, 정鄭 공손채公孫蠆, 그리고 소주小邾의 대부가 맹세하며 말했다. "맹주에 불충하는 나라를 함께 정벌한다!"[503]

공영달은(574~648)은 소에서 "시를 노래할 때 반드시 춤에 어울려야 한다. 오직 고후의 노래가 춤에 어울리지 않았다. 그래서 나온 말이다."[504]라고 하였다. 앞에서 이야기했듯이, 사실 고시古詩의 의미와 종류는 음악과 어우러져 실현되었고 서주의 전례 의식典禮儀式을 통해 정착되었다. 제사, 연회, 맹회 등 다양한 계급과 장소에서 그 의미를 가지고 여러 종류로 나누어졌다. "가시필류"는 바로 고시의 전통적 의미와 종류에 대한 계승을 강조하고 있다. 이렇게 해야 질서를 유지하고 사상을 소통하며 감정을 교류하기에 편리했다. "가시불류歌詩不類"하면 제후 연맹의 공격 같은 매우 심각한 일을 초래할 수 있었다. 이런 사례는 "부시언지"가 국가의 정치 생활과 귀족의 사회 활동에서 얼마

---

503) 杜預 注·孔穎達 疏, 『春秋左傳正義』卷33, 〈襄公十六年〉, 十三經注疏本, 1963쪽.
504) 杜預 注·孔穎達 疏, 『春秋左傳正義』卷33, 〈襄公十六年〉, 十三經注疏本, 1963쪽.

나 중요한 역할을 하였는지 잘 설명해준다.

"부시단장"에 관해서는 『좌전』〈양공 28년〉(기원전 545)에 기록이 남아 있다.

> 자지子之의 신하가 되어 사랑을 받으니 자지는 노포계盧蒲癸에게 딸을 주
> 어 장가들게 했다. 경사慶舍의 부하가 노포계에게 말하기를, "부부는 성이 달
> 라야 하는데 원래 경씨와 한 집안인 당신이 종씨를 따지지 않은 것은 어째서
> 입니까?" 그가 대답하기를 "우리 종씨가 나를 버리지 아니하니, 내 또한 어찌
> 그를 버리리오. 시를 읊을 때 한 구절만 잘라 읊는 것과 같이 욕구만 채우면
> 됐지, 종씨를 알아서 무엇 하겠소!"[505]

노포계는 동성인 경사의 딸을 아내로 맞이했다. 이 일은 원래 부시와 관련
이 없지만 그는 "부시단장"의 유행 관념으로 자신을 변호했다. 부시단장이 오
래 전에 이미 사람들의 마음속에 깊이 파고든 것을 알 수 있다. "부시단장"이
란 부시할 때 "단장취의斷章取義"하는 것으로 부시의 전체 의미는 고려하지
않고 시에서 필요한 부분만 뽑아서 자신이 표현하고자 하는 의미와 한 데 엮
은 것을 말한다. 『좌전』에 실린 부시는 거의 "단장취의"를 하고 있다. 예를
들어, 『좌전』〈문공 13년〉(기원전 614)에는 다음과 같이 실려 있다.

> 겨울, 문공이 진나라를 조회했고, 이전의 맹약을 돈독히 했다. 도중에 위
> 성공과 답沓에서 회합했는데 진나라와의 우호를 부탁했다. 문공이 진나라에
> 서 돌아오는 길에 비棐에서 정 목공과 회합했고, 그 역시 진과의 우호 관계를
> 부탁했다. 문공은 자신의 뜻을 모두 성사시켰다. 정 목공과 비棐읍에서 연회
> 를 가졌을 때, 정나라의 자가子家가〈홍안鴻雁〉을 노래하자, 노나라의 계문자
> 는 "저 역시 귀국과 같은 신세일 따름입니다."고 답하고,〈사월〉로 회답했다.
> 자가가 다시〈재치載馳〉의 넷째 장을 노래하였고, 계문자 역시〈채미采薇〉의
> 넷째 장으로 회답했다. 정 목공이 인사하고, 문공이 답례했다.[506]

---

505) 杜預 注·孔穎達 疏, 『春秋左傳正義』卷38,〈襄公二十八年〉, 十三經注疏本, 2000쪽.

정백은 노 문공을 진나라로 청해 사정을 이야기하였고, 자가가 정백을 대신하여 『소아』〈홍안〉의 첫 장에서 "사람들을 불쌍히 여기고 홀아비와 과부를 보고 슬퍼했네."를 뽑아 읊었다. 계문자가 『소아』〈사월〉의 첫 장에서 "사월은 완연한 여름이오, 유월은 지독한 더위로다. 조상님들은 사람이 아니신가, 어쩌면 내게 이렇게 하실까?"를 뽑아 읊었다. 그러자 문공이 더 이상 고생스럽게 돌아다니지 않고 집으로 돌아가고자 하였다. 그러자 자가는 다시 『용풍鄘風』〈재치〉 넷째 장에서 "큰 나라에 도움을 청하려 해도 뉘에게 의지하고 또 뉘가 도와줄까?"를 뽑아 읊으며 문공에게 도움을 요청했다. 계문자는 『소아』〈채미〉 넷째 장의 "어찌 감히 편히 거처하리오. 한 달에 세 번 싸워 세 번 이기리라."를 읊으며 문공을 대신해서 다시 진나라에 가겠다고 대답했다. 여기서 부시는 모두 "단장취의"를 가리킨다. 고난의 외교 담판이 "부시단장"으로 완성된 것이다. 시의 의미와 부시자의 뜻이 단장으로 합쳐졌다.[507] "부시단장"은 시에서 글자가 가지는 의미를 부각시켰을 뿐만 아니라 전례 의식이 규정한 악시의 의미와 분류를 청산하게 하였다. 이 때부터 시는 음악의 속박에서 벗어나 독립적 가치를 얻게 되었다. "가시필류"와 "부시단장"은 서로 모순적으로 보이지만 사실 춘추 시대 사람들이 전통 계승과 현실 파악 사이에 균형을 찾으려는 노력을 반영하고 있다. 그리고 시와 음악의 분리 및 시의 독립적 의미를 인정하는 것으로써 그 균형점은 실현하였다.

만약 "가시필류"와 "부시단장"이 시악의 분리와 시의 독립을 촉진했다고 한다면, 춘추 시대 사람들은 "예"와 "의"의 구별을 통해 시가 전례 의식의 속박에서 벗어나 한층 더 독립적인 가치를 갖게 하였다. 춘추 중엽 이전에 "예의"는 사람들의 마음속에서 분리할 수 있는 것이 아니었다. 예가 있는 곳에서는 반드시 의가 있어야 했고, 반대의 경우도 마찬가지였다. 그러다 춘추 중

---

506) 杜預 注·孔穎達 疏, 『春秋左傳正義』 卷19, 〈文公十三年〉, 十三經注疏本, 1853쪽. 『좌전』에서 시의 제목만 있고 단락의 순서를 표시하지 않은 것은 모두 첫 단락을 부시한 것이다.

507) 물론, 춘추 시대의 부시 중에는 비유적 의미로 사용된 것도 있지만, 대부분은 오해가 생기지 않도록 하기 위해 설명하는 방법으로 사용되었다.

엽 이후가 되면서 "예"와 "의"는 사람들의 마음속에서 분리되기 시작했다. 예를 들어, 소공 5년(기원전 537)에 노후가 진나라를 예방할 때, 교외에서부터 위로하면서 선물을 올리니 예절에 맞지 않는 것이 없었다. 진후晉侯는 노후魯侯가 예를 안다고 칭찬하였지만 여숙제女叔齊는 다음과 같이 말했다.

그것은 의식이지 예라고 할 수 없습니다. 예는 나라를 지키고, 정령을 시행하며 백성을 잃지 않는 것을 말합니다. 지금 노나라의 정령은 대부들의 손아귀에 있는데도 이를 가져올 힘이 없고 자가기子家羈 같은 인물이 있는데도 등용하지 못하고 대국과의 맹세를 어기고 소국을 괴롭히고 타국의 혼란을 틈타 이용하면서도 자신의 위험은 모르고 있습니다. 공실公室의 힘은 사분되어 백성들은 대부에게 기대어 살고 있습니다. 민심이 군주에게 있지 않은데 그 결과를 헤아리지 못합니다. 군주가 되어 장차 자신에게 재앙이 미칠 터인데도 자신의 지위를 걱정하지 않고 있습니다. 예의 본말이 여기에 있습니까? 구차하게 의식을 익히는 것을 시급한 일로 여기고 있는데도 그가 예에 밝다고 말하는 것은 실상과 거리가 멀지 않겠습니까!508)

이상의 내용을 통해, 춘추 중후기에 "예의 제도에서 그 상징적 의미가 분리되면서, 의식 자체는 더 이상 의미상의 권위를 가질 수 없었다. 이것은 사람들이 예의의 합리성을 살펴보게 된 근거를 마련했다."509) 그들은 더 이상 예의 형식을 중시하지 않는 대신, 개인의 도덕 수양과 실제적인 정치 행위를 더욱 중시하였으며 이로써 예의 근거로 삼았다. 소공 2년(기원전 540)에 진숙晉叔은 노숙궁魯叔弓이 예를 안다고 칭찬하면서 그 이유를 "충신은 예의 그릇이고 겸양은 예의 근간이다. 말하는 중에도 나라를 잊지 않았으니 충신한 사람이다. 나라를 앞세우고 자신은 뒤로 돌리니 겸손한 사람이다. 『시』에 '삼가하고 거동에 위엄이 있어야 덕에 가까이 갈 수 있다.'고 하였으니 저 사람은 덕에

---

508) 杜預 注·孔穎達 疏, 『春秋左傳正義』卷43,〈昭公五年〉, 十三經注疏本, 2041쪽.
509) 葛兆光, 『中國思想史』第1卷, 上海:復旦大學出版社, 2001, 84쪽.

근접한 사람이다."[510]라고 말했다. 당시 사람들은 "예"란 『의례儀禮』에서 강조하는 그런 의절儀節이 아니라, 개인의 도덕을 바탕으로 사회 윤리와 정치 행위를 실현하는 것이었고, "덕에 가까운" 사람이 "예를 아는" 것이라고 보았다. "예는 나라를 지키고 정령을 행하여 백성을 잃지 않는 것이다." "군자는 자신을 존귀하게 여긴 뒤에 다른 사람을 존귀하게 여긴다. 그러므로 예가 있는 것이다."[511]

"예"와 "의"의 구별 및 개인의 도덕 자질과 정치 업적을 강조하고 "부시언지"가 각국의 외교와 정치에서 독특한 기능을 하면서, 시의 독립적 가치가 부각되어졌다. 희공 27년(기원전 633)에 진 문공이 삼군 체제를 갖추고 군대를 지휘할 원수에 대해 논의하였다. 조쇠趙衰가 "극곡郤穀이 적당합니다. 소신이 여러 번 그가 하는 말을 들었는데 예악을 좋아하고 시서에 능통합니다. 시서는 의가 쌓여있는 곳간이고 예악은 덕의 법도이며 덕과 의는 백성을 이롭게 하는 근간입니다. 『하서』에 보면 '신분에 상관없이 많은 사람의 주장을 경청하여 등용하고 그가 거둔 공적을 공정하게 판단하여 수레와 예복을 하사한다.'라는 말이 있습니다. 그를 시험해 보시지요."라고 말했다. 공영달(574~648)은 소에서 "열說은 음악을 좋아하는 것이고, 돈敦은 시서에 뛰어난 것이다."[512]라고 하였다. 시서를 중시하는 것이 삼군 원수를 맡는 중요한 조건이었던 것이다. 이를 통해 시의 가치가 보편적으로 중시되었음을 짐작할 수 있다. 그래서 편집·정리된 『시』, 『서』는 사대부들이 공부하는 문화 전적이 되었고,[513] 『시』는 더욱이 이중의 으뜸이 되었다. 『예기』〈왕제王制〉에는 다음과

---

510) 杜預 注·孔穎達 疏, 『春秋左傳正義』卷42,〈昭公二年〉, 十三經注疏本, 2029쪽.

511) 杜預 注·孔穎達 疏, 『春秋左傳正義』卷51,〈昭公二十五年〉, 十三經注疏本, 2106쪽.

512) 杜預 注·孔穎達 疏, 『春秋左傳正義』卷16,〈僖公二十七年〉, 十三經注疏本, 1822쪽.

513) 『詩』가 언제 책으로 편찬되었는지는 역대 학자들 사이에 의견이 분분하다. 전통적인 주장에는 공자가 다듬어 정리하였다고 하는데 이것은 옳지 않다. 오 공자 季札이 노나라에서 음악을 관장한 것이 양공 29년(기원전 544)이고, 악공의 시가와 오늘날 전해지는 『시경』이 거의 일치한다. 이것은 당시 『시』가 이미 편찬되었음을 의미하는데, 이때 공자는 겨우 8살이었다. 어떤 학자는 『시』가 주나라 선왕 때 편찬되었거나, 평왕 때 재편찬되었다고 주장하는데 추측에 불과

같이 기록되어 있다.

> 악정樂正은 사술四術을 숭상하여 사교四敎를 세웠다. 선왕이 제정한 『시』, 『서』, 『예』, 『악』에 따라 선비를 배양했다. 봄과 가을에는 『예』와 『악』을 가르쳤고, 겨울과 여름에는 『시』와 『서』를 가르쳤다.[514]

학계에서는 〈왕제〉가 한인漢人이 지은 것이라고 인정했다. 여기에서는 『시』와 『서』의 교육을 중시했으며 예악보다 더 앞에 두었는데, 이는 대략 춘추 중엽 이후의 일이다. 진 무공繆公(穆公, 재위 기간 기원전 659~620)은 "중국은 『시』, 『서』, 『예』, 『악』과 법도로 나라를 다스린다."[515]라고 하였다. 이것은 춘추 중엽 이후, 중원 각국 정교의 역사적 의미상에서 중대한 변화가 발생했음을 의미한다. 이런 변화는 곧 『시』의 독립적 가치를 확립하고 시교의 전통을 형성했다. 당시의 중원 각국, 즉 남만이 지배한 초나라도 "시교"를 중시했음을 알 수 있다. 예를 들어, 신숙시申叔時는 장왕莊王 태자의 교육 문제를 거론한 적이 있다.

> 『춘추』를 가르치면 착한 것을 숭상하고 악한 것을 억제하게 할 수 있다. 또 그 마음을 경계하고 북돋을 수 있게 한다. 『세世』를 가르치면, 밝은 덕이 드러나고 우둔한 것을 쫓아낼 수 있다. 그 행동을 억제하고 격려할 수 있게 한다. 『시』를 가르치면 선왕의 미덕으로 인도하여 그 뜻을 빛나게 할 수 있다. 『예』를 가르치면 상하 제도를 알게 할 수 있다. 음악을 가르치면 몸에 있는 불결한 것을 떨쳐내어 경망스럽지 않고 진중하게 할 수 있다. 『법령』을 가르치면 관리의 본분을 알게 할 수 있다. 『언어』를 가르치면 덕을 밝히고 선왕이

할 뿐 확실한 것이 아니다. 오늘날 전해지는 『시경』에 춘추 중엽의 작품이 있는 것으로 보아, 춘추 중엽에 주나라 사관이 편찬했다는 것이 비교적 믿을 만하다. 그렇다고 서주 시대에 시가 이미 사관에 의해 기록·정리됐음을 배제할 수 있는 것은 아니다. 물론 서주 사관이 기록한 시와 오늘날 전해지는 『시경』과는 상당한 차이가 난다. 혼동해서는 안 된다.

514) 鄭玄 注·孔穎達 疏, 『禮記正義』 卷13, 〈王制〉, 十三經注疏本, 1342쪽.

515) 司馬遷, 『史記』 卷5, 〈秦本紀〉, 二十五史本, 24쪽.

백성에게 덕을 밝히도록 힘쓴 것을 알게 할 수 있다. 『고지故志』를 가르치면 역사의 성패를 알게 하여 경계로 삼게 할 수 있다. 『훈전訓典』을 가르치면 가문에 대해 알고 자신의 행동이 도의에 맞게 할 수 있다. …… 만약 이렇게 했음에도 이룰 수 없다면 그의 스승이 될 수 없다. 시를 읊어 보좌하고, 위의 로써 도와주고, 겉모습으로 영향을 주고, 행동으로 모범이 되고, 제도를 만들 어 단속하고, 공경하게 감시하고, 진심으로 충고하고, 효심으로 대우하고, 충 심으로 일깨우고, 덕음으로 격려한다. 이렇게 했음에도 듣지 않는다면 사람 이 아니다. 그런 사람을 어떻게 인재로 키울 수 있겠는가![516]

『시』는 예악과 더불어 반드시 받아야 하는 교육이었으며 심지어 예악보다 더 중요하게 여겨졌다. 시교가 춘추 중엽에 이미 독립적인 지위를 확보하고 시의 중요한 가치가 이미 사회적으로 인정받았음을 충분히 알 수 있다.

신숙시의 주장에 따르면, 『시』를 가르치는 것은 "선왕의 미덕으로 인도하 여 그 뜻을 빛나게" 하는 것을 목적으로 한다. 여기서 "명지明志"는 시에서 문왕, 무왕, 주공이 덕을 공경하고 백성을 사랑한 것을 찬미하는 전통 사상과 관련이 있다. 또 개인의 문화 교육과 도덕 수양과도 관련이 있으며, 심지어 개인의 몸과 마음을 의지할 수 있는 사회 이미지와도 관련이 있다. 특히, 관심 을 가져야 할 것은 "위의威儀"이다. 북궁문자北宮文子는 위의에 대해 다음과 같이 말했다.

위엄이 있어 사람들이 두려워할 만한 것을 위라고 하고, 예의가 있어서 사람들이 본받을 만한 것을 의라고 한다. …… 『위시衛詩』에 "아름답고 한아閑 雅한 위의가 셀 수 없이 많다."라고 하였으니 이는 군신·상하·부자·형제·내외·대 외에 모두 위의가 있다는 것을 말한 것이고, 『주시周詩』에 "친구가 돕는 바는 위의로써 돕는다."라고 하였으니 이는 친구의 도리는 반드시 위의로써 서로 교훈해야 한다는 것을 말한 것이고, 『주서周書』에 문왕의 덕을 나열해 말하기

---

516) 徐元誥, 『國語集解』, 〈楚語上〉, 485~487쪽.

를 "대국은 그 힘을 두려워하고 소국은 그 은덕을 생각한다."라고 하였으니 이는 경외하고 사랑한 것을 말한 것이고, 『시』에 "지식을 내세우지 않고 천제의 법칙만을 따랐다."라고 하였으니 이는 문왕이 하늘의 법칙을 본보기로 삼았다는 것을 말한 것이다. 상나라 주왕이 문왕을 가둔 지 7년이 되던 해에 제후가 모두 문왕을 따라 옥사에 갇히자 주왕은 두려워하여 문왕을 석방해 돌려보냈으니 제후들이 문왕을 사랑했다고 이를 수 있고, 문왕이 숭崇나라를 정벌할 때 두 차례 출병하자 항복하여 신하가 되고 오랑캐가 서로 이끌고 와서 복종하였으니 문왕을 경외했다고 이를 수 있으며, 문왕의 공덕을 천하가 찬송하며 가무하였으니 문왕을 본보기로 삼았다고 이를 수 있고, 문왕의 행적을 오늘에 이르기까지 법칙으로 삼고 있으니 문왕을 본받았다고 이를 수 있다. 이는 모두 문왕에게 위의가 있었기 때문이다. 그러므로 군자는 지위에 있는 모습이 사람들이 경외할 만하고, 시사施舍하는 것이 사람들이 사랑할 만하며, 진퇴하는 것이 사람들의 법도가 될 만하고, 주선하는 것이 사람들의 준칙이 될 만하며, 용지容止가 사람들의 감동이 될 만하고, 처사가 사람들의 법도가 될 만하며, 덕행이 사람들의 본보기가 될 만하고, 음성이 사람들을 즐겁게 할 만하며, 동작에 예절이 있고, 언어에 조리가 있다. 이런 것들을 가지고서 그 아랫사람을 다스렸기 때문에 그를 일러 위의가 있다고 한 것이다.[517]

위의는 사회 이미지 또는 인격의 힘이라고 이해할 수도 있다. 누구나 다 자신의 위의를 가지고 있다. 북궁문자北宮文子는 『시』를 근거로 위의를 논하였는데, 이것은 당시 사람들이 시가 위의를 이해하고 세우는데 도움이 된다고 여겼기 때문이다. 시교에서 "선왕의 미덕으로 인도하여 그 뜻을 빛나게" 하는 것은 바로 위의를 세운다는 것이다. 신숙시申叔時가 말한 "시를 읊어 보좌하고, 위의로써 도와주는" 것도 바로 이런 뜻을 가진다. 시교를 배우지 않는 것은, 단지 위의의 문제로만 그치는 것이 아니라, 사회에서 용납("인간"과 "비인간")되느냐의 문제에까지 영향을 미쳤다. 이렇듯 시교는 인교人敎이고 시학은

517) 杜預 注·孔穎達 疏, 『春秋左傳正義』卷40, 〈襄公三十一年〉, 十三經注疏本, 2016쪽.

인학人學이었다. 시교에서 말하는 "지"는 의지를 뜻할 뿐만 아니라 뜻, 이미지, 인격 또는 인간의 모든 정신세계, 인간을 인간답게 하는 모든 의미를 뜻한다. 시교(시학)가 이렇듯 전대미문의 높은 대접을 받음으로써 시는 사회의식 형태를 규정하고 사람의 정신생활을 인도하는 이중적 역할을 짊어지게 되었다. 따라서 시는 문학 관념의 발전에 견고한 사상 문화적 기초를 제공하게 되었고, 동시에 문학 관념에 내재된 강한 도덕의식과 정교 이미지의 성향을 규정하기도 하였다. 또한 이렇게 함으로써 시는 종교와 의식의 속박에서 완전히 해방될 수 있었다.

춘추 말기에 공자는 "『시』, 『서』, 『예』, 『악』으로써 제자를 가르쳤다."[518] 이것은 개인이 학교를 운영한 효시로, 그 교육 사상과 내용은 춘추 중엽 이후의 교육 전통과 일맥상통한다. 공자는 학생을 가르침에 있어 "너희들은 왜 『시』를 배우지 않느냐? 시는 가히 흥하고, 가히 관찰하고, 가히 무리 짓고, 가히 원망하고, 가까이는 부모를 섬기고 멀게는 임금을 섬기는 것이며 조수와 초목의 이름을 많이 알게 한다."[519]라고 하였다. 공자는 제자에게 "『시』를 통하여 일어나고 예를 통하여 확립하고 음악을 통하여 완성하라."[520]고 가르쳤다. 또한 아들 공리에게는 "『시』를 배우지 않으면 말을 할 수 없다."[521], "사람이 〈주남周南〉과 〈소남召南〉을 공부하지 않으면 담장을 정면으로 마주하고 서 있는 것과 같다."[522]라고 하였다. 이런 사상은 춘추 중엽 이후 시학 사상과 시교 전통의 계승과 발전을 의미한다.[523] 공자는 비록 서주 예악 제도의 부흥

---

518) 司馬遷, 『史記』卷47, 〈孔子世家〉, 二十五史本, 227쪽.
519) 何晏 集解·邢昺 疏, 『論語注疏』卷17, 〈陽貨〉, 十三經注疏本, 2525쪽.
520) 何晏 集解·邢昺 疏, 『論語注疏』卷8, 〈泰伯〉, 十三經注疏本, 2487쪽.
521) 何晏 集解·邢昺 疏, 『論語注疏』卷16, 〈季氏〉, 十三經注疏本, 2522쪽.
522) 何晏 集解·邢昺 疏, 『論語注疏』卷17, 〈陽貨〉, 十三經注疏本, 2525쪽.
523) 공자가 살았던 시대는 "賦詩言志"의 春秋 詩教가 확립되고 변천하던 시기였다. 『좌전』에 제후와 경대부가 맹회, 연회, 사신접대에서 "부시언지"한 것이 기록된 것은 노나라 희공 23년 (기원전 637)부터 정공 4년(기원전 506)까지의 일이다. 특히, 양공 시대의 기록이 많은 편이다. 공자는 양공 22년(기원전 551)에 태어났고 이런 풍습으로부터 적지 않은 영향을 받은 것으로 보인다. 정공 4년 이후 『좌전』에는 제후와 경대부가 부시한 것이 실리지 않았지만, 그렇다고

과 예악 문화의 전파를 사명으로 삼았지만, 사실 그가 내린 『시』와 예, 악의 관계에 대한 논평은 서주 예교 전통과 완전히 부합하는 것이 아니었고 오히려 춘추 시대의 실제적인 발전과 변화에 더욱 부합하였다. 공자는 시가 이미 사회 정치 활동, 개인 도덕 수양, 몸과 마음을 의지하게 해주는 중요한 도구라고 생각했다. 『논어』〈술이〉에는 "공자는 문, 행, 충, 신 이 네 가지로 가르쳤다."[524]라고 하였다. 『시』는 공자의 "사교"에서 "문교"의 기본 내용이자 "문교"의 으뜸이었다. 『논어』에는 공자와 그 제자가 『시』에 대해 토론한 내용이 아주 많이 담겨 있다. 또 공자의 "사교"와 공문의 "사과"가 서로 상응하고, "문학" 관념이 "문교"로부터 자연적으로 생겨났다.[525] 공자가 춘추 말기에 "문학" 관념을 제시할 수 있었던 것은 그의 춘추 시교에 대한 철저한 이해 및 시가 사회생활에서 가지는 독특한 기능에 대한 인식과 밀접한 관련이 있다. 물론, 당시의 문학 관념과 오늘날의 문학 관념에는 아주 큰 차이가 있다.[526]

제4절 "詩言志"와 중국 초기 문학 관념 발생의 경로

"시언지" 의미 변화에 대한 분석을 통해, 중국 고대 "시" 관념이 역사 구성 과정이며 이것의 독립적 발전과 문학 관념의 발생이 일치한다는 것을 알 수 있었다. 그래서 "시언지" 관념의 변화에서 중국 초기 문학 관념 발생의 주요

"시교"가 중단된 것은 아니다. 오히려 당시 『시』는 이미 민간에까지 전파되어 일반 백성들이 공부하는 교재가 되었다. 공자가 『시』,『서』,『예』,『악』으로써 제자를 가르친 것이 이를 증명한다. 동시에 공자의 교육 사상이 여기에서 비롯된 것도 알 수 있다. 자세한 설명은 이 책 제5장을 참고하기 바란다.

524) 何晏 集解·邢昺 疏,『論語注疏』卷7,〈述而〉, 十三經注疏本, 2483쪽.

525) 『論語』〈先進〉에서 공자는 "진나라와 채나라에서 나를 따르던 사람들은 모두 내 문하에 있지 않구나. 덕행에는 顏淵·閔子騫·冉伯牛·仲弓이었고, 언어에는 宰我·子貢이었고, 정사에는 冉有·季路였고, 문학에는 子游·子夏였다"라고 하였다.

526) 拙著,「論孔子的文學觀念—兼釋孔門四科與孔門四科」,『孔子研究』1988年第1期;「"遊夏 文學"發微」,『北京大學學報(哲學社會科學版)』2003年第4期.

경로도 찾아볼 수 있다.

간략하게 이야기하면, 『상서』〈요전〉에 기록된 "시언지" 관념은 꽤 이른 시기에 나타났다. 이것은 원시 악교의 한 부분으로 무사巫史 집단이 점복과 제사의 과정에서 사용한 축사로 "신명을 명백히 알리는 것을 목적"으로 했다. 비록 이것은 독립적인 문학 관념이 아닌 종교 관념의 일부였지만, 훗날 시학의 독립과 시교의 발생에 문화적 기초를 마련해주었다. 그래서 이것을 "천고千古 시교詩敎의 기원" 또는 중국 시론의 "창시적 강령"이라고 볼 수 있다. 서주 초기에 주공이 "예악을 제작"한 이후에, "시"는 예악 교화의 체계에 포함되었고, 세속 정교 및 문화 제도와 긴밀하게 결합되었다. "헌시"와 "채시"제도는 "시"로 하여금 종족의 감정을 표현하고 정치 정서를 소통하게 하는 도구로 변화시켰고, 그 목적 또한 "신명을 명백히 알리는 것"에서 "천자청정"으로 전환되었다. 체제 속에 포함된 "시"는 악과 어우러져 종묘 제사와 조회 연회에서 사용되면서 전례 의식의 중요한 부분이 되었고, 이로써 종법 질서를 유지하고 사상과 감정을 교류하는 역할을 하였다. 사회 예악 제도 규범과 의식 운용 규칙은 시악에 의미와 가치를 부여했다. 그러나 이때의 "시"는 여전히 예악을 벗어나 독립적인 지위를 갖지 못했고 단순한 문학 관념조차 아직 생겨나지 않았다. "시"에서 말하는 "지"는 비록 세속 정치와 윤리 질서를 지향하고 있지만 여전히 악의 제한을 받으며 예를 위한 역할을 하고 종족의 사상과 감정을 표현했다. 춘추 시기, "시"는 두 가지 경로를 통해 점차 예악의 속박에서 벗어나 독립적 지위를 갖게 되었다. 하나는 "부시언지"를 통해 악교樂敎의 속박에서 벗어나 시의 독립적 "언지" 기능을 부각한 것이고, 다른 하나는 "예"와 "의"의 구별을 통해 전례 의식의 속박에서 벗어나 시가 가진 내적 의미와 가치를 부각시켰다. 이 두 가지는 서로 보완하며 춘추 시대 시교 전통을 형성하였고 시의 관념 해방과 문학 관념 형성에 기초를 마련했다. 또한 시가 개인의 감정을 표현하고 독립된 인격을 배양하는 새로운 단계에 접어들게 하였다.

시는 "시언지"의 종교 문화를 바탕으로 신성한 특징을 갖게 되었는데, 여기에서 문학 관념이 가지는 초월적 의미의 발생학적 근거를 찾을 수 있다.

"헌시진지獻詩陳志"의 예악 교화에 대한 요구는 시의 사회적 기능을 높여주었고 문학 관념에서의 윤리 도덕적 요구는 이로부터 이성적 경험을 얻게 하였다. "부시언지"로서의 춘추 시교는 시에 독립적 가치를 부여하였고 이로부터 문학 관념의 개인화 성향이 개인의 인격과 정신 감정을 꽃피우게 하였다. 시가 독립적 가치를 얻고 개인의 정신생활 및 인격 수양과 결합될 때, 문학 관념의 독립도 함께 이루어졌다. 그래서 춘추 말년에 문학 관념이 정식적으로 제기된 것이 절대 우연한 일은 아니다. 이런 관념을 확정하고 특정 의미를 부여한 것은 위대한 사상가이자 교육가이자 문학가인 공자였다. 비록 공자의 문학 관념이 현대의 문학 관념과 꽤 차이가 나지만, 이것이 중국 고대 문학 관념의 시작이라는 것만은 틀림없는 사실이다.

덧붙일 것은 "시언지" 관념이 비록 "원시 악교"의 구성 부분이었지만 "원시 악교"가 자취를 감추면서 함께 역사 무대에서 사라진 것이 아니라 "서주 예교", "춘추 시교"의 문화 변천 중에서 끊임없이 그 의미를 다져나갔고 그 형식을 변화시켰으며 독립적인 문학 관념으로 발전하였다는 점이다. 이와 마찬가지로, 일정 기간 동안 사회 주류 의식 형태였던 "원시 악교"·"서주 예교"·"춘추 시교"는 비록 사회적 진보와 문화적 발전에 따라 서로 순차적으로 변화했지만, 그 어떤 의식 형태든 모두 기타 의식 형태와 공존하고 비교되면서 그 지위를 확립해 나갔고 훗날 생겨난 의식 형태는 항상 어느 정도 과거의 사상과 관념을 흡수하고 내포하고 있었다. 그래서 이들을 분리해서 이해한다는 것은 역사 사실에 부합하지 않는다. "서주 예교"에서 "악교"의 지위만 중요한 것이 아니라[527] 그 내용 역시 매우 풍부하다.[528] 사람들은 종종 "예악"을

---

527) 『周禮』〈地官·保氏〉에는 "보씨는 왕의 그릇됨을 간언하고 국자의 도를 배양했다. 그들에게 육예를 가르쳤는데, 이 육예는 첫째 五禮, 둘째 六樂, 셋째 五射, 넷째 五馭, 다섯째 六書, 여섯째 九數이다"라고 하였다. "악교"는 "예교" 다음으로 "육예"에서 두 번째를 차지하고 있다.

528) 『周禮』〈春官·大司樂〉에는 "대사악이 성균의 법을 관장하고 건국의 학정을 다스려 나라의 자제들을 화합하게 한다. 무릇 도가 있는 자와 덕이 있는 자로 가르친다. …… 樂德으로 나라의 자제를 가르쳐 中·和·祇·庸·孝·友하고, 樂語로 나라의 자제를 가르쳐 興·道·諷·誦·語·言하고, 樂舞로 나라의 자제를 가르치는데, 무에는 門·大卷·大咸·大磬·大夏·大濩·大

함께 중시하며 서주 문화가 "예악 문화"라고 말한다. 유가의 "육예" 교육에서
"악교", "예교", "시교"가 모두 그 독특한 지위와 기능을 가지고 있었지만 서로
를 배척한 것은 아니었다. 예를 들어, 『예기』〈경해經解〉는 공자(기원전 551~
479)의 말을 인용하여 다음과 같이 기록했다.

> 그 나라에 들어가 보면 그 교화를 알 수 있다. 그 사람됨이 온화하고 돈후하
> 면 이는 『시』의 교화이며, 서로 소통이 되고 먼 앞일을 안다면 이는 『서』를
> 통한 교화이며, 널리 일이 실행되고 선량하다면 이는 『악』을 통한 교화이며,
> 깨끗하고 자세하며 섬세한 것은 이는 『역』을 통한 교화이며, 공경하고 검소하
> 며 씩씩한 것은 이는 『예』를 통한 교화이며, 말하는 것이 사실과 맞는다면 이는
> 『춘추』를 통한 교화이다. 그러므로 『시』를 놓치면 어리석게 되고, 『서』를 놓치
> 면 남을 속이고, 『악』을 놓치면 사치하게 되고, 『역』을 놓치면 도둑질을 하며,
> 『예』를 놓치면 번거롭게 되며, 『춘추』를 놓치면 혼란이 일어나게 된다.[529]

물론, 여기서 말하는 "악교"와 "예교" 등은 "원시 악교", "서주 예교"의 의
미와 판이하게 다르다. 그렇다고 이들이 정신적으로 서로 통하지 않고 문화적
으로 관련이 없다고는 할 수 없다. 심지어 "육예" 교육이 가지는 의미 중에서
"원시 악교", "서주 예교"가 쌓아온 사상과 관념의 흔적을 완전히 지웠다고는
할 수 없다. 오히려 이것을 계승하고 발전시키고 넘어섰으며, 필요 없는 부분
을 포기했다고 하는 편이 더 적절할 것이다.

이 장에서는 "시"와 "원시 악교", "서주 예교", "춘추 시교"의 관계에 대해
비교적 자세하게 다루었다. 중국 문학 관념의 발생 경로를 밝히기 위하여 "원
시 악교", "서주 예교", "춘추 시교"가 일정 시기에 사회 주류 의식 형태를 대표
한다고 할 수 있는가의 문제에 대해 굳이 대답할 필요는 없다. 그러나 만약
이것이 사실이라고 한다면 "시언지"와 문학 관념의 발생은 더욱 중요한 사상

武가 있다."라고 하였다.
529) 鄭玄 注·孔穎達 疏, 『禮記正義』卷50, 〈經解〉, 十三經注疏本, 1609쪽.

문화사적 의미를 갖게 되고, 문학 관념의 발생 경로에 대해서도 더욱 정확하고 분명하게 이해할 수 있다. 논제와 편폭의 제한으로 인해 필자는 여기서 초보적인 의견을 제시하여 독자들에게 참고로 제공하고자 한다. 앞에서 논술한 것에 대한 보충 설명이라고 할 수 있다.

첫째, 서주 이전에 비록 "시", "예", "악"이 있었지만 "악"이 으뜸이었기 때문에 "악교樂敎"를 중심으로 하였다. 『여씨춘추』〈고악古樂〉에서는 주양朱襄 씨부터 주 문왕이 예악을 제작하여 천하를 다스린 "역사"를 나열한 뒤, "악의 유래는 상당히 오래되었다. 어느 한 시기에 만들어진 것이 아니다."[530]라고 하였다. "고대 사람들에게 있어 음악은 예술이 아니라 일종의 능력이었기 때문에 사람들은 음악을 통해 신이 하사한 본질을 얻었고 자신과 신을 하나로 연결 지었으며, 음악을 통해 각종 신령을 통제했다."[531] "악"이 천지 귀신과 소통하고 "하늘의 뜻과 인간의 삶이 조화를 이루기"를 표현하는 중요한 수단이자 최고의 경로가 된 만큼, "악교"는 자연스럽게 사회에서 중시되었다. 특히 "백성과 신이 어지럽게 섞인" 시대에 더욱 그러했다. 무격 집단이 종교와 신앙을 통제한 이후에도 그들은 여전히 가무를 통해 신에 정성을 드리고 신을 즐겁게 함으로써 "하늘의 뜻과 인간의 삶이 조화를 이루"고자 하였다. "악교"는 시종일관 사회의식 형태의 핵심이었던 것이다. 그래서 류스페이劉師培 (1884~1919)는 다음과 같이 주장했다.

고대의 교육 방법은 우학虞學이었다. 이것의 이름은 성균成均이다. 균은 운韻자의 고문이다. 고대에 백성을 가르치는 것은 입에서 입으로 전해졌기 때문에 소리에 대한 교육을 아주 중요시 여겼다. 소리로 사람을 감동시키려면 악에 능해야 한다. …… 고대 사람들은 백성을 가르치는데 예를 기본으로 삼았고 육예의 으뜸으로 간주했다. 그래서 상고 시대 백성을 가르침에 있어 육예의 악이 가장 중시되었고 악교는 교육의 근본이 되었다.[532]

---

530) 呂不韋 撰·高誘 注·筆沅 校, 『呂氏春秋』卷6, 『仲夏記』, 〈古樂〉, 二十二子本, 644쪽.
531) 朱狄, 『原始文化研究』, 北京:生活·讀書·新知三聯書店, 1988, 521쪽.

사실, "악교를 교육의 근본"으로 삼은 것은 은상 시대까지 줄곧 계속되었다. 『예기』〈표기表記〉에서는 "은나라 사람들은 신을 높이며 백성을 거느려서 신을 섬기고 귀신에 먼저 하고 예를 나중에 하였다."[533]라고 기록하고 있다.〈교특생郊特牲〉에서는 "은나라 사람들이 소리를 숭상하여 냄새와 맛이 이뤄지지 않았으면 그 소리를 진동시켜 음악을 세 번 연주하여 마친 뒤에 나가서 제물을 맞이했다. 성음聲音으로 부르짖음을 천지 사이에 아뢰기 위한 것이다."[534]라고 하였다. 『시경』〈상송商頌·나那〉에서는 "작은 북 큰 북, 은은히 울리고, 고르게 어울려, 우리 경쇠 소리 따라. 아! 빛나는 탕왕의 후손, 아름다워라 그 소리, 큰 종 큰 북 웅장하게 울리고, 갖가지 춤 성대하게 춘다."[535]라고 하였다. 라오종이는 "꽃 같은 소리로 평화를 이루고 하늘의 뜻과 인간의 삶이 조화를 이루는 경지에 다다르게 한다. 은나라 사람은 산 제물을 맞이하면서 반드시 음악을 연주하였고, 복사를 할 때는 "갖가지 춤"을 추고 북을 치며 연주했다는 기록이 아주 많이 남아 있다."[536]라고 하였다. 은나라 사람이 "귀신에 먼저 하고 예를 나중에 하였다."라고 한 것도 "악을 먼저 하고 예를 나중에 하였다."라고 이해할 수 있으며, "악"이 "예"보다 앞서고, "예"보다 중요했음을 알 수 있다. 즉, "예"는 "악"의 지휘를 받았고 "악"을 통해 실현되었다. 이로써 "원시 악교"가 서주 이전 시대의 사회 주류 의식 형태였음이 성립된다.

둘째, 주공이 예악을 제작하고 사회가 종법 정치와 세속 생활에 관심을 갖게 되면서, "악"은 "예"를 통괄하고 "예"를 위한 역할을 하였다. 당시 "예교"가 사회 주류 의식 형태였다는 것은 학계에서 이미 정론으로 굳어졌기 때문에 더 이상 설명할 필요가 없다. 문제는 춘추 시대 사회 주류 의식 형태가 "시교"

---

532) 劉師培, 『劉師培全集』第2冊, 「古政原始論」, 北京:中共中央黨校出版社, 1997, 48쪽.

533) 鄭玄 注·孔穎達 疏, 『禮記正義』卷54,〈表記〉, 十三經注疏本, 1642쪽.

534) 鄭玄 注·孔穎達 疏, 『禮記正義』卷26,〈郊特性〉, 十三經注疏本, 1457쪽.

535) 鄭玄 箋·孔穎達 疏, 『毛詩正義』卷20, 〈商頌〉,〈那〉, 十三經注疏本, 269쪽.

536) 沈建華 編, 『饒宗頤新出土文獻論證』(二), 「楚辭與時樂·從郭店楚簡談古代樂教」, 158~159쪽.

로 대체되었는가의 여부인데 이에 대해서는 아직 의견이 분분하다. 춘추 전기 "예교"는 여전히 거대한 시장을 가지고 있었고 사회 주류 의식 형태로 취급되었지만, 춘추 중후기에 사인 계급이 역사 무대에 등장한 뒤 "입덕, 입공, 입언"의 "삼불후"라는 새로운 가치관이 "세경세록"을 "불후"로 여기는 전통적 가치관을 대신하게 되면서[537] "집단 행위 사관"은 "개인 행위관"으로 전환되었다. "예"와 "의"의 구별 및 "덕"과 "예"의 구별을 통해 "군자는 자신을 존귀하게 여긴 뒤에 다른 사람을 존귀하게 여긴다. 그러므로 예가 있는 것이다."[538]는 사실을 깨닫게 되었다. 그래서 개인 수양과 문화 교육은 전대미문의 높은 지위를 얻게 되었고 "예교"는 단지 형식에 불과하거나 원래의 형식을 바꾸게 된 반면, "시교"는 사실상 "예교"보다 앞서게 되었다. 『예기』〈왕제〉에는 다음과 같이 나와 있다.

> 악정은 사술四術을 숭상하여 사교四敎를 세웠다. 선왕이 제정한 『시』, 『서』, 『예』, 『악』에 따라 사인士人을 배양했다.[539]

진 목공(재위 기간 기원전 659~620)도 다음과 같이 말했다.

> 중국【중원 각국을 가리킴 - 인용자】은 『시』, 『서』, 『예』, 『악』과 법도로 나라를 다스린다.[540]

여기서도 마찬가지로 "시"를 "예"보다 앞에 놓았다. "공자가 『시』, 『서』, 『예』, 『악』으로 제자를 가르쳤다."[541]는 것은 모든 사람들이 아는 바이다. 그래서 공자가 "자기를 극복해 예로 돌아가고"[542], "멸망한 나라를 부흥시키고 세

---

537) 『左傳』〈襄公二十四年〉에 실린 范宣子와 叔孫豹가 "불후"에 관해 나눈 대화 참고.

538) 杜預 注·孔穎達 疏, 『春秋左傳正義』卷51, 〈昭公二十五年〉, 十三經注疏本, 2016쪽.

539) 鄭玄 注·孔穎達 疏, 『禮記正義』卷13, 〈王制〉, 十三經注疏本, 1342쪽.

540) 司馬遷, 『史記』卷5, 〈秦本紀〉, 二十五史本, 24쪽.

541) 司馬遷, 『史記』卷47, 〈孔子世家〉, 二十五史本, 227쪽.

대가 끊어진 제후를 계승해주고 숨은 현자를 찾아 등용해야"[543] 한다고 호소
한 것은 바로 "예악 제도"가 철저히 파괴되고 "예교"를 방치한 채 사용하지
않는 사회 풍조에 대한 반발이었다. 전국 시대에 이르러 이미 "예교"는 사라지
고 없었다.[544] 그래서 춘추 중후기에 발전하기 시작한 "시교"가 이미 사회 주류
의식 형태가 되었다는 말도 성립할 수 있게 된다. "시언지"와 문학 관념은 바
로 이런 사회 사상 문화의 큰 변동 속에서 발생한 근본적인 변화로 질적 성장
을 가져왔다. 이 과정에 관해서는 이 책 제3장 『기능과 가치: 춘추 시대 중국
고대 문학 관념의 발전』에서 이미 자세히 다루었으니 참고하기 바란다.

---

542) 何晏 集解·邢昺 疏, 『論語注疏』卷12, 〈顔淵〉, 十三經注疏本, 2502쪽.
543) 何晏 集解·邢昺 疏, 『論語注疏』卷20, 〈堯曰〉, 十三經注疏本, 2535쪽.
544) 顧炎武, 『日知錄』卷3, 〈周末風俗〉, 長沙:嶽麓書社, 1994, 467~468쪽 참고.

제5장

文治 敎化: 孔子의 문학 관념

　서주 말부터 춘추 초까지 문학의 사회 기능이 조용히 전환되면서 일찍이 예악 제도에서 중요한 기능을 담당했던 『시』, 『서』 등의 전통 문학은 더 이상 예악 교화의 구성 부분이 아니라, 점차 통치자들이 개인의 정치 목적을 달성하거나 개인의 도덕 이미지를 구축하기 위한 수단으로 변화했고, 심지어 아첨하고 떠받들며 혼란한 세상을 태평한 것처럼 꾸미는 도구로 변질되었다. 문학이 예악 제도에서 벗어나 독립적인 성향을 갖게 된 것이다. 춘추 중엽, 사인이 역사 무대에 등장하면서 천명관天命觀과 천도관天道觀이 비판을 받는 상황에서 "입덕·입공·입언"의 "불후"관이 생겨났고, "집단 행위 사관"이 "개인 행위관"으로 바뀌었다. 사람들의 관심은 개인의 현실 행위로 옮겨갔고 사람들이 종법 계급의 제한에서 벗어나 독립적인 창조 활동을 할 수 있도록 장려하였다. 이때부터 문학에 새로운 길이 열리게 되었다. 춘추 말기에 이르러 사회 정치 생활에서 사인의 역할이 나날이 증가하면서 "입덕·입공·입언"은 그들이 세경세록에 맞서는 무기가 되었고, 전통적인 예악 사상은 완전히 와해되었다. "덕에 가까운" 사람이 "예를 안다"가 사람들이 "예"와 "덕"의 관계에 대해 가지는 기본 인식이었다. 그래서 "예"와 "덕"이 조화를 이루는 것은 개인적 도덕 수양과 사회적 윤리 질서의 상징이 되었다. 『시』로 대표되는 문학은 엄연히 포괄적 사회 기능을 가진 가치 실체로서 사인들이 몸과 마음을 의지할 수 있는 중요한 분야가 되었다. 그래서 개인이 진정으로 문학 감상과 문학 창작에 참여하는 사회적 활동은 이때부터 그 서막이 열리게 되었다. 공자는 춘추 시대 문화 전환을 전체적으로 정리하고 평가한 것을 바탕으로 "문학"의 개념을 명확하게 제시하고 그 범위를 한정지었다. 이때부터 중국 고대 문학 관념의 지식 형태는 이론적인 기초를 갖추게 되었고 중국 고대 문학의 발전에 새 지평을 열게 하였다.

제1절 孔子의 "四敎"와 孔門의 "四科"

발생학적 관점에서 볼 때, 문화 형태로서의 문학이든 관념 형태로서의 문학이든 중국 상고 시대부터 아주 오랜 발전 과정을 거쳐 왔다. 그러나 문학에 대해 진정한 개념을 제시하고 명확한 의미를 부여한 것은 공자 때의 일이다. 공자가 세운 문학 관념은 중국 최초의 지식 형태와 이론 형태를 갖춘 것으로, 중국 문학과 문학 이론 발전에 크고 깊은 영향을 주었다. 공자의 문학 관념은 중국 문학 발전에 막대하고 심오한 영향을 끼쳤을 뿐만 아니라, 중국 문학이 민족 특색을 갖고 문화 정신이 대표성을 지니는데 독특한 작용을 하였다. 그러므로 공자의 문학 관념이 가지는 정확한 의미에 대해 반드시 짚고 넘어갈 필요가 있다.

공자(기원전 551~479)의 이름은 구丘, 노나라 창평향昌平鄉 추읍陬邑(현 山東 曲阜) 사람이다. 조상은 송나라 귀족이었으나 증조부 방숙防叔이 송나라 내부 분란으로 인해 노나라로 망명했다. 방숙이 백양伯陽을 낳고, 백양이 숙량흘叔梁紇을 낳고, 숙량흘이 엄씨를 얻어 공구를 낳아, 공자는 노나라 사람이 되었다. 공자는 어린 시절에 아버지를 잃고 어려운 환경에서도 부지런히 공부하였다. 훗날에는 계씨재季氏宰, 사직리司職吏, 중도재中都宰, 대사구大司寇의 벼슬을 지냈다. 노나라에서 자신의 정치 이상을 펼칠 수 없다는 것을 깨닫고 제자를 데리고 노나라를 떠나 여러 나라를 돌아다니며 자신의 학문을 알리는 데 힘썼다. 갖은 고생을 하였지만 결국 그곳에서도 받아들여지지 않았다. 말년에 노나라로 돌아와 『시』, 『서』를 다듬고 예와 악을 정리하여 중국 문화의 정수로 꼽히는 『춘추』를 편찬했다. 이로써 중국 역사상 가장 위대한 사상가이자 교육가이자 문학가가 되었고, 훗날에는 "소왕素王"으로 칭송되었다. 사마천은 『사기』에서 "세가"로 분류하여 그의 전기를 썼다. 공자의 업적과 어록은 선진 시대의 일부 전적典籍뿐만 아니라, 그 제자들이 어록을 모아 집필한 『논어』에서도 찾아볼 수 있다. 한나라 이후에도 사람들이 공자의 어록을 편찬하였는데 송나라 이후의 사람들은 이것이 공자의 사상을 대표할 수 없다고 의심했다. 그러다 최근 출토된 대량의 전국 시대 초나라 죽서에서 한나라 사람들이 쓴 내용과 같거나 비슷한 것들을 발견할 수 있었다. 그러므로 공자의 사상을 이야기할 때, 한나라 이후의 사람들이 기술한 공자의 일부 어록도 출토된 문헌과 신중하게 대조하여 사용할 수 있게 되었다.

공자는 선왕이 남긴 문헌을 아주 중시하였다. 개인이 학교를 설립한 효시로서 현실 사회 정치에 적합한 인재 배양에 힘썼다. "『시』, 『서』, 『예』, 『악』으로 제자를 가르쳤다. 제자가 대략 3,000명이었고, 육예에 능통한 자가 72명이나 되었다."[545] 공자는 제자의 특기를 언급하면서 "문학"에 대해 다음과 같이 말했다.

> 진陳나라와 채蔡나라에서 나를 따르던 사람들은 모두 내 문하에 있지 않구나. 덕행에는 안연顔淵·민자건閔子騫·염백우冉伯牛·중궁仲弓이었고, 언어에는 재아宰我·자공子貢이었고, 정사에는 염유冉有·계로季路였고, 문학에는 자유子游·자하子夏였다.[546]

이것은 사람들이 통상적으로 말하는 "공문사과孔門四果"로 "문학"은 그중에 하나였다. "사과" 중에 언급된 10명은 "공문십철孔門十哲"이라고 불린다. 즉, 공자는 이 10명이 "사과"에서 가장 뛰어난 인물이고, 그중에서 자유와 자하는 "문학"에서 가장 으뜸이라고 보았다. 이를 통해, 공자의 마음속에서 "문학"이라는 개념이 자리하고 있었음이 확실해졌다. 이것이 오늘날 말하는 문학

---

545) 司馬遷, 『史記』 卷47, 〈孔子世家〉, 二十五史本, 227쪽.
546) 何晏 集解·邢昺 疏, 『論語注疏』 卷11, 〈先進〉, 十三經注疏本, 2498쪽.

관념의 기준에 부합하는지의 여부는 중요하지 않다. 중요한 것은 이것이 중국 고대 문헌 기록에 나타난 최초의 문학 개념이라는 사실이다.

공자가 말한 "문학"의 의미는 과연 무엇일까. 이것은 공자 문학 관념에 대한 기본 인식과도 관련이 있기 때문에 진지하게 토론해볼 만하다. "문학"은 공문 "사과" 중 하나이기 때문에 공자가 말한 "문학"의 의미를 이해하기 위해서는 우선 공문"사과"부터 분석하는 것이 좋겠다.

공문"사과"에 대해서는 송나라 때 형병邢昺(932~1010)이 의미 있는 해석을 내놓았다. 그는 다음과 같이 말했다. 『논어』〈선진〉에서 공자가 "제자 민자건을 두고 자리를 잃었다고 한 것은 제자 중에 그를 따라 진나라와 채나라에서 곤궁했던 자들이 모두 벼슬길에 나아간 것은 아니기에 그렇게 말한 것이다." 라고 하였다. 그래서 제자 중에서 재덕이 훌륭하여 벼슬에 오를 수 있는 사람을 추천하면서, "덕행으로 임용한다면 안연·민자건·염백우·중궁 등 네 사람이 있고, 언어와 변설로 임용하여 행인으로 삼아 사방의 나라에 사신으로 보낼만한 사람이라면 재아와 자공 두 사람이 있고, 정사를 다스림에 있어 결단하고 의심하지 않을 사람이라면 염유와 계로 두 사람이 있고, 문장을 널리 배운 사람이라면 자유와 자하 두 사람이 있다는 말이다."[547]라고 하였다. 형병의 해석은 전체적인 맥락이 정확하고 구체적인 풀이도 공자의 사상에 부합하는 편이지만 "문학"에 대한 해석은 그렇게 정확하지 않다.

공문"사과"의 구분은 관직을 기준으로 살펴볼 수 있다. 공자가 교육을 한 주요 목적은 제자에게 지식을 전수하기 위함이 아니라, 사회에 필요한 "인재"를 양성하여 정치 개선이라는 이상을 실현하기 위해서였다. "배운 것을 활용하는學以致用" 것은 공자의 기본적인 교육 원칙이었다. 그러나 여기서 "활용"은 일반적인 사회 실천이 아니었다. 번지樊遲가 농사일 배우는 것을 청하자 공자가 풍자한 일이 이를 잘 설명해 준다.[548] 자하가 "학문이 우수하면 벼슬을

---

547) 何晏 集解·邢昺 疏, 『論語注疏』卷11, 〈先進〉, 十三經注疏本, 2498쪽.

548) 『論語』〈子路〉에 다음과 같이 실려 있다. 번지가 곡식 농사짓는 법을 가르쳐달라고 청하자

할 수 있다."[549]라고 한 것을 공자의 교육 사상에 대한 귀납과 종합이라고 볼 수 있다. 공자 스스로도 "예악에 먼저 나아가는 사람은 야인이고, 예악에 나중에 나아가는 사람은 군자이다. 만약 그들을 등용한다면, 나는 먼저 나아간 사람을 등용하겠다."[550]라고 말한 적이 있다. 이 말은, 먼저 예악을 배우고 벼슬에 오르는 사람은 평민이고, 먼저 관직에 오른 뒤 예악을 배우는 사람은 귀족 자제라는 뜻이다. 만약 국가에서 인재를 채용한다면 공자는 먼저 예악을 배운 평민을 채용하는 것이 옳다고 보았다. 공자가 살던 시대에 사회는 급격한 변화를 겪고 있었다. 예악이 붕괴되고, 문화가 아래로 이동하고, 사학이 대두되면서 재능을 가진 많은 평민들이 정치 분야에 뛰어들어 국가 정권에 참여하게 되었고 전통적인 귀족 세습 제도가 타격을 받게 되었다. 공자는 "가르침에는 차별이 없다."라는 주장을 펼치며 평민을 주요 교육 대상으로 삼았고 "인재 등용"에서 "예악에 먼저 나아가는" 평민을 우선 선발해야 한다고 주장했는데, 사실상 평민에게 정권을 개방할 것을 주장한 것이었다. 그래서 그는 국가 정권에 참여할 수 있는 인재를 배양하고자 하였다. 공자는 제자들에게 정치 참여를 장려하였을 뿐만 아니라, 스스로도 정치에 적극적으로 참여하고자 하였다. 그는 노나라의 사구를 역임했고 훗날에는 여러 나라를 돌아다니며 자신의 정치 주장을 펼쳤다. 그는 "나를 등용하는 자가 있다면 1년이면 괜찮아질 것이고 3년이면 이루어질 것이다."[551]라고 아주 자신 있게 이야기한 적이 있다. 그는 벼슬길에 오를 기회를 얻지 못한 자신을 가리켜 "먹지 않고 매달아 놓은"

공자가 "나는 노련한 농부만 못하다"라고 하였다. 다시 채소 기르는 법을 가르쳐달라고 청하자 "나는 노련한 채소 재배가만 못하다."라고 하였다. 번지가 나가자 공자가 말했다. "소인이로다! 樊須는. 윗사람이 예의를 좋아하면 백성 가운데 아무도 감히 그를 공경하지 않는 사람이 없을 것이고, 윗사람이 정의를 좋아하면 백성 가운데 아무도 그에게 복종하지 않는 사람이 없을 것이고, 윗사람이 신의를 좋아하면 백성 가운데 아무도 감히 진실을 행하지 않는 사람이 없을 것이다. 이렇게 되면 사방의 백성이 자기 자식을 포대기에 감싸 업고 찾아들 것인데 곡식 농사는 지어서 어디에 쓰느냐?"

549) 何晏 集解·邢昺 疏, 『論語注疏』卷19, 〈子張〉, 十三經注疏本, 2532쪽.

550) 何晏 集解·邢昺 疏, 『論語注疏』卷11, 〈先進〉, 十三經注疏本, 2498쪽.

551) 何晏 集解·邢昺 疏, 『論語注疏』卷13, 〈子路〉, 十三經注疏本, 2507쪽.

"호리병박(瓠瓜)"[552]이라고 비유한 적이 있다. 공자가 이토록 적극적으로 관직에 오르고자 했던 언행은 제자들에게 직접적인 영향을 미쳤다. 공자는 스스로 관직에 대한 큰 열정을 가지고 있었기 때문에 제자들의 정치 참여에도 간절한 기대를 가지게 되었다. 그래서 제자의 특기를 평가할 때도 관직을 고려하여 평가하는 것이 아주 자연스러운 일이 되었다.

공자는 관직에 따라 제자의 특기를 평가하면서 우선 안연 등의 "덕행"을 언급했다. "덕행"이 "사과"의 으뜸이기는 하지만, 공자가 안연의 뛰어난 재능을 특별히 높게 평가했다기보다는 공자의 정치관에서 비롯되었다고 할 수 있다. "덕행"은 본래 윤리 도덕의 범위에 속했지만 공자는 다음과 같이 생각했다.

덕으로 정치를 하는 것은 북극성이 그 자리에 있으면 무릇 별들이 함께 하는 것과 같다.[553]

법제로써 다스리고 형벌로써 질서를 유지하려 한다면 백성들이 형벌을 면하는 것을 수치라고 생각하지 않을 것이다. 그러나 덕으로써 다스리고 예로써 질서를 유지한다면 잘못을 수치로 알고 바르게 될 것이다.[554]

공자는 정치에서 최고의 경지가 덕치라고 보았다. 집정자가 훌륭한 도덕관을 가지고 있으면 만족할 만한 정치 효과를 거둘 수 있는 것이다. 공자가 계강자季康子에게 말하길,

그대가 선을 추구하면 백성도 선해질 것입니다. 군자의 덕은 바람이요, 소인의 덕은 풀인즉, 풀 위로 바람이 불면 풀은 저절로 수그리는 법입니다.[555]

---

552) 何晏 集解 · 邢昺 疏, 『論語注疏』卷17, 〈陽貨〉, 十三經注疏本, 2525쪽.
553) 何晏 集解 · 邢昺 疏, 『論語注疏』卷2, 〈爲政〉, 十三經注疏本, 2461쪽.
554) 何晏 集解 · 邢昺 疏, 『論語注疏』卷2, 〈爲政〉, 十三經注疏本, 2461쪽.
555) 何晏 集解 · 邢昺 疏, 『論語注疏』卷12, 〈顏淵〉, 十三經注疏本, 2504쪽.

이 밖에도,

> 정치란 바로잡는 것이다. 그대가 바름으로써 본을 보인다면 누가 감히
> 바르지 않겠는가?[556)]

> 자신이 바르면 명하지 않아도 행하고 바르지 아니하면 명해도 따르지 아
> 니한다.[557)]

정치 문제가 곧 도덕 문제이고, 도덕 문제가 곧 정치 문제이다. 정치의
윤리화와 윤리의 정치화는 공자에게 있어 별개의 것이 아니었다. 이렇듯, "덕
행" 문제는 정치 참여에서 가장 우선시되는 문제가 되었고, 공자가 제자의
특기를 언급할 때도 "덕행"을 가장 먼저 칭찬하게 되었다. 그렇지만 안연은
일찍 세상을 떠났고 민자건은 계씨季氏 비재費宰 관직을 사양했기 때문에 정
치에 참여한 적이 없다. 또한 염백우는 고질병이 있어서 정치 참여를 할 수
없었고, 중궁은 공자로부터 "남면을 할 만한"[558)] 인물이라고 칭찬받고 계씨재
를 맡은 적도 있지만 정치 업적에 대한 기록은 찾아볼 수 없다. 그래서 공문
"사과" 중에서 "덕행"한 제자가 정치 활동에서 얼마나 큰 역할을 했는지는 증
명할 방법이 없다. 또 공자의 평가도 지나치게 이상적인 성향이 없지 않다.

공문의 두 번째 과목인 "언어" 역시 관직을 기준으로 나눌 수 있다. "언어
와 변설을 임용해 행인으로 삼아 사방의 나라에 사신으로 보내는" 것은 중요
한 정치 활동이었다. 춘추 말기, 제후국의 정치 지위 및 국내 정국의 안정은
종종 각국의 외교 활동과 밀접한 관련이 있었다. 이로써 공자가 "언어"의 능력
을 중시한 것을 어렵지 않게 이해할 수 있다. 『논어』에는 재아가 언변이 좋았
던 것에 대해 많은 기록이 남아있지만 그를 "행인行人으로 삼아 사방의 나라에

---

556) 何晏 集解·邢昺 疏, 『論語注疏』卷12, 〈顏淵〉, 十三經注疏本, 2504쪽.
557) 何晏 集解·邢昺 疏, 『論語注疏』卷13, 〈子路〉, 十三經注疏本, 2507쪽.
558) 何晏 集解·邢昺 疏, 『論語注疏』卷6, 〈雍也〉, 十三經注疏本, 2477쪽.

사신으로 보냈다."는 기록은 없다. 그러나 자공은 "언어"의 재주로 노나라를 구한 적이 있다. 기록에 따르면 전상田常은 제나라가 혼란한 틈을 타서 먼저 노나라를 정벌하기로 하였다. 노나라가 위험에 빠지자 공자는 자공을 각국에 보내 유세를 함으로써 노나라를 구하도록 하였다. 자공은 기대에 어긋나지 않았다. "달변"으로 제나라, 오나라, 월나라, 진나라가 서로 다투도록 하여 노나라를 위험에서 구해냈고 각국의 형세를 변화시켰다. 그래서 사마천(기원전 145~?)은 『사기』〈중니제자열전仲尼弟子列傳〉에서 다음과 같이 말했다.

> 자공이 한 번 나아가니 노나라는 대를 이었고, 제나라는 혼란에 빠졌고, 오나라는 망하고, 진나라는 강성해지고, 월나라는 패자가 되었다. 한 명의 사자로서 자공은 천하의 대세를 깨뜨렸고, 10년 동안 5개 나라의 국운이 달라졌다.[559]

자공의 업적을 통해, "언어"가 당시 국내외 정치에 미치는 중요한 영향을 알 수 있다. 공자가 제자의 "언어" 능력 배양에 힘쓴 것이 아주 당연해 보인다.

공문의 세 번째 과목인 "정사"는 정치와 직접적인 관련이 있음을 한 번에 알 수 있다. 『논어』에는 염유(冉求)와 계로(子路)가 정사에 능했다고 기록되어 있다. 공자는 염유와 계로에게 어떤 이상을 갖고 있는지 물었다. 자로는 "천승의 나라가 대국에 끼어있는 탓에 침략을 당하고 기근에 시달리더라도 제가 다스린다면 3년 정도면 백성들을 용맹하게 하고 의로움으로 향하도록 할 수 있습니다."라고 대답했다. 반면, 염유는 "사방 6~7십 리, 혹은 5~6십 리쯤 되는 나라를 제가 다스린다면 3년 정도에 백성들을 풍족하게 할 수 있습니다. 그러나 예악에 있어서라면 군자를 기다릴 것입니다."[560]라고 대답했다. 그들은 모두 자신이 나라를 다스리는데 재능이 있다고 생각했다. 그러나 이런 재능은 덕행도 아니고 언어도 아니고 심지어 예악 교화도 아니었다. 공자는 이

---

559) 司馬遷, 『史記』卷67, 〈仲尼弟子列傳〉, 二十五史本, 253쪽.
560) 何晏 集解 · 邢昺 疏, 『論語注疏』卷11, 〈先進〉, 十三經注疏本, 2500쪽.

들을 다음과 같이 평가했다.

> 염구冉求는 1,000가구와 100대의 병거를 보유한 영지를 관할하게 할 수
> 있다. 그러나 그가 인의를 갖추었는지는 모르겠다.[561]

> 자로子路에게는 1,000대의 병거를 갖춘 제후국의 군대를 맡길 수 있다.
> 그러나 그가 인의를 갖추었는지는 모르겠다.[562]

> 한 마디로 송사의 시비를 가려 판결을 내릴 수 있는 사람이 있다면 자유子
> 游일 것이다.[563]

공자의 평가로 볼 때, 그들의 주요 특기는 세금을 걷고 재산을 관리하고
송사를 처리하고 백성을 알맞게 부리는 것이었다. 훗날 염유가 계씨재를 지내
면서 계씨를 위해 재물을 수탈하자 공자가 매우 분노하였다. 공자는 다른 제자
들에게 "염구는 내 제자가 아니다. 너희들은 마음껏 그를 비난해도 좋다!"[564]라
고 하였다. 공문"사과"에서의 "정사"는 세금을 걷고 재산을 관리하고 송사를
처리하고 백성을 알맞게 부리는 등의 정치 사무를 처리하는 정치적 능력을
가리킨 것을 알 수 있다.

이상의 세 과목과 마찬가지로 공문"사과"의 "문학"도 정치 능력을 가리키
지 형병이 말한 "문장박학文章博學"이 아니었다. 송나라 이후의 "문장박학"은
책 속 지식에 대한 해박함과 학문에 대한 정통함을 가리켰는데 이것은 공자가
말한 "문학"의 의미가 아니기 때문이다. 공자가 문장에 재능이 있다고 칭찬한
자유는 공자보다 45살이 어렸고, 자하는 공자보다 44살이 어렸다. 공자가 위
나라에서 노나라로 돌아왔을 때 그의 나이는 68세였는데, 당시 자유는 23살,

자하는 24살에 불과했다. 그래서 공자가 그들을 "문장박학"이라고 칭찬할 수 없었던 것이다. 공문"사과"에서 "문학"의 의미를 이해하려면 자유와 자하의 정치적 특기부터 분석할 필요가 있다.

자유와 자하는 모두 정치에 참여했던 경험이 있다.

자유는 노나라에서 무성武城의 재상을 지낸 적이 있다. 『논어』〈양화〉에 흐뭇한 기록이 남아 있다.

> 공자가 무성에 가서 현악기와 노랫소리를 들었다. 공자가 미소를 지으며 "닭을 잡는데 어찌 소 잡는 칼을 쓰겠는가?"라고 하였다. 그러자 자유가 "옛날에 스승님께서 저에게 '군자가 도를 익히면 사람들을 사랑하고, 소인이 도를 익히면 부리기 쉽다.'라고 말씀하셨습니다."라고 하였다. 그러자 공자가 "자네들, 자유의 말이 맞네. 내가 농담을 했을 뿐이야!"라고 하였다.[565]

자유는 무성에서 공자가 제창한 예악 교화의 도리를 아주 열심히 실천했다. 공자마저도 하찮은 일을 너무 대단하게 하는 것이 아닌가라고 생각할 정도였다. 무성은 아주 작은 읍에 불과했기 때문이다. 그러나 자유는 흔들림 없이 공자의 가르침을 이행하였고 적극적으로 실천했다. 결국 공자가 감탄하여 농담이라고 변명할 수밖에 없었다. 자유는 공자가 제창한 유가 사상을 진심으로 믿고 받들었다. 『예기』〈예운禮運〉에는 공자와 자유의 대화가 실려 있다. 여기에는 대동 세계大同世界와 소강 사회小康社會에 관한 것도 담겨 있는데, 사회 이상에 대한 유가의 집념을 나타낸다. 궈모뤄(1892~1978)는 이 문헌에 대해 "자유가 가졌던 유가의 정석이다."[566]라고 하였다. 이것은 자유가 무성武城에서 끊임없이 노력한 것과 내재적 관련이 있다.

자하도 노나라에서 거보재莒父宰를 지내면서 공자에게 위정의 도리에 대해 가르침을 받은 적이 있다. 하지만 사서에는 그의 정치 업적과 관련된 기록

---

565) 何晏 集解·邢昺 疏, 『論語注疏』卷17,〈陽貨〉, 十三經注疏本, 2524쪽.

566) 郭沫若, 『十批判書·儒家八派的批判』, 北京:東方出版社, 1996, 133쪽.

이 없어 함부로 추측해서는 안 될 것이다. 그러나 그는 유가 학술과 위정의 도리에 대해 자신만의 생각을 가지고 있었고, 사서에도 관련 기록이 꽤 남아 있다. 예를 들어, 그는 배움의 중요성을 강조하면서 "광범위하게 배우고 배우려는 의지를 돈독하게 하며 간절하게 묻고 비근하게 생각한다면 인은 그 가운데 있다."[567]라고 말했다. 배움은 활용하기 위함이라고 주장하면서, "모든 기술자들은 작업장에서 열심히 일함으로써 자기 일을 성취하고 군자는 배움으로써 자신의 도를 이룩한다."[568]라고 하였다. 그가 "벼슬을 하면서도 여유가 있으면 학문을 닦고, 학문을 닦다가도 여유가 있으면 벼슬을 한다."[569]라고 주장한 것은 아주 유명하다. 이미 벼슬을 지내는 사람(주로 귀족을 가리킴)은 배움에 힘써야 하고, 배움에 우수한 사람(주로 평민을 가리킴)은 벼슬에 힘써야 한다고 했다. 이 같은 주장은 공자가 "먼저 나아가고" "나중에 나아간다"고 했던 주장과 상응한다. 또한 이것은 평민의 사회 정치 참여에 대한 적응이자, 공자가 "學"과 "仕"의 관계에 대해 가졌던 깊은 깨달음의 구현이기도 하다. "학"에 대한 그의 이해는 아주 특별하다.

> 어진 사람을 어질게 여겨 섬기되 미색을 좋아하듯 좋아하고, 부모를 섬기되 힘을 다할 것이며, 임금을 섬기되 몸을 바쳐 충성할 것이며, 벗과 사귀되 언행에 믿음이 있으면 글을 배우지 않아도 나는 반드시 학문이 있는 자라고 말하리라.[570]

그가 말하는 "학"은 유가의 도덕 행위이자 문치 교화로 이것은 유가의 정치 이상과 관련이 있다. 그래서 그는 "배우지 않고 나라를 안정하고 백성을 보살필 수 있는 자는 있을 수 없다."[571]라고 하였다. 그는 공자가 말한 "곧은

---

567) 何晏 集解·邢昺 疏, 『論語注疏』 卷19, 〈子張〉, 十三經注疏本, 2532쪽.
568) 何晏 集解·邢昺 疏, 『論語注疏』 卷19, 〈子張〉, 十三經注疏本, 2532쪽.
569) 何晏 集解·邢昺 疏, 『論語注疏』 卷19, 〈子張〉, 十三經注疏本, 2532쪽.
570) 何晏 集解·邢昺 疏, 『論語注疏』 卷1, 〈學而〉, 十三經注疏本, 2458쪽.
571) 韓嬰, 『韓詩外傳』 卷5, 四部叢刊本.

사람을 들어 윗자리에 두면 굽은 사람도 곧아진다."라는 의미를 번지樊遲에게 설명하면서 다음과 같이 말했다.

> 아주 훌륭한 말씀이다! 순 임금이 천하를 얻었을 때, 여러 사람 중에서 고요皐陶를 등용하자 어질지 못한 자들이 멀리 사라졌고, 탕 임금이 천하를 얻었을 때, 여러 사람 중에서 이윤伊尹을 등용하자 어질지 못한 자들이 멀리 사라졌다.[572]

이렇듯 그가 생각하는 이상적인 정치는 바로 덕치와 인정의 기준에 부합하고 원시 민주 풍습을 갖춘 유가 정치였다.

이상으로 볼 때, 유가 문화 전적을 중점으로 배우고 정치 실천 중에서 예악 교화의 원칙을 관철함으로써 유가의 사회 이상을 실현하는 것은 자유와 자하의 특기라고 할 수 있다. 공자가 "문학"으로 자유와 자하를 칭찬한 것은 그들이 벼슬에 오른다면 반드시 문치 교화에서 걸출한 재능을 발휘할 수 있기 때문이었다. 그래서 공자의 마음속에서 "문학"은 정치 실천으로 이어지는 "문치 교화로서의 학문"이지 "문장박학"이 아니었다.

유가의 문치 교화는 주로 『시』·『서』·『예』·『악』 등의 유가 경전으로 가르치고, 사람들이 예악 정치 질서를 지키고 예악 문화 정신을 표현할 수 있게 배양함으로써 사회를 조화롭게 하고 안정시키고자 하였다. 그러나 예악 전장 제도는 종종 외적 형식을 중시하였는데, 이런 복잡하고 불필요한 예절은 일반 사람들에게 아주 생소했다. 공자가 세상을 떠난 뒤, 유가는 여덟 개로 나뉘었고, "문학"의 대표 인물이었던 자유와 자하 사이에도 분열이 생겨났다.[573] "문학"의 으뜸으로 꼽히던 자유는 도덕 양성 교육을 중시하였으나 박학으로 이름을 떨치지는 않았다. 훗날 전도傳道의 유가로 불리었다. 자하는 위나라의 서하

---

572) 何晏 集解·邢昺 疏, 『論語注疏』卷12, 〈顔淵〉, 十三經注疏本, 2504쪽.
573) 拙著, 「遊夏文學發微」(『北京大學學報(哲學社會科學版)』2003年第4期)와 이 책 제7장의 1~2절 참고.

西河에 살면서 유가 문화 전적을 전수하면서 유가 문화 학술의 전파에 중요한 역할을 하였다. 훗날 전경傳經의 유가로 불리었다. 자하가 박학으로 이름을 떨치게 되면서, 후대 사람들은 공문"사과"에서의 "문학"을 문장박학이라고 여기게 되었다. 비록 그 뜻이 여기에서 유래되었지만 사실 공자의 원래 뜻과는 거리가 멀기 때문에 확실히 밝힐 필요가 있다.

제2절 文治敎化: 孔子 문학 관념의 핵심

이상에서 공자"사교"와 공문"사과"에 대해 분석했고, 공자가 말한 "문학"의 원래 의미에 대해서도 간단하게 정리하였다. 사실, 공자가 말한 "문학"의 의미에 대해 정확하게 이해하려면 공문"사과"와 공자"사교"의 관계부터 분석해야 한다.

공자는 학생을 가르침에 있어서 명확한 배양 목표와 구체적인 교육 내용을 가지고 있었다. 『논어』〈술이〉에 따르면,

공자는 네 가지로 가르쳤으니, 문·행·충·신이다.[574]

"문·행·충·신"을 내용으로 하는 공자"사교"는 그 배양 목적 달성을 위해 존재했다. 만약 공문"사과"가 그 배양 목적의 기본적인 구현이라고 한다면, 그 기본 교육 내용인 공자"사교"는 공문"사과"와 필연적인 관계를 맺게 된다. 이들의 관계를 밝히기 전에 먼저 공자"사교"의 기본 내용을 알아보도록 하자.

"문"은 공자 교육의 기본이다. 중국의 교육은 공자 이전에 이미 상당한 발전을 이루었다. 서주 시대에 이미 "예禮, 악樂, 사射, 어御, 서書, 수數"의 "육예六藝" 교육이 있었다. "육예"에는 정치 윤리 교육("예, 악"), 군사 기초 교육

---

574) 何晏 集解·邢昺 疏, 『論語注疏』卷7,〈述而〉, 十三經注疏本, 2483쪽.

("사, 어"), 문화 지식 교육("서, 수")이 있다. 공자는 "육예" 교육을 계승하고 발전시켰다. 공자가 가르친 "육예"는 『시』, 『서』, 『예』, 『악』, 『역』, 『춘추』 등의 유가 문화 전적이었다. 이런 문화 전적은 공자로 대표되는 유가에서 "인"을 기초로 하고, "예"를 핵심으로 하는 정치 윤리 관념을 구현한 한편, 서주 시대의 사회 전장 제도를 반영하고 있다. 역사 문헌 교육을 중시하는 것은 공자 교육에서의 중요한 특징이다. 공자는 다음과 같이 말했다.

> 하나라의 예는 내가 이야기할 수 있지만 그 후예인 기杞나라는 이를 증명하기에 부족하고, 은나라의 예는 내가 이야기할 수 있지만 그 후예인 송나라는 이를 증명하기에 부족하다. 그것은 문헌이 부족한 까닭이다. 문헌이 충분하다면 내가 그것들을 증명할 수 있다.[575]

형병邢昺이 공자사교의 "문"을 "선왕이 남긴 문장이다."[576]라고 한 것도 바로 이런 관점에서 착안한 것이다. 공자가 "선왕이 남긴 문장"으로 가르친 것은 이것이 문자로 기록되어 내려온 역사라서 학생이 많은 문화 지식을 얻을 수 있기 때문이었다. 또한 더욱 중요한 이유는 이런 문헌에 서주 이후로 계속 고조되고 있는 인문 정신이 들어있기 때문이었다. 은나라 사람들은 귀신을 숭배하고 극단적으로 맹신하였다. "국가의 대사는 제사와 군대에 달려 있다." 라고 할 정도로 인문 정신은 억압되어 있었다. 서주 통치자들이 "천명이 영원하지 않음"을 깨닫고, "덕을 중시하고 백성을 보호하면서" 인문 정신이 널리 퍼지기 시작했다. 그래서 공자는 "주는 하은 2대를 거울로 삼았다. 찬란하구나, 그 문화여! 나는 주를 따르겠다."[577]라고 하였다. 이런 역사 문헌을 배우는 것은 주나라의 예악 전장 제도를 익히는 한편, 역사 경험과 교훈을 본받아 훌륭한 도덕 인격을 갖추고 벼슬에 오를 준비를 하기 위해서였다. 이른바 "문

---

575) 何晏 集解 · 邢昺 疏, 『論語注疏』卷3, 〈八佾〉, 十三經注疏本, 2466쪽.
576) 何晏 集解 · 邢昺 疏, 『論語注疏』卷7, 〈述而〉, 十三經注疏本, 2483쪽.
577) 何晏 集解 · 邢昺 疏, 『論語注疏』卷3, 〈八佾〉, 十三經注疏本, 2467쪽.

장으로 배움을 넓히고 예로써 이를 요약한다면 또한 어긋나지 않는다."[578]라
고 한 것이 바로 이런 뜻이다.

공자는 단순히 책 속의 지식을 배우는 것에 그치지 말고 배운 것을 활용해
야 한다고 가르쳤다. 여기서 "활용"은 도덕 실행과 정치 실천을 가리킨다. 공
자는 다음과 같이 말했다.

> 『시』 삼백 편을 외울 줄 알면서도 일을 맡겼을 때 제대로 수행하지 못하
> 며, 각국으로 파견 보냈을 때 혼자서 일을 처리할 수 없는 사람은 아무리 공부
> 를 많이 했다 해도 무엇에 쓰겠는가?[579]

공자는 도덕 실행과 정치 실천을 강조하기 위하여, "행"을 또 다른 주요
교육 내용으로 보았다. 형병은 "'행'은 덕행이다. 마음에 있는 것은 덕이고,
그것을 펼치는 것은 행이다."[580]라고 해석했다. 이 말은 도덕으로 인도하는
행동을 뜻하는데, 이런 해석은 공자의 사상과도 부합한다. 공자는 "군자는 말
을 번지르르하게 하지 않고 행동은 민첩하게 하려고 한다."[581]라고 하였다.
또한 "자신의 행동에 대하여 염치가 있고, 사명을 띠고 사방으로 나갔을 때
임금의 사명을 욕되게 하지 않으면 선비라고 할 수 있다."[582]라고 하였다. 행동
이 말보다 더욱 중요하다고 강조할 뿐만 아니라, 선비의 행동을 도덕 실행과
정치 실천으로 명확히 제한하고 있는 것이다. 만약 "문"이 "행"에 이를 수 없다
면 이런 "문"은 의미를 잃고 만다. "문"과 "행"의 교육에서 공자는 "행"을 더
중시한 것이 틀림없다. 그는 "젊은이들은 들어오면 효도하고 나가면 공경하며
삼가고 미더우며 널리 대중을 사랑하고 어진 이를 친애해야 한다. 이렇게 행

---

578) 何晏 集解 · 邢昺 疏, 『論語注疏』卷6, 〈雍也〉, 十三經注疏本, 2479쪽.
579) 何晏 集解 · 邢昺 疏, 『論語注疏』卷13, 〈子路〉, 十三經注疏本, 2507쪽.
580) 何晏 集解 · 邢昺 疏, 『論語注疏』卷7, 〈述而〉, 十三經注疏本, 2483쪽.
581) 何晏 集解 · 邢昺 疏, 『論語注疏』卷4, 〈里仁〉, 十三經注疏本, 2472쪽.
582) 何晏 集解 · 邢昺 疏, 『論語注疏』卷13, 〈子路〉, 十三經注疏本, 2508쪽.

하고 남는 힘이 있으면 글을 배우는 것이다."[583]라고 하였다. 그렇다고 "문"이 중요하지 않다는 것이 아니라, 도덕 실행이 글을 배우는 것보다 더 중요하다는 뜻이다. 자장이 "행"에 대해 가르침을 구하자 공자는 다음과 같이 말했다.

> 말이 충성스럽고 미더우며 행실이 돈독하고 공경스러우면 비록 오랑캐(蠻貊)의 나라라도 갈 수 있지만, 말이 충성스럽고 미덥지 못하며 행실이 돈독하고 공경스럽지 못하면 비록 이웃 마을이라고 갈 수 있겠는가? 서 있으면 그 앞에 참여한 것을 보고, 수레에 있으면 그 멍에에 의지했음을 볼지니, 무릇 그런 뒤에 행하리라.[584]

공자는 "말이 충성스럽고 미더우며, 행실이 돈독하고 공경스러운" 유가의 윤리 도덕을 "행"의 기준이라고 보고, 그렇지 않으면 진정한 "행"이라고 여기지 않았다.

공자는 도덕이 행위에 미치는 영향을 중시했기에 "충"과 "신"을 교육의 기본 내용에 포함 시켰고, "행"의 가치 척도로 삼았다. "충"과 "신"은 모두 도덕 범위에 속하기 때문에 "충신" 교육의 강화는 곧 학생의 도덕 인격 배양의 강화를 의미한다. 유가의 도덕 핵심은 "인"인데 왜 "충신"으로 교육한 것일까? 하안何晏은 "네 가지는 형질形質을 갖추었으니 이로써 가르칠 수 있다."[585]라고 해석했다. 이 말은 "충신"은 도덕의 중요한 기초이자 사람들의 일상 언행에서 쉽게 드러나기 때문에 공자는 "충신"을 교육의 기본 내용으로 삼았다는 뜻이다. 이러한 해석은 꽤 합리적이어서 많은 후세 사람들이 이 말에 따르게 되었다. 공자는 "인"이 사회관계에 적응하는 마음가짐이고 유자 인격을 형성하는 가치 기준이자 유가 윤리 도덕이 응결되어 나타난 것이라고 보았다. 이것은 광범위한 포괄성과 심오한 통합성을 가지고 있어서 형식화하고 구상화하기에

---

583) 何晏 集解·邢昺 疏, 『論語注疏』 卷1, 〈學而〉, 十三經注疏本, 2458쪽.

584) 何晏 集解·邢昺 疏, 『論語注疏』 卷15, 〈衛靈公〉, 十三經注疏本, 2517쪽.

585) 何晏 集解·邢昺 疏, 『論語注疏』 卷7 〈述而〉, 十三經注疏本, 2483쪽.

는 어려움이 따른다. 또한 "충신"은 유자 인격을 배양하는 도덕 기초이자 일상의 언어 행동에서 그대로 드러난다. 공자는 다음과 같이 말했다.

사람이 만약 신의가 없다면 그것은 옳은지 모르겠다. 큰 수레에 소의 멍에걸이가 없고 작은 수레에 말의 멍에걸이가 없다면 무엇으로 그것을 운행하겠는가![586]

이것은 "충신"의 중요성을 충분히 설명하고 있다. 공자는 또한 다음과 같이 말했다.

군자는 중후하지 않으면 위엄이 없다. 오직 충직하고 신실해야 한다. 나보다 못한 사람과는 벗하지 마라. 잘못을 했으면 고치기를 망설이지 말라.[587]

자신보다 못한 사람과 사귀지 않고, 잘못이 있으면 고치는 것을 두려워하지 않는 것은 쉽게 할 수 있는 일이자 뉘우칠 수 있는 것이다. 이외에도 "마음속에 숨김이 없다.", "사람의 말에 속임이 없다."[588], "남의 잘못을 탓하지 않는다.", "충심으로 일러주어 잘 인도한다."[589] 등은 모두 학생의 말과 행동에서 나타나는 것이다. 공자가 "충신"을 교육의 기본 내용으로 한 것은 "충신"의 도덕 양성 교육으로 학생의 우수한 도덕적 인격을 배양하고자 했기 때문이다. 도덕적 인격을 갖춰야만 예악 문화를 잘 익힐 수 있고 이로써 덕치와 인정의 사회 이상을 실현할 수 있는 것이다.[590] 이는 『예기』〈예기禮器〉에서 "단맛은

---

586) 何晏 集解 · 邢昺 疏, 『論語注疏』卷2〈爲政〉, 十三經注疏本, 2463쪽.
587) 何晏 集解 · 邢昺 疏, 『論語注疏』卷1〈學而〉, 十三經注疏本, 2458쪽.
588) 何晏 集解 · 邢昺 疏, 『論語注疏』卷7〈述而〉, 十三經注疏本, 2483쪽.
589) 何晏 集解 · 邢昺 疏, 『論語注疏』卷12〈顔淵〉, 十三經注疏本, 2504~2505쪽.
590) "忠信"을 중시한 것은 공자 때부터 시작된 것은 아니다. 『좌전』〈隱公 3年〉(기원전 720)에 다음과 같이 나와 있다. 정나라의 무공과 장공은 주나라 평왕의 卿士였다. 평왕이 虢公에게 경사의 직을 나눠주려고 하자 장공이 왕을 원망했다. 왕이 "그런 사실이 없다"라고 변명했다. 그래서 주나라와 정나라는 인질을 교환했다. 왕자 狐가 정나라에 인질로 가고 정나라의 공자

조미를 받아들이고, 흰 것은 채색을 받아들이듯 충신한 사람이라야 예를 배울 수 있는 것이다. 충신하지 않은 사람은 예를 배워도 도를 알지 못한다. 그러므로 충신한 사람이 가장 귀한 것이다."[591]라고 한 것과 같다.

공자"사교"는 상호 연결된 총체라서 서로 뗄 수 없다. "문"교는 학술 문화와 학술 사상 문제를 해결하기 위함이고, "행"교는 도덕 실행과 정치 실천 문제를 해결하기 위함이고, "충신" 교육은 인격 기초와 도덕 양성 문제를 해결하기 위함이다. 국가 정권에 참여하고 사회 정치를 개선할 수 있는 인재를 대량으로 배양하기 위한 목적에서 비롯하였다. 공자"사교"의 내재적 구성을 살펴보면, "충신"은 기본이고 "문행"은 활용하는 것이다. 『예기』〈예기禮器〉에는 다음과 같은 내용이 실려 있다.

> 선왕이 예를 세우셨는데, 근본이 있고 문식이 있다. 충신은 예의 근본이고, 의리는 예의 문식이다. 근본이 없으면 성립할 수 없고, 문식이 없으면 행해지지 않는다.[592]

여기서는 공자"사교"를 언급하지 않았지만, "사교" 관계를 이해하는 데 참고가 될 수 있다. 인재 배양에서 보자면, "문행" 교육은 기본이고 "충신" 교육은 방향이며 "문행"은 "충신"을 이루는 수단이자 경로이다. 즉, "충신"은 "문

忽이 주나라로 갔다. 평왕이 붕어하자 주나라는 괵공에게 정권을 맡기려고 했다. 4월, 정나라 대부 祭仲이 군대를 이끌고 와서 溫의 보리를 빼앗아갔다. 가을에 다시 成周의 벼를 탈취해갔다. 두 나라는 서로 악행을 주고받았다. 군자는 "약속이 진심에서 비롯되지 않으면 인질 교환은 무익하다. 상대방의 마음을 헤아려 행동하고 예로써 약속을 지킨다면 비록 인질이 없더라도 누가 이간질 할 수 있겠는가? 진실로 참된 믿음이 있다면, 산골짜기와 늪지 같은 비루한 곳에서 나는 산물과 개구리밥, 쑥, 수초 같이 보잘 것 없는 것이라도 대바구니에 담고 솥에 삶아서 정갈하지 않은 물과 함께 귀신에게 바칠 수 있고 왕공에게도 진상할 수 있다. 하물며 군자들이 나라 간 약속하고 예로써 실천한다면 인질은 또 어디에 쓰겠는가? 『風』의 〈采蘩〉과 〈采蘋〉, 『雅』의 〈行葦〉와 〈泂酌〉 등의 시는 충과 신이 무엇인지 분명하게 보여준다." 공자보다 100~200년 앞선 시기의 사람들이 이미 충신을 강조하고 있음을 알 수 있다. 공자는 이 사상에 새로운 의미를 부여하고 학생에게 가르친 것이다.

591) 鄭玄 注·孔穎達 疏, 『禮記正義』 卷24, 〈禮器下〉, 十三經注疏本, 1442쪽.

592) 鄭玄 注·孔穎達 疏, 『禮記正義』 卷23, 〈禮器上〉, 十三經注疏本, 1430쪽.

행"을 이끄는 부표이자 등대이다. 그러므로 어느 방면에서 보더라도 "충신" 교육은 "문행" 교육보다 더 중요한 지위를 갖는다. 이것이 바로 사람들이 공자의 교육을 가리켜 도덕 중심 교육이라고 말하는 이유이다.

이렇게 볼 때, 공자 "사교"와 공문 "사과"는 분명한 대응 관계를 가진다. 공자의 교육 내용을 반영한 공자 "사교"는 낮은 것에서 높은 것으로 순서를 배열하고 있는 반면, 공자의 배양 목표를 구현한 공문 "사과"는 높은 것에서 낮은 것으로 순서를 배열하고 있다. 교육은 점차적으로 발전하고 끊임없이 심화하는 과정이므로, 교육 내용의 배치는 자연스럽게 낮은 것에서 높은 것으로 향하기 마련이다. 공자는 학생의 수준에 맞게 가르치고자 하였으나 배양 목표를 다르게 할 수 없었기 때문에 큰 인재와 작은 인재로 나눌 수밖에 없었다. 공문 "사과"의 배치는 바로 등급의 차이를 나타낸다. 공자는 학생을 배양하는데 있어서 도덕을 중시했다. 도덕은 입신의 근본이자 정치의 근본이고, 덕이 있는 자가 군자이고 덕치야말로 최고의 정치이기 때문에 공문 "사과"는 "덕행"을 첫 번째로 내세웠다. 이것은 공자 "사교"가 "충신"을 교육의 최고 경지라고 한 것과 일치한다. 공문 "사과"에서 "언어", "정사" 두 과목은 공자 "사교"에서 "행"교의 직접적인 성과라고 볼 수 있다. 이것은 공자가 강조한 사회 실천의 교육 사상을 나타낸다. 공문 "사과"에서 "문학"은 공자 "사교"에서의 "문"교와 밀접한 관련이 있다. 교사에게는 "문교"이고, 학생에게는 "문학"이다. 학생이 "문교"의 기본 내용을 파악하고 유가 문화 전적과 학술 사상을 심도 있게 이해하며 예악 교화의 정치 능력을 갖춰야만 문학지사라고 불릴 수 있는 것이다. 이처럼 "문학"은 문치 교화의 학문이 되었고, 유가 문화 학술을 통칭하게 되었다. 공문 "사과"의 순서 배치는 공자가 덕과 행을 중시했던 교육 사상 및 인재 관념을 구현하고 있다. 또한 고대에 "최상은 덕을 남기는 것이고, 그 다음은 공을 세우는 것이고, 그 다음은 말을 전하는 것이다."[593]라고 했던 사회적 사조와도 서로 일치한다. 그래서 송나라 때 왕응린王應麟은 다음과 같이 말했다.

---

593) 杜預 注 · 孔穎達 疏, 『春秋左傳正義』 卷35, 〈襄公二十四年〉, 十三經注疏本, 1979쪽.

사교는 문을 첫 번째로 했다. 보편적인 것으로 시작해서 한정적인 것의 순서대로 가르쳤다. 사과는 문을 마지막에 두었다. 근본적인 것으로 시작해서 부차적인 것의 순서대로 가르쳤다.[594]

공자는 "문, 행, 충, 신"[595]으로 학생을 가르쳤다. 교육의 기본인 "문"은 곧 공자가 정리·기술한 유가 정치 이상과 인문 정신이 구현된 『시』, 『서』, 『예』, 『악』 등의 서주에서 전해 내려온 문헌 전적과 예악 제도를 가리킨다. 이로써 시는 더 이상 천자 청정을 위해 사용되거나 제후·경·대부들이 접대에서 사용하는 것이 아니라, 다른 문화 전적과 함께 인문 교화를 실현하고 사인을 배양하는 도구가 되었다. 그리고 사인은 문화 계승자이자 수호자가 되었고, "천문을 관찰하여 사계절의 변화를 알아내고, 인문을 관찰하여 천하를 변화시키기"[596] 위해 『시』·『서』·『예』·『악』을 공부하였다. 그래서 쉬푸관徐復觀 (1902~1982)은 다음과 같이 말했다.

사士가 인격과 문화에서 책임자가 될 수 있었던 것은 그들이 봉건 신분의 속박에서 완전히 벗어나 문화의 자유인이 되었기 때문이다. 나는 이것이 공문 교화 집단의 노력과 성과라고 생각한다. "군자"와 "소인"은 원래 귀족과 평민을 나눠 부르던 호칭이었다. 그러나 『논어』에서는 각각 "덕을 갖춘 사람"과 "덕이 없는 사람"을 가리키고 있다. 이는 곧 인격이 신분을 대신하게 되었다는 확실한 증거이다.[597]

공자가 말한 "인문"은 외적으로는 "예"로 나타나고, 내적으로는 "인"으로 나타난다. "예"는 본래 원시 종교의 유물이지만 공자는 서주의 종법 제도에

---

594) 王應麟, 『困學紀聞』 卷7, 『論語』, 四部叢刊本.

595) 何晏 集解·邢昺 疏, 『論語注疏』 卷7, 〈述而〉, 十三經注疏本, 2483쪽.

596) 王弼 注·孔穎達 疏, 『周易正義』 卷3, 〈賁〉, 十三經注疏本, 37쪽.

597) 徐復觀, 『兩漢思想史』 第1卷, 「封建政治社會的崩壞及典型專制政治的成立」, 上海:華東師範大學出版社, 2001, 54쪽.

따라 이것을 윤리 정치화하여 기술하였다. "인"은 서주 이후의 인문 정신에 대한 귀납과 종합으로, 춘추 시대의 사회 발전에 따른 수요에 적응한 것이었다. 갑골문과 금문에서는 모두 "인"자가 발견되지 않았고, 금문 『상서』에서 1회, 『시경』에서 2회가 발견되었는데 뜻이 모두 분명하지 않다. 그러나 『논어』에는 "인"자가 무려 109회나 나타났고 이것은 공자 사상의 핵심인 "예"자보다 35회가 많았다. "인"의 기본 의미는 "사람을 사랑하는"[598] 것 또는 "가까운 곳에서 멀리에 이르기까지 널리 사랑을 베푸는"[599] 것, "백성들에게 널리 베풀고 민중을 구제하는"[600] 것이다. 공자가 "기괴한 것, 힘을 믿는 것, 도를 어지럽히는 것, 요괴한 것을 입에 담지 않는"[601] 것과 사람들과 죽음에 대해 이야기하지 않는 것은 바로 사람들의 관심을 인간의 생활, 운명, 가치로 인도하기 위함이었다. "인"의 사상은 공자의 인문 정신을 잘 구현하고 있다. "예"는 비록 서주 이후의 봉건 종법 제도에서 비롯되었지만 공자가 강조한 "예"는 사회 질서를 건설하고 인심이 흩어지는 것을 방지하기 위해서 나온 것이다. 심지어 사인의 문화적 이미지 구축을 시작으로 그들이 사회 모범이 될 수 있게 하기 위한 것이었다. 특히 그가 "예"와 "인"을 동전의 양면으로 여긴 것에서 그 고심의 흔적을 엿볼 수 있다. 그는 제자 안연이 "인"에 대해 묻자 "자기를 이기고 예로 돌아오는 것을 인이라 한다. 하루라도 자기를 이기고 예로 돌아온다면 온 세상이 인으로 돌아올 것이다. 인을 실천하는 것은 자기에게 달려 있다. 그런데도 다른 사람에게 의지하겠는가?"[602]라고 하였다. 이로써 이상의 내용을 증명할 수 있다. 『예기』 〈경해經解〉에서는 공자가 "윗사람을 편안히 하고 백성을 다스림에 예보다 좋은 것이 없다."라고 한 말을 실은 뒤, 다음과 같이 말했다.

---

598) 趙岐 注·孫奭 疏, 『孟子注疏』卷8下, 『離婁章句下』引孔子語, 2730쪽.

599) 何晏 集解·邢昺 疏, 『論語注疏』卷1 〈學而〉, 十三經注疏本, 2458쪽.

600) 何晏 集解·邢昺 疏, 『論語注疏』卷6 〈雍也〉, 十三經注疏本, 2479쪽.

601) 何晏 集解·邢昺 疏, 『論語注疏』卷7 〈述而〉, 十三經注疏本, 2483쪽.

602) 何晏 集解·邢昺 疏, 『論語注疏』卷12 〈顏淵〉, 十三經注疏本, 2502쪽.

대저 예가 혼란으로 말미암아 일어남을 금하는 것은 마치 제방으로 물이 흘러오는 것을 멈추게 하는 것과 같다. 그러므로 옛날에 제방을 쓸데없는 것이라 생각해서 헐어버리는 자는 반드시 물로 인해서 재앙을 받았고, 옛날의 예법을 쓸데없는 것이라 생각해서 버리는 자는 반드시 환난이 있었다. 그러므로 혼인하는 예가 폐해지면 부부의 길이 괴로워져서 음벽의 죄가 많아지게 된다. 향음주鄕飮酒의 예가 폐해지면 장유의 차례가 없어져서 옥사의 다툼이 빈번해질 것이다. 제사喪祭의 예가 폐해지면 臣子의 은의가 박해져서 죽은 자에 항거하고 산 자를 잊는 자가 많아질 것이다. 빙근聘覲의 예가 폐해지면 군신의 지위가 무너지고 제후의 행동이 약해져서 배반하고 침범하는 패역이 일어날 것이다. 그러므로 예의 교화가 정미한 것이다. 그 사악을 멈추게 하는 것은 아직도 형성되기 전에 있는 사람이 자기도 느끼지 못하는 사이 날마다 선을 실천하고 죄악을 멀리하게 하기 위함이다.[603]

공자의 인문 교화 사상은 이처럼 풍부한 의미를 가지고 있었기 때문에 공자의 사상을 진정으로 깊게 이해하고 『시』, 『서』, 『예』, 『악』 등의 문화 전적과 인문 정신을 익힌 사람 및 공자 교육의 기본 목표를 달성하고 공자가 선전한 유가 학술을 해득한 사람은 문학지사가 될 수 있었다. 공자는 제자의 특기를 평가하면서 "문학에는 자유와 자하가 있다."[604]라고 분명하게 말했다. 그러나 진정으로 문학을 믿고, 문학을 이해하고, 문학에 종사하기를 원했던 것은 세경세록의 귀족이 아니라 "유"로 대표되는 신흥 사인 계층이었다. 이들은 당시 사회 생산에 막대한 영향을 끼쳤고, 공자가 세상을 떠난 뒤에도 중요한 정치 역할을 담당했다. 반고班固(32~92)는 『한서』〈유림전서儒林傳序〉에서 다음과 같이 말했다.

공자가 세상을 떠난 뒤, 70여 제자는 각국으로 흩어져 제후들에게 유세를

---

603) 鄭玄 注·孔穎達 疏, 『禮記正義』卷50, 〈經解〉, 十三經注疏本, 1610~1611쪽.
604) 何晏 集解·邢昺 疏, 『論語注疏』卷11, 〈先進〉, 十三經注疏本, 2498쪽.

하였는데, 그중 크게 된 자는 제후의 사부나 경상이 되었고, 작게 된 자는 사대부의 친구가 되어 가르쳤으며, 어떤 이는 숨어 살며 벼슬에 나오지 않았다. 자장子張은 진나라에 있었고, 담대자우澹檯子羽는 초나라에 있었고, 자하는 서하에 있었으며, 자공은 제나라에서 일생을 마쳤다. 전자방田子方, 단간목段幹木, 오기吳起, 금활희禽滑釐 등은 자하 등에게 학문을 전수 받아 왕의 스승이 되었다.[605]

이들이 사회 문화적 주체가 된 것은 역사의 필연적인 선택이었다. 한 가지 언급할 것은 이 계층은 예전에 귀족 집단에서 가장 낮은 계급을 형성했던 "사"가 아니라, 새로운 역사 상황에서 인문 지식을 장악하고 무격 집단이 전수한 문화 자질과 사회 지위를 흡수한 중국 초기 지식인이었다.

공자는 춘추 말기에 나타난 지식인과 춘추 이전에 주요 지식을 장악한 무격 간의 차이에 대해 다음과 같이 간단명료하게 이야기했다. "귀신이 도우나 운수를 알지 못하면 무巫가 되며, 운수를 아나 도덕에 닿지 못하면 사史가 된다.", "나와 사무史巫는 같은 길을 걸으면서도 목적하는 바가 다르다. 군자는 복을 구하는 데에서 덕을 행하므로 제사하는 것이 적고, 길함을 구하는 데에서 인의를 실천하므로 거북점과 시초점이 드물다."[606] 공자의 이해에 따르면, 무巫는 "찬贊"에 능했지만 수數는 통달하지 못했고, 사史는 "수"에 능했지만 덕에는 통달하지 못했다. 이른바 "찬"은 "신명을 은근히 밝히는(幽贊)" 것이다. 『역』〈설괘說卦〉에는 "신명을 은근히 돕고자 한 것이니 이에 서죽筮竹이 나온 것이다."라고 하고, 왕필은 주注에서 "찬은 밝힌다는 것이다."[607]라고 하였다. 공자가 말한 무가 찬에 통달했다는 것은 무가 귀신의 일을 잘 안다는 것을 뜻한다. "찬"에는 보좌의 뜻도 있다. 『주례』〈추관秋官·사민司民〉은 "왕이 다스

---

605) 班固, 『漢書』卷88, 〈儒林傳·序〉, 二十五史本, 696~697쪽.

606) 『馬王堆帛書易傳』〈要〉는 『道家文化研究』第3集(上海:上海古籍出版社, 1993)에 수록되어 있다.

607) 王弼 注·孔穎達 疏, 『周易正義』卷9, 〈說卦〉, 十三經注疏本, 93쪽.

리는 것을 보좌했다."라고 하였고, 정현은 주에서 "찬은 보좌하는 것이다."[608] 라고 하였다. 『주례』, 〈춘관春官·어사御史〉에는 "어사는 수도와 기타 지방 및 백성의 법령을 관장하는 한편, 재상을 도와 천하의 정무를 관리한다."라고 하고, 가공언賈公彦은 소에서 "천관총재天官冢宰는 육전六典으로 왕을 도와 천하의 각국을 통치하고 여덟 가지 법칙으로 국가와 백성의 정무를 관리했다. 어사도 천관총재를 보좌하여 이런 일을 관장하였다. 즉, 이 둘은 같은 업무를 보았다."[609]라고 하였다. 무가 "찬에 통달했다."는 것도 무가 사람들을 도와서 귀신과 소통했음을 뜻한다. 이른바 "수"는 술수이다. 『광아廣雅』〈석언釋言〉에는 "수는 術術이다."라고 하였다. 여기서 술수는 점을 치는 것이나 오행 또는 역수일 수 있다. 『사기』〈일자열전日者列傳〉에는 "복수卜數를 시험했다."라고 하고, "복수는 술수와 같다. …… 유씨는 이들이 수서數筮를 할 수 있고 복서卜筮에도 능했다."[610]라고 고증하였다. 『예기』〈월령月令〉에는 "그 수는 여덟이다."라고 하고, "수라는 것은 오행이 천지를 도와 만물을 성장시키는 것에 버금간다."[611]라고 주를 달았다. 『문선文選』〈강문통잡체의유태위상난시江文通雜體擬劉太尉傷亂詩〉에는 "어지러운 세상을 다스리는 것은 오직 수에 달렸다."라고 하고, "수는 역수歷數이다."[612]라고 주를 달았다. 공자가 사史가 "수數에 통달했다."라고 한 것은 사가 술수에 능했음을 의미한다. "신명을 은근히 돕는" 것에서 "술수"에 능하게까지 된 것은 무에서 사로의 문화 발전과 진보를 나타낸다. 그러나 무와 사는 모두 제사 문화의 창조자이자 계승자일 뿐이었다. 군자는 전통 무사와는 완전히 다른 성격의 문화 계승자이자 창조자였다. 여기서 문화란 "예악 문화"와 "도덕 문화"를 일컫는다. 군자는 사회의 안정과 인생의 행복을 확실하지 않은 귀신의 은혜에 기댄 것이 아니라, 덕행인의라는

---

608) 鄭玄 注·賈公彦 疏, 『周禮注疏』卷35, 『秋官司寇』, 〈司民〉, 十三經注疏本, 878쪽.
609) 鄭玄 注·賈公彦 疏, 『周禮注疏』卷27, 『春官宗伯』, 〈御史〉, 十三經注疏本, 822쪽.
610) 司馬遷, 『史記』卷127, 〈日者列傳〉, 二十五史本, 위와 같음, 350쪽.
611) 鄭玄 注·孔穎達 疏, 『禮記正義』卷14 『月令』, 十三經注疏本, 1354쪽.
612) 蕭統 編·李善 注, 『文選』卷31, 胡克家刊本, 北京:中華書局影印, 1977, 449쪽.

세속 윤리 도덕을 숭배하고 그 가치 이상을 추구함으로써 얻고자 하였다. 즉, 공자가 말한 "군자는 복을 구하는 데에서 덕을 행하고, 길함을 구하는 데에서 인의를 실천했기" 때문에 "거북점과 시초점이 드물었다." 공자는 군자와 무사 巫史가 문화 기원 상 계승 관계가 있지만, 문화 정신상으로는 확연한 차이가 있다고 보았다. 이른바 말하는 "나와 사무는 같은 길을 걸으면서도 목적하는 바가" 달랐던 것이다. 공자는 "바탕이 꾸밈을 이기면 야해지고, 꾸밈이 바탕을 이기면 사해진다. 꾸밈과 바탕이 조화를 이룬 뒤에야 군자라고 할 수 있다."[613] 라고 한 적이 있다. 예전에 사람들은 문화 정신의 차이로써 공자의 이 말이 갖는 진정한 의미를 이해하려고 하지 않았다. 사실, 이 말은 공자가 군자와 무사 사이의 문화 정신 차이에 대해 내렸던 간명한 요약이자 군자로 대표되는 문화 주체와 무사로 대표되는 문화 주체 간의 원칙적인 차이를 뜻한다. 이런 차이는 당시의 지식 계층이 사회 정치 권력과 소원해졌음을 의미하고 또한 중국 초기 지식인이 문화 주체로서 독립적인 의식을 갖게 되었음을 의미한다. 이 문제에 관해서는 이 책 뒷부분에서 좀 더 자세하게 토론하도록 하고 여기서는 더 이상 다루지 않겠다.

이상의 분석을 통해, 공자의 문학 관념이 아주 풍부한 의미를 갖고 있음을 알 수 있었다. 사회학적 관점에서 볼 때, "문학"은 공자가 서주 이후의 사회 상류층 건설에 내린 일종의 귀납이다. 교육학의 관점에서 볼 때, "문학"은 공자가 인재를 배양하던 한 유형이다. 정치학적 관점에서 볼 때, "문학"은 공자가 제자의 정치 참여를 독려하던 방법이다. 문화학의 관점에서 볼 때, "문학"은 공자가 유가 문화 학술에 내린 일종의 명칭이다. 공자의 문학 관념이 가지는 이런 보편성은 춘추 말기 사회 상류층 건설과 사회의식 형태가 아직 분야별로 나뉘어 발전하지 못했음을 나타내는 객관적인 증거이다. 만약 "문학은 언어의 예술이다."라는 이런 현대문학적 관념에 빗대어 본다면, 당연히 공자의 문학 관념을 받아들일 수 없을 것이다. 그러나 문학 관념의 발전은 하나의

---

613) 何晏 集解·邢昺 疏, 『論語注疏』卷6, 〈雍也〉, 十三經注疏本, 2479쪽.

역사 과정으로, 오늘날 문학 관념은 바로 이런 전통 문학 관념의 바탕에서 발전하고 변화해왔다. 서양의 현대 문학 관념으로부터 큰 영향을 받았다고는 하지만, 중국 전통 문학 관념으로부터 받은 발전 요소를 부정할 수는 없다. 게다가 중국 고대 문학의 발전은 모두 전통 문학 관념의 영향을 받았고, 중국 문학의 민족적 특색 역시 전통 문학 관념과 아주 밀접한 관련이 있다. 공자의 문학 관념은 바로 중국 전통 문학 관념의 근원으로 지금까지도 정통이라고 여겨지고 있다. 이런 기본적인 역사 사실에 대해서는 그 누구도 부정할 수 없다.

공자 이후 문학은 새로운 발전을 이루게 되었고 따라서 문학 관념도 변하게 되었다. 사람들이 말하는 문학이 어쩌면 공자가 내린 문학의 정의와 완전히 일치하지 않을 수는 있다. 그러나 그 누구도 공자가 세운 문학 관념을 완전히 버리지는 않았다. 단지 공자가 남긴 사상의 어떤 부분에 대해 상황에 따라 보충하고 발전시킨 것뿐이다. 특히, 한 무제가 "백가百家를 배척하고 오직 유교만을 숭상한다."라고 한 동중서董仲舒의 제안을 받아들인 이후, 공자의 학설은 사회의 통치 이념이 되었고, 그의 문학 관념 역시 중국 문학의 가장 기본적인 문학 관념이 되었다.

공자의 문학 관념은 여러 관점에서 평가할 수 있다. 현대 문학 관념을 참고로 보면, 공자의 문학 관념이 너무 광범위함을 알 수 있다. 문학과 비문학의 경계가 모호하고 너무 짙은 정치적·윤리적·학술적 경향을 띠고 있으며, 문학의 심미적 기능과 오락적 기능을 경시하고 있는데 이것은 문학 자체의 발전에 불리한 요소이다. 반면, 공자의 문학 관념은 문학의 사회적 지위를 향상시키고 문학가의 사회적 책임을 가중시켰으며 문학과 문학가가 나르시시즘에 빠져 사회를 경시하고 무책임하게 문학에 종사하는 것을 막음으로써 문학이 정신문화 건설에서 중요한 작용을 발휘할 수 있게 하였다. 공과 실이 반반인 셈이다. 역사 유물주의적 관점에서 본다면, 공자의 문학 관념이 중국 고대 문화 사상과 인문 정신에 대한 이론적 총론이라고 볼 수 있다. 이것은 중화 민족이 종합적으로 사고하기보다는 전체를 중심으로 사고하는 특징을 보여준다. 여기에 포함된 "인간의 문화로 세상을 완성한다."라는 사상은 문학이 자발적으로 "인학人學"의 범위에 한정되도록 함으로써 문학의 "인간성"과 "세속성"에 대한 관심을 표현했다. 또 중국 문학이 자각적으로 사회 정치 윤리 교화의 책임을 짊어지게 하였고, 중화 민족의 문화적 심리와 문화적 특성을 이루도록 하였다. 은상 시대의 "귀치주의鬼治主義"의 관점에서 보면, 공자의 문학 관념도 서주 이후의 "덕치주의"와 인도 정신을 계승하고 발전시킨 것이어서 뚜렷한 역사 진보적 의미와 학술 이론적 가치를 가진다. 비록 공자의 문학 관념이 역대 통치자가 일으킨 문자옥文字獄에 이론적 근거를 제공하는 등 중국 문학 발전에 많은 걸림돌이 되기도 하였지만, 중화 민족의 문학 특성과 문화 정신이 담긴 문학 관념을 구현해냈다는 것에는 틀림이 없다.

제3절 "志, 据, 依, 遊"와 문학의 학술 경로

앞에서 지적했듯이 공자의 문학 관념은 아주 풍부한 의미를 가지고 있어서 전체적으로 파악해야지 일부로 전체를 파악해서는 안 된다. 그러나 공자 문학 관념의 핵심을 보면, 관련된 주체에 따라 다르게 나타날 수 있다. 문학이 개인에게서 나타날 때는 문화 수양이고, 문학이 사회에서 나타날 때는 문치 교화이다. 이 점은 아주 분명한 사실이다. 공자는 이 핵심 사상에 대해서 여러 번에 걸쳐 깊이 있는 이야기를 하였고, 이를 통해 그의 문학 관념은 여러 이론적 단계와 구체적인 학술 경로를 구성하게 되었다.

사회의 문치 교화는 항상 개인의 문화 수양에 의존하고, 개인의 문화 수양도 사회의 문치 교화를 떠나서 존재할 수 없기 때문에 이 두 가지는 서로 연계되고 서로 의존한다. 공자의 교육과 관련된 언급을 살펴보면 그가 개인의 문화 수양을 우선적으로 중시했음을 알 수 있다. 그래서 공자는 문학 교육을 교육의 기본이자 시작이라고 여겼다. 공자는 어떻게 하면 자유와 자하처럼 문학 재능을 구비한 사람이 될 수 있을까, 혹은 어떤 학술 경로를 통해 문학을 익힐 수 있을까에 대해 의미심장한 이야기를 한 적이 있다. 『논어』〈술이述而〉에는,

도를 사모하고, 덕을 근거로 하며, 인에 따라 행하고, 예에서 노닐어야
한다.[614]

공자의 이 논술은 사람들의 중시를 받았기에, 역대로 많은 해석이 내려졌
다. 위나라 때 하안何晏(190~249)은 『논어집해』에서 "지志는 사모함이다. 도는
형체를 형용할 수 없기 때문에 사모할 뿐이다. 거據는 기댐이다. 덕은 완성된
형체가 있기 때문에 기댈 수 있다. 의依는 의지함이다. 인자仁者는 남에게 은
혜를 베풀기 때문에 의지할 수 있다. 예藝는 육예六藝이다. 의거할 만하지 못
하기 때문에 노닌다고 한 것이다."[615]라고 하였다. 양황간梁皇侃(488~545)은
『논어의소論語義疏』에서 "이 장은 인생의 처세에서 도예道藝가 서로 상보적이
어야지 그렇지 않으면 헛수고일 뿐이라는 것을 알려주고 있다. '지어도志於道'
를 말하자면, 지는 마음에서 사모하는 것이고, 도는 통하여 막힘이 없는 것이
다. 도는 통하는 것이고 통하는 것에는 형상이 없다. 그래서 사람들은 지를
항상 마음속에 두어 잠시라도 떠나지 않게 하였다. '거어덕據於德'을 말하자
면, 거는 집장執杖한다는 말이고, 덕은 일을 행하는 이치이다. 일을 행함은
형체가 있어서 집장에 의거할 수 있다. '의어인依於仁'을 말하자면 의는 의지
하는 것이고, 인은 은혜를 베푸는 것이다. 은혜를 베푸는 것은 급한 일이기
때문에 사람들은 의지해서 행하는 것이다. 인은 덕보다 못하고, 의는 거보다
덜하기 때문에 일에 따라서 종사해야 한다. '유어예游於藝'를 말하자면, 유는
돌아다니며 겸어 안다는 말이고, 예는 육예로 예·악·서·수·사·어를 가리
킨다. 이것은 인보다 가볍기 때문에 의지하기에 부족하다. 그래서 알기 위해
여기저기를 노닌다고 한다."[616]라고 하였다.
　이런 해석은 공자가 표현하고자 했던 사상과 대체로 일치한다. 단지 이
중에서 일부 해석이 적절하지 않아 바로잡을 필요가 있겠다.

---

614) 何晏 集解·邢昺 疏, 『論語注疏』卷7, 〈述而〉, 十三經注疏本, 2481쪽.
615) 何晏 集解·邢昺 疏, 『論語注疏』卷7, 〈述而〉, 十三經注疏本, 2481쪽.
616) 魏何晏 集解·梁皇侃 義疏, 『論語集解義疏』卷4, 〈述而〉, 四庫全書本.

우선, "예"는 "예·악·서·수·사·어"의 "육예"를 가리키는데, 이것은 공자가 처음으로 제기한 것이 아니었다. "예·악·서·수·사·어"를 내용으로 하는 "육예"는 서주 시대 학교의 교육 과목이었다. 공자 "사교" 중에 "문"은 "선왕이 남긴 문장"으로, 구체적으로 『시』, 『서』, 『예』, 『악』 등을 가리키는데, 『논어』에 반복적으로 나타나고 있다. 공자는 서주 교육의 "육예"에 대해 잘 알고 있었고, 심지어 아주 높은 수준의 지식을 가지고 있었다. 예를 들어, "달항당達巷黨의 사람이 말했다. '위대한 공자여! 아는 것이 많아 한 분야에서만 이름을 이룬 것이 아니구나.' 공자가 이를 듣고 제자들에게 말하길 '내가 무엇을 잡아야 하는가? 말고삐를 잡을 것인가? 활을 잡을 것인가? 나는 말고삐나 잡아야겠다.'" 정현은 주注에서 "다른 사람이 찬미하는 것을 듣고 겸손하게 받아들인 것이다. '말고삐를 잡는다.'는 것은 육예 중에서 비천한 것으로 이름을 이루겠다는 뜻이다."[617]라고 하였다. 공자는 분명 "사"와 "어"에 능했기 때문에 "말고삐를 잡을 것인가? 활을 잡을 것인가? 나는 말고삐나 잡아야겠다."라고 할 수 있었던 것이다. "사", "어"는 공자의 마음속에서 큰 비중을 차지하는 것이 아니었기 때문에 이것은 겸손의 표현이자 열등감의 표현이기도 했다. 『논어』 〈위령공衛靈公〉에는 "위나라 영공이 공자에게 진법에 관하여 묻자, 공자가 대답하기를 '예의에 관한 일은 일찍이 들은 적이 있지만 군사에 관한 일은 아직 배우지 못했습니다.'라고 대답하였다."[618] 공자는 군대에 대해서는 대답하기를 원치 않아서, "아직 배우지 못했습니다."라고 얼버무렸다. 이를 통해 "사", "어"는 공자가 가르치는 교육 과목이 아니었음을 알 수 있다. 그러므로 공자가 말한 "예에서 노닐다"의 "예"는 "『시』·『서』·『예』·『악』" 등이지, "예·악·사·어·서·수"가 아니었다. 그러므로 이것은 공자의 문학 사상이 아니라 서주의 전통 교육이라고 할 수 있다.

다음으로, "지志", "거据", "의依", "유游"는 공자가 문학 경로로써 말한 것이

---

617) 何晏 集解·邢昺 疏, 『論語注疏』卷9, 〈子罕〉, 十三經注疏本, 2489쪽.
618) 何晏 集解·邢昺 疏, 『論語注疏』卷15, 〈衛靈公〉, 十三經注疏本, 2516쪽.

었다. 얕은 지식으로 떠드는 것이 아닌 개인의 높은 수양을 강조했다. 이 점에
관해서는 송대宋代에 심도 있는 토론이 이루어졌고 인상적인 해석도 많았다.
그중에서 가장 대표적인 것은 주희이다. 주희朱熹(1130~1200)는 『논어집주』
에서 다음과 같이 말했다.

> 지志라는 것은 마음이 가는 곳을 말한다. 도라는 것은 사람으로서 일상
> 속에서 마땅히 행해야 하는 것이다. 이것을 알고 마음이 도리로 가면 반드시
> 나아가는 바가 바르게 되어 다른 길에 현혹됨이 없을 것이다. 거據는 꼭 잡아
> 지킨다는 뜻이요, 덕은 곧 도를 행하여 마음에 얻는 것이다. 마음에 도를 얻고
> 그것을 잘 지켜 잃지 않는다면 끝과 시작이 한결같아서 나날이 새로워지는
> 공효功效가 있을 것이다. 의依는 떠나지 않음을 이름이요, 인은 곧 사욕이 모
> 두 없어져 심덕이 온전한 것이다. 공부가 여기에 이르러 밥 한 그릇 먹는 사이
> 라도 인을 떠나지 않는다면 존양이 익숙해져서 가는 곳마다 천 리의 유행
> 아님이 없을 것이다. 유游는 사물을 완성하여 성정에 알맞게 함을 이름이요,
> 예는 곧 예·악의 글과 사·어·서·수의 법이니, 모두 지극한 이치가 있어서
> 일상 생활에 빼놓을 수 없는 것이다. 아침저녁으로 육예에 노닐어 의리의 취
> 향을 넓혀간다면 일을 대처함에 여유가 있고 마음도 방심되는 바가 없을 것
> 이다. 이 장의 대의는 사람이 학문을 한다는 것이 당연히 이와 같아야 한다는
> 것이다. 배움이란 입지보다 앞서는 것은 아니니, 도에 뜻을 세우면 마음이
> 바름에 있게 되어 딴 길로 가지 않게 될 것이다. 덕에 의거하면 도를 마음에
> 얻어 그것을 잃지 않게 되고, 인에 의하면 덕성이 항상 적용하여 물욕이 설칠
> 수 없고, 예에 유하면 작은 사태라도 놓치는 일이 없고 움직이나 쉬나 모두
> 존양이 있게 된다. 배우는 자는 이에 그 선후의 차례와 경중의 도리를 잃지
> 않으면, 본말이 함께 갖추어지고, 내외가 서로 함양하며, 일용지간에 조그만
> 틈도 없어 그 속에서 여유롭게 헤엄치듯 하여 홀연히 자기도 모르는 사이에
> 성현의 경지에 들어가게 되는 것이다.[619]

---

619) 朱熹, 『論語集注』 卷4, 〈述而〉, 怡府藏板 四書集注本, 成都:巴蜀書社影印, 1986.

주희의 해석은 원, 명, 청 학자들 사이에서 정석으로 여겨졌다. 그가 공자의 참된 사상을 비교적 정확하게 간파했음을 보여준다. 주희와 제자들은 공자가 내린 이상의 논술에 대해 여러 번 토론을 가졌었다. 이를 통해 공자의 사상과 주희의 해석을 더 깊이 이해할 수 있다. 만약 "이 도리를 깨달으면 뜻을 세울 수 있는지?" 여부를 묻는다면, 주희는 "알게 된 뒤에만 지志가 있는 것이 아니라, 아직 알지 못할 때에도 도를 구하는 마음이 있다면 그것도 지이다. 덕은 도를 실행하면서 마음으로 얻는 것이다. 마음속에 얻은 바가 있더라도 잃지 않아야 항상 그것을 다스려야 잃지 않게 된다. 만약 효심이 있다면 불효하는 행동을 하지 않을 것이다. 그러나 자주 일깨우지 않으면 결국에는 느슨해지고 만다. 충성심이 있다면 배반하는 행동을 하지 않을 것이다. 그러나 자주 깨닫고 지키지 않으면 언젠가는 잃어버리게 될 것이다. 그래서 여기에 '거據'가 필요한 것이다. 덕에 의거하는 이런 마음을 갖고 있다면 그때마다 덕이 자유롭게 될 것이고, 그러면 '인을 따르게 된다.' 공부가 이 속에 이르러 작은 것조차 함부로 놓치지 않으려면 반드시 '예에서 노닐어야 한다.'"라고 대답할 것이다. 또 "만약 '도에 뜻을 두고 덕을 근거로 한다.'면 학문을 처음 배우는 사람이라도 이로부터 공을 들일 수 있다. 또한 '덕을 근거로 한다.'라면 1촌이면 1촌만큼 1척이면 1척만큼 얻은 만큼 공고히 해야 한다. 만약 '인에 따라 행한다.'라면 인은 전체적인 것을 가리키는데 어떻게 인을 따라 행할 수 있습니까?"라고 묻는다면, 주희는 "이른바 '덕을 근거로 한다.'라는 것은 반드시 진정한 덕이 있어야만 공고히 할 수 있다. 예를 들어, 부모를 모실 때 불효한 행위를 하지 않았다면 효도하는 덕이 있다고 할 수 있다. 다른 것도 이와 마찬가지이다. 이것은 처음 배우는 사람이 할 수 있는 것이 아니다. 인을 따른다는 것은 마음속에 그것을 가지고만 있어도 어긋나려는 잡념을 줄일 수 있다." 또한 주희는 "지志는 마음속에 가지고 있는 것이고, 도는 마땅히 해야 하는 이치로, 임금은 임금의 도리가 있고, 신하는 신하의 도리가 있는 법이다. '도에 뜻을 둔다.'는 것은 마음을 이런 이치에 두고 잊지 않는 것이다. 덕은 얻는(得) 것이다. 이미 얻은 뒤에 공고히 하여 잃지 않아야 한다. 인은 사람의 본심이다. 의依는 '중용에 의지한다.'고 할 때의 의지를 말한다. 서로 의지하고 떨어지지 않는 것이다. 이미 그것을 가진 뒤에는 공고히 해야 할 뿐만 아니라, 인을 따르되 어긋나서는 안 된다. 예를 들어, 이른바 '군자는 밥 먹는 짧은 시간 동안에도 인을 어기지 말아야 한다.'가 그것이다. '예에서 노닐어야 한다.'는 이상의 세 마디 말보다 수월하게 느껴지지만 그렇다고 가볍게 여겨서는 안 된다. 예를 들어, 상채上蔡는 '이렇게 해도 소인이 될 수 있고, 이렇게 하지 않아도 군자가 될 수 있다.'라고 하였는데 이는 지나치게 경솔한 발언이다. 선인들은 예, 악, 사, 어, 서, 수 등에 가장 높은 이치를 부여하였다. 여기서 노닌다면 마음을 제멋대로 굴 수 없고, 매일 이렇게 하면서 그 본말을 깨우칠 수 있으며 내외가 서로 어우러져 함양할 수 있다."[620]라고 대답할 것이다. 주희는 개인의 수양이라는 학문적 경로를 통해 배움으로써 공자의 이 말이 담고 있는 사상을 이해한 것이 분명하다.

공자는 문학 수양을 지도하는 학술 경로를 통해 "도를 사모하고 덕을 근거로 하며 인에 따라 행하고 예에서 노닐어야 한다."라는 사상을 제시했다. 이 사상은 완벽한 총체라고 할 수 있다. 주의할 것은 이상 네 가지 중에서 우선순서나 경중의 차이가 있느냐는 점이다. 공자의 주장을 참고하여 살펴보자.

공자는 "젊은이들은 집에 들어가서는 효성스럽고, 나와서는 공경스러워야 하며, 행실을 삼가고 미더워야 하며, 널리 많은 사람을 사랑하고, 어진 이를 가까이 해야 하니, 행하고 남는 힘이 있다면 글을 배워야 한다."라고 하였다.(〈학이〉)

자로가 성인에 관하여 묻자, 공자는 "장무중臧武仲의 지혜와 공작公綽의 무욕과 변장자卞莊子의 용기와 염구冉求의 재주를 예악으로 장식한다면 그역시 성인이라고 할 수 있다."라고 하였다. 또 "오늘날의 성인이야 어찌 꼭 그래야만 하겠느냐? 이익을 보면 의로운 것인지를 생각하고, 위태로운 사태

---

620) 이상 『朱子語類』 卷34, 『論語十六』, 〈述而〉, 四庫全書本 참고.

를 보면 목숨을 내놓으며, 오래 전의 약속일지라도 옛날에 한 말을 잊지 않는 다면, 이 역시 성인이 될 수 있다."라고 하였다.(〈헌문〉)

첫 번째 내용의 경중을 따져보면, 공자는 "행"을 "학"보다 중요하게 여긴 듯하다. 우선순위를 따지자면 공자는 "행하고 남는 힘이 있다" 뒤에 "학문"을 둔 것으로 보인다. 두 번째 내용의 경중을 따져보면, 공자는 "문"을 "지知 · 불욕不欲 · 용勇 · 예藝"보다 중시한 듯하다. 우선순위에 대해서는 공자는 명확한 의견이 없어 보인다. 그러나 지적할 것은 공자가 여기서 이야기한 것은 모두 "행"과 "학"의 관계이지, 학문의 경로가 아니라는 점이다. "행"과 "학"의 관계로 볼 때, 공자는 줄곧 "행"이 "학"보다 중요하다고 주장했다. 그렇다고 "학"을 중시하지 않은 것은 아니고, "학"의 목적을 "행"에 둔 것이다. 즉, 사회적 실천을 강조한 것이다. 공자가 "『시』 삼백 편을 외울 줄 알면서도 일을 맡겼을 때 제대로 수행하지 못하며, 각국으로 파견 보냈을 때 혼자서 일을 처리할 수 없는 사람은 아무리 공부를 많이 했다 해도 무엇에 쓰겠는가?"[621]라고 한 것이 바로 이런 뜻이다. 그러나 공자가 단순하게 "학"보다 "행"을 강조한 것이 아니라, "행"하려면 "학"으로써 이끌고, "문"으로써 관철해야 함을 강조하였다. "문"과 "학"을 관철하여 "행"으로 나타나는 것이 바로 "행하고 남는 힘이 있으면 글을 배우는 것이다."와 "예악으로 글을 다듬으면 인격 완성이라 할 수 있다."의 진정한 뜻이다. 이 점을 이해한다면 "도를 사모하고 덕을 근거로 하며 인에 따라 행하고 예에서 노닐어야 한다."의 상호 관계를 이해할 수 있다.

송나라 사람들은 "도를 사모하고 덕을 근거로 하며 인에 따라 행하고 예에서 노닐어야 한다."의 상호 관계에 대해 깊이 있는 연구를 하였다. 조순손趙順孫(1215~1277)은 『논어찬소論語纂疏』에서 이 문제에 대한 송인들이 대표적인 견해를 소개하였다.

---

621) 何晏 集解 · 邢昺 疏, 『論語注疏』 卷13, 〈子路〉, 十三經注疏本, 2507쪽.

　　보輔씨는 "선후에 대해서는 '도·덕·인·예'로 정리하고, 경중에 대해서는 '지志·거據·의依·유游'로 정리하였다. 먼저 나오는 것이 중요하고 나중에 나오는 것이 덜 중요한 것이다. 가장 근본적이고 내적인 것은 '도·덕·인'이고, 상대적으로 덜 중요하고 외적인 것은 '예藝'이다. 다른 사람은 선후의 순서를 따졌지만, 내가 보기에는 비록 경중의 차이는 있더라도 무엇을 더 편애하지는 않아서 골고루 가르쳐야 마땅하겠다. 매일 열심히 배우고 쉬지 않으며, 의리와 사물에 완전히 빠져들어 그곳에서 노닐고 만족하면서 다른 것은 알지 못하게 되면, 성현의 자리에 오르게 된다."라고 하였다.

　　진陳씨는 "처음 배울 때 반드시 순서대로 배워야지 함부로 배워서는 안 된다. 성덕成德에 이른 뒤에는 일상 생활에서 사통팔달하게 되고 융통성이 생기면 서로 더욱 쓸모가 있어진다."라고 하였다.

　　호胡씨는 "결론적으로 말하면, '도·덕·인'이 먼저고, '예'는 나중이다. 또 '지·거·의'는 중요하고, '유'는 덜 중요하다. 앞에 것도 중요하지만 뒤에 것도 소홀히 해서는 안 된다. 내적인 것도 중요하지만 외적인 것도 중요하다. 경중이나 선후로 따지자면 여전히 차이는 있다. 그러나 본말과 내외적인 것을 융합한다면 서로 영향을 준다."라고 하였다.[622]

　　이런 이해는 아주 심오하다고 할 수 있다. 송인들은 "도를 사모하고 덕을 근거로 하며 인에 따라 행하고 예에서 노닐어야 한다."에 대해 비록 학습 과정상 선후가 있고, 가치 등급상 경중이 있지만, "본말과 내외적인 것을 융합한다면 서로 영향을 주기" 때문에 이들을 완전히 분리할 수는 없다고 생각했다. 즉, 의식적인 면에서 볼 때 이 네 가지는 선후와 경중의 구분이 있지만, 실천적인 면에서 볼 때 그 선후와 경중이 분명하지 않다. 만약 "예에서 노닐" 때, "도를 사모하고 덕을 근거로 하며 인에 따라 행하지" 않는다면, 그것은 공자가 말한 "예에서 노니는 것"이 아니다. 또한 "도를 사모하고 덕을 근거로 하며 인에 따라 행하는 것"도 "예에서 노니는 것"에서 벗어날 수 있다. 왜냐하면

---

622) 趙順孫, 『論語纂疏』卷4, 『朱子集注』, 〈述而第七〉, 四庫全書本.

이것에서 벗어난다면 배움의 경로와 매체를 찾을 수 없기 때문이다. "도를 사모하고 덕을 근거로 하며 인에 따라 행하는 것"의 귀결점을 찾을 수 없다면, 자연히 "도를 사모하고 덕을 근거로 하며 인에 따라 행할" 수 없게 된다. 명나라 때, 주종건周宗健(1582~1627)은 다음과 같이 말했다.

> 이렇게 보면 순서가 있는 것처럼 보이지만 중요한 것은 그런 순서가 아니다. 공자가 말하는 학문의 경지는 다음과 같다. 처음에는 뜻을 세워야 하는데, 이것을 지도志道라고 한다. 뜻을 굳건히 유지하기 위해서는 힘을 정해야 하는데, 이것이 거덕據德이다. 함양은 조화로워야 하는데 이것은 의인依仁이다. 그렇다면 유예游藝는 어디서 찾을 수 있을까? 사람은 언제 어디서나 예가 없을 수 없다. 마음속이 깨끗해야 장애 없이 즐길 수 있고 노닐 수 있다. 예와 함께 배우면 순박해질 수 있다. 뜻을 세울 때로부터 노닐면 지도志道가 되고, 의거할 때부터 노닐면 거덕據德이고, 조화로울 때부터 노닐면 의인依仁이다. 이 순서에 이르기까지의 결과가 천고론학千古論學의 단두丹斗이다. 사람이 예에서 노니는 것은 물고기가 물에서 헤엄치는 것과 같다. 물과 고기가 어울리면 물은 고기의 생명이 된다. 사람이 예와 어울리면 예는 사람의 영혼이 된다. 생명과는 한시도 떨어질 수 없고, 영혼이 없으면 한시도 존재할 수 없다. 그러므로 의인한 뒤에 예에서 노니는 것은 그릇된 것이다. 그래서 선인들은 '시로써 감정을 일으키고, 예로써 행동 규범을 확립하고, 악으로써 기쁨을 성취하는 것'이 곧 유예游藝의 결과라고 하였다. 이 장에 참고로 삼을 만하다.[623]

공자가 개인의 학습 경로로 제시한 "지도, 거덕, 의인"은 각각의 의미를 가지고 있었고, "유예" 역시 특별한 기능이 있었다. 이에 대해 공자는 다음과 같이 말했다.

> 시로써 감정을 일으키고, 예로써 행동 규범을 확립하고, 악으로써 기쁨을 성취한다.[624]

---

623) 周宗建, 『論語商』卷上, 〈志道章〉, 四庫全書本.

주희는 "시로써 감정을 일으킨다."는 것을 "흥은 일어나는 것이다. 시는 사람의 성정에 근본하기 때문에, 비뚤어진 것도 있고 바른 것도 있다. 그 표현이 알기 쉬워 읊는 사이에 억양을 넣어 반복하면, 감동하여 쉽게 몰입된다. 그러므로 배우는 자가 처음 단계에 그 선을 좋아하고 악을 싫어하는 마음을 일으켜 스스로 그만두지 못하게 되는 것은 반드시 시를 통해 얻어진다."[625]라고 해석했다. 주희의 해석은 포함包咸의 영향을 받은 것으로 보인다. 포함(기원전 6~65)은 "흥은 일어나는 것이다. 수신하려면 먼저 시를 배워야 한다."[626]라고 하였다. "시로써 감정을 일으킨다."에 대한 이해는 줄곧 이 범위를 벗어나지 않았다. 공자는 개인 수양의 공부로 가장 편리하고 가장 쉽게 일으킬 수 있는 "예"가 바로 "시"라고 여겼다. 『논어』에도 공자가 『시』로써 학생을 가르친 내용이 나와 있다. 예를 들어,

자공이 물었다. "가난하면서도 아첨하지 아니하고, 부유하면서도 교만하지 아니하면 어떻습니까?" 공자가 대답했다. "괜찮다. 하지만 가난하면서도 즐거워하며, 부유하면서도 예를 좋아하는 것만 못 하다." 자공이 물었다. "『시』에서 '자르고, 다듬고, 쪼고, 간 듯하다.'라는 말이 바로 이를 두고 한 말이군요?" 공자가 대답했다. "자공아, 비로소 너와 함께 시를 논할 수 있겠구나. 옛것을 알려주니 미래를 생각할 줄 아는구나."[627]

자하가 "'귀엽게 웃는 모습 아름답구나! 아름다운 두 눈이 초롱초롱하구나! 흰 바탕 위에다 문채를 지었구나!'라고 한 것은 무엇을 말한 것입니까?"라고 묻자, 공자가 "그림을 그리는 일은 먼저 흰 바탕을 마련해놓고 난 뒤에 한다는 말이다."라고 대답했다. 자하가 "예가 나중이라는 말씀입니까?"라고 다시 묻자 공자가 대답했다. "나를 일깨워주는 사람은 상商이로구나. 비로소

624) 何晏 集解·邢昺 疏, 『論語注疏』卷8, 〈泰伯〉, 十三經注疏本, 2487쪽.

625) 朱熹, 『論語集注』卷4, 〈泰伯〉, 怡府藏板 四書集注本, 巴蜀書社影印, 1986.

626) 何晏解, 皇侃疏, 『論語集解義疏』卷4引苞咸語, 四部叢刊本.

627) 何晏 集解·邢昺 疏, 『論語注疏』卷1, 〈學而〉, 十三經注疏本, 2458쪽.

그와 함께 『시』를 이야기할 수 있게 되었다.["628)]

『시』를 배움에 있어 공자는 사물의 표면적인 현상에서부터 본질까지 이해할 것을 주장하였다. 또 『시』의 문구를 통하여 『시』가 가진 정신적 본질을 정확하게 파악해야 한다고 하였다. 즉, 『시』는 문구 자체보다 그 안에 있는 심오한 이치를 깨닫는 것이 더욱 중요하다는 뜻이다. 『한시외전韓詩外傳』 권2에서는 다음과 같이 말했다.

자하가 『시』를 완독하자 공자가 "『시』보다 중요한 것은 또한 무엇인가?"라고 물었다. 자하가 대답하기를 "『시』는 만사에서 비롯되어서 햇빛과 달빛처럼 밝고 별이 교대로 빛나는 것과 같습니다. 또 위로는 요순의 도가 있고 아래로는 삼왕의 의가 있습니다. 저는 감히 잊을 수 없습니다. 비록 쑥과 볏짚으로 만든 집에 살지만 거문고로 선왕의 풍채를 노래합니다. 누군가 옆에 있어도 즐겁고 없어도 즐겁습니다. 또한 도에 발분하여 배고픔도 잊을 수 있습니다. 『시』에서 이르기를, '초라한 집에서라도 마음 편히 살 수 있다. 철철 넘쳐흐르는 샘물에 배고픔도 즐길 수 있다.'라고 했습니다." 공자가 얼굴색이 바뀌며 이르기를 "아! 이제 『시』를 말할 수 있게 되었구나. 그러나 그 겉은 보았으나 그 안은 보지 못했구나!" 안연【자하를 잘못 쓴 듯하다-인용자】이 말하기를 "그 겉은 이미 보았는데, 그 안은 또한 어떠합니까?" 공자가 대답하기를 "문 앞에서만 볼 뿐 그 안에는 들어가지 않는다면, 그 오묘함을 어떻게 알 수 있겠는가! 그 오묘함은 어려운 것이 아니다. 나는 진심을 다해 뜻을 이루었고 안으로 들어갈 수 있었다. 앞에는 높은 언덕이 있고 뒤에는 깊은 협곡이 있는 곳에서 적막하게 서 있었다. 고로 그 안을 볼 수 없다면 정미하다고 할 수 없는 것이다."[629)]

자하는 『시』를 배움에 있어 이미 사물의 표면적인 현상에서부터 본질까지

---

628) 何晏 集解·邢昺 疏, 『論語注疏』 卷3, 〈八佾〉, 十三經注疏本, 2466쪽.

629) 韓嬰, 『韓詩外傳』 卷2, 四部叢刊本.

인식해야 한다고 생각했다. 『시』를 통해 "요순의 도"와 "삼왕의 뜻"을 이해하
고 자신의 덕행을 기르는 것이다. 자하는 "귀엽게 웃는 모습 아름답구나! 아름
다운 두 눈이 초롱초롱하구나! 흰 바탕 위에다 문채를 지었구나."라는 시구를
통해 "예후禮後"를 이해했고 공자로부터 칭찬을 받았다. 그러나 공자는 여전
히 자하가 "사물의 표면적인 현상만 볼 뿐, 그 본질은 보지 못했다"라고 생각
했다. 이를 통해, 공자가 『시』를 이해하는 "정미精微"에 대한 요구가 아주 높았
음을 알 수 있다. 공자의 『시』론을 전체적으로 살펴보면, 공자가 이해한 『시』
의 "정미"가 그가 말한 "도를 사모하고 덕을 근거로 하며 인에 따라 행하는
것"임을 어렵지 않게 발견할 수 있다. 『상해박물관장전국초죽서上海博物館藏
戰國楚竹書』(一)에 수록된 「공자시론」 역시 이 점을 증명하고 있다. 예를 들어,
공자는 다음과 같이 말했다.

　　나는 〈갈담葛覃〉 편에서 그들이 처음부터 뜻을 둔 것을 알게 되었는데,
백성들의 본성은 원래 그러한 것이다. 그 아름다운 것을 보면 그 본질을 찾고
자 한다.[630]

　　나는 〈甘棠〉 편에서 종묘에 대한 백성의 공경심을 보았다. 그 사람을 지극
히 존경하면 반드시 그 지위도 존경하게 된다. 그 사람을 좋아하면 반드시
그 행위를 따르게 되고, 그 사람을 싫어하면 따르지 않게 된다.[631]

　　이상을 통해, 공자는 학생이 『시』에 집중하여(즉, 예에서 노닐다) "도를 사모
하고 덕을 근거로 하며 인에 따라 행하도록" 하기 위해 고심했던 흔적을 엿볼
수 있다. 사실, 공자가 문학에 대해 했던 수많은 이야기도 학생에게 진행했던

---

630) 『上海博物館藏戰國楚竹書』「孔子詩論」 해석문에서는 "나는 〈葛覃〉 편으로 초기 시를 알게
　　되었는데, 民性이 원래 그러하니 아름다움을 보면 반드시 근본으로 돌아가고자 한다."라고 하
　　였다. 여기서는 廖名春의 해석을 사용하였다. 「上海博物館藏詩論簡校釋」, 『中國哲學史』
　　2002年第一期 참고.
631) 廖名春, 「上海博物館藏詩論簡校釋」, 『中國哲學史』 2002年第一期.

『시』의 교화 또는 『시』에 대한 직접적인 평론을 통해 표현한 것들이다. 그래서 공자의 문학 관념에 대해 이해하려면 『시』의 교화와 시에 대한 평론으로 돌파구를 삼아야 한다. 특히 『시』의 문학 기능에 대한 이해에서 더욱 그러하다.

제4절 "興, 觀, 群, 怨"과 문학의 사회 기능

『논어』〈술이〉에는 "공자는 문, 행, 충, 신 이 네 가지로 가르쳤다."[632]라고 하였다. 공자의 "문"교는 『시』, 『서』, 『예』, 『악』 등의 "선왕이 남긴 문장"이 포함된다. 『사기』〈공자세가〉에도 공자가 "『시』, 『서』, 『예』, 『악』으로 제자를 가르쳤다."[633]라고 하였다. 『논어』와 기타 선진 전적의 기록으로 볼 때, 『역』과 『춘추』에서도 공자가 학생들에게 "문"의 중요한 내용을 가르쳤다고 하였다. 이것들은 물론 "예에서 노닐다."의 "예"에 속한다. 이것은 공자가 제창한 "신육예新六藝"로, 서주의 "예·악·사·어·서·수"의 "구육예舊六藝"와 구분된다. 공자가 말한 문학도 "신육예"를 기본으로 했다.

만약 공자의 "도를 사모하고 덕을 근거로 하며 인에 따라 행하고 예에서 노닐어야 한다."라는 가르침이 학생들에게 문학을 배우는 길을 제시하여 그들로 하여금 문학을 이루는 방법을 얻게 한 것이라면, 이 같은 맥락에서 볼 때 그는 반드시 학생들에게 문학을 배우면 어떠한 이점이 있는지를 알게 함으로써 그들이 자발적으로 문학을 공부할 수 있도록 하였을 것이다. 『예기』〈경해 經解〉에는 공자의 아래와 같은 말이 실려 있다.

그 나라에 들어가 보면, 그 교화를 알 수 있다. 그 사람됨이 온화하고 돈후하면 이는 『시』의 교화이며, 서로 소통이 되고 먼 앞일을 안다면 이는 『서』를 통한 교화이며, 널리 일이 실행되고 선량하다면 이는 『악』을 통한 교화이며,

---

632) 何晏 集解·邢昺 疏, 『論語注疏』卷7, 〈述而〉, 十三經注疏本, 2483쪽.
633) 司馬遷, 『史記』卷47, 〈孔子世家〉, 二十五史本, 227쪽.

깨끗하고 자세하며 섬세한 것은 이는 『역』을 통한 교화이며, 공경하고 검소하며 씩씩한 것은 이는 『예』를 통한 교화이며, 말하는 것이 사실과 맞는다면 이는 『춘추』를 통한 교화이다. 그러므로 『시』를 놓치면 어리석게 되고, 『서』를 놓치면 남을 속이고, 『악』을 놓치면 사치하게 되고, 『역』을 놓치면 도둑질을 하며, 『예』를 놓치면 번거롭게 되며, 『춘추』를 놓치면 혼란이 일어나게 된다. 그 사람됨이 온화하고 돈후하며 어리석지 않다고 한다면 이는 『시』에 깊은 자이고, 사리에 소통하고 먼 앞일을 알아서 남을 속이지 않는다면 이는 『서』에 깊은 자이고, 광범위하게 실행하며 선량하게 하면서 사치하지 않는 자는 『악』에 깊은 자이고, 깨끗하면서도 자세하고 섬세하여 도둑질하지 않는다면 이는 『역』에 깊은 자이고, 공손하고 겸손하며 씩씩하고 공경하면서 번거롭지 않다면 이는 『예』에 깊은 자이고, 하는 말이 사실에 부합하고 혼란을 일으키지 않는다면 이는 『춘추』에 깊은 자이다.[634]

당나라 때, 공영달孔穎達(574~648)은 "육교六敎"에 대해 다음과 같이 해석했다.

"부드럽고 온화하며 성실한 것은 『시』의 교화이다"에서 온溫은 낯빛이 따뜻하고 윤기가 있는 것이다. 유柔는 성정이 온화하고 부드러운 것이다. 『시』는 풍자하는 것이지 무엇을 직접적으로 말하는 것이 아니다. 그래서 부드럽고 온화하며 성실한 것이 바로 『시』의 교화이다. "오래 전의 것을 알고 소통하는 것은 『서』의 교화이다."에서 『서』는 왕의 정령을 기록하고 대강을 거론하는 것이다. 그 내용이 많고 자세하여 소통한다고 한다. 또한 제왕 시기의 일을 알 수 있어서 오래 전의 것을 알 수 있다고 하는 것이다. "박식하고 용이하며 아름다운 것은 『악』의 교화이다."에서 『악』은 화합하고 상통하는 것을 위주로 해서 소용없는 것이 없기 때문에 박식하다고 한다. 또한 간단하고 아름다워서 사람들을 순화시키므로 용이하고 아름답다고 하는 것이다. "깨끗하고 고요하며 정미한 것은 『역』의 교화이다."에서 『역』은 사람에게 있어서 바른

---

634) 鄭玄 注·孔穎達 疏, 『禮記正義』卷50, 〈經解〉, 十三經注疏本, 1609쪽.

사람은 길함을 얻고 사악한 사람은 흉을 얻게 된다. 이것을 배우면 음란하지 않게 되어 깨끗하고 고요하게 된다. 이치가 무궁하고 성품이 다하며 그 말이 아주 자세하여 정미하다고 한다. "공손하고 검소하며 단정한 것은 『예』의 교화이다."에서 『예』는 공손하고 검소하고 단정하고 삼가는 것을 근본으로 한다. 사람들로 하여금 공경하고 검소하게 하는 것이 『예』의 교화이다. "글을 모으고 역사에 가까워지는 것은 『춘추』의 교화이다."에서 속屬은 모은다는 것이고 비比는 가깝다는 것이다. 『춘추』는 나라 사이의 회동한 내용을 모아놓았기 때문에 글을 모았다고 한다. 또한 당시의 좋고 나쁜 일에 가까워지는 것이므로 역사에 가까워진다고 하는 것이다. 임금이 이런 육경의 교화를 행하여 아래를 교화시키고, 아래의 백성들은 그 가르침에 물들게 된다. 또한 육경의 성품이 있는데 『시』의 교화, 『서』의 교화 등이 그것이다.[635]

보다시피 『예기』〈경해經解〉에서 언급한 "육교"는 "신육예"(문학 수양이 있는 것)를 배우고 익혀서 개인의 도덕을 함양하고 사회를 개혁함으로써 얻는 긍정적 효과와 "신육예"(문학 수양이 없음)를 올바르게 학습하고 파악하지 못해서 생기는 부정적 영향을 모두 포함한다. 공자의 논평을 통해 그는 개인의 도덕을 함양하고 나아가 사회를 개혁하는 것을 문학의 기능으로 보고 있음을 알 수 있다. 그렇지만 그는 사회가 항상 피동적인 것이라고는 생각하지 않았다. 그가 "임금이 이것 등 육경의 교화를 행하여 아래를 교화시킨다."라고 한 것으로 볼 때, 그는 사회가 갖고 있는 모범성과 통솔력 등의 긍정적인 기능을 강조한 것을 알 수 있다. 물론 여기서 의미하는 것은 임금이 몸으로 직접 "신육예"를 실천해야 비로소 "신육예" 교육이 실제적으로 실행될 수 있음을 뜻한다. "정치는 올바름이다. 그대가 백성을 정도正道로 이끈다면 누가 감히 정도를 걷지 않겠느냐!"[636] 비단 임금뿐만 아니라, 모든 위정자들도 마땅히 그러해야 했다. 『논어』〈자로〉에는 공자와 자공의 대화가 실려 있다.

---

635) 鄭玄 注·孔穎達 疏, 『禮記正義』卷50,〈經解〉, 十三經注疏本, 1609쪽.
636) 何晏 集解·邢昺 疏, 『論語注疏』卷12,〈顏淵〉, 十三經注疏本, 2504쪽.

자공이 "어떻게 해야 선비라고 할 수 있습니까?"라고 묻자, 공자가 "자신의 행동에 대하여 염치가 있고, 사명을 띠고 사방으로 나갔을 때 임금의 사명을 욕되게 하지 않으면 선비라고 할 수 있다."라고 말했다. "감히 그 다음 것을 여쭈어보겠습니다."라고 하자, "집안에서 효성스럽다고 칭송하고 마을에서 공손하다고 칭송하는 것이다."라고 하였다. "감히 그 다음 것을 여쭈어 보겠습니다."라고 하자, "말에는 반드시 믿음성이 있고 행동에는 반드시 과단성이 있는 것은 고지식한 소인 같기는 하지만 그래도 역시 그 다음이 될 수 있다."라고 하였다. "오늘날의 위정자들은 어떻습니까?"라고 하자, 공자가 "허! 한 말 정도밖에 되지 않는 사람들을 어찌 다 평할 수 있겠느냐?"라고 하였다.[637]

공자는 오늘날의 위정자가 문학 수양이 없어 사회가 이토록 어지럽게 되었다고 보았다. 이처럼 문학의 기본은 여전히 개인에게 우선시 되어야 하고, 그 다음에 사회로 널리 알리는 것이었다. 이것으로 공자가 문학 관념에서 개인과 사회의 변증 관계에 대해 아주 전면적이고 심도 있게 이해했음을 알 수 있다.

『시』의 교화는 "신육예" 교육의 기본으로, 공자도 이를 가장 중요하게 생각하여 가장 많이 언급하였다. 또한 공자가 문학의 사회적 기능에 대해 가졌던 인식도 『시』의 교화에서 충분히 나타났다. 공자는 다음과 같이 제자들에게 말한 적이 있다.

너희들은 왜 『시』를 배우지 않느냐? 시는 가히 흥하고, 가히 관찰하고, 가히 무리 짓고, 가히 원망하고, 가까이는 부모를 섬기고 멀게는 임금을 섬기는 것이며, 조수와 초목의 이름을 많이 알게 해준다.[638]

이것은 공자의 『시』의 교화에 대한 중시와 『시』가 발휘할 수 있는 사회적 기능에 대한 인식을 나타내고 있다. 또한 공자가 중국 문학의 특징과 기능에

---

637) 何晏 集解 · 邢昺 疏, 『論語注疏』 卷13, 〈子路〉, 十三經注疏本, 2507~2508쪽.
638) 何晏 集解 · 邢昺 疏, 『論語注疏』 卷17, 〈陽貨〉, 十三經注疏本, 2525쪽.

대해 깊이 이해하고 있었음을 나타낸다.

"흥興, 관觀, 군群, 원怨"에 대해서는 사람들의 해석이 분분하다. 공안국은 "흥"을 "비유를 들어 비슷한 뜻을 연결시키는 것이다."라고 해석했고, 정현은 "관"을 "풍속의 성쇠를 보는 것이다."라고 해석했고, 공안국은 "군"과 "원"을 각각 "함께 살며 서로 갈고 다듬는 것이다.", "윗사람의 정치를 풍자하는 것이다."라고 해석했다. 공영달은 소疏가 주注를 위배하지 않는다는 원칙에 따라 "공자가 문인들을 불러 물었다. '어찌하여 시를 배우지 않느냐? 시는 흥하게 할 수 있다.' 문인들에게 시를 배우면 유익한 이유를 설명한 것이다. 만약 시를 잘 배운다면 시가 사람들로 하여금 사물을 이끌어 비유하면서 동류의 사물을 끌어다 비유하여 비比하고 흥興하게 할 수 있다. 시에는 여러 나라의 풍속의 성쇠가 실려 있으니, 시를 보고 그 나라의 정치적 득실을 알 수 있다. 시는 자르고 다듬을 수 있어, 여럿이 함께 지내며 쪼고, 간 듯 할 수 있다. 시에는 선량하지 않은 군상의 정치를 풍자한 것이 있다. 그러나 풍자하는 말을 한 자는 죄를 받지 않았고, 풍자를 들은 자는 경계로 삼기에 충분하였다. 그러므로 군상의 정치를 원망하여 풍자할 수 있었다."[639]라고 해석했다. 이 해석은 논리상의 혼동을 초래했다. "흥"을 "비유를 들어 비슷한 뜻을 연결시키는 것이다."라고 하면, "비흥"의 방법을 배우는 것인데, 이것은 뒤에 나오는 "풍속의 성쇠를 보는 것", "함께 살며 서로 갈고 다듬는 것", "윗사람의 정치를 풍자하는 것"처럼 시의 사회적 기능을 논하는 것과 같은 논리 차원의 것이 아니기 때문이다. 그래서 주희는 『논어집주』에서 "시는 흥하게 할 수 있고"의 "흥"을 "의지를 감발시키는 것이다."라고 하고, "관"은 "득실을 통찰하는 것이다."라고 하고, "군"은 "화목하되 방탕하지 않는 것이다."라고 하고, "원"은 "원망하되 분노하지 않는 것이다."[640]라고 해석했다. 이것은 공자의 원래 뜻에 더 부합하고 더 논리적으로 표현한 것이다. 다시 말해, "흥·관·군·원"은 모두 『시』

---

639) 何晏 集解·邢昺 疏, 『論語注疏』 卷17, 〈陽貨〉, 十三經注疏本, 2525쪽.

640) 朱熹, 『論語集注』 卷9, 〈陽貨〉, 怡府藏板 四書集注本, 1986.

의 사회적 기능을 가리키는데, 모두 개인과 전체에 정신적·도덕적·정치적
·문화적 영향이 미치는 것을 뜻한다. 이러한 이해는 뒤에서 말한 "가까이는
부모를 섬기고, 멀게는 임금을 섬기는 것이며, 조수와 초목의 이름을 많이 알
게 한다."라고 한 사고방식과도 일치한다.

공자는 『시』의 사회적 기능에 대대 전면적이고 심오하게 이해하고 있었다.
또한 그의 『시』의 교화도 아주 중요한 문화 목표를 가지고 있었다.

중국은 일찍부터 "악교"의 전통이 있었다. 『상서』〈요전〉에는 "임금께서
이르시길, '기여! 그대를 음악장관에 임명하노니, 태자와 경대부들의 자제들
을 가르치시오. 곧되 온화하며, 너그럽되 위엄 있으며, 강하되 포악하지 않으
며, 단순하되 오만하지 않게 해주시오. 시는 뜻을 읊는 것이요, 노래는 말을
길게 늘인 것이요, 소리는 가락을 따르고 음률은 소리가 조화를 이룬 상태인
것이요. 팔음이 조화를 이루어 서로의 음계를 빼앗지 않게 하면, 신과 사람도
이로써 조화를 이룰 것이오.' 기가 이르길, '오! 제가 경을 치고 두드리니, 온
갖 짐승들이 저를 따라 춤을 추었습니다.'"[641]라고 하였다. 여기서 임금은 순
임금을 가리킨다. 이 기록이 사실이라고 한다면, 당시에 이미 "악교樂敎"가
있었다고 할 수 있다.[642] "시"·"가"·"성"·"율"의 구분과 "팔음"의 학설이 요순
시대에 있었던 관념은 아니지만, "악교"는 있었을 가능성이 높다.〈요전〉에
기록된 "악교"의 목적이 "하늘의 뜻과 인간의 삶이 조화를 이루는" 것이고,
그 구체적인 형식이 "경을 치고 두드리니, 온갖 짐승들이 따라서 춤을 추는"
것이기 때문이다. "악교"에는 성聲·시詩·가歌·무舞 등의 많은 내용이 포함
되어 있는데, 원시 종교 예의와 문학 예술이 한데 섞여 분리되지 않았다는

---

641) 孔安國 傳·孔穎達 疏, 『尙書正義』卷3, 『虞書』, 〈舜典〉, 十三經注疏本, 131쪽.
642) 〈堯典〉은 금문 『尙書』에 실려 있는데 책으로 엮어진 시기에 대해 의견이 분분하다. 範文瀾은
  "주나라 때, 사관이 소문을 모아서 체계적으로 기록한 것이다."라고 하였다.(『中國通史簡編』
  (수정본)第一編, 北京:人民出版社, 1964, 93쪽) 郭抹若은 "〈堯典〉은 사, 맹의 제자에게서 나
  왔다."라고 하였다.(『十批判書』, 北京:東方出版社, 1996, 141쪽) 陳夢家는 금문 『尙書』〈堯
  典〉이 "진나라가 여섯 나라를 병합한 이후"에 책으로 편찬된 것이라고 보았다.(『尙書通論』,
  石家莊:河北敎育出版社, 2000, 153쪽)

중요한 사실을 반영하고 있다.[643] 주디朱狄는 다음과 같이 말했다.

원시 사람들에게 음악은 예술이 아니라 일종의 힘이었다. 사람들은 음악을 통해 신이 주는 본질을 얻을 수 있었고, 자신과 신을 함께 연결 지었으며, 각종 신령들을 통제할 수 있었다.[644]

중국 초기의 "악교"가 시가, 예의 등의 내용을 포함하였기 때문에 당시에는 "악교"만 있었지 "예교"와 "시교"는 없었다. 청나라 때에 유정섭兪正燮(1775~1840)은 "하·상·주의 고서를 살펴보면 악 이외에는 학문이 없었다."[645]라고 하였다. 근대에 와서 뤼스미안呂思勉(1884~1957)은 이를 가리켜 "독창적이면서 일리 있는 말이다."[646]라고 하였다. 악학은 곧 악교이다. 악학 말고는 배울 것이 없다는 말은 곧 악교 이외에는 가르칠 것이 없다는 뜻이다. 류스페이劉師培(1884~1919)는 다음과 같이 말했다.

고대의 교육 방법은 우학虞學이었다. 이것의 이름은 성균成均이다. 균은 운韻자의 고문이다. 고대에 백성을 가르치는 것은 입에서 입으로 전해졌기 때문에 소리에 대한 교육을 아주 중요시했다. 소리로 사람을 감동시키려면 악에 능해야 한다. …… 고대 사람들은 백성을 가르치는데 예를 기본으로 삼았고 육예의 으뜸으로 간주했다. 그래서 상고 시대 백성을 가르침에 있어 육예의 악이 가장 중시되었고 악교는 교육의 근본이 되었다.[647]

사회가 진보하고 문화가 발달함에 따라, "악교"의 의미도 끊임없이 풍부해

---

643) 拙著,「"詩言志":與中國古代文學觀念發生的一個標本」(『淸華大學學報(社會科學版)』 2010年第1期) 및 이 책 제4장 제1절 참고.

644) 朱狄, 『原始文化硏究』, 北京:生活·讀書·新知三聯書店, 1988年, 521쪽.

645) 兪正燮, 『癸巳存稿』,「君子小人學道」, 叢書集成初編本.

646) 呂思勉, 『呂思勉讀史札記』, 上海:上海古籍出版社, 1982, 452쪽.

647) 劉師培, 『古政原始論』, 孟憲承 等編, 『中國古代敎育史資料』, 北京:人民敎育出版社, 1961, 31쪽.

졌다. 특히 주공이 "예악을 제작한" 이후에 세속 생활은 사회 정치의 중심이
되었다. 종법 제도를 유지하기 위해 그동안 "악"의 일부이자 "악"의 통제를
받았던 "예"가 종법의 의미를 부여받게 되었고, 사회로부터 매우 중시되었다.
그러면서 "예교"도 자연스럽게 부각되었다. 궈모뤄郭沫若(1892~1978)는 "예의
기원은 신에게 제사를 지내는 것이었다. 그래서 훗날 시示자를 따르게 되었다.
그 뒤에는 사람을 대하는 것으로, 더 나중에는 길·흉·군軍·빈賓·가嘉 등의
여러 가지 의식으로 확대되었다."[648]라고 하였다. 주공의 "예악 제작"은 "예"로
써 사람들의 일상 생활을 규범하는 것으로, "악"은 "예"의 규범 안에서 통제되
었고, "예"로 "악"을 통제하는 것과 "예"와 "악"이 상호 보완하는 문화 구조를
형성하게 되었다. 『예기』〈명당위明堂位〉에는 다음과 같이 나와 있다.

　　무왕이 세상을 떠나고 성왕이 너무 어려서 주공이 천자의 자리에 나아가
　서 대신 천하를 다스렸다. 6년, 제후를 명당에서 조회하게 했으며, 예악을
　만들고 도량을 반포해서 천하가 크게 복종했다.[649]

그래서 "예"는 "악"을 대신하여 백성을 가르치는 근본이 되었다. 그렇다고
"악"이 배척된 것은 아니고, 통제하는 지위에서 물러나 종속되고 보조하는 역
할을 하게 되었다. 중국 문화와 문학 발전의 실제에서 볼 때, "예"로 백성을
가르치는 근본은 "악"으로 백성을 가르치던 근본을 계승하고 발전시킨 것이
라고 볼 수 있다. 『예기』〈교특생郊特牲〉에는 다음과 같이 나와 있다.

　　은나라 사람들이 소리를 숭상하여 (제물의) 냄새와 맛이 이뤄지지 않았으
　면 그 소리로 씻어내어 음악을 세 번 연주하여 마친 뒤에 나가서 제물을 맞이
　했다. 소리의 부르짖음을 천지 사이에 아뢰기 위한 것이다.[650]

---

648) 郭沫若, 『十批判書』, 「孔墨的批判」, 北京:東方出版社, 1996, 96쪽.
649) 鄭玄 注·孔穎達 疏, 『禮記正義』卷31, 〈明堂位〉, 十三經注疏本, 1488쪽. 『逸周書』〈明堂
　解〉에는 "明堂이란 제후의 높고 낮은 서열을 밝히는 것이다. 그래서 주공이 명당을 만들고 제후
　의 서열에 맞게 명당의 자리를 안배했다."라고 하였다.

은상 시대에 "악"은 제사의 주제이자 교육의 주제였음을 알 수 있다. 또 『예기』〈표기表記〉에는 "주나라 사람들은 예를 존중하고, 실행을 숭상하고, 귀신을 섬기고 공경하되 멀리하고, 사람을 가까이하고 이에 충실한다."[651]라고 하였다. 『예기』〈악기樂記〉에는 다음과 같이 나와 있다.

사람이 나서 고요해지는 것은 하늘의 성품이요, 사물에 감동되어 움직이는 것은 성품이 그렇기 때문이다. 사물에 감촉되고 지력이 감지된 연후에야 좋아하고 싫어함이 나타나는 법이다. 이 좋아하고 싫어함은 안에서 절제되는 일이 없고 지력이 외물에 이끌리어 스스로 능히 반성할 수 없을 때에는 천리天理가 사라지는 것이다. …… 이런 까닭으로 선왕이 예악을 마련하여 사람들을 절제하게 한 것이다. 최마衰麻와 곡읍哭泣은 상기喪紀를 절도 있게 하는 것이다. 종鍾, 고鼓, 간干, 척戚은 안락을 고르게 하는 것이다. 혼인과 관계冠笄는 남녀를 분별하는 것이다. 사향射鄕과 사향食饗은 교접을 바르게 하는 것이다. 예는 사람의 마음을 절도 있게 하고, 악은 사람의 소리를 화평하게 한다. 정치로써 이를 행하고, 형벌로써 이를 막는다. 예·악·형·정 네 가지가 천하에 널리 행해지고, 백성이 이에 어그러지지 않는다면, 임금의 치도가 갖추어진 것이다.[652]

이때의 "예악"은 이미 사람의 마음을 통제하고 세속 생활에서의 의식을 안배하는 역할을 하였다. 그래서 "악교"에서 "예교"로의 전환은 사회 문화가 귀신을 중시하던 것에서 세속의 발전과 진보를 중시하는 것으로 바뀌었음을 의미한다. 서주의 학교에서는 "예, 악, 사, 어, 서, 수"[653]의 "육예"로 학생을 가르쳤다. "예교"를 "육예"의 첫 번째에 놓음으로써 그 지위를 부각시켰는데

---

650) 鄭玄 注·孔穎達 疏, 『禮記正義』卷26, 〈郊特性〉, 十三經注疏本, 1457쪽.

651) 鄭玄 注·孔穎達 疏, 『禮記正義』卷54, 〈表記〉, 十三經注疏本, 1642쪽.

652) 鄭玄 注·孔穎達 疏, 『禮記正義』卷37, 〈樂記〉, 十三經注疏本, 1529쪽.

653) 『周禮』〈地官·保氏〉에는 "보씨는 왕의 그릇됨을 간언하고 국자의 도를 배양했다. 그들에게 육예를 가르쳤는데, 이 육예는 첫째 五禮, 둘째 六樂, 셋째 五射, 넷째 五馭, 다섯째 六書, 여섯째 九數이다."라고 하였다. 十三經注疏本, 731쪽.

이런 발전과 진보를 상징한다고 할 수 있다.

공자는 서주 이후의 문화 전통을 계승한 동시에, 창조적인 작업도 진행했다. 그는 여전히 "예악" 교화의 전통을 고수하는 한편, "시"의 지위를 상승시켰다. 또한 "『시』의 교화"를 사회 지식 구조와 가치 계통에 포함시켜 시가 사회 의식 형태의 중요한 기초가 되도록 하였고, 이로써 인문 지식을 기초로 하고, 인격 배양을 목표로 하는 중국 문화 교육과 중국 문화 발전의 새로운 국면을 열었다. 예전에는 사람들이 공자의 사상을 연구할 때 "예"와 "인"을 비교적 중시했는데, 물론 이것도 잘못된 것은 아니다. 그러나 문화 교육과 문화 발전의 관점에서 볼 때, 공자는 『시』의 교화를 예악 문화 학습의 기본이자 군자 인격을 배양하는 방향으로 삼았고, 사회 교육을 인간의 외적 행위 규범인 "예교"를 중시하는 것에서 인문 지식 학습과 인간의 내적 수양을 중시하는 "『시』의 교화"로 전환했다.[654] 이로써 인문 지식으로 사회의식 형태를 통합하고, 백성의 문화 수준을 끌어올렸으며 중국 문학 발전에도 새로운 국면을 열어서 그 의미가 아주 크고 심오하다고 할 수 있다. 그리고 바로 여기에서 중국 초기 문학 관념에 나타난 인문 정신을 향한 오랜 관심과 구체적인 발전 경로를 찾을 수 있어서 연구 가치 역시 아주 높다. 이 점에 대해서는 다음 장에서 좀 더 자세하게 다뤄보도록 하겠다.

---

654) 『禮記』〈樂記〉에는 "예는 밖에서 움직이는 것이다."라고 하였다. 『禮記』〈祭義〉에도 같은 내용이 기록되어 있다.

제6장

"威儀"와 "氣志": 孔子 詩敎의 인격적 성향

공자가 살던 시대는 바로 "부시언지"로 대표되던 춘추 시대 『시』의 교화가 전성기를 지나 쇠퇴기로 접어들던 때였다.[655] 공자는 『시』, 『서』, 『예』, 『악』으로써 제자를 가르쳤다. 그가 『시』의 교화를 중시한 것은 천하가 아는 일이다. 공자 『시』의 교화는 춘추 시대 『시』의 교화에서 발전해왔다. 이는 중국 사상 문화의 각 방면, 특히 중국 문학 사상에 직접적이고 심오한 영향을 미쳤다. 선인들은 공자의 시교를 논하면서 주로 시가의 기능과 가치에 대한 이해에 집중했다. 예를 들어, "흥興, 관觀, 군群, 원怨"에 대한 분석 및 "생각에 사악함이 없다."에 대한 이해 등이다. 반면, 공자 시교의 인격적 성향에 대해서는 사람들의 관심이 부족한 편이다. 그러나 공자는 제자를 가르칠 때 인격 배양을 가장 우선으로 하였다. 그는 "시로써 감정을 일으키고, 예로써 행동 규범을 확립하고, 악으로써 기쁨을 성취한다."[656]라고 했다. 또 아들 백어伯魚에게 "너는 시경의 〈주남周南〉과 〈소남召南〉을 배웠느냐? 사람이 이것을 배우지 않으면 담장을 정면으로 마주하고 서 있는 것과 같다!"[657]라고 하였다. 그래서 공

---

655) 『좌전』에는 제후나 경대부가 맹회와 연회에 방문하거나 교류할 때 "賦詩言志"를 했다고 나와 있다. 이것은 노 희공 23년(기원전 637)에 시작해서 노 정공 4년(기원전 506)까지 지속되었다. 특히 공자가 살았던 노 양공 22년(기원전 551) 때에 가장 많이 이루어져서 공자가 이런 풍습으로부터 영향을 받았을 것이 분명하다. 그러나 정공 4년 이후로, 『좌전』에 제후나 경대부가 부시했다는 기록을 찾아볼 수 없다. 그렇다고 "시교"가 중단된 것은 아니었고, 『시』가 민간에 전파되어 일반 사민도 배울 수 있는 교재가 되었다. 공자가 『시』, 『서』, 『예』, 『악』으로써 제자를 가르친 것이 그 증거라고 할 수 있다.

656) 何晏 集解 · 邢昺 疏, 『論語注疏』卷8, 〈泰伯〉, 十三經注疏本, 2487쪽.

657) 何晏 集解 · 邢昺 疏, 『論語注疏』卷17, 〈陽貨〉, 十三經注疏本, 2525쪽.

자 시교의 인격적 성향을 명확히 하는 것은 공자의 시교를 전면적으로 이해하
는 데 아주 중요하다. 또한 현재 논쟁이 되고 있는 문제의 진상을 밝히는 데
많은 도움을 줄 것이다.

한 가지 보충할 것은, 인격의 개념은 여러 학술 분야에서 사용될 수 있다는
것이다. 윤리학에서는 인간의 도덕 자질을 가리킨다. 법학에서는 인간이 권리
와 의무의 주체로서 가지는 자격을 뜻한다. 심리학에서는 개인이 타인과 다르
게 가지는 고유한 심리적 특징 또는 개개인이 기타 동물과 달리 가지는 심리
적 특징을 아우르는 총칭으로, 전자는 "개성"을 가리키고, 후자는 "인성"을
가리킨다. 여기서는 공자 시교의 인격적 성향에 대해 따로 범위를 설정하지
않고, 공자의 관련 논술을 통해서 이 문제에 대한 그의 생각을 요약하고, 역사
언어 환경에서 그 사상의 본모습을 복원하고자 한다.

제1절 "五至", "三無", "五起"와 孔子의 詩敎

예전에 공자의 시교를 다룰 때면 주로 『논어』를 근거로 하고, 기타 자료는
감히 사용할 수 없었다. 기껏해야 보충 자료로 쓰이는 정도였다. 예를 들어,
『예기』와 『공자가어』에 기록된 공자의 시교는 한인漢人들의 손에 완성되었거
나 또는 후세 사람들에 의해 완성된 위작이라고 해서 그 신빙성에 의심을 받
아왔다. 그러다 최근 출토된 전국 시대 초나라 죽서를 통해 이상의 문헌에
대한 평가가 바뀌게 되었고, 공자의 시교에 대해 새롭게 인식하게 되었다.

상하이박물관에 소장되어 있는 전국 시대 초나라 죽서는 새롭게 출토된
전국 중후기 때의 문헌이다. 이 문헌의 〈민지부모民之父母〉 편에는 자하가 공
자에게 "어찌해야 백성의 부모라고 할 수 있습니까?"라고 가르침을 구한 것과
공자가 이에 대답한 것이 실려 있다. 이 내용은 오늘날 전해지는 『예기』〈공자
한거孔子閑居〉, 『공자가어』〈논례論禮〉에서도 볼 수 있는데, 약간의 차이만 있
을 뿐이어서 이들 문헌의 높은 신빙성을 증명해준다. 자하의 질문은 『시경』

〈대아 · 하작洞酌〉에서 "점잖으신 임금님, 백성의 부모로다."[658]라고 한 시구에서 인용한 것이다. 공자의 대답은 비록 자하의 질문을 중심으로 이루어졌지만, 『시』에 대한 학습 · 이해 · 응용 등 각 방면과 깊숙하게 관련되어 있어서 공자 시교의 주요 정신을 반영했다고 볼 수 있다. 공자는 자하를 칭찬하며 "기쁘구나! 자하야, 이제 『시』를 가르칠 수 있겠구나."[659]라고 하였다. 이것은 자하의 『시』를 공부하는 방법과 시에 대한 이해가 공자의 시교 정신과 부합했음을 설명해 준다. 『논어』에도 공자와 자하 등이 『시』에 대해 토론한 내용이 실려 있지만, 내용이 빈약하여 사람들에게 완전한 인상을 주기 어렵다. 또한 『예기』와 『공자가어』 등에 기록된 공자의 시교에 관한 자료는 한나라 또는 그 이후에 기술한 것이라는 이유로 오랫동안 학계에서 그 사료적 가치를 인정받지 못했으며, 공자의 시교에 대한 이해에 영향을 주었다. 그러다가 전국 초나라 죽서인 〈민지부모〉의 발견으로 전통 문헌이 다시 주목을 받게 되었고, 공자의 시교에 대해 더욱 깊이 있는 연구를 할 수 있게 되었다. 정말 다행스런 일이 아닐 수 없다.

전국 시대 초나라 죽서인 〈민지부모〉에 따르면, 자하가 "『시』에서 '점잖으신 임금님, 백성의 부모로다.'라고 했는데, 어찌해야 백성의 부모라고 할 수 있습니까?"라고 묻자, 공자가 "반드시 예악의 근원에 통달해야 하고, '오지五至'를 실현하고 '삼무三無'를 행하며, 천하를 누벼야 한다. 사방에 재앙이 있으면 반드시 먼저 알아야 한다. 이것이 백성의 부모라고 하는 것이다."[660]라고 대답했다. 구설에 『시』 〈하작洞酌〉을 두고 "소강공召康公이 성왕成王을 경계한 시이다. 황천皇天은 덕이 있는 자를 친하게 여기고, 도가 있는 자의 제사를

---

658) "凱俤"는 『禮記』 〈孔子閑居〉에 "凱弟"라고 하였고, 오늘날 전해지는 『詩經』에서는 "豈弟"라고 하였다. 凱는 또한 "愷"로 쓸 수 있고, 俤는 "弟", "悌"로 쓸 수 있다.

659) 馬承源 主編, 『上海博物館藏戰國楚竹書』(二), 上海:上海古籍出版社, 2002, 166쪽.

660) 馬承源 主編, 『上海博物館藏戰國楚竹書』(二), 156~158쪽. 원문에서는 정리자가 작성한 통용자를 사용했다. 괄호 안의 글자는 원래 파손된 것을 정리자가 보충해 넣은 것이다. 아래 인용에서는 가독성을 높이기 위해서 괄호를 사용하지 않았다.

흠향함을 말한 것이다."⁶⁶¹⁾라고 하였다. 공자는 "민지부모"의 인격적 요구에
착안하여 대답한 것이다(자세한 내용은 아래 참고). 『예기』〈표기表記〉에는 "『시』
에 이르기를, '점잖으신 임금님, 백성의 부모로다.'라고 하였다. 점잖으니 가
르침에 힘쓰고, 공경으로 기쁘게 하며, 즐거움으로 빠져들지 말며, 예의로써
가까워야 한다. 또한 위엄과 씩씩함으로 편안해야 하며, 효로 사랑하고 공경
하며, 백성들로 하여금 아버지와 같은 존경을 받고 어머니와 같은 친근함이
있어야 한다. 이와 같은 후에야 가히 백성의 부모가 된다고 하였다."⁶⁶²⁾라고
하였다. 이 역시 인격 수양의 관점에서 "민지부모"를 정의한 것으로, 공자의
뜻과 일치한다. 그리고 "오지", "삼무"의 주장은 『예기』〈공자한거〉, 『공자가
어』〈논례論禮〉의 관련 내용에서 이미 명확히 제시하였다. 초나라 죽서인 〈민
지부모〉와 약간만 다를 뿐, 거의 일치하고 있어서 이들 문헌의 신빙성을 증명
해주고 있다.

"오지"에 관하여, 『예기』〈공자한거〉와 『공자가어』〈논례〉는 모두 "뜻이
이르는 곳에 시도 이른다. 시가 이르는 곳에 예도 또한 이르고, 예가 이르는
곳에 악도 이르며, 악이 이르는 곳에는 슬픔도 이른다."라고 하였다. 반면, 초
나라 죽서인 〈민지부모〉에는 "사물이 이르는 곳에 뜻도 이른다. 뜻이 이르는
곳에 예도 이르고, 예가 이르는 곳에 악도 이르며, 악이 이르는 곳에는 슬픔
또한 이른다."⁶⁶³⁾라고 하였다. 선인들은 이미 후세에 전해진 문헌의 "오지"가
논리에 맞지 않음을 지적하였고,⁶⁶⁴⁾ 〈민지부모〉는 이 모순을 해결하는 데 도움

---

661) 鄭玄 箋·孔穎達 疏, 『毛詩正義』卷17, 『大雅』,〈洞酌〉, 十三經注疏本, 544쪽.

662) 鄭玄 注·孔穎達 疏, 『禮記正義』卷54, 十三經注疏本, 1641쪽.

663) 馬承源 主編, 『上海博物館藏戰國楚竹書』(二), 158~159쪽.

664) 청나라 姚際恒은 "『서』"에서 '시언지'라고 하고, '뜻이 이르는 곳에 시도 또한 이른다.'라고
하였다. 뜻은 시에 포함되어 떼려야 뗄 수 없다. 이 장의 첫 부분은 백성의 부모를 말하는데,
五至는 백성에게 하는 말이다. 뜻이 이르는 곳에 시가 이른다고 했는데, 어떻게 백성에 이른다
는 말인가? 그래서 여기서의 뜻을 첫 번째라고 할 수 없음이 틀림없다. 정현도 이 부분이 매끄럽
지 않다며 '뜻을 말하는 부분은 모두 백성에 이르는 것이다. 여기서 뜻은 백성에 대한 사랑이다.
임금의 사랑이 백성에 이르는 것이고, 이것은 임금이 지은 사랑의 시도 백성에 이른다는 것이
다.'라고 하였다. 뜻을 백성에 대한 사랑이라고 하는 것은 분명 잘못된 해석이다. 작자의 뜻이

을 제공했다. 죽서의 정리자는 "물지소지자 지역지안勿之所至者, 志亦志安"을 "뜻이 이르는 곳에 시도 이른다."에 포함시켰다. 또한 "'물勿'은 아마도 '지志' 를 잘못 쓴 것으로 보인다. 그러나 '물'을 '물物'로 읽어야 문맥이 매끄럽다."[665] 라고 지적했다. 사실, 죽서의 정리자가 후세에 전해진 문헌의 영향을 받고 간 서를 고쳐 쓴 것이라는 말은 믿기 어렵다. 간서의 원문은 오히려 공자의 사상 을 정확히 반영하고 있기 때문이다. "물勿"는 "물物"이다. 이 두 글자는 고대에 서로 통용했다. 예를 들어, 『상서』〈입정立政〉에 나온 "이간질이 없게 하소서 (時則勿有間之)."[666]를 『논형論衡』〈명우明雩〉 편에서 인용할 때, "시즉물유간 지時則物有間之"[667]라고 하였다. 또 오늘날 전해지는 『노자』 42장에는 "고로 만물은 잃게 되면 얻기도 한다(故物或損之而益)."[668]라고 했지만, 한묘백서漢墓 帛書『노자』 갑본甲本에서는 "고물혹손지이익故勿或損之而益."[669]라고 하였다. "물勿"과 "물物"을 구분하지 않고 통용한 것을 알 수 있다. 그래서 〈민지부모〉 의 "오지"를 금문에 따라 표기하면 "사물이 이르는 곳에 뜻도 이르고, 뜻이 이르는 곳에 예도 이르고, 예가 이르는 곳에 즐거움이 이르고, 즐거움이 이르 는 곳에 슬픔이 이른다."가 된다. 여기서 "물物"은 사물(色)이라는 뜻이다. 예

정말 그러한 것인가? 그리고 '樂이 이르는 곳에 슬픔이 이른다.'를 악으로 이해한다면, 백성에 대한 사랑을 노래한 것이지만, 락(음 洛)으로 이해한다면 슬픔에 이르는 것을 노래한 것이다. 여기서 악을 락으로 이해한다면 매우 이상할 것이다.(주와 소에서 세 가지 악을 모두 락이라고 해석했다. 그렇다면 예악과 연결이 되지 않는다. 陳澔는 『集說』에서 두 가지 악을 모두 악이라 고 해석했는데, 그렇다면 樂과 哀는 연결이 되지 않는다.)『시』, 『예』, 『악』은 경전에 속하고, 哀는 人情에 속한다. 그런데 어떻게 『시』, 『예』, 『악』이 하나로 이를 수 있다는 말인가? 哀樂이 상생한다는 말도 다른 뜻이다. 그렇다면 〈민지부모〉 이 장 전체가 논리적으로 문제가 있다. '보아도 보이지 않고, 들어도 들리지 않는다.'는 원래 『노자』〈希夷〉에서 나온 말이다. '뜻이 천지 사이에 가득하다'는 『孟子』의 '그 기운이 천지 사이에 가득하다'를 모방한 것이다. 기는 천지 사이에 가득할 수 있지만 뜻이 어떻게 천지 사이에 가득할 수 있단 말인가."라고 말했다. (杭世駿, 『續禮記集說』〈引〉, 臺北:明文出版社, 1992, 4868~4869쪽)

665) 馬承源 主編, 『上海博物館藏戰國楚竹書』(二), 159쪽.
666) 孔安國 傳·孔穎達 疏, 『尚書正義』卷17, 『周書』, 〈立政〉, 十三經注疏本, 232쪽.
667) 王充, 『論衡』, 〈明雩〉, 諸子集成本, 151쪽.
668) 王弼 注, 『老子道德經』42章, 諸子集成本, 27쪽.
669) 高明, 『帛書老子校注』, 北京:中華書局, 1996, 32쪽.

를 들어, 『주례』〈보장씨保章氏〉는 "다섯 가지 구름의 색을 관찰하여 길흉을
판단하고, 홍수와 가뭄 그리고 풍년과 흉년을 예측한다."라고 하였고, 정현은
주注에서 "물은 색이다. 태양 부근의 구름의 색을 관찰하여 국가에 일어날 홍
수와 가뭄을 알 수 있다."[670]라고 하였다. 공자는 "오지"를 언급하면서 "사방에
재앙이 있으면 반드시 먼저 알아야 한다. 이렇게 해야 백성의 부모라 할 수
있음"을 강조했다. 그리고 "사방에 재앙이 있으면" 재해의 상황을 물색해야
한다. 또한 사방에 재앙이 없더라도 상황을 관찰하고 물색하는 것을 국정의
거울로 삼아야 했다. 만약 "오지"에서 "사물이 이르는 곳에 뜻도 이른다."가
없다면 "사방에 재앙이 있으면 반드시 먼저 알아야 하는" 것이 귀결점을 잃게
된다. 뿐만 아니라 상황을 물색하는 것은 사람들의 사상과 감정을 일으키는
외부 촉매제이다. 그래서 개인의 인격 수양과 상황을 물색하는 것은 서로 밀
접한 관련이 있다. 『예기』〈대학〉에서 군자가 수양한 "팔조목八條目"의 제1조
를 "격물格物"이라고 한 것도 이 점을 잘 증명해준다. "물지"가 "오지"의 기본
이자 시작이기 때문에 군자 인격 수양 역시 현실 사회의 근거를 마련할 수
있었고, 사물에 감응함으로써 작동할 수 있었다. 그래서 "사물이 이르는 곳에
뜻도 이른다(物之所至者, 志亦至焉)."는 "뜻이 이르는 곳에 시도 이른다(志之所
至, 詩亦至焉)."로 바꿀 수 없다.[671]

　그렇다면, 〈민지부모〉에는 왜 "뜻이 있는 곳에 시도 또한 이른다."가 없는
것일까? 이것은 "삼무"와 결합하여 이해해야 한다. 공자가 "오지"에 이르고
"삼무"를 행한다고 한 것은 전체적인 것이다. 여기서 "삼무"는 "형식을 갖추지
않은 예(無體之禮), 소리가 없는 악(無聲之樂), 의복을 갖추지 않은 상(無服之
喪)"[672]을 가리키고, "예지", "악지", "애지"에 대한 인간 내적 수양의 중요성을
강조하고 있다. 공자는 "예지禮至", "악지樂至", "애지哀至"는 형식에 있는 것이

670) 鄭玄 注·賈公彦 疏, 『周禮注疏』卷26, 十三經注疏本, 819쪽.
671) 자세한 내용은 拙著, 『中國文學觀念論稿』, 「從〈民之父母〉看孔子〈詩〉敎」, 武漢:湖北敎育
　　出版社, 2004年 참고.
672) 馬承源 主編, 『上海博物館藏戰國楚竹書』(二), 161~163쪽.

아니라, 사람의 마음에 있다고 생각하였다. 만약 "시"가 존재한다면, "얻어 들을 수 있는 것"이 있고, 그렇게 되면 "삼무"에 이를 수 없게 된다. 더군다나 선인들은 "시"와 "악"을 하나로 보았다. 공자가 "소리 없는 악"을 강조하면서 자연스럽게 음악과 어우러지는 "시"도 그 안에 포함되었다. 공자가 "예지"는 "형식"이 없고, "악지"는 "소리"가 없고, "애지"는 "의복"이 없다고 했다면, "지지志至"에는 당연히 "시"가 있을 수 없다. "형식"·"소리"·"의복"은 단지 "예"·"악"·"애"의 외적 형식일 뿐이고, "시"도 단지 "지"의 표현 수단이기 때문에, 이들은 모두 "지"·"예"·"악"·"애" 자체가 될 수 없다. 공자는 "백성의 부모"로서 상황을 물색하고 사람 마음속에 있는 윤리와 도덕의 근거를 찾아야 한다고 보았다. 마음을 바르게 하고, 성의가 있어야 하며, 수신해야 한다. 또 자신의 군자 인격으로 타인과 사회에 영향을 미쳐야 한다. 즉, 초나라 죽간에서 언급한 "군자는 올바르고", "뜻이 사해에 가득하거나" 또는 오늘날 전해지는 문헌에 언급된 "뜻이 천지 사이에 가득해야지만" 비로소 진정한 "백성의 부모"가 될 수 있는 것이다.[673] 『논어』〈안연〉에는 공자가 "정사政事란 바른 것이다. 그대가 통솔하기를 바른 것으로써 하면 누가 감히 바르지 않겠는가?", "군자의 덕은 바람이요, 소인의 덕은 풀이다. 풀 위로 바람이 불면 풀은 바람 부는 방향으로 반드시 눕게 마련이다."[674]라고 했는데, 모두 이런 의미를 나타낸다. 이들 역시 "오지", "삼무"가 상당히 명확한 인격 성향을 가졌음을 증명해준다.

"삼무"에 대해서는 공자가 『시』와 결부지어 설명한 적이 있다. 공자는 "'왕 되신 다음에도 밤낮이 없이 하늘 뜻 따라서 애를 쓰시네.'는 소리가 없는 악이요, '몸가짐이 자연스러워 별도로 고를 것이 없네.' 형식을 갖추지 않은 예요, '사람들에게 궂은 일이 있으면 힘을 다해 도우시네.'는 의복을 갖추지 않은

---

673) 『論語』〈憲問〉에 실린 내용이 공자 사상을 이해하는데 도움을 주고 있다. "자로가 군자에 관하여 묻자, 공자가 '자기 자신을 닦아서 경건해지는 것이다.'라고 했다. '이와 같을 뿐입니까?'라고 하자, '자기 자신을 닦아서 다른 사람을 편안하게 해주는 것이다.'라고 하였다. '이와 같을 뿐입니까?'라고 하자, '자기 자신을 닦아서 백성을 편안하게 해주는 것이다. 자기 자신을 닦아서 백성을 편안하게 해주는 것은 요 임금과 순 임금도 힘들어 했으리라!'라고 하였다."
674) 何晏 集解·邢昺 疏, 『論語注疏』卷12,〈顔淵〉, 十三經注疏本, 2504쪽.

상喪이다."[675]라고 하였다. "왕 되신 다음에도 밤낮이 없이 하늘 뜻 따라서 애를 쓰시네."는 『시』〈주송·호천유성명昊天有成命〉에서 나왔는데, 정현은 주에서 "문왕과 무왕이 아침저녁으로 천명에 순응하고, 크고 넓게 정사를 행하고 어질고 조용하게 백성을 교화하였다. 지금 이 말을 기본적인 정사로 생각하여, 아침부터 저녁까지 정사를 돌보고 백성을 교화하니, 나라가 너그럽고 조용해졌으며, 백성들은 날마다 즐겁고 기뻐했다. 이에 종소리와 북소리가 없어도 백성들이 즐거울 수 있는 것이다. 그래서 소리가 없는 악이라고 했다."[676]라고 하였다.

"몸가짐이 자연스러워 별도로 고를 것이 없네."는 『시』〈패풍邶風·백주柏舟〉에서 나왔는데, 정현은 주에서 "어진 이는 때를 만나지 못하더라도 그 위의가 자연스럽고 평안하여 고르지 않아도 된다. 위엄이 있어서 사람들이 두려워할 만하고 예의가 있어 본받을 만하여 백성들이 이를 본보기로 삼을 수 있다. 이것은 앞으로 나가고 뒤로 빠지거나 읍양하는 예가 아니다. 그래서 형체가 없는 예라고 한다."[677]라고 하였다.

"사람들에게 궂은 일이 있으면 힘을 다해 도우시네."는 『시』〈패풍·곡풍谷風〉에서 나왔는데, 정현은 주에서 "사람에게 상사喪事가 있을 적에는 이웃 사람들이 얼른 달려가 도와주었다. 이 말은 백성이 상사가 있을 때 임금이 얼른 달려가 구원하는 것을 보고서 본보기로 삼는다는 뜻이다. 이때 상복을 입지 않았다. 그래서 의복을 갖추지 않은 상이라고 한다."[678]라고 하였다. 공자의 『시』에 대한 이해는 후세 사람들이 보기에 시의에 맞지 않을 것이다. 〈모시서〉에 따르면, "〈호천유성명〉은 교외에서 천지에 제사하는 시이다."[679], "〈백주〉

---

675) 초나라 죽서에는 이 부분이 완전하지 않아, 여기서는 『禮記』〈孔子閒居〉를 사용하였고, 간문에 의거하여 "왕 되신 다음에도"를 보충하였다.

676) 鄭玄 箋·孔穎達 疏, 『毛詩正義』卷19, 『周頌』, 〈昊天有成命〉, 十三經注疏本, 587쪽.

677) 鄭玄 箋·孔穎達 疏, 『毛詩正義』卷2, 『邶風』, 〈柏舟〉, 十三經注疏本, 296쪽.

678) 鄭玄 箋·孔穎達 疏, 『毛詩正義』卷2, 『邶風』, 〈谷風〉, 十三經注疏本, 304쪽.

679) 鄭玄 箋·孔穎達 疏, 『毛詩正義』卷19, 『周頌』, 〈昊天有成命〉, 十三經注疏本, 587쪽.

는 어질어도 때를 만나지 못함을 노래한 것이다. 위나라 경공 때, 어진 사람이 때를 만나지 못하고 소인이 임금 옆에 있었다."[680], "〈곡풍〉은 부부의 도리를 잃음을 풍자한 것이다. 위나라 사람들이 윗사람의 나쁜 행실에 물들어서 새 아내와 신혼에 빠지고 옛 아내를 버려, 부부가 서로 헤어져서 나라의 풍속이 무너졌다."[681]라고 하였다. 이것은 칭찬과 풍자의 관점에서 『시』를 해석한 것 이다. 그러나 공자는 칭찬과 풍자의 관점이 아니라 정교와 덕화 및 인격 수양 의 관점에서 시를 해석하였고, 그 결론도 물론 『모시毛詩』와 달랐다. 칭찬과 풍자의 관점에서 『시』를 해석하면, 『시』와 사회 현상의 직접적인 관계를 중시 하게 된다. 반면, 정교와 덕화 및 인격 수양의 관점에서 『시』를 해석하면, 개인 의 품덕 배양에 대한 『시』의 영향력을 중시하게 된다. 개인의 품덕 배양은 "백성의 부모"로서의 기본 요건이자 공자의 시교의 핵심 내용이다. 그래서 공 자는 번거로움을 무릅쓰고 성심껏 자하를 가르친 것이다.

만약 "삼무"로부터 공자의 시교가 인격 배양을 중시한 것을 느꼈다면, 공 자가 다음으로 이야기한 "오기五起"에서는 이런 경향이 더욱 분명해진 것을 알 수 있다. 자하가 "오지"와 "삼무"의 학설이 이미 최고의 경지에 이르렀다고 극찬하자, 공자는 오히려 "어찌 그렇기만 하겠는가. 군자가 이것을 복행服行 함에는 아직도 오기가 있다."라고 하였다. 이른바 "오기"란 "소리 없는 악은 기지氣志가 도리에 어긋나지 않는다. 형체가 없는 예는 위의가 느릿느릿하고, 복服이 없는 상은 남을 생각하고 마음으로 슬퍼한다. 소리 없는 악은 성예聲譽 가 날로 사방에 들리고, 형체가 없는 예는 날마다 달마다 진취하며, 복이 없는 상은 아름다운 덕이 밖에 나타난다. 소리 없는 악은 자손에게 미치고, 형체가 없는 예는 널리 사해에 미치고, 복이 없는 상은 백성의 부모이다. 소리 없는 악은 기지를 얻고, 형체가 없는 예는 위의가 익익翼翼하며, 복이 없는 상은 이를 펴서 사방의 나라에 미친다. 소리 없는 악은 기지가 이미 따르며, 형체가

---

680) 鄭玄 箋·孔穎達 疏, 『毛詩正義』卷2, 『邶風』, 〈柏周〉, 十三經注疏本, 296쪽.
681) 鄭玄 箋·孔穎達 疏, 『毛詩正義』卷2, 『邶風』, 〈谷風〉, 十三經注疏本, 303쪽.

없는 예는 상하가 화동하고, 복이 없는 상은 이것을 가지고 만방을 기르는"[682]
것이다. 공자는 군자가 "복지服之(수련)하는" "오기"가 바로 공자의 시교의 인
격 배양의 방법이 되기를 바랐고, 그 방법은 "오지"에 이르러 "삼무"를 행하는
것이었다. "오기"는 개인에서 시작해서 전체로 나아가는 인격 수양 과정으로
안에서 밖으로 나아가는 분명한 궤적을 따른다. "일기一起"로서의 "소리 없는
악은 기지가 도리에 어긋나지 않는다. 형체가 없는 예는 위의가 느릿느릿하고
복이 없는 상은 남을 생각하고 마음으로 슬퍼한다."가 반영하는 것은 "오지"에
이르러 "삼무"를 행하는 상태에서의 "기지"와 "위의"로, 주로 개인과 관련이
있다. "이기二起"로서의 "소리 없는 악은 성예가 날로 사방에 들리고, 형체가
없는 예는 날마다 달마다 진취하며, 복이 없는 상은 아름다운 덕이 밖에 나타
난다."는 이미 개인을 충실히 한 것에서 더 나아가 "사방"(천지일월 포함)으로
확대하고, "아름다운 덕이 밖에 나타나도록" 한 것이다. 이것은 내면적 아름다
움의 확충이라고 할 수 있지만, 밖으로 나아가려는 기운도 포함되어 있다. "삼
기三起"에 이르러 내성內聖의 덕이 외왕外王의 도로 발전해 간다. "자손에게
미치는" 것에서 "사방의 나라에 미치고", "만방을 기를" 수 있다. "한 가문"(자
손)에서 "사방의 나라"를 넘어 "만방"으로 뻗어가며, 내성이 덕치와 교화로 전
환되는 것이다. "소리 없는 악은 기지가 이미 따르며 형체가 없는 예는 상하가
화동하고 복이 없는 상은 이것을 가지고 만방을 기른다."는 얼마나 이상적이
고 아름다운 사회와 정치의 모습인가! 여기에 이르러야만 비로소 공자의
시교의 모든 목적을 진정으로 이룬 것이 되고, 공자의 시교의 전 과정을 완성
한 것이 되며, 또 비로소 "어찌해야 백성의 부모라고 할 수 있습니까?"에 진정
으로 대답할 수 있게 된다.

공자가 언급한 "오기"에서 가장 먼저 주의할 것은 "일기"이다. 이것은 "오
기"의 기본이자 시작으로, "일기"가 성립하지 않으면 뒤에 나오는 네 가지 기

---

682) 馬承源 主編, 『上海博物館藏戰國楚竹書』(二), 169~175쪽. 이 "오기"의 순서와 『禮記』〈孔
子閑居〉는 약간 차이가 있는데, 이것이 더 논리적이라고 할 수 있다. 자세한 내용은 拙著, 『中
國文學觀念論稿』, 「從〈民之父母〉看孔子〈詩〉敎」 참고.

起도 생길 수 없기 때문이다. 그리고 "일기"에서 "악"·"예"와 어울리는 것은 "기지氣志"와 "위의威儀"이고, "기지"와 "위의"는 나머지 "사기"에서도 계속 관철되고 있어서,[683] 이들이 "오기"의 핵심 개념임을 잘 설명해주고 있다. 여기에는 굉장히 풍부한 사상, 문화적 의미도 포함되어 있다. "기지"와 "위의"에 대한 언급은 공자 시교의 사상적, 문화적 특징을 반영했을 뿐만 아니라, 공자 시교의 인격적 성향을 구현했다. 선인들의 해석에서 이에 미치지 못한 부분이 많아, 보다 깊고 자세한 분석이 이루어져야 하겠다.

제2절 "威儀"와 군자 인격의 발현

문헌이 정해졌으니, "위의威儀"부터 분석해 보자.

"위의"는 서주 예악 제도의 인격 발현이다. 왕궈웨이王國維는 『은주제도론』에서 "주인周人의 제도는 상나라와 큰 차이가 있었다. 첫째는 적장자 승계 제도이다. 여기에서 종법宗法과 상복喪服 제도가 생겨났다. 또한 봉건 자제封建子弟 제도 및 군천자신제후君天子臣諸侯 제도가 생겨났다. 둘째는 종묘宗廟의 수數에 관한 제도이다. 셋째 동성 결혼 불가 제도이다. 이상의 제도로 주는 천하를 다스리게 되었다. 천자天子, 제후諸侯, 경卿, 대부大夫, 사士, 서민庶民의 모든 계급이 도덕을 받아들여 도덕 집단을 이루는 것을 그 목적으로 하였다. 주공의 창제 목적이 바로 여기에 있다고 할 수 있다."[684]라고 하였다. 그래서

---

683) 초나라 죽서 〈민지부모〉에서는 "五起"의 "氣志"와 "威儀"에 대해 다음과 같이 명확하게 제시했다. "소리 없는 악은 기지가 도리에 어긋나지 않는다. 형체가 없는 예는 위의가 느릿느릿하다."(一起), "소리 없는 악은 기지를 얻고 형체가 없는 예는 위의가 익익하다."(四起), "소리 없는 악은 기지가 이미 따른다."(五起). 반면, 『예기』〈공자한거〉에서는 "소리 없는 악은 기지가 도리에 어긋나지 않는다. 형체가 없는 예는 위의가 느릿느릿하다."(一起), "소리 없는 악은 기지를 얻고 형체가 없는 예는 위의가 익익하다."(二起), "소리 없는 악은 기지가 이미 따른다."(三起), "소리 없는 악은 기지가 이미 일어난다."(五起)라고 하였다.

684) 王國維, 『觀堂集林』卷10, 「殷周制度論」, 232쪽.

서주 통치자가 제창한 인격은 이 도덕 단체 구성과 질서에 부합하는 인격이라고 할 수 있다. 왜냐하면 인격은 본래 인간과 그 생존 환경, 특히 사회 환경과의 각종 관계에서 나타나기 때문이다. 하물며 서주 시대에 이런 인격은 사회제도로부터 규정된 것이었다.

오늘날 전해지는『시경』에서 서주 시대부터 춘추 시대까지 통치자들이 줄곧 중요하게 여기고 즐겨 부르던 "위의"와 관련된 시편을 찾아볼 수 있다. 예를 들어, 주인은 선왕을 제사 지낼 때 "복을 크게 내려 주시고 태도를 근엄하게 하시어 취하도록 흠향하시고 복을 거듭 내려 주시네."(『주송』〈집경執竸〉)라고 노래했다. 노인은 반궁에서 기도를 올릴 때 "심원하신 노나라 제후여, 그 덕을 공경하고 밝히셨네. 위의를 공경하고 삼가시니 오직 백성의 법이시다"(『노송』〈반수泮水〉)라고 기원했다. 성왕을 찬양하며 "몸가짐이 치밀하고 덕망도 떳떳하며 사사로운 원망이나 미워하는 일 없이 어진 이를 널리 임용하네."(『대아』〈가악假樂〉)라고 하였다. 여왕厲王을 풍자하며 "포악한 자를 막아 간사한 짓 못 하게 막아주오. 위엄과 예의 삼가 지키고 오직 덕 있는 자만을 가까이 하오."(『대아』〈민로民勞〉)라고 하였다. 중산보仲山甫를 찬양하며 "훌륭한 거동에 훌륭한 모습이요, 조심하고 공경하며 옛 교훈을 본받으며 위의에 힘쓰네."(『대아』〈증민〉)라고 하고, 유왕幽王을 성토하며 "불길한 것을 위로하지 아니하고 위의가 같지 아니하네. 사람이 망하니 나라가 멸하리라."(『대아』〈첨앙瞻卬〉)라고 하였다. 이상은 모두 서주 시대의 시가이다. 춘추 초기에 이르렀을 때에도 사람들은 여전히 "위의"를 중시하였다. 위 무공(재위 기간 기원전 812~758) 말년에 신하에게 수시로 간언할 것을 요구했을 뿐만 아니라, 〈억抑〉(다른 이름 〈의懿〉)과 〈빈지초연賓之初筵〉 등의 시를 지어 자아 반성을 하였는데, "위의를 공경하고 삼가"는 것이 시의 핵심 단어였다. 예를 들어, "공손하고 의젓한 위의는 덕이 밖으로 나타남이라. 지금 사람들 말하기를 어진 사람으로 어리석지 않은 이가 없다 하니라.", "계책을 크게 하고 명령을 살펴 정하며, 계획을 장구히 하고 때에 따라 고하며, 위의를 공경하고 삼가야 백성의 모범이 되리라.", "백성은 순박하고, 제후는 삼가며 법도를 지키고 경계하니 염려가 없고, 나오는 말을 삼가고 공경하며 예의를 갖추니, 부드럽고 아름답지 않은 게 없네."
(『대아』 〈억〉), "잔치가 처음 시작할 때 손님들에게 얌전하고 공손하고, 술이 아직 취하지
않아 그 모습 조심스럽다. 술이 이미 취하고 나니 그 모습 위의 잃고 건들거린다. 제자리
놓아두고 이리저리 옮겨 다니며 경망스럽게 춤을 춘다. 술이 아직 취하지 않아 그 모습 자제
하고 삼가더니 술이 한번 취하고 나니 그 모습 오만하고 불공스럽다. 이래서 취하고 나면
예절을 모른다고 하는 거구나." *글자모양(『소아』 〈빈지초연〉)라고 했다. 위 무공이 위
의를 중시하고 "위의를 공경하고 삼가는" 것에 진실한 태도를 보인 것은 "위
의"가 사람들의 마음속에서 비범한 지위를 갖고 있었음을 설명해 준다.

그렇다면, "위의"는 도대체 무엇을 뜻하는 것일까? 정현은 "위엄이 있어
두려워할 만하고, 예의가 있어 가히 본받을 만하다.", "이것은 앞으로 나가고
뒤로 빠지거나 읍양하는 예가 아니다."라고 해석했다. 비록 문제의 핵심은 간
파했지만 너무 두루뭉술하게 풀이했다. 『좌전』에는 노 은공 5년(기원전 718)에
장희백臧僖伯이 은공隱公에게 간언을 올리면서 "각각의 문장을 드러내고 귀천
을 분명히 하며 서열을 분별하고 장유의 순서를 바로잡는 까닭은 법도에 맞는
태도를 가르치기 위해서입니다."[685]라고 한 것이 실려 있는데, 역시 위의가
"앞으로 나가고 뒤로 빠지거나 읍양하는 예"와 같지 않음을 설명해 준다. 위의
는 이상의 많은 내용을 포함하지만, "앞으로 나가고 뒤로 빠지거나 읍양하는
예"는 단지 이 많은 내용의 표현 형식 중 하나일 뿐이다. 『좌전』에는 노 양공
31년(기원전 542)에 위 양공襄公이 "위의가 무엇이오?"라고 묻자, 북궁문자北宮
文子가 대답한 것이 실려 있다. "위엄이 있어 사람들이 두려워할 만한 것을
'위'라고 하고, 예의가 있어서 사람들이 본받을 만한 것을 '의'라고 합니다.
임금에게 임금의 위의가 있으면 그 신하들이 경외하고 사랑하여 본보기로 삼
습니다. 그러므로 능히 그 나라를 소유하여 아름다운 명성을 세상에 장구히
전하였고, 신하에게 신하의 위의가 있으면 그 아랫사람들이 경외하고 사랑합
니다. 그러므로 능히 그 관직을 지켜 가족을 보호하고 가정을 화목하게 하였

---

685) 杜預注, 孔穎達 疏, 『春秋左傳正義』 卷3, 〈隱公五年〉, 十三經注疏本, 1727쪽.

습니다. 군신으로부터 내려오면서 모두 각각의 위의가 있습니다. 부끄러움으로 윗사람과 아랫사람의 사이가 안정될 수 있는 것입니다. 〈위시衛詩〉에서 '아름답고 한아한 위의가 셀 수 없이 많다.'라고 하였으니, 이는 군신·상하·부자·형제·내외·대소에 모두 위의가 있다는 것을 말한 것이고, 〈주시周詩〉에서 '친구가 돕는 바는 위의로써 돕는다.'라고 하였으니, 이는 친구의 도리는 반드시 위의로써 서로 교훈해야 한다는 것을 말한 것이고, 『주서』에서 문왕의 덕을 열거해 말하기를 '대국은 그 힘을 두려워하고 소국은 그 은덕을 생각한다.'라고 하였으니, 이는 경외하고 사랑한 것을 말한 것이고, 『시경』에 '지식을 내세우지 않고 천제의 법칙만을 따랐다.'라고 하였으니, 이는 문왕이 하늘의 법칙을 본보기로 삼아 본받았다는 것을 말한 것입니다. 상나라 주왕이 문왕을 가둔 지 7년이 되던 해에 제후가 모두 문왕을 따라 옥사에 갇히자 주왕은 두려워하여 문왕을 석방해 돌려보냈으니, 제후들이 문왕을 사랑했다고 이를 수 있고, 문왕이 숭崇나라를 정벌할 때 두 차례 출병하자 강복하여 신하가 되고 오랑캐가 서로 이끌고 와서 복종하였으니, 문왕을 경외했다고 이를 수 있으며, 문왕의 공덕을 천하가 찬송하며 가무하였으니, 문왕을 본보기로 삼았다고 이를 수 있고, 문왕의 행적을 오늘에 이르기까지 법칙으로 삼고 있으니, 문왕을 본받았다고 이를 수 있습니다. 이는 모두 문왕에게 위의가 있었기 때문입니다. 그러므로 군자는 지위에 있는 모습이 사람들이 경외할 만하고, 시사施舍하는 것이 사람들이 사랑할 만하며, 진퇴하는 것이 사람들의 법도가 될 만하고 주선하는 것이 사람들의 준칙이 될 만하며, 용지容止가 사람들의 감동이 될 만하고, 처사가 사람들의 법도가 될 만하며, 덕행이 사람들의 본보기가 될 만하고, 음성이 사람들을 즐겁게 할 만하며, 동작에 예절이 있고, 언어에 조리가 있습니다. 이런 것들을 가지고서 아랫사람을 다스렸기 때문에 그를 일러 위의가 있다고 한 것입니다."[686]라고 대답했다. 이것은 춘추 시대 사람들이 "위의"에 대해 내린 가장 전면적이고 심오한 해석이다. 이것으로 볼 때,

---

686) 杜預 注·孔穎達 疏, 『春秋左傳正義』卷40, 〈襄公三十一年〉, 十三經注疏本, 2016쪽.

"위의"는 사실상 개인이 사회 구조와 질서의 요구에 따라 하는 행위 및 이로써 얻은 사회적 인정을 의미한다. 여기에는 몸가짐·용모·행동·언어 등의 외적 형식과 덕행·평판·명성·위신 등과 같은 내적 수양도 포함되는데, 이들을 종합하면 인격이 된다. 그러나 이 "위의"가 나타내는 인격은 개개인의 인격이 아니라 사회 구조와 질서에서의 군, 신, 부, 자, 형, 제 등과 같은 각 사회단체의 인격을 가리킨다. 이른바 "군신, 상하, 부자, 형제, 내외, 대소는 모두 위의" 인 것이다. 이것은 그들 각자가 모두 사회에서 규정한 인격이 있음을 의미한다. 그 인격 규정에 부합하면 바로 사회에서 인정받을 수 있고 그렇지 않으면 사회로부터 무시당하게 된다.

북궁문자北宮文子가 "위의"에 대해 언급하던 무렵, 공자는 제나라에서 피난 중이었는데 이미 중년의 나이였다. 그가 "위의"에 대해 느낀 점과 깨달은 바는 결코 북궁문자보다 적지 않았다. 첫해에 제 경공이 정치에 대해 묻자, 공자는 "임금은 임금답고 신하는 신하다우며, 아비는 아비답고 자식은 자식다워야 한다."[687]는 이념을 제시했는데, 여기에 바로 "위의"가 있다. "위의"의 의미를 이해했다면, 이제 공자가 어떻게 "위의"를 『시』의 교화의 시작으로 삼았는지에 대해 좀 더 깊게 살펴볼 수 있겠다.

『시』와 "위의"는 밀접한 관련이 있다. 춘추 시대 『시』의 교화가 이런 관계를 강화하였기 때문에 공자는 이를 어느 정도 계승하지 않을 수 없었다. 모두가 알다시피, 춘추 시기에 비록 예악이 붕괴되었지만, 여전히 주왕을 숭배하고, 제사에 엄격하고, 흠향을 중시하고, 책서를 고하도록 하였는데, 이 과정에서 "위의"가 상당히 중시되었다. 또 조회와 연회에서 "부시언지"하는 것은 "위의"를 나타내는 중요한 수단이자 도구였다. 여기서 두 가지 예를 들어보겠다.

노 문공 3년(기원전 624)에 "진나라는 작년 문공에게 무례를 범한 일을 꺼림칙하게 여겨 다시 결맹하기를 요청했다. 이에 문공이 진나라로 가서 양공과 결맹했다. 양공이 문공에게 향례를 베풀고 〈청청자아菁菁者莪〉를 노래했다.

---

687) 何晏 集解·邢昺 疏, 『論語注疏』 卷12, 〈顏淵〉, 十三經注疏本, 2503~2504쪽.

장숙莊叔은 문공에게 계단을 내려서서 절하여 감사를 드리게 하고 말하였다. '소국이 대국의 명을 받았으니 어찌 행동을 삼가지 않을 수 있겠습니까? 군주께서 이런 큰 향례를 대접해 주시니 그 즐거움을 어디에 비하겠습니까? 소국의 기쁨이고 대국의 은혜입니다.' 이에 양공이 계단을 내려서서 문공의 절을 사양했다. 다시 당상에 오르게 하여 서로 배례를 했다."[688] 진나라 사람은 첫해에 대부 양처부陽處父를 보내 노 문공과 회맹을 하게 하였는데 이런 대등하지 못한 행위는 노나라를 얕보는 무례한 처사였다. 그 해, 진나라는 초나라를 정벌하고 강나라를 구했는데 이 일이 마땅치 않다는 생각이 들어 노나라와 동맹을 고치고자 하였다. 그래서 노 문공은 진나라에 가서 진 양공과 다시 동맹을 맺었다. 진 양공은 연회를 베풀어 노 문공을 맞았고 〈청청자아〉를 부시하였다. 여기에서 "군자님을 뵈니 즐겁고 위엄이 있구나."라고 하였다. 노나라 군신은 매우 감동했고 쌍방은 유쾌하게 동맹을 고칠 수 있었다. 동맹을 고치는 전 과정에는 강사등배降辭登拜와 연향부시宴饗賦詩가 포함되어, 곳곳에서 쌍방의 "위의"를 구현했다.

노 소공 원년(기원전 541)에 "여름 4월, 조맹趙孟, 숙손표叔孫豹 그리고 조曹나라의 대부가 정鄭나라를 방문했고, 간공簡公은 그들에게 향례를 베풀었다. 자피子皮가 조맹에게 향례 기일을 알려주기 위해 방문했는데, 절차를 마친 후 조맹은 〈호엽瓠葉〉을 읊었다. 자피는 이어 목숙穆叔에게 가서 향례 일자를 일러주고 또 조맹이 부른 노래에 대해 이야기했다. 목숙이 말했다. '조맹이 일헌一獻의 예를 원하니 그의 뜻을 따르시지요.' '어떻게 그런 낮은 예로 대접할 수 있겠습니까?' '그가 원하는 바인데 어찌 할 수 있겠습니까?' 향례일에 정나라는 오헌五獻의 예를 치를 수 있는 음식을 동쪽 방에 갖춰 진열했다. 조맹은 이를 사양하고 조용히 자산子産에게 말했다. '저는 총재께 간소하게 준비해 달라고 부탁드렸습니다.' 그래서 일헌一獻의 예로 준비하였다. 조맹이 객이 되어 향례를 치렀고 예를 마치고 바로 연회를 베풀었다. 목숙穆叔이 〈작소鵲

---

688) 杜預 注·孔穎達 疏, 『春秋左傳正義』卷18, 〈文公三年〉, 十三經注疏本, 1840쪽.

巢)를 부르자 조맹은 '제가 감당할 수 있는 노래가 아닙니다.'라고 대답했다. 다시 목숙이 〈채번采蘩〉을 노래하며 말했다. '소국은 쑥처럼 보잘 것 없지만 대국이 아껴 쓰신다면 실로 어찌 그 명을 따르지 않겠습니까?' 자피가 〈야유 사균野有死麕〉의 마지막 장을 노래하자 조맹은 〈상체常棣〉로 화답하고 말하였다. '우리 형제의 나라들이 친밀하게 지내어 편안해진다면 삽살개도 짖지 않게 할 수 있을 것입니다.' 목숙과 자피 그리고 조나라의 대부가 모두 자리에서 일어나 절하고 뿔잔을 들어 말하였다. '소국은 귀하의 은혜에 힘입어 죄를 면하고 있다는 사실을 잘 알고 있습니다.' 술과 음악을 즐긴 후 조맹이 나서며 말했다. '나는 다시 이런 즐거움을 보지 못할 것입니다.'"[689] 진나라 조맹, 노나라 숙손범과 조대부가 정나라를 지날 때, 정나라 간공이 그들에게 연회를 베풀고 정나라 대부 자피가 세부적인 접대를 책임졌다. 그들은 상호 국가 간의 관계를 구현했고, 각 측의 태도·요구·감정은 모두 부시를 통해 전달되었다. 여기서 나타난 것은 마찬가지로 그들의 "위의"였다.

주의할 것은, 이상의 사례에 대해 사람들이 종종 예의의 관점에서 이해하고자 하였다는 점이다. 이것을 허례허식이라고 생각했기 때문이다. 사실, 당시 사람들은 조회·맹회·연회 때 "부시언지"를 통해 정치를 논하고, 외교를 처리하고, 접대를 하고, 지향하는 바를 관찰했다. "시"는 그들 인격의 구성 부분으로 그들의 신분·교양·지식·능력·지혜·풍채, 즉 그들의 "위의"를 나타냈다. 그래서 "부시언지"에 능한 사람은 모두의 존중을 받을 수 있었고, 그렇지 못하면 비웃음을 당하거나 또는 자신과 조국에 재앙을 불러올 수 있었다.

그러나 춘추 중후기에 이르러, 사람들은 완벽한 예절이 진정으로 예를 아는 것이 아님을 깨달았다. 아름다운 용모, 거동, 언어도 사람의 위의를 반영하지 못하며, 오직 덕에 가까운 사람만이 예를 알고 위의를 가질 수 있다고 여겼다. 예를 들어, 기원전 537년에 노 소공昭公이 진나라를 예방하면서 교외에서부터 예물을 올리며 예를 행하니 진 평공平公이 노 소공에게 예를 안다고 칭찬

---

689) 杜預 注·孔穎達 疏, 『春秋左傳正義』 卷41, 〈昭公元年〉, 十三經注疏本, 2020쪽.

하였다. 그러자 여숙제女叔齊가 "이것은 의식일 뿐이지 예를 아는 것은 아닙니다. 예는 나라를 지키고, 정령을 시행하며 백성을 잃지 않는 것을 말합니다. 지금 노나라의 정령은 대부들의 손아귀에 있는데도 이를 가져올 힘이 없고 자가기子家羈 같은 인물이 있는데도 등용하지 못하고 대국과의 맹세를 어기고 소국을 괴롭히고 타국의 혼란을 틈타 이용하면서도 자신의 위험은 모르고 있습니다. 공실의 힘은 사분되어 백성들은 대부에게 기대어 살고 있습니다. 민심이 군주에게 있지 않은데 그 결과를 헤아리지 못합니다. 군주가 되어 장차 자신에게 재앙이 미칠 터인데도 자신의 지위를 걱정하지 않고 있습니다. 예의 본말이 여기에 있습니까? 구차하게 의식을 익히는 것을 시급한 일로 여기고 있는데도 그가 예에 밝다고 말하는 것은 실상과 거리가 멀지 않겠습니까?"[690] 라고 하였다. 소공 25년(기원전 517)에 자태숙子太叔이 조趙나라를 예방할 때, 조간자趙簡子가 주 왕실의 예인 읍양을 하자, 자태숙이 "그것은 의식이지 예가 아니오."라고 말했다. 그러면서 "예는 위와 아래를 묶는 밧줄이요. 하늘과 땅을 짜는 실이며 사람이 생겨나는 근본입니다. 그렇기 때문에 옛날의 왕들께서는 예를 소중히 여겼던 것입니다. 사람이 자기 스스로가 예에 맞게 행동하려고 애쓰면 이것을 충분한 사람이라고 말하지만, 예의 뜻이 깊은 것은 참으로 대단한 것입니다!"[691]라고 말했다. 이것으로 볼 때, 춘추 중후기에 "상징으로서의 예의 제도와 그 상징적 의미가 분리되어, 의식 자체는 더 이상 의미 있는 권위를 가질 수 없었다. 이것은 사람들이 예의의 합리성을 살펴보게 된 근거를 마련했다."[692] 그들은 더 이상 예의 형식 자체를 중시하지 않는 대신, 개인의 도덕 수양과 실제 정치 사무 행위를 더욱 중시하였으며 이를 예의 근거로 삼았다. 이와 관련하여, "위의"에 대해서도 외적인 형식 이외의 것을 요구하게 되었다. 예를 들어, 노 양공 27년(기원전 546)에 "제나라 경봉慶封이 예방하였다.

---

690) 杜預 注·孔穎達 疏,『春秋左傳正義』卷43,〈昭公五年〉, 十三經注疏本, 2041쪽.
691) 杜預 注·孔穎達 疏,『春秋左傳正義』卷51,〈昭公二十五年〉, 十三經注疏本, 2107쪽.
692) 葛兆光,『中國思想史』第1卷, 上海:復旦大學出版社, 2001, 84쪽.

그가 타고 온 수레가 매우 아름다웠는데, 맹손이 숙손에게 말하기를 '그(慶季)의 수레가 아름답지 않은가?'라고 하자, 숙손이 말하기를 '내가 듣건대 수레가 아름다워 그 신분에 맞지 않으면 반드시 재앙으로 끝난다고 하니, 아름다운 수레가 무슨 소용이 있겠는가?'라고 하였다. 숙손이 경봉과 식사를 하는데 경봉이 공경하지 않자, 숙손이 〈상서相鼠〉를 읊었는데도 경봉은 그 이유를 알지 못하였다."⁶⁹³⁾라고 하였다. 한번 생각해 보자. "마치 쥐가 가죽을 가진 것처럼 무릇 사람에게는 예의가 있다. 사람이 예의가 없다면 죽지 않고 어찌되겠는가?"(〈상서〉첫 장)라고 부시한 것조차 모르는 대국의 대부가 아름다운 수레, 말, 의복과 장신구를 가졌다고 한들, 어느 누가 "위의"가 있다고 할 수 있을까?

이상의 예는 모두 공자가 청년일 때 발생한 것으로, 공자는 이를 자주 보고 들어 몸에 익을 수밖에 없었다. 공자는 춘추 시대 『시』의 교화 전통과 "예"·"의" 분리 사상을 계승한 동시에, "위의"의 중심을 개인의 인격 수양으로 전환하고, 자신의 시교의 특징을 구축했다. 그가 언급한 "오지"에 이르러 "삼무"를 행하는 "오기"는 바로 "위의"를 그 안에 포함시켜 인격 수양의 범위로 삼은 것이다. 이른바 "'위의가 편안하고 온화하니 가릴 것이 없구나.'는 형체를 갖추지 않은 예"를 가리키고, "형체가 없는 예는 위의가 느릿느릿하다."는 것은 "형체가 없는 예는 위의가 익익翼翼하다."를 뜻한다. 이로 볼 때, 공자가 예악 문화에서 "위의" 개념을 계승했고, 그것을 "형체가 없는 예"로까지 확대했음을 알 수 있다. 공자는 "자기 몸을 잊을 정도로 하는 예가 경敬이고, 너무 슬퍼 상복을 입은 줄 모를 정도의 애통이 우憂이다. 그리고 소리가 들리지 않을 정도의 악이 즐거움이며, 말을 하지 않아도 믿어주고, 움직이지 않아도 위엄이 서며, 베풀지 않아도 인한 것이 곧 지志이다. 종과 북의 소리에 노하여 이를 치는 것이 무武이며, 슬퍼서 이를 치는 것이 비悲이고, 즐거워서 이를 치는 것이 락樂이다. 그 뜻이 변하면 그 소리도 변한다. 그 뜻이라는 것은 진실로 이처럼 금석에게조차 통하니, 하물며 사람에게 있어서랴?"⁶⁹⁴⁾라고 말한 적

---

693) 杜預 注 · 孔穎達 疏, 『春秋左傳正義』卷38, 〈襄公二十七年〉, 十三經注疏本, 1994~1995쪽.

이 있다. 이 말은 "형체가 없는 예"가 중시하는 것은 형식이 아니라 사람의 마음임을 뜻한다. 즉, 사람들의 관심을 외적인 예의에서 예의를 이해하고 따르려는 내적 마음으로 이끄는 것이다. "위의"가 "형체가 없는 예"를 구현한 이상, 외적인 예의 형식에 과도한 관심을 가질 것이 아니라 내적인 인격 수양에 더욱 신경을 써야 했다. 공자가 언급한 "예를 말하고 예를 말하는 것이 과연 옥백玉帛을 말하는 것이겠는가? 악을 말하고 악을 말하는 것이 과연 종과 북을 말하는 것이겠는가?"[695]는 바로 이런 의미를 가리킨다. 『시』를 배우는 것도 이와 마찬가지이다. 학자는 시구에 얽매이지 않고 그 안에 담긴 사람의 인격 수양에 도움이 되는 정신을 열심히 깨달아야 한다. 『논어』 〈학이〉에서는 "자공이 물었다. '가난하면서도 아첨하지 아니하고 부유하면서도 교만하지 아니하면 어떻습니까?' 공자가 대답했다. '괜찮다. 하지만 가난하면서도 즐거워하며, 부유하면서도 예를 좋아하는 것만은 못 하다.' 자공이 물었다. '『시』에서 자르고, 다듬고, 쪼고, 간 듯하다는 말이 바로 이를 두고 한 말이군요?' 공자가 대답했다. '자공아, 비로소 너와 함께 시를 논할 수 있겠구나. 옛것을 알려주니 미래를 생각할 줄 아는구나.'"[696]라고 하였다. 자공과 공자가 모두 인격 수양의 측면에서 『시』의 의미를 이해했음을 알 수 있다. 예를 하나 더 들어보자. 『논어』 〈팔일八佾〉에는 "(자하가) '귀엽게 웃는 모습 아름답구나! 아름다운 두 눈이 초롱초롱하구나! 흰 바탕 위에다 문채를 지었구나!'라고 한 것은 무엇을 말한 것입니까? 라고 묻자, 공자가 '그림을 그리는 일은 먼저 흰 바탕을 마련해놓고 난 뒤에 한다는 말이다.'라고 대답하였다. 자하가 '예가 나중이라는 말씀입니까?'라고 다시 묻자, 공자가 대답했다. '나를 일깨워주는 사람은 상이로구나. 비로소 그와 함께 시를 이야기할 수 있게 되었다.'"[697]라고 하였다. 마찬가지로 인격 수양의 측면에서 『시』의 의미를 이해하고 있다.

---

694) 劉向 撰·向宗魯 校證, 『說苑校證』卷19, 〈修文〉, 北京:中華書局, 1987, 497쪽.

695) 何晏 集解·邢昺 疏, 『論語注疏』卷17, 〈陽貨〉, 十三經注疏本, 2525쪽.

696) 何晏 集解·邢昺 疏, 『論語注疏』卷1, 〈學而〉, 十三經注疏本, 2458쪽.

697) 何晏 集解·邢昺 疏, 『論語注疏』卷3, 〈八佾〉, 十三經注疏本, 2466쪽.

상하이박물관에 소장되어 있는 전국시대 초나라 죽서인 『공자시론孔子詩論』에
는 이와 같은 자료가 많이 담겨 있다. 예를 들어, 공자는 "나는 〈감당甘棠〉이라
는 시에서 종묘에 대한 백성의 공경심을 보았다. 그 사람을 지극히 존경하면,
반드시 그 지위를 존경하게 된다. 그 사람을 좋아하면 반드시 그 행위를 따르
게 되고, 그 사람을 싫어하면 따르지 않게 된다."[698]라고 하였다. 또한 "〈녹명〉
은 음악으로 시작하여 도道로 만남이 이루어지는 것을 표현한 것이며, 사귐은
착한 것을 보고 따라 배우는 것이니 시종일관 싫증을 느끼지 않는다."[699], "〈우
망정雨亡政〉과 〈절남산節南山〉은 모두 왕실의 쇠락을 읊은 노래이기 때문에,
왕공들은 부끄럽게 여긴다."[700]라고 하였다. 이렇듯 인격 수양의 측면에서 시
를 이해하고, 인격 가치 성향으로 시를 평가하는 것은 공자의 시교의 특징을
구현한 것이라고 볼 수 있다. 전국 시대 이후에 "찬양과 풍자"로 시를 말한
것과 아주 대조적이다. "찬양과 풍자" 시를 말하면, 어떤 시기나 인물 혹은
사건으로 한정되어 나타날 수밖에 없고, 독자의 시에 대한 다각적인 이해와
다방면의 요구를 제한하게 되며, 또한 시와 시를 배우는 사람의 관계를 소원
하게 만든다. 반면에 인격으로 시를 이해하면 시를 도덕 수양과 정신적 경지
로까지 끌어올려, 시가 상징적인 의미를 갖게 한다. 이런 상징은 중국인 특유
의 비슷하게 묶어 비유하는 구상사유具象四維에 부합할 뿐만 아니라, 시를 배
우는 다양한 사람들의 여러 사회적, 정신적 요구에도 적응할 수 있다. 공자는
"위의"라는 전통 개념을 빌려 『시』에 대한 자신의 독특한 이해와 융합하는
동시에, "기지氣志" 개념을 만들어냈다. 또한 "오지"에 이르러 "삼무"를 행한다
는 특수한 요구를 제시하며 자신의 시교詩敎를 구축했다.

---

698) 馬承源 主編, 『上海博物館藏戰國楚竹書』(一), 上海:上海古籍出版社, 2001, 139쪽.

699) 馬承源 主編, 『上海博物館藏戰國楚竹書』(一), 152쪽.

700) 馬承源 主編, 『上海博物館藏戰國楚竹書』(一), 136쪽.

제3절 "氣志"와 군자 인격의 수양

만약 공자가 춘추 시대 『시』의 교화의 전통을 계승하여 빌려 쓴 개념이 "위의"라고 한다면, "기지氣志"는 공자가 선인의 사상을 바탕으로 새롭게 창조한 개념이라고 할 수 있다. 그래서 "기지"의 의미를 확실히 하는 것은 공자의 시교를 이해하는데 매우 중요한 의미를 가진다.

공자 이전에 "기지"의 개념이 사용되었다는 증거를 찾지는 못했지만, "기"와 "지"는 각각 독립된 개념으로 이미 존재했고, 이들에 대해 깊이 있는 연구도 이루어졌다. 공자 이전에 "기"와 "시"는 아직 관련이 없어 보이지만 "지"와 "시"는 일찍부터 관련이 있었다. 『상서』〈우서虞書 · 요전堯典〉에는 "시언지"에 대해 언급하고 있다. 이것이 오래 전부터 있었던 관념임을 인정하지는 않더라도, 『좌전』에는 노 양공 27년(기원전 546)에 진 대부 조맹이 "시를 지어 자신의 뜻을 말한다."[701]라는 기록이 보이는 것으로 보아 "시언지"의 관념이 적어도 춘추 중후기에는 이미 존재했음을 확인할 수 있다. 또 『좌전』에서 노 문공 18년(기원전 609)에 태사太史 극克이 "〈우서〉에 순 임금의 공적을 하나하나 나열하여 말한" 것 중에서 "삼가 오륜을 널리 시행하다."라고 한 것을 인용했는데, 이것은 금문 『상서』〈우서 · 요전〉에서 나온 내용이다.[702] 이것은 『상서』〈우서 · 요전〉이 책으로 나온 시기가 춘추 중엽보다 앞서고, 이 자료의 출처는 더 오래 전에 나왔음을 증명해준다. 그러나 "시언지"가 각 역사 단계에서 다른 문화적 의미를 가진다는 점에 주의해야 한다. 원이둬聞一多는 "지와 시는 원래 하나의 글자였다. 지는 세 가지 뜻을 가지고 있다. 첫째는 기억, 둘째는 기록, 셋째는 이상이다. 이 세 가지 뜻은 시의 발전 과정에서 나타난 세 가지 주요 단계를 대표한다."[703]라고 하였다. 춘추 시대의 "부시언지賦詩言志"는 주로 부시를 통해 이상을 표현하였는데, 이것은 시의 세 번째 발전 단계라고 할 수

---

701) 杜預 注 · 孔穎達 疏, 『春秋左傳正義』 卷38, 〈襄公二十七年〉, 十三經注疏本, 1997쪽.

702) 杜預 注 · 孔穎達 疏, 『春秋左傳正義』 卷20, 〈文公十八年〉, 十三經注疏本, 1863쪽.

703) 聞一多, 『神話與時』, 上海:上海人民出版社, 2006, 151쪽.

있다. 이 문제에 대해서는 필자가 이미 앞에서 자세하게 다루었기 때문에 여기서는 생략하겠다. 그렇다면 공자가 언급한 "기지"는 도대체 무엇을 가리키는 것일까? 이 점에 대해서는 "기"의 개념과 함께 분석해 볼 필요가 있다. 우선 "기"에 대해 살펴보도록 하자.

"기"에 관해서는 1970년대에 일본 도쿄의 중국 철학 전문가들이 3년에 걸쳐 연구한 적이 있다. 그 결과, 『氣的思想:中國自然觀和人的觀念的發展』이라는 책이 나올 수 있었다. 연구자들이 자료를 매우 신중하게 다루었기 때문에 많은 문헌이 의심을 받거나 제외되거나 중요하지 않은 자리에 놓이곤 하였다. 당시는 전국 시대 초나라 죽간인 후베이湖北 징먼荊門 궈뎬郭店 초간과 상하이 박물관에 소장중인 초나라 죽서가 세상에 나오기 전이었다. 그래서 그들은 "기"가 공자에게 있어서 "대수롭지 않은 문제"였고, "『맹자』의 '호연지기浩然之氣' 때부터 문제로 정식 대두되었다."[704]라고 하였다. 이런 주장은 다소 보수적이라고 할 수 있다. 특히 전국 시대 초나라 죽서가 대량으로 출토된 지금에 와서는 이런 주장을 보완할 필요가 있겠다.

사실, 공자 이전에도 "기"에 관한 사상이 아주 풍부하게 존재했다. 『상서』〈군진君陳〉에는 "내 들으니, 지극한 다스림은 꽃답게 향기로워 신명을 감동하게 하니, 기장이 향기로움이 아니라 밝은 덕이 오직 향기롭다 한다."라고 했고, 공안국전孔安國傳에는 "옛 성현의 말씀을 들으니, 정치가 지극하면 꽃처럼 향기로워 신명을 감동하게 한다. 꽃처럼 향기롭다는 것은 기장의 향기가 아니라 밝은 덕의 향기이다. 그러므로 덕에 힘써야 한다."[705]라고 하였다. 여기서 형향馨香은 "꽃다운 향기"로, "덕이 밝아야지만 가질 수 있는 것"이며, 기장의 향기와는 비교가 되지 않는다. 이것은 비록 고문이지만 일부 학자들은 이것을 초기 문헌이라고 인정하지 않는다. 그러나 여기서 "밝은 덕"과 "기장"에 나타

---

704) 小野澤精一·福永光司·山井湧, 『氣的思想:中國自然觀和人的觀念的發展』, 上海:上海人民出版社, 1990, 35쪽·56쪽.

705) 孔安國 傳·孔穎達 疏, 『尙書正義』 卷18, 『周書』, 〈君陳〉, 十三經注疏本, 237쪽.

난 기를 대비한 사상은, 바로 중국 초기 "기" 사상과 밀접한 관련이 있다. 허신은 『설문해자』〈미부米部〉에서 "기는 손님을 대접하여 더불어 사는 것이다. 자형은 미米에서 나왔고 소리는 기氣와 같다. 『춘추전』에서는 "제나라 사람들이 제후를 대접했다."706)라고 하였다. 『설문해자』〈기부氣部〉에서는 "기는 구름의 기운을 상형한 것이다. 무릇 기는 모두 구름의 기운에 속했다."라고 하였다. 단옥재段玉裁는 주에서 "기气와 기氣는 고금자이다. 기는 구름의 기운을 나타낸다. 훗날 희餼가 생겨났는데, 다른 사람에게 주는 곡물 또는 제사에 쓰는 제물을 나타낸다."707)라고 하였다. 그리고 『설문해자』〈기부氣部〉에는 "기" 이외에 "분氛"자도 있다. 갑골문과 금문에 "기氣"가 없는 것으로 볼 때, 이후에 생겨난 것을 알 수 있다. 갑골문에 "기气"자는 있지만 모두 구름의 기운으로 해석하지 않았고, 품사도 명사가 아니다. "기는 걸乞, 흘迄, 흘訖로 해석할 수 있다. 문장의 뜻과 사례詞例를 검증해보면 모두 부합한다."708) 그래서 명사 개념으로서의 "기"는 사실 "손님을 대접하여 더불어 살다."에서 비롯되었다. 즉, 선인들은 음식에서 "기氣"(간체자 "气")의 관념이 나왔다고 보았다. 그리고 이것을 인생, 사회 그리고 자연에까지 투입시킴으로써 자신들의 사상을 명백히 밝히고자 하였다.

예를 들어, 노 장공 10년(기원전 684)에 조귀曹劌는 전쟁에 대해 "무릇 전쟁이란 용기에 달려 있다. 첫 번째 북소리에 적군은 용기가 일었으나 응전하지 않았고, 두 번째 북소리에도 응전하지 않으니 적군의 용기는 시들해졌으며, 세 번째 북소리에 적군의 용기는 이미 지쳤다."709)라고 논하였다. 여기서 "기"는 몸에서 나오는 능력을 가리킨다. 조귀는 이 말의 출처를 밝히지 않았다. 노나라 문공 3년(기원전 624)에 전금展禽이 하부불기夏父弗忌에게 반드시 재앙이 닥칠 것이라고 하며, "혈기가 강고强固하면 장수하면서도 총애를 지키며

---

706) 許愼, 『說文解字』 7篇上 『米部』, 長沙:岳麓書社, 2006, 148쪽.

707) 段玉裁, 『說文解字注』 1篇上, 上海:上海古籍出版社, 1981, 20쪽.

708) 于省吾, 『釋氣』, 于省吾 主編, 『甲骨文字詁林』 第4冊, 北京:中華書局, 1996, 3375쪽.

709) 杜預 注·孔穎達 疏, 『春秋左傳正義』 卷8, 〈莊公十年〉, 十三經注疏本, 1767쪽.

죽지 않을 것이다. 그러나 장수하면서 죽지 않더라도 재앙이 없지는 않을 것
이다."[710]라고 하였다. 여기서 "혈기"는 마찬가지로 사람 자체의 에너지를 가
리킨다. 전금은 이 말의 출처를 밝히지 않았다. 주 정왕定王(재위 기간 기원전
606~586)은 진 경공景公이 보낸 사신의 질문에 "위의에는 법칙이 있어야 하며,
다섯 가지 맛에는 기가 채워져 있어야 하며, 다섯 가지 빛깔은 마음을 정밀하
게 담고 있어야 하며, 다섯 가지 소리는 덕을 밝힐 수 있는 것이어야 하며,
다섯 가지 의로움은 마땅함의 벼리가 되어야 하며 음식은 가히 입에 맞아야
하며 화동은 볼 만한 것이어야 하며 재물을 사용함에는 훌륭하게 쓰임에 맞아
야 하며 법칙은 순리에 맞되 세울 수 있는 것이어야 하오."[711]라고 대답했다.
"위의"와 "기"를 연결 지었을 뿐만 아니라, 음식의 "다섯 가지 맛"이 사람의
"기"를 보충할 수 있다고 생각했다. 즉, "기"가 음식물에서 나왔음을 뜻한다.
사람의 생존은 분명 음식에 달려 있다. 사람의 혈기, 기운 등도 모두 음식에서
비롯된다. 이것은 생활에서 얻은 보편적 경험이다. 한번 생각해 보자. 만약
음식이 없다면 사람이 어떻게 용기와 정력을 얻을 수 있을까. 음식이 발산하
는 다섯 가지 맛의 기운도 사람들은 쉽게 알 수 있다. 그래서 "기"를 인생 및
사회와 연결 짓는 것도 쉽게 이해할 수 있다. 그런데 음식은 자연에서 나온다.
그래서 사람들은 또 "자연"과 "기"를 연결 짓게 되었다. 예를 들어, 노 소공
원년(기원전 541)에 진 의화醫和가 진 평공平公에게 "자연에 육기가 있고 이것
이 내려와 오미를 내고 오색을 드러내며 오음을 경험하게 됩니다. 이 모든
것이 지나치면 여섯 가지 질병이 생깁니다. 자연의 육기란 음·양·바람·비
·어둠·밝음인데, 이것이 사시로 나뉘고, 차례로 오절이 되는데, 지나치면 재
앙이 됩니다. 음기가 지나치면 추위로 인한 질병이 생기고, 양기가 과도하면
열로 인한 질병이 생기고, 바람이 지나치면 사지에 병이 생기고, 비가 지나치
면 배에 이상이 생기며, 어둠이 지나치면 여인에게 미혹되며, 밝음이 지나치

---

710) 徐元誥, 『國語集解』〈魯語上第四〉, 166쪽.
711) 徐元誥, 『國語集解』〈周語中第二〉, 60~61쪽.

면 마음에 병이 생깁니다."[712]라고 말했다. 그는 "오미"의 "기"가 "하늘"에서 비롯되었다고 했다. 여기서 하늘은 신비로운 것이 아니라 "음, 양, 바람, 비, 어둠, 밝음"의 "육기六氣"이고, 이 "육기"가 곧 자연이다. 사실 음식의 생장은 하늘의 "육기"를 떠나 존재할 수 없다. 이렇듯 의화는 다섯 가지 맛의 기와 자연의 기를 연결 지었고, 선인의 "기" 사상을 더욱 풍부하게 해주었다.

공자는 노 양공 22년(기원전 551)에 태어났다. 위에서 언급한 사상 중에서 가장 먼저 나온 것이 그가 태어나기 100여 년 전이고, 가장 늦게 나온 것이 그가 10살 무렵이다. 이것은 "기" 사상이 이미 학자들 사이에서 중시되었고 상당히 깊이 있는 사고가 이루어졌음을 뜻한다. 그리고 공자가 살던 시대에 "기"는 이미 사람들의 사상 관념이 되었고 자발적으로 인생 및 사회와 결부시켰다. 예를 들어, 주 경왕 23년(기원전 522)에 단목공單穆公은 경왕景王이 우역無射이라는 큰 종을 주조하려 하자, "입은 안으로 맛을 보며, 귀는 안으로 소리를 듣는데, 소리와 맛은 기를 냅니다. 기가 입에 있어 말이 되고, 눈에 있어 명이 되고, 말은 이로 이름을 믿음직하게 하고, 밝음은 이로 때맞춰 움직이며, 이름은 이로 정치를 이루고, 동動은 이로 생물을 번식시키고, 정치가 이루어지고 생물이 번식하고 생식하니 즐거움이 지극합니다. 만약 보고 들음이 조화롭지 않아 진동과 아찔함이 있으면 맛이 정미하지 못하게 되고, 또 그렇게 되면 기가 안일해지며, 기가 안일해지면 조화가 깨어집니다. 이에 광패狂悖한 말이 생기며, 현혹의 밝음이 있으며, 전이되어 바뀌는 이름이 있으며, 정도가 지나쳐 사특함이 있게 됩니다. 명령을 내어도 믿어지지 않으며, 형벌과 정치가 멋대로 분분해지며, 움직임이 때를 따르지 않으면 백성들은 의거할 곳이 없고 힘쓸 바를 몰라 각기 마음이 떠나고 맙니다. 임금이 그 백성을 잃으면, 지어도 건지지 못하며 구해도 얻지 못하니 그 어떻게 즐거울 수 있겠습니까?"[713]라고 간언했다. "성악"의 문제를 다루고 있어서 "소리"가 부각되는 듯 보이지만,

---

712) 杜預 注·孔穎達 疏,『春秋左傳正義』卷41,〈昭公元年〉, 十三經注疏本, 2025쪽.
713) 徐元誥,『國語集解』,〈周語下第三〉, 109~110쪽.

단목공은 "소리와 맛은 기를 낸다."라는 결론을 도출하기 위해 "맛"을 먼저 언급하는 것을 잊지 않았다. 이것은 "다섯 가지 맛에는 기가 채워져 있어야 한다."가 여전히 이 이론의 근거임을 설명해 준다. 뿐만 아니라, 단목공은 더 나아가 "기"를 언言, 시詩, 명名, 동動, 행정行政, 생식生殖의 바탕으로 보았다. 이렇듯 "기"의 개념은 최대로 확장되었다.

　더욱 중요한 것은 공자가 살던 시대에 즈음하여 사람들이 이미 "기"와 "지"의 관계에 대해 관심을 갖기 시작했고, 영향력 있는 사상을 제기했다는 점이다. 예를 들어, 노 소공 9년(기원전 533)에 진 선재膳宰 도괴屠蒯가 평공平公에게 "미각을 통해 혈기를 통하게 하고, 혈기로 뜻을 충만하게 하며, 그 뜻을 가지고 말을 하고, 말로써 명령을 내립니다. 신은 실로 군주의 입맛을 담당하는 관리로서, 두 분은 자신의 직분을 잃었는데도 군주께서 죄를 묻는 명을 내리시지 않으니 소신의 죄입니다."[714]라고 간언했다. 여기서도 여전히 "기"와 "맛"을 함께 연결 짓고, "맛", "기", "지", "언", "령令"의 관계를 제시했다. 이런 문제들이 사람들에게 주목받고 있었음을 설명해준다. 그러나 정나라의 재상이었던 자산子産은 "하늘의 밝음을 본받고 땅의 본성을 따라야 하는 것은 하늘이 육기六氣를 내고 오행五行을 사용하기 때문입니다. 기가 다섯 가지 맛이 되고, 눈에 드러나 오색五色이 되고, 귀에 드러나 오성五聲이 되는데, 이들을 지나치게 탐하면 혼란하여 백성들이 본성을 잃게 됩니다. 그러므로 예를 제정하여 본성을 유지하게 해야 합니다. 여섯 가지 가축은 말, 소, 양, 닭, 개, 돼지입니다. 다섯 가지 제물은 순록, 사슴, 고라니, 이리, 토끼입니다. 제사에 쓰이는 소, 양, 돼지는 세 가지 제물이라고 합니다. 제도를 제정하여 다섯 가지 맛을 보완하게 해야 합니다. 구문九文은 산, 용龍, 꽃, 벌레, 조藻, 불, 쌀, 분粉, 보불黼黻을 이릅니다. 육채六采는 청, 백, 적, 흑, 현, 황입니다. 오장五章을 제정하여 다섯 가지 색을 보완하게 해야 합니다. 구가九歌, 팔풍八風, 칠음七音, 육률六律을 제정하여 다섯 가지 소리를 보완하게 해야 합니다. 그리고 군신

---

714) 杜預 注·孔穎達 疏, 『春秋左傳正義』 卷45, 〈昭公九年〉, 十三經注疏本, 2057~2058쪽.

상하의 규칙을 제정하여 지의地義를 본받고, 부부 내외의 규칙을 제정하여 이물二物을 본받고, 부자, 형제, 자매, 친척, 부부, 사돈 사이의 규칙을 제정하여 하늘의 밝음을 본받고, 정사, 용력, 행무의 규정을 제정하여 사시를 순종하고, 형벌, 감옥의 제도를 제정해 사람들로 하여금 두려워 꺼리게 하여 벼락이 살육하는 것을 모방하고, 온화하고 인자한 정책을 제정하여 하늘이 만물을 생육하는 것을 본받은 것입니다. 사람에게 좋고 나쁨과 희로애락이 있는 것은 하늘의 육기六氣에서 나온 것입니다. 그러므로 신중히 본받고 적절하게 모방하여 육지六志를 절제하여야 합니다."[715]라고 하였다. 여기서 말하는 "육기"는 앞에서 인용한 의화醫和의 주장과 비슷하다. 두예杜預는 주에서 "음, 양, 바람, 비, 어둠, 밝음을 말한다."라고 하였는데, 굉장히 정확하다. 주의할 것은 자산이 민성民性에 대해 이야기할 때, 여전히 "기가 다섯 가지 맛이 되는" 관점에서 시작해서, 다섯 가지 색과 다섯 가지 소리를 도출하고 정교, 윤리, 본성에 이르고자 하였다는 것이다. 뿐만 아니라, "기"와 "지"의 관계를 제시하고, "육기"로 "육지"를 제정하며, 공자의 "기지" 이론에 직접적인 영향을 주었다. 자산의 말은 비록 자태숙子太叔으로부터 전해진 것이지만, 자산은 정鄭나라 정공定公 8년(기원전 522)에 세상을 떠났기 때문에, 이 사상은 훨씬 더 이른 시기에 나왔을 것이 분명하다. 게다가 노 소공 원년(기원전 541)에 자산이 진 평공에게 "제가 듣건대, 군자는 사시四時의 일이 있어, 아침에는 국정을 처리하고 낮에는 자문을 구하고, 저녁에는 정령을 고치고, 밤에는 몸을 편히 쉰다고 합니다. 이에 몸속의 기운을 절제하기도 하고 발산하기도 하여, 기운이 막히거나 적체되어 몸을 파리하게 하여 그 몸에 드러나게 해서도 안 되며, 마음이 밝지 않아 모든 일에 혼란이 있게 하지도 말아야 하는데, 지금 임금께서는 마음을 오로지 한곳에만 써서 병이 생긴 것이 아닌지요?"[716]라고 하였다. 이것은 그가 "기"의 조리, 운용, 선전을 아주 중시했음을 의미한다. 그래서 "기"에 대해 이토록

---

715) 杜預 注·孔穎達 疏,『春秋左傳正義』卷51,〈昭公二十五年〉, 十三經注疏本, 2107~2108쪽.
716) 杜預 注·孔穎達 疏,『春秋左傳正義』卷41,〈昭公元年〉, 十三經注疏本, 2024쪽.

깊이 있는 사고를 할 수 있었던 것이다.

공자는 춘추 이후의 "기" 사상으로부터 영향을 받았는데, 『논어』에 일부 기록이 남아 있다. 예를 들어, 『논어』〈계씨季氏〉에는 "공자가 말하길, 군자는 세 가지를 경계해야 한다. 청소년 시기는 혈기가 안정되지 않았으니 색을 경계하고, 장년 시기에 그 혈기가 강성하니 남들과 다툼을 경계하고, 노년 시기에 그 혈기가 이미 노쇠하니 부정한 재물의 취함을 경계해야 한다."717)라고 하였다. 공자는 선인이 "혈기"로써 사람의 신체 능력을 판단하는 관념을 받아들였고, 그것을 인생 수양의 궤도에 접목시켰다. 사람이 어떻게 "혈기"의 운동 규칙에 따라 자신의 품성을 단련해야 하는지 제시하고, 이로써 "혈기"에 대한 이해를 높였다. 그리고 "군자는 세 가지를 경계해야 한다."라는 사상을 제시한 것도 그가 자각적으로 "혈기"의 조리와 통제를 인격 수양과 연결 지은 것을 나타내며, "기지" 개념도 생겨나게 하였다.

공자는 또한 "같은 소리가 서로 응하고 같은 기운이 서로 구한다. 물은 젖은 데로 흐르며, 불은 마른 데로 나아간다. 구름은 용을 좇고, 바람은 범을 좇는다. 성인지 지음에 만물이 볼 만하다. 하늘에 근본한 자는 위와 친하고, 땅에 근본한 자는 아래와 각각 같은 부류를 좇는 법이다."718)라고 하였다. 여기서 "기"는 사람에게 있어서 인격 유형을 가리키는데, 역시 "기지"와 관련이 있다. 공자는 인격 수양을 인간다움의 근본으로 보고, 인격을 잃으면 모든 것을 잃게 된다고 보았다. 공자는 "배우지 않고 생각만 하는 사람은 알기는 하지만 해박하지 못하다. 배우기는 하지만 스스로 수양하지 않는 사람은 배우기는 하지만 고상한 인품을 갖지 못한다. 성誠으로 세우지 않는다면 잠깐은 세워지더라도 오래 가지 못한다. 성으로 드러나지 않고 말로만 잘 한다면 비록 그 말도 믿어주지 않을 것이다. 재주가 많아도 군자의 도를 알지 못하면 작은 이익만 취하고 큰 이익은 잃게 되고, 재앙이 반드시 그를 찾아올 것이다."719)라

---

717) 何晏 集解·邢昺 疏, 『論語注疏』卷16, 〈季氏〉, 十三經注疏本, 2522쪽.
718) 王弼·韓康伯 注·孔穎達 疏, 『周易正義』卷1, 〈文言〉, 十三經注疏本, 16쪽.

고 하였다.

공자의 사상은 그의 제자들에게 깊은 영향을 미쳤다. 그의 제자들도 군자의 인격 수양이라는 관점에서 "기"를 이해하였다. 예를 들어, 증자는 "군자가 도를 실천함에 있어서 귀중하게 여기는 것이 세 가지가 있는데, 그것은 자신이 표정을 지으면 부드럽고 예의에 맞아서 다른 사람의 난폭하고 오만한 행동을 멀리할 수 있게 되는 것, 자신이 안색을 바르게 하면 진실되고 믿음성이 있어서 다른 사람의 신뢰를 얻을 수 있게 되는 것, 자신이 말을 하면 말투가 온화하고 예의에 맞아서 다른 사람의 야비하고 사리에 어긋나는 행동을 멀리할 수 있게 되는 것이다."[720]라고 하였다. 그는 또한 "군자는 기에 따르기보다 충분히 생각한 뒤에 행동해야 하며, 먼저 따져본 뒤에 실천한다. 행동은 반드시 생각하고 말해야 하며, 말을 하면 반드시 생각한 것을 실천해야 하며, 생각을 실천함에는 반드시 그 생각을 후회하는 말은 하지 말아야 한다. 이것이 바로 신중한 것이다."[721]라고 하였다. 이를 통해 "기"의 사상이 공자와 제자에게 있어서 결코 "대수롭지 않은 문제"가 아니라, 아주 중요한 문제였음을 알 수 있다. 물론, 공자의 "기" 사상에서 가장 혁신적인 것은 "혈기"가 아닌, "기지"에 관한 주장이었다.

제4절 孔子 詩敎의 문학 사상사적 의의

공자가 선인의 사상을 바탕으로 "기지氣志" 개념을 제시하고, 전통적인 "위의威儀" 관념을 개조하여 양자의 조화를 이루어 시교 이론의 핵심 개념으로 삼은 것은 정말 혁신적인 의미를 갖는다.

공자와 자하가 시에 대해 논하던 때를 다시 떠올려 보자. 자하가 "『시』에서

---

719) 韓嬰, 『韓詩外傳』引, 四庫全書本.

720) 何晏 集解·邢昺 疏, 『論語注疏』卷8, 〈泰伯〉, 十三經注疏本, 2486쪽.

721) 王聘珍, 『大戴禮記解詁』卷4, 〈曾子立事〉, 北京:中華書局, 1983, 71쪽.

'점잖으신 임금님, 백성의 부모로다.'라고 했는데, 어찌해야 백성의 부모라고 할 수 있습니까?'라고 한 질문에, 공자는 "반드시 예악의 근원에 통달해야 하고, '오지五至'를 실현하고 '삼무三無'를 행하며, 천하를 누벼야 한다. 사방에 재앙이 있으면 반드시 먼저 알아야 한다. 이것을 백성의 부모라 할 수 있다."[722]라고 하였다. 사실 여기서 제시한 것은 "백성의 부모"로서의 인격 수양에 대한 요구이다. "반드시 예악의 근원에 통달해야 하는 것"은 수양의 목표이다. "사沚"는 오늘날의 "원原" 또는 "원源"으로, 근원을 뜻한다. 즉, 예악에서 말하는 인간이 다다를 수 있는 경지에 이르는 것으로, 이런 경지는 자연히 인격 수양의 기본이 된다. "'오지'에 이르러 '삼무'를 행하는 것"은 수양의 수단이자 방법이다. "오지"에 이르는 것은 내외가 함께 이르고 행하도록 하는 것이고, "삼무"를 행하는 것은 밖에서 안으로 예악의 참된 정신을 얻는 것이다. "천하를 누벼야 하는 것"은 수양 효과를 가리킨다. 이런 예악의 참된 정신으로 인격 수양을 이루어 몸에서 나타나는 것이 "기" 또는 "기지"이다. 그리고 이런 "기지"는 볼 수 없고 들을 수도 없지만, 이것은 또한 개인의 생명을 충실히 하고 더 나아가 우주 전체를 가득 채우는 거대한 작용을 발휘하게 한다. 그렇기 때문에 공자가 "군자는 이로써 천하를 누빈다. 귀가 있어 들어도 들을 수 없고, 눈이 있어 보아도 볼 수 없다. 기가 사해에 가득한 것을 삼무라고 한다."[723]라고 한 것이다. 이것은 "오지"에 이르고 "삼무"를 행하는 사람이 "기지"를 얻을 수 있음을 뜻한다. 바꾸어 말하면, "기지"가 있으면 "오지"에 이르고 "삼무"를 행할 수 있는 것이다. 이를 통해, 이상에서 언급한 "천하를 누벼야" 함이 가리키는 것도 "사해에 가득한" "기지"임을 알 수 있다. 왜냐하면 "기지"가 "천하를 누비고" "사해에 가득해서" "사방에 재앙이 있으면 반드시 먼저 알아야 하기"

---

722) 馬承源 主編, 『上海博物館藏戰國楚竹書』(二), 156~158쪽.

723) 馬承源 主編, 『上海博物館藏戰國楚竹書』(二), 163~164쪽. 이 단락의 〈孔子閑居〉는 조금 차이가 있다. 마지막에 "지기가 천지 사이에 가득하다. 이것을 五至라고 한다."라고 하였다. 비록 簡文처럼 논리적이지는 않지만("오지"가 아니라 "三無"이다), 천지 사이에 가득한 것이 "기" 혹은 "氣志"인 것은 같았다. 〈孔子閑居〉에서 "지기"는 앞뒤 문장으로 볼 때 "기지"이다.

때문이다. 백성의 탄생에 기뻐하고 백성의 죽음을 슬퍼하고 백성을 대신하여
복을 구하고 백성을 위해 해악을 없애는 것이 "백성의 부모라고 할 수 있다."
이런 "기지"는 일종의 정신 상태이자 생활 태도이다. 또한 일종의 사회적 책임
이자, 더 나아가 인생의 이념이다. 그리고 이를 종합하면 인격이 된다.

여기서 공자는 자신과 제자를 위하여 이상적인 도덕 인격의 경지를 수립
했다. 이런 인격은 사실 공자가 반복해서 선전한 군자의 인격이다. 『논어』에
관련 기록이 많이 남아 있는데 여기서는 따로 설명하지 않겠다. 물론, 인격
기준에 도달하는 것은 굉장히 어렵지만 그렇다고 수양하는 방법이 없는 것은
아니다. 그래서 공자는 또 "오기"를 제기하고 제자들의 잘못된 방향을 바로잡
아 주었다. "오기"는 군자 인격의 수양 방법으로, 앞에서 이미 분석을 하였다.
여기서 강조할 것은 "오기"에서 "기지"와 "위의"는 공자의 논술 중에서 "소리
가 없는 악", "형체가 없는 예"와 대응하지만, 이들은 서로 연관이 있다. 왜냐
하면 "예"와 "악"은 본래 서로 관련이 있기 때문이다. 공자가 언급한 "위의"는
전통적인 예의에서의 "위의"가 아니라 "형체가 없는 예"에서의 "위의"이다.
이것은 "위의"를 인격 수양의 내적 깨달음에 도입한 것이지만, 인격 수양의
내적 깨달음은 또한 반드시 외적으로 나타나기 마련이다. 이런 외적 양상은
물론 예의를 배척하지는 않지만 그렇다고 예의 그 자체도 아니다. 내적 "기지"
와 서로 결합하고 서로 보완하는 것이다. 이렇듯, 북궁문자北宮文子가 "위의"
를 언급하면서 제시한 "덕행"과 "성기聲氣" 등은 "기지"로 대체되었고, 인격
내재화를 충실하게 하는 개념으로서 전통적인 "위의" 개념과 서로 구분된다.
그래서 공자의 시교의 "기지"는 곧 개인 인격 수양으로 단련한 군자의 "기지"
이다. 공자의 시교의 "위의"는 곧 군자 "기지"가 나타내는 개인의 "위의"이다.
응집된 "기지"는 외적으로 발할 수 있고 또 외적으로 발할 수밖에 없다. "위의"
의 외적 양상은 내적 검증을 할 수 있고 또 내적 검증을 할 수밖에 없다. "기지"
와 "위의"는 바로 공자의 시교 인격 성향에 있어서 동전의 양면과 같다. 즉,
공자의 마음속에서 백성의 부모가 되려면 반드시 군자의 인격을 갖춰야 하고,
군자의 인격은 마땅히 내외를 동시에 수양해야 한다. 그러나 그 바탕은 내면

에 두었다. "기지"와 "위의"를 함께 중시해야 하지만, 그 중심은 "기지"에 두었다. 『시』를 배우는 것은 군자의 "위의"를 구현할 뿐만 아니라 군자의 "기지"를 더욱 확연히 드러낸다. 그리고 공자 본인은 바로 이런 "기지"와 "위의"를 실천한 사람이었다. 공자에 대한 한영韓嬰의 묘사를 살펴보자. "공자는 성인의 마음을 품고 도덕의 영역에서 방황하며, 형체가 없는 곳에서 소요逍遙하였다. 천리에 의지하고 인정을 살피고, 시작과 끝을 알고 득실에 밝았다. 그래서 인의를 부흥하고, 지위나 재산에 따라 사람을 차별하는 것을 싫어하며 계속 수양하는 마음을 갖고자 하였다. 당시 주 왕실은 약해지고, 왕도가 끊어지고, 제후의 세력이 강해졌다. 강자가 약자의 것을 빼앗고, 다수가 소수를 괴롭히고, 백성들은 안심하고 살 수 없었다. 기강은 무너지고, 예악이 붕괴되고, 인륜이 통하지 않았다. 그래서 공자는 동서남북을 다니며 낮은 자세로 사람들을 구제했다."[724] 이렇듯 공자의 시교는 서주 시대 "시언지"가 "위의"에 편중하고 춘추 시대에 "부시언지"가 응용에 편중했던 것에서 "기지"를 중시하는 것으로 전환하며 군자 인격 배양을 중시하는 궤도에 오르게 되었다.

『예기』〈공자한거〉의 기록에 따르면, "오기" 이후에 공자는 또 "삼무사三無私"를 제시했다. 이것은 공자의 시교와 확실히 관련이 있어서, 죽서 〈민지부모〉를 보충할 수 있다. 이상에서 "오기"가 "기지"와 "위의"의 관계를 포함한다고 이미 분석을 하였다. 그러나 "삼무사"는 "기지"의 의미를 직접적으로 설명하고 있다. "삼무사"는 곧 "하늘은 사사로이 덮어 주지 않고 땅은 사사로이 실어 주지 않으며 해와 달 또한 사사로이 비추는 일이 없다."[725]라는 뜻이다. 공자는 사람의 "기지"가 오로지 천지일월처럼 사심 없이 만물을 비추는 경지에 이르러야 비로소 백성이 떠받드는 덕망 있는 군자가 될 수 있다고 하였다. 이것을 강조하기 위하여, 공자는 "하늘에는 사시가 있으니, 봄·여름·가을·겨울과 바람·비·서리·이슬이 가르침이 아닌 게 없다. 땅이 신기神氣를 신

---

724) 韓嬰, 『韓詩外傳』卷5, 四庫全書本.
725) 鄭玄 注·孔穎達 疏, 『禮記正義』卷51, 十三經注疏本, 1617쪽.

고, 신기는 풍정風霆이니, 풍정은 운행해서 만물이 노생露生하니, 가르침이 아
닌 것이 없다. 청명淸明이 몸에 있으면 기지가 신과 같고, 기욕嗜欲이 장차
이르려고 하면 반드시 먼저 조짐을 보이는 법이다. 그래서 하늘이 비를 내리
려고 하면 산천이 구름을 내보낸다. 『시』에 이르길 '높고 높구나. 저 산이여!
높아서 하늘에 닿았구나. 저 산이 신령을 내렸으니, 중생보와 신백申伯을 낳았
어라. 신백과 중생보는 주나라의 기둥이 되고, 네 나라를 지키는 울타리가 되
어 교화를 사방에 폈구나.' 이것이 문왕과 무왕의 덕이다."[726)]라고 하였다. 이
것은 자하에게 가르쳐 준 것과 같다. 주 문왕과 무왕이 바로 "삼무사"의 "기지"
를 갖춘 "점잖으신 임금님"이다. 그들의 "기지"는 천지일월을 닮아 자손과 천
하에 은혜를 베풀었다. 이런 군자 인격을 갖추어야지만 "백성의 부모"라고 할
수 있다. 이것은 이상적인 도덕 인격을 구체화한 것으로, 제자들이 쉽게 익힐
수 있게 하는 동시에, 후대 사람들도 쉽게 이해할 수 있게 하였다.

공자는 『시』의 교화 이론뿐만 아니라 성실한 행동으로 자신의 이론을 실
천하여 "기지"와 "위의"의 관계를 더 잘 이해하도록 하였다. 『논어』〈향당〉의
기록에 따르면, "공자가 향리에 있을 때, 온화하고 공손하고 말을 잘 하지 못
하는 사람처럼 행동했다. 종묘와 조정에 있을 때, 조리가 분명하게 말을 잘
하였지만 조심스럽게 하였다. 조정에서 下大夫들과 말할 때 강직한 듯했으며
上大夫들과 말할 때에는 화목하고 정직한 듯하였다. 임금이 계실 때에는 공경
하고 조심하셨고 예절에 맞았다. 임금이 불러 외국 손님을 접대하게 하시면
얼굴빛이 달라지고 발걸음이 빨라졌다. 함께 서 있는 손님에게 읍할 때에는
왼쪽 사람에게는 손을 왼쪽으로 잡고, 오른쪽 사람에게는 손을 오른쪽으로
잡으니, 옷의 앞뒤 자락이 가지런하였다. 빨리 걸어 나갈 때에는 마치 새가
날개를 펴듯 단정하였다. 손님이 물러가면 반드시 복명하기를 '손님은 돌아보
지 않고 잘 떠나가셨습니다.'라고 하였다. 대궐 문을 들어갈 때는 몸을 굽히는
것이 마치 용납지 못하는 듯하였다. 서 있을 때에는 문 가운데 서지 않았으며

---

726) 鄭玄 注·孔穎達 疏,『禮記正義』卷51, 十三經注疏本, 1617쪽.

문을 드나들 때는 문턱을 밟지 않았다. 자리를 지나갈 때에는 얼굴빛이 달라지고 발걸음이 빨라지며 말을 부족한 듯하였다. 옷자락을 잡고 당에 오를 때에는 몸을 굽히고 숨을 죽여 쉬지 않는 듯하였다. 밖으로 나와 계단 하나를 내려서서 얼굴빛을 풀었는데 즐거운 듯하고 계단을 다 내려 와서 빨리 걸어가는 것이 마치 새가 날개를 펴듯 단정하였다. 자리에 돌아와서는 공경하면서 조심하였다. 홀을 잡고 있으면 몸을 굽히듯 하여 이기지 못하듯 하였다. 그것을 올리는 것은 읍하는 정도로 하고 내릴 때에는 물건을 내줄 때 정도로 하는데, 두려워하는 듯한 얼굴빛으로 변하고 발은 뒤꿈치로 옮겨가는데 더듬어가는 듯하였다. 예물을 바치는 자리에서는 온화한 얼굴빛을 했으며 사적으로 접견할 때에는 얼굴빛을 즐거운 듯하였다."[727]라고 하였다. 여기서 공자가 표현한 것은 예의에서 요구되는 안색, 거동, 언어 등으로 보인다. 사실 공자가 말한 안색, 거동, 언어는 이미 군자 "위의"에 대한 이해에 스며들었거나, 또는 군자 "위의"에 대한 표현이라고 할 수 있다. 그러나 이것을 "위의"로만 본다면 부족한 점이 있다. 왜냐하면 공자가 살던 시기에 예의로서의 "위의" 관념은 이미 퇴색되어 공자는 "형체가 없는 예"에 더욱 편중했기 때문이다. 그래서 공자의 행위가 나타내는 것은 바로 그가 제창한 "기지"이거나 또는 "기지"와 "위의"의 유기적 결합으로, 이상적인 군자 인격의 내적 체험과 외적 발현이라고 할 수 있다.

공자 시교의 이런 인격적 성향은 중요한 의미를 갖는다. 중국 문학 사상에 아주 크고 깊은 영향을 미쳤을 뿐만 아니라, 오늘날에도 여전히 현실적인 참고 가치가 있어서 우리가 눈여겨볼 필요가 있다.

우선, 공자의 시교는 『시』를 배우는 사람의 관심을 예의禮儀의 응용에서 인격 수양으로 전이시킴으로써 문학이 집단의식集團儀式에서 개인의 표현으로 전환토록 하였는데 이것은 그야말로 획기적인 의미를 가진다. 앞서 언급한 바와 같이 『시경』은 "위의"를 중시했다. 서주 시대의 "시"와 관련 있는 "위의"

---

727) 何晏 集解 · 邢昺 疏, 『論語注疏』 卷10, 〈鄕黨〉, 十三經注疏本, 2493~2494쪽.

가 주로 예악 제도와 어우러진 예의 절차에서 나타났기에 실물화된 성격이 강하다(이것은 『시경』의 아, 송과 『儀禮』를 읽으면 쉽게 알 수 있다.)고 한다면, 춘추 시대의 "위의"는 개인 인격이 아닌 집단 인격에 편중되어 있기는 하지만, 이미 개인의 목표나 "뜻"과 연관을 맺고 도덕적 인격을 지향하게 되었다고 할 수 있다. 예를 들어, 초 장왕莊王(재위 기간 기원전 613~590) 때, 신숙시申叔時가 태자의 교육에 대해 "시를 읊어 보좌하고, 위의로써 순서를 정하고, 올바른 몸가짐으로 도와주고, 밝은 행동으로 모범을 보이고, 예의를 정하여 행동하고, 공경하는 자세로 감독하고, 부지런히 권고하고, 효순孝順하는 마음으로 대하고, 충성하는 마음으로 깨우침을 주고, 덕이 있는 말로 격려한다. 이런 가르침이 갖추어졌는데도 듣지 않는다면 그는 사람이 아니다."[728]라고 하였는데, 이런 점을 잘 보여준다. 또 공자는 "형체가 없는 예"로부터 "위의"를 논하고, 개인 인격 표현으로의 "위의" 이론을 정립했다. 특히 공자는 "기지" 개념을 세우고, "위의"의 인격 근거로 삼았다. 또 "오지"·"삼무"·"오기"·"삼무사"를 주장하고, 군자 인격의 구체적인 요건과 수양 방법을 전면적으로 기술하여 독특한 특색을 갖춘 『시』의 교화를 형성했다. 그래서 그 사상적 이론적 가치는 충분히 인정을 받을 만하다. 그러나 전국 시대에 접어들면서 예악이 여러 나라에서 시행되지 않게 되었고,[729] "위의" 역시 기댈 곳이 없어 그 가치를 잃게 되었다. 『묵자』에서는 "위의威儀의 예는 성왕聖王이 하지 않는다."[730]라고 거침없

---

728) 徐元誥, 『國語集解』, 〈楚語上第十七〉, 485~487쪽.

729) 청나라 고염무는 "주나라 말기의 풍속"에 대해 다음과 같이 말했다. "춘추 시대에는 예를 존중하고 信을 중시하였지만 전국 시대에는 예와 신을 입에 담지 않았다. 춘추 시대에는 주왕을 숭배하였지만 전국 시대에는 周王을 거론하지 않았다. 춘추 시대에는 제사와 흠향을 아주 엄격하게 올렸지만 전국 시대에는 이런 활동을 하지 않았다. 춘추 시대에는 가문과 씨족을 중시하였지만 전국 시대에는 거론하지 않았다. 춘추 시대에는 연회에서 賦詩를 하였지만 전국 시대에는 하지 않았다. 춘추 시대에는 임금에게 간언을 올릴 수 있었지만 전국 시대에는 그럴 수 없었다. 안정된 외교 관계가 이루어지지 않았고 충성한 신하도 없었다. 이런 변화는 133년 동안 발생했다. 비록 명확한 기록으로 남겨지지는 않았지만 후대 사람들이 이를 추측할 수 있다. 진시황이 전국 통일을 하기 전에 文武之道가 이미 다하였다."(『日知錄集釋』 권13, 長沙:岳麓書社, 1994, 467쪽)

730) 孫詒讓, 『墨子閒詁』 卷6, 〈節用中〉, 諸子集成本, 103쪽.

이 말했다. 아무도 "위의"를 논하지 않았고, 오직 순자만 문장에서 『시』를 인용할 때 언급한 적이 있다. 이 사상이 점차 자취를 감추게 되면서 공자의 시교에 대한 사람들의 전면적인 이해에 영향을 주게 되었다. 심지어 "기지" 사상에 대한 인식도 모호해졌다. 정말 유감스런 일이 아닐 수 없다.

다음으로, 공자의 시교는 "시언지" 관념의 문학 전환을 이루었고, 독립적인 문학 관념의 탄생을 촉진했다. "시언지" 관념은 아주 오래 전에 생겨났고 원시 악교의 일부였다. 무사 집단이 점복과 제사를 하는 과정에서 사용한 축사로 "신명을 명백히 알리는 것을 목적으로 한다." 이것은 독립적인 문학 관념이 아니라 종교 관념의 일부였다. 서주 초기에 "시"는 예약 교화의 체계에 포함되어 세속 정교 및 문화 제도와 긴밀하게 결합하였다. "시"는 씨족의 정감을 표현하고 정치사상을 소통하게 하는 도구로써 "신명을 명백히 알리는 것"에서 "천자가 정치에 관한 이야기를 듣는 것"으로의 전환을 실현했다. 체계에 속하게 된 "시"는 악과 어우러져 종묘 제사와 조례 연회에 사용되며 전례 의식의 중요한 부분이 되었고 종법 제도를 유지하고 사상 및 감정을 교류하는 작용을 하였다. 사회 예약 제도 규범과 의식 운용 규칙은 시악의 의미와 가치를 부여하였다. 그러나 이때의 "시"는 아직 예약에서 벗어나 독립적인 지위를 갖지 못했고, 단순한 문학 관념도 발생하지 못했다. "시"가 말하는 "지"는 비록 세속 정치 윤리 질서를 지향하지만, 여전히 "악"의 제약을 받으며 "예"를 위한 역할을 하면서 씨족의 사상과 감정을 표현했다. 춘추 시대에 이르자 "시"는 점차 예약의 속박에서 탈피하여 독립적인 발전을 이루었고, 이것은 주로 두 가지 경로를 통해 실현되었다. 하나는 "부시언지"를 통해 악교의 속박에서 벗어났고, 이로써 시의 독립적인 "언지" 기능이 부각 되었다. 다른 하나는 "예"와 "의"의 구분을 통해 전례 의식의 속박에서 벗어났고, 이로써 시의 내적 의미 가치가 부각되었다. 이 두 가지는 서로 보완하며 춘추 시교의 전통을 형성했고 시의 관념 해방과 문학 관념의 형성에 기초를 마련해주었다.[731] 또 공자의 시교는 시가

---

731) 拙著, 「"詩言志":中國古代文學觀念發生的一价標本」(『淸華大學學報(哲學社會科學版)』

개인감정을 표현하고 군자 인격을 배양하는 새로운 역사 단계에 진입하도록
하고, "시언지" 관념의 문학 전환을 실현했다. 동시에 공자는 최초로 독립적인
문학 관념을 제시하여 중국 문학 사상의 발전에 새 장을 열어주었다.[732]

세 번 째로, 공자의 시교에 나타난 "기지氣志" 개념은 중국 문학 사상 발전
에 중요한 영향을 끼쳤기 때문에 역시 소홀히 해서는 안 된다. 『한시외전』에
는 "기지"로써 『시』를 설명하는 내용이 많이 실려 있다. 예를 들어, "눈은 마음
의 부호이고 말은 행위를 대표한다. 지혜로운 사람은 남에 대하여 알려고 하
지 않아도 결국에는 이해하게 된다. 용모를 관찰하고, 기지를 살펴서 판단한
다. 인정人情이 다 여기에 있을 뿐이다. 그래서 『시』에서 '다른 사람이 가진
마음을 내가 헤아릴 수 있다.'라고 한 것이다."[733], "그래서 사자使者는 문사文
辭에 능해야 하고, 성실하고 믿음직해야 하고, 기지가 밝아야 하고, 막히고
묶인 것을 풀고 펼칠 수 있어야 한다. 그래야 사자가 될 수 있다. 그래서 『시』
에서 '그 말이 화목하다.'라고 한 것이다."[734] 등이다.

최근 출토된 전국 시대 초나라 죽서에도 "기지"와 관련된 문헌이 있다.[735]
가장 눈여겨 볼만한 것은 맹자가 "기"와 "지"의 관계에 대해 논술한 것과 "양
기養氣" 사상이다. 예를 들어, 맹자는 고자의 "말에서 이해되지 못하거든 마음
에 도움을 구하지 말고, 마음에서 편안함을 얻지 못하거든 기운에 도움을 구
하지 말라."는 주장에 대해, "마음에 편안함을 얻지 못하거든 기운에 도움을
구하지 말라는 것은 옳지만, 말에서 이해되지 못하거든 마음에 알려고 구하지

2010年第1期) 및 이 책 제4장 참고.

732) 拙著,「遊夏文學發微」(『北京大學學報(哲學社會科學版)』2003年第4期),「論孔子的文學
觀念」(『孔子研究』1998年第1期) 및 이 책 제5장 1~2절과 제8장 1~2절 참고.

733) 韓嬰, 『韓詩外傳』卷4, 四庫全書本, 804쪽.

734) 韓嬰, 『韓詩外傳』卷10, 四庫全書本, 855쪽.

735) 예를 들어, 湖北省 荊門 郭店에서 발굴된 楚簡 『物由望生』(一作『語叢一』)에는 "하늘의
도를 살펴 民氣를 감화한다. 무릇 혈기가 있는 것은 모두 기쁨과 노여움이 있고, 삼감과 왕성함
이 있고, 형식과 내용이 있고, 색깔과 소리가 있고, 냄새와 맛이 있고, 기와 지가 있다."라고
나와 있다.(李零, 『郭店楚簡校讀記』, 北京:北京大學出版社, 2002, 160쪽)

말라는 것은 틀렸다. 지志는 기氣의 장수요, 기는 몸에 꽉 차 있는 것이니, 지가 최고요, 기가 그 다음이다. 그러므로 말하기를 '그 지를 잘 지키고, 그 기를 사납게 되도록 하지 말라.'고 한 것이다."736)라며 질책했다. "지가 최고요, 기가 그 다음이다."에 대해서는 선인들의 해석이 분분하다. 조기趙岐는 "지가 가장 중요한 근본이고, 기가 그 다음이다."737)라고 해석했다. 반면, 모기령毛奇齡은 "여기서 차次는 『모시전毛詩傳』의 '주인이 들어가 머물다.'와 『주례』의 '궁정宮正이 맡아서 머문다.'의 차와 같다. 머무는 곳이라는 뜻이다."라고 보았다. 더 나아가 초순焦循은 모기령의 주장에 근거하여 "그러하다면 지至는 이르다는 뜻이고, 지志가 이르렀다면 기는 곧 따라서 멈추게 된다. 이것은 조기가 '지가 이르면 기가 따른다.'라고 주를 단 것과 일치한다."738)라고 하였다. 조기가 "지"와 "기"를 "선"과 "후"로 엄격하게 분류한 것은 맹자의 원래 뜻에 그다지 부합하지 않는다. 맹자가 뒤에서 "양기"설을 제시했기 때문이다. "나는 말을 알며 나의 호연지기를 잘 길렀다."라고 하였다. 또 "그 기 됨이 다시없이 강하여 곧게 기르는데 해로운 것이 없으면 곧 하늘과 땅 사이에 가득하게 된다."739)라고 하였다. 또한 만약 "기"가 "선"이 아니라 "후"라면 맹자는 왜 "선"을 버리고 "후"를 따른 것일까? 그러나 "기"와 "지"가 본래 주종 관계가 없다고 한다면, 이 또한 맹자의 원래 뜻에 부합하지 않는다. 왜냐하면 맹자는 "지는 일신의 기운을 통솔하는 장수이다."라고 명확하게 말했기 때문이다. 이 부분의 모순을 해결하기가 쉽지 않다. 만약 맹자와 공자의 사상을 결합하면 이 모순을 해결할 수 있을지도 모르겠다. 공자가 제시한 "기지" 개념은 "기"와 "지"의 일치이지 주종 관계가 아니다. 그러나 맹자는 "기"와 "지"를 분리하여 "지는 일신의 기운을 통솔하는 장수이다."를 강조하며 주종 관계를 부각하려는 듯했다. 그러나 이런 "주종"은 "선", "후"가 아니라 유형의 분류일 뿐이다.

---

736) 趙岐 注 · 孫奭 疏, 『孟子注疏』卷3上, 〈公孫丑章句上〉, 十三經注疏本, 2685쪽.

737) 趙岐 注 · 孫奭 疏, 『孟子注疏』卷3上, 〈公孫丑章句上〉, 十三經注疏本, 2685쪽.

738) 焦循, 『孟子正義』卷3, 諸子集成本, 116쪽.

739) 焦循, 『孟子正義』卷3, 諸子集成本, 116쪽.

예를 들어, 초순焦循은 "사람은 지志가 있지만 사물은 지가 없다. 그래서 사람과 사물이 비록 모두 성性과 기氣를 갖고 있지만 지야말로 사람을 통솔하는 장수인 것이다. 이것으로 그 사람을 판단할 수 있다."[740)]라고 말했다. "지"는 "인간"과 "사물"(동물)을 구분하는 기준, 즉 "인성"의 소재이고, "기"는 생명 표현의 기본으로, 즉 "인성"의 근원을 가리킨다. 인간의 생명을 보다 충실하게 하고 빛나게 하기 위해서는 우선 바탕을 잘 다져야 한다. 즉 "기를 길러야 한다." 그렇지 않으면 "인성"은 기댈 것을 잃게 된다. 이것이 바로 맹자가 "지는 일신의 기운을 통솔하는 장수이다."라고 강조하고, 또한 "나의 호연지기를 잘 기른다."라고 한 이유이다. 사실, 맹자가 "천지 사이에 가득하게" 하는 "호연지기"를 기른 것은 공자가 언급한 "사해에 가득하게 한다.", "천하를 누빈다."의 "기지"와 일맥상통한다. 그 인격적 지향이 완전히 일치하는 것이다. 또한 그는 "양기"와 "지언知言"을 연결 지었는데, 이것과 공자 시교와의 관계도 엿볼 수 있다. 맹자 이후에도 "기지" 사상은 문학 분야에서 깊은 영향을 끼쳤다. 예를 들어, 순자荀子의 "치기양심治氣養心"설, 조비曹조의 "문기文氣"설, 유협劉勰의 "양기養氣"설, 종영鍾嶸의 "기동물감氣動物感"설이 모두 그 증거이다. 이런 사상은 송나라 때 "이기理氣"설이 발생하는데 영향을 미쳤으며, 중국 사상사에 한 페이지를 장식했다.

---

740) 焦循, 『孟子正義』 卷3, 諸子集成本, 116쪽.

제7장

"修辭立其誠": 孔子의 수사 관념

"말을 닦고 뜻을 세운다." 즉, 수사입기성修辭立其誠은 일종의 전통 관념으로, 중국인의 문화 사상, 특히 문학 관념에 크고 깊은 영향을 끼쳤다. 그래서 고대부터 지금까지 이에 대한 토론이 그치지 않고 있다. 학술 논문뿐만 아니라, 현재 통행되고 있는 중국 문학 사상사, 이론사, 비평사에서도 이를 거론하지 않은 것이 없다. 중국 수사학사에서도 이에 대해 토론하였다. 비록 이것이 중국 최초의 수사 관념인가에 대해서는 논쟁이 있지만, 이것이 중국 전통 수사학에 미친 영향만큼은 모두 인정하고 있다.[741] 그렇다고 "수사입기성"의 의미가 이미 명확히 밝혀졌다거나, 토론이 끝났음을 의미하는 것은 아니다. 이와는 반대로 아직까지도 이에 대한 이해와 의견이 분분하다. 심지어 근본적인 성격에 관해서도 의견이 엇갈리고 있다. 게다가 이 관념을 제기한 사람이 누구인지, 그 본래 의미는 무엇인지, 중국 고대 문학 관념에 어떤 중요한 영향을 끼쳤는지에 대해 학술계의 토론이 아직 부족하다. 또 어떤 것은 겉보기에는 맞는 것 같지만 실제로는 그렇지 않은 경우도 있어서 자세한 분석이 필요하다. 사실, "수사입기성"은 공자가 은상 시대부터 이어온 복서卜筮 문화를 종합하고 그것을 바탕으로 제시한 것으로, 중요한 문학 관념사적 의의를 가지며 중국 고대 문학과 문학 관념 발전에도 크고 깊은 영향을 미쳤다. "수사"는 무사巫史의 작사作辭, 정사正辭, 용사用辭에서 춘추 시대 정교와 외교의 사령辭令

---

741) 예를 들어, 陳望道는 『修辭學發凡』(1932년)에서 "수사입기성"이 중국 수사학의 기원이라고 보았다. 그러나 鄭子瑜는 『中國修辭學史稿』(1984년)에서 이 의견에 반대하며, "수사입기성" 이 선인들의 수업을 가리키는 것으로 오늘날의 "수사"와는 그 의미가 다르다고 하였다.

으로의 발전을 반영한다. 그리고 "입성"은 오랫동안 전해 내려온 관료의 직업
정신과 삼가 경계하고 두려워하는 문화 심리를 주로 강조하였다. 따라서 "수
사입기성"이란 수사자가 정중하고 경건한 마음을 가지고 자신의 언사에 대해
확실하게 책임을 지면서 가장 좋은 방법으로 언사를 표현함으로써 예기의 목
적을 달성하도록 요구하는 것을 말한다. 이로부터 중국 문화는 "경언敬言, 근
언謹言, 신언愼言"의 우수한 전통을 형성하게 되었다. 이처럼 풍부한 역사, 문
화적 의미를 담고 있는 사상 관념은 중국 문학, 문장학, 수사학에 커다란 영향
을 주었다. 또한 훗날 문예 사상의 발전에 본보기로 삼을 만한 많은 사상 자원
을 제공했다.

제1절 孔子의 『周易』에 대한 인식 및 전파

알다시피, "수사입기성"은 『주역』의 〈문언전文言傳〉에서 비롯되었고, 『주역』
의 〈건乾〉괘 "구삼九三" 효사爻辭를 해석하는데 쓰였다. 그 원문은 다음과 같다.

"구삼九三에 이르기를 '군자가 종일토록 최선을 다해 일하고 저녁이 되어
서도 자신의 일을 걱정하고 내일의 일을 준비하니 어렵고 험해도 허물이 없
으리라.'라고 하였는데, 이것은 무엇을 말하는 것입니까?" 공자가 대답하기
를 "군자가 덕에 나아가며 업을 닦나니 충성되고 미덥게 함이 덕에 나아가는
것이요, 말을 닦고 그 정성을 세움이 덕업에 거하게 하는 까닭이다. 이를 줄을
알고 이르니 더불어 기미할 수 있고, 마칠 줄을 알고 마치니 의를 보존할 수
있다. 이런 까닭에 높은 자리에 있어도 교만하지 않으며 낮은 자리에 있어도
근심하지 않는다. 그러므로 최선을 다하여 그 시절을 두려워한다면 비록 위
태로울지라도 허물은 없을 것이다."[742]

---

742) 王弼 注·孔穎達 疏, 『周易正義』卷1, 〈乾〉, 十三經注疏本, 15쪽.

"수사입기성"을 정확하게 이해하려면 상기 문장의 뜻을 정확히 해독해야한다. 또한 이것을 이해하려면 먼저 "사람을 알고 세상을 논할" 수 있어야 한다. 즉, 먼저 이상의 단락을 말한 사람이 누구인지 명확히 알아야 하고, 그가어떤 상황에서 이런 말을 했고, 왜 이런 말을 했는지 알아야 한다.

위 단락의 표면적 의미와 전통적인 주장으로 볼 때, 이것은 공자에게서나왔다. 사마천의 『사기』〈공자세가孔子世家〉에 따르면,

> 공자는 만년에 『역』을 좋아하여 〈단彖〉, 〈상象〉, 〈설괘說卦〉, 〈문언文言〉을지었다. 『역』을 읽으며 책을 묶은 가죽끈이 세 번이나 끊어졌다. 이르기를,나에게 수년을 더하면 이와 같을 것이다. 나는 『역』을 빛나게 할 것이다.[743]

사마담司馬談은 사마천의 부친으로, 공자의 구전제자 양하楊何로부터 『역』을 전수 받았다. 또한 양하는 한나라 초기의 유명한 『역』학 전수자인 전하田何의 재전제자였다. 사마천은 부친에게서 익히 들었을 것이므로, 이 기록은 충분한 근거를 가졌다고 할 수 있다. 『한서』〈예문지〉에는 "공자는 〈단〉, 〈상〉,〈계사〉, 〈문언〉, 〈서괘序卦〉 등 10편을 지었다."[744]라고 나와 있다. 이 역시 〈문언전文言傳〉이 포함된 『주역』을 해석한 십전(또는 "십익十翼", 『역전易傳』으로 통용됨)이 공자가 지은 것이라고 보았다. 한나라와 당나라 때에도 이에 대해 이견은 없었다.[745]

송나라 때 구양수歐陽修(1007~1072)는 『역동자문易童子問』에서 처음으로반론을 제기했다. 『역전』의 〈계사繫辭〉 이하는 공자가 지은 것이 아니라고 보았다. "이 말은 전래된 것이 자질구레한 것을 모아 난잡하고 뜻이 어긋나고",

---

743) 司馬遷, 『史記』卷47, 〈孔子世家〉, 二十五史本, 227쪽.

744) 班固, 『漢書』卷30, 〈藝文志〉, 二十五史本, 527쪽.

745) 사마천과 반고 이외에 한나라 때 왕충도 "공자가 〈彖〉, 〈象〉, 〈繫辭〉를 지었다."라고 하였다.(『論衡』〈謝短〉) 당나라 때 육덕명, 안사고, 공영달도 모두 같은 의견을 가지고 있었다. 그래서공영달은 『周易正義』에서 "〈彖〉, 〈象〉 등 '십익' 사는 공자가 지은 것이라고 하였다. 앞선 유가에도 이견이 없다."라고 하였다.

"〈설괘說卦〉와 〈잡괘雜卦〉는 무당이 쓴 글이며", 문장에서 "자왈子曰"은 "스승의 말"을 가리키므로, 공자가 지은 것이 될 수 없다고 주장했다.[746] 훗날 이를 따르는 사람이 많아졌다. 청나라 때 최술崔述(1740~1816)도 『수사고신록洙泗考信錄』에서 공자가 지었다는 것에 대해 강력하게 반론을 제기했고,[747] 근대 시기에 첸쉬안퉁錢玄同(1887~1939), 귀모뤄郭沫若(1892~1978), 구제강顧頡剛(1893 ~1980), 리징츠李鏡池(1902~1975) 등은 모두 최술의 주장에 동의하며 이를 한층 더 확대시켰다. "십익"은 공자가 쓴 것이 아닐 뿐더러, 심지어 『논어』 〈술이〉에서 공자가 "나에게 몇 년의 시간을 더 주어 쉰 살에 『역』을 배운다면, 큰 과오는 없을 수 있을 것이다."라고 한 것에 대해서 새로운 해석을 내놓으며, 공자가 말년에 『역』을 좋아했는지 여부에 대해서도 의문을 품었다.[748] 공자 『역전易傳』의 저작권이 흔들리게 된 것이다.

그러나 송나라 이후에 이를 부정한 사람도 부지기수였다. 예를 들어, 송나라 때 주희(1130~1200)는 구양수의 의견에 반대하고, "그가 말한 '자왈'은 어떤 것들은 제자들이 훗날 임시로 추가한 것으로, 또한 알 수 없다."[749]라고 하였다. 구스顧實(1878~1956)는 "공자가 십익을 지으며 '자왈'이라고 한 것은 사마천이 『사기』를 지으며 스스로를 '태사공太史公'이라고 한 것과 같다."라고 하였다. 더 나아가 "이것은 선인들이 책을 지을 때의 관례였다. 이것으로 십익이 공자가 지은 것이 아니라고 하는 것은 생각 없이 내뱉는 말과 같다."[750]라고 하였다. 일본학자 다키가와 스케코토는 『전국책』 〈진책秦策〉에서 채택蔡澤의 주장과 송옥宋玉의 〈소언부小言賦〉, 『순자』 〈대략편大略篇〉, 『한비자』 〈외저설外儲說〉, 『신어新語』 〈도기道基〉, 『회남자』 〈무칭繆稱〉 등을 인용하여 『역전』이

---

746) 歐陽修, 『易童子問』, 四庫全書本, 上海:上海古籍出版社 影印, 1987, 1~8쪽.

747) 顧頡剛 編訂, 『崔東壁遺書』 卷3, 『洙泗考信錄』, 上海:上海古籍出版社, 1983.

748) 陸德明의 『經典釋文』에는 "『노론』에서 '易'을 '亦'으로 읽었다."라고 하였다. 그래서 어떤 이는 "加我數年, 五十以學易, 可以無大過矣"의 "易"을 『노론』처럼 "亦"으로 바꿔서 읽어야 한다고 보았다. 그러면 『논어』는 『역』과 무관해진다.

749) 黎靖德 編, 『朱子語類』 卷1, 北京:中華書局, 1986, 1675쪽.

750) 顧實, 『漢書藝文志講疏』 2, 上海:上海古籍出版社, 1987, 13쪽.

전국 시대부터 진한 시대까지 광범위하게 전래되었음을 증명했다.[751] 고형高亨은 『상전象傳』이 전국 시대에 지어진 『예기』〈심화深衣〉보다 앞선 시기에 나왔고, 〈계사繫辭〉는 공손니자公孫尼子가 지은 『예기』〈악기樂記〉 전에 나왔다고 고증했다.[752] 리쉐친李學勤은 『순자』〈대략편大略篇〉 소론에서 십익의 〈단전〉, 〈설괘〉, 〈서괘〉를 인용했다. 한나라 초기에 회남구사淮南九師는 『회남도훈淮南道訓』 12편을 쓰고 십익을 해석했다. 『회남자』내편에서는 〈단전〉, 〈상전〉, 〈문언〉과 〈서괘〉를 인용했다.[753] 그리고 1973년 창사長沙 마왕퇴馬王堆 한나라 고분에서 출토된 『주역』에서 "백서帛書 〈계사繫辭〉 상편은 오늘날 전해지는 상편의 거의 모든 부분과 하편의 대부분을 포함한다. 『주역정의周易正義』에서 분류한 장으로 보면, 여기에는 오늘날 전해지는 〈계사상繫辭上〉의 제1장부터 제7장까지, 제9장부터 제12장까지, 〈계사하繫辭下〉의 제1장부터 제3장까지, 제4장의 1절~4절 및 7절, 제7장의 '若夫雜物撰德' 이하, 제9장 …… 오늘날 전해지는 〈설괘〉의 제1장부터 제3장까지, 오늘날 전해지는 〈계사繫辭〉의 제5장부터 제6장까지, 제7장의 '若夫雜物撰德' 이전, 제8장을 포함하고 있다. 오늘날 전해지는 〈계사繫辭下〉 제4장의 5절~9절은 백서帛書 『주역』의 〈요要〉 편에 실려 있다."[754] 이것은 〈계사繫辭〉의 제작 "연대가 전국 중엽보다 늦지 않음"[755]을 증명해준다. 백서 〈요〉 편에는 "공자가 나이가 들면서 『역』을 좋아하였으니, 집에 있을 때는 자리에 두었고 밖에 나갈 때는 행낭에 두었다."라고 하였고, 공자와 자공의 대화에서 "자왈"을 명기하고 있다. 이것은 『논어』〈술이〉의 기록이 사실임을 증명해준다. 여기서 "역易"을 "역亦"으로 읽어서는 안 된다.

또 공자는 『역』을 언급하면서 "옛날부터 전해 내려온 말이 담겨 있다. 나는

751) 『史記會注考證』 卷47, 上海: 上海古籍出版社, 1986.

752) 高亨, 『周易大傳今注』, 濟南: 齊魯書社, 1983, 7~8쪽.

753) 李學勤, 『周易經傳溯源』, 長春: 長春出版社, 1992, 102 · 123쪽.

754) 李學勤, 『周易經傳溯源』, 231쪽.

755) 李學勤, 『簡帛佚籍與學術史』, 南昌: 江西教育出版社, 2001, 102 · 251쪽.

그 점복에는 만족하지 않지만, 그 글은 즐기고자 한다."라고 하고, 또 "훗날 선비들이 나를 의심한다면 혹시 『역』 때문이 아닐까?"[756]라고 하였다. 이것은 리쉐친이 말한 바와 같다.

이것은 공자가 『주역』의 단순한 독자일 뿐만 아니라, 어느 정도 의미상의 작자임을 암시한다. 물론, 자신이 "좋아하는" "사辭"를 쓴 것이 아니라, "사"를 해석한 『역전易傳』일 뿐이다.[757]

따라서 우리는 대체적으로 〈문언〉을 포함한 『역전』이 공자에게서 나왔다고 단정할 수 있다. 비록 『역전』의 일부 사상이 공자 이전에 이미 존재했다고 하더라도, 공자가 이를 계승하고 발전시켜 체계적으로 전수한 것이다. 처음에는 구술에 의해 전해졌고, 훗날 이것을 기록으로 정리한 사람은 아마도 공자의 제자나 재전제자였을 것이다. 그 과정에서 정리자와 베낀 사람의 일부 주장도 섞여 들어갔을 것이다. 그렇지만 그 기본 사상은 공자로부터 나온 것이어서[758] "자왈" 부분은 틀림없이 공자의 주장이라고 볼 수 있다.[759] 뿐만 아니라, 이런 말은 『주역』 괘효사卦爻辭의 해석을 중심으로 전개되고 있어서 결코 평범한 것이 아니었다.

---

756) 韓仲民, 「帛書〈繫辭〉淺說」引要, 『孔子硏究』 1988年 第4期.

757) 李學勤, 『簡帛佚籍與學術史』, 262쪽.

758) 金景芳은 "『易傳』은 공자의 것이다. 대부분이 공자가 쓴 것이다. 물론 모두 공자가 직접 쓴 것은 아니지만 거의 대부분은 공자로부터 전해 내려온 것이다. 문제될 것이 없다."라고 하였다. (『周易講座』(金景芳 講述·呂紹綱 整理), 長春:吉林大學出版社, 1987, 26~27쪽 참고) 呂紹綱은 "『역전』의 문자 구성이 아주 복잡하다. 공자가 지은 것, 제자가 기록한 것, 선인의 주장을 따른 것, 후대에 추가한 내용 등이 섞여 있고 생략, 오자, 탈자한 부분도 적지 않다."라고 하였다. 그럼에도 불구하고 "『역전』은 공자가 지은 것이고, 『역전』의 사상이 공자에게서 나왔다."라고 주장했다. (『周易闡微』, 第7章 「周易的作者問題」, 上海:上海古籍出版社, 2005, 271쪽·267쪽)

759) 徐復觀은 "『역전』 각 편은 동일시기에 동일인이 쓴 것이 아니다. 비록 각 편이 같은 유형으로 되어 있지만, 『예기』처럼 여러 사람이 편찬하여 엮은 것이다."라고 하였다. 그럼에도 불구하고 "『역전』에 인용된 '子曰'은 공자에게서 나온 것이 분명하다."라고 보았다.(『中國人性論史』先秦篇附錄2, 上海:上海三聯書店, 2001, 493쪽)

〈문언전〉이 공자에게서 비롯되었다고 한다면, "수사입기성"을 운운한 것은 『주역』의 『건乾』괘 "구삼" 효사를 해석하기 위함이었다. 그래서 이 단락의 정확한 의미를 이해하려면, 우선 공자가 『주역』을 해석한 입장과 방법을 이해해야 한다.

백서 〈요〉 편에는 자공이 공자에게 "스승님께서도 점을 믿으십니까?"라고 묻자, 공자가 "나는 그 덕의德義만 본다. 나와 사무史巫는 방법은 다르지만 그 결과는 같다."[760]라고 대답한 것이 실려 있다. 이것은 공자가 『역』을 좋아한 것이 그가 복서를 진심으로 믿었다는 뜻이 아니라, 『주역』 괘효사에 나타난 사상(덕의)에 관심을 가졌다는 것을 뜻한다. 또한 공자의 『주역』 괘효사에 대한 해석은 복서의 언어 환경을 벗어나지는 않지만, 그렇다고 복서의 범위에 얽매이지도 않았다. 공자는 사람들에게 어떻게 점을 치는지를 가르친 것이 아니라, 어떻게 올바르게 복사를 운용하여 사회와 인생을 이해해야 하는지를 일깨웠다. 공자의 "방법은 다르지만 그 결과는 같다."라는 『역』을 배우는 입장과 방법 및 『주역』 괘효사에 대한 해석은 훗날 유학자들에게 전해져 『역전』으로 나올 수 있었다.

여기서 『역전』 사상을 전부 설명할 수는 없다. 단지, "수사입기성"의 본래 뜻을 이해하기 위해서, 공자의 『주역』에 대한 몇 가지 기본적인 인식을 살펴보도록 하겠다.

우선, 공자는 『주역』이 특정 역사 시기의 산물이라고 보았다. 그래서 이것을 은주라는 특정한 시대에 놓고 이해해야 하며, 특히 우환 의식에 주의해야 하겠다. 공자는 다음과 같이 말했다.

> 『역』이 생겨난 것은 중고 시대인가? 『역』을 만든 이는 우환憂患 의식을 가지고 있었는가?[761]

---

760) 韓仲民, 「帛書〈繫辭〉淺說」引要, 『孔子研究』 1988年 第4期.

761) 王弼 · 韓康伯 注 · 孔穎達 疏, 『周易正義』 卷8, 〈繫辭下〉, 十三經注疏本, 89쪽.

『역』이 일어난 것은 아마 은나라 말기부터 주나라의 덕이 성행했을 무렵일 것이다. 이때 문왕과 주왕紂王의 시대였을 것이다. 그러므로 그 말은 위태로움이 많았다. 위태로운 자를 평안하게 해주고, 쉽게 여기는 자는 기울게 하였으니 그 도가 심히 커서 온갖 물건을 폐하지 않는다. 시종 두려워한다면 그 중요한 것은 허물이 없으리라. 이를 『역』의 도라고 한다.[762]

『역』에는 『연산連山』, 『귀장歸藏』, 『주역周易』이 있는데, 여기서 말하는 『역』은 통상적으로 『주역』을 가리킨다. 공자는 『주역』을 누가 지었는지에 대해서는 명확히 밝히지 않았지만, 글에서 『역易』의 지은이가 주나라 초기의 성인이었음을 강하게 암시했다. 그래서 전통적인 주장에 따르면, 문왕이 『역』을 연역했다고 보았다. 즉, 주 문왕이 괘의 순서를 배열하고 괘사卦辭와 효사爻辭의 제작을 포함하여 『주역』을 지었다는 것이다.[763] 춘추 시기에 많은 사람들은 『주역』이 복서卜筮를 다룬 책이라고 보았다. 무당들도 이것을 복서의 지침서라고 보았다. 그러나 공자는 『주역』은 은주 사회 흥망의 역사 경험을 종합한 것으로, 문왕으로 대표되는 성인들이 흥성과 쇠퇴, 길흉화복에 대해 가졌던 이해를 반영하고 있다고 보았다. 그래서 『주역』을 정치 역사학 저술로 간주하였다. 『역전』도 자주 이런 관점에서 괘효사를 해석했다.

다음으로, 공자는 『주역』을 성인의 덕업德業으로 보면서, 그것이 천지 만물의 광범위한 연계를 상징하고 천지 만물의 운행 원리를 귀납하며 천지 신인天地神人과 소통하는 성인聖人의 역할을 나타낸다고 보았다. 공자는 다음과 같이 말했다.

---

762) 王弼·韓康伯 注·孔穎達 疏, 『周易正義』卷8, 〈繫辭下〉, 十三經注疏本, 90쪽.

763) 余永梁의 「易卦爻辭的時代及其作者」, 顧頡剛의 「周易卦爻辭中的故事」, 李鏡池의 「周易筮辭考」 등은 모두 『주역』이 상나라 말에서 주나라 초에 만들어졌다고 보았다. 고고학에서는 『주역』이 상나라 數占에서 기원하였다고 하였다. 張政烺은 「試釋周初靑銅器銘文中的易卦」(『考古學報』 1980年 第4期)에서 이에 대해 믿을 만한 논증을 하였다. 효사에는 문왕이 세상을 떠난 뒤의 일이 나오고 괘사와 효사에 일치하지 않는 부분이 있어서 문왕은 괘사를, 주공은 효사를 지었다고 주장했다. 이 책에서는 괘효사의 작자를 자세히 구분하지 않고, 문왕과 주공으로 대표되는 주나라 초기 통치자들이 지은 것으로 보았다.

역易에는 태극太極이 있고, 태극은 양의兩儀를 낳으며, 양의는 사상四象을 낳고, 사상은 팔괘八卦를 낳는다. 팔괘가 길흉을 결정하며, 길흉이 대업大業을 낳는다. 법상法象은 천지보다 큰 것이 없고, 변통變通은 사시보다 큰 것이 없으며, 상象이 뚜렷이 나타나는 것은 일월보다 큰 것이 없고, 숭고한 것은 부귀보다 큰 것이 없다. 만물을 구비하여 사용하게 하고 도구를 만들어 천하를 이롭게 하는 것은 성인보다 큰 것이 없다. 깊숙하게 숨겨져 보이지 않는 것을 찾아내고, 그 멀고 깊은 의미를 철저히 이해함으로써 천하의 길흉을 정하고 또 수없이 많은 일을 성사시키는 것은 시초와 거북껍질보다 큰 것이 없다. 하늘이 신물을 낳으니 성인이 그것을 본받고, 천지가 변화하니 성인이 그것을 이어받는다.[764]

공자가 여기서 총괄적으로 언급한 것은 사실상 상고 시대부터 무격 집단에 의해 장악된 "통천지술通天之術"이며, 성인이 "천문"의 계시에 따라 진행한 인간의 활동이다. 팔괘를 만들고 시초와 거북껍질을 도구로 하여 천하의 길흉을 정하는 것은 그들의 "대업"이었다. 이른바 성인 운운한 것은 우 임금, 탕 임금 등의 인간이 만든 종교를 통제하는 무격 집단의 우두머리를 가리킨다. 그들은 점복과 제사를 장악하고 천지 귀신과 소통했는데 사실상 큰무당이었다. 물론, 『주역』을 쓴 문왕도 성인이었다. "성인은 세상의 심오한 이치를 관찰하여, 그 형용을 본뜨고 그 사물의 올바름을 그려낸다. 이러한 이유로 상象이라 한다. 성인이 천하의 움직임을 보고 그 모이고 소통함을 관찰해서 일정한 의식을 행하며 말을 붙여서 길흉을 판단하니 이런 까닭에 효爻라고 일컫는다. …… 그 적당한 도에 맞게끔 바뀌게 하는 것들은 변화에 있고, 그것을 미루어 추진하도록 하는 것은 관통에 있고, 그 신명한 것은 사람에게 존재하는 것이다. 묵묵히 이루고 말없이 믿게 하는 것은 덕행이다."[765] 문왕이 유리羑里에 유배되었을 때 『주역』을 연역하였다. 주나라 들판에서 출토된 갑골 복사는

---

764) 王弼·韓康伯 注·孔穎達 疏, 『周易正義』卷7, 〈繫辭上〉, 十三經注疏本, 82쪽.
765) 王弼·韓康伯 注·孔穎達 疏, 『周易正義』卷7, 〈繫辭上〉, 十三經注疏本, 83쪽.

서주 귀족도 점술을 믿었음을 증명해준다. 그렇다면 문왕은 자연스럽게 무격 집단의 구성원이 된다. 그러나 그는 상나라 통치자들과 조금 달랐다. 그는 복서에 나타난 길흉화복에 대한 이해를 사로 남겼고, 사람들이 사에 따라 길흉을 정하도록 하였다. 이것은 사실상 복서가 상왕 귀족의 독점에서 벗어난 것을 의미한다. 또한 복서와 사람의 덕행을 연결 지어 길흉의 판단이 더 이상 큰무당의 직무가 아니라 성현의 덕업이 되도록 하였다. 이것은 종교 사상의 해방이자 『주역』의 가치 발현이라고 할 수 있다.

또한 공자는 『주역』이 천지 만물에 대한 성인의 이해라고 보았다. 이것으로 인간의 사상과 행위를 인도하고, 사람들이 저마다 다양한 깨우침을 얻을 수 있게 되었다. 공자는 다음과 같이 말했다.

> 『역』은 도대체 어떤 것인가? 『역』은 만물을 개발하여 인간 세상을 완성하는 것으로 천하의 도리 중에서도 으뜸이다. 단지 이것일 뿐이다. 성인은 천하의 온갖 이치에 통하고, 천하의 온갖 사업을 완수하고, 천하의 온갖 의혹을 판단한다. 시초의 작용은 원만하고 신묘하며, 괘의 작용은 사방 미치지 않는 곳이 없다. 육효의 뜻은 쉬워서, 성인은 이것으로 마음을 깨끗이 씻어 아무것도 없는 상태로 비워두며, 다른 사람들과 길흉을 같이 한다. 미래의 상황을 신묘하게 알면서도 보통 사람처럼 살아가니, 누가 이와 같을 수 있겠는가? 옛날의 총명하고 지혜 있는 사람들은 빼어난 무예를 지니고 있으면서도 다른 사람을 죽이지 않았다. 천도를 밝게 안 뒤에 사람들의 삶을 살핀다. 이것은 신물神物을 일으켜 사람들의 삶을 보다 윤택하게 하는 것이다. 성인은 이것으로 재계하여 그 덕을 신묘하고 밝게 한다![766]

『주역』은 사람들로 하여금 과거를 이해하고 미래를 예측하고 천도를 바로 알며 백성을 살피게 하였다. 『주역』은 복서에 관한 저술일 뿐만 아니라, 천하의 온갖 이치에 통하고, 천하의 온갖 사업을 완수하고, 천하의 온갖 의혹을

---

766) 王弼·韓康伯 注·孔穎達 疏, 『周易正義』卷7, 〈繫辭上〉, 十三經注疏本, 81~82쪽.

판단한다. 한 마디로, "천하의 도리 중에서도 으뜸"으로 천지 만물의 이치를 포함하는 철학 저술이다. 물론, 여기서 말하는 철학은 "미신을 수단으로 가르침을 베푸는" 형식으로 나타났다. 『주역』〈관觀·단전彖傳〉에는 "하늘의 신묘한 도를 살피니 사시가 어긋나지 않고 성인이 신묘한 도로써 가르침을 베풀어 천하가 복종한다."[767]라고 하였다. 『주역』의 이런 특징을 분명하게 설명하고 있다. 사람들은 이로부터 천지 만물의 규칙을 이해하고 자신의 행동을 인도할 수 있었다. 또한 각자의 필요에 따라 자신에게 유용한 것을 흡수할 수 있었다. 〈계사전繫辭傳〉에는 다음과 같이 나와 있다.

> 『역』에는 네 가지 성인의 도가 있다. 언어는 사辭를 중시하고, 움직임은 변화를 중시하며, 기구를 만드는 것은 상象을 중시하고, 복서는 점을 중시한다.[768]

이로써 사람들은 『주역』을 대할 때, 다원적인 입장에서 다각도로 이해하고, 다양하게 응용하며 다방면에서 선택할 수 있는 등 여러 가지 가능성을 갖게 되었다.

이상에서 『역전』의 입장과 방법에 대해 기본적인 이해를 하였고, 이제 "수사입기성"에 대해 본격적으로 다뤄보도록 하자.

제2절 "修辭" 및 政敎 변화와 辭令의 발전

"수사입기성"에 대한 후대인들의 이해는 매우 다양하다. 이중에서 사람들의 의견이 분분한 "수사"부터 이야기를 시작해보자.

"수사修辭"란 무엇인가? 당나라 때, 공영달孔穎達(574~648)은 다음과 같이 말했다.

---

767) 王弼·韓康伯 注·孔穎達 疏, 『周易正義』卷3,〈觀〉, 十三經注疏本, 36쪽.
768) 王弼·韓康伯 注·孔穎達 疏, 『周易正義』卷7,〈繫辭上〉, 十三經注疏本, 81쪽.

말을 닦아 그 정성을 세우는 일은 학업을 닦는 방법으로, 사辭는 문교文敎이고, 성誠은 성실이다. 외적으로는 문교를 닦고 내적으로는 성실을 세워야 한다. 내외가 서로 보완해야 업적을 이룰 수 있다. 이를 거업居業이라고 한다.[769]

그는 "거업"의 관점에서 "수사"를 해석하려고 하였다. 그래서 수사를 "문교를 다듬는 것이다."라고 해석했다.

그러나 송나라 사람들의 이해는 이와 달랐다. 정호程顥(1032~1085)는 "언사를 닦고 살필 수 있다면 성을 세워야 한다. 만약 언사를 수식하는 것만으로 마음을 삼는다면 거짓을 일삼을 뿐이다."[770]라고 말했다. 주희(1130~1200)는 "언사를 닦고 살피는 것은 성을 세우는 것이고, 언사를 꾸미기만 하는 것은 거짓을 더하는 것이다."[771]라고 했다. 왕응린(1223~1296)은 "수사는 성을 세우는 것이다. 내면을 닦는 것은 성이고, 외면을 닦는 것은 교언巧言이다."[772]라고 하였다. 송나라 사람들은 "수사"를 "언사를 닦고 살피는 것"과 "언사를 수식하는 것" 두 가지로 이해하였다. "수성修省"은 수신하고 자신의 잘못을 성찰하는 의미이고, "수식修飾"은 언어 표현의 기법을 가리킨다. 하나는 내적 성찰을 중시하고 다른 하나는 외적 꾸밈을 중시한 것이다. 그래서 이학자理學者들은 모두 "언사를 닦고 살피는 것"을 중시하였고 "언사를 수식하는 것"을 부정하였다.

청나라 때, 부이점傅以漸(1609~1665)과 조본영曹本榮(1621~1664)은 "수사는 성을 세우는 것이다. 믿음직한 말로 바른 행동을 하면 정신에 어긋남이 없을 것이다. 업에 이르지 않았더라도 지금부터 갈고 닦는다면 바로 거업居業을 이루게 될 것이다."[773]라고 하였다. 역시 수사를 "입언立言"으로 이해했다. 또한 상빙허尚秉和(1870~1950)도 "수식은 입언이다."[774]라고 하였다. 이런 견

---

769) 王弼·韓康伯注, 孔穎達 疏, 『周易正義』卷1, 〈乾〉, 十三經注疏本, 15~16쪽.

770) 程顥·程頤, 『二程遺書』卷1, 四庫全書本.

771) 朱熹, 『晦庵先生朱文公文集』卷47, 〈答呂子約〉, 四部叢刊本.

772) 王應麟, 『困學紀聞』卷1, 〈答呂子約〉, 四部叢刊本.

773) 傅以漸·曹本榮, 『易經通注』卷1, 四庫全書本.

774) 尙秉和, 『周易尙氏學』, 北京:中華書局, 1980, 24쪽.

해들은 만약 언급한 글자만 놓고 본다면 각각의 논리가 있으며, 또한 저마다 문자학적 혹은 의미론적 근거를 가지고 있다. 하지만 만약 『역전』이라는 큰 배경 속에 놓고 해석한다거나, 〈문언〉에서 〈건〉괘 효사를 해석하는 언어 환경에 놓고 해석한다면, 이렇게 많은 견해보다는 작자의 본래 의미에 가장 부합하는 참된 해석만 있어야 할 것이다.

사실, 『역전』은 『주역』의 괘효사를 해석한 것이다. 그래서 "사"는 『역전』에서 특별한 의미를 갖는다. 『주역』〈계사상繫辭上〉에는 다음과 같이 나와 있다.

> 공자가 이르되 "글로는 말을 다하지 못하며 말로는 뜻을 다하지 못하니 그렇다면 성인의 뜻을 볼 수 없는 것인가?" 공자가 이르되 "성인은 상象으로써 그 뜻을 다하고, 괘를 설명함으로써 묘사를 다하며, 계사繫辭로써 말을 다하고, 변통으로써 이로움을 다하며, 고무시킴으로써 신묘함을 다한다."[775]

> 『역』에는 사상四象이 있어 우주의 법칙을 보여주고, 괘사로서 그 법칙을 설명하며, 길흉이 정해짐으로써 상황을 판단하게 한다.[776]

여기서 말하는 사는 모두 성인이 괘효사卦爻辭한 것을 가리킨다. 이른바 "계사"는 사辭를 괘효卦爻와 연관 지은 것인데, 계는 소속을 의미한다.[777] 『주역』의 괘효는 비록 천지 만물의 성상, 연계, 발전, 변화와 길흉화복을 상징하지만 지나치게 추상적이어서 보통 사람들이 이해하고 받아들이기는 쉽지 않았다. 그래서 성인은 사계辭繫를 괘효에 포함시키고 괘효가 나타내는 정보를 사람들에게 명확하게 알려주고자 하였다. 이렇게 하면 사람들이 정확하게 길흉을 판별하여 자신들의 행동을 더욱 잘 이끌 수 있게 된다. 이른바 "천하의 모든 심오한 도리를 밝히는 것은 괘에 있고 천하의 움직임을 고무하는 것은

---

775) 王弼·韓康伯 注·孔穎達 疏, 『周易正義』卷7, 〈繫辭上〉, 十三經注疏本, 82쪽.

776) 王弼·韓康伯 注·孔穎達 疏, 『周易正義』卷7, 〈繫辭上〉, 十三經注疏本, 82쪽.

777) 張守節은 『『易正義』에서 繫辭는 聖人이 이 辭를 爻卦 아래에 두게 하였다."라고 하였다. 여기서는 비록 〈繫辭傳〉을 해석하고 있지만, "계사"를 이해하는데 참고가 될 수 있다.

사에 있다."[778], "팔괘가 죽 나열되니 상이 그 가운데 있다. 인하여 거듭하니
효가 그 가운데 있고 강剛과 유柔가 서로 밀어서 변화가 그 가운데 있다. 말
(辭)을 매어서(繫) 명命하니 움직임이 그 가운데 있다."[779], "그러므로 군자가
평소 거처하는 바가 편안한 것은 『역』의 순서이며, 즐기는 바가 익숙한 것은
효의 사이다. 그러므로 군자는 그가 처한 상황을 상象으로 살펴 효사로써 완색
玩索하고, 움직일 때는 그 변화를 살펴 그 점괘를 완색하는 것이다."[780]라고
했다. 그래서 사는 일반적인 언어가 아니라, 성인들이 괘효의 특정한 의미를
밝힌 언어이다. 이것은 괘효에 대한 성인들의 깊은 이해를 담고 있을 뿐만
아니라, 성인들이 사회 및 민생의 사상과 감정에도 관심을 가졌음을 의미한
다. 또한 사도 성인이 수행해야 하는 직무에 속했다. 그래서 『역전』에서는 다
음과 같이 말했다.

> 이런 고로 귀천의 분류는 자리에 의거하며, 대소를 가지런히 함은 괘를
> 바탕으로 하며, 길흉을 분별하는 것은 말에 의존하며, 허물을 뉘우치는 것은
> 경계에 달려 있으며, 움직여서 허물이 없음은 뉘우침에 달려 있다. 이런 까닭
> 으로 괘에는 크고 작은 것이 있고, 말에는 험하고 쉬운 것이 있다. 말이라고
> 함은 각각 그 갈 바를 가리키는 것이다.[781]

> 효와 상은 안에서 움직이고, 길흉은 바깥으로 드러난다. 공을 세우고 사업
> 을 이루는 것은 변화에 달려 있으며, 성인의 마음은 사에서 드러난다. 성인의
> 큰 보재寶財를 위位라 한다. 어떻게 자리를 지킬 것인가 하는 것이 인仁이요,
> 어떻게 사람을 모을까 하는 것이 재물이며, 재물을 관리하고 언사를 바르게
> 하며 사람들이 나쁜 행위를 하지 못하도록 하는 것을 의義라 한다.[782]

---

778) 王弼·韓康伯 注·孔穎達 疏, 『周易正義』卷7, 〈繫辭上〉, 十三經注疏本, 83쪽.

779) 王弼·韓康伯 注·孔穎達 疏, 『周易正義』卷8, 〈繫辭下〉, 十三經注疏本, 85쪽.

780) 王弼·韓康伯 注·孔穎達 疏, 『周易正義』卷7, 〈繫辭上〉, 十三經注疏本, 77쪽.

781) 王弼·韓康伯 注·孔穎達 疏, 『周易正義』卷7, 〈繫辭上〉, 十三經注疏本, 77쪽.

782) 王弼·韓康伯 注·孔穎達 疏, 『周易正義』卷8, 〈繫辭下〉, 十三經注疏本, 86쪽.

여기서 주의할 것은 "성인의 큰 보재를 위位라 한다. 어떻게 자리를 지킬 것인가 하는 것이 인仁이요, 어떻게 사람을 모을까 하는 것이 재물이며, 재물을 관리하고 언사를 바르게 하며 사람들이 나쁜 행위를 하지 못하도록 하는 것을 의義라 한다."이다. 선인은 이 말 대부분을 글자 그대로 해석했다. 사실이 말은 "사辭"가 성인의 직무 행위였다는 역사적 사실을 밝히고 있다. 또한 〈문언전〉에서 말한 "거업"의 근거이기도 하다. 『역전』에 따르면 "팔괘"는 상고 시대의 성인들이 창제한 것이고, 『주역』은 중고 시대의 성인들이 은주 시대에 제작한 것이다. 또 오늘날의 고고학과 문화학적 관점에서 볼 때, 상고와 중고 시대의 성인들은 모두 당시의 점복과 제사 등의 종교와 신앙을 독점하고 있었다. 그들은 정치 지도자이면서 종교 지도자였다. 그들 주변을 둘러싸고 있는 것은 무巫, 사史, 축祝, 복卜 등의 성직자들이었다. 그래서 팔괘나 괘효사를 만든 것은 일종의 직무 행위이자 "성인의 큰 보재"였다. 그들은 이런 괘와 사를 이용하여 부족을 단합시키고, 인심을 모으고, 행동을 통일하고, 행위를 규범화하였다. 이른바 "재물을 관리하고 언사를 바르게 하며 사람들이 나쁜 행위를 하지 못하도록 한" 것이다. 출토된 십여만 점의 은상 갑골 점사 중에는 정인貞人이 적지 않지만, 길흉을 판단한 점사는 거의 상왕商王이 한 것이어서,[783] 곳곳에서 "왕점왈王占曰"을 볼 수 있다. 그러나 말기가 될수록 정인으로 서명된 점사가 적어진다. 이것은 상왕이 "재물을 관리하고 언사를 바르게 하는" 권리를 꽉 움켜쥐고 있었음을 의미한다. 주나라 초기에도 복서는 여전히 통치자들의 직무 행위였다. 문왕과 주왕은 정치 지도자이면서 큰무당이었다. 주인의 주장에 따르면, 문왕은 점사를 통해 상제가 그에게 내린 천명을 확인했다.[784] 그는 생전에 자주 상제와 소통했고 죽은 뒤에는 자주 상제 곁에 있었

---

783) 楊升南, 「商代的王權和對王權的神化」, 『中國史硏究』 1997年 第4期 참고.

784) 예를 들어, 『尙書』〈周書·大誥〉에는 "하늘은 문왕을 영광되게 하시어 우리 작은 주나라를 흥하게 하시고 문왕께서는 오직 점을 쳐서 이 명을 편히 받으셨네."라고 하였다. 『太平御覽』 卷533은 『逸周書』를 인용하여 "문왕이 태자를 불러 명당에서 점을 치게 하였다. 길몽의 점괘가 나오자 문왕과 태자가 함께 절하였다. 상나라를 멸하라는 상제의 명을 받아들였다."라고 하였다.

다.[785] 『시경』〈대아·황의皇矣〉에서 문왕이 명을 받드는 내용은("帝謂文王"이라고 운운한 부분) 문왕이 점복한 험사驗辭이다. 험사는 오직 문왕이 해석하고 무사가 기록할 수 있었다. 1977년 샨시陝西 치산岐山 평추춘鳳雛村 서주 갑조궁궐 유적에서 출토된 갑골 복사의 "대부분은 문왕 시대의 유물이었다."[786] 일부 중요한 복사는 "모두 주 문왕이 은에 구금되었을 때 친 점이다. 주원周原의 복사 중에서 일부는 문왕이 주로 돌아올 때 은에서 가지고 온 것이다."[787] 이것들은 전해 내려온 문헌상의 기록이 신빙성이 높음을 증명해준다. 주공은 문왕이 큰무당으로서 관장하던 것을 계승했고, 스스로 "영왕甯王이 나에게 크고 보배로운 거북을 물려주심은 하늘의 밝음을 잇게 하심이니, 명命에 나아갔다."[788], "나는 인애하고 돌아가신 아버지(문왕을 가리킴)를 따르며, 많은 재주로서 능히 귀신을 섬긴다."[789]라고 하였다. 그래서 사람들은 그가 원래 무축巫祝이었다고 생각했다.[790] 주나라 초기에 중대한 활동을 할 때는 대부분 점복을 쳤다. 예를 들어, 무왕이 수도를 호경鎬京으로 옮길 때, 주공이 삼감三監의 난을 진압하고 낙읍洛邑을 세울 때는 모두 그들이 직접 점복으로 결정했다.[791]

---

785) 예를 들어, 『詩經』〈大雅·文王〉에는 "문왕이 위에 계시어, 아, 하늘에 밝게 계시네. 주나라가 비록 오래된 나라이나 천명은 새롭도다. 주나라가 드러나지 않을까, 상제의 명이 때에 맞지 않을까. 문왕의 오르내리심이 상제의 좌우에 계시니라."라고 하였다. 또한 〈文明〉에는 "오직 문왕이 마음은 적게 하여 공경하고 공손하시어 상제를 밝게 섬기시어 마침내 많은 복을 오게 하시니 그 덕이 어긋나지 아니해서 사방의 나라를 받으시라."라고 하였다.

786) 徐仲舒, 「周原甲骨初論」, 『古文字硏究論文集』 1982年5月.

787) 高明, 「略論周原甲骨文的族屬」, 『考古與文物』 1984年第5期.

788) 孔安國 傳·孔穎達 疏, 『尙書正義』卷13, 『周書』, 〈大誥〉, 十三經注疏本, 198쪽.

789) 孔安國 傳·孔穎達 疏, 『尙書正義』卷13, 『周書』, 〈金縢〉, 十三經注疏本, 196쪽.

790) 郝鐵川, 「周公本爲巫祝考」, 『人文雜志』 1987年第5期 참고.

791) 예를 들어, 『詩經』〈大雅·文王有聲〉에는 "임금께서 점을 치시어 호경으로 옮기셨도다. 거북이 바로 일러주어 무왕께서 이룩하셨도다."라고 하였다. 『尙書』〈周書·大誥〉에는 주공이 "하늘이 은나라를 멸하셨다. …… 하늘은 또한 옛나라를 편안하게 한 분들을 아름답게 여기고 계시오. 내 어찌 자주 점쳐 볼 필요가 있겠으며 감히 따르지 않을 수 있겠소? 나라를 편안하게 한 분들을 따르려하니 나라 땅을 잘 다스리라 가르치셨소. 하물며 지금 점이 모두 길하지 않소? 그래서 나는 크게 그대들과 더불어 동쪽을 정벌하려는 것이요. 하늘의 명은 어긋나지 않을 것이고 점도 이렇게 하라고 말하였소."라고 한 것이 기록되어 있다. 『尙書』〈周書·洛誥〉에는 주공이 "황하 북쪽의 여수를 점쳐 보았으나 오직 낙 땅만이 길하였으며 또 전수의 동쪽을 점쳐 보았

물론, 여기서 말하는 사는 성인의 직무 행위로,『주역』중에 나타난 그런 괘효
사가 반드시 문왕 개인이 지은 것이라고는 할 수 없다. 오히려 문왕으로 대표
되는 서주 무사巫史 집단의 은상 때부터 이어진 복서의 경험과 성과에 대한
귀납과 종합이라고 이해하는 편이 옳을 것이다. 대량으로 출토된 은상 시대의
갑골 복사가 실물 증거이고, 서주 초기의 갑골 복사도 이를 잘 증명해준다.

사실 어원학적 관점에서 볼 때도 같은 결과를 얻을 수 있다. 허신은『설문
해자』에서 "사辭는 소송이다. 자형은 𤔔(226쪽)을 따르는데, 𤔔은 죄를 다스리는
것과 같다. 𤔔는 다스리는 것이다. 𧢻는 주문籒文 사辭는 司를 따른다."[792]라고
하였다. 갑골문에 사辭자가 있지만 글자의 형태가 고정되지 않았고, 전문가의
해석도 일치하지 않는다. 위용량余永梁은 "𧮫(『書契』卷5 45葉)는 대개 사辭로
썼었다. 자형은 𤔔의 줄임형과 辛을 따른다. 혜갑반兮甲盤에서는 𨾌로 사를 표
현했는데 대체로 일치한다. 고금문古今文의 사辭와 𤔔는 같은 자이다."[793]라고
하였다. 반면, 왕뤄위王若愚는 "갑골문 중에 𤔔자(『師友』1 · 182)는 𦈀과 𤔔을
따르는데,『설문』에는 나오지 않는다. 금문에서의 𤔔는 𤔔이다. 용경容庚은『금
문편』에서 𤔔라고 썼는데, 생사를 𠃊형의 틀에 넣고 손으로 고르는 모습이다.
……𤔔자는 治로 해석한다. '주나라에 난신亂臣 10명이 있다.'라는 말이 있다.
여기서 난신은 나라를 다스리는 재능 있는 사람을 가리킨다. 금문에서는 다스
린다는 의미로 해석되는 𤔔변의 𧢻자를 누차 볼 수 있다. 그 중심 구성은 𤔔이
다. 물레에서 생사를 짜는 형상이다."[794] 금문 사辭 자는 대부분 𧢻로 쓴다.
예를 들어,『간궤諫簋』에서는 𧢻를 썼고,『산반散盤』에서는 𧢻를 썼고,『사공
정작司工丁爵』에서는 𤔔을 썼다.『사유궤師酉簋』에서는 𧢻를 썼고,『우정盂鼎』
에서는 𧢻를 썼다. 자형은 모두 𤔔와 司를 따르고 있다. 게다가 대부분 관리가

으나 역시 오직 낙 땅만이 길하였다."라고 한 것이 기록되어 있다.

792) 許愼,『說文解字』(注音版)14下, 長沙:岳麓書社, 2006, 309쪽.

793) 余永梁,『殷虛文字考』,『古文字詁林』第10冊, 上海:上海教育出版社, 2004, 1043쪽.

794) 王若愚,「從臺西村出土的商代織物和紡織工具談當時的紡織」,『文物』1979年第6期.

처리한다는 의미로 해석했다. 다카다 다다치카는 다음과 같이 해석했다. "대개 소송에는 반드시 관리가 다스리기 마련이다. 소리와 뜻은 사司를 따른다. 『서』〈여형呂刑〉에서는 '한쪽의 말을 밝고 깨끗이 들어라. 민중을 잘 다스림은 옥사에서 양쪽의 말을 중립된 입장으로 들어야 하는 것이니, 혹시라도 옥사에서 양쪽 말에 대하여 사적인 꾀함이 없도록 하라.'라고 하였다. 또 『예기』〈대학〉에서는 '무정無情한 정치가는 공자의 이 말의 의미를 올바로 이해하지 못한다.'라고 하였다. 모두 본래 의미에서 파생된 것이라고 할 수 있다."[795]

문자학자들의 분석에 따르면, "사辭"자의 모양은 실을 푸는 도구의 형상에서 따왔다. 방직 기술의 관점에서 볼 때, 치사治絲는 방직을 하기 위하여 엉켜 있는 누에고치를 600~1,000m의 긴 실로 푸는 것이다. 현실에서의 갈등과 분쟁도 관리가 해결을 해야 했다. 소송의 쌍방이 각자의 입장을 표명하면, 관리는 그 안의 옳고 그름을 가려서 다스려야 한다. 동시에 알맞은 언어로 자신의 의견을 표현해야 한다. 여기서 소송과 통치에 사용되는 언어를 "사"라고 한다. 그래서 "사"는 실을 푸는 도구에서 소송을 가리는 도구로 파생되었고, 또 관리가 의견을 발표하는 도구로 파생되었다. 그래서 "사辭"자와 "사司"자는 자주 혼용되었다. 왕궈웨이王國維(1877~1927)은 다음과 같이 말했다.

🦥는 고금문에서 대부분 嗣으로 나타난다. 또한 문헌에서 보면 사辭와 사🦥는 같은 자이다. 허물을 다스림에 사辭로 했고, 감사하는 데(🦥謝)에도 역시 사辭로 했다. 그래서 사수🦥受의 사🦥가 파생되었다. 수受와 신辛으로 구성된 사🦥는 본래 曷와 辛을 잘못 쓴 것으로 여겨진다. 제후의 박종鎛鐘에 새겨진 "여자가 공경스럽게 함께 사명했다(女敬共辭命)"에서 사명辭命은 사명辭命이다. 자중子仲의 강박姜鎛에 새겨진 "대복이 사다(大僕是辭)"는 "大僕是嗣"이다. 辭는 嗣의 뜻이 있지만 🦥는 그런 뜻이 없다. 사辭는 사辭의 이체자이지, 사🦥의 이체자가 아니다. 고대에는 사🦥자가 없었다. 혜갑반兮甲盤에 적힌 "政🦥成周四方貴"에서 政🦥는 정사正辭이거나 혹은 政嗣이다. 喬와 신辛은 같은

795) 高田忠周(다카다 다다치카), 『古籀篇』16, 『古文字詁林』第10册, 1043쪽.

자이다. 사辭, 詞, 사辭 세 글자가 모두 같은 자임을 충분히 알 수 있다.[796)

오대징吳大澂(1835~1902)은 다음과 같이 생각했다.

> 詞와 사辭는 사詞이다. 『설문』에는 사辭는 주문籀文에서 사辭로 썼고, 사辭
> 는 주문에서 詞로 썼다. 무릇 이기彝器에 새겨진 사구司寇와 사마司馬의 사司
> 및 계사繼嗣의 사嗣는 모두 詞로 썼다. 사辭와 詞는 고대에 서로 상통했다.[797)

사람의 소송이 관리에게 달려 있다고 한다면, 사람과 귀신의 소송은 사람
과 신을 소통하게 하는 무당에 의해 해결되었다. 그래서 점복, 제사 과정은
곧 무당들이 인간과 신을 소통하게 하던 과정이고, 점복의 "사"와 제사의 "사"
는 곧 무당들이 자신들의 직무를 이행한 증거이자, 인간과 신의 "양사兩辭"를
처리한 결론적 판결이라고 할 수 있다. 그래서 "사"는 점복, 제사와 정교를
시행하는 중요한 도구가 되었다. 즉, 그들의 "거업" 능력이었다.[798)

우리는 『주역』의 경經, 전傳과 출토된 갑골 복사가 반영하는 역사적 사실
및 어원학이 제공하는 증거, 그리고 대량의 선진 시대 문헌을 바탕으로 "사"의
의미를 추론하였다. 예를 들어, 『상서』〈금등金縢〉에 무왕이 병이 나자 "주공
은 남쪽에 단을 만들고 북쪽을 향해 서서 벽璧과 규珪를 들고는 대왕大王, 왕계

---

796) 王國維, 『史籀篇疏証』, 『古文字詁林』第10冊, 1043쪽.

797) 吳大澂, 『齊侯鎛悆齋集古錄』第2冊, 『古文字詁林』第10冊, 1039쪽.

798) 『尚書』〈呂刑〉은 呂王의 형벌소송에서의 "辭"에 대한 이해를 담고 있다. 이는 서주 통치자들
이 "사"를 중시했음을 나타내며, 巫覡의 通天에 있어서 "사"의 중요성에 대해 이해하는데 참고
가 되었다. 여왕은 "나라가 있는 사람과 영토가 있는 사람이여, 그대들에게 상서로운 형벌을
알리노라. 오늘에 있어서 그대들이 백성을 편안하게 할진데 무엇을 선택할고? 사람이 아닌가?
무엇을 공경할고? 형벌이 아닌가? 무엇을 헤아릴고? 효과가 아닌가? 양쪽의 원고와 피고가
이르고 변호인과 증인과 증거물을 모두 갖추었거든 재판장이 다섯 사람의 말을 들나니 다섯
사람의 말이 간단명료하고 진실하거든 五刑에서 결정하며 오형에서 찾지 못하거든 五罰에서
결정하며 오벌에 불복하거든 五過에서 결정하라. 오과의 단점은 벼슬을 생각함과 반감을 생각
함과 마음을 생각함과 재화를 생각함과 돌아올 것을 생각함이니 그 죄가 오직 균등하므로 그
심리를 잘하라. …… 위아래로 벌을 비교하며 함부로 질서를 어지럽히는 판결문이 없게 하며,
이행하지 못할 형벌을 쓰지 말고, 오직 법도를 살펴서 그 심리를 잘하라."라고 하였다.

王季, 문왕文王에게 아뢰었다. 사관이 이에 그 축문을 간책簡冊에 기록했다【祝辭가 너무 길어 이하 생략-인용자의 말】. 이에 세 거북에게 점을 치니 다 같이 거듭 길하였고 열쇠로 열어 점책을 보니 또한 역시 길하였다."라고 하였다. 공안국전孔安國傳에는 "고한다는 것은 축사祝辭를 하는 것이다. 사관은 책서冊書에 축사를 기록했다. …… 세 개의 징조가 모두 길했고, 열쇠를 열어 점조서占兆書를 보니 역시 모두 길했다."[799]라고 하였다. 즉, 이런 활동에서 주공이 축사를 하고 사관이 주공의 축사를 간책에 기록하며 거북점과 그 징조를 이용해서 길흉을 판단하였다는 것이다. 이것은 완전한 축사 활동으로 축사를 하고 기록한 것이 제도로 규정된 직무 행위였음을 증명한다.

『좌전』에서도 유력한 방증이 나와 있다. 『좌전』에 따르면, 환공 6년(기원전 706)에 계량季梁은 제후가 초나라를 추격하여 적의 군대를 유인하려는 것을 제지하며 말했다. "신이 듣건대, 소국이 대국을 대적하려면 작은 나라는 잘 다스려지고 반면 큰 나라는 어지러워야 합니다. 이른바 도라는 것은 백성에게는 진심을 다하고 귀신에게는 신뢰를 다하는 것입니다. 군주가 늘 백성의 이익을 도모하는 것이 충이고, 축사祝史가 귀신에게 거짓 없이 아뢰는 것을 신信이라고 합니다. 지금 우리나라는 백성들은 굶주리고 군주는 자신의 욕구 충족에 바쁩니다. 축사는 군주의 거짓 공덕을 보고하고 있으니 소신은 우리 같은 소국이 초나라 같은 대국을 대적할 수 있을 것이라고 생각하지 않습니다."[800] 축사의 정사는 춘추 시대에 여전히 국가 정치 생활의 대사였고 귀신의 신임을 얻어야 했다. 성공成公 5년(기원전 584)에 양산梁山이 무너지자 진 경공이 파발을 보내 종백宗伯을 소환했다. 종백이 책임자에게 "나라는 나라 안의 산천을 주관합니다. 그러므로 산이 무너지고 하천이 마르면 군주는 성찬을 들지 않고 의복의 예를 낮춰 입으며 장식 없는 수레를 타고 음악을 거두며 평소의 거처에서 나와 교외에 머물며 신께 예물을 바치고 사관은 축문을 써서 신께 바침

---

799) 孔安國 傳·孔穎達 疏, 『尙書正義』卷13, 『周書』, 〈金縢〉, 十三經注疏本, 196쪽.

800) 杜預 注·孔穎達 疏, 『春秋左傳正義』卷6, 〈桓公六年〉, 十三經注疏本, 1749쪽.

니다."[801]라고 하였다. 소공 17년(기원전 525) 6월 갑술 초하루에 일식이 있자, "태사太史가 '이 달을 두고 말한 것이니 해가 춘분을 지나고 아직 하지에 이르지 아니하였을 때에 일, 월, 성 삼신三辰에 재앙이 있을 것이다.'라고 하고, 곧 백관들은 모두 소복으로 갈아입고, 임금은 성찬을 들지 않고, 일식 기간은 동침을 피하며, 악인은 북을 치고, 축관은 사에 폐백을 올리고, 태사는 사를 읊었다."[802] 이런 사례는 축사가 작사作辭·정사正辭·용사用辭하는 것은 그들의 직무였고, 사辭도 천지 귀신과 소통하던 도구였음을 설명해준다. 그렇기 때문에 소공 20년(기원전 522)에 제후가 학질을 앓자 누군가 축사를 죽여 제후에게 사죄할 것을 건의했다. 그 이유는 축사가 귀신에게 빌어 군주를 보우할 수 없었기 때문이다. 비록 이 일이 안영晏嬰에 의해 제지되었지만, 춘추 시대에 축사가 여전히 인간과 신을 소통하게 하는 임무를 맡았음을 증명해준다. 또 작사와 정사가 여전히 그들의 직무였고, 이것에 책임을 져야 했다.

『시경』에도 축사祝史가 용사用辭했던 내용이 적지 않게 실려 있다. 예를 들어, 『시경』〈대아〉의 〈즉취旣醉〉에서 "임금의 시동尸童 좋은 말씀 하신다." 이하는 "모두 시동의 사를 기술하고 있다."[803] 〈부예鳧鷖〉에서는 "공시公尸가 잔치하여 마시니 복록이 와서 이뤄지리라."라고 하였다. 〈가악假樂〉에서는 "아마도 이것은 공시가 부예에 답한 것이 아닌가 하노라."[804]라고 하였는데 모두 축사의 사였다. 『시경』 중 〈송頌〉은 대부분 축사의 사이다. 『주례』〈춘관 종백春官宗伯〉에 따르면, "큰 무당은 세 가지 징조에 대한 점복법을 관장했다. …… 나라에는 거북점을 쳐야 할 여덟 가지 중대한 일이 있다. 첫째는 정벌이요, 둘째는 천재지변이며, 셋째는 사람과 더불어 일을 도모할 때이고, 넷째는 큰일을 꾀할 때이며, 다섯째는 결단을 내릴 때이고, 여섯째는 이르는가의 여부를 결정할 때이며, 일곱째는 비가 내리는가의 여부를 물을 때이고, 여덟째

801) 杜預 注·孔穎達 疏, 『春秋左傳正義』卷26, 〈成公五年〉, 十三經注疏本, 1901~1902쪽.
802) 杜預 注·孔穎達 疏, 『春秋左傳正義』卷48, 〈昭公十七年〉, 十三經注疏本, 2082쪽.
803) 朱熹, 『詩集傳』卷17, 194쪽.
804) 朱熹, 『詩集傳』卷17, 195쪽.

는 병이 완쾌되는가의 여부를 물을 때이다." 정현鄭玄(127~200)은 주에서 "국
가 대사에 따른 여덟 가지 점복법을 제작했다. 이것을 이용하여 거북점의 길
흉을 판단했다."[805] 또 "점인占人은 복서卜筮를 관장하고 있었다. …… 무릇 복
서를 통해 어떤 일을 결정한 이후 그 결과를 비단에 엮어서 그 명命에 따랐다.
그리고 1년의 마지막에 이를 꺼내 그 결과의 맞고 틀림을 계산했다."라고 하
였다. 두예杜預(222~284)는 "비단에 엮었다는 것은 점복의 결과를 정리하고
백서에 기록한 뒤, 거북껍질과 함께 엮어 놓은 것이다."[806]라고 하였다. 또 "태
축太祝은 여섯 가지 축사를 관장했다. 귀신을 제사하여 복을 기원하고 영원한
정명貞明을 구한다. …… 여섯 가지 축사를 통해 위 아래, 친함과 그렇지 않음,
멀고 가까움을 통하게 하였다. 첫째는 교대를 통하게 하고(祀), 둘째는 외교를
통하게 하고(命), 셋째는 윗사람과 아랫사람을 통하게 하고(誥), 넷째는 맹세
를 통하게 하고(會), 다섯째는 축하하고(禱), 여섯째는 죽은 이를 애도하는(誄)
것이다." 정중鄭衆(?~114)은 "사祠는 사辭이다. 사령辭令을 뜻한다."[807]라고 하
였다. 또 "저축詛祝은 맹맹, 저詛, 유類, 조造, 공攻, 설說, 회繪, 영禜의 축호祝號
를 관장한다. 이들 축사를 기록하여 국가의 신용으로 삼고, 제후국 사이에 신
용이 있게 하였다."라고 하고, 정현鄭玄(127~200)이 주에서 "여덟 가지 축사는
신명을 알리는 것이다. …… 이를 기록하고 이것을 책으로 엮는다. 재물을 바
치고 그 책을 위에 올린다."[808]라고 하였다. 만약 이런 기록과 주석이 사실이라
면, 축복이 진행한 사는 내용이 풍부할 뿐만 아니라 세밀한 분업이 이루어졌
고, 주로 귀신과 소통하던 산물이라고 할 수 있다. 『주례』의 내용이 춘추 시대
의 상황을 반영한 것이기는 하지만,[809] 참고로 삼을 만하다. 이로써 무당들이

---

805) 鄭玄 注·賈公彦 疏, 『周禮注疏』卷24,〈大卜〉, 十三經注疏本, 803쪽.
806) 鄭玄 注·賈公彦 疏, 『周禮注疏』卷24,〈占人〉, 十三經注疏本, 805쪽.
807) 鄭玄 注·賈公彦 疏, 『周禮注疏』卷25,〈太祝〉, 十三經注疏本, 808~809쪽.
808) 鄭玄 注·賈公彦 疏, 『周禮注疏』卷26,,〈詛祝〉, 十三經注疏本, 816쪽.
809) 서주 이전에 작사와 정사를 하던 이들은 사회적 지위가 더 높았을 것이다. 대개 큰무당의
역할을 하였다.

천지의 인간과 귀신이 소통하는 활동 중에서 작사, 정사, 용사의 직무를 수행
했음을 증명할 수 있다.

물론, 춘추 시대의 축사가 했던 작사와 정사는 이미 문왕으로 대표되는
성인의 계사繫辭와 매우 큰 차이가 있었다. 성인들의 계사는 하늘의 가르침이
었다. 그들은 하늘을 대표했다. 그들은 정신 지도자이면서 정치 지도자였기
때문에 그들의 판단이 곧 권위였고 법칙이었다. 그래서 그들의 계사는 신성하
고 신비하며, 권위적이고 지도력을 가졌다. 예를 들어, 『주역』〈계사하繫辭下〉
에는 다음과 같이 실려 있다.

> 『역』은 과거를 알아 미래를 살피고, 드러난 부분을 미세하게 살피고, 어두
> 운 부분을 드러내며, 괘의 이름으로써 사물의 이치를 판별하며, 정확하고 단
> 정적인 용어를 구사하니, 이만하면 충분히 갖추어진 것이다. 작은 것으로 시
> 작해서 큰 것으로 확대시켜 나가고, 뜻이 심원하고, 표현은 문학적이며, 그
> 말은 원만하면서도 적절하고, 그 일은 광범하면서도 깊이가 있으며, 음양의
> 방면으로써 사람들의 행위를 이루게 하여 득실의 결과를 밝힌다.[810]

춘추 시대의 상황은 달랐다. 축사들은 단지 제후의 신하에 불과했다. 설사
제후라고 하더라도 마땅히 가져야 할 정신 지도자적 자격을 잃으면, 그들도
천지 귀신과 백성의 심판을 받아야 했다. 또한 축사가 장악했던 육사도 다른
사람이나 부문에서 분담하기 시작했다. 제후들의 교류가 빈번해지면서 각종
정치 외교 언사가 흥성하기 시작했고 축사의 직무 범위를 넘어서게 되었다.
『좌전』에 기록된 대량의 언사는 이미 축사가 아닌, 새로운 사상을 가진 집정
자들이 그러한 재능에 더욱 의지하여 사용한 것이었다. 예를 들어, "자산이
정사를 다스릴 때, 유능한 사람을 선택하여 썼다. 풍간자馮簡子는 국가 대사에
결단을 내리는데 능했고, 자대숙子大叔은 모습이 수려한데다 문채가 뛰어났
다. 공손휘公孫揮는 사방 이웃나라의 사정을 훤히 꿰고 있었다. 각국 대부들의

---

810) 王弼·韓康伯 注·孔穎達 疏, 『周易正義』卷8,〈繫辭下〉, 十三經注疏本, 89쪽.

족성族姓과 반위班位, 귀천, 능력여부 등을 잘 분별하고 언사도 잘 지었다. 비심神諶은 계책을 내는데 뛰어났다. 다만 야외에서 내는 계책은 정확했으나 도성 내에서는 그렇지 못했다. 정나라가 다른 제후국을 외교적으로 상대할 일이 있으면 자산子産은 사방 나라들의 사정을 공손휘에게 묻고 그에게 많은 외교 언사를 기초하게 했다. 또 비심과 함께 수레를 타고 교외로 나가 시행의 가부를 검토하게 하였다. 이어 이를 풍간자에게 말해 그의 판단을 구했다. 일이 결정되면 이를 자대숙에게 주어 집행하게 하였다. 자대숙은 제후들 사이를 오가며 빈객을 응대했다. 이로 인해 실패하는 일이 매우 드물었다."[811] 『논어』〈헌문〉에도 "군주의 명령을 하달하는데 비심神諶이 초벌로 작성하고, 세숙世叔이 검토하고 따지고, 외교관인 자우子羽가 문장을 꾸미고, 동리東里에 사는 자산子産(公孫僑)이 윤색했다."[812]라고 나와 있다. 『좌전』에 사대부가 언사에 능하여 내정과 외교를 성공적으로 처리하여 정치 주도권을 잡은 사례가 적지 않게 실려 있다. 예를 들어, 희공僖公 7년(기원전 653)에 관중管仲은 제 환공桓公이 정나라를 토벌하려는 것을 막았고, 선공宣公 15년(기원전 594)에 백종伯宗이 진 경공景公에게 적狄나라를 토벌하라고 건의했고, 성공成公 2년(기원전 589)에 제 대부는 빈미인賓媚人이 언사에 능했기 때문에 제나라와 진나라 양국이 화의를 이룰 수 있을 것으로 보고 진나라에 보냈다. 언사가 춘추 시기에 중요한 역할을 했음을 설명해준다. 이것으로 볼 때, 원래 축사가 장악했던 사명(령)은 당시 일부 사대부들에 의해 완성됐고, 수사는 사대부들이 정교에 종사하는 수단이자 도구가 되었다. 또 그들 직무 활동의 중요한 내용이었다. 언사에 능하면 자신들의 덕망을 높이고 나라에 복을 가져올 수 있었다. 그렇지 않으면 자신들의 정치 앞날에 영향을 주고, 때로는 나라에 재난을 불러올 수도 있었다.[813] 그래서 공자는 "군자가 덕에 나아가며 업을 닦나니, 충성되고 미덥게

811) 杜預 注·孔穎達 疏, 『春秋左傳正義』卷40,〈襄公三十一年〉, 十三經注疏本, 2015쪽.

812) 何晏 集解·邢昺 疏, 『論語注疏』卷14,〈憲問〉, 十三經注疏本, 2510쪽.

813) 예를 들어, 정나라의 자산이 진나라를 정벌한 데 대한 공로를 사례했다. 사령에 능했기 때문에 진나라에서 받아들여졌다(『좌전』〈襄公二十五年」참고). 위나라 손문자가 노나라를 예방했

함이 덕에 나아가는 바요, 말을 닦고 그 정성을 세움이 거업居業하는 바이다."
라고 하였다.

예를 하나 들어보자. 노 양공 31년(기원전 542)에 정나라 자산子産은 간공簡
公과 진나라를 예방했다. 예법에 따르면, 진 평공平公이 나와서 맞이해야 하지
만 핑계를 대고 만나지 않았다. 그래서 자산은 수행원들에게 빈관의 담을 다
허물고 수레와 마차를 모두 뜰 안으로 몰고 오게 했다. 진나라의 신하 사문백
士文伯이 항의하자 자산이 진나라의 오만한 제후와 정백鄭伯의 무례함을 책망
하면서 대답했다.

> 우리나라는 땅이 작고 소국이고, 큰 나라들 사이에 끼어 있어 가혹한 요구
> 가 시도 때도 없습니다. 그러므로 편안히 거주하는 것은 언감생심인데다 무
> 리한 요구를 남김없이 실천하느라 조세 제도마저 무너졌습니다. 평구平丘의
> 회합 사건 이래로는 담당 업무를 하는 사람을 만나도 틈을 내어주지 않아
> 얼굴 보는 것조차 안 되고 있습니다. 게다가 어떻게 하라는 명령마저도 듣는
> 게 안 되고 있습니다. 만나야 할 때는 모르고 예물의 수송도 어떻게 할 수가
> 없습니다. 마찬가지 이유로 진나라의 은혜에 보답하는 물건을 함부로 할 수
> 도 없었습니다. 그래서 바로 물건을 가져온 것입니다. 다시 말하자면, 당신네
> 주군의 창고에 들어가야 될 물건이, 그 공물이 너부러진 채 들어가지 않고
> 이동되지 않게 감히 하지 않는다면 그 물건들이 노천에 함부로 버려져 있게
> 되는 것이 됩니다. 다시 말하자면, 다음의 일을 두려워하는 것입니다. 그 물건
> 에 시도 때도 없이 내리는 습기와 건조함이 침입할 테고, 그러면 좀벌레가
> 생기거나 썩게 됩니다. 이는 우리나라에 중차대한 죄목을 지우게 되는 일입
> 니다. 이 타향 땅에서 제【자산 - 인용자】가 들은 바에 따르면, 문공이 귀국의
> 주군이 되셨다고요. 궁궐 내부가 나지막하여 천박하고, 누각과 정자도 보이
> 지 않으니, 세력가들의 집들만이 대단하여 보입니다. 이 객관은 귀국 문공의
> 침실과 같고, 창고와 마구간은 제대로 수리되어 있었습니다. 담당 관리 사공

다. 사령에 능하지 못해 숙손목자로부터 모욕을 당했다(『좌전』〈襄公七年」참고).

은 적절한 때에 도로 평탄 작업을 하였고, 미장이는 적절한 때에 객관과 궁궐의 내부를 미장하였습니다. 세력가들인 손님이 도착하면 왕궁이 있는 성 밖에 입궐 신하를 위한 화톳불을 피우고, 종복들이 궁궐 순찰을 돌고, 거마들을 들이며, 손님들의 시종들을 대접하였고, 장식 수레들마다 기름칠을 하였습니다. 하인들은 마구간을 각각 담당하여 그 일을 하였고, 백관들은 소속 관청에서 그 물건들을 돌보았습니다. 하지만 문공이 묵는 법은 없었습니다. 그렇기에 그와 같은 이유로 공무가 무너질 일이란 없었습니다. 염려함과 즐거움은 함께 같이 하는 것이어야 하며, 업무는 다시 말하여 서로를 살피며 행해야 하는 것인데, 가르쳤으나 그는 몰랐고, 돌봐주었으나 그는 부족하였던 거지요. 손님들이 이렇게 왔다가는 귀국해버리니 평안이란 없고 환란이 점차 묵어가는 것이 되고 있습니다. 도적 떼를 두려워해야 할 것이 아닌 것입니다. 그렇기에 그와 같은 이유로 시도 때도 없는 습기와 건조함이 침입함을 걱정하는 것이 아닙니다. 지금 현재 왕이 늘 들락거리는 별궁인 동제는 수리가 떨어져 있고, 하인들마저 여러 제후들 집에 머무는 형편이니, 문을 통하지 않고는 예물을 실은 마차를 볼 수 없어 이렇게 담장을 허물어뜨리지 않을 수 없었습니다. 도적 떼가 공공연히 돌아다니는 형편이라 이렇게 하늘 아래서 경계를 하지 못하는 것이 괴로운 것입니다. 사신들을 만나는 때라는 것이 없고, 언제 그 명령이 오는 것인지도 알 수가 없으니, 또 이처럼 담장을 허물지 않는다면 이것은 예물들을 제대로 간수하지 못하는 것이고, 이는 커다란 죄가 되는 것입니다. 담당자이신 당신에게 감히 청하오니 그것에 대한 처분을 어찌하실 것인지요? 비록 내 임금이 노나라의 장례 기간을 당하였으나, 그 또한 역시 우리나라의 근심이옵니다. 공물인 예물을 가져가시고 나면 담장을 보수한 후 길을 떠날 것입니다. 진나라의 은혜를 얻은 것이니 감히 저희의 수고로움을 꺼리겠습니까![814]

자산의 말은 이치가 정당하고 말이 엄격했다. 결국 진후는 "정나라의 자산을 만나게 되었고 더욱 예를 높여 만났으며 그 사신들의 연회를 더욱 훌륭하

---

814) 杜預 注·孔穎達 疏, 『春秋左傳正義』卷40, 〈襄公三十一年〉, 十三經注疏本, 2015쪽.

게 베풀고 기분 좋게 한 뒤, 귀국길에 오르도록 하였다. 그리고 제후들을 맞이할 영빈관을 짓게 하였다." 숙향叔向은 이를 듣고 감탄하며 말했다.

좋은 말을 하지 않으면 안 되어 그 중요함은 이렇다. 자산이 좋은 말을 하여, 제후들이 덕을 보게 되었다. 그러니 어찌 좋은 말을 쓰지 않을 수가 있겠는가? 『시』에 이르기를, "말이 온화하면 백성들 마음이 화합하게 되고, 말이 부드러우면 백성들이 안정된다."라고 하였다. 자산은 이 뜻을 잘 알고 있었다.[815]

국가의 이익, 백성의 복지는 반드시 전쟁을 통해서만 얻을 수 있는 것이 아니다. 때로는 올바른 언사를 통해서도 얻을 수 있었다. "사辭"가 제후 정치와 열국 외교에서 중요한 역할을 했음을 짐작할 수 있다.

이것으로 보면 당나라 때, 공영달孔穎達이 "수사修辭"는 "문교文敎를 다듬는 것이다."라고 해석한 것은 공자가 말한 "수사"의 본래 뜻에 어느 정도 부합하는 것을 알 수 있다. 여기서 "문교"는 정교政敎의 의미를 가지는 "문치 교화"로 이해해야 한다. 일반적인 언어 수식이 아니라 일종의 직무 활동이었다. 그러나 이러한 해석은 "사"가 원래 가지고 있던 인간과 신을 소통하는 종교적의미 및 축사祝辭의 작사作辭에서 사대부의 수사로 직무 수행이 변화된 것을 설명해주지는 못한다. 수사 행위의 문화적 의미 및 그 발전을 이해하고, 수사행위에 대해 더욱 심도 있게 토론하는 데는 도움이 되지 못했다.

제3절 "立誠" 및 직업 윤리와 문화 소양

"수사"의 진정한 의미를 이해했다면 "입기성"은 비교적 쉽게 이해할 수 있겠다.

---

815) 杜預 注·孔穎達 疏, 『春秋左傳正義』卷40, 〈襄公三十一年〉, 十三經注疏本, 2015쪽.

"성誠"은 무엇인가? 공영달(574~648)은 다음과 같이 말했다.

성은 성실이다. 외적으로는 문교를 닦고 내적으로는 성실을 세워야 한다. 내외가 서로 보완해야 업적을 이룰 수 있다. 이를 거업居業이라고 한다.[816]

이것은 마치 "수사입기성"을 유가에서 제창한 "안으로는 성인이며 밖으로는 임금의 덕을 갖춘內聖外王"의 이치로 이해한 것과 같다. "수사"와 "입성"은 비록 어느 정도의 관련이 있지만, 서로 독립되고 구별되는 개념이다. 남송 시대에 임률林栗(생몰년 미상)은 다음과 같이 말했다.

충신忠信은 언행의 근본이고, 언행은 충신이 밖으로 드러난 것이다. 말은 입에서 나가 다른 사람에게 영향을 미친다. 그래서 언사를 닦아야 한다. 행위는 비근하고 사소한 것에서 시작되어 멀리까지 영향을 미친다. 그래서 성誠을 세워야 한다. 군자가 덕이 성하고 업에 나아가는 것을 잊지 않으며, 넓히고 닦는 것을 잊지 않는다면, 이후 그 덕이 날마다 새롭고 풍성할 것이다. 이것을 거업이라고 한다.[817]

명나라 때 채청蔡淸(1453~1508)은 다음과 같이 말했다.

악한 마음을 버리고 성실함을 보존하는 것과 말을 잘 다듬고 그 성실함을 표현한다는 것은 같은 말이다. 악한 마음을 버려야 그 성실함을 보존할 수 있고, 말을 잘 다듬어야 그 성실함을 표현할 수 있다. 악한 마음을 버리는 것 외에 성실함을 보존하는 공부는 없을 것이니 이를 이어서 '존기성存其誠'이라고 한다. 말을 잘 다듬는 것 외에 성실함을 표현하는 공부는 없을 것이니 이를 이어서 '입기성立其誠'이라고 한다. 성실함은 곧 충신忠信으로, 지난번에는 성실함이 마음에 보존되었는데, 지금은 일에서 드러나 성실함이 표현되는

---

816) 王弼·韓康伯 注·孔穎達 疏, 『周易正義』卷1, 〈文言〉, 十三經注疏本, 15~16쪽.
817) 林栗, 『周易經傳集解』卷1, 四庫全書本.

것이다.[818]

그들은 또 "수사"와 "입성"을 동전의 양면으로 보고 "수사"를 언행言行, "입성"은 충신忠信이라고 생각했다. 언행은 충신의 표현이고, 충신은 언행의 근본이다. 입성 능력은 수사 밖에 있는 것이 아니다. 그래서 누군가 "수사"와 "입성"이 도대체 하나인지 별개인지의 문제를 제기한 적이 있다. 필자는 아주 좋은 문제 제기라고 본다. 이런 문제 제기를 통해 우리의 사고를 촉진할 수 있기 때문이다. 문법 구조로 볼 때, "언사를 닦고 그 성을 세운다."와 "간사함을 막고 그 정성을 보존한다."는 분명 같은 구조이다. "입성"은 "수사"를 대상으로 하는 말이고, "수사" 이외에는 "입성"을 절대 이야기하지 않는다. "입기성"의 "기"는 바로 "수사"를 가리킨다. 만약 병렬 관계라고 한다면 "그 언사를 닦고 그 성을 세운다."라고 해야 마땅하다. 그러나 우리는 "수사"를 "언행"으로 해석하는 것에 동의할 수 없다. 앞에서 이미 자세히 설명했기에 여기서는 생략하겠다. 또한 우리는 "성"을 "충신"으로 이해하는 것에도 동의하지 않는다. 비록 선진 문헌에서 "성"을 "충신"으로 쓴 사례를 종종 발견할 수 있지만, 『주례』〈문언전〉에서 공자는 "군자는 덕을 진취시키고 학업을 닦는다."라고 하며, 이미 "충신"으로 "진덕進德"을 해석했다. 만약 "수사"에서 세운 "성"이 "충신"이라면 이것으로 "수업"을 해석해야 하고, 그렇게 되면 의미가 중복될 뿐만 아니라, "수사"와 긴밀하게 연결 지을 수 없다. 왜냐하면 "충신"은 보편적인 도덕적 요구이지 "수사"를 대상으로 한 말이 아니기 때문이다.

수사가 무당의 작사, 정사, 용사에서 발전해온 것이고, 또한 『역전』에서 말하는 사가 주로 괘효사를 가리킨다면, "수사입기성"에 대한 진정한 해석도 마땅히 『역전』의 괘효사에 대한 이해에서부터 이루어져야 한다. 이것이야말

---

818) 蔡淸, 『易經蒙引』卷一中, 四庫全書本. "간사함을 막고 그 정성을 보존한다(閑邪存其誠)." 라는 말은 『역』〈文言傳〉에서도 찾아 볼 수 있다. "공자가 이르기를, 龍과 德으로 중정하는 것이다. 평상시 말을 미덥게 하고 평상시 행실을 삼가며 간사함을 막고 그 정성을 보존하며 세상을 이롭게 해도 자랑하지 아니하며 덕을 넓게 펼쳐 교화해야 한다."

로 지은이의 본래 의미를 명확히 밝힐 수 있는 최선의 방법이기 때문이다.

앞에서 사의 본래 뜻이 소송訴訟과 관계가 있다고 설명했다. 『주역』〈송訟〉의 〈단전象傳〉에서는 "송"의 괘사에 대해 다음과 같이 해석하였다.

> 송訟은 위는 강하고 아래는 험하여, 험하고 굳셈이 송괘이다. '송은 진실이 있으나 막혀 두려워하여 중도에 그치면 길함'은 굳셈이 와서 중을 얻었기 때문이다. '끝까지 가면 흉함'은 쟁송으로는 이룰 수 없는 것이다. 대인을 만나면 이로운 것은 중정中正을 숭상하기 때문이다. 큰 강을 건너면 불리한 것은 강에 빠지기 때문이다.[819]

위나라의 왕필王弼(226~249)은 다음과 같이 주했다.

> 송사를 잘 다스리는 자가 없으면 비록 진실함을 가졌어도 어떻게 밝힐수 있겠는가? 진실함이 있으면서 막혀 두려워하는 자로 하여금 중도에 그쳐 길함을 얻게 하는 것은 반드시 송사를 잘 다스리는 책임자가 있기 때문이니이는 구이九二에 있는 것이 아닌가? 강剛으로써 와서 여러 소인들을 바로잡고결단함에 중도를 잃지 않으니 이는 임무에 응하는 것이다.[820]

즉, 소송은 말을 잘 들어주는 사람을 만나야지만 공정한 판결을 얻을 수있다. 그래서 "송"의 괘사에는 "대인을 만나면 이로움이 있다."라는 말이 나온다. 이 말을 〈단전〉에서 "중정을 숭상한다."라고 풀이했고, 〈상전〉에서도 "송사하여 크게 길한 것은 중정을 숭상하기 때문이다."[821]라고 하였다. 그리고 "중도에 맞으면 다스림이 편벽되지 않고, 바르면 결단함이 이치에 부합한다."[822]라고 하였다. 송사를 다스리는 책임자가 중정하면 그 사도 중정하게 된다. 여기

---

819) 王弼 · 韓康伯 注 · 孔穎達 疏, 『周易正義』卷2, 〈訟〉, 十三經注疏本, 24쪽.

820) 王弼 · 韓康伯 注 · 孔穎達 疏, 『周易正義』卷2, 〈訟〉, 十三經注疏本, 24쪽.

821) 王弼 · 韓康伯 注 · 孔穎達 疏, 『周易正義』卷2, 〈訟〉, 十三經注疏本, 24쪽.

822) 傅以漸 · 曹本榮, 『易經通注』卷1, 四庫全書本.

에서 파생되어 인간과 신을 소통하게 하는 무당도 반드시 중정해야 한다. 작사와 용사가 중정해야지만 비로소 길함을 얻고 흉함을 피할 수 있다. 다른 측면에서 보자면, 소송 쌍방이 길함을 얻고 흉함을 피하고자 한다면, 그 소송의 사도 중정해야 한다. 신판神判은 고대 소송에서 자주 사용했던 방법이다. 예를 들어, 『묵자』〈명귀하明鬼下〉에는 다음과 같이 실려 있다.

> 옛날 제 장공莊公의 신하 중에 왕리국王理國과 중리요中理徼라는 자가 있었는데 3년을 소송했으나 송사가 판결되지 않았다. 제 장공이 둘 다 죽이려 생각했으나 죄가 없을까 두려웠고, 석방하려니 죄 지은 자를 놓칠까 두려웠다. 그리하여 두 사람에게 한 마리 양을 주고 제나라의 신사에서 맹세토록 하자 두 사람이 허락하였다. 구덩이를 파고 양의 목을 베어 그 피가 스며들게 하였다. 왕리국이 맹세문을 읽는데 아무 일 없이 끝이 났다. 그런데 중리요가 맹세문을 읽은 지 채 반도 되지 않았을 때 양이 일어나서 중리요를 들이받아 다리를 부러뜨렸다. 신이 양에게 옮겨와서 들이받았으므로 맹세한 장소에서 중리요를 죽였다.[823]

선인들은 귀신이 모든 송사를 들을 수 있고 중정하지 않은 사는 귀신이 용납하지 않는다고 보았다. 그래서 "수사입기성"의 첫 번째 요점은 바로 "중정"이고, "성"의 정확한 해석도 "중정"이라고 하였다. 사실, 괘효사에 나타난 "중정" 사상에 대한 자세한 해석은 『역전』에서 얼마든지 찾아볼 수 있다. 예를 들어, 〈동인同人〉 괘사를 해석한 〈단전彖傳〉에는 "성품이 문명하면서도 강건하며, 행위가 중정하면서도 서로 조화를 이루는 것이야말로 군자의 정도이다. 그러므로 오직 군자만이 천하의 사람들과 뜻이 통할 수 있다."[824]라고 하였다. 〈진晉〉 효사를 해석한 〈상전象傳〉에서는 "큰 복을 받는다는 것은 정중하기 때문이다."[825]라고 하였다. 〈익益〉 괘사를 해석한 〈단전〉에서는 "가는 바가 있으

823) 孫詒讓, 『墨子間詁』卷8, 諸子集成本, 上海:上海書店, 1986年, 144쪽.
824) 王弼·韓康伯 注·孔穎達 疏, 『周易正義』卷2, 〈同人〉, 十三經注疏本, 29쪽.

면 이롭고, 정중하면 경사가 있다."[826]라고 하였다. 〈구姤〉 괘사를 해석한 〈단전〉에서는 "중정을 만나면 천하가 크게 행해진다."[827]라고 하였다. 〈구〉 효사를 해석한 〈상전象傳〉에서는 "구오九五가 아름다움을 품는 것은 중정하기 때문이다."[828]라고 하였다. 『역전』도 때때로 "중" 또는 "중도"를 사용하여 비슷한 의미를 나타내기도 하였다. 예를 들어, 〈소과小過〉 괘사를 해석한 〈단전〉에서는 "유柔가 중정을 얻었으니 작은 일에는 길하다. 강剛이 그 자리를 잃어 중정을 얻지 못했으니 큰일은 할 수 없다."[829]라고 하였다. 〈쾌夬〉 효사를 해석한 〈상전〉에서는 "오랑캐가 나타나도 걱정이 없는 것은 중정을 얻었기 때문이다."[830]라고 하였다. 일부에서는 "중정"이라는 단어를 사용하지는 않았지만 "중정"의 관념을 포함하기도 했다. 예를 들어, 〈관觀〉 괘사를 해석한 〈단전〉에서는 "하늘의 신비한 도를 보면 사계절이 어긋남이 없으니 성인이 신비한 도로써 가르침을 베풀면 천하가 복종한다."[831]라고 하였다. 부이점傅以漸과 조본영曹本榮은 주注에서 "중정은 하늘의 신과 소통하는 것이고, 화化는 땅의 신과 소통하는 것이다. 이들은 모두 성인의 참된 정성이 밖으로 팽창하여 나타나는 것이다."[832]라고 하였다. 이들은 마찬가지로 "중정"을 천지 귀신과 소통하는 기본으로 보았고, 작사·정사·용사의 내재적 요구로 삼았다.[833]

---

825) 王弼·韓康伯 注·孔穎達 疏, 『周易正義』卷4, 〈晋〉, 十三經注疏本, 49쪽.

826) 王弼·韓康伯 注·孔穎達 疏, 『周易正義』卷4, 〈益〉, 十三經注疏本, 53쪽.

827) 王弼·韓康伯 注·孔穎達 疏, 『周易正義』卷5, 〈姤〉, 十三經注疏本, 57쪽.

828) 王弼·韓康伯 注·孔穎達 疏, 『周易正義』卷5, 〈姤〉, 十三經注疏本, 57쪽.

829) 王弼·韓康伯注, 孔穎達 疏, 『周易正義』卷6, 〈小過〉, 十三經注疏本, 71쪽.

830) 王弼·韓康伯注, 孔穎達 疏, 『周易正義』卷3, 〈夬〉, 十三經注疏本, 37쪽.

831) 王弼·韓康伯注, 孔穎達 疏, 『周易正義』卷3, 〈觀〉, 十三經注疏本, 36쪽.

832) 傅以漸·曹本榮, 『易經通注』卷3, 四庫全書本.

833) 『尚書』〈呂刑〉에서도 "중정"은 형벌을 올바르게 운용하는 중요한 원칙이라고 보았다. "성"을 "중정"으로 이해하는 데 참고가 될 수 있다. 〈呂刑〉에서는 "형벌은 시대에 따라 가볍기도 하고 무겁기도 한 것이나 바르지 못한 자를 바르게 하는 것이니 질서가 있고 올바름이 있어야 한다. 징벌은 죽음이 아니나 사람들은 극히 괴롭게 여긴다. 간사한 사람이 옥사를 처리하게 하지 말고 어진 이가 옥사를 처리하게 하여 올바르지 않음이 없게 해야 한다. 변명하는 말의 어긋남을 살펴 따르지 않는 자도 따르게 해야 하고 옥사를 처리함에 불쌍히 여기고 공경해야 한다.

어원학의 관점에서 고찰하면 "성誠"에 "중정"의 의미가 있다. 갑골문에는 "성成"자는 있지만, "성誠"자는 없다. "성誠"은 "성成"에서 파생되어 나온 글자이다. 선진 시대 고서에서 이 두 글자는 통용됐다. 예를 들어, 『시경』〈소아·아행기야我行其野〉에서 "진실로 부유하기 때문이 아니고 역시 단지 색다르다는 것 때문이다."라고 한 것을 공자는 『논어』〈안연〉에서 그대로 인용했다. 갑골문 "성成"자의 의미에 대해서는 전문가들의 의견이 분분하다. "청나라 문자학자도 성자에 대해 좋은 해석을 내리지 못했다."[834] 그렇다면 우리가 여기서 한번 분석해 보도록 하자. 허신許愼(약58~147)은 『설문해자』에서 "성은 이룸을 뜻한다. 형태는 무戊를 따르고, 소리는 정丁을 따른다."라고 했다. 서개徐鍇(920~974)는 "무戊는 중궁中宮이다. 성成은 중中에서 나왔다."[835]라고 하였다. 중궁은 북극성이 있는 곳을 가리킨다. 선인들은 그곳을 하늘의 중심이라고 여겼다. 그리고 마음이 사람의 가운데 있으므로 사람의 마음을 비유할 때 사용하기도 한다. 『주역』〈손巽〉 괘사를 해석한 〈상전〉에는 "성의를 다할 수 있는 자가 많으면 길함은 중을 얻었기 때문이다."라고 하였다. 부이점傅以漸과 조본영曹本榮은 주에서 "성誠은 본래 중심에서 나왔다."[836]라고 하였다. "성誠"으로 "중中"을 해석한 것은 아주 적절하다고 할 수 있고 『역전』의 기본 사상에도 부합한다. 쉬푸관(1902~1982)은 다음과 같이 말했다.

〈건문언乾文言〉에는 6개의 '자왈子曰'이 나온다. 〈계사〉 상하에 22개의 '자왈'이 있다. 음양의 관념이 없을 뿐만 아니라 강유剛柔의 관념도 없다. 단지 약간의 "시위時位" 관념만 있을 뿐이다. 이른바 시위 관념은 곧 중정 또는

형벌 문서를 밝게 공개하여 서로 헤아려 보게 하여 모두 다 올바름에 맞게 한다. 그처럼 형벌을 잘 살펴 행하라. 옥사가 이루어지면 믿을 수 있게 되며 임금에게 아뢰어도 믿을 수 있게 될 터이니 그 형벌을 위로 아뢰어 다 적어 놓되 두 가지 형벌을 받은 자는 아울러 적어 놓아야 한다."라고 하였다.

834) 李孝定, 『金文詁林讀后記』卷14, 『古文字詁林』第10册, 992쪽.
835) 許愼, 『說文解字』(注音版), 長沙:岳麓書社, 2006, 309쪽.
836) 傅以漸·曹本榮, 『易經通注』卷6, 四庫全書本.

부중정의 관념이다. 이것은 "중" 관념의 응용인데 "중" 관념은 『논어』에서 분명하게 볼 수 있다.[837]

『주례』〈지관地官·대사도大司徒〉에서 "다섯 가지 예교로 백성들의 거짓된 행동을 막고 중정하도록 가르친다."[838]라고 하였다. 당나라 때에 가공언賈公彦(생몰년 미상)은 소疏에서 "백성들이 중정하게 한다."라고 하였다. "중정"은 곧 거짓된 행동을 하지 않는 것(不僞)이고 불위는 곧 성이다. "성"에 중정의 의미가 있는 것을 알 수 있다. 중정은 한쪽으로 치우치지 않고 공정하고 합리적인 것이다. 예를 들어, 『좌전』〈소공 12년〉(기원전 530)에는 "숙손 소자昭子가 조정으로 나가 담당 관리에게 말하기를 '내가 계씨와 더불어 소송을 할 것이니, 서류를 작성할 때에 편파적으로 하면 안 된다.'"[839]라고 나와 있다. "무파無頗"는 한쪽으로 치우치지 않는 것을 뜻한다. "서류를 작성할 때에 편파적으로 하면 안 된다."와 "언사를 닦고 성을 세운다."의 의미는 거의 비슷하다. 최종 판결이 어느 쪽으로도 기울지 않고 공정하고 합리적이려면 반드시 성실하게 신용을 지켜야 한다. 그러면 "성"도 성실, 성신誠信이라고 해석할 수 있다. 『설문해자』에는 "성은 믿음을 뜻한다. 형태는 언言을 따르고, 소리는 성成을 따른다."라고 하였다. 이런 관점에서 보면, 공영달이 "성은 성실이다."라고 해석한 것도 일리가 있다. 그러나 만약 성실을 개인의 품성으로 이해한다면 여기서의 의미와는 그리 부합하지 않는다. 왜냐하면 "수사"는 직무 행위이고 "입성"은 직업윤리라서 관심의 대상이 소송의 쌍방뿐만 아니라 판결을 내리는 사람도 포함되며, 단순히 개인의 덕행을 가리키는 것이 아니기 때문이다. 그래서 "중정"이라고 해석하는 것이 더 타당하겠다.

문화 심리적 측면에서 볼 때, "수사입기성"은 오랜 역사를 쌓아왔으므로 반드시 주의를 기울여야지만 이 관념의 심오한 의미를 완벽하게 이해할 수

---

837) 徐復觀, 『中國人性論史』(先秦篇)附錄2, 上海:上海三聯書店, 2001, 493쪽.

838) 鄭玄 注·孔穎達 疏, 『周禮注疏』卷10,〈大司徒〉, 十三經注疏本, 708쪽.

839) 杜預 注·孔穎達 疏, 『春秋左傳正義』卷45,〈昭公十二年〉, 十三經注疏本, 2063쪽.

있다. 그러나 이 점에 대해서는 선인들의 언급이 아주 적은 편이다. 갑골문에서 "성"은 인명으로 쓰였는데, 상나라 탕왕湯王을 가리키는 말이었다. 천명자陳夢家(1911~1966)는 다음과 같이 말했다.

> 대을大乙·성成·당唐은 모두 한 사람, 즉 탕을 가리킨다. 대을은 묘호墓號이고 당은 개인적으로 불렸던 이름이다. 성은 아마도 살아 있을 때의 미명美名이었을 것이다. 성당成唐은 무탕武湯과 같다. 상갑上甲과 대을大乙은 상왕商王 중에서 가장 중요한 사람이다. 그래서 주나라 제사 때 상갑부터 시작하여 그를 대종大宗의 첫째로 보았고, 대을은 소종小宗의 첫째로 보았다 …… 복사卜辭에서 오직 상제만 보우할 수 있었다. 그러나 두 가지 예외가 있었다. 하나는 성왕成王이고, 다른 하나는 상자上子이다.[840]

"상자上子"가 구체적으로 어떤 선왕을 가리키는 것이 아니기 때문에 "성"의 지위가 얼마나 대단했는지 미루어 짐작할 수 있다. 야오샤오쑤이姚孝遂(1926~1996)는 "은상의 선왕은 모두 천간天干을 묘호로 하였다. 상 탕왕 때부터 천하가 시작되었기 때문에 지위가 아주 고귀했다. 예를 들어, 장광즈張光直의 「상왕 묘호 신고商王廟號新考」에 따르면, 아마 여러 가계에서 종주의 자리를 쟁탈하려고 했을 것이다. 그래서 '대을', '성', '당'이라고 불렀다. '성'은 정계丁系이고, '당'은 경계庚系이다. 조갑祖甲 복사 이후에 통틀어 '대을'이라고 불렀다."[841] 문자학자들은 "성"자를 해석할 때, "성은 지도地道의 공이 성과가 있는 것을 말한다. 훗날 공을 성취했다는 뜻으로 바뀌었다."[842] 또는 "성의 본래 의미는 전쟁을 멈추고 화해하는 것이다."[843]라고 하였다. 이 두 가지는 모두 상 탕왕의 특징에 부합한다. 왜냐하면 그는 천하 대업을 이루었고, 부락의 분

---

840) 陳夢家, 『殷虛卜辭綜述』, 北京:中華書局, 1988, 412쪽.

841) 于省吾 主編, 『甲骨文字詁林』 3, 北京:中華書局, 1996, 2413쪽.

842) 高田忠周, 『古籀篇』 87, 『古文字詁林』 第10冊, 986쪽.

843) 高鴻縉, 『中國字例三篇』, 『古文字詁林』 第10冊, 988쪽.

쟁을 평정했기 때문이다. 그래서 "성"은 성공, 성사, 화해, 평정 등의 의미를 갖는다. 이런 의미는 사실 중정의 의미와 결코 모순되지 않는다. 중정하면 성공, 성사, 화해, 평정할 수 있기 때문이다. 이런 의미는 아마도 제사자가 성탕을 제사 지낼 때 고려해야 할 대상이었을 것이다. 그래서 이때부터 상인이 성탕을 제사 지낼 때 황송하고 두려워하는 특유의 문화 심리가 생겨나게 되었다.

『시경』〈상송商頌·나那〉는 성탕 제사를 지내는 기쁨을 노래한 것으로, 그 사는 다음과 같다. "아름답고 성대하도다. 우리 작은북, 큰북 벌여놓고 둥둥 북소리 크게 울린다. 우리 공덕 있으면 조상님 즐겁게 한다. 탕왕의 후손 신령의 강림 빌어 우리에게 복을 내려 주신다(綏我思成)." 정현(127~200)은 "사성思成"을 다음과 같이 전석했다.

> 대청 아래의 매달린 악기에서 우렁찬 연주 소리가 울린다. 그 소리가 조화롭고 웅장하며 간연簡然하여 뛰어난 업적을 이루신 우리의 조상 성탕成湯과 탕손태갑湯孫太甲을 기쁘게 해드린다. 또한 승당升堂의 음악을 연주하고 노래 부르면 생각한대로 나타나시어 우리를 편안케 했다는 것으로 신명이 내 마음 속에 와서 이른 것이다. 『예기』에서 말하길, "재일齋日에 망인의 거처를 생각하고, 웃으며 하던 말을 생각하고, 뜻을 생각하고, 즐기던 것을 생각하고, 좋아하던 것을 생각한다. 사흘 간 재를 올리는 것은 곧 그가 살았을 때 있던 바를 보는 것과 같다. 제삿날에는 안에 들어가 멍해서 확실하게 보이지는 않으나 반드시 자리에 계시는 듯 두루 살펴보고 문을 나올 때는 용모와 말소리가 들리는 것처럼 조심스럽게 말을 들으며 문을 나온다. 감정에 북받치고 탄식하는 소리가 들리는 것 같기도 한다."라고 하였다. 이것이 사성思成이다.[844]

『시경』의 〈상송商頌·열조烈祖〉에서도 성탕을 제사 지내는 기쁨을 노래하였다. "아, 덕성스런 조상님, 그 복록 변함없도다. 거듭 끝없이 내려주시어 당신의 이 땅에 이르렀도다. 맑은 술 차려 올려서 우리에게 사성을 내려주시길

---

844) 鄭玄 箋·孔穎達 疏, 『毛詩正義』卷20, 十三經注疏本, 620쪽.

빕니다." 여기에서도 마찬가지로 "사성"을 언급했다. 그래서 필자는 상인의 "사성"이 바로 공자가 강조한 "수사입기성"의 역사적 근원이자 문화적 근거가 아닐까 생각한다. 성탕의 위대한 업적을 생각하고 성탕의 중정과 평화를 생각하고, 성탕의 보호 아래 평안하고 행복한 것을 생각하고 그래서 제사를 지내고 사령辭令을 한다. 이것은 상나라 무당들이 반복해서 진행한 활동이었다. 또 훗날의 수사자들도 마찬가지로 이런 마음가짐과 정감을 가져야지만 비로소 직무를 수행하고 공정하게 일을 처리하고 평화를 촉진하고 성공에 이를 수 있었다. 『역전』이 점복 문화를 계승한 산물이고 또 사람들의 현실 생활에 어느 정도 가르침을 줄 수 있으며 선진 시대에 "성成", "성誠" 두 글자가 서로 상통했다고 한다면, "수사입기성"도 이런 문화 심리적 의미를 가진다고 하는 말이 결코 억지는 아닐 것이다.[845]

　"수사입기성"과 은상 시대부터 전해 내려온 복서 문화의 심리 상태 및 무당들의 직무 윤리는 아주 밀접한 관계가 있다. 공자의 문화 계승에서 더 자세한 설명을 찾아볼 수 있다. 공자의 선조는 본래 송나라 사람으로 송나라는 은상 유민들로 구성된 주나라의 제후국이었다. 제1대 임금인 미자계微子啓는 상 주왕紂王의 배다른 형제이다. 그래서 송나라는 은상의 문화를 유지할 수 있었다. 미자계가 세상을 떠난 뒤, 그의 동생 미중微仲이 보위를 이었는데 미중은 공자의 제14대 조상이다. 공자의 10대 조부 불보하弗父何는 임금이 되는

---

845) 『예기』〈중용〉에서는 "誠은 하늘의 도이고 성실해지려는 것(誠之)은 사람의 도이다. 성실한 자는 억지로 힘쓰지 않아도 중용이 되고 억지로 생각하지 않더라도 좇아 포용함이 도에 적중하니 성인이라고 할 수 있다. 성실한 것은 선함을 선택하여 굳게 잡는 것이다."라고 하였다. 주희는 "誠이란 진실하여서 망령됨이 없음을 일컬으니, 천 리의 본래 그러함이라고 할 수 있다. 誠之란, 능히 진실하고 망령됨을 없애지 못하여서, 진실하고 망령됨이 없고자 하는 것이니, 사람이 해야 할 일의 마땅함이라고 할 것이다. 성인의 덕은, 다른 것이 섞이지 않은 천지이므로, 진실하고 망령됨이 없어서, 생각함이나 힘씀을 기다리지 않고서도 좇아 포용하여 도에 적중하니, 이 역시 하늘의 도인 것이다."라고 하였다. 이상의 "성"에 대한 이해 및 『예기』〈대학〉의 "八條目"에서 언급한 "뜻을 성실히 하고, 마음을 바르게 가진다."에서의 "성"은 모두 공자의 "성"사상에서 영향을 받았다(〈대학〉은 공자의 제자 曾參이 쓴 것이고, 〈중용〉은 공자의 손자 子思가 쓴 것이다). 그러나 "수사입기성"의 "성"과는 그 의미에서 차이가 난다.

것을 원치 않아 송 대부가 되었다.[846] 공자의 7대 조부 정고보正考父는 아주 박학하고 재주가 뛰어난 사람이었다. 그는 일찍이 "주나라 태사太史로부터 〈상송〉 12편을 얻은 적이 있다."[847] 이들 작품은 정리를 거친 후 송나라 종묘 제사의 악가樂歌가 되었다. 오늘날 전해지는 『시경』 〈상송〉 5편이 그 좋은 예라고 볼 수 있다. 공자는 은상 문화에도 조예가 깊었다. 공자는 다음과 같이 말했다.

> 은나라는 하나라의 예를 바탕으로 삼았으니 덜고 더한 바를 알 수 있고, 주나라는 은나라의 예를 바탕으로 삼았으니 덜고 더한 바를 알 수 있다.[848]

> 하나라의 예는 내가 이야기할 수 있지만 그 후예인 기杞나라는 이를 증명하기에 부족하고, 은나라의 예는 내가 이야기할 수 있지만 그 후예인 송나라는 이를 증명하기에 부족하다. 그것은 문헌이 부족한 까닭이다. 문헌이 충분하다면 내가 그것들을 증명할 수 있다.[849]

> 주는 하나라와 은나라 2대를 거울로 삼았다. 찬란하구나, 그 문화여! 나는 주를 따르겠다.[850]

이를 통해, 공자가 은상 문화에 대해 깊이 연구하고 이해했음을 알 수 있다. 그리고 노나라도 서주의 예악 문화와 은상의 복서 문화를 가장 풍부하게 가졌던 제후국이었다. 주나라 초에 분봉할 때, 은나라 백성 육족六族은 "그들에게 노나라로 가서 직무를 맡아 주공의 밝은 덕을 밝히게 하였다. 노공에게 토전土田과 배돈陪敦과 축종祝宗과 복사卜史와 비물備物과 전책典策과 관사官

---

846) 胡仔, 『孔子編年』卷1, 四庫全書本 참고.

847) 鄭玄 箋・孔穎達 疏, 『毛詩正義』卷20, 十三經注疏本, 620쪽.

848) 何晏 集解・邢昺 疏, 『論語注疏』卷2, 〈爲政〉, 十三經注疏本, 2463쪽.

849) 何晏 集解・邢昺 疏, 『論語注疏』卷3, 〈八佾〉, 十三經注疏本, 2466쪽.

850) 何晏 集解・邢昺 疏, 『論語注疏』卷3, 〈八佾〉, 十三經注疏本, 2467쪽.

司와 이기彝器를 나누어 주고, 상엄商奄의 백성을 그대로 소유하게 하고서, '백금'으로 명명하고서 소호少皡의 옛터에 봉하였다."[851] 그래서 공자는 『주역』을 해석할 때, 상인 "사성"의 문화 심리와 은상부터 이어진 복서 문화의 전통을 서로 결합하여 "수사입기성"을 주장했다. 아주 자연스러운 일이 아닐 수 없다. 공자가 제기한 "수사입기성"에는 은상 문화에 대한 계승과 발전이 담겨 있다고 해도 사실과 크게 어긋나지 않는다.

"수사입기성"이란 수사자가 정중하고 경건한 마음을 가지고 자신의 언사에 대해 확실하게 책임을 지면서 가장 좋은 방법으로 언사를 표현함으로써 예기의 목적을 달성하도록 요구하는 것임을 알게 되면, 『주역』〈문언전〉에 나오는 "이를 줄을 알고 이르니 더불어 기미할 수 있고, 마칠 줄을 알고 마치니 더불어 의를 보존할 수 있다. 이런 까닭에 높은 자리에 있어도 교만하지 않으며 낮은 자리에 있어도 근심하지 않는다. 그러므로 굳세고 굳세게 해서 그때로 인하여 두려워하면 비록 위태로울지라도 허물이 없을 것이다."[852]라는 말을 더욱 잘 이해할 수 있을 것이다. 물론 여기서 비롯된 중국인들의 입언에 대한 중시와 "경언敬言", "근언謹言", "신언愼言"의 전통에 대해서도 이해할 수 있게 될 것이다.

어떤 이는 "수사입기성"에서 강조하는 것이 언어의 아름다움과 내면의 아름다움이 조화를 이루는 것이라고 했다. 이것은 현대인이 본 관점이라서 당시 작자의 본래 뜻과 부합하는 것은 아니다. 왜냐하면 "수사입기성"의 작자는 심미적인 관점이 아니라, 사회 정교 실천의 관점에서 이 문제를 다루었기 때문이다. 공자는 "난이 발생하는 것은 말이 그 씨앗이니, 군주가 기밀을 지키지 못하면 신하를 잃고, 신하가 기밀을 지키지 못하면 몸을 잃으며, 어떤 일을 하면서도 기밀을 지키지 못하면 그것을 이루어 내지 못한다. 이 때문에 군자는 말을 신중히 하여 기밀이 새 나가지 않도록 한다."[853]라고 하였다. 그는

---

851) 杜預 注·孔穎達 疏, 『春秋左傳正義』卷54, 〈定公四年〉, 十三經注疏本, 2134쪽.

852) 王弼·韓康伯 注·孔穎達 疏, 『周易正義』卷1, 〈文言〉, 十三經注疏本, 15~16쪽.

군자가 신중히 말하고 조심히 행동하기를 바랐다. "많이 듣고 나서 의심스러운 것은 일단 보류하고 그 나머지만 신중하게 이야기하면 실수가 적을 것이고, 많이 보고 나서 미심쩍은 것은 일단 보류하고 그 나머지만 신중하게 실행하면 후회가 적을 것이다. 말에 실수가 적고 행동에 후회가 적으면 녹봉은 바로 그 가운데 있다."[854], "말은 입에서 나가 다른 사람에게 영향을 끼치며, 행위는 비근하고 사소한 것이라도 오랫동안 영향을 미친다. 언행은 군자에게 가장 중요하다. 명예와 치욕도 언행을 어떻게 하느냐에 달려 있다. 군자는 언행으로 천지를 움직이니 어찌 신중하지 않을 수 있겠는가!"[855], "평소에 행해야 할 덕을 실천하고, 평소에 해야 할 말을 근실히 하여 부족한 부분이 있으면 감히 힘쓰지 않음이 없고, 남음이 있어도 감히 다 하지는 않아서 말할 때는 실천할 수 있는가를 생각하고, 행동할 때는 자신이 한 말을 생각하니 군자가 어찌 독실하지 않을 수 있겠는가!"[856], "군자는 이름을 붙이면 반드시 말할 수 있고 반드시 언행일치한다. 군자는 그 말에 구차함이 없을 뿐이다."[857] 공자는 사회 정교 실천 중에서도 스스로 언행을 신중히 하였다. 『논어』〈향당〉에는 "공자가 향리에 있을 때, 온화하고 공손하고 말을 잘 하지 못하는 사람처럼 행동했다. 종묘와 조정에 있을 때, 조리가 분명하게 말을 잘 하였지만 조심스럽게 하였다. 조정에서 하대부들과 말할 때에는 강직한 듯했으며 상대부들과 말할 때에는 화목하고 정직한 듯하였다. 임금이 계실 때에는 공경하고 조심하셨고 예절에 맞았다."[858]라고 하였다.

그러나 "수사입기성"을 사회 정교의 실천으로만 이해하는 것은 맞지 않다. 왜냐하면 작자가 "입성"을 수사의 출발점이자 귀결점으로 삼고, "입성"은 도

853) 王弼·韓康伯 注·孔穎達 疏, 『周易正義』卷7, 〈繫辭上〉, 十三經注疏本, 80쪽.

854) 何晏 集解·邢昺 疏, 『論語注疏』卷2, 〈爲政〉, 十三經注疏本, 2462쪽.

855) 王弼·韓康伯 注·孔穎達 疏, 『周易正義』卷7, 〈繫辭上〉, 十三經注疏本, 79쪽.

856) 鄭玄 注·孔穎達 疏, 『禮記正義』卷52, 〈中庸〉, 十三經注疏本, 1627쪽.

857) 何晏 集解·邢昺 疏, 『論語注疏』卷13, 〈子路〉, 十三經注疏本, 2506쪽.

858) 何晏 集解·邢昺 疏, 『論語注疏』卷10, 〈子路〉, 十三經注疏本, 2493쪽.

덕 인격과 밀접하게 관련을 지었기 때문이다. 이른바 "진실로 그 사람이 아니면 도가 행해지지 않아 허행虛行이 되는"[859] 것이다. 도덕 인격이 다르면 수사 효과도 완전히 다르게 나타난다. "배반하려는 사람의 말투에는 부끄러운 기색이 있고, 마음에 의심스런 면이 있는 사람의 말은 직설적이지 못하며, 성공할 사람은 말이 적고, 조급한 사람은 말이 많으며, 다른 사람을 모함하는 말은 애매하며, 줏대가 없는 사람의 말은 비굴하다."[860] 그렇다고 "수사입기성"이 도덕 문제이지 언어 문제가 아니라고 한다면, 오늘날의 수사학은 관련이 없게 되고, 작자의 본래 뜻과도 맞지 않는다. 작자는 "『지志』에 이르기를, '말로 뜻을 족하게 하고, 글로 말을 족하게 한다.'고 했다. 그러니 사람이 말을 하지 않으면 누가 그 뜻을 알 것인가? 그리고 말을 할 뿐 글이 없다면 그 말이 멀리 가지 못한다. 진나라가 맹주가 되었을 때 정나라가 진나라를 침입했다. 문사가 아니었더라면 공을 이루지 못했을 것이다. 그러니 문사를 신중히 써야 할 것이다!"[861]라고 하였다. 이 말은 "말하는 이가 그 말을 숭상하는" 것도 『주역』이 갖는 "성인지도" 중 하나임을 강조하는 것이다. 작자는 언어 수식으로 나타나는 사회적 실천 효과를 중시한 것이 분명하다. 그러므로 이것이 중국 수사학의 발전과 아무런 관련이 없다고 할 수 없다.

이 밖에 작자가 수사에서의 감정에 대해 강조한 부분도 무시해서는 안 된다. 『역전』에서는 여러 번이나 "성인의 감정은 사에서 드러난다."라고 지적하였다. 또 "변하고 움직이는 것은 이로움에 따라 말해지고 길흉은 실정實情에 따라 옮겨간다. 그러므로 사랑하는 것과 미워하는 것이 서로 부딪혀 길흉이 생기고, 먼 것과 가까운 것을 서로 번갈아 취하기 때문에 뉘우칠 일이나 곤란한 일이 생기며, 참과 거짓이 서로 교감하여 이로움과 해로움이 생긴다. 무릇 『역』의 실정(진리)이 가까이 있는데도 서로 터득하지 못하면 흉하게 된다."[862]

859) 王弼 · 韓康伯 注 · 孔穎達 疏, 『周易正義』卷8, 〈繫辭下〉, 十三經注疏本, 90쪽.
860) 王弼 · 韓康伯 注 · 孔穎達 疏, 『周易正義』卷8, 〈繫辭下〉, 十三經注疏本, 91쪽.
861) 杜預 注 · 孔穎達 疏, 『春秋左傳正義』卷36, 〈襄公二十五年〉, 十三經注疏本, 1985쪽.
862) 王弼 · 韓康伯 注 · 孔穎達 疏, 『周易正義』卷8, 〈繫辭下〉, 十三經注疏本, 91쪽.

그래서 어떤 이는 수사의 정감 문제를 제기하기도 했는데 전혀 이치에 맞지
않는 것은 아니다. 또한 어떤 이는 수사와 수신의 통일을 강조하기도 하였는
데, 이것은 "수사입기성"에도 포함되는 의미로 공자의 사상에 완벽하게 부합
한다. 공자는 노 애공哀公이 "경신敬身이 무엇입니까"라고 한 질문에, "군자가
말을 잘못했어도 백성은 그것을 사辭로 삼고, 행동을 잘못했어도 백성은 법칙
으로 삼습니다. 군자의 말이 사를 그르치지 않고, 행동이 법칙을 그르치지 않
는다면, 백성이 명령하지 않아도 공경할 것입니다. 이와 같이 한다면 능히 그
를 공경할 것입니다."[863]라고 대답했다. 즉, 언사言辭와 수신修身이 직접적인
관련이 있다고 본 것이다.

　이상을 종합하면, 『역전』의 "수사입기성"은 비록 특정한 문화적 의미가 있
지만, 파생·발전한 다양한 사상적 자원도 가지고 있어서 자세히 분별해야
한다. 그리고 이 관념이 발전해온 역사적 궤적을 정리하기 위해서는 중국 문
학 사상의 지식 계보를 재건할 필요가 있다.

---

863) 鄭玄 注·孔穎達 疏, 『禮記正義』卷50, 〈哀公問〉, 十三經注疏本, 1612쪽.

제8장

人學으로서의 문학: 孔子 후학들의 문학 관념

춘추 말기, 공자는 문학 관념을 제시했다. 공자는 "문文 · 행行 · 충忠 · 신信"
으로써 제자를 가르쳤고, "문학"에 능한 자유子游 · 자하子夏 등을 배출했다.
실제 "문교"에서 공자는 "『시』의 교화"를 주요 내용으로 하였고, 시가 "흥興
· 관觀 · 군群 · 원怨" 등 사회적 기능을 가진다고 지적했다. 또 "오지五至 · 삼무
三無 · 오기五起" 등의 "『시』의 교화" 이론을 제시하여, 제자가 시를 배우고 문
학 활동에 종사할 때 기본적인 요구 조건으로 삼았다. 이로써 그들이 군자
인격인 "위의威儀"와 "기지氣志"를 갖출 수 있게 양성했다. 동시에 "도를 사모
하고, 덕을 근거로 하며, 인에 따라 행하고, 예에서 노닐어야 한다."라는 문학
에 이르는 학술 경로를 제시하고 학자들이 따르도록 하였다. 이런 이론들은
서주 시대부터 이루어진 채시采詩, 헌시獻詩, 청시聽詩, 부시賦詩 등 문학 활동
에 대한 종합이다. 또한 이는 전통 문학 관념에 대한 정리이자 심화라고 할
수 있다. 동시에 공자는 "수사입기성"의 수식 이론도 제시하였다. 이것은 제자
의 "입덕" · "입공" · "입언"을 지도하는 사상 무기이자, 중국 고대 문학가가 "경
언" · "근언" · "신언"하고 자신의 언론에 확실한 사회적 책임을 지는 등의 우수
한 전통을 형성하게 하는 사상적 무기였다. 이런 이론과 실천을 바탕으로 공
자로 대표되는 선진 유가는 인문 지식을 기본으로 하는 사상 문화 이론 체계
를 구축했고, 인문 지식 학습과 도덕 양성 교육을 종교 · 신앙과 체제 복종에
놓고 이를 중화 민족 실천 이성의 새로운 기원으로 개척하였다. 공자의 문학
관념은 아주 풍부한 의미를 가지고 있어서 공자가 세상을 떠난 뒤 "유가는
여덟 개로 나누어졌다." 그 후학들은 공자의 사상을 각자의 생각에 따라 계승

하고 혁신했고, 이는 중국 고대 문학 관념이 여러 가지 방향으로 발전할 수 있게 되는 촉매제 역할을 했다. 고대 문학 관념 발생 과정에서의 이런 복잡한 국면은 한편으로는 고대 문학 관념이 여전히 구축 과정에 있음을 의미하는 동시에, 다른 한편으로는 중국 고대 문학 관념의 의미가 아주 풍부하고 심오했음을 의미한다. 그러나 공자 이후의 유가 문학이 여러 갈래로 분화하고 발전했다고 하더라도 그 결과는 같았다. 공자의 후학들이 궁극적으로 문치 교화를 지향했다는 점에서는 상당히 일치한다.

제1절 子游, 子夏의 문학 관념과 문학 실천

공자는 문학 관념을 세우면서 제자인 자유와 자하를 언급하였다.[864] 공자는 자유와 자하를 문학의 으뜸으로 생각했기 때문에, 후세 사람들도 문학을 언급하면서 자주 "유하游夏"를 거론하게 되었고, "유하"는 중국 문학지사의 대명사가 되었다. 그렇다면 자유와 자하는 어떤 문학적 실천을 하였을까? 그들도 자신들만의 문학 사상과 문학 관념을 가지고 있었을까? 그들의 문학 사상과 문학 관념은 후세에 어떤 영향을 끼쳤을까? 이런 문제를 분명히 밝힌다면, 중국 전통 문학 관념과 중국 문학 특징을 더 깊이 이해하는 데 도움이 될 것이다.

공자는 평생 수많은 제자들을 가르쳤고 그중에는 걸출한 인재가 적지 않았다. 『사기』〈공자세가〉에는 공자의 "제자가 대략 3,000명이었고, 육예에 능통한 자가 72명이나 되었다."[865]라고 하였다. 이 72명 중에서 가장 뛰어난 이들이 바로 사람들이 자주 언급하는 "공문십철孔門十哲"이다. 그렇다면 "십철"

---

864) 『논어』〈先進〉에서 "陳나라와 蔡나라에서 나를 따르던 사람들은 모두 내 문하에 있지 않구나. 덕행에는 顏淵 · 閔子騫 · 冉伯牛 · 仲弓이었고, 언어에는 宰我 · 子貢이었고, 정사에는 冉有 · 季路였고, 문학에는 子游 · 子夏였다."라고 하였다.

865) 司馬遷, 『史記』卷47, 〈孔子世家〉, 二十五史本, 227쪽.

중에서 자유와 자하는 도대체 어떤 특별한 재능과 남다른 특기가 있어서 공자로부터 "문학"의 으뜸으로 칭찬받았는지 살펴보도록 하자.

우선 자유에 대해 알아보자.

자유(기원전 506~445)는 노나라 사람이다. 성은 언言, 이름은 언偃, 자는 자유이다. 언유, 숙씨로 불리기도 하였다. "공자십철"중에서 나이가 가장 어렸다.[866] 그와 관련된 자료는 남아 있는 것이 많지 않다. 그러나 그가 무성재武城 宰를 지내면서 공자로부터 인정을 받은 것이 간책簡册에 기록되어 있다. 『논어』〈옹야〉에는 자유가 무성재를 지낼 때, 공자가 "그곳에서 쓸 만한 사람을 얻었느냐?"라고 묻자, 자유가 "담대멸명澹臺滅明이란 사람이 있습니다. 그는 지름길을 찾지 않고 공무가 아니면 제 거처를 찾은 적이 없습니다."[867]라고 대답한 것이 실려 있다. 자유는 정무를 볼 때에 인재를 얻는 것을 우선으로 하였기에 공자가 그에게 인재를 얻었는지 물은 것이다. 자유는 담대멸명을 인재라고 생각했다. 그가 열거한 담대멸명의 장점은 그의 인재관과 정치관을 반영한다. 이에 대해 송나라 때 형병邢昺(932~1010)은 다음과 같이 해석했다.

큰길을 찾고 지름길을 찾지 않는 것은 방方이요, 공무가 아니면 자유의 거처를 찾지 않는 것은 공公이다. 공과 방이 있기에 인재를 얻었다고 할 수 있다.[868]

주희(1130~1200)는 다음과 같이 해석했다.

---

866) 言偃(자유)은 "공자보다 45살이 어렸다."(『사기』〈仲尼弟子列傳〉). 이로써 그 태어난 해를 알 수 있다. 그러나 그가 언제 세상을 떠났는 지에 대해서는 문헌에 명확한 기록이 남아 있지 않다. 명나라 때 包大爟이 쓴 〈子游年譜〉, 청나라 때 林春溥가 쓴 〈子游年表〉에도 모두 이를 언급하지 않았다. 근래에 와서 蔡仁厚가 〈子游年表〉에서 자유는 공자가 세상을 떠난 지 36년 뒤에 사망했다고 적었다. 이것은 기원전 443년이다. 錢穆은 〈先秦諸子系年〉에서 자유가 기원전 445년에 세상을 떠났다고 하였다. 현재는 錢穆의 의견을 따르고 있다.

867) 何晏 集解·邢昺 疏, 『論語注疏』卷6, 〈雍也〉, 十三經注疏本, 2478쪽.

868) 何晏 集解·邢昺 疏, 『論語注疏』卷6, 〈雍也〉, 十三經注疏本, 2478쪽.

지름길을 찾지 않으니 행동이 반드시 정직하여 작은 이익을 보거나 빨리 하려는 뜻이 없음을 알 수 있고, 공무가 아니면 자유의 거처를 찾지 않으니 스스로 지키는 것이 있어 자기를 굽혀 남을 따르는 사사로움이 없음을 알 수 있다.[869]

요컨대 자유는 정무를 봄에 있어 인재를 얻는 것을 우선으로 하였고, 인재를 얻는 것은 도덕을 근본으로 하였다. 그는 실무주의자가 아니라 이상주의자 였다. 공문고족孔門高足이라 불리는데 전혀 손색이 없다.

무성武城은 본래 노나라의 작은 읍이었다. 그럼 무성 읍재를 맡았던 자유의 정치 실천은 어땠을까? 『논어』〈양화〉에 따르면,

공자가 무성武城에 가서 현악기와 노랫소리를 들었다. 공자가 미소를 지으며 "닭을 잡는데 어찌 소 잡는 칼을 쓰겠는가?"라고 하였다. 그러자 자유가 "옛날에 스승님께서 저에게 '군자가 도를 익히면 사람들을 사랑하고, 소인이 도를 익히면 부리기 쉽다.'라고 말씀하셨습니다."라고 하였다. 그러자 공자가 "자네들, 자유의 말이 맞네. 내가 농담을 했을 뿐이야!"라고 하였다.[870]

자유는 공자가 제창한 예악 교화의 유가지도儒家之道로 무성을 다스렸다. 진지하고 엄격해서 공자조차도 작은 일을 크게 벌이는 것 같다는 생각이 들었다. 그래서 참지 못하고 "닭을 잡는데 어찌 소 잡는 큰 칼을 쓰겠는가?"라고 농담을 던진 것이다. 그러나 자유의 정치 실천은 공자의 사상과 완전히 부합해서 결국 공자로부터 인정을 받을 수 있었다. 만약 자유를 정사에 능했던 염유冉有, 계로季路와 비교한다면 그 차이가 더욱 분명할 것이다. 공자는 염유에 대해 "1,000가구가 살고 100대의 병거를 보유한 영지를 맡길 수 있다. 그러나 그가 인의를 갖추었는지는 모르겠다."라고 하였고, 계로에 대해 "1,000대의

---

869) 朱熹, 『論語集注』 卷3, 怡府藏板 四書集注本, 成都:巴蜀書社影印, 1989.
870) 何晏 集解·邢昺 疏, 『論語注疏』 卷17, 〈陽貨〉, 十三經注疏本, 2524쪽.

병거를 갖춘 제후국의 군대를 맡길 수 있다. 그러나 그가 인의를 갖추었는지는 모르겠다."[871]라고 하였다. 훗날 염유가 계씨재를 지내면서 계씨를 위해 재물을 수탈하고 그것으로 노나라 공실公室을 부유케 하자, 공자가 크게 성을 내며 "염유는 내 제자가 아니다. 너희들은 마음껏 그를 비난해도 좋다!"[872]라고 하였다. 정무를 봄에 있어서, 염유와 계로는 재정을 관리하고 세금을 걷는 것을 기본으로 하였고, 자유는 예약 교화를 근본으로 하였다. 전자는 정치를 사무로 보았고, 후자는 학술로 본 것이다. 이것이 아마 공자가 이들을 "정사"와 "문학"으로 나눈 기본적인 이유일 것이다.

『예기』〈예운禮運〉에는 공자와 자유의 유명한 대화가 담겨 있다. 여기서 자유의 학문적 성향과 그에 대한 공자의 기대를 엿볼 수 있다.

오래 전 공자는 납빈蠟賓 제사에 참석했다. 그 제사를 마치고 나와 누각에 올라 둘러보고는 긴 한숨을 내쉬었다. 공자가 탄식한 것은 노나라의 현실이었다. 자유가 옆에서 그것을 보고 물었다. "스승님께서는 어찌하여 탄식하십니까?" 공자가 말했다. "대도가 실행될 때와 삼대의 현인들이 정치를 했을 때는 내가 그 시절에 미칠 수는 없으나 기록을 통해 그 정신은 알 수 있었다. 대도가 실행되던 때는 세상이 공평하였다. 어질고 재능 있는 이들을 선발하고, 신용을 중시하며, 화목함을 닦았다. 그래서 사람마다 자기 어버이만 어버이가 아니었고 자기 자식만 자식이 아니었다. 노인들로 하여금 여생을 마치게 하였다. 장년은 쓰임이 있었고, 어린이들은 교육을 받았다. 늙어 부인이 없거나 늙어 남편이 없는 아낙이나, 부모 없는 아이, 자식이 없는 노인, 장애인들도 모두 부양을 받았다. 사내에게는 그에 적합한 직분이 있었고, 아낙은 의지할 곳이 있었다. 재물은 폐기되는 것을 싫어하되 결코 소유하거나 간직하지 않았다. 힘은 자기 몸에서 나오지 않음을 꺼려 직접 썼지만 자신을 위해서만 쓰지 않았다. 그런 정서 때문에 권모술수가 막혀 일어나지 못하고 도적

---

871) 何晏 集解·邢昺 疏, 『論語注疏』卷5,〈公冶長〉, 十三經注疏本, 2473쪽.
872) 何晏 集解·邢昺 疏, 『論語注疏』卷11,〈先進〉, 十三經注疏本, 2499쪽.

이나 반란이 일어나지 않았다. 그러므로 외문을 잠그지 않았다. 이를 대동大同이라고 한다.″[873]

"대동" 이외에도 그들은 "대순大順", "소강小康" 등의 사회 형태를 이야기했다. 이 밖에 자유는 공자에게 "예"에 관한 많은 문제를 물었고 공자는 하나하나 대답해 주었다. 공자는 제자를 가르칠 때 "학생의 수준에 맞게 교육했다." 자유와 공자의 대화를 통해 그들이 이야기한 것이 바로 자유가 배우고 생각했던 문제였음을 알 수 있다. 그래서 궈모뤄(1892~1978)는 다음과 같이 말했다.

『예기』〈예운禮運〉은 자유가 가졌던 유가의 정석이 틀림없다. 그것은 공자와 자유의 대화이다.[874]

이런 문제에 대해 자유는 아직 학습하고 탐구하는 단계에 불과했지만, 그의 학습 경로와 사상 경향, 그리고 그의 문학적 재능 및 그 의미도 낱낱이 볼 수 있다.

---

873) 鄭玄 注·孔穎達 疏, 『禮記正義』卷21, 〈禮運〉, 十三經注疏本, 1413~1414쪽. 蒙大通은 "『禮運』에서 말한 大同은 그가 유가에서 말한 것과 부합하지 않는다. 그러나 『묵자』와는 대부분 부합하고 문구도 큰 차이가 없다. 천하는 공유하는 것이고 대중과 함께 화합하기 위한 것이다. 현명하고 능력 있는 인재를 골라야 함에, 현명함을 중시했다. 이웃 사이에 신용을 지켜야 화목할 수 있고 전쟁을 반대한다. 자신의 부모만 사랑하지 않고 자신의 아이만 사랑하지 않는다. 모두 사랑해야 한다. 재물이 땅에 버려지는 것을 싫어하고 자신의 힘을 다 쓰지 않는 것을 미워했다. 근검절약하고 운명에 의지하지 않는다. 그래야지만 노인은 생을 잘 마칠 수 있고, 젊은 이는 자신의 능력을 충분히 발휘할 수 있고 어린 아이는 재능을 익힐 수 있다. 불쌍하고 외롭고 몸이 불편한 사람들을 잘 보듬을 수 있다. 또 나이 들어 배우자를 잃거나 자녀가 없는 사람도 마지막까지 제 명을 다할 수 있다. 고아와 같은 부모가 없는 아이들은 의지할 사람을 얻고 글을 배울 수 있다. 재산은 자신만을 위해 숨기지 말고, 능력은 자신만을 위해 쓰지 않는다. 남은 능력으로 다른 사람을 돕고, 남은 돈은 다른 사람과 나누고, 남은 지식은 다른 사람에게 가르쳐준다. 이 문장을 보면 대략적으로 『묵자』의 문장을 계승한 것을 알 수 있다. 묵자의 사상을 아주 잘 나타내고 있다."라고 생각했다.(『先秦諸子與理學』, 「論墨學源流與儒墨匯合」, 桂林:廣西師範大學出版社, 2006, 92) 이것은 여러 주장 가운데 하나이다. 몽대통의 주장은 伍非百이 쓴 『墨子大義述』의 관련 부분을 계승한 것으로, 『孔子和今文學』에서 이미 설명을 하였다.

874) 郭沫若, 『十批判書·儒家八派的批判』, 北京:東方出版社, 1998, 133쪽.

다음으로 자하에 대해 알아보자.

자하(기원전 507~?)[875]의 성은 복卜이고, 이름은 상商이다. 자는 자하이고, 복자하卜子夏, 복자卜子로 불리기도 했다. 춘추 말기 진나라 온溫 땅 사람이었으나, 후에 온이 위魏에 복속되면서 위나라 사람이 되었다. 자유보다 한 살이 많았고, 공문십철 중에서는 나이가 젊은 편에 속한다. 그러나 그는 머리가 영리하고 반응이 민첩하며 깨달음이 아주 깊었다. 한번은 그가 공자에게 『시』에서 "귀엽게 웃는 모습 아름답구나! 아름다운 두 눈이 초롱초롱하구나! 흰 바탕 위에다 문채를 지었구나!"라고 한 것이 무슨 뜻인지 묻자, 공자가 "그림을 그리는 일은 먼저 흰 바탕을 마련해놓고 난 뒤에 한다는 말이다."라고 대답했다. 그러자 자하는 바로 "예가 나중"임을 깨달았다. 즉, "예가 반드시 충과 신으로써 그 바탕을 삼는 것은, 그림 그리는 일에 반드시 흰 바탕을 먼저 하는 것과 같다."는 이치를 깨닫자, 공자가 "그와 함께 『시』를 이야기할 수 있게 되었다."라고 칭찬했다.[876] 또 한 번은 번지樊遲가 공자에게 "지知"에 대해 묻자, 공자는 "곧은 자를 천거하여 굽은 자 위에 두면, 굽은 자를 곧게 할 수 있다."라고 대답했다. 번지가 이를 이해하지 못해 자하에게 물었다. 자하는 "그 말씀은 참으로 뜻이 풍부합니다! 순 임금이 천하를 다스릴 때 뭇 사람들 중 고요皐陶를 발탁하였더니 불인不仁한 사람들이 멀리 도망쳤습니다. 탕 임금이 천하를 다스릴 때 뭇 사람들 중 이윤伊尹을 발탁하여 등용했더니 불인한 사람들이 멀리 도망쳤습니다."[877]라고 하였다. 그가 공자 사상에 대해 아주 깊이 이해하고 풍부한 창의력을 가지고 있었음이 분명하다. 사실, 자하는 여

---

875) 卜商(자하)은 "공자보다 44살이 어렸다."(『사기』〈仲尼弟子列傳〉). 이로써 그 태어난 해를 알 수 있다. 그러나 그가 언제 세상을 떠났는지에 대해서는 명확한 기록이 남아 있지 않다. 錢穆은 〈先秦諸子系年〉에서 자하가 기원전 420년에 세상을 떠났다고 하였는데 너무 늦은 감이 없지 않다. 위 문후는 기원전 445~339에 재위하였고, 스스로 제왕라고 칭한 것이 주 고왕 7년(기원전 434) 때의 일이다. 재덕을 갖추기 위해 자하를 스승으로 삼은 것이 즉위 초의 일이다. 자하가 세상을 떠난 것은 아마 위 문후가 제왕이 된 지 얼마 지나지 않았을 무렵일 것이다.

876) 朱熹, 『論語集注』卷2, 怡府藏板 四書集注本, 成都:巴蜀書社影印, 1989年.

877) 何晏 集解·邢昺 疏, 『論語注疏』卷12〈顏淵〉, 十三經注疏本, 2504쪽.

러 가지 문제에서 모두 자신의 견해를 가지고 있었다. 예를 들어, 『논어』〈자장〉에는 그가 학문·벼슬·인·도·군자·소인·교제 등을 논한 것이 기록되어 있는데, 모두 공자 사상을 계승하고 발전시킨 것이었다.

『사기』〈공니제자열전仲尼弟子列傳〉에는 "공자가 죽자, 자하는 서하西河에 살면서 학생들을 가르치다 위魏 문후文侯의 스승이 되었다."[878]라고 하였다. 『여씨춘추』〈거난擧難〉에는 위 문후가 자하에게 가르침을 받은 것이 언급되어 있고, 『사기』〈위세가魏世家〉에도 "문후가 자하로부터 경예經藝를 배웠다."[879] 라고 하였다. 위 문후는 자하를 스승으로 모시고 유가儒家의 경예를 배웠다. 유가 사상 문화의 전파 및 그 영향력 확대에 어느 정도의 공헌을 한 것이다. 『한서』〈유림전서儒林傳序〉에서는 "공자가 죽은 후, 70여 명의 제자들은 흩어져 제후들에게 유세하였다. 크게 된 자는 군주의 사부나 경상이 되었고, 작게는 사대부의 친구나 스승이 되었다. 그리고 혹자는 초야에 은거하여 세상에 나오지 않았다. 자장子張은 진陳나라에서, 담대澹臺와 자우子羽는 초나라에서, 자하子夏는 서하西河에서, 자공子貢은 제나라에서 일생을 보냈다. 전자방田子方, 단간목段干木, 오기吳起, 금활리禽滑釐와 같은 부류는 모두 자하와 같은 유가들로부터 학문을 전수받아 왕의 스승이 되었다."[880]라고 하였다. 이것은 공자가 세상을 떠난 뒤, 자하가 유가학설을 전파한 주요 인물 중 하나임을 확인시켜 준다.

자하는 유학 전적을 정리하고 전파하는 데에 뛰어난 성과를 거두었다.

---

878) 司馬遷, 『史記』卷67, 〈仲尼弟子列傳〉, 二十五史本, 253쪽. 사마정은 『索隱』에서 "자하의 문학은 四科에 나타난다. 『시』를 서하고, 『역』을 전수하였으며, 공자는 『춘추』가 商을 따른다고 하였다. 또한 『예』를 전수하고, 『禮志』를 지었다. 그러나 이 부분은 다루지 않고, 단지 작은 일에 대해서만 거론하고 있다. 이 역시 이것의 부족한 점이다."라고 하며 본전에 불만을 나타냈다.

879) 司馬遷, 『史記』卷44, 〈魏世家〉, 二十五史本, 218쪽.

880) 班固, 『漢書』卷88, 〈儒林傳序〉, 二十五史本, 332~333쪽. 錢穆은 『先秦諸子系年』권2의 「魏文侯禮賢考」에서 "위 문후는 대부에게 僭國하게 하고 어진 선비들을 예로 대하여 백성들로부터 명성을 얻고 제후로부터 좋은 평판을 받았다. 이에 따라 遊說家들도 대접을 받게 되었다. 그의 이런 행동은 전국 시대에 선비를 배양하는 풍토를 마련해주었다."라고 하였다. 그래서 위나라도 전국 초기의 유학 중심이 되었다.

『한서』〈예문지〉에는 "『논어』는 공자가 제자와 사람들의 질문에 대답한 것과 제자들이 서로 전하거나 공자에게 직접 들은 말들이다. 당시에 제자들이 각자 적어두었다가 공자가 죽은 뒤, 함께 엮어 편찬한 것이 바로 『논어』이다."[881] 라고 하였다. 한나라 때, 정현(127~200)은 『논어』가 공자의 제자인 "중궁仲弓, 자하子夏 등이 편찬한 것이다."[882]라고 하였다. 『논어숭작참論語崇爵讖』에서도 "자하 등 64명이 공자의 어록을 편찬하였다."[883]라고 하였다. 공자의 어록이 바로 『논어』이다.

『시』의 전수는 자하와 가장 밀접한 관계가 있다. 『한서』〈예문지〉에는 "한나라가 건국된 이후, 노 신공申公은 『시훈詩訓』을 지었다. 제나라 원고轅固와 연나라 한생韓生도 모두 시를 해석했다. 일부는 『춘추』에서 얻었고, 여러 가지 주장을 채택하였지만 모두 본래의 뜻은 아니었다. 부득이하여 시를 사용해야 한다면 노 신공의 해석이 가장 가깝다고 할 수 있다. 이 세 사람은 모두 학관學官의 반열에 올랐다. 또한 모공毛公의 학설도 있는데 스스로 자하에게서 전수 받았다고 하였다. 하간河間의 헌왕獻王이 좋아하였지만, 그를 학관으로 세우지는 않았다."[884]라고 하였다. 정현(127~200)은 『시보詩譜』에서 『시』가 "대서大序는 자하가 지은 것이고, 소서小序는 자하와 모공이 함께 지은 것이다. 자하의 설명이 완전하지 못한 부분을 모공이 보충하였다."[885]라고 하였다. 오나라 때 육기陸玑(생몰년 미상)는 『모시초목조수충어소毛詩草木鳥獸蟲魚疏』에서 『시』

881) 班固, 『漢書』 卷30, 〈藝文志〉, 二十五史本, 528쪽.

882) 何晏 集解·邢昺 疏, 『論語注疏』 卷1, 〈序解〉引, 二十五經注疏本, 2454쪽.

883) 王應麟, 『玉海』 卷41引〈論語崇爵讖〉, 四庫全書本.

884) 班固, 『漢書』 卷30, 〈藝文志〉, 二十五史本, 528쪽. 1994년 5월에 상하이박물관은 홍콩문물 시장에서 전국시대 초나라 죽서를 구입해왔다. 이중에는 『孔子詩論』도 있었는데 사람들은 이 책의 작자를 자하라고 하였다. 예를 들어, 李學勤은 "『시론』의 작자는 공자가 『시』에 대한 논한 것을 많이 인용하였다. 자사와 마찬가지로 공자와 상당히 가까운 관계였음이 틀림없다. 이런 조건에 부합하는 것은 『시』학을 전수한 사람이다. 나는 자하 밖에 없다고 생각한다."라고 하였다.(「〈詩論〉的體裁和作者」) 拙作, 「孔子, 子夏詩論之比較—兼論上海博物館藏戰國楚竹書 〈詩論〉之命名」, 『華中師範大學學報(人文社會科學版)』 2002年第5期 참고.

885) 鄭玄 箋·孔穎達 疏, 『毛詩正義』 卷1引〈詩譜〉, 十三經注疏本, 269쪽.

의 계승에 대해 더욱 분명하게 밝혔다. 그는 "공자가 시를 정리하고 복상(자하)에게 전수하였다. 복상이 서를 쓰고 노나라 증신曾申에게 전수하였다. 증신은 위魏나라 이극李克에게 전수하였고, 이극은 노나라 맹중자孟仲子에게 전수하였다. 맹중자는 근모자根牟子에게 전수하였고, 근모자는 조趙나라 순경荀卿에게 전수하였다. 순경은 노나라 모형毛亨에게 전수하였다. 이렇게 해서 전傳이 나오게 되었다. 모형이 『훈고전訓詁傳』을 짓고, 조나라 모장毛萇에게 전수하였다. 당시 사람들은 모형毛亨을 가리켜 대모공大毛公, 모장毛萇을 가리켜 소모공小毛公이라고 불렀다. 그래서 그 시를 『모시毛詩』라고 한다."[886]라고 하였다. 당나라 때, 육덕명陸德明(556~627)은 『경전석문經典釋文』〈서록序錄〉에서 "공자가 가장 먼저 시를 정리하였다. 주나라 시를 고르고 상나라 송을 더했는데 모두 311편이다. 자하가 전수받았고 〈서序〉를 썼다."[887]라고 결론지었다. 어떤 학자는 현재 상하이박물관에 소장되어 있는 전국 시대 초나라 죽서인 『공자시론孔子詩論』의 작자가 자하라고 주장하기도 하였다.

『서』의 전수는 정확하게 알려져 있지 않다. 그러나 『상서대전尙書大傳』에 자하, 안회顔回와 공자가 『서』의 주요 의미에 대해 이야기한 것이 실려 있다. 공자는 "'육서六誓'는 뜻을 볼 수 있고, '오고五誥'는 인仁을 볼 수 있고, 〈보형甫刑〉은 경계를 볼 수 있고, 〈홍범洪范〉은 절도節度를 볼 수 있고, 〈우공禹貢〉은 사事를 볼 수 있고, 〈고요皐陶〉는 다스림을 볼 수 있고, 〈요전堯典〉은 아름다움을 볼 수 있다."[888]라고 말했다. 이것은 한나라 때 복생伏生이 전수한 "칠관七觀"의 의미와 부합한다. 복생의 학술에는 자하로부터 전수받은 것도 포함되어 있다.

『의례儀禮』의 〈상복전喪服傳〉은 자하가 쓴 것이다. 당나라 초에 가공언賈公彦(생몰년 미상)은 『의례소儀禮疏』에서 "사람들은 공자의 제자 자하가 지었다고

---

886) 陸璣, 『毛詩草木鳥獸蟲魚疏』卷下, 四庫全書本.

887) 陸德明, 『經典釋文』卷1, 〈序錄〉, 四部叢刊本. 〈序錄〉에서 인용한 삼국시대 徐整이 저술한 『毛詩』의 계승 계보는 陸璣가 말한 것과 조금 차이가 있다. 그러나 첫 번째 전수자는 역시 자하였다. 후세 사람들은 대부분 육기의 주장을 따랐다.

888) 伏勝 撰·陳壽祺 輯, 『尙書大傳』卷5, 四部叢刊本.

하였다. 〈공양전公羊傳〉은 공양고公羊高가 지었다고 하는데, 공양고는 자하의 제자이다. 오늘날의 〈공양전〉에서는 하이何以 · 갈위曷爲 · 숙위孰謂 등을 언급하고 있고, 『의례소』에서도 하이 · 숙위 · 갈위 등의 의문문이 있다. 사제 사이에 서로 배움을 주고받은 까닭에 말투가 비슷하고, 제자들은 은연중에 스승을 모방하였다. 그래서 자하가 지은 것을 서로 전수한 것이라고 해도 잘못된 말이 아니다. 이 책에서는 지은이를 언급하고 있는데, 자하가 타인의 옛 주장을 인용하여 자신의 생각을 증명한 것이다."[889]라고 하였다.

『역』의 전수도 자하와 관련이 있다. 『수서隋書』 〈경적지經籍志〉에 수록된 『주역』 2권에는 "위 문후의 스승인 복자하가 전했지만 완전하지 않다. 양梁 6권."[890]라고 주를 달았다. 또한 〈서론敍論〉에는 "공자가 〈단〉 · 〈상〉 · 〈계사〉 · 〈문언〉 · 〈서괘〉 · 〈설괘〉 · 〈잡괘〉를 지었고, 자하가 이를 전수했다."[891]라고 나와 있다. 『사기』와 『한서』에 기록된 『역경』의 전수 계보에는 모두 간비자궁 馯臂子弓을 언급하고 있다. 그리고 한나라 때, 응소應劭(약153~196)에 따르면 "자궁子宮은 자하의 문인이다."라고 하였다. 당나라 중기에 이정조李鼎祚(생몰년 미상)는 『주역집해周易集解』를 쓰고, 『역』을 언급했던 30여 명의 선인을 수록하였는데 그 첫 번째가 자하였다. 청나라 때 편찬된 『사고전서』의 경부역류 經部易類에서는 『자하역전子夏易傳』을 첫 번째로 하였다. 모두 자하가 『역』을 전수하는 데 큰 공을 세웠음을 증명해주고 있다.

『춘추』의 편찬도 자하와 관련이 있다고 전해진다. 서언徐彦(당나라 사람, 북위 사람이라는 설도 있음, 생몰년 미상)은 〈춘추공양전春秋公羊傳〉의 소에서 "민인閔因의 서에서 '예전에 공자가 왕명을 받고 『춘추』를 지었다. 자하 등 14명의 제자에게 주나라의 사기史記를 정리하도록 하였고, 120권의 국보급 서적을 얻었다. 9개월 동안 〈감정부感精符〉, 〈고이우考異郵〉, 〈설제사說題辭〉를 지어

---

889) 鄭玄 注 · 賈公彦 疏, 『儀禮注疏』 卷28, 〈喪服〉, 十三經注疏本, 1096쪽.

890) 長孫無忌 等, 『隨書』 卷32, 〈經籍志〉, 二十五史本, 3364쪽.

891) 長孫無忌 等, 〈隨書〉 卷32, 〈經籍志〉, 二十五史本, 3364쪽.

서 포함시켰다.'라고 하였다. 이 말에 따르면, 공자는 『춘추』를 짓고 요 임금, 순 임금부터 문왕, 무왕까지 포함시켰다. 또한 한나라 때에 이로써 세상 사람들을 가르쳤다. 여기에는 노나라의 역사뿐만 아니라 임금의 법도가 들어 있어서 이를 120권의 국보급 서적이라고 불렀다. 주나라 사기에 있는 보서寶書라는 말은 보전하다는 의미도 가지고 있다. 대대손손 보전하여 경계로 삼을 만하다고 해서 보서라고 한다."[892]라고 하였다. 자하가 『춘추』의 편찬과 관련된 업무에 참여했기 때문에 사마천(기원전 145~?)이 "공자는 소송 사건을 심리하는 직위에 있을 때 문사에 대해서는 다른 사람과 상의했고 혼자 판단을 내리지 않았다. 그러나 『춘추』를 지음에 있어서는 기록할 것은 기록하고 삭제할 것은 삭제했기 때문에 자하의 문도들은 어느 한 구절도 거들 수가 없었다."[893]라고 말할 수 있었다.

『춘추』의 〈공양전公羊傳〉과 〈곡양전谷梁傳〉은 모두 자하와 관련이 있다. 서언徐彦은 소에서 대굉戴宏의 〈공양전서公羊傳序〉를 인용하여 "자하가 공양고公羊高에게 전수하고, 공양고가 자평子平에게 전수하고, 자평이 자지子地에게 전수하고, 자지가 자감子敢에게 전수하고, 자감이 자수子壽에게 전수했다. 한 경제景帝 때에 이르러 자수가 제나라 호무생胡毋生과 죽백을 지었다."[894]라고 하였다. 서언은 〈공양전소公羊傳疏〉에서 "〈공양〉은 자하가 입으로 공양고에게 전수하고, 공양자의 5대손에게 전수되었다. 한 경제 때에 이르러 공양수公羊壽가 제자 호무생胡毋生과 함께 죽백을 지었다. 호무생이 스승을 기려 제목을 〈공양〉이라고 하고, 복씨卜氏라고 하지 않았다. 〈곡양谷梁〉 역시 백서를 지은이가 스승을 기려 제목을 〈곡양〉이라고 하였다."[895]라고 하였다. 응소應劭

892) 何休 解詁·徐彦 疏, 『春秋公羊傳注疏』卷1, 十三經注疏本, 2195쪽. 또한 "소공 12년" 소에는 『春秋說』을 인용하여 "공자가 『春秋』를 지었다. 모두 1만 8천 자이다. 9월에 책으로 엮어서 나왔다. 자유와 자하의 제자에게 전수하였지만, 한 글자도 고칠 수 없었다."라고 하였다.(『春秋公羊傳注疏』卷12, 十三經注疏本, 2310쪽)
893) 司馬遷, 『史記』卷47, 〈孔子世家〉, 二十五史本, 228쪽.
894) 何休 解詁·徐彦 疏, 『春秋公羊傳注疏』卷首, 〈春秋公羊傳疏提要〉, 十三經注疏本, 2189쪽.
895) 何休 解詁·徐彦 疏, 『春秋公羊傳注疏』卷1 〈春秋公羊傳解詁隱公第一〉, 十三經注疏本,

(약 153~196)도 『풍속통風俗通』에서 "곡양자의 이름은 적赤으로, 자하의 제자
이다."[896]라고 하였다. 당나라 초에 양사훈楊士勳(생몰년 미상)은 〈춘추곡양전주
소春秋谷梁傳注疏〉에서 "공양자의 이름은 고高이고, 제나라 사람이다. 자하로
부터 경을 전수받았다. 그래서 『효경』에서는 '『춘추』가 상商을 따른다.'라고
하였다. 경전으로 만든 것을 〈공양전公羊傳〉이라고 한다. 이를 전수한 자는
호무자도胡毋子都 · 동중서董仲舒 · 엄팽조嚴彭祖와 같은 부류였고, 한 무제 때
그 도가 성행하였다. 곡양자谷梁子의 이름은 숙淑, 자는 원시元始 · 적赤이라고
도 불린다. 노나라 사람이다. 자하로부터 경을 전수받고 경전을 지었는데 〈곡
양〉이다. 손경孫卿에게 전수하고, 손경이 노나라 신공申公에게 전수하고, 신공
이 박사 강옹江翁에게 전수하고, 그 뒤 노나라 영광榮廣이 〈곡양〉을 정리하여
채천추蔡千秋에게 전수했다. 한 선제宣帝가 〈곡양〉을 좋아하여 채천추를 낭郎
에 발탁하였고 〈곡양〉을 세상에 널리 알리도록 하였다."[897]

이 밖에, 후대에 "십삼경"에 포함된 『이아爾雅』도 자하가 집필에 참여했다
고 전해진다. 한나라 때 곽위郭威는 『이아』가 "공자의 제자 자유와 자하가 함
께 기록한 것이다. 육예를 해석한 것이다."[898]라는 양웅揚雄(기원전 53~18)의
말을 전했다. 조위曹魏 때의 장읍張揖(생몰년 미상)은 〈상광아표上廣雅表〉에서
"오늘날 전해지는 3편의 『이아』는 공자가 보탰거나, 자하가 더했거나, 숙손통
叔孫通이 보탰거나, 한군邗郡의 양문梁文이 고증한 것이다. 모든 해석자들은
공통으로 스승으로부터 전해 들었다고 했다."[899]라고 하였다. 당나라 때 육덕
명陸德明(556~627)은 『경전석문經典釋文』에서 "〈석고釋詁〉는 주공이 지은 것
이다. 〈석언釋言〉 이하는 공자가 보태고, 자하가 추가하고, 숙손통이 더하고,
양문이 보충하고, 장읍張揖이 상세히 논했다."[900]라고 하였다. 『사기』〈삼왕세

2195쪽.

896) 晁公武, 『郡齋讀書志』 卷一下에서 應劭의 『風俗通』을 인용, 四部叢刊本.

897) 楊士勳, 『春秋谷梁傳注疏』 卷首, 〈春秋谷梁傳注疏序〉, 十三經注疏本, 2358쪽.

898) 葛洪, 『西京雜記』 卷3, 上海: 涵芬樓影印 漢魏叢書本.

899) 王念孫, 『廣雅疏證』, 上海: 上海古籍出版社, 1983, 1쪽.

가三王世家〉에서 "문장이 이아爾雅하다."라고 한 것에 대해, 당나라 홍성기 때 사마정司馬貞(생몰년 미상)은 『색은索隱』에서 "이爾는 가까움이다. 아雅는 바름이다. 이 책의 글자는 바르고 뜻은 가깝다. 그래서 『이아』라고 부른다. 주공이 성왕을 가르치기 위해 지었다고 전해진다. 또 자하가 이를 해석한 것이 『시』와 『서』다."[901]라고 하였다.

이상의 기록에 따르면, 유가 경전인 『시』·『서』·『의례』·『역』·『춘추』· 『논어』 및 『이아』 등의 전파는 모두 자하와 밀접한 관계가 있는 것을 알 수 있다. 이것은 송나라 때, 홍매洪邁(1123~1202)가 주장한 바와 같다.

> 공자의 제자 중에서 자하만 유일하게 각종 경전을 펴냈다. 비록 전기傳記의 말들이 잡다하게 섞여 있어 모두 믿을 수는 없지만 자하가 남달랐던 것은 사실이다. 자하는 『역』에 관해서 〈전〉을 썼고, 『시』에 관해서는 〈서〉를 썼다. 『모시』는 자하가 고행자高行子에게 전수했다고 하고, 그 뒤 4번을 거쳐 소모공小毛公에게 전수되었다고 했다. 또 다른 일설에는 자하가 증신曾申에게 전수하고, 그 뒤 5번을 거쳐 대모공大毛公에게 전수되었다고 한다. 자하는 『예』에 관해서 〈의례·상복喪服〉을 썼는데, 훗날 마융馬融, 왕숙王肅 등 여러 유가 학자들이 해석을 하였다. 『춘추』에 관해서 사람들은 "더할 나위가 없다."라고 하는 등 많은 사람들이 연구하였다. 공양고公羊高는 실제로 자하로부터 전수를 받았고, 곡양적穀梁赤은 『풍속통風俗通』에서 자하의 문하라고 하였다. 『논어』에 관해서 정강성鄭康成은 중궁仲弓과 자하 등이 지었다고 하였다. 후한 때 서방徐防은 소에서 "『시』·『사』·『예』·『악』은 공자가 정한 것이고, 글의 장과 구는 자하로부터 시작되었다."라고 하였다. 이것은 자하가 얼마나 대단했는지 증명해준다.[902]

이 밖에, 『예기』와 『효경』 등의 편찬과 전파도 자하와 어느 정도 관련이

---

900) 陸德明, 『經典釋文』 卷1, 四庫全書本.

901) 司馬遷, 『史記』 卷60, 〈三王世家〉, 二十五史本, 245쪽

902) 洪邁, 『容齋續筆』 卷14, 〈子夏經學〉, 四部叢刊本.

있다. 『한서』〈예문지〉에 『예기』를 수록하며 "70여 명의 후학들이 편찬하였
다."[903]라고 주를 달았다. 당나라 때 공영달孔穎達(574~648)도 〈예기정의서禮
記正義序〉에서 "『예기』는 공자로부터 나왔다. 그러나 정체正禮가 온전히 갖추
어지지 않아 명확하게 바로잡을 수 없었다. 그래서 범무자范武子는 효증殽烝을
알지 못했고 조앙趙鞅과 노군魯君은 의를 예라고 하였다. 공자가 세상을 떠난
뒤, 72명의 제자가 함께 들은 바를 기록하였다. 옛 예의를 기록하거나, 예의가
변하게 된 이유를 기록하거나, 건강 상태를 아울러 기록하거나, 혹 득실이 잡
다하게 섞여 있다. 그래서 이를 엮고 기록한 뒤 기記라고 하였다."[904]라고 하였
다. 자하는 공자의 제자 중에서 고적古籍에 가장 익숙했기 때문에, 그가 『예
기』의 편찬에도 어느 정도 공헌을 했을 것으로 보인다. 『효경』에 대해서는
"선진 유가는 공자가 증삼을 위해 한 말이라고 했지만, 이것은 완전히 믿을
만한 것이 아니다. 증자는 공자의 70명의 제자 중에서 효행으로 가장 유명하
다. 그래서 공자는 효를 널리 알리기 위하여 증자와의 대화를 가정으로 설정
했고, 이 책이 나온 뒤에 증자가 지었다고 맡겼다."[905] 이러한 기술은 사실을
입증하기 쉽지 않다. 역사상 "위魏 문후文侯가 자하로부터 경經을 전수받고,
〈효경전孝經傳〉을 썼다."[906]라는 설이 있다. 자하가 『효경』을 전파하는데도 어
느 정도 공헌했음을 증명해준다. 그래서 캉유웨이康有爲는 "전경傳經의 학문
은 자하가 가장 많이 하였다."[907]라고 하였다.

어떤 이는 "진秦, 한漢 이후에 자하 부류가 유가의 정통이 되었다. 예교의
시초로서 『시』에 서를 달고, 『역』을 전수하며, 『춘추』를 배웠다. 육예의 전수
는 거의 자하에게서 나왔다."라고 했는데, "이것은 모두 고문학자들이 위조한
전통이다."[908]라고 주장했다. 물론 이상에서 자하가 경전을 전파한 각종 계보

---

903) 班固, 『漢書』 卷30, 〈藝文志〉, 二十五史本, 528쪽.

904) 鄭玄 注‧孔穎達 疏, 『禮記正義』 卷首, 〈禮記正義序〉, 十三經注疏本, 1226쪽.

905) 唐玄宗 注‧邢昺 疏, 『孝經注疏』 卷首, 〈孝經注疏序〉, 十三經注疏本, 2538쪽.

906) 顧實, 『漢書藝文志講疏』, 上海: 上海古籍出版社, 1987, 56쪽.

907) 康有爲, 『康有爲全集』 第二冊, 「萬木堂口說‧學術源流」, 上海: 上海古籍出版社, 1990, 279쪽.

상에는 분명 모순점과 문제점이 존재한다. 옛 선인들도 적지 않게 이 점을 거론하였다. 그러나 사람들은 유가 경전의 전수를 자하와 연결 짓고, 자하를 "전경傳經의 유가"라고 치켜세웠다. 아마도 공자가 세상을 떠난 뒤, 자하가 했던 학술 강연 및 실제로 끼친 영향과 관련이 있는 듯하다. 이것은 『논어』, 『사기』, 『공자가어』에 모두 기록이 남아 있다. 전혀 근거 없는 말이 아니다.

자하는 박학하고 재주가 많았으며 유가 경전 전파에 중요한 역할을 하였기 때문에, 형병邢昺은 "문장박학文章博學"으로 자유와 자하의 "문학"적 의미를 해석했다. 송나라 이후에 "문장박학"은 일반적으로 책 속의 지식에 대한 해박함과 학문에 대한 정통을 가리키게 되었다. 그러므로 이렇게 "유하游夏 문학"을 해석하는 것은 믿을만해 보인다. 그러나 공자가 말한 "문학에는 자유와 자하였다."에서의 "문학"의 진정한 의미를 정확히 밝힐 수는 없다. 그 이유는 첫째, 공자가 여러 나라를 돌고 위나라에서 노나라로 돌아온 때가 68세였다. 자유는 공자보다 45살이 어렸으므로 당시 나이는 23살이 된다. 자하도 겨우 24살에 불과했다. 그러므로 공자가 그들을 "문장박학"이라고 칭찬했다는 것이 좀 애매해진다. 둘째, 자하가 유가 경전을 전파한 것은 공자가 세상을 떠난 뒤의 일이다. 그러므로 이것은 공자가 칭찬한 내용에 포함되지 않는다. 또 자유는 이 방면에 그다지 뛰어나지 못했다. 그럼에도 공자가 문학에서 으뜸은 자유라고 말한 것을 보면, 공자가 말한 문학은 "문장박학"이 아니었음을 알 수 있다. 셋째, 『논어』에 기록된 자하의 언행으로 볼 때, "문장박학"으로 "유하 문학"을 해석해서는 안 된다.

자하는 배움에 있어 자신의 견해를 가지고 있었다.

> 어진 이를 어질게 여기는 것을 미인을 좋아하는 것과 같이 하며, 부모를 섬길 때 그 힘을 다하며, 임금을 섬길 때에는 능히 그의 몸을 바치며, 벗과 사귈 때에는 말을 하는데 믿음이 있다면, 비록 배우지 않았다고 하더라도 나

---

908) 郭沫若, 『十批判書』, 「前期法家的批判」, 北京: 東方出版社, 1998, 358쪽.

는 반드시 배웠다고 하겠다.[909]

모든 기술자들은 작업장에서 열심히 일함으로써 자기 일을 성취하고 군 자는 배움으로써 자기의 도를 이룩한다.[910]

그는 배운 것을 실제로 활용할 것을 주장하였다. 유가지도儒家之道를 실천 하는 것이 책 속의 지식을 배우는 것보다 훨씬 중요하다고 강조했다. 이것은 공자가 "도를 사모하고 덕을 근거로 하며 인에 따라 행하고 예에서 노닐어야 한다."[911]라고 한 주장과 완전히 일치한다. 또한 자하는 다음과 같이 말했다.

날마다 자기가 할 줄 모르던 것을 알아나가고 달마다 자기가 잘하는 것을 잊지 않는다면 배우기를 좋아한다고 할 수 있다.[912]

이것은 그가 공자의 "너는 군자의 선비가 되고, 소인의 선비가 되지 말거 라."[913]라는 가르침을 마음에 새기고, 유학자로서 입신의 근본 및 그 책임을 잊지 않았으며, 자신의 수양에 힘쓰고 유가의 사회 이상을 실현했음을 말해준 다. 자하는 "학"과 "사仕"를 한데 묶어 "벼슬을 하면서도 여유가 있으면 학문을 닦고, 학문을 닦다가도 여유가 있으면 벼슬을 한다."[914]라고 하였다. 즉, 배움 은 벼슬의 기본이자 보완이고, 벼슬은 배움의 검증이자 완성인 것이다. 배움 이든 벼슬이든 마땅히 유가의 도를 지향해야 한다.

자하도 벼슬을 지낸 적이 있었다. 그가 노나라 읍 거보莒父의 장관을 지내 면서 공자에게 정치에 대해 묻자, 공자가 "빨리하려고 하지 말고, 작은 이익을

---

909) 何晏 集解·邢昺 疏, 『論語注疏』卷1, 〈學而〉, 十三經注疏本, 2458쪽.

910) 何晏 集解·邢昺 疏, 『論語注疏』卷19, 〈子張〉, 十三經注疏本, 2532쪽.

911) 何晏 集解·邢昺 疏, 『論語注疏』卷7, 〈述而〉, 十三經注疏本, 2481쪽.

912) 何晏 集解·邢昺 疏, 『論語注疏』卷19, 〈子張〉, 十三經注疏本, 2531쪽.

913) 何晏 集解·邢昺 疏, 『論語注疏』卷6, 〈雍也〉, 十三經注疏本, 2478쪽.

914) 何晏 集解·邢昺 疏, 『論語注疏』卷19, 〈子張〉, 十三經注疏本, 2532쪽.

돌아보지 마라. 빨리하려고 들면 목적을 달성하지 못하게 되고, 작은 이익을 돌아보게 되면 큰일이 이루어지지 않는다."[915]라고 하였다. 이른바 "빨리하려고 하지 말고 작은 이익을 돌아보지 마라."는 곧 "덕으로 정치를 하고", "덕으로 인도하고 예로 다스려" 백성들로 하여금 "수치심도 있고 감화도 받게 하는"[916] 것이다. 이로써 유가의 정치 이상을 실현할 수 있었다. 무성에서 자유가 했던 정치 실천의 목표는 바로 이러했다. 자하가 거보에서 일할 때 공자가 기대했던 것도 이와 같았다. 공자는 학생의 수준에 맡게 교육하였다. 그가 자하에게 이러한 요구를 한 것은 자하가 어느 정도 공자의 기대에 부응했음을 설명해준다. 자하가 거보에서 했던 정치 기록은 많이 남아 있지 않아 자세히 알기는 어렵지만, 그가 덕으로 정치를 하고 예악으로 백성을 교화하는 유가의 정치 원칙을 고수했음에는 의심할 여지가 없다. 『순자』〈대략大略〉에는 다음과 같이 기록되어 있다.

> 자하가 가난해서 입은 옷이 마치 메추라기 깃털처럼 초라하였다. 어떤 사람이 "선생은 왜 벼슬하지 않습니까?"라고 물었다. 대답하기를 "제후가 나에게 예를 지키지 않고 오만하게 굴면 나는 신하가 되고 싶지 않습니다. 대부가 나에게 오만하게 굴면 나는 다시 만나기 싫습니다. 유하혜柳下惠는 성문 닫는 시각에 늦은 자와 옷을 함께 걸쳤어도 의심받지 않았다 합니다. 이는 그가 고결한 인품으로 알려진 것이 하루 이틀이 아니기 때문입니다. 이득을 손톱만큼 다툰다면 이내 손바닥만큼 잃을 것입니다."[917]

벼슬을 할 때에도 이토록 예의를 중시하고, 명리를 쫓는 것을 무시하며, 위정에서 예악 교화 원칙을 고수했음을 알 수 있다. 이것은 자유가 고수한 "군주를 섬기면서 자주 간언을 하면 이를 모욕으로 알아듣고, 친구 사이에

---

915) 何晏 集解·邢昺 疏, 『論語注疏』卷13, 〈子路〉, 十三經注疏本, 2507쪽.

916) 何晏 集解·邢昺 疏, 『論語注疏』卷2, 〈爲政〉, 十三經注疏本, 2461쪽.

917) 王先謙, 『荀子集解』第19卷, 〈大略〉, 諸子集成本, 337쪽.

자주 충고를 하게 되면 사이가 점점 멀어지게 된다."[918]의 정치 태도 및 생활 태도와 완전히 일치한다. 만약 자유와 자하의 위정 태도 및 정치 실천을 염유나 계로와 비교한다면, 공자가 "문학에는 자유와 자하였다."라고 한 것이 자유와 자하가 예악 문화를 핵심으로 하는 문치 교화의 유가 학문을 가장 심오하게 이해한 것을 가리킨 것에 불과했다는 것을 알 수 있다. 그리고 자유와 자하는 이것을 구체적인 정치 실천 중에 운용했을 것이 분명하다. 공자가 말한 "유하 문학"의 의미가 바로 여기에 있다.

제2절 子游, 子夏의 孔子 문학 관념에 대한 해체

자유와 자하는 공자가 세운 문학 관념을 따랐으나, 두 사람의 소질이 달라 사회 실천에서 다르게 나타났고 문학에 대한 이해에서도 차이가 드러났다. 공자가 세상을 떠난 뒤, 자유와 자하는 어떻게 문학을 이해하고 어떻게 문학 이상을 실천하느냐 하는 점에서 크게 어긋나기 시작했고, 공자가 세운 유가 문학 관념에 변화가 생기게 되었다. 먼저 공자 문학 관념의 발전과 변화를 촉진한 것은 자하였다. 그러나 여기에는 자유도 포함된다.

자하는 비교적 독립적 사고를 가졌던 공문孔門 제자였다. 어떤 문제에 대해 종종 공자와 다른 관점을 가지고 있었다. 공자는 "상商(자하의 이름)은 조금 못 미친다."[919]라고 말한 적이 있다. 이른바 "못 미친다."라는 것은 자하의 언행이 그가 기대한 것과 여전히 차이가 있고, 그 사상과 이해가 마땅한 정도에 다다르지 못했음을 의미한다. 자하의 이런 점은 자유와의 정치 실천 비교에서, 또 그의 적지 않은 언행에서 찾아볼 수 있다. 예를 들어, 그는 "중대한 덕목은 그 규범의 경계를 넘지 않지만, 사소한 덕목은 그 경계를 좀 드나들어

---

918) 何晏 集解·邢昺 疏, 『論語注疏』卷4, 〈里仁〉, 十三經注疏本, 2472쪽.

919) 何晏 集解·邢昺 疏, 『論語注疏』卷11 〈先進〉, 十三經注疏本, 2499쪽.

도 괜찮다."[920]라고 하였다. 이 말은 사소한 것에 구애받지 않으려는 사람들에게 이론적 근거를 제공했다. 또 벗을 사귐에 있어 그는 "사귈 만한 사람이면 함께 하고, 사귈 만하지 않은 사람이면 물리쳐라."[921]라고 하였다. 이 말은 공자가 "어진 사람은 자신이 나서고 싶은 자리가 있으면 다른 사람을 그 자리에 내세우고, 자신이 가고 싶은 곳이 있으면 다른 사람을 그곳에 보낸다."[922]라고 한 것에 부합하지 않는다.

공자가 세상을 떠난 뒤, 자하는 학생을 모집하고 제자를 받았다. 유가 문화의 고적을 부지런히 전수하였지만, 그렇다고 공자처럼 도덕 양성을 교육의 중심 내용으로 삼은 것은 아니었다. 그는 정치 실천을 학생 배양의 기본 과정으로 하여, 자유로부터 비난을 받았다. 자유는 다음과 같이 말했다.

자하의 제자들은 집 안을 청소하고, 손님을 응대하고, 나아가고 물러나는 것과 같은 일은 괜찮게 하지만 그것은 말단적인 일이다. 근본을 쫓는 것과 같은 중요한 일은 하지 않으니 이것을 어찌하랴?[923]

자하가 이 말을 듣고 변명하듯 말했다.

아! 자유의 말이 지나치다. 군자의 도에서 어느 것을 먼저 전수하고 어느 것을 뒤로 돌려 게을리하겠는가? 다만 초목에 비유하자면, 종류에 따라 구별하여 기르는 것과 같다. 그래서 그런 것이지 군자의 도를 어찌 왜곡할 수 있겠는가? 시작도 있고 끝도 있어 온전한 사람은 오직 성인뿐이리라![924]

자하의 말은 "군자의 도는 그 끝으로써 우선을 삼아서 전하지도 아니하며,

---

920) 何晏 集解·邢昺 疏, 『論語注疏』卷19〈子張〉, 十三經注疏本, 2532쪽.
921) 何晏 集解·邢昺 疏, 『論語注疏』卷19,〈子張〉, 十三經注疏本, 2531쪽.
922) 何晏 集解·邢昺 疏, 『論語注疏』卷6,〈雍也〉, 十三經注疏本, 2479쪽.
923) 何晏 集解·邢昺 疏, 『論語注疏』卷19,〈子張〉, 十三經注疏本, 2532쪽.
924) 何晏 集解·邢昺 疏, 『論語注疏』卷19,〈子張〉, 十三經注疏本, 2532쪽.

그 근본으로써 뒤를 삼아 가르침을 게을리하지도 않느니라. 다만 배우는 자가 다다르는 바에 스스로 얕고 깊음이 있으니, 마치 초목의 크고 작음이 있는 것과 같아서 그 종류가 본래 다름이 있음이라. 만약에 그 얕고 깊음을 헤아리지 못하고, 그 설고 익음을 묻지 아니하며, 대개 높고 또한 먼 것으로써 억지로 말한다면 이는 속이는 것일 뿐이니 군자의 도가 어찌 이와 같으리오. 만약에 무릇 시종본말에 하나로써 꿴다면 오직 성인이라야 그러하시니 어찌 가히 문인인 제자들을 책망하겠는가?"[925)라는 뜻이다.

자하와 자유의 어긋남은 "군자지도"의 여부에 달려 있지 않았다. 유가의 도덕 윤리와 정치 이상을 반영하는 "군자지도"에 대하여 그들은 의심하지 않고 굳게 믿으며 철저히 지켰다. 다른 점은 도에 이르는 과정과 방법이다. 자하를 비판한 자유의 말을 살펴보면, 자유는 유가 문화 전적 지식의 전수로 유가의 도덕 양성 교육을 대신하는 것에 찬성하지 않았다. 또 일상의 예의를 학습함으로써 예악 교화의 정치 실천을 대신하는 것에도 동의하지 않았다. 왜냐하면 "군자지도"는 "극기복례克己復禮"를 통해서 "천하가 인으로 돌아가는天下歸仁" 사회 이상을 실현하는 것이기 때문이다. 즉, 『예기』〈예운禮運〉에서 언급한 "천하는 공유하는 것이다."라는 대동大同 이상을 말한다. 이것은 개인의 도덕 양성과 국가의 문치 교화를 함께 묶어 고려한 것이다. 지식의 문제도 아니고 형식의 문제도 아니다. 그러나 자하는 문하의 제자들이 받아들일 수 있는 현실에서부터, 유가 문화의 전적에 담긴 지식을 배우는 것에서부터, "집 안을 청소하고, 손님을 응대하고, 나아가고 물러나는 것" 등 일상 행위 규범에서부터, 가깝고 작은 것에서부터 "군자지도"를 실천하려고 하였다. 그는 심지어 자신의 제자가 성인이 아니라는 이유로 유가 문화의 전적 지식 학습의 중요성을 강조하고, 외적인 예악 전장 제도로 사람들의 사회 행위를 규범하려고 하였다. 하지만 자유는 이것이 내적인 것은 소홀히 하고 외적인 것만 따르며, 핵심은 버리고 그렇지 않은 것만 쫓는 행위로, "군자지도"에 맞지 않다고 생각했다.

---

925) 朱熹, 『論語集注』卷10, 怡府藏板 四書集注本, 1989年.

공자가 세상을 떠난 뒤, "유가는 여덟 개로 나누어졌다." 자유와 자하의 이런 논쟁은 곧 유가 학술의 분열을 상징한다. 또한 공자 문학 관념 해체의 전조이기도 하다.

공자사교孔子四敎인 "문文, 행行, 충忠, 신信"은 완전한 체계였다. 공자는 "도를 사모하고, 덕을 근거로 하며, 인에 따라 행하고, 예에서 노닐어야 한다."[926]는 원칙을 제시하며 이 체계를 단계적으로 구분하였다. "예"와 "도", "덕" 등은 비록 밀접한 관계가 있었지만, 멀고 가까움과 크고 작음의 차이가 있다. 그러나 공자에게 있어서 "시종본말은 하나로써 그것을 꿰뚫었고", 크고 작음을 강조하거나 멀고 가까움을 구분하지 않았다. 왜냐하면 성인, 군자는 내외 본말을 한데 두고 일치시켰기 때문이다. 예를 들어, 공자는 "시는 가히 흥하고, 가히 관찰하고, 가히 무리 짓고, 가히 원망하고, 가까이는 부모를 섬기고 멀게는 임금을 섬기는 것이며, 조수와 초목의 이름을 많이 알게 한다."[927]라고 하였다. 문예, 도덕, 정치를 한데 묶어 『시』의 학습과 이해와 운용에 적용한 것이다. 공자가 "시종본말은 하나로써 그것을 꿰뚫을" 수 있었던 것은 그가 사회 문화에 대해 가졌던 독특한 이해와 일반 사람들은 바랄 수 없는 도덕 수양을 갖추고 있었기 때문이다. 또한 삼대 정치를 되살리고 주공의 예를 행하는 사회 정치 이상을 품고 있었기 때문이기도 하다.

그러나 "예악이 붕괴되었던" 춘추 말기에는 제후에 의해 예악이 정벌되어, 공자의 학설이 여러 나라 군주로부터 높은 평가를 받지 못했다. 그의 사회 정치 이상은 단지 허황된 꿈과 같은 취급을 받았다. 유가의 선비는 사회 도덕을 이끄는 사람이자 이상 정치를 실현하는 사람이라며 이중 책임을 요구한 것은 시대적 흐름에 맞지 않았다. 전국 시대에 이르자, 사회가 더욱 동요하고, 제후가 전쟁을 일삼았으며, 지식이 숭상되었다. 자유와 자하는 더 이상 예악 교화로 정치 실천을 할 수가 없었다. 당시 상황은 그들에게 유학의 가치와

---

926) 何晏 集解·邢昺 疏, 『論語注疏』卷7, 〈述而〉, 十三經注疏本, 2481쪽.

927) 何晏 集解·邢昺 疏, 『論語注疏』卷17, 〈陽貨〉, 十三經注疏本, 2525쪽.

이상을 실현할 수 있는 새로운 돌파구를 찾게 하였다. 자하는 유가 문화 전적
을 전수하는 방식을 선택하여 예악 전적 지식으로 사람들을 가르쳤고, 사람들
의 사회 행위를 규범하여 예악 교화의 목적에 이르고자 하였다. 반면, 자유는
여전히 "군자지도"를 고수하며 학생들에게 "시종본말은 하나로써 그것을 꿰
뚫어야 한다."고 하였다. 자신들이 가진 도덕 인격의 힘으로 사회 정치에 영향
을 주고자 하였다. 전자는 외방外防 노선이라고 할 수 있고, 후자는 내수內受
노선이라고 할 수 있다. 전국 중후기의 대표적인 유학자인 맹자는 바로 후자
에 속하는 인물이고, 순자는 전자에 속하는 인물이다. 맹자는 "인"으로 "예"를
해석하고, 자아 성찰과 "잃어버린 마음을 찾아야 한다."고 주장했다. 또한 "남
에게 차마 모질게 하지 못하는 마음"을 그 도덕 인격 본체론의 심리적 기초로
삼았다. 핵심은 쫓고 그렇지 않은 것은 버리는 내수 노선을 따르고자 한 것이
다. 이런 계승 관계에 대하여 캉유웨이(1858~1927)는 다음과 같이 밝혔다.

> 자유는 공자로부터 대동大同의 도를 전수받았고, 이를 자사子思에게 전수
> 했으며, 맹자는 자사의 문하로부터 전수받았다.[928]

궈모뤄(1892~1978)는 『순자』〈비십이자非十二子〉에 나타난 자사와 맹가에
대한 비평에 근거하여 다음과 같이 단언했다.

> 순자가 말한 자사와 맹자의 학문은 바로 "공자와 자유가 후세를 위해 남
> 긴 사상과 의식이다." 이는 곧 그들이 자유의 유가에서 나왔다는 증거이다.[929]

그러나 순자는 "예를 존중하고", "배움을 권장했다." 학습을 통해 "인간이
갖고 태어난 그대로의 상태"를 개조해야 한다고 주장했다. 사실상 왕도와 인
정을 실현하기 위하여 예악 제도 자체가 가지는 사회적 강제성으로 사람의

---

928) 康有爲, 『康有爲政論集』上冊, 「孟子微序」, 北京: 中華書局, 1981, 471쪽.
929) 郭沫若, 『十批判書』, 「儒家八派的批判」, 北京: 東方出版社, 1998, 133쪽.

사상 행위를 규범하고 규제할 것을 주장했다. 그의 이런 사상은 자하에 대한 직접적인 계승에서 나온 것이다. 앞에서 순자의 『시』학과 『춘추』학은 모두 자하의 직계로부터 얻은 것이라고 한 점이 바로 명백한 증거이다. 청나라 때 왕중汪中(1744~1794)은 『순경자통론荀卿子通論』에서 다음과 같이 말했다.

순자의 학문은 자하와 중궁仲弓에게서 나왔다.[930]

순자의 사상과 자하의 사상이 일맥상통하기 때문에, 순자의 문학 관념은 자하의 문학 관념이 가지는 진정한 의미를 이해하는 데 도움을 줄 수 있다. 순자는 "옛날 성왕은 인간의 본성을 악하다고 보아, 편벽되고 음험하여 바르지 못하고, 도리에 어그러지고 난폭하여 다스려지지 않는다고 여기고, 이로써 그것을 위해 예의를 만들고 법도를 제정하여, 이것으로 인간의 성정을 교정하고 수식하여 바르게 하고, 또 이것으로 인간의 성정을 길들이고 교화하여 이끌고자 하였다. 비로소 모두 다스려지게 되고, 도에 맞게 된 것이다. 오늘날 사람들은 스승의 가르침에 교화되고, 학문을 쌓아 예의에 따르는 자를 군자라 하고, 성정에 내맡기고, 거리낌 없는 것을 아무렇지도 않게 여겨 예의에 어긋나는 자를 소인이라 한다."[931]라고 하였다. 또한 "사람과 학문의 관계는 마치 옥돌이 연마되는 관계와 같다. 『시』에서 '자르고, 다듬고, 쪼고, 간 듯하다.'라고 한 것은 학문을 가리킨 말이다. …… 자공과 자로도 원래는 시골 사람이었으나 학문을 닦고 예의를 몸에 익혀서 천하의 명사가 된 것이다."[932]라고 하였다. 여기서 말하는 "문학"이란 모두 인간의 덕성을 함육하고 성정을 도야하며 행위를 규범하는 유가 문화 전적과 학술 사상을 가리킨다. 이런 문학 관념은 여전히 문치 교화의 범주를 벗어나지는 못했지만, 이미 문학과 정치를 구분하기 시작했다. 즉, 문학은 더 이상 정치 행위가 아니라 문화 행위였다. 문학은

---

930) 汪中, 『荀卿子通論』, 『荀子集解』 考證下引, 諸子集成本, 15쪽.

931) 王先謙, 『荀子集解』第17卷, 〈性惡〉, 諸子集成本, 289~290쪽.

932) 王先謙, 『荀子集解』第19卷, 〈大略〉, 諸子集成本, 334쪽.

정치를 반영하고 정치를 위한 역할을 할 수 있었지만, 정치 그 자체는 아니었다. 이런 구분은 매우 큰 의미를 가진다. 이것은 문학이 사회의식 형태의 지위를 분명히 가지도록 하는 한편, 문학이 상대적으로 독립적인 발전 궤도에 오르도록 하였다.

현존하는 문헌에서는 자하의 문학 관념에 대한 직접적인 표현을 찾을 수 없지만, 자하가 지은 〈시대서詩大序〉에서 그의 문학에 대한 기본적인 견해를 찾아볼 수 있다. 한인漢人들은 〈시대서〉가 자하의 작품이라고 보았다. 진나라 범엽范曄(398~445)은 『후한서後漢書』〈유림儒林·위굉전衛宏傳〉에서 "구강九江의 사만경謝曼卿은 『모시毛詩』에 뛰어나 시훈詩訓을 지었다. 위굉은 사만경에서 배워서 〈모시서〉를 지었다. 풍, 아의 목적에 잘 맞아서 오늘날까지 세상에 전해진다."[933]라고 하였다. 후세 사람들은 〈시대서〉가 위굉이 지은 것이라고 의심했다. 그러나 천즈잔陳子展(1898~1990)과 판중구이潘重規(1907~2003)는 각각의 연구에서 "위굉의 시서는 별개의 책이다."라고 결론지었다.[934] 따라서 자하와 〈시대서〉의 관계를 부정하기는 아직 이르다. 〈시대서〉에는 다음과 같이 나와 있다.

풍은 바람이라는 말이요, 가르침이라는 말이니, 바람이 불 듯 불어서 감동시키고, 가르쳐서 감화시켜 나간다는 뜻이다. 시란 생각이 움직인 것이다. 마음에 있으면 생각이 되고, 말로 표현되면 시가 된다. 감정이 안에서 움직여 말로 나타나게 되는데, 말로써도 부족하기 때문에 감탄하고, 감탄으로도 부족하기 때문에 길게 노래하며, 길게 노래하는 것으로도 부족하기에 저절로 손발을 흔들며 춤추게 된다. 뜻은 소리에 피어나고 소리는 글을 이루는데, 이를 일러 말소리라 한다. 다스려지는 세상에서 말소리는 마음 놓여 즐거우니 그 다스림이 어울리며, 어지러운 세상에 말소리는 탓하여 성이 나니 그 다스림이 어그러짐이며, 나라를 잃은 말소리는 슬퍼서 걱정하니 그 백성이

---

933) 范曄, 『後漢書』卷190下, 〈儒林傳下〉, 二十五史本, 1027쪽.
934) 夏傳才, 「現代詩經學的發展與展望」, 『文學遺産』1997年第3期 참고.

괴로움이다. 그래서 얻고 잃음을 바루고, 온 누리를 움직이고, 귀신을 흐느끼
게 함은 시보다 가까운 게 없다. 옛 임금은 이것으로 지아비와 아내를 인도하
고, 효성과 섬김을 이루며, 인륜을 두텁게 하여 교화를 아름답게 하며 풍속을
바꾸었다.[935]

이런 견해는 어쩌면 후세 사람들이 정리하고 가공한 것일지도 모른다. 그
러나 이런 사상을 최초로 논술하고 전파한 것은 자하이다. 그렇지 않았다면
사람들은 그와 〈시대서〉를 함께 연관 짓지 않았을 것이다. 자하는 『시』와 사회
정치를 긴밀히 연결 짓고, 『시』의 역할을 윤리 교화의 사상으로 귀결시켰다.
이것은 공자의 문학 사상과 일맥상통한다. 그러나 자하는 문학을 문치 교화의
정치적 실천으로 이해하지 않고, 단지 문학이 정치를 반영하고 정치를 위한
역할을 한다고 지적하며 언어·음악·정감 등의 요소가 시가 표현에서의 중요
한 의미에 대해 강조했다. 이것은 공자의 문학 사상에 대한 발전이 틀림없다.
유가 문화 전적은 대부분 자하가 전수하고 전파한 것이기 때문에 자하의 문학
관념이 중국 문학 발전에 끼친 영향도 매우 크고 깊다. 후대 사람들이 말하는
"유하 문학"은 사실상 자하로 대표되는 유가의 초기 문학을 가리킨다.

　문학 관념은 문학 활동의 산물이고 이로써 문학 활동의 확대를 이끈다.
"유하 문학"은 바로 춘추전국 시대에 유가 문학 활동의 기본적인 면모를 반영
하고 있다. 사회의 발전과 진보에 따라 문학의 내용과 형식도 변하고, 사람들
의 문학 관념도 이에 따라 변한다. 그렇지만 관념은 한번 형성되면 안정성을
구축하기 마련이다. "유하 문학"은 유가 문학의 초기 관념으로서 훗날 유가의
독보적인 지위를 통해 사람들의 문학에 대한 기본적인 인식을 제약하였다.
여기에는 다음과 같은 몇 가지 뚜렷한 특징이 나타난다.

　첫째, 예악 교화와 관련된 범문학관이다.

　"유하 문학"은 본래 『시』, 『서』, 『예』, 『악』, 『역』, 『춘추』 등 유가 문화 학술

---

935) 鄭玄 箋·孔穎達 疏, 『毛詩正義』卷1, 十三經注疏本, 269~270쪽.

과 예악 전장 제도를 포함한다. 후세 사람들은 이것의 영향을 받아 모든 문화 학술과 전장 제도를 통틀어 "문학"으로 간주했다. 예를 들어, 사마천(기원전 145~?)은 "한나라가 일어나 소하蕭何는 율령을 이었고, 한신韓信은 군법을 폈고, 장창張蒼은 장정章程을 만들고, 숙손통叔孫通은 예의를 정하니 문학이 빛나 점점 발전되었고, 『시』와 『서』가 간간이 발견되었다."[936]라고 하였다. 여기서 말하는 "문학"은 사회 전장 제도를 가리킨다. 동한 시대 때, 왕충王充(27~97)은 "문인이 따르는 오경육예가 문이고, 제자諸子들에게 전해 내려온 책이 문이고, 이론과 사상이 문이고, 상서上書와 주기奏記가 문이고, 문덕文德을 잘 가지고 있는 것이 문이다."[937]라고 하였다. 여기서 말한 "문"은 모든 문자로 되어 있는 작품을 포함하고, 심지어 사람의 도덕 자질도 포함한다. 송나라 때 왕안석王安石(1021~1086)은 "문은 예교와 정치일 뿐이다."[938]라고 아주 간단하게 결론지었다. 이런 "문학", "문", "문장"에 대한 이해는 모두 "유하 문학" 관념에 대한 직접적인 계승이자 논리적인 발전이라고 할 수 있다.

둘째, 정교政教를 위한 문학 기능론이다.

자유는 윤리 정치 실천을 강조하고, 자하는 정교를 위한 역할을 주장했다는 차이가 있지만, 문학의 정교 기능을 강조했다는 점에서는 일치한다. 여기서 정교는 물론 유가 이상의 인정과 교화를 가리킨다. 즉, "남편과 아내를 바로 하고, 효와 공경을 이루며, 인륜을 두텁게 하고, 교화를 아름답게 하며, 풍속을 변화시키는 것이다." 그래서 순자(약 기원전 313~238)는 "성인이란 도의 전달자이다. 천하의 도는 이것을 통하는 것이요, 백왕의 도도 하나로 통하니 바로 이것이다. 그러므로 『시』, 『서』, 『예』, 『악』은 이것에 귀결된다. 『시』가 말하는 것은 바로 그 뜻이요, 『서』가 말하는 것은 바로 그 일이요, 『예』가 말하는 것은 바로 그 품행이요, 『악』이 말하는 것은 바로 그 조화요, 『춘추』가 말하

---

936) 司馬遷, 『史記』 卷130, 〈太史公自序〉, 二十五史本, 361쪽.

937) 王充, 『論衡』, 〈佚文篇〉, 諸子集成本, 201쪽.

938) 王安石, 『臨川先生文集』 卷77, 〈上人書〉, 四部叢刊本.

는 것은 바로 그 은밀한 정신이다."[939]라고 하였다. 문학이 마땅히 유가지도를 구현해야 한다고 강조했다. 후세 사람들이 강력히 제창한 "글에 도를 싣는다(文以載道).", "글로 도를 밝힌다(文以明道)." 등의 주장은 바로 이 사상을 더욱 발전시킨 것이다. 당나라 때 위정魏徵(580~643)은 "그래서 문의 기능들은 위대하다. 위로는 지배자들의 덕이 있는 가르침을 아랫사람들에게 펼치고, 아래로는 피지배자들의 감정적인 반응들과 개인적인 의도들을 윗사람들에게 전달할 수 있다. 크게는 천지에 질서를 주어 가르침을 만들고 모범을 세운다. 그다음으로는 풍습과 노래들로 통치자를 바르게 하고 백성들을 조화롭게 만든다."[940]라고 하였다. 여전히 문학의 사회 정교적 기능을 강조하고 있다.

셋째, "말은 마음의 소리이고, 글은 그 사람이다."로서의 문학 본체론이다. 자하는 본래 "시란 뜻이 밖으로 나오는 것이다. 마음속에 있을 때 지志라하고, 그것이 말을 통해 밖으로 나왔을 때 시詩라 한다."라고 했다. 문학은 인간 의지의 구현이라고 생각했다. 순자도 "소인은 헐뜯는 말만 하고, 군자는 어진 말만 한다."[941]라고 주장했다. 그리고 『역전』에서는 "배반하려는 사람의 말투에는 부끄러운 기색이 있고, 마음에 의혹이 있는 사람의 말은 직설적이지 못하며, 성공할 사람은 말이 적고, 조급한 사람은 말이 많으며, 다른 사람을 모함하는 말은 애매하며, 줏대가 없는 사람의 말은 비굴하다."[942]라고 하였다. 이것은 문학과 개인의 도덕 인격을 긴밀히 연결 지은 것이다. 도덕 인격은 문학의 본체가 되었고, 문학은 도덕 인격의 표현이었다. 이런 문학 관념은 문인의 문학에 대한 도덕적 부담을 가중시켰다. 서한 시대에 양웅揚雄(기원전 53~18)은 "말은 마음의 소리요, 글은 마음의 그림이다. 소리와 그림의 외형으로 군자와 소인을 구분할 수 있다."[943]라고 하였다. 동한 시대에 왕충王充(27~

---

939) 王先謙, 『荀子集解』第4卷, 〈儒效〉, 諸子集成本, 84~85쪽.
940) 長孫無忌 等, 『隨書』卷76, 〈文學傳序〉, 二十五史本, 3455쪽.
941) 王先謙, 『荀子集解』第3卷, 〈非相〉, 諸子集成本, 55쪽.
942) 王弼 注·孔穎達 疏, 『周易正義』卷8, 〈繫辭下〉, 十三經注疏本, 91쪽.
943) 揚雄, 『法言』, 〈問神〉, 諸子集成本, 14쪽.

97)은 "『역』에서 '대인이 호랑이처럼 변하면 글이 빛나고, 군자가 표범처럼 변하면 글이 훌륭해진다.' 또 '천문을 관찰하고, 인문을 관찰한다.'라고 하였 다. 이 말은 천인天人은 문학으로 관찰하고, 대인大人과 군자는 문학으로 말한 다는 뜻이다."[944]라고 하였다. "유하 문학" 관념에 나타난 문학 도덕 본체론에 대한 귀납과 종결이라고 할 수 있다. 후세 사람들이 자주 언급하는 "글은 그 사람이다.", "시는 그 사람이다.", "사람의 품위에서 시의 품위가 나온다." 등은 모두 "유하 문학" 관념의 계승과 발전이라고 볼 수 있다.

중국 문학이 가진 뚜렷한 민족 특성을 깨닫기 위하여 "유하 문학"이 중국 문학 관념 발전에 끼친 영향을 살펴보았다. 위진남북조 시대에 문학 관념에 큰 변화가 생긴 이후, "유하 문학"은 여전히 그 정통 문학 관념으로 문학에 대한 사람들의 인식과 이해를 제약하였다. 오늘날 중국 문학 사상사를 연구하 는 사람들은 종종 현대 서양 문학 관념으로 중국 고대 문학을 연구하며 "유하 문학"이 "문학은 언어의 예술이다."라고 한 개념에 맞지 않는다고 생각했다. 그래서 이를 별로 중시하지 않고, 심지어 공자가 말한 문학을 완전한 문학 개념으로 인정하지 않았다. 그러나 이것은 중국 문학 발전의 실제에 부합하지 않는다. 중국 문학 발전의 실제에서 본다면, "유하 문학"이 곧 중국 문학의 효시임을 분명히 인정하게 된다. 중국 전통 문학 관념은 여기서 발단했다.

제3절 "存心", "養性"과 孟子의 문학 관념

공자 이후에 유가를 대표하는 인물로는 맹자와 순자가 있다. 이들의 사상 도 중국 전통 사상에서 가장 영향력이 있는 사상 중 하나이다. 공자와 맹자의 사상은 2,000년이 넘게 집권 사회의 정통 사상이 되었고 그 영향력이 매우 크고 깊다. 순자의 사상은 비록 통치자들에게 정통으로 인정받지는 못했지만,

---

944) 王充, 『論衡』, 〈佚文〉, 諸子集成本, 200쪽.

실제 정치 생활에서 은연중에 작용함으로써 중국 전통 정치의 기본 방향을 제약했다. 그래서 심지어 어떤 이는 "2,000년간 지속된 학문은 순학荀學이다."[945]라고 하였다. 맹자와 순자의 문학 사상과 문학 관념은 맹자와 순자 사상의 중요한 구성 부분으로 중국 문학 발전에 끼친 영향을 결코 과소평가해서는 안 된다.

일반적으로 볼 때, 사람들은 순자의 문학 사상과 문학 관념을 맹자보다 중시하였다. 예를 들어, 궈샤오위郭紹虞(1893~1984)는 다음과 같이 결론지었다.

공자 이후에 맹순孟荀이라 불렸지만, 문학 비평의 관점에서 볼 때 순자가 맹자보다 더 중요하다. 순자의 〈비십이자非十二子〉 편에서는 자사와 맹자를 논하면서 "대체적으로 선왕을 따르고 있지만, 그 요령을 터득하지 못했다."라고 하였다. 문학 비평의 관점에서 볼 때, 선왕의 요령을 터득한 사람은 분명히 순자였다. 그래서 순자가 후세 봉건 시대 전통 문학관의 기초를 마련했다고 할 수 있다.[946]

한 가지 밝힐 것은 맹자와 순자가 이해한 문학과 현대인이 이해하는 문학은 기본 관념이 일치하지 않는다는 점이다. 만약 맹자와 순자의 문학 사상과 문학 관념을 바르게 이해하지 못한다면, 맹자와 순자의 문학 사상과 문학 관념에 대해 적절하고 알맞은 비평을 할 수 없다. "이른바 진정한 이해란 상상과 명상을 통해 학설을 세운 선인들의 시공간으로 거슬러 올라가 그들이 학설을 세우기 위해 애쓴 고심을 느끼고 그것에 동조하는 마음을 갖는 것을 말한다. 그래야지만 진정으로 그들이 세운 학설의 좋고 나쁨을 평가할 수가 있는 것이다."[947] 하지만 "진정한 이해"란 쉬운 것이 아니다. 여기서는 "선인의 학설에

---

945) 譚嗣同, 『譚嗣同全集』(增訂本), 「仁學」, 北京:中華書局, 1981, 337쪽.

946) 郭紹虞, 『中國文學批評史』, 上海:上海古籍出版社, 1979, 18쪽.

947) 陳寅恪, 「馮友蘭『中國哲學史』上册審查報告」, 『中國文化的基本文獻』(哲學卷), 武漢:湖北人民出版社, 1994年, 55~56쪽.

동조"하는 관점에서 맹자의 문학 사상과 문학 관념에 대해 살펴봄으로써 공자, 자유와 자하 이후의 선진先秦 유가 문학 사상 관념의 발전에 대해 깊이 있게 이해하고 나아가 중국 문학 관념 발생 과정에 나타난 일부 특징에 대한 보다 깊이 있는 이해를 기하고자 한다.

맹자孟子(약 기원전 385~302)[948]의 이름은 가軻이고, 자는 자거子車 또는 자여子輿이다. 『사기』 본전에서는 "맹자는 추鄒 땅 사람이다. 자사子思의 제자에게서 배웠다. 유학의 도에 이미 통하고 난 뒤 살던 곳을 떠나 제 선왕齊宣王을 찾아가 유세하고 섬겼는데, 선왕은 그를 등용하지 않았다. 그래서 량梁나라에 찾아가 유세했으나 량혜왕梁惠王은 그의 말을 믿지 않았다. 혜왕은 그의 말이 실제에 부합하지 않은 허공에 뜬 말이라고 생각했다. 이때 진나라는 상앙商鞅을 등용하여 나라를 부강시키고, 초나라와 위나라는 오기吳起를 등용하여 적국을 물리치고 적국의 세력을 약화시켰으며, 제 위왕齊威王과 제 선왕은 손빈孫臏과 전기田起를 등용함으로써 각 제후국들로 하여금 제나라에 와서 조현하도록 하였다. 이 같이 천하가 바야흐로 합종책合從策과 연횡책連橫策에 힘써 서로 공격하고 정벌하는 것을 우선시하였는데, 맹자는 도리어 요 임금, 순 임금과 하상주夏商周 삼대의 덕정을 기술했으니 가는 곳마다 환영받을 리가 없었다. 그리하여 맹자는 물러나 만장萬章 등과 함께 『시』와 『서』를 편찬하고 공자의 학설을 진술하여 『맹자』 7편을 지었다."[949]라고 하였다. 보다시피 맹자

---

948) 맹자의 생몰년은 명확하지 않다. 원나라 때 程復心은 〈孟子年譜〉에서 맹자가 周 烈王 4년(기원전 372)에 태어났고, 周 赧王 26년(기원전 289)에 84세의 나이로 세상을 떠났다고 했다. 명청 시대에 많은 사람들이 이 주장을 따랐다. 그러나 맹자의 생애는 이때와 부합하지 않는다. 그래서 근대 이후에 다른 주장이 많이 제기되었다. 魏源의 〈孟子年表〉, 梁啓超의 〈先秦學術年表〉, 楊寬의 『戰國策』에서 모두 맹자가 기원전 385년경에 태어났다고 하였다. 錢穆의 〈先秦諸子系年〉에서는 기원전 390년, 蔣伯潛의 『諸子通考』에서는 기원전 372년, 楊伯峻의 『白話四書』 〈孟子引言〉에서는 기원전 388년에 맹자가 태어났다고 하였다.

949) 司馬遷, 『史記』 卷74, 〈孟子荀卿列傳〉, 二十五史本, 265쪽. 맹자의 스승에 관하여 『한서』 〈藝文志〉 諸子略에 『맹자』 11편이 기록되어 있다. 班固는 주에서 "이름은 軻이고, 鄒나라 사람이다, 子思의 제자이다. 『열전』이 있다."라고 하였다. 동한 때에 趙岐는 『맹자』에 주를 달고, 〈題辭〉에서 맹자가 "공자의 손자인 자사를 스승으로 모셨다."라고 하였다. 또 『孔叢子』에서도 맹자가 자사로부터 수업을 받았다고 하였다. 그래서 학술계의 적지 않은 사람들이 맹자의 스승

는 현실 생활에서 정치 실천의 기회가 전혀 없었으며, 그의 학술 사상도 당시의 통치자들에게 환영받지 못함으로써 자기가 바라던 바를 이루지 못했다.

『맹자』는 『한서』〈예문지〉에 11편이 실려 있는데, 『사기』 본전의 기록과 일치하지 않는다. 한나라 때 조기는 『맹자장구孟子章句』를 짓고 11편을 『내서』7편과 『외서』4편으로 나누었다. 『외서』4편은 〈성선설性善說〉·〈문설文說〉·〈효경孝經〉·〈위정爲政〉이고, 『외서』4편은 "그 내용이 넓고 깊지 못해서 내편과 큰 차이가 있다. 그래서 맹자가 썼다고 보기 어렵다. 아마도 후세인이 맹자를 모방하고 그의 이름을 빌려 쓴 듯하다."[950]라고 하였다. 『외서』4편은 훗날 유실되었지만, 『내서』7편은 지금까지 전해지고 있다. 『맹자』의 작자에 관하여 오랫동안 학술계에서 사마천의 주장에 따라 맹자가 주요 작자로서, 그의 제자 공손추公孫丑·만장萬章 등과 함께 저술했다고 보았다. 그러나 일부 다른 의견들도 있다.[951] 하지만 『맹자』가 주로 맹자의 사상을 반영하고 있다는 것에 대해서는 학술계에 이견이 없다.

『맹자』를 통독하면 "문학"의 개념이 나오지 않는다는 것을 알 수 있다. 맹자가 비록 문학 개념을 사용하지는 않았지만, 그렇다고 그가 문학 사상과 관념에 대해 견해가 전혀 없었던 것은 아니다. 맹자는 다음과 같이 말했다.

이 자사라고 믿었다. 그러나 관련 문헌의 시기에 따라 추산해 보면, 맹자와 자사의 나이가 서로 맞지 않아 맹자는 자사의 제자가 될 수 없다. 『사기』 본전에 따라 "자사 문하로부터 수업을 받았다."라고 하는 것이 더 합당하다. 맹자의 저서에 관해서는, 『사기』에 언급된 "七篇"도 『한지』에 수록된 "十一篇"과 부합하지 않는다. 그래서 한나라 때 鄭玄, 劉熙, 趙岐 등은 주에서 맹자가 7권을 지었다고 하였다. 조기는 〈孟子題辭〉에서 "『外書』4편은 〈性善〉, 〈辨文〉, 〈說孝經〉, 〈爲政〉이고, 그 내용이 넓고 깊지 못해서 내편과 큰 차이가 있다. 그래서 맹자가 썼다고 보기 어렵다. 아마도 후세인이 맹자를 모방하고 그의 이름을 빌려 쓴 듯하다."라고 하였다. 원래 『외서』4편이 있었지만 한나라 사람들은 이것이 위조되었고 유실되었다고 의심한 것을 알 수 있다. 오늘날은 內篇 7편만 전해지고 있다.

950) 趙岐 注·孫奭 疏, 『孟子注疏』卷首, 〈孟子注疏題辭解〉, 十三經注疏本, 2661쪽.

951) 예를 들어, 趙岐, 朱熹, 金履祥, 閻若璩 등은 『맹자』가 맹자 본인이 쓴 것이라고 보았다. 姚信, 韓愈, 張籍, 林愼思, 蘇轍, 晁公武, 崔述 등은 공자가 세상을 떠난 뒤, 그의 제자 공손추와 만장 등이 맹자가 생전에 했던 어록을 편찬하였다고 하였다.

옛날에 우 임금이 홍수를 막으니 천하가 태평해졌고, 주공이 오랑캐를 아우르고 맹수를 몰아내니 백성들이 편안해졌고, 공자께서 『춘추』를 완성하니 나라를 어지럽히는 신하와 어버이를 해치는 자식들이 두려워하게 되었다. …… 내가 또한 인심을 바로잡아 부정한 학설을 종식시키며 편벽된 행실을 막으며 음탕한 말을 추방하여 세 성인을 계승하려고 하는 것이다.[952]

또한 "내가 원하는 바는 오직 공자를 배우는 것이다."[953]라고 분명하게 말했다. 공자는 분명 그가 가장 존경하는 대상이었고, 그가 계승하기를 바라는 것도 주로 공자의 업적이었다. 공자는 주공의 예를 따랐고, 맹자도 "선왕의 법을 따른다."라고 하였다. 공자는 "덕치"를 주장했고, 맹자는 "인정"을 주장했다. 공자는 "육예"로 학생을 가르쳤고, 맹자도 "육예"로 학생을 가르쳤다. 유가의 문학 관념은 공자가 문으로써 가르쳤던 교육 실천과 인문 교화의 정치 사상과 서로 관련이 있다. 그리고 맹자가 전반적으로 공자의 사상과 학설을 계승하고 그 교육 실천을 모방하였다고 한다면, 맹자에게 문학 사상과 관념에 대한 견해가 없을 수 없다.

맹자의 문학 사상과 문학 관념을 이해하려면, 맹자의 인격 이론과 정치사상의 관계에서부터 분석을 시작하는 게 가장 좋을 것이다.

"맹자는 사람의 본성이 선하다고 말할 때마다 반드시 요순을 칭했다."[954] 맹자의 왕도인정王道仁政의 정치 이상은 "성선설"을 바탕으로 세워진 것이다. 공자는 "성"과 "천도"에 대해서 거의 말하지 않았다. 그는 문헌 전적의 학습보다 정치 윤리 실천을 더욱 중시하고, 실제 행정 능력보다 "덕으로 정치하는 것"을 더욱 중시했다. 그러나 그는 문학을 교육의 기본이자, 벼슬에 오르는 수단으로 보았다. 공자는 "극기복례"가 비록 마음속의 경험을 중시하지만, 각종 외적인 형식 또는 수단을 통해 실현될 수 있다고 보았다. 그리고 "문학"은

952) 趙岐 注・孫奭 疏,『孟子注疏』卷6下,〈滕文公章句下〉, 十三經注疏本, 2715쪽.

953) 趙岐 注・孫奭 疏,『孟子注疏』卷3上,〈公孫醜章句上〉, 十三經注疏本, 2686쪽.

954) 趙岐 注・孫奭 疏,『孟子注疏』卷5上,〈滕文公章句上〉, 十三經注疏本, 2701쪽.

바로 이런 형식이나 수단 중의 하나였다. 맹자는 공자의 "덕치"와 "인정"의 학설을 마음에 새기고, 또 "복례"에 찬성했다. 그러나 맹자는 "덕"·"인"·"예"가 외적인 형식 또는 수단을 통해 얻을 수 있는 것이 아니라, 이것들이 본래 인간의 고유한 천성이라고 보았다. 그는 다음과 같이 말했다.

> 사람에게는 배우지 않고도 능한 것이 있는데 이것이 양능良能이요, 생각하지 않고도 아는 것이 있는데 이것이 양지良知이다. 어려서 손을 잡고 가는 아이는 그 어버이를 사랑할 줄 모르는 법이 없으며, 자라서는 그 형을 공경할 줄 모르는 사람이 없다. 이처럼 어버이와 하나 되는 것은 인이요, 자기보다 나이 많은 사람을 공경하는 것은 의이니, 다름이 아니라 천하에 두루 통하는 것이다.[955]

> 측은지심惻隱之心은 사람마다 다 가지고 있고, 수오지심羞惡之心은 사람마다 다 가지고 있고, 공경지심恭敬之心은 사람마다 다 가지고 있고, 시비지심是非之心은 사람마다 다 가지고 있다. 측은지심은 인에 속하고, 수오지심은 의에 속하고, 공경지심은 예에 속하고, 시비지심은 지에 속한다. 이러한 인·의·예·지는 다른 사람이 나에게 줄 수 있는 것이 아니라, 내가 본래부터 지니고 있는 것이지만, 단지 사람들이 생각하지 못할 뿐이다.[956]

인간의 본성 가운데 모든 선한 것이 있기 때문에 맹자는 비로소 "만물이 모두 나에게 구비되어 있어 몸을 돌이켜 성실하게 하면 그보다 더 큰 즐거움이 없다.", "구하면 얻을 것이고, 버리면 잃게 된다. 구하는 것이 얻는 데 유익한 것은 구하는 것이 나에게 있는 것이기 때문이다. 구하는 데는 길이 있고 얻는 데는 명이 있다. 구하는 것이 얻는 데 무익한 것은 구하는 것이 내 밖에 있는 것이기 때문이다."[957]라고 말했다. 오직 내적인 추구, 즉 본성의 추구야말

---

955) 趙岐 注·孫奭 疏, 『孟子注疏』卷13上, 〈盡心公章句上〉, 十三經注疏本, 2765쪽.

956) 趙岐 注·孫奭 疏, 『孟子注疏』卷11上, 〈告子章句上〉, 十三經注疏本, 2749쪽.

957) 趙岐 注·孫奭 疏, 『孟子注疏』卷13上, 〈盡心公章句上〉, 十三經注疏本, 2764쪽.

로 가장 근본적인 것이다. "인은 사람의 마음이고 의는 사람의 길이다. 그 길을 버리고 말미암지 않으면 그 마음을 잃고 찾을 줄 모르니 슬프구나! 사람은 닭과 개가 없어지면 그것을 찾을 줄 알지만, 마음을 잃어버리면 찾을 줄을 모른다. 학문의 길이란 다른 것이 아니다. 단지 잃어버린 마음을 찾는 것뿐이다."[958], "사람은 모두 다른 사람의 불행을 차마 두고 보지 못하는 마음을 가지고 있다.", "사람에게 차마 두고 보지 못하는 마음으로 그냥 못 본 척할 수 없는 정사를 행하는 것"이 바로 "인정"이다. "힘으로 인을 가장하는 자는 패자霸者이고", "덕으로 인을 행하는 자는 왕자王者이다."[959] 맹자가 요, 순, 우, 탕, 문, 무를 성왕이라고 한 것은 그들이 인간의 본성을 구현했기 때문이었다. 그는 다음과 같이 말했다.

> 순 임금은 산 속에 살면서 나무와 더불어 하나의 돌 틈에 살았고, 사슴과 멧돼지와 놀았으니 산중의 야인과 다를 것이 없었다. 그러나 그는 한 가지 선한 말을 듣거나 한 가지 선한 행실을 보면 마치 양자강과 황하의 물막이를 틀어 콸콸 흐르는 것과 같아 그 도도한 흐름을 막을 자가 없었다.[960]

이렇듯, 인정 문제는 결국 존심存心과 양성養性의 문제로 귀결된다. "그 마음을 보존하여 그 성을 기르는 것은 하늘을 섬기는 것이다."[961] 그리고 존심, 양성의 핵심은 성인의 인격을 귀감으로 하여 성인 인격을 더욱 발전시키는 것이다. 모든 문제는 인격을 바탕으로 하고 인격의 관점에서 설명할 수 있다. "인", "의", "예", "지" 등의 윤리 도덕과 『시』, 『서』, 『예』, 『악』 등의 전장 문헌에 관해서는 모두 인간의 천성을 구현하고 성현 인격의 일부를 반영한 것으로 이해해야 한다. 이것들을 일종의 외적 규범이나 객관적인 전적으로 간주하여

958) 趙岐 注·孫奭 疏, 『孟子注疏』卷11上, 〈告子章句上〉, 十三經注疏本, 2752쪽.
959) 趙岐 注·孫奭 疏, 『孟子注疏』卷3下, 〈公孫醜章句上〉, 十三經注疏本, 2689쪽.
960) 趙岐 注·孫奭 疏, 『孟子注疏』卷13上, 〈盡心公章句上〉, 十三經注疏本, 2765쪽.
961) 趙岐 注·孫奭 疏, 『孟子注疏』卷13上, 〈盡心公章句上〉, 十三經注疏本, 2764쪽.

학습해서는 안 된다. 그래서 공문사과 중의 하나인 "문학"은 맹자에게 있어서 독립적인 개념을 가질 수 없었다. 이것은 인격의 귀감으로 주장할 수 없고, 또 인재의 유형으로 배양할 수 없었다. 맹자의 제자 공손추가 맹자에게 "옛날 제가 얼핏 들으니 자하 · 자유 · 자장은 모두 성인 특성의 일부를 가지고 계시고, 염우 · 민자건 · 안연은 성인의 특성을 갖추고 있지만 미약하다고 했습니다. 다들 부분적으로는 성인으로 칭해지는데 맹자께서는 굳이 성인과는 거리를 두고 편안히 거처하는 이유를 묻고 싶습니다."라고 하자, 맹자가 "그 이야기는 잠시 그만두세."[962]라고 대답했다. 맹자는 "덕행"으로 유명하지만 "성인의 특성을 갖추고 있지만 미약하다."라고 한 안연 등에도 완전히 동의하지 않았고, "문학"의 으뜸이자 "성인 특성의 일부를 가진" 자유와 자하도 물론 인정하지 않았다. 그가 쫓고자 한 것은 성인인 공자였다. 맹자의 말을 빌리자면, "내가 원하는 바는 오직 공자를 배우는 것이다."[963] 그래서 문학은 맹자의 인격 이론과 정치사상 중에서 통합적이고 포괄적인 역할을 하지 못했고, 또한 연계와 중개의 작용도 하지 못했다. 그래서 맹자는 문학의 개념을 사용하여 자신의 사상이나 제자에 대한 요구를 논술하지 않았다. 문학은 맹자에게 있어서 내화된 인격 본성이자, 성현의 인격의 일부였다. 그는 공자가 말한 "덕이 있는 사람은 반드시 말이 있다."[964]라는 사상을 최고의 경지로 발전시켰고, 문학은 그 본질 면에서 완전히 인격화되었다. 문학의 인격화는 바로 맹자 문학 사상의 핵심이고, 공자 사상에 대한 맹자의 계승이자 발전이었다. 이런 관점에서 맹자의 문학 사상을 이해하면 모든 문제가 자연스럽게 해결된다.[965]

　　맹자는『시』,『서』등의 유가 문학 전적의 가치가 우선 그것들이 구현한 유가 성현의 인격에 있다고 보았다.『맹자』에는 이런 사례에 관한 분석이 많

---

962) 趙岐 注 · 孫奭 疏,『孟子注疏』卷3下,〈公孫醜章句上〉, 十三經注疏本, 2686쪽.

963) 趙岐 注 · 孫奭 疏,『孟子注疏』卷3上,〈公孫醜章句上〉, 十三經注疏本, 2686쪽.

964) 何晏 集解 · 邢昺 疏,『論語注疏』卷14,〈憲問〉, 十三經注疏本, 2510쪽.

965) 拙作,「文學的人化:孟子文學觀念的內涵及其價値」, 臺灣:『孔孟月刊』第39卷第10期(總第466期), 2001 참고.

이 담겨 있다. 예를 들어, 맹자는 다음과 같이 말했다.

인자하면 번창하고 인자하지 못하면 치욕을 당하게 된다. 이제 치욕을
싫어하면서도 인자하지 못하다면 이는 마치 젖은 곳을 싫어하면서도 낮은
곳에 사는 것과 같다. 만약에 치욕을 싫어한다면 덕을 숭상하고 선비를 대접
하는 것만 같지 못하다. 현자가 벼슬을 하고 재능 있는 자가 직책을 맡으면
국가가 평안하게 된다. 이때 그 정치와 형벌을 바르게 정립하면 비록 대국이
라도 두려워하게 된다. 『시』에서 말하기를, '하늘이 어두워지고 비가 내리기
전에, 저 뽕나무 뿌리의 껍질을 벗겨서 창문을 단단하게 얽혀 두면 이제 저
아래의 사람들이 어찌 감히 나를 넘보겠는가?'라고 했는데, 공자께서도 '이
시를 지은 이는 도를 아는구나. 그 국가를 잘 다스리면 누가 감히 그를 업신여
기겠는가?'라고 하였다. 이제 국가가 태평하면 이런 때에 이르러 크게 방탕해
지고 오만해지게 되는데, 이는 스스로 화를 자초하는 것이다. 화복이란 자기
가 그것을 구하지 않음이 없다. 『시』에 '길이 순리를 따르면 스스로 많은 복을
불러들인다.'라고 하였다. 〈태갑太甲〉에 '하늘이 내리는 재앙은 오히려 피할
수 있지만, 스스로 불러들인 재앙은 피할 수 없다.'라고 하였는데, 이를 두고
한 말이다.[966]

양혜왕이 현인도 연못가에 서서 큰 기러기, 작은 기러기, 사슴 보는 것을
좋아하는지 묻자, 맹자가 대답했다.

현자가 된 이후에야 이런 것을 즐깁니다. 어질지 못한 자는 비록 이런
것이 있다 해도 즐기지 못합니다. 『시』에서 말하기를, '처음으로 영대靈臺를
만드니 땅을 재고 짓네. 백성들이 그것을 시작하니 며칠 안 되어 이루어지네.
처음 만들면서 서두르지 말라고 했으나 백성들이 자식처럼 달려오네. 왕께서
영유靈囿에 있으니 암사슴 곧 엎드리고 암사슴 반들반들 빛나고 백조는 하얗
네. 왕께서 영소靈沼에 있으니, 아! 가득 찬 물고기 뛰어오르네.' 문왕이 백성

---

966) 趙岐 注・孫奭 疏, 『孟子注疏』卷3下, 〈公孫醜章句上〉, 十三經注疏本, 2689~2690쪽.

의 힘으로 대를 만들고 연못을 만드니 백성이 기뻐해 그것을 즐겼습니다. 그 누대를 일러 영대라고 하고, 그 못을 일러 영소라고 하고, 그곳에 사슴과 고기와 자라가 있음을 즐겼습니다. 옛사람은 백성과 함께 즐겼기 때문에 능히 즐길 수 있었습니다.[967]

제 선왕이 자신은 용기가 있지만 인정을 행할 수 없다고 대답하자, 맹자가 말했다.

청컨대 왕께서는 작은 용기를 좋아하지 마소서. 대체로 칼을 어루만지며 사납게 보며 '그가 어찌 감히 나를 당하리오!' 하고 가면 이것은 사내의 용기요, 한 사람을 대적하는 것입니다. 청컨대 왕께서는 용기를 크게 가지소서. 『시』에 이르기를, '문왕께서 불같이 성내시어 이에 그 군사들을 정돈하여 거莒나라로 가는 것을 막아, 이것으로 주나라의 복을 두텁게 하시고 그로써 천하를 대하셨다.'라고 하였습니다. 이것은 문왕의 용기이니, 문왕은 한번 성내어 천하의 백성들을 편안하게 하셨습니다. 『서』에서 말하기를 '하늘이 백성을 내리시고, 그들에게 군주를 만들어 주시고, 스승을 만들어 주신 것은 그들이 상제를 도와서 그들이 사방을 사랑하게 하신 것이다. 죄가 되거나 죄가 되지 않는 것은 오직 나에게 달려 있으니 세상에서 어찌 감히 그 뜻에서 멀어짐이 있으리오.'라고 하니, 한 사람이 천하에서 제멋대로 하거늘 무왕이 그것을 부끄럽게 여겨 성을 내신다. 이것은 무왕의 용기이니 그러한 무왕도 또한 한번 성내어 천하의 백성들을 편안하게 하였습니다. 이제 왕께서 또한 한번 성내어 천하의 백성들을 편안하게 하신다면 오직 왕께서 용기를 좋아하지 않으실까 두려워할 것입니다.[968]

여기서는 『시』, 『서』를 이해한 것이 작품의 본래 뜻에 부합하는 지에 대해서는 잠시 다루지 않겠다. 그러나 그가 작품 내용을 인성화하고 인격화하여

---

967) 趙岐 注, 孫奭 疏, 『孟子注疏』卷1上, 〈梁惠王章句上〉, 十三經注疏本, 2665~2666쪽.
968) 趙岐 注, 孫奭 疏, 『孟子注疏』卷2上, 〈梁惠王章句下〉, 十三經注疏本, 2675쪽.

이해한 것은 매우 독창적이라고 할 수 있다.

맹자는 유가 문학 전적을 인격화하여 이해했을 뿐만 아니라, 이를 모든 언사에 대한 이해와 판단으로 확대시켰다. 공손추가 "말을 안다는 것은 어떤 뜻입니까?"라고 묻자, 맹자는 다음과 같이 대답했다.

> 편벽된 말로써 그 가림을 알게 되고, 음란한 말로 그 빠져있음을 알게 되고, 사악한 말로 어긋남을 알게 되고, 피하는 말로 궁한 바를 알게 된다. 그 마음에서 나와 그 정치에 해를 끼치고, 그 정치에서 나와 그 일에 해를 끼친다. 성인이 다시 일어나시더라도 반드시 내 말을 따르실 것이다.[969]

이 대화에 대해 주희(1130~1200)는 "사람에게 말이 있음은 모두 마음에 근본을 두고 있다. 그 마음이 바른 이치에서 밝아 가리는 것이 없게 된 뒤에야 그 말이 공평하고 바르고 통달하여 병이 없게 된다. 만약 그렇지 못하면 이 네 가지의 병이 있게 된다. 즉, 말의 병이 있고 그 마음의 잘못을 알고 또 정사에 해가 됨이 확고하여 바꿀 수 없음을 아는 것이다."[970]라고 해석했다. 맹자에게 있어서 마음은 가장 근본이고 첫째이다. 그리고 말은 여기에서 파생된 것이고 그 다음이다. "말"은 "마음"이 낳고, 오직 "마음"이 밝아야 "말"이 바를 수 있다. "말"이 바르면 "정치"에 이롭다. "마음"에 가리는 것이 있으면 "말"에 병이 나고, "말"에 병이 나면 "정치"에 해가 된다. 맹자는 "말"과 "마음"의 관계를 언급하면서, 고자告子가 "만약 말에서 이길 수 없다면 마음의 도움을 구할 필요가 없고, 만약 마음에서 이길 수 없다면 기의 도움을 구할 필요가 없다."라고 한 것을 비평하며 다음과 같이 말했다.

> 마음에서 구할 수 없다면 기氣의 도움을 구할 필요가 없다는 말은 옳지만, 말에서 구할 수 없다면 마음의 도움을 구할 필요가 없다는 말은 옳지 않다.

---

969) 趙岐 注, 孫奭 疏, 『孟子注疏』卷3下, 〈公孫醜章句上〉, 十三經注疏本, 2686쪽.
970) 朱熹, 『孟子集注』卷3, 怡府藏板 四書集注本, 1986年.

무릇 의지는 기의 장수요, 기는 몸에 가득 차 있는 것이니, 무릇 의지는 지극한 것이고, 기는 그 다음이다. 그러므로 말하길, 의지를 잘 잡더라도 또 기를 거칠게 만들어서는 안 된다고 하는 것이다.[971]

　"지志"는 "마음이 있는 곳"이다. 그래서 결국 "마음을 구해야 한다." 즉, "마음"으로 노력해야 한다. 그러면 "말을 아는 것"은 사실 "마음을 아는 것이고", "마음을 아는 것"은 곧 "사람을 아는 것이다." 맹자가 주장한 "말을 아는 것"은 그의 심성 이론의 구성 부분이다. 그가 주장한 "말은 마음에서 나온다." 도 "말은 마음의 소리"라고 한 문학 이론의 기원이 되었다.

　"말은 마음에서 나"오고, "말을 아는 것"이 "마음을 아는 것"이며, "마음을 아는 것"은 곧 "사람을 아는 것"이어서, 맹자는 자연스럽게 "사람을 알고 세상을 논한다."는 이론을 제시하게 되었다. 맹자는 다음과 같이 말했다.

　　한 고을의 선한 선비라야 한 고을의 선한 선비를 벗 삼고, 한 나라의 선한 선비라야 한 나라의 선한 선비를 벗 삼고, 천하의 선한 선비라야 천하의 선한 선비를 벗 삼을 수 있다. 천하의 선한 선비와 사귀고도 부족함이 있으면, 다시 거슬러 올라가 옛사람을 논하게 되는 것이다. 그 사람이 지은 시를 외우고, 그 사람이 쓴 책을 읽고도 그 사람을 모른다고 해서야 되겠느냐? 그래서 그 사람의 시대를 논하게 되는 것이니, 이것을 일러 시간을 거슬러 옛사람을 벗 삼는다고 하는 것이다.[972]

　"그 사람의 시대를 논하게 되는 것"에 대해서 현대인들은 종종 이것을 당시 사회를 이해하는 것으로 해석하며, 맹자가 〈소변小弁〉과 〈개풍凱風〉에 대해 내린 해석을 증거로 삼았다. 사실, 맹자는 결코 시대 배경에 따라 이 두 시를 해석한 적이 없다. "맹자의 이 두 시에 대한 분석은 결국 '어버이를 섬기

---

971) 趙岐 注·孫奭 疏, 『孟子注疏』 卷3下, 〈公孫醜章句上〉, 十三經注疏本, 2685쪽.
972) 趙岐 注·孫奭 疏, 『孟子注疏』 卷10下, 〈萬章章句上〉, 十三經注疏本, 2746쪽.

는 것이 인이다.'라고 한 유가의 도덕 교의를 널리 알린 것이다. '사람을 알고 세상을 논한다.'도 이 목적을 위한 것이었다. 그래서 사람들로 하여금 맹자가 언급한 것이 과연 실제와 부합하는지 여부를 의심하지 않을 수 없게 하였다."[973] 오히려 주희의 해석이 맹자의 사상과 비교적 부합한다. 주희(1130~1200)는 "세상을 논함은 그 당시 행사行事의 자취를 논한 것이다. 말하자면 그 말을 관찰하면 곧 가히 그 사람됨의 실제를 알지 못함이 없는 것이다. 이로써 또 그 행실을 상고하는 것이다."[974]라고 하였다. 그래서 "세상을 논한다."는 "그 당시 행사의 자취를 논하는 것이고", "그 행실을 상고하는 것이다." "그 행실을 상고하는 것"도 "사람을 알기" 위함이다. "그 사람이 지은 시를 외우고, 그 사람이 쓴 책을 읽으면" "그 사람을 알 수 있다." "사람을 알고 세상을 논한다." 는 "그 행실을 상고하는 것"을 통해 더욱 깊게 "그 사람을 알고" 더욱 "그 말을 아는" 것이다. 그러면 시와 서는 더 이상 단순한 언어, 문자 부호가 아니라 한 사람을 알고 이해할 수 있는 도구이자 그 사람의 인격을 들여다볼 수 있는 창구가 된다. 맹자는 문학 문제를 자신의 인격 이론에 완전히 융합시켰다. 한 마디로 문학이 곧 인학人學인 것이다.

문학 인격화의 사상을 관철하기 위해 맹자는 "내 뜻으로써 남의 뜻을 거슬러 구한다."는 이론을 주장했다. 맹자의 제자 함구몽咸丘蒙이 맹자에게 "순이 요를 신하로 삼지 않으신 데 대해서는 이미 선생님으로부터 가르침을 들었습니다. 『시』에서 '하늘 아래 왕의 땅이 아닌 곳이 없고, 모든 땅끝까지 왕의 신하 아닌 사람이 없다.'라고 하였습니다. 순이 천자가 되셨으나 고수瞽瞍를 신하로 삼지 않으심은 어째서입니까?"라고 묻자, 맹자가 다음과 같이 대답했다.

이 시는 그것을 말한 것이 아니다. 왕이 열심히 일을 해도 부모를 봉양할 수가 없고, 모두 왕의 일이 아닌 것이 없으니 나 혼자 노력한다고 말한 것이

---

973) 蔡仲翔·黃保眞·成復旺, 『中國文學理論史』(一), 北京:北京出版社, 1987, 26~27쪽.
974) 朱熹, 『孟子集注』卷10, 怡府藏板 四書集注本, 1986.

다. 그러므로 시를 해설하는 자는 글로써 말을 해치지 말고, 말로써 뜻을 해치지 말고, 마음으로 뜻을 맞추어야 그것이 시의 뜻을 터득하는 것이다. 만일 말만 가지고 볼 뿐이라면, 〈운한雲漢〉에 "주나라의 남은 백성이 조금도 남아 있지 않다." 하였으니 이 말대로라면 이것은 주나라에 남은 백성이 없다는 것이 된다.[975]

함구몽의 문제는 겉으로 보면, 『시』의 이해에 대한 어려움을 토로한 것이지만 사실은 맹자가 선전한 성왕 순 임금이 실제로 왕도王道와 인정仁政을 실행했는지에 대한 의심이었다. 만약 순 임금이 자신의 부친인 고수를 신하로 대했다면, 어버이를 섬기는 인을 실현할 수 없게 된다. 만약 순 임금이 자신의 부친인 고수를 신하로 대하지 않는다면, 『시』에서 언급한 "모든 땅끝까지 왕의 신하 아닌 사람이 없다."처럼 높은 이를 높일 수 없게 된다. 이것은 분명 딜레마가 아닐 수 없다. 유학 전적 중에는 이런 문제가 적지 않게 나타난다. 맹자는 아주 기묘하게 이 문제에 답을 내렸다. 그는 함구맹의 『시』의 의미에 대한 잘못된 이해를 지적하였을 뿐만 아니라, 『시』를 말하는 사람에 대한 기본적인 자세도 언급했다. "글로써 말을 해치지 말고, 말로써 뜻을 해치지 말고, 마음으로 뜻을 맞추어야 그것이 시의 뜻을 터득하는 것이다." "마음"은 시를 말하는 사람의 마음이다. "뜻"은 시를 지은 사람의 뜻이다. "마음으로 뜻을 맞추는" 것은 사실 독자와 작자의 인격 교류이자 마음의 대화이다. "글로써 말을 해치지 말고 말로써 뜻을 해치지 말고"는 문학이 작자 인격을 벗어나 독립적인 가치를 갖는 것을 인정하지 않는 것이다. 문학은 결국 사람(인성, 인격)의 일부일 뿐이다. 그러면 "마음으로 뜻을 맞추는" 것은 "사람을 알고 세상을 논하는" 것과 완전히 일치할 수 있다. "사람을 알고 세상을 논하는" 것이 강조하는 것은 사람에 대한 전체적인 파악과 이성적인 인식이다. "마음으로 뜻을 맞추는" 것이 강조하는 것은 사람에 대한 동정하는 마음과 감정의 융합

---

975) 趙岐 注·孫奭 疏, 『孟子注疏』卷9上, 〈萬章章句上〉, 十三經注疏本, 2735쪽.

이다. 이 두 가지는 모두 그 인격 이론과 인정 사상을 위한 것이었다.

귀샤오위郭紹虞(1893~1984)는 맹자가 말한 "마음으로 뜻을 맞추는" 것에 대해 다음과 같이 말했다. "그의 주관주의 논리 사상에 가려졌기 때문에 사람을 알고 세상을 논한다는 것에 관심을 가질 수 없었다. 그래서 그의 마음으로 뜻을 맞춘다는 것도 주관적인 체득이 되었다."[976]라고 하였다. 사실상, "마음으로 뜻을 맞추는" 것은 일종의 주관적인 체득이고, "사람을 알고 세상을 논한다."도 마찬가지로 일종의 주관적인 체득이다. 모두 맹자의 마음을 알고, 본성을 안다는 인격 이론과 왕도, 인정의 정치학설을 뒷받침해 주고 있다. 이것으로 보면, 맹자는 문학 사상과 문학 관념이 없는 것이 아니라, 단지 그의 문학 사상과 문학 관념이 그 인격 이론과 인정 사상에 가려져 잘 보이지 않았던 것뿐이다.

제4절 "積文學", "隆禮法"과 荀子의 문학 관념

순자는 맹자와 같이 공자의 충실한 신봉자였다. 그러나 공자 학설의 계승과 발전에 있어서 맹자와는 사뭇 다른 모습을 보였다. 량치차오梁啓超 (1873~1929)는 "순자와 맹자는 유가의 양대 스승이다. 유가학파는 두 사람을 얻은 뒤 성립되었다고 해도 과언이 아니지만, 순자는 자신만의 독자적인 학문을 가지고 있었다. 맹자의 저술과 다를 뿐만 아니라, 거기에는 공자의 학문이 아닌 것도 두루 갖추고 있었다."[977] 장타이옌章太炎(1869~1936)은 한층 더 강조하며 "순자와 맹자는 비록 모두 유가이지만, 두 사람의 학문적 근원이 크게 다르다. 순자는 제도 전장의 학문에 정통해서 '예의를 융성하게 하고, 『시』와 『서』를 쇠퇴시켰다.' 그의 글 중 〈왕제王制〉, 〈예론禮論〉, 〈악론樂論〉 등은 매우

---

976) 郭紹虞, 『中國文學批評史』, 31쪽.

977) 梁啓超, 『要籍解題及其讀法』, 陳引馳 偏校, 『梁啓超國學講錄二種』, 北京:中國社會科學 出版社, 1997, 44쪽.

독보적이라고 할 수 있다. 맹자는 고금에 정통하고, 『시』와 『서』에 능했지만 예는 매우 소홀했다. 그는 왕정을 주장하였지만, 단지 '다섯 묘의 집에는 뽕나무를 심는다. 닭, 돼지, 개 따위의 사육에 그 생육 시기를 놓치지 않는다. 100 묘의 밭을 농사지을 시기를 빼앗지 않는다.' 등과 같이 초라하기 짝이 없었다. 어찌 순자의 넓음에 미칠 수 있겠는가!"[978]라고 하였다. 이런 인식은 아주 심오하다고 할 수 있다.

순자荀子(대략 기원전 325~238)[979]의 이름은 황況으로 당시 사람들은 그를 순경荀卿 또는 손경孫卿이라고 높여 불렀다.[980] 『사기』 본전에는 "순경은 조趙나라 사람이다. 나이 50세에 비로소 제나라에 와서 학설을 유세했다. 추연騶衍의 학술은 굽고 크게 과장되어 웅변적이었다. 추석鄒奭 역시 문장은 좋으나 시행하기가 어려웠다. 순우곤淳于髡과 오랫동안 함께 있으면 때때로 유익한 말을 얻을 수 있었다. 그래서 제나라 사람들이 세 사람을 각각 칭송하여 말했다. 하늘을 말하는 자는 추연이고, 문장에 용을 새기는 자는 추석이며, 지혜가 끝없이 흘러나오는 사람은 순우곤이다. 제 양왕襄王 때에 전변田駢과 그 무리들은 모두 죽고 순경이 가장 지위가 높은 스승이었다. 제나라에서는 여전히 열대부列大夫에 결원이 생기면 보충하였는데, 순경은 3차례나 직하의 좨주祭酒가 되었다. 어떤 제나라 사람의 모함을 받은 순경이 초나라로 가자 춘신군春

---

978) 章太炎, 『國學槪念』, 第3章 「國學的派別(二)」, 曹聚仁 整理, 上海:上海古籍出版社, 1997, 33쪽.

979) 순자는 초나라 春申君이 죽은 지(기원전 238) 얼마 되지 않아 세상을 떠났다. 이 점에 대해서는 학술계의 의견이 비교적 일치한다. 그러나 태어난 때에 대해서는 의견이 분분하다. 梁啓超는 기원전 304년, 劉汝霖은 기원전 313년, 梁啓雄은 기원전 334년 전후, 羅根澤은 기원전 313~312년, 遊國恩은 기원전 314년(이상은 『古史辯』 第4冊 참고), 錢穆은 기원전 340년(〈先秦諸子系年〉참고), 張岱年은 기원전 325년(北京大學 『荀子』 注釋組, 『荀子新注』 附 〈荀子生平大事簡表〉, 中華書局, 1979 참고), 馬積高는 기원전 335년 전후(『荀學源流』, 上海古籍出版社, 2000年 참고)라고 하였다. 오늘날 장대년의 주장을 따르고 있다.

980) 당나라 때 顏師古는 『한서』 〈藝文志〉에서 주를 달고 "원래는 순경이라고 불렸으나, 선왕의 이름과 겹치는 것을 피하기 위하여 손이라고 불렀다."라고 하였다. 청나라 때 顧炎武는 『日知錄』에서 "한나라 때는 이름이 겹치는 것을 피하지 않았다. 荀이 곧 '孫'이었다. 예를 들어, 孟卯가 '芒卯', 司徒가 '申徒'였다. 소리가 바뀐 것이다."라고 하였다. 고염무의 말이 맞다.

申君은 그를 난릉령蘭陵令으로 삼았다. 춘신군이 죽자 순경의 관직은 면직되었으나 그는 계속 난릉에 머물러 살았다. 일찍이 순경의 제자였던 이사李斯는 후에 진나라로 가서 재상이 되었다. 순경은 세상에 혼탁한 정치가 행해지는 것, 나라를 망치는 혼미한 군주가 계속 왕위에 올라 대도를 따르지 않고 무당의 기원에 미혹되고 길흉의 징조를 믿는 것, 저속한 유자들이 작은 일에 연연하는 것, 더불어 장주莊周와 같은 무리들이 언변에 능하여 세속을 어지럽히는 것 등을 싫어하였다. 유가, 묵가, 도가가 행한 성취와 실패를 고찰한 후 그것들을 차례로 정리하여 수만 자의 글자로 된 저서를 남기고 죽었다. 그는 난릉에 묻혔다."[981)라고 하였다. 정치상으로는 비록 뜻을 이뤘다고 할 수 없으나, 맹자보다 통치자들의 환영을 받았음은 의심할 여지가 없고 어느 정도의 정치 실천 경험도 가지고 있다.

순자와 맹자의 차이는 문학 사상과 문학 관념의 표현에서 유난히 두드러졌다. 『맹자』에서는 "문학"을 언급하지 않았지만 순자는 다르다. 『순자』에서는 "문학" 개념을 자주 사용했을 뿐만 아니라 〈왕제王弟〉, 〈성악性惡〉, 〈대략大略〉 등에서도 "문학"은 여전히 순자가 그 사상을 표현하는 중요한 개념으로 사용되었다. 그래서 순자의 문학 사상과 문학 관념도 맹자보다 명확하고 분명하다.

순자는 맹자와 달리, 문학의 독립적 가치를 인정하였고, 문학의 인생과 사회에 대한 적극적인 역할을 매우 중시하였다. 그는 다음과 같이 말했다.

사람이 문학을 배우는 것은 옥을 다듬는 일과 같다. 『시』에서 "자르고, 다듬고, 쪼고, 간 듯하다."라고 하였다. 학문을 가리킨 말이다. 화씨의 벽은 한 마을에서 캐낸 돌이었으나 옥공이 이를 다듬어 천하의 보물이 된 것이다. 자공과 계로는 본래 미천한 사람들이었으나 문학을 전수받고 예의를 익혀 천하의 뛰어난 선비가 되었다.[982)

---

981) 司馬遷, 『史記』卷74, 〈孟子荀卿列傳〉, 二十五史本, 266쪽.
982) 王先謙, 『荀子集解』卷19, 〈大略〉, 諸子集成本, 334쪽.

순자가 특히 문학의 역할을 중시한 것은 사람과 사회에 대한 기본적인 인식과 관련이 있다. 맹자는 성선설을 주장했고 자아 반성을 중시하고 외적인 요구가 별로 없었다. "학문의 길이란 딴 것이 없다. 단지 잃어버린 본래의 마음을 구하는 것뿐이다."[983]라고 생각했다. 그래서 문학의 독립적인 가치를 인정하지 않았다. 반면, 순자는 맹자와 정반대였다. 그는 다음과 같이 말했다.

> 인간의 본성이 악하니 그것이 선하다는 것은 거짓이다. 오늘날 인간의 성품은 나면서부터 이익을 좋아하니, 이것을 따르기 때문에 쟁탈이 생기고, 사양이 없어진다. 태어나면서부터 질시와 미워함이 있으니, 이를 따르기 때문에 잔인하게 해치는 일이 생기고 충성과 신의가 없어진다. 태어나면서부터 듣는 것과 보는 것에 대한 욕심이 있어서 음악과 여색을 좋아함이 있으니, 이를 따르기 때문에 음란이 생기고 예의와 합당한 질서가 없어진다. 그러니 사람의 본성을 따르고 사람의 감정을 따르면, 반드시 쟁탈에 노출되고, 명분을 범하고 조리를 어지럽히는 데 부합하여, 포악한 데로 돌아갈 것이다. 그러므로 반드시 장차 스승과 법도에 의한 교화와 예의에 의한 교도가 있어야하니, 그런 다음에야 사양에 드러나고, 합당한 질서에 부합하여, 다스려짐에 돌아갈 것이다. 이로써 보건대, 그렇다면 사람의 본성은 악한 것이 분명하니, 그 선한 것은 거짓이다.[984]

순자가 보기에, "스승과 법도에 의한 교화와 예의에 의한 교도가 있어야한다."는 것은 바로 성인의 "본성을 바꾸어 인위를 일으키는" 작용이다. "성인이 性을 변화시켜 僞를 일으키고, 위를 일으켜서 예의가 생기고, 예의가 생겨서 법도를 마련하였다. 그렇다면 예의와 법도란 것은 바로 성인이 만든 것이다." "오늘날 사람의 본성이 악하니 반드시 성왕의 다스림과 예의의 교화를 기다린 이후에 모두 다스려지는데 나아가 선에 합하는 것이다."[985] 이른바

---

983) 趙岐 注·孫奭 疏, 『孟子注疏』卷11下, 〈告子章句上〉, 十三經注疏本, 2752쪽.

984) 王先謙, 『荀子集解』第17卷, 〈性惡篇第二十三〉, 諸子集成本, 289쪽.

985) 王先謙, 『荀子集解』第17卷, 〈性惡篇第二十三〉, 諸子集成本, 294쪽.

"성왕의 다스림과 예의의 교화"는 바로 순자가 이해한 "문학"의 범위였다. 순자는 다음과 같이 생각했다.

> 옛날 성왕聖王은 인간의 본성을 악하다고 보아, 편벽되고 음험하여 바르지 못하고, 도리에 어그러지고 난폭하여 다스려지지 않는다고 여기고, 이로써 그것을 위해 예의를 만들고 법도를 제정하여, 이것으로 인간의 성정을 교정하고 수식하여 바르게 하고, 또 이것으로 인간의 성정을 길들이고 교화하여 이끌고자 하였다. 비로소 모두 다스려지게 되고, 도에 맞게 된 것이다. 오늘날 사람들은 스승의 가르침에 교화되고, 학문을 쌓아 예의에 따르는 자를 군자라 하고, 성정에 내맡기고, 거리낌 없는 것을 아무렇지도 않게 여겨 예의에 어긋나는 자를 소인이라 한다.[986]

순자가 여기서 말한 "문학"은 유가에서 선전한 성왕지도聖王之道에 부합하는 예악 전장 제도를 가리킨다. "문학을 쌓는" 것은 바로 관련 지식과 실천 경험을 쌓는 것을 말한다. 이로써 사람의 "악한 본성"을 개조하여 "본성을 바꾸어 인위를 일으키는" 목적에 다다르는 것이다. "제도로 관리하면 도에 합하게 된다." 순자는 "문학"을 인성의 개조, 인격의 완성과 결합하였을 뿐만 아니라 "문학"을 정치 개선, 사회의 개조와 결합하였다. 또 "문학"은 이상적인 인격과 이상적인 사회에 이르는 중요한 매개라고 생각했다. 이렇듯 순자는 더 이상 맹자처럼 그렇게 "문학"을 단지 인격 이론과 인정학설仁政學說의 문제로만 보지 않고, "문학"을 일종의 독립적인 사회적 존재로 인정하고, 성인이 만든 인성과 사회를 개조할 수 있는 도구로 간주했다. 독립적으로 다룰 수 있는 인간의 외적이고 객관적인 대상으로 본 것이다.

순자는 "문학"의 독립적인 지위와 중요한 역할을 충분히 인정하였을 뿐만 아니라, 사람들에게 "문학"과 관련된 내용과 "문학을 쌓는" 방법에 대해 아주 명확하게 알려주었다. 그는 다음과 같이 말했다.

---

986) 王先謙, 『荀子集解』 第17卷, 〈性惡篇第二十三〉, 諸子集成本, 289~290쪽.

학문이란 어디서 시작하여 어디서 끝나는가? 말하기를 '그 과정은 『시』와 『서』를 외우는 데서 시작하여 『예』를 읽는 데서 끝나며, 그 목표는 사±가 되는 데서 시작하여 성인이 되는 것으로 끝난다. 정말 성실하게 노력을 쌓아 오래 지속하면 학문의 세계로 들어갈 수 있다. 학문은 죽음에 이른 후에야 그만두게 되는 일이다.' 그러므로 학문의 과정에는 끝이 있더라도 그 목표는 잠시라도 버릴 수 없다. 학문을 하면 사람이 되지만 그것을 버리면 짐승에 불과하다. 『서』란 정치 사건의 기록이고, 『시』란 치우치지 않는 성조가 담겨 있는 것이며, 『예』란 법규의 근본과 규칙의 대강이다. 그러므로 학문이 『예』에 이르러서 그치는 것이다. 대저 이것을 일러 도덕의 극치라고 한다. 『예』의 경건함과 『악』의 중화와 『시』, 『서』의 넓은 지식과 『춘추』의 깊은 뜻을 배워서 익힌다면 천지 사이의 것을 다 알 수 있다.[987)

순자는 "문학"을 쌓는 것이 바로 "경을 읊고", "예를 읽는" 것이고 공자가 말한 유학 전적을 배우는 목적은 "사"가 "성인"이 되는 것에 있다고 보았다. 그러면 "문학"은 순자에게 있어서 허무맹랑한 것이 아니라, 성인지도의 구체적인 유가의 인문 전적 지식을 포함하는 것이다. "문학"도 맹자가 이해했던 인간의 내적 본질에서 인간이 만든 외적 인문 세계로 변하게 된 것이다. 이런 인식은 인간의 주관 세계와 객관 세계에 대한 인식의 끊임없는 심화와 의식적으로 그것을 구분하려는 사상 경향을 반영한다. 또 사회의식 형태가 점차 사회 정치 운영에서 벗어나 독립적인 발전을 도모하기 시작했다는 증거이기도 하다.

순자가 이해한 "문학"은 성왕이 제정한 예악 전장 제도와 인간의 자연스러운 본성이 아닌 성인이 남긴 문헌 전적 지식이었다. 그래서 사람들은 맹자가 말한 "양지", "양능" 등을 천성적으로 가질 수 없었다. 반드시 스승의 교육을 받아야 하고, 이런 지식을 힘써 배워야 하고, 이 방면의 경험을 열심히 쌓아야 하고, 스스로 자신의 사회 실천을 이끌어야 한다. 이렇게 해야지만 사람은 완벽해질 수 있고, 존중받는 성인이 될 수 있다. 순자는 다음과 같이 생각했다.

---

987) 王先謙, 『荀子集解』 卷1, 〈勸學篇第一〉, 諸子集成本, 7쪽.

예라고 하는 것은 내 몸을 바르게 갖는 수단이다. 스승이라고 하는 것은 예를 바르게 가르치는 사람이다. 예가 없다면 무엇을 가지고 내 몸을 바로잡을 것인가. 스승이 없다면 내 어찌 예의 옳은 가치를 알 수 있겠는가. 예가 정한 그대로 그렇게 행해진다면 바로 정서情緖가 예 쪽으로 안정될 것이다. 스승이 이르는 말이 그대로 전해진다면 바로 지혜가 스승과 똑같아질 것이다. 정서가 예 쪽으로 안정되고 지혜가 스승과 똑같아진다면 바로 이가 성인이다.[988]

학문하는 방법으로는 스승이 될 만한 사람을 가까이하는 것보다 더 편리한 것이 없다. 『예』와 『악』에 관한 경전은 법도를 보여줌에 빠짐이 없고, 『시』와 『서』는 옛 기록이어서 천박하지 않고, 『춘추』는 간략하여 번잡하지 않다. 스승이 될 만한 사람을 따라 군자의 말씀을 익힌다면 존엄해져서 세상에 널리 통하게 될 것이다.[989]

말을 해주는데도 그를 스승이라 일컫지 않는 것을 가리켜 반(畔, 叛)이라 말한다. 제자를 가르치는데도 그를 스승이라 일컫지 않는 것을 가리켜 배(倍, 背)라 말한다. 배반하는 사람을 총명한 군주는 조정에 들이지 않고, 사대부는 길에서 그를 만나더라도 함께 말하지 않는다.[990]

이토록 스승이 주신 가르침의 가치를 강조하고, 스승의 지위를 존중한 것은 문학이 스승의 가르침을 통해 얻을 수 있었기 때문이다. 이것은 전형적인 전경傳經 유가의 관점이다. 맹자의 전도傳道 유가와 큰 차이가 있다. 맹자 사상에 대한 반발이자, 공자 사상에 대한 다른 방면으로의 복귀라고 할 수 있다.

순자는 맹자와 마찬가지로 자신의 인격 이상을 가지고 있었고, 성인을 귀감으로 삼았다. 그러나 순자는 맹자와 달리, 자아반성을 통해 이상적인 인격

---

988) 王先謙, 『荀子集解』卷1, 〈修身篇第二〉, 諸子集成本, 20쪽.

989) 王先謙, 『荀子集解』卷1, 〈勸學篇第一〉, 諸子集成本, 8쪽.

990) 王先謙, 『荀子集解』卷19, 〈大略第二十七〉, 諸子集成本, 333쪽.

을 얻을 수 있다고 생각했다. 이상적인 인격은 후천적으로 끊임없이 배우고
쌓아야 하며, 문학은 이상적인 인격에 도달하는 중요한 수단이라고 강조했다.
그는 다음과 같이 말했다.

> 흙을 쌓으면 산이 되고, 물을 쌓으면 바다가 되며, 아침과 저녁이 쌓인
> 것을 한 해라 말하고, 지극히 높은 것을 하늘이라 말하고, 지극히 낮은 것을
> 땅이라 말하며, 우주 안에 여섯을 지칭하여 극極이라 하고, 길 가는 사람들도
> 선을 쌓아서 온전히 다한다면 이를 성인이라 하는 것이다. 구한 후에 그것이
> 얻어지고 실행한 후에 그것이 이루어지고 쌓은 후에 그것이 높아지고 모든
> 것을 다한 후에 성인이 되는 것이다. 그러므로 성인이라 하는 자는 일반 사람
> 이 쌓아 올린 것이다.[991]

> 군자는 온건치 못하고 순수하지 못한 모든 것이 아름답다고 할 수 없다는
> 것을 알아야 한다. 그러므로 경서를 외우고 익혀 이를 꿰뚫고, 사색함으로써
> 이에 통달하며 훌륭한 옛 사람처럼 되도록 처신하고, 학문에 해가 되는 것은
> 제외하여 자신을 건사하고 기르며, 눈으로는 옳지 않은 것은 보려 들지 않고,
> 귀로는 옳지 않은 것을 들으려 하지 않으며, 입으로는 옳지 않은 것은 말하려
> 들지 않고, 마음으로는 옳지 않은 것은 생각하려 들지 않아야 한다. …… 권력
> 과 이익으로도 그를 기울어뜨리지 못하고, 많은 사람들도 그의 마음을 변하
> 게 하지 못하며, 온 천하도 그를 움직이지 못하게 될 것이다. 삶에 있어서도
> 학문을 추구하고, 죽음에 있어서도 학문을 추구하게 되는데, 이런 것을 가리
> 켜 절조 있는 덕이라 한다. 절조 있는 덕이 있은 뒤에야 마음이 안정되며,
> 마음이 안정된 뒤에야 주위에 적응할 수 있게 되는데, 안정되고 적응할 수
> 있으면 이를 일컬어 완성된 사람이라 한다.[992]

비록 순자과 맹자의 인격 이상은 모두 "성인"으로 귀납되지만, 그 실현하

---

991) 王先謙, 『荀子集解』卷4, 〈儒效篇第八〉, 諸子集成本, 91쪽.
992) 王先謙, 『荀子集解』卷1, 〈勸學篇第一〉, 諸子集成本, 11~12쪽.

는 방법과 과정에는 큰 차이가 있다. 맹자는 "마음을 다하고", "본성을 알고", "기를 기르는" 것을 강조하며, "잃어버린 마음을 찾는 것"을 통해 이상적인 인격을 실현해야 한다고 하였다. 반면, 순자는 "본성을 바꾸어 인위를 일으키고", "스승을 높이고", "학문에 힘쓰는" 것을 강조하며, "배움"과 "축적"을 통해 이상적인 인격을 실현해야 한다고 하였다. 맹자는 문학의 외력을 빌려 인간의 선한 본성을 회복할 필요가 없다고 보았다. 단지 문학을 인격의 상징으로 삼고 관심을 갖고 받아들이도록 하였다. 반면, 순자는 문학의 외력을 빌려 인간의 악한 본성을 개조해야 한다고 보았다. 문학을 "본성을 바꾸어 인위를 일으키는" 주요 수단이자 "배움"과 "축적"의 기본적인 내용으로 간주하였다. 이렇듯, "문학"은 순자의 사상에서 인간의 본성과 대립하는 특수한 지위를 갖고 있었고, 인간의 본성을 개조하고 인간의 인격을 완성하는 특수한 역할을 하였다.

　　순자와 맹자의 문학 사상과 문학 관념의 차이는 인격 이론과 정치 이론에서 나타난다. 맹자는 "인정仁政"을 주장하며, "사람에게 차마 지나치지 못하는 마음으로 그냥 못 본 척할 수 없는 정사를 행하면 천하를 다스리는 것은 손바닥 위에서 움직이는 것과 같을 것이다."[993], "자기 어르신을 공경하는 마음으로 다른 어르신을 공경하고, 자기 자식을 사랑하는 마음으로 남의 자식을 보살핀다. 그러면 천하를 손바닥에 올려놓고서 움직일 수 있다."[994]라고 하였다. 그래서 그는 정치상에서 도덕 인격의 역할을 중시하고, "도덕으로 어진 정치를 실행하는 자는 왕자이다."[995]라는 사상을 고취하였다. 반면 순자는 "예를 높이고 법을 중시해야 한다."라고 주장하고, 사람과 짐승의 차이는 "사람이 여럿이 모여 살며 그 힘을 합칠 수 있는" 것에 있다고 하였다. 그리고 성인과 보통 사람의 차이는 그가 "차등을 분명히 한 뒤 이를 바탕으로 조직이나 집단을 이룰" 수 있는지, "권세나 지위가 동등하고 욕심과 싫어함이 같되 물건이

993) 趙岐 注·孫奭 疏, 『孟子注疏』卷3下, 〈公孫醜章句下〉, 十三經注疏本, 2690~2691쪽.
994) 趙岐 注·孫奭 疏, 『孟子注疏』卷1下, 〈梁惠王章句上〉, 十三經注疏本, 2670쪽.
995) 趙岐 注·孫奭 疏, 『孟子注疏』卷3下, 〈公孫醜章句上〉, 十三經注疏本, 2689쪽.

넉넉하지 못하다면 반드시 다툼이 일어난다. 다투면 반드시 혼란해지고 혼란
하면 궁해진다. 선왕은 그 혼란이 싫어 예의 법도를 마련하여 그것으로 신분
을 가르고 빈부와 귀천의 차등을 지어 족히 서로가 다 함께 임하도록 시키는
것이니 바로 천하 사람을 기르는 근본이 되는"[996] 것에 달렸다고 보았다. 그래
서 "문학"은 곧 성인이 "차등을 분명히 한 뒤 이를 바탕으로 조직이나 집단을
이루기" 위해 만든 "예의" 경전이라고 할 수 있다. 이것은 사람의 사회적 행위
를 규범 하는 구체적인 준칙이자, 이상 정치를 판단하는 객관적인 기준이다.
순자의 주장에 따르면,

> 성인이란 자는 도를 관할하는 핵심이다. 천하의 도가 모두 여기에 있다.
> 여러 선왕들의 도 또한 하나로 이에 집중한다. 그러므로 『시』, 『서』, 『예』,
> 『악』의 도가 이에 귀착된다. 『시』는 바로 그 의지를 말하고, 『서』는 바로 그
> 일을 말하며, 『예』는 바로 그 행위를 말하고, 『악』은 바로 그 조화를 말하며,
> 『춘추』는 바로 그 은밀한 정신을 말한다. 그러므로 〈풍〉이 음란과 분방에 흐
> 르지 않은 까닭은 이를 근거로 조절하였기 때문이다. 〈소아〉가 소아로서 성
> 립된 까닭은 이를 근거로 아름답게 꾸몄기 때문이다. 〈대아〉가 대아로서 성
> 립된 까닭은 이를 근거로 빛났기 때문이다. 〈송〉이 지극히 성하게 된 까닭은
> 이를 근거로 관철하였기 때문이다. 천하의 도가 성인에게 다하고 있다.[997]

유가의 문학 전적이 이토록 신성한 가치가 있고 이토록 중요한 역할을 한
다면 사람들은 마땅히 그것을 공부하고 파악하고 운용하게 된다. 그것은 사람
의 본성을 개조하고 사람의 인격을 완성하는 중요한 도구일 뿐만 아니라 사인
이 정치인으로서의 갖춰야 할 필수 조건이라고 할 수 있다. 『순자』〈왕제王制〉
에는 다음과 같이 나와 있다.

---

996) 王先謙, 『荀子集解』卷5,〈王制篇第九〉, 諸子集成本, 96쪽.
997) 王先謙, 『荀子集解』卷4〈儒效篇第八〉, 諸子集成本, 84~85쪽.

현자는 유능한 이를 순서 없이 등용하고, 어리석거나 무능한 자는 지체 없이 그만두게 하며, 극악한 자는 깨우침 없이 벌주고, 일반 사람은 형벌 가함 없이 감화시킨다. 신분은 아직 정해지지 않더라도 그 등급의 절차는 있는 것이다. 비록 왕공 사대부의 자손일지라도 예의를 힘써 할 수 없다면 그를 서인으로 돌리고, 비록 소인의 자손일지라도 학문을 쌓아서 몸을 바르게 하고 행동이 능히 예의를 힘써 할 수 있다면 그를 경상卿相이나 사대부 신분으로 귀속시킨다는 것이다. 그러므로 간악한 말과 간악한 논리를 펼치고 간악한 일과 간악한 재주를 부리며 사람 눈을 피하고 마음 바르지 못한 백성은 한결같이 가르치고 깨우치며 잠시 기다려 포상으로 힘쓰게 하고, 형벌로 응징하며 하는 일에 안정되면 머무르게 하고, 그래도 안정되지 못하면 내버린다. 다섯 종의 질환자는 관이 거두어 부양하고, 재능을 가늠하여 일을 시키며, 벼슬자리에 임용하여 옷 입고 밥 먹게 하여 모두를 다 함께 감싸서 빠짐없게 한다. 그 기능과 행동이 시의時宜와 반하는 자는 죽이고 용서하지 않는다. 대저 이를 일러 천덕天德이라 한다. 이것이 바로 왕자王者의 정치라고 하는 것이다.[998]

순자의 이론에 따르면, 사람은 단지 "문학을 쌓는" 것을 통해서만 통치자의 행렬에 들어갈 수 있다. 이것은 문학의 사회적 지위를 높였을 뿐만 아니라, 문학을 사인士人이 추구하는 대상이 되도록 하였다. 사람의 문학화는 자연스럽게 새로운 사회 풍토가 되었다. 순자의 제자 한비자가 말한 "중장中章의 서胥가 벼슬을 하자 중모中牟의 백성들이 모두 밭을 버리고 문학을 배우게 되었는데, 그 숫자가 전체 인구의 절반에 달했다."[999]는 어쩌면 이런 상황을 가리키는 것일지도 모른다. 이중 과장된 부분이 있더라도 말이다. 사람의 문학화는 사인의 정신 면모를 변화시켰고, 사회 풍토를 변화시켰으며, 사람들의 문학 관념을 변화시켰다. 맹자는 문학의 사회적 지위와 역할을 지나치게 경시했다. 문학을 선험에 포함시키고 인간의 선한 본성과 이상적인 도덕 인격 추구에

998) 王先謙, 『荀子集解』 卷5, 〈王制篇第九〉, 諸子集成本, 94쪽.
999) 韓非, 『韓非子』 卷11, 〈外儲說左上〉, 二十二子本, 1155쪽.

녹아들게 했다. 반면, 순자는 문학과 인간의 본성을 대립시켜 상대적으로 독립적인 사회의식 형태가 되도록 하였다. 또 이것을 악한 본성을 개조하는 도구로 간주하고 문학의 사회적 지위를 최대로 끌어올렸다. 이것은 사회의식 형태가 끊임없이 풍부해지고 문학 사상이 성숙해졌다는 증거이다.

제5절 문학의 인격화와 인간의 문학화: 유가 후학들의 殊途同歸

공자, 맹자와 순자는 모두 선진 유학의 대표적인 인물이다. 서한 이후에 유학은 중국 정치사상 분야에서 특수한 지위를 차지했기 때문에 그들의 사상은 중국 문화의 각 분야에서 모두 중대한 영향을 끼쳤다. 선진 유가가 중국 문학 관념을 세웠기 때문에 유가학자들은 문학의 사회적 기능을 특별히 강조하였고, 문학 발전에 특별한 관심을 기울였다. 게다가 중국 문학 사상과 문학 관념이 선진 시대에 발생했기 때문에 그들의 문학 사상과 문학 관념도 중국 문학의 발전 방향을 이끌었다. 그렇다고 그들의 문학 사상과 문학 관념이 전혀 근거 없이 생겨난 것은 아니었다. 그들의 문학에 대한 이해는 사실 춘추 전국 시대 중국 사회 발전의 수준과 중국 문학 발전의 실제를 반영했고, 또한 당시 사회 전체 풍토와도 일치했다.

옛 선인들은 선진 시대의 사회적 특징과 풍토에 관해서 언급한 적이 있다. 그들의 관점은 우리에게 시사하는 바가 크므로 관심을 가질 필요가 있다. 예를 들어, 『상군서商君書』〈개색開塞〉에는 다음과 같은 기록이 있다.

상고 시대에는 가족을 아끼고 사적인 이익을 추구하였고, 중세 시대에는 현인을 숭상하고 어진 행동을 즐겼으며, 근세에는 신분을 소중히 여기고 관리를 존중하게 되었다. 현인을 숭상하면 어진 이를 추천하지만, 군자를 세우고 나면 어진 이가 필요 없게 된다. 가까운 이를 친하게 여기면 사적인 이익을 쫓게 되지만, 중정을 따르는 이는 사적인 이익이 행해지지 않게 된다. 이 세 가지가 상반되는 것이 아닌 것은 백성의 도가 피폐해지면 그에 따라 법령도 다시 바꾸어야 하며, 세상사가 변하면 도의 실행도 달라져야 하기 때문이 다.[1000]

후와이뤼侯外廬(1903~1987)는 『상군서』〈개색〉에서 언급한 "상중하 세 시기는 서주, 춘추, 전국 세 시기에 해당된다."[1001]라고 하였고, 펑유란馮友蘭 (1895~1990)은 그것이 반영하는 것이 춘추 초기부터 전국 시대까지의 사회 변동이라고 하였다.[1002] 사회 제도사적 측면에서 볼 때, 후와이뤼의 의견은 어느 정도 일리가 있다. 사회 사상사적 관점에서 볼 때, 펑유란의 의견은 당시 사회 풍토의 실제적인 변화에 더욱 부합하는 듯하다. "가족을 아끼고 사적인 이익을 추구하는" 것은 세경세록世卿世祿하던 종법 사회의 정치적 특징이었다. 이런 특징은 서주 사회에서 제도로서 실현되었다가 춘추 시대에 접어들면서 유명무실해졌다. 그러나 특히 춘추 초기에는 사회 풍토로서 여전히 명맥이 이어졌다. "현인을 숭상하고 어진 행동을 즐기는" 것은 춘추 시대에 제후가 패권을 다투고, 사인 계급이 사회 정치 무대에 등장하기 시작한 시대적 특징과 관련이 있다. 어질고 높은 덕망을 숭상하는 사회 풍토는 사인이 사회 정치 생활에서 중요한 역할을 담당하게 된 춘추 중후기에 발생하였다. "신분을 소중히 여기고 관리를 존중하는" 것은 전국 시대의 계급 재건과 사회 통합의 시대적 특징과 관련이 있다. 전국 후기에 이르러서야 사회 풍토로 충분히 반영되어 졌다.

선진 제자는 자신이 처한 시대에 냉정한 관찰과 깊은 반성을 하였다. 그들의 사상은 시대 주류 정신과 일치했던 것은 아니지만, 시대가 맞닥뜨린 주요한 문제를 반영하였다. 그들의 문제에 대한 사고방식이나 결론이 모두 일치했

1000) 商鞅 撰·嚴萬里 校, 『商君書』卷2, 〈開塞〉, 二十二子本, 1106쪽.

1001) 侯外廬·趙紀彬·杜國庠, 『中國思想通史』第1卷, 北京:人民出版社, 1957, 609쪽.

1002) 馮友蘭, 『中國哲學史』上册, 北京:中華書局, 1961, 387쪽.

던 것은 아니지만, 당시 사회 엘리트가 했던 판단과 선택을 대표한다고 할
수 있다. 그래서 선진 제자의 사유 방식을 이해하면 선진 유가인 공자부터
순자까지의 문학 관념의 발전 경로를 파악하기 쉬워진다. 치엔무錢穆
(1895~1990)은 『국학개론國學槪論』에서 선진 제자의 사상적 발전을 세 시기로
나누어 설명하였다.

> 공자와 묵자墨子가 활동한 때가 초기이다. 당시에는 귀족계급의 생활에
> 대해 어떠한 것이 올바른 생활 방식인지를 직설적으로 토론하였다. 진중陳仲,
> 허행許行, 맹자, 장자는 제2기에 속한다. 당시는 사실 그대로 말했다. 선비
> 계급의 자신들이 귀족 계급에 대해 어떠한 태도를 가져야 하는지를 토론하였
> 다. 그 이후가 제3기이다. 당시 토론의 핵심은 선비 계급의 위세와 혼란이
> 심각해지는 것에 대해 어떻게 평정하고 약화시킬 수 있는지의 문제였다. 그
> 래서 초기 문제의 핵심은 "예"이다. 중기 문제의 핵심은 "관직"이다. 말기 문
> 제의 핵심은 "정치"이다. 비록 한 마디로 이야기할 수는 없지만 여기서 크게
> 벗어나지 않기 때문에 제자 학설 사상의 흐름을 이같이 종합해 볼 수 있다.[1003]

치엔무가 내린 제자 학설의 발전 단계에 대한 요약은 비록 대략적이기는
하지만 문제의 핵심을 간파했다. 우리가 공자 이후의 문학 사상과 문학 관념
의 발전을 이해하는 데 많은 도움을 준다.

선진 유가로 볼 때, 그 문학 관념은 대략 세 단계를 거쳐 왔다.

첫 번째는 공자이다. 공자가 관심을 가진 문제는 "예"이다. 어떻게 하면
더욱 심해지는 "예악 붕괴"를 막고, 서주 때 세운 예악 제도를 회복할 수 있을
까였다. 공자는 이 제도의 특징을 "문"[1004]으로 종합하고, "귀신을 앞세우고,
예를 뒤로하는" 은상 문화와 구별 지었다.[1005] 그래서 공자가 말한 "문학"은

1003) 錢穆, 『國學槪論』, 北京:商務印書館, 1997, 52쪽.
1004) 『논어』〈八佾〉에 공자가 "주는 하은 2대를 거울로 삼았다. 찬란하구나, 그 문화여! 나는
주를 따르겠다."라고 한 말이 실려 있다.
1005) 옛 선인들은 夏, 商, 周 삼대의 문화 특징에 대해 다음과 같이 종합하였다. 『예기』〈表記〉에서

예악을 핵심으로 하는 전장제도, "문"으로 가르치는 교육 관념과 문치 교화의 정치적 이상을 포함한다. 심지어 인재 유형을 배양하는 대명사가 되었다. 의미의 풍부성은 동시에 개념의 모호성을 의미한다. 이때 문학은 아직 독립적인 사회의식 형태를 갖지 못했음을 설명해준다. 그러나 공자의 문학 관념은 중국 문화사상의 거대한 진보를 반영했음을 알 수 있다. 이것은 은상 시대 제사 문화에 대한 초월이고, 서주 시대 예악 문화에 대한 계승이자 발전이었다. 이것은 귀신이 아닌 인간을 중심으로 한 새로운 사상과 새로운 관념으로 사회 문화의 인간성과 세속화의 발전 방향을 구현했다. 그래서 중국 문학 사상과 문학 관념 발전에 단단한 기초를 이룰 수 있었다.

공자가 세상을 떠난 뒤, "유가는 여덟 개로 나누어졌다." 제자들의 공자학설에 대한 이해는 원래 일치하지 않았다. 그들은 공자학설에 대한 각자의 이해에 따라 공자의 사상을 계승하고 발전시켰다. "문학"의 대표 인물인 자유와 자하는 공자학설 발전의 두 가지 방향을 대표한다. 동시에 문학 사상과 문학 관념 발전의 두 가지 경로를 열었다. 궈모뤄(1892~1978)의 연구에 따르면, "『예기』〈예운禮運〉은 자유가 가졌던 유가의 정석이 틀림없다."[1006] 자유는 내

는 "하나라의 도는 천명을 받든다. 귀신을 섬기고 신을 공경하되 이를 멀리하고 사람을 가까이하고 이에 충실하다. 봉록을 앞세우고 권위로 으르는 것을 뒤로하며, 상을 앞세우고 벌을 뒤로한다. 친하나 받들지 않는다. 그 백성의 병폐는 둔하고 어리석으며 교만하고 조야하며 질박하고 세련되지 않는 것이다. 은나라 사람은 신을 받든다. 백성을 거느리고 신을 섬긴다. 귀신을 앞세우고 예를 뒤로하며 벌을 앞세우고 상을 뒤로한다. 받들지만 친하지 않다. 백성의 병폐는 흐리고 맑지 않으며 지나치고 치욕스러움이 없는 것이다. 주나라 사람은 예를 받든다. 귀신을 섬기고 신을 공경하되 이를 멀리하고 사람을 가까이 하고 이에 충실하다. 그 상벌은 작위의 서열을 쓰고 친하나 받들지 않는다. 백성의 병폐는 이를 탐하고 교묘하며 세련되었으나 부끄러워할 줄 모르고 해치고 숨기는 것이다."라고 하였다. 『白虎通義』에서는 "하나라의 왕은 온후함을 가르쳐 그 무례함을 버리도록 하였다. 무례함을 버리는 것은 공경함만 못하다. 은나라의 왕은 공경함을 가르쳐 귀신을 버리도록 하였다. 귀신을 버리는 것은 예의만 못하다. 주나라 왕은 예의를 가르쳐 야박함을 버리도록 하였다. 야박함을 버리는 것은 온후함만 못하다."라고 하였다. 사마천은 『사기』〈高祖本紀〉에서 "하나라의 정치는 온후했다. 온후함의 폐단은 소인이 무례함으로 다스리는 것인데, 은나라 사람들이 그것을 이어받아 공경으로 다스렸다. 공경함의 폐단은 소인이 귀신을 섬기는 것인데, 주나라 사람들이 그것을 이어받아 예의로 다스렸다."라고 찬양했다.

1006) 郭沫若, 『十批判書』, 133쪽.

적 수양에 치중하여 성인의 근본을 구하는 부류였다. 사람들에게 "전도傳道"의 유가로 간주된다. 반면, 자하는 사소한 일을 제약하고 예의에 주의하며 유가 경전 전수에 가장 힘을 쏟았다. 사람들에게 "전경傳經"의 유가로 간주된다. 맹자는 자유파子游派에서 나왔다. 진례陳澧는 "자사와 맹자의 학문은 자유에게서 나왔구나!"[1007]라고 하였다. 량치차오梁啓超(1873~1929)는 "맹자의 학문은 자유에게서 나왔다."[1008]라고 하였다. 순자가 자하의 문하에서 나왔다고 한 것은 앞에서 이미 열거하였다. 마찬가지로 공자가 "문학"으로 칭찬한 자유와 자하는 각각 심성 수양과 전적 학습을 중시했다. 자유와 자하가 추구한 각기 다른 문학 사상적 경향은 맹자와 순자의 문학 사상의 차이를 일으킨 근본 원인이었다.

전국 중기에 살았던 맹자는 비록 공자의 학설을 따랐지만 당시의 사회 환경은 이미 공자가 살던 시대와는 많이 달랐다. 예악 제도를 지나치게 강조하는 외적 규범은 시대에 맞지 않았을 뿐만 아니라 사실상 통용되지도 않았다. 제후 간의 격렬한 경쟁은 사인의 정치적 욕망을 자극하였다. 그러나 맹자는 날카로운 언행을 원하지 않았고 패도를 찬성하지 않았다. 그는 소진과 장의의 합종연횡이 불러일으킨 각국의 변화를 보았고, 상앙이 변법을 촉진하여 진나라가 강대해지는 것을 지켜보았다. 그러나 이런 것은 맹자의 왕도 이상에 맞지 않았다. 그래서 맹자는 사람의 내면 세계에 관심을 집중하고 "인"을 제시하여 심성 수양과 사회 정치를 연결하는 통로로 삼았다. 즉, "마음을 알고", "본성을 아는 것"을 통해 "인심"을 얻고, "인심"을 얻으면 "인정"을 실행할 수 있는 것이다. 이런 사고방식은 자유의 학문에서 나왔다. 맹자도 당시 사회 정치 면모를 바꿀 수 있는 가장 적극적인 집단이 사인士人임을 잘 알고 있었다. 그리고 심성 수양을 가장 잘 고수할 수 있는 것도 역시 사인뿐이었다.[1009] 그래서

1007) 陳澧, 『東塾讀書記』 12, 〈諸子書〉, 北京:生活 · 讀書 · 新知三聯書店, 1998, 233쪽.

1008) 梁啓超, 『論中國學術思想變遷之大勢』, 梁啓超全集本, 北京:北京出版社, 1997, 587쪽. 梁啓超는 『中國古代學術思想變遷史』에서도 "자사와 맹자의 학문은 자유가 공자에게서 전수받은 것에서 나왔다."라고 하였다.

맹자가 관심을 가진 핵심 문제는 "벼슬"이었다. 어떻게 하면 사인의 인격을 높여 그들의 지위를 높일 것인가, 사회 정치 생활에서 사인이 충분한 역할을 발휘할 수 있게 할 것인가였다. 맹자는 사인의 내면에 관심을 집중하고 "마음을 기르는 데는 욕망을 줄이는 것보다 더 좋은 것이 없다."고 주장했다. 학문의 길이 바로 "잃어버린 마음을 찾는 것"이라고 생각했기 때문이다. 그래서 외적 형식을 중시하지 않고 문학에 대해서도 특별한 관심을 두지 않았다. 이것은 문학의 독립적인 발전에 도움이 되지 않았다. 그러나 맹자가 문학을 인격화하여 이해한 것은 문학이 인간의 정신에서 생산된 것(즉, "말은 마음에서 나온다.")이라는 속성을 부각시켰다. 이런 부각은 문학 발전에 중요한 사상적 기초를 마련했을 뿐만 아니라, 문학 발전에 무궁무진한 신천지를 열어주었다. 만약 맹자가 문학의 인격화를 하지 않았다면, 훗날 순자가 제창한 사람의 문학화도 없었을 것이다. 한나라 때 학자들이 맹자의 문학 사상을 따른 이유도 바로 여기에 있다. 이런 의미에서 볼 때, 우리는 중국 문학 발전에 대한 맹자의 큰 공헌을 충분히 인정해야 한다. 이 밖에 맹자는 문학이 인격을 비추는 거울이라고 보았다. 이것은 문학가의 사회적 책임을 가중시켰고 그들의 자아 수양 능력을 높였다. 맹자가 주장한 "사람을 알고 세상을 논한다.", "내 뜻으로써 남의 뜻을 거슬러 구한다.", "말을 알고 기를 기른다." 등의 명제도 훗날 문학 사상의 발전에 중요한 이론적 시야와 사상 경험을 제공했다. 이 역시 관심을 가질 필요가 있다.

순자는 전국 말기에 살았다. 국가의 통일은 이미 대세의 흐름이었다. 사상의 융합도 무의식중에 진행되었다. 사회는 효과적인 정치 이론과 정치 학설이 필요했다. 순자는 어떻게 국가를 다스릴까를 핵심 문제로 삼았는데 이것은 당시 사회적 요구에 부합한 것이었다. 순자는 유가의 신도信徒로서, 자연스럽게 유가의 예제와 왕도를 제창하였다. 그러나 "공자와 맹자가 '인의'로 '예'를

1009) 『孟子』〈梁惠王上〉에서는 "士 계급이라면 恒産이 없어도 恒心을 가질 수 있지만, 일반 백성은 항산이 없으면 항심을 가질 수 없다."라고 하였다.

해석하고, '형정刑政'을 중시하지 않은 것과 달리, 순자는 '형정'을 강하게 주장하고 '예'와 '법'을 함께 중시하였다. 이는 순학荀學을 공자나 맹자의 것과 구분하는 기본적인 특징이 되었다."[1010] 순자는 "왕자가 논의할 일은 덕 없는 자를 높이지 않고, 무능한 자에게 벼슬을 주지 않고, 공 없는 자에게 상을 주지 않고, 죄 없는 자를 벌하지 않으며, 조정에는 생각지도 않은 자리가 없고, 민간에는 요행스런 삶이 없으며, 현자를 높게 올리고, 유능한 자를 임용하여 걸맞은 자리에 빠지지 않게 하고, 진실한 자를 고르고, 포악한 자를 금하며, 형벌 집행에 잘못이 없게 한다. 그리하여 백성들은 모두가 '집안에서 선행을 하더라도 조정에서 상을 받고, 모르게 악을 하더라도 드러나게 형벌을 받는다.'는 것을 분명히 알게 된다. 대저 이것을 가리켜서 정론定論이라 말한다. 이것이 바로 왕자가 논의할 일이다."[1011]라고 하였다. 순자의 "예를 높이고 법을 중시한" 것은 그가 "예"를 사회의 외적이고 강제적인 규범이라고 이해한 것과 관련이 있다. 사실상 "예"는 "법"의 내용을 포함했고, 이것은 맹자가 "예"를 인성의 내적이고 자각적인 요구라고 이해한 것과 큰 차이가 있다. 게다가 공자와 맹자가 말한 "예"는 귀족 계급의 예였지 일반 백성들에게는 미치지 않았다. 이른바 "예는 아래로 서민에게 미치지 않는"[1012] 것이다. 그러나 순자가 말한 "예"는 전 사회의 계급 질서를 재건하는 것이었다. 그는 사회 계급이 인간의 현실적 지혜와 능력에 따라 결정되어야 한다고 주장했다. 그중에는 군공지주軍功地主와 신흥 관료의 지위도 인정하였다. 이것은 한비자가 경전을 장려하는 법치 사상을 제창하는데 선도적인 역할을 하였다. 치엔무는 순자의 예제禮制가 "고대와 다르다. 선인은 계급에 따라 예를 만들었다. 먼저 귀천으로 구분한다. 하지만 순자가 살던 때는 계급 제도가 거의 무너졌다. 계급에 따라 예를 만들고자 하였지만, 그 구분은 귀천으로 하지 않았다. 순자의 귀천에 대한 구분은

1010) 李澤厚, 『中國古代思想史論』, 北京:人民出版社, 1986, 108쪽.

1011) 王先謙, 『荀子集解』卷5, 〈王制篇第九〉, 諸子集成本, 101~102쪽.

1012) 鄭玄 注·孔穎達 疏, 『禮記正義』卷3, 〈曲禮上〉, 十三經注疏本, 1249쪽.

그 사람의 능력과 지혜로 판단하였다."[1013]라고 하였다. 핵심을 간파했다고 할 수 있다.

"예로써 다스린다."는 관점에서 "문학"을 사고하고 이해하는 것은 순자로 하여금 정치와 교화의 관계를 알게 하고, 이들 간의 차이를 더욱 자세히 인식하게 하였다. 순자는 다음과 같이 말했다.

> 예에는 세 가지 근본이 있다. 천지天地라 하는 것은 생명의 근본이고, 선조 先祖라 하는 것은 종족의 근본이며, 군사君師라 하는 것은 치평의 근본이다.[1014]

> 성聖이라 하는 것은 도리를 끝까지 다한 자이다. 왕이라 하는 것은 법제를 다한 자이다. 두 가지를 다한 자를 천하의 극치로 삼기에 충분하다. 그러므로 배우는 자는 성왕聖王을 스승으로 삼는다. 다시 말해서 성왕의 법제를 가지고 법칙을 삼고 그 법칙을 따라 그 대강을 구하며 그 사람 본받기를 힘쓴다는 것이다. 이 성왕의 도를 향하여 힘쓰는 이가 사士이다. 이와 유사하여 가까운 이가 군자이다. 가려서 몸소 그 도를 아는 이가 성인이다.[1015]

순자가 강조한 "예로써 다스린다."는 두 가지 계통을 포함하는 것이 분명하다. 하나는 성인이 제정한 윤리 준칙이고, 다른 하나는 성왕이 제정한 예악 형정이다. 전자는 사회의식의 형태에 속하고 후자는 사회 정치 제도에 속한다. 이 두 가지가 이상적인 기준에 이르러야지만 비로소 이상적인 사회를 이룰 수 있다. 공자와 맹자는 이 두 가지에 대해 명확한 구분을 하지 않았다. 그래서 순자의 이런 구분은 시대를 나누는 의미를 가진다. 사회의식 형태가 상대적으로 독립되어야지만 인문 지식의 독립적인 분야가 열리게 되고, 문학도 독립적인 지위를 갖게 된다. 이것은 린지핑林繼平이 말한 바와 같다.

1013) 錢穆, 『國學槪論』, 北京:商務印書館, 1997, 57쪽.

1014) 王先謙, 『荀子集解』 卷13, 〈禮論篇第十九〉, 十三經注疏本, 233쪽.

1015) 王先謙, 『荀子集解』 卷15, 〈解蔽篇第二十一〉, 諸子集成本, 271쪽.

순자 사상의 가장 큰 공헌은 중국 사상에 인문 지식 분야를 열었다는 것이다. 이것은 공자, 맹자, 노자, 장자, 묵자에게서도 매우 부족한 부분이다. 순학이 생겨나면서 중국의 인문 사상은 비로소 전체적인 완성을 이루게 되었다.[1016]

순자는 유학 전적을 인문 지식의 기본적인 교과서라고 보았다. 그리고 이런 인문 지식 전적을 "문학"이라고 보았으며, 이런 전적 지식을 배우고 익히는 것을 "문학을 쌓는" 것이라고 하였다. 이것은 비록 공자와 맹자가 가졌던 문학 관념의 의미를 축소하는 것이지만, 문학 개념을 더욱 명확하고 구체적으로 만들었다. 개념의 명확화는 곧 사상이 성숙해졌다는 증거이기도 하다.

순자는 "예로써 다스린다."에 사회의식 형태와 사회 정치 제도 두 가지가 포함되어 있다는 것을 알았기 때문에 "문학"을 성인이 만든 인간 외적인 인문 정신에 부합하는 사회의식 형태로 간주했다. 그리고 『시』, 『서』, 『예』, 『악』, 『역』, 『춘추』 등의 유가 경전을 이런 의식 형태의 지식 계통과 문헌 형식으로 보았다. "문학"의 지식과 경험을 축적하는 데 있어서 훌륭한 스승이 결코 빠질 수 없다. 그래서 순자는 "스승을 높이는 것"을 제창했다. 순자의 마음속에서 스승은 우선으로 꼽을 수 있는 "성인"이었다. 그러나 "성인"은 보통 사람과 결코 다르지 않았다. 성인은 단지 보통 사람이 배움을 통해 달성한 것이다. "길 가는 보통 사람도 우禹 임금 같은 성인이 될 수 있고", "성인은 사람이 쌓아서 이루어진 것이다."[1017] 즉, 사람은 누구나 성인의 경지에 오를 수 있다. 성인에 이르는 기본적인 과정은 바로 "문학"의 "학습"과 "축적"을 통해 "본성을 바꾸어 인위를 일으키는" 것이다. 그래서 그가 제시한 "기운을 다스리고 마음을 기르는 방법"에 대해 다음과 같이 말했다.

무릇 기질을 다스리고 마음을 기르는 방법이란 예를 따르는 것보다 더 빠른 길이 없고, 스승을 얻는 것보다 더 긴요한 것이 없으며, 오로지 학문을

1016) 林繼平, 『孔孟老莊與文化大國』, 臺北:臺灣商務印書館, 1990, 135쪽.
1017) 王先謙, 『荀子集解』卷17, 〈性惡篇第二十三〉, 諸子集成本, 296쪽.

좋아하는 것보다 더 신통함이 없다.[1018]

이렇듯, "문학"은 명확한 의미·구체적인 문헌·고상한 지위를 가질 수 있었고, 이를 얻을 수 있는 경로와 방법이 있었다. 이것은 문학의 지위를 높였을 뿐만 아니라 사인의 지위도 높였다. 왜냐하면 사인은 "옳은 것을 위해 힘을 쏟을" 수 있어서 이 방면에 장점과 우위를 가졌기 때문이다. 물론 문학을 단지 유가 경전(문헌과 제도)으로 이해하는 것은 사람의 시야를 제약하므로 사람들이 문학을 더 깊게 이해하는 데 영향을 미친다. 동시에 문학을 사회의식 형태, 특히 윤리 도덕으로 본다면 문학과 개인의 감정 및 예술 감상 사이의 연계가 차단된다. 그러면 문학의 건전한 발전을 해치게 된다. 이 밖에 사람들로 하여금 자신의 문학 기준에 따라 "본성을 바꾸어 인위를 일으켜" 인간의 문학화를 이루도록 하되, 현실의 사회 문제를 해결하도록 장려하지는 않았다. 이점도 마찬가지로 사회의 발전과 진보에 도움이 되지 않는다. 순자의 제자였던 한비자는 바로 이런 점에 비추어, 문학을 격렬히 반대하였다. "인의를 행하는 자에게 명예를 주어서는 안 된다. 공을 세우는데 방해가 될 뿐이다. 문학을 배웠다고 등용해서는 안 된다. 그런 자를 등용하면 법이 어지러워진다."[1019]라고 생각했다. 문학을 배운 선비를 사회를 해치는 "5대 좀벌레" 중 하나로 본 것이다. 이 점에서도 순자 문학 사상의 단편성과 한계성을 드러냈다.

맹자의 문학의 인격화부터 순자의 사람의 문학화까지 초기 유가의 문학 관념은 시종일관 문학과 인간의 관계에 대해 관심을 가졌다. 문학을 인간의 내적 요구나 외적 규범이라고 간주하든, 혹은 문학을 인간의 마음을 비추는 거울이나 인간의 영혼을 개조하는 도구로 간주하든, 문학은 항상 인간의 내외 본말과 일치한다. 인성과 인격을 뗄 수 없는 하나로 본 것이다. 그래서 근본적으로 볼 때, 문학은 곧 인학人學이다. 이것은 유가학자들의 문학에 대한 기본

1018) 王先謙, 『荀子集解』卷1, 〈修身篇第二〉, 諸子集成本, 16쪽.
1019) 韓非, 『韓非子』卷19, 〈五蠹〉, 二十二子本, 1184쪽.

적인 견해이고 공통된 인식이다. 이런 영향을 받아 옛 선인들은 항상 도덕과 문장을 동전의 양면으로 보았다. 문이 곧 인으로, "글이 그 사람"인 것이다. 이것은 장학성章學誠(1738~1801)이 말한 것과 같다.

> 옛 선인들이 말하길, 본말을 겸비하는 것은 내외를 포함한다. 도덕과 문장이 하나가 되는 것과 같다. 일찍이 문사의 언어에 재才가 있고, 학이 있고, 식識이 있고, 또한 문이 있으면, 덕이 아닌 것이 없었다.[1020]

중국의 고대 문학 비평은 일반적으로 문학으로서 비평을 한 것이 아니라 문학을 우리 자신과 같이 살아있는 존재로 보았다. "문"은 "기"가 있고, "뼈"가 있고, "마음"이 있고, "눈"이 있고, "정신"이 있고, "영혼"이 있다. 첸종수錢種書 (1910~1998)는 중국과 서양 문학 비평의 특징을 자세하게 비교하면서, 중국 문학 비평이 서양과 다른 점은 "문장을 전반적으로 인격화하거나 생명화 (Animism)한 것이다."[1021]라고 하였다. 그리고 이런 인격화 또는 생명화의 문학 비평 전통은 맹자, 순자 같은 초창기 유가 대학자들의 문학 사상과 문학 관념에서 비롯되었다.

다음으로 맹자가 문학을 인격화했든 순자가 인간을 문학화했든 그들의 최종 목적은 모두 유가의 사회 정치 이상을 실현하는 것이었다. 이른바 길은 달라도 목적은 같았다. 그래서 문학과 정교를 결합하였고, 문학은 정치를 위해 존재했었다. 이것은 유가의 가장 기본적인 문학 관념이 되었고, 훗날 사람들이 문학을 이해하는 데 영향을 주었다. 예를 들어, 당나라 초기에 요사렴姚 思廉(557~637)은 "예악을 제작하고 나라를 다스림과 예로부터 지금까지 좋고 나쁜 일을 기록함에 있어서 문학을 벗어난 적이 없다. 그래서 나라를 다스리는 군왕 중에서 문학의 중요성을 알지 못한 이가 없었다. 진신縉紳의 학자들은 모두 문학의 기능을 숭상하였다. 예로부터 지금까지 변한 적이 없다."[1022]라고

1020) 章學誠, 『文史通義』卷3, 〈文德〉, 北京:中華書局, 1994, 278쪽.

1021) 錢鐘書, 「中國古有的文學批評的一個特點」, 『文學雜志』第1卷第4期, 1937.

하였다. 당나라 중기에 유면柳冕(생몰년 미상)은 "문장은 교화에 근본을 두며, 치란治亂에 드러나며, 국풍과 관련되어 있다. 그러므로 군자의 마음을 보존하여 뜻으로 삼고, 군자의 말이 표현되어 문장으로 삼으며, 군자의 도를 논하여 교로 삼는다."[1023)라고 하였다. 원나라 때 남희南戲 작가 고명高明(생몰년 미상)도 〈비파기琵琶記〉에서 "풍화風化와 관련된 작품이 아니면, 설사 좋은 작품일지라도 다 헛된 것이다."[1024)라고 밝혔다. 중국 문학사에서 문학을 순전히 예술로 이해하고 창작으로 옮긴 작가는 극히 드물다. 게다가 시종일관 문학의 주류가 되지도 못했다. 이것이 중국 문학 발전사의 기본적인 사실이다.

여기서 특별히 설명할 것이 있다. 예전에 맹자와 순자의 문학 사상과 문학 관념을 연구할 때, 모두 오늘날의 문학 사상과 문학 관념을 기준으로 하여 그들의 어떤 사상과 관념이 오늘날의 기준에 어느 정도 부합하는지를 지적했었다. 그러나 문학 관념은 본래 역사적으로 형성된 것으로 오늘날에도 여전히 발전하고 변화하고 있다. 게다가 현대 문학의 관념은 주로 서양에서 들여온 것이다. 이것은 중국 전통 문학의 관념과 명확한 차이가 있다. 그러므로 맹자와 순자의 실제 사상에서 출발하여 역사 복원의 실증적 방법을 통해 맹자와 순자의 문학 사상과 문학 관념의 기본 내용 및 그 차이를 분석하고 비교해야 한다. 또한 공자 이후의 중국 문학 관념 발전의 역사적 단서를 실사구시로 정리하고, 실제 중국 역사에 부합하는 중국 특유의 새로운 체계를 세우도록 노력해야 한다. 이것은 새 시대의 요구이자 문학 연구자들이 풀어야 할 숙제이다.

1022) 姚思廉, 『梁書』卷49, 〈文學傳序〉, 二十五史本, 2094쪽.

1023) 姚鉉輯, 『唐文粹』卷84, 柳冕 『與徐給事論文書』, 四部叢刊本.

1024) 高明 著·錢南揚 校注, 『元本琵琶記』第一出, 上海:上海古籍出版社, 1980, 1쪽.

제9장

"爲文學出言談": 墨子의 문학 관념

앞에서 많은 장을 할애하여 공자와 그 후학의 문학 관념에 대해 다루었다. 그 첫 번째 이유는 중국 고대 문학 관념은 공자가 세운 것이어서, 공자 문학 관념의 기본 문화적 의미를 이해하지 못하면 중국 고대 문학 관념의 발생 경로를 올바르게 탐구할 수 없기 때문이다. 두 번째는 공자 후학의 문학 관념은 공자 문학 관념의 분열, 파생과 발전을 나타내므로, 공자 후학의 문학 관념을 정리하지 않으면 선진 유가가 중국 고대 문학 관념의 형성에 끼친 특수한 공헌을 전면적으로 이해할 수 없기 때문이다. 물론, 중국 고대 문학 관념의 발생은 유가학자의 공헌에 의한 것만은 아니다. 묵가, 도가, 법가 등도 어느 정도의 공헌을 하였다. 한비자는 "세상에 드러난 학파에는 유가와 묵가가 있다. 유가의 으뜸은 공구孔丘이고, 묵가의 으뜸은 묵적墨翟이다."[1025]라고 하였다. 묵가 학설은 유가학설에 필적하여 당시의 현학顯學이 되었다. 그 대표 인물인 묵적은 "축심시대軸心時代"에 중국 전통 사상 체계를 세우는 데 중요한 역할을 하였고, 중국 문화 발전의 여러 방면에 영향을 끼쳤다. 그리고 중국 고대 문학 관념의 발생도 자연스럽게 묵학의 영향을 받았다. 그래서 중국 고대 문학 관념 발생사를 연구하는데 묵자의 문학 관념을 살펴보지 않을 수 없다.

1025) 韓非, 『韓非子』 卷19, 〈顯學〉, 二十二子本, 1185쪽.

제1절 墨子의 孔子 문학 관념에 대한 계승

유가의 공구와 묵가의 묵적은 현대 학자들 사이에서 "중국 사상사의 시작점에 있는 사상가"[1026]라는 평가를 받고 있는데, 춘추 전국 시대 가장 영향력 있는 사상가 중 하나이다.

묵적이 살았던 시대에 관해서는 선인들의 의견이 분분하다. 한나라 때 사마천(기원전 145~?)은 『사기』〈맹자순경열전孟子荀卿列傳〉에서 "묵적은 송나라 대부이다. 방어전에 능했으며 절용節用을 실천했다. 혹은 공자와 동시대라 하고 혹은 그 이후라고도 한다."[1027]라고 하였다. 그의 생애에 대한 기록은 이것이 전부이다. 서한 중엽의 사마천이 묵자에 대해 잘 알지 못했던 것을 알 수 있다. 당나라 때 사마정司馬貞(생몰년 미상)은 『사기색은史記索隱』에서 "〈별록別錄〉에 따르면, '『묵자』에 문자文子가 나온다. 문자는 자하의 제자이고 묵자에게 물었다.' 이와 같다면 묵자는 70인 제자 뒤에 있다."[1028]라고 하였다. 이를 토대로 묵자가 대략 전국 초기에 살았던 것으로 추측할 수 있다. 청나라 때 손이양孫詒讓(1848~1908)은 『묵자간고墨子間詁』의 부록 〈묵자연표墨子年表〉에서 다음과 같이 말했다.

사마천은 묵적이 공자와 동시대이거나 혹은 그 이후라고 하였다. 유향劉向은 70인 제자 이후라고 하였다. 반고班固는 공자 이후라고 하였다. 장형張衡은 자사와 동시대라고 하였다. 모든 사람들의 주장이 달라서 확정하기 어렵다. 근대 시기에 묵자를 연구했던 필원畢沅은 6국 때의 사람이라고 하면서 주나라 말기에도 살아 있었다고 하였는데, 시간상으로 너무 늦다. 왕중汪中은 송나라 포표鮑彪의 주장에 따라 송 진공 때의 사람이라고 했는데, 시간상으로 너무 이르다. 이것은 고증을 하지 않아 생겨난 것이다. 본인이 53편의 문장을

1026) 侯外盧·趙紀彬·杜國庠, 『中國思想通史』第1卷, 131쪽.

1027) 司馬遷, 『史記』卷74, 二十五史本, 266쪽.

1028) 司馬遷, 『史記』卷74, 二十五史本, 266쪽.

살펴보고 추론한 결과, 묵자는 일찍이 공수반公輸般, 노 양문자陽文子와 묻고 답한 적이 있다. 말년에는 제 태공太公, 강공姜公과 만나 흥을 즐긴 적이 있다. 초나라 오기吳起가 사망한 때는 공자가 죽었을 때와 약 100년의 차이가 난다. 묵자가 공자 이후라는 것은 신빙성이 있다. 앞뒤를 자세히 살펴보면 묵자는 자사와 동시대이지만 출생은 그보다 늦다. 주周 정왕定王 초년에 태어나 안왕安王 재위 기간에 세상을 떠났으며, 그때 나이는 80~90세였을 것으로 고증할 수 있다. …… 유가는 공자의 출생과 사망 연도를 춘추 시대가 지나기 전이라고 명확히 기록하였지만 여전히 차이가 있다. 70제자 시기에 공벽孔壁의 고문『제자적弟子籍』도 완벽하지 않다. 이 밖에 맹자와 순자와 같은 현자들의 출생과 사망 연도를 확정할 수 없는데 하물며 묵자를 어떻게 확정할 수 있겠는가?[1029]

그래서 그는 묵자의 출생 연도를 주 정정왕貞定王 원년(기원전 468), 사망 연도를 주 안왕 26년(기원전 376), 향년 93세라고 보았다. 손이양의 주장은 지금까지 가장 치밀하고 권위적이라고 할 수 있다.[1030] 묵자의 본관에 관해서는 송나라 사람이라는 설과 노양魯陽 사람이라는 설이 있는데, 손이양은 고유高誘가 주장한 노나라 사람이라는 주장을 따르고 있다.『묵자간고墨子間詁』에 자세한 논증이 나와 있다.

묵자의 학술 근원에 관해서는『회남자』〈요략要略〉에서 "묵자는 유가의 업을 배우고 공자의 술책을 공부하였다. 그런데 예가 번거로워 쉽지 않고, 장례를 후하게 지내 재물을 낭비하고 백성을 가난하게 만들며, 의복이 생활에 불편하여 일에 방해가 된다고 보았다. 그래서 주나라의 도를 버리고 하나라의 정치로 다스렸다."[1031]라고 하였다. 묵자의 학문이 공자로부터 나왔고 이후에

1029) 孫詒讓,『墨子間詁』附錄『墨子後語上』,〈墨子年表第二〉, 新編諸子集成本, 北京:中華書局, 2001, 692~693쪽.

1030) 묵자의 생몰년은 지금까지 확실하지 않다. 梁啓超는「墨子年代考」에서 묵자가 주 정왕 초기(기원전 468~459)에 태어났고, 주 안왕 중엽(기원전 390~382)에 세상을 떠났다고 하였다. 錢穆은「墨子生卒考」에서 묵자가 주 경왕 말년 또는 공자가 죽기 전(주 경왕 41년(기원전 479))에 태어났고, 주 안왕 10년(기원전 392)에 죽었다고 했다.

1031) 劉安 撰·高誘 注,『淮南子』卷21,〈要略〉, 二十二子本, 1308쪽.

독립한 것으로 보인다. 공자와 마찬가지로 묵자는 제자를 모집하고 제후에게 유세하면서 자신의 사회 이상을 실현하고자 하였고, 많은 사람들이 그를 따랐다. 그러나 그의 학설과 공자로 대표되는 유가학설에는 큰 차이가 있다. 그 영향은 전체 전국 시대를 관통하였고, 마찬가지로 세상의 현학顯學이 되었다.

묵자의 문학 관념을 연구하는 데 있어서 기본 문헌은 당연히 『묵자』이다. 그러나 『묵자』는 모두 묵자가 쓴 것이 아니라 선진 묵학을 집성한 것으로 서한 시대의 유향劉向, 유흠劉歆 등이 편찬하였다.[1032) 그중에 묵자가 직접 쓴 것도 있고,[1033) 묵자의 제자가 묵자 학술 사상과 업적을 기록한 것도 있고,[1034) 후기 묵가학자의 저작도 있다.[1035) 『묵자』를 연구해온 학자들은 어느 편이 묵자의 사상을 반영한 것인지, 또 어느 부분이 후기 묵학인지에 대해 계속 의견이 분분하고, 심지어 완전히 판이한 주장도 있다. 예를 들어, 『장자』〈천하〉에서 남방의 묵학은 "『묵경』을 모두 외우는 것이다."라고 언급했다. 이 『묵경』은 『묵자』의 어느 편을 포함하는지 의견이 엇갈리고 있다. 또 〈비성문備城門〉, 〈비고임備高臨〉, 〈비제備梯〉, 〈비적사備敵祠〉, 〈잡수雜守〉 등은 많은 사람들이

1032) 1957년 河南 信陽 長臺關 초나라 무덤에서 출토된 전국 초나라 죽서에서 『묵자』 佚篇이 발견됐다. 또 1992년 山東 臨沂 銀雀山 한나라 무덤에서도 『묵자』 殘簡이 발견되었다. 이것은 선진 시기 묵자의 단편 저술이 사회적으로 널리 전해졌음을 증명해준다.

1033) 『묵자』〈貴義〉에는 "묵자가 남쪽 초나라로 유세하러 가서 혜왕을 뵙고 책을 바치려 하였다. 혜왕이 이를 받아 읽고는 '좋은 책이로다.'라고 하였다."라고 나와 있다. 이것은 묵자가 저술했음을 증명해준다. 학계에서는 춘추 시대에 개인이 저술을 하지 않았다는 주장에 대해 이것은 대략적인 말일 뿐으로 춘추 말기는 해당되지 않는다고 보고 있다. 사실 춘추 말기에 이미 개인의 저술이 생겨났다. 예를 들어, 『좌전』에는 昭公 29년(기원전 513)에 진나라에서 刑鼎을 주조할 때 "范宣子가 지은 형법을 새겼다."라고 한 것이 나와 있다. 또 定公 9년(기원전 510)에 "정나라의 駟歂이 鄧析을 주살하였지만 그가 지은 竹刑을 채택하였다."라고 하였다. 이것은 모두 그 시대에 개인의 저술이 가능했음을 증명해준다. 공자가 지은 『춘추』도 춘추 말기에 개인이 저술한 좋은 예이다.

1034) 일반적으로 어록집인 〈耕柱〉, 〈貴義〉, 〈公孟〉, 〈魯問〉, 『公輸』 등은 묵자의 제자가 스승의 강의, 언론과 행적을 기록한 것이다. 묵자의 제자가 지었다. 각 편에서 여러 번 묵자의 제자 禽滑釐를 가리켜 "子禽子"라고 한 것으로 볼 때, 금활리의 제자가 지은 것일 수도 있다.

1035) 예를 들어, 『묵자』에 수록된 〈備城門〉, 〈備高臨〉, 〈備梯〉, 〈備水〉, 〈備突〉, 〈備穴〉, 〈備蛾傳〉, 〈備敵祠〉, 〈旗幟〉, 〈號令〉, 〈雜守〉 등 11편은 "진나라 혜왕 및 그 이후 진나라 묵자의 저술인 듯하다."(李學勤, 『簡帛佚籍與學術史』, 江西敎育出版社, 2001, 132쪽)

전국 말년의 묵학 저서라고 보았지만, 일부에서는 진 헌공(재위기간 기원전 384~362) 때보다 결코 늦지 않다고 주장하기도 한다. 이런 논쟁을 피하기 위해 우리는 묵자의 학술 강의를 기록한 〈경주耕柱〉·〈귀의貴義〉·〈공맹公孟〉·〈노문魯問〉·〈공수公輸〉 등과 묵자 사상 학설을 반영한 〈상현尙賢〉·〈상동尙同〉·〈겸애兼愛〉·〈비공非攻〉·〈절용節用〉·〈절장節葬〉·〈천지天志〉·〈명귀明鬼〉·〈비악非樂〉·〈비명非命〉 등을 기본 자료로 하여 전국 초기 묵자의 문학 관념에 대해 살펴보도록 하자.

묵자와 공자의 학술 사상에는 차이가 있다. 그래서 그 문학 관념에도 차이가 나는 것은 아주 당연한 일이다. 그러나 맹자가 "양주楊朱의 주장은 자기만을 위하는 것이니 이것은 임금이 없는 것이요, 묵적墨翟의 주장은 똑같이 사랑하는 것이니 이것은 아버지가 없는 것이다. 아버지도 없고 임금도 없으면 이것은 짐승과 같다."[1036]라고 질책한 뒤, 유가와 묵가의 학술 사상은 사람들에 의해 더욱 크게 구별되기 시작했다. 실제로 유학과 묵학은 같은 점이나 비슷한 점도 많다. 『회남자』〈주술훈主術訓〉에서 "공구와 묵적은 성인의 술책을 배우고, 육예 이론에 능통했다."[1037]라고 하였다. 또 그 〈요략〉에서도 "묵자가 유가의 업을 배우고 공자의 술책을 공부하였다."[1038]라고 하였다. 이것은 묵자와 공자가 큰 관련이 있음을 설명해준다. 당나라 때 한유韓愈(768~824)는 다음과 같이 말했다.

유가는 묵가의 상동上同·겸애兼愛·상현上賢·명귀明鬼를 풍자하였지만, 공자는 벼슬하는 이들을 경외하였다. 어느 나라에 있든 그들을 나무라지 않았다. 그러나 공자는 『춘추』에서 권력을 움켜쥔 간신을 비난하였는데 이것이 상동이 아니란 말인가? 공자는 사람들을 사랑하고 몸소 인을 실천하였다. 또한 광범위하게 도움이 필요한 이들을 구제하는 이를 성인이라고 하였는데

1036) 趙岐 注·孫奭 疏, 『孟子注疏』 卷6下, 〈滕文公下〉, 十三經注疏本, 2714쪽.
1037) 劉安 撰·高誘 注, 『淮南子』 卷9, 〈主術訓〉, 二十二子本, 1246쪽.
1038) 劉安 撰·高誘 注, 『淮南子』 卷21, 〈要略〉, 二十二子本, 1308쪽.

이것이 겸애가 아니란 말인가? 공자는 어진 이를 중시하고 공문사과로 제자를 칭찬하였다. 또한 이미 세상을 떠났지만 명성을 얻지 못한 것을 치욕으로 여겼는데 이것이 상현이 아니란 말인가? 공자는 조상을 제사 지낼 때 조상이 앞에 있는 것처럼 하라고 하였고, 거짓으로 제사 지내는 이를 비난하였다. 이르기를 '나는 제사 지내면서 조상이 주신 복을 누린다.'라고 하였는데 이것이 명귀가 아니란 말인가? 유가와 묵가는 요, 순을 따르고, 걸왕과 주왕을 비난하였다. 또한 모두 자신을 수신하고 올바른 마음을 가짐으로써 나라를 다스리고자 하였는데 어찌하여 이토록 서로 배척하는 것인가? 나는 후학들에 의해 이렇게 되었다고 생각한다. 각각 자기 스승의 학설을 팔려고 힘썼기 때문일 뿐, 두 분 스승의 도리 본연은 생각하지 않았다. 공자는 반드시 묵자를 써야 하고 묵자는 반드시 공자를 써야 한다. 서로 통용하지 않으면 공자와 묵자의 제자가 되기에는 부족할 것이다.[1039]

명원통蒙文通(1894~1968)도 다음과 같이 지적했다.

오직 『묵자』만이 인의를 찬양하고 선왕을 본받고 문학을 존중하고 『시』와 『서』에 밝다고 하지만 이것은 유가와 같다. 이 두 가지는 모두 동방의 술책이다. 오직 추연鄒衍의 음양오행설만이 인의와 검소에 귀결된다. 그것만이 제나라의 학문일 따름이다. 법률과 도덕의 부류에서는 『시』와 『서』를 외우고 인의를 말하고 하늘을 공경하고 어진 사람을 존중함이 없다. 대체로 도가와 법가는 유가와 다르고, 묵가는 유가와 같다.[1040]

더 나아가 후와이뤄侯外廬(1903~1987)는 사상의 기초, 내용과 방법 등에서도 유가와 묵가의 같은 점 또는 비슷한 점을 찾아냈다. 그는 다음과 같이 말했다.

1039) 韓愈, 『朱文公校昌黎先生文集』 卷11, 〈讀墨子〉, 四部叢刊本.

1040) 蒙文通, 『先秦諸子與理學』, 「論墨學源流與儒墨匯合」, 桂林:廣西師範大學出版社, 2006, 84쪽.

초기 중국 사상사를 대표하는 사상가 중에서 공자이든 묵자이든 그들의 주요 연구 문제는 대부분 도덕론, 정치론, 인생론이었다. 그 연구 대상도 대부분 인간사를 범위로 했다. 자연에 관한 인식은 내용이 많지 않다. 우주관에 관한 이해도 형식상 여전히 서주의 전통을 따르고 있다.[1041]

또한 문학 관념을 보면, 공자와 묵자도 같은 점과 비슷한 점을 가지고 있다. 우선 공자와 묵자의 문학 관념의 사상적 기초가 비슷했다. 공자 문학 관념의 사상 기초는 "선왕을 본받는" 것이다. 즉 선왕이 만든 전통 사상·문화·제도·문헌을 계승하고 발전시키는 것으로, 요·순·우·탕·문·무·주공 등이 포함된다. 공자는 다음과 같이 말했다.

위대하구나, 요의 임금다움이여! 높고 높구나! 오직 하늘만이 크다고 하였는데, 요 임금이 그것을 본받았네. 넓고 넓도다! 백성들이 그것을 이름 지을 수도 없다네. 위대하구나, 그가 이룩한 업적이! 빛나도다, 그의 찬란한 문장이!

높고 높구나! 순 임금과 우 임금은 천하를 다스렸으나 그 지위에 연연하지 않았다.[1042]

물론 그가 요, 순, 우, 탕을 본받은 것은 주로 전통 문화에 대한 경외와 인정에서 비롯된 것이다. 그러나 그가 진정으로 본받은 대상은 문, 무, 주공이 만든 서주 예악 제도와 예악 문화였다. 그는 스스로 "주는 하은 2대를 거울로 삼았다. 찬란하구나, 그 문화여! 나는 주를 따르겠다."[1043]라고 하였다.

묵자도 "선왕을 본받아야 한다."고 주장했다. 그는 다음과 같이 말했다.

천하의 모든 태어난 사람은 선왕의 도로 가르쳐야 한다.[1044]

1041) 侯外盧·趙紀彬·杜國庠,『中國思想通史』第1卷, 131쪽.
1042) 何晏 集解·邢昺 疏,『論語注疏』卷8,〈泰伯〉, 十三經注疏本, 2487쪽.
1043) 何晏 集解·邢昺 疏,『論語注疏』卷3,〈八佾〉, 十三經注疏本, 2467쪽.

고대 성왕聖王은 자신의 학설을 후세에 전하고자 하였다. 그래서 죽백에 남기거나 금석에 새겨서 후손들에게 전해 그것을 본받도록 하였다. 오늘날 선왕의 업적을 들어도 그대로 따르지 않으니, 이것은 선왕이 전하신 학설을 버리는 것이 아니겠는가.[1045]

묵자가 본받은 선왕도 요, 순, 우, 탕, 문, 무, 주공 등을 포함한다. 그는 다음과 같이 말했다.

무릇 말과 행동이 삼대의 성왕인 요·순·우·탕·문·무와 맞으면 하고, 무릇 말과 행동이 삼대의 폭군인 걸·주·유幽·여厲에 맞으면 하지 마라.[1046]

그러면 내가 요, 순, 우, 탕, 문, 무와 같은 성왕들의 도를 귀하게 여기는 이유는 무엇 때문인가? 오직 백성들에게 정치를 행하고 이로써 백성을 다스리며, 천하에 선한 행동을 한 사람들은 선을 애쓰게 하고, 포악한 짓을 하는 사람들은 포악함을 행하지 못하게 막아내기 위함이다. 그러므로 이 현명한 사람들을 숭상하는 일은 요, 순, 우, 탕, 문, 무와 같은 성왕들의 도와 같다.[1047]

그러나 묵자가 본받은 선왕은 문·무·주공이 아니라, 요·순·우 중에서도 특히 우 임금이었다. 즉, "주나라의 도를 뒤로 하고 하나라의 정치로 다스리는 것이다." 묵자가 하나라의 우 임금을 추앙한 것은 "옛날에 우 임금이 홍수를 막고, 장강과 황하의 수로를 터서 사방의 이적夷狄과 구주九疇의 교통로를 소통케 하였는데, 그때 천하에는 커다란 하천이 300개였고, 지류가 3,000개였으며, 그 밖에 작은 내는 셀 수 없을 정도로 많았다. 우 임금이 친히 삼태기와 보습을 손에 들고서 천하의 내를 규합할 때, 우 임금의 장딴지에는 살이

1044) 孫詒讓, 『墨子間詁』卷11, 〈耕柱〉, 新編諸子集成本, 429쪽.
1045) 孫詒讓, 『墨子間詁』卷12, 〈貴義〉, 新編諸子集成本, 444쪽.
1046) 孫詒讓, 『墨子間詁』卷12, 〈貴義〉, 新編諸子集成本, 442쪽.
1047) 孫詒讓, 『墨子間詁』卷2, 〈尙賢下〉, 新編諸子集成本, 66쪽.

빠졌고, 정강이에는 털이 없어지고, 장맛비에 얼굴을 씻고, 모진 바람에 빗질한 끝에, 만국을 건설하였다. 우 임금은 큰 성인임에도 이처럼 천하를 위해 자기 몸을 혹사한 것이다."[1048] 이로써 상현, 겸애, 교리, 검소, 근면, 각고의 정신을 강조하였다. 이는 유가의 예악 문화와 상당한 거리가 있다. 그래서 한 비자는 "공자와 묵자는 그 주장이 서로 엇갈려 같지 않은데도 함께 요, 순을 칭송하며 자신을 일컬어 정통 요, 순이라고 말한다. 요, 순이 다시 살아나지 않는데 장차 누가 유가와 묵가의 진실함을 판단할 수 있을까? 은과 주가 700여 년이 되고, 우와 하가 2,000여 년이 되어도 유가와 묵가의 정통을 판단할수 없다. 지금 3,000년 요순의 도를 살펴보려고 하나 아마 그리할 수 없을 것이다."[1049]라고 하였다.

다음으로 공자와 묵자의 문학 형태에 대한 이해도 일부 일치한다. 공자의 문학 관념에서 문학은 선왕이 남긴 글이 포함된다. 그래서 공자는 문헌의 수집, 정리와 학습을 매우 중시하였다. 그는 다음과 같이 말했다.

하나라의 예는 내가 이야기할 수 있지만 그 후예인 기杞나라는 이를 증명하기에 부족하고, 은나라의 예는 내가 이야기할 수 있지만 그 후예인 송나라는 이를 증명하기에 부족하다. 그것은 문헌이 부족한 까닭이다. 문헌이 충분하다면 내가 그것들을 증명할 수 있다.[1050]

공자는 문학으로써 가르쳤고 그 주요 내용은 『시』, 『서』, 『예』, 『악』 등의 선왕이 남긴 글이었다. 그는 아들 공리孔鯉에게도 『시』를 배우게 하면서, "『시』를 배우지 않으면 말을 할 수 없다."라고 하였다. 또한 공리에게 『예』를 배우게 하면서, "『예』를 배우지 않으면 남 앞에 설 수 없다."[1051]라고 가르쳤다.

1048) 『莊子』, 〈天下〉引, 二十二子本, 85쪽.

1049) 韓非撰, 『韓非子』卷19, 〈顯學〉, 二十二子本, 1185쪽.

1050) 何晏 集解·邢昺 疏, 『論語注疏』卷3, 〈八佾〉, 十三經注疏本, 2466쪽.

1051) 何晏 集解·邢昺 疏, 『論語注疏』卷16, 〈季氏〉, 十三經注疏本, 2522쪽.

이는 공자가 선왕이 남긴 문헌을 매우 중시했음을 잘 설명해준다.

묵자도 예외가 아니었다. 여기에는 그가 계승하고 발전시켜 나가고자 하는 사상의 정수가 들어있기 때문에 그도 선왕이 남긴 문헌의 학습을 매우 중시하였다. 그는 다음과 같이 말했다.

평등한 아우름과 서로를 이롭게 하는 일은 옛날 요, 순, 우, 탕, 문, 무 여섯 성왕들이 이미 실행했던 일이다. 어찌 성왕들이 몸소 실행한 것을 아는가? …… 나는 그 성왕들과 동시대에 살지도 않았고 친히 그분들의 말씀을 듣고 본 것은 아니지만 책과 돌과 쇠와 쟁반과 대야 등에 쓰여 있고, 새겨져 있는 것들을 통해 후세에 전해진 것으로 그것을 알았다.[1052]

묵자는 외출을 할 때마다 마차에 많은 책을 실었다. 제자 현당자弦唐子가 왜 그렇게 많은 책을 가지고 가는지 묻자, 그는 다음과 같이 대답했다.

옛날에 주공은 아침에 백 편의 글을 읽고 저녁에는 70명의 선비들을 만났다. 이에 주공은 천자를 보좌할 수 있었으며, 그 명성이 오늘날까지 전해지고 있다. 나는 위로는 천자의 공무를 수행한 적이 없고 아래로는 농사의 어려움을 겪어본 적이 없으니, 어찌 감히 책을 손에서 놓을 수 있겠는가. 내가 듣건대 모든 물건은 한 가지 진리로 돌아가지만, 말에는 잘못이 있는 것이다. 그리고 백성들이 듣는 것은 고르지 못하므로 그래서 이 책이 많아진 것이다.[1053]

그는 독서를 중시했기 때문에 자신의 학설과 사상을 논술할 때 자주 『시』와 『서』를 인용하여 이론의 근거로 삼았고 설득력을 높일 수 있었다. 통계에 따르면, 통용되는 『묵자』 중 『시』를 인용한 것이 11곳, 『시』를 말한 것이 4곳, 『서』를 인용한 것이 40곳이다.[1054] 『시』와 『서』가 묵자가 "선왕을 본받는" 기본

1052) 孫詒讓, 『墨子間詁』 卷4, 〈兼愛下〉, 新編諸子集成本, 120쪽.
1053) 孫詒讓, 『墨子間詁』 卷11, 〈貴義〉, 新編諸子集成本, 445쪽.
1054) 鄭杰文, 『中國墨學通史』, 北京:人民出版社, 2006, 79, 108쪽.

문헌이었음을 알 수 있다.

마지막으로 공자와 묵자는 모두 문학의 응용을 강조하면서 문학을 단지 책 속의 지식으로 간주하지 않았다. 공자는 『시』의 학습을 중시하면서 『시』의 응용은 더욱 강조하였다. 그는 다음과 같이 말했다.

너희들은 왜 『시』를 배우지 않느냐? 시는 가히 흥하고, 가히 관찰하고, 가히 무리 짓고, 가히 원망하고, 가까이는 부모를 섬기고 멀게는 임금을 섬기는 것이며 조수와 초목의 이름을 많이 알게 한다.[1055]

『시』의 300편을 다 외우더라도 정무를 잘 해내지 못하고, 각국에 사신으로 나가서 혼자서 제대로 대응하지 못한다면 많이 외운들 어디에 쓰겠는가?[1056]

공자가 "『시』를 배우지 않으면 말을 할 수 없다."라고 한 것은 『시』의 텍스트에 대한 학습에만 관심을 가진 것이 아니라, 『시』에 대한 구체적이고 실제적인 응용인 사회 실천의 가치를 더욱 중시한 것을 알 수 있다.

묵자도 문학으로 화제를 삼거나 체면을 세우는 것이 아니라 사회 정치와 사회 규범 행위를 개선하는 것이라고 생각했다. 그는 다음과 같이 말했다.

오늘날 천하의 군자가 문학을 하고 담화를 하는 것은 목과 혀를 단련하고 입술을 민첩하게 하기 위해서가 아니라 진심으로 나라와 읍리의 만백성을 위한 형법과 정무를 하기 위해서이다.[1057]

그래서 그는 제자들에게 자신의 사상과 학설을 정확하게 선전할 것을 요구했다.

1055) 何晏 集解 · 邢昺 疏, 『論語注疏』 卷17, 〈陽貨〉, 十三經注疏本, 2525쪽.

1056) 何晏 集解 · 邢昺 疏, 『論語注疏』 卷13, 〈子路〉, 十三經注疏本, 2507쪽.

1057) 孫詒讓, 『墨子閒詁』 卷9, 〈非命下〉, 新編諸子集成本, 282~283쪽. 吳鈔本의 "欲"자 뒤에 나온 "爲"는 근래에 보충한 것이다.

한 나라에 가면 먼저 가장 중요한 일을 선택하여 권유해야 한다. 그 나라
가 혼란하면 상현尙賢과 상동尙同의 이치를 알려줘야 한다. 그 나라가 빈곤하
면 절용節用과 절장節葬의 이치를 알려줘야 한다. 그 나라가 음악을 좋아하고
성악에 빠졌다면 비악非樂과 비명非命의 이치를 알려줘야 한다. 그 나라가
음란하고 괴벽이 있으며 예의가 없다면 존천尊天과 사귀事鬼를 알려줘야 한
다. 그 나라가 다른 나라를 능욕하고 약탈하고 침략한다면 겸애와 비공非攻을
알려줘야 한다.[1058]

노나라 양문군陽文君이 자신의 두 아들 중 하나는 공부를 잘하고 하나는
인재를 잘 등용하는데 누구를 태자로 정해야 좋을지 모르겠다고 말했다. 그러
자 묵자는 "부디 아드님들의 마음가짐과 행동을 아울러 잘 살피시기 바랍니
다."[1059]라고 대답했다. 이른바 "마음가짐과 행동"은 그 사람의 언행과 그 사회
적 효과를 종합해서 고려하는 것으로 편파적인 것을 피할 수 있다.

묵자의 문학 관념은 그 사회 실천을 강조할 뿐만 아니라 그 실천 효과도
중시했다. 묵자는 문학은 책 속이나 입 속에만 존재하는 것이 아니어서 형정
을 실시하고 만민에게 이로워야지만 비로소 의미를 가지며, 그렇지 않으면
아무런 의미가 없다고 생각했다. 그는 다음과 같이 말했다.

나에게 하늘의 뜻이 있는 것은 윤인輪人에게 그림쇠가 있고, 장인에게 곱
자가 있는 것과 같다. 수레바퀴 공인과 목수는 그림쇠와 곱자를 가지고 여러
가지 네모꼴과 원 모양을 재면서 이렇게 말한다. "들어맞는 것은 바른 것이고,
들어맞지 않는 것은 그른 것이다." 지금 천하 사군자士君子들의 책은 이루 다
기록할 수 없을 정도로 많고, 그들의 이론은 이루 다 헤아릴 수 없을 정도로
많다. 위로는 제후들을 설복하고 아래로는 여러 선비들을 설복하려고 하지
만, 그들의 어짊과 현명함에 있어서는 크게 멀리 떨어져 있다.[1060]

1058) 孫詒讓, 『墨子間詁』卷13, 〈魯問〉, 新編諸子集成本, 475~476쪽.
1059) 孫詒讓, 『墨子間詁』卷13, 〈魯問〉, 新編諸子集成本, 472쪽.
1060) 孫詒讓, 『墨子間詁』卷7, 〈天志上〉, 新編諸子集成本, 197쪽.

그는 "큰 나라가 작은 나라를 공격하고, 큰 가문이 작은 가문을 혼란스럽게 하고, 강대함으로 약소함을 괴롭히고, 어리석은 자를 기만하고, 높음으로 낮음을 얕보는 것은 결코 하늘의 뜻이 아니다."라고 생각했다. "힘이 있는 자는 서로 도와주고, 배움이 있는 자는 서로 가르쳐 주고, 재산이 있는 자는 서로 나눠주기를 바람이다. 통치자는 청치聽治를 하고, 백성은 일을 하기 바람이다. 통치자가 청치를 하면 나라가 안정되고, 백성이 일을 하면 재물이 풍족해진다."[1061] 그가 주장한 "문학을 위한 언담을 하는" 것은 "국가와 읍리의 만백성을 형정으로 다스리는 것이다." 그는 고자를 비판하며 다음과 같이 말했다.

> 정치란 입으로 말한 것을 반드시 몸으로 실천하는 것이다. 지금 그대가 입으로 말한 것을 몸으로 실천하지 않는다면, 이것은 그대의 몸이 어지러운 것이다. 그대는 자신의 몸도 다스릴 능력이 없는데, 어찌 국정을 다스릴 수 있겠는가?[1062]

또 맹자를 비판하며 다음과 같이 말했다.

> 상례喪禮에서 임금, 부모·아내·자녀가 죽으면 3년 동안 상복을 입고, 백부·숙부·형제·가문의 사람이 죽으면 5개월 동안 상복을 입고, 고모·자매·외숙·생질이 죽으면 수개월 동안 상복을 입는다. 혹은 상복을 입지 않을 때에는 시 300수를 외우고, 연주하고, 노래하고, 춤춘다. 만약 이렇게 한다면 군자는 언제 청치聽治를 할 수 있을까? 백성들은 또 언제 일을 할 수 있을까?[1063]

군자가 청치를 하지 않아 국가가 혼란해지고, 서인이 일을 하지 않아 국가가 빈곤해지는 것은 묵자가 가장 원하지 않는 것이었다. 물론 맹자가 말한 상례는 유가에서도 문학의 응용이었다. 그러나 묵자는 이것이 천자의 정치가

1061) 孫詒讓, 『墨子閒詁』卷7, 〈天志中〉, 新編諸子集成本, 199쪽.

1062) 孫詒讓, 『墨子閒詁』卷12, 〈公孟〉, 新編諸子集成本, 465쪽.

1063) 孫詒讓, 『墨子閒詁』卷12, 〈公孟〉, 新編諸子集成本, 456쪽.

아닐뿐더러 서인의 생업도 아니어서 나라를 다스릴 수 없고 부강하게 할 수도 없다고 생각했다. 그래서 문학에 대한 올바른 응용이 아니고 국가와 백성에 백해무익하다고 보았다. 여기서 묵자는 유가에서 후하게 장사지내고 오랫동안 상복을 입는 상례에 대해 불만을 가진 것을 알 수 있다. 그리고 문학이 반드시 형정을 행하고 만민에게 이롭게 하는 것임을 강력하게 호소한 것도 알 수 있다.

제2절 墨子의 孔子 문학 관념에 대한 수정

앞에서 공자와 묵자의 문학 관념이 사상의 기초, 내용, 방법에 있어서 같은 점과 비슷한 점이 있다고 하였다. 그러나 학술 관념에서 보면, 공자와 묵자는 현저한 차이가 난다. 『여씨춘추』〈당염當染〉에는 "노 혜공惠公이 재양宰讓을 시켜 천자에게 지내는 교제와 종묘의 예법을 배워오게 했다. 환왕桓王은 사각史角을 보냈고, 혜공은 그를 노나라에 머물러 살게 했다. 그 후손이 노나라에 있었는데 묵자는 그들에게 배웠다."[1064]라고 하였다. 사각은 주 평왕平王의 사관史官으로,[1065] 교제와 종묘의 예를 주관하였다. 사는 그의 직책이고, 각은 그의 이름이다. 여기서 "그 후손"에 대해 고유高誘(205년 전후)는 "사각의 후손"이라고 해석했다. 즉, 묵자가 사각의 후손에게 가르침을 받았고, 그 사상의 일부가 축사祝史의 학문에서 나왔다는 것이다. 그래서 『한서』〈예문지〉에는 "묵가의 유파는 대체로 가난한 종묘지기(淸廟之守)에서 나왔다."라고 하였다. 그리고 그 학술에 대해 "억새풀로 지붕을 잇고, 떡갈나무로 서까래를 한 집에

1064) 高誘 注, 『呂氏春秋』卷2, 諸子集成本, 20쪽.

1065) 陳奇猷는 『呂氏春秋校釋』 권2에서 梁玉繩의 말을 인용하였다. "환왕을 평왕으로 여긴 듯하다. 혜공은 평왕 48년에 세상을 떠나서 환왕과 만날 수 없다. 『竹書』에는 평왕 42년에 예를 배우고자 한 것이 실려 있다." 오늘날 전해지는 『竹書紀年』에도 평왕 42년의 기록이 남아 있다. "노 혜공이 宰讓을 시켜 교제와 종묘의 예법을 배워오게 하자, 왕은 사각을 보내 머물러 살게 했다."라고 하였다.

서 살며 검소함을 귀하게 여겼다. 덕망 있는 노인(三老)을 봉양하여 이로써 겸애를 주장하였다. 대사大射의 방법으로 인재를 선발하여 어진 선비를 높였다. 부친을 종묘에 제사 지내어 귀신을 높였다. 사시에 순응하여 행하되 운명론을 비판하였다. 효도를 천하에 보여 이로써 아래의 것이 위의 것의 의지에 합의하도록 하였다."[1066]라고 추론하였다. 뤼스미안呂思勉(1884~1957)은 다음과 같이 생각했다.

> 청묘淸廟는 명당이다. 채옹蔡邕의 〈명당월령론明堂月令論〉에 나와 있다. 주나라 명당은 당우의 오부五府이고 하나라의 세실世室이고 은나라의 중옥重屋으로 모두 오제를 제사 지내는 종교적인 장소이다. 고대의 제도는 미숙하여 종묘, 조정, 학교, 관부의 차이가 없어 모든 정부의 지시가 이곳에서 나왔다. 혜씨동惠氏棟이 지은 〈명당대도록明堂大道錄〉을 보면 알 수 있다. ……『여람呂覽』〈당염當染〉에는 "노 혜공이 재양宰讓을 시켜 천자에게 지내는 교제와 종묘의 예법을 배워오게 하자, 환왕은 사각史角을 보냈고 혜공은 그를 노나라에 머물러 살게 했다. 그 후손이 노나라에 있었는데 묵자는 그들에게 배웠다."라고 나와 있다. 이것은 묵학墨學이 종묘지기에서 비롯되었다는 증거이다. 『한지漢志』의 묵가는 〈윤일尹佚〉의 2편을 첫 번째에 배치하였다. 윤일은 사일史佚이다. 왕이 명당에서 예를 행할 때 앞에는 무당이 있고 뒤에는 사일이 있었다. 그래서 종묘의 예는 오직 사씨만 알 수 있었다. 묵학이 사각에서 나왔다고 하는 것과 묵가의 첫 번째가 윤일이라 하는 것은 서로를 증명해 준다.[1067]

장얼톈張爾田(1874~1945)도 다음과 같이 말했다.

> 나는 『묵자』 전권을 여러 번 반복해서 읽었고, 묵자의 학술이 축사祝史가 남긴 가르침임을 알게 되었다. 『주례』에 나오는 대축大祝은 육축六祝의 말을 관장하고 귀신의 뜻을 해석했다. 행복과 길상을 기원하고 길이 마음을 바르

1066) 班固, 『漢書』卷30, 〈藝文志〉, 二十五史本, 530쪽.
1067) 呂思勉, 『先秦學術槪論』下篇, 〈分論〉, 昆明:雲南人民出版社, 2005, 125~127쪽.

게 가지길(永貞)을 구했는데 이것이 묵가에서 명귀明鬼의 목적이다. 육기六祈를 관장하여 귀신에게 표명한 것은 묵가에서 상동尙同의 목적이다. 육사六辭를 지어 상하, 친소, 원근과 소통한 것은 묵가에서 겸애의 목적이다. 소축小祝에 구융지사寇戎之事가 나오자 제사 지내는 사당을 보호한 것은 묵가에서 비공非攻의 목적이다.[1068]

묵자는 겸애, 비공, 절장節葬, 절용, 비악非樂, 비명非命, 상현尙賢, 상동尙同, 천지天志, 명귀明鬼를 주장하고 묵가학설을 세웠다. 그는 공예·제조·건축·방어 등 많은 전문 기술에 밝았고, 여러 생산 도구와 방어형 무기를 설계했으며, 약자가 강자에 대항하는 군사 투쟁을 조직하고 참여시켰다. 현학顯學으로서의 유학과 묵학은 여러 기본적인 면에서 큰 차이가 있다. 사람들은 이것을 대립하는 두 개의 학파로 보고 공자와 묵자를 각파의 시조로 간주하였는데, 아주 합당한 일이다. 묵자와 공자의 문학 관념도 여러 가지 면에서 확연한 차이가 있다.

공자의 문학 관념은 선왕이 남긴 문헌을 기본으로 하고 서주 예악 문화를 핵심으로 하고 인문 교육을 수단으로 하고 문치 교화를 목적으로 하는 일종의 큰 문학관이다. 여기에는 문헌·제도·풍속·습관 등의 내용이 포함되고, 사람의 지식·정감·의지·성품과 사회 윤리·도덕·정치·교육 등 여러 방면을 아우른다. 공자는 주공이 만든 예악 제도가 이상적인 사회 제도이고, 이와 관련된 예악 문화는 우수한 도덕 문화라고 생각했다. 개인적으로 볼 때, 이른바 "문학"은 바로 선왕이 남긴 문헌을 배워 이 제도와 문화의 정수를 이해하고, 자신의 군자 인격을 단련하는 것이었다. "다섯 가지 미덕을 높이고, 네 가지 악행을 물리친다." "천명을 알고 예를 알고 말을 알아야 한다."[1069] "천명을 두려워하고 대인을 두려워하고 성인의 말씀을 두려워해야 한다."[1070] "의로움

1068) 張爾田, 『史微』卷2, 〈原墨〉, 上海:上海書店出版社, 2006, 29~30쪽.
1069) 何晏 集解·邢昺 疏, 『論語注疏』卷20, 〈堯曰〉, 十三經注疏本, 2535~2536쪽.
1070) 何晏 集解·邢昺 疏, 『論語注疏』卷16, 〈季氏〉, 十三經注疏本, 2522쪽.

을 바탕으로 삼고, 예의로 이를 행하며, 겸손함으로 이를 나타내며, 믿음으로 이를 완성해야 한다."[1071] "내가 하기 싫은 일을 남에게 시키지 않는다."[1072] "예가 아닌 것은 보지 말고, 예가 아닌 것은 듣지 말고, 예가 아닌 것은 말하지 말고, 예가 아니면 행동하지 말라."[1073] "사물을 볼 때는 분명하게 보고, 들을 때는 똑똑히 들으며, 얼굴빛은 온화한지를 생각하고, 몸가짐은 공손한지를 생각하며, 말을 할 때는 진심으로 할 것을 생각하고, 일을 할 때는 신중한지를 생각하며, 의심날 때는 물어볼 것을 생각하고, 성낼 때는 겪게 될 어려움을 생각하며, 이익을 얻었을 때는 의로운지를 생각해야 한다."[1074] "현명한 사람을 보면 그와 나란히 될 것을 생각하고, 현명하지 못한 사람을 보면 속으로 자신을 돌아본다."[1075] 자신의 사상과 행위는 하나하나 예악 규범에 맞도록 하고 군자의 품격을 구현해야 한다. 사회적으로 볼 때, 이른바 "문학"은 바로 문치 교화였다. 즉, 군자 인격과 예악 정신의 모범으로 영향을 주고 교육하고 사회를 개선하여 사회가 이상적인 상태에 들어서도록 이끄는 것이다. 무력 정복 등의 강제적 수단을 사용하지 않는다. 공자의 논리는 "그대가 착한 일을 하고자 하면 백성들은 저절로 착해지게 마련이다. 군자의 덕은 바람이요, 소인의 덕은 풀이다. 풀 위로 바람이 불면, 풀은 바람 부는 방향으로 반드시 눕게 마련이다."[1076] "덕으로 정치를 하는 것은 북극성이 그 자리에 있으면 무릇 별들이 함께 하는 것과 같다."[1077] "자기 자신을 닦아서 백성을 편안하게 해주는 것은 요 임금과 순 임금도 아마 오히려 힘들어했으리라!"[1078] 이렇듯, 공자에

1071) 何晏 集解 · 邢昺 疏, 『論語注疏』卷15, 〈偉靈公〉, 十三經注疏本, 2518쪽.

1072) 何晏 集解 · 邢昺 疏, 『論語注疏』卷15, 〈偉靈公〉, 十三經注疏本, 2518쪽. 『논어』〈顔淵〉에도 같은 말이 실려 있다.

1073) 何晏 集解 · 邢昺 疏, 『論語注疏』卷12, 〈顔淵〉, 十三經注疏本, 2502쪽.

1074) 何晏 集解 · 邢昺 疏, 『論語注疏』卷16, 〈季氏〉, 十三經注疏本, 2522쪽.

1075) 何晏 集解 · 邢昺 疏, 『論語注疏』卷4, 〈里仁〉, 十三經注疏本, 2471쪽.

1076) 何晏 集解 · 邢昺 疏, 『論語注疏』卷12, 〈顔淵〉, 十三經注疏本, 2504쪽.

1077) 何晏 集解 · 邢昺 疏, 『論語注疏』卷2, 〈爲政〉, 十三經注疏本, 2461쪽.

1078) 何晏 集解 · 邢昺 疏, 『論語注疏』卷14, 〈憲問〉, 十三經注疏本, 2514쪽.

게 있어서 "문학"은 개인적 수양과 사회적 통치의 이중적 의미를 가지고 있었다. 개인적 수양은 내재적 "인"과 외재적 "예"를 포함하고, 사회적 통치는 덕정과 문교를 포함한다. 텍스트 문헌과 예의 제도는 문학의 물화 형태가 되었다.

한 가지 지적할 것은 공자의 문학 관념은 짙은 이상주의 색채를 띠고 있다는 점이다. 그가 비록 "나는 내가 터득한 옛날의 학술 사상을 진술하여 후세에 전수하기만 하고 새로운 것을 지어내지 않으며, 옛날의 학술 사상을 믿고 좋아한다."[1079]라고 밝혔지만, 그가 "진술"한 모든 것은 역사상 실제로 존재했던 것이고 서주의 예악 제도와 예악 문화는 그가 묘사한 대로 정말 아름다웠다. 그러나 사실상 그가 배워야 한다고 주장한 선왕이 남긴 문헌은 모두 그의 선택과 해석을 거친 것으로 이미 이상화되어 있었다. 또 그가 동경하는 군자 인격의 이상적 경지도 역시 당시 사인들이 이루기 어려운 것이었다. 공자는 사람들이 스스로 예악 제도를 수호하고 예악 문화를 이행하면 이상적인 사회 질서를 "회복"할 수 있다고 생각했다. 문학은 단지 예악 정신의 군자 인격과 사회 제도에 부합하는 상징일 뿐이었다.

묵자와 공자의 문학 관념의 차이는 근본적으로 그들의 예악 제도와 예악 문화에 대한 이해의 차이에서 비롯되었다. 공자가 살았던 춘추 말기는 비록 "예악 붕괴"가 일어났지만, 예악 문화와 예악 정신이 역사 무대에서 완전히 사라진 상태는 아니었다. 공자는 여전히 예악 제도를 회복하고자 하는 환상을 가지고 있었다. 그러나 묵자가 살았던 전국 초기에는 사회에 근본적인 변화가 일어나 예악 문화와 예악 정신은 이미 역사에서 자취를 감추었고 이를 따르는 사람도 거의 없어 예악 제도의 회복은 불가능했다. 청나라 때 고염무顧炎武 (1613~1682)는 "주나라 말기의 풍속"을 거론하면서 다음과 같이 말했다.

춘추 시대에는 예를 존중하고 신信을 중시하였지만, 전국 시대에는 예와 신을 입에 담지 않았다. 춘추 시대에는 주왕을 숭배하였지만, 전국 시대에는

1079) 何晏 集解·邢昺 疏, 『論語注疏』卷7, 〈述而〉, 十三經注疏本, 2481쪽.

주왕을 거론하지 않았다. 춘추 시대에는 제사와 흠향을 아주 엄격하게 올렸지만, 전국 시대에는 이런 활동을 하지 않았다. 춘추 시대에는 가문과 씨족을 중시하였지만, 전국 시대에는 한 마디도 거론하지 않았다. 춘추 시대에는 연회에서 부시賦詩를 하였지만, 전국 시대에는 그런 말을 들어보지도 못했다. 춘추 시대에는 임금에게 간언을 올릴 수 있었지만, 전국 시대에는 그런 일이 없었다. 나라에는 안정된 외교관계가 이루어지지 않았고, 선비들은 고정된 군주를 섬기지도 않았다. 이런 변화는 133년 사이에 벌어졌다. 비록 명확한 기록으로 남겨지지는 않았지만, 후대 사람들이 이를 추측할 수 있다. 진시황이 전국을 통일하기 전, 문무의 도가 이미 다하고 말았다.[1080]

당시의 사회 현실과 문화 환경에서 묵자는 예악 제도와 예악 문화(현실적인 것과 이상화된 것)에 대해 회의적이고 부정적인 입장을 가지고 있었다. 그래서 묵자가 선왕을 본받고자 한 관념에는 "예악"이 포함되지 않았다. 묵자가 제자를 가르칠 때 사용한 문학 텍스트에도 "예악"의 내용은 없었다.

공자와 묵자는 예악 문화가 가장 풍부하게 남아 있는 노나라에서 생활했다. 하지만 공자는 몰락한 귀족 집안에서 태어나서 귀족 예법을 접할 기회가 있었다. 또한 사회가 이상적인 "예악이 붕괴되기" 이전의 서주 시대로 돌아가기를 바랐다. 그러나 "묵자는 지위가 낮아"[1081] 스스로를 "북방의 비루한 사람(鄙人)"[1082]이라고 하였다. 사회 밑바닥에서 살면서 "국가 사이에 서로 싸우고, 집안 사이에 서로 빼앗고, 사람 사이에 서로 피해를 주고, 군신 사이에 자애와 충성이 없고, 부자 사이에 사랑과 효심이 없고, 형제 사이에 서로 우애가 없는"[1083] 사회 현실에 대해 절실히 이해하고 있었다. 또 공자의 사회 이상과 문학 관념이 당시의 국가와 백성들에게 아무런 도움을 줄 수 없을 뿐만 아니

1080) 顧炎武 著·黃汝成 集解, 『日知錄集解』卷13, 長沙:岳麓書社, 1994, 467쪽.
1081) 杜道堅, 『文子纘義』卷8, 〈自然〉, 二十二子本, 858쪽.
1082) 呂不韋 撰·高誘 注, 『呂氏春秋』卷21, 『開春論』, 〈愛類〉, 二十二子本, 710쪽.
1083) 孫詒讓, 『墨子閒詁』卷4, 〈兼愛中〉, 新編諸子集成本, 101쪽.

라, 해로움이 더 많다는 것을 깨달았다. 그는 다음과 같이 말했다.

유가가 세상을 망치는 것에는 네 가지가 있다. 유가는 하늘이 공정하지
않고 귀신은 신이 아니라고 했다. 하늘과 귀신을 즐겁게 하지 못해 세상을
망치게 한다. 또 후하게 장사지내고, 오랫동안 상복을 입고, 관곽棺槨을 이중
으로 하고, 의금衣衾은 많아야 하고, 죽은 자는 이사 가는 것처럼 보내야 하고,
3년을 울어야 하고, 부축을 받아야 일어나고, 지팡이를 짚고 걸어야 하고,
귀가 있어도 듣지 않고, 눈이 있어도 보지 않는다. 이것은 세상을 망치는 것이
다. 또한 노래하여 춤추고 음악을 배우는 것도 세상을 망치는 것이다. 또한
사람의 운명은 정해져 있어서 빈부와 수명이 정해지고 국가의 안정과 혼란도
끝이 있다고 하여 더할 수도 뺄 수도 없다고 하였다. 유가의 통치자들이 나라
를 다스린다면 다른 사람의 말을 듣지 않을 것이고, 유가의 백성들이라면 구
태여 일을 하려고 하지 않을 것이다. 이것이 세상을 망치는 것이다.[1084]

당시 "대국이 소국을 공격하고, 큰 집이 작은 집을 빼앗고, 강자가 약자를
약탈하고, 다수가 소수를 괴롭히고, 어리석은 사람을 속이고, 높은 사람이 천
한 사람을 무시하고, 외적과 도적이 들끓는"[1085] 어지러운 상황에 대해 묵자와
공자는 완전히 다른 입장을 가지고 있었다. 공자는 "예악과 정벌이 제후에
의하여 결정되고", "가신이 나라의 운명을 좌우하는" 등의 "위, 아래가 무너
진" 것이 "예악 붕괴"를 일으킨 근본적인 원인이라고 보았다. 그러나 묵자는
사회 혼란은 "서로 사랑하지 않아서" 생겨난 것이라고 보았다. 그는 다음과
같이 말했다.

신하와 자식이 임금과 부모에게 효도하지 않는 것을 혼란이라고 한다.
자식이 스스로를 사랑할 뿐 부모를 사랑하지 않아서 부모를 저버리고 자기

1084) 孫詒讓, 『墨子間詁』 卷12, 〈公孟〉, 新編諸子集成本, 459쪽.
1085) 孫詒讓, 『墨子間詁』 卷8, 〈非樂上〉, 新編諸子集成本, 253쪽.

이익만 바란다. 아우가 스스로를 사랑할 뿐 형제를 사랑하지 않아서 형제를 저버리고 자기 이익만 바란다. 신하가 스스로를 사랑할 뿐 임금은 사랑하지 않아서 임금을 버리고 자기 이익만 바라는 것을 혼란이라고 한다. 부모가 자식을 사랑하지 않고 형이 아우를 사랑하지 않고 임금이 신하를 사랑하지 않으면 천하가 어지럽게 된다. 부모가 자신을 사랑할 뿐 자식을 사랑하지 않으면 자식을 저버리고 자기 이익만 바라게 된다. 형이 자신을 사랑할 뿐 동생을 사랑하지 않으면 동생을 저버리고 자기 이익만 바라게 된다. 임금이 자신을 사랑할 뿐 신하를 사랑하지 않으면 신하를 저버리고 자기 이익만 바라게 된다. 이건 어찌된 일인가? 모두 서로를 사랑하지 않아서 생기는 것이다.[1086]

어떠한 사회 질서를 어떻게 건설하느냐에 대해서도 묵자와 공자의 인식에 큰 차이가 있었다. 공자는 "오직 가장 지혜로운 사람과 가장 어리석은 사람만이 변하지 않는다."[1087], "임금은 임금답고, 신하는 신하답고, 아버지는 아버지답고, 아들은 아들다워야 한다."[1088]를 이상적인 사회 질서라고 하였다. 사람들이 "극기복례" 하면 사회가 조화롭고 안정될 수 있다. "자기를 이기고 예로 돌아오는 것을 인이라 한다. 하루라도 자기를 이기고 예로 돌아온다면 온 세상이 인으로 돌아올 것이다."[1089] 반면 묵자는 그렇게 생각하지 않았다. 묵자가 생각하는 이상적인 사회 질서는 "덕으로 벼슬자리에 나아가고, 관직으로 정사를 맡으며, 노고로 상이 결정되고, 공을 헤아려 녹이 분배된다. 때문에 관청의 고관이라 하여도 언제까지나 귀하기만 한 것은 아니고, 낮은 백성이라 하여도 끝내 천한 것만은 아니다. 능력이 있으면 곧 등용되고, 능력이 없으면 곧 좌천된다. 공평한 의로움에 의하여 등용하되 사사로운 원한을 피하는 것"[1090]이었다. 그리고 이 목표에 이르는 수단이 바로 "상현尙賢"이다. 그는 다음과 같이

1086) 孫詒讓, 『墨子間詁』卷4, 〈兼愛上〉, 新編諸子集成本, 99~100쪽.

1087) 何晏 集解·邢昺 疏, 『論語注疏』卷17, 〈陽貨〉, 十三經注疏本, 2524쪽.

1088) 何晏 集解·邢昺 疏, 『論語注疏』卷12, 〈顔淵〉, 十三經注疏本, 2503~2504쪽.

1089) 何晏 集解·邢昺 疏, 『論語注疏』卷12, 〈顔淵〉, 十三經注疏本, 2502쪽.

1090) 孫詒讓, 『墨子間詁』卷2, 〈尙賢上〉, 新編諸子集成本, 46쪽.

말했다.

　옛날의 성왕들이 정치를 함에 있어서 덕 있는 사람들을 높은 지위에 앉히
고 현명한 사람들을 존중하였다. 비록 농업이나 상공업에 종사하는 사람일지
라도 능력만 있으면 그를 등용하여 높은 작위를 주고 이에 많은 녹을 주며
정사를 맡겨 결단하여 명령할 권한을 주었다. …… 이 세 가지를 현명한 사람
에게 맡겨 주는 것은 현명함을 위한 것이 아니라 정사가 잘 이루어지기를
바랐기 때문이다.[1091]

　이것은 서주 이후 "형벌은 위로 대부에게 미치지 않고, 예는 아래로 서민
에게 미치지 않는다."라고 한 예악 제도 규범에 맞지 않는다. 공자는 귀족 계
급의 입장에서 그들이 스스로 예악 규범을 지켜 사회 질서를 회복하기를 바랐
다. 그러나 묵자는 평민 계급의 입장에서 통치자들이 현명한 인재를 선발하여
사회 질서를 재건하기를 바랐다. 두 사람은 모두 선왕으로부터 사상의 문화적
힌트를 얻었다. 이것은 그들이 선택한 내용 또는 핵심을 바꿔놓았다. 묵자는
예악 제도와 예악 문화를 근본적으로 반대하였다. 왜냐하면 이 제도와 문화는
그의 학술 사상과 정반대이기 때문이다. 묵자의 "문학을 위한 언사"에는 "예
악"이 내재되지 않았다. 그것이 인격 수양과 정치 제도 측면이든 아니면 역사
문헌과 문화 교육 측면이든 "예악"은 모두 묵자에게 있어서 배제되었다. 그래
서『묵자』에는 "예악"에 대한 비판만 있을 뿐『예』와『악』을 인용하지 않았다.

　묵자와 공자의 예악 제도와 예악 문화에 대한 태도가 달랐던 것은 두 사람
이 가졌던 계급적 입장 및 학술 평가 기준이 달랐던 것과 관련이 있다. 공자가
"예악"을 중시했던 것은 그가 "예악"을 인재를 양성하는 덕성과 사회 질서를
재건하는 도구이자 기준으로 생각했기 때문이다. "예악"을 실천하면 사람은
전면적으로 발전할 수 있고 사회도 이상적인 사회가 될 수 있다. 그래서 공자
는 "장무중臧武仲의 지혜와 공탁公綽의 무욕과 변장자卞莊子의 용기와 염구冉

1091) 孫詒讓,『墨子間詁』卷2,〈尙賢上〉, 新編諸子集成本, 46쪽.

求의 재주를 예악으로 장식한다면 그 역시 성인이다."[1092)라고 하며 "『시』를 통하여 일어나고, 예를 통하여 확립하고, 음악을 통하여 완성한다."[1093)라고 분명하게 제시했다. 그러나 묵자는 이런 판단에 찬성하지 않았다. 그는 유가 가 "예와 악을 번거롭게 꾸며 사람들을 어지럽히고, 오랫동안 상을 치르며 거짓 슬픔으로 부모를 속인다. 운명에 입각하여 가난에 빠져있으면서도 고상 한 체하며, 근본을 어기고 할 일은 버리면서도 태만하고 거만함을 편히 즐긴 다."[1094)라고 하며 사회에 백해무익하다고 생각했다. 그는 "예악"에 부합하는 행위가 반드시 올바른 것이 아님을 지적하고 노나라 양문군陽文君에 대해 다 음과 같이 말했다.

> 이웃 나라를 공격하고 그 백성을 살육하며 소·말·좁쌀·쌀·재화를 수 탈한 뒤 그것을 죽백에 쓰고, 금석에 새기고, 종과 솥에 새겨서 후손에게 전하 기를 "싸워서 얻은 성과가 나보다 많은 이가 없다."라고 했다. 오늘날 비열한 자들도 이웃 나라를 공격하고 그 백성들을 살육하며 개·돼지·식량·의복 ·이불을 빼앗은 뒤 그것을 죽백에 쓰고 자리와 도기에 새겨서 후손에게 전하 기를 "싸워서 얻은 성과가 나보다 많은 이가 없다."라고 한다. 이래도 된다는 말인가?[1095)

묵자가 귀족의 정벌, 수탈과 도적의 침략, 약탈을 한 데 놓고 비교할 때, 이른바 "예"의 터무니없음이 부각된다. 노 양문군은 "천하에 옳다고 생각한 것이 반드시 꼭 맞는 것은 아니오."[1096)라고 대답할 수밖에 없었다. 그렇다면 어떤 기준으로 학설의 좋고 나쁨과 개인의 현명함을 판단할 수 있을까? 묵자 가 제시한 기준은 바로 그것이 국가와 백성에게 이로운지를 보는 것이었다.

1092) 何晏 集解·邢昺 疏, 『論語注疏』卷14, 〈憲問〉, 十三經注疏本, 2511쪽.

1093) 何晏 集解·邢昺 疏, 『論語注疏』卷8, 〈泰伯〉, 十三經注疏本, 2487쪽.

1094) 孫詒讓, 『墨子閒詁』卷9, 〈非儒下〉, 新編諸子集成本, 291쪽.

1095) 孫詒讓, 『墨子閒詁』卷13, 〈魯問〉, 新編諸子集成本, 469쪽.

1096) 孫詒讓, 『墨子閒詁』卷13, 〈魯問〉, 新編諸子集成本, 469쪽.

어진 이가 해야 할 일은[1097] 사람들에게 이익을 가져오고 피해를 없애야 하는 것으로 천하의 모범이라고 할 수 있다. 사람에게 이익이 되는 일은 하고, 사람에게 이익이 되지 않는 일은 멈춰야 한다. 아울러 위정자가 천하를 다스림에 자신의 눈에 아름답게 보이고, 귀에 즐겁게 들리며, 입에 달게 느껴지고, 몸에 편하게 지낼 수 있는 것은 해서는 안 된다. 백성의 입고 먹는 것에서 나온 재물을 빼앗으면 어진 이가 아니다.[1098]

백성이 일용에 쓰는 것을 바치는 일은 멈춰야 한다. 백성의 부담은 늘이고, 이익은 줄이는 사람은 성왕이 아니다.[1099]

묵자라고 종루의 악기 소리가 즐겁지 않고 보불黼黻에 새긴 문장이 아름답지 않고, 고기를 기름에 부치는 냄새가 향기롭지 않고, 높은 누각의 좋은 집이 편하지 않았던 것이 아니다. 단지 이런 것들이 국가와 백성에 해가 된다고 생각했다. 백성들은 "배고픈 자가 먹을 것이 없고, 추운 자가 입을 것이 없고, 힘든 자가 편히 쉴 곳이 없었다."[1100] 예기와 악기를 주조하려면 "반드시 백성으로부터 두둑이 거둬야" 하고, "백성의 먹고 입는 재물을 빼앗아야 한다." 예악을 행하려면 반드시 "임금이 간언을 듣는 일(聽治)을 하지 않고", "천인賤人이 일을 하지 않아야 한다." "임금이 청치를 중시하지 않으면 형정이 어지럽게 되고, 천인이 일을 중시하지 않으면 재물이 부족하게 된다." 그래서 "오늘날 천하의 사군자들이 천하의 이익을 일으키고 천하의 해악을 없애고자 한다면, 음악을 금지하지 않을 수 없는 것이다."[1101] 이렇게 보면, 묵자의 문학 관념에는 예악 제도와 예악 문화의 의미가 포함되지 않았을 뿐만 아니라, 윤리 수양과 심미 교육의 의미도 포함되지 않았음을 알 수 있다. 그렇게 함으로써

1097) 원문에는 "仁之事者"라고 나와 있다. 孫詒讓에 따라 "仁者之事"로 교정하였다.

1098) 孫詒讓, 『墨子間詁』卷8, 〈非樂上〉, 新編諸子集成本, 251쪽.

1099) 孫詒讓, 『墨子間詁』卷6, 『節用中』, 新編諸子集成本, 164쪽.

1100) 孫詒讓, 『墨子間詁』卷8, 〈非樂上〉, 新編諸子集成本, 253쪽.

1101) 孫詒讓, 『墨子間詁』卷8, 〈非樂上〉, 新編諸子集成本, 254~263쪽.

공자가 세운 문학 관념의 범위를 대대적으로 축소했다. 이것은 거자오광葛兆
光이 말한 바와 같다.

> 묵자의 사상은 아주 실재적이었다. 그는 당시 사회에 유용한지 또는 유익
> 한지를 사물을 판단하는 유일한 기준으로 삼았다. 묵자의 사고하는 이성으로
> 서의 학설을 판단하는 기준으로 "삼표법三表法"이 있는데, 그것은 사실상 일
> 종의 역사적 증거, 이성적 가치, 실용적 도구로 판단하는 방법이다. 그래서
> "본지本之", "원지原之", "용지用之"라고 부른다. 쓸모없는 학설은 역사적 증거
> 가 있고 논리적인 사고가 있더라도 성립할 수 없다. 그의 "종교"—"형정刑政"
> —"조작"의 사고방식은 현실에서는 실천하기 어려워서, 모든 것이 무의미하
> 기 때문이다.[1102]

제3절 墨子 문학 관념의 의미

그렇다면 묵자가 자주 언급한 "문학을 위한 언담言談"에서의 "문학" 개념
은 무엇을 가리키는 것일까? 묵자는 다음과 같이 말했다.

> 모든 엄담言談과 문학으로부터 행해지는 도는 먼저 기준과 법도(義法)를
> 세우지 않으면 안 된다. 만약 말은 하면서도 기준이 없다면 마치 하루 종일
> 돌림판 위에 물건을 세워둔 것과 같다. 비록 기술을 지닌 공인일지라도 반드
> 시 그것을 바르게 만들 수는 없는 것이다. 그런데 지금 천하의 실정에 대하여
> 는 알 수가 없게 되어 있다. 그러므로 말에 세 가지 법도가 있게 하는 것이다.
> 세 가지 법도란 무엇인가? 그 근본이 되는 것, 그 근원이 되는 것, 그 활용이
> 되는 것이다. 그 근본이 되는 것이란 거기에 대하여 하늘과 귀신의 뜻 그리고
> 성왕들의 일은 어떠하였는가를 고려하는 것이다. 그 근원이 되는 것이란 거

1102) 葛兆光, 『中國思想史』第1卷, 「七世紀前中國的知識, 思想與信仰世界」, 上海:復旦大學
出版社, 2001, 107쪽.

기에 대하여 옛 훌륭한 임금들의 문서를 이용하여 증명하는 것이다. 그 활용이란 어떻게 하는 것인가? 그것을 발동시켜 형정刑政을 행하는 것이다. 이것이 말의 세 가지 법도이다.[1103)

분명, 묵자가 말한 "문학"은 "삼표법三表法"이 포함된 입언立言의 방법이다. 이것은 묵자가 말한 바와 같다.

묵자가 하늘의 뜻을 지닌 것은 비유컨대 수레바퀴 만드는 사람이 그림쇠를 갖고 있고, 목수가 굽은 자를 지니고 있는 것과 같다. 지금 수레바퀴 만드는 사람은 자신의 그림쇠를 들고서 천하의 둥근 것과 둥글지 않은 것을 재고 있다. …… 그 이유는 무엇인가? 그것은 둥근 것에 대한 법도가 분명하기 때문이다. 목수도 역시 그의 굽은 자를 들고서 천하의 직각과 직각이 아닌 것을 잰다. …… 그 이유는 무엇인가? 그것은 직각에 대한 법도가 분명하기 때문이다.[1104)

묵자는 또한 다음과 같이 말했다.

그러므로 묵자가 하늘의 뜻을 가졌다는 것은, 위로는 천하의 임금과 귀족들의 형정을 행하는 법도가 되는 것이고, 아래로는 천하의 백성들이 공부(문학)를 하고 말을 하는 기준이 되는 것이다. 그가 말하는 것을 살펴보아 그것이 하늘의 뜻에 따르고 있으면 그것을 선한 덕행이라고 말하고, 하늘의 뜻에 반하고 있으면 그것을 선하지 않은 말이라고 하는 것이다. 그의 형정을 살펴보아 하늘의 뜻에 따르고 있으면 그것을 선한 형정이라고 말하고, 하늘의 뜻에 반하고 있으면 그것을 선하지 않은 형정이라고 하는 것이다. 그러므로 이것을 놓고서 법도로 삼고, 이것을 세워 기준으로 삼아 천하의 법도를 재려고 할 때는 임금과 귀족과 여러 관리들의 어질지 않음을 재려고 하는 것이다. 이것은 비유컨대, 검은 것과 흰 것을 구분하는 것과 같다.[1105)

1103) 孫詒讓, 『墨子間詁』卷9, 〈非命中〉, 新編諸子集成本, 273~274쪽.
1104) 孫詒讓, 『墨子間詁』卷7, 〈天志中〉, 新編諸子集成本, 207~208쪽.

묵자가 여기서 말한 "방법"("원법圓法")은 학술 "방법"("원법")이자 문학 "방법"("원법")이다. 그리고 그가 말한 "문학"은 바로 "하늘의 뜻"을 기준("방법", "원법")으로 선택한 "성왕들의 일", "옛 훌륭한 임금들의 문서" 및 이런 고사와 서적에서 나타난 "언담"이다. "옛 훌륭한 임금들의 문서"는 그 안에 모범적이고 중개적인 기능이 담겨 있다. 묵자는 "옛 훌륭한 임금들의 문서는 국가에서 만들어 백성에 희사한 법령이다."[1106]라고 생각했다. 묵자는 자신의 학설을 논증할 때, 자주 『시』와 『서』를 인용하여 근거로 삼았다. 즉, "가장 본질적인 선왕의 문서를 사용한"[1107] 것이다. 예를 들어, 겸애兼愛를 논증할 때는 〈태서泰誓〉·〈우서禹誓〉·〈탕설湯說〉·『시』〈대아〉 등을 인용했고, 상현尙賢을 논증할 때는 『시』〈주송〉·〈거년距年〉·〈탕서湯誓〉·〈여형呂刑〉 등을 인용했고, 비명非命을 논증할 때는 〈중훼지고仲虺之告〉·〈태서太誓〉·상나라와 하나라의 『시』·『서』 및 우 임금의 〈총덕總德〉을 인용하여 말했다. 이것이 바로 묵자가 말하는 "문학"이다.

묵자의 문학 관념 중에서 "문학"은 그가 "하늘의 뜻"에 부합한다고 인정한 "성왕들의 일", "옛 훌륭한 임금들의 문서" 및 자신이 창작한 언론도 포함되어 있다. 이렇게 문학을 이해한 것은 공자와 확연히 다를 뿐만 아니라, 공자의 문학 관념에 대한 중요한 발전을 의미한다.

공자는 스스로 "나는 옛날의 학술 사상을 진술하기만 하고 내가 새로운 것을 지어내지는 않으며, 옛날의 학술 사상을 믿고 좋아한다."[1108]라고 하였다. 그의 문학 관념 중에 개인이 창작한 문학은 포함되지 않았다. 그러나 묵자는 이와 정반대였다. 그는 "옛날의 학술 사상을 진술하기만 하고 새로운 것을 지어내지는 않는" 것에 반대했다. 맹자가 "군자는 새로 짓지 않고 진술하기만 한다."라고 하자, 묵자는 다음과 같이 말했다.

1105) 孫詒讓, 『墨子間詁』卷7, 〈天志中〉, 新編諸子集成本, 208쪽.
1106) 孫詒讓, 『墨子間詁』卷9, 〈非命上〉, 新編諸子集成本, 267쪽.
1107) 孫詒讓, 『墨子間詁』卷4, 〈兼愛下〉, 新編諸子集成本, 125쪽.
1108) 何晏 集解·邢昺 疏, 『論語注疏』卷7, 〈述而〉, 十三經注疏本, 2481쪽.

그렇지 않다. 사람들 중 가장 군자가 못 되는 자는 옛날의 훌륭한 것을 계승하지 않고,[1109] 지금 훌륭한 것도 만들어내지 않는 자이다. 그 다음으로 군자가 못 되는 자는 옛날의 훌륭한 것을 계승하지 않으면서 자신에게 좋은 것은 창작하는 자이다. 그것은 훌륭한 것이 자신에게 나오도록 하기 때문이다. 지금 옛것을 계승하면서 창작하지 않는다는 것은 옛것을 계승하기를 좋아하지 않으면서 만들어내기만 하는 자와 다를 것이 없다. 내 생각으로는 옛날의 훌륭한 것은 곧 계승하고, 지금 훌륭한 것은 곧 창작해야 한다. 훌륭한 것이 더 많아지기를 바라기 때문이다.[1110]

맹자가 "예전에 성왕聖王의 열列에는 첫째가 천자이고, 그 다음이 경대부였다. 오늘날 공자께서 『시』와 『서』에 능통하고 예악을 알고 만물에 밝으니 만약 공자께서 성왕이 된다면 공자께서 바로 천자가 아니겠는가?"라고 하자, 묵자가 다음과 같이 대답했다.

지자知者는 마땅히 하늘을 존중하고 귀신을 섬겨야 하며, 사람들을 사랑하고 근검절약해야 한다. 이 모든 것을 합쳐서 지혜를 이룬다. 지금 그대는 공자께서 『시』, 『서』와 예악과 만물에 밝으니 천자가 될 만하다고 말한다. 이것은 남의 장부를 보고 자기를 부자로 착각하는 것과 같다.[1111]

이른바 "남의 장부를 보고 자기를 부자로 착각하는 것"은 당시 사람들이 자주 사용하던 비유였다. 『열자』〈설부說符〉에는 "송나라 사람이 길에서 놀다가 누군가 잃어버린 장부를 주워 돌아가 감추고는 몰래 계산해 보았다. 그리고 이웃 마을 사람에게 말하기를 '내가 부자가 될 거라네.'라고 한"[1112] 것이 나와 있다. 선왕이 남긴 글을 자신의 작품으로 여기고 자신의 창작을 대신한

1109) 원문에는 "誅"라고 나와 있다. 俞樾의 주장에 따라 "述"로 교정하였다. 이하 모두 같다.

1110) 孫詒讓, 『墨子閒詁』卷11, 〈耕柱〉, 新編諸子集成本, 434~435쪽.

1111) 孫詒讓, 『墨子閒詁』卷12, 〈公孟〉, 新編諸子集成本, 454쪽.

1112) 列御寇 撰 · 張湛 注, 『列子』卷8, 〈說符〉, 二十二子本, 221쪽.

다. 이것을 다른 사람의 장부를 자신의 재산으로 여기는 것에 비유한 것인데 황당하면서도 우스꽝스럽다. 분명, 묵자는 진술(述)과 저술(作)을 인정하고 격려하였다. 심지어 저술이 진술보다 더욱 중요하다고 생각했다. 이것은 묵자가 "하늘의 뜻"에 합당한 "성왕들의 일", "옛 훌륭한 임금들의 문서"를 "문학"으로 하고, 또 "하늘의 뜻"에 합당한 개인의 언론, 창작을 "문학"으로 여긴 것을 의미한다. 그는 이것들을 인용하여 학술 관점을 논증할 때, 공자처럼 경전의 해석을 중시한 것이 아니라 자신의 학술 관점을 증명하는 자료로 삼았다. 이런 자료들이 효과적으로 쓰일 수 있도록, 그는 심지어 그 형식과 내용도 서슴지 않고 바꾸었다. 묵자가 가장 자주 인용한 경전은 『시』와 『서』이다. 통계에 따르면, 『묵자』는 『시』를 11곳 인용했다. 한나라의 제, 노, 한, 모 "사가시 四家詩"에 완전히 부합하는 것은 아주 소수이다. 그중 "사가시"에 없는 것이 3곳, "사가시"와 다른 것이 3곳, 비슷한 5곳의 26구이다. 이중 『모시毛詩』와 다른 것이 10구, 『제시齊詩』와 다른 곳이 10구, 『노시魯詩』와 다른 곳이 11구, 『한시韓詩』와 다른 곳이 9구로, 다른 부분이 ⅓을 넘는다. 그래서 혹자는 다음과 같이 말했다.

> 이런 큰 차이는 『묵자』에서 인용한 『시』의 판본과 한나라 때 "사가시四家詩"의 판본이 달랐음을 확실히 설명해준다.[1113]

묵자가 『서』를 인용한 상황은 『시』와 비슷하다. "『묵자』 중에 모두 40절을 인용하였는데, 그 글자는 금문 『상서』와 비교하면 5절, 그 목차는 한나라 때 새로 나온 '백량百兩 『상서』'의 목차와 비교하고, 그 내용은 새로 나온 〈진서泰誓〉와 비교하면 모두 11절, 동진 시대 매색梅賾 고문 『상서』와 비교하면 5절, 총 21절이 다르다. 그리고 『묵자』가 인용한 것 중에 오늘날 전해지는 『상서』와 비교할 수 없는 것이 19절로 거의 절반을 차지한다." 또 비교할 수 있는

1113) 鄭杰文, 『中國墨學通史』第1章, 北京:人民出版社, 2006, 78쪽.

각 절의 글자 상에도 확연한 차이가 드러난다. "이것은 묵가가 전수한 선왕의 『서』가 독자적인 선별 시스템을 가졌던 것이 아닐까 싶다."[1114] 그러나 또 일부에서는 다음과 같이 말했다.

> 그가 『시』와 『서』(雅言, 古文)를 인용한 것은 골동품을 다룬 것이 아니라 이치를 말하고자 한 것이다. 그래서 형식적으로 사용한 것이 당시의 "백화번역白話飜譯"이지 고문전장古文典章이 아니었다.[1115]

이런 해석은 모두 일리가 있다. 그러나 다르게 해석하면 묵자는 엄격하게 『시』와 『서』를 인용한 것이 아니라 필요에 따라 선별하고, 축소하고, 개조하고 창작하여 그가 말하는 이론의 목적에 따르고자 하였다. 예를 들어, 그가 『비명』에서 언급한 "선왕의 법", "선왕의 형벌", "선왕의 문서"는 인용한 말과 거의 같다. 아마도 그가 끼워 맞춘 듯하다. 인용한 "상나라와 하나라의 『시』와 『서』", "우 임금의 〈총덕總德〉"은 다른 사람이 인용한 것을 찾아볼 수 없다. 아마도 그가 지은 것인 듯하다. 구제강顧頡剛(1893~1980)은 요순이 양위한 이야기는 묵자가 지어낸 것이고, 많은 상고 제왕에 관한 전설도 묵자가 지어낸 것이라고 지적했다.[1116] 이렇게 보면, 묵자는 비록 공자의 문학 관념에서 일부 의미(예악 제도와 예악 문화)를 제거했지만 공자의 문학 관념 중에 원래 없던 내용(개인의 언론과 창작)을 더한 것을 알 수 있다. 이로써 문학 관념이 새로운 발전과 변화를 하게 되었다.

좀 더 설명하자면, 묵자의 문학 관념에는 "천지天志"로써의 "방법"("원법圓法")과 "명귀明鬼"로써의 보조를 포함한다. 이 역시 공자와 근본적으로 다른 부분이다. 공자는 "괴상한 것(怪), 힘을 믿는 것(力), 도를 어지럽히는 것(亂), 귀신(神)을 입에 담지 않는다."[1117]라고 하고, "사는 것도 아직 알지 못하는데

1114) 鄭杰文, 『中國墨學通史』第1章, 108쪽.

1115) 侯外盧·趙紀彬·杜國庠, 『中國思想通史』第1卷, 北京:人民出版社, 1957, 195쪽.

1116) 顧頡剛, 『秦漢的方士與儒生』부록 「中國辨僞史略」, 上海:上海古籍出版社, 2005, 119~125쪽.

어찌 죽음을 알겠느냐?"[1118], "귀신을 공경하되 멀리하라."[1119]라고 솔직하게
말했다. 그의 문학 관념 중에 신비주의는 없었다. 그러나 묵자는 달랐다. 그는
천하가 크게 어지러운 것은 "귀신이 현명한 사람들에게는 상을 주고, 난폭한
자에게는 벌을 줄 수 있다는 사실을 명확히 깨닫지 못했기 때문이다."[1120]라고
생각했다. 그가 열거한 『춘추』에 실린 주周, 연燕, 송宋, 제齊 등의 여러 나라의
귀신이 상과 벌을 내리는 사례는 귀신이 실제로 존재함을 증명한다. 또한 열
거한 삼대 성왕 요, 순, 우, 탕, 문, 무가 귀신을 공경한 일과 『주서』, 『상서』,
『하서』에 실린 귀신의 이야기는 "귀신이 상과 벌을 내리는 것은 국가와 만민
에게 해당된다. 그러므로 나라를 다스리고 백성을 이롭게 하는 도리임"[1121]을
설명해준다. 묵자의 "명귀"는 비록 그의 진정한 신앙에서 비롯되었다고는 할
수 없지만, 그가 귀신의 현실적인 역할을 더 중시했음을 분명히 알 수 있다.
즉, 귀신과 신앙은 사람(군자 및 서민)의 행위를 예속할 수 있었다. 그는 다음과
같이 생각했다.

> 귀신은 이를 지켜보고 있다. 그러니 관리로서 다스리는 데 있어서 깨끗하
> 거나 청렴하지 않으면 안 되고, 선한 것을 보고 상을 주지 않으면 안 되고,
> 난폭한 것을 보고 벌을 주지 않으면 안 된다. 백성들이 난폭해지고 반란을
> 일삼아 도적이 되어 무기와 독약과 물과 불로 죄 없는 사람을 도로에서 가로
> 막고는 남의 수레와 말과 옷들을 약탈하여 자기의 이익을 채우는 자들은 이
> 때문에 그만두게 되는 것이다.[1122]

그러나 "명귀"는 제사를 피할 수 없어서 이것은 그가 제창한 "절용"과 서로

1117) 何晏 集解·邢昺 疏, 『論語注疏』卷7,〈述而〉, 十三經注疏本, 2483쪽.

1118) 何晏 集解·邢昺 疏, 『論語注疏』卷11,〈先進〉, 十三經注疏本, 2499쪽.

1119) 何晏 集解·邢昺 疏, 『論語注疏』卷6,〈雍也〉, 十三經注疏本, 2479쪽.

1120) 孫詒讓, 『墨子閒詁』卷8,〈明鬼下〉, 新編諸子集成本, 222쪽.

1121) 孫詒讓, 『墨子閒詁』卷8,〈明鬼下〉, 新編諸子集成本, 243쪽.

1122) 孫詒讓, 『墨子閒詁』卷8,〈明鬼下〉, 新編諸子集成本, 243쪽.

모순된다. 그러나 그는 다음과 같이 말했다.

지금 우리가 제사를 지내는 것은 더러운 시궁창에 버리는 것이 아니다.
위로 귀신에게 복을 받고, 아래로 많은 사람을 모아 즐겁게 화합하며 향리
사람들과 친해지는 것이다.[1123]

제사용품은 낭비를 하지 않고 "향리 사람들과 친해질" 수 있는데 어떻게
기쁘지 않을 수 있을까? 이것은 얼마나 현실적인 생각인가!

묵자의 "명귀"는 그의 "존천"과 같다. 또 그가 "문학을 위한 언담"을 하는
"방법"("원법")이었다. 그는 "그렇다면 하늘은 또한 무엇을 바라고 무엇을 싫어
하는가? 하늘은 의義를 바라고 불의를 싫어한다. 그러므로 천하의 백성들을
거느리고 의로움에 종사한다는 것은 곧 내가 바로 하늘이 바라는 일을 행하는
것이 된다. 내가 하늘이 바라는 일을 하면 하늘 역시 내가 바라는 일을 해준
다."[1124]라고 하였다. 이렇게 보면, 묵자는 "하늘"의 대변인이 된다. "존천"과
"명귀"는 그가 학설을 만드는데 속박하지 않을 뿐만 아니라 그의 학설에 새로
운 길을 열어주었다. 또한 그의 "문학을 위한 언사"도 더 넓은 사고방식과 더
풍부한 내용을 얻게 되었고 그의 문학 관념도 공자의 문학 관념과 더 분명한
차이를 갖게 되었다.

제4절 孔子와 墨子의 문학 관념의 同異

중국 문학 관념의 발생은 오랜 역사 축척 과정을 거쳐 왔다. 주술성을 가진
사람의 외부 수식에서부터 사회 윤리 도덕을 중시하는 사람의 내면 수양까지
의 변화는 제사 문화가 예악 문화로 변화한 것을 반영한다. 공자가 세운 문학

1123) 孫詒讓,『墨子間詁』卷8,〈明鬼下〉, 新編諸子集成本, 250쪽.
1124) 孫詒讓,『墨子間詁』卷7,〈天志上〉, 新編諸子集成本, 193쪽.

관념은 예악을 핵심으로 사람의 내면 수양과 외부 수식을 통일하고, 인격 단련과 정치 실천을 한데 묶어 문학이 아주 풍부한 의미를 갖게 하였다. 문학이 대표할 수 있는 것을 살펴보면, 문학은 인격 수양이고, 교육 방식이고, 행위 자질이고, 정치 실천이고, 사회 제도이고, 의식 형태이고, 역사 지식이고, 문화 이념 등이다. 공자 문학 관념의 보편성은 춘추 말기 사회 상류층 건설이 비교적 혼란한 상태였고 아직 분화되어 발전하지 못했다는 객관적 사실을 보여준다.

공자의 문학 관념이 융통성과 모호성을 갖고 있었기 때문에 제자들의 이해도 각자 다를 수밖에 없었다. 공자가 세상을 떠난 뒤, "유가는 여덟 개로 나누어졌다." 공자가 "문학"의 으뜸으로 칭찬한 자유와 자하도 문학에 대해 다른 생각을 갖기 시작했다. 자유는 군자 인격을 배양하고 인정 이상을 실천하는 측면에서 문학을 이해하고자 하였다. 반면 자하는 사회 행위를 규범하고 문화 지식을 배우는 측면에서 문학을 이해하고자 하였다. 공자의 문학 관념에 분화가 나타나기 시작한 것이다. 묵자는 "공자의 업을 받아" 공자의 문학 관념을 이해했다. 그는 공문 문학 관념에 분열이 나타나기 시작한 상황에서 공자 문학 관념과 어느 정도 관련이 있으면서도 한편으로는 명확한 차이를 가지는 문학 관념을 제시했다.

묵자는 형식상 공자가 세운 문학 관념을 유지했지만, 이 개념의 핵심 내용인 예악 제도·예악 문화·예악교육·예악 정신은 배제했다. 문학 여부를 판단하는 "천지"의 "방법"("원법")으로 자신의 문학 관념과 공자의 문학 관념을 구분하였다. 춘추 말기에 예악 사상이 자라는 토양이 아직 남아 있었기 때문에 공자는 예악으로 문학을 할 수 있고 사회에서 어느 정도 인정을 받았다. 그렇지만 전국 시대에 접어들어 예악 문화는 이미 회복하거나 발전할 수 있는 가능성을 잃게 되었다. 예악은 바보들이 말하는 허풍과 같았다. 예악으로 문학을 하는 것은 더 이상 사람들의 마음을 움직일 수 없었고, 당시의 사회 문제도 해결할 수 없었다. 묵자는 공자가 예악을 부흥하고자 했던 이상과 기대를 "모든 사람을 다 같이 서로 사랑하고 다 같이 서로 이롭게 한다."는 공리 원칙으로 바꿨다. 외적 이익의 "의"로 내적 반성의 "인"을 대신하고, "말이 없으면 대답하지 않고 덕이 없으면 보답하지 않는다. 내게 복숭아를 주면 자두로 보답한다. 남을 배려하는 사람은 반드시 사랑을 받고, 남을 증오하는 자는 반드시 미움을 받는다."[1125]의 등가교환적 현인의 태도로 "자신이 나서고 싶은 자리가 있으면 다른 사람을 그 자리에 내세우고, 자신이 가고 싶은 곳이 있으면 다른 사람을 그곳에 보낸다."[1126]라는 자신을 미루어 남에게 미치는 군자의 인격을 대신했다. "현명한 사람들은 고을을 다스림에 있어 일찍 출근하고 늦게 퇴근하되 밭 갈아 씨 뿌리며 나무를 가꾸고 농사를 짓게 하여 곡식을 거두도록 한다. 그리하여 곡식은 풍부해지고 백성들은 식량이 많아져 넉넉하게 되는 것이다."[1127]는 근면한 노동으로 "나는 매일 세 가지로 나 자신을 반성한다."[1128]는 심성 수양을 대신했다. "살아서는 노래하지 아니하고, 죽어서는 상복을 입지 않고, 오동나무 관을 세 치 두께로 만들고, 외관은 만들지 않는다."는 새로운 상례로 "귀천에 따라 법도가 있고 상하에 따라 등급이 있다. 천자의 관곽은 일곱 겹이고, 제후는 다섯 겹이고, 대부는 세 겹이고, 선비는 두 겹이다."[1129]는 유가 상례를 대신했다. 이들은 평민 계급의 가치 기준과 사회적 요구를 구현했고, 전국 초기 사회의 급격한 동요, 정비, 개혁의 요구에 적응했다. 이렇게 "문학을 위한 언담"을 하여 많은 사람들의 환영을 받았고, 묵자도 유학을 계승하고 현학顯學을 일으킬 수 있었다. 그래서 선인들이 공자의 문학 관념은 이상주의적이고, 묵자의 문학 관념은 현실주의적이라고 한 것이 어느 정도 일리가 있다고 할 수 있다.

그러나 관점을 달리해서 보면 이상의 결론은 재검토할 필요가 있다. 공자가 제창한 예악 제도와 예악 문화는 종법 사회의 산물이다. 종법 사회는 계급

1125) 孫詒讓, 『墨子間詁』卷4, 〈兼愛下〉, 新編諸子集成本, 125쪽.

1126) 何晏 集解·邢昺 疏, 『論語注疏』卷6, 〈雍也〉, 十三經注疏本, 2479쪽.

1127) 孫詒讓, 『墨子間詁』卷2, 〈尚賢中〉, 新編諸子集成本, 50쪽.

1128) 何晏 集解·邢昺 疏, 『論語注疏』卷1, 〈學而〉, 十三經注疏本, 2457쪽.

1129) 莊周 撰·郭象 注, 『莊子』卷10, 〈天下〉, 二十二子本, 85쪽.

을 기초로 하고 혈연을 유대로 하여 광범위하고 두터운 역사 전통과 경제 기초를 이루었다. 춘추 시기에 비록 "예악 붕괴"가 이루어졌지만, 계급 사회의 기본 구조는 철저히 타파되지 않은 상태였고, 씨족 혈연의 종법 기초도 전혀 동요되지 않았다. 그래서 공자가 "자식이 나서 3년은 지나야 부모의 품을 벗어날 수 있다. 무릇 삼년상은 천하의 상식이다. 재여宰予도 3년 동안 부모의 품에서 아낌을 받았을 것이다!"[1130)라고 한 것이나 "사랑에도 차등이 있다."라고 한 학설은 당시 사회의 문화 심리와 인간의 정감 요구에 더욱 잘 어울린다. 친함에 차등을 두지 않고 "서로 사랑해야 한다."를 주장한 묵자도 그 학설 중에 사람을 "군자", "천한 사람"[1131) 또는 "고귀하고 지혜로운 자", "어리석고 천한 자"[1132)로 나누었다. 그가 생각한 사회 구조도 "현명한 사람이라면 이를 등용하여 높여주고 두터운 녹을 내려 부유하게 하고 귀하게 해주었으며, 이로써 관청의 우두머리로 삼았다. 또 못난 자라면 이를 파면시켜 녹을 깎아 가난하게 하고 지위를 낮추어 천하게 하였으며, 이러한 자들은 일꾼으로 삼고",[1133) "백성들에게 지도자를 두었으나 의를 하나로 화합시키지 못했으므로 천하가 어지러워진다는 것을 알게 되었다. 그래서 천하의 현명하고 훌륭하고 성스럽고 지혜롭고 분별 있고 슬기로운 사람을 선발하여 천자로 삼고 천하의 뜻을 하나로 통일시키는 일에 종사토록 한"[1134) 것이다. 이것은 여전히 전제적 계급 사회를 뜻한다. 단지 계급을 형성하는 근거가 종법 혈연이 아니라 현명함과 우매함의 차이일 뿐이다. 그러나 현명함과 우매함의 기준은 확실히 하기에 더 어려운 점이 있다. 그는 자신처럼 "문학을 위한 언담"을 하는 유세자들에

1130) 何晏 集解·邢昺 疏, 『論語注疏』卷17, 〈陽貨〉, 十三經注疏本, 2526쪽.

1131) 예를 들어, 『묵자』〈非樂上〉에서는 "임금이 聽治를 하지 않으면 刑政이 어지러워지고, 천한 사람이 일을 하지 않으면 재물이 부족하게 된다."라고 하였다.

1132) 예를 들어, 『묵자』〈尙賢中〉에서는 "존귀하고 지혜로운 사람이 어리석고 미천한 사람을 상대로 정치를 하면 잘 다스려질 것이고, 어리석고 미천한 사람이 존귀하고 지혜로운 사람을 상대로 정치를 하면 혼란이 오게 될 것이다. 尙賢을 아는 것이 정치의 근본이다."라고 하였다.

1133) 孫詒讓, 『墨子間詁』卷2, 〈尙賢中〉, 新編諸子集成本, 49쪽.

1134) 孫詒讓, 『墨子間詁』卷3, 〈尙同中〉, 新編諸子集成本, 78쪽.

대해 "임금이나 통치자들이 나의 말을 쓰면 나라가 반드시 다스려질 것이다. 보통 사람들과 걸어 다니는 선비들이 나의 말을 쓰면 행동이 반드시 닦여질 것"이고, "비록 농사짓거나 길쌈하지는 않지만 공로는 농사짓거나 길쌈하는 것보다 훨씬 크다고 생각하며",[1135] "근심"과 "노동"의 차이를 인정했다. 그래서 그가 제시한 "힘 있는 강한 자는 재빨리 행동하여 사람을 돕고, 재물 있고 부유한 자는 애써 남에게 그 재물을 나누어주고, 도덕이 있는 자는 근면하여 남을 가르치면 된다."[1136]는 "어진 이가 되는 방법" 및 "남의 나라 보기를 내 나라와 같이 하고, 남의 집 보기를 내 집 보는 것과 같이 하고, 남의 몸 보기를 제 몸 보듯 하라.",[1137] "강한 자가 약한 자를 겁탈하지 않으며, 귀한 자가 천한 사람에게 오만하지 않으며, 똑똑한 사람이 어리석은 사람을 속이지 않는다."[1138]는 처세 태도와 "처자식 없는 늙은이도 죽을 때까지 봉양 받고, 부모 없는 고아들도 무럭무럭 자랄 수 있다."[1139]는 사회 이상은 오히려 비현실적이다. 그것은 단지 소규모 생산 집단의 유토피아일 뿐이다. 이런 관점에서 볼 때, 공자의 문학 관념은 현실주의에 속하고, 묵자의 문학 관념은 오히려 이상주의에 속한다고 할 수 있다.

　묵자의 "문학을 위한 언담"은 "절장節葬"·"절용節用"·"비악非樂"·"비공非攻"을 제시했는데, 모두 실제 이익에 기초하여 고려한 것이다. 그래서 그의 문학 관념은 일종의 실용주의적 색채를 가진다고 할 수 있다. 그가 "진술하고 저술하는" 것도 실용적인 목적을 둘러싸고 전개된 것이고, "이익"은 문제를 사고하는 출발점이자 귀결점이었다. 그가 제시한 "천지"와 "명귀"도 천자의 권력을 제약하고 내부 예속을 강화하기 위한 것이고, 마찬가지로 "이익"을 고려한 계획이었다. 이렇듯 묵자의 문학 관념은 수식이 굉장히 부족해 보인다.

1135) 孫詒讓, 『墨子間詁』卷13, 〈魯問〉, 新編諸子集成本, 474쪽.

1136) 孫詒讓, 『墨子間詁』卷2, 〈尙賢下〉, 新編諸子集成本, 70쪽.

1137) 孫詒讓, 『墨子間詁』卷4, 〈兼愛中〉, 新編諸子集成本, 103쪽.

1138) 孫詒讓, 『墨子間詁』卷7, 〈天志上〉, 新編諸子集成本, 196쪽.

1139) 孫詒讓, 『墨子間詁』卷4, 〈兼愛下〉, 新編諸子集成本, 116쪽.

묵자는 유가의 "음악을 즐기기 위해 음악을 한다."라는 주장을 비판하면서 만약 누군가 "무엇 때문에 집을 짓는가?"라고 묻는다면 "겨울에는 추위를 피하고, 여름에는 더위를 피하고, 방으로 남녀를 구분하기 위함이다."[1140]라고 대답하겠다고 하였다. 반면 유가에서 말하는 "음악을 즐기기 위해 음악을 한다."는 "집을 위해서 집을 짓는다."와 같다고 하면서 "음악"의 실제 용도에 대해서는 설명하지 않아서 아무런 의미가 없다고 비판했다. 그러나 사람의 사회 활동은 물질 활동뿐만 아니라 정신 활동도 필요하다. 또한 사람의 정신 활동에서 모든 활동을 실제 용도의 유무에 따라 판단할 수 있는 것은 아니다. 그래서 순자가 "묵자는 용도에 가려져 문학을 모른다."[1141]라고 비판한 것도 일리가 있다. 상대적으로 볼 때, 공자의 문학 관념은 초월적이다. 그는 문학이 인간의 내적 정감을 기본으로 하는 것이어서 외적인 형식만으로는 이해할 수 없다고 생각했다. 공자는 예악에 대해서도 의식이나 형식이라고 여기지 않았고 내면의 체험을 더욱 강조하였다. 특히 혈연종법의 정감을 주입하였다. 이른바 "흔히 예절, 예절 하는데 그게 옥이나 폐백을 말하는 것이겠는가! 흔히들 음악, 음악 하는데 그게 종소리와 북소리를 말하겠는가!"[1142], "사람이 어질지 못하면 예가 무슨 소용이 있겠는가? 사람이 어질지 못하면 음악이 무슨 소용이 있겠는가?"[1143]라고 말한 것이 바로 이런 의미이다. 문학은 사람의 내적 정감을 기본으로 하기 때문에 그것을 실용성의 여부 또는 이해관계만으로 판단할 수는 없다. 공자의 관념에서 문학은 인성의 본질을 바탕으로 하고 "내성외왕內聖外王"의 진, 선, 미를 나타낸다. 인간의 내적 요구뿐만 아니라 사회의 이상 상태로서 실용을 기준으로 하지 않는다. 이것은 문학에 큰 발전 가능성을 남겨두었다. 그러나 묵자의 관념에서 문학의 주요 기능은 유세자를 위한 언담으로 그 학술 관점의 선전을 돕는 것이었다. 이런 실용주의적 문학관은 문학의 발

1140) 孫詒讓, 『墨子間詁』 卷12 〈公孟〉, 新編諸子集成本, 458쪽.

1141) 荀況 撰·楊倞 注, 『荀子』 卷15, 〈解蔽〉, 二十二子本, 339쪽.

1142) 何晏 集解·邢昺 疏, 『論語注疏』 卷17, 〈陽貨〉, 十三經注疏本, 2525쪽.

1143) 何晏 集解·邢昺 疏, 『論語注疏』 卷3, 〈八佾〉, 十三經注疏本, 2466쪽.

전을 해칠 뿐만 아니라 그 학설 전파에도 결코 이롭지 않았다.[1144] 그러나 이런 실용주의적 태도는 묵자가 문학을 일정한 범위로 한정하게 하였고 공자처럼 문학으로 교육하지 않았으며 제자들에게 문학 공부를 강요하지도 않았다. 치도오治徒娛와 현자석縣子碩이 묵자에게 "의를 행함에 있어서 가장 힘써야 할 것은 무엇입니까?"라고 묻자, 묵자는 다음과 같이 대답했다.

비유를 들자면 담장을 쌓는 것과 같소. 흙을 잘 다지는 사람은 흙을 다지고, 흙을 잘 날라다 넣는 사람은 흙을 날라다 넣고, 감독을 잘 하는 사람은 감독을 하고, 그런 뒤에야 담장이 완성되는 것이오. 의를 행하는 것도 이와 같소. 변론을 잘 하는 사람은 변론을 하고, 책을 잘 말하는 사람은 책을 말하고, 일을 잘 하는 사람은 일을 하고, 그런 뒤에야 의로운 일들이 성취되는 것이오.[1145]

이렇듯 "문학을 위한 언담"은 모든 사람들이 진행해야 하는 활동이 아니라 사회 분업으로 진행할 수 있는 것이었다. 그리고 이런 사회 분업은 문학 자체의 발전에 유리했다. 묵자가 개인의 언론과 창작을 문학이라고 한 것은 문학의 발전에 더 무한한 발전 가능성과 다양한 경로를 열어주었다.

공자는 문학 관념에 혈연 종법의 감정을 주입했을 뿐만 아니라, 예술 심미

1144) 王充은 『論衡』 〈薄葬篇〉에서 묵자의 학설에 대해 "문제를 논할 때 정신을 집중하지 않고 깊게 생각하지 않고, 표면적인 것에 의지해서 일의 시비를 판단하고, 밖에서 들은 것만을 믿고 마음속에서 분석하지 않는 것은 눈과 귀로만 판단하는 것이지 마음으로 판단하는 것이 아니다. 눈과 귀로만 일을 논한다면 虛象으로 말을 하는 것이 된다. 허상을 믿는다면 일의 진실이 잘못된 것이라고 여기게 된다. 그러므로 시비를 가릴 때 눈과 귀로만 해서는 안 되고, 心意로 해야 한다. 묵가의 관점은 마음으로 사고하지 않고 사물의 표면적인 현상에만 근원하였다. 묵가는 눈과 귀로 얻은 것만 믿어서 비록 검증으로 드러난 것이라고 해도 여전히 진실에서 멀어져있다. 진실에서 멀어진 주장은 다른 사람을 교화하기 어렵다. 비록 이런 주장이 어리석은 백성의 마음에 맞는다고 해도 知者의 마음과는 부합하지 않을 것이다. 장례에 필요한 물건을 가려서 쓰더라도 세상 사람들에게 이로움이 없을 것이다. 이것이 바로 묵가의 학술이 널리 전해지지 않은 이유이다."라고 평론했다.(諸子集成本, 225쪽) 이것을 참고할 수 있다.

1145) 孫詒讓, 『墨子間詁』 卷11, 〈耕柱〉, 新編諸子集成本, 426~427쪽.

적 정신도 요구하였다. 그는 소악韶樂을 듣고 거기에 빠져서 "제나라에서 '소韶'를 듣고 석 달 동안 고기 맛을 몰랐다."[1146)]라고 하였다. 그러나 묵자는 이런 개념과 경험이 없었다. 그가 추구한 것은 "굶주린 자는 밥을 얻고, 헐벗은 자는 옷을 얻고, 피로한 자는 쉴 수 있고, 어지러운 것을 태평하게 다스리는 것"[1147)]이었다. 그런 까닭에 그는 "절장節葬", "절용節用", "비악非樂", "비공非攻"을 제창하고 제자들을 이끌고 격려하였다. 『장자』〈천하〉에는 "살아서는 부지런히 일만 하고 죽어서는 야박한 대우를 받으니, 그들의 방식은 너무나도 각박하다. 이런 방식은 사람들을 근심스럽게 하고 슬프게 하기 때문에 실행하기 어렵다. 아마도 이런 방식은 성인의 도라고 할 수 없을 것이다."[1148)]라고 묵자를 비판했다. 순자는 "묵자가 크게는 천자가 되거나 작게는 한 나라의 제후가 되었다면, 장차 움츠리며 허름한 옷에 거친 밥을 먹고 근심하고 슬퍼하면서 '음악은 그르다.'라고 할 것인데, 이와 같이 하면 궁핍해지고, 궁핍해지면 욕심을 만족시켜 주지 못하고, 욕심을 만족시켜 주지 못하면 포상이 행해지지 않을 것이다."[1149)]라고 비판했다. 확실히 묵자의 "문학을 위한 언담"은 정감의 기초를 강조하지 않고 또한 심미와 쾌락을 중시하지 않았다. 그러다 보니 어떻게 하더라도 청중들을 감동시키거나 설득시키기 어려웠고, 인간의 행동을 효과적으로 지도하기도 쉽지 않았다. 묵자는 박학하고 달변가였기 때문에 그는 "문학을 위한 언담"에서 자신의 학설을 선전할 때 일부러 과장하거나 날조하여 듣는 사람을 놀라게 하였다. 그러나 그가 문학의 정감성과 심미성을 주장하지 않았기 때문에 묵자의 제자들은 그런 훈련이 부족할 수밖에 없었다. 묵자의 제자들이 그의 학설을 기록한 문장에서도 공자의 제자들이 공자의 언행을 기록한 것처럼 그렇게 정취와 문채가 풍부하지 못했다. 결국 묵자의 후학들은 "거자巨子"를 "교주"로 하는 준종교집단을 형성하는데 그쳐

1146) 何晏 集解·邢昺 疏, 『論語注疏』卷7, 〈述而〉, 十三經注疏本, 2482쪽.

1147) 孫詒讓, 『墨子間詁』卷9, 〈非命下〉, 新編諸子集成本, 279쪽.

1148) 莊周 撰·郭象 注, 『莊子』卷10, 〈天下〉, 二十二子本, 85쪽.

1149) 荀況 撰·楊倞 注, 『荀子』卷6, 〈富國〉, 二十二子本, 309쪽.

야 했고, 모두를 즐겁고 기쁘게 하지는 못했다. 그래서 묵자의 문학 관념에 공자 문학 관념의 영향이 많지 않은 것은 무척 자연스러운 일이다.

공자와 묵자의 문학 관념이 가지는 같은 점과 다른 점을 살펴볼 때, 한 가지 더 눈여겨 볼 것은 두 사람의 운명과 처지이다.

같은 점을 보면, 공자와 묵자는 모두 당시의 현학顯學이었다. 이른바 "이 두 선비【공자와 묵자를 가리킴 - 인용자】는 작위 없이 사람들에게 드러나고 상과 공록이 없이 사람들을 이롭게 하니 천하를 통틀어 영화를 나타낸 사람은 반드시 이 두 선비를 일컫는다. 이미 죽은 뒤에도 도당徒黨이 더욱 많아지고 제자들이 더욱 풍부해져 천하에 충만했다." 그리고 "공자와 묵자의 후학으로 천하에 영화를 나타낸 사람이 많고 이루 다 셀 수 없다."[1150) 이들 학설의 영향은 전국 시대 전체를 관통했다. 공자와 묵자가 세상을 떠난 뒤 그 학설은 모두 분열되었다. "공자가 죽은 뒤로 자장子張의 유가가, 자사子思의 유가가, 안顏씨의 유가가, 맹孟씨의 유가가, 칠조漆雕씨의 유가가, 중량仲良씨의 유가가, 손孫씨의 유가가, 악정樂正씨의 유가가 있었다. 묵자가 죽은 뒤에도 상리相里씨의 묵가가, 상부相夫씨의 묵가가, 등릉鄧陵씨의 묵가가 있었다. 공자와 묵자의 학파는 뒤에 유가가 여덟 개로, 묵자가 세 개로 갈라졌다. 그리고 그 주장 역시 서로 엇갈렸다."[1151)

또한 다른 점을 보면, 공자의 학설은 비록 학자들 사이에서는 상당한 영향력이 있었지만 제후국의 군주에게 호감을 얻지는 못했다. 이른바 "공자의 도가 지극히 크기 때문에 천하의 그 어느 누구도 공자를 받아들이지 못한" 것이

1150) 呂不韋 撰·高誘 注·筆沅 校, 『呂氏春秋』卷2, 『仲春記』, 〈當染〉, 二十二子本, 634쪽.

1151) 韓非, 『韓非子』卷19, 〈顯學〉, 二十二子本, 1185쪽. "三墨"에 관해 蒙文通은 "삼묵에는 南方의 묵자, 東方의 묵자, 秦나라의 묵자가 있다. 진나라의 묵자는 노동에 종사하는 것을 주장하는 부류이고, 동방의 묵자는 책을 전수하는 부류이고, 남방의 묵자는 변론을 이야기하는 부류이다. 이렇게 셋으로 나누어졌다."라고 하였다. 또 〈備城門〉 이하 20편부터 攻城用 도구가 20여 가지 열거되어 있다. 이것은 바로 일에 종사하는 묵자를 일컫는다. 여기에는 秦나라 제도의 풍격이 들어있다. 그런데도 이것이 秦나라의 묵자가 쓴 것이 아니라 唐 姑梁이 쓴 것이라고 한단 말인가?"라고 하였다.(『先秦諸子與理學』, 「論墨學源流與儒墨匯合」, 桂林:廣西師範大學出版社, 2006, 81쪽)

다.[1152) 맹자, 순자와 같은 그 후학들도 사회 정치적 실천 현장에서 공자의 이상을 관철하고 실천할 기회를 얻지 못했다. 반면 묵자의 후학들은 달랐다. 전국 중기의 묵가는 진나라에서 능력을 마음껏 펼치면서 중국 정치의 새로운 국면을 열었다. 재미학자 허빙디何炳棣는 "진秦 헌공獻公 즉위 4년, 즉 묵가에서 처음으로 거자巨子에 임명된 맹승孟勝과 그의 제자들이 초나라 양성군陽城君에게 몰살당한 그 해(기원전 381)에 헌공과 묵자는 합작을 시작했고 둘 사이는 물 만난 고기처럼 아주 좋았다. 그래서 성의 수비군을 책임지고 군권을 행사할 수 있는 인재를 묵자 중에서 찾았다. …… 묵자는 진나라가 강력한 군사를 거느리게 되는 데에 중요한 역할을 하였다. 헌공 말년, 위나라와의 석문대전石門大戰에서 6만 대군을 무찌르고 돌아온 군을 천자가 보불黼黻로 축하한 것에서 충분한 증거를 찾을 수 있다."[1153)라고 고증했다. 전국 시대에 묵학과 묵가의 사회 정치에 대한 영향력은 사실 공학과 유가를 훨씬 뛰어넘었다. 전국 중기의 맹자는 "양주楊朱와 묵적墨翟의 주장이 천하에 횡횡했다. 천하의 말은 양주에게 돌아가지 않으면 묵적에게 돌아갔다."[1154)라고 한탄했다. 더욱 기이한 것은,

묵자의 여러 가지 기능과 특기는 정부에서 자주 이용되었다. 그러나 그 지위와 기능은 점점 "비주류"가 되었다. 진秦나라에서 묵가가 가장 거역할 수 없는 것은 통일 집권 중앙화의 정치적 흐름이었다. 그때부터 묵자는 강력한 정부 권력에 휩싸였고, 이로부터 벗어날 수 없었다. 사실, 묵자는 4~5대를 거친 후에 거의 자취를 감추고 말았다. 이론과 사실의 관점에서 보면, 진시황 34년(기원전 213)에 분서갱유가 일어났을 때, 묵자는 이미 완전히 사라져 더 이상 찾아 볼 수 없었다.[1155)

1152) 司馬遷, 『史記』卷47, 〈孔子世家〉, 二十五史本, 227쪽. 자공과 안회가 이 말을 한 적이 있다. 제자들이 일반적으로 가졌던 생각인 듯하다.

1153) 何炳棣, 「國史上的"大事因緣"解謎─從重建秦墨史入手」, 『光明日報·光明講壇』2010年 第13期(總第97期), 2010年 6月3日, 第10,11版.

1154) 趙岐 注·孫奭 疏, 『孟子注疏』卷6下, 〈滕文公下〉, 十三經注疏本, 2714쪽.

유가는 비록 정치상의 명성은 없었지만, 그 학술 사상이 후학들에 의해 계승되고 발전되어 끊임없이 개선되고 풍부해졌다. 특히 한 무제가 "유가만을 숭상한" 이후 통치자가 제창한 문학 관념이 포함된 유가의 정치사상은 사회의 주류 의식을 형성하였고, 중국 사상 문화의 발전에 큰 영향을 주었다. 사정이 어떻게 이렇게 기이하게 풀려갔는지에 대해서는 중국 문화사, 사상사, 제도사의 전문가들이 심도 있게 토론해 볼 가치가 있다. 그러나 문학 관념만 놓고 본다면 묵자의 지나친 실용주의와 공리주의적인 문학 주장은 묵가의 문학이 현실 정치에 의해 사라지게 된 중요한 원인이 되었다. 반면 공자의 문학 관념은 시종일관 개인의 감정과 긴밀한 관련을 맺고 사회 정치의 특정한 긴장감을 유지하였다. 이것은 유가 문학에 충분한 생존 환경과 발전 가능성을 제공하였다. 이러한 경험과 교훈은 오늘날 우리가 종합하고 배울 만하다.

1155) 何炳棣, 「國史上的"大事因緣"解謎─從重建秦墨史入手」, 『光明日報 · 光明講壇』 2010年 第13期(總第97期), 2010年6月3日, 第10,11版.

제10장

"絶學無憂" 및 "精誠動人": 道家의 문학 관념

앞에서는 중국 문학 관념 발생사에서 나타난 유가, 묵가의 문학 관념의 지위와 가치에 대해 알아보았다. 그러나 이들이 중국 문학 관념 발생의 모든 의미를 대표하기에는 여전히 부족하다. 그래서 중국 고대 문학 관념의 발생과 발전을 이야기할 때, 선진 도가의 문학 관념에 관심을 갖지 않을 수 없다. 선진 도가는 문학에 대해 자신만의 독특한 인식을 가졌고, 이런 인식은 훗날 중국 문학의 이론과 실천에 크고 깊은 영향을 미쳤기 때문이다. 또한 선진 도가의 대표 인물과 선진 유가의 대표 인물은 동시대에 살았기 때문에 같은 사회 문제에 맞닥뜨리고 있었지만, 문학에 대한 사고는 확연히 달랐다. 도가는 유가의 문학 관념을 최대로 수정하고 보충하여 중국 고대 문학 관념의 의미가 더욱 풍부해지게 하였다. 그래서 선진 도가의 문학에 대한 기본 인식 및 그 사고 방법과 사유 경로에 마땅히 관심을 가져야 하며, 이들을 중국 고대 문학 관념의 중요한 구성 부분으로서 이해해야 한다. 그래야만 중국 고대 문학 관념의 발생사를 전면적이고 올바르게 파악할 수 있다.

한 가지 설명해둘 부분은, 선진 제자 유파는 상대적인 개념이라는 것이다. 각 유파의 문화 근원은 다를지 몰라도 그들이 해결하고자 했던 사회 문제는 같았다. 이른바 "방법은 달라도 결과는 같고, 같은 백 가지 고민을 가지고 있었다." 또 같은 유파 혹은 분파의 학자들이 대체적으로는 같은 학술적 목적을 가졌더라도 그들의 학술 관념이 완전히 일치한다고는 할 수 없다. 이른바 "유가가 여덟 개로 나누어지고, 묵가가 세 개로 흩어진" 것처럼 말이다. 그래서 선진 도가의 문학 관념을 연구할 때, 도가 사상의 문화 근원을 심도 있게 연구할 수도 있고, 도가 학자 간의 사상 차이도 자세하게 비교할 수 있다. 그러나 유가, 묵가 등의 학파가 가진 학술 목표와의 차이점과 문학 관념의 기본 정신을 파악하는 데에는 대표 인물을 통해 이 학파의 주요 사상적 경향에 대해 연구하는 것이 가장 합리적이다. 선진 도가의 주요 인물에는 노자老子 · 문자文子 · 관윤자關尹子 · 열자列子 · 장자莊子 · 갈관자鶡冠子 등이 있는데, 이 중에서도 노자와 장자를 가장 대표적인 인물로 꼽을 수 있다. 그래서 노자와 장자의 문학 관념에 대해 집중적으로 다뤄보도록 하겠다.

제1절 "淸靜", "無爲": 老子의 정치 이론

노자는 춘추 말기에 살았던 인물로 공자와 동시대이거나 조금 이르다. 공자는 일찍이 그에게 예에 관해 물은 적이 있다.[1156] 노자의 생애에 대해서는 사마천(기원전 145~?)이 『사기』에서 다음과 같이 밝혔다.

> 노자는 초나라 고현苦縣의 여향厲鄕 곡인리曲仁里 사람이다. 성은 이 씨, 이름은 이耳, 자는 백양伯陽, 시호는 담聃이라 하였다. 주나라 수장실守藏室의 관리였다. …… 노자는 도와 덕을 닦고 스스로 학문을 숨겨 헛된 이름을 없애는 데 힘썼다. 오랫동안 주나라에서 살다가 주나라가 쇠락하는 것을 보고 그곳을 떠났다. 함곡관函谷關에 이르자 관령 윤희尹喜가 "선생께서는 앞으로 은둔하려 하시니 저를 위하여 억지로라도 글을 써 주십시오."라고 말했다. 이 말을 듣고 노자는 도덕경 상 · 하편을 지어 도와 덕의 의미를 5천여 자로 말하고 떠났다. 그 뒤로 그가 어떻게 여생을 살았는지는 아무도 모른다. 혹자가

1156) 공자가 노자에게 예에 관해 물은 일은 『좌전』, 『장자』, 『예기』, 『사기』, 『한시외전』, 『공자가어』 등에 기록이 남아 있어 당나라 이전에는 아무도 의심하는 이가 없었다. 그 후에 『사기』 〈노자열전〉에 기록된 모순점을 근거로 의혹을 주장한 이가 있었지만, 거기에는 유자가 유학을 첫 번째로 올리고, 공자를 "元始天尊"의 자리에 올리려 했던 심리적 동기가 내재되어 있다.(詹劍峰, 『老子其人其書及其道論』第1編, 武漢·華中師範大學出版社, 2006 참고)

말하길, 노래자老萊子도 초나라 사람으로 책 15권을 지어 도가의 쓰임을 말하였는데, 공자와 같은 시대의 사람이라고 한다. 대체로 노자는 160여 살 또는 200여 살을 살았다고 한다. 그가 도를 닦아 양생의 방법을 터득했기 때문이다. 공자가 죽은 지 129년 되던 해 사서의 기록에 의하면 주나라 태사太史 담儋이 진秦나라 헌공獻公을 만나 "진나라는 처음에 주나라와 합쳤다가 나뉘고, 나뉜 지 500년 뒤에 다시 합칠 것이며, 합친 지 70년 뒤에 패왕이 나올 것이다."라고 말했다. 어떤 이는 담이 바로 노자라고 하고, 어떤 이는 그렇지 않다고 한다. 이 세상에는 그것의 옳고 그름을 아는 이가 없다. 노자는 숨어 사는 군자였다.[1157]

이 기록은 분명하지 않다. 사마천이 살던 시대에 노자의 생애에 대한 전설이 적지 않아 확정하기가 어려웠음을 설명해준다. 『사기』는 여러 사람의 의견을 나열하고 있을 뿐이어서, 훗날 노자의 생애에 대해 많은 논쟁을 불러일으켰다. 또 노자가 『노자』를 직접 지은 것인지의 여부에 대해서도 지금까지 학계에서 의견 일치를 보지 못했고, 이것이 책으로 엮어진 시기에 대해서도 사람들의 의견이 분분하다.[1158] 그러나 1973년 후난湖南 창샤長沙 마왕퇴馬王堆 한나라 무덤에서 백서帛書 『노자』 2종이 출토되었는데, 그중 갑종본에서 "방邦"자를 기휘忌諱하지 않은 것으로 보아 유방이 황제가 되기 전에 이미 책으로 나왔을 것으로 보인다. 특히, 1993년 후베이湖北 징먼荊門 궈뎬郭店 전국 시대 중기 초나라 무덤에서 간서簡書 『노자』 3종이 출토되었는데 전국 중기 이전에

1157) 司馬遷, 『史記』 卷63, 〈老莊申韓列傳〉, 二十五史本, 247쪽.

1158) 근대 시기에 접어들어, 『노자』가 책으로 나온 시기에 대한 여러 가지 주장이 나왔다. 춘추말기설(胡適·張福慶·高亨·馬叙倫), 전국초기설(張系同·譚戒甫·羅根澤), 전국중기설(唐蘭·錢穆·郭沫若), 전국말기설(梁啓超·顧頡剛), 진나라 이후 혹은 서한초기설(劉節·武內義雄)이다. 그러나 尹振環은 "노자는 두 명이다. 하나는 진짜 노자이다. '노자는 초나라 苦縣의 厲鄕 曲里仁【曲仁里 - 인용자】 사람이다. 성은 이 씨, 이름은 이, 자는 담이라 하였다. 주나라 수장실의 관리를 지냈다.' 다른 하나는 노자의 이름을 빌린 사람이다. 그는 서출 함곡관에서 진 헌공을 만난 '주나라 태사 儋'이다."라고 하였다.(『楚簡老子辨析』, 「自序」, 北京:中華書局, 2001, 10~11쪽)

책으로 엮어진 것으로 보인다. 이로써『노자』가 춘추 말기의 작품이라고 확정할 수는 없더라도 적어도 맹자와 장자 이전에『노자』가 이미 유행했음을 증명해 준다. 사상사적 관점에서 볼 때, 후와이뤼侯外廬(1903~1987)의『중국사상통사中國思想通史』와 거자오광葛兆光의『중국사상사中國思想史』에서는『노자』를 공자와 묵자 다음에 놓고 논술하였는데, 면밀하고 타당한 방법이라고 할 수 있다. 이런 방법은 한 가지 전제를 함축하고 있다. 그것은『노자』는 노자가 직접 지은 것이 아니라 노자의 제자 혹은 후학들이 기억과 전해지는 말을 근거로 정리하여 완성했고, 책 속에는 노자의 사상은 물론 후학이나 정리자들의 인식과 이해도 들어있음을 인정해야 한다는 것이다.[1159] 필자도 이 의견에 동의한다. 그래서 이 책에서 말하는 노자는 일종의 대명사로 "노자"(역사상의 노자)에서『노자』(텍스트상의 노자)까지, 즉 춘추 말기부터 전국 초기까지 노자로 대표되는 도가를 가리킨다. 역사의 진실에 더욱 다가가기 위해 이 책에서는 현재 통행하는『노자』(예를 들어, 하상공주본河上公注本과 왕필주본王弼注本)가 아닌, 마왕퇴 한나라 무덤에서 발견된 백서『노자』정리본을 사용하여 기술하도록 하겠다.[1160]

　『노자』의 목적에 대해서는 철학계에서 가장 많은 토론이 이루어졌고, 의견도 제일 분분하다. 예를 들어, 유물론, 유심론, 우주관, 세계관 등에서 서로 이해가 다르고 결론도 제각각이다. 본문에서는『노자』의 문학 관념에 대해

1159) 呂思勉은 "선진 제자는 대개 직접 책을 쓰지 않았다. 오늘날 전해지는 책들은 대부분 그들을 연구한 학자들이 쓴 것이고 고대에 편찬된 책들은 그 후세인들이 쓴 것이다. 유실된 것이 많고 이 책을 편찬한 사람은 그들 학설에 정통한 것도 아니었다. 단지 비슷한 학설의 책들이 많아 같이 엮었을 뿐이다. 그 다음 이 학파에서 가장 유명한 사람을 뽑아 책의 제목을 '아무개의 말(某子云)'이라고 하였다. 그러나 이런 제목은 단지 어느 학파의 주장인지를 나타낼 뿐이지, 아무개가 그 책을 썼다는 말은 아니다. 그래서 책의 제목에서 '아무개 集'이라고 한 것과는 완전히 다르다."라고 하였다.(『先秦學術概論』上篇, 昆明:雲南人民出版社, 2005, 21쪽)

1160) 1993년 湖北省 荊門 郭店에서 출토된 초나라 죽간『노자』는 갑, 을, 병본이 각기 다르다. 갑본이 2,000여 자로 가장 길다. 簡本『노자』에 실린 목차의 순서는 오늘날 것과 크게 다르다. 1973년 長沙 馬王堆에서 출토된 훼손된 백서는 갑과 을 2본이 있고, 목차의 순서는 오늘날 것과 비슷하다. 그러나 오늘날 전해지는 하편(『德經』)은 상편(『道經』) 앞에 실려 있다. 본문에서 인용한『노자』원문은 高明의『帛書老子校注本』, 北京:中華書局, 1996에서 인용한 것이다.

다루므로 이런 토론은 생략해도 무방하겠다. 중요한 것은 이런 토론이 현대인
의 입장에서 이루어졌고 현대 언어로 해석하여 선인이 "가졌던 고심을 느끼고
동정을 표하지" 않았다는 데 있다. 당시의 언어 환경에서 『노자』와 도가에
대해 연구한다면, 그 목적에 대해 또 다른 인식을 얻을 수 있을 것이다.

선진 제자가 학술을 이야기할 때, 예를 들어 『장자』〈천하〉와 『순자』〈비십
이자非十二子〉에서 비록 유파를 나누었지만 도가나 유가 등의 명칭은 없었다.
이런 명칭은 서한 시대에 생겨났다. 사마천의 부친인 사마담司馬談(약 기원전
190~110)은 〈논육가요지論六家要指〉에서 각 유파의 학술 목적을 분명하게 언
급하며 도가에 대해서 다음과 같이 말했다.

　　도가는 무위無爲이면서 또한 무불위無不爲이다. 그 실제는 행하기 쉬우나,
그 말은 알기 어렵다. 도가의 학술은 허무를 근본으로 하고, 인순因循을 수단
으로 삼는다. 기성 불변의 세勢도 없고 상존불변의 형形도 없다. 그러므로
만물의 정상情狀을 구명할 수 있다. 사물에 대응해서는 반드시 앞서지도 않고
뒤지지도 않아서 만물의 주主가 될 수 있다. 도가에서 법은 있지만 그 법에
맡기지 않고, 시세에 따라서 사업을 이룩한다. 또 도는 있으되 그 도를 견지하
지 않고, 반드시 만물의 형세에 따라서 상합한다. 그런 까닭에 "성인이 영원히
변하지 않는 것은 곧 시세의 변화에 순응하였기 때문이다."라고 말했다. 허무
는 도의 준칙이요, 인순因循은 군자의 강령이다. 여러 신하들이 일제히 이르면
군주는 그들에게 자기의 직분을 밝히도록 한다. 이때 실상이 명성에 들어맞는
자를 단端이라 하고, 실상이 명성에 들어맞지 않는 자를 관窾이라 한다. 관언
窾言을 듣지 않으면 간사한 신하는 생기지 않게 되고, 어진 자와 못난 자는
저절로 분별이 되며 흑백이 두드러지게 나타난다. 이와 같은 방법을 운용하면
그 무슨 일인들 이루지 못하겠는가. 이렇게 하면 곧 대도大道에 합치되어 혼돈
상태 바로 그대로 천하에 밝게 비추어져 다시금 무명無名으로 돌아가게 된다.
무릇 사람을 살게 하는 것은 그 정신이며, 기탁하게 하는 것은 그 육신인데,
정신을 지나치게 사용하면 쇠갈衰竭되고, 육신을 지나치게 부리면 병이 나며,
육체와 정신이 분리되면 곧 죽게 되는 것이다. 죽은 사람은 다시 살아날 수

없고, 정신과 육체가 분리된 사람은 다시 그것을 결합할 수 없기 때문에 성인은 육체와 정신을 다 중시한다. 이런 점으로 볼 때, 정신이란 생명의 근원이요, 육체란 생명의 도구이다. 그럼에도 불구하고 사람이 먼저 그의 정신과 육체를 건전하게 정해놓지 않고 "내게는 천하를 다스릴 수 있는 방법이 있다."라고 말한다면, 도대체 무슨 방법으로 그렇게 할 수 있다는 말인가?[1161]

이것은 도가 학술을 일종의 정치 이론으로 실현한 것이다. 유향劉向, 유흠劉歆, 반고班固 등이 이런 의견을 계승하였다. 『한서』〈예문지 · 제자략諸子略〉(이하 『한지漢志』) 서에서 도가에 대해 다음과 같이 말했다.

　　도가의 학파는 대개 사관史官에서 나왔다. 성패, 존망, 화복, 고금의 법칙을 하나하나 기술했다. 그런 다음에 요점과 근본을 잡아 조용히 지내며 자신을 지키고 몸을 낮춤으로써 자신을 지탱하고자 했다. 이것이 바로 임금이 나라를 다스리는 통치 수단이다. 이는 요 임금의 겸양지덕과 군자가 겸손하면 한 번에 네 가지 이익을 얻는다고 하는 『역』〈겸謙〉의 이치와도 부합한다. 이것이 그들의 장점이다. 하지만 방종한 자들이 이 학파를 운용하자, 예교와 학문을 끊고 동시에 인의를 버리려고 했다. 그러기에 오직 청허淸虛에 맡겨야만 나라가 다스려질 수 있다고 하였다.[1162]

1161) 司馬遷, 『史記』卷130,〈太史公自序〉, 二十五史本, 358쪽.

1162) 班固, 『漢書』卷30,〈藝文志〉, 二十五史本, 530쪽. 張爾田은 "百家는 六藝의 분파이고 후손이다. 육예는 본래 고대 역사의 大宗으로 도가에 속한다.(『순자』〈解蔽〉 편에서는 『虞書』의 '人心은 위태롭고 道心은 은미하다.'를 인용하였다. 『道經』, 『通卦驗』에서 칭찬한 『易』의 목적은 '운명을 상세히 통하고 도경을 밝히다'였다. 육예가 모두 도가의 고서였음을 증명한다. —원주) 그래서 백가는 조사가 아닌 것이 없고 도를 근본으로 한다. …… 太史 談은〈論六家要指〉에서 '도가는 사람의 정신을 한결같이 하며 형태가 없는 듯이 움직이며 만물에 부족함이 없다. 그 수단됨은 음양의 큰 순리에 따르며 유가와 묵가의 좋은 점을 취하고 名家와 法家의 요점을 담았다. 시대와 함께 이동하고 만물의 변화에 응하며 속세에 발을 딛고 일을 하고 해서는 안 되는 바가 없다.'라고 하였다. 이 말은 도가가 확실히 백가의 장점을 갖고 있다는 뜻이다. 그래서 백가가 도가를 계승했고 이로써 국가를 다스리는 근본으로 하였다. 이것이 바로 삼대의 정치와 교육이 찬란한 이유가 아닐까?"라고 하였다.(『史微』卷6,〈祖道〉, 上海:上海書店出版社, 2006, 151쪽) 사관이 백가 사상의 근원이라는 말은 어느 정도 일리가 있다.

『한지漢志』의 이 말은 〈칠략七略〉의 요점을 간추려 완성한 것이다. 또 유흠劉歆(?~23)의 〈칠략〉은 유향(기원전 77~6)의 『별록別錄』을 토대로 편찬한 것이다. 도가가 사관에서 나왔다는 설은 한나라 학자들의 공통된 인식이었고, 역대 학자들도 별다른 이견이 없었다. 후스가 예전에 부정한 적이 있었지만, 학술계에서 보편적으로 받아들여지지 않았다. 『한지』에서 도가가 사관에서 나왔다고 했는데, 사관은 본래 군왕을 보좌하던 신하로 "성패, 존망, 화복, 고금의 법칙을 하나하나 기술하는" 자였다. 그래서 도가 학술을 "임금이 나라를 다스리는 통치수단"[1163]으로 여겼다. 장순후이張舜徽(1911~1992)는 "〈칠략〉에서 도가의 학술이 '임금이 나라를 다스리는 통치 수단'이라고 소개한 것은 서한 시대 학자들의 공통된 인식이 틀림없다. 유흠이 〈칠략〉을 쓰면서 넣은 이 귀중한 명언은 후대 사람들이 도가 학설을 연구하는 데 지침서가 되었다."[1164]라고 하였다. 그는 또 다음과 같이 덧붙였다.

대개 중국 고대 노비 사회와 봉건 사회의 통치자들은 모두 "남면南面"이라는 칭호를 가지고 있었다. "남면술南面術"은 곧 그들이 어떻게 신하를 다루고, 백성을 제압했는지의 수법이자 권술이었다. 주周와 진秦의 고서에서는 이를 "도道"라고 불렀다. 고대에 누군가 수법과 권술의 형체와 용법을 체계적인 이론으로 구축한 적이 있다. 이것이 "도론道論"이다. 이런 이론을 널리 알린 것이 바로 "도가道家"이다.[1165]

이런 판단에 대한 동의 여부는 중요하지 않다. 사실 장순후이는 유향·유흠·반고 등을 계승했고, 한나라 사람들의 도가 학술의 목적에 대한 이해에 부합하고 있을 뿐이다. 장얼톈張爾田(1874~1945)도 같은 생각을 가지고 있었다. 사람들의 의심을 지우기 위해 그는 다음과 같이 해석했다.

1163) 王念孫은 "君人"이 "人君"의 잘못된 표기라고 하였다.

1164) 張舜徽, 『張舜徽集』, 「周秦道論發微」, 武漢:華中師範大學出版社, 2005, 12쪽.

1165) 張舜徽, 『張舜徽集』, 「周秦道論發微」, 13쪽.

질문자가 말했다. "도가는 임금이 나라를 다스리는 통치 수단이다. 진실로 그러하다면 왜 인의仁義를 망치려고 하고, 백가百家를 공격하려 하는가?" 답변자가 말했다. "이것은 도가의 말을 모르는 것이다. 도가에서 작은 인의와 백가를 어째서 망친다고 보는가? 무릇 도가에서 밝은 것은 군도君道이다. 백가는 모두 관수官守에서 나왔으니, 밝은 것은 신도臣道이다. 군도는 천도이고, 신도는 인도이다. 그래서 '제왕의 덕은 천지를 조상으로 삼고 도덕을 주인으로 하며 무위를 법도로 삼는다. 무위란 천하를 다스리는 데에 쓰고도 남음이 있는 것이다. 반대로 유위란 천하를 위해 쓰기에는 부족한 것이다. 임금이 무위이고 백성 또한 무위라면 그것은 백성들과 임금이 같은 덕을 지닌 것이다. 백성들이 임금과 같은 덕을 지니게 되면 신하 노릇을 하지 않는 것이 된다. 백성들이 유위한데 임금도 역시 유위하다면 이것은 백성과 임금이 같은 도를 지키는 것이 된다. 임금과 백성이 같은 도를 지키면 임금 노릇을 하지 않는 게 된다. 임금은 반드시 무위로써 천하를 다스리고 백성들은 반드시 유위로써 천하를 위해 쓰이는 것이 영원히 변치 않을 도인 것이다.'라고 말했다. 또 '도란 무엇을 말하는가? 하늘의 도가 있고 사람의 도가 있다. 아무런 일도 하지 않아도 존귀한 것은 하늘의 도이다. 인위적인 것으로서 번거로운 것이 사람의 도이다. 임금이란 하늘의 도에 속하는 것이고, 신하란 사람의 도에 속하는 것이다. 하늘의 도와 사람의 도란 서로 멀리 떨어져 있는 것이니 살피지 않을 수가 없는 것이다.'라고 하였다."[1166]

다시 『노자』의 목적을 살펴보도록 하자. 이상의 주장이 어느 정도 일리가 있다고 인정한다면 그 논리적인 결론도 장순후이의 말과 같을 것이다.

『노자』는 전국 시대에 도가 학문을 중시한 전문가들이 "임금이 나라를 다스리는 수법이나 권술(人君南面術)"을 모아서 비교적 간명하게 편집한 이론서이다.[1167]

1166) 張爾田, 『史微』卷2, 〈原道〉, 上海: 上海書店出版社, 2006, 26쪽.
1167) 張舜徽, 『張舜徽集』, 「周秦道論發微」, 83쪽.

도가에서 제시한 "청정淸靜", "무위無爲"는 나라를 다스리는 수법이나 권술의 구체적인 내용이다. 최고 통치자를 대상으로 한 말이지 보통 백성들에게 한 말이 아니다.[1168]

리쩌허우李澤厚는 병가와 도가의 관계에 입각하여 장순후이와 비슷한 결론을 도출하였다. 그는 다음과 같이 말했다.

선진 각 유파의 철학은 기본적으로 모두 사회론적 정치 철학이었다. 도가의 노학老學도 마찬가지다. 『노자』는 병가의 군사 투쟁학을 정치 측면의 "임금이 나라를 다스리는 수법이나 권술"로 제고하고 통치자의 후왕侯王인 "성인聖人"을 위한 것이라고 하였다. 이것이 바로 『노자』의 기본 의미이다.[1169]

『노자』에는 확실히 용병과 관련되거나 병가와 비슷한 어록들이 적지 않게 실려 있다. 예를 들어, "올바름으로 나라를 다스리고, 기이함으로 군사를 지휘하며, 일삼음이 없음으로 천하를 취한다."(57장)[1170] "장수 역할을 잘하는 이는 용맹스럽지 않고, 전쟁을 잘 수행하는 이는 노하지 않으며, 적을 잘 이기는 이는 맞서지 않고, 사람을 잘 부리는 이는 자기를 낮춘다."(70장) "용병가들 사이에는 이런 말이 있다. 나는 감히 먼저 군사를 일으키지 않고 단지 응적하며, 나는 한 치 앞으로 나아가지 않고 한 자 뒤로 물러난다."(71장) "장차 움츠러들게 하려면 반드시 먼저 벌리게 하고, 장차 약하게 하려면 반드시 먼저 강하게 하며, 장차 없애려면 반드시 먼저 높이고, 장차 빼앗으려면 반드시 먼저 줄 것이다."(36장) 등이다. 『노자』 이전에 이미 『손자병법』 등의 병가 서적이 세상에 나왔고, 노자가 살던 시대가 제후들이 패권을 다투던 시대였으므로

1168) 張舜徽, 『張舜徽集』, 「周秦道論發微」, 17쪽.

1169) 李澤厚, 『中國古代思想史論』, 「孫老韓合說」, 北京: 人民出版社, 1986, 88쪽.

1170) 高明, 『帛書老子校注』, 新編諸子集成本, 北京: 中華書局, 1996, 101쪽. 백서에는 적지 않은 通假字 혹은 缺字가 있다. 여기에는 정리자가 교정하거나 보충한 것을 사용하였다. 아래 인용문의 괄호 안에 장을 써넣었다.

그 사상 중에 병가 사상이 포함된 것은 아주 자연스러운 일이다. 또『노자』에는 일부 옛 도론道論도 들어있다. 이것은 노자 사상의 근원이 여기서 비롯된 것으로 노자만의 독창적인 것이 아니었음을 뜻한다. 예를 들어, "옛날에 이것을 귀하게 여긴 이유는 무엇인가? 구하면 얻고, 죄가 있더라도 면한다고 하지 않았던가! 그러므로 천하의 귀한 것이 된다."(62장) "옛날에 도를 잘 행한 사람은 미묘하고 그윽이 통달했으니 깊고 깊어 기록할 수 없었다."(15장) "구부리면 온전해진다는 말이 어찌 말뿐이겠는가"(23장) 등이다.『한지』〈제자략諸子略〉에 수록된 도가 작품 중에서『노자』보다 앞서 나오는 것이〈이윤伊尹〉,〈태공太公〉,〈신갑辛甲〉,〈죽자鬻子〉,〈관자筦子〉(『관자管子』)이다. 또『관자』의〈심술心術〉(상하上下),〈내업內業〉,〈백심白心〉등은 학술계에서『노자』이전에 나온 도론인 "임금이 나라를 다스리는 수법이나 권술"이라고 보고 있다. 게다가『노자』에는 "후왕侯王", "성인聖人"이 천하를 다스리는 도에 대해 거창하게 말하고 있어서『한지』의 결론을 인증해주고 있다. 예를 들어,

　　나는 장차 천하를 취하려 하되 억지로 하려는 것이 불가능함을 안다. 무릇 천하는 신명스러운 그릇이니 억지로 할 수 있는 것이 아니다. 억지로 하는 자는 그르칠 것이고, 잡으려는 자는 잃을 것이다. 사물은 혹은 앞서 나가기도 하고, 혹은 따르기도 하며, 혹은 뜨겁기도 하고, 혹은 차갑기도 하며, 혹은 강하기도 하고, 혹은 꺾이기도 하며, 혹은 북돋우기도 하고, 혹은 망치기도 한다. 이 때문에 성인은 심하고 지나치고 사치스러운 것을 멀리한다.(29장)

　　큰 나라를 다스리는 것은 작은 생선을 익히는 것과 같다. 도를 가지고 천하에 나아가면 귀신도 영험을 부리지 않는다. 귀신이 영험을 부리지 않는 것이 아니라 그 영험함이 사람을 해치지 않는 것이고, 그 영험함이 사람을 해치지 않는 것만 아니라 성인도 귀신을 해치지 않는다. 무릇 이 둘이 서로 해치지 않으니 그 때문에 덕이 서로 제자리로 돌아간다.(60장)

　　도는 만물의 주인이니, 선한 사람에게는 보배이며, 선하지 않은 사람도

잘 보존해야 할 것이다. 아름다운 말을 하면 장사를 할 수 있고, 존귀한 행동을 하면 남보다 뛰어날 수 있다. 사람의 불선不善함을 어떻게 버릴 수 있는가? 그 때문에 천자를 세우고 삼경三卿을 둔 것이다. 비록 한 아름 되는 벽옥을 앞세우고 네 필 말이 끄는 수레로 빙문聘問하는 일이 있다고 하더라도 가만히 앉아 이 도에 나아가는 것보다 못하다. 옛날에 이것을 귀하게 여긴 이유는 무엇인가? 구하면 얻을 것이고 죄가 있더라도 면할 수 있다고 하지 않았던가. 그러므로 천하의 귀한 것이 되는 것이다.(62장)

"임금이 나라를 다스리는 수법이나 권술"의 핵심은 사회 정치 문제를 처리하는 것이다. 당시 사회에 존재했던 문제 및 어떻게 해야 국가를 잘 다스릴 수 있는지에 대해 『노자』는 독특한 견해를 많이 가지고 있었다. 그는 통치자의 탐욕이 모든 사회 문제를 일으키는 근원이라고 하였다. "죄는 욕심이 많은 것보다 큰 것이 없고, 화는 족함을 알지 못하는 것보다 큰 것이 없으며, 허물은 얻기를 원하는 것보다 아픈 것이 없다."(46장) "사람들이 배를 곯는 것은 먹을 것과 세금을 취하는 것이 많기 때문이니 이 때문에 배를 곯는다. 백성들이 다스려지지 않는 것은 위에서 무엇인가를 하려고 하는 게 있기 때문이니 이 때문에 다스려지지 않는다."(77장) "하늘의 도는 여유 있는 것을 덜어서 부족한 것에 더해준다. 사람의 도는 그렇지 않아서 부족한 것을 덜어서 여유 있는 것을 받든다."(79장) 이런 관점은 공자, 묵자와 같은 점도 있고 다른 점도 있다. 하지만 어떻게 이런 국면을 바꾸고 국가를 잘 다스릴 수 있는지에 대해서 노자의 주장은 공자, 묵자와 크게 달랐다. 그는 올바르게 국가를 다스리는 이념에 대해 다음과 같이 생각했다. "말 없는 가르침과 무위의 유익함은 천하에 능히 도달할 자가 드물다."(43장) "몸을 급히 움직이면 추위를 이길 수 있고, 고요히 안정하면 더위를 이길 수 있으니, 맑고 고요해야만 천하의 주인이 될 수 있다."(45장) "내가 무위하니 백성은 스스로 교화되고, 내가 고요함을 좋아하니 백성은 스스로 올바르게 되며, 나에게 일삼는 것이 없으니 백성은 스스로 부유해지고, 내가 아무것도 욕망하지 않고자 하니 백성은 스스로 소박해진

다고 하였다."(57장) 이를 귀납하면 "청정"과 "무위"가 된다. 노자는 다음과
같이 말했다.

허虛에 이르기를 지극히 하고, 고요함(靜)을 지키기를 돈독히 한다. 만물
이 바야흐로 깨어날 때 나는 그것을 통해 그들이 돌아가는 곳을 본다. 세상의
사물은 많지만 모두 그 뿌리로 돌아간다. 고요함이라고 하였으니 고요함을
일러 명으로 돌아간다(復命)고 한다. 명으로 돌아가는 것이 항상된 이치이고,
항상된 이치를 아는 것이 명철함이다. 항상된 이치를 모르면 망령스럽게 행
동할 것이고, 망령스럽게 행동하면 흉하다. 항상된 이치를 알면 너그러워지
고, 너그러워지면 공정하게 되며, 공정하게 되면 왕과 같이 된다. 왕과 같이
되면 하늘과 짝하고, 하늘과 짝하면 도와 하나가 되고, 도와 하나가 되면 장구
하게 되니 죽을 때까지 위태롭지 않다.(16장)

도는 언제나 이름이 없으니 후왕侯王이 그것을 잘 지키면 만물이 스스로
교화될 것이다. 교화되면서도 욕심이 일어나면 나는 이름 없는 통나무로 누
를 것이다. 이름 없는 통나무로 누르면 장차 욕심이 없어질 것이니 욕심이
없어져서 고요해지면 천지가 스스로 바르게 된다.(37장)

학문을 하는 자는 날마다 더하고, 도를 들은 사람은 날마다 덜어낸다. 덜
어내고 또 덜어내어 무위에 이르니, 무위하면 하지 못하는 것이 없다. 바야흐
로 천하를 취하려 한다면 언제나 일이 없음으로 해야 할 것이니, 만약 일이
있게 되면 천하를 취하기에 충분하지 않다.(48장)

『노자』가 제시한 "청정", "무위"의 정치 이론에 대해서 장순후이張舜徽는
이것이 실재 "'척(裝)'에 불과하다. 우리는 '모르는 척 한다(裝糊塗)'는 말로
나라를 다스리는 수법이나 권술이 가지는 핵심 부분의 비밀을 들춰낼 수 있
다."[1171]라고 하였다. 정치적 측면에서 『노자』의 학술 목적을 이렇게 귀납하는

1171) 張舜徽, 『張舜徽集』, 「周秦道論發微」, 15쪽.

것이 일리가 없는 것은 아니지만 다음의 두 가지는 반드시 짚고 넘어갈 필요가 있다. 하나는 『노자』가 제시한 "청정", "무위"의 정치 이론은 당시 통치자들이 끝없이 탐욕을 부리고 함부로 낭비하는 정치 현실을 대상으로 한 이야기이다. 현실 정치를 비판하는 의미가 분명히 담겨 있다. 통치자들이 "청정"과 "무위"인 "척"을 하는 것도 현실 정치의 변화에 역시 긍정적인 면을 준다. 예를 들어, 노자는 "다섯 가지 좋은 빛깔은 눈을 멀게 하고, 말 달리고 사냥하는 것은 마음을 미치게 하고, 얻기 어려운 재물은 행동을 그르친다. 다섯 가지 좋은 맛은 입맛을 잃게 하고, 다섯 가지 좋은 소리는 귀를 멀게 한다. 이 때문에 성인이 다스릴 때는 배를 위하지 눈을 위하지 않는다. 그러므로 저것을 버리고 이것을 취한다."(12장)라고 말했다. 또 통치자들이 "흰 바탕을 드러내고 통나무를 껴안을 것이며, 자기를 적게 하고 욕심을 줄일 것"(19장)을 요구했다. 이런 경고와 요구는 합리적인 것이었다. 그럼 통치자들의 사치와 방탕이 도를 다스리는 것에 맞지 않음을 알리는 것이 옳은 일이 아니란 말인가? 통치자가 나라를 다스리는 도를 모르는데 "청정", "무위"인 "척"을 할 수 있다는 말인가? 다른 하나는 노자는 정치 이론의 제시에만 그친 것이 아니라 그 이론을 자연 규칙으로 승화시키려고 하였다. 이것은 이론이 정치를 초월하는 형이상적 의미를 가지게 하여 리쩌허우李澤厚가 말한 "정치 철학"이 되었고, 현대 철학자들이 우주관, 세계관, 인생관을 연구하게 하는 문헌적 근거가 되었다. 그래서 『노자』를 완전히 정치 분야에 국한해서 이해하면 이 책이 가지는 다층적 가치를 충분히 알기 어렵다. 예를 들어, 노자가 "감히 하는 데서 용감한 사람이 죽을 것이고, 감히 하지 않는 데서 용감한 사람이 살 것이다. 이 두 가지는 혹은 이롭고 혹은 해로우니 하늘이 미워하는 것을 누구라고 이유를 알겠는가? 그러므로 하늘의 도는 싸우지 않고서도 잘 이기고, 말하지 않고서도 잘 응하며, 부르지 않고서도 스스로 찾아오고, 느긋해 하면서도 잘 도모한다. 하늘의 그물은 넓고도 넓으니 성기면서도 어느 것 하나 빠뜨리지 않는다."(75장)라고 한 것은 이미 정치적 측면에서 자연 규칙의 측면으로 승화된 것을 보여준다. 이른바 "도가 말해질 수 있다면 영원한 도가 아니고, 이름이 불릴 수 있다면 영원한 이름이 아니다. 이름이 없는 것은 만물의 처음이고, 이름이 있는 것은 만물의 어머니이다. 그러므로 항상 욕심이 없을 때 그 미묘함을 보고, 항상 욕심이 있을 때 그 밝게 드러난 모습을 본다. 두 가지는 한 곳에서 나와서 이름은 다르지만 가리키는 것은 같으니, 현묘하고 또 현묘해서 모든 미묘함의 문이 된다."(1장) 이것은 완전히 형이상적인 사고로 정치를 말한 것이 아니다.

한 가지 지적할 것은 노자의 정치 이론은 자주 천지 만물에서 나온다는 것인데, 이것이 바로 고대 도론道論의 전통이다. 예를 들어, 『장자』에서 "옛날에 위대한 도를 밝히던 사람들은 먼저 하늘의 도를 밝히고 도와 덕을 그 다음에 밝혔다."[1172]라고 했다. 창사長沙 마왕퇴馬王堆 백서帛書 『노자』을본 앞에 있는 유실된 고서에는 "하늘이 춥고 더움을 만들고, 땅이 높고 낮음을 만들고, 사람이 주고받음을 만들었다."[1173]라고 하였다. 이 말과 『여씨춘추』〈서의序義〉에 실려 있는 황제가 전욱顓頊을 가르칠 때 했던 "이에 하늘(大圜)은 위에 있고, 대지(大矩)는 아래에 있다. 너는 이 하늘과 땅의 법칙에 따라 백성의 좋은 부모가 되거라."[1174]와 아주 비슷하다. 『노자』가 이 전통 사상을 흡수한 것으로 보인다. 또 "사람은 땅을 본받고, 땅은 하늘을 본받고, 하늘은 도를 본받고, 도는 스스로 그러함을 본받는다."(25장) "천지는 어질지 않아 모든 것을 풀 강아지처럼 다룬다. 성인은 어질지 않아 백성을 풀 강아지로 다룬다."(5장) "옛날에 하나를 얻은 것은 이러했다. 하늘은 하나를 얻어 맑고, 땅은 하나를 얻어 편안하고, 귀신은 하나를 얻어 신령스럽고, 골짜기는 하나를 얻어 가득 차고, 후왕은 하나를 얻어 천하의 주인이 되었다."(39장) "큰 나라는 아래로 흘러간다. 천하가 만나는 것이니 천하의 암컷이다. 암컷은 언제나 고요함으로 수컷을 이기니, 고요함으로 아래가 된다. 그러므로 큰 나라가 작은 나라의 아

1172) 莊周 撰·郭象 注, 『莊子』卷5, 〈天道〉, 二十二子本, 44쪽.

1173) 馬王堆帛書整理小組, 「老子乙本卷前古佚書釋文」, 『文物』1974年第10期.

1174) 呂不韋 撰·高誘 注, 『呂氏春秋』卷13, 〈序意〉, 二十二子本, 665쪽.

래가 되면, 작은 나라를 얻을 수 있고, 작은 나라가 큰 나라의 아래가 되면, 큰 나라를 얻을 수 있다. 그것은 얻어서 낮아지는 것이기도 하고, 낮기 때문에 얻어지는 것이기도 하다. 큰 나라는 작은 나라 사람들을 아울러 기르는 것뿐이고, 작은 나라는 큰 나라 사람들에게 들어가 섬기려는 것뿐이니, 무릇 두 나라가 각자 이루고자 하는 것을 얻으려면, 마땅히 큰 나라가 낮추어야 한다."(61장) 이런 사고 경로는 『노자』의 정치 학술을 정치 철학으로 변화시켰지만 그 정치 철학은 구체적인 정치 실천을 벗어나지 못했다. 사실 이런 사상 방법은 상고 시대 "관호천문"의 문화 전통에서 비롯된 것이자[1175] 춘추 시대 이후의 도론 학설에서 영향을 받은 것이다.[1176] 이것은 『노자』의 정치 이론이 깊은 문화적 토대와 사상적 전통을 가지고 있음을 보여준다.

제2절 "絶學無憂": 老子의 문학 관념

노자 학설의 목적을 알았다면 이제 노자의 문학 관념을 정확하게 이야기할 수 있겠다.

여기서 분명히 할 것은 선진 시대에 "문학"은 학술 이념이자 교육 이념이었다는 점이다. 『예기』〈학기學記〉에는 "옛날 임금은 나라를 세우고 백성을 다스림에 교학을 우선으로 삼았다."[1177]라고 하였다. 또 "군자가 백성을 교화시켜 좋은 풍속을 이루려고 한다면 반드시 교육에서부터 시작해야 한다."[1178]라고

1175) 拙作,「"觀乎天文": 中國古代文學觀念的濫觴」(『文藝研究』 2007年 第9期) 및 이 책 제1장 참고.

1176) 예를 들어, 『管子』〈心術上〉에서 "반드시 무위의 일을 말하지 않을 줄 알게 된다면 그런 뒤에야 도의 紀綱을 알 수 있다."라고 하고, 『老子』 14章에서 "우주 만물이 있기 전의 도를 붙잡고 지금 있는 것을 다스려 보면 처음 시작했던 것을 알아볼 수 있다. 이를 도의 발자취라고 한다."라고 하였다. 그들이 말한 "道紀"는 어쩌면 같은 고대 사상 근원을 갖고 있을지도 모르겠다. 여기에서는 따로 언급하지 않겠다.

1177) 鄭玄 注 · 孔穎達 疏, 『禮記正義』卷36,〈學記〉, 十三經注疏本, 1521쪽.

1178) 鄭玄 注 · 孔穎達 疏, 『禮記正義』卷36,〈學記〉, 十三經注疏本, 1521쪽.

하였다. 여기서 "교학" 또는 "교육"은 모두 "임금이 나라를 다스리는 수법이나 권술"이다. 현대 중국어로는 사상 정치 교육을 가리킨다. "학學"과 "교敎"는 동전의 양면과 같아서 선진 문헌에서 이 둘은 자주 혼용되었고 엄격한 구분이 이루어지지 않았다. 예를 들어, 『상서』〈반경상盤庚上〉에는 "반경이 백성을 가르침에 있어서 벼슬을 하는 이들부터 하되 옛날 일들을 숭상하고 법도를 바로잡게 하였다."[1179]라고 하였다. 서한 시대 공안국孔安國(생몰년 미상)은 전傳에서 "효敎는 교敎이다. 사람을 가르칠 때 지위의 명命을 이용하고 자주 옛 고사를 사용하여 법도를 바로잡고자 하였다."라고 하였다. 당나라 때 공영달孔穎達(574~648)은 소疏에서 "반경이 우선 백성을 교화하면서 말하길, '너희들은 너희들 지위에 맞는 명命을 이용하고, 옛날에 상용되던 고사를 이용하여 그 법도를 준수해야 한다. 그러면 백성들이 관리들의 말을 들을 것이고, 그들이 명령에 따른다면 옛 법도를 회복할 수 있을 것이다.'라고 하였다. ……『문왕세자文王世子』에서 말하길, '소악정小樂正이 방패를 들고 추는 춤을 가르치면 대서大胥가 돕고, 우사竽師가 창을 들고 추는 춤을 가르치면 우사승竽師丞이 돕는다.'라고 하였다. 모두 방패와 창을 들고 추는 춤을 가르치는 것으로 효敎가 교敎인 것을 알 수 있다."[1180]라고 하였다. 『예기』〈학기學記〉에는 "어린 학생은 듣기만 하고 묻지는 말라고 한 것은 배움에 차례를 거치지 않고 뛰어넘을까 하는 염려 때문이다."라고 하였다. 정현鄭玄(127~200)은 주注에서 "학學은 교敎이다. 장유長幼를 가르치는 것이다."[1181]라고 하였다. 금문 〈대우정大盂鼎〉은 "나는 오직 소학으로 너를 가르친다."라고 했는데 "학녀學女"는 "교녀敎汝"를 가리킨다. 〈타궤它簋〉의 "우리 자손에게 의를 강학한다."와 〈정궤靜簋〉의 "고요히 가르치니 싫어하는 이가 없다."에서의 "학學"은 모두 "교敎"이다. 창샤 마왕퇴에서 출토된 백서 『노자』갑본의 "그래서 신체가 건강한 사람은 죽지 않는다. 나는

1179) 孔安國 傳·孔穎達 疏, 『尙書正義』卷9, 『商書』, 〈盤庚上〉, 十三經注疏本, 169쪽. "敎"가 "學"과 통용됐다.

1180) 孔安國 傳·孔穎達 疏, 『尙書正義』卷9, 『商書』, 〈盤庚上〉, 十三經注疏本, 169쪽.

1181) 鄭玄 注·孔穎達 疏, 『禮記正義』卷36, 〈學記〉, 十三經注疏本, 1522쪽.

장차 이것을 가르칠 것이다."와 통용되는 하상공河上公 주본注本과 왕필王弼
주본에서는 모두 "내 장차 이것을 가르칠 것이다."라고 하였다. 즉, "학學"이
"교敎"이다. 이상은 모두 "학"을 "교"라고 한 용례이다. 물론 "교"를 "학"이라고
한 경우도 적지 않다. 예를 들어, 『상서』〈낙고洛誥〉에는 "너는 직접 진심으로
이 일을 가르쳐야 한다."라고 했는데, 『상서대전尙書大傳』에서는 "교"를 "학"으
로 바꿔 인용했다. 또 후베이 징먼荊門 궈뎬郭店에서 출토된 전국 시대 초간楚
簡인 『당우지도唐虞之道』에서 "성인은 하늘을 섬김으로써 백성을 가르쳐 존귀
하게 하였고, 아래로는 땅을 섬기어 백성을 가르쳐 친하게 하였고, 계절마다
산천을 섬김으로써 백성을 가르쳐 공경토록 하였고, 친히 조상의 묘를 모심으
로써 백성을 가르쳐 효도하도록 하였다. 또한 대교大敎에서 천자가 친히 백성
에게 겸양을 가르치게 하였다."라고 하였는데 치우시구이裘錫圭는 "대교"를
"태학"으로 읽었다. "교"가 "학"과 통용된 것을 알 수 있다. 학과 교는 일종의
쌍방 활동이다. "학"을 거론할 때 "교"가 포함되고, "교"를 거론할 때도 "학"이
포함한다. 이것은 양수다楊樹達(1885~1956)가 말한 바와 같다.

옛 선인들의 언어는 주체와 대상을 구분하지 않았다. 예를 들어 사다(買)
와 팔다(賣), 받다(受)와 주다(授), 사다(羅)과 팔다(糴)는 본래 하나의 단어였
다가 나중에 나누어진 것이다. 교敎와 학學도 이와 같다.[1182]

그래서 "문학"은 곧 "문교"이고 반대로 해도 마찬가지이다. 앞에서 공자의
문학 관념을 다루면서 공문사과의 "문학"과 공문사교의 "문교"의 관계에 대해
서 이야기하였으니 참고하기 바란다.

노자로 대표되는 도가에서 언급한 것이 "임금이 나라를 다스리는 수법이
나 권술"이고, 『노자』의 목적도 통치자에게 정치 책략을 제공하는 것이라면
정치와 교육은 떼려야 뗄 수 없는 것이다. 당연히 『노자』에 교육에 관한 사상

1182) 楊樹達, 『積微居金文說』(增訂本)卷7, 〈精簋跋〉, 北京:中華書局, 1997, 169쪽

이 없을 수가 없다. 서주 이전에는 관사官師와 정교政敎가 합치하여, 학문은 관부官府에 있었다. 국가에서 학문을 관리하여, 정치가 곧 교육이고 교육이 곧 정치였다. 춘추 이후, 정교는 비록 분리되었지만 정치에 관심을 가지는 사람은 교육에도 관심을 가졌다. 공자와 묵자의 정치 주장에는 모두 교육에 관한 관념이 들어있었는데, 노자도 예외가 아니었다. 물론 공자와 묵자의 저술에서 "문학"에 대한 이해는 분명한 차이가 존재했지만, 모두 "문학"을 언급했고 "문학"을 인정했다. 반면 『노자』에는 비록 "문학"의 개념은 등장하지 않지만 그렇다고 "문학"에 관한 개념이 없는 것은 아니었다. "문학"을 인정하지는 않았지만 "문학"("문교")과 다른 새로운 교육 사상을 분명히 제시했다.

『노자』의 교육 사상은 "배움을 끊으면 걱정이 없다."로 귀납할 수 있다. 그는 다음과 같이 말했다.

> 성스러움을 끊고 지혜를 버리면 백성의 이익이 100배가 될 것이다. 인을 끊고 의를 버리면 백성이 다시 효도하고 자애할 것이다. 기교를 끊고 이익을 버리면 도적이 사라질 것이다. 이 세 가지 말은 본받기에는 충분하지 않다. 그 때문에 말을 좀 더 붙이나니, 흰 바탕을 드러내고 통나무를 껴안을 것이며 자기를 적게 하고 욕심을 줄이고 배움을 끊으면 걱정이 없다.[1183] (19장)

1183) "배움을 끊으면 걱정이 없다."는 통행본의 20장 첫 부분에 실려 있다. 많은 학자들은 고증을 거쳐 이것이 19장 마지막에 와야 한다고 주장했다. 당나라의 張君相, 송나라의 晁公武, 명나라의 歸有光, 청나라의 姚鼐 및 馬敍倫, 蔣錫昌, 高亨 등이 이같이 주장했다. 이 중에서 고형의 주장이 가장 대표적이라고 할 수 있는데 그는 세 가지 이유를 들어 설명했다. "'배움을 끊으면 걱정이 없다.'와 '흰 바탕을 드러내고 통나무를 껴안을 것이며 자기를 적게 하고 욕심을 줄인다.'의 구법이 같아서 만약 이것만 다음 장에 놓는다면 따로 떨어져 아무 근거 없는 말이 되는 것이 첫 번째요, '足', '屬', '朴', '欲', '憂'는 압운으로 만약 이것만 다음 장에 놓는다면 압운이 조화롭지 않게 되는 것이 두 번째요, '흰 바탕을 드러내고 통나무를 껴안을 것이며 자기를 적게 하고 욕심을 줄이고 배움을 끊으면 걱정이 없다.'는 문맥이 일관되지만, 만약 다음 장에 놓는다면 문맥과 전혀 관련이 없게 되는 것이 세 번째이다. 『노자』는 이치에 맞지 않게 장이 나누어져 있는데 옛 그대로의 원서는 절대 그렇지 않다."(高明, 『帛書老子校注』, 315쪽 참고) 창샤 마왕퇴 한나라 무덤에서 발견된 백서 『노자』본은 장을 나누지 않았고, 고명이 지은 『帛書老子校注』는 "배움을 끊으면 걱정이 없다."를 19장 마지막에 실었다.

학문을 하는 자는 날마다 더하고, 도를 들은 사람은 날마다 덜어낸다. 덜어내고 또 덜어내어 무위에 이르니, 무위하면 하지 못하는 것이 없다. 바야흐로 천하를 취하려 한다면 언제나 일이 없음으로 해야 할 것이니 만약 일이 있게 되면 천하를 취하기에 충분치가 않다.(48장)

하상공河上公은 48장 주에서 "'학'은 정교와 예악을 배우는 것이다. '날마다 더하는' 것은 욕정과 허례허식이 날로 많아짐이다. '도'는 자연의 도이다. '날마다 덜어내는' 것은 욕정과 허례허식이 날로 줄어듦이다."[1184]라고 하였다. 만약 이 장을 19장과 대조하면 여기서 "학문을 하는 자"의 "학"과 19장 "학문을 끊는다."의 "학"은 곧 "성聖", "지智", "인仁", "의義", "교巧", "이利" 등이다. 앞의 네 개는 공자가 제시한 "문학"[1185]이고, 뒤의 두 개는 묵자가 제시한 "문학"[1186]이다. 이들은 모두 "문"을 의미한다.[1187] 그러나 『노자』는 "본받기에는 충분하지 않고 붙이는 말이 있게 하므로" "흰 바탕을 드러내고 통나무를 껴안을 것이며 자기를 적게 하고 욕심을 줄이고 학문을 끊어야 한다."라고 주장했다. 이렇게 "문"의 부족함을 바로잡았다. 그러나 필자가 보기에 하상공이 주해한 내용은 비록 잘못된 내용은 없지만, 그 입장에는 잘못된 점이 있다. 『노자』가 여기에서 말한 것은 "임금이 나라를 다스리는 수법이나 권술"로, 후왕의 입장이지 사인의 입장이 아니며, 그 목적은 "천하를 얻는 것"으로 의미가 아주 명확하다. 이를 근거로 볼 때, 19장의 주어도 분명 후왕일 것이다. 그래서 "학문을 하는"의 "학"과 "학문을 끊는"의 "학"은 "교"로 읽어야 마땅하다. 즉, 『노자』는 후왕들이 "문"으로써 교육하기를 바라지 않았다. 공들여 "문"으로 교육할수록 "도"에서 멀어진다고 보았다. 『노자』는 "문학"("문교")의 부정론자임이 분명하다.

1184) 高明, 『帛書老子校注』 48章注引, 北京:中華書局, 1996, 54쪽.
1185) 이 책 제5장 참고.
1186) 이 책 제9장 참고.
1187) 이 책 제11장 제1절 참고.

그렇다면 『노자』는 왜 "문학"("문교")을 부정했을까? 이것은 그의 정치 이론과 밀접한 관련이 있다. 그는 다음과 같이 말했다.

> 올바름으로 나라를 다스리고, 기이함으로 군사를 지휘하며, 일삼음이 없음으로 천하를 취한다. 내가 어떻게 그런 줄 아는가? 무릇 천하에 금기가 많으면 백성은 더욱 가난해지고, 백성에게 좋은 물건이 많으면 나라는 더욱 혼란해지며, 사람들이 아는 게 많으면 이상한 물건도 많아지고, 법령이 복잡해지면 도적은 더 많아진다. 이 때문에 성인의 말씀에 이르기를 내가 무위하니 백성은 스스로 교화되고, 내가 고요함을 좋아하니 백성은 스스로 올바르게 되며, 나에게 일삼는 것이 없으니 백성은 스스로 부유해지고, 내가 아무것도 욕망하지 않고자 하니 백성은 스스로 소박해진다고 하였다.(57장)

> 도를 행하는 사람은 백성을 지혜롭게 하지 않고 우매하게 한다고 하였으니 백성을 다스리기 어려운 것은 그 지혜 때문이다. 그러므로 지혜로써 나라를 다스리는 것은 나라의 해악이고, 지혜롭지 않음으로 나라를 다스리는 것은 나라의 복덕이다. 언제나 이 두 가지를 아는 것이 또한 예나 지금이나 같이 본받는 바이니, 예나 지금이나 같이 본받는 바를 아는 것을 현묘한 덕이라고 한다. 현묘한 덕은 깊고도 아득하구나. 뭇 사물과 다른 길을 택하여 크게 순응하는 데 이른다.(65장)

노자는 성인이 나라를 다스리는데 "성聖", "지智", "인仁", "의義", "교巧", "리利" 등을 백성에게 가르칠 필요가 없다고 보았다. 왜냐하면 이런 "문"의 것들은 믿을만한 좋은 것이 아니기 때문이다. "믿음직한 말은 아름답지 않고, 아름다운 말은 믿음직하지 않다. 아는 사람은 박식하지 않고, 박식한 사람은 알지 못한다. 선한 사람은 칭송을 받지 않고, 칭송을 받는 사람은 선하지 않다."(68장) "천하가 다 아름다운 것은 아름답다고 하고, 못생긴 것은 또 못생겼다고 한다. 모든 사람이 착한 것은 착하다고 하고, 착하지 않은 것은 착하지 않다고 한다."(2장) 이런 것들을 백성에게 가르치면 더 많은 사회 문제를 가져올 뿐이다. 혹은 이런 "문"의 것들은 본래 사회 혼란의 결과물이다. 이른바 "큰 도가 사라지면 인의가 생겨나고, 지혜가 나타나면 큰 거짓이 생겨나고, 가족들이 화목하지 못하면 효도와 자애가 생겨나고, 국가가 혼란하면 곧은 신하가 생겨나는"(18장) 것이다. 심지어 사회 혼란의 원인이 되기도 한다. "도를 잃은 이후에 덕이고, 덕을 잃은 이후에 인이고, 인을 잃은 이후에 의이고, 의를 잃은 이후에 예다. 무릇 예는 건실함과 믿음이 옅은 것이니 어지러움의 싹이다."(38장) 그는 "문장"("문교")이 나쁜 결과를 가져왔다고 생각했다. "조정은 잘 정리되었으면서도 밭은 황폐하며, 창고는 비었는데도 화려한 옷을 입고, 날카로운 검을 차고 배부르도록 먹으면서도 재물이 남는 것을 도둑질을 자랑한다고 하니, 도둑질을 자랑하는 것은 도가 아니다."(53장) 그래서 그는 다음과 같이 주장했다.

능력 있는 자를 높이지 않아서 백성들이 공명을 다투지 않도록 하고, 얻기 어려운 재물을 귀히 여기지 않아서 백성들이 도둑질하지 않도록 하며, 욕심 낼 만한 것을 보이지 않아서 백성들이 문란함에 빠지지 않도록 한다. 이 때문에 성인이 다스릴 때는 마음을 비우게 하고 배를 채우며, 뜻을 약하게 하고 뼈를 강하게 하여, 항상 백성들이 무지무욕無知無欲하도록 한다. 무릇 지혜로운 자가 감히 하지 않고 억지로 하지 않도록 하면 다스려지지 않음이 없다.(3장)

나라는 작은 것을 백성은 적은 것을 중하게 여긴다. 열 사람 백 사람을 감당하는 인재가 쓰이지 않도록 하며, 백성이 죽음을 중히 여겨 백성들이 멀리 이사 가도록 한다. 수레나 배가 있더라도 타지 않고, 갑옷과 무기가 있더라도 벌려놓지 않으며, 백성들이 다시 새끼를 묶어 사용하도록 한다. 먹는 것은 달게 여기고, 입는 것은 아름답게 여기며, 풍속을 즐거워하고, 사는 곳을 편안히 한다. 이웃 나라와 서로 마주 볼 수 있을 정도이고 닭과 개 우는 소리가 서로 들릴 정도라도 백성들은 늙어 죽을 때까지 서로 왕래하지 않는다.(67장)

노자가 백성들에게 "무지무욕無知無欲"해야 한다고 한 정교 주장과 "나를 작게 여기고 백성을 적게 여겨야 한다."고 한 사회 이상은 많은 이들에게 지식을 부정하고 문화를 부정하는 소극적인 사상이라는 인식을 심어주었다. 후와이뤼侯外盧(1903~1987)는 "노자는 의식 형태의 측면에서 사회 대립 관계로 발생하는 윤리 관념, 미악 관념 및 사유 제도 아래의 모든 정신문화를 부정했다. 그는 착함과 악함, 아름다움과 추함, 화와 복을 뛰어넘고 아무런 문화도 없는 '습명襲明'을 주장했다. '순수함을 퍼뜨려' 꾸밈이 없는 있는 그대로로 돌아갈 것을 주장했다. 즉, 무로 돌아가는 것은 시비가 없는 아이의 의식이다. 그렇게 되면 긍정과 부정은 같아지고 선악은 대립하지 않는다. 이를 바탕으로 추론하면, 사회의 문학과 예술은 모두 불합리한 표현이고, 모든 정신 산물과 정신문화는 '남은 음식이자 불필요한 행위'이다. 그래서 노자는 무지를 극단적으로 주장했다."[1188]라고 하였다. 리쩌허우도 "『노자』에서 '무위', '수자守雌'는 적극적인 정치 철학으로 군주의 통치 술법이다. 그러나 이런 적극적인 정치 의미는 바로 소극적인 사회 의미를 바탕으로 한다. 우리는 역사에 역행하여 문자와 그 어떤 기술도 완전히 배제된 사회 이상이 '적극적이고 진보적인 것'이라고 인정하기는 어렵다."[1189]라고 하였다.

사실 여기에는 노자에 대한 오해가 들어 있다. 노자는 "내 말은 무척 알기 쉽고 무척 행하기 쉽지만, 사람들은 알지 못하고 행하지도 못한다. 말에는 근본이 있고 일에는 중심이 있으니 저들이 모를 뿐이다. 이 때문에 나를 알지 못하는 것이니 아는 자가 드물면 나는 귀해지리라. 이 때문에 성인은 겉으로는 베옷을 입고 안으로 옥을 품는다."(72장) "모른다는 것을 아는 것이 가장 좋다. 모른다는 것을 모르는 것은 병이다. 그러므로 성인이 병에 걸리지 않는 것은 그 병을 병으로 여기기 때문이니, 이 때문에 병에 걸리지 않는 것이다."(73장)라고 하였다. 잔젠펑詹劍峰(1902~1982)은 다음과 같이 분석했다.

1188) 侯外盧·趙紀彬·杜國庠, 『中國思想通史』第1卷, 277쪽.

1189) 李澤厚, 『中國古代思想史論』, 「孫老韓合說」, 北京:人民出版社, 1986, 91쪽.

노자가 말하는 "무지"는 "모르면 걱정이 없다."라는 뜻도 아니고, "무지를 찬미하는" 것은 더욱 아니다. 오히려 아는 것을 자신하고 진리를 아는 것을 자신하는 것이다. 이런 진리는 알기 쉽고 행하기 쉬운 것이지만, 천하는 알지 못하고 행하지 못한다.[1190]

만약 노자가 모든 지식을 부정하고 사람들에게 "흑백이 없는 아이의 의식으로 돌아가도록" 했다면 왜 끊임없이 사람들에게 "도덕"을 "알고" "행"해야 한다고 말한 것일까? 만약 그가 정말로 "역사에 역행하고자" 했다면 왜 "높이 있는 것은 누르고, 아래에 있는 것은 올려주며, 여유 있는 것은 덜고, 부족한 것은 더해주도록"(79장) 하고, "천도는 별다른 친밀함이 없고 항상 선인의 편에 선다."(81장)라고 강조한 것일까? 사실상, 노자는 백성이 할 수 있는 것을 요구했다고 할 수 있다. 그러기 위해서 먼저 통치자들이 실행할 것을 요구했다. 그는 "성인의 마음은 사사로움이 없이 백성들의 마음을 자신의 마음으로 삼아야 한다."(49장) "백성들이 다스려지지 않는 것은 위에서 무엇인가를 하려고 하는 게 있기 때문이니, 이 때문에 다스려지지 않는다."(77장) "성인은 무엇을 하더라도 그것을 차지하지 않으며, 공을 세우더라도 그 공에 머물지 않는다."(79장) "욕심이 없어져서 고요해지면 천지가 스스로 바르게 된다."(37장)라고 하였다. 만약 백성이 정말 "음식을 달게 여기고, 옷을 아름답게 여기고, 집을 편하게 여기고, 풍속을 즐기게 할 수 있다."면 이것은 역사의 큰 발전이지 어떻게 "역사에 역행하는 것"이 되겠는가?

또한 노자의 "나를 작게 여기고 백성을 적게 여기는" 이상은 사람들로부터 문명의 발전과 물질의 진보에 반대한다는 질책을 받았다. 사실 노자는 문명의 발전과 물질의 진보에 대해 무조건 반대한 것이 아니다. 오히려 이런 발전과 진보가 가져오는 사회의 부정적인 영향을 반대한 것이다. "다섯 가지 좋은 빛깔은 눈을 멀게 하고, 말 달리고 사냥하는 것은 마음을 미치게 하고, 얻기

1190) 詹劍峰, 『老子其人其書及其道論』, 武漢:華中師範大學出版社, 2006, 239쪽.

어려운 재물은 행동을 그르친다. 다섯 가지 좋은 맛은 입맛을 잃게 하고, 다섯 가지 좋은 소리는 귀를 멀게 한다."(12장) 그가 제시한 "무욕"도 주로 통치자들을 대상으로 한 말이다. 이는 뤼스미안呂思勉(1884~1957)이 말한 바와 같다.

> 도가가 공격하는 것은 사회 조직의 불합리이지 물질의 진보가 아니다. 그러나 이 말은 물질문명을 공격하는 것이기도 한데, 그 이유는 물질의 진보와 사회의 타락은 나란히 가는 것이기 때문이다. 불합리한 사회에서 물질이 진화하면 생산된 물질은 오직 일부 사람들에게게만 향유된다. 사회는 비록 물질의 진보로 인해 이로운 점도 있지만, 음탕하고 낭비해져 해로운 점도 생겨난다. 그래서 강력하게 호소하고 공격하는 것이다. 만약 물질의 진보가 대부분의 사람들에게 사용된다면 도가는 절대로 이를 공격하지 않았을 것이다.[1191]

물론 노자의 "나를 작게 여기고 백성을 적게 여기는" 이상이 역사 문화적 자원(예를 들어, 원시 사회의 전설)과 남방의 생활환경(예를 들어, 산에 둘러싸여 교통이 불편하다)에서 영향을 받았다고 가정해 본다면 이것은 결코 소극적인 것이 아니다. 이런 문명과 문화에 대한 비판은 사실 문명과 문화 변화에 대한 비판이자 당시 사회 정치 현실에 대한 비판으로 중국 초기 지식인을 대표하는 노자의 문화 이성적 정신을 구현했다. 그러므로 쉽게 부정해서는 안 된다. 표면적으로 볼 때, 그는 문화 교육을 부정했지만, 사실상 더욱 높은 수준의 교육을 제시했다. 즉, 인성에 진정으로 부합하는 교육이다. 이것은 천구잉陳鼓應이 말한 바와 같다.

> 노자는 소박한 자연주의자였다. 그가 관심을 가진 것은 어떻게 하면 인류 사회의 분쟁을 해소하고 사람들의 생활을 행복하고 안정되게 할 수 있는가 하는 것이었다. 그가 기대한 것은 사람들의 행위가 "도"의 자연성과 자발성을 본보기로 하고, 정치권력이 백성들의 생활을 간섭하지 않으며, 전쟁의 화근

1191) 呂思勉, 『先秦學術槪論』 下篇, 「分論」, 昆明:雲南人民出版社, 2005, 32쪽.

을 제거하고 사치스러운 생활을 지양하는 것이었다. 이로써 백성들을 진정으로 소박한 생활 형태와 심리 상태로 인도한다. 노자의 철학에서 중요한 사상은 바로 이런 기본적인 관점에서 나왔다.[1192]

노자는 "문학"을 찬성하지 않고, "문교"를 제시하지도 않았다. 그러나 그는 교육을 부정하지 않았고 심지어 "사람들이 가르치는 바를 나 역시 가르치고자 하나, 강한 것이 곱게 못 죽는다는 말이 있듯이 나는 장차 이것을 본으로 삼아 유약함을 가르치고자 하느니라."(42장)라고 주장했다. 생각해 보자. "교부敎父"가 되고자 했던 사람이 어떻게 교육을 부정할 수 있겠는가!

그렇다면 노자는 어떤 교육을 제시했을까? 그는 다음과 같이 말했다.

천하가 모두 아름다운 것이 아름다운 줄만 알면 이것은 추한 것이고, 모두 선한 것을 선한 줄만 알면 이것은 선하지 않은 것이다. 그러므로 유와 무가 서로를 낳고, 어려움과 쉬움은 서로를 만들고, 길고 짧은 것은 서로를 드러내고, 높고 낮은 것은 서로를 채워주고, 악기소리와 목소리는 서로 조화를 이루고, 앞과 뒤는 서로를 따르니, 항상 그런 것이다. 이 때문에 성인은 무위의 일에 머무르면서 말 없는 교화를 행한다. 만물을 움직이더라도 억지로 시작으로 삼지 않고, 베풀면서도 은혜로 내세우지 않고, 공을 이루더라도 그 공에 머무르지 않는다. 무릇 공에 머무르지 않기 때문에 떠나가지 않는 것이다.(2장)

천하의 지극히 부드러운 것이 천하의 지극히 굳센 것을 뚫는다. 형체가 없는 것은 틈이 없는 곳으로도 들어가니 이로써 나는 무위의 유익함을 알겠다. 무언의 가르침과 무위의 유익함은 천하에 도달할 자가 드물다.(43장)

노자가 주장한 교육은 "말하지 않고 자연의 이치에 따라 가르치는 것"이었다. 말하지 않고 자연의 이치에 따라 가르치는 것이란 무엇인가? 장시창蔣錫昌은 다음과 같이 해석했다.

1192) 陳鼓應, 『老子注譯及評介』, 北京:中華書局, 1984, 15쪽.

성인이 나라를 다스림에 형식을 따르지 않고 명예를 따르지 않는다. 일에 관여하지 않고, 정책을 내지도 않는다. 즉, 성인은 "아무 일도 하지 않은 듯 처신하는 것이다." 성인은 한편으로는 자신을 완성하고, 또 한편으로는 모범을 보여 백성을 감화시킨다. 백성이 스스로 생활하고 관리하고 일하고 쉬게 하여 "먹는 것은 달게 여기고, 입는 것은 아름답게 여기며, 풍속을 즐거워하고, 사는 곳을 편안히 하는" 스스로 완성하는 생활에 이르게 하면 그것으로 족하다. 이것을 넘어서 다른 것을 추구하고, 새것을 창조하고, 다른 쾌락을 늘리는 것은 쓸데없는 일이다. 57장에서 "내가 무위하니 백성은 스스로 교화되고, 내가 고요함을 좋아하니 백성은 스스로 올바르게 되며, 나에게 일삼는 것이 없으니 백성은 스스로 부유해지고, 내가 아무것도 욕망하지 않고자 하니 백성은 스스로 소박해진다고 하였다." 이른바 "호정好靜", "무사無事", "무욕無欲"은 군주가 자아를 완성하여 모범을 보이는 것이다. 그리고 "자정自正", "자부自富", "자박自朴"은 백성이 감화되어 스스로 완성하는 생활이다. 즉, 성인은 "아무 말도 하지 않는 가르침으로 행하는 것이다."[1193]

노자가 주장한 "말하지 않고 자연의 이치에 따르는 가르침"은 사실 통치자들이 행동으로 모범을 보이는 것으로 "행동으로 하는 교육이 말로 하는 교육보다 중요함"을 의미한다. 그래서 그는 도덕 수양을 강조했다. 그는 다음과 같이 말했다.

성인이 백성 위에 서려고 할 때는 반드시 그 말을 낮추고, 백성 앞에 서려고 할 때는 반드시 그 몸을 뒤로 한다. 그러므로 앞에 있더라도 백성들은 해롭다고 여기지 않고, 위에 있더라도 백성들은 무겁다고 여기지 않는다. 천하가 즐겨 추대하여 싫어할 줄 모르니 다투지 않기 때문이 아니던가. 그러므로 천하가 그와 다툴 수 없는 것이다.(66장)

잘 세운 것은 뽑히지 않고, 잘 간직한 것은 달아나지 않으니, 자자손손

1193) 高明,『帛書老子校注』2章注引, 北京:中華書局, 1996, 232쪽.

제사가 끊이지 않을 것이다. 그것으로 몸을 다스리면 그 덕은 참됨이고, 그것으로 집을 다스리면 그 덕은 여유로움이며, 그것으로 마을을 다스리면 그 덕은 장대함이고, 그것으로 나라를 닦으면 그 덕은 풍족함이고, 그것으로 천하를 다스리면 그 덕은 광대함이다. 몸으로 몸을 살피고, 집안으로 집안을 살피고, 고을로 고을을 살피고, 나라로 나라를 살피고, 천하로 천하를 살핀다. 내가 어떻게 천하의 그러함을 알겠는가? 이것 때문이다.(54장)

분명, 노자는 후왕이 도를 닦고 덕을 키워서 스스로의 모범적인 행위로 사회에 영향을 주고 이로써 사회 조화를 이루기를 바랐다. 이것은 공자가 "덕으로 정치를 하는 것을, 비유하자면 북극성은 제자리에 있는데 모든 별들이 그를 따르는 것과 같다."[1194] "정치란 바로잡는 것이다. 그대가 바름으로써 본을 보인다면 누가 감히 바르지 않겠는가?"[1195]라고 한 위정 사상과 방법은 달라도 같은 효과를 내는 것으로, 모두 통치자들의 시범 효과를 강조하고 있다. 다른 것은 공자는 통치자들이 "예악으로 장식하기"를 바랐고, 반대로 노자는 통치자들이 "사사로움이 적고 욕심이 적기"를 바랐다. 공자가 제시한 것은 "문교"("문학")였고, 서주에서 전래된 예악 문헌과 예악 문화로 백성들을 교화한 것이었다. 그렇다면 노자가 제시한 것은 "도교"("도학")로 선왕이 남긴 도론을 목적으로 사람들을 교화하는 것이었다. 공자가 "행동을 하지 않으면서 다스릴 수 있는 사람은 순이구나! 그는 자신을 단정히 하고 남쪽을 바라볼 뿐이다."[1196]라고 한 것과 순자가 "〈도경道經〉에서 사람의 마음에서 나온 마음은 위태롭기만 하고, 도를 지키려는 마음에서 나온 마음은 극히 희미하다."[1197]라고 한 것은 모두 이런 옛 도론의 일부이다. 또 『관자管子』에서 "성공의 도는 영축贏縮을 보배로 삼는 것이다. 하늘의 법도를 잊지 않아 적절한 한도를 다하는 데에서

1194) 何晏 集解 · 邢昺 疏, 『論語注疏』卷2, 〈爲政〉, 十三經注疏本, 2461쪽.
1195) 何晏 集解 · 邢昺 疏, 『論語注疏』卷12, 〈顏淵〉, 十三經注疏本, 2504쪽.
1196) 何晏 集解 · 邢昺 疏, 『論語注疏』卷15, 〈衛靈公〉, 十三經注疏本, 2517쪽.
1197) 荀況 撰 · 楊倞 注, 『荀子』卷15, 〈解蔽〉, 二十二子本, 341쪽.

그쳤다."[1198], "덕이 있다고 불리는 까닭은 서둘지 않아도 맡은 바 일에 힘쓰고, 말하지 않아도 알아서 일 처리를 잘하고, 행하지 않아도 저절로 일이 성사되고, 부르지 않아도 오기 때문이다. 이것이 바로 덕이다. 그러므로 하늘이 움직이려 하지 않아도 사시가 알맞게 바뀌어 만물을 화육하고, 임금이 움직이려 하지 않아도 명령이 아래로 베풀어져 만 가지 공업을 이루며, 마음이 움직이려 하지 않아도 사지와 이목이 만물의 정황을 알게 한다."[1199]라고 한 것은 춘추 시대에 유행한 도론이다. 노자는 이런 이론에 따라 군왕을 지도하고 백성을 교화해야 한다고 생각했다. 그는 다음과 같이 말했다.

안정된 것은 유지하기 쉽고, 구체화되지 않은 것은 도모하기 쉽고, 무른 것은 녹이기 쉽고, 미세한 것은 흩트리기 쉬운 것이다. 이렇듯 발생하기 전에 일을 처리하고, 어지러워지기 전에 다스려야 하는 것이다. 한 아름 되는 나무도 조그만 씨앗에서 생겨나고, 구층에 이르는 누대도 한 줌의 흙에 의지하는 것이고, 천릿길도 한걸음에 시작하는 것이다. 그래서 억지로 하는 자는 실패하고, 억지로 잡으려 하는 자는 놓치고 만다. 그러므로 성인은 무위하기 때문에 실패가 없고, 집착하지 않기에 잃지 않는 것이다. 백성들은 일에 임하면서 대개가 이루다가 실패하는데, 끝을 조심하기를 처음처럼 하면 실패할 일이 없다. 그래서 성인은 억지로 하려 하지 않고, 보화를 귀하게 여기지 않으며, 세간의 배움을 초월하여 사람들의 지나친 바를 바로 잡아 무위자연을 따르게 할 뿐이다. 성인의 행동에는 작위가 없는 것이다.(64장)

성인은 사사로운 마음이 없으므로 백성들의 마음을 자기 마음으로 삼는다. 선한 사람에게는 선하게 대하고, 선하지 않은 사람에게도 역시 선하게

1198) 管仲 撰·房玄齡 注, 『管子』卷15,〈勢〉, 二十二子本, 150쪽. 『國語』〈楚語下〉에서 "嬴縮을 상도로 삼고 네 계절의 변화로 기강을 삼아 하늘의 법도를 초월하지 아니하여 적절한 한도를 다하는 데에서 그쳤다."라고 한 것과 의미가 같다. 창샤 마왕퇴 백서 『노자』을본 앞에서 발견된 古佚本에도 비슷한 어록이 담겨 있다. 이 사상의 기원이 오래되었음을 설명해준다.

1199) 管仲 撰·房玄齡 注, 『管子』卷10,〈戒〉, 二十二子本, 129쪽.

대함으로써 다른 모든 사람이 선하게 되도록 하는 것이다. 믿음이 있는 사람에게는 믿음으로 대해주고, 믿음이 없는 사람에게도 역시 믿음으로 똑같이 대해주니 다른 모든 사람이 믿음을 가지게 된다. 성인이 속세에서 살아가면서 일일이 마주치는 것마다 일체가 되어 세상과 하나로 어울리니 백성들 모두가 성인의 말과 행동을 듣고 보면서 따르게 되므로 성인은 백성들을 모두 갓난아이처럼 순수한 마음이 되도록 베푸는 것이다.(49장)

도는 낳아주고 덕은 길러주는데 만물의 모양이 형성되면 육체 기관이 이세상을 담는 그릇으로서 갖추어지게 되는 것이다. 그러므로 만물은 도를 높이 공경하고 덕을 소중하게 대하는 것이다. 도를 높이 공경하고 덕을 소중하게 대하는 것은 사람들이 그것을 억지로 숭배 대상으로 부여한 것이 아니고 항상 변함없이 저절로 그렇게 되는 것이기 때문이다. 도는 낳아주고 보살펴주며 성장시켜주고 이루어지게 하고 형통하게 하고 완숙하게 하며 먹여주고 보살펴주는 것이다. 낳아주되 소유하지 않고, 행위를 하되 행위에 의존하지 않으며, 가장 높지만 군림하려고 하지 않는다. 이런 것을 이른바 현덕玄德이라고 부른다.(51장)

이로 볼 때 노자의 "도교"는 사실 "덕교"이다. 선진 제자는 거의 도덕을 말했지만 각 유파의 도덕에 대한 이해가 서로 달랐다. 공자로 대표되는 유가에서는 도덕이 예악 문화 정신에 부합하는 "인, 의, 예, 지, 신" 등을 가리켰다. 반면 노자로 대표되는 도가에서는 도덕을 완전히 다르게 해석했다. 『관자』〈심술상心術上〉에서는 "허무하고 형체가 없는 것을 도라고 일컫고, 만물을 화육하는 것을 덕이라 일컫는다."라고 하였다. 『회남자』〈원도〉에서는 "무위의 작용이 스스로 도에 합치되고 무위의 언어가 스스로 덕에 합당하다."라고 하였다. 그래서 장순후이張舜徽(1911~1982)는 다음과 같이 말했다.

"덕"이 바로 "도"의 다른 이름임을 알 수 있다. 글자로는 나눌 수 있지만 대체로 차이는 없다. "도덕"의 목적은 무위로 돌아가는 것이다. 무위의 용도는 스스로 관리하는 것이다. 그 술책은 허무를 근본으로 하고 답습을 수단으로 한다. 『한지漢志』에서 이른바 "임금이 나라를 다스리는 수법이나 권술"이라고 한마디로 표현했다.[1200]

쉬푸관徐復觀(1902~1982)도 다음과 같이 말했다.

"전체"와 "단일"로 볼 때 도라고 할 수 있다. 부분으로 나누어 세밀히 볼 때 덕이라고 할 수 있다. 도와 덕은 전체와 부분의 구별이지 본질적 차이가 없다.[1201]

그래서 "도교"과 "덕교"는 사실 하나이다. 노자가 "도교"로 가르친 것은 "무위"로 가르친 것을 뜻한다. "무위"로 가르친 것은 "문학"을 버린 것과 같다. "문학"은 "무위"가 아니라 "유위"이기 때문이다. 성인은 마땅히 "아무 것도 배우지 않기를 배우면서 뭇사람들이 지나간 곳을 다시 지나가야" 하고, "아무 것도 배우지 않기를 배우는 것"은 "아무 것도 가르치지 않는 것을 가르치는 것"이다. "가르치지 않는 것"은 "무위"이다. "무위"로 가르쳐야만 백성들이 "본연의 소박함으로 돌아갈" 수 있다. 그래서 노자는 "관념적인 지식을 끊고 분별적인 논쟁을 버리면 사람들에게 100배나 이로움을 주게 된다. 거짓을 끊고, 잔꾀를 버리면 사람들은 어린아이처럼 순진함을 회복하게 된다. 사람들을 매혹할 수 있는 것들을 없애고 이득 취할만한 것들을 제거하면 도적들이 있을 리가 없다. 이 세 가지는 그 말 내용만 가지고는 부족하다. 그러므로 이것을 실행하기 위하여 함께 주의를 기울여야 할 마음 자세가 있으니, 내면의 본바탕을 지켜보며 꾸밈없이 순박한 마음을 품도록 하고 사사로운 나를 미약하게 함으로써 바라고자 하는 욕망을 줄어들게 하는 것이다. 학문을 끊으면 걱정이 사라진다."(19장)라고 하였다. "학문을 끊으면 걱정이 사라진다."라고 한 것은

1200) 張舜徽, 『張舜徽集』, 「周秦道論發微」, 武漢:華中師範大學出版社, 2005, 31쪽.
1201) 徐復觀, 『中國人性論史』 先秦篇, 上海:上海三聯書店, 2001, 298쪽.

분명 유위의 "문학"과 "문교"를 대상으로 하는 말이다. 여기서 말한 끊어야 하는 것은 "성"·"지"·"인"·"의"·"교"·"이" 등으로, 바로 공자와 묵자가 제시한 "문학"이기 때문이다.[1202] 물론 이런 관점이 공자나 묵자를 대상으로 한다고 단정해서는 안 된다. 그러나 공자와 묵자의 사상도 역사적으로 전해 내려온 사상의 보고를 발굴하고 당시 사회의 요구에 맞게 생산된 것이다. 그래서 노자의 주장은 절대 대충 한 말이 아니라 명확한 대상이 있고 잘못된 것을 바로잡으려는 것이었다.

제3절 "逍遙遊": 莊子의 정신 자유

장자도 선진 도가의 대표적인 인물 가운데 하나이다. 장자는 전국 중기에 살았다. 사마천(기원전 145~?)은 『사기』 본전에서 "장자는 몽蒙 사람으로, 이름은 주周이다. 주는 일찍이 송나라의 몽읍蒙邑 칠원漆園에서 관리를 지냈다. 양나라 혜왕惠王이나 제나라 선왕宣王과 같은 시대에 활약했다. 그의 학문은 언급하지 않은 분야가 없지만, 그 중심은 노자의 설에 귀착된다. 그래서 10여만 자로 된 그의 저서는 거의 대부분 우화로 채워져 있다."[1203]라고 하였다. 그 생몰년과 본적은 여러 가지 설이 있는데, 지금까지 정확히 밝혀진 것은 없다.[1204]

1202) 詹劍峰은 다음과 같이 말했다. "노자가 끊고자 한 학문은 과학의 학문이 아니고 見道의 학문도 아니고 卜筮의 학문이었다. 巫守의 학문, '前識'의 학문, '術數'의 학문은 같은 말로 당시의 '官學'이었다. 이런 학문은 통치자의 수단이었다. 이런 거짓된 학문을 끊으면 정신이 그들의 속박을 받지 않아 위로는 신이 두렵지 않고 아래로는 귀신이 무섭지 않게 되어 자유롭게 된다. 이것을 '학문을 끊으면 걱정이 사라진다.'라고 한다."(『老子其人其書及其道論』, 武漢: 華中師範大學出版社, 2006, 238쪽) 이런 관점은 구체적인 언어 환경을 벗어난 추론이기 때문에 따르지 않는다.

1203) 司馬遷, 『史記』 卷63, 〈老莊申韓列傳〉, 二十五史本, 247쪽.

1204) 장자의 생몰년에 대해서는 기원전 369~286년(馬叙倫), 기원전 375~300(梁啓超), 기원전 355~275(呂振羽), 기원전 328~286(范文瀾), 기원전 375~295(聞一多), 기원전 365~290(錢穆) 등 많은 설이 있지만 아직까지 확정된 것은 없다. 본적에 대해서는 "송나라" 또는 "송나라 몽읍"(한나라 劉向, 班固), "제나라"(陳釋智匠), "양나라 몽현"(당나라 陸德明), "초나라

도가는 모두 문학을 부정하였는데, 장자도 물론 예외가 아니었다. 그러나 그 저서에서 "사리에 맞지 않는 아득한 이론과, 허황되고 당황스러운 말과, 끝이 없는 낭떠러지와 같은 말로, 때로는 제멋대로이기도 하였으나 치우치지 아니하였고, 이상하다고 여기며 그것을 드러내지는 아니하였다."[1205]라고 하고, "그 학문은 엿보지 않은 것이 없다."라고 하는 등 풍부한 사상 문화적 의미를 가지고 있어서 사람들은 각자 다른 관점에서 이를 분석하기 시작했다. 이른바 "문학을 좋아하는 사람들은 그 사辭를 다듬고, 도를 구하는 사람들은 그 묘妙를 생각하고, 세속에 빠져 있는 사람들은 그 누累를 남기며, 간사한 사람들은 제 사욕만 채우려고"[1206] 하고, "예술을 말하는 사람들은 그 신이함을 배운다."[1207]도 당연히 그 이치에 속한다. 장자의 사상은 중국 예술 정신에 거대하고 심오한 영향을 끼쳐서 현행하는 각종 중국 문학 이론사, 비평사, 미학사는 장자의 사상에 관심을 갖지 않는 것이 없다.

장자의 문학 관념을 다룰 때는 『장자』를 기본 근거로 삼기 마련이다. 『한서』〈예문지〉에 『장자』 52편이 수록되어 있었지만 지금은 33편만 전해진다. 청나라 때 요내姚鼐(1732~1815)는 〈장자장의서莊子章義序〉에서 "육덕명陸德明은 『음의音義』에서 진나라부터 송나라까지 『장자』를 주해한 7명을 실었는데, 오직 사마표司馬彪와 맹씨孟氏 것만 전재全載했다. 나머지는 내편 7편만 모두 같았다. 〈외편外篇〉와 〈잡편雜篇〉은 각자의 생각에 따라 내용을 삭제하고 보류하였다. 당송 이후, 諸家의 책은 모두 자취를 감추었다. 오늘날 유일하게 남아 있는 것이 곽상郭象의 주본注本인데 모두 33편이다. 나머지 19편은 곽상이 삭제해서 볼 수 없다. ……『장자』는 본래 52편인데, 이중에는 후세인들이 보충한 내용이 들어있다. 오늘날 전해지는 곽상의 삭제본도 보충한 내용이

몽성"(송나라 樂史) 등 여러 가지 설이 있다. 오늘날 가장 쟁론이 되는 부분은 蒙城이 어디인가 하는 것이다. 河南省 商丘 동북쪽의 蒙城이라는 설과 安徽省 亳州의 蒙城이라는 설이 있다.

1205) 王先謙, 『莊子集解』卷8, 〈天下〉, 諸子集成本, 上海:上海書店影印, 1986, 222쪽.

1206) 葉適, 『水心別集』卷6, 四庫全書本.

1207) 郭紹虞, 『中國文學批評史』, 上海:上海古籍出版社, 1979, 15쪽.

들어있다. 그 내용으로 보면 결단코 장자가 직접 지은 것이 아님을 알 수 있다. 또한 삭제된 19편에는 장자가 직접 지은 것도 있었지만 곽상이 삭제하였을 것이다."[1208]라고 하였다. 학술계에서는 일반적으로 『장자』는 장자가 전편을 다 쓴 것이 아니라 그 내편은 장자가 직접 쓴 것이고 외편과 잡편에는 장자 후학의 작품이 들어있거나, 또는 모두 장자 후학의 작품이라고 보고 있다. 필자는 외편과 잡편에 비록 장자 후학의 작품이 들어있지만, 기본 사상은 여전히 내편과 일치한다고 보고 있다. 게다가 사마천이 장자전에서 그 사상을 얘기할 때 언급한 〈어부漁父〉, 〈도척盜跖〉, 〈항상자亢桑子〉(〈경상초庚桑楚〉) 등은 잡편에 있고, 〈거협胠篋〉은 외편에 있는 것으로 보아[1209] 오늘날 전해지는 『장자』의 외편과 잡편에 모두 장자의 작품이 들어있음을 알 수 있다. 그러나 『장자』에서 어떤 것이 장자의 작품이고 어떤 것이 장자 후학의 작품인지를 분명히 구분하는 것은 불가능하다. 그래서 오늘날 전해지는 『장자』는 장자 학파의 작품집이라고 볼 수 있다. 본문에서 다루는 장자의 문학 관념은 사실 장자 학파의 문학 관념을 일컫는다. 그래서 『장자』의 내편, 외편과 잡편을 따로 나누지 않는다.[1210]

철학계는 장자 사상에 대해 많은 토론을 하였는데, 유심주의 · 상대주의 · 신비주의 · 불가지론 · 회의론 · 직각론 등이 있다. 본문에서는 이런 부분은 다루지 않고 장자의 문학 관념에 대해서만 이야기해 보도록 하겠다. 문학은 근본적으로 이성에 호소하지 않고, 사유와 존재의 관계 문제를 해결하지 않으며, 감성에 호소하고 인간의 정신과 정감의 안착 문제를 해결하기 때문이다.

1208) 姚鼐, 『惜抱軒文獻』卷3, 〈莊子章義序〉, 四部叢刊本.
1209) 사마천은 『史記』〈老莊申韓列傳〉에서 "10여만 자로 된 그의 저서는 거의 대부분이 우화로 채워져 있다. 〈漁父〉, 〈盜跖〉, 〈胠篋〉 등 여러 편을 지은 것은 공자의 학파를 비방하고 노자의 학술을 밝히려고 한 것이며, 畏累虛나 亢桑子 등에 관한 이야기는 모두 가공의 말이지 사실이 아니다. 문장을 잘 엮고 분석하며 세상사와 인정을 잘 이용하여 유가나 묵가를 공격했다. 비록 당대의 대학자라 할지라도 스스로 그 비판에서 면할 수가 없었다."라고 하였다.
1210) 사실, 『莊子』의 원본에는 내편, 외편, 잡편의 구분이 없었다. 『史記』 장자본전을 읽으면 알 수 있다. 내편, 외편, 잡편은 훗날 정리자에 의해 나누어진 것으로 漢나라 劉向이라는 설, 晉나라 郭象이라는 설, 梁나라 朱紅정이라는 설이 있다.

장자와 노자의 차이는 바로 그가 많은 정력을 들여 인간의 정신과 정감의 안착 문제를 다루었다는 점으로, 이는 우리가 문학을 한층 더 사고할 수 있게 해주었다.

물론 장자는 인간의 정신과 정감의 안착 문제와 도에 대한 인식을 한데 묶어 탐구했다. "도"는 장자에게 있어서 "존재하지 않는 곳이 없는" 신비로운 실체로 노자의 "도"와 일치한다. 그러나 노자가 천지 만물의 변화에서 "도"를 체득했다면, 장자는 "도"를 "땅강아지와 개미", "피", "기와와 벽돌", "똥과 오줌"[1211) 그리고 구체적인 "사람"으로 실현시켰다. 팡푸龐朴는 "노자와 장자는 인식 과정의 구체적인 – 추상적이거나 상대적인 – 절대적인 단계를 거쳐 멈춰섰다. …… 장자는 여기서 앞으로 더 나아가 추상적인 – 구체적이거나 절대적인 – 상대적인 단계를 지나 모든 인식 과정을 완성했다."[1212)라고 하였다. 장자의 노자 사상에 대한 계승과 발전을 비교적 정확하게 밝혀냈다. 노자의 도론은 "임금이 나라를 다스리는 수법이나 권술"로 후왕과 성인이 천하를 다스리는 것에 주로 관심을 가졌다.[1213) 그러나 장자의 도론은 개인 인성의 회복을 주장하며 인간의 정신, 정감의 안착에 주로 관심을 가졌다. 예를 들어,

> 태초에는 무극만이 있고, 존재하는 것도 없고, 이름도 없었다. 하나가 여기서 생겨났는데, 하나만 있고 형체는 이루어지지 않았다. 만물은 하나를 얻음으로써 생겨나는데, 그것을 덕이라고 한다. 아직 형체는 없지만 음양으로 나뉘고 비록 나뉘어졌으나 서로 떨어지지 않는 것을 명命이라 한다. 하나가 유동하여 만물을 낳는데, 만물이 이루어져 살아가는 이치를 형形이라 한다. 그 형체는 정신을 보존하게 되며 제각기 법칙을 지니게 되는 것을 본성(性)이라 한다. 그래서 본성을 잘 닦으면 덕으로 되돌아갈 수 있고 덕이 지극해지면 처음의 하나와 같아진다.[1214)

1211) 王先謙, 『莊子集解』 卷6, 〈知北遊〉, 諸子集成本, 141쪽.

1212) 龐朴, 『道家辨證法論綱』(下), 『學術月刊』 1987年 第1期.

1213) 張舜徽, 『張舜徽集』, 「周秦道論發微」, 武漢:華中師範大學出版社, 2005 참고.

이를 한번 논의해 보자. 하, 은, 주 삼대 이후로 천하의 사람들이 외물에 의해 그 천성을 바꾸지 않은 자가 없지 않은가. 서민들은 자신을 희생시키면서 까지 이익을 쫓고, 선비들은 자신을 희생시키면서까지 명예를 좇고, 대부들은 자신을 희생시키면서까지 가문을 지켰고, 성인은 자신을 희생시키면서까지 천하를 위했다. 그러므로 여러 사람들은 하는 일이 다르고 호칭도 각각 다르지만, 그 본성을 해치고 자기 자신을 희생하는 점에서는 똑같은 것이다.[1215]

스스로 자신의 마음을 섬기는 자는 애락哀樂의 감정을 쉽게 바꾸지 않고, 인력으로 어찌할 수 없음을 깨달아 마음을 편히 하고 천명을 따르니 이는 덕의 지극함이다.[1216]

장자가 인간 개인의 정신과 정감의 안착에 관심을 가졌기 때문에 육체, 마음, 정신, 생명에 깊은 이해를 할 수 있었다. 그는 다음과 같이 말했다. "본성 이라는 것은 생의 바탕이 되는 것이다."[1217] "죽음과 삶, 보존과 패망, 곤궁함과 영달, 가난과 부유함, 현명함과 어리석음, 치욕과 명예, 배고픔과 목마름, 춥고 더움은 사물의 변화이며 운명의 흐름이다."[1218] "지금의 뜻을 얻은 사람들 이란 높은 벼슬을 얻은 것을 두고 말한다. 높은 벼슬이 자신에게 있다는 것은 자기의 본성이나 운명이 아닌 것이다. 그것은 물건이 갑자기 와서 자기에게 붙은 것과 같은 것이다. 자기에게 붙은 것이지만 그것이 자기에게 오는 것을 막을 수도 없고, 그것이 떠나는 것을 붙들어 둘 수도 없는 것이다."[1219] "무릇 대지는 나에게 형체를 주어, 삶으로써 나를 수고롭게 하고, 늙음으로써 나를 편안케 하며, 죽음으로써 나를 쉬게 한다. 그러므로 삶만큼이나 죽음도 좋은

1214) 王先謙, 『莊子集解』卷3, 〈天地〉, 諸子集成本, 73쪽.

1215) 王先謙, 『莊子集解』卷3, 〈騈拇〉, 諸子集成本, 55쪽.

1216) 王先謙, 『莊子集解』卷1, 〈人間世〉, 諸子集成本, 25쪽.

1217) 王先謙, 『莊子集解』卷6, 〈庚桑楚〉, 諸子集成本, 153쪽.

1218) 王先謙, 『莊子集解』卷2, 〈德充符〉, 諸子集成本, 35쪽.

1219) 王先謙, 『莊子集解』卷4, 〈繕性〉, 諸子集成本, 99쪽.

것이다."[1220] "겉모습은 그를 따르는 것보다 더 좋은 방법이 없다. 마음은 그와 화합하면서 인도하는 것이 좋은 방법이다. 그러나 이 두 가지도 염려되는 것이 있다. 그를 따르더라도 자신이 빠져들어 가서는 안 된다. 화합하더라도 그를 감화하려는 속마음이 드러나서는 안 된다. 겉으로 따르다가 빠져들어 가면 전도되고 멸망하고 붕괴되고 넘어지게 된다. 화합하려다가 속마음이 드러나면 명성이 널리 알려져 재앙을 초래할 것이다."[1221] "사람의 형체를 갖고 있으므로 사람들과 어울려 살지만 사람의 감정이 없으므로 그는 옳고 그름에 관한 판단의 대상이 되지 않는다. 인간에 속한다는 점에서 그는 왜소하지만 하늘의 덕을 홀로 달성한다는 점에서 그는 위대하다."[1222] "지금 자네는 나와 형체 속의 마음으로 공부하고 있으면서도, 내게 형체의 모양을 따지고 있으니 또한 잘못이 아닌가!"[1223] 이상을 통해 "육체(形)"와 "마음(神)", "정신(性)"과 "생명(命)"의 관계에서 장자는 "마음"과 "본성"을 더욱 중시한 것을 알 수 있다. 이른바 "정신이 육체를 지켜야 육체가 장생할 것이다."[1224], "사랑하는 것은 어미의 모습이 아니라 모습을 지탱해 주던 어미의 마음이다."[1225], "내면의 덕이 뛰어나면 겉모습 따위는 잊게 된다. 그러나 사람들은 잊어야 할 겉모습은 잊지 않고 잊어서는 안 될 내면의 덕은 잊고 산다. 이것을 성망誠忘이라 한다."[1226] 그래서 장자는 〈덕충부德充符〉에서 월족刖足을 당해 절름발이가 된 노나라의 왕태王駘와 숙산무지叔山無趾, 너무 추한 외모를 가진 위衛나라의 애태타哀駘它 등을 예로 들어 충족한 정신은 완벽한 형태보다 중요하고 건강한 심성은 건전한 신체보다 중요함을 설명했다.

1220) 王先謙, 『莊子集解』卷2, 〈大宗師〉, 諸子集成本, 40쪽.

1221) 王先謙, 『莊子集解』卷1, 〈人間世〉, 諸子集成本, 26~27쪽.

1222) 王先謙, 『莊子集解』卷2, 〈德充符〉, 諸子集成本, 36쪽.

1223) 王先謙, 『莊子集解』卷2, 〈德充符〉, 諸子集成本, 33쪽.

1224) 王先謙, 『莊子集解』卷3, 〈在宥〉, 諸子集成本, 65쪽.

1225) 王先謙, 『莊子集解』卷2, 〈德充符〉, 諸子集成本, 35쪽.

1226) 王先謙, 『莊子集解』卷2, 〈德充符〉, 諸子集成本, 36쪽.

물론 개인의 정신과 정감의 안착은 그 생활환경을 떠날 수 없다. 그러나 장자는 현실 사회 환경과 관련하여 분노의 감정으로 가득 차 있었다. 그는 다음과 같이 말했다. "지금 세상은 칼에 베이어 죽은 사람은 서로 베고 누웠고, 항쇄족쇄項鎖足鎖에 묶인 사람은 서로 밀치며, 매에 맞아 죽는 사람은 서로를 바라보고 있다."[1227] "성인이 죽지 않으면 큰 도둑도 그치지 않는다. 아무리 성인이 잇달아 일어나서 천하를 다스린다 해도 그것은 곧 도척을 잇대어 이롭게 하는 것이 될 것이다. 곡식을 재는 말(斗)과 휘(斛)를 만들어 용량을 재려고 하면 말과 휘를 훔치고, 저울을 만들어 무게를 재려고 하면 저울을 훔친다. 부신符信과 옥새玉璽를 만들어 신표로 쓰려하면 부신과 옥새를 훔치고, 인의를 내세워 백성을 바로잡으려 하면 인의마저 훔쳐간다. 왜 그런 줄 아는가? 그림쇠를 훔치는 자는 사형에 처해지고, 나라를 훔치는 자는 제후가 되기 때문이다. 그런데 그런 제후의 가문에 인의가 있다고 한다."[1228] 장자는 노자와 마찬가지로 인의와 예악이 사람을 미혹하는 근원이라고 보고, 사회 문명에 비판적인 입장을 가졌다. 그러나 노자의 사회 문명에 대한 비판은 주로 정치 혼란과 윤리 문란에서 접근한 것이고, 장자의 사회 문명에 대한 비판은 주로 인성의 왜곡과 인정의 불합리에서 접근한 것이다. 그는 다음과 같이 말했다.

옛날 황제가 처음 인의로써 사람의 마음을 휘두르기 시작했다. 뒤를 이어 요 임금과 순 임금이 넓적다리 살이 거의 다 빠지고 종아리 털이 닳도록 애쓰며 천하 백성의 몸을 돌보고, 오장에서 비롯된 감정을 억누르며 인의를 시행했고, 심혈을 기울여 법도를 제정했다. 그러나 천하를 다스리기에는 부족했다. 그래서 요 임금은 명령에 불복종한 환두驩兜를 숭산崇山으로 추방하고, 삼묘三苗를 삼위三嵬로 몰아내고, 공공共工을 유도幽都로 유배 보냈으니, 이는 곧 요 임금이 아직 천하를 잘 다스리지 못했다는 증거이다. 그러다가 하, 은, 주 삼대를 다스린 삼왕 때에 이르러 천하에 더욱 놀라운 일이 벌어졌다. 아래

1227) 王先謙, 『莊子集解』卷3, 〈在宥〉, 諸子集成本, 64쪽.
1228) 王先謙, 『莊子集解』卷3, 〈胠篋〉, 諸子集成本, 59~60쪽.

로는 걸왕桀王이나 도척盜跖이, 위로는 증삼曾參이나 사추史鰌가 있었고, 유가
와 묵가도 일제히 들고 있어났다. 이렇게 되자 사람들은 기뻐하거나 화를 내
며 서로를 의심하고, 어리석은 자와 지식인은 서로를 속이고 옳거니 그르니
하며 서로를 비방하고, 거짓이니 사실이니 하며 헐뜯어대니 천하가 쇠퇴하고
말았다.[1229]

하, 은, 주 삼대 이후로 위정자들은 시끌벅적하게 상벌 내리는 것만을 일
삼고 있으니 어떤 겨를이 있어 백성들이 본래 타고난 대로의 성명지정性命之
情에 안주할 수 있겠나? 그런데도 눈 밝은 것을 즐기려 하는 것은 아름다운
색채에 빠지게 되고, 귀 밝은 것을 즐기려 하는 것은 소리에 빠지는 것이다.
인을 즐기려 하는 것은 덕을 어지럽히는 것이며, 의를 즐기려 하는 것은 이치
를 어기는 것이다. 예를 즐기려 하는 것은 기교를 조장하는 것이며, 음악을
즐기려 하는 것은 음탕함을 조장하는 것이다. 성스러움을 즐기려 하는 것은
속된 학문을 권장하는 것이며, 지식을 즐기려 하는 것은 시비의 병을 깊게
하는 것이다. 온 세상이 타고난 대로의 성명지정에 편히 머무리라.[1230]

장자는 개인 생명(인성, 인정)의 입장에서 사회를 비판하였다. 그래서 리쩌
허우李澤厚는 다음과 같이 지적했다.

장자가 문명을 비판한 것에서 중요하고 특이한 점은, 노자와 달리 처음으로
개인의 존재를 부각했다는 것이다. 그는 기본적으로 인간 개인의 관점에서 이
런 비판을 진행했다. 관심의 대상이 윤리나 정치 문제가 아니라 개인에 존재하
는 신체(생명), 마음(정신)의 문제였다. 이것이 바로 장자 사상의 본질이다.[1231]

이런 인식은 장자 사상의 핵심을 간파했다고 할 수 있다.

1229) 王先謙, 『莊子集解』卷3, 〈在宥〉, 諸子集成本, 64쪽.

1230) 王先謙, 『莊子集解』卷3, 〈在宥〉, 諸子集成本, 62~63쪽.

1231) 李澤厚, 『中國古代思想史論』, 「莊玄禪宗漫述」, 北京:人民出版社, 1986, 181쪽.

장자는 개인의 정신과 정감이 안착되어야 한다고 보았지만 현실은 인간의 정신과 정감이 안착할 수 있는 환경이 아니었다. 그는 개인의 정신과 정감을 안착할 수 있는 출구를 찾기 위해 이론을 구축하거나 방법을 찾으려고 했다. 그래서 그는 "소요유"를 주장했다. "소요유"는 장자의 핵심 사상이자 그의 정신적 귀결이다. 『장자』에서 〈소요유〉를 첫 편으로 한 것은 매우 합당한 일이다. "소요유"란 무엇인가? 장자는 곤붕, 매미와 비둘기 등을 예를 들어 어떤 제한이나 속박 속에서 노니는 것은 "소요유"가 아니고, 아무런 제한이나 속박도 받지 않고 노니는 것을 "소요유"라고 설명했다. 그는 다음과 같이 말했다.

> 만약 하늘과 땅의 참모습을 타고 날씨의 변화를 따라 무궁함에 노니는 사람이 있다면, 그는 어디에 의지하는 데가 있겠는가? 그러므로 지인至人은 자기가 없고, 신인神人은 이룬 공이 없고, 성인聖人은 이름이 없다고 하는 것이다.[1232]

장자가 제창한 "소요유"는 실제적인 생활 출구가 아니라 개인의 정신 출구이다. 이른바 "지인至人", "신인神人", "성인聖人"[1233]은 모두 장자가 생각하는 이상적인 인격이다. 송나라의 영자榮子처럼 "온 세상 사람들이 칭찬해도 더 애쓰는 일이 없고, 모두가 헐뜯어도 실망하지 않는다. 그는 안과 밖을 분명하게 구분하고 칭찬과 비난에 흔들리지 않을 따름이다."[1234] 또는 열자列子처럼 "가뿐하게 바람을 타고 다니는 일을 경쾌하게 잘하여 보름 만에야 돌아오곤 하였다."[1235] 이들은 모두 모두 제한이나 속박을 받기 때문에 "소요유"의 경지에 다다르지 못했다. 이들은 세상 사람들로부터 옳고 그름을 평가받거나 조건을 갖춰야 하는 제한을 받는다. 장자는 공리를 기대하는 것, 진심으로 추구하

1232) 王先謙, 『莊子集解』卷1, 〈逍遙遊〉, 諸子集成本, 3쪽.

1233) 여기서 "聖人"은 장자가 자주 비판하던 "성인"이 아니라 장자 마음속의 새로운 성인을 가리킨다.

1234) 王先謙, 『莊子集解』卷1, 〈逍遙遊〉, 諸子集成本, 3쪽.

1235) 王先謙, 『莊子集解』卷1, 〈逍遙遊〉, 諸子集成本, 3쪽.

는 것은 일종의 제한이나 속박이라고 보았다. 그래서 이는 모두 성인의 덕이
아니고 "소요유"가 아니다. 그는 다음과 같이 말했다.

> 뜻을 굳건히 하고 행동을 고르게 하며, 세속을 떠나 살며, 고답적인 이론
> 으로 세상을 탓하는 것은 높은 자세로 처신하는 것이다. 이것은 산골짜기에
> 숨어 사는 선비나 세속을 떠난 자들이나 스스로 목말라 하면서 샘을 찾아다
> 니는 사람들이 하는 일이다. 어짊과 의로움과 충성과 믿음을 말하며 공손하
> 고 검소하며 남을 앞세우며 겸양하는 것은 자기 몸을 닦으려는 것이다. 이것
> 은 세상을 다스리려는 선비와 사람들을 가르치려는 사람들이다. 여기저기 돌
> 아다니는 학자들이 좋아하는 일이다. 큰 공로를 말하고 대단한 명성을 이루
> 고 군신의 예를 지키고 위아래의 질서를 살피는 것은 세상을 다스리려는 것
> 이다. 이것은 조정에 나가 벼슬을 하는 선비와 임금을 높이고 나라를 강하게
> 하려는 사람들이 하는 짓이다. 그리고 공로를 세우고 다른 나라를 병합시키
> 려는 사람들이 좋아하는 일이다. 풀과 나무가 우거진 택지로 나가 넓은 곳에
> 살면서 물고기를 낚으며 한가로이 지내는 것은 무위로 지내려는 것이다. 이
> 것은 강이나 바다에 노니는 선비와 세상을 피하려는 사람들이 하는 짓이다.
> 그리고 한가로이 살려는 사람들이 좋아하는 것이다. 깊이 호흡하면서 낡은
> 기운을 뱉고 신선한 기운을 빨아들이며 곰이 나무에 매달리고 새가 날면서
> 다리를 뻗치는 것 같은 운동을 하는 것은 오래 살기 위함이다. 이것은 기운을
> 끌어들이는 선비와 몸을 보양하는 사람들이 하는 짓이다. 그리고 팽조 같이
> 오래 사는 사람들이 좋아하는 것이다. 뜻을 높이지 않고도 고상해지고, 어짊
> 과 의로움이 없어도 몸이 닦여지고 공로와 명성이 없이도 다스려지고, 강과
> 바다에 노닐지 않고도 한가로워지고, 기운을 끌어들이지 않고도 오래 사는
> 사람은 잊지 않는 것이 없고 갖추고 있지 않은 것도 없는 사람이다. 담담한
> 마음은 끝이 없지만 모든 미덕은 그에게로 모이게 되는 것이다. 이것이 하늘
> 과 땅의 도이며 성인의 덕인 것이다.[1236]

1236) 王先謙, 『莊子集解』 卷4, 〈刻意〉, 諸子集成本, 95~96쪽.

"지인", "신인", "성인"의 "소요유"가 제한이나 속박을 받지 않는 것이라면, "명성을 추구하는 자가 되지 말라. 기지와 책략을 끊어버려라. 중한 책임을 맡지 말라. 지혜의 소유주가 되지 말라. 무궁한 도를 철저히 터득하여 공허한 경지에서 마음을 노닐게 하라. 하늘로부터 받은 본성을 다하여 이득을 추구하지 말라. 언제나 마음을 텅 비울 따름이어야 한다. 지인의 마음은 마치 거울과도 같다. 사물을 떠나보내지도 맞이하지도 않는다. 그저 사물에 따라 비추되 감추는 법이 없다. 이와 같이 할 수 있다면 외물에 대응하여 외물로 인해 자기 몸을 손상하지 않을 수 있다."[1237] 그렇다면 외재적인 모든 것(자연적인 것 또는 사회적인 것)은 그들에게 어떤 영향도 줄 수 없다. 그러면 사회 환경 문제는 장자의 이론에서 여과되고 개인의 정신, 정감의 안착과 사회에 존재하는 모순도 멈추게 된다. 그래서 "소요유"는 "지인", "신인", "성인"의 "마음"의 문제를 밝히는 것으로 변모했다. 이것은 쉬푸관(1902~1982)이 말한 바와 같다.

〈소요유〉에 담겨 있는 것은 "사람의 마음을 아는 것"이다. 『장자』는 결국 사람의 마음을 알기 위함이다. 형상의 도에서 사람의 마음에 이르는 것이다. 이것은 노자 사상의 큰 발전이었다. 또 위에서 아래로, 밖에서 안으로의 실현이기도 하다. 이런 실현을 거친 것이 도가에서 요구하는 허무로 인간의 현실 생명에서 근거를 찾을 수 있다.[1238]

"소요유"가 개인 정신, 정감을 안착시킬 수 있는지의 가능성과 정확성을 논증하기 위해 장자는 제물론을 제시했다. 이른바 제물론은 제유무齊有無, 등시비等是非, 혼성훼渾成毁, 균물아均物我, 외형해外形骸, 유생사遺生死이다. 장자는 다음과 같이 말했다.

만물은 저것이 아닌 것이 없고, 만물은 이것이 아닌 것이 없다. 자기의

1237) 王先謙, 『莊子集解』卷2, 〈應帝王〉, 諸子集成本, 51쪽.
1238) 徐復觀, 『中國人性論史』先秦篇, 上海:上海三聯書店, 2001, 350쪽.

입장에서는 저것이 보이지 않지만, 스스로 알려고 하면 알 수 있는 법이다. 그래서 저것은 이것으로부터 나오고, 이것 역시 저것으로 말미암는다고 하는 것이다. 이는 저것과 이것이 상대적으로 존재한다는 이론이다. 비록 그렇지만, 만물은 상대적으로 생성하고 상대적으로 소멸한다. 그래서 상대적으로 가능하고 상대적으로 불가능하기도 하다. 옳음으로 인해서 그름의 원인이 되고, 그름으로 인해서 옳음의 원인이 된다. 그래서 성인은 인과론에 말미암지 않고, 천지자연의 이치에 비추어 보는 것이다. 이것이야말로 옳은 것에서 말미암는 바이기 때문이다. 그러니 이것이 또한 저것이 될 수 있고, 저것이 또한 이것이 될 수 있다. 저것 또한 하나의 시비요 이것 또한 하나의 시비니, 이것과 저것의 구분이 있을 수 있겠는가? 그러면 또한 이것과 저것의 구분은 없는 것인가? 저것과 이것의 짝이 없는 바를 도의 지도리(道樞)라고 한다. 지도리는 둥근 고리의 한가운데서 그 효용을 지니고 무궁한 변화에 감응하는 것이니 옳다고 하는 것도 하나의 무궁이고, 그르다고 하는 것도 역시 하나의 무궁인 것이다. 그러므로 밝게 아는 것보다 나은 것은 없다.[1239]

시작이라는 것이 있으면 본래 시작되지 않았던 적이 있을 것이며, 본래 시작되지 않았던 그 이전도 있을 것이다. 있다는 것이 있고 없다는 것이 있으면, 본래 있다와 없다가 있지 않았던 적이 있을 것이며, 본래 있다와 없다가 있지 않았던 그 이전도 있을 것이다. 갑자기 없음이 있게 되니, 모르겠다! 무엇이 없다는 말은, 과연 있다는 말인가 없다는 말인가? 지금 나는 이미 있다고 말을 하였지만, 모르겠다! 내가 한 말은 과연 말한 것인가? 과연 말하지 않은 것인가? 이 세상에 가을 새 깃털 끝만큼 큰 것이 없고, 태산은 오히려 작으며, 명이 짧은 사람만큼 오래 산 사람이 없으며, 팽조彭祖는 오히려 일찍 죽은 셈이다. 하늘과 땅은 나와 함께 생겨났고, 만물은 나와 더불어 하나가 된다.[1240]

도의 차원에서 본다면 사물에 귀천은 없다. 그러나 사물의 차원에서 본다

1239) 王先謙, 『莊子集解』 卷1, 〈齊物論〉, 諸子集成本, 9~10쪽.
1240) 王先謙, 『莊子集解』 卷1, 〈齊物論〉, 諸子集成本, 12~13쪽.

면 자기를 존귀하게 여기고 상대를 천하게 보는 차별이 있다. 그리고 세속적인 입장에서 본다면 귀천은 세속의 것이므로 그 기준이 자기에게 있는 것도 아니다. 만물에 차별이 있다는 입장에 서서 다른 것에 비하여 크다는 생각에서 크다고 한다면 만물에 크지 않은 것이 없게 된다. 또 다른 것에 비해 작다는 생각에서 작다고 한다면 만물에 작지 않은 것이 없게 된다. 따라서 천지도 피 알갱이처럼 작고 털끝도 태산처럼 크다고 할 수 있을 것이니, 이는 차별의 관점에서 본 것이다. 공효의 관점에서 만물에 그 쓰임이 있다는 입장에서 보면 그 쓰임이 있지 않은 것이 없게 되며 그 쓰임이 없다는 입장에서 보면 만물은 쓸모 있는 것이 없게 된다. 동쪽과 서쪽은 서로 반대면서도 서로 어느 한 쪽이 없어서는 안 됨을 안다면 만물의 공효와 분량도 확정할 수 있다. 취향이라는 관점에서 보면 각기 옳은 것을 옳다고 한다면 만물은 옳지 않은 것이 없고, 각기 옳지 않은 것을 옳지 않다고 한다면 만물은 옳은 것이 없게 된다. (그리하여) 요堯나 걸桀조차도 서로 스스로를 옳다 하고 상대방을 잘못이라 함을 안다면 (옳다 옳지 않다고 상대적인 것임을 알고) 마음의 방향의 근거가 분명해질 것이다.[1241]

장자의 제물론은 종종 사람들에게 '상대주의 이론'으로 불린다. 또는 '주관 유심주의'로 불리기도 한다. 이것은 철학적인 판단이므로 여기서는 다루지 않겠다. 개인의 정신과 정감의 안착이라는 관점에서 본다면 이 이론은 확실히 실용적인 가치를 갖는다. 적어도 장자의 "소요유"에 근거를 제공했다. 사람의 삶과 죽음, 빈궁과 영달, 가난함과 부유함, 귀함과 천함, 현명함과 우매함, 비난과 칭찬 등등은 개인에게 있어 피할 수 있는 것이 아니다. 그리고 이런 것들은 개인이 만들어 내거나 자유롭게 선택할 수 있는 것도 아니다. 만약 반드시 좋고 나쁨을 구별해야 하고 마음에서 지울 수 없다면 우리의 정신과 정감은 결코 안착할 수 없게 된다. 또 모든 것을 안착했더라도 마지막에 죽음이라는 숙명을 피할 수 없다. 공자는 "안 되는 것을 알면서도 시도하면서"[1242] 죽음에

1241) 王先謙, 『莊子集解』 卷4, 〈秋水〉, 諸子集成本, 102~103쪽.

대해 생각하지 않았다.[1243] 그는 비록 궁달, 빈부, 귀천 등을 하찮게 여겼지만,[1244] 여전히 "일생을 마치도록 이름이 일컬어지지 못하는 것을 싫어하며"[1245] 자신의 주장을 적극적으로 선전하고 사회가 주공이 예악으로 다스리던 때로 돌아가기를 바랐다. 그러나 걸익桀溺은 "우당탕거리며 모든 걸 휩쓸어가는 것이 하늘 아래의 형세인데 누가 무엇으로 이를 바꾸겠소?"[1246]라고 했다. 그 결과는 "공자의 도가 지극히 크기 때문에 천하의 그 누구도 받아들이지 못했으며"[1247] 결국 공자도 "태산이 무너지는구나, 들보와 기둥이 내려앉는구나, 철인이 사라지는구나!"[1248]라는 아쉬운 마음을 품고 세상을 떠날 수밖에 없었다. 장자가 보기에 공자의 정신과 정감은 제대로 안착하지 못했다. 왜냐하면 공자는 "어진 것이 어진 것임에는 틀림이 없으나 그 몸은 화를 면하지 못하겠구나. 마음을 괴롭히고 몸을 지치게 하여 자신의 참모습을 위태롭게 했고"[1249], "사람이 기필코 자신의 명예를 지키기 위해 육체를 괴롭히고 좋은 음식마저 끊고서 영양분을 최소화하면서 생명 지탱만 하고 있다면 그것은 오랫동안 병을 앓으면서 계속 재앙에 시달리며 죽지 않고 사는 것일 뿐이기"[1250]

1242) 劉寶楠, 『論語正義』卷17, 〈憲文〉, 諸子集成本, 325쪽.

1243) 『논어』〈先進〉에서 "季路가 귀신 섬기는 일에 관하여 묻자 공자가 '사람을 섬길 줄 모르고서야 어찌 귀신을 섬길 줄 알겠느냐?'라고 하였다. '감히 죽음에 관하여 여쭈어보겠습니다.'라고 하자 '삶을 모르고서야 어찌 죽음을 알겠느냐?'라고 하였다." 공자가 귀신과 죽음에 대해 논하지 않은 것을 알 수 있다.

1244) 예를 들어, 공자는 "부유함과 고귀함 이것은 사람들이 원하는 것이지만 합당한 방식으로 얻은 것이 아니면 거기에 연연하여 머물지 않고 빈곤함과 천박함 이것은 사람들이 싫어하는 것이지만 정당한 사유로 만난 것이 아니면 굳이 박차고 떠나버리지 않는다. 군자가 인을 떠난다면 어디서 명예를 이루겠는가? 군자는 밥 한 끼 먹는 짧은 시간도 인을 어김이 없으니 다급해져도 반드시 인에 처하고 곤경에 빠져도 반드시 인에 처한다."라고 하였다.(『논어』〈里仁〉)

1245) 劉寶楠, 『論語正義』卷18, 〈衛靈公〉, 諸子集成本, 342쪽.

1246) 劉寶楠, 『論語正義』卷21, 〈微子〉, 諸子集成本, 392쪽.

1247) 司馬遷, 『史記』卷47, 〈孔子世家〉, 二十五史本, 227쪽. 子貢과 顏回가 이 말을 한 적이 있다. 제자들이 일반적으로 가졌던 생각인 듯하다.

1248) 司馬遷, 『史記』卷47, 〈孔子世家〉, 二十五史本, 228쪽.

1249) 王先謙, 『莊子集解』卷8, 〈漁父〉, 諸子集成本, 206쪽.

1250) 王先謙, 『莊子集解』卷8, 〈盜跖〉, 諸子集成本, 202쪽.

때문이다. 그러나 "소인들은 재물을 추구하고 군자들은 명예를 추구한다. 그들의 진실함을 변화시키고 본성을 바꾸는 방법은 서로 다르지만, 그들이 마땅히 하여야 할 일은 버리고 해서는 안 되는 일을 추구한다는 점에 있어서는 동일하다."[1251] 장자의 제물론에 따르면 "하늘과 땅은 나와 함께 생겨났고, 만물은 나와 더불어 하나가 된다." 이른바 생사·궁달窮達·빈부·귀천·현부賢否·훼예毀譽는 대소·유무·시비의 관념을 초래하였고, 전부 관습에 얽매여서 도에 이를 수가 없다. 그러나 도에 이르러서 보면 모든 것에 차이가 없다. "다시 말하자면 들보와 기둥이 다르지 않고, 문둥이와 서시가 다르지 않으니, 대단하고 아름다운 것들도 도에서는 하나로 통할 뿐이다."[1252] 장자는 이런 이론 논증을 통해 궁달, 빈부, 귀천, 현부, 훼예를 초월했을 뿐만 아니라 생사도 넘어섰다. 장자가 꿈에 나비를 본 우화는 그가 물아를 초월한 형상을 표현했다. 부인이 죽자 장자가 항아리를 두드리며 노래를 한 것은 그의 생사를 초월한 자각 행위이다. 장자는 바로 이런 이론과 방법을 통해 그가 제시한 개인 정신, 정감의 안착을 실현했다. 또는 그가 추구하는 정신의 자유인 "소요유"를 실현했다고 할 수 있다.

한 가지 지적할 것은 장자가 마치 이론상에서 개인 정신, 정감과 현실의 모순이 충돌하는 것을 해결한 것처럼 보이지만, 사실상 이 모순 충돌은 진정으로 원만한 해결을 얻은 것이 아니었다. 〈산목山木〉 편에는 산속의 나무가 재질을 갖추지 못해 천수를 누렸고, 친구가 기러기를 잡아 장자에게 대접하려고 할 때 울 줄 모르는 기러기를 잡은 우화가 나온다. 제자가 장자에게 유용과 무용에 대해 "어떻게 처신하시겠습니까?"라고 물었다. 장자는 "나는 유용과 무용의 중간에 자리하겠다."[1253]라고 대답했다. 이것은 분명 발뺌이거나 또는 괴변이라고 할 수 있다. 현실(목재를 벌목하고, 기러기를 죽이는 문제)에서는 유용

1251) 王先謙, 『莊子集解』卷8, 〈盜跖〉, 諸子集成本, 200쪽.

1252) 王先謙, 『莊子集解』卷1, 〈齊物論〉, 諸子集成本, 10쪽.

1253) 王先謙, 『莊子集解』卷5, 〈山木〉, 諸子集成本, 122쪽.

과 무용의 "중간"을 선택할 수 없기 때문이다. 그래서 개인의 정신, 정감의 자유를 추구하는 사람들도 결국 현실에 휩싸여 안착할 수 없었을 것이다. 〈추수秋水〉 편에는 다음과 같은 우화가 실려 있다.

장자가 복수濮水에서 낚시를 하고 있었다. 초왕이 대부 두 사람을 먼저 보내 "재상의 자리를 맡아주시기를 원합니다."라고 하였다. 장자는 낚싯대를 잡고서 돌아보지도 않고 "나는 초나라에 죽은 지 3,000년이 된 신성한 거북이 있는데, 왕께서 천으로 싸서 상자에 담아 조상의 사당 위에 두었다고 들었소. 그런데 그 거북은 죽어서 유골이 되어 고귀한 대접 받기를 바랐겠소? 아니면 살아서 진흙탕 속에서 꼬리를 흔들며 꿈틀거리기를 바랐겠소?"라고 물으니, 대부가 "살아서 진흙탕 속에서 꼬리를 흔들며 꿈틀거리기를 바랐겠지요."라고 대답했다. 그러자 장자가 "가시오. 나는 장차 진흙탕 속에서 꼬리를 끌며 살아가겠소."라고 하였다.[1254]

장자는 귀천의 선택에서 귀를 버리고 생사의 선택에서는 생을 선택했다. 이것은 장자가 여전히 생사를 진정으로 초월하지 않았음을 설명해준다. 그는 단지 외적인 영예로운 지위를 위해 개인의 정신적 자유를 포기하지 않았을 뿐이다. 진흙탕 속에서 꼬리를 흔들며 꿈틀거림으로 정신의 자유를 얻고자 하였다. 이것은 현실에 대한 타협이자 도피이다. 또한 자아를 마비시키고 기만하는 것이다. 그의 말을 빌리면 "생은 때를 얻은 것이요, 죽음은 자연의 변화에 따르는 것이다. 이를 그대로 받아들이면 슬픔과 즐거움이 끼어들 틈이 없다. 이것을 예로부터 현해懸解라고 한다."[1255] 사실 장자의 "현해懸解"는 현실에 대한 어쩔 수 없음을 반영하고 있다. 또 그가 추구한 정신적 자유가 사실 완전하지 못함을 드러내고 있다.

1254) 王先謙, 『莊子集解』卷4, 〈秋水〉, 諸子集成本, 107~108쪽.
1255) 王先謙, 『莊子集解』卷2, 〈大宗師〉, 諸子集成本, 43쪽.

제4절 "精城動人": 莊子의 문학 관념

장자 학설의 정수가 개인 정신, 정감의 자유를 추구한 것임을 알았다면 장자가 왜 유가의 문학 관념에 비판적인 입장을 가졌는지 이해할 수 있다. 사람들은 자주 장자가 문학 부정론자라고 말하는데 정확히 말하면 장자가 부정한 것은 공자로 대표되는 유가가 제시한 "문학"이지 오늘날 이야기하는 문학이 아니다.

공자는 춘추 말기에 "예악이 붕괴되는" 현실 상황에서 "본성은 충성과 신의를 따르고 몸으로는 인의를 실천하며 예악을 익혀 갖추고 인륜을 정비하였다. 위로는 군주에게 충성하고 아래로는 모든 백성을 교화함으로써 온 세상을 이롭게 하였다."[1256] 사실상 역사적으로 전해 내려온 예악 문헌과 예악 문화를 근거로, 서주의 예악 제도를 다시 회복하고 그가 이상적이라고 생각한 사회 질서를 확립하고자 하였다. 공자가 말한 "문학"에는 사실상 예악 문헌, 예악 제도, 예악 문화, 예악 정신이 포함되어 있다. 그는 예악으로 제자를 가르치고, 백성을 교화하고, 나라를 다스리고자 하였다. 공자의 이런 문학 사상과 문학 관념은 당시에 가능했을까? 통치자들은 문학으로 나라를 다스릴 수 있었을까? 장자의 대답은 부정적이었다. 그는 노나라를 예로 들어 다음과 같이 말했다.

노나라 애공哀公이 안합顔闔에게 물었다. "나는 공자를 국정의 책임자로 기용할까 하는데 그러면 나라가 좀 나아지겠소?" 안합이 대답했다. "위태롭고도 위험한 일입니다. 공자는 지금 깃털로 장식을 하고도 그 위에 채색을 더하면서 외양을 꾸미고 있습니다. 그는 화려한 말만을 늘어놓는 짓을 일삼고, 지엽적인 것을 중요한 일인 것처럼 주장하고 있습니다. 또 본성을 왜곡하여 백성들을 가르치면서 아무도 믿지 않는다는 것을 알지 못합니다. 이와 같이 그의 마음속에는 엉뚱한 것을 받아들이고, 그러한 것들이 그의 정신을 주재하고 있습니다. 그런 사람이 어떻게 백성 위에 설 수 있습니까? 전하께서는

1256) 王先謙, 『莊子集解』卷8,〈漁父〉, 諸子集成本, 205쪽.

그가 적합하다고 생각하십니까? 녹봉을 주어 키우고자 하십니까? 단순한 오해라면 괜찮습니다. 그러나 만약 백성들에게 진실을 벗어나 거짓을 배우게 한다면 그것은 백성을 가르치는 방법이 아닙니다. 후세를 생각하신다면 그만두시는 것만 못하십니다. 공자를 쓰신다면 다스리기 어려울 것입니다."[1257]

장자는 안합의 말을 빌려 "깃털로 장식을 하고도 그 위에 채색을 더한다.", "진실을 벗어나 거짓을 배우게 한다."라고 공자를 비판했다. 결코 노나라를 잘 다스릴 수 없을 뿐만 아니라 천하는 더욱 말할 것도 없다. 이것은 일종의 학술 비판이자 사실적 판단이었다. 공자의 학설은 그 문학 사상과 문학 관념을 포함하지만 당시의 사회를 구할 수는 없었다. 그래서 공자 본인도 "상갓집 개와 같이 아득한" 상황에 빠지고 말았다. 장자는 공자가 제시한 예악 교화는 인간의 자연적인 본성을 등지고 인간의 일반적인 도리를 위반한 것이어서 사회에도 이롭지 않을 뿐더러 사회에 혼란을 야기한다고 보았다. 그는 다음과 같이 말했다.

옛날의 도를 다스리던 사람들은 욕심을 끊고 깨끗하고 편안하게 있음으로써 지혜를 길렀다. 나면서부터 지혜로 행동하는 일이 없었으니, 그를 두고서 지혜로 욕심이 없이 깨끗하고 담담함을 기르는 것이라 말한다. 지혜와 욕심이 없이 깨끗하고 담담함이 서로를 길러줌으로써 조화와 이치가 그의 본성에 생겨나는 것이다. 덕이란 조화를 이루는 것이며, 도란 이치에 맞는 것이다. 덕이 모든 것을 용납하는 것이 어짊이다. 도가 모두 이치에 들어맞는 것이 의로움이다. 의로움이 밝음으로써 사물과 친근하게 되는 것이 충실함이다. 속마음이 순수하고 충실하여 그 성정으로 되돌아가는 것이 음악이다. 자기 몸이 행하는 대로 맡겨 두고도 절도에 알맞게 따르게 되는 것이 예의이다. 그런데 예의와 음악이 한곳에 치우쳐 행해지면 곧 천하가 혼란에 빠지는 것이다. 남을 바로잡아주려 하면서도 자기의 덕을 어둡게 만드는데 덕이란 물

1257) 王先謙, 『莊子集解』卷8, 〈列御寇〉, 諸子集成本, 212쪽.

건을 가리지 않는 것이다. 가리게 되면 물건은 반드시 그의 본성을 잃게 된다. …… 요 임금과 순 임금이 비로소 천하를 다스리게 되었다. 정치와 교화가 유행하면서 순박함이 사라지고 도에서 떠나는 게 좋다고 여겼으며 덕에서 멀어진 채 행동하게 되었다. 그렇게 된 사람으로서의 본성을 버리고 제멋대로 자기 마음만을 따르게 되었다. 이러한 마음과 마음으로 서로를 인식하다 보니 천하 세상은 안정될 수가 없었다. 그런 뒤에는 글을 아름답게 꾸며 덧붙이고 널리 지식을 더하게 되었다. 이러한 글들은 본질을 없어지게 하고, 넓은 지식은 사람의 마음을 혼란에 빠지게 했다. 그런 뒤부터 백성들은 의혹과 혼란에 빠지기 시작했으니, 자기 본래의 성정으로 되돌아가거나 원래 상태를 회복할 수 없었다.[1258)

사람들은 자주 장자가 인의 도덕과 예악 문화를 부정했다고 말한다. 사실 장자는 단지 유가의 인의 도덕과 예악 문화를 부정했을 뿐, 일반적인 도덕, 인의, 예악을 반대한 것이 아니다. 그는 사람의 자연적 본성에 맞는 도덕, 인의, 예악은 자발적인 것이고 자족적인 것이며 조화로운 것으로, 덧붙이거나 강제하고 분산적인 것이 아니라고 하였다. 전자는 긍정하고 후자는 부정했다. 왕선겸王先謙(1842~1917)은 "남을 바로잡아주려 하면서 자기의 덕을 어둡게 만든다."에 대해 다음과 같이 해석했다. "남을 바로잡아주려 하면서도 자기의 덕을 어둡게 만드는데, 덕과 덕이 서로 감응할 때, 자신의 덕행으로 다른 사람을 억지로 강요해서는 안 된다. 자신의 덕을 천하에 억지로 강요하고 내 것으로 다른 것을 바로잡는다면, 천하의 만물이 그 본성을 잃게 될 것이다."[1259) 이런 해석은 『장자』의 원래 의미에 부합한다. 장자가 제시한 인간의 자연적 본성으로 회귀하는 정신에 부합하고 그가 제시한 "소요유"의 이론과도 일치한다. 또한 장자는 "마음속으로부터 나온 것이 밖으로 받아들여지지 않는다면 성인은 그것을 내놓지 않습니다. 밖으로부터 들어오는 것에 대해 마음속에 주인

1258) 王先謙, 『莊子集解』 卷4, 〈繕性〉, 諸子集成本, 97~98쪽.
1259) 王先謙, 『莊子集解』 卷4, 〈繕性〉, 諸子集成本, 98쪽.

노릇을 할 만한 것이 없으면 성인은 그것에 따르지 않습니다. 명예란 공기公器와 같은 것이라 혼자 많이 취해서는 안 되는 것입니다. 인의는 선왕의 여관과 같아서 단지 하룻밤 묵는 것은 괜찮겠지만 오래 머물러 있으면 책망만 많이 받게 될 것입니다."[1260] "그러므로 군자가 어쩔 수 없이 천하에 군림하게 된다면 인위적이지 않은 무위만한 것이 없다. 무위여야만 백성들은 본래 타고난 성명지정性命之情에 편안히 머물게 된다. 그러니 천하를 다스리는 것보다 자기 몸을 소중히 여기는 자라야만 천하를 부탁할 수 있고, 천하를 다스리는 것보다 자기 몸을 사랑하는 자라야만 천하를 맡길 수 있다."[1261]라고 하였다. 또 "소나 말이 네 발을 지니고 있는 것을 자연이라 하고, 말 머리에 고삐를 매거나 소의 코를 뚫는 것을 인위라 한다. 그러므로 말하길 '인위로 자연을 훼손시키지 말고, 고의적인 생각으로 천연의 성명을 손상시키지 말며, 탐욕으로 명예를 실추시키면 안 된다. 이 세 가지를 지켜 잃어버리지 않는 것을 일러 반진反眞이라 한다.'"[1262] "옛날 최고의 인물은 먼저 자기부터 도를 갖추고 나서 남도 갖추게 했다."[1263] "육체는 자연을 따르는 것보다 더 좋은 것이 없으며, 심정은 본성을 따르는 것보다 더 좋은 것이 없다. 자연을 따르면 서로 떨어지지 않게 되고, 본성을 따르면 수고롭지 않게 된다. 자연으로부터 떨어지지 않고 수고롭지 않게 된다면 학문을 추구하여 자신을 꾸미려 하지 않게 된다. 학문을 추구하여 자신을 꾸미려 하지 않게 되면 밖의 물건에 자신을 의지하지 않게 된다."[1264] "늘 마음을 담담하게 하고, 기를 막막한 세계에 맞추어 모든 일을 자연에 따르게 하며 사심을 개입시키지 않는다면, 천하는 잘 다스려질 것이다."[1265]라고 하였다. 장자는 개인의 자연적인 본성과 정신의 자유로 유가

1260) 王先謙, 『莊子集解』卷4,〈天運〉, 諸子集成本, 92쪽.

1261) 王先謙, 『莊子集解』卷3,〈在宥〉, 諸子集成本, 63쪽.

1262) 王先謙, 『莊子集解』卷4,〈秋水〉, 諸子集成本, 105쪽.

1263) 王先謙, 『莊子集解』卷1,〈人間世〉, 諸子集成本, 21쪽.

1264) 王先謙, 『莊子集解』卷5,〈山木〉, 諸子集成本, 126쪽.

1265) 王先謙, 『莊子集解』卷2,〈應帝王〉, 諸子集成本, 49쪽.

가 제시한 집단의 예악 교화에 대항했다. 유가 문학 사상과 문학 관념에 대한 반박이자 유가 문학 사상과 문학 관념에 대한 보충이다.

장자는 개인의 자연적인 본성과 정신적 자유를 강조했기 때문에 "참된" 정감의 체험은 반드시 개인화된 것이고, 아름다움에 대한 판단도 통일된 기준이 없다고 생각했다. 정감이 강제로 표현되고 아름다움이 표준화된다면 "참된" 정감과 "아름다움"의 체험은 존재하지 않게 된다. 『장자』에 다음과 같은 우화가 나온다.

> 장자가 혜자惠子와 함께 호강濠江에 놓인 다리를 건너고 있었다. 장자가 물고기를 보며 말했다. "검푸른 물고기들이 한가롭게 헤엄치고 있구나. 이것이 바로 물고기들의 즐거움이다." 혜자가 대꾸했다. "자네가 물고기도 아니면서 어찌 물고기의 즐거움을 안단 말인가?" 장자가 대답했다. "그럼 자네는 내가 아니면서 어찌 내가 물고기의 즐거움을 알지 못한다고 한단 말인가?" 그러자 혜자가 대답했다. "내가 자네가 아니라서 자네를 정말로 알지 못하지. 그리고 자네도 물고기가 아니라서 물고기의 즐거움을 알지 못할 거야." 장자가 대답했다. "처음부터 말해보세. 자네가 '어찌 물고기의 즐거움을 안단 말인가?'라고 물었지만 그건 이미 내가 물고기의 즐거움을 알고 있음을 알았기 때문에 자네가 내게 묻게 된 거지. 그러므로 나는 호강에서 이미 물고기의 즐거움을 알았다네."[1266]

이 우화는 종종 장자가 괴변의 달인임을 증명할 때 쓰이기도 한다. 사실 장자는 여기에서 정감 체험의 기본 원칙을 제시하였다. 장자와 혜자는 모두 정감(예를 들어, 쾌락)의 체험이 개인적인 것, 다른 사람이 알 수 없는 것이라고 인정했다. 상대방이 기쁜 것을 아는 것은 내가 기쁨을 느꼈기 때문이다. 이런 체득은 여전히 나의 것이지 상대방의 것이 아니다.

마찬가지로 정감의 표현도 개인적인 것이다. 내 자신의 진정한 감정에서 나

1266) 王先謙, 『莊子集解』 卷4, 〈秋水〉, 諸子集成本, 108쪽.

와야지 비로소 상대방을 감동시킬 수 있다. 그래서 장자는 다음과 같이 말했다.

> 진실한 것은 정성이 지극한 것이다. 정성스럽지 않으면 남을 움직일 수 없다. 그러므로 억지로 곡하는 사람은 슬픈 척해도 슬프게 느껴지지 않는다. 억지로 화난 척하는 사람은 엄하게 굴어도 위압을 주지 못한다. 억지로 친한 척하는 사람은 비록 웃는다 해도 친근하게 느껴지지 않는다. 진실로 슬픈 사람은 소리를 내지 않아도 슬프게 느껴진다. 진실로 노한 사람은 성을 내지 않아도 위압이 느껴진다. 진실로 친한 사람은 웃지 않아도 친근하게 느껴진다. 진실함이 속마음에 있는 사람은 정신이 밖으로 발동된다. 이것이 진실함이 중요한 까닭이다. …… 예의라는 것은 세속적인 행동의 기준이다. 진실함이란 것은 하늘로부터 타고난 바로 그것이다. 그런 자연은 바꿀 수 없는 것이다. 그러므로 성인은 하늘을 법도로 삼고 진실함을 귀중히 여기며 세속에 구애받지 않는다. 어리석은 사람은 이와 반대이다.[1267]

"정성으로 해야 남을 움직일 수 있다."는 분명 장자가 제시한 정감 표현에 대한 최고의 요구이자 문학이 포함된 모든 학술에 대한 최고의 요구였다. "정성으로써 남을 움직이려면" 반드시 "하늘을 법도로 삼고 진실함을 귀중히 여겨야 한다." 여기서 "하늘을 법도로 삼"는 것은 노자가 주장한 "도는 자연을 본받는다."는 의미로 장자에게 있어서 "진"이 곧 "자연"이다. 그래서 "하늘을 법도로 삼으려면" 반드시 "진실함을 귀중히 여겨야" 하는 것이다. 공자는 "선"을 강조했는데 "선"의 기준은 예악 문화와 예악 정신으로 이것은 인위적인 기준이다. 그러나 장자는 "진"을 강조했고, "진"의 기준은 "소박함과 순수함을 체득하는"[1268] 것으로 이것은 자연적인 기준이다. 장자는 "무릇 고니는 매일 목욕을 하지 않아도 희고, 까마귀는 매일 검은 물을 들이지 않아도 검다. 고니가 희고 까마귀가 검은 것은 자연적으로 형성된 것으로, 우열을 따질 것이

1267) 王先謙, 『莊子集解』 卷8, 〈漁父〉, 諸子集成本, 207~208쪽.
1268) 『莊子』 〈刻意〉에는 "소박하다는 것은 어디에도 잡물이 섞이지 않음이다."라고 하였다.

못되며, 명예와 같은 외재적인 것은 자랑할 것이 못된다. 명예라는 겉모양은 자랑할 것이 못된다. 샘물이 마르면 그곳에 사는 물고기들은 땅 위에 함께 모여 습기로 서로 문질러주고 입의 거품으로 서로 적셔주지만 그것은 강물이나 호수 속에서 서로를 잊는 것만 못하다."[1269]라고 하였다. 고니가 희고 까마귀가 검은 것은 자연적으로 형성된 것이고, 물고기가 강과 호수에 사는 것도 그 본성이다. 만약 억지로 물고기의 본성을 거슬러 육지에서 "습기로 서로 문질러주고 입의 거품으로 서로 적셔주는" 것은 억지로 고니를 검게 하고 까마귀를 희게 하는 것과 같다. 헛수고일 뿐만 아니라 좋은 결과도 있을 수 없다. 다음과 같은 우화가 있다.

> 옛날 바닷새가 노나라 교사郊祀에 날아들었다. 노나라 제후는 그 새를 맞아들여 묘당에서 잔치를 베풀고 구소九韶를 연주하여 즐겁게 했고, 소·염소·돼지를 잡아 대접했다. 새는 드디어 눈이 어질어질하고 근심과 슬픔에 젖어 고기 한 조각도 먹지 않고 물 한 모금도 마시지 않다가 사흘 만에 죽어버렸다. 이는 자기를 부양하는 방식으로 새를 부양했기 때문이다.[1270]

노나라 제후가 "자기를 부양하는 방식으로 새를 부양한 것"은 새의 자연적인 습성을 거스른 것으로 새를 사랑한 것이 아니라 새를 해친 것이다. 그러나 유가에서는 인간의 자연적인 본성을 거슬러 그들의 이론에 따라 억지로 하게 하였다. 예로 나라를 다스리고 인의로 백성을 교화하는 것으로 어떻게 성공할 수 있을까? 또 인의, 예악을 운운한 것도 인간의 자연 본성에 대한 왜곡일 뿐이다. 장자는 "그러므로 자연 그대로의 통나무를 깎지 않고서야 어느 누가 제사에 쓰는 술잔을 만들 수 있을까? 백옥을 훼손하지 않고서야 어느 누가 규장珪璋을 만들 수 있을까? 이처럼 도덕을 피폐하게 만들지 않고서야 어떻게 인의를 취할 수 있을까? 자연 그대로의 본성을 떠나지 않고서야 어떻게 예악

1269) 王先謙, 『莊子集解』卷4, 〈天運〉, 諸子集成本, 93쪽.
1270) 王先謙, 『莊子集解』卷5, 〈至樂〉, 諸子集成本, 111~112쪽. 〈達生〉에도 이 우화가 실려 있다.

을 쓸 수 있을까? 오색을 어지럽히지 않고서야 어느 누가 아름다운 무늬를 만들 수 있을까? 오성이 어지럽지 않고서야 어느 누가 육률六律을 만들 수 있을까? 통나무를 깎아서 그릇을 만든 것은 목수의 죄이지만, 참된 도덕을 훼손시키면서 인의를 만든 것은 성인의 잘못이다!"[1271)라고 지적했다. 오직 인간의 자연적인 본성에 순응하여 인간이 진정으로 자신의 사상과 감정을 표현해야지만 사회가 비로소 조화롭게 안정을 이룰 수 있고 사람들도 비로소 "온전히 참되고 본성을 간직할 수 있다."라고 하였다.

유가에서 제시한 인의, 예악 등의 문치 교화로 인간의 정신과 정감을 안착시킬 수 없다면 어떻게 인간의 정신과 정감이 "하늘을 법도로 삼고 진실함을 귀중히 여기고", "정성으로 해야 남을 움직일 수 있게" 할 수 있을까? 장자는 "성인의 자취를 끊고 지혜를 버리고", "태초의 순수함으로 돌아가서" 사람들을 갓난아이의 정신 상태로 되돌리는 것이 가장 이상적인 방법이라고 보았다. 그는 다음과 같이 말했다.

> 아이는 하루 종일 울어도 목이 쉬지 않는데 그것은 자연과 지극히 조화되어 있기 때문이다. 또 하루 종일 주먹을 쥐고 있어도 손이 저리지 않는데 그것은 자연의 덕과 일치되어 있기 때문이다. 하루 종일 보면서도 눈을 깜빡이지 않는데 밖의 물건에 대해 치우쳐 있지 않기 때문이다. 길을 가도 가는 곳을 알지 못하고 앉아 있어도 할 일을 알지 못한다. 밖의 물건에 순응하고 자연의 물결에 자신을 맡긴다. 이것이 삶을 보양하는 방법이다.[1272)

장자의 이 같은 주장은 노자가 말한 "영아설嬰兒說"을 계승한 것이다.[1273)

1271) 王先謙, 『莊子集解』卷3, 〈馬蹄〉, 諸子集成本, 57~58쪽.

1272) 王先謙, 『莊子集解』卷6, 〈庚桑楚〉, 諸子集成本, 148~149쪽.

1273) 예를 들어, 『노자』 10장에서는 "혼백을 몸에 실어 하나로 한 뒤, 분리되지 않도록 할 수 있겠는가? 기에 전력하여 부드러움을 이룬 뒤, 갓난아이와 같이 될 수 있겠는가?"라고 하였고, 20장에서는 "나는 홀로 머물러서 아무런 기척도 없이, 마치 아직 웃을 줄 모르는 갓난아기처럼 가만히 앉아 있다."라고 하였다.

"영아설"은 자주 사람들에게 "탐욕과 욕망과 어리석음에 휘둘리지 않는 무심"
의 생존 상태로 이해되고 심지어 "백성을 어리석게 만드는" 주장이라고 지적
받기도 하는데, 이것은 어느 정도 오해가 있다. 사실 "영아"(장자는 "兒子"라고
함)는 명성, 이익과 줄곧 대립해온 일종의 정신 상태를 가리킨다. 장자의 말을
빌리자면 "뜻을 어지럽히는 것을 없애고 마음을 구속하는 것을 풀어내며 덕을
얽어매는 것을 제거하고 도를 막는 것을 뚫어야 한다. 존귀와 부유·현달과
위엄·명예와 이익이라는 여섯 가지는 뜻을 어지럽히는 것이고, 용모와 동작
·표정과 논리·기운과 의지라는 여섯 가지는 마음을 구속하는 것이며, 증오
와 욕심·기쁨과 성냄·슬픔과 즐거움이라는 여섯 가지는 덕을 얽어매는 것이
고, 떠남과 따름·취함과 줄어듦·지혜와 기능이라는 여섯 가지는 도를 막는
것이다. 이 네 종류의 여섯 가지는 마음을 동요시키지 않으면 평정해지고, 평
정해지면 고요해지고, 고요해지면 밝아지고, 밝아지면 비워지고, 비워지면 작
위가 없어져 이루어지지 않는 것이 없다."[1274] "영아"("兒子")처럼 그렇게 "사사
로운 일을 줄이고 욕심을 적게 하고" "하늘과 화락하게" 마음을 비우고 만물을
바라볼 수 있다. 이것은 사람의 창조 정신을 잃지 않을 뿐만 아니라 오히려
사람의 창조 정신을 더욱 촉진할 수 있어서 더 높은 경지에 이르게 할 수 있다.
장자의 우화에서 재경宰慶이 현신現身하는 이야기를 통해 자신이 나무를 깎아
악기걸이를 만드는 것은 "아직 한 번도 기운을 감손시킨 적이 없다. 반드시
먼저 재齋를 해서 마음을 고요하게 하는 것이다. 사흘 동안의 재를 마치면,
누구의 상이나 벼슬을 바라는 생각이 없어지고, 그 다음 닷새 동안의 재를
마치면, 남의 비방이나 칭찬이나 잘되고 못 되는 것을 걱정하는 생각이 없어
지며, 그 다음 이레 동안의 재를 마치면, 문득 내게 사지나 몸뚱이가 있는 것을
잊어버리는 것이다." 그런 다음에 비로소 손을 써 악기걸이를 만든다. 그리고
"내가 만든 물건이 귀신의 솜씨 같다고 하는 까닭이 여기에 있지 않을까?"[1275]

1274) 王先謙, 『莊子集解』卷6, 〈庚桑楚〉, 諸子集成本, 152쪽.
1275) 王先謙, 『莊子集解』卷5, 〈達生〉, 諸子集成本, 119~120쪽.

라고 했다. 왕선겸(1842~1917)은 "이 말은 성性에 따르면 공교工巧가 신神과 같고, 성에 어긋나면 마음이 어긋나고 우둔해지는 것이다."[1276]라고 해석했다. 이런 관점에 따라 문학을 이해하면 유가처럼 그렇게 공리의 목적과 사심의 잡념을 가질 수 없고, 마땅히 "마음 씀을 분산하지 않으면 곧 정신이 한 데 응결되고"[1277], "천 리에 의거하며", "본래부터 있는 구조를 따르게 된다.[1278] 그러면 오히려 "재경梓慶이 악기걸이를 만들고", "포정庖丁이 소의 뼈와 살을 발라 놓고", "윤편輪扁이 수레바퀴를 깎고", "꼽추가 매미를 잡는" 것 같이 기예가 절묘한 경지에 이르게 된다.

장자는 "하늘을 법도로 삼고 진실함을 귀중히 여겨야 한다."와 "정성으로 해야 남을 움직일 수 있다."를 주장하였다. 여기서 "진"은 또한 개인의 자연 상태로 나타나므로 그 어떤 인간의 사상과 정신, 정감을 통일하려고 하는 행위는 모두 "하늘을 법도로 삼고 진실함을 귀중히 여겨야 한다."는 원칙에 위배되고, "정성으로 해야 남을 움직일 수 있다."를 이룰 수 없다. 역시 장자가 모두 반대하는 것들이다. 그래서 그는 "육률의 가락을 어지럽게 흩트리고, 피리는 불태워 버리고, 거문고의 줄을 끊어 버리고, 장님 악사 사광師曠의 귀를 막아 버리면, 세상 사람들은 비로소 자신들의 귀 밝음으로 내면의 소리를 들으려 할 것이다. 화려한 무늬를 없애며, 오색을 흩트리고, 눈 밝은 이주離朱의 눈을 아교풀로 붙여버리면, 온 세상 사람들이 비로소 자신의 눈 밝음으로 내면을 바라볼 것이다. 그림쇠와 먹줄을 부숴버리고, 또 다른 그림쇠와 곱자를 내버리고, 목수인 공수工倕의 손가락을 부러뜨리면 온 세상 사람들은 자신의 재주를 갖게 된다."[1279]라고 하였다. 이것은 사람들이 똑똑하지 않고 밝지 않으며 기교가 없는 것을 바라는 것이 아니라 사람들이 모든 세속적인 기준을 버리고, 각자의 자연스러운 천성에 따라 자신의 똑똑함과 기교를 표현하는 것으로

1276) 王先謙, 『莊子集解』卷5, 〈達生〉, 諸子集成本, 120쪽.

1277) 王先謙, 『莊子集解』卷5, 〈達生〉, 諸子集成本, 116쪽.

1278) 王先謙, 『莊子集解』卷1, 〈養生主〉, 諸子集成本, 19쪽.

1279) 王先謙, 『莊子集解』卷3, 〈胠篋〉, 諸子集成本, 60쪽.

세속적인 기준으로 자신을 구축하는 것이 아니다. 이른바 "학자는 배울 수 없는 것을 배우려 하고, 실행가는 행할 수 없는 것을 실행하려 하며, 변론가는 변론할 수 없는 것을 변론하려 한다. 지적 탐구는 알 수 없는 경지에서 멈추는 게 최고이다. 만약 이렇게 하지 않으면 자연의 균형이 깨지게 마련인"[1280] 것이다. 〈산목〉편의 우화는 정감과 심미의 개인성을 더욱 잘 설명하고 있다.

> 양자陽子가 송나라에 가서 여관에 묵게 되었다. 여관 주인에게는 두 명의 첩이 있었는데, 한 사람은 미인이었고 다른 한 사람은 오녀惡女였다.【추녀를 가리킴 - 인용자】였다. 그런데 못생긴 여자가 사랑을 받고 미인은 천대를 받았다. 양자가 그 까닭을 묻자 여관 주인이 대답했다. "예쁜 여자는 스스로가 아름답다고 자랑을 해대니 나는 그녀가 아름다운 줄 모르겠고, 못생긴 여자는 스스로가 추하다고 여기니 나는 그녀가 추한 줄 모르겠소." 이제 양자가 제자들에게 "잘 기억하거라. 현명하게 행동하면서도 스스로가 현명하게 처신한다는 마음을 버리게 되면 어디를 가나 사랑받지 않겠느냐!"라고 하였다.[1281]

장자는 아름다움과 추함, 현명함과 우매함이 모두 개인의 주관적인 느낌이자 평가라고 보았다. 모든 사람의 느낌과 평가는 같지 않아서 아름다움과 추함, 현명함과 우매함도 통일된 기준이 없다. 사람들은 자신의 이해에 따라 행동하므로 많은 꼬리표를 붙여서는 안 된다. 이른바 "장님은 문장의 아름다움을 보는 데 함께 할 수 없고, 귀머거리는 북과 종의 소리를 듣는 데 함께할 수 없다."[1282]라고 한 것은 수용자의 능력 차이를 말하는 것이다. 능력이 같지 않아서 느끼는 것도 각자 다르다. 이른바 "함지咸池나 구소九韶의 음악을 동정洞庭의 들에서 연주했다면, 새는 듣고 날아갈 것이고, 짐승은 듣고 달아날 것이고, 물고기는 듣고 물속으로 들어가 잠겨 버릴 것이다. 사람만이 이를 듣고

1280) 王先謙, 『莊子集解』卷6, 〈庚桑楚〉, 諸子集成本, 149쪽.
1281) 王先謙, 『莊子集解』卷5, 〈田子方〉, 諸子集成本, 128쪽.
1282) 王先謙, 『莊子集解』卷1, 〈逍遙遊〉, 諸子集成本, 4쪽.

서로 둘러싸고 구경하리라. 물고기는 물 속에 있어야 살지만, 사람은 물 속에 있으면 죽는다. 저 물고기와 사람은 본성이 각기 달라서, 좋아하고 싫어하는 것이 다르기 때문이다. 고로 옛 성인은 사람의 능력을 한 가지로 보지 않고, 하는 일도 같지 않았다. 명성은 실질에 맞춰 머물러야 하고, 각자의 적성에 따라 옳은 길을 정해야 한다. 이를 일러 조리(條理)가 통달하여 복을 유지한다고 한다."[1283]라고 한 것은 수용자의 천성을 말하는 것이다. 천성이 달라서 느끼는 것도 다르다. 물론 장자가 여기서 관철한 것은 상대주의적 이론이지만, 이 이론으로 문학의 심미를 설명한 것은 특수한 의미가 있다. 문학의 심미 활동은 사실 가장 개인적인 활동이고, 개인의 독특한 느낌과 체득을 가장 잘 드러내야 하는 것이며, 정감의 진실과 충족을 가장 강조하는 것으로, 이른바 "정성스럽지 않으면 다른 사람의 마음을 움직일 수 없기" 때문이다. 만약 문학 심미의 개체성과 개인성을 버린다면 모든 문학과 예술의 창조는 가능하지 않다. 장자가 주장하고 강조하는 것은 곧 유가에서 소홀히 대한 것들이다. 그래서 장자의 이런 사상과 관념은 유가 문학 사상과 관념에 대한 최고의 보충이라고 할 수 있다. 이것은 장자의 사상이 훗날 중국 문학의 발전과 문학 관념의 진보에 큰 도움을 주었음을 증명해준다.

정신 활동의 자주성과 심미 활동의 개인성 측면에서 장자는 "말"과 "뜻", "정교함"과 "조악함", "형태"와 "정신" 등의 문제를 제시했다. 이런 문제도 유가의 문학 관념에서 토론하지 않거나 충분히 토론하지 않은 문제이지만, 문학의 심미 활동에 있어서는 아주 중요한 문제이다. 이 방면에서도 장자의 사상과 관념에 관심을 가져야 한다. 장자는 다음과 같이 말했다.

세상 사람들이 도를 얻기 위해 귀중히 여기는 것은 책이다. 책은 말을 늘어놓은 것에 지나지 않으니 말이 귀중한 것이다. 말이 귀중한 것은 뜻이 있기 때문이다. 뜻은 뭔가 추구할 바가 있다. 뜻이 추구하는 것은 말로는 전할

1283) 王先謙, 『莊子集解』 卷5, 〈至樂〉, 諸子集成本, 112쪽.

수 없다. 그런데도 세상은 말을 귀중하게 여기기 때문에 책으로 전달하는 것이다. 세상 사람들이 비록 귀중하게 여기지만 오히려 귀중하게 여길 것이 못된다. 세상 사람들이 귀중하게 여기는 것이 소중한 것이 못 되는 이유이다. 그런데 눈으로 봐서 볼 수 있는 것은 그 형체와 색깔이다. 귀로 들어서 들을 수 있는 것은 그 명칭과 소리이다. 서글픈 일이다. 세상 사람들은 그 형체와 색깔, 명칭과 소리로 도의 실정을 파악할 수 있다고 생각한다. 그러나 형체와 색깔과 명칭과 소리로는 도의 실정을 파악하기에는 뭔가 부족하다. 그러니 아는 사람은 말하지 않고 말하는 자는 알지 못하는 법이니 세상 사람들이 어찌 그것을 알겠는가?[1284]

대개 정밀하다거나 거칠다고 하는 것도, 형체가 있는 대상을 예상해서 한 말일 뿐이다. 형체가 없는 것은 그 분량을 헤아릴 수 없으며, 에워쌀 수 없는 것은 그 수량으로 궁구할 수 없는 것이다. 그리고 말로 설명할 수 있는 것은 만물 가운데 큰 것이고, 마음으로 이해할 수 있는 것은 만물 가운데 작은 것이니, 말로 설명할 수 없고 마음으로 이해할 수 없는 것은 작다 크다 하는 것을 초월한 데 있다.[1285]

통발은 물고기를 잡기 위한 도구이기 때문에 물고기를 잡고 나면 통발을 잊어버려야 한다. 또 올가미는 토끼를 잡기 위한 도구이기 때문에 토끼를 잡고 나면 올가미는 잊어버려야 한다. 마찬가지로 언어는 생각을 전달하기 위한 수단이기 때문에 뜻을 얻고 나면 언어도 잊어야 한다.[1286]

"말의 뜻"은 선인들이 관심을 갖지 않았던 문제였다. 공자는 "명분이 바르고 말이 사리에 맞다."[1287]를 강조하면서 "덕행이 높은 사람은 반드시 세상을

1284) 王先謙, 『莊子集解』卷4, 〈天道〉, 諸子集成本, 87쪽.
1285) 王先謙, 『莊子集解』卷4, 〈秋水〉, 諸子集成本, 102쪽.
1286) 王先謙, 『莊子集解』卷7, 〈外物〉, 諸子集成本, 181쪽.
1287) 『논어』〈子路〉에서 "명분이 바르지 못하면 말이 사리에 맞지 않고, 말이 사리에 맞지 않으면 일이 이루어지지 않고, 일이 이루어지지 않으면 예와 음악이 흥성하지 못하고, 예와 음악이

깨우칠 만한 말이 있고"[1288], "말을 알면 사람을 알 수 있다."[1289]라고 생각했다. 또한 옛말을 인용하여 "『지(志)』에 이런 말이 있다. '말로써 뜻을 충족하게 표현하는 것이다.' 말을 하지 않으면 누가 그 뜻을 알겠는가?"[1290]라고 하였다. 마치 "말"과 "명분", "말"과 "덕", "말"과 "사람", "말"과 "뜻"이 통일된 것처럼 "말"은 정확하게 "뜻"을 표현할 수 있다고 보았다. 그러나 장자는 "말"과 "뜻"은 통일되지 않고 차이가 있다고 지적했다. "말"은 단지 "뜻"을 표현하는 도구일 뿐이고 "뜻"은 "말"로 완전하게 표현할 수 없기에 "뜻"이 "말"보다 중요하다고 보았다.

장자의 이 사상은 아주 심오하다. 언어는 비록 사상의 직접적인 실현이지만, "실제로는 단지 보편적인 것을 표현할 뿐이다. 그러나 사람들이 생각하는 것은 특수한 것, 개별적인 것이다. 그래서 언어로 사람이 생각하는 것을 표현할 수 없다."[1291] 장자는 "말"과 "뜻"이 통일되지 않고 균형적이지 않은 것을 정확히 알고 "말"과 "뜻"을 구별해야 한다고 했다. "말로는 충분히 심정을 나타낼 수 없기에" "뜻을 얻으면 언어는 잊어야 한다."고 주장했다. 사상의 핵심은 그가 제시한 정신의 자주성 및 심미의 개인성과 일치한다. 그러나 그가 밝힌 "말"과 "뜻"의 모순은 문학 창작과 문학 감상에 독특한 관점을 제공했고, 중국 전통 예술 이론에 새 장을 열어 주었다. 유가는 "말"과 "뜻", "말"과 "덕", "말"과 "사람"의 통일을 추구하고 형식으로 내용을 표현할 수 있고, 내용으로 형식을 결정할 수 있다고 생각했다. 그래서 "예악으로 장식하여" 인간의 심신

흥성하지 못하면 형벌이 적절하지 않고, 형벌이 적절하지 않으면 백성들은 살아갈 방도가 없다. 그러므로 군자는 명분을 세우면 반드시 그에 대해 말을 할 수 있고, 말을 하면 반드시 실천해야 한다. 군자는 그 말에 대해서 구차히 하는 일이 없어야 한다."라고 하였다.

1288) 『논어』〈憲問〉에서 "덕이 있는 사람은 바른 말을 하지만, 바른 말을 하는 사람이라고 반드시 덕이 있는 것은 아니다."라고 하였다.

1289) 『논어』〈堯曰〉에서 "천명을 알지 못하면 군자가 될 수 없고, 예를 알지 못하면 세사에 당당히 나설 수 없으며, 말하는 법을 알지 못하면 사람의 진면목을 알 수가 없다."라고 하였다.

1290) 杜預 注·孔穎達 疏, 『春秋左傳正義』卷36, 〈襄公二十五年〉, 十三經注疏本, 1985쪽.

1291) 黑格儿(헤겔), 『哲學史講演錄』. 列寧(레닌)의 『哲學筆記』에서 재인용, 北京:人民出版社, 1959, 306쪽.

과 사회가 조화에 이르기를 바랐다. 그러나 이것은 단지 그들의 장밋빛 꿈에 불과했다. 사실, "말"과 "뜻"은 자주 통일되지 않는다. "예"가 번거롭고 까다로운 "문"이 될 때, 그 핵심 가치와 문화 정신은 사람들에게 잊히고 그 사회 작용도 큰 제한을 받게 된다. 『시』, 『서』 등 선왕이 남긴 글에 대해 단지 그 말을 배우고, 그 사를 즐기기만 하고 그 실질 정신을 깨닫지 않는다면, 역시 개인과 사회에 아무런 도움이 되지 않는다.[1292] 심지어 "문"을 이용하여 더러운 짓을 할 수도 있다. 『장자』〈외물〉에서 "유가는 시예詩禮로 무덤을 파헤친다."[1293]라고 한 우화는 이런 사상을 잘 담고 있다. 장자는 개인의 정신과 정감의 수요에서 출발하여 개인의 사상과 정감이 의지하는 것은 체험이지 언어의 표현이 아님을 강조했다. "말"은 "뜻"을 표현하는 도구로써 유한성을 갖는다고 지적하고, 이로써 사람들이 문학과 예술의 특수 규칙을 깊게 연구하는 데 방향을 제시했다. 위진 시대의 "언의지변言意之辨"은 바로 장자 사상의 영향으로 이루어진 것이다. 이것은 중국 문학 예술 이론의 발전을 촉진했다. 여기서 파생되어 나온 "정교함"과 "조악함", "형태"와 "정신" 등의 예술 이론도 중국 문학예술의 이론적 의미를 풍부하게 하였다.

한 가지 짚고 넘어갈 것은 장자가 "말로써 뜻을 다 전하지 못한다."라고 생각하고, "뜻을 얻었으면 말은 잊으라."고 주장한 것은 "말"의 역할을 근본적으로 부정한 것이 아니라는 것이다. "물고기"와 "토끼"를 잡을 때 반드시 "통발"과 "올가미"를 이용해야 하는 것과 마찬가지로 "뜻"를 구하려면 "말"을 통해야만 하기 때문이다. "말을 잊는 것"은 "말"이 먼저 있어야 가능하기 때문이다. 장자는 사람들이 "말"에 집착하지 말고 "말"을 통해 그 "뜻"을 깨닫고 그것이 표현하려는 "도"에 이르기를 바랐다. 그래서 장자는 "우언寓言이 열에 아홉

1292) 『논어』〈陽貨〉에서 "공자가 '나는 말을 하지 않으련다.'라고 하였다. 그러자 자공이 '선생님께서 말을 하지 않으시면 저희들이 어떻게 선생님의 뜻을 따르겠습니까?'라고 물었다. 공자가 이 말을 듣고 '하늘이 무슨 말을 하더냐? 사계절이 운행하고 온갖 것들이 생겨나지만, 하늘이 무슨 말을 하더냐?'라고 하였다. 공자도 모든 사상, 정감이 언어로 표현될 수 있는 것이 아니고 언어도 모든 사상, 정감을 다 표현할 수 있는 것은 아님을 인식한 것으로 보인다.

1293) 王先謙, 『莊子集解』 卷7, 〈外物〉, 諸子集成本, 177쪽.

이요, 중언重言이 열에 일곱이요, 치언卮言은 날마다 나온다."라고 반복해서
이야기했다. 물론 장자는 "뜻을 얻었으면 말은 잊으라."는 방법을 제시하였다.
이것이 "앉아서 모든 것을 잊는다.(坐忘)"와 "마음의 모든 더러움을 씻는다.(心
齋)"이다. 그는 다음과 같이 말했다.

> 뜻을 순일하게 하여 귀로 듣지 말고 마음으로 듣도록 하고, 그 다음은 마음
> 으로만 듣지 말고 기로써 듣도록 해야 한다. 귀란 듣기만 할 뿐이며, 마음이란
> 느낌을 받아들일 뿐이지만, 기란 텅 빈 채로 사물에 응대하는 것이다. 도란
> 텅 빈 곳에 모이기 마련이다. 텅 비게 하는 것이 마음의 재계(心齋)이다.[1294]

> 손발은 물론 몸도 잊어버린 채 눈과 귀의 작용도 멈추게 한다. 그리고
> 육체를 떠나 앎도 잃어버린 채 저 대자연의 도를 통해 일체가 된다. 이것을
> 좌망坐忘이라고 한다.[1295]

이른바 "좌망坐忘"과 "심재心齋"는 사람들이 "편안하고 담담하며 고요하고
조용하며 마음을 텅 비우고 인위적이지 않고 무위하는"[1296] 것이다. 모든 이지
적인 욕망과 사심과 잡념을 배제하고 희로애락이 머릿속에 들지 않게 하며,
개인 정신이 아무것도 생각하지 아니하고 사물에 마음을 움직이지 아니하는
맑고 깨끗한 상태에 들게 하여 자연과 완전히 하나로 융합되게 하는 것이다.
혹자는 이것을 직각설直覺說이라고 주장했는데, 이것은 인식론적 관점에서 내
린 판단이다. 만약 문학 예술의 관점에서 본다면 이것은 사실 일종의 "자신을
잊는" 경지로 외적 사물에 대한 초월을 의미한다. 이런 초월은 문학예술이
더 이상 현실의 모방이 아니라 문학예술가 개인의 정신과 정감을 자유롭게
표현하게 하였다. 이런 점에서 볼 때 장자가 "좌망"과 "심재"를 제창한 것은

1294) 王先謙, 『莊子集解』 卷1, 〈人間世〉, 諸子集成本, 23쪽. 원문에서는 "聽止於耳"라고 하였
다. 이 책에서는 俞樾의 교정에 따라 "耳止於聽"이라고 했다.
1295) 王先謙, 『莊子集解』 卷1, 〈大宗師〉, 諸子集成本, 47쪽.
1296) 王先謙, 『莊子集解』 卷4, 〈刻意〉, 諸子集成本, 96쪽.

중국 고대의 문학예술 심리학에 새로운 장을 열었다고 할 수 있다. 또한 이는 선진 유가, 묵가의 문학 사상과 관념이 놓친 중요한 문제이기도 하다.

제5절 道家 문학 관념의 영향

이상에서 노자와 장자의 문학 관념에 대해 다루었다. 설명을 덧붙이자면 선진 도가는 서한 이후에 사람들이 이해했던 계통이 분명한 학술 분파가 아니었다. 그것은 후세인들이 선진 학술, 사상에 대해 내린 귀납과 종합을 통해 대략적으로 기술한 것이었다. 거자오광葛兆光은 다음과 같이 말했다.

> 도자道者는 유자, 묵자와 다르다. 만약 유자와 묵자가 전국 초기에 이미 "현학顯學"이었고 초기 사상 유파의 원형이라고 한다면, 도자는 당시에 전통 맥락이 분명하지 않았던 유파로 심지어 사상도 그렇게 일치하거나 분명하지 않았다. 그 원인에 대해서는, 대략 유자는 교육에서의 사제 관계, 묵자는 조직에서의 상하 관계가 모두 시간상에서 그들의 사상 전수와 계승의 행적을 풀어낼 수 있는 반면, 도가는 거의 그 기원과 계승의 흔적을 단정하기 어렵기 때문이다. 단지 당시 일부 지식인들이 비슷한 사고방식과 흥미를 가졌던 것으로 그것들이 하나의 사조가 된 것이다.[1297]

그렇기 때문에 후세인들의 도가에 대한 이해에도 역시 많은 차이가 난다. 예를 들어, 어떤 이는 노자의 도가와 장자의 도가를 구분해야 한다고 주장하고, 또 어떤 이는 전국 시대의 도가를 북방의 양주파楊朱派와 남방의 노장파老莊派로 구분해야 한다고 주장하고, 또 어떤 이는 『노자』가 옛 도학 계통에 속하고, 『장자』 등은 오늘날 말하는 도학 계통에 속한다고 주장하기도 한다. 이

1297) 葛兆光, 『中國思想史』第1卷, 『七世紀前中國的知識,思想與信仰世界』, 上海:復旦大學出版社, 2001, 111쪽.

책에서는 선진 도가의 문학 관념과 그 영향에 대해서만 다루고 있다. 『노자』와 『장자』의 문학 관념은 가장 대표적일 뿐만 아니라 훗날 문학 발전에 가장 큰 영향을 끼쳤다. 그래서 도가 학파의 각종 논쟁에 대해서는 따질 필요가 없이 『노자』와 『장자』의 문학 관념의 의미와 그 영향에 대해 집중하면 될 것이다.

이상의 분석으로 볼 때, 노자의 문학 관념은 그 정치 이론을 기본으로 하고, 노자의 정치 이론은 "임금이 나라를 다스리는 수법이나 권술"로 "청정" "무위"를 그 목표로 한다. 그래서 그는 문학에 부정적인 입장을 갖고 있었다.

문학 관념 발전의 내적 맥락에서 볼 때, 노자의 문학 관념은 공자의 문학 관념과 정반대이다. 마치 소극적인 사상처럼 보인다. 그러나 사물은 모두 양면성을 가진다. 공자로 대표되는 유가는 비록 적극적인 유위를 주장하고 문학을 제시했다. 하지만 묵자가 지적한 대로 "유가가 세상을 망치는 것에는 네가지가 있다. 유가는 하늘이 공정하지 않고, 귀신은 신이 아니며, 하늘과 귀신을 즐겁게 하지 못하면 그것들이 세상을 망친다고 했다. 또 후하게 장사 지내고, 오랫동안 상복을 입고, 관곽을 이중으로 하고, 부의금은 많아야 하고, 죽은 자는 이사 가는 것처럼 보내야 하고, 3년을 울어야 하고, 부축을 받아야 일어나고, 지팡이를 짚고 걸어야 하고, 귀가 있어도 듣지 않고, 눈이 있어도 보지 않는다고 했는데, 이것들이 세상을 망치는 것이다. 또한 노래하여 춤추고 음악을 배우면 이것들이 세상을 망치는 것이다. 또한 사람의 운명은 정해져 있어서 빈부와 수명이 정해지고 국가의 안정과 혼란도 끝이 있다고 하여 더할 수도 뺄 수도 없다고 하였다. 유가의 통치자들이 나라를 다스린다면 다른 사람의 말을 듣지 않을 것이고, 유가의 백성들이라면 반드시 일을 하려고 하지 않을 것이다. 이것들이 세상을 망치는 것이다."[1298] 사마염司馬炎(기원전 190~110)도 다음과 같이 말했다. "유가들은 육예로 그 법도를 삼는다. '육예'에 관한 경전의 종류는 천만 가지가 넘어 누대에 걸쳐 배워도 그 학문에 통달할 수 없으며, 평생을 바쳐 예경 한 가지에만 매달린다 할지라도 다 구명할 수

1298) 孫詒讓, 『墨子間詁』 卷12, 〈公孟〉, 新編諸子集成本, 北京:中華書局, 2001, 458~459쪽.

없다. 그런 이유로 해서 '유학이란 범위가 넓으면서도 요체가 적고, 노력은 많이 들지만 그 이루는 바는 적다.'라고 하였다."[1299] 유가가 제시한 문치 교화는 "범위가 넓으면서도 요체가 적고, 노력은 많이 들지만 그 이루는 바는 적은" 것 이외에도 더욱 중요한 것은 통치자들이 이를 실행하며 잘못을 조금도 뉘우치지 않고, 오히려 꾸미거나 백성을 힘들게 하고 예산을 낭비하여 가렴주구의 부끄러움을 가리는 수단으로 삼았을 뿐만 아니라, 국가를 진정토록 오랫동안 평안하게 할 수 없었다. 노자는 통치자들의 탐욕을 남김없이 고발하고 그 사욕을 제한할 것을 요구하며 그들이 사회의 모범으로서 책임을 다하도록 하였다. 또 예악 문화가 사회 정치와 인간의 자연 본성에 끼친 해악을 제시하였다. 이것은 사람들이 이성적으로 예악 문화를 대하고 유가 문학 관념에 대해 깊이 생각하는데 사상적 무기를 제공했다.

　노자의 사회와 문화에 대한 비판은 반사회적, 반전통적 사상을 이끌어냈고, 후왕과 성인이 어떻게 사회를 통치해야 하는가에 대한 주장은 전제 정치적 사상을 이끌어냈다. 또한 자연천도自然天道에 대한 추앙은 정신의 자유와 반이성적 사상을 이끌어냈다. 이 모든 것은 중국 사상의 발전에는 물론 중국 고대 문학 관념의 발전에도 필수적이다. 각종 사상 관념은 모두 그것이 존재하는 합리성과 그것이 존재하는 가치를 가지고 있다. 그것은 각종 사상과 관념의 충돌과 융합을 통해 인류의 정신생활이 풍부해질 수 있기 때문이다. 또 사람들이 사회와 자신에 대한 이해가 더욱 깊어지고, 미지의 영역에 대한 탐구도 더욱 적극적이게 된다. 이로써 인간의 창조 열정을 북돋을 수 있다. 이른바 "조화는 생물을 열매 맺게 하지만, 똑같으면 이어갈 수 없다."[1300]는 것이다. 이것은 노자가 말한 "항상된 이치를 알면 너그러워지고, 너그러워지면 공정하게 되며, 공정하게 되면 왕과 같이 된다. 왕과 같이 되면 하늘과 짝하고, 하늘과 짝하면 도와 하나가 되고, 도와 하나가 되면 장구하게 되니 죽을 때까지

1299) 司馬遷, 『史記』 卷130, 〈太史公自序〉, 二十五史本, 358쪽.

1300) 徐元誥, 『國語集解』, 〈鄭語〉, 北京:中華書局, 2002, 470쪽.

위태롭지 않다."(16장)와 같다. 이것으로 볼 때, 노자의 문학 관념에 대한 부정도 그 특수한 가치를 가진다고 할 수 있다.

장자는 노자 사상의 계승자였다. 그는 공자 사상을 반대하고 공자 문학 관념을 부정하기도 했다. 장자가 공자로 대표되는 유가의 문학 관념을 반대한 것은 그가 개인의 정신 자유와 정감의 안착을 추구했던 사상적 목표와 일치한다. 사람들은 일반적으로 장자가 문학 사상을 부정한 것은 소극적이지만, 중국 고대 문학에 끼친 영향에 대해서는 적극적이라고 생각한다.[1301] 이것은 확실히 모순이다. 사실 앞에서 말한 바와 같이 장자는 공자가 제시한 예악, 도덕, 인의를 반대했지만 모든 예악, 도덕, 인의를 반대한 것은 아니다. 그는 자연에서 나온 예악, 도덕, 인의는 찬성했다. 마찬가지로 장자는 비록 공자가 제시한 문학을 부정했지만 주로 "세상의 평판이 좋기를 바라면서 행동하고, 끼리끼리 작당하여 벗이 되며, 학문은 남에게 자랑하기 위해서 하고, 남을 가르치면서 자기의 이익만 좇으며, 인의를 빙자하여 악한 짓을 일삼고, 수레나 말이나 장식하는 짓"[1302]으로서 "사람들로 하여금 실제를 떠나 거짓을 배우게 하는""속학俗學"[1303]을 반대했다. 그러나 진정으로 "마음을 깨끗이 씻고 정신을 맑게 씻어"[1304] 심성을 편하게 할 수 있는 유가학자들에 대해서는 높은 평가를 내렸다. 『장자』에 나온 안회에 대한 묘사와 칭찬은 장자의 이런 입장을 나타내 준다. 예를 들어, 『장자』〈양왕讓王〉에는 다음과 같은 내용이 있다.

공자가 제자 안회에게 물었다. "회야, 이리 오너라! 너는 집도 가난하고

1301) 예를 들어, 蔡鐘翔, 黃保眞, 成復旺은 "결론적으로 장자가 고대 문학 이론에 끼친 영향은 실로 엄청나다. 그의 문학부정론이 대단한 것이 아니라 그가 문제를 관찰하고 분석한 방법과 그가 제시한 각종 철학 범주가 대단한 것이다. 이런 영향의 주류는 소극적이지 않고 적극적이다."라고 보았다.(『中國文學理論史』, 北京:北京出版社, 1987, 54쪽)

1302) 王先謙, 『莊子集解』 卷8, 〈讓王〉, 諸子集成本, 191쪽.

1303) 『莊子』〈繕性〉에서 "세속적인 학문에서 자신의 원초적인 상태로 다시 돌아가기를 바라고 세속적인 생각 속에서 욕망을 다스려 자기의 밝은 지혜를 추구하는 사람들을 일러 無知蒙昧한 사람이라 한다."라고 하였다.

1304) 王先謙, 『莊子集解』 卷6, 〈知北遊〉, 諸子集成本, 139쪽.

지위도 낮은데 어찌 벼슬을 하지 않느냐?" 안회가 대답했다. "저는 벼슬을 원치 않습니다. 성 밖에 오십 이랑의 밭이 있어 죽은 먹을 수 있고, 성 안에 열 이랑의 밭에는 뽕나무와 마를 심어 옷을 만들어 입을 수 있으며, 거문고를 타며 즐길 수 있습니다. 또 선생님께 배운 도가 있어 스스로 즐길 수 있습니다. 그래서 저는 벼슬을 원치 않습니다." 공자가 얼굴빛이 바뀌며 말했다. "네 뜻이 참으로 훌륭하구나. 내가 듣기로 '만족할 줄 알면 이익 때문에 스스로를 해치지 않고, 스스로를 얻으면 외물을 잃어도 두려워하지 않으며, 수행이 되면 지위가 없어도 부끄러워하지 않는다.'라고 했다. 내 이 말을 외운 지 오래되었는데 지금 네 대답에 이 말이 실천되고 있음을 보았다. 너의 말을 들은 건 내 복이다."[1305]

이 이야기의 진실성을 밝힐 필요는 없다. 사실 이것은 장자의 때마다 즐겁고 순리에 따라 마음이 힘들지 않은 정신의 자유와 정감의 안착을 유지하는 생활 태도를 나타내고 있다. 장자의 말을 빌리자면 "사람 중에 자연에 노닐 수 있는 사람이 있는데 그런 사람이 자연을 따라 노닐지 않을 수 있겠는가? 사람 중에 자연에 노닐 줄 모르는 사람이 있는데 그런 사람이 자연을 따라 노닐 수 있겠는가? 물건을 쫓아 움직이는 마음을 가졌거나 세상에서 벗어나 홀로 특이한 행동을 하는 것은 슬프게도 지극한 지혜와 두터운 덕을 쌓은 이의 행동은 아니다. 사사로운 욕심 때문에 넘어지고 떨어지고 불길이 치달아도 본성으로 돌아가지 못한다. 비록 서로 임금이 되고 신하가 되어 있다 해도 그것은 일시적인 것이다. 세상이 바뀌게 되면 상대방을 천하게 여길 수 없게 처지도 바뀌게 되는 것이다. 그러므로 '지극한 사람은 행적에 얽매이지 않는다.'라고 하는 것이다. 무릇 옛날을 존중하고 현대를 하찮게 보는 것은 학자들의 오래된 잘못이다. 그러나 휘위豨韋씨의 입장에서 지금 세상을 본다면 과연 편벽되지 않은 자가 있겠는가. 오직 지극한 사람만이 세상에 노닐면서도 편벽되지 않을 수 있는 것이다. 그것은 사람들에게 순응하면서도 자기의 본성을

1305) 王先謙, 『莊子集解』卷8, 〈讓王〉, 諸子集成本, 191~192쪽.

잃지 않기 때문이다. 지극한 사람은 억지로 그것을 배우지 않고 뜻을 따르기는 하지만, 자기 본성을 잃고 그렇게 되지는 않는 것이다."[1306] 장자는 시종일관 초월의 자세로 개인의 정신의 독립과 자유를 강조하고 "자연을 본받고 진정을 존귀하게 여기면서, 세속의 법도에 얽매이지 않는다."를 주장하며 개인의 정감을 진심으로 표현해야 한다고 생각했다. "정성스럽지 않으면 다른 사람을 감동시킬 수 없다." 이에 따라 제시한 "언의言意"·"정조精粗"·"형신形神" 등의 중요한 명제는 인간의 문학예술에 대한 인식을 최대로 확대시켰고, 공자로 대표되는 유가의 문학 관념을 보충하고 심화하였다. 유가는 세속 사회의 일상 윤리와 질서에 관심을 두다 보니 단체적 가치를 중시하되 현실적 초월이 부족했기 때문이다. 반면에 장자는 개인 정신 자유와 정감의 안착에 관심을 갖고 개인의 가치를 중시하여 유가의 부족한 점을 보충했다. 장자의 초월이 적극적이든 소극적이든 모두 개인의 정신적 자유와 정감의 안착에 새로운 방법을 제공했다. 또는 정신과 정감이 가능한 안식처를 제공했다고 할 수 있다. 이것이 아마도 진한 이후 많은 저명한 학자와 문학가들이 장자의 학설을 선호한 중요한 이유이자, 후대의 문학 관념이 자주 『장자』에서 사상적 영양분을 흡수하게 된 중요한 원인일 것이다.

이 밖에 장자의 문장에 나타난 속세를 탈피하려는 구상, 아름답고 기묘한 상상, 미스터리한 예술 경지, 기괴망측한 형상, 풍부하고 기세 높은 풍격은 문학의 표현에 더할 수 없는 본보기가 되었다. 또한 사상·정감·언어·형상·예술 경지·심미·문채·기풍 등 일련의 문학 화제가 뚜렷해졌으며, 사람들이 점점 두루 관심을 갖게 하여 문학 창작과 문학 관념의 발전을 촉진했다. 이것은 문학 창작 및 문학 감상과 보다 깊이 관련되어 이 책의 요점에서 벗어나기 때문에 더 이상은 다루지 않겠다.

[1306] 王先謙, 『莊子集解』卷7, 〈外物〉, 諸子集成本, 179쪽.

제11장

"息文學而明法度": 法家의 문학 관념

공자가 세운 문학 관념은 그 제자들에 의해 각자의 이해와 각자의 입장에 따라 해석되면서 그 의미가 끊임없이 풍부해지고 확대되었다. 이렇게 전파된 유가 문학 사상과 관념이 폭넓은 관심을 받게 되면서, 사회 사상적 비판과 사회 실천적 검증을 피할 수 없었다. 기타 학파의 학자들은 각자의 입장에서 자신들의 학술 관점에 따라 공자의 문학 사상과 관념을 바로잡거나, 이런 사상과 관념을 근본적으로 반대하기도 하였다. 전자는 묵가가 대표적이었고, 후자는 주로 도가와 법가의 입장이었다. 만약 노자와 장자로 대표되는 도가가 "임금이 나라를 다스리는 수법이나 권술"과 정신, 정감의 자유라는 관점에서 유가의 문학 관념을 부정했다고 한다면, 상앙과 한비자로 대표되는 법가는 사회 정치의 실제 수요라는 관점에서 유가의 문학 관념을 부정하였다. 전자 (특히, 장자 사상)는 정신적 유혹이 강해서 후대의 문학가는 이 유혹을 견디기 어려웠다. 반면 후자는 논쟁이 필요 없는 집행력을 가지고 있어서 찬성이든 반대이든 누구도 사회 정치의 강력한 통제를 벗어날 수 없었다. 때문에 중국 고대 문학 관념 발생사의 중요한 부분인 법가의 문학 사상도 절대 등한시할 수 없다. 이 역시 중국 고대 문학 관념의 형성에 상당한 역할을 하였고, 중국 문학 관념 발생사에 독보적인 자리를 차지하고 있다.

제1절 商鞅과 초기 法家의 문학 관념

법가는 전국 시기에 탄생하였고, 이회李悝와 그가 지은 『法經』이 대표적이다.

이회李悝(약 기원전 455~395)의 성은 이씨, 이름은 회悝이고 극克이라고도 불렸다. 위魏나라 푸양濮陽 사람이다. 『한서』〈예문지〉 제자략諸子略 법가류法家類의 첫 번째에 〈이자李子〉 32편을 싣고, 주에서 "이름은 회다. 위 문후文侯 때 재상을 지냈고 부국강병을 이끌었다."라고 하였다. 또 유가류儒家類에도 〈이극李克〉 7편을 싣고, 주에서 "자하의 제자이다. 위 문후 때 재상을 지냈다."[1307]라고 하였다. 『사기』〈화식열전貨殖列傳〉에서는 "위 문후 때 이회는 지력地力을 최대한 사용하는 데 힘썼다."[1308]라고 하였고, 『한서』〈식화지食貨志〉에서도 "위 문후 때 이극은 지력地力을 최대한 사용하는 교육을 했다."[1309]라고 하였다. 그래서 이극과 이회를 같은 인물이라고 볼 수 있다. 이에 따르면, 법가의 학술 근원을 거슬러 올라가면 유가가 나온다. 이회(극)는 자하에게서 배웠다.[1310] 그 근원이 유가 학술이므로, 저작에 유학 저작이 포함된 것은 아주 당연한 일이다. 그래서 『한지漢志』 유가류에 그의 작품이 실려 있다. 그러나 그는 또한 『법경法經』을 지어서 법가의 효시가 되었기 때문에 자연스럽게 법가에 속하게 되었다. 수많은 선진 학자의 저술이 『한지漢志』에 수록되었는데, 이회도 예외가 아니었다. 그가 유가에서 법가로 옮겨간 것은 이상한 일이 아니다. 한비자가 유학의 대가 순자를 스승으로 모셨지만 법가의 집대성자가 된 것과 같은 이치이다. 학술의 계승, 발전 그리고 전향은 선진 시대에 아주 자연스러운 현상이었다.

1307) 班固, 『漢書』 卷30, 〈藝文志〉, 二十五史本, 529~530쪽. 『史記』〈魏世家〉에 魏 文侯가 기원전 445년부터 408년까지 재위했다고 한 것은 잘못된 것이다. 『世木』, 『竹書紀年』에 따르면, 그의 재위 기간은 기원전 445년부터 395년까지로 61년간 재위하였다.

1308) 司馬遷, 『史記』 卷129, 〈貨殖列傳〉, 二十五史本, 355쪽.

1309) 班固, 『漢書』 卷24上, 〈食貨志〉, 二十五史本, 476쪽.

1310) 이회는 자하보다 50여 살이 어렸다. 자하는 말년에 그를 제자로 받아들였다. 그러나 陸璣는 『毛詩草木鳥獸蟲魚疏』에서 『시』의 계승에 대해 이야기 하면서, "공자가 시를 정리하여 자하에게 전수하였다. 자하가 서를 짓고 노나라 曾申에게 전수하였다. 그 다음에 증신이 위나라 李克에서 전수하였다."라고 하였다. 이에 따르면, 이회는 자하의 제자 증신(공자의 제자 曾參의 아들)의 제자이고, 자하의 재전제자가 된다. 물론, 자하가 말년에 이극을 제자로 받아들였을 가능성도 배제할 수 없다. 자하가 세상을 떠난 뒤, 이극은 증신에게서 『시』를 전수받았다. 그래서 이 책에서는 『漢志』 顏師古의 주를 따르고 있다.

법가는 "교화를 없애고 인애를 버리며 오직 형법에 맡겨 그것으로 다스리고자 하였다."[1311] 법가의 출현은 당시 사회 사조의 변화를 의미한다. 그리고 사회 사조의 변화는 사회 정치, 경제 발전과 서로 일치한다. 후와이뤄侯外盧 (1903~1987)는 다음과 같이 지적했다.

전국 시대에 이르러 토지 재산 관계가 이미 공유제에서 사유제로 변화하였다. 그래서 재산법 상의 신분 평등을 주장하는 사상이 생겨났다. 이것은 상품 생산의 발전에 적응한 것이다. 법가에서 법의 의미는 상품 등가 교환의 용어에서 차용됐다. 예를 들어, 신도愼到는 "저울로 무게를 측정하면 그 무게를 속일 수 없고, 자로 길이를 측정하면 그 길이가 잘못될 수 없고, 법률로 판정을 하면 거짓으로 이익을 취할 수 없다."라고 하였다.(『의림意林』권2 인용) 이것으로 볼 때, 법의 평균 관념은 권리와 의무 관계에서의 상품 등가 교환 관계를 반영한다. 법가는 중국 고대 상품 관계의 이론적 완성이라고 할 수 있다.[1312]

사실 묵자가 "모두 서로 사랑하고 모두 서로 이롭게 한다."라고 한 사상은 이미 상품 등가 교환 관계를 사상 기초로 하여 사회 이론을 건설한 징조가 엿보인다. 자하의 또 다른 제자인 오기吳起(?~기원전 381)도 이회와 비슷한 사상을 가지고 있었다. 그는 초나라 도왕悼王 때 재상을 지내면서 개혁을 시행했다. "법령을 정비하고, 불급不急한 관직을 없애고, 먼 왕족으로 벼슬에 있는 자를 물러나게 하고, 이를 통해 전투병을 양성했다. 요점은 강병 정책에 있고, 유세하여 합종연횡을 주장하는 자들을 깨뜨리는 데 있었다. 이에 남쪽으로 백월百越을 평정하고, 북쪽으로 진陳나라와 채蔡나라를 병합했으며, 삼진三晉을 물리치고, 서쪽으로 진秦나라를 쳤다. 그래서 제후들이 초나라의 강성함을 겁내게 되었다."[1313] 그의 개혁은 결국 실패하여 초나라 귀족들에게 죽임을

1311) 班固, 『漢書』卷30, 〈藝文志〉, 二十五史本, 530쪽.

1312) 侯外盧·趙紀彬·杜國庠, 『中國思想通史』第1卷, 北京:人民出版社, 1957, 591.

1313) 司馬遷, 『史記』卷65, 〈孫子吳起列傳〉, 二十五史本, 250쪽.

당했지만, 그의 사상 경향 및 그 개혁자적 정치 태도는 역사 발전의 흐름에 부합한 것이었다.

이회는 위魏나라에서 정치 실천에 성공했다. 그가 위나라 재상을 맡았던 시기에 현명한 인재를 등용하여 능력에 맞게 쓰고 상벌이 분명했으면 농업을 중시하였다. "지력을 최대한 사용하는데 힘썼고" "평적법平糴法"을 실행하여 부국강병을 이루었다. 그의 저술은 잘 보존되지 못했고 유실본도 아주 적지만, 유향劉向(기원전 77~6)의 『설원說苑』에 그와 위 문후(재위 기간 기원전 445~396)가 나눈 두 개의 대화가 실려 있어, 그의 정치사상을 엿볼 수 있다.

위나라 문후가 이극에게 "나라를 위하는 것은 어떤 것인가?" 하고 물었다. 이극이 "신이 듣건대, 나라를 위하는 방도에는 먹게 하되 노고가 있어야 하고, 공을 인정하되 봉록이 있어야 하며, 일을 시켜 능력이 있거든 필히 포상을 하고, 형벌은 죄에 합당해야 한다고 합니다."라고 하였다. 문후가 "내가 포상과 형벌을 모두 합당하게 했건만 백성이 인정해주지 않으니, 어찌된 일인가?" 하고 묻자, 대답하기를 "나라에 방탕한 사람이 있습니까? 신이 들은 대로 말하면, 방탕한 백성의 식록을 빼앗아 사방의 사인士人을 오게 하고, 그 아비가 공이 있기에 식록을 주지만, 그 자식은 공이 없는데도 먹여주고 나갈 때면 거마를 타며 좋은 의복 등 영화를 누리고, 들어와서는 악기를 연주하고 종석鍾石의 음률에 그 자녀가 즐거워하는 것을 편안히 여깁니다. 향곡鄉曲의 교화가 문란한 것은 이 때문입니다. 그 식록을 빼앗아 사방에서 찾아오는 사인의 식록으로 주어야 합니다. 이를 일러 방탕한 백성을 빼앗는다고 하는 것입니다."[1314]

위 문후가 이극에게 "형벌의 근원은 어디에서 생기는 것인가?" 하고 물었다. 이극이 말하기를, "간사와 음일淫佚한 행위에서 생깁니다. 무릇 간사한 마음은 춥고 굶주린 데서 생기고, 음일은 오래 굶주렸기에 남을 속일 수밖에 없는 것이며, 궁전을 조각하고 청홍색 칠을 하고 깎고 새기느라 인력을 동원

1314) 劉向 撰·向宗魯 校証, 『說苑校証』卷7, 北京:中華書局, 1987, 165~166쪽.

하자니 농사일을 해치게 됩니다. 비단으로 수놓은 옷감을 짜고 오색 매듭을 짓는 실을 꼬게 하느라 여공女工들의 몸은 상하게 됩니다. 농사를 해치는 것은 굶주림의 원천이며, 여공이 상하는 것은 추위의 근원이 됩니다. 굶주림과 추위가 함께 이르면 간사한 자가 되지 않는 경우는 아직 없습니다. 남녀가 아름답게 꾸며 서로 사랑하는 풍조 속에서 능히 음일에 빠지지 않는 경우는 일찍이 없었습니다. 그러므로 위에서 기교技巧를 금하지 않으면, 나라는 가난하고 백성은 사치하게 됩니다. 나라가 가난하고 백성이 사치하면, 가난한 자는 간사해지고 부유한 자는 음일에 빠지게 됩니다. 그런즉 백성을 몰아가서 사악하게 되게 하는 것입니다. 백성을 이미 사악하게 해놓고 법으로 그들을 주벌하고 그 죄를 용서하지 않는다면, 이는 함정을 파놓고 백성을 몰아넣는 짓입니다. 형벌이 생기는 것은 그 근원이 있는 것이니, 임금이 그 근본을 막지 않고 그 말단만 바꾸려 하는 것은 나라를 상하게 하는 지름길인 것입니다." 문후가 "옳은 말이구나! 이극의 말을 법으로 삼아 따르겠노라." 하였다.[1315]

이회는 자하의 제자로 자하는 "문학"의 으뜸이었다.[1316] 그래서 이회는 유가 문학과 문학 관념을 아주 잘 알고 있었다. 그러나 그는 세경세록을 찬성하지 않고 세족 자제들이 조상이 남긴 영화를 누리는 것에 반대하며 "방탕한 백성의 식록을 빼앗아 사방의 사인을 오게 해야 한다."고 주장했다. 그는 "궁전을 조각하고 청홍색 칠을 하고 깎고 새기는" 것, "비단으로 수놓은 옷감을 짜고 오색 매듭을 짓는 실을 꼬게 하는" 것을 부정하였다. 이런 것들은 "농사일을 해치고", "여공들을 다치게 해서, "나라가 가난하고 백성이 사치하게" 하고 "간사하고 음일한 행위"를 초래하기 때문이다. 국가의 안정을 유지하고, 간사하고 음일한 행위를 막기 위해서는 형벌을 쓰지 않을 수 없었다. 물론 형벌은 간사하고 음일한 행위를 막기 위한 수단이지, 결코 목적이 아니었다. 이런 문제를 해결하기 위한 근본적인 방법은 농사를 중시하고 음교를 금지하

1315) 劉向 撰·向宗魯 校証, 『說苑校証』卷20, 518~519쪽.
1316) 拙作, 「遊夏文學發微」(『北京大學學報(哲學社會科學版)』 2003年第4期)와 이 책 제8장 제1,2절 참고.

며 법치를 실행하는 것이다. 이처럼 이회는 유가의 허례허식에 부정적인 입장을 가지고 있었고, 유가의 문학 관념에도 보류의 입장을 가지고 있었다.

이회의 『법경法經』은 위나라 정치 실천의 산물이자, 진한秦漢 이후의 법률 근원이다. 『진서』〈형법지刑法志〉에는 "진나라와 한나라의 옛 형법의 내용 중 그 문장의 기원은 위 문후의 스승인 이회가 쓴 것이다. 이회는 각국의 형법을 모아 『법경』을 지었다. 군주가 국정을 살피는 데 있어서 도적의 문제를 해결하는 것보다 급한 것이 없었기 때문에 그 형법의 내용은 〈도盜〉, 〈적賊〉부터 시작하였다. 도적은 반드시 적발하고 붙잡아야 하기 때문에 〈망網〉, 〈포捕〉 두 편을 지었다. 경박하고 교활하게 관문을 출입하고, 노름하고, 돈을 빌리고 부끄러워하지 않고, 음란하고 사치하며 법을 어기기 때문에 〈잡률雜律〉 한 편을 지었다. 또한 그 형법을 갖추어 내용을 덧붙이고 삭제하였다. 그래서 총 6편이 되었는데, 각종 죄명에 따라 지었다. 상앙商鞅은 이를 받아들여 진秦나라의 재상이 되었다. 한나라는 진나라의 제도를 계승하였는데, 소하蕭何가 형법을 확정하였다. 삼대를 멸하는 연좌제連坐制를 폐지하고, 부주部主와 견지見知 조목을 추가하였다. 그리고 여기에 〈흥興〉, 〈구廐〉, 〈호戶〉 3편을 더해 모두 9편이 되었다."[1317]라고 하였다. 이를 통해, 이회의 『법경』 조문이 후세의 법률에 점차 녹아들어 그 원래 모습은 이미 찾아볼 수 없게 된 것임을 알 수 있다. 그러나 이회의 법치 사상은 후세 학자들에게 계승되어 선진 법가 학파를 이루었다. 그 대표적인 인물에는 신불해申不害, 신도愼到, 상앙商鞅, 한비자韓非子 등이 있다.

신불해申不害(약 기원전 401~337)에 관한 기록이 『사기』에 전해진다. "신불해는 경京 사람으로 원래 정鄭나라의 하급 관리였다. 법가의 술을 배워 한韓 소후昭侯에게 간하자, 소후는 그를 상국에 임명하여 안으로는 정치와 교육을 정비하고 밖으로는 제후들과 친선 관계를 15년 동안 유지하였다. 신불해가 죽을 때까지 나라는 잘 다스려지고 군사력이 강했으므로 제후국들 중 누구도

1317) 房玄齡 等, 『晋書』卷30,〈刑法志〉, 二十五史本, 1350쪽.

한나라를 침략하지 않았다. 신불해의 학설은 황로黃老의 학설을 근본으로 하나 형명刑名을 주장하였다. 두 편으로 된 저서가 있는데, 『신자申子』라고 부른다."[1318] 『사기』〈한세가韓世家〉 및 『육국연표六國年表』에 따르면, 한나라가 정나라를 멸망시켰을 때가 주 열왕 원년(기원전 375)으로 신불해는 정나라에서 벼슬을 지내며 "정나라의 신하"가 되었다. 이때 그의 나이는 적어도 25세 이상이었을 것으로 보이며, 그의 출생 연도를 기원전 400년 이전으로 짐작할 수 있다. 또한 『사기』〈한세가〉와 『한비자』〈정법定法〉 등에 따르면, 신불해는 한韓 소후昭侯 8년(기원전 355)에 재상을 지냈고, 그때 나이가 45~46세였다고 하니까 어느 정도 들어맞는다.

『회남자』〈요략要略〉에 따르면, "신불해는 한 소후의 보좌역이었다. 한나라는 진晉나라에서 분리된 나라이다. 땅이 메마르고 백성은 위험에 처해있었다. 두 대국 사이에 끼어있었고, 진나라의 구법이 효력을 잃기 전에 한나라의 신법이 새로 생겨났다. 선대 임금의 명령이 없어지기 전에 후대 임금의 명령이 다시 내려진 상태였다. 신구가 서로 대립하고, 선후가 서로 어긋나서 신하들이 이를 위반하고 어지러웠으며 무엇을 채택해야 할지 몰랐다. 그래서 형명刑名의 책이 생겨나게 된 것이다."[1319]라고 하였다. 신불해는 정치가이자 법가 이론의 실천가였음이 분명하다. 그의 저서는 한나라 현실 정치의 수요를 따라 쓰인 것으로, 주로 법가의 "형명" 사상에 대해 설명하고 있다. 당나라 때 안사고顏師古(581~645)는 『한서』 주에서 유향(기원전 77~6)의 『별록』에 실린 "신불해의 학문을 형명刑名이라고 부른다. 형명은 이름에 따라 실상을 책임지는 것이다. 군주를 높이고 신하를 낮추며, 위를 숭상하고 아래를 내린다."[1320]라고 한 것을 인용하였다. "형명" 학설이 하나의 치국 이론이었음을 알 수 있다.

1318) 司馬遷, 『史記』卷63, 〈老莊申韓列傳〉, 二十五史本, 247쪽.

1319) 劉安 著·高誘 注, 『淮南子』卷21, 〈要略〉, 諸子集成本, 376쪽.

1320) 班固, 『漢書』卷9, 〈元帝紀〉, 二十五史本, 391쪽. 같은 책 권46 〈萬石衛直周張傳〉 주에 인용된 것도 거의 비슷한데, "合於六經"이라는 말이 추가되어 있다. "合於六經"은 "유학을 유일한 관학으로 인정"하는 사회 환경에서의 관습적인 해석일 뿐이다.

즉, 법으로 나라를 다스리는 사상이다. 뤼스미안呂思勉(1884~1957)은 다음과
같이 지적했다.

> 고대에는 만사를 통하는 원리를 도라고 하였다. 도가 어떤 일이나 사물에
> 나타나는 것을 이理라고 하였다. 사람들이 사물을 보고 알 수 있는 것을 형形
> 이라 한다. 사람들이 부르는 문장을 명名이라고 한다. 말과 사상으로 말하자
> 면, 명과 실이 서로 부합하는 것은 옳은 것이고 그렇지 않은 것은 잘못된 것이
> 다. 사실로 말하자면, 명과 실이 서로 상응하는 것은 안정된 것이고 그렇지
> 않은 것은 어지러운 것이다. 세상 사람들의 말과 사상은 그 명과 실이 서로
> 부합하는지 살펴보아야 하는데 이것은 바로 명가名家의 학문이다. 이를 가지
> 면 술책이 생기고, 정치에 사용하여 명과 실을 종합적으로 살펴볼 수 있는데,
> 이것이 바로 법가의 학문이다. 그래서 명가와 법가는 서로 상통한다.[1321]

『한서』〈예문지〉 제자략 법가류에 "『신자申子』 6편"이 수록되어 있다. 대
개 이를 법가 "형명지서"라고 한다. 이 책은 이미 유실되었고, 『군서치요群書治
要』·『예문유취藝文類聚』·『북당서초北堂書鈔』·『의림意林』·『태평어람太平御
覽』 등에 일부 인용문이 남아 있다.

법가의 대표 인물들은 모두 "형명"을 주장했다. 신불해가 강조한 "형명"은
임금이 이름에 따라 실상을 책임지는 것으로, 상앙과 한비자의 "형명" 사상과
차이가 있다. 왕슈민王叔岷은 "형명에는 두 가지 의미가 있다. 하나는 이름에
따라 실상을 책임지는 것으로, 간단하게 명실名實이라고 부르며, 신불해(申子)
의 형명이다. 다른 하나는 공이 있는 사람에게는 상을 주고, 죄를 범한 자에게
는 반드시 벌을 주는 것으로, 상앙(商君)의 형명이다. 이 두 가지는 의미에서
차이가 난다. 신자의 형명은 형刑과 형形이 통하지만, 상앙의 형명은 형벌의
형刑으로 형形과 통하지 않는다. 한비자의 형명은 신불해의 형명과 상앙의 형
명을 둘 다 가지고 있다고 할 수 있다."[1322]라고 지적했다. 신불해가 강조한

"형명"은 이름에 따라 실상을 책임지는 것으로, 그 핵심은 "術術"("수數"라고도 함)이다. 즉, 임금에게 법치를 실행할 수 있는 수단과 방법을 제공하는 것이다. 그는 다음과 같이 말했다.

군주는 반드시 명쾌한 법과 정의를 지녀야 하는데, 마치 저울추를 저울대에 매달아 가벼움과 무거움을 재는 것과 같으며, 그것으로써 무리를 이룬 신료를 하나 되게 하는 것이다.

요의 다스림은 모두 법을 명확히 하고 명령과 그칠 것을 자세히 하는 것이었다. 성군은 법에 맡기지 지혜에 맡기지 않으며, 계산에 맡기지 말에 맡기지 않는다. 황제가 천하를 다스렸을 때, 법을 세우고 변화시키지 않았으니, 백성을 편안하게 하였고 그 법을 누리게 하였다.[1323]

고대 왕들은 하는 바가 적고 따르는 바가 많았다. 따르는 것은 군주의 術術이고, 그것을 하는 것은 신하의 도이다. 일을 하면 어지럽고, 따르면 고요하다. 겨울이니까 춥고 여름이니까 덥다. 그렇다면 군주는 무엇을 해야 하는가? 이르기를 '군주의 도는 무지無知, 무위無爲해야 한다.'고 했는데, 이것은 알고 행하는 것보다 현명한 일이다. 이렇게 하면 천하를 얻을 수 있다.[1324]

신불해의 법치 사상이 도가와 명가 사상의 영향을 받은 것을 알 수 있다. 그러나 법을 핵심으로 하는 정치 이념이 아주 분명하고, "술"(수)을 중시한 것도 후기 법가에 영향을 끼쳤다. 물론, 신불해의 법술에 대해 후세인들의 평가는 제각각이다. 예를 들어, 첸무錢穆(1895~1990)는 다음과 같이 말했다.

1322) 王叔岷, 『先秦道法思想講稿』14, 「法家三派重術之申不害」, 北京:中華書局, 2007, 197~198쪽.

1323) 四庫全書本 『藝文類聚』 卷54引, 『太平御覽』 卷638 인용문과 대략 같다.

1324) 高誘 注, 『呂氏春秋』 卷17 〈任數〉引, 諸子集成本, 205쪽.

한비자와 신불해의 관점을 천하의 통치라고 이해했다면 상앙의 관점과는 큰 차이가 난다. 후세 사람들은 신불해와 상앙을 함께 논했는데 이것은 잘못된 것이다. 신불해는 본래 낮은 신분에서 높은 자리에 오르게 되었는데, 그 술책은 군왕이 좋아하는 것을 세밀하게 관찰하여 말하는 것이었다. 그래서 군왕을 가르치는 까닭은 아랫사람들로 하여금 군왕이 즐거워하는 것을 엿보아 깊이 생각하여 헤아리지 못하게 하는 것이었다. 무릇 이후에 신하들은 각자의 직분을 성실히 수행하였고 군왕은 그들의 재능에 따라 인재를 기용하였으며, 공로에 따라 상벌을 결정했다.[1325]

이런 순전히 정치 권술을 농락하는 법치 사상은 예악 교화의 유가 문학 관념을 절대 용납할 수 없었고, 『시』와 『서』 등 문헌 전적에도 관심을 갖지 않았다.

신도愼到에 관해서는 생몰년이 확실하지 않다. 그가 제나라 선왕宣王과 민왕湣王 때 활약했다는 것으로 볼 때, 맹자(약 기원전 385~302)와 동시대이거나 약간 늦을 것으로 짐작된다. 『사기』〈맹자순경열전孟子荀卿列傳〉에는 그가 "조趙나라 사람"으로 "황노黃老의 도덕지술을 배웠고", "『십이론十二論』을 지었다."[1326]라고 하였다. 『사기』〈전완세가田完世家〉에는 "선왕이 문학 유사들을 좋아하여 추연鄒淵·순우곤淳于髡·전변田騈·접여接予·신도愼到·환연環淵 같은 무리들 76명에게 집을 하사해 상대부로 삼고, 관직에 얽매이지 않고 자유로이 토론하게 했다."[1327]라고 하였다. 『염철론鹽鐵論』〈논유論儒〉에서는 "제민왕湣王은 위왕과 선왕의 업적을 계승했다. 남쪽으로 초나라 회하淮河를 점령하고, 북쪽으로 거대한 송나라를 삼켰으며, 12개의 제후국을 복속시켰고, 서쪽으로 삼진三晉을 격파하고, 강력한 진秦나라를 격퇴시켰고, 기타 5개의 나라를 복속시키고, 추鄒나라와 노魯나라의 임금과 사수泗水 일대의 제후를

1325) 錢穆, 『先秦諸子系年』 77, 〈申不害考〉, 北京:商務印書館, 2001, 277쪽.
1326) 司馬遷, 『史記』 卷74, 〈孟子荀卿列傳〉, 二十五史本, 266쪽.
1327) 司馬遷, 『史記』 卷46, 〈田敬仲完世家〉, 二十五史本, 224쪽.

신하로 삼았다. 제 민왕은 더 많은 업적을 세우기 위하여 끊임없이 전쟁을 일삼았으니 백성은 더 이상 참을 수 없게 되었다. 유생들의 간언도 받아들여 지지 않아 모두 흩어지게 되었다. 신도와 첩자捷子가 떠나고, 전변田騈은 설薛 나라로 가고, 손경孫卿은 초나라로 갔다. 나라에 현명한 신하가 없게 되자, 제후들이 힘을 합쳐 제나라를 공격하였다."[1328)라고 하였다. 『한서』〈예문지〉 제자략 법가류에『신자愼子』42편이 실려 있고, 주에는 "이름은 도이다. 신불 해, 한비자보다 앞선다. 신불해, 한비자로부터 존경을 받았다."[1329)라고 했는 데, 이 말은 잘못된 것이다. 신자는 직하학사稷下學士로 제 민왕 말기에 제나라 를 떠났기 때문에, 그 사망 시기는 제 민왕 말년(기원전 284) 이후의 일이다. 그래서 그의 활동 시기는 신불해보다 늦고 한비자보다 앞선다.『한서』〈고금 인표〉에 신불해와 한 소후(재위 기간 기원전 362~333)를 같이 나열하였고, 신도 와 제 민왕(재위 기간 기원전 300~284)을 같이 나열했는데 거의 일치한다.[1330) 『신자』의 원본은 이미 유실되었고,『군서치요群書治要』,『의림意林』,『태평어 람太平御覽』등에 그 인용문이 남아 있다. 오늘날 전해지는 본(예를 들어,『제자집 성諸子集成』본)은 후세인들이 잡기하여 엮은 것이다.

신도愼到는 법가 중세파重勢派의 대표적인 인물로, 그 사상은 도가, 유가, 명가 등 여러 학파의 학설을 흡수한 것으로 법치 이론에 특히 뛰어나다. 예를 들어,

---

1328) 桓寬,『鹽鐵論』,〈論儒第十一〉, 諸子集成本, 13쪽.

1329) 班固,『漢書』卷30,〈藝文志〉, 二十五史本, 530쪽.

1330)『孟子』,〈告子下〉에 "노나라에서 신자에게 장군의 직을 주려고 하였다. 맹자가 '백성들을 가르치지 않고서 전투에 동원해서 쓰는 것은 백성들을 재앙에 빠뜨리는 것이라 합니다. …… '라고 말했다. 신자가 발끈하여 '그런 것은 나 滑釐는 모르는 것이오.'라고 말했다."라고 했다. 趙岐는 注에서 "愼子는 병가에 능했다. 활리의 이름은 신자이다."라고 하였다. 梁玉繩은『人表 考』에서 "『戰國策』에 나오는 신자는 襄王의 스승이다. 노나라에도 신자가 있는데,『맹자』에서 볼 수 있다."라고 하였다. 蔣伯潛은『諸子通考』에서 "신자의 이름은 활리이고, 노나라 사람이 다. 맹자와 동시대에 살았고, 동명이인이 있다."라고 하였다. 많은 학자들이『맹자』에서 언급한 노나라 장군인 愼子(滑釐)와 제나라 稷下의 愼子(到)를 다른 사람이라고 하였지만, 일부에서 는 동일 인물이라고 주장하기도 하였다. 이 책에서는 다수의 주장을 따르고 있다.

옛날에 천자를 세워 그를 높인 것은 그 사람 하나를 위해서가 아니다. 말하자면, 천하에 귀한 사람이 하나도 없다면 곧 도를 통하지 않는 것이니, 도를 통하도록 하는 것은 천하를 위해서이다. 그래서 천자를 세워 천하로 삼는 것은 천하를 세워 천자를 위함이 아니며, 군주를 세워 나라로 삼는 것은 나라를 세워 군주를 위함이 아니고, 官長을 세워 관으로 삼는 것은 관을 세워 관장을 위함이 아니기 때문이다. 법이 비록 부족하더라도 법이 없다면 더욱 혼란할 것은 누구나 같은 생각이리라! 무릇 갈고리를 던져 재물을 나누고 채찍을 가해 말을 나누는 것은 구책鉤策이 균일해서가 아니다. 비록 아름답다고 하는 것이 덕 때문인지 모르고, 미워하는 것은 원한 때문인지 모른다면 이는 바라는 바가 막혀있기 때문이다.[1331]

왕은 너무 많은 말을 듣지 않는다. 법과 헤아림으로 그 득실을 따질 뿐이다. 법 없이 하는 말은 듣지 않으며, 법 없는 노고는 공으로 생각하지 않으며, 노고가 없는 친지는 관리에 임용하지 않는다. 관리 선발에는 사사로운 친함이 없고, 법 실행에는 편애가 끼어들지 않는다. 위와 아래가 무사無事한 것은 오직 법이 있기 때문이다.[1332]

신도는 "법"이야말로 사회를 다스리는 효과적인 수단으로, 사람들이 원하는 공정성에 부합한다고 보았다. 이것은 특정한 개인을 위한 것이 아니어서 개인도 "법"을 초월해서 이익을 얻을 수 없다. 법치를 철저히 유지해야지만 국가가 오랫동안 안정될 수 있다. 그는 "법이란 천하를 구하는 동력이면서 아주 공평하고 큰 체제이다. 그래서 지혜로운 사람은 법을 어겨 멋대로 하지 않고, 변사辯士도 법을 어기며 멋대로 하지 않고, 선비도 법을 어기지 않고 이름을 남기며, 신하는 법을 어기지 않고도 공을 남긴다."라고 하였다. 또 "법의 공은 사사로움을 행하지 않는 것보다 큰 것이 없다. 임금의 공은 백성들이

1331) 愼到, 『愼子』, 〈威德〉, 諸子集成本, 2쪽.
1332) 愼到, 『愼子』, 〈君臣〉, 諸子集成本, 6쪽.

다투지 않게 하는 것보다 큰 것이 없다. 이제 법을 세우되 사사로움이 행해진다면 이는 개인과 법이 다투게 되어 법이 없는 것보다 더 혼란스럽게 된다. 군주를 세우되 현자를 존중하면 현자와 군주가 다투게 되어 이는 군주가 없는 것보다 더 혼란스럽게 된다. 그러므로 도가 있는 나라는 법을 세우면 곧 사사로운 논의가 행해지지 않게 하고, 군주를 세우면 곧 현자를 존중하지 않는다. 백성들이 군주에게 공평해지고, 모든 일들이 법에 의하여 처리되니 이것이 나라의 대도大道이다."[1333)라고 하였다. 신도는 유가의 성현聖賢 숭배와 묵가의 상현尙賢 사상에 반대하였기 때문에, 자연스럽게 종경宗經의 주장도 부정하게 되었다. 또한 문학에 대해 비판적이고 반대적인 입장을 가졌다. 신도는 다음과 같이 생각했다.

『시』는 옛 뜻이다. 『서』는 옛 알림이다. 『춘추』는 옛 사건이다.[1334)

그러나 "법"은 형세의 발전에 따라 끊임없이 변화했다. "나라를 다스림에 그 법을 지니고 있지 못하면 곧 혼란한 것이고, 법을 지키지만 법을 변화시키지 않으면 곧 쇠퇴하며, 법이 있으면서도 사적인 것이 행해진다면 이를 일컬어 법이 아니라고 하는 것이다. 힘으로써 법을 시행하는 자들은 백성이다. 죽음으로써 법을 지키는 자들은 관직을 지닌 자들이다. 도로써 법을 변화시키는 자들은 군주이다."[1335) 그래서 법치 국가는 『시』, 『서』의 지도와 성현의 가르침에 따라 행사할 수 없다.

그렇다면 군주는 무엇에 따라 법치를 시행해야 할까? 신도는 현능賢能과 인의仁義가 아닌, "명분名分"과 "세위勢位"에 따라야 한다고 보았다. 그는 다음과 같이 말했다.

1333) 愼到, 『愼子』, 〈愼子遺文〉, 諸子集成本, 13, 7쪽.
1334) 愼到, 『愼子』, 〈愼子遺文〉, 諸子集成本, 10쪽.
1335) 愼到, 『愼子』, 〈愼子遺文〉, 諸子集成本, 9쪽.

지금 한 마리 토끼가 길거리를 달리고 백 명이 이를 쫓는다고 하자. 한 마리 토끼로는 백 명이 족히 나눌 수 없기에 아직 정해지지 않은 것이다. 아직 정해지지 않았기 때문에 있는 힘을 다해 사람들이 쫓는 것이다. 만약 토끼를 시장에 가득 쌓아 놓았다고 하자. 지나다니는 사람들이 쳐다보지도 않는데, 토끼를 원하지 않는 것은 아니지만 이미 정해졌기 때문이다. 이미 정해진 다음에는 비록 인색한 자라고 하더라도 다투지 않을 것이다. 그래서 천하와 나라를 다스림은 명분을 정하는데 달려 있는 것이다.[1336]

등사騰蛇는 안개 사이를 노닐고, 비룡은 구름을 타지만, 구름이 흩어지고 안개가 걷히면 지렁이와 같은 무리가 되니, 이는 곧 그것이 올라탔던 것을 잃은 것이다. 그러므로 현명하지만 불초한 자에게 굴복하는 자는 권세가 가벼운 것이다. 불초하지만 현명한 자에게 복종을 얻는 자는 지위가 존엄한 것이다. 요 임금이 필부였다면 그 이웃에게조차 일을 시킬 수 없었을 것이다. 왕이 되자 그의 명령이 천하를 금지하였다. 이로써 보건대 현명함은 그것으로써 그렇지 못한 자를 복종시키는데 충분하지 않지만, 권세와 지위는 그것으로써 현명한 자를 굴복하게 하는데 충분한 것이다.[1337]

신도가 언급한 "세"는 사실 지위와 권력으로, 이것은 국가를 다스리는 주요 근거이자 군주가 천하를 다스리는 중요한 무기였다. "세"의 강제성과 "법"의 통일성에 의거하여 백성들을 고분고분하게 만들 수 있는데, 왜 『시』, 『서』 같은 쓸데없는 "문학"을 사용한다는 말인가. 이런 사상은 훗날 법가학자에게 깊은 영향을 미쳤다.

신불해가 법가 사상의 실천자였다고 한다면, 신도는 법가 이론을 창조한 인물이다. 그렇다면 이론과 실천의 두 가지 방면에서 중요한 공헌을 한 초기 법가 인물로는 상앙을 꼽을 수 있다. 상앙이 중국 초기 법가의 대표 인물이라

1336) 高誘 注, 『呂氏春秋』 卷17, 「愼勢」引, 諸子集成本, 212쪽.

1337) 愼到, 『愼子』, 〈威德〉, 諸子集成本, 1쪽.

는 하는 것은 절대 과장이 아니다.

상앙商鞅(약 기원전 390~338)은 성이 공손公孫, 이름은 앙鞅으로, 위衛나라
공자이다. 일명 위앙衛鞅이라고 불린다. 진나라에서 재상을 지낼 때 상에 봉해
져서 호를 상군商君이라고 하였고 상앙이라고도 불렸다. 앞에서 이회를 다루
면서 "상군이 『법경法經』을 전수받고 진나라의 재상을 지냈다."라고 언급했
다. 그의 법가 사상과 구체적인 대책은 이회李悝로부터 직접적인 영향을 받았
다. 『사기』〈상군열전商君列傳〉에 "상군은 위나라 왕의 여러 첩이 낳은 공자들
가운데 하나로, 이름은 앙이고 성은 공손 씨이며 그 조상의 본래 성은 희姬였
다. 공손앙은 젊어서부터 법가의 학문을 좋아하고 위나라 재상인 공숙좌公叔
座를 섬겨 중서자中庶子가 되었다. 공숙좌는 상앙이 현명한 줄은 알았지만 위
魏나라 왕에게 추천할 기회를 얻지 못했다. 마침 공숙좌가 병에 걸리자 위나라
혜왕이 찾아와 병문안을 하며 이렇게 말했다. '만일 그대의 병이 낫지 않는다
면 앞으로 나라를 어떻게 하면 좋겠소?' 공숙좌는 이렇게 대답했다. '제 중서
자中庶子로 있는 공손앙은 나이는 비록 어리지만 재능이 빼어납니다. 왕께서
나랏일을 그에게 맡기고 다스리는 이치를 들으십시오.' 왕은 아무 말도 하지
않았다. 왕이 가려고 하자, 공숙좌는 주위 사람들을 물러나게 하고 다음과 같
이 말했다. '왕께서는 공손앙을 등용하지 않으시려거든 반드시 그를 죽여 국
경을 넘지 못하게 하소서.' 왕은 고개를 끄덕이고 돌아갔다. …… 공숙좌가 세
상을 떠나자 공손앙은 진秦나라 효공孝公이 전국의 어진 이를 찾는다는 포고
령을 듣고 …… 서쪽 진나라로 갔다." 공숙좌는 주 현왕 8년(기원전 361)에 세상
을 떠났고, 그 해에 공손앙은 위나라를 떠나 진나라로 갔다. 진 효공孝公(재위
기간 기원전 361~338) 3년에 공손앙이 효공에게 나아가 변법을 이야기하고 효
공이 이를 받아들여 변법이 시작됐다. 효공 6년(기원전 356)에 공손앙을 좌서
자左庶子에 임명하고 처음으로 변법령을 반포했다. 효공 10년(기원전 352)에
공손앙은 대량조大良造로 승급하고 병사를 이끌고 위나라를 공격하여 진나라
에 복속시켰다. 효공 14년(기원전 348)에 공손앙이 재상에 올라 조세 개혁을
실행하고 법치를 추진하고 경전을 장려했다. "변법이 시행된 지 10년이 지나

자 진나라 백성들은 생활이 풍족해져서 매우 기뻐하게 되었고, 길에 물건이 떨어져 있어도 몰래 주워 갖는 이가 없었으며, 산에 웅거하던 도적이 사라졌다. 많은 사람들이 일을 열심히 하여 부유해졌다. 진나라 병사들은 공을 세우기 위해 전장에서는 열심히 싸웠고 사사로운 싸움이 없어져 향촌이나 성읍이 무탈하게 다스려졌다."[1338] 효공이 죽고(기원전 338) 상앙은 진나라 귀족들에 의해 거열형車裂刑에 처해졌다. 비록 상앙은 아주 처참하게 세상을 떠났지만, 진나라에서의 개혁 성과는 아주 대단했다. 그래서 진나라는 강대해질 수 있었고 그의 사상도 크고 깊은 영향을 남길 수 있었다.

그러나 지적할 것은 진나라의 개혁이 사람들이 말하는 것처럼 효공 시대부터 시작된 것은 아니었다. 사실 진 효공(재위 기간 기원전 361~338) 시기에 이루어진 상앙의 개혁은 진 헌공(재위 기간 기원전 384~362) 때 시행된 개혁을 기반으로 진행된 것이다. 그리고 진 헌공의 개혁은 묵자 신도들의 지원과 참여로 이루어졌다. 재미학자인 허빙디何炳棣는 다음과 같이 말했다.

> 묵자 정치 이론의 핵심은 "상동尙同"이다. 필자는 십여 년 전에 〈상동〉의 편명을 발견했다. 이것은 사실 『손자병법』〈계計〉 편에 나온 "도라는 것은 백성으로 하여금 윗사람과 한마음이 되게 하는 것이다."를 가장 충실하고 기교 있게 간소화한 것이라고 할 수 있다. 이 말을 대충 보면 크게 이상한 점이 없지만, 춘추 시대에 "정치에 대해 아는 체하는 사람이 많았던" 역사적 폐단을 바로잡겠다는 심오한 뜻이 담겨 있었다. …… 세상의 온갖 풍파를 겪은 헌공은 부국강병이 정치, 사회, 경제의 균형 발전에 달렸다는 것을 명확히 알고 있었다. 그래서 원년에 낡은 풍습인 순장殉葬을 폐지하라고 명령하고, 7년에 "시장을 처음 조직"하고, 10년에 "처음 호적을 만들었다." 마침 신하와 백성 사이에 외부에서 온 묵자가 있었는데, 이들은 전문 기술뿐만 아니라 묵적墨翟의 상동尙同 이념을 계승하여 정치 일원화를 추진하는 원칙과 방법을 가지고

1338) 司馬遷, 『史記』 卷68, 〈商君列傳〉, 二十五史本, 254~255쪽. 公孫痤를 公孫座라고 하기도 한다.

있었다. 오직 묵자만이 외우고 있는 "소인이 간교한 소문을 듣고서도 말하지 않는 것은 같은 죄를 짓는 것이다."라는 역사적 교훈이었다. 필자는 헌공이 정치 제도 일원화라는 새로운 길을 결심하게 된 것이 묵자가 밝힌『상동』의 의미와 결코 뗄 수 없다고 보고 있다.[1339)]

예전에 사람들은 진나라에서 시행한 군현제, 호적 개혁, 십오제 및 연좌제, 경전耕戰 등을 모두 상앙의 개혁이라고 보았다. 사실 이런 개혁은 진 헌공 시기에 이미 시작되었고 큰 성과를 거둔 바 있다.[1340)] 상앙이 위나라를 떠나 진나라로 온 뒤 이런 개혁 전통을 이어받아 계속 추진하고 심화한 것이다. 그래서 상앙의 법치 사상에는 묵가 사상의 중요한 요소가 녹아 있고, 선인들도 이를 여러 번 언급했다.[1341)] 이것은 우리가 법가의 문학 관념을 다룰 때 관심을 갖지

1339) 何炳棣,「國史上的"大事因緣"解謎—從重建秦墨史入手」,『光明日報 · 光明講壇』2010年 第13期(總第97期), 2010年6月3日, 第10,11版.

1340) 何炳棣,「國史上的"大事因緣"解謎—從重建秦墨史入手」,『光明日報 · 光明講壇』2010年 第13期(總第97期), 2010年6月3日, 第10,11版. 何炳棣의 논문 원본에서 더욱 자세한 논증을 볼 수 있다. 필자는 전자파일로 된 것을 보았다. 徐中舒도 "진나라는 기원전 408년에 '토지사유제를 시행'하고, 기원전 378년에 '시장을 처음 조직'하고, 기원전 375년에 '처음 호적과 십오제를 만드'는(『사기』〈秦本紀〉) 등의 개혁을 시행한 뒤, 생산성이 향상되었고 군사력이 늘어났으며 위나라를 공격하여 두 번의 승리를 거두었다. 기원전 364년에 秦나라는 '晉나라와 石門에서 싸워 6만 명의 목을 베었다.'(『사기』〈六國年表〉). 또한 기원전 362년에 위나라가 한나라, 조나라와 澮(현 허난 웨이스현 서남부)에서 싸우는 틈을 타서 위나라 少梁(현 산시 한청현 남부)을 공격하였고, 위나라 公孫痤를 생포하고(『사기』〈秦本紀〉) 위나라 龐城을 점령하였다."라고 하였다.(『先秦史十講』, 北京:中華書局, 2009, p113) "토지사유제 시행"을 제외한 이상의 개혁과 승리는 모두 진 헌공(재위 기간 기원전 384~362) 집권 시기에 이루어졌다. 徐中舒는 이런 성과의 유래를 논증하지 않았고, 何炳棣는 이런 성과가 진나라 묵가와 밀접한 관련이 있다고 보았다.

1341) 王叔岷은 "商君의 학설은 법을 위주로 하지만, 여러 범위를 망라하고 있다. 법에 농업을 겸한 것 이외에, 도가, 유가, 명가 심지어 묵가와도 관련이 있다."라고 하였다. 또 "묵가의 법은 '사람을 죽이면 사형이고, 사람을 다치게 하면 벌을 받아야 했다.' 服醇이 아들을 사형에 처하거나【『여씨춘추』〈去私〉참고 - 인용자】, 상앙이 태자의 스승인 공손가에게 刺字刑을 시행한【『사기』〈商君列傳〉참고 - 인용자】 것은 모두 公義에 따른 것이다. 복돈이 "이로써 살인과 상해를 금지할 수 있다."라고 한 것 및 상앙이 말한 "살인으로 살인을 없애고, 형벌로 형벌을 없앤다."는 의미에 부합한다. 상앙은 진 혜왕 원년에 거열형을 당했는데, 그때 50세쯤 되었다. 혜왕은 복돈의 나이가 많다고 하였는데 상앙보다 결코 적지 않을 것이다. 이것이 묵가의 법이라고 한다면 입법은 훨씬 전에 이루어졌을 것이다. 상앙이 사리에 따르지 않고 공정하게 한 것은 묵가가 세운 법과 상통한다."(『先秦道法思想講稿』15, 北京:中華書局, 2007, 210쪽, 220~

않을 수 없는 부분이다.

법가, 묵가의 사상 이외에 유가 사상도 상앙의 사상에 깊은 영향을 미쳤다. 상앙은 "위나라 왕의 여러 첩이 낳은 공자들 가운데 한 사람이다." 위나라는 주 무왕의 아우 강숙康叔의 제후국으로, 춘추 초기에 위衛 무공武公이 국내에서 적극적으로 예악 교화를 추진하고, 신하가 수시로 그에게 간언할 것을 요구했으며, 시를 지어 이상을 펼치고자 하였다.[1342] 『시경』에는 "이남二南" 뒤에 "삼위三衛"시(〈패풍邶風〉, 〈용풍鄘風〉, 〈위풍衛風〉)를 배치하였다. 곳곳에 위나라가 예악 문화 전통을 가지고 있었음을 보여준다. 그러나 상앙은 예악, 『시』, 『서』를 거세게 비판하였는데, 이것은 그가 예악 문화와 유가 사상에 대해 잘 알고 있었음을 설명해준다. 이 밖에 상앙은 잡가의 학문도 배웠다. 『한지漢志』 〈제자략諸子略〉 잡가 〈시자尸子〉에서 반고는 "이름은 교佼이고, 노나라 사람이다. 진나라 재상 상군이 그를 가르쳤다. 상앙이 죽고 교는 촉나라로 도망갔다."[1343]라고 주를 달았다. 또 병가에도 뛰어났다. 『한지』 〈병서략兵書略·병권모兵權謀〉에 "〈공손앙公孫鞅〉 27편"[1344]이 수록되어 있다. 『순자』 〈의병편議兵篇〉에 "진나라의 위앙은 병가에 뛰어나다고 이름났다."[1345]라고 하였다. 그래서 상앙의 사상은 유, 묵, 도, 법, 잡, 병 등 각 학파의 사상이 융합되었다고 할 수 있다. 물론 그 핵심 사상은 "법"이었다.

상앙의 사상은 〈상군서商君書〉에 고스란히 남아 있다. 〈상군서〉는 『한서』 〈예문지〉에 수록된 이후 대대로 전해졌다. 비록 유실된 것도 있지만 크게 훼손되지 않았다.[1346] 송나라 이후에 일부에서 이 책이 위서라고 주장했다. 예를

221쪽) 王叔岷은 비록 상앙과 묵가의 관계를 알고 있었지만, 의심만 가졌을 뿐 단정 내리지는 않았다. 사실 묵자, 거자, 복돈은 진나라 묵가가 진나라 정치에 얼마나 큰 영향을 끼쳤는지 증명해준다. 상앙이 변법을 추진할 때 진나라 묵가도 작용을 하였다. 다른 측면에서 何炳棣의 논증을 보충했다.

1342) 이 책 제3장 제1절 참고.

1343) 班固, 『漢書』卷30, 〈藝文志〉, 二十五史本, 530쪽.

1344) 班固, 『漢書』卷30, 〈藝文志〉, 二十五史本, 532쪽.

1345) 王先謙, 『荀子集解』下, 新編諸子集成本, 北京:中華書局, 1988, 276쪽.

들어, 주단조周端朝의 『섭필涉筆』과 황진黃震의 『일초日抄』 등에서 거론했었지만, 설득력 있는 증거를 제시하지는 못했다.[1347] 구스顧實(1878~1956)는 다음과 같이 말했다.

> 〈상군서〉와 『관자管子』는 모두 제자들의 손에서 나왔다. 〈경법편更法篇〉의 첫 마디는 효공의 시호이다. 또 〈내민편來民篇〉에는 "지금 삼진三晉이 4대에 걸쳐 우리 진秦나라와 싸워 이기지를 못했다. 위 양왕 이후 야전에서 한 번도 이기지 못하고, 성을 지키고 있으면 반드시 성을 빼앗겼다."라고 하였다. 〈약민편弱民篇〉에는 "진秦나라 군사가 언영鄢郢에 와서 단숨에 함락하였다. 당멸唐蔑은 수섭垂涉에서 전사하고, 장교莊蹻는 초나라에서 노략질을 하였다."라고 하였다. 이것은 모두 진 소왕 때의 일이다. 상군 시대에 볼 수 있었던 것이 아니다.[1348]

오늘날 전해지는 〈상군서〉에 제자들의 글이 실려 있다는 말인데 이것은 사실이다. 그러나 그렇다고 이것을 위서라고 보는 것은 설득력이 떨어진다. 왜냐하면 모든 고서는 어느 정도 후세인들의 개작이 들어있기 때문이다. 〈상군서〉는 전국 후기에 이미 세상에 널리 알려졌다. 한비자(약 기원전 280~233)는

1346) 『漢書』〈藝文志〉 제자략 법가류에 "『商君』29편"이 수록되어 있고, 鄭樵는 『通志』〈藝文略〉 법가류에서 "『商君書』5권은 진나라 재상 위앙이 지었다. 한나라에 29편이 있었으나, 현재 3편이 유실되었다."라고 하였다. 陳振孫은 『直齋書錄解題』 잡가류에서 "『商子』5권은 진나라 재상 위앙이 지었다. 『한지漢志』 29편은 현재 1편이 유실되어 28편이 남아 있다."라고 하였다. 오늘날 전해지는 26편은 그중에 16편과 21편이 유실되어 사실상 24편이다. 이 밖에 『指海』本 부록에 상앙의 산편 『六法』이(嚴可均은 『全上古三代秦漢三國六朝文』에서 『立法』이라고 제목을 바꾸어 수록하였다.) 실려 있다. 그래서 현존하는 『商君書』는 총25편이다.

1347) 예를 들어, 송나라 때 周端朝는 『涉筆』에서 "상앙의 책은 대부분 후세인들이 그의 이름을 빌려 쓴 것이다. 그의 문체를 흉내 낸 것으로 그가 쓴 것이 아니다. 상앙의 주요 관점은 『사기』에 실려 있다. 오늘날 전해지는 것은 대부분 엉망으로 쓴 것이어서 볼 필요가 없다. ……『사기』에 실려 있지 않은 것은 후세인들이 덧붙인 것이다. 당시에 통행되던 것이 아니다. 진나라가 홍성할 무렵, 조정에 어찌 탐관오리가 있을 수 있었겠나? 관직을 팔아 재물을 얻고, 재물을 넣어 관직을 사는 일이 어찌 효공 전의 일이겠는가?"라고 하였다. 黃震은 『日抄』에서 "상앙처럼 재주 많은 사람이 이렇게 엉망으로 책을 쓰지는 않았을 텐데, 이 책의 진위를 알 수 없구나."라고 하였다.

1348) 顧實, 『漢書藝文志講疏』, 上海:上海古籍出版社, 1987, 134쪽.

〈내저설좌상內儲說左上〉에서 이를 인용하였고, 〈오두五蠹〉 편에서 "오늘날 나라 안의 백성들이 모두 다스림에 대해 말하고 상앙과 관중의 법을 적은 책을 집집마다 간직하고 있다."[1349]라고 하였다. 진한 시대에도 이 책을 어렵지 않게 볼 수 있었다. 유안劉安(기원전 179~122)은 "상앙의 〈계색啓塞〉, 신자의 〈삼부三符〉, 한비의 〈고분孤憤〉, 장의張儀와 소진蘇秦의 종횡 등은 모두 권력을 차지하기 위한 술수가 담겨 있다."[1350]라고 하였다. 〈계색〉은 오늘날의 〈개색開塞〉이다. 사마천(기원전 145~?)도 "나는 일찍이 상군이 지은 〈계색〉과 〈경전耕戰〉 따위를 읽었는데, 그 내용도 그가 행동한 궤적과 비슷하다."[1351]라고 하였다. 〈경전〉은 오늘날의 〈농전農戰〉이다. 그래서 뤼스미안呂思勉(1884~1957)은 다음과 같이 말했다.

> 오늘날 〈상군서〉의 의미는 비록 『관자』나 『한비자』만큼 많지 않지만, 고서이지 위서는 아니다. 이 책의 취지는 "백성이 농전農戰에 종사하는 것이다." 고대 제도와 고대 사회 상황을 많이 엿볼 수 있는 아주 귀한 책이다.[1352]

오늘날 〈상군서〉에는 상앙 및 그 후학의 저술이 포함되어 있다. 상앙의 사상 자료로 사용함에 큰 문제가 없을 것이다. 상앙의 문학 사상을 이해하려면 지금으로서는 이 책을 기본으로 삼을 수밖에 없다.[1353]

전국 시기 각 제후국은 경쟁이 치열했다. 모두가 자국의 강성을 추구하고 우세한 지위를 얻고자 하였다. 그래서 각국의 군주들은 이상적인 목적을 이루

1349) 韓非, 『韓非子』 卷19, 〈五蠹〉, 二十二子本, 1185쪽.

1350) 劉安, 『淮南子』 卷20, 〈秦族訓〉, 二十二子本, 1305쪽.

1351) 司馬遷, 『史記』 卷68, 〈商君列傳〉, 二十五史本, 255쪽.

1352) 呂思勉, 『經子解題』, 〈商君書〉, 上海:華東師範大學出版社, 1995, 168~169쪽.

1353) 『漢書』 〈藝文志〉에 "『商君』 29편", 『隋書』 〈經籍志〉에 "〈상군서〉 5권", 『舊唐書』 〈經籍志〉에 "『商子』 5권"이 각각 실려 있다. 『通志』 〈藝文略〉에도 "〈상군서〉 5권"이 실려 있고, 주에서 "진나라 재상 위앙이 지었다. 한나라에 29편이 있었으나, 현재 3편이 유실되었다."라고 하였다. 嚴萬里가 얻은 원나라 판각본은 총26편으로, 그중 제16편과 21편은 목차만 있을 뿐 내용이 없어서 실제로는 24편이다.

기 위해서 학자들의 소리에 귀 기울이거나, 심지어 그들에게 높은 정치 지위를 부여하여 도움을 받고자 하였다. 그러나 상앙은 "갈 길은 먼데 말과 소가 없는 격이고, 큰 내를 건너는데 배와 노가 없는 격이다."[1354]라고 생각했다. 이렇게 하면, 결코 국가 부강을 이룰 수 없고, 오히려 국가를 빈곤하고 백성을 나약하게 할 뿐이었다. 그는 다음과 같이 말했다.

> 오늘날의 군주들이 모두 자기 나라가 위태롭고 병력이 약한 것을 걱정하면서 힘써 유세객들의 말을 들으려고 한다. 유세객들이 무리를 지어 교묘한 말을 많이도 지껄여 대지만 실제로는 아무 소용이 없다. 유세객들은 뜻을 이루게 되고, 크고 작은 길거리에서 궤변을 늘어놓으면서 끼리끼리 무리를 짓는다. 백성들은 그들이 고관대작의 환심을 살 수 있다는 것을 보고서는, 모두 그들을 본받는다. 대저 사람들이 도당을 모으고, 국가에 대해 논쟁하며 의견이 분분해지면, 평범한 백성들은 그것을 즐거워하고 고관대작들도 그것을 기뻐한다. 그러므로 그 백성들 중에는 농업에 종사하는 사람이 적고 놀고먹는 사람이 많아진다. 놀고먹는 사람이 많으면 농사짓는 사람이 나태해지고, 농사짓는 사람이 나태해지면 토지가 황폐해진다. 학문하는 것이 기풍을 이루게 되면, 백성들은 농사를 버려두고 변론에 종사할 것이며, 공리공론을 끊임없이 늘어놓을 것이다. 백성들은 농사를 버리고 놀고먹으면서 언변으로 지위를 높이고자 하기 때문에 백성들 중에는 군주를 떠나 신하로 복종하지 않는 사람이 무리를 이루는 것이다. 이것은 국가를 가난하게 하고 병력을 약화시키는 교화이다. 대저 국가가 언론에 근거해서 백성을 임용한다면, 백성들은 농업을 좋아하지 않을 것이다. 그러므로 언론을 좋아하는 것은 군사력을 강화하거나 영토를 넓혀주지를 못한다는 것을 오직 영명한 군주만이 알 뿐이다. 오직 성인만이 치국에 있어서 농업, 전쟁 한 방면에만 전념하고 백성들을 농업에 집중시켰을 따름이다.[1355]

1354) 商鞅 撰·嚴萬里 校, 『商君書』, 〈弱民〉, 諸子集成本, 36쪽.

1355) 商鞅 撰·嚴萬里 校, 『商君書』, 〈農戰〉, 諸子集成本, 7~8쪽.

상앙의 분석은 어느 정도 일리가 있다. 백가쟁명은 전국 중·후기에도 여전히 계속되었다. "크고 작은 길거리에서 궤변을 늘어놓으면서 끼리끼리 무리를 짓는"것은 당시의 분분한 국면을 아주 잘 묘사했다. 비록 당시에 일부 쟁론은 여전히 춘추 전국 시기 학자들이 관심을 가졌던 현실 문제의 사상 전통을 이어가고 있었지만, 일부 쟁론은 사회 현실과 거리가 멀어 현실 문제를 해결할 수 없었다. 물론 사상사의 관점에서 볼 때, 이런 언론은 모두 어느 정도의 가치가 있다. 그러나 사회 현실 문제의 해결이라는 관점에서 볼 때, 이런 언론은 "교묘한 말을 많이도 지껄여 대지만 실제로는 아무 소용이 없었다."

유가가 제시한 "선왕을 본받고", "예법을 따르는" 이론에 대하여 상앙은 다음과 같이 반박했다.

> 과거의 왕조들은 정교政敎가 같지 않으니 어느 조대朝代를 본보기로 삼아야 합니까? 제왕들은 과거의 것을 되풀이하지 않았으니 누구의 예를 따라야 합니까? 복희와 신농은 백성들을 교화하되 벌하여 죽이지는 않았고, 황제·요·순은 벌하여 죽이는 일이 있었지만 과도하게 행하지는 않았습니다. 주나라의 문왕과 무왕에 이르러, 각기 시세에 맞추어 법을 만들고, 사리에 근거하여 예를 제정하였습니다. 예와 법은 시세에 맞춰서 확정하고, 제도와 명령은 각각 관련된 일에 순조롭고, 무기와 설비들은 각각 쓰기 편해야 합니다. 그래서 신은 다음과 같이 말씀드리는 것이옵니다. 세상을 다스리는 데에는 한 가지 방법만 있는 것이 아니며, 나라를 이롭게 하는 데에는 반드시 옛날을 본받아야 할 필요는 없습니다. 상나라의 탕왕과 주나라의 무왕이 왕업을 이룬 것은 옛날의 법을 준수하지 않았기 때문에 흥성한 것이며, 은나라와 하나라가 멸망한 것은 예를 바꾸지 않아서 망한 것입니다. 그렇다면 옛날의 법을 반대하는 자를 반드시 비난할 것도 없으며, 옛날의 예를 준수하는 자를 크게 잘한다고 칭찬할 것이 못 됩니다.[1356]

1356) 商鞅 撰·嚴萬里 校, 『商君書』, 〈更法〉, 諸子集成本, 2쪽.

선왕의 예법 제도와 방법이 같지 않다면 유가에서 선왕이 남긴 글을 배우라고 주장한 것이 실제로 어떤 효과를 낼 수 있을까? 선왕이 남긴 글의 효과가 크지 않을 뿐만 아니라, 유가가 제시한 예의와 도덕도 현실 문제를 해결할 수 없기 때문에 통치자는 마땅히 이를 버려야 하는 것이다. 그는 다음과 같이 말했다.

어진 자는 남에게 어질 수는 있지만 남을 어질게 할 수는 없고, 의로운 자는 남에게 사랑을 베풀 수는 있지만 남이 서로 사랑하게 만들 수는 없다고 말하는 것입니다. 그러므로 인의로는 천하를 다스리지 못한다는 것을 알 수 있습니다. 성인에게는 사람들을 반드시 믿게 하는 성품이 있고, 천하의 사람들이 믿지 않을 수 없게 하는 법이 있습니다. 이른바 의로움이란 신하된 자는 충성스럽고, 자식된 자는 효성스럽고, 연소자와 연장자 사이에는 예절이 있고, 남자와 여자 사이에는 구별이 있는 것으로, 의로움이 아니면 굶주림이 극에 달해도 구차하게는 먹지 않고, 죽어도 구차하게는 살아남지 않습니다. 이것은 곧 법이 있는 국가에서는 일상적인 상황입니다. 성왕聖王은 의로움을 중시하지 않고 법을 중시하며, 법이 반드시 명확하고, 명령이 반드시 시행된다면 그것으로 그만입니다.[1357]

유가의 이론이 현실 문제를 해결할 수 없다면 어떤 방법으로 나라를 다스려야 국가가 부강하고 흥성할 수 있을까? 상앙은 다음과 같이 말했다.

국가가 흥성하는 길은 농업과 전쟁입니다. 지금 백성들이 관직과 작위를 얻는 것이 모두 농사와 전쟁의 실적에 근거하지 않고, 교묘한 언론과 공허한 도리에 의존한다면, 이것은 백성들을 피로하게 하는 것입니다. 백성들이 피로해지면 국가는 반드시 힘이 없어지고, 힘이 없어지면 국가는 반드시 약화될 것입니다. …… 시·서·예법·음악·선량·수양·인애·청렴·언변·지혜 등 국가에 이들 열 가지가 있으면, 군주는 백성들이 적을 방어하고 공격하도

1357) 商鞅 撰·嚴萬里 校,『商君書』,〈畵策〉, 諸子集成本, 33쪽.

록 부릴 수가 없습니다. 국가가 이 열 가지를 사용하여 다스린다면, 적이 쳐들어오면 반드시 국토를 상실하고, 적이 쳐들어오지 않더라도 반드시 가난해질 것입니다. 국가가 이 열 가지를 제거한다면, 적이 감히 쳐들어오지 못하고, 비록 쳐들어온다 하더라도 반드시 물리칠 수 있을 것입니다. 군대를 일으켜 출정하면 반드시 승리를 거둘 것이며, 진군을 멈추고 싸우지 않으면 반드시 부유해질 것입니다.[1358)

상앙은 "사람들의 보편적인 감정은 작위, 녹봉을 좋아하고 형벌을 싫어하므로, 군주는 이 두 가지를 설치해서 백성들의 뜻을 제어하고, 백성들이 바라는 것을 이뤄야 한다. 백성들이 힘을 다하면 작위가 거기에 따르고, 공이 세워지면 상이 거기에 따르며, 군주가 그의 백성들로 하여금 이것이 해와 달처럼 분명하다고 믿게 할 수 있다면 그의 군대는 천하무적이 될 것이다."[1359)라고 하였다. 물론 상과 벌은 단지 수단일 뿐이어서 이를 채용하지 않는 군주가 없었다. 중요한 것은 상벌의 대상과 근거이다. "백성들에 대해 농업과 전쟁에 종사시킬 수도 있고, 유세를 하며 관직을 구하게 할 수도 있고, 학문에 종사시킬 수도 있는 것은 군주가 그들에게 어떻게 해주느냐에 달려 있습니다. 군주가 공로에 따라 상을 준다면 백성들은 전쟁에 나아갈 것이며, 시와 서 등 경서를 익힌 정도에 따라 상을 준다면 백성들은 학문에 힘쓸 것입니다. 백성들이 이익을 추구하는 것은 마치 물이 아래로 흐르는 것과 같습니다."[1360) 상앙은 농업과 전쟁이야말로 국가를 부강하게 하고 백성을 이롭게 하는 것이고, 시서는 국가를 나약하게 하고 백성을 망치는 것이라고 생각했다. 그래서 그는 "성인은 나라를 강하게 할 수 있으면 옛날의 법을 모범으로 삼지 않고, 백성을 이롭게 할 수 있다면 옛날의 예를 좇지 않으며"[1361) "영명한 제왕이 천하를

1358) 商鞅 撰·嚴萬里 校, 『商君書』, 〈農戰〉, 諸子集成本, 5~6쪽.

1359) 商鞅 撰·嚴萬里 校, 『商君書』, 〈錯法〉, 諸子集成本, 20쪽.

1360) 商鞅 撰·嚴萬里 校, 『商君書』, 〈君臣〉, 諸子集成本, 38쪽.

1361) 商鞅 撰·嚴萬里 校, 『商君書』, 〈更法〉, 諸子集成本, 1쪽.

다스릴 때는 법에 근거하여 정사를 처리하고, 공로에 따라 상을 시행해야 한다."[1362]고 주장했다.

『묵자』〈상동상尙同上〉에는 "나라의 관리를 임명한 뒤, 천자는 천하의 백성들에게 정령을 발표한다. '선한 것과 선하지 않은 것을 들으면 모두 윗사람에게 보고하라. 위에서 옳다고 하는 것은 반드시 모두 옳다고 하고, 그르다고 하는 것은 반드시 모두 그르다고 하라. 위에서 과실이 있으면 바로 잡아 간하고, 아래에 착한 사람이 있으면 이를 찾아 추천하라. 윗사람과 시비가 같아야 하고 아랫사람과 내통해서는 안 된다. 위의 뜻과 함께하되 아래는 별도의 관점을 가지지 않는 것, 이것은 윗사람으로서 상을 주어야 하는 일이며 아랫사람이 칭찬을 받아야 하는 일이다. …… 나라가 잘 다스려지는 이유를 시찰하는 것은 무엇 때문인가? 군주가 나라를 통일하는 데 필요한 의견을 얻기 위함이다. 그래서 나라가 잘 다스려지는 것이다."[1363]라고 하였다. 상앙은 그 영향을 받고, "일상壹賞, 일형壹刑, 일교壹敎"의 정치 이상을 주장했다. 그는 다음과 같이 말했다.

> 성인이 국가를 다스릴 때는 상을 통일시키고(壹賞), 형벌을 통일시키고(壹刑), 교화를 통일시킨다(壹敎). 상을 통일시키면 군대는 천하무적이 되고, 형벌을 통일시키면 명령이 철저하게 시행되고, 교화를 통일시키면 아랫사람이 윗사람을 믿고 따를 것이다. 공정하고 명확한 상은 재물을 소모하지 않고, 엄격하고 명확한 형벌은 사람을 죽이지 않으며, 명확한 교화는 백성들의 풍속을 억지로 바꾸지 않아도 백성들은 자기가 해야 할 일을 알고, 국가에는 기이한 풍속이 없을 것이다. 명확한 상이 더욱 발전하면 상이 필요 없게 되고, 명확한 형벌이 더욱 발전하면 형벌이 필요 없게 되며, 명확한 교화가 더욱 발전하면 교화가 필요 없게 될 것이다.[1364]

1362) 商鞅 撰·嚴萬里 校, 『商君書』, 〈君臣〉, 諸子集成本, 38쪽.

1363) 孫詒讓, 『墨子閒詁』卷3, 諸子集成本, 45~46쪽.

1364) 商鞅 撰·嚴萬里 校, 『商君書』, 〈賞刑〉, 諸子集成本, 28쪽.

이른바 "일상"과 "일형"은 바로 임금을 일원화된 지도자로 만들고, 농업과 전쟁을 상벌 판단의 근거로 하여, 농업과 전쟁에 열심히 한 자는 공을 판단하여 상을 내리고, 이와 관련이 없는 것은 모두 제한하고 통제하는 것이다. 이른바 "교화를 통일시킨다는 것은 견식이 풍부하고, 언변이 능하고 지혜로우며, 성실하고 청렴하며, 예법과 음악에 정통하며, 수양과 덕행을 갖추고, 붕당을 결성하고, 보증과 변호를 진행하고, 이권을 청탁하는 사람들이 그러한 것 때문에 부귀해질 수 없고, 그러한 것 때문에 형벌을 판단할 수 없으며, 독자적으로 사사로운 의론을 세워서 그의 군주에게 진술하지 못 하게 하는 것이다."[1365) 모든 "법령에 대해 법관法官과 속리屬吏를 설치하고, 그들을 백성들의 스승으로 삼아 주어서 백성들이 법령을 알 수 있도록 이끌어준다."[1366)

상앙의 법치 사상에서 문학은 독립적인 지위를 갖지 못하고 또한 치국 이념과 정반대된다. 그래서 엄격하게 금지하고 사람들이 문학으로 명예로운 지위를 얻는 것을 근절했다. 그는 다음과 같이 말했다.

백성들의 대외적인 일로는 전쟁보다 어려운 것이 없기에 가벼운 법으로는 그들을 부릴 수 없습니다. 무엇을 가벼운 법이라고 하겠습니까? 그것은 상이 적고 형벌이 가벼우며, 요사스러운 도리가 막히지 않은 것을 말합니다. 무엇을 요사스러운 도리라 하겠습니까? 언변이 뛰어나고 지혜로운 자가 존귀하고, 외지로 나다니면서 벼슬을 추구하는 자가 임용되며, 경서를 익혀 개인의 명성을 추구하는 자의 지위가 높은 것을 말합니다. 이 세 가지 도리가 막히지 않으면, 백성들이 싸우려 하지 않아서 전쟁에는 패배할 것입니다. 상이 적으면 법에 복종하여 따르는 자가 이익을 볼 수 없고, 형벌이 가벼우면 법을 범하는 자가 피해를 보지 않습니다. 그러므로 요사스러운 도리를 이용하여 백성들을 유인하고, 가벼운 법으로써 그들을 전쟁에 종사시키는 것을 일컬어서 덫을 설치하여 쥐를 잡을 때 고양이를 미끼로 사용하는 것과 같지 않겠습

1365) 商鞅 撰·嚴萬里 校, 『商君書』, 〈賞刑〉, 諸子集成本, 30쪽.
1366) 商鞅 撰·嚴萬里 校, 『商君書』, 〈定分〉, 諸子集成本, 43쪽.

니까! 그러므로 백성들을 전쟁에 종사시키고자 한다면 반드시 엄중한 법을 사용해야 하는 것입니다. 상을 주면 반드시 후해야 하고, 형벌을 집행하면 반드시 엄해야 하며, 요사스러운 도리는 반드시 근절되어야 하고, 언변이 뛰어나고 지혜로운 자가 존귀할 수 없고, 외지로 나다니면서 벼슬을 추구하는 자가 임용되지 못하며, 경서를 익혀 개인의 명성을 추구하는 자의 지위가 높아질 수는 없습니다. 상이 후하고 형벌이 엄중하여, 백성들이 전쟁의 공로에 대한 상이 후하다는 것을 본다면 죽음을 무릅쓰고 싸울 것이며, 싸움을 하지 않아서 받게 되는 형벌의 치욕을 본다면 구차하게 사는 것을 고통으로 여길 것입니다. 상은 백성들로 하여금 죽음도 두려워하지 않게 하고, 형벌은 백성들로 하여금 구차한 삶을 고통으로 여기게 하며, 요사스러운 도리가 또한 근절될 것입니다. 이 백성들을 데리고 적을 대한다면, 이것은 만 근도 더 나가는 쇠뇌를 가지고 나부끼는 나뭇잎을 쏘는 격이니 격파하지 못할 게 뭐가 있겠습니까![1367]

"문학" 등의 "음도淫道"를 근절한 뒤에, 어떻게 법치의 공정과 위엄을 보장할 수 있을까? 상앙도 자신의 이론을 가지고 있었다. 그는 법관의 설치 기준과 집행 방법을 다음과 같이 제시했다.

　천자가 법관 3명을 설치하는데, 궁전 안에 한 명을, 어사대御史臺에 한 명과 예속된 관리를, 승상부丞相府에 법관 한 명을 설치합니다. 제후국·군·현에는 모두 각각 법관 한 명과 예속된 관리를 설치하는데, 이들은 모두 조정에 있는 법관 한 명의 명령을 따릅니다. 군, 현 제후는 일단 조정에서 보낸 법령을 접수하면 그 법령을 알고 싶은 자는 모두 법관에게 문의할 수 있습니다. 그러므로 천하의 관리와 백성들 중에는 법령을 모르는 자가 없을 것입니다. 백성들이 모두 법령을 알고 있다는 것을 관리가 분명히 알고 있기 때문에 관리는 감히 불법적인 수단으로 백성을 대할 수 없으며, 백성들도 감히 법을 범하여 법관을 모독하지 못할 것입니다. …… 그러므로 성인이 천하

1367) 商鞅 撰·嚴萬里 校,『商君書』,〈外內〉, 諸子集成本, 37쪽.

를 통치하면 형벌을 받고 죽는 사람이 없다는 것은, 형벌을 사용해서 사람을
죽이지 않는다는 말이 아니라, 행해지는 법령이 명백하고 알기 쉬우며, 법령
에 대해 법관과 속리를 설치하고 그들을 백성들의 스승으로 삼아 주어서 백
성들이 법령을 알 수 있도록 이끌어주며, 백성들은 모두 무엇을 피하고 무엇
을 추구해야 하는지를 알게 되고, 따라서 형벌의 화를 피하고 포상의 복을
추구하면서 모두가 법령을 이용하여 자신을 단속할 수 있다는 것입니다. 그
러므로 영명한 군주는 세상을 잘 다스리는 방법으로 백성을 다스리는 임무를
완수하며, 그래서 천하가 크게 잘 다스려지는 것입니다.[1368]

상앙은 명백하고 알기 쉬운 법령이 있고, 전문적인 법관과 관리가 있고,
백성들이 모두 법령을 이해하고, 모두가 법에 준하여 행사한다면, 사회는 질
서정연해질 것이고, 심지어 법은 있지만 형벌이 필요 없는 최고의 경지에 이
를 수 있다고 생각했다.

사실, 상앙의 이론도 유가 사상처럼 이상적인 요소를 가지고 있었다. 한번
살펴보자. 법령은 누가 제정할 것인가?—그가 제정한 법령이 사회 각계각층
을 평등하고 공정하게 대할 수 있는가? 법관은 누가 지명하나?—이렇게 지명
된 법관은 자신의 계급 입장과 단체 이익을 배제하고, 자신을 임명한 사람의
눈치를 보지 않고 행사할 수 있는가? 법령은 누가 집행하는가?—법관과 관리
는 진정으로 완전히 객관적이고 공정한 입장에서 법령을 집행할 수 있는가?
법령은 누가 해석하나?—천자와 같은 최고 권위 있는 해석자를 정한다고 해
도, 모든 법관과 관리가 이런 해석에 대해 같은 입장을 가진다고 할 수 있는
가? 집법執法 과정은 누가 감시하나? 집법 결과는 누가 검수하나? 입법자인가
아니면 일반 백성인가?—누가 그들에게 권리를 부여하나? 권리 부여자를 누
가 감시하나? 이런 문제는 법치를 실현하는 조건에서 이론 설명과 제도적 안
배가 필요하다. 물론 상앙은 이런 문제를 제시했지만, 모든 문제를 제시한 것
이 아니고, 또한 모든 문제를 해결할 수도 없었다. 게다가 당시의 사회도 이런

1368) 商鞅 撰, 嚴萬里 校, 『商君書』, 〈定分〉, 諸子集成本, 42~44쪽.

문제를 해결할 수 있는 조건을 갖추지 못했다. 그래서 상앙으로 대표되는 전기 법가의 이론도 단지 수많은 사회 정치 방안 중에 하나였지, 사회 문제를 해결하는 만병통치약은 아니었다.

상앙의 법치 이론은 유가의 문학 관념을 분석하고 유가에서 제시한 문학 관념이 사회가 맞닥뜨린 현실 문제를 진정으로 해결할 수 있는지, 다른 방법으로 이런 문제를 해결할 수 있는지 등을 한층 더 사고하도록 하였다. 이와 동시에 상앙의 법치 이론도 전국 후기의 법가에 영향을 주었다. 예를 들어, 그의 "문학무용론", "관리를 스승으로 모시는 설"은 모두 한비자에게 직접적인 영향을 끼쳤다. 그의 투박한 법치 이론은 한비자의 충분한 보완을 거쳐 더욱 체계를 갖춘 법가 사상을 형성하였고 법가 사상 구축에 큰 공헌을 하였다.

제2절 韓非子의 문학 사상과 관념

선진 제자 중에서 가장 분명하고 강력하게 문학을 반대한 사람은 한비자였다.

한비자(약 기원전 280~233)에 관해서는 『사기』 본전에 "한비는 한나라의 공자公子이다. 형명刑名과 법술을 좋아하였으나 그 학설의 근본은 황로黃老 사상에 있었다. 한비는 선천적으로 말더듬이라 변론에는 서툴렀으나 저술에는 뛰어났다. 이사李斯와 함께 순경荀卿에게서 공부하였는데, 이사는 자기 스스로 한비보다 못하다고 인정하였다. 한비는 한나라가 날로 쇠약해짐을 보고 여러 차례 상서하여 한왕韓王에게 간언하였으나, 한왕은 그의 의견을 채택하지 않았다. 이에 한비는 한왕이 나라를 다스림에 법제를 정비하고 권세를 장악하여 신하를 통제하며 부국강병하게 하고 어진 인재를 등용하는데 힘쓰지 않을 뿐만 아니라, 도리어 실속 없는 소인배들을 등용시켜 그들을 실질적인 공로자 윗자리에 두는 것을 통탄하였다. …… 예전 정치의 성패와 득실의 변천을 관찰하였다. 그래서 〈고분孤憤〉, 〈오두五蠹〉, 〈내외저內外儲〉, 〈설림說林〉, 〈설난說

難〉편 등 10여만 자의 글을 저술하였다. 그러나 유세의 어려움을 알고 있던 한비는 〈설난〉편을 상세하게 저술하였음에도 불구하고, 결국은 진나라에서 죽임을 당해서 스스로는 화를 벗어나지 못했다."[1369]라고 나와 있다. 『사기』 〈한세가韓世家〉에 따르면, "왕안王安 5년, 진秦이 한韓을 공격하자 한이 급해 져 한비를 진에 사신으로 보냈다. 진이 한비를 억류시켰다가 죽였다."[1370]라고 하였다. 왕안 5년은 기원전 234년이다. 한비자는 진나라가 한나라를 공격하 지 않도록 막았으나, 정작 본인은 진나라에 억류되고 말았다. 진시황 14년(기 원전 233)에 조趙, 위魏, 연燕, 초楚 "네 나라가 연합하여 진나라를 공격하고자 하였다." 진나라의 요가姚賈는 네 나라를 돌며 진나라의 공격 계획을 막는 데 성공했다. "진왕은 크게 기뻐하며 요가에게 식읍 천호千戶를 하사하고 상경上 卿에 봉했다." 한비자가 진왕에게 상서를 올려, "총애하는 신하를 지나치게 가까이하면 반드시 그 군주를 위험에 빠뜨릴 것이고, 대신을 너무 귀하게 대 하면 반드시 군주의 자리를 갈아치우려 할 것입니다."[1371]라고 하였다. 진나라 군신 사이를 이간질하고 이사李斯와 요가의 권력을 억제하여 한나라를 살리 고자 하였다. 그러나 이사와 요가가 진왕 앞에서 그를 헐뜯고 모함하자, 진왕 은 "요가를 신임하고 한비를 처형했다."[1372] 한비자는 선진 법가 사상의 집대 성자이다. 그러나 법치의 정치 실천을 경험하지 못했고, 법치를 실행한 진나 라에서 처형당했다. 정말 모순된 일이 아닐 수 없다.

한비자의 저술에 관해서, 『사기』 본전 이외에, 『한서』 〈예문지〉 제자략 법 가류에 "『한자韓子』 55편"이 수록되었고, 반고가 "이름은 비非, 한나라의 공자 이다. 진나라에 파견되었다가 이사에게 죽임을 당했다."[1373]라고 주석을 달았 다. 『수서隋書』 〈경적지經籍志〉에 "『한자』 20권, 목目 1권"이 수록되었고, 『구

1369) 司馬遷, 『史記』卷64, 〈老莊申韓列傳〉, 二十五史本, 247~248쪽.

1370) 司馬遷, 『史記』卷45, 〈韓世家〉, 二十五史本, 222쪽.

1371) 韓非, 『韓非子』卷1, 〈愛臣〉, 諸子集成本, 16쪽.

1372) 鮑彪 校注·吳師道 重校, 『戰國策』, 〈楚策五〉, 『四部叢刊初編』本.

1373) 班固, 『漢書』卷30, 〈藝文志〉, 二十五史本, 530쪽.

당서』〈경적지〉, 『신당서』〈예문지〉 등에 수록된 것도 이와 같다. "유일하게 왕응린王應麟의 『한예문지고漢藝文志考』에서 56편이라고 했는데, 잘못 기록한 것이다."[1374] 오늘날의 『한비자』 55편 중 〈유도有度〉, 〈십과十過〉, 〈문전問田〉, 〈칙령飭令〉 등의 일부와 〈초견진初見秦〉, 〈존한存韓〉의 부분 내용에 논쟁이 있는 것 이외의 작품은 모두 한비자가 지은 것이 틀림없다.

한비자가 작품에서 문학을 강력하게 반대했기 때문에, 이전의 중국 문학 비평사와 중국 문학 이론사 저술에서는 그를 크게 언급하거나 책의 일부를 할애하여 다루지도 않았다. 근래 들어 이런 부류의 책에서 그를 전문적으로 소개하기도 하였지만, 대부분 평가가 좋지 않았다. 전체적으로는 그의 문학관에 대해 부정적인 태도를 보였지만, 구체적인 평가에서는 미세한 차이가 있었다. 예를 들어, 푸단대 중문과 고전문학교육연구팀이 편찬한 『중국문학비평사中國文學批評史』에서는 다음과 같이 기술했다.

법가를 집대성한 한비자는 묵가에서 질質을 중시하고 문文을 경시한 주장에 찬성했을 뿐만 아니라, 상앙의 주장을 이어받아 경전을 강조한 한편, 문학과 언사가 헛되고 실용적이지 않아서 철저히 금지해야 한다고 주장했다. 묵가는 문식文飾을 반대하며, 질을 중시하고 문을 경시하였지만, 법가에서는 문식뿐만 아니라 문학과 언사의 모든 기능을 부정하였다. 문화 학술의 발전을 배척하는 태도를 보였다.[1375]

차이중샹蔡仲翔, 황바오쩐黃寶眞, 청푸왕成復旺 등이 편찬한 『중국문학이론사中國文學理論史』에서는 비록 "한비자가 주장한 법치의 이상 국가에는 문예와 문예가의 자리는 없었다."라고 인정하면서도 다음의 내용을 강조했다.

한비자가 문예를 전부 부정했다고는 할 수 없다. 한비자는 문예가 제공하

1374) 永瑢 等, 『四庫全書總目』卷110, 北京: 中華書局影印, 1965, 848쪽.
1375) 復旦大學中文系古典文學教研組, 『中國文學批評史』, 上海: 上海古籍出版社, 1979, 3쪽.

는 "즐겁게 놀 수 있는" 오락적 기능을 인정했기 때문이다. 이것은 문예에 여지를 남긴 유일한 근거이다.[1376]

한비자는 묵자와 상앙의 사상적 영향을 받았고, 유가와 도가의 사상도 그의 사상에 들어 있다. 유학의 대가 순자는 한비자의 스승이었기 때문에 한비자에게 영향을 끼치지 않을 수 없었다. 한비자는 노자에게 각별한 애정을 보였고, 〈해로解老〉, 〈유로喩老〉 등의 저술을 남긴 것으로 보아, 노자의 영향도 받은 것이 분명하다. 그래서 한비자의 법가 사상은 선진 각 학파 사상의 흡수와 비판을 바탕으로 형성되었고, 그의 문학 관념은 사람들의 상상을 뛰어넘는 풍부함과 심오함을 가지고 있다. 한비자가 살던 시기에 문학 관념은 오늘날과 완전히 달랐다. 오늘날의 문학 관념으로 옛 선인의 문학관을 판단하면 이치에 맞지 않는 것을 도리에 맞는 것처럼 말하는 과오를 피하기 어렵다. 역사유물론의 관점에 따르면, 한비자의 문학과 관련된 논술을 바탕으로, 그가 살던 시기와 결합하여 한비자가 부정한 "문학"이 도대체 어떤 의미를 포함하고 있는지, 또 그가 어떤 조건에서 문예의 오락적 기능을 허용했는지에 대해 구체적으로 대답할 수 있다. 이로써 한비자 문학 사상에 대한 정확한 평가를 내릴 수 있게 되었다.

한비자가 살던 시기에 문학 개념은 이미 특정한 의미를 갖추었고, 문학 본질과 기능에 대한 사람들의 인식도 상당히 명확했다. 한비자의 스승인 순자의 문학에 대한 논술이 이를 대표한다.

문학의 특정 의미에 대해 순자는 아주 분명한 입장을 가졌다. 그는 "학문은 어디에서 시작하여 어디에서 끝나는가? 그 방법에 있어서는 경문을 외우는 데서 시작하여 『예』를 읽는 데서 끝나며, 그 뜻에 있어서는 선비가 되는 것에서 시작해 성인이 되는 것으로 끝난다. 노력을 오랫동안 쌓으면 그런 경지에 들어갈 수 있지만 학문이란 죽은 뒤에야 끝나는 것이다. 그러므로 학문

1376) 蔡仲翔 · 黃保眞 · 成復旺, 『中國文學理論史』, 北京:北京出版社, 1987, 67쪽.

의 방법에는 끝이 있지만 그 뜻은 잠시라도 버려둘 수가 없다. 학문을 하면 사람이 되고, 학문을 버리면 짐승이 되는 것이다. 그런데『서』는 정치에 관한 일을 기록한 것이고, 『시』는 음악에 알맞은 것을 모아 놓은 것이고, 『예』는 법의 근본이 되며 여러 가지 일에 관한 규정이다. 그래서 학문은『예』에 이르러 끝을 맺게 된다. 대체로 이것을 일컬어 도덕의 준칙이라고 한다.『예』에서 공경을 하며 겉모양을 꾸미는 것과『악』에서 알맞게 조화시키는 것과『시』와 『서』의 광범함과『춘추』의 미묘함은 하늘과 땅 사이에 있는 모든 것을 포괄한다."[1377]라고 하였다. 순자가 말한 문학은 유가 학술을 반영한 문화전적인『시』, 『서』,『예』,『악』,『춘추』가 틀림없다. 이런 유가 경전은 유가 학자에게 필요한 예악 문화 지식이 실려 있을 뿐만 아니라, 이상적인 인격을 단련하고 배양할 수 있어 "사"에서 "성인"에 이르게 한다. 순자는 성악설을 주장하며, "옛날의 성왕은 사람의 본성이 악하기 때문에 편벽되고 비뚤어져 바르지 않게 되고 어그러지고 혼란하여 다스려지지 않게 된다고 여겼다. 이 때문에 예의를 만들고 법도를 제정하여 사람의 성정을 교정하고 수식해서 바르게 만들고 또 사람의 성정을 순화하고 변화시켜서 인도했다. 그래서 사람은 모두 잘 다스려지고 도리에 합치하게 되었다. 지금의 사람들은 스승의 가르침으로 교화가 되고 학문을 쌓아서 예의를 이끄는 사람을 군자라고 한다. 이와 반대로 타고난 성정을 방임하여 제멋대로 행동하며 예의를 위배하는 사람을 소인이라고 한다."[1378]라고 하였다. 이 말은 "문학"이 공자가 선별하고 논술한 예악 전장 제도가 실린 유가 경전임을 의미한다. 즉, 성인이 제작한 "본성을 변화시켜 인위를 일으킬" 수 있고, "임금의 정치"를 실현할 수 있는 학술 문화인 것이다.

문학의 기능에 관해서 순자도 명확한 인식을 가지고 있었다. 그는 "사람이 고대의 문헌 전적을 학습하는 것은 옥을 다듬는 일과 같다.『시』에서 '자르고, 다듬고, 쪼고, 간 듯하다.'라고 하였는데, 이는 학문을 닦는 것을 말한다. 화씨

1377) 王先謙,『荀子集解』卷1,〈勸學篇〉, 荀子集成本, 7쪽.
1378) 王先謙,『荀子集解』卷17,〈性惡篇〉, 荀子集成本, 289~290쪽.

의 구슬은 본래 정리井里란 시골 마을의 문지방돌이었는데, 옥공이 그것을 쪼고 다듬어 천하의 보물이 되었다. 공자의 제자 자공과 자로는 본래 미천한 사람이었는데, 학문을 닦고 예의를 익혀 천하의 명사가 되었다."[1379]라고 하였다. 또 "어진 사람이나 능력 있는 사람은 서열에 관계없이 등용하고, 능력이 낮거나 능력이 없는 사람은 잠시의 기다림도 없이 파면하며, 너무 악한 사람은 가르치기 전에 죽이고, 보통 사람은 형벌을 사용하기 전에 교화시킨다. 신분이 아직 정해지기 이전에도 소목昭穆의 명확한 구분이 있었다. 비록 왕·공·사·대부의 자손이라도 예의에 힘쓰지 않는다면 서인으로 신분을 낮추고, 비록 서인의 자손이라 할지라도 학문을 쌓아 몸가짐과 행동을 바르게 하고 예의에 힘쓴다면 재상이나 사대부로 신분을 올린다. 그러므로 간사한 말과 간사한 학설을 가진 사람들, 간사한 일과 간사한 능력을 펴는 사람들, 도망가거나 떠돌이 백성들에게 직업을 주어 교화시키고, 잠시 기다렸다가 상을 주어 격려하고, 형벌로 징계하고 직분을 편안히 수행하면 잘 길러 주고, 편안히 수행하지 못하면 버리는 것이다. 다섯 가지 질병이 있는 사람들은 나라에서 수용하여 양육하고, 재질에 따라 일을 시키며, 관직에 임용하여 의식을 주며, 모두 빠짐없이 덮어주어야 한다. 재능을 발휘해서 왕의 명령에 따르지 않는 자는 용서하지 않고 죽인다. 이것을 천덕이라고 하는데, 이것이 바로 임금의 정치이다."[1380]라고 하였다. 여기서 순자는 주로 문학의 개인 수양과 임금의 정치 기능에 대해 논술하고 있다. 또한 문학은 학습과 축적을 통해 얻을 수 있는 것으로, "문학"의 지식과 경험을 쌓아, 이런 문화 제도에 따라 실행한다면 유가의 정치 이상을 실현할 수 있다고 보았다.

순자의 제자였던 한비자는 순자의 문학 사상을 모두 받아들이지는 않았다. 어느 부분에서는 순자와 다르거나 심지어 완전히 반대되는 문학 관념을 제시하였다. "상대방 논점의 빈틈을 찾아 반박"한 것이다. 그는 다음과 같이 말했다.

1379) 王先謙, 『荀子集解』卷19, 〈大略篇〉, 荀子集成本, 334쪽.
1380) 王先謙, 『荀子集解』卷3, 〈王制篇〉, 荀子集成本, 94쪽.

　　대개 옛날과 오늘이 풍속을 달리하고, 묵은 것과 옛것이 가진 것을 달리한다. 만일 너그럽고 태평스러운 정치로써 다급한 세상의 백성을 다스린다면, 그것은 마치 고삐와 채찍 없이 사나운 말을 타려 하는 것과 같다. 이는 사리를 알지 못하는 데서 오는 환난이다. …… 또 백성이란 원래 勢에 복종하는 것으로, 의를 따르는 사람이 적다. 중니仲尼는 천하의 성인이다. 행실을 닦고 도를 밝혀, 천하를 두루 돌아다녔다. 천하에서 그의 어짊을 좋아하고, 그의 의로움을 아름답게 여겨 따르는 사람이 70명이었다. 대개 인을 귀하게 여기는 이가 적고, 능히 의를 지키기는 어려웠다. 그러므로 넓은 세상에서 그를 따른 사람은 70명뿐이었고, 인의를 실천한 사람은 중니 한 사람뿐이었다. 노나라 애공哀公은 못난 임금이었다. 그러나 나라의 임금으로 있는 동안 경내의 백성으로 감히 신하 되지 않으려는 사람은 없었다. 백성이란 본래 권세에 복종하는 것이다. 권세란 진실로 사람을 굴복시키기 쉬운 것이다. 그러므로 중니가 거꾸로 신하가 되고, 애공이 도리어 임금이 된 것이다. 중니는 애공의 의를 좋아해서가 아니라, 그 권세에 굴복한 것이다. 그러므로 의로써 하면 중니가 애공에게 굴복하지 않으나, 권세에 오르면 애공이 중니를 신하로 삼게 되는 것이다. 지금 학자들은 임금에게 권하되 반드시 이기게 되는 권세를 잡으라 하지 않고, 인의를 힘써 행하면 왕이 될 수 있다고 한다. 이것은 임금이 꼭 중니와 같이 되고, 세상의 모든 백성들은 모두 그 제자와 같이 되기를 요구하는 것이다. 이것은 결코 이루어질 수 없는 일이다. …… 노력하지 않고 입고 먹고 하는 것을 능하다 이르고, 싸운 공로 없이 높아지는 것을 현명하다고 한다. 현명하고 능한 행실이 생겨남으로써 군사는 약해지고 땅은 황폐해진다. 임금이 현명하고 능한 행실을 기뻐하여 군사가 약해지고 땅이 거칠어지는 화근을 잊게 되면, 사사로운 행동이 판을 치고 나라의 이익은 무시된다. 유자는 글로써 법을 어지럽게 하고, 협객은 폭력으로 금령을 범한다. 그런데도 임금은 그들을 남달리 대우한다. 이것이 어지러워지는 까닭이다. 법에서 벗어난 자는 죄를 받아야 한다. 그런데 유생이란 사람들은 문학으로 채용된다. 금령을 범한 자는 벌을 받아야 한다. 그런데 협객들은 자객으로 길들인다. 그러므로 법에서 그르다고 하는 것이 임금의 취하는 바가 되고, 관리가 처벌하는 것이 윗사람의 기리는 바가 된다. …… 그러므로 인의를 행하는 자는 칭찬할 것이 못 된다. 칭찬하면 공을 해치게 된다. 문학을 배운 자는 쓸 것이 못 되며, 그들을 쓰면 법이 어지러워진다.[1381]

한비자와 순자의 문학 관념의 차이는 문학이 무엇인가에 있는 것이 아니다. 문학이 무엇인가에 대해 그들의 관점은 완전히 일치한다. 즉, 문학은 유가 윤리 정치를 포함한 학술 문화 전적이다. 한비자와 순자의 근본적인 차이는 문학의 사회적 기능에 대한 인식에서 발생했다. 순자는 문학을 긍정했다. 문학은 인성을 개선하고 예로 나라를 다스리게 할 수 있기 때문이다. 반면 한비자는 문학을 부정했다. 문학이 그의 정치사상을 관철하는 데 방해가 되었기 때문이다. 한비자는 비록 순자의 성악설을 받아들이기는 하였지만, 순자처럼 그렇게 유가 경전의 학습과 인의, 예지의 유가 윤리 도덕에 따라 인성을 개선하고 그를 통해 왕도와 인정을 실현하지 않았다. 그래서 한비자는 "옛 성현의 도를 배워서 자기의 주장을 확립한 자는 법령을 무시하는 인물인데도, 세상 사람들은 이것을 존경하며 학문이 있는 인물이"[1382]라고 하는 현상에 큰 불만을 내비쳤다. 그는 모든 사회적 관계가 이해관계이고 비도덕 관계라고 생각했다. 이것은 부부 관계, 부자 관계, 군신 관계에서도 모두 마찬가지였다. 그는 다음과 같이 말했다.

부모의 그 자식에 대한 태도를 보면, 아들이 태어나면 반가워하지만 딸이 태어나면 대수로이 여기지 않는다. 어느 편이나 같은 부모에게서 태어났는데도 남자는 축복을 받고 여자는 반갑게 여기지 않는 것은 그 자식이 장래에 도움이 될 것이라 생각하고, 영구적인 이익을 예상하고 있기 때문이다. 부모가 자식을 다룰 때도 타산적인 배려를 하고 있다. 그러니 애정이 없는 다른 인간관계에 있어서는 더 말할 것이 없다.[1383]

1381) 王先謙, 『韓非子集解』 卷19, 〈五蠹〉, 諸子集成本, 342~344쪽.
1382) 王先謙, 『韓非子集解』 卷18, 〈六反〉, 諸子集成本, 318쪽.
1383) 王先謙, 『韓非子集解』 卷18, 〈六反〉, 諸子集成本, 319쪽.

유가에서 제시한 윤리 도덕은 부자 관계에서 추론한 것이다. 부자에서 군
신으로—부모가 자애롭고 자식이 효도하며, 임금이 어질고 신하가 충성한다.
가정은 혈연의 정으로 연대되고, 국가는 가정의 연장이다. 이런 온정이 넘치
는 면사포가 한비자에 의해 벗겨진 것이다. 그는 유가 윤리 도덕의 기본인
부자간의 친함이 단지 이해관계에 의한 것이라고 지적하였는데, 이것은 실로
사람들을 깜짝 놀라게 할 만한 이론이었다. 부자 관계가 이렇다면 군신 관계
는 이보다 더 못할 것이 분명하다.

> 신하는 죽을힘을 다한 대가로 군주와 거래를 하고, 군주는 작위와 녹봉으
> 로 신하와 거래를 한다. 군신 사이는 부자지간의 친함이 아니라, 오직 철저한
> 이해관계에서 나온다.[1384]

모든 사회관계가 이해관계로 얽혀있다면, 이런 이해관계를 조정하고 안정
된 사회 질서를 확립하기 위해서 유가의 윤리 도덕에 의지해서는 안 된다.
"법", "術", "세勢"에 의지해야 한다. "군주에게 중요한 것은 법이 아니면 술
이다."[1385] "만승 대국의 군주이거나 천승 소국의 군주를 막론하고, 천하를 제
압하고 제후를 정복하는 것은 그 위세에 의한 것이다. 군주의 위세는 말의
근력과 같은 것이다."[1386] "잘 다스려지고 강해지는 것은 법에서 생기고, 약해
지고 어지러워지는 것은 법이 바르지 못한 데서 생긴다. 군주가 이 점에 밝다
면 상벌이 엄격하되 아랫사람들에게 인자하지 않을 것이다. 작위와 봉록은
공적에 따라 생기고 형벌은 지은 죄에 따라 받는다. 신하가 여기에 밝다면
죽을힘을 다하되 군주에게 충성하는 것은 아니다. 군주가 인자하지 않은 데에
통달하고, 신하가 충성스럽지 않은 데에 통달하면 가히 왕 노릇을 할 수 있을
것이다."[1387] 한비자는 사회 안정을 유지하고 나라를 잘 다스리는데 윤리와

1384) 王先謙, 『韓非子集解』卷15, 〈難一〉, 諸子集成本, 267쪽.
1385) 王先謙, 『韓非子集解』卷16, 〈難三〉, 諸子集成本, 290쪽.
1386) 王先謙, 『韓非子集解』卷20, 〈人主〉, 諸子集成本, 362쪽.

도덕이 아니라 "법", "술", "세"가 필요하다고 생각했기 때문에 그는 순자가 문학으로 사람의 성정을 교정하고 계도할 수 있다고 한 "모든 사람들을 바로 잡힌 사회로 인도하여 도리에 맞게 하기 위한 것"의 사상에 찬성하지 않았다. 그는 공자와 노 애공을 예로 들어, 인의로는 사람을 복종시킬 수 없고 권세로 백성을 다스릴 수 있다는 이치로 문학의 사회적 기능을 부정하는 것에 현실적 기초와 이론적 논거를 제공하였다.

한비자가 문학을 부정한 것은 문학이 법치에 도움이 되지 않을 뿐만 아니라, 문학이 법치에 해가 되기 때문이었다. 그가 생각하는 이상적인 정치 질서는 마땅히 "일은 사방에 두고, 가운데 머문다. 성인이 중앙을 장악하므로 신하들이 모여들어 성과를 올리는 것"[1388]이었다. 한비자가 제시한 법치는 사실 군주의 집권이었다. 그는 군주가 정권을 통제할 것을 요구하고 사회 언론, 심지어 사람들의 정신도 통제할 것을 요구했다. 그는 "군주가 진실로 성인의 법술에 밝고, 세속의 말에 구애받지 않으며, 명실을 따르고, 옳고 그름을 정하고, 실질에 입증하여 말을 살핀다. 이로써 좌우의 신하가 허위와 속임으로 편안함을 추구할 수 없음을 알게 한다."[1389]라고 하였다. 또 "사악한 법을 금지하려면 먼저 사악한 사상을 금지해야 하고, 그 다음 사악한 말을 금지해야 하며, 이어 사악한 행위를 금지해야 한다."[1390]라고 하였다. 그러나 유가 문화 전적에는 이와 완전히 대립되는 사상이 많았다. 예를 들면, "높은 이를 존경하고 친근한 이를 친애한다.", "덕을 중시하고 형벌을 가볍게 한다.", "도는 권세보다 존귀하다.", "백성은 귀하고 임금은 가볍다." 등이다. 한비자는 "어지러운 나라의 풍속에 학자는 선왕의 도를 칭찬하며 인의를 말하고 용모나 복장을 융성하게 하고 쓸데없는 말을 늘어놓고 세상의 법을 혼란하게 하여 인민과 군주의 마음을 동요시킨다."[1391]라고 생각했다. 그래서 문학의 존재를 인정하면 법치

1387) 王先謙, 『韓非子集解』 卷14, 〈外儲說左下〉, 諸子集成本, 249쪽.

1388) 王先謙, 『韓非子集解』 卷2, 〈揚權〉, 諸子集成本, 30쪽.

1389) 王先謙, 『韓非子集解』 卷4, 〈奸劫弑君〉, 諸子集成本, 70쪽.

1390) 王先謙, 『韓非子集解』 卷17, 〈說疑〉, 諸子集成本, 306쪽.

를 해치게 된다고 보았다. 그는 다음과 같이 말했다.

현명한 군주가 다스리는 나라에서 명령은 말 가운데서 가장 귀중하고, 법은 행동 중에서 가장 정당한 것이다. 명령은 둘이 있을 수 없고, 적법성도 둘이 있을 수 없다. 그래서 언행이 법도에 맞지 않으면 반드시 금한다. 만약 법령이 없더라도 속임수를 당하면 일을 처리할 수 있다. 임금은 반드시 그 말을 채택하여 그 실행을 책임지고, 그 말과 같은 결과가 나오면 크게 상을 주고 그와 다른 결과가 나오면 중벌을 내린다. 그래서 어리석은 자는 벌을 무서워하고 말을 함부로 하지 않고, 지혜로운 자도 함부로 상소나 소송을 제기하지 못한다. 이것이 논쟁이 없는 까닭이다. 그러나 난세에는 이야기가 다르다. 왕이 명령을 내리면 백성은 자기 학문으로 그것을 시시비비한다. 관부官府에 법이 있어도 백성들이 사사로이 행하여 그것을 고친다. 왕은 점차 법령을 포기하고 학자의 지혜와 행동을 따르게 되는데, 이것이 바로 많은 세상 사람들이 문학을 하는 이유이다.[1392]

한비자는 문학이 사람의 사상을 혼란시키고 법령의 시행을 파괴한다고 생각했다. 만약 문학의 정치 간섭을 허용한다면 법령 밖의 부귀공명을 인정하는 것으로, 사람들은 법령을 지키지 않고 법외 공명만 좇게 될 것이고 그러면 국가가 동요될 것이라고 하였다. 그는 "이로움이 있는 곳에 사람들이 몰리고, 이름이 빛나는 곳에 사람들은 죽음조차 두려워하지 않는다고 하였다. 그래서 공로가 법의 밖에 있는데 상이 더해지면 군주가 아래로부터 이익을 얻음을 믿지 못한다. 명예가 법의 밖에 있는데 기림이 더해지면 선비가 명예를 권하고 군주에게 길러지지 않는다. 그래서 중장中章 서이胥己가 벼슬하자 중모中牟의 백성이 밭과 채마밭을 버리고 학문을 따르는 사람이 읍의 반이 되었다."[1393] 라고 하였다. 한비자가 말한 중니의 상황이 사실인지는 중요하지 않다. 한비

1391) 王先謙, 『韓非子集解』 卷19, 〈五蠹〉, 諸子集成本, 350쪽.

1392) 王先謙, 『韓非子集解』 卷17, 〈問辯〉, 諸子集成本, 301쪽.

1393) 王先謙, 『韓非子集解』 卷11, 〈外儲說左上〉, 諸子集成本, 196쪽.

자는 "덕을 쌓는 데 힘쓰지 않고 법을 시행하는 데 힘쓴다."[1394]는 사상으로 문학을 부정하지 않을 수 없었다.

이런 사상을 모두 한비자가 만들어낸 것은 아니라 대부분 선인을 계승하거나 발전시킨 것이다. 한비자는 자신이 신불해와 상앙의 영향을 받았다고 털어놓았다. 그는 다음과 같이 말했다.

신불해는 術술을 말하고, 공손앙은 법을 주장했다. 술이란 것은 임무에 맞추어서 관직을 주고, 명분에 따라서 실적을 추궁하며, 살생하는 칼자루를 손에 들고 여러 신하들의 능력을 시험하는 것이다. 이것은 군주가 장악하는 것이다. 법이란 것은 내건 법령이 관청에 명시되고, 형벌은 반드시 백성의 마음속에 새겨지며, 상은 법을 삼가는 자에게 있고, 벌은 명령을 어기는 자에게 가해지는 것이다. 이것은 신하가 모범으로 삼을 바이다. 군주에게 술이 없으면 윗자리에서 눈이 가려지고, 신하에게 법이 없으면 아래에서 어지러워진다. 이것은 하나도 없을 수 없는 제왕이 갖추어야 할 조건들이다.[1395]

구체적인 법치 이론의 관점에서 볼 때, 한비자는 상앙의 경전 사상을 더 많이 계승했고, 그의 법치 이론도 주로 경전을 위주로 전개되었다. 한비자는 한 나라가 부강해지려면 반드시 경전을 중시하고 경전을 장려하며 경전에 유리한 정책 법령을 제정해야 한다고 보았다. 반면에 문학은 경전에 해가 되므로 엄격히 금해야 한다고 주장했다. 그는 다음과 같이 말했다.

지금 나라 안의 백성은 모두 정치를 논하고, 상앙商鞅과 관중官中의 법을 아는 자가 집집마다 있건만 나라가 더욱 가난해지는 것은 밭갈이를 말하는 사람은 많지만 쟁기를 잡는 사람은 적기 때문이다. 나라 안이 모두 군사를 논하며, 손오孫吳의 병법을 아는 자가 집집마다 있는데도 군사가 더욱 약해지는 것은 싸움을 이야기하는 사람은 많은데 실제 갑옷을 입는 사람은 적기

1394) 王先謙, 『韓非子集解』卷19, 〈顯學〉, 諸子集成本, 355쪽.
1395) 王先謙, 『韓非子集解』卷17, 〈定法〉, 諸子集成本, 304쪽.

때문이다. 그러므로 현명한 군주는 그 힘을 쓰되 그 말을 듣지 않으며, 그 공을 상주되 쓸모없는 일은 금한다. 그러므로 백성은 온갖 힘을 다하여 윗사람을 따르게 된다. 대개 밭갈이는 괴로운 것인데도 백성들이 힘써 하는 것은 곧 부를 얻을 수 있기 때문이며, 싸움이란 위태로운 것인데도 백성들이 좇는 것은 곧 귀하게 될 수 있기 때문이다. 그러나 오늘날 문학을 닦고 말을 배우면 밭갈이하는 수고가 없어도 부의 열매를 얻게 되고, 싸움의 위태로움이 없이도 귀함을 누리게 된다면 누가 학문을 하지 않겠는가! 그러므로 백 사람이 지혜를 일삼고, 한 사람이 힘을 쓰게 된다. 지혜를 일삼는 사람이 많으면 법이 허물어지고, 힘을 쓰는 사람이 적으면 나라가 가난해진다. 이것이 세상이 어지러워지는 까닭이다. 그러므로 현명한 군주의 나라는 책이 없이 법으로 가르침을 삼고, 선왕의 말이 없이 관리로서 스승을 삼으며, 자객의 호위 없이 적을 베는 것으로 용맹을 삼는다. 그러므로 나라 안 백성은 그 말하는 것이 반드시 법에 맞고, 행동하는 것이 공에 돌아가며, 용맹은 군에서만 발휘하게 된다. 이런 까닭에 일이 없을 때는 나라가 부하고, 일이 생기면 군사가 강해진다. 이것을 천하 통일의 바탕이라 부른다. 이미 그 바탕을 간직해 두고 적국의 틈을 기다린다. 오제삼황의 업을 넘으려면 반드시 이 법이라야 한다.[1396)]

사회 생산력이 높지 않았던 고대에 농업은 국가 발전의 근본이었다. 군웅이 천하를 다투던 전국 시대에 군사력은 국가를 강력하게 하는 기둥이었고, 이것들은 모두 논쟁이 필요 없는 사실이었다. 그래서 한비자가 경전으로 부강을 추구한 이론도 아주 현실적이고 공리적인 목적을 가진다. 경전은 나라를 세우는 기본으로, 주로 농민과 병사에 의지한다. 여기에 그들을 관리하는 관리가 있다. 이 밖에 다른 모든 직업과 사람들은 모두 여분의 것들이다. 한비자는 "학자(유가)", "언담가(종횡가)", "검객(협객)", "환어자患御者(복역을 회피한 자)", "상공업자(상업과 수공업 종사자)"를 마땅히 없애야 하는 5대 사회악이라고 하였다. 이른바 말하는 "5대 좀벌레"였다. 여기에는 "학자"가 장악한 "문학"도 포

1396) 王先謙, 『韓非子集解』 卷19, 〈五蠹〉, 諸子集成本, 347쪽.

함되었다. 한비자가 이런 생각을 가진 것은 이들이 경전에 종사하지 않았기 때문이다. 법가의 관점에서 볼 때, 이들은 사회에 무익한 사람들이었다. "나라가 무사하면 선비와 협객을 기르고 어려움이 닥치면 갑옷 입은 군사를 쓴다. 이로운 것이 쓰는 것이 아니며, 쓰는 것이 이로운 것이 아니다."[1397] 그리고 "문학"은 바로 이런 무익한 것으로 쓸모가 없을 뿐만 아니라 해로움까지 가지고 있었다. "문학을 배운 자는 쓸 것이 못 된다. 쓰면 법을 어지럽게 한다." 그래서 한비자는 "문학을 소멸시켜 법도를 밝혀야 한다,"[1398]고 분명하게 제시했다. 사람들이 한비자가 문학을 부정했다고 하는 것은 바로 이상의 내용을 가리킨다.

한비자는 국가의 근본 이익이 경전에 달렸다는 사상에서 출발하여, "현명한 군주의 관리로서 재상은 반드시 고을을 다스리는 현장 지도자로부터 나오고, 맹장은 반드시 전투 현장의 병졸 가운데서 발탁된다."[1399]라고 생각했다. 군주는 마땅히 경전에서 공을 세운 이에게 후하게 상을 내리고 칭찬하며 부귀영화를 누리게 해야 한다. 그러나 당시 사회는 그렇지 않았다. "적을 죽인 자가 상을 받으면서도 자혜慈惠로운 행동을 높이 평가한다. 성을 빼앗은 자가 벼슬과 작록을 받으면서도 한쪽으로는 겸애의 설을 믿는다. 튼튼한 갑옷과 날랜 군사로 난을 대비하면서도 선비의 차림을 아름답게 여긴다. 나라를 부하게 하기는 농사로 하고 적을 물리치는 데는 군사를 믿으면서도 문학 하는 선비를 귀하게 여긴다. 윗사람을 공경하고 법을 두려워하는 백성을 버리면서도 협객과 자객의 무리를 기른다. 행하는 것이 이 같으면 정치가 잘 되기를 바랄 수가 없다."[1400] 그는 더 나아가 다음과 같이 지적했다.

박학하고 변설과 지혜가 공자나 묵적 같더라도 그가 농사를 지을 수 없다

1397) 王先謙, 『韓非子集解』卷19,〈五蠹〉, 諸子集成本, 345쪽.
1398) 王先謙, 『韓非子集解』卷18,〈八說〉, 諸子集成本, 326쪽.
1399) 王先謙, 『韓非子集解』卷19,〈顯學〉, 諸子集成本, 354쪽.
1400) 王先謙, 『韓非子集解』卷19,〈五蠹〉, 諸子集成本, 345쪽.

면 나라에 무슨 도움이 되겠는가? 효행과 욕심 적음이 증삼이나 사추史鰌와 같더라도 그가 전쟁에 나가지 않는다면 나라에 무슨 이득이 되겠는가? 필부에게는 사적인 편의가 있으며 군주에게는 공공의 이득이 있다. 일을 하지 않아도 충분히 양육할 수 있고, 벼슬하지 않아도 이름을 드러내는 것이 사적인 편의다. 학문을 금지하고 법도를 밝히며 사적인 편의를 막아서 오로지 공적을 힘쓰게 하는 것이 공공의 이득이다. 법을 설정함은 백성을 이끌기 위한 것인데 또 학문을 귀하게 여긴다면 백성이 법을 본받기에 헷갈릴 것이다. 공에 대해 상을 주는 것은 백성을 권장하기 위한 것인데 또 행동이 단정한 것을 높인다면 백성이 이득 내는 일을 게을리할 것이다. 도대체 학문을 귀하게 여겨 법을 헷갈리게 하고 행동이 단정한 것을 높여 공적과 헷갈리게 하면 나라가 부강하기를 바라더라도 그럴 수가 없다.[1401]

그는 또한 다음과 같이 말했다.

사사로움을 따르면 어지러워지고, 법을 따르면 잘 다스려진다. 위에 있는 자 중에 올바른 길을 걷는 자가 없으면, 지자智者는 사사로운 말을 할 것이고, 현자賢者는 사사로운 의견을 갖기 마련이다. 위에 있는 자가 사사로이 선심을 쓰면, 아래에 있는 자는 사사로운 욕심을 갖게 된다. 성자聖者와 지자智者가 집단을 만들어 사람을 혼란스럽게 하는 언론을 창도하고, 불법으로 조치하려고 한다. 그런데 군주는 그들을 단속하지 않을 뿐 아니라, 오히려 그들을 존중한다. 이것은 아래에 있는 자에게 위를 따르지 않고, 법을 지키지 않도록 가르치는 것이다.[1402]

문학이 국가 부강과 정치 통치에 조금의 도움도 주지 못하고 오히려 해가 된다면, 왜 많은 통치자들이 문학을 좋아한 것일까? 그것은 통치자들이 아름다운 언사에 미혹되어 문학의 실제 기능을 경시했기 때문이다. 한비자의 말을

1401) 王先謙, 『韓非子集解』 卷18, 〈八說〉, 諸子集成本, 326쪽.
1402) 王先謙, 『韓非子集解』 卷17, 〈詭使〉, 諸子集成本, 317쪽.

빌리자면, "오늘날의 임금들은 말을 들으면 그 변설을 기뻐해 그것이 맞는가를 살피지 않고 그 행동에 있어서는 명성만을 아름답게 여겨 그 공을 따지지 않는다. 이 때문에 천하 사람들은 변론에만 치중하고 실천에는 어긋난다. 그러므로 선왕의 일을 들어 인의를 말하는 자만 이 조정에 가득 차서 정치는 어지러움을 면치 못한다. 행동에 있어서는 고상한 것만을 힘써 실생활과는 맞지 않는다. 그러므로 지혜로운 선비들은 굴속에 숨어 살며 녹을 주어도 받지 않고, 군대는 허약해지며 정치는 어지러움을 면치 못한다."[1403] 이 이치를 설명하기 위해 한비자는 다음과 같이 이야기했다.

> 주왕周王을 위해서 채찍에 그림을 그린 나그네가 있었다. 3년 만에 완성되었는데 주왕이 그것을 보니 옻칠한 채찍과 다를 바가 없었기 때문에 크게 노했다. 그 나그네가 이렇게 말했다. "높이 두 길의 담을 쌓으시고 그곳에 여덟 자 폭의 창문을 내어 해가 막 뜨려고 할 때, 그 위에 채찍을 놓고 한번 보십시오." 주왕은 나그네가 시키는 대로 하여 채찍에 그린 무늬를 보았더니, 그것은 용·금수·거마의 모양을 하고 있어 만물이 모두 갖추어져 있었기 때문에 주왕은 무척 기뻐하였다. 이 채찍에 그림을 그리는 일은 미묘하고 어려운 일이기는 했지만 실용적인 면에서 볼 때에는 옻칠한 것과 하등 다를 바가 없었다.[1404]

주왕은 3년을 들여 완성한 작품을 좋아했지만 한비자가 보기에 이것은 아무런 실용적 가치가 없었다. 군주가 실용적 가치를 고려하지 않고 감상에 빠졌기 때문에 문학을 좋아하는 현상이 생겨난 것이다. 그래서 자주 속임수에 넘어가기도 한다. 그는 연왕燕王을 예로 들었다. "송나라 사람이 연왕에게 청해 온 자가 있었다. 그는 나무의 가지 끝에 원숭이 암컷을 만들어 바치겠다고 하였다. 그리고 3개월 동안 목욕재계를 한 다음 그 원숭이를 보아야 한다고

1403) 王先謙, 『韓非子集解』 卷19, 〈五蠹〉, 諸子集成本, 346쪽.
1404) 王先謙, 『韓非子集解』 卷11, 〈外儲說左上〉, 諸子集成本, 202쪽.

했다. 연왕은 그에게 3승의 땅을 주었다. 그러자 궁궐 안의 대장장이가 이렇게 말했다. '제가 보기에 임금님께서 열흘 동안이나 술자리를 폐하실 까닭이 없습니다. 그 송나라 사람은 임금님께서 그토록 오랫동안을 재계하면서까지 쓸모없는 물건을 구경할 생각은 하지 않을 것이기 때문에 3개월이라는 기한을 정했을 것입니다. 더욱이 나무의 가시 끝에 원숭이를 만들어 붙인다는 것은 있을 수 없는 일입니다. 신은 대장장이로 가지 끝에 원숭이를 깎아서 붙일 수 없음을 잘 알고 있습니다. 이것을 부친다고 하였으니, 왕께서 조사해 보심이 좋을 듯합니다.' 왕이 그 송나라 사람을 불러 물으니 과연 터무니없는 말이어서 사형에 처했다. 대장장이는 왕에게 또 이렇게 말했다. '물건을 다는 데 저울을 사용하지 않는다면, 마치 나무의 가시 끝에 원숭이를 만들어 붙이겠다는 엉터리 말과 같습니다.'"라고 하였다.[1405] 혹시 대장장이가 그 송나라 사람을 질투하여 모함을 하고 죽음으로 몰고 간 것은 아닐까? 사실 그것은 그리 중요하지 않다. 중요한 것은 대장장이가 "마치 나무 가시 끝에 원숭이를 만들어 붙이겠다는 엉터리와 같다."고 한 것이 바로 한비자의 관점을 말해준다. 즉, 이런 언담은 모두 실용적이지 않고 군주를 눈속임하는 것이라고 생각했다.

한비자는 정성으로 수식한 것은 오히려 쓸모가 없고, 진정으로 쓸모가 있는 것은 수식이 필요 없다고 보았다. 그리고 사회생활에서 가장 먼저 고려할 것은 유용성 여부이지 귀하거나 아름다움의 여부가 아니었다. 『한비자』〈외저설우상外儲說右上〉에는 다음과 같이 나와 있다.

당계공堂谿公이 한韓 소후昭侯에게 물었다. "여기 값이 천금이 나가는 옥잔이 있다고 합시다. 이것이 밑이 뚫려 있다면 물을 담을 수 있겠습니까?" 소후가 "못 담지요."라고 대답했다. "그러면 여기 질그릇이 있다고 합시다. 이것이 바닥이 성해서 새지 않는다면 술을 담을 수 있겠습니까?" 소후가 "그야 물론이지요."라고 대답했다. 당계공이 말했다. "질그릇은 흔해 빠진 값없

1405) 王先謙,『韓非子集解』卷11,〈外儲說左上〉, 諸子集成本, 199~200쪽.

는 물건이지만 새지만 않으면 술을 담을 수도 있습니다. 값이 천금이나 나가
는 옥잔은 비록 귀한 것이기는 하지만 바닥이 뚫려 새게 되면 물도 담을 수
없습니다. 누가 여기다 마실 것을 넣겠습니까?"[1406]

이 이야기에 나타난 "귀함"과 "천함" 그리고 "밑이 있고" "밑이 없는" 것은
사실 "문"과 "질"의 관계에 대한 해묵은 논쟁이다. 왜냐하면 한비자는 실용의
관점에서 문제를 고려했기 때문에 그는 묵자의 "먼저 바탕을 이루고 문식을
한다."[1407]와 노자·장자의 "성스러움을 끊고 지혜를 버린다."[1408]의 사상을 받
아들였고, "문"을 경시하고, "질"을 중시하였다. 그는 "문"과 "질"의 관계에 대
해 언급하면서 다음과 같이 말했다.

> 예禮는 정情의 외재적 표현이고, 문은 내재적 본질에 대한 수식이다. 무릇
> 군자는 정을 취하고 외재적 표현을 버리며 내재적 본질을 좋아하고 수식을
> 싫어한다. 외재적 표현에만 의거하여 정을 언급하는 것은 그 정이 추악하기
> 때문이다. 수식한 다음에 내용을 논하는 것은 그 본질이 쇠미하기 때문이다.
> 무엇을 가지고 그렇게 주장하는가? 화씨의 구슬은 오채로 장식하지 않았고,
> 수후隋侯의 구슬은 은황으로 수식하지 않았다. 그 바탕이 지극히 아름다운
> 사물은 수식할 필요가 없기 때문이다. 따라서 사물이 수식된 다음에 쓰이는
> 것은 그 바탕이 아름답지 않기 때문이다.[1409]

여기서 문식을 부정하여 "질"을 중시하고 "문"을 경시한 성향을 분명히
엿볼 수 있다.

그렇다고 한비자가 문식에 대해 절대적으로 부정적인 입장을 가졌다고 할
수 있을까? 그렇다고 할 수만은 없을 것이다. 사물은 종종 양면성을 가진다.

1406) 王先謙, 『韓非子集解』卷13, 〈外儲說右上〉, 諸子集成本, 241쪽.

1407) 『墨子』佚本, 孫詒讓, 『墨子間詁』引.

1408) 李耳 撰·王弼 注, 『老子』19章, 二十二子本, 2쪽.

1409) 王先謙, 『韓非子集解』卷6, 〈解老〉, 諸子集成本, 97쪽.

한비자의 문식에 대한 부정에는 사실 긍정하는 요소도 담겨 있다. 『한비자』 〈외저설우상外儲說右上〉에 실린 우화를 예로 들어, 한비자가 정치 기능의 관점에서 문식의 가치를 판단한 사고방식을 분석해 보도록 하자. 이를 통해, 그의 문학에 대한 태도를 한층 더 이해할 수 있을 것이다. 그 우화는 다음과 같다.

> 초나라 왕이 전구田鳩에게 말했다. "묵자墨子는 현학顯學이다. 그 내용의 뼈대는 그럴 듯한데 그 내용을 설명한 말 중에 도대체 무엇인지 모르는 것이 많이 있네." 전구가 대답하였다. "옛날에 진백秦伯이 진晉 공자公子에게 공주를 시집보내는데 그 공주의 옷과 화장 등 심부름을 해줄 잉첩 70명을 딸려 보냈습니다. 그런데 이들이 진나라에 도착하자 이 나라 사람들은 그녀가 데려온 잉첩들을 좋아하고 공주는 싫어했답니다. 그래서 이것을 두고 사람들은 잉첩이 시집을 잘 온 것이지 공주가 시집을 잘 온 것이 아니라고들 했습니다. 또 초나라 사람 중에 구슬을 정나라에 판 사람이 있었는데, 그 구슬의 값어치를 돋보이게 하기 위하여 값진 목란木蘭으로 상자를 만들고 향기 나는 계초桂椒로 김을 쐰 뒤에 또 주옥을 꿰고 비취색으로 장식을 하였다. 그랬더니 정나라 사람이 그 상자만 사가고 구슬은 돌려주었다고 합니다. 이를 두고 상자는 잘 팔았다고 하지만 구슬은 잘 팔았다고 할 수 없을 것입니다. 오늘날 세상 사람들의 학문에 있어서 꾸미는 말과 수식하는 문장이 많아 임금들이 그 문장을 보다가 그 학문의 실용적 가치를 잊어버리게 됩니다. 그런데 묵자의 학설은 선왕의 훌륭한 도를 전하는 데 있어서 성인의 말을 따지어 사람들에게 알렸을 뿐이고, 그 문장을 수식하는 데 있어서는 그 문장에 홀려 도의 가치를 잊을까봐 사용하지 않았습니다. 이렇게 문장이 실용의 가치를 해치는 경우로는 초나라 사람이 구슬을 파는 일과 진백이 공주를 시집보내는 경우와 같을까 두려워 그의 말은 수식이 없는 경우가 많습니다."[1410]

묵자가 그 내용을 설명한 말 중에 도대체 무엇인지 모르는 것이 많다고 했는데, 사실과 완전하게 부합하는 것은 아니다. 묵자는 비록 "먼저 바탕을

1410) 王先謙, 『韓非子集解』卷11, 〈外儲說右上〉, 諸子集成本, 198~199쪽.

이루고 문식을 한다."라고 주장했지만 "문"을 완전히 부정한 것은 아니었고 "문학"을 비교적 중시한 편이었다. 그는 "오늘날 천하의 군자가 문학을 하고 담화를 하는 것은 목과 혀를 단련하고 입술을 민첩하게 하기 위해서가 아니라 진심으로 나라와 읍리와 백성의 형법 및 정무를 위함이다."[1411]라고 하였다. 또한 "무릇 언담을 발표함에 문학의 도로부터 나오게 하려면 먼저 의법義法을 세우지 않을 수 없다."[1412]라고 하였다. 그리고 "삼표법三表法"을 제시하여 입언立言의 기준과 작문의 법칙으로 삼았다. 그의 문장은 비록 문채가 부족하지만 강한 논리력과 입증력을 가지고 있다. 물론 이것은 우화일 뿐, 묵자 문장에 대한 평가는 아니다. 전구의 대답이 반영하는 것은 사실 한비자의 "문"과 "질", "문"과 "용"의 관계에 대한 관점이다. "문"과 "질"에 관해 그는 여전히 "그 바탕이 지극히 아름다운 사물은 수식할 필요가 없다."와 "사물이 수식된 다음에 쓰이는 것은 그 바탕이 아름답지 않기 때문이다."를 강조하고 있다. 이런 인식은 한비자 자신의 실용주의적 정치사상과 관련이 있다. "문"과 "용"에 관해 한비자는 구체적인 실천 중에서의 "용"을 강조하고, "문장에 홀려 실용의 가치를 잊고, 문장이 실용적 가치를 해치는" 것을 반대했다. "이로운 것이 실용적인 것이 아니며, 실용적인 것이 이로운 것이 아니다."의 현실 및 경전 장려와 국가의 부강이라는 공리적 목적에서 출발하여 한비자는 "문"을 경시하고 "질"을 중시하며 "문장이 실용의 가치를 해친다."라는 주장에 반대했다.

표면상 한비자는 문식을 반대했다. 사물의 유용한 부분이 충분히 그 기능을 발휘하는 것에 문식이 방해가 되기 때문이다. 즉, "문장이 실용적 가치를 해치"는 것이다. 그러나 자세히 분석해 보면, 한비자는 문식의 독특한 기능을 인정했다. 진백의 공주와 초나라의 구슬은 그 질이 아름답지만, 문식이 더해진 잉첩과 상자는 진백의 공주와 초나라의 구슬을 넘어섰다. 이것은 문식의 기능을 증명하는 것이라 할 수 있다. "그 바탕이 지극히 아름다운 사물은 수식

1411) 墨翟 撰・畢沅 校注,『墨子』卷9,〈非命下〉, 二十二子本, 254쪽.

1412) 墨翟 撰・畢沅 校注,『墨子』卷9,〈非命中〉, 諸子集成本, 253쪽.

할 필요가 없다.", "사물이 수식된 다음에 쓰이는 것은 그 바탕이 아름답지 않기 때문이다."에 관해서도, 문식이 아름다움에 아무런 작용을 하지 않는 것이 아니라 진정으로 아름다운 사물은 문식을 할 필요가 없는 것이다. 문식이 더해져야 유행할 수 있는 사물은 그 본질이 아름답지 않은 것이다. 비록 그것이 사물의 내적인 본질을 덮더라도 문식은 사람들에게 일종의 외적인 미감을 주는 것이다. 이렇듯 한비자는 질의 아름다움이 근본이라고 강조하는 한편, 문식이 외적 아름다움을 만들어낸다는 객관적 사실도 인정한 것이다.

"문文"과 "용用"의 관계로 보자면, 한비자가 "용"만 강조하고 "문"을 경시한 것도 아니었다. 〈난언難言〉에서 한비자는 언어 논쟁의 어려움을 반복적으로 이야기했다. 〈설난說難〉에서 한비자는 "다른 사람에게 의견을 진술하는 것은 어려운 일이다. 내가 알고 있는 자를 납득시키기가 어렵다는 말이 아니다. 또 내 말주변이 나의 뜻을 분명하게 전할 수 있느냐의 어려움도 아니며, 내가 과감하고 거리낌 없이 나의 뜻을 모두 다 펼쳐 보일 수 있느냐의 어려움도 아니다. 다른 사람을 설득하는데 있어서의 어려움은 설득하려는 상대방의 마음을 잘 헤아려 내가 말하려는 것을 그에게 맞출 수 있느냐 하는 점에 있는 것이다."[1413]라고 하였다. 그는 듣는 이의 심리를 이해하지 못해서 생기는 화자에 대한 불리함과 손해에 대해 여러 번 언급하고, 다음과 같은 결론을 내렸다.

유세할 때 힘써야 할 점은 상대방이 자랑스러워하는 점은 칭찬해주고, 부끄러워하는 부분은 감싸줘야 한다는 것이며, 상대방이 개인적으로 급히 하고자 하는 일이 있을 때는 반드시 그 일이 공적인 타당성이 있음을 보여주어 꼭 하도록 권해야 하며, 상대방이 마음속으로는 비천하다고 느끼지만 하지 않을 수 없는 일이 있을 때는 그 일이 아름답다고 꾸며주어 하지 않는 것이 애석한 일임을 표현해야 한다. 군주의 마음에 고상한 계획이 있으나 실제로 이룰 수 없는 경우에 유세객은 그를 위해 그 일의 허물을 들춰내고 해로움을 내보여서 실행하지 않는 편이 좋다고 해야 한다. 지혜와 능력을 자랑하고 싶

1413) 王先謙, 『韓非子集解』卷4, 〈說難〉, 諸子集成本, 60쪽.

은 마음이 있을 때는 비슷한 다른 일을 들어 참고가 되게 하고 유세객 자신의
의견을 채택하도록 하되 모른 체하며 지혜를 빌려주어야 한다. 다른 사람과
함께 공존해야 한다는 말을 할 때는 반드시 훌륭한 명분을 세워 밝히면서
은연중에 개인의 이익에도 들어맞는다는 것을 암시해야 한다. 위험하고도 해
로운 일이라는 것을 설명하고자 할 때는 반드시 세상의 비난이 있을 것이라
는 말을 알려서 은연중에 그것이 해가 된다는 점을 암시해주어야 한다. 다른
사람을 칭찬할 때는 군주와 같은 품행을 지닌 사람을 칭찬하고 어떤 일을
바로잡으려 할 때는 그와 똑같게 계획한 다른 일을 바로잡아야 할 것이다.
군주와 똑같은 잘못을 저지른 자가 있으면 그 허물이 별다른 해를 끼치지
않는다고 힘껏 꾸며줘야 하고, 또 군주와 똑같은 실패를 겪은 자가 있으면
반드시 그 일은 별로 손실이 없음을 밝혀주어야 한다. 상대방이 자신의 능력
이 아주 뛰어나다고 생각하고 있으면 굳이 그가 할 수 없는 일을 찾아낼 필요
가 없다. 결단이 과감했다고 생각한다면 그가 실수한 일을 골라내어 화나게
할 필요가 없다. 스스로 자신의 개혁이 훌륭하다고 생각할 때 그가 실패한
경우를 꼬집어서 곤란하게 할 필요가 없다. 유세의 대의는 상대의 뜻을 거스
르지 않는 것이며, 말투도 상대의 감정을 건드리지 않아야 하고, 그런 뒤에야
자신의 지혜와 말재주를 마음껏 발휘할 수 있을 것이다. 이것이 바로 군주가
친근하게 여기고 의심하지 않아 말하고 싶은 것을 충분히 다 말할 수 있게
하는 방법이다.[1414]

한비자는 언어 사설이 문식을 거치지 않으면 그 실제 기능을 발휘하기가
어렵다는 경험에 대해 깊게 깨닫고 있었다. 그가 제시한 언어 논쟁의 표현
방법과 수사 수법은 그 자신의 언어 실천 경험의 종합이라고 할 수 있다. 만약
한비자가 말했던 "문장이 실용의 가치를 해친다."만 주목하여 언어 표현 기술
이 포함된 문학을 철저히 부정했다고 단정한다면, 그것도 한비자의 실제 사상
과 완전히 부합하는 것이 아니다. 게다가 한비자가 말한 "용"은 주로 정치 기

1414) 王先謙, 『韓非子集解』卷4, 〈說難〉, 諸子集成本, 62~64쪽.

능을 가리킨다. 즉, 한비자는 문식을 거친 언어 논쟁이 포함된 문학으로 법가의 법치를 부정하는 것을 허용하지 않았다. "문"의 무용은 단지 부국강병과 경전의 "용"에 무익한 것을 가리키지, 예술 표현을 추구하지 않는다든지 또는 문식이 필요 없다는 것은 아니다. 사실 한비자는 예술 표현을 중시하지 않는 언어 논쟁은 적당한 효과를 얻을 수 없다고 보았다. 심지어 법치를 실행하는 데도 언어 문자의 표현 기능을 사용하지 않을 수 없었다. 한비자는 다음과 같이 말했다.

> 책의 내용이 간략하면 제자들은 그것을 중심으로 갖가지 시비를 할 것이며, 법률이 간단하면 백성이 손쉽게 소송을 제기한다. 그래서 성인의 책은 반드시 논지를 명확히 하고 있으며, 현명한 군주는 법을 소상하게 만든다. 생각을 깊이 하며, 사태의 이해득실을 예상하는 것은 지자智者의 경우에도 어려운 일이라 생각되지만, 생각을 깊이 하지도 않고 몇 마디 지껄이고 나서 공을 독촉하는 일 따위는 어리석은 바보도 할 수 있는 것이다. 현명한 군주는 바보라도 쉽게 할 수 있는 일을 채택하지 않을 것이며, 지자도 어려우리라 생각되는 것은 구하지 않기 때문에 지혜와 사려를 쓰지 않고도 국가는 잘 통치되는 것이다.[1415]

이것으로 볼 때, 한비자의 "용"에 대한 이해는 두 가지 측면으로 나누어진다. 먼저, 정치적 측면에서 "문"은 "용"을 해치기 때문에 변통해서는 안 되고 반드시 결사적으로 막아야 했다. 그리고 기술적 측면에서 "문"은 "용"에 이롭기 때문에 선택해서 이용할 수 있으며, 나쁜 영향을 주지 않는 범위 내에서 법치의 시행에 도움을 줄 수 있다.

결론적으로 한비자는 법가 사상에서 출발하여 문학이 법치를 훼손할 수 있음을 인식하였다. 그래서 문학을 부정하고 금지할 것을 주장하였다. 그러나 다른 한편으로 한비자가 살던 시대에 문학은 유가 학술 전적뿐만 아니라, 여

1415) 王先謙, 『韓非子集解』 卷18, 〈八說〉, 諸子集成本, 329쪽.

기에 나타난 유가 학술 사상 그리고 텍스트상의 언어 형식과 표현 기술 및 각종 수사 방법도 포함되었다. 전자는 법가 사상과 첨예하게 대립되므로 한비자가 부정하였다. 그러나 후자는 중개적인 특징을 가지고 있어서 여러 학파에서 이용될 수 있었다. 공자가 언급한 "말에 문장이 없으면 비록 행해지더라도 멀리 가지 못한다."[1416]도 논쟁이 필요 없는 사실이다. 한비자의 문장이 필치가 예리하고 감정이 충만하고 논점이 분명하고 문채가 다양하다는 것도 이 점을 증명해준다. 그래서 한비자가 이 방면의 문제를 논술할 때도 자연스럽게 그 여지를 남겨 두게 된 것이다.

제3절 韓非子 문학 관념의 영향

앞에서 살펴보았듯이 중국 전통 문학 관념은 공자로부터 출발하였다. 그 것은 서주 이후에 계속 높아진 인문 정신과 세속화된 예악 사상을 흡수하여 인문 교화의 정치 이념을 문학 관념의 핵심 내용으로 하고 그로부터 중국 문학 관념의 이론 기초로 삼았다. 유가의 문학 관념은 맹자와 순자 등의 계승과 발전을 거쳐 점차 사회의식 형태의 중요한 범위가 되었고, 사회 정치와 인간의 정신생활에 막대한 영향을 끼쳤다. 묵가와 도가도 자신들의 학술 입장에서 출발하여 각자의 문학 관념을 주장했다. 한비자는 "상앙商鞅의 법, 신자申子의 술, 신도愼到의 세를 집성하였고, 도가의 설을 임금이 나라를 다스리는 통치 수단이라고 하였다. 또한 시종일관 '친소親疏를 구별하지 않고, 귀천을 달리하지 않고 법으로 재단한다.', '군주는 높고 신하는 낮다.'는 중심에서 벗어나지 않았다."[1417]라는 체계적인 법가 사상을 형성했다. 또한 기타 학술 유파와 차별되는 문학 관념을 드러냈다.

1416) 杜預 注·孔穎達 疏, 『春秋左傳正義』 卷36, 〈襄公十五年〉, 十三經注疏本, 1985쪽.
1417) 蒙文通, 『經學抉原』, 「公子與今文學」, 上海:上海人民出版社, 2006, 262쪽.

한비자의 문학 관념에서 가장 부각되는 것은 그가 문학의 사회 정치 기능에 대해 철저하게 부정했다는 것이다. 그는 자신이 처한 사회가 이미 성현들이 추앙하던 사회와는 완전히 다르다고 인식했다. "상고에는 도덕으로 겨루었고, 중세에는 지혜와 꾀를 좇았으며 지금은 힘을 다툰다." 그러므로 "일은 세상에 따라 하고, 방비는 일에 맞게 해야 한다." "세상이 바뀌면 일도 달라진다." "일이 달라지면 대책도 바뀐다." "옛것을 닦는 것만이 언제나 옳을 수가 없으니 때에 따라 일에 따라 대책을 세워야 한다."[1418] 이런 힘을 다투는 시대에 "군주는 권병權柄을 잡아 세勢의 자리에 올랐기에 백성들이 법령을 잘 지킨다. 권병이란 죽이고 살리는 수단이며, 세란 것은 대중을 이기는 자원이다. 무언가를 폐기하거나 수립할 때 아무런 법도가 없다면 그 권력은 신성하지 않게 된다. 또한 신하와 상벌의 권력을 함께 나눈다면 군주의 위세가 분산될 것이다. 그러므로 현명한 군주는 신하들을 사랑하는 마음을 품되 그들의 말만을 듣지 아니하며, 기뻐하는 마음을 품되 그것으로 일을 계획하지 않는다." "상이 후하여 백성들이 상만큼 이로운 것이 없도록 여기게 하고, 명예가 아름다워 백성들이 명예만큼 영광스러운 것이 없도록 여기게 하고, 형벌이 무거워 백성들이 형벌만큼 두려운 것이 없도록 여기게 하고, 법을 훼손하는 것을 미워하여 백성들이 이보다 수치스러운 것이 없도록 여기게 한 연후에 법을 시행할 수 있다."[1419] 한비자가 설계한 정치 청사진에는 문학의 자리가 없었을 뿐만 아니라, 문학을 찬미하거나 허용하는 것은 법치를 파괴하는 것이라고 생각했다. 때문에 그는 공공연하게 "인의를 행하는 자를 칭찬하면 안 된다. 그들을 칭찬하면 전쟁에서 공을 세우는 것을 해치게 된다. 문물을 배운 자를 기용하면 안 된다. 그들을 기용하면 법을 어지럽히게 된다."[1420]라고 하였다.

한비자가 정치상으로 문학을 부정했기 때문에 역대의 문학가들은 모두 한

1418) 王先謙, 『韓非子集解』 卷19, 〈五蠹〉, 諸子集成本, 339~350쪽.

1419) 王先謙, 『韓非子集解』 卷18, 『八經』, 諸子集成本, 330~331쪽.

1420) 王先謙, 『韓非子集解』 卷19, 〈五蠹〉, 諸子集成本, 344쪽.

비자에게 관심을 기울이지 않았고, 그의 문학 관념이 중국 문학 발전에 끼친 영향을 제대로 토론하지 않았다. 만약 한비자의 문학관이 일종의 사상 재료로 존재한다면 개인적 관심에 따라 처리하면 그만이었다. 문제는 한비자의 사상이 중국 최초로 통일된 전제 왕권의 통치 사상이 되었다는 것으로, 그 영향력을 과소평가하거나 경시해서는 안 된다는 점이다.

부정적인 방면에서 볼 때, 한비자가 주장한 "문학을 배운 자를 기용하면 안 된다. 그들을 기용하면 법을 어지럽히게 된다."는 사상은 진나라의 집권자들에게 받아들여졌고, 그들의 정치 현장에서 사용되었다. 진나라의 "분서갱유"는 문학 발전에 큰 장애가 되었다. 진나라는 통일 초기에는 문학을 하는 사람들을 모아 박사의 직책에 두기도 하였다. 비록 한비자의 주장에 따라 문학을 금지하지는 않았지만, 그렇다고 이들 박사 유생들을 정치에 참여시키지도 않았다. "박사가 70명이지만 등용하지 않았다."[1421] 이것은 진시황이 한비자의 정치적 주장을 버리지 않았음을 설명해준다. 진시황 34년(기원전 213), 즉 진나라가 통일되고 8년 뒤, 박사 순어월淳於越이 "옛것을 스승으로 삼지 않는다."라고 진나라 정권을 비난하자, 승상 이사李斯(?~기원전 208)가 이를 반박했다. 이때 이사가 박사들을 반박하면서 언급한 이론이 바로 한비자의 주장이었다. 이사는 다음과 같이 말했다.

> 오제 시대도 하·상·주 3대도 서로 베끼거나 반복하지 않고 각자 방식으로 다스렸는데, 그건 시대나 환경이 다른 탓입니다. …… 옛것이란 천하를 흩고 어지럽혀 하나로 통일되지 못해 제후들이 제각기 법을 만드니, 그런 옛것들이 오늘날 해가 된다는 겁니다. 본질을 어지럽히는 번지르르한 말에 혹해 각자 배운 것을 고집하며 폐하의 업적을 비난하는 겁니다. 이제 황제께서 천하를 통일하여 흑백의 구별을 정하시는 분인데, 혼자 생각으로 서로 틀리다 다투며 하나를 들어도 서로 제가 옳다 떠들고 조정에 들어와서 생각이 서로 어긋나고 나가서도 우왕좌왕 떠들며 자신을 과시하며 자기의 이름을 내고

1421) 司馬遷, 『史記』卷6, 〈秦始皇本紀〉, 二十五史本, 31쪽.

그것을 높이기 위해 아랫사람을 모아 패거리를 짓고 비방하는 겁니다. 이것을 막지 못하면 위로는 조정의 권세가 떨어지고 아래에선 파당만 지어질 뿐입니다. 그런 변화를 막으소서. 신이 사관들에게 청하노니 『진기秦紀』말고는 다 태우고 박사가 아닌 사람들이 가진 『시』, 『서』, 제자백가의 책들은 관리들에게 교지를 내려 모두 태우소서. 감히 쓸데없이 『시』, 『서』를 논하는 자는 황제를 부정하는 자이니 관리들이 이러한 자를 보면 공범으로 인정하고, 30일 후에도 소각하지 않으면 얼굴에 묵자를 새기고 성단城旦의 형벌을 내리소서. 예외로 할 것은 의약, 점술, 종자에 관한 책입니다. 만약 법령을 공부하려면 관리들을 스승으로 삼으라 하소서.[1422)

진시황(재위기간 기원전 221~210)은 이사의 의견을 수렴하여 "분서焚書"를 단행하여 『시』와 『서』 등의 유가 경전을 불태웠는데, 바로 순자와 한비자 등이 일컬은 "문학"이었다. 얼마 지나지 않아, 유생 460여 명을 함양咸陽에서 산 채로 묻었다. 사람들이 "분서갱유"를 어떻게 평가하든, 이 사건의 발생은 한비자가 주장한 "현명한 군주의 나라는 책에 의지하지 않고 법에 의해 교화한다. 선왕의 말이 아니라, 관리의 지침을 스승으로 삼는다."[1423)는 사상과 밀접한 관련이 있고, 이것은 부정할 수 없는 사실이다. 물론, 진나라는 헌공獻公 때부터, 다섯 임금이 모두 묵가와 법가에서 선전한 "일동천하一同天下"의 전제 통치를 실행하였고, 경전을 중시하고 허례허식을 반대하고 관리를 스승으로 삼아 법치를 시행하였다. 그래서 "분서갱유"도 진나라의 정치 문화 전통을 보여준다고 할 수 있다. 이 밖에 "춘추 중기 이전에 귀족은 고정적인 채읍采邑이 있고, 공적이 있으면 상을 내렸으며, 우선적으로 토전제土田制를 실행하게 했다. 춘추 말기에 이르러, 귀족이 가신에게 좁쌀을 공급하였는데, 이것은 녹봉의 개념이었다. 전국 시기에 이르러, 일부 특수 귀족과 작위를 받은 제후들이 금을 화폐로 하여 증여하기 시작했다. 임금은 신하에게 좁쌀을 녹으로 주는

1422) 司馬遷, 『史記』卷6「秦始皇本紀」, 二十五史本, 30쪽.
1423) 王先謙, 『韓非子集解』卷19〈五蠹〉, 諸子集成本, 347쪽.

제도를 채택했다. …… 이런 제도가 나타난 것은 정치적으로 두 가지 의미를 가진다. 하나는 토지가 임금의 손에 집중되었다. 다른 하나는 "좁쌀 녹봉(粟祿)" 제도의 운영은 토전 제도의 운영보다 자유로웠고, 임금은 유사游士의 기회를 빌려 정치적 수요에 적응하고자 하였다. 이렇게 하여, 권력이 집중되고 새로운 인재를 채택하여 국가의 정치 효율이 춘추 시대보다 훨씬 높아졌다. 게다가 위魏나라 이회李悝가 지력地力을 주장한 때부터 각 나라는 이 변화된 정치 개혁에 적응하였는데, 진나라 상앙이 가장 철저하게 따랐다. 이것은 칠웅의 마지막을 결정했다. 이런 국가 성격의 변화는 전제 제도를 수립하고 선행의 조건을 마련했다."[1424) 그래서 "분서갱유"라는 대사건도 진 왕실의 현실 정치적 수요를 반영했다고 볼 수 있다.

"분서갱유"는 정치적으로 유가학자가 『시』·『서』·『예』·『악』 등 유가 문학 전적을 통해 벼슬길에 오르려는 꿈을 부셔 버렸고, 사상적으로 유가학자가 신봉하는 "도가 권세보다 존귀하다.", "왕의 스승이 된다."는 문화 이론을 무너뜨렸다. 또 "백가쟁명"의 국면도 여기서 끝나게 되었다. 첸무錢穆(1895~1990)가 "제자가 일어난 것은 본래 아랫사람들이 학술로 정치를 쟁탈하고자 한 것이다. 이것이 쇠퇴한 것은 윗사람들이 정치로 학술을 쟁탈하고자 하였기 때문이다."[1425)라고 한 바와 같다. 통일 왕조는 통일된 사상이 필요했다. 전제 집권 정치는 또한 황제를 유일한 지존의 자리에 오르게 하였다. 이로써 "도"는 "세"에게 자리를 내주었고, "세"는 귀하고 "도"는 천하게 되었다. 사회 정치 생활에서 문학의 지위 하락은 곧 역사 발전의 객관적인 요구였고, 사회 현실의 진정한 반영이었다. 한비자가 문학의 정치적 기능을 부정한 것과 진 왕조가 문학을 배척한 정치 현장에서 문학과 정치는 분리되었고, 문학은 정치사상으로서의 사회의식 형태에서 축출당했다. 이것은 비록 문학의 사회적 가치를 깎아내

1424) 徐復觀, 『兩漢思想史』第1卷, 「封建政治社會的崩壞及典型專制政治的確立」, 上海:華東師範大學出版社, 2001, 63쪽.

1425) 錢穆, 『國學槪論』, 北京:商務印書館, 1997, 65쪽.

리기는 했지만, 오히려 사람들은 이로써 문학을 재평가하고 문학의 잠재적인 가치를 찾게 되었다.

그래서 긍정적인 면에서 볼 때, 한비자가 문학의 정치적 기능에 대해 부정한 것과 진 왕조가 실행한 문화 전제 정책은 문학의 발전 방향을 변화시켰고, 동시에 사람들의 문학 관념을 변화시켰다. 사회 정치가 문학으로 하여금 발을 들여놓지 못하게 하자, 사람들은 자연스럽게 정치적인 관점에서 벗어나 문학을 이해하게 되었다. 이것은 일종의 문학 해방이었다. 만약 이런 해방이 없었다면, 문학은 아마도 여전히 몽환에 사로잡힌 정교 이념에 머물면서 훗날의 형세와 규모로 발전할 수 없었을 것이다.

자세히 분석해 보면, 한비자가 공자, 맹자 이후의 전통 문학 관념을 전환시킨 것은 사실 여러 가지의 사고 과정을 거친 것이고, 그중 하나가 오락관이라는 것을 알 수 있다. 『한비자』〈외저설좌상外儲說左上〉에는 다음과 같이 나와 있다.

> 무릇 어린아이가 서로 장난치며 놀 때에는 흙을 밥이라 하고 진흙을 국이라 하며 나무를 고기라 한다. 그러나 저녁때가 되면 반드시 집에 돌아가서 밥을 먹는 이유는 흙밥과 진흙국을 가지고 놀 수는 있어도 먹을 수는 없기 때문이다. 상고 때부터 전해온 것을 찬양한다고 해서 성실하다고 할 수 없으며, 선왕의 업적을 아무리 찬양한다고 할지라도 국정을 바로잡지 못한다면 그것은 소꿉장난은 될지 몰라도 실제로 정치를 잘하는 사람은 못 되는 것이다.[1426]

한비자의 원래 의미는 물론 문학을 비하하는 것이었지만 문학은 정치적 기능 이외에 사람들에게 문화 오락과 정신 쾌락을 줄 수 있었다. "소꿉장난은 될지 몰라도 실제로 정치를 잘하는 사람은 못 되는 것이다."는 문학의 새로운 출구라고 할 수 있다. 놀이의 개념으로 문학을 바라볼 때 문학의 형상성·정감성·오락성을 인정하지 않을 수 없는데, 이런 속성은 본래 문학 고유의 것이었다. 예를 들어, 『시』는 선명한 형상과 풍부한 정감을 가지고 있어서 많은 시편

1426) 王先謙, 『韓非子集解』 卷11, 〈外儲說左上〉, 諸子集成本, 204쪽.

이 제사에서 신과 사람을 즐겁게 해주는 데 쓰이기도 하였다. 한비자는 다음과 같이 말했다.

> 군주가 진정으로 신하의 말을 꿰뚫어 볼 수 있다면, 그가 비록 사냥과 말타기를 좋아하고 음악과 춤을 즐긴다고 해도 나라를 유지해 나갈 수 있다. 그러나 신하의 말을 꿰뚫어 보지 못한다면 아무리 절약하고 근면하고 베옷을 입고 거친 밥을 먹는다고 해도 나라는 멸망하게 될 것이다.[1427]

이것은 확실한 법치 실행이라는 전제 아래에서 적당한 오락만이 허용될 뿐만 아니라, 국가의 오랜 통치와 안정에도 해롭지 않다는 것이다.

문학의 "놀이" 관념은 문학 사상에 새로운 돌파구를 제공했고, 문학의 발전에 새로운 길을 열어 주었다. 한나라 때 유행한 〈시대서詩大序〉에서 "시란 뜻이 가는 곳이다. 마음속에 있으면 뜻이라 하고, 말로 표현하면 시가 된다. 정이 마음속에서 움직이면 이것이 말로 표현되는데, 말로 표현하기에 부족하면 탄식하게 되고, 탄식으로도 부족하면 길게 노래한다. 길게 노래하는 것으로도 부족하면 자신도 모르는 사이에 손을 흔들고 발로 땅을 구르며 춤을 추게 된다."[1428]라고 하였다. 이런 사상은 순전히 한비자 문학 관념의 영향을 받았다고는 할 수 없지만, 적어도 문학이 정치 영역에서 좌절을 겪은 뒤 문학 자체로 회귀한 후에 나타난 사람들의 인식이라고 볼 수 있다. 한비자도 역설적으로 문학을 촉진했다고 할 수 있다.

앞에서 언급했듯이, 한비자는 비록 문학의 정치적 기능을 인정하지 않았지만, 그렇다고 문학의 모든 기능을 부정한 것은 아니었다. 예를 들어, 문자 표현 기술과 수사 수법에서 문학은 그 자체로 독특한 기능을 가졌다. 진나라 때 유가 경전이 비록 주목을 받지는 못했지만, 언어·문자 교육 등은 통치자들이 여전히 중시하였다. 7국 시대에 "밭두둑은 이랑을 달리하고, 수레의 길은

1427) 王先謙, 『韓非子集解』卷17, 〈說難〉, 諸子集成本, 312쪽.
1428) 鄭玄 箋·孔穎達 疏, 『毛詩正義』卷1, 十三經注疏本, 269~270쪽.

궤도를 달리하고, 율령은 법을 달리하며, 의관은 제도를 달리하며, 언어는 소리를 달리하며, 문자는 꼴을 달리했다. 진시황이 처음 천하에 황제 노릇을 할 때 승상 이사가 이에 그 진나라의 문과 더불어 합쳐 만들어지지 않은 것을 파하고 통일할 것을 아뢰었다. 이사는 〈창힐倉頡〉편을 만들고, 중서부령中書府令 조고趙高는 〈애력愛歷〉편을 만들고, 태사령太史令 호모경胡母敬은 〈박학博學〉편을 만들었는데, 모두 사주史籒의 대전大篆에서 취했으되 혹 생략하고 고쳤으니 이른바 소전小篆이란 것이다. 이때 진나라는 경서를 태워 없애고, 구전舊典을 씻어 없애고, 예졸隸卒을 크게 발동해 수자리를 맡겼으며, 관청과 감옥의 직무는 날로 번잡해져 처음 예서隸書를 만드니 이에 간단하고 쉬워져 고문은 이로 말미암아 끊겼다."[1429] 선진 시대 『시』, 『서』 등 유가 문학 경전은 모두 고문서로 쓰였다. 진나라가 문학을 금지하고 소각한 것은 객관적으로 볼 때, 문자를 통일하는 역할을 하였다. "관리를 스승으로 삼았던" 진나라 때에 율령은 사회에서 가장 중요한 읽을거리가 되었고 관리가 중점으로 배워야 할 것이 되었다. 현재 훼손되어 전해진 진나라 때 율령 문헌은 대략 30종이다. 1970년대 출토된 윈멍수이후디雲夢睡虎地의 진나라 무덤 속 죽간에 실린 율령도 거의 30여 종이다. 그 내용은 형률 이외에 병역兵役, 전곡錢穀, 고과考課, 선발 등 각종 행정 규장이 포함되어 있다. 이것은 진나라 율령 문헌의 극히 일부인데, 한비자가 "현명한 군주는 법을 소상하게 만든다."[1430]라고 한 것에 부응한다. 진시황이 정사를 펼칠 때 관리에 대한 요구도 엄격할 수밖에 없었다. "읽어야 할 문서의 중량을 저울질해서 밤낮의 분량을 정해 놓고 그 분량에 도달하지 못하면 쉴 수 없었다."[1431] 관리들은 문서 집필에서도 아주 정성을 다했다. 이것은 관리들의 문자 표현 능력의 향상을 촉진했다. 물론, 이것은 공인된 문학 활동은 아니었고, 이런 활동도 한비자와 직접적인 관련은 없다.

1429) 許慎, 『說文解字』(注音版)卷15上, 〈敍〉, 長沙:岳麓書社, 2006, 315쪽.

1430) 王先謙, 『韓非子集解』卷18, 〈八說〉, 諸子集成本, 329쪽.

1431) 司馬遷, 『史記』卷6, 〈秦始皇本紀〉, 二十五史本, 31쪽.

그러나 유가의 문학 사상과 관념이 의식 형태로서 정치 영역에서 사라진 뒤, 문학의 응용 영역에서 새로운 시장을 찾아야만 했다. 중국은 예로부터 상류 사회 활동을 문자로 기록하는 전통이 있었다. 예를 들어, 갑골 복사는 원래 무격 집단이 점복을 문자로 기록한 것이고, 『상서』는 본래 상고 시대 행정 활동을 문자로 기록한 것이다. 그래서 둘 사이의 연결점을 찾기 쉽다. 한비자 의 사상과 진 왕조의 행정은 문학이 문자 응용과 관계를 맺도록 하여, 한나라 사람들도 각종 병법과 율령을 문학으로 취급하게 하였다. 예를 들어, 사마천 (기원전 145~?)은 "한나라가 일어나자 소하蕭何는 율령을 이었고, 한신韓信은 군법을 폈고, 장창張蒼은 장정章程을 만들고, 숙손통叔孫通은 예의를 정하니 문학이 빛나 점점 발전하였다."[1432]라고 하였다. 문학 관념의 이런 발전은 진나 라의 정치적 전환 및 한비자의 사상과도 관련이 있다. 이런 발전을 어떻게 평가하든지 간에 우선 이러한 사실을 인정해야 한다. 중국의 전통적 응용문은 일반적으로 아름다운 문장 혹은 "문"으로써 아름답게 하는 것으로서, 중국과 서양의 문체 분류에서 서로 다른 민족적 특색을 가지고 있음을 나타낸다. 또 한 이런 특징의 형성도 한비자 이후의 문학 관념의 전환과 관련되어 있다.

결론적으로 한비자의 문학 사상과 관념은 편파적이고 극단적이며, 심오하 고 도전적이기도 하다. 한비자는 문학의 정치적 기능에 부정적이었다. 비록 그가 유가 문학의 사회 윤리적 도덕을 규범화하고, 사회 심리적 정감을 유지 하며 정교 관계를 조절하는 독특한 기능을 등한시했지만, 그것은 유가에서 말하는 문학이 현실 정치 문제를 해결할 수 없다는 객관적 사실을 주장한 것 뿐이었다. 그러나 한비자의 "편파적인 심오함"은 공자·맹자 이후에 정치 학 술, 인문 교화로 편향된 문학 관념을 어느 정도 정교의 궤도에서 벗어나게 하여 문학의 심미 오락, 일상 응용 등 잠재적인 기능을 현실적인 공간으로 이끌어냈다. 그리하여 문학 관념과 문학 창작의 발전에 새로운 길을 열어 주 었다. 비록 이것이 한비자가 원래 의도한 바는 아니었을지라도 역사적인 사실

1432) 司馬遷, 『史記』 卷130, 〈太史公自序〉, 二十五史本, 361쪽.

임은 분명하다. 그리고 이런 길은 많은 우여곡절을 거쳐 결과적으로는 중국 전통 문학 관념의 의미를 풍부하게 해주었다. 그렇기 때문에 한비자의 문학 관념을 완전히 부정해서는 안 되고, 잊어서도 안 될 것이다. 중국 고대 문학 관념 발생사에서도 이 잔혹하고 심각히 어두운 부분을 마땅히 기록할 필요가 있다. 그래야만 이것을 현실적으로 구성할 수 있고, 훗날의 발전에 충분한 공간을 마련할 수 있기 때문이다.

제12장

庠序學校: 중국 고대 문학 관념의 교육 기초

 앞선 연구에서 우리는 중국 고대 문학 관념 발생의 역사적 과정을 비교적 꼼꼼하게 기술하고, 이 과정과 긴밀하게 관련된 주요 부분을 해석했으며, 그 것을 관통하고 있는 사상적 맥락에 대해 밝혔다. 그러나 역사의 풍부함과 복 잡함으로 인해 이 과정을 완전히 복원할 수는 없었고, 고대 문학 관념과 관련 된 모든 방면에 대해 전부를 밝혀내지는 못했다. 사실상 옛 선인의 문학 관념 은 그들의 머릿속에 존재하고, 그들이 남긴 몇 마디 말들은 완전하지 못하며, 심지어 장자가 말한 것처럼 "말로 논할 수 있는 것은 사물의 조잡한 것"뿐이었 다. 그 정수는 어쩌면 하지 않은 말 혹은 이미 했지만 유실된 부분에 있을지도 모르겠다. 다만 우리는 학술연구에 있어서 현존하는 자료를 증거로 옛 선인의 사상 관념을 기술할 수 있을 뿐이다. 물론 우리는 가급적 자신의 시야를 넓히 고 문학 관념과 관련된 각 방면의 것을 가능한 전면적으로 기술해야 한다. 공자의 문학 관념을 연구하면서 문학과 문교가 동전의 양면과 같다고 언급했 다. 고대 교육과 고대 문학은 떼려야 뗄 수 없는 관계를 맺고 있다. 중국 고대 문학 관념의 발생과 발전은 긴 역사 과정을 거쳐 왔다. 마찬가지로 중국 고대 교육의 발생과 발전도 오랜 역사 과정을 거쳐 왔다. 현대인이 옛 선인의 문학 활동과 문학 관념을 이해하기 위해서는 그들이 받은 교육과 종사했던 교육 활동을 이해해야 할 필요가 있다. 이를 통해 고대 문학 관념의 발생과 발전을 더욱 깊이 이해할 수 있기 때문이다.

제1절 "學"과 중국 고대 교육의 남겨진 符號

중국 고대 문학 관념과 고대 교육은 밀접한 관계를 맺고 있다. 그리고 그것이 교육이든 문학이든 모두 사회 문화 생활의 일부이자 사회의식의 형태로서, 이것의 생산은 사회생활이라는 토양과 전체 사회 문화 양식의 제약에서 벗어날 수 없다. 각 시기의 사회생활 상황과 사회 문화 양식의 기본적 특징을 분석하고, 각 시기 문화 교육의 주요 형식과 내용을 연구하면, 문학 관념 발생의 문화와 교육 기초에 대해 한층 더 이해할 수 있게 된다.

교육은 인류와 함께 해 온 중요한 활동이다. 인류는 자연계에서 생존의 주도권을 얻고 종족의 보존을 위해 후손들이 신속하게 노동과 생활의 경험을 습득하도록 하였다. 이로써 인류가 스스로 외부 세계에 적응한 생활 능력 및 자연계와 투쟁하는 능력을 향상시키고자 하였다. 그러려면 반드시 교육 활동을 전개해야 했다. 물론, 고대인들의 교육 활동은 우리와 큰 차이가 있다. 그 자세한 상황은 알 수 없지만 남겨진 유물을 근거로 현대인의 경험에 비추어 상상하고 추론해볼 수 있다. 지금으로부터 7,000~5,000년 전인 신석기 시대 중기의 시안西安 반포半坡 유적지에 있는 수많은 작은 방 중에서 12.5m×10m 넓이의 장방형 큰 방이 발견됐다. 남아 있는 담장의 높이는 0.5m, 담의 네 모퉁이는 원호형이고, 담장에는 30여 개의 작은 기둥 구멍이 있다. 방의 중앙에는 지름이 0.45m나 되는 네 개의 큰 기둥 구멍이 있다. 크고 작은 구멍에 세워졌던 기둥은 큰 방의 지붕을 받쳤던 것으로 보인다. 전체 구조로 볼 때, 대청식으로 된 건축물이다. 여기는 씨족 부락의 공공 활동 장소로 강당, 회의실, 클럽, 학교의 기능을 겸했을 것으로 보인다. 이런 큰 방은 신석기 시대 유적지에서 적지 않게 발견됐다. 그러나 고대인들이 큰 방에서 어떤 교육을 어떻게 실시하였는지에 대해서는 알 수 없다. 또한 그들이 어떤 교육 관념을 가졌는지에 대해서도 알 수 없다.

일반적으로 볼 때, 사회 교육과 사회 문화 형태는 밀접한 관계가 있다. 그 시대의 문화 형태를 이해하면 당시의 교육 특징을 이해하는 데 직접적인 도움을 줄 수 있다. 『예기』〈표기表記〉에는 공자가 하, 상, 주 삼대의 사회 문화 특징에 대해 분석한 것이 실려 있다.

하나라의 도는 천명을 존중하는 것으로, 귀신을 섬기고 공경하여 멀리 종묘를 궁실 밖에 세우고, 가까이는 사람을 조정에 두어 충성스럽게 한다. 녹을 먼저 주고 위엄을 뒤에 하며, 상을 먼저하고 벌을 뒤에 하니, 백성은 그 위를 친할 줄 알되 높일 줄을 모른다. 이런 백성의 문제점은 노둔하고 어리석으며 교만하고 촌스러우며 순박하고 꾸밀 줄 모른다. 은나라 사람은 신을 높이며 백성을 거느려서 신을 섬기는데, 귀신을 먼저 하고 예를 뒤로 하며, 벌을 먼저 하고 상을 뒤에 하니, 백성들은 그 위를 높이되 친하게 여기지 않는다. 이런 백성의 문제점은 방탕하여 고요하지 않으며 이기려고 하되 부끄러워할 줄 모른다. 주나라 사람들은 예를 높이며 은혜를 베풀어 주는 것을 숭상하는데, 귀신을 섬기고 공경하여 멀리 종묘를 궁실 밖에 세우고 가까이는 사람을 조정에 두어 충성스럽게 한다. 그 상벌은 작열爵列의 고하를 기준으로 하여 친하되 높이지 않는다. 이런 백성의 문제점은 이로운 것을 밝히고 교묘하게 하되, 글로 꾸미는 것을 부끄러워하지 않으며 타인을 해치고도 덮으려고 하는 것이다.[1433]

사마천(기원전 145~?)은 『사기』〈고조본기高祖本紀〉에서 공자의 주장을 바탕으로 더욱 간단하게 요약하였다.

하나라의 정치는 충忠했다. 충의 문제는 소인이 야野로 다스리는 것인데, 그러므로 은나라 사람들이 경敬으로 그것을 이어받아 다스렸다. 경의 문제는 소인이 귀신을 섬기는 것인데, 그러므로 주나라 사람들은 문文으로 그것을 이어받아 다스렸다.[1434]

1433) 鄭玄 注·孔穎達 疏, 『禮記正義』卷54, 〈表記〉, 十三經注疏本, 1641~1642쪽.
1434) 司馬遷, 『史記』卷8, 〈高祖本紀〉, 二十五史本, 44쪽.

훗날 반고班固(32~92)는 이런 주장을 『백호통의白虎通義』에 포함시켰다. 그 구체적인 내용은 다음과 같다.

> 하나라의 왕은 충으로 백성을 가르쳤는데, 그 폐단은 야만스러움이었다. 야만스러움의 부족함을 보충하는 데에는 경敬만한 것이 없었다. 은나라의 왕은 공경으로 백성을 가르쳤는데, 그 폐단은 귀신을 숭상하는 것이었다. 이것을 다스리는데 문文만한 것이 없었다. 주나라의 왕은 문학으로 백성을 가르쳤는데, 그 폐단은 야박함이었다. 그것을 다스리는데 충성만한 것이 없었다.[1435]

이상의 자료는 하, 상, 주 삼대의 문화 특징에 대한 선진 시대 학자들의 인식이 일치했음을 설명해준다. 하나라 사회는 소박하고 문명화되지 않아서 여전히 원시적이고 낙후된 상태에 처해 있었다. 그래서 "야野"로 이 시기의 사회 문화 특징을 정확하게 정리했다. 상나라 사회에는 커다란 변화가 생겨났다. 사회 정치, 경제, 문화가 모두 큰 발전을 하였다. 그러나 상인들은 천명을 극도로 신봉하고 귀신을 존중하고 인간의 가치는 그다지 중시하지 않아서 인문 정신이 여전히 억압된 상태였다. 그래서 "귀鬼"로 상나라 사회 문화의 특징을 귀납한 것도 정확한 표현이라고 할 수 있다. 구제강顧頡剛(1893~1980)은 상나라 사회 정치를 "귀치주의"[1436]라고 하였는데 역시 정확한 지적이다. 상나라 사회는 귀신에 의해 통치되었다. 상왕은 귀신과 소통하고 귀신을 대표하여 백성을 통치하였다. 그는 교주로서 신하와 백성이 말을 듣지 않으면 상제上帝와 귀신을 불러내 겁을 주면 그만이었다. 그래서 민심과 민의를 걱정할 필요가 없었다. 이런 사회에서 인간의 가치, 운명, 생존과 발전에 대한 관심이 있을 리 만무했고, 인문 정신을 갖춘 사회의식 형태도 발생할 수 없었다. 그래서 10여 만 점의 갑골 복사에서 "문학"의 관념 부호가 반영된 것을 찾을 수 없고, 사회의식 형태가 반영한 추상적 의미의 관념 부호도 찾아볼 수 없다. 모두

1435) 班固, 『白虎通德論』 卷7, 〈三教〉, 四部叢刊本.

1436) 顧頡剛, 『盤庚中篇今譯』, 『古史辨』 第2冊, 上海:上海古籍出版社, 1982, 44쪽.

상형 부호로서의 "문"자뿐이었다.

인간은 부호의 산물이다. "부호화된 사유와 행위는 인류 생활에서 가장 대표적인 특징이다. 또한 인류 문화의 모든 발전이 이 조건들에 달려 있다."[1437] 부호학적 관점에서 볼 때, 인류의 활동은 그것이 물질 활동이든 정신 활동이든 항상 부호의 흔적을 남긴다. 물질 활동은 기물을 통해 반영되고, 정신 활동은 관념 부호-문자와 그림 등을 통해 표현된다. 물론 물질 활동과 정신 활동은 분명하게 구분할 수 있는 것이 아니다. 이것은 이미 역사상 인류의 부호화된 사유와 행위가 되었다. 또한 이것은 현대인의 주관 의식에 존재하지 않고, 당시 인류가 창조한 부호 세계를 반영한다. 옛 선인들이 종사했던 교육 활동은 관념 부호로서의 문자로 기록되어 있어서 후대 사람들이 이해할 수 있었다. 그들의 머릿속에 있는 문학 관념과 교육 관념도 오직 관념 부호를 통해서만 이해할 수 있다. 그래서 고대의 교육을 이해하든 선인의 문학 관념과 교육의 관계를 연구하든 모두 고대 문학과 고대 교육을 반영하는 관념 부호를 통해서 시작해야 한다.

중국에서 문자가 언제 만들어졌는지에 관해서는 여전히 수수께끼로 남아 있다. 상나라 말기의 갑골문과 금문은 당시 이미 상당히 발전하고 성숙했다. 그러나 지금까지 상나라 이전에 체계적인 문자가 있었다는 흔적은 발견하지 못했다. 지금으로부터 약 8,000~7,000년 전의 '라오관타이老官臺 문화 시기' 든지, 또는 약 4,000년 전의 허난河南 '옌스얼리토偃師二里頭 문화 시기'든지 모두 조각된 부호 혹은 단일의 문자만 있을 뿐, 형태·소리·의미가 있어서 문장을 만들 수 있는 문자는 발견하지 못했다. 또 교육 활동이 반영된 관념 부호도 볼 수 없었다.[1438] 출토된 갑골문으로 볼 때, 교육 활동이 반영된 관념

1437) 恩斯特·卡西儿(에른스트 카시러) 撰·甘陽 譯,『人論』,上海:上海譯文出版社, 1985, 35쪽.
1438) 예를 들어, 1984년 河南 舞陽 賈湖村에서 출토된 갑골에 새겨진 부호가 있다. 지금으로부터 약 8,000년 전으로 일부에서는 이 부호가 중국 최초의 문자라고 주장하였다. 이 밖에 柳灣, 雙墩村, 大汶口, 澄湖, 姜寨, 馬橋, 丁公村 등 유적지에서 수많은 陶文을 발견했다. 약 6,000~4,000년 전의 것으로 이것이 초기 문자인지에 대해서는 학술계에서 의견이 분분하다.『光明日報』2013년 7월 8일자 인터넷판(항저우)에 따르면 浙江 平湖莊橋墳 유적지에서 출토된 기물

부호로는 "교"와 "학"이 이미 존재했고 광범위하게 사용되었다. 그리고 "문"의 개념도 생겨났다. 그래서 부호학의 관점에서 볼 때, 상나라 이전의 교육 활동과 문학 관념에 대해서는 객관적인 증거가 없기 때문에 갑골문에서부터 연구를 시작할 수밖에 없겠다.

중국 초기 교육이 반영된 관념 부호는 "학學"이 가장 대표적이다.[1439] "학"의 발전과 변화를 분석하면 중국 초기 교육을 이해하는 데 도움이 될 수 있다.

"學"자를 갑골문에서 찾아보면, "𡥈"(1기, 『乙』753), "𡥈"(1기, 『掇』1·458), "𡥈"(1기, 『珠』522), "𡥈"(3기, 『屯南』60), "𡥈"(4기, 『京津』4836) 등이다. 복사에서 "학무學戉"(인명)는 "𡥈", "𡥈", "𡥈"라고 하였다. 용경容庚은 『은계복사殷契卜辭』에서 "丙寅卜, 𡥈貞, 翌丁卯, 王其爻不冓雨"(『卜』501)의 "爻"가 "學"이라고 해석했다. 그래서 갑골문 전문가는 "학學"이 "효爻에서 뜻과 소리를 가져왔다."[1440]라고 보았다. 『설문』에서는 "효는 교차한다는 뜻이다. 역에서 육효의 머리가 교차한 것을 상형하였다."라고 하였다. 『광아廣雅』〈역고釋詁〉에서는 "효는 본받는 것이다."라고 하였다. 『역』〈계사하〉에서는 "효라는 것은 천하에 움직임을 본받는다는 것이다."라고 하였다. 이로 볼 때, 爻, 交, 效는 본래 뜻과 음이 같았고, "효"는 원래 상형 부호였다. 갑골문 "학學"자에는 "宀"가 있다. 이것은 갑골문에서 "宀"(一期, 『乙』5061), "宀"(一期, 『乙』5849), "宀"(四期, 『京津』4345)로 모두 건물의 외곽을 형상하고 있다. 그러나 고고학계의 실증에 따르면, 이 두 건축의 형태에는 약간의 차이가 있다. "宀"은 궁궐 외곽을 형상

에서 대량의 부호와 일부 원시 문자가 발견됐는데, 지금으로서는 중국 최초의 문자라고 할 수 있다. "이는 대략 5,000년 전에 良渚 사람들이 문자를 사용하기 시작했고, 그때 중화 민족은 이미 문명 시대에 진입했음을 의미한다."라고 하였다.(『光明日報』, 2013년 7월 9일 「문화신문」 칼럼) 학술계에서 더 깊이 연구할 필요가 있다.

1439) "敎"자는 갑골문에서 "𡥈"(『甲』1251), "𡥈"(『甲』206), "𡥈"(『粹』1·319), "𡥈"(『前』5·8·1) 등으로 나타난다. 그러나 "學"과 "敎"가 엄격하게 구분되었던 것은 아니어서, "學"이 종종 "敎"의 의미로도 쓰였다. 그래서 여기서는 "學"과 "敎"를 같이 논하기로 한다. 자세한 설명은 아래 참고.

1440) 徐中舒 主編, 『甲骨文字典』卷3, 成都:四川辭書出版社, 1988, 348쪽.

한다. 복원된 반포춘半坡村 양샤오仰韶 가옥 유적을 보면, 이런 가옥은 원형 혹은 타원형의 토대로 된 외부에 담을 쌓았다. 담벽과 가옥 중앙에 기둥을 세웠고 이 기둥이 방을 덮는 원뿔형의 지붕을 지탱한다. 가옥에는 창문을 뚫었고 아래에는 문을 두었다. 건축물은 대부분 지하에 묻혀 있었고 외부로 노출된 부분은 매우 적었다. 그래서 『설문해자』에서는 "介, 지붕을 서로 교차하여 만든 깊숙한 집을 형상한다."[1441]라고 하였다. 반면 "介"은 두 개의 기둥을 가진 간단한 움막의 모습을 형상하고 외부에 노출된 부분이 비교적 많아 임시로 거주하는 장소였다. 위에서 기술한 두 가옥의 구조와 규모 및 구체적인 용도는 처음에 차이가 있었다. 그러나 갑골 복사에서 이를 혼용하면서 구분하지 않게 되었다. 이것은 은상 시기의 허난 안양安陽 일대의 가옥 건축과 반포 시기가 큰 차이가 있었고 지하로 깊게 묻거나 지상으로 노출하는 분명한 구분은 없었음을 의미한다. 갑골문 "학學"의 부호 구성을 분석하면, "학"이 형성자라고는 할 수 없다. "학"은 세 부분으로 구성되었다. 하나는 "𦥑"로 양손의 형상을 하고 있다. 또 하나는 "효"로 복서괘효卜筮卦爻의 형상을 하고 있다. 마지막으로 "冖" 혹은 "宀"은 가옥의 형상을 하고 있다. 이 세 부분은 동시에 쓸 수 있다. 예를 들어, "𦥯"(『京津』 4836)이다. 또 이중에 두 가지로만 구성될 수도 있다. 예를 들어, "𤕫"(『珠』 522), "𡥈"(『乙』 753), "𦥑"(『京都』 3250) 등이다. 비록 "학"이 "효"에서 뜻과 소리를 가져왔지만 형성자는 아닌 것이다. 만약 형성자라면 성부를 생략할 수 없기 때문이다. 사실상 갑골문에서의 "학"은 종종 "효"를 생략하였다. 예를 들면, "𦥑"(『粹』 425), "𦥑"(『前』 1·44·5), "𦥑"(『京都』 3250) 등이 이를 잘 증명해준다. 전체적으로 볼 때, 이것은 회의자이거나 형성자로 발전한 회의자이다. 이 역시 적지 않은 갑골문의 특징이다. "학"의 부호 구조 특성을 이해했다면 이제 부호 의미를 분석할 수 있다. 관념부호로서의 "학"의 최초의 의미는 세 가지 요소를 가지고 있었다. 첫째, 종교, 제사, 점복 등과 관련된 활동이다. 둘째, 이런 활동은 비교적 고정된 건물 안에서 진행되었다.

1441) 許愼, 『說文解字』(注音版) 7下, 長沙:岳麓書社, 2006, 150쪽.

셋째, 이런 활동은 전수와 모방이 동시에 진행된 양자 활동이었다.

허신許愼(약 58~147)은 『설문해자』에서 "학學은 도리를 깨우쳐 안다는 뜻이다. 자형은 敎와 冖로 이루어졌으며, 冖은 아직 몽매하다는 뜻이다. 음은 臼을 따른다. 학學은 전문篆文 효斅의 줄임형이다."라고 하였다. 단옥재段玉裁(1735~1815)는 주에서 다음과 같이 말했다.

> 효斅와 각覺은 운모가 같다. 〈학기學記〉에서 "배운 뒤에 부족함을 안다. 부족함을 안 뒤에야 스스로 반성한다."라고 했다. "부족함을 안다"는 것은 깨달았다는 말이다. 또 『예기』에서 "가르친 후에 어려움을 안다. 어려움을 안 뒤에야 스스로 힘쓴다. 그러므로 가르치고 배우면서 서로가 성장하는 것이라고 했다. 〈태명兌命〉에서 가르치는 일의 반은 배우는 것이라고 했으니 그것은 이를 이르는 말이다."라고 했다. 〈태명〉에서 "학"자는 "교"이다. 가르치는 것이 자기의 배움에 반 이상의 도움이 됨을 말한 것이다. 남을 가르치는 것을 학學이라고 하는데, 학은 스스로 깨닫기 때문으로, 아랫사람들이 본받는다. 남을 가르치는 것은 남을 깨닫게 하는 것이기 때문으로, 위로부터 시행한다. 그래서 예전에는 이를 합쳐서 학學이라고 했다. 매이枚頤는 위작 『상서』 〈설명說命〉에서 위의 글자는 효斅, 아래 글자는 학學으로 썼다. 이것은 아래의 『옥편玉篇』과 구별되는 부분이다.[1442]

이로 볼 때, "학"과 "교"는 옛사람들에게 동전의 양면과 같았고, 이 두 글자는 자주 혼용되었다. 앞에서 노자의 문학 관념을 이야기하면서도 언급한 적이 있다. 춘디邨笛(小屯南地甲骨整理팀)는 『복사고석수예卜辭考釋數例』에서 다음과 같이 말했다.

> 학을 敎라고 썼다. 학은 문헌이든 갑골문이든 금문이든 모두 두 가지 뜻을 가진다. 하나는 가르치는 것이고, 다른 하나는 배우는 것이다. 『예기』 〈학기〉

1442) 許愼 撰·段玉裁 注, 『說文解字注』3篇下, 上海:上海古籍出版社影印, 1981, 127쪽.

에는 다음과 같이 나와 있다. "〈태명兌命〉에서 '가르치는 일의 반은 배우는 것이다.'라고 하였다." 공영달孔穎達은 소疏에서 "가르치는 일의 반은 배우는 것이다. 위에서 가르치는 것은 교, 음은 효와 같다. 아래에서 배우는 것은 습득하는 것이다. 이를 학습이라고 한다."라고 하였다. 복사에서 학무學戊를 선조의 이름이라고 한 것 이외에, 다른 것은 모두 가르친다는 뜻으로 썼다. 예를 들어, "왕학중王學衆"(『丙』21)은 왕이 백성을 가르친다는 뜻이다.[1443]

야오샤오쑤이姚孝遂(1926~1996)도 다음과 같이 말했다.

고문에서는 시수施受를 구분하지 않았다. 그래서 누군가에게 물건을 주는 것을 "수受"라고 하고, 물건을 받는 것도 "수受"라고 하였다. "수授"는 훗날 생겨난 파생어이다. 사람을 가르치는 것을 "효斅"라고 하고, 가르침을 받는 것도 "효斅"라고 하였다. 갑골문에 따르면, 효孝, 교教, 학學, 효斅가 같은 글자일 뿐만 아니라, 최초의 형태는 "효爻", "斈(394쪽)"였다.[1444]

"교教"자를 갑골문에서 찾아보면, "𤕟"(一期, 『前』5·8·1), "𤕝"(三期, 『粹』1·319)으로, "학學"의 부호 구성과 밀접한 연관을 가진다. 『설문』에서 "교는 위에서는 베풀고 아래에서는 본받는 것이다."라고 하였다. 갑골문 "교教"의 부호 구성은 모두 "효爻"를 가지고 있다. "𣪊"은 손으로 방망이를 들고 있는 형상인데, 당시의 교육 활동이 강제성을 가졌음을 설명해준다. 그리고 "�子"은 피교육자가 미성년자였음을 의미한다. 그래서 『설문』에는 "아직 몽매하다." 라고 하였다.
『예기』〈학기〉에는 "옛날의 왕은 나라를 세우고 백성의 왕이 되면 학문을 가르치는 것을 우선으로 하였다."[1445]라고 하였다. 갑골 복사의 기록에 따르면,

1443) 邨笛, 『卜辭考釋數例』. 원문은 『古文字研究』第6輯에 실려 있고, 於省吾가 주편한 『甲骨文字詁林』第4册(北京:中華書局, 1996, 3261쪽)에 수록되어 있다.

1444) 於省吾 主編, 『甲骨文字詁林』, 北京:中華書局, 1996, 3262쪽.

1445) 鄭玄 注·孔穎達 疏, 『禮記正義』卷36,〈學記〉, 十三經注疏本, 1521쪽.

상나라 때에 이미 "대학"이 있었다. 1972년 중국과학원 고고학연구소가 허난 샤오둔춘小屯村에서 출토한 갑골문에서 "於大學♪"(60호)라고 적힌 복사 한 점을 발견했다. 그 연구 결과는 다음과 같다.

　　대학과 조정단祖丁旦, 宙단은 문헌에서 보면 서로 비슷한데, 일종의 건물 혹은 장소임이 틀림없다. 상나라 때의 대학은 아마 주나라의 벽옹辟雍과 비슷 했을 것이다. 이 복사卜辭 편 중에는 대학이 ♪제를 거행한 장소라고 했는데, 『예기』〈왕제王制〉에서 "돌아와서는 학교에서 석전제釋奠祭를 지내고 신문訊 問하는 자와 적에게 벤 왼쪽 귀의 많고 적음을 고유告諭한다."라고 하였다. 이것은 대학에서 포로를 바치는 의식을 거행했다는 말이다. 대학에서 거행된 ♪제는 아마도 이런 제사 의식이었을 것이다. 복사에 나타난 대학은 정현이 은나라에 대학이 있었다고 주장(『예기』〈王制〉鄭玄 注)한 것이 옳았음을 증명 해준다.[1446)

　　상나라 때 "대학"은 아마도 포로를 바치는 의식이 거행되던 고정 장소였던 듯하다. 그래서 모든 "학學"은 제사, 점복의 책임을 지고 있었다. 예를 들어, 갑골 복사에는 다음과 같이 나와 있다.

　　신해년, 정인貞人이 점을 쳤는데, 왕의 옷이 비에 길하지 않는가? 그 날이 되자 왕은 제사를 지내 옷이 비에 길하지 않다고 했다.(『存』2·126)

　　병인년 점을 쳤다. 다음 정묘일에 왕은 비가 길하지 않은지 제사를 올렸다. (『卜』501)

　　여기에 언급된 "학"에 대해서 갑골문 전문가들은 "제사 활동으로 의심된 다."[1447)라고 하였다. 춘디邨笛(샤오둔난디 갑골 정리팀)는 『복사고석수례』에서

1446) 中國科學院考古所, 『小屯南地甲骨』, 北京:文物出版社, 1980, 840쪽.
1447) 徐中舒 主編, 『甲骨文字典』, 成都:四川辭書出版社, 1988, 348쪽.

다음과 같이 말했다.

> "乍學於 ……"(『人』60)와 "사읍乍邑"은 같은 예이다. 학은 대학, 소학 혹
> 은 학궁이다. "若於商學"(『屯南』662)과 "若商於升"(『屯南』822)은 같은 예이
> 다. 升은 종묘의 일종이고, 若商은 동사이고 제사의 이름이다. 학과 승은
> 비슷하다. 若商의 제사가 거행되던 장소이다.[1448]

위의 관점은 우리가 분석한 "학"의 원래 의미와 완전히 일치한다.

그러나 한 가지 지적할 것은 상왕이 진행했던 "학"은 신하에게 있어서 일
종의 "교"였다. 그리고 상 왕실의 구성원과 귀족 자제들은 모두 이런 "가르침"
을 받아야 했다. 갑골 점사에 이것과 관련된 기록이 남아 있다. 예를 들면,

> 병자년에 정인이 점을 쳤다. 귀족 자제(多子)가 학교를 갔는데, 큰 비가
> 길하지 않은 것인가?(『林』 25 · 9)

천방화이陳邦懷(1897~1986)는 ""徙"는 "徙"의 이체자이다. "사학徙學"은
"왕학往學"이다. "판版"은 "반反"에서 차용된 것이다."라고 생각했다.[1449] "다자
多子"는 물론 왕실 귀족 자제를 가리킨다. "학"은 고정된 장소가 분명하다. "다
자"는 학교에 가서 교육을 받아야 했다. 위에서 인용한 두 복사와 연관 지어
보면, "다자"를 가르친 것은 상왕 본인이었다. 이로써 은상 왕조가 이 활동을
얼마나 중시했는지 알 수 있다. 점복은 왕실의 행사였고, 제사는 국가의 대사
였다. 왕실의 구성원과 귀족 자제가 이를 알고 배우는 것은 아주 당연한 일이
었다. 또 다른 복사를 보면,

> 정유년에 점을 쳤다. 여러 방향에서 공자들과 신하들을 보내와 그 가르침

1448) 於省吾 主編, 『甲骨文字詁林』第4冊, 北京:中華書局, 1996, 3261쪽.

1449) 陳邦懷, 『殷代社會史料征存』卷下, 天津:天津人民出版社, 1959年.

을 경계했다.(『粹』 1126)

귀모뤄郭抹若(1892~1978)는 『은계수편殷契粹編』〈고석考釋〉에서 이 복사에 대해 고증한 뒤 다음과 같이 단언했다. "이로 볼 때, 은나라 때 이웃 나라에서 자제를 은나라로 유학 보냈던 것을 알 수 있다."[1450] 당시 은나라는 복서가 널리 유행하고, 종교와 미신의 분위기가 짙은 나라였다. 이웃 나라가 자제를 은나라로 보내 배우게 한 것은 분명 점서, 제사와 관련이 있었을 것이다. 또한 은왕이 자주 학교에 간 것으로 볼 때, "학"이 국가 정치 생활에서 차지했던 지위와 기능을 짐작할 수 있다.

출토된 갑골 복사에서 "학"이 사용된 예문으로 볼 때, 상나라 때 "학"은 단지 종교 제사 활동(교학 포함)과 관련이 있었다. 그러나 종교 활동이 당시 사회에서 중요한 활동, 즉 "국가의 대사는 제사와 군대에 달려 있다."라고 한 다면, "학"은 당연히 사회에서 중시되었을 것이고 사회생활에 영향을 미쳤을 것이다. "학"에 이미 다른 사람을 깨우치고 스스로 깨닫는 전수와 수용이라는 양자 활동이 포함된 만큼, 이것은 후대 학교 교육에 필요한 기본 요소를 가지고 있었고 이로써 후세 학교 교육 발전의 기초가 되었다. 그래서 전국 시기의 학자는 학교를 언급하면서 하, 상, 주 삼대로 거슬러 올라갔던 것이다. 예를 들어, 『맹자』〈등문공상〉에는 다음과 같이 나와 있다.

> 상庠, 서序, 학學, 교校를 설립하여 교육해야 한다. '상'은 노인을 봉양한다는 뜻이고, '교'는 백성을 교도한다는 의미이고, '서'는 활쏘기를 익힌다는 뜻이다. 하나라는 교라 했고, 은나라는 서라 했으며, 주나라는 상이라 일컬었다. '학'의 경우는 삼대가 공통으로 했으니, 이는 모두 인륜을 밝히는 것이다.[1451]

『예기』〈명당위明堂位〉에는 다음과 같이 나와 있다.

1450) 郭抹若, 『殷契粹編』, 日本東京:文求堂書店, 1937, 149쪽.
1451) 趙岐 注·孫奭 疏, 『孟子注疏』卷5上,〈滕文公上〉, 十三經注疏本, 2702쪽.

미름米廩은 유우有虞씨의 상庠이고, 서序는 하후夏后씨의 서이며, 고종瞽宗
은 은나라의 학이고, 반궁泮宮은 주나라의 학이다.[1452]

이 두 주장은 상당한 차이가 있다. "인륜을 밝히는 것이다."라는 주장도
하, 상의 문화 특징에 부합하지 않아 이것의 진실성을 의심하게 한다. 지금까
지 갑골 복사에서 "상庠", "서序" 등 문자 부호는 발견되지 않았다. 이것은 전
국 시대 사람들의 주장이 소문에서 비롯된 것임을 설명해준다. 그러나 류스페
이劉師培(1884~1919)는 "옛사람들의 궁궐은 많지 않았다. 모든 제례, 군례, 학
례 및 기상 관찰, 역법 연구, 노인 봉양, 활쏘기 연습, 존현의 의식은 명당에서
이루어졌다. 명당明堂, 태묘太廟, 태학太學, 영대靈臺는 한 곳이지만 행사에 따
라 이름이 달라졌다. 그래서 명당은 대교大敎의 궁전이었다. 고대에 학교는
명당으로 통합되었다. 그래서 대덕은 명당과 벽옹辟雍을 하나로 보았다. 허신
許慎은 명당이 벽옹에 세워졌다고 했다. 노식盧植은 명당이 물로 둘러싸여 있
다고 하고, 벽옹에 대해서는 대학이라고 하였다. 고대에는 오직 태학만이 명
당에 포함되었고, 명당 이외에 학교는 없었다."[1453]라고 하였다. 그래서 은상의
"학"은 아직 순수한 의미에서의 학교는 아니지만 후세 학교 교육의 배아 단계
라고 할 수 있다.

이상에서 갑골문이 반영하는 은상 교육 활동의 부호학적 고찰을 통해, 다
음과 같은 결론을 얻을 수 있다. 은상의 학교는 상왕이 통제하는 무격들이
참여하고 진행했던 점복, 제사 활동과 예비 무격들을 교육하고 배양하던 고정
된 장소였다. 이런 장소에서는 주로 종교 활동과 종교 교육이 이루어졌다. 이
를 바탕으로 갑골문에 "문학" 혹은 "문교"의 개념이 등장하지 않았던 것을 쉽
게 이해할 수 있다.

1452) 鄭玄 注·孔穎達 疏, 『禮記正義』卷31,〈明堂位〉, 十三經注疏本, 1491쪽.
1453) 劉師培, 『劉申叔先生遺書』卷19,〈古政原始論〉, 寧武南氏校印本, 27쪽.

제2절 西周의 문화 교육과 문학의 발전

은상의 갑골문에는 "문학" 혹은 "문교"라는 관념 부호가 발견되지 않았는데, 이것은 당시 사회의식 형태에 "문학" 혹은 "문교"의 관념이 아직 존재하지 않았음을 의미한다. 그러나 그렇다고 갑골문에 "문학" 혹은 "문교" 관념이 포함된 문화 메시지가 전혀 없었던 것은 아니다. 사실, "문"의 개념은 갑골문에 존재할 뿐만 아니라 보편적으로 사용되었고, 서서히 발전하였는데 이것은 훗날 "학"과 결합하여 새로운 개념을 만들어냈다. 즉, 새로운 사회 문화 메시지를 포함하여 새로운 사회의식 형태를 표현함과 동시에, 전통 사회의식 형태와 문화 교육 성과에 대한 계승, 발전과 초월을 의미한다.

"문"은 갑골문에서 "夳"(1기, 『乙』6820), "夫"(3기, 『甲』2684), "夋"(5기, 『甲』3940)으로 나타났다. 갑골문 전문가의 주장에 따르면, "문"은 "바르게 서 있는 사람을 형상한다. 가슴에는 무늬를 새겨 넣었다. 그래서 문신의 문紋을 문文이라고 하였다."[1454] 문신은 일종의 문화 현상이지만, 갑골문의 "문"자 부호는 인류 문화에 대한 추상적인 개괄이 아니라 단지 문신 자체에 대한 일종의 형상적인 묘사였다. 『설문』에는 "문은 교차하여 그리는 것으로 교차한 무늬를 상형하였다."라고 했다. 갑골문의 "문"자가 "×", "∨" 등 형상을 따르는데, 이것은 사람의 앞가슴에 교차한 무늬(문신)를 그린 형상이다. 또는 교차한 무늬를 생략하고 간단하게 한 것이 "夫"이다. 갑골 복사에서 "문"자가 가장 많이 출현한 시기는 제을帝乙, 제신帝辛 시기인 갑골 제5기이다. "문"은 인명, 지명에서 사용된 것 이외에도, "문무정文武丁"처럼 상나라 선왕의 이름 앞에 자주 쓰였다. 이렇게 한 것은, 하나는 무정의 체격이 대단히 우람하고 사람들이 부러워하는 문신을 가지고 있어서, 문무정이라고 부르는 것이 그의 신체 특징에 부합했기 때문이다. 다른 하나는 상나라 말기에 "문"은 이미 칭송의 표현이 되어, 상왕이 이를 이용하여 조상을 미화한 것일 수도 있다. 궈모뤄郭抹若

1454) 徐中舒 主編, 『甲骨文字典』, 成都:四川辭書出版社, 1988, 996쪽.

(1892~1978)가 『복사통찬卜辭通纂』에서 한 주장에 따르면, "문무정"은 "문정文丁"이다. 그렇다면 "문"은 사람의 이름이지 칭송의 의미가 아니다. 비록 갑골복사에서 "문"을 직접 "문채를 꾸미는 의미로 사용한 것을 찾아볼 수는 없지만,"[1455] 문신은 종교와 금기 이외에 인간이 본래 자신을 장식하고 미화하는 특징을 포함하고 있기 때문에 문신의 상형인 "문"도 자연스럽게 문식, 문채의 의미를 가진다고 할 수 있다.

　"문"의 부호 의미는 주나라 때에 발전을 이루었다. 금문今文 『상서』 28편에 "문"은 총 54곳이 있는데, 그중에 문왕을 가리키는 것이 44개이다. 예를 들어, "대왕大王, 왕계王季, 문왕文王에게 고하였다."[1456], "나 소자로 하여금 문왕과 무왕의 빛나는 공덕을 드날리게 한다."[1457] 등등이다. "문"이 주로 사람을 지칭하는 것으로 쓰였음을 설명해준다. 그러나 사람을 지칭하는 것 이외에, 다른 파생 의미가 생겨나기 시작했다. 하나는 문식과 문채를 가리키는 것으로, 모두 두 군데가 있다. "옻칠과 명주실을 공물로 바친다. 바구니에 그림을 짜 넣는다."[1458], "서쪽 행랑의 동쪽으로는 총총히 짠 대자리를 겹으로 깔았는데 위에는 그림이 짜여 있으며 무늬 있는 조개로 장식된 안석을 놓았다."[1459] 다른 하나는 예절의문禮節儀文을 가리키는데 〈낙고洛誥〉에 모두 두 군데에서 나온다. "왕은 빨리 성대한 예식을 거행하사 신읍에 제사를 지내시되 모두 차례를 갖추어 꾸밈이 없게 하소서.", "종묘를 두텁게 하여 제례를 돕고 큰 제사를 헤아려 등급을 정하며 모두 차례를 갖추어 꾸밈이 없게 하였다."[1460] 여기서의 "문"은 제사의 예와 서로 관련이 있고, 이미 추상화되어 사회의식 형태의 의미를 갖고 있었다. 주나라 초기 통치자는 은상 멸망의 교훈을 받아

1455) 嚴一萍, 「釋文」, 『中國文字』 第3卷, 臺北:臺灣大學文學院古文字研究室編印, 1961.

1456) 孔安國 傳·孔穎達 疏, 『尚書正義』 卷13, 『周書』, 〈金縢〉, 十三經注疏本, 196쪽.

1457) 孔安國 傳·孔穎達 疏, 『尚書正義』 卷15, 『周書』, 〈洛誥〉, 十三經注疏本, 215쪽.

1458) 孔安國 傳·孔穎達 疏, 『尚書正義』 卷6, 『夏書』, 〈禹貢〉, 十三經注疏本, 147쪽.

1459) 孔安國 傳·孔穎達 疏, 『尚書正義』 卷17, 『周書』, 〈顧命〉, 十三經注疏本, 239쪽.

1460) 孔安國 傳·孔穎達 疏, 『尚書正義』 卷15, 『周書』, 〈洛誥〉, 十三經注疏本, 214~215쪽.

들여 "덕을 존중하고 백성을 사랑하고", "예악을 제작하는" 등 비교적 완전한 종법 정치 제도를 구축하였다. 그들의 후손은 이것이 "군사 활동을 멈추고 문치교화에 힘쓰는" 덕행이라고 생각하여 마땅히 계승하고 발전시켜야 한다고 보았다. 『상서』〈문후지명文侯之命〉에는 "예전의 덕이 있는 사람에게 추종하여 효도하라."[1461]라고 하였다. 이 말의 의미는 진 문후가 지금부터 문무의 도를 본받아 이로써 스스로 덕을 쌓고 선을 행하고, 예전의 문덕을 가졌던 사람에게 추종하고 효도하도록 한 것을 의미한다. 여기서 "문"은 더 이상 풍채가 매우 크고 문신을 가진 사람의 형상을 묘사한 것이 아니라, 도덕 수양과 덕치 인정을 갖춘 사람에 대한 칭송을 뜻한다. 주나라 이기彝器 명문에는 주나라 선조의 덕행과 업적에 대한 찬양이 많이 남아 있다. 그래서 "옛 문인", "문고"의 글을 많이 볼 수 있다.[1462]

『금문편金文編』에 수록된 "문"이 교차한 무늬를 그린 형상이라고 볼 때, 일부는 갑골문에 나타난 가슴 문신 그림의 형상을 답습한 것도 있다. 예를 들어, "✗"(〈文父丁簋〉), "✗"(〈錄簋〉), "✗"(〈寥鼎〉) 등이다. 그렇지만 이런 문신 그림이 "마음"의 형상으로 잘못 변화한 것이 더욱 많이 보인다. 예를 들어, 〈군부궤君父簋〉의 "✗", 〈사희정史喜鼎〉의 "✗"와 〈이정利鼎〉의 "✗"이다. 이것은 "문"이 이미 단순한 상형 부호에서 사회의식 형태 의미를 가진 추상적인 부호로 전환되었음을 의미한다. "옛 문인", "문고" 및 "문조" 등의 개념이 바로 이런 전환으로 파생된 것들이다. 예를 들어, 『상서』〈요전〉에 있는 1개의 "문명" 개념과 『상서』〈우공〉에 있는 1개의 "문교" 개념은 이것들이 역사 시기 이전의 사상이 아니라 서주 이후의 사상이었다고 단언할 수 있다. 예를 들어, 『사고전서총목제요四庫全書總目提要』에서는 『상서』〈요전〉에 나온 "깊고 어질고 우아하고 총명하셨으며 온화하고 공손하고 진실하고 착실하시다."[1463]라는

1461) 孔安國 傳·孔穎達 疏, 『尚書正義』卷20, 『周書』, 〈文侯之命〉, 十三經注疏本, 254쪽.

1462) 侯外廬는 주나라 초기의 "'문'자와 敬자, 昭자, 穆자는 서로 연결되어 있다. 주금과 『주서』에 나타난 '前文人'은 前德人으로 이해할 수 있다. 이른바 '문에 뛰어나다(尤文)'라는 뜻으로, 덕과 상통한다."라고 하였다.(『中國思想通史』第1卷第4章, 北京:人民出版社, 1957, 90쪽)

문구가 포함된 28자가 수나라 개황 연간(581~600)에 공안국전본孔安國傳本에 첨가되지 않았다고 보았다. "오늘날 볼 수 있는 28자는 공영달이 첨가한 것이 다."[1464] 이것은 〈요전〉이 서주 이후에 사람들이 소문에 따라 기록, 정리한 것이고, 여기에 끊임없이 더하고 보태서 완성한 것임을 설명해준다. 또한 우리가 위에서 "문명"의 개념이 발생한 시기에 관해 추론한 것을 증명해준다. 『상서』〈우공〉에서 언급한 "300리 이내는 문치로 교화한다."[1465]는 공자가 제창한 문교 이후(자세한 설명은 아래 참고)에 나타난 것이다. 학자들이 〈우공〉이 만들어진 연대를 주나라와 진나라 무렵에 오랜 시간에 걸친 완성된 것으로 본 것은 그만한 이유가 있다.

"문"의 부호 의미에 대해 전면으로 종합하고 체계적으로 설명한 사람은 공자이다. 『논어』한 권에서만 "문"자가 31개가 나오는데, 주 문왕을 직접 지칭한 것은 단 1군데뿐이다. 이 밖에 사회, 정치의 추상적인 의미로서의 "문무지도文武之道"가 2군데가 나왔고, 문신紋身의 문, 즉 "문"의 본래 의미로 사용된 용례는 발견되지 않았다. "문"의 의미에서 볼 때, 공자는 주로 파생어를 사용하였다. 여기에는 다음의 것이 포함된다. 첫째, 문자文字, 문사文辭 등 인류가 만든 관념 부호를 "문"이라고 불렀다. 예를 들어, "나도 오히려 사관이 글을 빼놓는 것을 보았다."[1466] 둘째, 인류 사회생활과 문화 활동을 기록한 역사 문헌을 "문"이라고 하였다. 예를 들어, "군자가 글을 널리 배우고, 예로써 자신을 예속한다면 도에 위배되지 않을 것이다."[1467] 셋째, 질과 관련해서는 문채를 가리키거나 혹은 문채가 있다고 했다. 예를 들어, "질이 문보다 많으면 촌스럽고, 문이 질보다 많으면 말만 번지르하니, 문과 질이 골고루 잘 어우러진 뒤에

1463) 孔安國 傳·孔穎達 疏, 『尙書正義』卷3, 〈舜典〉, 十三經注疏本, 125쪽. 孔安國傳本은 〈堯典〉을 〈堯典〉과 〈禹典〉으로 나누었다. 이 말은 오늘날의 〈堯典〉에 나온다.

1464) 永瑢 等, 『四庫全書總目』卷11, 北京:中華書局影印, 1965, 89쪽.

1465) 孔安國 傳·孔穎達 疏, 『尙書正義』卷13, 『夏書』, 〈禹貢〉, 十三經注疏本, 153쪽.

1466) 何晏 集解·邢昺 疏, 『論語注疏』卷15, 〈衛靈公〉, 十三經注疏本, 2518쪽.

1467) 何晏 集解·邢昺 疏, 『論語注疏』卷6, 〈雍也〉, 十三經注疏本, 2479쪽.

야 군자라고 할 수 있다."[1468] 넷째, 무武와 관련해서는 정치 윤리 도덕을 가리 킨다. 예를 들어, "이와 같아야 한다. 그러므로 먼 곳의 사람이 복종하지 않으 면 문덕을 닦아오게 한다."[1469] 다섯째, 개인의 도덕 인격 수양이 높은 것을 "문"이라고 하였다. 예를 들어, 공자는 공문자孔文子를 가리켜 "민첩하면서도 배우기를 좋아하고, 아랫사람에게 묻기를 부끄러워하지 않았다. 그러므로 그 를 문이라 한 것이다."[1470]라고 하였다. 여섯째, 사회 예악 제도의 정비도 "문" 이라고 했다. 예를 들어, 공자는 "주나라를 하은 2대의 제도와 비교해 보면 성대하게 문장이 갖추어졌으니, 나는 주나라를 따르겠다."[1471]라고 한 것 등이 다. 공자가 사용한 "문"자의 예문으로 볼 때, "문"은 이미 더 이상 인간의 문신 에 대한 형상 묘사가 아니라, 인간의 관념 세계와 사회의식 형태에 대한 귀납 (歸納)이었다.

"문"을 사회의식 형태 관념 부호로써 이해하는 것은, 공자가 개인적으로 생각해낸 것이 아니라, 춘추 시기에 이르러 사회 문화 발전이 만들어낸 자연 스런 결과이다. 주나라와 은상 사회의 가장 큰 차이는 천명 귀신에 대한 절대 적인 신봉에서 사회 정치 윤리에 대한 자각적인 관심으로의 전환이다. 이런 관심은 주나라 초기 통치자가 제후를 책봉하고 완전한 종법 계급 제도를 만드 는 방면에서 나타났다. 또 성강成康 시대에 "군사 활동을 멈추고 문치 교화에 힘쓰고", "예악을 제작한" 것과 사회 윤리 도덕규범을 정비하는 방면에서도 나타나고, 통치자들의 "천명은 영원하지 않다."[1472]에 대한 이성적인 이해와 "사람은 물로써 거울을 삼지 말고, 백성으로써 거울을 삼는다."[1473]의 초기 민 본 사상에서도 나타났다. "덕을 받들어 백성을 보호하는" 것은 주나라 초기

1468) 何晏 集解·邢昺 疏, 『論語注疏』卷6, 〈雍也〉, 十三經注疏本, 2479쪽.
1469) 何晏 集解·邢昺 疏, 『論語注疏』卷16, 〈季氏〉, 十三經注疏本, 2520쪽.
1470) 何晏 集解·邢昺 疏, 『論語注疏』卷5, 〈公冶長〉, 十三經注疏本, 2474쪽.
1471) 何晏 集解·邢昺 疏, 『論語注疏』卷3, 〈八佾〉, 十三經注疏本, 2467쪽.
1472) 鄭玄 箋·孔穎達 疏, 『毛詩正義』卷16, 〈大雅〉, 〈文王〉, 十三經注疏本, 505쪽.
1473) 孔安國 傳·孔穎達 疏, 『尙書正義』卷14, 『周書』, 〈酒誥〉, 十三經注疏本, 207쪽.

통치자들이 반복적으로 강조했던 사상이다. 또한 이런 사상은 은상의 "귀치주의"에서 "덕치주의"[1474]로 전환한 명확한 특징이자 인문 정신이 왕성했던 주나라의 사회 특징이다. 주공이 "예악을 제작하고", 성강成康이 "군사 활동을 멈추고 문치 교화에 힘쓴" 것은 이런 세속성과 인문성을 나타낸다. 비록 오늘날의 관점에서 볼 때, 서주의 종법 정치 제도가 매우 낙후되었지만, 은상의 신권 정치에 비하면 거대한 역사 진보라고 할 수 있다.

조금 덧붙이자면, 인도를 중시하고 인간의 가치를 중시하였기 때문에 주나라 초기 통치자들은 홀아비와 과부, 고아와 자식이 없는 노인에게 관심을 갖고 보살펴야 한다고 반복적으로 강조했다. 예를 들어, "소민을 품어 보호하고, 홀아비와 과부들도 은혜로 돌보았다."[1475], "덕을 밝히고 벌을 삼가시고 늙은 홀아비와 과부들을 업신여기지 않았다."[1476], "서로 찌름이 없게 하며, 서로 학대함이 없게 하여, 과부를 공경함에 이르며, 아낙네를 돌봄에 이르게 하여 화합하여 말미암아 포용하게 하라."[1477] 등이다. 모두 인간의 가치를 존중한 이성적인 정신이다. 『상서대전尚書大傳』에서 이런 사상을 해석하면서 다음과 같이 말했다. "늙어서 부인이 없는 것을 홀아비(鰥)라 하고, 늙어서 남편이 없는 것을 과부(寡)라고 한다. 어린아이가 부모가 없는 것을 고아(孤)라고 하고, 늙어서 자식이 없는 것을 고독하다(獨)고 한다. 밖에 나가면서 돈이 없는 것을 결핍(乏)이라고 하고, 집이 있지만 먹거리가 없는 것을 곤란하다(困)고 한다. 이들은 천하에서 아주 비통하고 고할 데가 없는 자들이다. 그래서 성인은 위에서, 군자는 자리에서, 능력 있는 자들은 직무에서 우선으로 이것을 해결해야 한다. 그래야 직무를 다 할 수 있다."[1478] 이런 말은 비록 후세인들이 귀납한 것이지만, 서주 이후에 인간의 가치를 존중하고 백성들의 고통에 관심

1474) 顧頡剛, 『盤庚中篇今譯』, 『古史辨』 第2冊, 上海:上海古籍出版社, 1982, 44쪽.

1475) 孔安國 傳·孔穎達 疏, 『尚書正義』 卷16, 『周書』, 〈無逸〉, 十三經注疏本, 222쪽.

1476) 孔安國 傳·孔穎達 疏, 『尚書正義』 卷14, 『周書』, 〈康誥〉, 十三經注疏本, 203쪽.

1477) 孔安國 傳·孔穎達 疏, 『尚書正義』 卷14, 『周書』, 〈梓材〉, 十三經注疏本, 208쪽.

1478) 伏勝 撰·陳壽祺 輯, 『尚書大傳』, 四部叢刊本.

을 갖고 세속 정치에 주목하는 상당히 이성적인 인도주의 정신과 문화 특징을 반영하고 있다. 공자, 사마천 등은 모두 "문"으로 주나라의 사회 특징을 귀납했는데, 핵심을 간파했다고 할 수 있다. 공자는 또한 "주는 하·은 2대를 거울로 삼았다. 찬란하구나, 그 문화여! 나는 주를 따르겠다."[1479]라고 하였다. 공자 등의 사람들이 주나라 사회 특징에 대해 정확하게 이해하고 있었음을 알 수 있다. "문"자는 관념 부호로서 주나라 금문과 문헌에서 주로 사회의식 형태와 인간의 도덕 수양을 가리킬 때 사용되었다. 즉, "인문성"과 "인간성"을 가지고 있었다. 그러나 부호학적 관점에서 볼 때, 공자가 내린 주나라 사회 특징에 대한 정확한 귀납을 증명했다. 예를 들어, 『국어』〈주어하周語下〉에는 다음과 같이 실려 있다.

　　진晉나라 손담孫談의 아들 주周가 왕실에 와서 단양공單襄公을 시봉하였다. 똑바로 서서 곁눈질을 하지 않고 귀담아 들으며 큰 소리로 말하지 않았다. 공경을 말할 때 하늘을 언급하고, 충성을 말할 때 자신의 마음을 언급하고, 믿음을 말할 때 자신을 언급하고, 인을 말할 때 타인을 언급하고, 의를 말할 때 이익을 언급하고, 지혜를 말할 때 일의 처리를 언급하고, 용감함을 말할 때 통제를 언급하고, 교육을 말할 때 변론을 언급하고, 효를 말할 때 신령을 언급하고, 은혜를 말할 때 화목을 언급하고, 양보를 말할 때 상대방을 언급했다. 진나라에 우환이 있을 때 슬픔을 느끼고, 경사가 있을 때 기쁨을 느꼈다. 양공이 병이 나자, 경공頃公을 불러 말했다. "진나라의 주周를 잘 대접하거라. 주는 앞으로 진나라의 임금이 될 것이다. 그의 품행에는 문덕이 있는데, 그리하면 하늘과 땅의 보살핌을 받을 수 있다. 하늘과 땅의 복을 받으면 작게는 임금이 될 수 있느니라. 경敬은 문의 공경이고, 충忠은 문의 진실이고, 신信은 문의 복종이고, 인仁은 문의 사랑이고, 의義는 문의 제정이고, 지智는 문의 의탁이고, 용勇은 문의 장수이고, 교敎는 문의 실행이고, 효孝는 문의 근본이고, 혜惠는 문의 자애이고, 양讓은 문의 운용이다. 하늘을 본받아야 공경할

1479) 何晏 集解·邢昺 疏, 『論語注疏』卷3, 〈八佾〉, 十三經注疏本, 2467쪽.

수 있고, 신의에 따라야지 충성할 수 있고, 스스로 반성할 수 있어야 믿을 수 있고, 타인을 사랑해야지 인을 행할 수 있고, 타인이 이익을 얻을 수 있어야지 의를 행할 수 있고, 일을 잘 처리해야 지혜로울 수 있고, 의에 따라야지 용감할 수 있고, 변론할 수 있어야 가르칠 수 있고, 신령을 잘 모셔야 효도할 수 있고, 자애하고 화목해야 은혜로울 수 있고, 겸손하게 상대방을 대해야 양보할 수 있다. 이 11가지를 주가 모두 가지고 있느니라. 천륙지오天六地五 는 보편적인 규칙이다. 경經은 천륙으로 하고, 위緯는 지오로 한다. 경위는 이상의 11가지와 부합하는데, 이것이 곧 문의 형상이다. 문왕은 문덕을 가지고 있어서 하늘은 그에게 천하를 내려주었다. 주 또한 문덕을 가지고 있고 진나라 임금과 가까운 혈연관계이므로 곧 나라를 얻게 될 것이다."[1480]

단양공과 경공의 대화는 공자가 태어나기 불과 얼마 전에 이루어졌다. 그는 사회의식 형태와 윤리 도덕을 "문"과 긴밀히 연결 지었는데, "문"이 이미 더 이상 상형 부호가 아니라, 풍부한 사회 문화 의미를 가진 사회의식 형태의 관념 부호임을 설명해준다. "문"의 부호 의미의 전면적인 파생은 사회 문화가 새로운 역사 단계로 진입한 것을 나타낸다. 인간의 관념 세계에 혁명적인 변화가 발생했음을 의미한다.

부호학적 관점에서 볼 때, "문"이 단순한 형상 부호로서 사용되던 시기에 이것을 "학"의 발생과 연결 지을 수는 없다. "문학" 혹은 "문교"의 관념도 생겨날 수 없었다. "문"이 추상적인 사회의식 형태의 부호가 되고, "학"도 점복·제사의 장소를 가리키는 지칭에서 벗어난다는 조건에서, "문"과 "학"은 비로소 결합하여 새로운 사회의식 형태의 관념 부호가 될 수 있다.

사실, "문"의 의미는 서주 시대에 크게 확대되었다. "학"의 부호 의미도 서주 시대에 커다란 변화를 가져왔다. 사회 발전으로 주나라 초기 통치자들은 은상 통치자들이 천명 귀신을 극도로 신봉했던 원시적인 사고체계에서 벗어나 "덕을 받들어 백성을 보호하고", "예악을 제작"하는 등 주요 정력을 사회

1480) 徐元誥, 『國語集解』〈周語下』, 北京:中華書局, 2002, 88~89쪽.

정치와 인사 관리에 사용하고 봉건 종법 제도를 건설하고 정비하는데 기울였
다. 이와 동시에, "학"의 의미와 성질에도 변화가 생겨났다. 주나라의 "학"은
더 이상 상나라처럼 종교, 제사, 점복 활동을 진행하는 장소가 아니라, 군사
훈련을 진행하고 예악 지식을 배우는 중요한 장소가 되었다. "학"의 형식과
내용도 모두 커다란 발전과 변화를 거듭했다.

학교 제도에 관해서, 『예기』〈학기〉에서 다음과 같이 언급했다.

> 옛날 가르침에는 가정에 숙塾, 향리에 상庠, 술術(遂)에 서序, 나라에 학學
> 이라는 교육 기관이 있었다.[1481]

향학과 국학의 구분은 갑골 점사에서 부호적 근거를 찾을 수 없다. 이런
엄격하고 질서 있는 학교 제도는 종법 정치 제도가 생기고 정비되기 전에는
나타날 수 없는 것이다. 그래서 이것이 은상의 학교 제도가 아니었음은 분명
하다. 학술계에서는 〈학기〉를 한나라 사람이 지은 것이라고 보고 있다. 이것
은 주로 서주, 특히 춘추 이후의 학교 교육의 발전 상황을 반영하고 있는데,
실제 역사에 부합한다.

서주 시대에 종법 제도의 건설과 정비에 따라 학교 제도도 끊임없이 개선
되었다. 국학과 향학의 구분도 그 중요한 내용 가운데 하나였다. 청나라 때
단옥재段玉裁(1735~1815)는 서주의 학교 제도에 대해 다음과 같이 말했다.

> 성주成周의 학교 제도는 다음과 같다. 중中【성안, 왕성 이내 - 인용자】은 왕궁
> 의 학제로, 사師씨와 보保씨가 이끌었다. 다음은 대학으로 대사악大司樂이 이
> 끌었다. 대사악은 〈왕제〉에서 대악정大樂正이라고 하였다. 이상은 왕궁의 학
> 제이다. 나라에는 육향六鄕【왕성 근교와 교외 - 인용자】이 있다. 향에는 향학이
> 있는데, 주州, 당黨, 족族, 비比, 려閭가 여기에 속한다. 각 향에는 주가 5개,
> 당이 25개, 족이 125개, 려가 500개, 비가 2,500개가 있었다. 주에는 주서州

1481) 鄭玄 注·孔穎達 疏, 『禮記正義』卷36, 〈學記〉, 十三經注疏本, 1521쪽.

序가 있고, 당에는 당서黨序가 있다. 고대에 퇴직한 관리들이 고향에 돌아가 려에서 학생들을 가르쳤다. 아침부터 저녁까지 그곳에 머물렀다. 그래서 〈학 기〉에서 "가정에 숙塾이 있다."라고 한 것이다. 향대부鄕大夫 등이 주관하고 대사도가 이끌었다. …… 시내에서 100리 이내에 있는 것을 육수六遂라고 하 였다. 매 술術(遂)에도 학교가 있었다. 그래서 〈학기〉에서 "술에 서序가 있다." 라고 한 것이다. 수대부遂大夫 등이 주관하고 대사도가 이끌었다. 이것이 대 략적인 성 안팎의 학교 상황이다.[1482]

북송 시대에 유이劉彝(생몰년 미상)는 다음과 같이 지적했다.

옛날에 향학에서는 서민(庶人)을 가르치고, 국학에서는 공경대부의 자제 (國子)를 가르쳤다. 향학에서 배우면 향수鄕遂의 관리가 되었고, 국학에서 배 우면 조정의 관리가 되었다. 향학과 국학에서 가르치는 대상이 다르기 때문 에 명문 세가의 편호編戶 제도가 생겼다.[1483]

근대에 와서 몽원통蒙文通(1894~1968)은 다음과 같이 지적했다.

육향六鄕의 백성들은 귀족 학교에 들어갈 수 없었지만 "서序"와 "고교빈흥 考校賓興" 등의 제도가 있어서 교육을 받고 관리가 될 수 있는 기회를 얻었다. 그러나 육수六遂는 완전히 달랐다. 〈주관周官〉에 실린 육수와 관련된 내용에 서 학교를 설립했다는 흔적을 찾을 수 없다. 육수 계통의 관직에서도 교화를 담당했다는 내용을 찾을 수 없다. 육수 계통의 거의 모든 관리는 "정령政令이 나 법률 주관", "조세 부역 관리", "농작물 교육", "농사 관리", "소송 판결" 등의 업무를 담당했다. 이것으로 볼 때, 육수 관리의 주요 업무는 노동을 관리 하고 감독하는 것이었다.[1484]

1482) 段玉裁, 『經韻樓集』卷12,「與顧千里論學制備忘之記」, 光緒10年(1884)校刊本.

1483) 泰惠田, 『五禮通考』卷173引, 四庫全書本.

1484) 蒙文通, 『經學抉原』,「孔子和今文學」, 上海:上海人民出版社, 2006, 237쪽.

이로 볼 때, 서주가 비록 국학과 향학을 구분했지만 이들 학교가 여전히 귀족학교였고, 향학도 낮은 계급의 귀족(士)이어야지만 들어갈 수 있었다. 평민(庶民)은 교육을 받을 권리가 없었다. 피통치자들이 거주하는 교외의 "육수"에는 학교조차 세우지 않았다. 그러므로 "수遂에 서序가 있다."라는 기록은 춘추 말년과 전국 시기의 사회 교육 상황을 반영한 것이 틀림없다.

서주의 학교 교육도 세속 지식의 전수를 중시하였다. "예, 악, 사, 어, 서, 수"를 내용으로 하는 "육예" 교육이 은상의 점복 교육을 대신했다. 그러나 서주 학교는 귀족 자제를 위해 세운 것으로, 학교는 반드시 나라에서 세우고, 왕궁의 학교는 세습되었다. 평민은 교육을 받을 권리가 없었고 사회 최하층인 노비는 더욱 말할 것도 없었다. 황소기黃紹箕(1854~1907)는 다음과 같이 말했다.

고대에는 관官에만 학문이 있고, 민간에는 학문이 없었다. 그 원인은, 첫째로 관리만 책이 있고 백성은 책이 없었다. 전典 · 모謨 · 훈訓 · 고誥 · 예제禮制 · 악장樂章은 모두 조정에서 제작한 것으로, 백성을 교육하기 위한 것이 아니었다. 그래서 이를 '금등옥책金縢玉冊'이라고 부르고, 비밀 공간에 보관하여 관리들이 공부하게 하였다. 이를 배우고 싶은 사士 계층의 사람이 당대의 가법家法이나 역대의 전제典制를 모른다면 전서典書를 책임지는 관리에게 배워야 했다. …… 비밀 공간의 책은 출판하지 않을 뿐만 아니라, 죽간이 너무 무겁고 필묵이 뚜렷하지 않으며 모사하기가 쉽지 않아 복사본이 민간에 전해질 수 없었다. 그래서 민간에서 이 책의 이름을 아는 사람은 외사外史에 의지할 수밖에 없었다. 책의 전부 내용에 관해서는 비밀 공간에 가지 않고서는 볼 수 없었고, 이런 학술은 대부분 관아에서 이루어졌다. 둘째는 관리들은 기구를 가질 수 있었지만 백성들은 가질 수 없었다. 예 · 악 · 무舞 · 사射와 같은 고대의 학술은 모두 기구가 있어서, 이로써 연습할 수 있었다. 오늘날 학교의 실험에도 도구가 필요하다. 이런 도구는 개인이나 가정에서 가질 수 있는 것이 아니다. …… 예악 기구는 향관鄕官부터 가질 수 있었다. 예를 배우고자 하면서 향교에 들어가지 않는다면 이런 기구들을 배울 수 없었다. 성균成均의 기구에는 종鍾, 고鼓, 관管, 약籥, 도鼗, 축祝, 어敔, 훈壎, 소簫, 금琴, 슬瑟, 생笙,

반磬, 우竿, 적笛 등이 있다. 이런 도구들은 국가에서 제사를 지낼 때 쓰는 것으로 보통 사람들이 다룰 수 있는 것이 아니었다. 관리들은 배울수록 능숙해졌고, 백성들은 이를 알지 못해 더욱 우매해졌다. 그래서 학술은 대부분 관리들이 장악했다.[1485]

채옹蔡邕(132~192)은 『명당월령론明堂月令論』에서 국학이 왕궁에서 시작했다고 하였다. 태학이 왕궁의 중앙에 있는데, 천자가 거처하는 곳이자 천자가 공부하는 곳이다. 동서남북의 사학은 왕궁 네 개의 문에 있었다. 사師씨가 동문과 남문에 거주하고, 보保씨가 서문과 북문에 거주한다. 동문과 남문을 "문"이라고 부르고, 서문과 북문은 "위闈"라고 부른다. 사씨와 보씨는 국자國子를 가르친다. 사씨는 삼덕을 가르치고 왕문을 지키며, 보씨는 육예를 가르치고 왕위王闈를 지킨다. 그래서 〈주관〉에는 "문門과 위闈의 학문이다."라고 하였다. 『예기』〈보부保傳〉에는 다음과 같이 나와 있다.

제왕이 동학東學에 들어가 배우자, 부모를 친애하고 인애를 숭상하니 친소에 차등이 있게 되고 은덕이 가난한 백성에게까지 미치게 된다. 제왕이 남학南學에 들어가 배우자, 노인을 봉양하고 믿음을 숭상하여 장유의 차이가 있게 되고 백성들도 서로를 속이지 않게 된다. 제왕이 서학西學에 들어가 배우자, 현인을 배우고 은덕을 숭상하여 성인과 지혜가 있는 자들이 관직에 올라 업적이 홀대받지 않게 된다. 제왕이 북학北學에 들어가 배우자, 귀족을 높이고 작위를 숭상하여 귀천의 차등이 있게 하여 아래 계급이 위 계급을 넘어서지 않게 된다. 제왕이 태학太學에 들어가 배우자, 스승을 따라 도덕의 이치를 배우고 물러나 익히고 태부太傳에게 가서 시험을 치른다. 태부는 잘못된 부분에 벌을 주고 부족한 부분을 보완하여 품덕과 지혜가 모두 높아지게 되어 치국의 이치를 얻게 된다.[1486]

1485) 黃紹箕, 『中國敎育史』卷4, 光緖28年(1902)刊本, 『中國出版史料』고대 부분 제2권에서 재인용, 湖北敎育出版社, 山東敎育出版社, 2004, 392~393쪽.

1486) 王聘珍, 『大戴禮記解詁』卷3,〈保傳〉, 北京:中華書局, 1983, 51~52쪽.

그러나 이런 왕궁에 대응하는 태학과 사문의 학교는 아마도 서주 초기 국학의 형태로, 후세인들에 의해 이상화된 것으로 보인다. 서주 초기의 왕궁 학교는 소학이었고 대학은 교외에 있었다. 『예기』〈왕제〉에 따르면,

> 천자로부터 가르치라는 명령이 있은 뒤에 학교를 개설하였다. 소학은 공궁公宮의 남쪽 왼편에 있으며, 대학은 근교에 있었다. 천자는 이를 벽옹辟雍이라 하고, 제후는 반궁泮宮이라고 일컬었다.[1487]

출토된 서주 시대 동기 명문의 기록을 보면, 천자의 왕성과 제후의 나라에 모두 학교가 설치되었고 소학과 대학으로 나누어진 것을 분명히 알 수 있다. 소학은 왕궁에 있었고 교사는 왕궁을 지키는 고급 군관인 사씨와 보씨가 담당하였다. 주로 나이가 어린 귀족 자제를 대상으로 도덕 행위를 배양하고 초보적인 군사 훈련을 시켰다. 대학은 성 밖에 있었고 천자가 세운 것은 벽옹이라고 하고 제후가 세운 것은 반궁이라고 하였다. 실제로는 군사 학교와 흡사했다. 물론 학교에는 기타 종교, 문화 등의 교육 활동도 있었다.

〈대우정大盂鼎〉에는 주周 강왕康王이 어린 나이에 현직顯職을 계승하는 우盂에게 귀족 자제의 소학에 들어가 공부하도록 명령한 일이 기록되어 있다.

> 너는 어린 나이에 아버지를 여의었구나. 나는 유일한 왕으로서 너에게 소학에서 배우기를 명하노라.[1488]

궈모뤄(1892~1978)는 『양주금문사대계兩周金文辭大系』에서 다음과 같이 주석을 달았다.

> 매昧와 매眛는 상통했다. 매진眛辰은 학문을 닦지 않은 철부지 어린아이를

1487) 鄭玄 注·孔穎達 疏, 『禮記正義』 卷12, 〈王制〉, 十三經注疏本, 1332쪽.
1488) 王輝, 『商周金文』, 北京:文物出版社, 2006, 66쪽. 괄호 앞에 것은 금문 예정자이고, 괄호 안의 것은 오늘날 통용되는 한자이다. 아래에서 이 책을 인용한 부분은 모두 통용자로 표시하였다.

가리킨다. 우盂의 아버지가 일찍 세상을 떠나자 우가 어린 나이에 현직을 계
승하게 되었다. 강왕이 그에게 귀족 소학에 들어가서 학문을 닦으라고 명하
였다.[1489]

이것은 서주에 소학이 있었다는 직접적인 증거이다. 주 강왕 때의 〈작책맥
방존作冊麥方尊〉(약칭〈麥尊〉), 〈사탕정師湯鼎〉과 주 목왕 때의 〈정궤靜簋〉에는
모두 주 천자가 직접 신하를 이끌고 "벽옹"(대학)에서 활쏘기를 배웠다는 기록
이 남아 있다. 이것으로 볼 때, 서주의 대학은 교외에 있었고, 주나라 천자가
직접 통제한 것을 알 수 있다.

주 강왕 때 이기彝器〈맥존麥尊〉에는 다음과 같이 기록되어 있다.

> 왕이 菶京(406쪽)에서 제후들과 제사(肜祀)를 올렸다. 이튿날, 왕과 제후
> 들이 벽옹辟雍에서 배를 타고 대례大禮를 하였다. 왕이 큰 기러기를 명중시켰
> 다.[1490]

주 목왕穆王 때 이기彝器〈정궤靜簋〉에는 다음과 같이 기록되어 있다.

> 음력 유월 첫째 주에 왕이 菶京에 있었다. 정묘 날에 왕이 정靜에게 학궁學
> 宮에서 활쏘기를 가르치라고 명하였다. 소자들과 신하들, 오랑캐 노예들에게
> 활쏘기를 가르쳤다. 음력 팔월 첫째 주 경인 날에 왕이 오모吳髳 …… 등과
> 모여, 큰 호수에서 활을 쏘았다. 정靜이 아주 훌륭하게 학생들을 가르쳐서
> 왕이 그에게 칼과 패옥을 하사했다.[1491]

양수다楊樹達(1885~1956)는〈정궤발靜簋跋〉에서 다음과 같이 말했다.〈정
궤〉와〈맥존麥尊〉에서 "각각 벽옹辟雍과 학궁學宮이라고 하였다. 이름은 다르

1489) 郭抹若,『兩周金文辭大系考釋』, 北京:科學出版社, 1957, 34쪽.
1490) 王輝,『商周金文』, 75쪽.
1491) 王輝,『商周金文』, 96~97쪽.

지만 기능은 같았다." "학궁은 이른바 천자의 대학인 벽옹이다." "이 명문과
〈맥존〉에서 모두 왕이 莽경에 있다고 기록하였는데, 같은 지역이다." "한 명문
에서 물속에 있는 기러기를 쏘았다고 하고, 또 다른 명문에는 비록 큰 호수를
언급하지 않았지만, 사실 큰 호수에서 쏜 것이다."[1492] 대학에서 배를 탈 수
있었다면 큰 호수가 있었을 것이고, 큰 짐승을 잡을 수 있었다면 성 밖에 위치
했던 것이 분명하다. 양수다는 또한 다음과 같이 말했다.

> 『예기』〈지관地官・사씨師氏〉에서 "삼덕三德으로 국자를 가르쳤다."라고
> 하고, 정현의 주에서 "국자는 공경・대부의 자제이다."라고 하였다. 또한 "모
> 든 나라의 귀족 자제가 배웠다."라고 하고, 정현이 주에서 "귀족자제는 왕공
> 의 자제이다."라고 하였다. 명문銘文에서는 왕이 吳犇, 呂犇犅 등과 큰 연못에
> 서 활쏘기를 하였다고 하였다. 여기서 이以는 여與를 뜻한다. 吳犇, 呂犅는
> 모두 이 명문에서 말하는 학궁의 소자들이다. 즉, 『주례』에서 말한 국자와
> 귀족 자제들이다.[1493]

이 두 개의 이기는 비록 서주의 학교가 인문 교육을 강화하였지만 목왕
시대까지도 군사 교육이 여전히 대학에서 상당히 지위를 가졌음을 증명한다.
귀족 자제는 학교에서 엄격한 군사 훈련을 받아야 했다.

양콴楊寬(1914~2005)은 관련 문물 자료에 의거하고, 예서禮書 문헌의 기록
을 참고하여 서주 대학의 세 가지 특징을 다음과 같이 요약하였다. "첫 번째
특징은 교외에 건설하였고, 사면이 호수로 둘러싸여 있었고, 중앙의 높은 지
대에 강당식의 오두막을 짓고, 부근에 넓은 숲이 있었다. 숲에는 짐승이 모여
살았고, 호수에는 물고기와 새가 살았다." "두 번째 특징은 서주의 대학이 귀
족 자제들이 학업을 닦는 곳이었을 뿐만 아니라, 귀족 구성원들이 모여서 배
례・집회・연회・무술 연마・악기 연주를 하던 곳으로, 강당・회의실・클럽・

1492) 楊樹達, 『積微居金文說』卷7, 〈靜簋跋〉, 北京:中華書局, 1997, 168~169쪽.
1493) 楊樹達, 『積微居金文說』卷7, 〈靜簋跋〉, 169쪽.

운동장·학교의 기능을 모두 겸하고 있었다. 사실상 당시 귀족들의 공공 활동 장소였다." "세 번째 특징은 서주 대학의 주요 교육 내용은 예악과 활쏘기였다."[1494] 이런 특징은 이 당시의 학교가 전문화되지 않았음을 설명해준다. 그래서 "문교"와 "문학"의 관념은 당시의 학교에서 생겨날 수 없었다.

주나라 사회, 정치의 안정과 경제, 문화의 발전에 따라, 학교 교육은 끊임없이 정치, 윤리 교육과 문화, 지식 교육의 내용을 추가하였다. 그래서 점차 문무를 겸비한 "육예" 교육이 형성될 수 있었다. 『주례』〈지관·사씨〉에 다음과 같이 나와 있다.

> 사師씨는 임금에게 아름다운 이치를 알리는 일을 맡았고, 삼덕으로 국자를 가르쳤다. 첫째는 중용의 덕(至德)으로 도덕의 기본으로 삼았다. 둘째는 인의의 덕(敏德)으로 행위의 근본으로 삼다. 셋째는 효덕孝德으로 윗사람에게 대들고 사악한 일을 하는 것을 제지하였다. 또한 삼행三行으로 국자를 가르쳤다. 첫째는 효행으로 부모를 친애하는 것이다. 둘째는 우행友行으로 덕행을 하고 현량賢良한 사람을 존중하는 것이다. 셋째는 순행順行으로 스승과 어른을 섬기는 것이다. 임금이 조정에 들었을 때 사씨는 호문虎門의 왼편에 서서 왕이 정치하는 것을 보고 국중에서 잘못된 일을 관장하였으며, 이로써 나라의 자제를 가르쳤다. 무릇 나라의 귀족 자제들은 그에게 배웠다. 모든 제사, 손님 접대, 회동, 장례, 정벌 등에서 임금이 직접 나서면 사씨도 임금을 따라나섰다. 임금이 밖에서 정치를 하면 국중에서처럼 이를 살폈다. 자신의 휘하에 있는 오랑캐의 노예는 각자의 무기를 들고 갑옷을 입고 왕궁 밖에서 지키게 하고, 행인들이 왕궁에 오는 것을 막았다. 임금이 밖에서 정치를 할 때면 사씨는 내부 업무를 지켰다.[1495]

『주례』〈지관·보씨〉에 다음과 같이 나와 있다.

1494) 楊寬, 『先秦史十講』, 「周代的貴族敎育和重要禮制」, 上海:復旦大學出版社, 2006, 234~243쪽.

1495) 鄭玄 注·賈公彦 疏, 『周禮注疏』卷14, 〈保氏〉, 十三經注疏本, 730~731쪽.

　　보保씨는 왕의 그릇됨을 간언하고 국자國子를 도로써 배양했다. 그들에게 육예를 가르쳤는데, 이 육예는 첫째 오례五禮 · 둘째 육악六樂 · 셋째 오사五射 · 넷째 오어五馭 · 다섯째 육서六書 · 여섯째 구수九數이다.[1496]

　　"육예" 교육은 아마도 서주 시대에 시작되어 점차 정비되었을 것이다. 『주례』에서 언급된 사씨와 보씨의 교육은 비록 후대인들에 의해 이상화된 부분이 있지만 이것은 기본적으로 사실에 의거하고 있다. 앞에서 인용한 이기 명문이 이 점을 증명해준다. "육예" 교육은 예악으로 선도한다. "예"는 길吉, 흉凶, 빈賓, 군軍, 가嘉 다섯 가지로 분류된다. 당시에 가장 중시된 길례는 제사를 말하고, 흉례는 장례를 말한다. 모두 원시 종교 의식에서 직접적으로 기원한 것이지, 인문을 가장 중시한 것은 아니었다. 그리고 "악"과 "예"가 서로 어울린 것도 은상에서 전래된 제사 문화와 관련이 있었지 인문 요소가 부각된 것은 아니었다. "관리가 학문을 장악했던 정교합일"의 서주 시대에 "예악"을 핵심으로 하는 "육예" 교육은 사실상 종교, 정치, 군사, 문화, 윤리, 도덕 등 다방면의 내용을 포함했다. 그러나 가장 중시했던 것은 여전히 군사 훈련이었고, 인문 교육의 의미는 그다지 많지 않았다. 양콴은 다음과 같이 말했다.

　　서주 귀족 대학에서의 주요 교육 내용은 "활쏘기"였다. 이것은 군사 훈련의 성질을 가지며 목적은 귀족 자제를 군대의 주요 간부로 배양하는 것이었다. 그래서 당시의 대학 교사는 사씨師氏가 겸임을 해야 했다. 사씨는 군관을 겸임한 대학의 교관이었다. 그래서 "사師"는 교사의 호칭이 되었다. 서주 대학의 주요 교육 내용은 활쏘기 이외에 악이 있었다. 악의 교육은 악관樂官이 맡았다. 그래서 서주 후기에 이르러 악관樂官도 사師라고 부르기 시작했다. …… 그 뒤, "사"는 교사의 통칭이 되었다. ……

　　"사"의 호칭이 "사씨"에서 비롯되었다는 점에서 볼 때, 서주 대학의 교육

1496) 鄭玄 注 · 賈公彦 疏, 『周禮注疏』 卷14, 〈保氏〉, 十三經注疏本, 731쪽.

은 군사 훈련을 위주로 하였다는 것이 아주 분명하다. 그 목적은 귀족 군대의 주요 간부를 육성하기 위함이었다. 군대는 국가의 가장 중요한 통치 도구였기 때문에 당시 귀족은 통치력 강화를 위하여 대학을 설립하였다.[1497]

그래서 서주의 "육예" 교육에서 "예악" 교육은 그 핵심이고, 군사 훈련은 그 근간이라고 할 수 있다. "문교"의 관념은 여전히 전통 교육 관념에서 벗어나지 못했고, "문학" 관념도 정립되지 못했다.

주나라 때 예악 교육은 비록 원시 종교로부터 기원했지만, 정치·윤리 교육과 군사·기술 교육을 중시했던 아주 분명한 시대적 특징을 가진다. 춘추시대에 접어들어, 문화에 대한 사회적 수요가 증가하였고, "육예" 교육이 발전하기 시작했다. 『예기』〈왕제〉는 "악정樂正이 사술四術을 높이고, 사교四敎를 세우고, 선왕의 『시』·『서』·『예』·『악』을 좇아서 선비를 길렀다. 봄과 가을에는 『예』와 『악』을 가르쳤고, 겨울과 여름에는 『시』와 『서』를 가르쳤다."[1498]라고 하였다. 학술계에서는 〈왕제〉가 한나라 사람들이 지은 것이라고 공인하고 있다. 이 책에는 『시』와 『서』 교육을 중시하였다고 기록하며, 이것을 예악 앞에 두었는데 아마도 춘추 중엽 이후의 일일 것이다.[1499] 『시』는 악의 가사이고, 『서』는 예의 전해진 글이다. 『시』와 『서』의 학습을 중시한 것은 서주 이후의 예악 문화 전통을 계승했고, 학교 교육에서의 역사 문헌의 기능을 강조한 것을 의미한다. 이것은 곧 "문"과 "학"이 결합하는 계기가 되었다. 사실이 이렇듯, 공자는 교육 실천 중에서 "문"에 대한 이해를 심화하였고, 전통 교육을 개조하여 "문학" 관념의 생산과 발전을 촉진하였다. 『논어』에서 "문헌"·"문덕"·"문장" 등의 개념이 나타났을 뿐만 아니라, "문학" 개념이 처음으로 나타났다. 이런 현상은 관념 부호로서의 "문학" 개념이 교육의 실제 발전 및 "문", "학"의 부호 의미의 파생과 밀접한 관련이 있음을 증명해준다.

1497) 楊寬, 『先秦史十講』, 「周代的貴族教育和重要禮制」, 251~252쪽.
1498) 鄭玄 注·孔穎達 疏, 『禮記正義』卷13, 〈王制〉, 十三經注疏本, 1342쪽.
1499) 이 책 제3장 제4절 참고.

제3절 春秋 시대의 교육 개혁과 문학의 융성

앞에서 이미 언급했듯이, 서주 시대 이전(서주 포함)의 "학"은 정부에서 독점하였는데, 후세인들이 자주 말한 것처럼 "학문은 관부에 있었다." 여기에는 두 가지 의미가 있다. 하나는 학교가 관부에 의해 세워졌다는 것과 다른 하나는 학술이 관부에 장악되었다는 것이다. 상나라 때, 상왕商王은 학교에서 가장 권위 있는 교사였다. 귀족 자제("다자多子")는 학교에서 가장 기본적인 학생이었고, 종교·제사 활동은 관부의 첫 번째 임무이자, 학교 교육의 첫 번째 임무였다. 종교, 제사와 관련된 지식은 학술이었고, 학술이 아닌 것은 모두 배제하였다. 서주 시대에 학교 교육과 학술이 발전했지만, "학문이 관부에 있는" 구조는 개혁되지 않았다. 서주의 대학, 소학은 모두 정부에서 주관하였고, 교사는 현직 관리가 담당하였다. 또 학생들은 모두 귀족 자제였고, 학습 목표는 벼슬에 오르기 위한 준비였다. 주 천자는 대학의 직접적인 지도자로서 자주 학교를 시찰하였고, 정부와 학교 그리고 정치와 교육이 섞여서 분리되지 않았다. 이것은 장학성章學誠(1738~1801)이 말한 바와 같다.

> 이런 관직이 있으면 이런 법도가 있기 때문에 법도는 관직에 갖춰져 있다. 이런 법도가 있으면 이런 책이 있기 때문에 관직은 자신의 책을 지킨다. 이런 책이 있으면 이런 학이 있기 때문에 스승은 자신의 학을 전수한다. 이런 학이 있으면 이런 학업이 있기 때문에 제자들은 자신의 학업을 익힌다. 관직이 학과 학업을 지키는 것은 모두 같은 데서 나왔고, 천하는 같은 글자로 다스리는 것이기 때문에 개인이 저술한 문자가 없었다.[1500]

그러나 서주 말기에 사회가 급격하게 변하고 평왕平王이 동쪽으로 수도를 옮기고 기강이 해이해지면서 많은 왕궁 관리들이 주나라 천자의 권력 약화에 따라 각지로 흩어지게 되었다. 천자의 학문을 대표하던 악사도 모두 사분오열

1500) 章學誠 撰, 『文史通義校注』附『校讎通義』, 〈原道第一〉, 北京:中華書局, 1996, 951쪽.

하여 "태사太師 지擊는 제나라로 가고, 아반亞飯 간干은 초나라로 가고, 삼반三
飯 요繚는 채蔡나라로 가고, 사반四飯 결缺은 진秦나라로 가고, 북을 치는 방숙
方叔은 하내河內로 들어가고, 도鼗를 흔드는 무武는 한중漢中으로 들어가고,
소사少師 양陽과 경쇠를 치는 양襄은 해변으로 들어갔다."[1501] 이것이 바로 후
세인들이 자주 말하던 "천자가 옛 관제를 잃으면 그에 관한 학문이 사방의
오랑캐 나라에 있다."[1502]인 것이다. 천자가 관제를 잃었기 때문에 문화가 아래
로 이동하고, 학술이 해방되고 개인의 교육이 생겨났다. 이것은 사회의 커다
란 진보이자 문화와 교육의 진보이다. 문화가 아래로 이동하지 않으면 학술의
해방도 없고, 교육의 발전도 없고, 문학 관념의 발생도 있을 수 없다. 『장자』
〈천자편〉에는 다음과 같이 나와 있다.

> 천하에는 도술을 닦은 사람이 많다. 그리고 자기가 닦은 것으로 그 위에
> 더는 없는 것으로 알고 있다. 그러나 옛날의 도술이라는 것은 과연 어디에
> 있던 것이었는가? 그것이 존재하지 않는 곳이 없었다. 그러면 신령함은 어디
> 서부터 내려왔으며, 명철함은 어디로부터 나온 것인가? 성인도 생겨난 근원
> 이 있고, 왕도도 이루어진 근원이 있는데 모두가 한 가지에 근원을 두고 있다.
> …… 그것이 분명한 원리와 법도로 나타나 있는 것이 옛날의 법이나 세상에
> 전해지는 역사서에 아직도 많이 남아 있다. 그리고 시, 서, 예, 악에 기록되어
> 있는 것들은 추鄒 땅과 노나라의 선비들과 유학자들이 대부분 밝혀 놓고 있
> 다. 시는 사람들의 뜻을 서술한 것이고, 서는 사건들을 서술한 것이고, 예는
> 행동에 대해 서술한 것이고, 악은 조화에 대해 서술한 것이다. 역은 음양의
> 변화에 대해 서술한 것이고, 춘추는 명분에 대해 서술한 것이다. 그들의 법도
> 가 온 천하에 퍼져서 유행하게 된 것을 보면, 백가의 학문 중에서 간혹 그들을
> 칭찬하고 따르기도 한다. 천하가 크게 어지러워지자 성현들이 밝게 드러나지
> 않고 도덕이 통일되지 않게 되었다. 세상 사람들이 견해 하나를 더 많이 터득

1501) 何晏 集解·邢昺 疏, 『論語注疏』卷18, 〈微子〉, 十三經注疏本, 2530쪽.
1502) 杜預 注·孔穎達 疏, 『春秋左傳正義』卷48, 〈昭公十七年〉, 十三經注疏本, 2084쪽.

한 것을 가지고 스스로를 내세우게 된 것이다. 예를 들어, 귀와 눈과 코와 입은 제각기 분명한 기능이 있지만 그것이 서로 통할 수 없는 것과 같다. 이것이 마치 백가들의 여러 재주와 같은 것이다. 모두가 특징이 있어서 때로 쓰이는 데가 있는 것이다. 비록 그렇기는 하지만 그것들은 모든 것을 포괄하고 모든 일에 적용될 수 없는 한쪽 모퉁이로 치우쳐진 학문을 한 사람들인 것이다. 그들은 하늘과 땅의 기능을 애써 구분하고, 만물의 이치를 일부러 분석하여, 옛사람들의 완전함을 흩뜨려놓고 있다. 따라서 하늘과 땅의 아름다움을 완비하고 신명스런 모습에 어울리기는 힘든 것이다. 그러므로 내성외왕內聖外王의 도가 캄캄하게 밝혀지지 않고 엉켜 드러나지 않게 된다. 그래서 사람들은 제각기 자기가 바라는 것을 닦아서 스스로가 도라고 생각하게 되었다. 슬프다! 백가의 여러 학자들은 자기들 생각대로만 달려 나가면서 근본으로 되돌아올 줄 모르고 있으니, 절대로 그들은 도에 합치되지 못할 것이다. 후세의 학자들은 불행히도 하늘과 땅의 순수함이나 옛사람들의 전체적인 모습은 보지 못하고 있으니, 올바른 도술은 세상의 학자들에 의해 갈기갈기 찢기게 되어 있는 것이다.[1503]

장자는 학술이 분열되는 것에 부정적인 입장을 가지고 있었다. 그러나 그가 백가 학술 근원에 대해 고찰한 것과 백가 학술이 모두 편파적이라고 분석한 것은 그의 높은 식견을 보여준다.

공자가 문학의 개념을 세운 것은 그가 살았던 시대의 사회 정치 문화 환경 및 공자의 학술 사상과 밀접한 관련이 있을 뿐만 아니라, 공자의 교육 실천과도 밀접한 관련이 있다. 이것은 중국 고대 문학 관념 발생의 상호 관계를 연구할 때 결코 등한시할 수 없는 중요한 부분이다.

공자가 살았던 춘추 시대에는 왕실이 쇠락하고 제후가 패권을 다투고, 서주에서 세운 각종 제도와 규범이 맹렬히 공격받던 시기로, "예악이 붕괴되는" 정치 국면이 형성되었다. 계급 관계에 변화가 생겨 힘의 재분배가 이루어졌으

1503) 莊周 撰·郭象 注, 『莊子』卷10,〈天下〉, 二十二子本, 84쪽.

며, 전통적 관학 교육이 축소되고 개인 교육이 발전하게 되었다. 실력을 늘리기 위해 각국 제후는 열심히 인재를 끌어 모았고, 각종 정치 개혁을 추진하였다. 인재에 대한 사회적 수요를 맞추기 위해 개인이 학교를 세우는 것이 춘추 말기에 유행하였다. 예를 들어, 정鄭나라 등석鄧析(기원전 545~501)은 『죽형竹刑』을 짓고, 소송을 가르쳤다. 그는 "선왕을 본받지 않고, 예의를 옳게 여기지 않으며, 괴이한 학설만 좋아하고, 기이한 말을 가지고 놀기를 좋아하여"[1504] 정나라 통치자를 매우 난처하게 만들었다. 노나라 소정묘少正卯(?~기원전 498)는 노나라에 학교를 세우고 공자와 대등한 세력을 형성했다. 그 때문에 "공자의 문하는 세 번 차고 세 번 비었다."[1505] 전환기에 처한 사회는 이론 지도와 교육 개혁이 필요했고, 학술의 해방과 교육의 개혁에 따라 여러 학파가 잇따라 나타났다. 이때는 학술이 필요하고 또한 학술이 번영하기 시작한 시대였다. 또한 새로운 사람들을 배양하기 위해 새로운 학교가 생겨나고 대규모의 새로운 인재가 탄생하던 시대였다.

개인이 학교를 세웠던 대표적인 인물이자 중국 역사상 가장 위대한 교육가인 공자는 종교와 미신의 색채가 짙은 교육 내용을 과감하게 내버리고, "문"을 교육의 기초로 하는 "문"교를 철저히 고수했다. 『논어』〈술이〉에 따르면 "공자는 괴이한 것, 힘자랑을 하는 것, 난을 일으키는 것, 귀신 이야기 등을 하지 않는다."[1506] "공자는 문文, 행行, 충忠, 신信 네 가지로 가르쳤다."[1507] 공자는 이것들을 말하지 않음으로써 장기간 학교 교육을 통제해온 종교와 미신을 없앨 수 있었다. 공자는 "문"을 교육의 기초로 하여 학교 교육에서 군사 교육이 차지하는 비중과 역할을 축소하였다. 공자가 가르친 "문"은 "선왕이 남긴 글"을 가리킬 뿐만 아니라, 선대 통치자들이 남긴 전장 문헌과 공자가 선별하

1504) 荀況 撰・楊倞 注, 『荀子』卷3, 〈非十二子〉, 二十二子本, 297쪽.
1505) 王充은 『論衡』〈講瑞〉에서 "소정묘는 제나라 사람으로 공자와 병립하였다. 공자의 문은 세 번 가득 차고 세 번 비워졌다. 그러나 안연만은 공자를 떠나지 않았다."라고 하였다.
1506) 何晏 集解・邢昺 疏, 『論語注疏』卷7, 〈述而〉, 十三經注疏本, 2483쪽.
1507) 何晏 集解・邢昺 疏, 『論語注疏』卷7 〈述而〉, 十三經注疏本, 2483쪽.

고 정리한 전장 문헌에 담긴 예악 교화 사상과 인문 정신을 가리킨다. 자로가 인재(성인)에 관하여 묻자, 공자는 "장무중臧武仲의 지혜와 공작公綽의 무욕과 변장자卞莊子의 용기와 염구冉求의 재주를 예악으로 장식한다면 그 역시 성인이라고 할 수 있다."[1508]라고 대답했다. 여기에서 말한 "문"은 일종의 교화 사상과 인문 정신을 가리킨다.

공자의 인문 교화 사상은 "예"와 "인"으로 귀납할 수 있다. "예"는 외재적 정치 윤리 규범이고, "인"은 내재적 도덕 심리 자각이다. "어진 사람은 사람을 사랑한다."[1509], "널리 무리를 사랑하고 어짊에 가까이 지내야 한다."[1510], "자신의 사욕을 이겨 예로 돌아가는 것이 인이다."[1511]는 공자 학술 사상의 정수이다. 공자가 제자를 가르침에 있어서의 목표는 안에서는 덕을 이루고, 밖에서는 정치 참여를 하는 것이었다. 정치 참여는 "덕으로 정치를 하는" 것으로, "안으로는 성인이고 밖으로는 임금의 덕을 갖추는" 도를 실행하는 것이다.[1512] 공자가 학교를 세운 것은 사회 정치를 개선하고 유가 사회 정치 이상을 실행할 수 있는 "어진 인재"를 배양하기 위해서였다. 공자는 "문교"를 지식의 전수로만 이해한 것이 아니라 사회 정치 실천과 도덕 양성의 기본으로 여겼기 때문에 그는 학생의 행위 배양과 도덕 양성 교육을 중시하였다. 그는 "젊은이는 들어가서는 부모에게 효도하고 나와서는 어른을 공경하며 행실을 삼가고 말을 미덥게 하며, 널리 대중을 사랑하되 어진 이를 가까이해야 한다. 이렇게 하고서 여력이 있거든 학문을 배워야 한다."[1513]라고 하였다. 그의 제자인 자하도 "어진 이를 좋아하되 여색을 좋아하는 마음과 바꿀 정도로 하고, 부모를 섬기되 그 힘을 다하며, 임금을 섬기되 그 몸을 바치며, 벗과 사귀되 말에 신의

1508) 何晏 集解 · 邢昺 疏, 『論語注疏』卷14, 〈憲問〉, 十三經注疏本, 2511쪽.

1509) 趙岐 注 · 孫奭 疏, 『孟子注疏』卷8下, 『離婁下』引孔子語, 『十三經注疏』, 2730쪽.

1510) 何晏 集解 · 邢昺 疏, 『論語注疏』卷1, 〈學而〉, 十三經注疏本, 2458쪽.

1511) 何晏 集解 · 邢昺 疏, 『論語注疏』卷12 〈顔淵〉, 十三經注疏本, 2502쪽.

1512) 이 책 제5장 참고.

1513) 何晏 集解 · 邢昺 疏, 『論語注疏』卷1 〈學而〉, 十三經注疏本, 2458쪽.

가 있으면 비록 배우지 않았더라도 나는 반드시 그가 배웠다고 할 것이다."[1514)
라고 하였다. 즉, 공자와 그 제자의 마음속에서 "문"을 가르치고 배우는 것은
유가에서 제기한 윤리 도덕을 더욱 잘 실천하고, 왕도와 인정의 사회 이상을
실현하기 위함이었다. 도덕 양성은 유가 교육의 최고 목표이자 유자 정치 참
여의 첫 번째 조건이었다. 그래서 공자는 덕행으로 유명한 제자 안연을 가장
좋아하였고, 오직 안연만이 "학문을 좋아한다."라고 하였다. 학생의 특기와
재능을 평가하면서, 공자는 "덕행에는 안연顔淵·민자건閔子騫·염백우冉伯牛
·중궁仲弓이었고, 언어에는 재아宰我·자공子貢이었고, 정사에는 염유冉有·
자로子路였고, 문학에는 자유子游·자하子夏였다."[1515)라고 하였다. 이것이 바
로 후세인들이 자주 말하는 공문孔門 "사과四科"이다.

　공문 "사과"와 공문 "사교四教"는 서로 관련이 있으면서 또 서로 구별된다.
공문 "사교"는 교육 내용에 대한 공자의 규정이라고 할 수 있고, 공문 "사과"는
공자 인재 배양의 특징이라고 할 수 있다. 전자는 교학 과정을 중심으로 설명
하고, 후자는 교학의 결과를 중심으로 설명했다. 교학 과정으로 볼 때, "문
·행·충·신"은 밖에서 안으로 또는 아래에서 높은 곳의 순서로 되어 있다.
"문"은 교육의 기초이고, "행"은 교육의 매개이고, "충신"은 교육의 핵심이다.
교육 결과로 볼 때, "덕행·언어·정사·문학"은 안에서 밖으로 또는 높은 곳
에서 낮은 곳으로의 순서로 되어 있다. "덕행"은 최고 목표이고, "언어와 정사"
가 그 다음이고, "문학"은 기본적인 요구이다. 공문 "사과"와 공문 "사교"는 서
로 대응한다. 사과에서 "덕행"은 사교의 "충, 신" 교육과 대응된다. 사과에서
"언어, 정사"는 사교의 "행" 교육과 대응된다. 사과에서 "문학"은 사교의 "문"
교육과 대응된다. 공자 교학에서 가장 중요한 것은 덕이다. 정치를 함에 있어
서 가장 중요한 것은 덕치이고, "덕행"은 사과의 으뜸이라고 보면 쉽게 이해할
수 있다. 공자는 문교를 제창했다. "문학"은 입문의 기초로, 마땅히 한 과목으

1514) 何晏 集解·邢昺 疏, 『論語注疏』卷1〈學而〉, 十三經注疏本, 2458쪽.
1515) 何晏 集解·邢昺 疏, 『論語注疏』卷11,〈先進〉, 十三經注疏本, 2498쪽.

로 보아야 한다. "언어"는 "언어와 언변으로 행인을 삼아 사방으로 사신을 보내는 것"[1516]을 가리킨다. 이런 외교 능력은 사실상 일종의 정치 활동 능력이다. "정사"에 관해서는 행정 사무를 처리하는 능력을 일컫는다. 공자는 학교를 세우면서 도덕 실천과 사회 정치 실천을 강조하였다. 그래서 "언어", "정사"를 "문학"의 앞에 놓았다. 이것은 공자가 사회 실천을 중시했던 교육 사상을 구현했고, 또한 당시 유행하던 "최상은 덕행을 수립하고, 그 다음은 공업을 세우고, 그 다음은 후세에 전할 만한 말을 남긴다."[1517]는 사회 사조와도 일치한다. 공문 "사과"에서 공자는 "덕행"을 첫 번째에 놓고, "문학"은 마지막에 두었다. "문학"은 단지 교육의 기초일 뿐이고, "덕행"이야말로 교육이 이르러야 할 최고의 경지이기 때문이다.

중국 고대 문헌에서 가장 먼저 나타난 "문학" 개념은 공자가 제자를 평가하면서 사용하였다. 오직 『논어』에서만 "문학" 개념의 부호학적 근거를 찾을 수 있다. 이것은 중국 문학 관념 발생사를 연구함에 있어서 가장 먼저 인정해야 하는 사실이다. 그래서 중국 고대 문학 개념의 태초의 의미를 정확하게 파악하려면 반드시 이것을 공자의 교육 사상, 교육 실천과 학술 체계에 놓고 이해해야 한다. 또한 서주 이후의 교육 발전사와 문화 변천사에 놓고 이해해야 한다. 겉만 보고 단편적으로 해석을 내리거나, 이치에 맞지 않는 것을 억지로 끌어다 붙여서는 안 된다.

제4절 문화 주체 변천과 문학 관념의 발생

중국 고대 문학 관념 발생의 역사 과정은 중국 초기 교육의 발전과 궤도를 함께 하고 중국 초기 문화 주체의 변천과도 서로 호응한다. 그리고 교육은

1516) 何晏 集解·邢昺 疏, 『論語注疏』卷11, 〈先進〉, 十三經注疏本, 2498쪽.
1517) 杜預 注·孔穎達 疏, 『春秋左傳正義』卷35, 〈襄公二十四年〉, 十三經注疏本, 1979쪽.

문화 주체의 변천을 촉진하는 가장 강력한 촉매제이다. 비록 오랜 역사 과정에서 문학 요소가 포함된 문화 교육 활동은 아주 풍부하고 복잡하며, 중국 문학 관념의 발생과 발전을 촉진한 요소도 여러 방면이 있는 것이 사실이다. 그러나 이런 발전과 변화도 문화 주체의 변천을 통하지 않으면 나타날 수 없고, 문화 주체를 통해서 실현해야 한다. 다시 말해, 문학 관념은 문학 주체의 사상에 존재하고, 구체적인 문학 활동을 통해서 이룰 수 있다. 여러 문자로 기록된 문학 관념을 보면, 단지 문학 관념의 부호 형식일 뿐이다. 문학 주체가 없어서 문학 활동이 있을 수 없고, 문학 관념도 존재할 수 없다. 이른바 문학 주체는 문학 창작 주체와 문학 수용 주체를 포함한다. 그리고 이른바 창작이란 문학 텍스트의 창작에서 구현될 뿐만 아니라, 문학 활동의 창조에서도 나타난다. 이른바 수용이란 문학 텍스트를 읽는 것뿐만 아니라, 문학 활동을 즐기는 것도 포함된다. 문학 창작 주체가 없는 문학 활동은 상상할 수 없고, 문학 수용 주체가 없는 문학 활동도 마찬가지로 상상할 수 없다. 문화 활동과 문학 관념은 문학 주체를 통해 유기적으로 통일되었다.

유향劉向(기원전 77~6)은 『설원說苑』에서 『묵자』의 유실된 문장을 인용했다. "고대에 문文이 없을 때, 사람들은 실용을 따졌다. 하우夏禹도 마찬가지였다. 낮고 작은 궁실과 소박한 음식, 흙으로 만든 3개의 계단뿐이었으며, 의복도 삼베로 만든 것이었다. 당시에는 화려하게 장식된 보불黼黻은 아무 쓸모가 없었고 튼튼하게 오래 쓸 수 있는 것이 중요했다."[1518] 묵자는 하우 시대가 "문이 없던" 시대라고 생각했다. 현대 고고학계에서도 "지금까지 하대 문화와 관련된 갑골문 같은 정확한 실물 자료가 나오지 않았다. 하나라 문화의 유물도 식별하기 어렵다."[1519]라고 하였다. 상나라는 하우의 "귀신에게 효를 다한다."는 전통을 계승하였고, 종교 제사도 상당히 발달했다. 이런 사회 정치의 특징은 바로 신권과 정권의 합일에 있다. 사회 초기에 인류는 자연에 대해

1518) 劉向 撰·向宗魯 校證, 『說苑校證』卷20, 北京:中華書局, 1987, 515쪽.

1519) 李健民·柴曉明, 『中國遠古曁三代政治史』, 北京:人民出版社, 1994, 67쪽.

신비감과 두려움을 가지고 있었고, 생명체와 무생명체의 경계를 구분하지 못했다. 그들은 만물이 영장하고 어둠 속에 만사와 만물을 지배하는 실체가 있다고 생각했다. 이 실체는 그들이 숭배하는 어떤 자연 사물일 수도 있고, 또는 환상 속의 상제일 수도 있고, 조상의 영혼일 수도 있다. 그들은 아주 경건하게 이 지배자들을 경모하였고, 방법을 고안해 그들을 즐겁고 기쁘게 하여 자신들에게 복을 내려주기를 바랐다. 이런 종교 제사 활동에서 창조 주체는 종교 제사 활동의 주재자와 참여자였다. 그리고 이 활동의 수용자는 허구의 귀신과 상제로 그 문화 주체가 신성시되었다. 그래서 이때, 순수한 문학 활동은 독립적으로 존재하지 않았다. 그러나 이런 활동은 이미 문학의 배아를 품고 있었고, 문학의 세속 주체는 신성화된 주체 사이에서 꿈틀대기 시작했다. 또한 문학 관념도 어렴풋이 자라나고 있었다.

주나라 때에 이르러, 통치자들은 세속 정치에 관심을 갖게 되었고 문화 형태와 문학 주체에 근본적인 변화가 생겨났다. 『국어』〈진어晉語〉에는 범문자范文子가 "고대의 임금은 정치와 덕이 이미 이루어졌음에도 또한 백성의 의견을 들었다. 그래서 악공에게 조정에서 간언이나 잠언을 읊게 하고, 공경에서부터 열사까지 지위에 있는 자에게 시를 올리도록 해서 미혹되지 않게 했으며, 시가詩歌에 전하는 말을 저자에서 채취해 듣고, 선악을 가요歌謠에서 분별하며, 백관의 일들을 조정에서 살피고, 길에서 비방과 칭찬을 물어서 간사함이 있으면 바로잡았으니, 경계를 다한 방도이다."[1520]라고 한 것이 실려 있는데, 이런 변화를 반영하고 있다. 이전(상나라 포함)에 제사의 한 부분이었던 "시"가 이 시기에는 관리들이 천자에게 "청정"하는 도구가 되었다. 이른바 "천자가 정치에 관한 이야기를 들을 때, 공경公卿에서부터 열사列士에 이르기까지 시를 지어 바치게" 한 것이다. 그 창작 주체는 공경과 열사이고, 수용 주체는 천자였으며, 그 목적은 "청정" 혹은 "정치를 보좌하여 살피는 것"이었다. 오늘날 우리가 볼 수 있는 『시경』에는 서주 초기부터 춘추 중엽까지의 300수

1520) 徐元誥, 『國語集解』〈晉語六第十二〉, 387~388쪽.

가 넘는 시가 수집되어 있는데 모두 이런 목적에서 생겨난 것들이다.

그러나 남송 때 주희(1130~1200)는 〈시집전서詩集傳序〉에서 다음과 같이
말했다.

> 내가 들으니, 무릇 시詩 중에 이른바 풍風이란 것은 골목의 가요 작품에서
> 나온 것이 많으니, 이른바 남녀가 서로 읊고 노래하여 각기 그 정을 말했다는
> 것이다. …… 아雅, 송頌 편으로 말하면 모두 성주成周의 시대에 조정과 교묘郊
> 廟에 쓰는 악가의 내용이다. 그 말이 부드러우면서도 장엄하고, 그 뜻이 너그
> 러우면서도 치밀하여, 작자가 왕왕 성인의 무리였으니, 진실로 만세의 법정
> 이 되어 변할 수 없는 것이다.[1521]

주희의 주장은 영향력이 대단했다. 특히 근대 이후에 민간 문학의 지위가
높아지면서 후세인들은 『시경』 중의 "아", "송"은 통치 계급이 지은 것이고,
"국풍"은 민간에서 지은 것이라고 생각했다. 주둥룬朱東潤(1896~1988)은 일찍
이 항일전쟁 전 「국풍출어민간논질의國風出於民間論質疑」에서 이런 견해에 대
해 반박했다. 그는 고증과 분석을 거쳐 다음과 같이 결론지었다.

> 『국풍』에 160편의 시가 있는데, 그중에 반 이상은 통치 계급의 시라고 단정
> 할 수 있다. 그래서 『국풍』이 민간에서 나왔다고 하는 것은 신빙성이 없다.[1522]

"국풍" 중에는 귀족이 지은 작품이 많이 있다. 예를 들어, 『위풍衛風』〈석인
碩人〉의 작자는 위나라 대부이고, 『왕풍王風』〈서리黍離〉의 작자는 주나라 대
부이고, 『제풍齊風』〈남산南山〉의 작자는 제나라 대부이고, 『당풍唐風』〈무의
舞衣〉의 작자는 진晉나라 대부이고, 『진풍秦風』〈황조黃鳥〉의 작자는 진秦나라
대부이고, 『진풍』〈권여權輿〉의 작자는 진秦나라 옛 신하이고, 『정풍鄭風』〈청

1521) 朱熹, 『詩集傳』卷首, 上海:上海古籍出版社, 1980, 2쪽.
1522) 朱東潤, 『詩三百篇探故』, 「國風出於民間論質疑」, 昆明:雲南人民出版社, 2007, 32쪽.

인淸人)의 작자는 정나라 공자이고, 『위풍』〈일월日月〉과〈종풍終風〉의 작자는 위나라 장공莊公의 부인 장강莊姜이 지은 것이고, 『용풍鄘風』〈재치載馳〉의 작자는 허나라 목공穆公의 부인이고, 『진풍』〈무의舞衣〉의 작자는 진秦나라 애공哀公 등이다. 모두 충분한 근거를 가지고 있다. 여기에는 대량의 "군자", "국인"의 작품은 포함시키지 않았다. 그래서 "『국풍』이 민간에서 나왔다."라는 설은 믿을만한 것이 아니다. 물론, "국풍" 및 "소아"의 일부 시가가 비록 공경·대부·열사 등이 지은 것이지만, 그렇다고 꼭 "헌시"의 목적으로 지은 것은 아니다. 특히 "변풍", "변아"가 더욱 그러하다. 이들은 대개 귀족들이 마음속 정감을 표현하기 위해 지은 것으로 "귀족의 가요"였다. 주즈칭朱自淸(1898~1948)은 다음과 같이 지적했다.

풍시는 민간에서 나오지는 않았지만 그렇다고 소아의 일부가 모두 "헌시"는 아니다. 이는 의심할 필요가 없다. 유안劉安이 "국풍은 호색적이지만 음탕하지 않고, 소아는 비방적이지만 제멋대로는 아니다."라고 한 것이 바로 이 시의 성질과 기능을 어느 정도 말해주고 있다. 이것은 귀족들의 가요였다.[1523]

후와이뤼侯外盧(1903~1987)도 서주 시기에 "토지가 씨족 귀족의 공유제에 지배되고, 백성은 역사에 등장하지 않은 때에, 사상 의식의 생산은 자연히 백성이 아닌 임금의 풍격을 따랐다. 구체적으로 말하자면, 의식의 생산은 씨족 귀족의 범위 내에서만 발생하였고, 민간까지 퍼지지는 않았다."[1524]라고 하였다. 시의 생산과 소비도 전체 사회의식 형태의 생산, 소비와 일치했다. 현대의 일부 학자들도 "풍"시가 민간에서 나왔다는 설을 따르지 않고 있다.[1525]

1523) 朱自淸, 『詩言志辯』, 上海:華東師範大學出版社, 1996, 70쪽.

1524) 侯外盧·趙紀彬·杜國庠, 『中國思想通史』第1卷, 北京:人民出版社, 1957, 25쪽.

1525) 袁寶泉과 陳智賢은 〈伐檀〉, 〈碩鼠〉, 〈相鼠〉, 〈七月〉 등이 모두 민가가 아니라고 했다(『詩經探微』, 花城出版社, 1987 참고). 雒啓坤은 "풍"시가 민간에서 나왔다는 설은 신빙성이 없다고 지적했다(「〈國風〉作者辯」, 『北京圖書館刊』 1994第1/2期 참고). 陳冬은 "국풍"의 작자가 모두 귀족 구성원이었다고 주장했다(「〈國風〉作者研究」, 『理論界』 2006第3期 참고).

"국풍"이 민간에서 나왔다는 설은 주로 한나라 사람들이 시를 채집했다는 설의 영향을 받은 것이다. 반고班固(32~92)는『한서』〈예문지〉에서 "『서』에서 '시는 뜻을 말하는 것이고, 노래는 말을 길게 늘여 읊조린 것이다.'라고 하였다. 그러므로 애락哀樂의 마음이 느껴서 가영歌詠의 소리로 나오는 것이다. 그 말을 읊으니 시詩라 하고, 그 소리를 노래하니 가歌라한다. 그러므로 옛날에 민간의 시를 수집하는 관리가 있었는데, 이를 통해 왕이 풍속을 살피고 득실을 알며 스스로를 성찰하였다."라고 하였다. 그러나 채시관이 채집한 시는 "민간"에만 국한된 것이 아니었다. "민간"은 주 천자의 "왕기王畿"와 상대적인 것으로 주나라의 교외와 각 제후국을 가리킨다. 그러므로 많은 "민간"시는 각국의 제후, 경상, 사대부가 지은 것이라고 할 수 있다. 게다가 채시는 본래 천자 직관職官의 직무이고, 시가를 채집하는 과정은 곧 재창작의 과정으로 태사에게 바친 뒤, 음악을 곁들여 수정을 한 후에야 천자가 들을 수 있어서 창작 주체는 여전히 공경·대부·열사였다.『시경』중의 "십오국풍"이 모두 각 지방의 음악으로 연주한 것이라고 한 것에 대해서는 마찬가지로 신빙성이 없다. 공자는 정鄭이나 위衛 등지의 음악에 대해 격렬하게 비판한 적이 있다. "정나라의 음악은 음란하다."라고 생각하여 "정나라의 음악을 물리치고 말 잘하는 사람을 멀리해야 한다."[1526]고 주장했다. 당시의 시는 모두 음악을 곁들여 연주했다. 만약 "국풍"이 지방 음악으로 노래한 민가라면 공자가『시』정악을 정리할 때,『정풍鄭風』과『위풍衛風』을 남기지 않았을 것이다.[1527] 또한 〈모시서〉에서 "제후가 한 나라의 일이 한 시인의 뜻과 관련된 것을 풍風이라고 하고, 천하의 일을 말하고 사방 여러 나라의 풍속을 표현한 것을 아雅라 한다. 아는 바르다는 뜻으로 왕정이 흥하고 쇠한 까닭을 말한다. 정치에는 크고 작은 것이 있어, 소아와 대아가 있다. 송頌이란 천자 제후의 공덕을 찬미하고 그 성공을 신명에게 고하는 것이다."라고 언급한 것도 일리가 있다. 즉, "풍"시와 "아"시

1526) 何晏 集解·邢昺 疏,『論語注疏』卷15,〈衛靈公〉, 十三經注疏本, 2517쪽.
1527) 拙作,「雅俗觀念的演進與文學形態的發展」,『中國社會科學』2005第3期 참고.

는 모두 정치와 관련이 있다. 다른 점은 "풍"이 관련하는 것은 국가(제후국)의 일이고, "아"가 관련하는 것은 천하(주 천자)의 일이다. "송"시는 사당에서 즐기는 시이다.

시가 제사 항목에서 정교의 도구로 변한 것은 아주 중요한 의미를 가진다. "시"가 제사에서 신을 즐겁게 하는 부속품이고, "시"의 수용자가 귀신일 때, 그것이 중시하는 것은 단지 일종의 의식일 뿐, 사회는 "시"의 창작에 대해 큰 수요가 없었다. 또 "시"도 인문 정신을 나타내지 못해서 "시"에서 "문학" 관념이 생겨나기 어려웠다. 그러나 "시"가 종교 제사 활동에서 독립하여 천자가 "청정聽政"하는 대상이 되었을 때, "시"는 민간으로 퍼져 사회 정치 생활과 긴밀하게 결합하였다. 사회는 "시"에 대하여 대량의 수요가 생겼고, "시" 본질에 대한 깊은 인식을 하게 되었다. 또한 "시"도 분명한 인문 정신을 주입받게 되었고, "문학" 관념도 "시"의 발전 과정 및 사람들의 "시"에 대한 인식이 끊임없이 심화되는 과정에서 점차 성숙하게 되었다. 게다가 세속 생활 속 "시"의 운용 과정에서 새로운 문화 주체도 배출되었다.

춘추 시대부터 사회생활 중에서 "시"의 기능에 새로운 변화가 생겨났다. 이른바 "옛날에 제후·경·대부가 이웃 나라와 만날 때 정미한 말로 서로 감정을 나누었다. 외교 장소에서 만났을 때는 반드시 『시』를 인용하여 자신의 뜻을 전달했다. 이로써 현명함과 어리석음을 판단하고 상대방의 성쇠를 관찰했다."[1528]는 바로 이러한 변화를 묘사하고 있다. "시"는 천자의 전매특허에서 사대부들이 공동으로 향유하는 재산이 되었다. 그들은 조회·연회·교류·접대에서 시를 통해 자신의 생각을 표현하고, 정치를 논하고, 외교를 펼치는 등 각종 사회 활동을 벌였다. 이로써 "부시언지賦詩言志, 단장취의斷章取義"의 사회적 풍토를 형성했다. 『좌전』에 기록된 당시 사람들이 시를 사용했던 200여 개의 용례를 살펴보면, 시를 잘 사용하면 국가 정치 생활과 외교 활동에서 아주 유용한 효과를 발휘할 수 있었고, 그렇지 않은 경우에는 곤란을 겪거나

1528) 班固, 『漢書』卷30, 〈藝文志〉, 二十五史本, 531쪽.

심지어 참혹한 결과를 초래할 수 있었다. "시"가 귀신의 향례에서 천자의 전매 특허가 된 것은 "시"의 첫 번째 해방이라고 할 수 있다. 이것은 무격巫覡 문화 에서 세속 문화로 전환된 것을 의미하고 인문 정신의 발생을 나타낸다. 그렇 다면, "시"가 천자의 전매특허에서 제후·경·대부가 공동으로 향유하는 재산 이 된 것은 "시"의 두 번째 해방이라고 볼 수 있다. 이것은 문화의 생산과 소비 가 일상 생활의 구성 부분이 되었음을 의미하고, 귀족 사회의 정신적 생산에 대한 독점 및 그 정치 문화 특징을 반영한다. 이와 동시에 이런 특징은 객관적 으로 문학·예술의 발전을 촉진하였다. 물론 이런 문학·예술은 정치적 특징 을 가지며, 완전히 귀족화되었다.

춘추 중엽 이전에, "시"의 생산과 소비만 귀족화된 것이 아니라, 기타 문화 의 생산과 소비도 마찬가지였다. 예를 들어, 이기彝器 명문銘文의 생산과 소비 도 귀족 계급에 국한되었다. 이기는 예기禮器라고도 부른다. 고대 귀족들이 제사, 장례, 알현, 연회, 혼례와 정벌 등의 활동에서 예식을 치룰 때 사용하던 기구이다. 상나라 초기의 예기에는 명문이 없었다. 중기에도 거의 없었고, 극 히 일부에만 가문 형식으로 나타났다. 후기에 수십여 자로 된 명문의 예기가 나타났지만 역시 소수일 뿐이다. 그러나 상나라 말기의 예기는 이미 높은 공 예 수준을 가지고 있었다. 유명한 '사모무대방정司母戊大方鼎'은 무게가 875kg에 이르고, 모양이 아주 생동감이 있고, 조각이 섬세하여 사회 생산력이 눈에 띄게 향상되었음을 보여준다. 서주 청동기에는 많은 명문이 남아 있는 데, 장편 대작이 적지 않다. 현재 전해지는 청동기 명문은 약 3,000점으로 가장 긴 명문은 모공정毛公鼎의 499자, 사장반史墻盤은 284자나 된다. 이기에 이렇게 많은 글자를 주조하는 것은 결코 쉬운 일이 아니다. 이런 명문은 "조상 의 미덕을 칭찬함으로써 자신을 명예롭게 하고, 이를 후세에 분명히 알리는 것이다."[1529] 다시 말해, 귀족들은 이기와 명문을 주조하여 자신이 얻은 명분과 지위를 선전하고 과시하며, 종족 관계의 증표로써 이를 후손에 계승하였다.

1529) 鄭玄 注·孔穎達 疏, 『禮記正義』卷49, 〈祭統〉, 十三經注疏本, 1606쪽.

서주 시기 이기 명문의 발전은 서주 귀족이 예악 문화를 중시하고 종법 제도를 유지하기 위해 노력한 것을 반영하고 있다. 이런 명문이 서주 문학 발전의 한 부분이라고 한다면, 이런 문자 작품도 서주 귀족들이 창작한 것으로 서주 귀족의 종법 정치를 위한 장치이자 전형적인 귀족 문학이었다.

이 밖에 서주에서 전해 내려온 기타 문자 작품도 모두 귀족에 의해 독점되었는데, 이는 귀족을 위한 것이었다. 예를 들어, 『상서』에서 상고 제왕의 책으로 수록된 문장은 주로 서주 사관이 정리한 전모典謨, 고명誥命, 서도誓禱의 말이었다. 여기에는 은상, 서주 선왕들이 발포한 명령, 서사誓詞, 연설 등과 요, 순, 우, 탕의 이야기가 포함된다. 이로써 왕공 귀족의 정치 활동을 지도했다. 『주례』에 기록된 것은 주나라 예악 제도의 관련 문헌으로, "예는 아래로 서민에게 미치지 않는다."는 제도의 설치는 이것이 귀족의 행위 준칙이자 도덕규범이어서 귀족들만의 읽을거리였음을 설명해준다. 『주역』은 하나라의 『연산連山』과 은나라의 『귀장歸藏』의 기초에서 발전해온 것이다. 이것을 연역한 사람은 주 문왕과 주공이다. 역사적으로 계승해온 무사 문화 전통과 현실의 종법 정치 수요를 결합한 것으로 마찬가지로 귀족을 위한 것이었다.

서주 귀족 집단의 문화와 문학에 대한 독점은 이 시기 부족한 사회 문화 자원과 낙후한 문화 생산력으로 빚어진 결과였다. 이것은 후와이뤼侯外盧(1903~1987)가 말한 바와 같다.

> (서주 시기) 토지 소유제는 씨족 귀족이 공유(국유)했다. 국가는 "종가 맏아들은 나라의 성城이 된다."라고 하였듯이 통치 계급의 도구였다. 정치는 "종법 정치"의 독재 정치였다. 법률은 종례의 전문 형식이었다. 그래서 사상 방면에서 "학문은 관부에 있게" 되었다. 오직 귀족 문화만 있고, 민간에는 사학私學이 없었다.[1530]

1530) 侯外盧·趙紀彬·杜國庠, 『中國思想通史』 第1卷, 80쪽.

그러나 사회가 발전함에 따라, 귀족이 교육과 문화 자원을 독점한 현상이 깨지게 되었다. 서주 말기에 왕관이 제후에게까지 퍼지면서 사회 문화의 중심이 아래로 이동하였다. 춘추 중엽에 사인이 사회 정치 무대에 등장하면서 사인의 문화가 급속히 발전하였다. 춘추 말기에 이르러 개인이 학교를 세울 수 있었고, 백성이 교육을 받을 수 있게 되었다. 사인 문화와 평민 교육이 결합하게 된 것은 사실상 새로운 문화의 탄생을 의미하며 중국 문화에서 "축심시대軸心時代"가 도래하게 된 것을 예고한다.

"축심시대"라는 개념은 독일 학자 칼 야스퍼스가 제시했다. 그는 기원전 500년경 전 세계에 예사롭지 않은 역사 행적이 나타났다고 하였다.

> 중국에서 공자와 노자가 굉장히 활약했다. 묵자, 장자, 열자, 제자백가 등을 포함한 중국의 모든 철학 학파가 생겨났다. 중국과 마찬가지로 인도에서 『우파니샤드』와 붓다가 나타났고, 회의주의懷疑主義, 유물주의, 궤변주의詭辯主義와 허무주의의 전 범위에 이르는 철학의 가능성을 탐구했다. 이란의 조로아스터는 일종의 도전적인 관점을 전수하고 인간 세상이 선과 악의 투쟁이라고 생각했다. 파키스탄에서는 엘리아부터 이사야, 예레미야를 거쳐 이사야 2세까지 선지자들이 잇달아 나타났다. 그리스에서는 현철들이 많이 나왔는데 호메로스, 파르메니데스, 헤라클레이토스, 플라톤을 비롯하여 수많은 비극 작가 및 투키디데스와 아르키메데스 등이 있었다. 이런 이름들이 같은 시기에 거의 동시적으로 중국, 인도와 서방 등 서로 관련이 없는 지역에서 발전하기 시작했다.[1531]

이 시기는 사실상 세계 역사의 "축심시대"가 되었다. 근대 시기까지 "인류는 줄곧 축심시대에 생산, 사고, 창조된 모든 것에 의지해 살아왔다. 새로운 비약은 매번 이 시기를 되돌아보게 하였고 불씨를 되살리게 하였다. 축심기 잠재력의 소생과 축심기 잠재력에 대한 추억 또는 부흥은 항상 정신적 원동력

1531) 雅斯貝斯(칼 야스퍼스), 『歷史的起源與目標』, 北京:華夏出版社, 1989, 8쪽.

이 되었다."[1532) 칼 야스퍼스의 이론에 따르면, "축심시대"는 인류가 스스로 이해한 사상의 틀이 되었고, 영원히 마르지 않는 정신의 원천이 되었다.

중국 고대 문학 관념의 발생은 "축심시대"와도 밀접한 관련을 맺고 있다. 이 시기에 문학 관념이 나타났고, 문학의 주체도 성숙해졌다. 교육의 관점에서 볼 때, "축심시대"는 귀족 교육에서 평민 교육 시대로의 전환이다. 문화의 관점에서 볼 때, "축심시대"는 귀족 문화에서 사인士人(여기서 사인은 서주 사회에서의 하급 귀족 신분이 아니다. 자세한 설명은 다음 장 참고) 문화로의 전환이다. 이런 변화는 사인이 사회 문화의 주체가 되는 데에 결정적인 역할을 하였고, "백가쟁명"은 사회 문화 주체의 변화 후에 나타난 필연적인 현상이었다.

사인이 사회 역사 무대에서 문화 주체로서 활약할 수 있었던 것은, 우선 대량의 사인이 사회에서 배출되었기 때문이다. 서주 이후 학교 교육의 발전은 이런 변화의 수요에 적응한 것이다. 역사 문헌과 출토 유물의 상호 증명을 보면, 서주의 학교는 전문화되지 않았다. "대학은 귀족 자제가 공부하는 곳이자, 귀족 구성원들이 단체로 의식, 집회, 모임, 무예 연마, 악기 연주를 하던 곳이었다." "당시 귀족 생활에서 필요한 지식과 기능은 이른바 예·악·사·어·서·수의 '육예'이지만, '국가의 대사는 제사와 군대에 달려 있'기 때문에 예악과 사어를 위주로 교육하였다."[1533) 춘추 중엽 이후에 사인은 신흥 세력으로 역사 무대에 등장하였고, 사회 정치 생활에서 역할이 점점 중요해졌으며, 사회 지위가 점점 높아지고, 그들에 대한 사회 문화적 요구도 증가하게 되었다. 『시』, 『서』가 사회생활에서 광범위하게 활용되었기 때문에 사인을 배양하는 학교 교육에서 이것을 주요 학습 내용으로 삼았다. 이른바 "악정樂正은 사술四術을 숭상하여 사교四敎를 세웠다. 선왕이 제정한 『시』, 『서』, 『예』, 『악』에 따라 선비를 배양했다. 봄과 가을에는 『예』와 『악』을 가르쳤고, 겨울과 여름에는 『시』와 『서』를 가르쳤다."[1534) 이런 기록은 춘추 중엽 이후의 상황을

1532) 雅斯貝斯(칼 야스퍼스), 『歷史的起源與目標』, 14쪽.

1533) 楊寬, 『古史新探』, 「我國古代文學的特點及其起源」, 北京:中華書局, 1965 참고.

반영한다. 춘추 말기에 이르러 개인의 교육이 생겨나고 『시』, 『서』가 더욱 중
요시되었다. 공자는 학교를 세우고 『시』, 『서』, 『예』, 『악』을 교육의 기초로
삼았다. 사마천(기원전 145~?)은 "공자는 『시』·『서』·『예』·『악』을 가르쳤는
데, 제자가 대략 3천 명이었다."[1535]라고 하였다. 『시』와 『서』를 교육의 주요
내용으로 한 것인데, 이것은 문화 보급일 뿐만 아니라 문화가 아래로 이동한
것을 의미한다. 이것은 "천자가 옛 관제를 잃으면 그에 관한 학문이 사방의
오랑캐 나라에 있다."[1536]라고 한 학술 해방과 동시에 이루어졌으며, 사인이
사회 정치의 무대 중심에 등장하게 된 것과도 관련이 있다.

『시』와 『서』의 보급, 학술의 해방, 교육의 평민화는 사람들로 하여금 인류
가 창조한 문화에 주입된 인문 정신을 인식하게 하였고, 사회 안정과 발전을
촉진했다. 또한 개인 수양을 강화하여 이성적인 윤리 도덕 경지에 이르도록
인도하는 등 그 의미가 아주 크다. 거자오광葛兆光은 다음과 같이 지적했다.

관제가 무너지고 학문이 아래로 이동함에 따라 한쪽으로는 사상과 문화
의 담당자가 가졌던 권위가 상실되고, 지식 계층은 논쟁이 필요 없던 권리와
분리되기 시작했고, 학술 사상은 분명한 진리와 분리되기 시작했다. 그래서
"사" 계층 및 그 사상의 궐기와 독립은 춘추에서 전국 시대까지 가장 눈부신
백가쟁명을 연출했다.[1537]

"사" 계층 및 그 사상의 궐기와 독립은 춘추 말기 공자와 노자로 대표되는
중국 초기 지식인에서 시작되었다. 그리고 공자가 제기한 문학 관념도 중국
최초의 문학 관념이 되었다. 동시에 춘추 시기 사회 정치 문화 무대에 등장한
사인의 문학 관념은 사회 계층의 문화 선언이 되었다. 선진先秦 시대 명가名家

1534) 鄭玄 注·孔穎達 疏, 『禮記正義』 卷13, 〈王制〉, 十三經注疏本, 1342쪽.

1535) 司馬遷, 『史記』 卷47, 〈孔子世家〉, 二十五史本, 227쪽.

1536) 杜預 注·孔穎達 疏, 『春秋左傳正義』 卷48, 〈昭公十七年〉, 十三經注疏本, 2084쪽.

1537) 葛兆光, 『中國思想史』 第1卷, 「七世紀前中國的知識, 思想與信仰世界」, 上海:復旦大學
出版社, 2001, 82쪽.

는 이렇게 "문학"을 이해했다. 예를 들어,『묵자』〈비명하非命下〉에서 "오늘날 천하의 군자가 문학을 하고 담화를 하는 것은 목과 혀를 단련하고 입술을 민첩하게 하기 위해서가 아니라 진심으로 나라와 읍리와 백성의 형법 및 정무를 위함이다."[1538]라고 하였다.『한비자』〈육반六反〉에서 "옛 성현의 도를 배워서 자기의 주의를 확립한 자는 법령을 무시하는 인물인데도, 세상 사람들은 이것을 존경하며 문학지사文學之士라고 한다."[1539]라고 하였다. 만약 공자가 세운 문학 관념이 현대 문학 관념에 부합하지 않다고 해서 중국 문학 사상사에서의 기본 지위 및 그 영향력까지 부정한다면, 그것은 실사구시의 과학적 태도가 아니다.

한 가지 설명할 것은 춘추 중후기에 사인 계층이 역사 무대에 등장한 것은 사회 발전으로 인한 사회 계급의 변화와 직접적인 관련이 있다. 이런 계급의 변화는 종교 조직의 해체와 종법 제도의 붕괴에서 직접적으로 나타났다. 선창윈沈長云과 양산췬楊善群은 다음과 같이 지적했다.

춘추 말기부터 각 종교 조직이 잇달아 해체되었다. 이것은 상류층 사회에서 적지 않은 씨족 귀족이 극렬한 국내 합병 투쟁에서 실패하여, "목숨을 잃거나 씨족이 멸망하여", 그 씨족이 더 이상 존재하지 않게 되었기 때문이다. 그리고 일부 합병 투쟁에서 살아남아 큰 발전을 하게 된 세가대족은 새로운 형세에 적응하기 위하여 집안 내부에서 더 이상 옛 분봉제를 따르지 않게 되었다. 이로써 새로운 씨족의 생산이 근절되었다. 전국 시기에 이르러 과거 각국 사회생활에서 굉장한 활약을 했던 세가대족이 완전히 자취를 감추게 되었다. 이것은 종족 구조가 역사 무대에서 퇴장하였음을 상징한다.[1540]

이것은 종족 구조의 해체와 서로 일치한다. 민간의 수많은 가장제 가족도

1538) 墨翟 撰·畢沅 校注,『墨子』卷9,〈非命下〉, 二十二子本, 254쪽.

1539) 韓非,『韓非子』卷18,〈六反〉, 二十二子本, 1179쪽.

1540) 沈長云·楊善群,『戰國史與戰國文明』7,「社會結句的變遷」, 上海:上海科學技術文獻出版社, 2007, 86쪽.

신속하게 와해되었고, 대부분은 개인 노동을 기본으로 하는 소규모의 가정으로 대체되었다. 사회 조직 구조의 커다란 변화는 사인 계급이 자신의 문화 도덕 수양을 높이고 개인 생명의 가치를 실현하는 중요한 배경이 되었다. 또한 사회 문화의 주체가 이동하는 중요한 사회 원인이 되었다.

문학 관념의 생산과 문학 주체의 변천은 동시에 이루어졌다. 그리고 문학 주체의 문화 정신도 문학 관념의 발생과 꼭 들어맞는다. 제사 시대의 문화 주체는 무격이었고, 그들은 신비한 교감 관념만 가지고 있었다. 예악 시대의 문화 주체는 귀족으로 비로소 명확한 인도 사상과 인문 정신을 가지게 되었다. 제사 문화에 휩싸인 사회는 점복 학문만 중시하였다. 예악 문화의 분위기 속에서만 인문은 비로소 학술이 되고 인정받을 수 있었다. 그렇다고 예악 문화가 문학 관념을 탄생시킨 것은 아니다. 사실 예악 문화 전성기에 문학 관념은 생겨나지 않았다. 문학 관념은 예악 문화가 쇠퇴하고 도덕 문화가 일어날 무렵에 탄생했다. 예악 문화가 전체의 질서를 목표로 하고 그 전례성典禮性과 의식성儀式性으로 인해 아직 완전하게 "무격에서 벗어나"지 않아서 그 중의 인도 사상과 인문 정신도 어느 정도의 제한을 받았기 때문이다. 반면, 도덕 문화는 예악 문화에서 탈피하여 나온 것으로, 전체 질서를 강조하고 개인의 완성을 목표로 한다. 특히, 개인의 노력으로 인생 가치를 실현할 것을 주장하고, "입덕"·"입공"·"입언"으로 "세경세록"을 대신하고 "불후"를 추구했다. 인간성과 인문성은 예악 시대가 시작된 이후에 나타난 문화적 특징이자 독립적인 문학 활동이 전개될 수 있었던 사회의식 형태의 전제 조건이었다. 춘추 시대에는 인문 학술의 발전이 성숙해지고 인문 정신의 발전도 이루어졌다. 그래서 명확한 문학 관념도 이 시기에 탄생했다. 중국 문학 관념의 탄생은 처음부터 인도 사상, 인문 정신과 결합하여 뗄 수 없는 관계를 맺었을 뿐만 아니라, 처음부터 역사 무대에 등장한 중국 초기 지식인의 가치로서 세인들 앞에 구현되어 나타났다. 문학 창작 주체는 공자로 대표되는 유가였다. "그것이 『시』, 『서』, 『예』, 『악』에 있는 것은 추 땅과 노나라의 선비들과 유학자들이 이미 많이 밝혀주었다."[1541] 이것은 추鄒 노魯 지역이 서주 문화 영향을 가장 많이 받은 것과 직접적인 관련이 있다. 공자로 대표되는 유가는 사실 중국 초기 지식인을 상징한다. 그래서 문화 주체의 관점에서 중국 문학 관점의 발생 과정을 연구해야지만 선진 유가의 문학 관념에 대해 더욱 깊게 이해할 수 있다. 이런 문화 주체의 문학 정신에 관해서 몇 마디로는 다 설명할 수 없으므로 다음 장에서 좀 더 자세히 다뤄보도록 하겠다.

1541) 莊周 撰·郭象 注, 『莊子』卷10, 〈天下〉, 二十二子本, 84쪽.

제13장

"君子謀道": 중국 고대 문학 관념의 주체 의식

지식인은 현대적인 개념으로, 일반적으로 19세기 후반에 러시아에서 기원하였다. 지식인은 "중산층의 일부"[1542]에 속한다. "서양 학술계의 일반적인 인식에 따르면, 이른바 '지식인'은 전문 직종에 몸을 바칠 뿐만 아니라, 반드시 국가나 사회 및 세계 모든 공공의 이익에 관한 일에 깊게 관심을 가져야 한다. 또한 이런 관심은 반드시 개인(혹은 개인이 속한 작은 단체)의 사적 이익을 초월해야 한다."[1543] 다시 말해, 단순히 지식이 있다고 해서 지식인이 아니라, 현실에 관심을 갖고, 개인을 넘어선 인재야말로 지식인이라고 할 수 있다. 서양에서는 예로부터 두 개의 세계로 나누었다. 고대 그리스의 철학자들은 이상 세계에 관심을 갖고 현실 세계를 경시하였다. 중세기 성직자들은 신앙 세계를 숭배하고 세속 세계를 무시하였다. 그들과 현대 지식인들은 정신상으로 거리가 멀었다. 그래서 서양 학술계는 고대 그리스의 철학자들과 중세기 성직자들을 현대 지식인의 온상이라고 여기지 않았다. 진정한 서양 지식인의 정신적 근원은 계몽운동의 추진 속에서 문화 세속화로 나타난 새로운 현대 정신이다. "기독교의 전통과 달리, 그들의 이상 세계는 하늘에 있는 것이 아니고 인간 세계에 있었다. 또 그리스의 철학 전통과 달리, 그들은 어떻게 '세상을 해석'하고 어떻게 '세상을 변화시킬까'에도 관심을 가졌다. 볼테르에서 마르크스까지 모두 이런 현대 정신을 구현했다."[1544] 그러나 "서양의 기준에서 볼 때, '사'는

1542) 『簡明不列顚百科全書』 第9卷, 北京:中國大百科全書出版社, 1986, 423쪽.
1543) 余英時, 『士與中國文化』, 「自序」, 上海:上海人民出版社, 1987, 2쪽.

문화 사명을 짊어진 특수 계층으로, 중국 역사상에서 '지식인'으로서의 역할을 발휘하기 시작했다."[1545] 학계에서는 일반적으로 중국 고대 지식인은 춘추 전국 시대에 나타났다고 하였다. 공자 등의 유가학자들이 가장 대표적인 지식인이다. 중국 고대 문학 관념도 이때 정식으로 제기되었다. 중국 지식인의 탄생과 중국 문학 관념의 발생은 완전히 일치한다. 공자가 세운 문학 관념은 아주 분명한 인문 정신을 내포한다.[1546] 그러므로 지식인의 관점에서 중국 전통 문학 관념의 발생을 연구하는 것은 합리적이고 필수적인 작업이다.

제1절 "士"와 "儒": 중국 초기 지식인의 신분 유래

중국 지식인과 중국 고대 문학 관념의 관계를 연구하기에 앞서, 중국 지식인의 신분 유래에 대해 간단하게나마 정리할 필요가 있다. 이들의 기본적인 특징에 대해 전체적인 파악을 하고, 이들의 주체 의식과 사상 관념에 대해 더욱 정확하게 이해할 수 있기 때문이다.

구제강(1893~1980)은 중국 고대 지식인의 유래에 관해 문사文士는 무사武士에서 탈변한 것이라는 유명한 관점을 내놓았다. 그는 "중국 고대의 사는 모두 무사였다. 사는 하급 귀족으로 국중國中(성안)에 살았고 평민들을 통치할 수 있는 권리를 가졌다. 또한 창과 방패를 들고 사직을 수호하는 의무가 있었다."라고 하였다. 사는 육예를 배웠는데 "예·악·사·어"는 모두 무사였고, 오직 "서"와 "수"가 백성을 다스리는 전문 도구였다. 공자가 살던 시대에 문사와 무사는 아직 분리되지 않았다. 공자가 세상을 떠난 뒤, "문하의 제자들이 여러 사람을 거쳐 전하면서, 무사의 학습보다는 점차 내면의 수양을 중시하게 되었다." 그래서 무술에 뛰어난 사들은 "자체적으로 무리를 이루고 문사와 어울리

1544) 余英時, 『士與中國文化』, 「自序」, 7쪽.

1545) 余英時, 『士與中國文化』, 「自序」, 3쪽.

1546) 이 책 제5장 참고.

지 않았다. 이 두 무리의 대립으로 새로운 명사가 나타나게 되었다. 문사는 명예를 중시하는 '유儒'로, 무사는 의리를 중시하는 '협俠'으로 각각 불리게 되었다." 이렇게 "고대에 문무를 겸비했던 사가 두 개로 나뉘어졌다."[1547] 그런데 위잉시余英時는 비록 "사가 하급 귀족이었다."라는 의견에는 동의했지만, 문사가 무사에서 탈변했다는 결론에는 찬성하지 않았다. 특히 사가 분화된 원인으로 공자의 제자들이 "점차 내면의 수양을 중시했기" 때문이라는 주장에 반대하였다. 그는 "주나라 귀족 자제의 교육은 문무를 겸비하는 것이었다." "그래서 엄격하게 말하면, 문사가 무사에서 탈변한 것이 아니라, 그들은 스스로 예악, 시서의 문화적 근원을 가지고 있었다."라고 하였다. 고대 지식인의 사상 배경은 "반드시 고대 학술 사상의 발전에서부터 연구해야 한다."라고도 하였다. 관사官師와 정교가 합일된 고대 왕관지학王官之學은 춘추 말기부터 분열이 생겨났다. 『장자』는 "도술이 천하를 분열시킨다."라고 하였다. 서양에서는 "철학의 돌파"(philosophic breakthrough)라고 하였다. "이것은 고대 지식인층이 생겨나게 된 역사적인 사건을 의미한다. 문화 체계(cultural system)는 이때부터 사회 체계(social system)와 분리되어 어느 정도의 독립성을 갖게 되었다." "분리된 후의 지식인층은 정부의 종교 대표가 아니라 주로 새 교의의 창시자와 전파자가 되었다." 춘추 전국 시대에 발생한 사 계층의 변화에서 "가장 중요한 것은 당시 사회 계층의 이동에서 비롯되었다. 즉, 상류 귀족이 아래로 이동하고, 하층 서민이 위로 이동한 것이다." 그리고 춘추 말기에 "'사민士民'의 출현은 중국 지식층의 흥기를 보여주는 가장 분명한 지표이다."[1548] "사회 배경으로 볼 때, '사'는 고정적인 봉건 신분으로부터 해방되어 자유롭게 이동할 수 있는 사민의 으뜸이 되었다. 엄격한 의미로서의 지식인이 고대 중국에서 처음으로 나타난 것이다. 그래서 '사'는 비록 지식인의 가장 중요한 역사 근원이지만, 그렇다고 고대 문헌에 나타난 모든 '사'를 지식인이라고 단

1547) 顧頡剛, 『士林雜識初編』, 北京:中華書局, 1963, 85~91쪽.
1548) 余英時, 『士與中國文化』, 上海:上海人民出版社, 1987, 12~31쪽.

순하게 이해할 수는 없다. 시대 구분에서 볼 때, 중국 지식인의 형성-자각적인 사회 집단은 춘추 전국 시기에 비로소 정식으로 시작되었다."[1549]

두 사람의 의견에는 비록 차이가 있지만, 모두 사회 계층 이론을 통해 사회 계층의 분화에서 지식인의 근원을 연구하고 지식인이 춘추 전국 시대에 흥기했음을 밝혀냈다. 이들의 결론은 모두 충분한 문헌적 근거와 날카로운 역사적 관점을 가지고 있어서 학술계로부터 매우 중시되었다. 그러나 마찬가지로 이들의 의견 차이를 통해 두 사람의 결론에 존재하는 문제점도 발견할 수 있었다.

구제강은 귀족의 분화를 통해 문사가 무사에서 탈변했다고 논증했다. 역사에 비록 증거가 남아 있지만, 춘추 전국 시기에 지식인이라고 불렸던 그 사람들은 무사에서 탈변해 나온 것이 아니었고, 귀족(하급 귀족)도 아니었다. 유가와 묵가의 주장에 따르면, 유가의 창시자인 공자는 몰락 귀족의 자제였기 때문에, 하급 귀족 출신의 사라고 볼 수 있다. 그러나 계손씨 연사宴士는 공자가 참여하는 것을 반대하였다. 이로 볼 때, 당시 사회도 공자가 사의 신분이라는 것을 인정하지 않았음을 알 수 있다. 공자의 문하에 맹의자孟懿子·남궁경숙南宮敬叔·사마우司馬牛 등 몇몇 귀족 자제도 있었지만, 대부분은 서인의 자제였다. 하급 귀족으로서의 사와 큰 관련이 없어 보이지만, 이들이 바로 중국 역사상 최초로 생겨난 지식인이었다. 묵자는 비록 신분이 확실하지 않지만, 『여씨춘추』 〈애류愛類〉의 기록에 따르면, 묵자는 초나라가 송나라를 공격하는 것을 막기 위해 직접 초나라에 가서 초왕을 만나고 자신을 "북방의 비인鄙人"[1550]이라고 소개하였다. 비인은 야만인으로 결코 귀족이 아니었다. 묵자는 제작에 능하고 공예를 중시하여 사람들로부터 "천한 사람의 소행"[1551]이라고 조롱당했다. 또 학계에서는 "묵가는 모두 형벌을 받거나 부역을 했던 사람들이다."[1552]라고 인정했다. 묵자의 제자가 "굵은 베로 옷을 지어 입게 하고 나막신과 짚신을 신게

1549) 余英時, 『士與中國文化』, 87쪽.
1550) 呂不韋 撰, 高誘 注, 筆沅校, 『呂氏春秋』卷21, 『開春論』, 〈愛類〉, 二十二子本, 711쪽.
1551) 墨翟 撰·畢沅 校注, 『墨子』卷12, 〈貴義〉, 二十二子本, 265쪽.
1552) 錢穆, 『國學槪論』, 北京:中華書局, 1997, 44쪽.

했으며 밤낮 쉴 새 없이 자신을 고통 속에 몰아넣어야 한다."[1553]고 하자, 순자는 묵가가 "부역자의 도"[1554]라고 비판했다. 그래서 학계에서는 묵가학설을 평민 계급의 사상이라고 하며, 묵가도 분명 하급 귀족의 사에서 비롯되지 않은 것으로 보았다. 더구나 서주의 하급 귀족인 사는 무사武事에 능하지 않았다. "육예" 교육 중에는 문과 관련된 내용이 포함되어 있었다. 특히 성강成康 시대에 "군사 활동을 멈추고 문치 교화에 힘쓰게" 된 이후부터 더욱 그러하다. 그런 점에서 위잉시가 "문사가 무사에서 탈변했다."라는 구제강의 결론에 반대한 것은 어느 정도 일리가 있다. 그는 춘추 전국 시기부터 사회 변동으로 인해 "상류 귀족이 아래로 이동하고 하층 서민이 위로 이동하게" 되었다고 정리하면서 사민 계급으로 중국 고대 지식인의 궐기를 설명하였다. 이는 구제강의 결론을 보충한 것이라고 볼 수 있다.

위잉시는 기본적으로 구제강의 사고 맥락에 따라 중국 지식인의 유래를 연구하였다. 하지만 그는 "계급의 이동"을 지식인 형성의 유래로 간주하고, "철학의 돌파"를 중국 지식인 흥기의 결정적인 사상 문화적 배경으로 간주했지만, 중국 초기 지식인의 특징을 완전하고 분명하게 설명하지는 못했다. 그 근본 원인은 사의 관점에서만 보다 보니 중국 지식인의 유래 등 일련의 문제를 해결하기에 부족했기 때문이다.

여기에서 "사"의 외적 형식과 지시적 의미에 대해 간단하면서도 정확하게 고찰할 필요가 있다. 중국 "사"의 명칭은 아주 오래된 유래를 가지고 있는데, 갑골문에서 그 흔적을 찾아볼 수 있다. "사"의 최초의 의미에 대해 학자들은 훈고학적 관점에서 여러 가지 해석을 하였다. 사士가 일—과 십十으로 구성되었고, 십과 일을 합해 사가 되었다고 추론했다.[1555] 또 사士로 사事를 설명한

1553) 莊周 撰·郭象 注, 『莊子』 卷10, 〈天下〉, 二十二子本, 85쪽.

1554) 荀況 撰·楊倞 注, 『荀子』 卷7, 〈王霸〉, 二十二子本, 313쪽.

1555) 許慎은 『說文解字』에서 다음과 같이 말했다. "士는 事이다. 숫자의 시작은 —이고, 마지막은 十이다. 일과 십을 따른다. 공자는 '十과 —을 합친 것이 士이다.'라고 하였다." 王國維는 『釋牡』에서 "복사에서 牡는 丄를 따른다. 丄는 고대에 士자였다. 공자는 '십과 일을 합친 것이

경우도 있다. 남자가 농사일을 하는 것으로 사는 갑골문에서 ⊥인데, 새싹을
땅에 심은 형상과 비슷하다.[1556] 또 사가 왕王과 같은 글자라고 하였다. 사람이
단정하게 앉아 있는 형상이다. 그래서 왕은 제왕이고, 사는 관장官長이다.[1557]
또 사는 음경의 형상으로 남자를 가리킨다.[1558] 또 사가 돌도끼를 형상하는데,
돌도끼는 원시인의 도구이자 전쟁의 무기였다. 그리고 형벌의 형구로 왕권의
상징으로 파생되기도 했다.[1559] 어느 것이 맞는지는 단정하기 어렵다. 그러나
학자들이 비록 "사"의 최초의 의미에 대해 의견이 분분하지만 대다수의 의견
에는 모두 "남자"와 "직무"의 요소가 포함되어 있다. 이것은 문제의 초보적인
해결에 단서를 제공했다. 부계가 모계 사회를 대신하면서 남자는 사회의 중심
을 차지하게 되었고 사회 직무도 남자가 책임지게 되었다. "사"가 남자를 가리
키는 동시에 사회 권력을 가리키는 것은 아주 당연한 일이다. 이런 점에서
볼 때, 각각의 주장은 상호보완 된다. 경제가 발전하고 사회가 진보하면서 사
회 계층도 끊임없이 분화하였다. 이에 따라 "사"의 지시적 의미도 변화하였다.
옌부커閻步克는 "사"가 가리키는 대상이 다음과 같이 역사 발전을 거듭했다고
결론 내렸다.

사이다.'라고 하였다. ⊥는 곧 ㅣ와 ㅡ를 합친 것이다."라고 하였다.(『觀堂集林』卷6, 北京:中華
書局, 1959, 287~288쪽)

1556) 楊樹達은 『釋士』에서 吳承仕의 의견을 인용하였다. "고대에 士, 事, ⊥은 소리가 같았다.
남자가 밭에서 일을 하는 형상에서 자형과 의미를 따른다. 士는 소리로써 뜻을 따른다. 事는
오늘날 직무와 사업의 뜻을 가진다. 인생에서 먹는 것보다 중요한 것이 없고, 농사보다 중요한
일은 없다. 그래서 새싹을 땅에 심는 일에서 모든 事가 비롯되었다." 또한 "士는 갑골문에서
⊥로 쓰였다. ㅡ는 땅을 형상하고, ㅣ는 새싹을 땅에 심은 형상이다."라고 하였다.(『積微居小學
述林』, 北京:中華書局, 1983, 72쪽)

1557) 徐仲舒, 「士王皇三字之探源」(『中央研究院歷史語言研究所集刊』, 1934). 嚴一萍은 『王
皇士集釋』에서 徐仲舒의 주장을 분석하고 보충하였다. "王, 皇, 士는 사람이 정면으로 단정하
게 앉아 있는 형상이다. 이미 정론이 되었다."(『中國文字』第7册, 臺北:臺灣大學文學院古文
字研究室編印, 1962)

1558) 郭沫若은 『釋祖妣』에서 "士, 且, 王, 土는 모두 牡器(음경)을 형상한다."라고 하였다.(『甲骨
文字研究』, 北京:科學出版社, 1962, 72쪽)

1559) 吳其昌, 「金文名象疏證·兵器篇」, 『國立武漢大學文哲季刊』卷5卷第3期, 1936 참고.

모든 성인 남자를 가리키는 말이다. 씨족에서 정식적인 남성 구성원을 가리키는 말이다. 통치 부족의 구성원을 가리키는 말이다. 봉건 귀족 계급을 가리키는 말이다. 귀족 관리의 최하급을 가리키는 말이다.[1560]

"귀족 관리 중 최하급을 가리키는" "사"는 곧 구제강이 중국 지식인 문제를 연구했던 시작점이었다. 그러나 한 가지 분명히 할 것은, 이상에서 "사"를 기술하며 사용한 것은 성별 혹은 계급의 분류 기준이지, 사회 직업의 분류 기준은 아니었다. 또한 지식인과 밀접한 관련을 가지는 지식과 문화의 분류 기준은 더더욱 아니다. 이것은 "사"의 변화만으로 지식인 문제를 해결하는 것은 역부족이라는 것을 의미한다. 다른 방법을 통해 밝힐 필요가 있다.

구제강은 지식인 문제를 연구하면서 춘추 전국 시기의 사람들이 문사를 가리켜 "유儒"라고 하였고, 후세인들도 지식인을 가리켜 "유" 또는 "유생儒生"이라고 하였다고 했다. 특히 진한秦漢 시대 이후의 "사대부"는 대부분 관료 계급과 동의어로 쓰였다. 그래서 "유"의 관점에서 지식인의 유래를 연구하는 것도 무시할 수 없는 중요한 부분이다. 게다가 "유"의 분류는 곧 사회 직업과 문화 지식을 기준으로 하기 때문에 지식인의 유래를 밝히는데 단서를 제공할 수 있다.

그러나 "유"도 아주 까다로운 문제라고 할 수 있다. 2,000여 년 동안 학계에서는 "유"의 유래에 대해 연구를 해왔지만, 아직까지 공인된 결론은 나오지 않았다.

20세기 초에 장타이옌章太炎(1869~1936)은 『원유原儒』에서 이 문제를 해결하고자 하였다. 1930년대에 후쓰胡適(1891~1962)는 『설유說儒』에서 큰 논쟁을 불러일으켰고, 궈모뭐郭沫若(1892~1978)는 「駁〈說儒〉」와 「論儒家的發生」에서 후쓰의 주장을 정면으로 반박했지만, 그렇다고 문제가 해결된 것은 아니었다. 그럼에도 이들 논쟁은 우리에게 많은 영감을 주었다. 특히 장타이옌의 주장이 그러하다.

1560) 閻步克, 『士大夫政治演生史稿』, 北京:北京大學出版社, 1996, 44쪽.

유儒라는 이름은 수需에서 비롯되었다. 수는 하늘에 있는 구름을 가리키는데, 유도 천문을 알고 가뭄과 장마를 예측할 수 있었다. …… 장자는 유자가 둥근 관을 쓰고 있는 것은 하늘의 때를 안다는 표시이고, 모난 신을 신고 있는 것은 땅의 현상을 안다는 표시이고, 오색실로 구슬을 꿰어 차고 있는 것은 일을 하게 되면 결단을 내린다는 표시라고 했다. 별에게 춤을 추고 탄식하며 비를 구하는 사람을 유라고 했음을 설명해준다. 그래서 증석曾晳이 사납게 춤을 추며 비를 구했고, 원헌原憲이 화관을 쓰고 미처 날뛰었다. 모두 분노하여 제사를 지내며 귀신을 물리치고자 하였다.[1561]

그는 유를 비를 구하는 무巫와 연결 짓고, "유"가 "수"보다 나중에 생긴 글자라고 단정했다. "수"는 곧 "유"였다. "유"의 유래를 설명하는데 좋은 근거를 제시했다.

1970년대 중반, 쉬중슈徐中舒(1898~1991)는 갑골문에서 "수需"자를 발견하고, "수"가 원시 시대의 "유儒"라고 하였다. "유는 은상 시대에 이미 존재했다. 이것은 역사상 유가와 일맥상통하는 근원 관계를 가진다."[1562] 쉬중슈는 "수"는 갑골문에서 온몸이 비에 흠뻑 젖은 형상이다. 『예기』〈유행儒行〉에서 "유는 몸을 씻고, 덕을 씻는 것이다."라고 한 것과 같다. "몸을 씻는 것은 목욕이고, 덕을 씻는 것은 재계이다." "유"의 초기 신분은 목욕재계의 필요가 있는 제사 활동과 관련이 있다고 보았다. 또한 그는 "목욕재계를 일종의 원시적인 종교 의식으로 간주하는 것은 보기 드문 일이 아니다. 불교에서는 관정국사灌頂國師라고 하고, 천주교에서는 신부도 사람들에게 세례를 해준다. 갑골문에서 유儒자의 원래 뜻은 유濡로 우리에게 이 같은 역사 사실을 밝혀주고 있다. 유가의 기원은 결코 반고가 말한 '유가의 유파는 사도司徒의 관직에서 나왔다. 유가들은 가문의 대인과 나라의 임금을 돕고, 음양을 따르고 교화를 밝히는

1561) 章太炎, 『章太炎學術史論集』, 北京:中國社會科學出版社, 1997, 192~193쪽.

1562) 徐仲舒, 「甲骨文所見的儒」, 『四川大學學報(哲學社會科學版)』1957第4期. 이 글은 각각 『先秦史論稿』, 成都:巴蜀書社, 1992과 『先秦史十講』, 北京:中華書局, 2009에 실렸다.

자'들이 아니다. 은상 시대에 노예주와 귀족을 대신해서 접대와 전례, 조상에 제사 지내는 일, 신과 관련된 업무, 장례, 주례를 맡은 사람이 바로 최초의 유가였다."[1563]라고 하였다. 이런 견해는 장타이옌이 『장자』를 근거로 해서 얻은 "별에게 춤을 추고 탄식하며 비를 구하는 사람을 유라고 한다."와 사고 맥락은 같지만, 결론은 조금 다르다.

"수"의 자형과 의미 및 현존하는 관련 문헌을 분석하면 장타이옌의 주장이 조금 더 설득력이 있어 보인다.

"수"는 갑골문에서 "�"(1기, 『乙』 7751), "𡔇"(1기, 『京』 2069), "𡔇"(1기, 『佚』 704)로 나타난다. 夻, ¦¦ 또는 ¦ʹ을 따른다. "夻"은 사람이 반듯이 서있는 형상이다. 오늘날의 "大"의 초기 형상이다. "¦¦" 혹은 "¦ʹ"은 두 가지로 해석할 수 있다. 하나는 "水"의 줄임형이다. 그럼 "수需"는 "유濡"의 초기 글자가 된다. 온 몸이 물에 흠뻑 젖은 형상이다. 다른 하나는 "우雨"의 줄임형이다.[1564] 그렇다면 "수需"와 "탄식하며 비를 구"하는 "유儒"는 어원상으로 관련이 있다. 동시에 금문 "雯"(『孟簋』), "雯"(『白公父簋』)의 자형과도 서로 일치한다.[1565]

허신許愼(약 58~147)은 『설문』에서 "수需는 수須이다. 비를 만나 피하지 않는 것이 수須이다. 우雨를 따라 음을 삼았다. 『역』에서는 '하늘에 구름이 있는

[1563] 徐仲舒, 『先秦史十講』, 北京:中華書局, 2009, 183쪽.

[1564] "우"는 갑골문에서 𤅀(『粹』 666), 𤄃(『乙』 9104), 𤄃(『佚』 247)로 나타났다. "빗방울이 하늘에서 떨어지는 형상이다. 一은 하늘을 나타낸다. 혹은 一을 생략하고 ¦¦, ¦ʹ으로 나타나기도 한다."(徐中舒 主編, 『甲骨文字典』卷11, 成都:四川辭書出版社, 1988, 1240쪽) 예를 들어, 徐山은 "徐中舒 선생이 인정한 '需'의 갑골문과 금문을 대조하였는데 큰 차이가 있었다. 갑골문에서 인정한 자형이 정말 '수'자였을까? 이에 대해 필자는 여전히 의심이 든다. 우리는 '수'의 원형이 금문에서 나타난 위는 우이고 아래는 사람의 형상이라고 생각한다. 그러나 徐中舒 선생이 인정한 '수'에 갑골 문자체가 있고, 일종의 줄임형이라고 해도, 사람 형상의 주위에 있는 3~4개의 점은 원래 빗방울을 의미한다. 『설문』에 나타난 篆書 '수'는 위가 雨이고 아래는 而이다. 전서 아래에 있는 '이'는 금문의 아래에 있는 '天(사람 형상)'의 잘못된 변형이다."라고 하였다.(「儒的起源」, 『江海學刊』 1998年第4期)

[1565] 어떤 의미에서 볼 때, 금문자형이 더 문자의 생성 특징을 잘 보여준다고 할 수 있다. 裴錫圭는 "갑골문은 당시의 비교적 특수한 속자이고, 금문자가 대체로 당시의 정자였다고 할 수 있다. 이른바 정자는 비교적 정중한 장소에서 사용했던 표준 글자였다. 반면 속자는 일상에서 사용했던 간편한 글자였다."라고 하였다.(『文字學槪要』, 北京:商務印書館, 1988, 42~43쪽.

것이 수需이다.'라고 하였다."[1566] "수需"는 "우雨"를 따른다. 『설문』에서 "우"
는 "구름에서 물이 내리는 것이다."라고 해석했다. "무릇 비는 모두 우를 따른
다."[1567] 그래서 장타이옌이 비를 구하는 무巫를 "수"라고 해석한 것은 일리가
있다. 『논어』〈선진〉에는 공자의 제자들이 각자의 의견을 발표한 것이 실려
있다. 그중에서 증석曾晳이 "늦은 봄에 봄옷을 입을 때가 되면 관자 5, 6명과
동자 6, 7명과 함께 기수에서 목욕하고 무우舞雩에서 바람 쐬고서 노래를 부
르며 돌아오고 싶습니다."[1568]라고 하자, 공자가 크게 칭찬하였다. 그리고 "무
우"는 노나라에서 비를 구하는 단이다. 오늘날 취푸曲阜 동남쪽에 위치해 있
다. "기수에서 목욕하다."도 비를 구하기 전에 했던 목욕과 서로 일치한다.
"우雩"는 『설문』에서 "하나라 때 적제赤帝에 제사하며 비를 구했다."[1569]라고
하였다. 『주례』〈춘관·사무司巫〉에서 "사무司巫는 모든 무당의 정령政令을 관
장한다. 나라에 큰 가뭄이 들면, 모든 무사巫師를 이끌고 기우제를 올렸다."라
고 하였다. 그리고 주를 달고 "우雩는 가뭄에 제사 지내는 것이다."[1570]라고
하였다. 『예기』〈제법祭法〉에는 "우종雩宗은 장마와 가뭄에 제사 지내는 것이
다."라고 하였다. 그리고 주에서 "기우제에서 탄식하여 말하는 것이다."[1571]라
고 하였다. 『춘추공양전春秋公羊傳』〈환공 5년〉에서는 "대우大雩는 무엇인가?
가뭄에 제사 지내는 것이다."라고 하고, 주에서 "우는 가뭄에 비를 구하는 제
사의 이름이다. …… 남자아이 8명과 여자아이 8명이 춤추고 탄식하는 것이
다. 그래서 우라고 부른다."[1572]라고 하였다. 『이아』〈석훈釋訓〉에서 "무호舞號
는 우雩이다."라고 하고, 곽박郭璞이 주를 달고 "우제雩祭에서 춤추는 자가 탄

1566) 許愼, 『說文解字』(注音版)卷11下, 〈雨部〉, 長沙:岳麓書社, 2006, 242쪽. "雨를 따르고,
   음은 而다." 段玉裁는 주에서 "雨와 而를 따른다."라고 하였다.
1567) 許愼, 『說文解字』(注音版)卷11下, 〈雨部〉, 241쪽.
1568) 何晏 集解·邢昺 疏, 『論語注疏』卷11, 〈先進〉, 十三經注疏本, 2500쪽.
1569) 許愼, 『說文解字』(注音版)卷11下, 〈雨部〉, 長沙:岳麓書社, 2006, 242쪽.
1570) 鄭玄 注·賈公彦 疏, 『周禮注疏』卷26, 『春官』, 〈司巫〉, 十三經注疏本, 816쪽.
1571) 鄭玄 注·孔穎達 疏, 『禮記正義』卷46, 〈祭法〉, 十三經注疏本, 1588쪽.
1572) 何休 解詁·徐彦 疏, 『春秋公羊傳注疏』卷4, 〈桓公五年〉, 十三經注疏本, 2216쪽.

식하며 비를 구하는 것이다."[1573]라고 하였다. 모두 탄식하며 비를 구하는 것으로 우제를 해석했다. 그래서 천명자陳夢家(1911~1966)는 다음과 같이 말했다.

> 무巫가 한 일은 춤을 추고 울며 강신降神하여 비를 구하는 것으로, 춤을 추는 사람을 무巫라고 하고, 그 동작을 무舞라고 하였다. 그리고 비를 구하는 제사 행위를 우雩라고 하였다. 『설문』에서 "하나라 때 적제赤帝에 제사하며 비를 구했다."라고 하였다. 『월령月令』에서 "대우제大雩祭에서 성대한 음악을 사용하였다."라고 하고 정현은 주에서 "우雩는 탄식하며 비를 구하는 제사이다."라고 하였다. 『이아』〈석훈〉에서는 "무舞는 우제雩祭에서 탄식하는 것이다."라고 하고, 곽박郭璞이 주를 달고 "우제雩祭에서 탄식하고 춤추는 자가 탄식하며 비를 구하는 것이다."라고 하였다. 『석문釋文』에서는 손염孫炎이 "우제에는 춤이 있고 탄식이 있다."라고 한 것을 인용하였다. 『주례』〈사무司巫〉에서는 "나라에 큰 가뭄이 들면, 모든 무사를 이끌고 기우제를 올렸다."라고 하고, 주에서 "우는 가뭄에 제사 지내는 것이다."라고 하였다. 이상에서 단비를 기원하고, 비를 구하고, 비를 바라고, 가뭄에 제사 지낸다고 하였는데 모두 우의 행위이다. 그리고 탄식하고 크게 우는 것은 춤을 출 때의 노래이다. 무巫, 무舞, 우雩, 우吁는 모두 동음이다. 모두 비를 구하는 제사에서 파생된 것이다.[1574]

사실 무巫, 무舞, 우雩, 우吁만 동음이 아니라, 우雩와 수需도 상고 시대에는 동음이었다. 중고 시대에는 여전히 우부虞部 상평성上平聲이었고, 둘의 의미가 서로 상통했다. 만약 "우雩"가 "가뭄에 비를 구하던 제사의 이름"이었다면, "수需"는 "별에게 춤을 추고 한탄하며 비를 구하는 사람"이었을 것이다. 『주례』의 기록에 따르면, "여무女巫는 매년 세시가 되면 불길한 것을 제거하려고 강가에서 목욕을 하였고, 가뭄이 들면 우제雩祭에서 춤을 추었다."[1575]라고 하였다. 즉, 기우제에서 춤을 추는 사람은 여무였다. 그래서 옛사람들의 관념에

1573) 郭璞·邢昺 疏, 『爾雅注疏』卷4,〈釋訓〉, 十三經注疏本, 2591쪽.

1574) 陳夢家, 『殷墟卜辭綜述』, 北京:中華書局, 1988, 600~601쪽.

1575) 鄭玄 注·賈公彦 疏, 『周禮注疏』卷26, 『春官』,〈女巫〉, 十三經注疏本, 816쪽.

서 "여무가 기우제에서 춤을 추는 것을 숭음崇陰이라고 하였다."[1576] 춘추 시기
에 노 희공僖公(재위 기간은 기원전 659~627), 노 양공襄公(재위 기간은 기원전 572~
542), 전국 시기의 노 무공繆公(재위 기간은 409~377) 때에 모두 여무가 기우제
에서 춤을 추면서 비를 구하거나 또는 비를 구하지 못하면 불에 태워 죽였다
는 기록이 남아 있다.[1577] 이것을 원시 제례의 잔재라고 볼 수 있다.[1578]

이상을 통해, 가뭄에 비를 구하며 춤을 추는 것은 여무의 직무였음을 알
수 있다.[1579] 또는 여기에 함께 춤을 추는 남녀 아이들을 덧붙일 수 있다. 이들
은 모두 사회 약자들이었다. 그래서 "수需"의 "유儒", "유濡", "유孺", "연蠕",
"나懦", "나糯" 등은 모두 온순하고 연약하다는 의미를 가지고 있다. 정현은
『예기』〈유행〉의 주에서 "〈유행〉은 도덕을 가진 자가 행동하는 것을 기록한
것이다. 유儒를 뛰어나고 부드럽다고 말하는 것은 능히 사람을 편안히 하고
사람을 복종시킬 수 있기 때문이다. 또 유儒를 적신다고 하는데, 선왕의 도로
써 능히 그 몸을 적실 수 있기 때문이다."[1580]라고 하였다. 이것은 가뭄에 비를
구하는 제사의 "수"(유)가 도덕 수양과 인격 유형의 측면으로 파생된 것이다.
후쓰胡適는 바로 이 점을 고려했다. 그래서 『설문해자』에서의 유儒에 대한 해
석을 근거로[1581] 대담하게 가설을 제시했다. 유는 은나라 민족의 교사이고, 주

1576) 鄭玄 注·賈公彦 疏, 『周禮注疏』卷26, 『春官』, 〈女巫〉, 十三經注疏本, 816쪽.

1577) 예를 들어, 『좌전』〈僖公二十一年〉에는 "여름에 가뭄이 들자 임금이 巫史를 불태워 죽이고
   자 하였다."라고 나와 있다. 『예기』〈檀弓下〉에는 "날이 가물자 목공이 현자를 불러서 '오랫동
   안 비가 오지 않으니, 무사를 불태워 죽이고자 하오. 어떻겠소?'라고 물었다."라고 하였다.

1578) 은상 시기에 춤을 추며 비를 구한 것에 대한 기록이 남아 있다. 예를 들어, 郭沫若이 지은
   『甲骨文合集』(北京:中華書局, 1976~1983) No.12819에는 "경인일에 점을 치고, 갑오일에 연
   주하고 춤을 추며 비를 구했다. 경인에 점을 치고, 계사일에 연주하고 춤을 추며 비를 구했다.
   경인에 점을 치고 신유일에 연주하고 춤을 추며 비를 구했다."라고 나와 있다.

1579) 陳夢家는 "상나라 때의 女巫는 단지 기우제에서 춤을 추는 기예꾼에 불과했다. 종교 무술의
   권력을 갖지 못했다."라고 하였다.(「商代的神話與巫術」, 『燕京學報』二十期, 1936)

1580) 鄭玄 注·孔穎達 疏, 『禮記正義』卷41, 〈儒行〉, 十三經注疏本, 1668쪽. 후세인들은 정현
   의 영향을 받아 "문을 일삼는 것(선왕의 도)을 익히고 배워 자신의 몸을 적시고 빛나게 했다."로
   "儒"를 해석했다.

1581) 許愼은 『說文解字』에서 "유는 부드러움이다. 술사를 이르는 칭호이다."라고 하였다.

나라에 의해 멸망한 뒤 유민으로 전락했지만, 여전히 장례와 상례를 주관했다. 그래서 유의 인생관은 "망국 유민의 유약한 인생관이었다." 그리고 공자의 가장 큰 공헌은 바로 이런 은나라 유민의 유약함을 "인의 실현을 자기의 임무로 여기는 것"으로 확대하여 유의 성격을 근본적으로 바꾸었다는 데 있다.[1582] 이런 결론은 주로 공자와 예수의 역할 대조를 기초로 한 가설을 통해 얻어진 것이기 때문에 학계에서는 받아들이지 않았다. 그러나 은상 시대에 이미 유가 존재했고, 춘추 시대에 공자로 대표되는 유가 은나라 민족의 유에서 비롯되었으며, 유의 발전에 인생관의 변화가 있다는 그의 가설은 우리가 눈여겨볼 필요가 있다. 그런데 궈모뤄는 후쓰의 주장에 반대하며 "진나라 이전에 술사를 유라고 불렀다는 증거가 없다."라고 하였다. "유는 원래 추 땅과 노나라의 선비들과 유학자들을 이르는 칭호였다." 그것은 공자 이전부터 존재했다. 그러나 춘추 시대의 역사 산물이고 서주의 노예제가 점차 붕괴되는 과정에서 나타난 결과이다." "유의 본래 의미는 부드러움이었다. 그러나 본래 노예로서 복종하는 정신의 유약함이 아니라, 본래 귀족이어서 자연스럽게 나오는 강인한 부드러움이었다."[1583] 궈모뤄의 결론에 대해서는 논의가 필요하지만, 그가 유를 사회 역사 문화 발전의 큰 배경 속에 놓고 고찰했다는 점은 아주 올바른 방법이기에 우리가 본받을 만하다.

결론적으로 말하자면, "사"와 "유"의 신분 변화를 통해 중국 초기 지식인의 신분 유래를 연구하는 것은 올바른 방법이다. 그러나 중국 초기 지식인 탄생의 필요조건을 설명하기에는 여전히 부족하다. 그래서 다른 연구를 통해 보충할 필요가 있다.

1582) 胡適, 「說儒」, 『中央研究院歷史語言研究所集刊』 1934年 12月 참고.
1583) 郭沫若, 『郭沫若全集』 歷史編 第1卷, 「駁〈說儒〉」, 北京 : 人民出版社, 1982, 456~458쪽.

제2절 "祀"와 "敎": 중국 초기 지식인의 직업 윤리

만약 "사"와 중국 지식인의 발생이 신분상에서 어느 정도 관련이 있다면, "유"와 중국 지식인의 발생은 정신상으로 더 큰 관련이 있다고 할 수 있다. 이 문제에 대해서는 사회 역사 문화 발전의 큰 테두리 속에서 고찰해야지만 제대로 이해할 수 있다.

옛사람들에게 있어서 "국가의 대사는 제사와 군대에 달려 있었다."[1584] 이 말은 적어도 상나라에서 서주 시대까지 아주 오랜 역사 기간의 사회 상황을 말해준다. 원시 종교가 인위적인 종교로 바뀐 이후, 자유 신앙은 조직적인 신앙으로 바뀌었다. 그래서 "제사"는 일종의 권리가 되었고, 그것도 천지 귀신과 소통하는 권리가 되었다. 이 권리를 가지는 사람이 사회를 통치하는 합법적인 지위를 얻을 수 있었다. 그래서 통치자들은 자연스럽게 "제사"를 국가 대사로 보게 되었다. 상왕이 제사를 중시했던 것이 이 점을 설명해준다. 또 다른 측면에서 보면, 씨족 사회가 아직 충분히 와해되지 않고, 사회 제도가 아직 완전하지 않은 상황에서 무력을 통한 정복은 사회를 통제하는 가장 효과적인 수단이었다. 그래서 "군대"도 자연스럽게 국가 대사가 되었다. 상나라 때 무예를 숭상하는 분위기가 짙었던 것을 우리는 익히 알고 있다. 서주 시대에 이르러서도 통치자들은 여전히 귀족 자제들의 군사 교육을 중시하였다. 구제강이 말한 것처럼, 서주의 "육예" 교육은 대부분이 무예였다. 교관을 맡은 사씨, 보씨도 군대의 고급 장교였다. 왜냐하면 귀족들은 국가 사무를 관리하는 권리와 함께 창과 검으로 사직을 지킬 의무가 있어서 귀족 자제들이 군사 능력이 없으면 자신들의 정치적 지위를 잃게 되기 때문이었다. 이런 의미에서 볼 때, 구제강이 중국 고대 하급 귀족이었던 사가 모두 무사였다고 한 주장은 아주 정확하다.[1585] 그러나 서주의 주공이 "예악을 제작"하고 종법 정치 제도가 점차 완성

[1584] 杜預 注·孔穎達 疏, 『春秋左傳正義』卷27, 〈成公十三年〉, 十三經注疏本, 1911쪽.

[1585] 徐仲舒 "초기의 사는 직업 군인이었다. 평소에는 궁궐을 경비하고 전시에는 군을 따라 출정하였다. 전차부대의 주력군이었다."라고 하였다.(『先秦史論稿』6, 成都:巴蜀書社, 1992,

된 후에, 특히 성강成康이 "군사 활동을 멈추고 문치 교화에 힘쓰고", 예악
문화의 건설을 중시한 이후에 "예악으로 장식하는" 현실적 수요가 날로 절실
해지면서 사에 대한 사회 문화의 요구가 끊임없이 높아지고, 귀족 자제의 교
육에서 문화 요소도 눈에 띄게 강화되었다. 이른바 "악정은 사술四術을 숭상하
여 사교四敎를 세웠다. 선왕이 제정한 『시』, 『서』, 『예』, 『악』에 따라 선비를
배양했다. 봄과 가을에는 『예』와 『악』을 가르쳤고, 겨울과 여름에는 『시』와
『서』를 가르쳤다."[1586]라고 한 것도 이런 변화를 반영한다. 그래서 위잉시余英
時는 "주나라 귀족 자제의 교육은 문무를 겸비했다."[1587]라고 하였다. 이 말도
충분한 역사적 근거를 가진다. 사에 대한 사회적 요구 및 사 계층의 소질 변화
의 측면에서 중국 지식인의 유래를 연구하면 문사가 무사로부터 탈변했다는
결론을 얻을 수 있다. 이 역시 아주 이치에 맞는 것이다.

그러나 중국 고대 문화 전통의 측면에서 볼 때, "제사"는 어쩌면 "군대"보
다 더욱 중요했을지도 모르겠다. 왜냐하면 "제사"는 중국 고대 문화의 원천이
자 사회 신앙의 축소판이기 때문이다. 일단 사회가 기본적으로 형성되면 결코
무력으로만은 유지해 나갈 수 없다. 이와 동시에 사회 구성원들을 정신적으로
통제해야 한다. 그렇지 않으면 결코 오랜 기간 안정적으로 사회를 유지해 나
갈 수 없다. 상고 시대, 사람들이 모여 사는 곳에 몸을 의탁할 것이 없어서
자유 신앙이 가능했다. 이른바 천지가 상통하고 민간 잡신이 섞여 있고 종교
제사는 개인의 정신적 의탁에 불과했다. 그러나 계급 사회에 진입하면서 통치
계급은 사회 재산을 독점하는 한편, 사회 신앙도 독점하여 제사 활동은 종교
활동이자 정치 활동이 되었다. 누가 누구를 제사 지내냐 하는 것은 지위와
권력의 상징이 되었다. 이것은 은허 복사에 기록된 상왕이 매우 빈번하게 제
사 활동을 벌였다는 기록과 주나라가 상나라를 멸망시킨 이후에도 계속 은나

114쪽).

1586) 鄭玄 注·孔穎達 疏, 『禮記正義』卷13, 〈王制〉, 十三經注疏本, 1342쪽.

1587) 余英時, 『士與中國文化』, 「古代知識階層的興起與發展」, 23쪽.

라 선왕을 제사 지내고 "제후에게 제사를 나누어 맡도록 했다."[1588]라는 것을 보면 어렵지 않게 알 수 있다. 만약 군사 정복이 통치자가 정치적 권위성을 얻는 물질적 기초라고 한다면, 제사의 독점은 그들이 정치적 합법성을 얻는 정신적 무기였다. 정권을 얻는 과정에서 전자가 굉장히 중요하다. 그러나 정권을 공고히 하고 정권을 구축하는 과정에서는 후자를 결코 소홀히 할 수 없다. 이른바 "천자가 상제上帝를 제사 지낼 때, 제후가 모여서 명을 받는다. 제후가 선왕과 선공을 제사 지낼 때, 경대부가 이를 돕고 임무를 받는다."[1589]는 말은 바로 이를 의미한다. 그래서 상주의 통치자들은 제사를 군대보다 더 중요한 자리에 두었다. 제사를 책임지는 관리도 이에 상응하는 높은 사회적 지위를 얻었다.

국가에서 제사를 중시한 사실은 관청의 설치에서도 나타난다. 『예기』〈곡례〉에 다음과 같은 기록이 있다.

> 천자가 천관天官을 설치할 때, 먼저 육대六大를 세운다. 이르기를 대재大宰·대종大宗·대사大史·대축大祝·대사大士·대복大卜이라 하며, 이들이 여섯 가지 법을 분담한다. 천자의 오관五官을 이르기를 사도司徒·사마司馬·사공司空·사사司士·사구司寇라고 하며, 이들은 오관부의 여러 관원과 속리의 무리를 맡아 다스린다. 천자의 육부六府를 이르기를 사토司土·사목司木·사초司草·사기司器·사화司貨라고 하며, 이들은 육부의 세계를 맡아 다스린다. 천자의 육공六工을 이르기를 토공土工·금공金工·석공石工·목공木工·수공獸工·초공草工이라 하며, 이들은 육부의 재료를 맡아 다스린다.[1590]

여기에서 천자가 우선적으로 설치한 천관 육대는 바로 제사와 관련이 있는데, 종宗·사史·축祝·복卜은 두말할 필요도 없다. "대사大士"에 관해서는

1588) 墨翟 撰·畢沅 校注, 『墨子』卷8, 〈明鬼下〉, 二十二子本, 249쪽.
1589) 徐元誥, 『國語集解』〈魯語上〉, 146쪽.
1590) 鄭玄 注·孔穎達 疏, 『禮記正義』卷4, 〈曲禮〉, 十三經注疏本, 1261쪽.

공영달(574~648)이 "대사는 사사司士, 사사士師, 경사卿士와 다르다. 그 아래에 사사司士와 사구司寇가 있다. 그래서 사사, 경사와 다른 것을 알 수 있다. 대축 大祝, 대복大卜과 관련이 있다. 모두 신을 관리하는 관리였다. 그래서 신사神仕 를 알았다."[1591]라고 해석했다. 대재는 천관 육대의 으뜸으로 그 주요 업무는 천지 귀신과 소통하고 제사와 관련된 업무를 관장하는 것이다. 천자 오관의 업무는 무사武事였다. 예를 들어, 사도는 주로 제자들을 가르쳤고, 사마는 정 벌에 나섰고, 사구는 도적을 제거했다. 은상의 관제 설치는 "제사"와 "군대"를 중시했던 특징을 잘 보여주고 있다.

사회의 발전과 진보에 따라, 주나라 초기 통치자들은 "천명이 영원하지 않음"을 깨닫고, 인간사에 더욱 관심을 갖게 되었다. 종, 사, 축, 복의 지위는 점차 하락하게 되었다. 천관 대재의 직무도 점차 변화가 생기게 되었다. 『주 례』〈천관〉에 따르면,

> 대재大宰의 직책은 나라의 육전六典을 세워서 임금을 보좌하여 나라를 다 스리는 일을 관장한다. 첫째는 치전治典이니, 나라를 경영하고, 관부를 다스 리고, 만민을 벼리 한다. 둘째는 교전教典이니, 나라를 안정시키고, 관부를 교화시키고, 만민을 길들인다. 셋째는 예전禮典이니, 나라를 화평하게 하고, 백관을 통솔하고, 만민을 화합하게 한다. 넷째는 정전政典이니, 나라를 평정 하고, 백관을 바르게 하고, 만민을 고르게 한다. 다섯째는 형전刑典이니, 나라 를 경계하고, 백관을 형벌하고, 만민을 바로잡는다. 여섯째는 사전事典이니, 나라를 부하게 하고, 백관에게 맡기고, 만민을 살게 한다.[1592]

천관 중 이미 대종·대사·대축·대사·대복은 없어졌고, 이들은 대부분 춘관春官으로서 전해지게 되었다. 동한 시대의 정현鄭玄(127~200) 이후부터 역대 학자들은 이상에서 언급한 『예기』〈곡례〉에 실린 관제는 은상의 제도이

1591) 鄭玄 注·孔穎達 疏, 『禮記正義』卷4, 〈曲禮〉, 十三經注疏本, 1261쪽.

1592) 鄭玄 注·賈公彦 疏, 『周禮注疏』卷2, 十三經注疏本, 645쪽.

고, 『주례』 〈천관〉에 실린 것은 주관周官의 제도라고 널리 생각했다. 『주례』에
서 언급한 천관 대제大宰가 장악한 "나라의 육전을 세운 것"과 『예기』에서 언
급한 천관 육대六大가 주관한 "육전"은 분명 다른 내용이다. 구제강(1893~
1980)이 말한 바와 같이 "'천관天官'은 〈곡례〉에서 신직神職이라고 하고, 〈주관
周官〉에서는 황제의 궁전에서 일을 집행하는 관직이라고 하였다. 양자는 '신
神'과 '인人'의 사상에서 큰 차이가 있다." 비록 구제강이 〈곡례〉에서 말한 것
이 은상의 제도라는 것에 동의하지는 않았지만, "〈곡례〉는 비록 어지럽고 두
서없지만 실제 옛 문장이 보존되어 있어서, 겉으로 보기에는 체계적이지만
실제로는 짜깁기하고 위작한 〈주관〉보다 뛰어나다.[1593]라고 생각했다.

　여기서 〈주관〉(즉, 『주례』)이 서주 역사에 얼마나 부합하는지, 얼마나 위작
됐는지는 다루지 않겠다. 단지 〈곡례〉의 천관인 신직에서 〈주관〉의 천관이
인간사에 관심을 갖게 된 것으로 볼 때, 이들은 어느 정도 역사적 근거를 갖고
있으며 역사적 사실을 반영하고 있다고 할 수 있다. 천자와 관리가 신을 중시
하던 것에서 인간사를 중시하게 된 것과 종, 사, 축, 복의 지위가 하락한 것은
사회 생산력의 발전과 인류의 자연 통제력이 강화된 것을 의미한다. 또한 사
회 정치의 진보를 나타낸다. 사마천(기원전 145~?)이 〈보임안서報任安書〉에서
"역사, 천문, 역법은 점쟁이나 무당에 가까웠다. 원래 왕의 손에서 제멋대로
부려지는 광대로 길러졌으며, 세상 사람들에게 업신여김을 당하였다."[1594]라
고 한 것은 물론 서한 시대의 상황을 말한 것이다. 그러나 종, 사, 축, 복이
은상 시대에 천자가 우선으로 고려하여 설치한 "천관 육대"에서 "왕의 손에서
제멋대로 부려지는 광대로 길러졌으며, 세상 사람들에게 업신여김을 당하게"

1593) 顧頡剛, 「"周公制禮"的傳說和〈周官〉一書的出現」, 『文史』第6輯, 北京:中華書局, 1979,
　　23쪽. 근대 시대의 학자들은 『주례』에 적지 않게 의심을 가졌다. 그러나 최근 고고학계의
　　발굴로 『주례』의 신뢰도를 높여주었다. 李學勤은 "『주례』는 『좌전』처럼 오랜 역경을 거쳐 왔고,
　　그 내용도 유물 연구를 통해 점점 증명되고 있다. 머지않아 학술계에서 인정을 받게 될 것이다."
　　라고 하였다.(『李學勤集』, 哈爾濱:黑龍江教育出版社, 1989, 4쪽) 그래서 필자는 이들 자료를
　　대담하면서도 신중하게 사용해야 한다고 생각한다.
1594) 班固, 『漢書』卷六十二, 〈司馬遷傳〉, 二十五史本, 618쪽.

된 것은 하루아침에 일어난 일이 아니다.

앞에서 "수需"가 기우제에서 비를 구하는 무巫라고 하였다. 은상 시대는 귀신을 섬기던 시대였다. 상왕은 제사 활동을 국가의 중요 대사라고 생각하고 모든 것을 귀신에게 묻고 점을 쳤다. 구제강(1893~1980)은 이를 두고 "귀치주의鬼治主義"[1595]라고 하였고, 딩산丁山(1901~1952)은 "신권정치神權政治"[1596]라고 하였다. 공자가 말한 바와 같이 "은나라 사람들은 신을 섬기며 신법으로 백성을 다스렸다. 먼저 신을 섬긴 뒤에 예를 다하며, 먼저 벌을 주고 후에 상을 내렸다. 높이되 친하지 않았다."[1597] 그래서 제사를 책임졌던 무, 축, 복, 사는 사회적으로 높은 지위를 가졌다. 『상서』〈군석君奭〉에서는 주공이 "내가 들은 바, 옛날 탕왕湯王께서 명을 받으시니 그땐 이윤伊尹 같은 분이 계시어 하늘의 뜻에 맞도록 하셨으며, 태갑太甲에게는 그때에 보형保衡 같은 분이 계셨으며, 태무太戊에게는 이척伊陟과 신호臣扈 같은 분이 계시어 하느님의 뜻에 맞도록 하셨고, 무함巫咸이 임금의 나라를 다스리셨으며, 조을祖乙에게는 무현巫賢 같은 분이 계셨으며, 무정武丁에게는 감반甘盤 같은 분이 계셨다. 이에 늘어선 사람들을 거느리고 은나라 임금을 보호하고 다스렸다."[1598]라고 한 것이 실려 있다. 여기서 언급한 은왕을 보좌한 신하들은 대부분 "하늘과 상제의 뜻에 맞도록" 했고, 이윤, 무함, 무현 등은 모두 유명한 큰 무당이었다. 사실, 상고 시대에는 "임금과 관리가 모두 무당에서 나왔고"[1599] "은나라 사회에서 왕과 무당은 정치 권력을 움직이고 점복을 주관했다. 그래서 이런 복사도 정사에 대한 결정을 기록한 것이라고 볼 수 있다."[1600] 어떤 의미에서 볼 때, 상왕은 "정치 지도자였지만 동시에 무당의 우두머리였다."[1601] 사회 생산력이 낮았던

1595) 顧頡剛, 『盤庚中篇今譯』, 『古史辨』第2冊, 上海:上海古籍出版社, 1982, 44쪽.

1596) 丁山, 『商周史料考證』, 北京:中華書局, 1988, 64쪽.

1597) 鄭玄 注·孔穎達 疏, 『禮記正義』卷54, 〈表記〉, 十三經注疏本, 1642쪽.

1598) 孔安國 傳·孔穎達 疏, 『尙書正義』卷16, 〈君奭〉, 十三經注疏本, 224쪽.

1599) 李宗侗, 『中國古代社會史』, 臺北:華岡出版社, 1954, 118쪽.

1600) 陳夢家, 『殷墟卜辭綜述』, 北京:中華書局, 1988, 46쪽.

은상 시대에 농업의 수확은 대자연에서 얻는 은혜였다. 가뭄을 만나면 사무司巫가 무당을 이끌고 춤을 추고 탄식하며 비를 구했다. 때때로 상왕이 직접 기우제를 주재하면서 "무당의 우두머리"로서 직책을 다했다. 탕왕이 목욕재계 후 비를 구했다는 일화가 이를 증명한다.[1602] 기우제가 무당의 중요한 업무였지만, 이뿐만이 아니었다. 무巫는 수需를 포함하지만, 수는 무를 포함할 수 없다. 이 역시 상고 문헌 중에 대부분이 무의 활동이고 수의 활동이 많지 않은 이유이다.

상나라 사회에서 무巫의 지위는 『예기』〈곡례〉에 천자가 천관을 지을 때, "육대六大"를 우선으로 했다는 기록으로 증명할 수 있다. 라오간勞干(1907~2003)은 "고대에 제사는 세 부류의 사람들이 도맡았다. 무, 축, 사이다. 그러나 의례는 태사가 통괄했다. 무, 축 두 글자는 갑골문에서 볼 수 있다. 무巫는 신악神幄에서 옥을 바치는 형상이다. 축祝은 제단 앞에 꿇어앉아 머리를 조아린 형상이고, 사史는 거북점을 치는 형상이다."[1603] 사실 무, 축, 사, 복, 종의 업무는 종교 제사에서 엄격하게 분업이 이루어진 것은 아니었다. 무사가 구분되지 않고, 복사가 구분되지 않는 현상이 자주 나타났다. 그래서 천몽자陳夢家(1911~1966)는 "복사에서 복, 사, 축은 각각의 역할이 있으나 잘 구분되지 않았다. 복사는 날씨의 길흉을 예측하거나 왕의 꿈을 점쳤다. 그 역할은 모두 무사였고 사가 관장하였다."[1604]라고 하였다. 은상 시대 "사"의 인식에 대해서 학술계의 의견이 제각각이다. 『상서』〈다사多士〉에는 "오직 은나라의 선인들

1601) 陳夢家,「商代的神話與巫術」,『燕京學報』二十期, 1936.
1602)『呂氏春秋』〈順民篇〉에는 "예전에 탕왕이 극하에서 천하를 바로잡을 때, 큰 가뭄이 들어 5년 동안 수확이 없자, 이에 몸소 뽕나무 숲에서 빌었다. 아뢰기를 '나 한 사람에게 죄가 있으니, 화가 만백성에게 미치는 일은 없어야 합니다. 설령 만백성에게 죄가 있다 해도, 그 책임은 저 한 사람에게 있습니다. 나 한 사람이 못난 것으로 인하여 상제와 귀신이 백성의 생명을 해치는 일이 있어서는 아니 되옵니다.' 그래서 머리카락을 자르고 손을 비비며 자신의 몸을 제물로 삼았다. 상제에게 복을 빌자 백성들이 크게 기뻐하고 큰비가 내렸다."라고 실려 있다. 이와 비슷한 내용이 『尚書大傳』,『淮南子』,『尸子』,『說苑』 등에도 나온다.
1603) 勞貞一,「古代思想與宗敎的一介方面」,『學原』1卷10期, 1948年, 南京.
1604) 陳夢家,「商代的神話與巫術」,『燕京學報』二十期, 1936年

만 책과 전이 있다."[1605]라고 하였다. 갑골복사에는 "작책作冊"(명문에는 "사책乍冊")이 상왕의 행사에 참가했다는 기록이 나와 있고, 은상 이기彝器인 〈사책반정乍冊般鼎〉, 〈사책반언乍冊般甗〉 명문銘文에도 상왕이 작책에게 상을 내렸다고 기록하고 있다. 천명쟈의 주장에 따르면, 이 작책은 곧 책을 장악한 사관史官이다. 갑골복사에는 자주 "공전工典"이라는 말이 나온다. 위성우於省吾(1896~1984)의 고증에 따르면, "공전工(貢)典은 제사를 지낼 때 전책典冊을 바치고 축고祝告하는 말이다."[1606] 『국어』〈노어상魯語上〉에는 "그러므로 공工과 사史는 세차世次를 기록하고, 종백宗伯과 대축太祝이 소와 목을 기록하는 데에 오히려 그 순서를 넘어설까 우려한다."[1607]라고 하였다. 위소韋昭(204~273)는 주에서 "공工은 고사관瞽師官(樂工)이고, 사史는 태사太史이고, 세世는 세차世次(代數)의 선후이다. 공은 그 덕을 암송하며, 사는 그 말을 기록한다."[1608]라고 하였다. 태사가 선왕에게 전해 받은 전적을 관장하고, 제사 활동을 기록하는 책임을 맡은 것을 알 수 있다. 이로 볼 때, "무"는 제사의 전 과정을 관리하고, "사"는 제사 내용을 기록하고 제사 관련 전책을 보관하는 역할을 하였다. 의미상으로 보면, "무사巫史"는 본래 하늘과 인간을 상통하게 하는 종교 사무를 책임지는 집단이었다. 그래서 천명쟈는 "축은 무巫이다. 그래서 '축사祝史', '무사巫史'는 모두 무이다. 그리고 사도 무이다."[1609]라고 하였다. 쉬중슈徐中舒(1898~1991)도 다음과 같이 말했다.

무는 고대 사회의 한 집단이다. 그들은 제사, 춤, 의료, 문자 등 종교 의식과 과학 기술을 관리했다. 그들은 고대의 지식인이고, 복은 그들에게 장악되었다. …… 중국 문자는 은나라 무사巫史 집단에서 비롯되었다. 은나라 제왕은 점복

1605) 孔安國 傳·孔穎達 疏, 『尙書正義』卷16,〈多士〉, 十三經注疏本, 220쪽.
1606) 於省吾, 『甲骨文字釋林』第4冊, 北京:中華書局, 1979, 2912쪽.
1607) 徐元誥, 『國語集解』,〈魯語上〉, 165쪽.
1608) 徐元誥, 『國語集解』,〈魯語上〉, 165쪽.
1609) 陳夢家,「商代的神話與巫術」, 『燕京學報』二十期, 1936年.

을 숭상하여 길흉화복을 검사하고 문자로 기록하게 하였다. …… 하나라에는 무사 집단이 없었다. 그래서 지금까지 하나라의 문자가 발견되지 않았다.[1610)

무사 집단은 상왕이 종교와 문화를 독점하는 도구였기에 그들은 당시 높은 사회적 지위를 누릴 수 있었다. 동시에 당시 사회의 최고 지식인 집단으로, "유"는 곧 그들 중 하나였다.

은상의 멸망은 사람들이 그동안 가지고 있던 천지 귀신이 인간 세상의 모든 것을 주재한다는 신념을 송두리째 흔들었다. 작은 나라인 주나라가 큰 나라인 은나라를 무찌르면서, 서주 통치자들은 "천명은 영원하지 않다."[1611), "하늘은 두렵지만 인간의 정성을 도울 뿐이니, 백성들의 마음은 명명백백하니 그것을 볼 줄 알아야 한다."[1612)는 이치를 깨달았다. 심지어 "하늘은 믿을 것이 못 된다. 나는 차라리 문왕의 덕을 잇겠다."[1613), "물을 거울로 삼지 말고, 백성을 거울로 삼는다."[1614)라고 하였다. 비록 서주 통치자들도 자주 천명을 논했지만, 그들이 진정으로 관심을 가진 대상은 인간이었다. 세속 사회의 방방곡곡에 관심을 갖고 "경덕敬德", "보민保民"하고자 하였다. 『상서』에 서주 통치자들의 수많은 지령이 남아 있다. 푸스녠傅斯年(1896~1950)은 『상서』〈주고〉12편의 사상을 다음과 같이 종합하였다.

무릇 천명을 고수하는 사람은 명덕을 존중하고 밝혀야 한다. 백성을 보호하고 형벌을 신중히 하며 부지런히 나라를 다스려야 한다. 선인의 고생하심을 잊지 않고, 곁에는 현명한 신하를 두며 간사한 이를 멀리해야 한다. 선왕의 교훈을 새기고 감시할 수 있는 기관을 두며, 안락을 추구하지 않고 음주가무에 빠지지 않아야 한다. 모든 일을 하늘에 맡기고 세상사에 의거하지 않고

하늘의 말에 따라야 한다. 하늘의 명을 구해야지만 덕을 행사할 수 있다.[1615]

서주 초기의 이런 사상은 근거 없이 나온 것이 아니었다. 강력하게 변하는 사회 현실의 영향뿐만 아니라, 선인의 사상은 좋은 참고가 되었다. 쉬중슈는 "조갑祖甲이 제도를 개혁한 것은 상나라 사회의 전환점이 되었다."[1616]라고 하였다. 이른바 제도 개혁이란 형이 죽으면 아우가 계승하는 것에서 아버지가 죽으면 아들이 계승하는 것으로 변한 것이다. 이로써 점복 제사 활동에도 많은 변화가 생겼다. 전해지는 갑골 점사로 볼 때, 조갑 이전에 제사의 대상은 매우 난잡했고 복문卜問에 포함되지 않는 것이 없었다. 그러던 것이 조갑 때부터 제사의 대상이 선왕으로 제한되고, 복문은 대부분 관례에 따른 공무였으며 복사 활동도 줄어들었다. 쉬줘윈許倬雲은 다음과 같이 주장했다.

복사卜事의 감소는 귀신의 영향력이 줄어든 반면, 인간사가 중시되었음을 의미한다. 사전祀典은 질서정연한 5종만이 남았고 차례로 선왕과 왕비를 제사 지냈다. 예의 절차도 증가했지만, 주술의 감소에는 미치지 못했다. 몇몇 선왕과 신하의 은퇴는 인귀人鬼와 신령神靈의 경계를 구분 짓게 하였다. 인간사를 중시하는 태도는 귀신에 대한 두려움으로 인한 숭배를 대신했다. 이것은 "신파新派" 제사가 대표하는 일종의 인도정신人道精神이었다.[1617]

이런 정신은 서주 통치자들이 천명 귀신에 대한 맹신을 감소시키고 인간사를 중시하게 만드는 데 직접적인 영향을 주었다. 그리고 은상 후기의 이런 신파 사상의 전파는 제사 활동을 주재하고 관련 자료(전책)를 보관했던 무사 집단과 무관하지 않다.

서주 통치자들이 인간사를 중시하며 비교적 완전한 종법 제도를 구축한

후, 사람들의 세속 윤리에 대한 관심은 귀신에 대한 관심을 넘어서게 되었고, 제사 문화도 예악 문화로 발전하게 되었다.[1618] 그렇다고 서주 통치자들이 더 이상 제사, 점복 등의 활동이 필요하지 않게 된 것은 아니었다. 단지 이런 활동이 이미 예악 문화의 건설에 복속되거나 보조, 유지하는 부차적인 자리로 밀려난 것이다. 세속 정치에 대한 중시는 귀신에 대한 의지와 신봉을 넘어섰다. 『주례』〈천관〉과 『예기』〈곡례〉에 나타난 천관 직무의 차이를 비교해 보면 어렵지 않게 알 수 있다. 이런 문화 배경 속에서 무사의 지위에도 변화가 생겨났다.

장야추張亞初와 류위劉雨의 서주 관제 연구에 따르면, 서주에는 주왕을 도와 정무를 처리하던 두 개의 부문이 있었다. "경사료卿事寮"와 "태사료太史寮"로 "양료집정兩寮執政"이라고 부른다. 태사료는 태사 및 그 관료들로 구성되어 있는데, 대축과 대복 등을 포함한다. 태사는 신사와 인간사를 관리했다. 한편으로는 국가의 전장 문서를 관리하고, 다른 한편으로는 제사·천문·역법 등을 관리했다. 태사에 소속된 사는 기록을 하는 관리였다. 초기 사관의 기록은 모두 점복과 관련이 있었고, 세속 정치의 발전에 따라 점차 인사 기록이 주요 내용을 차지하게 되었다. 이른바 천자가 "움직이면 좌사가 이를 기록하고, 말씀하면 우사가 이를 기록하는"[1619] 것이다. 태사료는 무사 집단에서 변화된 것이다. 이런 변화는 제사 문화가 예악 문화로 발전한 것을 의미한다.[1620] 은상 시기에 태사는 제사와 점복 활동을 진행하고, 전책을 기록하고 정리하는 임무가 있었다. 그래서 그들이 서주 시대에 인문 지식을 중시하는 환경에서 예악 문화를 기록, 정리, 보관, 전승하는 직책을 맡게 된 것을 쉽게 이해할 수 있다. 사실 태사가 서주 예악 문화의 전장 문서를 장악했기 때문에 후세인들은 종종 선진 제자의 사상 근원이 "사관史官 문화"로까지 거슬러 올라가는 것으로 보기도 하는데 이는 어느 정도 일리가 있다. 그러나 무사 집단에서 모든 사람이

1618) 陳來는 하나라 이전은 무격문화, 상나라는 제사문화, 주나라는 예악 문화라고 하였다. 『古代宗敎與倫理—儒家思想的根源』, 北京:生活·讀書·新知三聯書店, 1996, 8~12쪽 참고.

1619) 鄭玄 注·孔穎達 疏, 『禮記正義』卷29,〈玉藻〉, 十三經注疏本, 1473~1474쪽.

1620) 張亞初·劉雨, 『西周金文官制硏究』, 北京:中華書局, 1986 참고.

이런 변화에 적응한 것은 아니었다. 일부는 시대의 흐름을 따라가지 못해 원래의 직무를 고수하며 일부 제사, 상례의 업무만 했을 뿐이다.

『주례』〈천관〉에 나타난 대재의 직무와 『예기』〈곡례〉에 나타난 천관의 직무를 대조해보면, 천자가 우선으로 고려하여 설치한 귀신을 제사 지냈던 "천관 육대"는 이미 "임금을 도와 나라를 다스"린 "천관 대재"에 의해 대체되었다는 것을 알 수 있다. 그리고 대재에 소속된 관리는 틀림없이 옛 "천관 육대"인 축祝, 종宗, 복卜, 사史로부터 변화해 왔을 것이다. 은상 시대의 문화교육은 주로 제사와 점복을 배우는 것이었다.[1621] 그러나 『주례』의 대재가 주관했던 "육전"(육전治典, 교전敎典, 예전禮典, 정전政典, 형전刑典, 사전事典)은 예악 교화에서 중시되었다. 그 구체적인 직책은 "여덟 가지 법으로 관부를 다스리는 것", "여덟 가지 제도로 영토를 다스리는 것", "여덟 가지 권력으로 왕을 도와 신하들을 다스리는 것", "여덟 가지 규칙으로 왕을 도와 백성들을 다스리는 것", "아홉 가지 직무로 백성들을 임용하는 것", "아홉 가지 제도로 세금을 거두는 것", "아홉 가지 법칙으로 재물의 쓰임을 관리하는 것", "아홉 가지 공물법으로 제후국의 재물의 거두는 것", "아홉 가지 조화로운 방법으로 천하의 백성을 한데 묶는 것"이다. 이런 직무는 모두 세속 정치 사무로, 여기서 "아홉 가지 조화로운 방법"은 주로 목민 교화에 관한 직무이다. 구체적인 내용은 다음과 같다.

첫 번째는 목牧이다. 영토로서 백성의 마음을 얻는 것이다. 두 번째는 장長이다. 높은 작위로 백성의 마음을 얻는 것이다. 세 번째는 사師다. 현명함으로 백성의 마음을 얻는 것이다. 네 번째는 유儒다. 도덕으로 백성의 마음을 얻는 것이다. 다섯 번째는 종宗이다. 종족으로 백성의 마음을 얻는 것이다. 여섯 번째는 주主다. 이익으로 백성의 마음을 얻는 것이다. 일곱 번째는 이吏다. 다스림으로 백성을 마음을 얻는 것이다. 여덟 번째는 우友다. 신임으로 백성

1621) 은상 시기, 학교의 기능은 갑골문 "학"자의 형태와 의미를 보면 알 수 있다. 이 책 제11장 제1절 및 「中國文學觀念的符號學探原」(『中國社會科學』 1999年第1期) 참고.

의 마음을 얻는 것이다. 아홉 번째는 수藪다. 부유함으로 백성의 마음을 얻는 것이다.[1622]

"사師"와 "유儒"에 관해 동한 시대에 정현(127~200)은 주에서 "사師는 제후 사師씨이다. 덕행으로 백성을 가르쳤다. 유儒는 제후 보保씨이다. 육예로 백성을 가르쳤다."[1623]라고 하였다. 『주례』〈지관〉에서 사씨는 삼덕과 삼행을 가르치고, 보씨는 육예와 육의를 가르쳤다는 기록이 있다. 그러나 백성을 교화하는 것은 "사유師儒" 또는 "사보師保"만의 직무는 아니었다. 『주례』〈지관〉의 대사도는 이른바 "12교"[1624]였다. 백성을 보살피고, 안심시키고, 가르치는 직무를 맡았다. 백성을 안심시키는 여섯 가지 관습으로는 "첫 번째는 궁실을 튼튼하게 짓는 것이다. 두 번째는 가문에 따라 무덤을 나누는 것이다. 세 번째는 다른 성을 쓰는 이들을 형제로 단합하는 것이다. 네 번째는 향리의 사람들이 사유에게 배우도록 하는 것이다. 다섯 번째는 친구 사이에 단합하게 하는 것이다. 여섯 번째는 백성들이 똑같은 옷을 입도록 하는 것이다."[1625] "사유"에 관해서 정현(127~200)은 주에서 "향리에서 도예道藝를 가르치는 사람이다."라고 하였다. 당나라 때 가공언賈公彦은 소에서 "사유는 향리에서 도예를 가르치

1622) 孔安國 傳·孔穎達 疏, 『尚書正義』卷2, 〈大宰〉, 十三經注疏本, 648쪽.

1623) 孔安國 傳·孔穎達 疏, 『尚書正義』卷2, 〈大宰〉, 十三經注疏本, 648쪽.

1624) "12교"는 다음과 같다. 첫 번째는 제사의 예로 존경심을 가르치는 것으로 그러면 백성들이 제멋대로 하지 않는다. 두 번째는 陽禮로 양보를 가르치는 것으로 그러면 백성들이 서로 다투지 않는다. 세 번째는 陰禮로 친함을 가르치는 것으로 그러면 백성들이 서로 원망하지 않는다. 네 번째는 樂禮로 화목함을 가르치는 것으로 그러면 백성들이 서로 무례하지 않는다. 다섯 번째는 儀禮로 계급을 가르치는 것으로 그러면 백성들이 본분을 넘지 않는다. 여섯 번째는 俗禮로 안락함을 가르치는 것으로 그러면 백성들이 퇴폐하지 않는다. 일곱 번째는 刑禮로 규칙을 가르치는 것으로 그러면 백성들이 동요하지 않는다. 여덟 번째는 맹세의 말로 신중함을 가르치는 것으로 그러면 백성들이 태만하지 않는다. 아홉 번째는 節度로 절약을 가르치는 것으로 그러면 백성들이 자족하게 된다. 열 번째는 世事로 각종 기능을 가르치면 백성들이 실직하지 않는다. 열한 번째는 어진 이에게 작위를 내리면 백성들이 도덕을 깨닫게 된다. 열두 번째는 공에 따라 녹봉을 내리면 백성들이 열심히 공을 세우게 된다.(『周禮注疏』卷12, 703쪽)

1625) 鄭玄 注·孔穎達 疏, 『周禮注疏』卷10, 〈大司徒〉, 十三經注疏本, 706쪽.

는 사람이다. 이들은 향에 상을 세우고, 주당에도 점차 서를 세웠다. 어진 이로 하여금 향려鄕閭의 아이들을 가르치게 하였고, 아이들은 함께 사유에게 배웠다. 그래서 사유에게 연결된다고 하는 것이다."[1626]라고 하였다. 양사鄕師, 향로鄕老, 향대부鄕大夫, 주장州長, 향당黨正, 족사族師, 여서閭胥, 비장比長 등은 모두 교화의 책임이 있었다. 사보는 단지 대사도에 소속된 관리로 국자를 가르칠 뿐이었다. 사보師保든 사유師儒든 그들이 가르친 "육예"는 "예, 악, 사, 어, 서, 수"였다. 이것은 상나라 때 학교에서 국자에게 제사, 점복을 가르치던 것과 큰 차이가 있다. 상나라 때 교육 활동에 종사했던 사람으로는 상왕 및 무사 집단의 구성원들이었다. 그러나 제사 문화가 예악 문화로 전환된 뒤에 학교 교육은 자연스럽게 예악 문화를 핵심으로 하게 되었다. 원래의 무, 사, 축, 복은 분화가 일어났고, 일부는 이런 변화에 적응하여 예악 문화 지식을 빠르게 습득하여 새 문화의 건설자와 전파자가 되었다. 주나라 초기, 태사료太史寮의 구성원들이 이런 세력을 대표한다. 반면 일부는 이런 변화에 적응하지 못하여 여전히 제사, 점복의 업무에만 종사하거나 장례, 상례의 업무만 맡게 되어 그 사회적 지위가 점차 하락하게 되었다. 만약 이런 분석이 틀리지 않다면 서주의 유는 곧 예악 문화 지식을 장악한 무, 사, 축, 복이 새로운 제도 속에서 역할이 바뀐 것이라고 할 수 있다. 장타이옌(1869~1936)이 말한 "달명達名"의 유儒[1627]는 은나라 때 기우제에서 비를 구하던 유儒라고 귀납할 수 있고, 그가 말한 "유명類名"의 유儒[1628]는 서주 시대의 유라고 귀납할 수 있다. 후쓰(1891~1962)는 공자, 공맹자의 "장보章甫의 관을 쓰다."와 〈사관례士冠禮〉

1626) 鄭玄 注·孔穎達 疏, 『周禮注疏』卷10, 〈大司徒〉, 十三經注疏本, 706쪽.

1627) 章太炎은 『原儒』에서 "유는 술사이다. …… 별에게 춤을 추고 탄식하며 비를 구하는 사람을 유라고 한다."라고 하였다.(『國故論衡』下卷, 上海:上海古籍出版社, 2006, 86~87쪽

1628) 章太炎은 『原儒』에서 "유는 예, 악, 사, 어, 서, 수를 아는 자이다. 『天官』에서 '유는 道로 백성을 얻는다.'라고 하였다. 말하기를 '유는 제후 보씨이다. 육예로 백성들을 가르쳤다.' 『地官』에서 '師儒에게 배운다.'라고 하였다. 말하기를 '사유는 향리에서 道藝를 가르치는 자이다. 덕행을 구비한 자를 사라고 하고, 재능을 가르치는 자를 유라고 한다.'라고 하였다."(『國故論衡』下卷, 87쪽)

에서 언급한 "장보章甫는 은나라의 제도이다."에 비추어 유가 은나라의 유민이고, 은나라의 축, 종, 복, 사에서 변화되어 나온 것이라고 단정했다.[1629) 이것은 우리의 관점을 더욱 보충해준다.

결론적으로 서주 예악 문화의 발전에 따라 인문 지식을 갖춘 사유師儒는 춘추 전국 시기에 이르러 중국 지식인 태동의 밑거름이 되었다고 할 수 있다. 만약 "사"가 중국 초기 지식인이 의지했던 사회 계층이라고 한다면, "유"는 중국 초기 지식인이 내포했던 사회적 지위였다. 즉, 관련 요소의 작용 중에서 비로소 중국 초기의 지식인이 탄생할 수 있었다.

제3절 "樂道忘勢": 중국 초기 지식인의 문화 정신

현대 지식인의 개념에서 볼 때, 공자 이전의 "사"와 "유"는 모두 지식인이라고 부를 수 없다. 왜냐하면 그들은 자유로운 신분이 아니었고 개인의 이익을 넘는 사회와 인류에 관심을 가질 수 없었으며 사회 문화 정신을 대표할 수 없었기 때문이다. 공자로 대표되는 "유가"와 노자로 대표되는 "도가"에 이르러서야 비로소 중국 역사상 최초의 지식인이 나타났다.

서주 이전에 정교합일 사회에서 정치 지도자는 곧 정신적 지도자였다. 그러나 춘추 시대에 접어들면서 사회 발전에 따라 제후가 궐기하고 왕실이 붕괴되고, 기강이 해이해지고, 문화가 아래로 이동하고, 관사官師와 정교政教가 분리되면서 통치자들이 사실상 정신 지도자로서의 자격을 잃게 되었다. 그래서 일부 무격 집단에서 분화되어 나온 중국 초기 지식인들은 이 역사적 기회를 잡아 지식으로 신앙을 대신하고, 예악 문화로 무격 문화를 억압하였다.[1630) 그

1629) 胡適, 「說儒」, 『中央研究院歷史語言研究所集刊』 1934年 12月 참고.

1630) 陳來는 "주나라의 문화부터 춘추 전국 시대까지 모두 분명한 맥락을 볼 수 있다. 즉, 인간의 이성과 무격 문화의 투쟁이다. 주나라 문화의 역사는 곧 예악 문화 중에서 끊임없이 무격 문화를 지양하고 억압하던 역사이다. 또한 큰 전통 문화 속에서 끊임없이 무격 문화의 원시성을

리고 사회 문화 정신의 대변자로서 역사 무대에서 활약하게 되었다. 그들은 정치, 경제, 군사 면에서는 우세를 갖지 못했다. 유일하게 우세를 가진 것은 비교적 풍부한 문화 지식이었다. 당시 사회는 신앙이 규범을 잃고 제도 개혁이 이루어지던 역사 전환기였다. 이는 곧 그들이 자신의 주장을 선전하고 사회 여론을 이끌고 문화 규범을 재건하고 정신 권위를 수립하는데 최고의 시기와 재능을 펼칠 기회의 땅을 제공했다. 그래서 그들은 스스로 백성을 교화하고 여론을 이끄는 사회적 책임을 지게 되었다. 역사 문화의 전승자로 자처하고 사회정신의 대변인으로 스스로를 독려했다. 그러나 강권强權 정치 시대에 그들은 문화적 우세만으로는 이상의 목적을 달성할 수 없었다. 반드시 사회적 믿음, 특히 어지러운 세상에 처한 제후들도 복종시킬 수 있는 그런 권위로 제후를 두렵게 만들어서 사회를 이끌고 사람들의 마음을 얻어야 했다. 그래서 그들은 고대에 의지하여 "도"를 주장했다. 공자는 요순에 의지하여 "도"를 말했고, 노자는 황제에 의탁하여 "도"를 주장했고, 묵자는 "하우夏禹"에 의탁하여 "도"를 말했다. "도"는 그들이 어지러운 세상에서 제후들의 정치적 권력과 군사 및 경제력에 대항하는 가장 효과적인 사상 무기이자 정신 무기였다. 또한 그들의 사상과 학설을 종합하는 가장 간단한 이론적 기초이기도 하였다.[1631] 그래서 "도"를 지키는 것은 서주 이후에 끊임없이 발전하는 인도 정신과 이성의 가치를 수호하고, 춘추 이후에 점차 형성되는 지식인의 문화 지위와 인격 존중을 수호하는 것이었다. 만약 "도"를 버린다면 지식인의 이상과 영혼을 버리는 것이고, 지식인이 의지하는 사회적 근거를 버리는 것이 되어

제거하고 그 신성함을 보존하려던 역사이다."라고 하였다.(『古代宗敎與倫理―儒家思想的根源』, 北京:生活 · 讀書 · 新知三聯書店, 1996, 146쪽)

1631) 『淮南子』〈修務訓〉에서는 "세속적인 사람들은 대부분 옛것을 높이고 현재의 것을 낮추려고 한다. 그래서 도를 논하는 이들은 반드시 신농, 황제에 의탁하여 자신의 이론을 선전하였다. 어지러운 세상의 무능한 군주는 자신의 모든 유래를 알 수 없는 것으로 장식하여 자신을 높이려고 한다."라고 하였다. 이런 분석은 어느 정도 일리가 있다. 그러나 어지러운 세상에 어떤 학설을 떠받든다는 것은 종종 그들 자신의 이익에서 출발한 것일 뿐만 아니라, 이론상으로 자신의 합법성을 찾기 위함이었다. 옛것을 높이고 현재의 것을 낮추려던 것만은 아니었다.

그들은 더 이상 자유사상의 지식인이 될 수 없었다. 이런 의미에서 볼 때, "도" 는 그들의 이상이자 가치이자 무기이자 생명이라고 할 수 있다.

춘추 말기에 나타난 유가와 도가의 원조는 공자와 노자였다. 그들은 동시 에 "도"의 깃발을 들어 올렸다. 노자의 작품에서는 "도"를 크게 다루었다. "도 는 도라고 할 수 있으면 이미 영구불변의 도가 아니고, 이름은 이름 지을 수 있으면 이미 영구불변의 이름이 아니다."[1632), "큰 덕의 형태는 오직 도로부터 나온다."[1633), "어떤 물건이 있어 혼돈스럽게 이루어졌으니 천지보다도 먼저 생겨났다. 소리도 없고 형체도 없이 홀로 서서 변하지 않으니 천지의 어미가 될 만하다. 나는 그 이름을 알지 못하니 자를 붙여 '도'라고 하고 나는 억지로 이름하여 '대大'라고 한다. 크면 갈 것이고 가면 멀어질 것이고 멀어지면 돌아 올 것이다. 그러므로 도가 크고 하늘이 크고 땅이 크고 왕도 크다. 나라 안에 네 가지 큰 것이 있으니 왕이 그 중의 하나를 차지한다. 사람은 땅을 본받고, 땅은 하늘을 본받고, 하늘은 도를 본받고, 도는 자연을 본받는다."[1634), "도는 낳고, 덕은 기르니, 사물은 형체를 이루고 기물은 완성된다. 이 때문에 만물은 도를 높이고 덕을 귀하게 여긴다."[1635) 그가 "도를 높이고 덕을 귀하게 여겼기" 때문에 후세인들은 이 작품을 가리켜 『도덕경』이라고 부르게 되었다. 공자는 "선비가 도에 뜻을 두었으면서도 조악한 의복과 음식을 수치로 여기는 자는 더불어 도를 의논하기에 부족하다."[1636), "도를 사모하고 덕을 근거로 하며 인 에 따라 행하고 예에서 노닐어야 한다."[1637), "독실하게 믿고 배우기를 좋아하 며, 죽음으로 어진 도를 지켜야 한다. 위태로운 나라에 들어가지 않으며 어지 러운 나라에 살지 않으며, 천하에 도가 있으면 벼슬을 하고, 도가 없으면 은둔

1632) 李耳 撰·王弼 注, 『老子』1章, 二十二子本, 上海:上海古籍出版社, 1986, 1쪽.

1633) 李耳 撰·王弼 注, 『老子』21章, 二十二子本, 3쪽.

1634) 李耳 撰·王弼 注, 『老子』25章, 二十二子本, 3쪽.

1635) 李耳 撰·王弼 注, 『老子』51章, 二十二子本, 6쪽.

1636) 何晏 集解·邢昺 疏, 『論語注疏』卷4, 〈里仁〉, 十三經注疏本, 2471쪽.

1637) 何晏 集解·邢昺 疏, 『論語注疏』卷7, 〈述而〉, 十三經注疏本, 2481쪽.

해야 한다."[1638], "부귀는 사람들이 바라는 바이지만 정당한 방법으로 얻은 것이 아니면 받아들이지 않으며, 가난하고 천한 사람들이 싫어하는 바이지만 정당한 방법으로 얻은 것이 아니라도 버리지 않는다."[1639]라고 하였다. 심지어 "도를 행할 수 없으니, 뗏목을 타고 바다를 건너가려고 한다."[1640]라고 하였다. 만약 그들이 대표하고 선전했던 사상 문화에 이름을 붙여준다면 "도덕 문화"라고 할 수 있을 것이다. 앞 장에서 언급한 "도덕 문화"도 이를 가리킨다.

비록 선진 시대 유가와 도가는 모두 "도"를 말하였지만 그들의 "도"에 대한 이해에는 차이가 있었고, 그 사고방식도 달랐다. 도가는 "도"의 본원성과 초월성에 대한 설명에 더욱 치중했고, 유가는 "도"의 세속성과 실천성에 대한 설명에 더욱 치중했다. 비록 그들의 사상에 출세出世와 입세入世라는 차이가 있었지만, 그들의 "도"에 대한 숭배나 "도"로써 각자의 정치 관념을 설명한 방법은 일치한다. 왜냐하면 "도"는 운명이 아니고, 귀신이 아니고, 천자가 움켜쥔 권력도 아니고, 제후 휘하의 군대가 아니라, 지식인이 설명한 이성 가치, 인도 정신, 사회 이상, 도덕규범이기 때문이다. "도"가 지식인에게 이토록 중요했기 때문에 공자는 "아침에 세상에 도가 있다는 말을 들으면 저녁에 죽어도 여한이 없겠다."[1641]라고 하였다. 맹자는 "천하에 도가 있을 때는 도를 가지고 자기 몸을 따르고, 천하가 무도할 때는 몸으로 도를 따라간다. 도를 가지고 다른 사람을 따라간다는 말은 듣지 못했다."[1642]라고 하였다. 그들은 조금도 망설임 없이 "도"를 생명으로 보았다. 장자나 한비자와 같은 유가의 인의 학설에 찬성하지 않는 지식인들도 "도"의 숭고한 가치를 부정하지 않았던 이유가 바로 여기에 있다.

중국 초기 지식인이 의지했던 역사 조건과 사상 자원의 제약으로 인해 그

1638) 何晏 集解·邢昺 疏, 『論語注疏』卷8, 〈泰伯〉, 十三經注疏本, 2487쪽.

1639) 何晏 集解·邢昺 疏, 『論語注疏』卷4, 〈里仁〉, 十三經注疏本, 2471쪽.

1640) 何晏 集解·邢昺 疏, 『論語注疏』卷5, 〈公冶長〉, 十三經注疏本, 2473쪽.

1641) 何晏 集解·邢昺 疏, 『論語注疏』卷4, 〈里仁〉, 十三經注疏本, 2471쪽.

1642) 趙岐 注·孫奭 疏, 『孟子注疏』卷13下, 〈盡心上〉, 十三經注疏本, 2770쪽.

들의 "도"에 대한 이해도 이런저런 제한을 피할 수 없었다. 예를 들어, 유가가 "주공의 예"를 숭상하고, 도가는 "소국빈민小國貧民"을 추구하고, 묵가가 "주나라의 도를 버리고 하나라의 정치를 받아들인"[1643) 것은 모두 이미 지나간 세월에 대한 이상화된 추억이자 전설 속에 등장하는 일부 시기의 사상 문화 정보에 대한 당대의 승화였다. 그래서 그들의 학설은 거의 보수적인 경향이 눈에 띄는데, 모두 당시 사회와 어느 정도 거리감이 있다. 춘추 전국 시기의 통치자들도 대부분 그들의 이론에 찬성하지 않았다. 공자, 노자, 묵자, 맹자, 장자 등의 대표적인 인물들도 정치상으로 아무런 성과를 내지 못했다. 그런데 비록 유가, 도가, 묵가 사상이 당시 사회 개혁의 수요에 적합하지는 않았지만 노자와 공자로 대표되는 중국 초기 지식인의 "도"에 대한 승화는 사실 이성 가치와 인도 정신에 대한 선전이자, 동시에 역사 중심 무대에 막 등장한 지식인들이 사회에 보내는 문화적 선언이었다. 그들의 사상은 후대 사회의 의식 형태에 굉장히 깊은 영향을 주었다. 특히 유가와 도가의 중국 문학과 문학 관념에 대한 영향은 아주 전면적이고 심오했다.

특히 관심을 가져야 할 것은 중국 초기 지식인이 "도"의 깃발을 높이 들고 적극적으로 자신의 주장을 선전함으로써 사회 정치 강권에 대항하였다는 점이다. 그들은 대부분 독립적인 의식과 도에 따르는 정신을 가지고 있었다. 또 스스로 사회를 개혁하겠다는 책임을 짊어지고 이를 몸소 실행했다. 심지어 "내가 아니면 누가 하랴?"라는 고독한 심정과 불굴의 강인한 성품을 표현했다.

1643)『韓非子』〈顯學〉에서는 "공자와 묵자는 요순의 도를 가졌는데 그 취하고 버림이 달랐다. 모두 스스로를 참된 요순이라고 하였다."라고 하였다.『淮南子』〈要略〉에서는 "묵자는 유가의 업을 배우고 공자의 술책을 공부하였다. 그 예가 번거로워 쉽지 않고, 장례를 후하게 지내 재물을 낭비하고 백성을 가난하게 만들며, 의복이 생활에 불편하여 일에 방해가 된다고 보았다. 그래서 주나라의 도를 버리고 하나라의 정치로 다스렸다."라고 하였다. 이 두 가지 주장이 일치하지 않는다.『墨子』〈公孟〉에는 묵자가 유자 공맹에게 "유가는 주나라 법만 본받고 하나라의 법은 본받지 않았소. 그러므로 그대들의 옛것은 옛것이 아닌 것이오."라고 한 것이 실려 있다. 청나라 때 畢沅은 주에서 "묵자의 학문은 하나라에서 나왔다."라고 하였다. 이로 볼 때, 근대 시대의 학자들은 모두 유가의 도는 주나라에서 나오고 묵가의 도는 하나라에서 나왔다고 한 것을 알 수 있다.

공자는 문화의 전승자를 자처하였는데, 광匡 땅의 사람들에게 포위된 뒤에
도 자신 있게 말했다.

> 문왕은 없지만 문은 나에게 있지 않은가? 하늘이 이 문을 없애려 하셨다
> 면 내가 이 문에 참여하지 못했을 터이지만, 하늘이 이 문을 없애지 않으셨으
> 니, 광 땅 사람들이 장차 나를 어찌하겠는가![1644]

그는 자신이야말로 주 문왕이 세운 문화 전통의 진정한 계승자이자 전파
자라고 생각했다. 비록 그는 정치상으로 업적이 많지 않지만 자신의 행정 능
력을 의심하지 않았고 "진실로 나를 등용하는 이가 있다면 1년 만에 그럴듯할
것이고, 3년이면 성공의 성과가 있을 것이다."[1645]라고 하였다. 그는 자신의
인격 자질을 고집하며 자신의 의지와 신념을 확고히 하였다. 그는 "삼군의
장수는 빼앗을 수 있으나, 필부의 뜻은 빼앗을 수 없다."[1646]라고 하였다. 그는
생명으로 자신이 주장한 요, 순, 우, 탕, 문, 무의 도를 수호하고자 하였으며
"지사와 어진 이는 삶을 구하여 인을 해침이 없고, 제 몸을 죽여 인을 이룸이
있다."[1647]라고 하였다.

맹자도 마찬가지로 천하의 일을 자신의 소임으로 삼았고, 심지어 그 자신
감은 공자를 넘어섰다. 그는 다음과 같이 말했다.

> 햇수로 500년이 넘어섰고 시기로 살펴보면 지금이 바로 어진 임금과 현
> 명한 신하가 나올 때이다. 하늘이 천하를 태평하게 하고자 하지 않으시려는
> 가. 만일 천하를 태평하게 하고자 하신다면, 지금 세상에서 나를 제외하고
> 또 누가 있겠는가? 내 어찌 기뻐하지 않겠는가?[1648]

1644) 何晏 集解 · 邢昺 疏, 『論語注疏』卷9, 〈子罕〉, 十三經注疏本, 2490쪽.

1645) 何晏 集解 · 邢昺 疏, 『論語注疏』卷13, 〈子路〉, 十三經注疏本, 2507쪽.

1646) 何晏 集解 · 邢昺 疏, 『論語注疏』卷9, 〈子罕〉, 十三經注疏本, 2491쪽.

1647) 何晏 集解 · 邢昺 疏, 『論語注疏』卷15, 〈衛靈公〉, 十三經注疏本, 2517쪽.

1648) 趙岐 注 · 孫奭 疏, 『孟子注疏』卷4下, 『公孫丑下』, 十三經注疏本, 2699쪽.

맹자는 "대장부"의 인격을 제시하고, "자포자기"를 반대했다. 그는 "천하
의 넓은 집에 거처하고, 천하의 바른 자리에 서며, 천하의 큰 도를 행하여,
뜻을 얻으면 백성과 도를 행하고, 뜻을 얻지 못하면 홀로 그 도를 행한다. 부귀
가 마음을 방탕하게 하지 못하고, 빈천이 절개를 변하게 하지 못하며, 위무가
지조를 굽게 하지 못하는 것, 이를 대장부라 이른다."[1649]라고 하였다. 또한
"스스로를 해치는 자와는 더불어 진리를 말할 수 없고, 스스로를 버리는 자와
는 더불어 진리를 행할 수 없다."[1650]라고 하였다. 그는 대업을 이루고자 하는
자는 모든 고통을 참고 모든 역경을 이겨내야 한다고 주장했다. 그는 다음과
같이 말했다.

하늘이 장차 그 사람에게 큰일을 맡기려고 하면 반드시 먼저 그 마음과
뜻을 괴롭게 하고 근육과 뼈를 깎는 고통을 주고 몸을 굶주리게 하고 그 생활
은 빈곤에 빠뜨리고 하는 일마다 어지럽게 한다. 그 이유는 마음을 흔들어
참을성을 기르게 하기 위함이며 지금까지 할 수 없었던 일을 할 수 있게 하기
위함이다.[1651]

그는 심지어 "뜻을 위해서는 목숨까지도 버려야 한다."[1652]라고 독려하며
유가의 이상을 실행하고자 하였다.

"스스로 은둔하여 이름이 세상에 알려지지 않았던" 노자는 자신의 인격과
학설에 대해 마찬가지로 큰 자신감을 가지고 있었다. 그는 다음과 같이 말했다.

뭇사람들은 히히거리며 놀고, 큰 짐승을 잡아 잔치를 벌이는 것 같으며,
봄에 누대에 올라 노는 것 같구나. 나 홀로 조용하구나! 아직 그 조짐도 없다.
아직 웃지도 못하는 갓난아이 같구나. 고달프고 고달프구나! 돌아갈 곳도 없는

1649) 趙岐 注·孫奭 疏, 『孟子注疏』卷6上, 〈滕文公下〉, 十三經注疏本, 2710쪽.

1650) 趙岐 注·孫奭 疏, 『孟子注疏』卷7下, 『孟子』, 〈離婁上〉, 十三經注疏本, 2721쪽.

1651) 趙岐 注·孫奭 疏, 『孟子注疏』卷12下, 〈告子下〉, 十三經注疏本, 2762쪽.

1652) 趙岐 注·孫奭 疏, 『孟子注疏』卷11下, 〈告子上〉, 十三經注疏本, 2752쪽.

것 같다. 뭇사람들은 모두 여유가 있는데 나 홀로 잃어버린 것 같구나. 나는
어리석은 사람의 마음을 가졌도다! 어수룩하고 어수룩하구나! 보통 사람은 분
명하게 밝히고 밝힌다. 홀로 희미하구나. 보통 사람은 자세하게 살피고 살피는
데, 나 홀로 어둑하고 맑기도 하구나! 그게 바다와 같다. 바람 소리 같구나!
그치지 않을 것 같다. 뭇사람들은 모두 쓸모가 있지만 나 홀로 무디어서 촌스러
워 보인다. 나 홀로 다른 사람과 다르기에 식모食母를 귀하게 여긴다.[1653]

여기서 말한 "식모"는 바로 그가 선전한 "도"이다. 이런 "만인이 취했지만
오직 자신만이 깨어있는" 고독한 심정은 중국 초기 지식인이 가졌던 보편적
심리 상태였다. 이것은 지식인이 역사 무대에 처음 등장하면서 가졌던 고독감
과 사회 전환기 사람들이 앞으로의 사회 발전에 대해 가졌던 막막함에서 비롯
되었다. 더욱 주의해서 살펴볼 것은 이런 고독감의 뒷면에 가려진 중국 초기
지식인이 추구하던 문화적 이성 가치에 대한 충성과 고집이다. 이런 충성과
고집은 사소한 개인의 욕망에서 생겨난 것이 아니라, 지식인의 역사적 사명과
문화적 전통에서 현실에 의해 일깨워진 것이다. 그래서 이것은 훗날 중국 지
식인의 문화적 심리와 그 성격에 깊은 영향을 끼침과 동시에 중국 문학 관념
과 문학 창작 발전에도 막대한 영향을 끼쳤다.

중국 초기 지식인이 "도"로써 문화 우세와 정신 권위의 깃발을 세웠다고
한다면, 유가로 대표되는 이들 지식인은 적극적이고 책임감 있는 마음을 가지
고 있었다. 이것은 필연적으로 국가 정치권력을 장악한 통치자들에 대한 도전
으로 이어졌고, 이로써 정치 권위와 정신(문화) 권위의 모순적인 충돌을 일으
켰다. 전국 시기에 있었던 "도"와 "세"의 쟁론이 바로 이를 반영한다. 이런
모순적인 충돌 역시 중국 문학 관념의 생산에 중요한 영향을 끼쳤다.

우선 "도"와 "세勢"의 모순에 대해 밝힌 사람은 맹자였다. 그는 다음과 같
이 말했다.

1653) 李耳 撰·王弼 注, 『老子』 20章, 二十二子本, 2쪽.

옛날의 어진 임금은 착한 것을 좋아하고 권세를 부리는 일을 잊으니, 옛날의 어진 선비가 어찌 홀로 그러하지 않았겠는가. 도를 즐거워하고 남의 권세 같은 것은 잊었다. 그러므로 왕공 같은 세력가가 공경과 예의를 다하지 않으면 자주 만나 볼 수 없었다. 만나 보는 것도 또한 자주 하지 못하거늘, 하물며 신하로 삼을 수 있겠는가?[1654]

맹자는 "도"와 "세"의 관계를 제시했다. 그는 "도"를 "세" 위에 놓고 어진 선비가 "도를 즐거워하고 남의 권세 같은 것은 잊도록" 하였다. 맹자가 제시한 "도"와 "세"의 문제는 맹자가 살던 시대에 "도"와 "세"가 이미 긴박한 상황에 놓여 있었고, 지식인이 이에 대해 반드시 자신의 의견을 표명해야 했음을 의미한다. 사실, 맹자가 제시한 "어진 선비"(이상적인 기준에 부합하는 진정한 지식인을 가리킴)는 마땅히 "도를 즐거워하고 남의 권세를 잊어야" 했다. 이것은 맹자가 처음으로 만들어낸 것이 아니라 춘추 이후의 지식인들이 가졌던 처세술을 맹자가 귀납한 것이라고 할 수 있다.

유가가 도를 중시하고 권세를 잊은 것은 원래 전통이었다. 공자 본인도 출처出處와 거취去就를 매우 중시하면서 "천하에 도가 있으면 벼슬을 하고, 도가 없으면 은둔해야 한다. 나라에 도가 있을 때에는 빈천한 것이 수치이며, 나라에 도가 없을 때에는 부귀한 것이 수치이다."[1655], "나라에 도가 있을 때에는 녹을 먹어야 하지만, 나라에 도가 없을 때에 녹을 먹는 것이 수치이다."[1656]라고 주장했다. 또한 공자의 제자 자하는 다음과 같이 공공연하게 주장했다.

제후라 하더라도 나에게 교만하면 나는 그의 신하가 되지 않는다. 대부라 하더라도 나에게 교만하면 나는 그를 다시 만나지 않는다.[1657]

1654) 趙岐 注·孫奭 疏, 『孟子注疏』卷13上, 〈盡心上〉, 十三經注疏本, 2764쪽.

1655) 何晏 集解·邢昺 疏, 『論語注疏』卷8, 〈泰伯〉, 十三經注疏本, 2487쪽.

1656) 何晏 集解·邢昺 疏, 『論語注疏』卷14, 〈憲問〉, 十三經注疏本, 2510쪽.

1657) 王先謙, 『荀子集解』第19卷, 〈大略〉, 諸子集成本, 337쪽.

공자의 손자인 자사는 심지어 노 무공繆公(재위 기간 기원전 409~377)과 친구를 맺지 않았다.[1658] 유가뿐만 아니라 묵가도 마찬가지로 도를 존중하고 권세를 잊어야 한다고 주장했다. 『묵자』〈친사親士〉는 "한 나라의 임금이 어진 선비를 찾는 데 힘쓰지 않으면 곧 나라를 잃게 된다. 어진 이를 보고도 급히 만나지 않으면 어진 이도 그 임금을 절실하게 생각하지 않을 것이다."[1659]라고 하였다. 그는 임금이 어진 선비들을 "부유하게 하고, 귀하게 하고, 공경하고, 칭찬하면 나라에 어진 선비들이 늘어날 것이다."[1660]라고 생각했다. 반면 노자는 "소박함을 드러내고, 순박함을 지니며, 사사로운 이익을 적게 하고, 욕심을 줄여야 한다."[1661]라고 주장했다. 세속 권세는 더욱 고려하지 않고, "천하를 내 몸처럼 귀하게 여기면 세상을 맡아 다스릴 수 있고, 천하를 내 몸처럼 사랑하면 세상을 맡아 다스릴 수 있다."[1662]고 주장했다. 결론적으로 "도를 즐거워하고 권세를 잊는" 것은 중국 초기 지식인이 비교적 보편적으로 가졌던 문화 정신이었다. 이것은 지식인의 역사적 사명과 사회적 책임에 대한 일종의 자각을 반영한다.

물론 맹자가 지식인에게 "도를 즐거워하고, 권세를 잊어야 한다."고 요구한 것도 당시 사회에 지식인이 "도를 즐거워하고, 권세를 잊어야 한다."는 조건이 존재했기 때문이다. 춘추 전국 시기는 대혼란의 시기였다. 제후 간의 경쟁은 군사와 경제 실력의 경쟁일 뿐만 아니라 인재와 도의에 대한 경쟁이기도 했다. 그래서 여러 나라 제후 중에서 위신을 세우려면 임금이 어진 인재를 예의로써 대하는 것이 결코 빠질 수 없었다. 이 시기에 적지 않은 임금이 인재를 중시했던 분명한 사례가 있다. 『사기』〈위세가魏世家〉에는 "위魏나라 문후

1658) 『孟子』〈萬章上〉에서는 "노 묘공이 자주 자사를 만나보고 '옛날에 천승 나라의 임금이 선비를 친구로 사귀었다고 하는데, 어떻습니까?' 하고 물으니, 자사는 기뻐하지 않으며 말했다. '옛날 사람의 말에 섬긴다는 말이 있지 않습니까? 어찌하여 친구로 사귀었다고 하십니까?'"라고 하였다.

1659) 墨翟 撰·畢沅 校注, 『墨子』卷1,〈親士〉, 二十二子本, 225쪽.

1660) 墨翟 撰·畢沅 校注, 『墨子』卷2,〈尙賢上〉, 二十二子本, 229쪽.

1661) 李耳 撰·王弼 注, 『老子』19章, 二十二子本, p2.

1662) 李耳 撰·王弼 注, 『老子』13章, 二十二子本, p2.

文侯가 자하子夏에게서 경전을 배우고, 단간목段干木을 손님의 예로 대하면서 그의 마을을 지날 때면 수레의 가로나무를 잡고 목례를 하지 않는 경우가 없었다. 진秦나라가 위魏나라를 정벌하려 하자, 어떤 사람이 '위나라의 군주는 예로 현자를 대하여 나라 사람들이 어질다고 합니다. 상하가 화목하여 도모할 수 없습니다.'라고 했다. 문후가 이로써 제후들 사이에서 명예를 얻었다."[1663] 라고 기록되어 있다. 노 묘공이 공자의 손자 자사를 존중했다는 것은 앞의 문장에서 이미 언급하였다. 비혜공費惠公도 "나는 자사에 대해서는 스승으로 섬기고, 안반顏般에 대해서는 벗으로 대한다."[1664]라고 언급했다. 『전국책』〈연책燕策〉의 기록에 따르면, 연燕 소왕昭王은 연후의 자리를 거부하고 스스로 몸을 낮추고 후한 예물로 인재를 받아들였다. 곽외郭隗를 찾아가 어떻게 하면 어진 인재를 얻어 함께 나라를 이끌고 선왕의 모욕을 씻을 수 있는지 물었다. 곽외는 다음과 같이 대답했다.

천자는 스승과 함께 처하고, 왕자는 벗과 함께 처하고, 패자는 신하와 함께 처하고, 망국亡國은 노복과 함께 처합니다. 몸을 굽혀 섬기고 북면하여 학문을 배운다면 자신보다 백배 나은 이들이 당도할 것입니다. 스스로 행하는 것을 우선하고 쉬는 것을 뒤로 하며, 물어서 가르침을 받는 것을 우선하고 침묵하는 것을 뒤로 한다면 자신보다 열배 나은 이들이 당도할 것입니다. 남이 행할 때 자신도 행하면 자신과 같은 자가 당도할 것입니다. 궤에 기대고 지팡이에 의지해 곁눈질과 손가락으로 사람을 부리면 천한 일을 할 사람이 당도할 것입니다. 만약 함부로 노려보며 분격하고 큰 소리로 꾸짖어댄다면 도예徒隸들이 당도할 것입니다. 이것이 예로부터 도의에 따라 선비들을 불러

1663) 『史記』〈魏世家〉에 이극의 말이 실려 있다. 말하길, 위 문후는 "동으로는 卜子夏, 田子方, 段干木을 얻었으니, 이 3인은 임금이 모두 스승으로 하였다." 『呂氏春秋』〈擧難〉에는 백규의 말이 실려 있다. 말하길, "文侯는 자하를 스승으로 하고, 田子方을 벗으로 하고, 段干木을 공경하였다. 이로써 그의 명성이 환공을 뛰어넘게 하였다." 이 두 가지는 약간의 차이가 있지만, 임금이 어진 이를 예로써 대했다는 점에서 일치한다.

1664) 趙岐 注·孫奭 疏, 『孟子注疏』卷10上, 〈萬章上〉, 十三經注疏本, 2742쪽.

모으는 법입니다. 왕께서 실로 나라 중의 현인을 두루 뽑고 그 문하를 친히
방문하십시오. 천하에서 왕께서 현신을 방문했다는 것을 들으면 천하의 선비
들이 필시 연나라로 달려올 것입니다.[1665]

곽외는 어진 선비와 제왕이 스승으로 삼을만한 친구가 될 수 있다고 명확
히 밝히면서, 어진 선비의 능력이 제왕보다 열 배, 백 배가 뛰어나다고 생각했
다. 또한 연 소왕이 "어진 신하를 친히 방문해야 한다."고 하였다. 연 소왕은
곽외의 의견을 받아들였을 뿐만 아니라, 곽외를 위해 궁전을 짓고 그를 스승
으로 삼았다. 그리하여 많은 어진 선비를 끌어 모을 수 있었다. "악의樂毅가
위魏나라에서, 추연鄒衍이 제나라에서, 극신劇辛이 조나라에서 오는 등 인재
들이 다투어 연나라로 달려왔다."[1666] 연 소왕이 어진 선비에게 예의를 갖춘
일은 당시 사회에 예의를 갖추어 어진 사람을 공경하며 재능 있는 사람을 공
손하게 대하는 특수한 환경이 존재했음을 잘 설명해준다.[1667] 제나라에서 직하
稷下의 학문이 홍성한 것은 제후가 예의를 갖추어 어진 사람을 공경하며 재능
있는 사람을 공손하게 대했음을 더욱 잘 나타내준다. 『사기』〈전경중완세가田
敬仲完世家〉에는 "선왕宣王이 문학과 유세하는 선비를 좋아하였으니, 추연鄒衍
·순우곤淳于髡·전변田骈·접여接子·신도慎到·환연環淵 같은 무리들 76명
모두에게 큰 집을 내려주고 상대부로 삼고, 정무를 다스리지 않고 자유롭게
토론하게 했다. 이 때문에 제나라 직하稷下에는 학사들이 다시 많아져 거의
수백 명에서 천 명에 이르렀다."[1668]라고 기록되어 있다. 이런 사례들은 당시의

1665) 鮑彪 校注·吳師道 重校,『戰國策』卷9,〈燕策〉, 四部叢刊本, 上海:商務印書館, 1922.

1666) 鮑彪 校注·吳師道 重校,『戰國策』卷9,〈燕策〉, 四部叢刊本.

1667) 예를 들어, 『史記』〈孟子荀卿列傳〉의 기록에 따르면, 추연이 "양나라에 갔을 때, 양 혜왕이
교외에까지 나와 영접하여 손님과 주인의 예로써 대우했다. 그리고 조나라에 갔을 때 평원군은
옆으로 걸어가면서 옷자락이 자리를 쓸 정도로 경의를 표시하였다. 연나라에 가니 소왕이 빗자
루를 가지고 길을 쓸면서 앞에서 길을 인도하여 제자의 신분으로 자리에 앉아서 가르침을 받더
니 결국 碣石宮을 건축하여 그를 머무르게 하면서 몸소 찾아가 그를 스승으로 섬겼다."

1668) 司馬遷,『史記』卷46,〈田敬仲完世家〉, 二十五史本, 224쪽.

통치자들이 이미 지식인의 문화적 우세 및 그 사회정신을 대표하는 특수한 지위를 인식하고 있었고, 지식인의 도움을 얻어 여러 나라에서 자신들의 경쟁력을 높이고자 하였음을 설명해준다.

그러나 지식인의 문화적 우세와 사회정신을 대표하는 특수한 지위는 당시의 사회에서 결정적인 힘을 가지지는 못했다. 통치자들이 아직 약소하여 지식인의 도움과 영향력이 필요한 때에 지식인은 물론 도로 자처할 수 있었다. 그러나 일단 통치자들이 지위를 공고히 했다고 느끼고 정세를 좌지우지할 수 있고, 더 이상 지식인으로 겉치장할 필요가 없어지자 지식인들에 대한 태도에 변화가 생겨났다. 왜냐하면 그들은 그 어떤 세력이 자신들의 권위에 도전하는 것을 원치 않기 때문이다. 이런 상황에서 물론 일부 "죽음으로 지키면서 도를 잘 수행한" 지식인들이 이상적인 항쟁을 하며 계속 "도를 즐거워하고 권세를 잊을" 수도 있었지만, 대부분의 사람들은 현실을 직시하고 권력에 굴복하거나 살아남기 위해 자신의 뜻을 굽히기도 하였다. 맹자 이후에 순자는 비록 "도를 따르되, 도가 아니면 임금이라도 따르지 않는다."[1669)라고 호소했지만, 그 자신도 "성인이 되려는 마음을 품었으나, 일부러 미친 사람 같은 행색을 하고 세상에 어리석은 사람처럼 보일"[1670) 수밖에 없었다. 순자의 제자였던 한비자는 인주人主의 세력을 존중해야 한다고 주장했다. 이른바 "모든 일은 사방에 두고, 가운데 머물러야 한다. 성인【"인주人主"를 가리킴 - 인용자】이 하고자 하면 사방에서 힘써 올 것이다."[1671), "군주의 위세는 말의 근력과 같은 것이다."[1672) 그는 심지어 "현명한 군주의 나라는 책에 의지하지 않고 법에 의해 교화한다. 선왕의 말이 아니라, 관리의 지침을 스승으로 삼는다. 또한 사사로운 무력행사는 없고, 오로지 전쟁에서 적의 목을 베는 것만이 용맹한 것으로 대우한다."[1673)라

1669) 荀況 撰·楊倞 注, 『荀子』卷9, 〈臣道〉, 二十二子本, 319쪽.

1670) 荀況 撰·楊倞 注, 『荀子』卷20, 〈堯問〉, 二十二子本, 361쪽.

1671) 韓非, 『韓非子』卷2, 〈揚權〉, 二十二子本, 1123쪽.

1672) 韓非, 『韓非子』卷23, 〈人主〉, 二十二子本, 1188쪽.

1673) 韓非, 『韓非子』卷19, 〈五蠹〉, 二十二子本, 1185쪽.

고 공개적으로 주장하기도 하였다. 이런 주장은 인주, 즉 권세자의 관점에서 고려한 것이 분명하다. 순자의 또 다른 제자인 이사李斯(?~기원전 208)는 진나라에 가기 전에 순자荀子를 찾아가 솔직하게 이야기했다.

저는 때를 얻으면 꾸물대지 말라는 말을 들었습니다. 지금 각 나라가 모두 다투고 있는 때여서 유세가들이 정치를 도맡고 있습니다. 그중에서 진秦나라 왕은 천하를 집어삼켜 제帝를 칭하며 통치를 하려고 합니다. 이는 지위나 관직이 없는 선비가 능력을 펼칠 때이며, 유세가의 시대가 온 것입니다. 비천한 자리에 있으면서 아무런 계획도 세우지 않는 것은 짐승이 고기를 보고도 사람들이 자기를 쳐다본다고 억지로 참는 것과 같습니다. 그러므로 가장 큰 수치는 낮은 자리에 있는 것이며, 가장 큰 슬픔은 경제적으로 궁핍한 것입니다. 오랜 세월 낮은 자리와 빈곤한 처지에 있으면서 세상의 부귀를 비난하고 영리를 미워하며 스스로 아무것도 하지 않는 데 의탁하는 것은 배운 사람의 태도가 아닙니다. 그래서 저는 서쪽 진나라 왕에게 유세하려고 합니다.[1674]

이사가 정말 이 말을 했는지 여부는 중요하지 않다. 중요한 것은 이것이 전국 말기 대부분 지식인이 가졌던 관점이 틀림없다는 사실이다.

"도"와 "세"의 논쟁은 "세"의 증가와 "도"의 축소로 결론이 나거나, 또는 그런 추세가 되었다. 중국 초기 지식인과 진정한 유가학자들은 받아들일 수 없었지만, 현실을 직시하지 않을 수 없었다. 현실 도피적인 입장을 가졌던 도가학자들은 아마 고요한 정신세계에서 "도를 즐거워하고 권세를 잊는" 초월적인 태도를 가질 수 있었지만, 적극적으로 세상에 뛰어들었던 유가학자들은 "도를 즐거워하고 권세를 잊는 것"을 계속 실천하기 어려웠다. 그들이 힘껏 "도"를 주장해도, "도"는 이미 "권세"와 맞설 수 있는 정신적 역량이 없었고, "권세"에 복종하거나 보호하는 도덕적 설교가 되었다. "권세"가 악성으로 팽창하여 "도"에 어떤 지위도 부여하지 않고 사회 문화적 가치 체계가 철저히

1674) 司馬遷, 『史記』 卷87, 〈李斯列傳〉, 二十五史本, 285쪽.

붕괴되는 지경에 이르러서야 비로소 지식인이 "도"로 "권세"에 대항하게 되고 생명으로 "도"를 지키게 되었다. 반면 일반적인 상황에서 "도"를 말하면 사람들에게 위선적인 느낌을 줄 수도 있다. 적지 않은 정직한 지식인들이 거짓된 도학을 강력하게 비난한 것도 이와 관련이 없지 않다. 그러나 만약 그렇다고 중국 초기 지식인이 가진 "도를 즐거워하고 권세를 잊는" 문화 정신의 긍정적인 의미마저 부정한다면 실사구시의 태도라고 할 수 없다. 또한 만약 중국 초기 지식인이 "도"로 "권세"에 대항했던 우수한 전통을 버린다면 그것은 더욱 근본을 잊는 행위가 될 것이다.

제4절 "君子謀道": 중국 고대 문학 관념의 주체 의식

앞에서 언급했듯이, 중국 초기 지식인은 "사士"와 "유儒"에서 비롯되었다. 그러나 춘추 말기의 공자는 "사", "유"를 전체로 취급하지 않았고 이를 구분하여 논했다. 공자는 일찍이 자신의 학생에게 "유"에 대해 언급한 적이 있다. 그는 자하에게 "너는 군자유君子儒가 되지 소인유小人儒가 되지 말라."[1675]고 하였다. 그가 인정한 것은 "군자유"이지 모든 "유"가 아니었다. 공자는 "사"에 대해서도 언급하였다. 예를 들어, "선비가 편안히 살기를 생각한다면 선비라 할 수 없다."[1676], "선비가 도에 뜻을 두었으면서도 나쁜 의복과 음식을 수치로 여기는 자는 함께 도를 의논하기에 부족하다."[1677] 등이다. 여러 가지 비평의 측면에서 볼 때, 그는 "사"도 구분하되 전체를 "사"로 보지 않았다. 오히려 공자가 더 많이 거론한 것은 군자였다. 그는 "의를 바탕으로 삼고, 예로써 그것을 행하며, 겸손으로 그것을 표출하며, 신으로써 그것을 완성하면 군자이다.", "군자는 자신의 무능함을 걱정하고, 남이 자기를 알아주지 않는 것을

1675) 何晏 集解·邢昺 疏, 『論語注疏』卷6, 〈雍也〉, 十三經注疏本, 2478쪽.
1676) 何晏 集解·邢昺 疏, 『論語注疏』卷14, 〈憲問〉, 十三經注疏本, 2510쪽.
1677) 何晏 集解·邢昺 疏, 『論語注疏』卷4, 〈里仁〉, 十三經注疏本, 2471쪽.

걱정하지 않는다.", "군자는 일생을 마치도록 명성이 칭송되지 않는 것을 치욕으로 여긴다.", "군자는 자기에게서 찾고, 소인은 남에게서 찾는다.", "군자는 엄격하되 다투지 않고, 많은 사람과 어울리되 편당을 짓지 않는다.", "군자는 말이 훌륭하다 하여 그 사람을 기용하지 않으며, 사람이 시원찮다 하여 그 훌륭한 말을 버리지 않는다.", "군자는 도를 꾀하고 의식衣食을 꾀하지 않는다. 경작하더라도 학문을 하지 않으면 굶주림이 그 가운데 있고, 학문을 하면 녹이 그 가운데 있으니 경작하지 않더라도 굶주리지 않는다. 군자는 도를 근심하고 가난을 근심하지 않는다.", "군자는 작은 일로 알 수 없으나 큰 직임을 받을 수 있으며, 소인은 큰 직임을 받을 수 없으나 작은 일로써 알 수 있다.", "군자는 정도를 따르고 작은 신의에 얽매이지 않는다."[1678], "군자는 인의에 밝고 소인은 재리에 밝다."[1679], "군자는 두루 화합하지만 개인의 이익을 위해 무리를 짓지 않고, 소인은 개인의 이익을 위해 무리를 짓지만 여러 사람들과 두루 화합하지 못한다."[1680], "군자는 궁박한 사람을 구제하고 부유한 사람을 도와주지 않는다."[1681], "군자는 서로의 생각을 조절하여 화합을 이루기는 하지만 주관을 버리고 뇌동하지는 않으며, 소인은 남과 주견 없이 어울리기는 하지만 화합은 하지 못한다."[1682] 및 "군자가 세 가지 경계할 것이 있다.", "군자는 세 가지 두려워함이 있다.", "군자는 아홉 가지 생각하는 것이 있다."[1683]라고 하였다. "군자"야말로 공자가 인정했던 대상이고, 군자의 인격이야말로 공자가 생각한 가장 이상적인 인격이었음이 틀림없다. 만약 그가 "사"에 대해 긍정적이었다고 한다면, 그가 인정한 것은 "사군자士君子"이지 모든 "사"가 아니다. 그리고 공자가 말한 "사군자", "군자유"를 더 간단하게 말하면 바로 "군

1678) 何晏 集解 · 邢昺 疏, 『論語注疏』卷15, 〈衛靈公〉, 十三經注疏本, 2518쪽.

1679) 何晏 集解 · 邢昺 疏, 『論語注疏』卷4, 〈里仁〉, 十三經注疏本, 2471쪽.

1680) 何晏 集解 · 邢昺 疏, 『論語注疏』卷2, 〈爲政〉, 十三經注疏本, 2462쪽.

1681) 何晏 集解 · 邢昺 疏, 『論語注疏』卷6, 〈雍也〉, 十三經注疏本, 2478쪽.

1682) 何晏 集解 · 邢昺 疏, 『論語注疏』卷13, 〈子路〉, 十三經注疏本, 2508쪽.

1683) 何晏 集解 · 邢昺 疏, 『論語注疏』卷16, 〈季氏〉, 十三經注疏本, 2522쪽.

자"였다. 이는 중국 고대 역사상 최초로 출현한 지식인 혹은 중국 초기 지식인의 전형적인 모습이다.

이를 통해 공자는 제자들이 "군자"가 되기를 희망했고, 자신도 군자의 기준으로 대했다. 비록 학생들이 그를 "성인"이라고 추앙했지만, 그 자신은 성인으로 자처하지 않았다. 공자와 그의 제자들이 포함된 이들 군자 인격에 의지한 초기 유가학자들은 중국 최초의 지식인이 되었다. 그들의 문화 정신은 중국 문학 정신의 단단한 기초를 마련했고 중국 고대 문학 관념의 주체 의식이 되었다. 한 가지 설명해 둘 것은 "군자"가 유가의 이상적인 인격이기 때문에 중국 초기의 지식인들은 감히 군자로 자처할 수 없었다. 그래서 종종 "사"로 자신을 비유했다. 예를 들어, 공자의 제자 증삼은 "선비(士)는 마음이 크고 뜻이 굳세지 않아서는 안 되니, 임무가 무겁고 갈 길이 멀다. 인을 자신의 임무로 삼았으니 무겁지 않은가? 죽은 뒤에야 그만둘 것이니 멀지 않은가?"[1684]라고 하였다. 이런 "사"는 분명 "군자"의 품격을 가지고 있었다. 전국 시대에 접어들면서 사람들은 모두 공자로 대표되는 학파를 "유가"라고 부르기 시작했고, 공문 제자들을 "유"라고 불렀다. 그래서 "사"와 "유"는 자주 혼용되었고, 후세인들도 "사", "유"를 중국 초기 지식인의 대명사로 여겼다. 그러나 공자에게 있어서 "사", "유"와 "군자"는 분명한 차이가 있어서, 오직 "군자"만이 공자로 대표되는 중국 초기 지식인의 특징에 부합되었다. 본질 면에서 볼 때, 중국 초기 지식인은 바로 군자 인격을 갖췄거나 군자 인격을 갖기를 지향하는 새로운 사람들이었다.

앞에서 설명한 것처럼, 공자가 언급한 군자의 문화적 정신과 문화적 성격은 다방면에 걸쳐 있었고, 이것들이 한 가지로 집중된 것이 바로 "군자는 도를 꾀하고 의식衣食을 꾀하지 않는다.", "군자는 도를 근심하고 가난을 근심하지 않는다."[1685]이다. "도"는 군자, 즉 중국 초기 지식인의 가장 기본적인 문화 심

1684) 何晏 集解·邢昺 疏, 『論語注疏』 卷8, 〈泰伯〉, 十三經注疏本, 2487쪽.
1685) 何晏 集解·邢昺 疏, 『論語注疏』 卷15, 〈衛靈公〉, 十三經注疏本, 2518쪽.

리이자 그들의 가치 목표였다. 그래서 "군자가 도를 꾀하는" 것은 곧 그들의 주체 의식이 되었다. 유가 학자들만 "도"를 논한 것이 아니라 선진 제자들도 "도"를 논했다. 노장으로 대표되는 도가는 "도"를 그 중심 화제로 삼았다. 그렇다면 "도"는 무엇인가? 선진 제자들의 "도"에 대한 해석이 일치하지 않지만 그들의 대표적인 이론에서 기본적인 답을 얻을 수 있고, 이로써 중국 초기 지식인의 숭도崇道 정신을 올바르게 이해할 수 있다.

우선, "도"는 중국 지식인의 이성적 가치이자 그들의 가치 목표였다.

현존하는 문헌과 유물 자료로 볼 때, 서주 시대에 "도"는 아직 중요한 사상 범주가 아니었고 체계적인 사상을 형성하지 못했다. 통치자들이 가장 많이 사고한 것은 "경덕敬德"과 "보민保民"이었고, 초기의 "덕"은 대부분 정치와 관련이 있었다.[1686] 이것은 "경덕"과 "보민"이 주로 천하를 안정시키기 위한 현실적인 고려였고 세속 정치의 수요에 따른 것이었음을 설명해준다. 현실 초월의 신앙적인 면에서 볼 때, 서주 통치자들에게서 "하늘" 혹은 "천명"의 종교적 감정이 완전히 사라진 것은 아니었다. 비록 그들도 "하늘을 믿을 수 없다."[1687], "오직 천명은 항상 있는 것이 아니다."[1688]라는 이성주의 경향이 있었지만, 주공이 중요한 결정을 내릴 때에는 여전히 크고 보배로운 거북으로 점복을 치며, "감히 상제의 명령을 폐하지 못했다."[1689] 그들은 천명의 신앙에 대해 형태적으로 여전히 신학의 특징을 가지고 있었다. 상나라 사람들과 다른 점은 주인의 천명 신앙에는 도덕과 민의의 요소가 들어 있었다. 즉, "경덕"과 "보민"이다. 이것들은 주나라 사람들의 천명 신앙 중에서 신성한 요소들을 점차 약화

1686) 陳來는 "덕의 의미를 고찰하다보면 초기 문헌에서 인정하는 도와 구체적인 덕목을 발견할 수 있는데 대부분 정치 분야에서 나타났다. 바꿔 말하면, 초기의 '덕'은 거의 정치 도덕(political verture)과 관련이 있었다. 군주의 통치하에서 정치 도덕은 당연히 군주 개인의 도덕 품행과 규범을 가리켰다. 그리고 군주 개인의 품덕은 정치 실천 중에서 정치도덕으로 나타났다".라고 하였다.(『古代宗教與倫理―儒家思想的根源』, 北京:生活·讀書·新知三聯書店, 1996, 296쪽)
1687) 孔安國 傳·孔穎達 疏, 『尚書正義』卷16, 〈君奭〉, 十三經注疏本, 223쪽.
1688) 孔安國 傳·孔穎達 疏, 『尚書正義』卷14, 〈康誥〉, 十三經注疏本, 205쪽.
1689) 孔安國 傳·孔穎達 疏, 『尚書正義』卷13, 〈大誥〉, 十三經注疏本, 199쪽.

시킨 반면, 인성적 요소는 끊임없이 강화시켰다. 인성의 끊임없는 강화는 중화 민족이 이성적 가치를 각성하도록 촉진하였고, 이런 각성은 사람들의 신앙이 천도에서 인도로 전환하게 하는 중추적인 역할을 하였으며 중국 지식인 탄생의 사상 문화적 배경이 되었다.[1690]

중국 초기 지식인은 서주 이후의 이성적 가치 발전을 기초로 하여 "도"를 핵심 개념으로 삼고 모든 것을 초월하는 지위를 부여함으로써 천명 관념의 영향을 제거하고자 하였다. 공자는 "괴이한 것, 힘자랑을 하는 것, 난을 일으키는 것, 귀신 이야기 등을 하지 않았고"[1691], "이利와 명命을 드물게 말했으며"[1692] "귀신을 공경하되 멀리하였다."[1693] 신성을 선전하는 신화는 인성이 있는 역사로 해석하였다. 예를 들어 "황제黃帝는 얼굴이 넷이었다.", "기夔는 다리가 하나였다." 등이다. 이것은 중국 초기 지식인이 이성주의적 태도로 역사 무대에 등장했음을 나타내준다. 그들은 비록 상제와 천명을 인정하면서도, "도"를 자신들의 최종적인 가치 목표로 삼았고, 자신들이 생각하는 이상적인 정신세계로 여겼다. 그들은 천지 만물이 상제와 천명이 주관하는 것이 아니라 "도"에 따라 안배된다고 생각했다. "도"는 종교 신앙이 아니라 이성 가치이다. 만사 만물의 근원이자 만사 만물의 이치이다. 앞에서 유가와 도가의 "도"에 관한 관점을 인용하였으므로 여기서는 다시 언급하지 않겠다. 유가와 도가 이외의 선진 제자도 모두 "도"라는 깃발을 높이 추켜올렸다. 예를 들어, 법가를 집대성한 한비자(약 기원전 280~233)는 다음과 같이 말했다.

도라는 것은 만물이 그러한 바이고, 모든 이치는 맞춰지는 바이다. 이치는 만물의 문양을 이루는 것이고, 도는 만물이 이루어지는 바이다. …… 만물은 서로 다른 이치가 있다. 만물은 각기 다른 이치가 있어 도는 다한다. 만물의

1690) 이 책 제2장 참고.

1691) 何晏 集解·邢昺 疏, 『論語注疏』卷7〈述而〉, 十三經注疏本, 2483쪽.

1692) 何晏 集解·邢昺 疏, 『論語注疏』卷9〈子罕〉, 十三經注疏本, 2489쪽.

1693) 何晏 集解·邢昺 疏, 『論語注疏』卷6〈雍也〉, 十三經注疏本, 2479쪽.

이치에 이르니 그러므로 도는 변화하지 않을 수 없다. 변화하지 않을 수 없는 까닭에 항상 하는 잡음이 없다. 고정된 모습이 없어 이로써 삶과 죽음의 기를 부여받는 것이다. 온갖 지혜가 도를 짐작하고 온갖 일들의 흥망성쇠가 결정된다. 하늘이 그것을 얻어 높아지고, 땅이 그것을 얻어 만물을 감싸 안고, 북두가 그것을 얻어 그 위엄을 이루고, 해와 달이 그것을 얻어 그 빛이 항상 발하는 것이다. 오상五常이 도를 얻어 그 지위를 향상하는 것이고, 별들이 그 도를 얻어 운행이 일정하고, 사계절이 그 도를 얻어 기온의 변화가 있고, 헌원軒轅이 그 도를 얻어 천하를 지배하였고, 적송자赤松子는 도를 얻어 천지와 함께하였고, 성인은 도를 얻어 문물 제도를 만들었다. 도는 요순에게 지혜를 주었고, 접여接予에게 미치광이가 되게 했고, 걸주桀紂에게 함께 멸망하게 하였고, 탕무湯武에게 함께 번창하게 해 주었다. 도는 가깝다고 여기면 사방의 끝을 노닐고 있고, 멀다고 여기면 나의 곁에 항상 존재하고 있다. 어둡다고 여기면 그 빛은 밝게 빛나고, 밝다고 여기면 그 사물은 어두워진다. 공은 천지를 이루되, 조화의 힘은 번개와 천둥을 달랜다. 우주 내의 만물은 도를 믿어 이뤄진다. 무릇 도의 실정은 통제할 수도 형체를 지을 수도 없으며, 때에 따라 부드럽고 미약하여 이치에 따라 작용한다. 만물이 그것을 얻어 죽기도 하고 살아나기도 하며, 만물이 그것을 얻어 망가지기도 하고 이뤄지기도 한다.[1694]

"도"가 본원성과 초월성을 가지고 있고 어디에나 존재하기 때문에 모든 사물이 "도"를 떠날 수 없다. 이렇게 보면, "도"는 아주 신비한 것처럼 보이는데, 사실 그렇지 않다. 『역』〈계사상〉에는 "형이상적인 것을 도라고 하고, 형이하학적인 것을 기물이라고 한다."[1695]라고 하였다. "도"를 "기물器物"과 함께 연결 지은 것이다. 이것은 "도"가 "기물"을 떠날 수 없고, "기물"도 "도"를 떠날 수 없으며, 이 둘은 "형이상"과 "형이하"로만 나눌 수밖에 없음을 의미한다. 형상과 형하로 도와 기물을 구분하는데, 도는 형으로 파악할 수 있어서 신비

1694) 韓非, 『韓非子』 卷6, 〈解老〉, 二十二子本, 1138쪽.

1695) 王弼·韓康伯 注·孔穎達 疏, 『周易正義』 卷7, 〈繫辭上〉, 十三經注疏本, 83쪽.

감을 피할 수 있었고 이성 가치를 실현할 수 있었다. 중국 초기 지식인의 도에 대한 이런 이성주의적 태도는 은상 이후의 귀신에 대한 무격의 맹목적인 신앙과 구분 짓게 하였다. "도"에 대한 수호도 이성에 대한 수호가 되었고, 지식인의 가치에 대한 수호가 되었으며, 지식인이 독립과 존엄을 추구하는 깃발로서 그들의 문화적 주체 의식을 구현했다. 후세인들이 문학을 논하면서 본래의 "도"를 사랑한 근본적인 원인이 여기에 있다.

그 다음, "도"는 중국 지식인의 인문 이상이자 그들의 도덕 추구였다.

"도"는 만사 만물의 근원이자 만사 만물의 이치이다. 이에 따른 두 가지 사고방식이 있다. 하나는 고대 그리스의 철학자들처럼 이런 보편적인 원리를 탐구하는 순수한 형이상적인 사고이다. 다른 하나는 이런 탐구들이 구체적인 사물에서 벗어나지 않고, 사물에 대한 분리에서 사물의 "도"를 찾는 것이다. 중국 고대 지식인들은 후자를 선택했다.

『역』〈계사하〉에는 "『역』이라는 책은 넓고 커서 다 갖추어 천도天道가 있으며 인도人道가 있으며 지도地道가 있으니 삼재를 겸해서 둘로 하리라."[1696]고 하였다. 하늘, 땅, 사람 중에서 중국 초기 지식인들은 보편적으로 인도를 중시했다. 공자로 대표되는 유가는 "도"를 사회 정치 질서와 윤리 도덕 규범으로 이해했다. "임금은 임금답고, 신하는 신하답고, 아버지는 아버지답고, 아들은 아들다워야 한다."와 "인, 의, 예, 지, 신" 등이 기본 신조이다. 그들이 이런 규범을 지킨다면 사회는 안정되고 백성들이 행복해질 것이라고 생각했다. 그들은 요·순·우·탕·문·무·주공 때에 이런 규범이 잘 준수되었고, "덕치"와 "인정"의 사회 이상에 부합했다고 생각했다. 사실 공자가 언급한 정치 인물 및 그 모범적인 업적도 그의 이상적인 기준에는 미치지 못했다. 요, 순을 제외하고 무왕은 주의 봉기를 토벌한 적이 있고, 주공은 삼감三監의 난을 진압한 적이 있어서 결코 덕치와 인정이 아니었다. 그러나 공자가 제시한 사회적 이상은 오히려 당시 사회의 "예악 붕괴"라는 정치 현실을 직접 겨냥하고 있기에

1696) 王弼·韓康伯 注·孔穎達 疏, 『周易正義』 卷8, 〈繫辭下〉, 十三經注疏本, 90쪽.

당시 사회에 대한 비판 의식을 엿볼 수 있다. 이것이 바로 중국 초기 지식인이
가진 귀중한 점이다. 이른바 이상 사회란 단지 당시 사회를 비판하는 사상적
무기였던 것이다. 공자는 다음과 같이 말했다.

> 천하에 도가 있으면 예악과 정벌이 천자로부터 나오고, 천하에 도가 없으
> 면 예악과 정벌이 제후로부터 나온다. 제후로부터 나오면 대개 10대면 잃지
> 않는 자가 드물고, 대부로부터 나오면 5대면 잃지 않는 자가 드물고, 배신陪臣
> 이 국가의 정권을 잡으면 3대면 잃지 않는 자가 드물다. 천하에 도가 있으면
> 정권이 대부에게 있지 않고, 천하에 도가 있으면 서인이 정치를 논의하지 않
> 는다.[1697]

공자는 천하에 도가 있으면 세상이 안정되고, 천하에 도가 없으면 세상이
어지럽게 된다고 생각했다. 해결 방법은 "도를 배우고", "극기복례"하는 것이
다. 공자는 "군자가 도를 배우면 사람을 사랑하고, 소인이 도를 배우면 부리기
가 쉽다."[1698], "몸을 단속하여 예로 돌아가면 인이 되니, 하루라도 몸을 단속하
여 예로 돌아간다면 천하가 인한 임금에게 귀의할 것이다. 인을 하는 것은
나에게 달린 것이지 남에게 달린 것이겠느냐?"[1699]라고 하였다. 그는 제자들에
게 "독실하게 믿고 배우기를 좋아하며, 죽음으로 선도善道를 지켜야 한다. 위
태로운 나라에 들어가지 않으며, 어지러운 나라에 살지 않으며, 천하에 도가
있으면 출사하고, 도가 없으면 은둔해야 한다."[1700]라고 하였다. "군자가 문을
널리 배우고, 예로써 자신을 약속한다면 도를 벗어나지 않을 것이다."[1701]라고
생각한 것이다. 즉, 군자는 예악 문화를 폭넓게 공부하고, 스스로 예악 규범을
준수하면, "도"를 위배하지 않게 된다. 공자는 마치 "도"의 정의에 대해 과도하

1697) 何晏 集解·邢昺 疏, 『論語注疏』卷16, 〈季氏〉, 十三經注疏本, 2521쪽.

1698) 何晏 集解·邢昺 疏, 『論語注疏』卷17, 〈良貨〉, 十三經注疏本, 2524쪽.

1699) 何晏 集解·邢昺 疏, 『論語注疏』卷12, 〈顏淵〉, 十三經注疏本, 2502쪽.

1700) 何晏 集解·邢昺 疏, 『論語注疏』卷8, 〈泰伯〉, 十三經注疏本, 2487쪽.

1701) 何晏 集解·邢昺 疏, 『論語注疏』卷6, 〈雍也〉, 十三經注疏本, 2479쪽.

게 토론하는 것을 원치 않은 듯하다. 대신 사회와 인생의 의미에서 "도"의 의미를 찾는 것으로 관심을 전환했다. 이것은 공자의 인도 사상과 이성 정신 실천과 완전히 일치한다.

맹자는 공자의 사상을 계승하고, 군주의 심성 수양과 인격 단련에 더욱 관심을 가졌다. 그는 "성선설"을 이론 기초로 하여, 사람은 "양지良知" "양능良能"하여 깊이 생각하지 않고서도 스스로 알 수 있고 배우지 않아도 할 수 있어서, 그 본성을 잃지 않는다면 유가의 도를 수호할 수 있다고 생각했다. 그는 "사람이 배우지 않고도 능할 수 있는 것이 곧 양능이다. 사람이 생각하지 않았는데 저절로 알 수 있는 것이 곧 양지이다. 어린아이라도 그 부모를 사랑할 줄 모르는 자는 없으며, 장성함에 이르러서는 자기 형을 공경할 줄 모르는 자가 없다. 가까운 육친을 친애하는 것이야말로 인이요, 나보다 나이 많은 어른들을 공경할 줄 아는 것이 의이다. 이것은 특별한 이유가 있는 것이 아니다. 인과 의야말로 천하에 통달하는 것이기 때문이다."[1702]라고 하였다. 또한 "만물의 이치가 모두 나에게 갖추어져 있으니, 자신을 반성해 보아 성실하면 즐거움이 더없이 크고, 너그럽게 힘쓰면 인을 구하는 길이 더없이 가깝다."[1703], "내가 남을 사랑했는데 그가 나를 친하게 생각하지 아니하면 나의 인을 반성하라. 내가 남을 다스렸는데 다스려지지 아니하면 나의 지를 반성하라. 내가 남에게 예를 다했는데 그가 보답을 하지 않으면 나의 경을 반성하라. 행하여 내가 기대한 것을 얻지 못했을 때는 항상 그 원인을 나에게서 구하라. 나의 몸이 바르면 천하의 사람들이 나에게 돌아온다."[1704], "자기 어르신을 공경하는 마음으로 다른 어르신을 공경하고, 자기 자식을 사랑하는 마음으로 남의 자식을 보살핀다. 그러면 천하를 손바닥 위에 놓고 움직일 수 있다."[1705]라고 하였다.

1702) 趙岐 注·孫奭 疏, 『孟子注疏』卷13上, 〈盡心上〉, 十三經注疏本, 2765쪽.

1703) 趙岐 注·孫奭 疏, 『孟子注疏』卷13上, 〈盡心上〉, 十三經注疏本, 2764쪽.

1704) 趙岐 注·孫奭 疏, 『孟子注疏』卷7上, 〈離婁上〉, 十三經注疏本, 2718쪽.

1705) 趙岐 注·孫奭 疏, 『孟子注疏』卷1下, 〈梁惠王上〉, 十三經注疏本, 2670쪽.

맹자가 사회 정치 문제를 도덕 문제로 귀납했기 때문에 그는 종종 "덕"으로 "도"를 해석했다. "덕은 얻는 것이다. 안으로는 마음을 얻고, 밖으로는 외물을 얻는 것이다."[1706] "덕"이 있으면 "도"가 있을 수 있다. 이것은 맹자의 일관된 사상이었다. 맹자는 "백성이 귀하고 사직社稷은 그 다음이며, 군주는 대수롭지 않다. 그래서 밭일하는 백성들의 마음에 들면 천자가 되고, 천자의 마음에 들면 제후가 되고, 제후의 마음에 들면 대부가 된다."[1707]라고 하였다. "밭일하는 백성"을 중시한 것은 공자 사상에 대한 발전이자 사회의 커다란 진보를 반영한다. 민심을 얻은 자가 천하를 얻는 것은 공자와 맹자가 주장한 도의 주요 내용이 되었다. "밖으로는 외물을 얻는 것"도 중요하지만, 더욱 중요한 것은 "안으로 마음(美德)을 얻는" 것이다. 자신의 선량한 마음을 회복하는 것, 즉 "자신을 반성하고 성실"해야 한다. 그러면 "도"의 문제는 결국 도덕 수양의 문제가 된다. 맹자는 다음과 같이 말했다.

아랫자리에 있으면서 윗사람에게 신임을 얻지 못하면 백성을 다스릴 기회를 얻기 어렵다. 윗사람에게 신임을 얻는 것은 방법이 있으니, 먼저 친구들에게 신임을 받지 못하면 당연히 윗사람에게도 신임을 얻지 못한다. 친구들에게 신임을 받는 것도 방법이 있으니, 먼저 부모님을 섬겨 기쁘게 해드리지 못한다면 당연히 친구들에게도 신임을 받지 못한다. 부모님을 기쁘게 해드리는 것도 방법이 있으니, 자기 몸을 돌이켜보아 성실하지 못하면 당연히 부모님께 기쁨을 드리지 못한다. 내 몸을 성실하게 하는 것도 방법이 있으니, 선을 명료하게 인식하지 못하면 자기 몸을 성실하게 할 길이 없는 것이다. 그러므로 성誠은 하늘의 도이다. 그러나 성해지려고 노력하기를 항상 생각하는 것은 사람의 도이다. 지성至誠의 경지에 도달한 자로서 천하를 감동시키지 않은 자

1706) 『左傳』〈桓公二年〉에 "선한 덕을 밝혀 자손에게 모범을 보이는 것이다."라고 하였다. 공영달이 소에서 "덕은 얻는 것이다. 안으로는 마음을 얻고 밖으로는 사물을 얻는 것이다. 이것이 마음속에 있을 때는 덕이고, 이것이 밖으로 나타나는 것이 행이다. 덕은 아직 행동으로 나타나지 않은 것이다."라고 하였다.

1707) 趙岐 注·孫奭 疏, 『孟子注疏』卷14上,〈盡心下〉, 十三經注疏本, 2774쪽.

는 없었다. 성실하지 못한 자는 인간 세상에 감동을 줄 길이 영원히 없다.[1708]

맹자가 정치 문제를 도덕화한 것은 그가 처한 사회 환경과 밀접한 관련이 있다. 당시의 사회 통치자들은 사리사욕에 눈이 어두워 의리마저 저버리고, 서로 속고 속았다. "땅을 빼앗으려고 전쟁을 하여 사람을 죽게 하여 들에 가득 차게 하고, 성을 빼앗으려고 전쟁을 하여 사람을 죽게 하여 성에 가득 차게 했다."[1709] 이런 문제를 해결하기 위해, 그들을 도덕적으로 구속하는 것 이외에 다른 방법은 없었다. 물론 통치자들은 맹자의 이런 설교를 좋아하지 않았고, 이를 실천에 옮기는 사람도 없었다. 그래서 맹자의 사상도 단지 유가 제자들 사이에서만 몸소 실천될 뿐이었다.

공자와 맹자의 도는 유가의 "도"에 대한 기본적인 인식과 주요한 가치 목표를 대표한다고 할 수 있다. 그러나 진정으로 "도"와 "문"을 연결 지은 것은 순자였다. 순자는 다음과 같이 말했다.

학문이란 어디서 시작해서 어디서 끝나는가? 학문하는 순서는 먼저 시경, 서경 등 경전을 외우는 데서 비롯하고 예기를 정독하는 데서 끝나는 것이며, 그 목적은 군자가 되는 데서 비롯하여 성현이 되는 데서 끝나는 것이다. 참으로 오래오래 힘써 행하면 학문의 도에 들어가는 것이니, 학문이란 생명이 다할 때라야 끝나는 것이다. 학문의 순서에는 끝이 있다고 해도 그 목적은 잠시라도 중지하지 못할 것이다. 학문을 하면 사람이 되지만 이를 버리면 금수에 불과한 것이다. 학문의 순서로 시서를 시작으로 든 것은 『서』는 정치의 기록이요, 『시』는 정서의 표현이요, 『예』는 법의 근본인 동시에 사람으로서 지켜야 할 관습의 근원이기 때문이다. 그러므로 학문은 『예』에서 끝나는 것이니 이것이야말로 도덕의 극치이다.[1710]

1708) 趙岐 注·孫奭 疏, 『孟子注疏』卷7下, 〈離婁上〉, 十三經注疏本, 2721쪽.
1709) 趙岐 注·孫奭 疏, 『孟子注疏』卷7下, 〈離婁上〉, 十三經注疏本, 2722쪽.
1710) 荀況 撰·楊倞 注, 『荀子』卷1, 〈勸學〉, 二十二子本, 288쪽.

이것은 "학문"에 대한 이야기이다. 순자는 "성악설"을 주장했다. 그는 인간의 "악"한 본성을 바꾸기 위해서는 반드시 학문을 쌓고 예에 따라 성인의 도에 이르러야 한다고 생각했다. 학문을 쌓는 것은 순자에게 있어서 "문학을 쌓는 것"이었다. 순자가 말한 문학은 사실 공자의 정리와 설명을 거친 『시』·『서』·『예』·『악』·『춘추』의 유가 경전으로, 이런 문학들은 구체적인 형식을 가지고 있었다. 순자는 "도"가 문학의 구체적인 형식에서 나타나고, 성인은 "문"을 "도"와 완벽하게 통일시켜야 한다고 보았다. 그는 다음과 같이 말했다.

성인이란 도의 전달자다. 천하의 도는 이것을 통하는 것이요, 백왕百王의 도도 하나로 통하니 바로 이것이다. 『시』, 『서』, 『예』, 『악』도 모두 여기에 귀결된다. 『시』에서 말하고 있는 것은 성인의 뜻이요, 『서』에서 말하고 있는 것은 성인의 일이요, 『예』에서 말하고 있는 것은 성인의 품행이요, 『악』에서 말하고 있는 것은 성인의 조화요, 『춘추』에서 말하고 있는 것은 성인의 은밀한 뜻이다. 그러므로 "국풍"이 방탕한 방향으로 흐르지 않는 까닭은 여기서 취하여 조절하였기 때문이고, "소아"가 소아다운 까닭은 여기서 취하여 꾸몄기 때문이고, "대아"가 대아다운 까닭은 여기에서 취하여 빛나게 하였기 때문이고, "송"이 지극하게 된 까닭은 여기서 취하여 세상에 통달하게 하였기 때문이다. 천하의 도는 모두가 여기에 집약되어 있다.[1711]

변설辨說이란 마음속의 도리를 표현하기 위한 것이다. 마음이란 도리의 주재자이다. 도리란 모든 사물을 다스리는 조리가 되는 것이다. 마음이 도리에 부합하고, 변설이 마음에 부합하고, 말이 변설에 부합해야 한다. 명칭을 올바르게 해 여러 사물을 합쳐 놓고 진실을 근본으로 해 알도록 하며, 다른 것들을 분별해 말에 잘못이 없도록 하고, 같은 사물들을 헤아려 도리에 어긋나지 않게 하며, 남의 말을 들을 때는 조리에 맞는 것만을 취하고, 자기의 변설을 할 때는 사물을 다 표현하도록 한다. 이러한 올바른 도리로써 간사함을 분별해 낸다면, 마치 목수가 먹줄을 써서 굽고 곧음을 가늠하는 것처럼

1711) 荀況 撰·楊倞 注,『荀子』卷4,〈儒效〉, 二十二子本, 302쪽.

될 것이다. 그렇기 때문에 사악한 이론으로 어지럽힐 수가 없게 되고 여러
학파들은 도망가 숨을 곳이 없게 될 것이다.[1712]

순자는 유가의 도와 문학을 쌓는 것을 함께 연결 짓고, 이를 기초로 성인은
"도"의 "관管"(천하의 "도"를 종합), 육경六經은 "도"의 "귀歸"(구체적인 "도"의 실현)
임을 제시하고, 사문변설辭文辨說을 모두 "도"의 감시 아래에 두고 총괄하였
다. 이렇듯 순자는 사실 "원도原道", "정성征聖", "종경宗經"의 기본 사상을 명
백하게 밝혔다.

"문"과 "도"의 관계로 볼 때, 맹자는 "도"가 "덕"에 있고, "덕"의 근본은 "인
의"를 얻는 본심에 있다고 생각했다. 이렇게 하면, "문"이 "도"에 부합하지 않
을까 걱정할 필요가 없다. 이른바 "흐르는 물은 웅덩이를 채우지 않고는 앞으
로 나아가지 못하고, 군자는 도에 뜻을 둔 이상 경지에 이르지 않고서는 벼슬
에 나아가지 않는"[1713] 것이다. 즉, 공자가 말한 "덕이 있는 자는 반드시 훌륭한
말을 한다."[1714]라는 뜻이다. 이렇듯 "문"과 "도"의 문제는 주로 도덕 인격의
수양 문제이다. 순자는 도덕 인격의 배양에 반대하지 않았지만, 도덕 인격의
배양이 "끊임없이 노력하는" 과정이라고 생각했다. 이것은 본성의 자각이 아
니라 예법의 연마와 예속이고, 문학 지식을 배우는 것은 중요한 과정이었다.
이렇듯 그는 "문"과 "도"의 관계를 "형이하"와 "형이상"으로 이해했다. 후세인
들이 말하는 "문장은 도덕을 담는 그릇이다."[1715]는 바로 그의 사상에서 영향
을 받은 것이다. 순자 이전에 "문"과 "도"는 나뉘지 않았다. 공자는 한 번도
"도"의 문제를 형식화하는 주장을 하지 않았다. 그는 예절 의식을 매우 중시했
지만 이런 예절 의식을 "도"라고 생각하지 않았다. 그는 "예禮, 예하지만, 어찌
옥과 비단을 이르는 것이겠는가? 음악, 음악하지만, 어찌 종과 북을 이르는

1712) 荀況 撰·楊倞 注, 『荀子』卷16, 〈正名〉, 二十二子本, 344쪽.
1713) 趙岐 注·孫奭 疏, 『孟子注疏』卷13下, 〈盡心上〉, 十三經注疏本, 2768쪽.
1714) 何晏 集解·邢昺 疏, 『論語注疏』卷14, 〈憲問〉, 十三經注疏本, 2510쪽.
1715) 黃庭堅, 『豫章黃先生文集』卷6, 〈次韻楊明叔四首序〉, 四部叢刊本.

것이겠는가?"[1716]라고 하였다. 예악 문제는 옥백종고玉帛鐘鼓의 문제가 아니었
다. 핵심은 그것에 대한 인식, 이해, 수용의 문제였다. 즉, 진심의 여부에 달려
있었다. 공자와 맹자가 내외본말을 하나로 본 것과 달리, 순자는 사실 내외본
말을 분리하여 외재의 규범을 통해 내재의 품격에 영향을 주고, 외재의 형식
을 통해 내재의 본질이 장악된다고 생각했다. 이렇듯, "문"과 "도"의 문제는
형식과 내용의 관계 문제로 변모했다. 문학 문제도 형식상으로 토론이 필요한
문제가 되었고, 심지어 유가 경전도 문학 형식으로 인정받고 모방되었다. 이
것은 문학 관념의 커다란 진보가 아닐 수 없고, "문"과 "도"의 관계에 있어서도
커다란 발전이 아닐 수 없겠다.

　"도"는 사실 중국 고대 지식인의 이성 가치와 사회 이상을 대표하고, 구체
적으로 "선왕이 남긴 글"에서 나타나는데, 이런 "선왕이 남긴 글"은 주로 지식
인의 손에 장악되었고, 그 기본 정신도 지식인들에 의해 상세히 밝혀졌다. 그
렇기 때문에 "도"가 사회에서 보편적으로 숭상되었을 때, 지식인의 지위가 높
아졌을 뿐만 아니라, "문"(문학)도 매우 중시되었다. 『회남자』〈숙진훈俶眞訓〉
에는 다음과 같이 나와 있다.

　　주 왕실이 쇠망해지고 왕도가 폐해지자, 유가와 묵가가 서로 도를 설파하
　였고 도당을 나눠 서로 싸우게 되었다. 이렇게 되자 박학을 내세우며 성인을
　의심하고, 허언으로 꾸며 대중을 위협하고, 장엄한 현가絃歌와 고무鼓舞에 의
　해, 그리고 시와 서를 과대하게 해설하면서 천하에서 명성을 구했다.[1717]

반면에 맹자는 다음과 같이 말했다.

　　성왕이 나타나지 않아, 제후들이 방자하게 굴고 처사들이 마구 의견을
　내놓아, 양자와 묵자의 학설이 천하에 가득 퍼졌다.[1718]

1716) 何晏 集解 · 邢昺 疏, 『論語注疏』卷17, 〈陽貨〉, 十三經注疏本, 2523쪽.
1717) 劉安 撰, 高誘 注, 『淮南子』卷2, 〈俶眞訓〉, 二十二子本, 1213쪽.

이런 비판적인 언론을 통해 당시 사회가 언론 저술을 얼마나 중시했는지 알 수 있다. 『사기』〈맹자순경열전孟子荀卿列傳〉에는 제 선왕 때 직하학자稷下學者가 매우 번성했고, 이들은 "각자 글을 지어 혼란한 세상을 다스리는 일들을 논술하여 이로써 당시의 군주들에게 읽혀지기를 간구하였다."[1719]라고 하였다. 당시에 "도"와 "문"을 모두 중시하여 사람들은 "글이란 도를 담는 그릇이어야 한다."의 문제에 대해 고민할 필요가 없었다. 왜냐하면 이 문제가 존재하지 않기 때문이다. "권세"를 존중하고 "도"를 비천하게 여기는 진나라 이후에 가서야 비로소 "문"과 "도"는 지식인이 관심을 갖는 중요한 문제가 되었고, "문"과 "도"의 관계에 대한 서로 다른 이해도 각 유형의 문인을 구분하는 척도가 되었다.

이상의 분석에서 볼 때, 중국 초기 지식인들이 제시한 "도"의 개념 및 "도"에 대한 옹호는 가치 이성과 인문 정신에 대한 옹호이고, 그들 각자가 제시한 이론 학설에 대한 옹호이자 지식인의 집단의식에 대한 옹호였다.

선진 시대 지식인이 형성한 도덕을 옹호하는 태도와 근원을 밝히려던 정신은 진한 이후 중국 지식인의 문화적 심리와 그 성격에 아주 깊은 영향을 끼쳤고, 문학 분야도 "글이란 도를 담는 그릇이어야 한다."라는 뿌리 깊은 사상 전통을 형성했다. 긍정적인 면에서 볼 때, 이 사상은 지식인의 사상적 경지를 높이고, 그들의 사회적 책임을 무겁게 하여 문학이 국가 경제와 국민 생활에서 멀어지지 않게 하였고, 문학이 사회와 인생을 개선하는 역할을 충분히 발휘하도록 하였다. 그러나 부정적인 면에서 본다면, 이 사상은 문학가들의 감정 표출을 제한하고, 문학이 정교 기능 이외의 기타 기능을 발휘하지 못하도록 하는 데 영향을 주었고, 인간의 전면적인 발전에도 이롭지 않았다. 게다가 글이 담고 있는 "도"도 사람들이 생각하는 이상적이고 성스러운 경지가 아니었다. 윤리 도덕이나 사회 제도로 볼 때, 선진 제자에서 말한 "도"에는

1718) 趙岐 注·孫奭 疏, 『孟子注疏』卷6下, 〈滕文公下〉, 十三經注疏本, 2714쪽.
1719) 司馬遷, 『史記』卷74, 〈孟子荀卿列傳〉, 二十五史本, 266쪽.

모두 아주 분명한 시대적, 사상적 한계가 담겨 있었다. 그래서 이 사상은 옛 제도를 옹호하고 새로운 사상을 반대하는데 편리한 무기가 되었다. 심지어 개방적인 사람조차도 이런 관념을 옛것을 그대로 답습한 진부한 설교로 바꾸곤 하였다. 이런 점에서 궈샤오위郭紹虞(1893~1984)는 "중국 문학 비평에서 주요한 문제는 '글이란 도를 담는 그릇이어야 한다.'라는 어지러운 주장이 아니면, 오묘해서 이해하기 어려운 그런 신기를 논하는 농간들이었다. 전자는 유가 사상의 발휘이고, 후자는 도가 사상의 영향이다. 이 두 사상은 중국 문학 비평사에서 아주 큰 영향을 끼쳤다."[1720]라고 하였다. 핵심을 간파한 말이 아닐 수 없다.

진한 이후, 특히 한 무제가 동중서의 "백가를 배척하고 유가를 숭배"해야 한다는 주장을 받아들인 이후, 유가 사상은 사상 통치의 중심을 차지하게 되었다. 공자와 맹자가 세운 군자 인격과 "군자는 도를 도모한다."는 주체 의식 및 인문 정신은 중국 고대 지식인에게 비할 바 없는 강력한 영향을 주었다. 사람들은 문을 논하고, 문을 쓰며, "문"과 "도"를 함께 연관 짓고, "도"를 기준으로 중심 사상을 삼아 중국 고대 특유의 문학 경관을 형성했다. 몇 가지 대표적인 관점을 예로 들어보자.

당나라 때의 문학가 유면柳冕(생몰년 미상)은 "옛날에 요순이 세상을 떠난 뒤 『아雅』와 『송頌』을 지었고, 『아』와 『송』이 그치자 다시 공자께서 지었다. 교화를 목적으로 하지 않은 문장이 없어서 국풍國風이 되었다. 때문에 군자의 유儒로서 배우면 도를 이루고, 말하면 경전이 되고, 행동하면 교화가 되고, 소리를 더하면 율이 되고, 이를 조합하면 음악이 된다. 이것은 마치 해와 달이 하늘에 매달려서 비추지 않는 곳이 없는 것과 같고, 풀과 나무가 땅을 수놓아서 모범이 되지 않는 것이 없는 것과 같고, 성인이 문장을 수놓으면 밝히지 않는 것이 없는 것과 같았다."[1721]라고 하였다.

1720) 郭紹虞, 『照隅室古典文學論集』上篇, 「中國文學批評史上之"神""氣"說」, 上海:上海古籍出版社, 1983, 46쪽.

유명 문학가 한유韓愈(768~824)는 "군자는 그 지위에 있으면 죽을 각오로 그 직분을 다할 생각을 하고, 자리를 얻지 못하면 문사를 닦아 도리를 밝힐 것을 생각한다. 나는 장차 도를 밝히려 함이지, 곧은 척하여 남에게 강요하고자 하려는 것이 아니다."[1722]라고 하였다.

또 다른 저명 문학가 유종원柳宗元(773~819)는 "성인의 말은 도를 밝히는 것을 목표로 삼고 있는데, 학자들은 도를 추구하기에만 힘쓰고, 그 문사文辭는 소홀히 하고 있다. 문사가 세상에 전해지는 것은 반드시 책으로 말미암는 것이다. 도는 문사를 빌려서 밝혀지며, 문사는 책을 빌려서 전해지는 것이니 본질적인 것은 도를 얻는 것에 있을 뿐이다. 도에 이르렀을 때, 단지 그것이 사물에 미치면 될 뿐이다. 이것은 도의 내적인 측면을 취한 것이다."[1723]라고 하였다.

북송 시대의 문학평론가 석개石介(1005~1045)는 "성인은 문을 관리하는 사람이다. 군자는 그것을 본보기로 삼고, 일반 사람들은 그것을 통하여 살아간다. 문은 음양의 체體를 갖추었고, 삼강의 상象을 펼친 것이며, 오상의 질質을 온전하게 하고, 구주의 수數를 서술한 것이다. 도덕으로 근본을 삼고, 예악으로 장식하고, 효제로 아름답게 하고, 공업功業으로 담아내고, 교화로 밝히고, 형정으로 기강을 세우고, 호령으로 널리 알린다. 이로써 군신 간의 도를 빛나게 하고, 부부간의 순리를 밝힌다. 높고 낮은 사람들에게 법이 있고, 위와 아래에 기강이 있으며, 귀하고 천함에 혼란이 있을 것이며, 안과 밖이 서로 해를 주지 않으며, 풍속은 두터운 곳으로 돌아오며, 인륜은 이미 바루어져 드디어 왕도가 실현될 것이다."[1724]라고 하였다.

유명 문학가 구양수歐陽修(1007~1072)는 "군자는 학문에 있어서 도를 행하는 것에 힘쓴다. 실제로 도를 행하려면 반드시 옛것을 알아야만 한다. 옛것을 알고 도를 밝힌 뒤에야 그것을 자신의 삶 속에 실천할 수 있고 여러 일에 실행

1721) 董浩, 『全唐文』卷527, 〈答荊南裵尙書論文書〉, 北京:中華書局影印, 1983, 5357쪽.

1722) 韓愈, 『昌黎先生集』卷14, 〈爭臣論〉, 四部叢刊本.

1723) 柳宗元, 『柳宗元集』卷34, 〈報崔黯秀才論爲文書〉, 北京:中華書局, 1979, 886쪽.

1724) 石介, 『徂徠石先生文集』卷13, 〈上蔡副樞密書〉, 北京:中華書局, 1984, 144쪽.

할 수 있다. 더 나아가 그것을 문장에 드러내서 표현하여 후세 사람들에게 믿음을 준다. 그의 도는 주공, 공자 그리고 맹자와 같은 사람이 끊임없이 실천 했고 실행했던 도이다. 그의 문장은 육경에 실려서 지금까지도 믿음을 주는 것이다."[1725)라고 하였다.

남송 시대의 학자 주희(1130~1200)는 "문과 도는 같은 것인가 다른 것인 가? 만약 도 밖에 사물이 있다면, 문이 제멋대로 표현해도 도를 해치지 않을 것이다. 오직 도 밖에 아무 것도 없을 때, 문이 도에 조금이라도 적합하지 않다 면 도를 해치게 될 것이다. 그러나 그 해로움에 깊고 얕음이 있으리라."[1726)라 고 하였다.

명나라 초의 학자 방효유方孝儒(1357~1402)는 "문은 도를 밝히는 것이다. 문이 도를 밝힐 수 없다면 그것은 문이 아니다."[1727)라고 하였다.

명나라 때 "당송파"의 대표 작가인 모곤茅坤(1512~1402)은 "문은 도를 싣 는 그릇이다. 도는 복희씨 이후에 그 요지가 변함이 없었다. 공자와 맹자가 죽고 그 성스러운 학문이 미약해졌다. 그래서 육예의 요지가 흩어져 전해지지 않는다."[1728)라고 하였다.

이외에도 비슷한 의견이 아주 수두룩하다. "군자는 도를 도모한다."는 사 상이 이미 중국 지식인들의 뼛속까지 깊이 파고들고 그들의 문학 관념과 모든 문학 활동에 스며든 것을 설명해준다. 당나라 사람들의 문학관과 송나라 사람 들의 문학관이 완벽하게 일치하는 것이 아니다. 그러나 송나라 도학가의 문도 관과 고문가의 문도관에도 많은 차이가 있지만, 그들이 모두 문도의 관계를 핵심 논점으로 삼았다는 점에서는 일치한다. "중국 문학 비평사에서 시종일관 문과 도의 관계를 벗어나 토론하지 않았다."[1729) 이런 관점은 문학계 전체에

1725) 歐陽修, 『歐陽文忠公文集』卷66, 〈與張秀才第二書〉, 四部叢刊本.

1726) 朱熹, 『朱文公文集』卷35, 〈答呂伯恭〉, 四部叢刊本.

1727) 方孝孺, 『遜志齋集』卷14, 〈送牟元亮趙士賢歸省序〉, 四部叢刊本.

1728) 茅坤, 『茅鹿門先生文集』卷5, 〈與王敬所少司寇書〉, 續修四庫全書本.

1729) 郭紹虞, 『照隅室古典文學論集』上篇, 「中國文學批評史上之"神""氣"說」, 170쪽.

만연해 있다. 선진 시기에 형성된 중국 고대 문학관의 영향이 끊임없이 강화되었고, 중국 고대 문학은 짙은 범도덕적 성향을 갖게 되었다. 사람들이 이해하는 "도"는 주로 공자와 맹자의 도를 가리키기 때문에 중국 고대 문학은 자연스럽게 예절, 정감 및 편중된 설교라는 전통을 형성하게 되었고, 이것은 문학발전을 저해하였다. 물론, 모든 사물에는 양면성이 있기 때문에 도를 중시하는 전통은 문학가의 사회적 책임감을 가중시켰고, 문학이 사회와 인생에 더욱관심을 갖게 하는 등 문학의 사회적 영향력을 높여주었다. 중국 고대 문학은고대 중국 사회에서 줄곧 관심을 가졌던 큰 이슈였던 듯하다. 주변으로 밀려나거나 배척되지 않을 수 있었던 것은 도를 중시하는 전통 관념이 중요한 원인이었다. 오늘날에도 이런 전통은 비판적으로 계승, 개선하고 확대해 나가야할까? 학계에서는 줄곧 토론이 있어 왔다. 이제 사회가 마지막으로 선택해야할 것이다.

결론

1.

문학 관념은 문학에 대한 사람들의 기본적인 인식이다. 이것은 문학 활동에서 이론의 종합이자, 사람들의 문학 활동을 지도하고 규범하고 제약한다. 한 민족의 문학 관념은 사실 그 민족의 문학에 대한 이해와 문학 활동에 종사하는 태도로 나타난다. 또한 문학 관념의 차이도 사실 문학에 대한 이해와 문학 활동에 종사하는 태도의 차이이다.

중국 문학 관념은 고대와 현대로 나뉜다. 중국 현대 문학 관념은 비록 중국 고대 문학 관념과 떼려야 뗄 수 없는 관계에 있다. 하지만 중국 현대 문학 관념은 오히려 중국 고대 전통 문학 관념을 강하게 비판하고, 서양 현대 문학 관념을 자발적으로 흡수하는 사조에서 생겨났기 때문에 서양 현대의 느낌을 물씬 풍긴다. 그러나 중국 현대 문학 관념이 어떠한 서양 현대 문학 관념의 영향을 받았던지, 이것의 문화 기초·사유 방식·언어 표현 등은 여전히 중국식이고, 진정한 서양 현대 문학 관념과는 차이가 있다. 사실 중국 문학 관념에 고대와 현대의 구분이 있듯, 서양 문학 관념에도 고대와 현대의 구분이 있다. 그리고 고대이든 현대이든 중국 문학 관념과 서양 문학 관념에는 모두 확연한 차이가 있다. 이런 구분과 차이를 충분히 이해하려면 각 국가, 각 민족의 문학 관념이 발생한 초기 단계로 거슬러 올라가야 한다. 이런 초기 단계에서 그들의 문학 관념 발전에 깊고 안정된 사상 문화적 기초가 세워졌다. 그러므로 중국 문학 관념 발생의 초기 단계를 기술하고 중국 문학 관념 발생사를 구축하다 보면 중요한 이론 가치와 현실적 의미를 가질 수 있게 된다.

중국 고대 문학 관념의 발생을 탐구할 때에는 절대적인 시작점을 찾기보다는 중국 문학 관념의 구축 과정, 원인과 원리를 정리해야 한다. 다시 말해, "발생학"의 요구에 따라 중국 고대 문학 관념 발생의 역사 과정을 탐구해야 한다. 그러나 중국 문학 관념 발생의 초기 단계를 기술하고, 중국 문학 관념 발생 당시의 태초의 의미 및 그 변화 궤적을 토론할 때, 일반적인 사상 전개와 논리 추론에 의지하거나, 서양의 이론 패턴을 그대로 사용해서도 안 된다. 반드시 중국 문학 관념 발생의 실제에서 출발해야 한다. 이런 실제는 물론 주관적인 구상에 의지해서는 안 되고, 역사 사료에 근거하여 기술해야 한다. 이런 역사 사료에는 문헌과 유물은 물론, 고고학이나 전설도 포함된다. 역사적으로 전해내려 온 중국 문학 관념과 관련된 모든 부호에 마땅히 관심을 기울이고, 중국 문학 관념 발생의 사회 역사 문화적 배경과 문학 관념의 태초의 의미를 설명하고, 이를 통해 중국 문학 관념의 문화적 특징과 민족적 특색을 밝혀내야 한다. 그리고 역사 사료의 해석에 있어서 반드시 당시의 문화적 환경에 놓고 "그들의 정서를 이해"하고 "입장을 바꿔" 설명해야 한다. "알맹이가 없고 실제에 부합하지 않는 내용"은 되도록 피하면서 옛사람들을 분석해야 한다.

2.

중국 고대 문학 이론가들은 문학 관념을 토론하면서 "천문"과 "인문"으로 나누고, "관호천문觀乎天文"과 "관호인문觀乎人文"의 관계에서 중국 고대 문학의 의미와 정수를 찾아야 한다고 주장했다. 이것은 중국 고대 문학과 문학 관념 발생의 실제와 부합한다. 그들의 상고 시대 "천문"지학에 대한 기술은 현대 고고학과 문헌학으로부터 지지를 얻었다. 그것이 점복이든 제사이든 은상 시대부터 전해 내려온 문헌과 고고학 자료는 "절지천통絶地天通" 이후 발전하기 시작한 통치자들이 독점한 천지신인과의 소통 문화를 설명해준다. 즉,

"통천" 문화이다. 당시 사람들의 인식에서 인류와 자연은 주로 종속의 관계였다. 원시 종교 의식은 인류의 관념을 상제신의 지배에 집중시켰다. 그래서 이때의 문화는 귀신 문화라고 할 수 있다. 이런 문화는 "하늘이 상을 드리워 길흉을 나타낸다.", "하늘의 모든 현상을 관찰하여 시세의 변화를 살핀다."는 사유 패턴에 따라 운행되고 발전했다. 이런 문화 패턴 속에서 "해와 달과 별의 운행을 살펴 사람들에게 때를 알리는 것"은 사람들이 하늘과 인간의 관계를 처리하는 기본 원칙이 되었다. 그중에는 원시 종교와 미신이 포함되고 원시 과학과 예술도 포함된다. 이런 문화는 통치 지위를 가진 무격 집단에 장악되고 전수되었기 때문에 중국 초기의 공식 학술이 되었다. "통천"을 핵심으로 하는 "천문"지학은 오랜 축적 과정을 거치면서 중국 고대 문명의 중요한 단계를 구현했다. 중국 고대 문학 관념의 발단은 곧 여기에서 시작되었다. 어떤 의미에서 이것은 중국 고대 문명의 기초이자 중국 고대 문화의 논리적 전제라고 할 수 있다.

중국 고대 문학 관념은 비록 "관호천문"에서 발양하였지만, 주나라가 은을 멸망시킨 뒤, 통치자들은 은나라가 멸망한 이유와 주나라가 흥하게 된 역사 경험을 종합하여 "하늘을 믿을 수 없다.", "천명이 영원하지 않다."를 깨닫고, 오직 "경덕", "보민"해야지만 국가가 비로소 오랫동안 유지될 수 있다고 생각하게 되었다. 이를 통해 사회 문화적 전환을 위한 사상의 기초가 마련되었다. 그래서 주공은 예악을 제작하고, "역사를 거울로 삼고" "백성을 거울로 삼아" 제도 문화 건설에 박차를 가했다. 그리고 "모든 계급이 도덕을 받아들이게" 하여, "관호천문"에서 "관호인문"으로 관점의 변화를 실현했다. 이런 관점의 전환은 주공 등이 실행한 주나라 초기의 고령誥令과 『시경』의 〈주송〉 및 일부 『대아』와 『소아』에서 그 증거를 찾을 수 있다. 주나라 초기 통치자들은 이미 국가의 운명을 완전히 천명에 맡기지 않았다. 귀신이 그들에게 화를 면하게 해준다고 생각하지 않았으며, 자신의 행동이야말로 결과를 만들어내는 원인임을 깨달았다. 통치자들은 자신의 행동에 책임을 져야 했다. 그들은 이미 "집단 행위 사관"으로 "집단 신권 사관"을 대신하게 되었다. 주나라 자손이 대대손손 역사의 경험이 주는 교훈을 기억하도록 하기 위해 주공의 주재로 연회·조회·종묘의 악가를 제정하였는데, 오늘날 볼 수 있는 『시경』의 일부 〈아〉, 〈송〉이 그것이다. 이것으로 선전을 강화하고, 사감史監 의식을 강화하여 주나라 사람들이 언제 어디서든 선조들이 일구어낸 건국의 어려움과 은상이 음탕하고 방종하여 멸망하게 된 교훈을 명심하도록 하였다. 자손들이 "역사를 거울로 삼는" 문화 분위기 속에 젖어들게 한 것이다. 주나라 사람들이 "백성을 거울로 삼은" 제도는 주로 "헌시청정獻詩聽政"으로 나타났다. 이 제도는 통치자들이 국가 경제와 백성의 생활에 관심을 갖게 하고, 민의와 민정을 관리하여 상하 사이에 사상과 정감이 적극적으로 소통할 수 있는 통로가 되었다. 동시에 자연스럽게 문화 예술의 표현 형식도 생겨났다. 예를 들어, 시時, 곡曲, 서書, 잠箴, 부賦, 송誦, 전어傳語, 풍문 등은 모두 끊임없이 풍부해지고 발전해 나갔다. 『시경』의 〈소아〉, 특히 〈국풍〉이 바로 이런 제도에서 파생되어 나온 것이다. 오늘날 많은 사람들이 "이남"을 애정시라고 하고, 애정시를 〈국풍〉의 첫 번째에 배치하였는데, 이로써 『시경』 첫 번째가 되었다. 이것은 당시 사람들의 이런 감정에 대한 중시와 인정을 의미한다. 그러나 전통의 이해에 따르더라도 "이남" 각 편은 "황후와 대부 아내의 덕"에서 나온 것이다. 즉, 그녀들이 부부간 감정의 정正을 얻는 것을 말한다. 그러나 정正의 의미를 어떻게 이해하든지, 부부의 정에서 남녀의 정으로 확대된 것은 사회 풍속 교화를 판단하는 기준으로 볼 수 있어, 천자가 민정을 이해하는 창구가 되었다. 그리고 시가 속의 이런 감정은 불변의 진리가 되었다. 이것은 시가로 하여금 가장 활력 있고 매력 있는 표현 대상이 되게 하였다. 사실 남녀의 정은 세속 생활의 기본적인 내용으로 자연과 사회의 복잡한 관계에 얽혀있어서, 민정과 풍속을 가장 잘 반영하는 창구이자, 인성과 인정을 가장 잘 표현할 수 있는 영역이다. 주나라 사람들은 이에 대해 특히 관심을 가졌고 마땅한 지위를 주었다. 이것은 주나라 사람들의 "관호인문"이 전면적이고 이성적이었음을 증명해준다. 그리고 이런 문화적 관점도 훗날 문학이 발전할 수 있는 중요한 방면이 되었다.

춘추는 아주 혼란한 시대였다. 문학 관념에도 급격한 변화가 생겨났다.

위衛 무공武公의 자성과 윤길보尹吉甫가 지은 작품은 서주 말기부터 춘추 초기까지 문학의 사회적 기능이 조용히 변화되었음을 두 측면에서 증명해준다. 일찍이 예악 제도 중에서 중요한 기능을 했던 『시』와 『서』 등의 전통 문학은 예악 교화의 구성 부분일 뿐만 아니라, 점차 통치자들이 개인의 정치적 목적을 실현하고 개인의 도덕적 이미지를 형상화하는 수단이 되었다. 심지어 아첨하고 떠받들며 혼란한 세상을 태평한 것처럼 꾸미는 도구가 되었다. 이에 문학은 예악 제도에서 벗어나 독립적인 성향을 갖게 되었다. 춘추 중엽에 사인이 역사 무대에 등장하면서 천명관과 천도관을 비판하는 기초에서 "입덕·입공·입언"의 "불후"관이 생겨났고, "집단 행위 사관"에서 "개인 행위관"으로 바뀌면서 사람들은 개인의 현실 행위에 관심을 갖게 되었다. 이것은 사실 사람들이 종법 계급의 한계를 제거하고 독립적으로 행동할 수 있게 하는 작용을 하였고, 이로써 문학의 발전에 새로운 길을 열어주었다. 사람들은 "입언"을 통해 자신의 불후를 실현하는 동시에, "입언"을 통해 사회에 대한 평가를 할 수 있었다. 이렇듯 문학은 더 이상 씨족을 결속하는 끈이나 예악 교화의 부속품이 아니라 개인이 독립적으로 실천하는 활동이 되었다. 즉, 일종의 사회를 비판하는 무기이자 개인의 인생 가치를 실현하는 도구였다. 춘추 후기에 이르러 사의 사회 정치적 역할이 날로 두드러지게 되었고, "입덕·입공·입언"은 그들이 "세경세록"에 대항하는 보물이 되었다. 전통적인 예악 사상은 와해되었고, "덕에 가까운" 사람은 "예를 안다."가 "예"와 "덕"의 관계에 대한 기본적인 인식이었다. 그리고 "예"와 "덕"의 결합은 개인적 도덕 수양과 사회적 윤리 질서의 상징이 되었다. "시"로 대표되는 문학은 모든 사회적 기능을 가진 가치의 실체가 되었고, 사인들이 몸과 마음을 의지할 수 있는 중요한 분야가 되었다. 그리하여 진정한 개인의 문학 창작과 문학 감상이 이때부터 막을 올리기 시작했다.

　"시"는 중국 문학계에서 가장 먼저 생겨난 중요한 분야이다. 그래서 "시언지詩言志" 관념의 변화는 중국 문학 관념 발생의 표본으로 삼을 수 있다. 『상서』〈요전〉에 실린 "시언지"의 관념은 이른 시기에 발생했고, 그것은 원시 예악의 일부로 무사 집단이 점복, 제사 과정에서 했던 도사禱辭와 고어告語로 나타났다. 즉, "신명을 명백히 알리는 것"을 목적으로 한다. 이것은 독립적인 문학 관념이 아니고 종교 관념의 일부였지만 훗날 시학이 독립하고 시교가 발생하는 데 문화적 기초를 마련해 주었다. 그래서 우리는 이것을 "천고千古 시교詩敎의 기원" 혹은 중국 시론의 "창시적 강령"으로 간주한다. 서주 초기에 주공이 "예악을 제작한" 이후에 "시"는 예악 교화의 체계 속에 포함되었고, 세속 정교 및 문화 제도와 긴밀하게 결합하였다. "헌시獻詩"와 "채시采詩" 제도는 "시"가 씨족 정감을 표현하고 정치 정서를 소통하게 하는 도구가 되었고, "신명을 명확히 알리는 것"에서 "천자가 정치에 관한 이야기를 듣는 것"으로 전환하였다. 체계에 포함된 "시"는 음악이 곁들어지면서 종묘 제사, 조회 연회에 사용되었고 전례 의식의 중요한 부분이 되었다. 그리하여 종법 질서를 유지하고 사상과 감정을 교류하는 기능을 발휘하게 되었다. 사회 예악 제도 규범과 의식 운용 규칙은 시악에 의미와 가치를 부여하였다. 그러나 이때의 "시"는 예악에서 벗어나 독립적인 지위를 얻지 못했고 순수한 문학 관념도 아직 생겨나지 않았다. "시"에서 말하는 "지"는 비록 세속 정치와 윤리 질서를 지향하지만 여전히 "악"의 제한을 받고 "예"를 위한 것으로서 씨족의 사상 감정을 표현했다. 춘추 시기에 "시"는 점차 예악의 속박에서 벗어나 독립적인 발전을 이루었다. 이런 발전은 주로 두 가지 방법을 통해 이루어졌다. 하나는 "부시언지賦詩言志"를 통해 예교의 속박에서 벗어났는데, 이로써 시의 독립적인 "언지" 기능이 부각되었다. 다른 하나는 "예"와 "악"의 구별을 통해서 전례 의식의 속박을 벗어났고, 이로써 시의 내재적 의미와 가치를 부각시킬 수 있었다. 이 두 가지는 서로 보완되면서 춘추 시교의 전통을 형성하였고, 시의 관념 해방과 문학 관념의 형성에 기초를 마련했다. 또한 시가 개인의 정감을 표현하고 독립적인 인격을 배양하는 새로운 발전 단계에 들어서도록 하였다.

종합적으로 볼 때, "시언지"의 종교 문화적 기초는 시의 신성한 특징을 마련하였고, 문학 관념의 초월적인 의미는 여기에서 발생학적 근거를 찾을 수 있다. "헌시청정獻詩聽政"의 예악 교화는 시의 사회적 기능을 강화하였고,

문학 관념의 윤리 도덕적 요구는 이성理性적 경험을 실현했다. "부시언지"의 춘추 시교는 시의 독립적인 가치를 부여하였고, 문학 관념의 개인화 경향은 개인 인격과 정신 정감의 결작을 꽃피웠다. 시가 독립적인 가치를 얻고 개인 정신생활과 인격 수양을 연결 지을 때, 독립적인 문학 관념도 발생했다. 시의 문학적 의미의 파생은 중국 문학 발생의 표본이다. 또 "시언지" 관념의 발생과 변화의 경로는 중국 고대 문학 관념 발생과 변화의 경로를 제시했다. 때문에 문학 관념이 춘추 말기에 정식으로 발생하기 시작한 것은 절대 우연이 아니다. 이런 관념을 수립하고 그 특정한 의미를 부여한 것은 위대한 사상가, 교육가, 문학가인 공자였다.

3.

중국 고대 문학 관념은 공자가 수립했다. 그래서 공자 문학 관념의 참된 의미를 파악하려면 반드시 공문"사과四科"("덕행, 언어, 정사, 문학")와 공문"사교四教"("문, 행, 충, 신")의 상호 관계에 대해 자세하게 정리하고 정확하게 논술해야 한다.

공문"사과"는 공자가 정치 방면에서 제자들의 특기를 평가한 것이다. 공문"사과" 중의 하나인 "문학"은 정치 실천에 옮길 수 있는 문치 교화의 학문을 말한다. 공문"사교"와 공문"사과"는 분명한 대응 관계가 있다. 공자의 교육 내용을 반영하는 공문"사교"는 낮은 것에서 높은 것으로의 순서로 되어 있는 반면, 공자의 배양 목표를 반영한 공문"사과"는 높은 것에서 낮은 것으로의 순서로 배열되어 있다. 공자는 인재의 능력에 따라 가르쳤지만, 배양 목표 자체가 다를 수는 없기에 큰 인재와 작은 인재의 구분을 피할 수 없었다. 공문"사과"의 배열은 등급의 차이를 나타낸다. 공자는 학생을 배양할 때 도덕을 중시했다. 왜냐하면 도덕은 입신의 근본이자 정치 참여의 근본이어서 덕이 있는 사람이 군자가 될 수 있었다. 덕치는 최고의 정치였다. 따라서 공문"사과"는 먼저 "덕행"을 추구했다. 이것은 공문"사교"가 "충, 신"의 교육을 최고 단계로 본 것과 완전히 일치한다. 공문"사교" 중 "언어", "정사" 두 과목은 공문 "사교"에서 "행"교의 직접적인 성과로 볼 수 있다. 이것은 공자가 사회적 실천을 강조했던 교육 사상을 반영했다. 공문"사과" 중에서 "문학"은 공문"사교" 중에서 "문"교와 밀접한 관계가 있다. 교사에게는 "문교"이고, 학생에게는 "문학"이다. 학생이 "문교"의 기본적인 내용을 장악하면, 즉 유가 문화 전적과 학술 사상에 대해 깊이 이해하고 예약 교화의 정치 능력을 갖춰야만 "문학" 지사라고 불릴 수 있었다. 이렇듯 "문학"은 문치 교화의 학문이 되었다. 공문 "사과"의 순서 배열은 공자가 덕행을 중시했던 교육 사상과 인재 관념을 구현했다. 이는 고대에 "최상의 것은 덕을 남기는 것이고, 그 다음은 공을 세우는 것이며, 그 다음은 말을 전하는 것이다."라고 했던 사회적 사조와도 일치한다.

공자의 문학 관념은 아주 풍부한 의미를 갖고 있었다. 사회학적 관점에서 볼 때, "문학"은 공자가 서주 이후 사회 상류층 건설에 내린 일종의 귀납이다. 교육학의 관점에서 볼 때, "문학"은 공자가 인재를 배양하던 한 유형이다. 정치학적 관점에서 볼 때, "문학"은 공자가 학생의 정치 참여를 독려하던 방법이다. 문화학적 관점에서 볼 때, "문학"은 공자의 유가 문화 학술을 규정한 일종의 명칭이다. 공자 문학 관념이 가지는 이런 보편성은 춘추 말기 사회 상류층 건설과 사회의식 형태가 아직 분야별로 나뉘어 발전하지 못했음을 나타내는 객관적인 증거이다. 만약 "문학은 언어의 예술이다."라는 이런 현대 문학 관념에 빗대어 본다면, 우리는 당연히 공자의 문학 관념을 받아들일 수 없을 것이다. 그러나 문학 관념의 발전은 하나의 역사적 과정으로, 오늘날 문학 관념은 바로 이런 전통 문학 관념의 바탕에서 발전하고 변화해 온 것이다. 서양의 현대 문학 관념으로부터 큰 영향을 받았다고는 하지만, 중국 전통 문학 관념으로부터 받은 발전적 요소를 부정할 수는 없다. 게다가 중국 고대 문학의 발전은 모두 전통 문학 관념의 영향을 받았고, 중국 문학의 민족적 특색 역시 전통 문학 관념과 아주 밀접한 관련이 있다. 공자의 문학 관념은 바로 중국 전통 문학 관념의 근원으로 지금까지도 정통이라고 여겨지고 있다. 이런 기본적인 역사 사실에 대해서 그 누구도 부정할 수 없다.

공자 문학 관념의 사상적 핵심은 문학이 개인에게서 나타날 때는 문화 수양이고, 그것이 사회에서 발현될 때는 문치 교화라는 점이다. 공자가 주장한 "도를 사모하고 덕을 근거로 하며 인에 따라 행하고 예에서 노닐어야 한다."는 개인 수양의 학술적 경로를 제시하고, 도와 예가 서로 보완하고 내외를 함께 수양해야 함을 강조했다. "신육예新六藝" 교육에서 공자는 『시』의 교화를 가장 중시했고, 이것을 문학을 얻는 기초와 기점으로 삼았다. 또한 "시로써 일어나고 예로써 확립하고 음악으로써 완성한다."를 주장했다. 그는 "시는 가히 흥하고, 가히 관찰하고, 가히 무리 짓고, 가히 원망하고, 가까이는 부모를 섬기고, 멀게는 임금을 섬기는 것이며, 조수와 초목의 이름을 많이 알게 한다."라고 생각하고 『시』의 사회적 기능, 즉 문치 교화에서의 기능을 충분히 인정했다. 새로 발굴되어 상하이박물관에 소장되어 있는 전국 시대 초나라 죽서 〈민지부모民之父母〉는 공자 『시』의 교화가 담긴 중요한 문헌이다. 이것은 기존의 전통 문헌을 증명하고 있다. 공자가 제시한 "반드시 예악의 근원에 통달해야 하고, '오지五至'를 실현하고 '삼무三無'를 행하며, 천하를 누벼야 한다."는 이론은 『시』를 인격 수양의 교재로 보았다. 그리고 "위의威儀"와 "기지氣志"는 이런 『시』적 교화의 인격 성향의 핵심 개념이다. 공자는 선인의 "기"에 관한 사상적 성과의 수용을 바탕으로 "기지" 개념을 창조하고 개조된 전통적 "위의" 개념과 배합하여 독특한 『시』적 교화 이론을 형성했다. 공자의 『시』적 교화 중에 "기지"와 "위의"는 인격 성향의 양면성이라고 할 수 있다. "기지"는 개인 인격 수양으로 단련된 군자의 "기지"이고, "위의"는 군자 "기지"에 나타난 개인의 "위의"로 그 의미가 아주 풍부하다. 공자 『시』적 교화의 이런 인격 성향은 『시』를 배우는 사람의 관심을 예의 응용에서 인격 배양으로 이끌고, 문학을 집단 의식에서 개인의 상징으로 전환하게 하여 "시언지" 관념의 문학적 전환을 이루는 등 중국 문학 사상에 크고 깊은 영향을 끼쳤다.

공자는 『주역』〈문언전〉에서 "수사입기성修辭立其誠"을 제시하였다. 이 관념의 계승과 발전은 은상 이후 복서 문화 전통에서 "중정中正"의 직업 정신과

"사성思成"의 문화적 심리 등 많은 중요한 사상과 정감을 강조했다. "수사"는 무사巫史가 작사作辭, 정사正辭, 용사用辭하는 것에서 춘추 시대 정교와 외교의 사령으로 발전해 나간 것을 반영하였다. 그리고 "입성"은 오랫동안 전해 내려온 관료의 직업 정신과 삼가 경계하고 두려워하는 문화 심리를 주로 강조하였다. "수사입기성"은 수사자가 중정하고 경건한 마음을 가지고 자신의 언사에 대해 확실하게 책임을 져야 하며, 가장 좋은 방법으로 표현하고 성공적인 결과를 기대해야 한다. 이로부터 중국 문화는 "경언敬言, 근언謹言, 신언愼言"의 우수한 전통을 형성하게 되었다. 이처럼 풍부한 역사, 문화적 의미를 담고 있는 사상적 관념은 중국 문학, 문장학, 수사학에 커다란 영향을 주었다. 또한 훗날 문예 사상의 발전에 본보기로 삼을 만한 많은 사상 자원을 제공했다.

중국 전통 문학 관념은 공자가 언급한 "문학에는 자유와 자하이다."에서 시작됐다. 그래서 "유하游夏"는 문학지사의 대명사가 되었다. 자유와 자하는 기본적으로 공자가 세운 문학 관념을 따르고 있다. 하지만 개인적 소질의 차이는 사회적 실천과 문학에 대한 이해에서도 차이가 드러냈다. 공자가 세상을 떠난 뒤, 자유와 자하는 어떻게 문학을 이해하고 어떻게 문학 이상을 실천하느냐 하는 점에서 크게 어긋나기 시작했고, 그 과정에서 공자가 세운 유가의 문학 관념에 변화가 생기게 되었다. 먼저 공자의 문학 관념에 발전과 변화를 촉진한 것은 자하였다. 그러나 여기에는 자유도 포함된다. 자하와 자유의 의견 불일치는 "군자지도"의 신봉 여부에 있는 것이 아니라, 주로 도에 이르는 경로와 방법에서 나타났다. 자유는 유가 문화 전적의 지식을 전수하는 것으로 유가의 도덕 양성 교육을 대신하는 것을 찬성하지 않았다. 또 일상의 예의를 학습함으로써 예악 교화의 정치적 실천을 대신하는 것에도 동의하지 않았다. 왜냐하면 "군자지도"는 "극기복례"를 통해서 "천하가 인으로 돌아가는" 사회 이상을 실현하는 것이기 때문이다. 즉, 『예기』〈예운禮運〉에서 언급한 "천하는 공유하는 것이다."라는 대동 이상을 말한다. 이것은 개인의 도덕 양성과 국가의 문치 교화를 함께 묶어 고려한 것이다. 그것은 지식의 문제도 아니고 형식의 문제도 아니었다. 그러나 자하는 문하의 제자들이 받아들일 수 있는 현실에서부터, 유가 문화 전적 지식을 배우는 것에서부터, "집 안을 청소하고, 손님을 응대하고, 나아가고 물러나는 것" 등 일상 행위 규범에서부터, 가깝고 작은 것에서부터 "군자지도"를 실천하려고 하였다. 그는 심지어 자신의 제자가 성인이 아니라는 이유로 유가 문화 전적 지식 학습의 중요성을 강조하고, 외적인 예악 전장 제도로 사람들의 사회 행위를 규범하려고 하였다. 자유는 이것이 내적인 것은 소홀히 하고 외적인 것만 따르며, 핵심은 버리고 그렇지 않는 것만 쫓는 행위로 "군자지도"에 맞지 않다고 생각했다. 공자가 세상을 떠난 뒤, "유가는 여덟 개로 나누어졌다." 자유와 자하의 이런 논쟁은 곧 유가 학술의 분열을 상징한다. 또한 공자 문학 관념 해체의 전조이기도 하다. 자하는 유학 전적의 전수 방면에서 걸출한 성과를 내면서 지대한 영향을 미쳤다. 그리하여 그의 문학 관념은 전통 문학 관념으로써 후대인의 문학에 대한 기본 인식을 제약했다. 이런 인식에는 예악 교화와 관련된 범문학관, 정교를 위한 문학 기능론, "말은 마음의 소리이고, 글은 그 사람이다."는 문학 본체론을 포함한다.

전국 중후기에는 사회 환경의 큰 변화에 따라 유가 문학 관념에도 변화가 생겨났다. 맹자와 순자는 모두 공자의 충실한 신도였지만, 공자의 문학 사상에 대한 이해와 기술은 일치하지 않았다. 맹자가 관심을 가졌던 핵심 문제는 "벼슬"이었다. 즉 어떻게 하면 사의 도덕 인격을 제고하여 그들이 정치적인 역할을 발휘하게 할 수 있을까 하는 것이었다. 그래서 그는 문학을 단독으로 다루지 않았다. 문학을 인격을 비추는 거울로 여김으로써 인간의 정신적 생산품으로서 문학의 속성을 부각하였다. 반면에 순자가 관심을 가졌던 핵심 문제는 "정치"였다. 즉 어떻게 하면 성인이 제정한 예악 제도와 윤리적 도덕 기준에 따라 행사할 수 있을까 하는 것이었다. 그는 문학을 성인이 창조한 인간의 외재적이면서도 인문 이상의 문화 전적 및 사회의식 형태에 부합하는 것이라 보고, 이로써 문학이 독립적으로 존재하는 인문 지식으로 발전시켰다.

맹자는 "존심存心"·"양성養性"·"사천事天"을 제시했고, "사람을 알고 세상을 논한다."와 "내 뜻으로써 남의 뜻을 거슬러 구한다."를 주장했다. "말은 마음에서 나오고", "말을 아는 것"이 "마음을 아는 것"이며, "마음을 아는 것"
은 곧 "사람을 아는 것"이다. "사람을 알고 세상을 논한다."는 "그 행실을 상고
하는 것"을 통해 더욱 깊게 "그 사람을 알고" 더욱 "그 말을 아는" 것이다.
그러면 문학은 한 사람을 알고 이해하는 경로이자 그 인격을 투시하는 창구가
된다. "사람을 알고 세상을 논한다."가 강조하는 것은 인간에 대한 전체적인
파악과 이성적인 인식이다. "내 뜻으로써 남의 뜻을 거슬러 구한다."가 강조하
는 것은 인간 동정에 대한 이해와 감정의 소통이다. 이 두 가지는 모두 인격
이론과 이상적인 인정仁政을 위한 것이다. 맹자와는 달리, 순자는 문학의 독립
적인 가치를 인정하였을 뿐만 아니라, 문학의 인생과 사회에 대한 적극적인
기능을 매우 중시했다. 순자는 "문학"을 인성의 개조, 인격의 완성과 결합하였
을 뿐만 아니라 "문학"을 정치 개선, 사회의 개조와 결합하였다. 또 "문학"은
이상적인 인격과 이상적인 사회에 이르는 중요한 매개라고 생각했다. 이렇듯
순자는 더 이상 맹자처럼 그렇게 "문학"을 단지 인격 이론과 인정학설仁政學說
의 문제로만 보지 않고, "문학"을 독립적인 사회 존재로 인정하고, 성인이 만
든 인성과 사회를 개조할 수 있는 도구로 간주했다. 독립적으로 다룰 수 있는
인간의 외적 대상으로 본 것이다.

맹자는 "진심盡心"·"지성知性"·"양기養氣"를 강조하고, "잃어버린 마음을
찾는 것"을 통해 이상적인 인격을 실현했다. 반면, 순자는 "본성을 바꾸어 인
위를 일으키고", "스승을 높이고", "학문에 힘쓰는" 것을 강조하며, "배움"과
"축적"을 통해 이상적인 인격을 실현해야 한다고 하였다. 맹자는 문학의 외력
을 빌려 인간의 선한 본성을 회복할 필요가 없다고 보았다. 단지 문학을 인격
의 상징으로 삼고 관심을 갖고 받아들이도록 하였다. 반면, 순자는 문학의 외
력을 빌려 인간의 악한 본성을 개조해야 한다고 보았다. 문학을 "본성을 바꾸
어 인위를 일으키는" 주요 수단이자 "배움"과 "축적"의 기본적인 내용으로 간
주하였다. 이렇듯, "문학"은 순자의 사상에서 인간의 본성과 대립하는 특수한
지위를 갖고 있었고, 인간의 본성을 개조하고 인간의 인격을 완성하는 특수한
역할을 하였다. 맹자는 문학을 선험에 포함시키고 인간의 선한 본성과 이상적

인 도덕 인격 추구에 녹아들게 했다. 반면, 순자는 문학과 인간의 본성을 대립시켜 상대적으로 독립적인 사회의식 형태가 되도록 하였고, 또 이것을 악한 본성을 개조하는 도구로 간주하였다. 그리하여 문학은 독립적인 사회 지위를 가지게 되었다. 물론 맹자가 문학을 인화人化하든, 순자가 사람을 문학화하든 그들의 최종 목적은 유가의 사회 정치 이상을 실현하는 것이었다. 그래서 문학과 정교를 결합하였고, 문학은 정교를 위한 수단으로서 유가의 가장 기본적인 문학 관념이 되었다. 이는 후세인들의 문학에 대한 이해와 태도에 끊임없이 영향을 끼쳤다.

4.

공자가 세운 문학 관념은 그 제자들이 각자의 이해와 입장에 따라 달리 해석을 하면서 그 의미가 끊임없이 풍부해지고 확대되었다. 자연 유가 문학 사상이 전파되면서 이런 사상과 관념은 폭넓은 관심을 받게 되었다. 기타 학파의 학자들은 각자 자신들의 학술 관점에 따라 공자의 문학 사상과 관념을 바로잡거나 근본적으로 반대하기도 하였다. 전자는 묵가가, 후자는 도가와 법가가 대표적이었다. 이를 테면, 노자와 장자로 대표되는 도가가 "임금이 나라를 다스리는 수법이나 권술"과 정신, 정감의 자유라는 관점에서 유가의 문학 관념을 부정했다고 한다면, 상앙과 한비자로 대표되는 법가는 사회 정치의 실제 수요라는 관점에서 유가의 문학 관념을 부정하였다. 전자(특히, 장자 사상)는 정신적 유혹이 강해서 후대의 문학가는 이 유혹을 뿌리칠 수 없었다. 반면 후자는 논쟁이 필요 없는 집행력을 가지고 있어서 찬성이든 반대이든 누구도 사회 정치의 강력한 통제를 벗어날 수 없었다. 그래서 중국 고대 문학 관념 발생사의 중요한 부분인 도가와 법가의 문학 사상도 절대 경시해서는 안 된다. 이 역시 중국 고대 문학 관념의 형성에 상당한 역할을 하였다.

묵자는 공자 사상의 영향을 받았다. 때문에 문학 관념에서도 비슷한 의미가 담겨 있다. 그러나 그가 속한 계층과 입장이 달랐기 때문에 핵심적인 가치 관념에는 확연한 차이가 있다. 사회 현실 문제에 대한 인식 및 이상 사회 질서에 대한 동경에도 차이가 났다. 그러다 보니 문학의 본질과 기능에 대한 인식에도 아주 큰 차이가 있을 수밖에 없었다. 묵자는 형식상 공자가 세운 문학 관념을 유지했지만, 이 개념의 핵심 내용인 예악 제도·예악 문화·예악 교육·예악 정신은 배제했다. 대신 "천지天志"를 기준으로 그것이 문학의 "방법"("원법圓法")인지 여부를 판단하여, 문학을 "언담을 하는" 수단 혹은 도구로 변화시켰다. 게다가 정감과 심미를 강조하지 않아 공자 문학 관념의 의미를 크게 축소시켰다. 그러나 동시에 개인 언론의 창조를 문학의 새로운 내용으로 함으로써 문학이 새로운 발전 영역을 얻게 하였다. 묵자는 공자가 예악을 부흥하고자 했던 이상과 기대를 "모든 사람을 다 같이 서로 사랑하고 다 같이 서로 이롭게 한다."는 공리 원칙으로 바꿨다. 외적 이익의 "의"로 내적 반성의 "인"을 대신하고, "말이 없으면 대답하지 않고 덕이 없으면 보답하지 않는다. 내게 복숭아를 주면 자두로 보답한다. 남을 배려하는 사람은 반드시 사랑을 받고, 남을 증오하는 자는 반드시 미움을 받는다."의 등가교환적 현인의 태도로 "자신이 나서고 싶은 자리가 있으면 다른 사람을 그 자리에 내세우고, 자신이 가고 싶은 곳이 있으면 다른 사람을 그곳에 보낸다."라는 자신을 미루어 남에게 미치게 하는 군자 인격을 대신했다. "현명한 사람들은 고을을 다스림에 있어 일찍 출근하고 늦게 퇴근하되, 밭 갈아 씨 뿌리며 나무를 가꾸고 농사를 짓게 하여 곡식을 거두도록 한다. 그리하여 곡식은 풍부해지고, 백성들은 식량이 많아져 넉넉하게 되는 것이다."라는 근면한 노동으로 "나는 매일 세 가지로 나 자신을 반성한다."는 심성 수양을 대신했다. "살아서는 노래하지 아니하고, 죽어서는 상복을 입지 않고, 오동나무 관을 세 치 두께로 만들고, 외관은 만들지 않는다."라는 새로운 상례로 "귀천에 따라 법도가 있고, 상하에 따라 등급이 있으니, 천자의 관곽은 일곱 겹이고, 제후는 다섯 겹이고, 대부는 세 겹이고, 선비는 두 겹이다."는 유가 상례를 대신했다. 이들은 평민 계급의 가치 기준과 사회적 요구를 구현했고 전국 초기 사회의 급격한 동요, 정비,

개혁의 요구에 적응했다. 이로써 "문학을 위한 언담"을 하여 많은 사람들의 환영을 받았다. 묵자도 자신의 문학 관념과 공자의 문학 관념을 구분 짓게 되었으며, 유학을 계승하고 현학顯學을 일으킬 수 있었다. 묵자의 "문학을 위한 언담"은 "절장節葬", "절용節用", "비악非樂", "비정非攻"을 제시했는데 모두 실제 이익에 기초하여 고려된 것이었다. 그래서 그의 문학 관념은 실용주의적 색채를 가진다고 할 수 있다. 이 밖에 묵자의 "상동尙同" 사상 및 묵자 후학들이 진나라에서 펼친 정치 실천은 훗날 상앙 변법에서 계승되었다. 또한 상앙과 한비자로 대표되는 법학 문학 사상의 중요한 사상적 근원과 사회 실천적 경험이 되었다.

노자의 문학 관념은 정치 이론을 바탕으로, 그 정치 이론을 위해 전개되었다. 노자의 정치 이론은 "임금이 나라를 다스리는 수법이나 권술"로서 "청정淸靜"과 "무위無爲"를 목표로 한다. 그래서 그는 문학에 부정적인 입장을 갖고 있었다. 문학 관념 발전의 내적 맥락에서 볼 때, 노자의 문학 관념은 공자의 문학 관념과 정반대이다. 마치 소극적인 사상처럼 보인다. 그러나 사물은 모두 양면성을 가진다. 공자로 대표되는 유가는 비록 적극적인 유위를 주장하며 문학을 제시했지만, "많이 아는 것 같으나 요령이 없고, 노력은 하나 이루는 것은 적었다." 통치자들이 실행하다 보면 종종 과실을 고치지 않고, 번드레한 말로 꾸며 잘못을 덮거나, 백성을 수고롭게 하고 재물을 손상시켜, 교만하고 사치스러우며 방탕하고 태만하고, 가혹한 세금을 걷게 되어, 국가를 오랫동안 진정으로 안정시킬 수 없었다. 노자는 조금도 남김없이 통치자의 탐욕을 고발하고 사욕을 억제하도록 하였다. 또한 사회 모범으로서의 책임을 지게 하고, 사회 정치와 인간 자연의 본성에 대한 예악 문화의 해악을 지적했다. 이로써 사람들이 이성적으로 예악 문화를 대하고 유가 문학 관념을 심도 있게 사고하는데 사상적 무기를 제공했다. 또한 유가의 문학 관념을 보충하고 바로 잡았다. 노자의 사회와 문화에 대한 비판은 반사회적, 반전통적 사상을 도출해냈다. 후왕과 성인이 어떻게 사회를 통제해야 하는가의 주장은 전제 정치사상을 도출해냈고, 자연 천도에 대한 추종은 정신적 자유와 반이성적 경향을 도출해냈다. 이 모든 것은 중국 사상의 발전에 필수적이었고, 중국 고대 문학 관념 발전에도 필수적이었다. 각종 사상과 관념은 존재의 합리성과 가치를 가지고 있다. 각종 사상 관념의 충돌과 융합에 의해 인류의 정신생활은 더욱 풍부해 지고, 사람들이 사회와 자신에 대해 더욱 깊이 인식할 수 있으며, 미지의 영역 에 대해서도 더 적극적으로 탐구하게 됨으로써 인간의 창작 열정을 불러일으 킬 수 있다. 그래서 노자의 부정적인 문학 관념도 특수한 가치를 가진다.

장자는 노자 사상을 계승하였고, 공자 사상을 반대하였으며, 공자의 문학 관념을 부정했다. 장자는 인성人性의 왜곡, 인정人情의 불합리성에 입각하여 사회 문명에 대해 깊이 반성하고 비판했다. 장자가 공자로 대표되는 유가의 문학 관념을 반대한 것은 그가 개인 정신의 자유와 정감 안착의 사상을 추구 했던 것과 일치한다. 사람들은 일반적으로 장자가 문학 사상을 부정한 점은 소극적이라 할 수 있지만, 중국 고대 문학에 대해 주류적 영향을 미쳤다는 점에서는 적극적이라고 생각한다. 이것은 확실히 모순이다. 사실 앞에서 말한 바와 같이 장자는 공자가 제시한 예악 · 도덕 · 인의를 반대했지만, 모든 예악 · 도덕 · 인의를 반대한 것은 아니다. 그는 자연에서 나온 예악, 도덕, 인의는 찬성했다. 마찬가지로 장자는 비록 공자가 제시한 문학에 대해서는 부정했지 만, 그가 반대한 것은 "사람들로 하여금 실제를 떠나 거짓을 배우게" 하는 "속 학俗學"이었다. 그러나 진정으로 "마음을 깨끗이 씻고 정신을 맑게 씻어" 심성 을 편하게 할 수 있는 유가학자들에 대해서는 높은 평가를 내렸다. 장자는 때마다 즐겁고 순리에 따라 마음이 힘들지 않은 정신적 자유와 정감의 안착을 유지하는 생활 태도를 주장했다. 장자는 시종일관 초월의 자세로 개인의 정신 적 독립과 자유를 강조하고, "자연을 본받고 진정을 존귀하게 여기면서 세속 의 법도에 얽매이지 않는다."를 주장하며 개인의 정감을 진심으로 표현해야 한다고 생각했다. "정성스럽지 않으면 다른 사람을 감동시킬 수 없는" 것이다. 이에 따라 제시한 "언의言意" · "정조精粗" · "형신形神" 등의 중요한 명제는 인 간의 문학예술에 대한 인식을 최대로 확대시켰고, 공자로 대표되는 유가의 문학 관념을 보충하고 심화시켰다. 유가가 세속 사회의 일상 윤리와 질서에 관심을 두다 보니 단체 가치를 중시하고 현실을 초월하는 면이 부족했기 때문이다. 반면에 장자는 개인의 정신적 자유와 정감의 안착에 관심을 갖고 개인의 가치를 중시하여 유가의 부족한 점을 보충했다. 장자의 초월이 적극적이든 소극적이든 모두 개인의 정신적 자유와 정감의 안착에 방법을 찾음으로써 정신과 정감이 가능한 안식처를 제공했다고 할 수 있다. 이것이 아마도 진한 이후 많은 저명한 학자와 문학가들이 장자 학설을 선호한 중요한 이유이자, 후대의 문학 관념이 자주 『장자』에서 사상적 영양분을 흡수하게 된 중요한 원인일 것이다.

법가는 "교화를 없애고 인애를 버리며 오직 형법에 맡겨 그것으로써 다스리고자 하였다." 법가의 출현은 당시 사회 사조의 변화를 의미한다. 그리고 이런 사회 사조의 변화는 사회 정치, 경제 발전과 서로 일치한다. 묵자가 "모두 서로 사랑하고 모두 서로 이롭게 한다."라고 한 사상은 이미 상품 등가 교환 관계를 사상적 기초로 하여 사회 이론을 건설한 징조가 엿보인다. 그 "상동尙同" 사상은 군주의 전제 통치에 중요한 사상 무기를 제공하였고, 진나라에서 보여준 묵자 후학들의 정치적 실천은 법가 학자들의 이론 사고에 영향을 주었다. 법가의 탄생은 자하의 제자 이회李悝 및 그가 집필한 『법가』를 상징으로 한다. 자하의 또 다른 제자였던 오기吳起도 이회와 비슷한 사상을 가지고 있었다. 이것은 법가 사상과 유가 사상이 아주 밀접한 관련이 있음을 보여준다. 법의 평균 관념은 권리와 의무 관계에서의 상품 등가 교환 관계를 반영한다. 상앙의 법치 사상에서 문학은 독립적인 지위를 갖지 못하고 또한 치국 이념과 정반대된다. 그래서 엄격하게 금지하고 사람들이 문학으로 명예로운 지위를 얻는 것을 근절했다. 상앙의 법치 이론은 유가의 문학 관념을 분석하고, 유가에서 제시한 문학 관념이 사회가 맞닥뜨린 현실 문제를 진정으로 해결할 수 있는지, 다른 방법으로 이런 문제를 해결할 수 있는지 등을 한층 더 사고하게 하였다. 이와 동시에 상앙의 법치 이론도 전국 후기의 법가에 영향을 주었다. 예를 들어, 그의 "문학무용"론, "관리를 스승으로 모시"는 주장은 모두 한비자에게 직접적인 영향을 끼쳤다. 그의 투박한 법치 이론은 한비자의 충분한 보완을 거쳐 더욱 체계를 갖춘 법가 사상을 형성하였고 법가 사상 구축에 큰 공헌을 하였다.

한비자의 문학 사상은 줄곧 학계로부터 관심을 받지 못했다. 그 원인은 바로 한비자가 문학을 완전히 부정했기 때문이다. 그가 문학을 부정하고 문학이 정치에 해가 된다고 한 것은 법치 주장에 입각한 것이었다. 또한 유가(순자), 도가(노자), 묵가의 문학 사상을 흡수하면서 현실에 초점을 강하게 맞추고 있었다. 한비자의 문학부정론은 진나라의 통치자들에게 받아들여졌고 정치 실천으로 옮겨졌다. 결국 문학과 정치가 분리되는 결과를 낳았다. 문학의 정치적 기능을 부정하는 한편, 한비자는 문학이 가지는 심미·오락·실용 등의 기능을 인식하고 문학에 새로운 발전의 길을 열어주었다. 한비자의 문학 사상은 편파적이지만 아주 심오했다. 그의 편파적인 심오함은 적합하지 않게 문학을 부정한 정치 윤리 가치인 동시에 문학으로 정치를 대신하자고 주장한 몽환에 빠진 선진 유가 학자들을 깨어나게 하였다. 사람들이 다시 문학과 정치 관계를 사고하고, 문학의 발전을 위한 새로운 출구를 모색하도록 하였다. 한비자의 문학 사상은 선진 시대에 분류되지 않은 혼돈의 학술 문화에서 한나라 이후에 끊임없이 분화하는 사회의식 형태로 발전한 중요한 전환이었다. 그러므로 문학 사상사 연구가들의 충분한 관심을 받기에 마땅하고, 중국 고대 문학 관념 발생사에도 중요한 부분이라고 할 수 있다.

5.

고대 문학 관념의 발생 원리를 더욱 깊게 이해하기 위해서는 선인들이 전개했던 문화 활동을 이해할 필요가 있다. 또 선인들이 펼쳤던 문화 활동을 이해하기 위해서는 그들이 받았던 교육과 종사했던 교육 활동을 살펴보지 않을 수 없다. 은상의 학교는 상왕이 통제하는 무격들이 참여하고 진행했던 점복, 제사 활동과 예비 무격들을 교육하고 배양하던 고정된 장소였다. 이런 장소에서는 주로 종교 활동과 종교 교육이 이루어졌고, 이에 참여한 사람은 상 왕 귀족 및 귀족 자제였다. 은상 시기에 부호로서 "문"이 내포한 원래 의미는 "문신"이었다. 일종의 원시 무술의 잔재이지, 점복이나 제사 등 종교 활동으로 서의 필수 내용은 아니었다. 또한 은상 문화의 주류 의식 형태를 반영하지도 않았다. 그래서 은상 학교에 "문"교는 없었다. 은상 갑골문에도 "문학"의 개념 은 나타나지 않았다. 그러나 "문"의 개념은 은상 갑골문에서 보편적으로 사용 되어 졌고 점차 발전하였다. 서주 시대에 이르러 심미, 도덕, 사회의식 형태의 의미를 가진 것으로 파생되어졌다. 훗날 이것은 "학"과 결합하여 새로운 개념 으로 탄생했다. 이것은 새로운 사회 문화 메시지를 포함하여 새로운 사회의식 형태를 표현함과 동시에, 전통 사회의식 형태와 문화 교육 성과에 대한 계승, 발전과 초월을 의미한다.

서주 시대 이전(서주 포함)의 "학"은 정부에서 독점하였다. 후세인들이 자주 말한 것처럼 "학문은 관부에 있었다." 여기에는 두 가지 의미가 있다. 하나는 학교가 관부에 의해 세워졌다는 것이고, 다른 하나는 학술이 관부에 장악되었 다는 것이다. 상나라 때, 상왕은 학교에서 가장 권위 있는 교사였다. 귀족 자제 는 학교에서 가장 기본적인 학생이었고, 종교 제사 활동은 관부의 첫 번째 임무이자, 학교 교육의 첫 번째 임무였다. 종교, 제사와 관련된 지식은 학술이 었고, 학술이 아닌 것은 모두 배제하였다. 서주 시대에 이르면 학교 교육과 학술이 발전했지만, "학문이 관부에 있는" 구조는 개혁되지 않았다. 서주의 대학과 소학은 모두 정부에서 주관하였고, 교사는 현직 관리가 담당하였다. 또 학생들은 모두 귀족 자제였고, 학습 목표는 벼슬에 오르기 위한 준비였다. 주 천자는 대학의 직접적인 지도자로서 자주 학교를 시찰하였고, 정부와 학교 그리고 정치와 교육이 섞여서 분리되지 않았다. "관리가 학문을 장악했던 정 교합일"의 서주 시대에 "예악"을 핵심으로 하는 "육예" 교육은 사실상 종교, 정치, 군사, 문화, 윤리, 도덕 등 다방면의 내용을 포함했다. 그러나 여전히 군사 훈련을 가장 중시했고, 인문 교육의 의미는 그다지 많지 않았다. 문교는 여전히 전통 교육에서 벗어나지 못했고, 문학 관념도 발생할 수 없었다. 서주 말기에 사회가 급격하게 변하고 평왕이 동쪽으로 수도를 옮기고 기강이 해이해지면서 많은 왕궁 관리들이 주나라 천자의 권력 약화에 따라 각지로 흩어지게 되었다. 천자의 학문을 대표하던 악사도 모두 사분오열하였다. 이것이 바로 후세인들이 자주 말하던 "천자가 옛 관제를 잃으면 그에 관한 학문이 사방의 오랑캐 나라에 있다."인 것이다. 천자가 관제를 잃었기 때문에 문화가 아래로 이동하고, 학술이 해방되고 개인의 교육이 생겨났다. 이것은 사회의 커다란 진보이자, 문화와 교육의 진보였다. 문화가 아래로 이동하지 않으면 학술의 해방도 없고, 교육의 발전도 없으며, 문학 관념의 발생도 있을 수 없다. 춘추 시대에 접어들자 문화에 대한 사회적 수요가 증가하였고, "육예" 교육이 발전하기 시작했다. 춘추 중엽 이후에 사람들은 『시』와 『서』 교육을 더욱 중시하게 되었고, 이를 "예"와 "악"보다 앞에 두게 되었다. 『시』는 "악"의 가사이고, 『서』는 "예"의 전해진 글이다. 『시』와 『서』의 학습을 중시한 것은 서주 이후의 예악 문화의 전통을 계승하고, 학교 교육에서 역사 문헌의 기능을 강조한 것을 의미한다. 이것은 곧 "문"과 "학"이 결합하는 계기가 되었다. 공자는 교육 실천 중에서 "문"에 대한 이해를 심화하였고, 전통 교육을 개조하여 "문학" 관념의 생산과 발전을 촉진하였다.

문학 관념은 문학 주체의 사상에 존재하고, 구체적인 문학 활동을 통해서 이룰 수 있다. 여러 문자로 기록된 문학 관념은 단지 문학 관념의 부호 형식일 뿐이다. 문학 주체가 없어서 문학 활동이 있을 수 없고, 문학 관념도 존재할 수 없다. 선진 시기에 전해 내려온 전설을 보면, 오제 시기 사람들은 생존 문제 해결에 정력을 소비하는 것 이외에 원시 종교 활동을 기본적인 정신생활로 삼았었다. 이 시기 원시 종교는 사회의식 형태의 내용이 전부였고, 사회 문화의 주체는 바로 이런 "통천지술通天之術"을 장악한 추장 및 무사巫師였다. 은상의 사상에는 여전히 종교가 중요한 지위를 차지하고 있었다. 종교와 제사가 빈번하게 이루어졌고, 복서가 널리 유행하여 전체 사회가 짙은 종교와 미신적 분위기에 사로잡혀 있었다. 상왕과 큰무당이 귀신과 소통할 수 있었던 것 이외에 은상에는 축·종·복·사 등의 수많은 전문 성직자들이 있었는데, 이들은 커다란 무격 집단을 이루고 있었다. 은상의 문화 활동은 주로 점복과 제사 등의 종교 활동이었고, 이 활동의 주체는 바로 무격 집단이었으며, 대상은 허구의 귀신과 상제였다. 비록 이 시기의 종교 활동에는 문학과 예술의 요소도 포함되어 있지만 순수한 문학 활동은 독립적으로 존재하지 않았다. 그러나 이런 활동은 이미 문학의 배아를 품고 있었고, 문학의 세속 주체는 신성화된 주체 사이에서 꿈틀대기 시작했다. 또한 문학 관념도 어렴풋이 자라나고 있었다.

주나라 사람들은 "문文"을 중시하였다. 그중에서도 역사 경험과 민심과 민정을 중시하였다. 이런 문화 배경 속에서, 줄곧 종교·미신에 휩싸여 있고 억눌려 있던 인문 정신은 서주에서 발전하기 시작했다. 일부 문학예술 요소 역시 왕성하게 생겨나기 시작했으며, 문화와 문학의 주체 역시 중요한 전환을 맞이했다. "시"의 생산과 소비가 이를 잘 증명해준다. 관련 문헌 기록에 따르면 시의 창작 주체는 공경·대부·열사 등이었고, 소비 주체는 천자였다. 춘추 중엽 이후, 이들이 시를 바쳤다는 기록은 없다. 현존하는 『시경』에 춘추 중엽 이후의 작품은 없다. 헌시獻詩 청정聽政 제도와 천자의 공주共主 지위가 함께 사라진 것이다. 맹자가 말한 "왕자의 자취가 사라지고 나서 시가 없어졌다."는 이러한 역사 발전 과정을 정확하게 표현한 말이다. 그렇다고 사회생활에서 "시"의 기능이 없어진 것은 아니었다. 반대로 "시"는 천자의 전매특허에서 사대부들이 공동으로 향유하는 재산이 되었다. 그들은 조회·연회·교류·접대에서 시를 통해 자신의 생각을 표현하고, 정치를 논하고, 외교를 펼치는 등 각종 사회 활동을 벌였다. 이로써 "부시언지賦詩言志, 단장취의斷章取義"의 사회적 풍토를 형성했다. 춘추 중엽부터 사인들이 점차 사회 정치의 중심 무대에 등장하면서 사회 문화의 주체가 되었다. 이로써 문화 "축심시대"가 도래하게 되었다. 문화 관점에서 볼 때, "축심시대"는 귀족 문화에서 사유 문화로의 전환이다. 이런 변화는 사인이 사회 문화의 주체가 되는 데 결정적인 역할을 하였고 "백가쟁명"은 사회 문화 주체의 변화 후에 나타난 필연적인 현상이다. 중국 고대 문학 관념 발생은 곧 사유士儒가 문화 주체가 된 학술적 자각이었다.

학계에서는 일반적으로 중국 고대 지식인이 춘추 전국 시대에 나타났다고 하였다. 공자가 포함된 유가학자들이 대표적인 지식인이다. 중국 고대 문학 관념도 이때 정식으로 제기되었다. 중국 지식인의 탄생과 중국 문학 관념의 발생은 정확히 일치한다. 공자가 세운 문학 관념은 아주 분명한 인문 정신을 내포하고 있다. 그래서 지식인의 관점에서 중국 전통 문학 관념의 발생을 연구하는 것은 합리적이고 필수적인 작업이다.

지식인은 지식을 갖추고 있을 뿐만 아니라, 현실에 관심을 갖고 초월적인 정신을 가지고 있어야 한다. 이를 기준으로 볼 때, 중국 초기 지식인은 춘추 중후기에 탄생했다. 중국 초기 지식인은 "사"와 "유"에서 비롯되었다. 무사에서 탈변해 나온 문사는 단지 중국 초기 지식인이 의지했던 사회 계층이었다. 기우제에서 비를 구하던 유儒에서 발전해 나온 사유士儒는 도예道藝를 가르쳤으며, 중국 초기 지식인이 가졌던 사회적 지위였다. 서주 이후, 예악 문화의 발전 및 춘추 시기 사회 계층의 변동은 중국 초기 지식인의 탄생을 촉진했다. 중국 초기 지식인은 사회 역사적 전환기에 처해 있었다. 유일하게 우세를 가진 것은 비교적 풍부한 문화 지식이었다. 당시 사회는 신앙이 규범을 잃고 제도 개혁이 이루어지던 역사 전환기였다. 이는 곧 그들이 자신의 주장을 선전하고 사회 여론을 이끌고 문화 규범을 재건하고 정신 권위를 수립하는데 최고의 시기와 재능을 펼칠 기회의 땅을 제공했다. 그래서 그들은 스스로 백성을 교화하고 여론을 이끄는 사회적 책임을 지게 되었다. 역사 문화의 전승자로 자처하고 사회정신의 대변인으로 스스로를 독려했다. 그러나 강권 정치시대에 그들은 문화적 우세만으로는 이상의 목적을 달성할 수 없었다. 반드시 사회적 믿음, 특히 어지러운 세상에 처한 제후들도 복종시킬 수 있는 그런 권위로 제후를 두렵게 만들어 사회를 이끌고 사람들의 마음을 얻어야 했다. 그래서 그들은 고대에 의지하여 "도"를 주장했다. "도"를 이론적 깃발로 내세우고, "선도善道"를 가치 목표로 하며, "군자는 도를 도모한다."라는 인격을 추구하고, "도를 즐거워하고 남의 권세 같은 것은 잊는" 것을 행위 준칙으로 하였다. 공자는 요순에 의지하여 "도"를 말했고, 노자는 황제에 의탁하여 "도"를 주장했고, 묵자는 "하우夏禹"에 의탁하여 "도"를 말했다. "도"는 그들이 어지러운 세상에서 제후들의 정치 권력과 군사 경제력에 대항하는 가장 효과적인 사상 무기이자 정신 무기였다. 또한 그들의 사상과 학설을 종합하는 가장 간단한 이론적 기초이기도 하였다. 그래서 "도"를 지키는 것은 서주 이후 끊임없이 발전하는 인도 정신과 이성의 가치를 수호하고, 춘추 이후에 점차 형성되어 가던 지식인의 문화적 지위와 인격 존중을 수호하는 것이었다. 만약 "도"를 버린다면 지식인의 이상과 영혼을 버리는 것이고, 지식인이 의지하는 사회적 근거를 버리는 것이 되어 그들은 더 이상 자유사상의 지식인이 될 수 없었다. 이런 의미에서 볼 때, "도"는 그들의 이상이자 가치이자 무기이자 생명이라고 할 수 있다.

중국 초기 지식인은 서주 이후 이성적 가치의 발전을 기초로 하여 "도"를 핵심 개념으로 삼고 모든 것을 초월하는 지위를 부여하였으며, 이로써 천명 관념의 영향을 제거하고자 하였다. 이것은 중국 초기 지식인이 이성주의적 태도로 역사 무대에 등장했음을 보여준다. 그들은 비록 상제와 천명을 인정하면서도, "도"를 자신들의 최종적인 가치 목표로 삼았고 자신들이 생각하는 이상적인 정신 세계로 여겼다. "도"는 본원성과 초월성을 가지고 있고 어디에나 존재하기 때문에 모든 사물이 "도"를 떠날 수 없다. 중국 초기 지식인의 도에 대한 이런 이성주의적 태도는 은상 이후의 귀신에 대한 무격의 맹목적인 신앙과 구분 짓게 하였다. "도"에 대한 수호도 이성에 대한 수호가 되었고, 지식인의 가치에 대한 수호가 되었으며, 지식인이 독립과 존엄을 추구하는 깃발이 되어 그들의 문화 주체 의식을 구현했다. 후세인들이 문학을 논하면서 본래의 "도"를 사랑한 근본적인 원인이 여기에 있다. "도"와 "문"을 연결 지은 것은 순자였다. 순자는 외재적 규범을 통해 내재적 품격이 영향을 받고, 외재적 형식을 통해 내재적 본질이 장악된다고 생각했다. 이렇듯, "문"과 "도"의 문제는 형식과 내용의 관계 문제로 변모했다. 문학 문제도 형식상으로 토론이 필요한 문제가 되었고, 심지어 유가 경전도 문학 형식으로 인정받고 모방되었다. 이것은 문학 관념의 커다란 진보가 아닐 수 없고, 동시에 "문"과 "도"의 관계에 있어서도 커다란 발전이 아닐 수 없겠다. 중국 초기 지식인이 형성했던 도를 수호하는 입장 및 원도原道 정신과 문도 관념은 진한 이후 중국 지식인의 문화 심리와 문화 성격에 아주 깊은 영향을 주었다. 또한 중국 고대 문학 분야에 "글이란 도를 담는 그릇이어야 한다."라는 단단한 사상적 전통을 만들어냈다. 이로써 중국 고대 문학 관념도 자신의 모든 구축 과정을 마치게 되었다.

主要參考文獻

* 참고문헌의 기술방식은 저자의 의도에 따라 서명을 앞에 두되, 가나다순으로 재배치했다.

『簡帛佚籍與學術史』, 李學勤 著, 南昌: 江西敎育出版社, 2001年.

『甲骨文字詁林』, 于省吾 主編, 北京: 中華書局, 1996年.

『甲骨文字典』, 徐中舒 主編, 成都: 四川辭書出版社, 1988年.

『甲骨文合集』, 郭沫若 主編, 北京: 中華書局, 1983年.

『甲骨學商史論叢初集』, 胡厚宣 著, 石家莊: 河北敎育出版社, 1988年.

『康有爲全集』, 康有爲 撰, 上海: 上海古籍出版社, 1990年.

『康有爲政論集』, 康有爲 撰, 湯志鈞 編, 北京: 中華書局, 1981年.

『兼濟堂文集』, 魏裔介 撰, 『四庫全書』本.

『經韻樓集』, 段玉裁 撰, 光緒十年(1884)校刊本.

『經子解題』, 呂思勉 著, 上海: 華東師範大學出版社, 1995年.

『經典釋文』, 陸德明 撰, 『四部叢刊初編』本.

『經學抉原』, 蒙文通 著, 上海: 上海人民出版社, 2006年.

『癸巳存稿』, 俞正燮 撰, 『叢書集成初編』本.

『考古學專題六講』, 張直光 著, 北京: 文物出版社, 1986年.

『古代宗敎與倫理—儒家思想的源泉』, 陳來 著, 北京: 生活·讀書·新知三聯書社, 1996年.

『古文字詁林』, 古文字詁林委員會 編纂, 上海: 上海敎育出版社, 2004年.

『古史辨』, 顧頡剛 編, 上海: 上海古籍出版社, 1982年.

『古史新探』, 楊寬 著, 北京: 中華書局, 1965年.

『古謠諺』, 杜文瀾 輯, 北京: 中華書局, 1958年.

『困學記問』, 王應麟 撰, 『四庫叢刊初編』本.

『孔孟老莊與文化大國』, 林繼平 著, 臺北, 台灣商務印書館, 1990年.

『孔子編年』, 胡仔 撰, 『四庫全書』本.

『科學史』, 丹皮爾 著, 北京: 商務印書舘, 1995年.

『科學硏究綱領方法論』, 伊·拉卡托斯 著, 蘭征譯, 上海: 上海譯文出版社, 1986年.

『郭沫若全集』(考古篇), 郭沫若 著, 北京: 科學出版社, 2002年.

『郭沫若全集』(歷史編第一卷), 郭沫若 著, 北京: 人民出版社, 1982年.

『郭店楚墓竹簡』, 荊門博物館, 北京: 文物出版社, 1998年.

『觀堂集林』, 王國維 著, 北京: 中華書局, 1959年.

『觀堂集林』, 王國維 著, 石家莊: 河北教育出版社, 2003年.

『管子集校』, 郭沫若·聞一多·許維遹 撰, 北京: 科學出版社, 1956年.

『管子』, 管仲 撰, 房玄齡 注, 『二十二子』本, 上海, 上海書店影印浙江書局本, 1986年.

『管子』, 劉向 校, 戴望 校正, 『諸子集成』本.

『廣雅疏證』, 王念孫 撰, 上海: 上海古籍出版社, 1983年.

『歐陽文忠公文集』, 歐陽修 撰, 『四部叢刊初編』本.

『國故論衡』, 章太炎 撰, 上海: 上海古籍出版社, 2006年.

『國語集解』, 徐元誥 撰, 北京: 中華書局, 2002年.

『國學概論』, 章太炎 著, 曹聚仁 整理, 上海: 上海古籍出版社, 1997年.

『國學概論』, 錢穆 著, 北京: 商務印書館, 1997年.

『郡齋讀書志』, 晁公武 撰, 『四部叢刊初編』本.

『氣的思想: 中國自然觀和人的觀念發展』, 小野澤精一·福永光司·山井涌編 著, 李慶 譯,
　　上海: 上海人民出版社, 1990年.

『譚嗣同全集』(增訂本), 譚嗣同 撰, 蔡尚思·方行編, 北京: 中華書局, 1981年.

『唐文粹』, 姚鉉 輯, 『叢書集成初編』本.

『大戴禮記解詁』, 王聘珍 撰, 北京: 中華書局, 1983年.

『東塾讀書記』, 陳澧 撰, 北京: 生活·讀書·新知三聯書社, 1998年.

『梁啓超國學講錄二種』, 陳引馳 編校, 北京: 中國社會科學出版社, 1997年.

『梁啓超全集』, 梁啓超 著, 北京: 北京出版社, 1997年.

『梁書』, 姚思廉 撰, 北京: 中華書局, 2003年.

『梁書』, 姚思廉 撰, 『二十五史』本.

『梁紹明太子文集』, 蕭綱 撰, 『叢書集成初編』本.

『兩周金文辭大系考釋』, 郭沫若 撰, 北京: 科學出版社, 1957年.

『兩漢思想史』, 徐復觀 著, 上海: 華東師範大學, 2001年.

『呂思勉讀史札記』, 呂思勉 著, 上海: 上海古籍出版社, 1982年.

『呂氏春秋集釋』, 許維遹 撰, 北京: 中國書店, 1985年.

『呂氏春秋』, 呂不韋 撰, 高誘注, 『二十二子』本.

『歷史的觀念』, 柯林伍德 著, 何兆武·張文傑譯, 北京: 商務印書館, 1997年.

『歷史的起源與目標』, 雅斯貝斯 著, 北京: 華夏出版社, 1989年.

『歷史學的理論與實際』, 貝奈戴托·克羅奇諾 著, 傅任敢譯, 北京: 商務印書館, 1982年.

『列子集釋』, 楊伯峻 著, 『新諸子集成』本, 北京: 中華書局, 1979年.

『列子』, 列御寇 撰, 張湛注, 『二十二子』本.

『列子』, 張湛 注, 『諸子集成』本.

『禮經會元』, 葉時 撰, 『四庫全書』本.

『禮記正義』, 鄭玄 注, 孔穎達疏, 『十三經注疏』本.

『魯迅全集』, 魯迅 著, 北京: 人民文學出版社, 1981年.

『老子校釋』, 朱謙之 撰, 『新編諸子集成』本, 北京: 中華書局, 1984年.

『老子其人其書及其道論』, 詹劍峰 著, 武漢: 華中師範大學出版社, 2006年.

『老子道德經』, 王弼 注, 『諸子集成』本.

『老子本義』, 魏源 撰, 『諸子集成』本.

『老子注譯及評價』, 陳鼓應 著, 北京: 中華書局, 1984年.

『老子』, 李珥 撰, 王弼 注, 『二十二子』本.

『綠氏春秋』, 高誘 注, 『諸子集成』本.

『論文學』, 斯達爾夫人 撰, 徐繼曾譯, 北京: 人民文學出版社, 1986年.

『論語類考』, 陳士元 撰, 『四庫全書』本.

『論語正義』, 劉寶楠 撰, 『諸子集成』本.

『論語注疏』, 何晏 集解, 刑昺 疏, 『十三經注疏』本.

『論語集釋』, 程樹德 撰, 『新編諸子集成』本, 北京: 中華書局, 1990年.

『論語集解義疏』, 何晏 解, 皇侃 疏, 『四部叢刊初編』本.

『論衡校釋』(附劉盼遂集解), 黃暉 撰, 『新編諸子集成』本, 北京: 中華書局, 1990年.

『論衡』, 王允 撰, 『諸子集成』本.

『劉師培辛亥前文選』, 劉師培 著, 北京: 生活·讀書·新知三聯書社, 1998年.

『劉申叔先生遺書』, 劉師培 著, 寧武南氏校印本.

『柳宗元集』, 柳宗元 撰, 北京: 中華書局, 1979年.

『李學勤集』, 李學勤 著, 哈爾濱: 黑龍江敎育出版社, 1989年.

『孟子正義』, 焦循 撰, 『諸子集成』本.

『孟子注疏』, 趙岐 注, 孫奭 疏, 『十三經注疏』本.

『茅鹿門先生文集』, 茅坤 撰, 『續修四庫全書』本, 上海: 上海古籍出版社影印, 2002年.

『毛詩正義』, 鄭玄 箋, 孔穎達 疏, 『十三經注疏』本.

『毛詩指說』, 成伯璵 撰, 『四庫全書』本.

『毛詩草木鳥獸蟲魚疏』, 陸玑 撰, 『四庫全書』本.

『沒有地址的信』, 普列漢諾夫 著, 北京: 人民文學出版社, 1962年.

『墨經校疏』, 高亨 撰, 北京: 中華書局, 1962年.

『墨子閒詁』, 孫怡讓 撰, 『新編諸子集成』本, 北京: 中華書局, 2001年.

『墨子』, 墨翟 撰, 華沅 校注, 『二十二子』本.

『文史通譯校注』, 章學誠 撰, 葉瑛校注, 北京: 中華書局, 1994年.

『文選』, 蕭統 編, 李善 注, 胡克家刊本, 北京: 中華書局影印, 1977年.

『文心雕龍注』, 劉勰 著, 範文瀾 注, 北京: 北京大學出版社, 2002年.

『文子纘義』, 杜道堅 撰, 『二十二子』本.

『文字學概要』, 裘錫圭 著, 北京: 商務印書館, 1988年.

『問題與觀點: 20世紀文學理論總論』, 馬克·昂熱諾 等 主編, 天津: 百花文藝出版社, 2000年.

『文學史的權利』, 戴燕 著, 北京: 北京大學出版社, 2002年.

『文化論』, 馬林諾夫斯基 撰, 北京: 華夏出版社, 2002年.

『文化的饋贈·漢學研究國際會議論文集(哲學卷)』, 北京大學中國傳統文化研究中心 編, 北京: 北京大學出版社, 2000年.

『美術·神話與祭祀』, 張光直 著, 瀋陽: 遼寧教育出版社, 2002年.

『美學』, 黑格爾 著, 朱光潛 譯, 北京: 商務印書館, 1979年.

『發生認識原理』, 讓·皮亞傑 著, 北京: 商務印書館, 1981年.

『帛書老子校注』, 高明 撰, 『新編諸子集成』本, 北京: 中華書局, 1996年.

『白虎通得論』, 班固 撰, 『四部叢刊初編』本, 上海: 商務印書館, 1922年.

『白虎通得論』, 陳立 撰, 吳則虞 點校, 『新編諸子集成』本, 北京: 中華書局, 1994年.

『法言』, 楊雄 撰, 『諸子集成』本, 上海: 上海書店影印世界書局本, 1986年.

『卜辭通纂考釋』, 郭沫若 撰, 北京: 科學出版社, 1982年.

『四庫全書總目』, 永瑢等 撰, 北京: 中華書局影印, 1965年.

『史記正義』, 張守節 撰, 『四庫全書』本.

『史記會注考證』, 瀧川資言 著, 上海: 上海i啊估計出版社, 1986年.

『史記』, 司馬遷 撰, 裴駰 集解, 司馬貞索隱, 張守節正義, 『二十五史』本, 1986年.

『史記』, 司馬遷 撰, 北京: 中華書局, 2005年.

『士大夫政治演生史稿』, 閻步克 著, 北京: 北京大學出版社, 1996年.

『史林雜識初編』, 顧頡剛 著, 北京: 中華書局, 1963年.

『史微』, 張爾田 著, 黃曙輝 點校, 上海: 上海書店出版社, 2006年.

『四書集注』, 朱熹 撰, 怡府藏板, 成都: 巴蜀書社影印, 1986年.

『士與中國文化』, 余英時 著, 上海: 上海人民出版社, 1987年.

『商君書錐指』, 蔣禮鴻 撰, 『新編諸子集成』本, 北京: 中華書局, 1986年.

『商君書』, 商鞅 撰, 嚴可均 校, 『諸子集成』本.

『商君書』, 商鞅 撰, 嚴萬里 校, 『二十二子』本.

『商史與商代文明』, 孟世凱 著, 上海: 上海科學技術文獻出版社, 2007年.

『尚書校釋譯論』, 顧頡剛·劉起釪 著, 北京: 中華書局, 2005年.

『尚書大傳』, 伏勝 撰, 陳壽祺 輯, 『四部叢刊初編』本.

『尚書日記』, 王樵 撰, 『四庫全書』本.

『尚書正義』, 聞一多 著, 上海: 上海人民出版社, 2006年.

『尚書通論』, 陳夢家 著, 石家莊: 河北教育出版社, 2000年.

『尚書學史』, 劉起釪 著, 北京: 中華書局, 1989年.

『商周家族形態研究』(增訂本), 朱鳳瀚 著, 天津: 天津古籍出版社, 2004年.

『商周金文』, 王輝編 撰, 北京: 文物出版社, 2006年.

『商周史料考證』, 丁山 著, 北京: 中華書局, 1988年.

『上海博物館藏戰國楚竹書』(一)·(二), 馬承源 主編, 上海: 上海古籍出版社, 2001·2002年.

『西京雜記』, 葛洪 撰, 上海: 涵芬樓影印『漢魏叢書』本.

『西周金文官制研究』, 張亞初·劉雨 著, 北京: 中華書局, 1986年.

『西周史與西周文明』, 張廣志 著, 上海: 上海科學技術文獻出版社, 2007年.

『西周史』, 許倬雲 著, 北京: 生活·讀書·新知三聯書社, 1994年.

『惜抱軒文集』, 姚鼐 撰, 『四部叢書初編』本.

『先秦道法思想講稿』, 王叔岷 著, 北京: 中華書局, 2009年.

『先秦文學編年史』, 趙逵夫 主編, 北京: 商務印書館, 2010年.

『先秦史論講稿』, 徐中舒 著, 成都: 巴蜀書社, 1992年.

『先秦史十講』, 徐中舒 著, 北京: 中華書局, 2009年.

『先秦史十講』, 楊寬 著, 上海: 復旦大學出版社, 2006年.

『先秦諸子系年』, 錢穆 著, 北京: 商務印書館, 2001年.

『先秦諸子與理學』, 蒙文通 著, 桂林: 廣西師範大學出版社, 2006年.

『先秦學術概論』, 呂思勉 著, 昆明: 雲南人民出版社, 2005年.

『說文解字注』, 許愼 撰, 段玉裁 注, 上海: 上海古籍出版社, 1981年.

『說文解字』(注音版), 許愼 撰, 長沙: 岳麓書社, 2006年.

『說文解字』, 許愼 撰, 陳昌治刻本, 北京: 北京書局影印, 1963年.

『說苑校証』, 劉向 撰, 向宗魯 校證, 北京: 中華書局, 1987年.

『小屯南地甲骨』, 中國科學院考古所 編, 北京: 文物出版社, 1980年.

『續禮記集說』, 杭世駿 撰, 臺北: 明文出版社, 1992年.

『遜志齋集』, 方孝孺 撰, 『四部備要』本.

『宋書』, 沈約 撰, 北京: 中華書局, 1997年.

『宋書』, 沈約 撰, 『二十五史』本.

『隋書』, 魏徵 等 撰, 北京: 中華書局, 2002年.

『隋書』, 長孫無忌 等 撰, 『二十五史』本.

『水心別集』, 葉適 撰, 『四庫全書』本.

『荀子集解』, 王先謙 撰, 『諸子集成』本.

『荀子』, 荀況 撰, 楊倞 注, 『二十二子』本.

『詩三百篇探故』, 朱東潤 注, 上海: 上海古籍出版社, 1980年.

『詩言志辨』, 朱自清 著, 上海: 華東師範大學出版社, 1996年.

『詩集傳』, 朱熹 集注, 上海: 上海古籍出版社, 1980年.

『詩學』, 亞里斯多德 著, 北京: 人民文學出版社, 1962年.

『新唐書糾謬』, 吳縝 撰, 上海: 商務印書館, 1936年.

『十批判書』, 郭沫若 著, 北京: 東方出版社, 1996年.

『易經蒙引』, 蔡清 撰, 『四庫全書』本.

『易經通注』, 傅以漸·曹本榮 撰, 『四庫全書』本.

『易童子問』, 歐陽修 撰, 『四庫全書』本.

『藝文類聚』, 歐陽詢 等 撰, 『四庫全書』本.

『豫章黃先生文集』, 黃庭堅 撰, 『四部叢書初編』本.

『五禮通考』, 秦惠田 撰, 『四庫全書』本.

『吳越春秋』, 趙曄 撰, 『四部叢書初編』本.

『玉海』, 王應麟 撰, 『四庫全書』本.

『王國維論學集』, 傅傑 編校, 北京: 中國社會科學出版社, 1997年.

『饒宗頤新出土文獻論証』, 沈建華 編, 上海: 上海古籍出版社, 2005年.

『容齋續笔』, 洪邁 撰, 『四部叢刊初編』本.

『原始文化研究－對審美發生問題的思考』, 朱狄 著, 北京: 生活·讀書·新知三聯書社, 1988年.

『殷契粹編』, 郭沫若 撰, 日本東京: 文求堂書店, 1937年.

『殷代社會史料徵存』, 陳邦懷 著, 天津: 天津人民出版社, 1959年.

『殷虛卜辭綜述』, 陳夢家 著, 北京: 中華書局, 1988年.

『儀禮正義』, 鄭玄 注, 賈公彥 疏, 『十三經注疏』本.

『爾雅注疏』, 郭璞 注, 邢昺 疏, 『十三經注疏』本.

『二程遺書』, 程顥·程頤 撰, 『四庫全書』本.

『人倫』, 恩斯特·卡西爾 著, 甘陽 譯, 上海: 上海譯文出版社, 1985年.

『日本文學史』, 三上參次·高津鍬三郎 著, 日本東京: 金港堂, 1890年.

『逸周書校補注譯』(修訂本), 黃懷信 著, 西安: 三秦出版社, 2006年.

『日知錄集釋』, 顧炎武 著, 黃汝成 集釋, 秦克誠點校, 長沙: 岳麓書社, 1994年.

『張舜徽集·周秦道論發微』, 張舜徽 著, 武漢: 華中師範大學出版社, 1997年.

『章氏遺書』, 章學誠 撰, 臺北: 漢聲出版社, 1973年.

『莊子今注今譯』(最新修訂重排本), 陳鼓應 注釋, 北京: 人民出版社, 1997年.

『莊子集解內篇補正』, 劉武 撰, 『新編諸子集成』本, 北京: 中華書局, 1987年.

『莊子集解』, 郭慶藩 撰, 『諸子集成』本.

『莊子集解』, 王先謙 撰, 『新編諸子集成』本, 北京: 中華書局, 1987年.

『莊子』, 莊周 撰, 郭象 注, 『二十二子』本.

『章太炎學術史論集』, 郭紹虞 著, 上海: 上海古籍出版社, 1983年.

『積微居金文說』(增訂本), 楊樹達 著, 北京: 中華書局, 1997年.

『積微居小學金石論叢』, 楊樹達 著, 北京: 中華書局, 1983年.

『戰國史與戰國文明』, 沈長雲·楊善群 著, 上海: 上海科學技術文獻出版社, 2007年.

『戰國策』, 鮑彪 校注, 吳師道 重校, 『四部叢刊初編』本.

『全唐文』, 董浩 編, 北京: 中華書局影印, 1983年.

『全上古三代秦漢三國六朝文』, 嚴可均 輯, 北京: 中華書局影印, 1958年.

『前漢書』, 班固 撰, 顏師古注, 『二十五史』本.

『帝王世紀』, 皇甫謐 撰, 《叢書集成初編》本.

『徂徠石先生文集』, 石介 撰, 北京: 中華書局, 1984年.

『左通補釋』, 梁履繩 撰, 『續修四庫全書』本, 上海: 上海古籍出版社影印, 1996年.

『周禮注疏』, 鄭玄 注, 賈公彥 疏, 『十三經注疏』本.

『朱文公校昌黎先生集』, 韓愈 撰, 『四部叢刊初編』本.

『朱文公文集』, 朱熹 撰, 『四部叢刊初編』本.

『周易經傳溯源』, 李學勤 著, 長春: 長春出版社, 1992年.

『周易經傳集解』, 林栗 撰, 『四庫全書』本.

『周易古史觀』, 胡朴安 撰, 上海: 上海古籍出版社, 2006年.

『周易大傳今注』, 高亨 著, 濟南: 齊魯書社, 1983年.

『周易尙氏學』, 尙秉和 撰, 北京: 中華書局, 1980年.

『周易正義』, 王弼·韓康伯 注, 孔穎達疏, 『十三經注疏』本.

『周易闡微』, 呂紹剛 著, 上海: 上海古籍出版社, 2005年.

『朱子語類』, 黎靖德 編, 王星賢 點校, 北京: 中華書局, 1986年.

『中國古代敎育史資料』, 孟憲承 等 編, 北京: 人民敎育出版社, 1961年.

『中國古代思想史論』, 李澤厚 著, 北京: 人民出版社, 1986年.

『中國古代社會—文字與人類學的透視』, 許進雄 著, 北京: 中國人民大學出版社, 2008年.

『中國古代社會史』, 李宗侗 撰, 臺北: 華岡出版社, 1954年.

『中國古代學術思想變遷史』, 梁啓超 撰, 上海: 群衆圖書公司, 1925年.

『中國敎育史』, 黃紹箕 撰, 光緖二十八年(1902)刊本.

『中國近代敎育史資料匯編·學制演變』, 琚鑫 主編, 上海: 上海敎育出版社, 1991年.

『中國墨學通史』, 鄭傑文 著, 北京: 人民出版社, 2006年.

『中國文學觀念論稿』, 王齊洲 著, 武漢: 湖北教育出版社, 2004年.

『中國文學理論史』, 蔡仲翔·黃保眞·成復旺 著, 北京: 北京出版社, 1987年.

『中國文學發展史』, 劉大傑 著, 上海: 上海古籍出版社, 1982年.

『中國文學批評史』, 郭紹虞 著, 上海: 上海古籍出版社, 1979年.

『中國民族文化源新探』, 徐良高 著, 北京: 社會科學文獻出版社, 1999年.

『中國民族文化源新探』, 徐良高 著, 北京: 社會科學文獻出版社, 1999年.

『中國思想史』, 葛兆光 著, 上海: 復旦大學出版社, 2001年.

『中國思想通史』, 後外廬·趙記彬·杜國庠 著, 北京: 人民出版社, 1957年.

『中國詩學體系論』, 陳良運 著, 北京: 中國社會科學出版社, 1992年.

『中國神話史』, 遠珂 著, 上海: 上海文藝出版社, 1988年.

『中國遠古暨三代政治史』, 李建民·柴曉明 著, 北京: 人民出版社, 1994年.

『中國人性論史』(先秦篇), 徐復觀 著, 上海: 上海三聯書店, 2001年.

『中國早期藝術與宗敎』, 王鍄吾 著, 上海: 東方出版中心, 1998年.

『中國天文考古學』, 馮時 著, 北京: 中國社會科學出版社, 2007年.

『中國哲學史』, 馮友蘭 著, 北京: 中華書局, 1961年.

『中國青銅時代』(二集), 張光直 著, 北京: 生活·讀書·新知三聯書社, 1990年.

『中國青銅時代』, 張光直 著, 北京: 生活·讀書·新知三聯書社, 1983年.

『中國通史簡編』第一編(修訂本), 範文瀾 著, 北京: 人民出版社, 1965年.

『中國現代學術經典·陳寅恪卷』, 劉夢溪 主編, 石家莊: 河北教育出版社, 2002年.

『秦漢的方圖與儒生』, 顧頡剛 著, 上海: 上海古籍出版社, 2005年.

『昌黎先生集』, 韓愈 撰, 『四部叢刊初編』本.

『天學眞原』, 江曉原 著, 瀋陽: 遼寧敎育出版社, 1991年.

『哲學筆記』, 列寧 著, 北京: 人民出版社, 1973年.

『清代學術概論』, 梁啓超 撰, 上海: 上海古籍出版社, 2001年.

『楚簡老子辨析: 楚簡與帛書老子的比較研究』, 尹振環 著, 北京: 中華書局, 2001年.

『崔東壁遺書』, 顧頡剛 編訂, 上海: 上海古籍出版社, 1983年.

『春秋穀糧傳注疏』, 範寧 集解, 楊士勛疏, 『十三經注疏』本.

『春秋公羊傳注疏』, 何休 解詁, 徐彦疏 撰, 『十三經注疏』本, 北京: 中華書局影印世界書局本, 1980年.

『春秋三傳比義』, 傅隸朴 撰, 北京: 中國友誼出版公司, 1984年.

『春秋詩話』, 勞孝輿 撰, 『叢書集成初編』本, 上海: 商務印書館, 1936年.

『春秋左傳正義』, 杜預 注, 孔穎達 疏, 『十三經注疏』本.

『台灣學者中國史硏究論叢·社會變遷』, 邢義田·林麗月 主編, 北京: 中國大百科全書出版社, 2005年.

『太平御覽』, 李昉 等 編, 『四部叢刊初編』本.

『通典』, 杜佑 撰, 北京: 中華書局影印, 1991年.

『通志』, 鄭樵 撰, 北京: 中華書局影印, 1987年.

『判斷力批判』, 康德 著, 韋卓民澤, 北京: 商務印書館, 1964年.

『偏見集』, 梁實秋 著, 上海: 正中書局, 1934年.

『包詩指說』, 成伯玙 撰, 『四庫全書』本, 上海: 上海古籍出版社縮印, 1987年.

『河圖玉版』, 孫毅 輯, 『叢書集成初編』本.

『夏史與夏代文明』, 詹子慶 著, 上海: 上海科學技術出版社, 2007年.

『夏商社會生活史』, 宋鎭豪 著, 北京: 中國社會科學出版社, 1994年.

『韓非子集解』, 王先謙 撰, 『諸子集成』本.

『韓非子』, 韓非 撰, 『二十二』本.

『漢書藝文志講疏』, 顧實 著, 上海: 上海古籍出版社, 1987年.

『漢書』, 班固 撰, 顏師古 注, 北京: 中華書局, 2000年.

『韓詩外傳』, 韓嬰 撰, 『四部叢刊初編』本.

『夾漈遺稿』, 鄭樵 著, 『叢書集成初編』本.

『胡適學術文集·新文學運動』, 姜義華 主編, 沈寂 編, 北京: 中華書局, 1993年.

『呼喚民族性 - 中國文學特質的多維透視』, 王齊洲 著, 北京: 中國社會科學出版社, 2000年.

『淮南子』, 劉安 撰, 高誘 注, 『二十二子』本.

『晦庵先生朱文公文集』, 朱熹 撰, 『四部叢刊初編』本.

『孝經注疏』, 唐玄宗 注, 邢昺 疏, 『十三經注疏』本.

『後漢書』, 范曄 撰, 『二十五史』本.

후기

필자는 1980년대 초에 『중국소설기원탐적中國小說起源探迹』을 저술하면서, 중국 고대 소설 형태, 소설 관념과 현대 소설 형태, 소설 관념 사이에 큰 차이가 있음을 알게 되었다. 또한 1990년대 초에 『호북문학사湖北文學史』를 집필하면서, 어떤 작가와 작품을 문학사 범위에 포함시킬까를 고민했고, 과거부터 지금까지 "언제 어디에서나 통하는" 문학의 정의가 없으며, 각 시기 또는 각각의 사람들이 문학에 대해 서로 다르게 이해했다는 것을 알게 되었다. 문학 이론은 당시 사람들의 문학에 대한 기본 인식을 반영한다. 물론, 문학 활동을 펼치기 위해서는 문학에 정의를 내리고, 사람들이 공통된 인식을 갖도록 해야 한다. 그러나 만약 그것으로 선인들을 규범 한다면, 둥근 구멍에 모난 장부를 넣는 것처럼 서로 맞지 않을 뿐만 아니라 억지로 끌어다 꿰맞춘 꼴이 되고 만다. 중국 고대 문학 연구자의 책임은 고대를 찬양하고 현재를 비난하거나, 현재로 고대를 제약해서도 안 된다. 선인을 존중하고 전통을 숭상하고, 현재에 관심을 갖고 미래를 지향해야 한다. 중국 전통 사상, 지혜와 문학 정신으로 중국 문학의 발전과 진보를 촉진해야 한다. 그러려면 우선 선인을 진정으로 이해해야 한다. "이른바 진정한 이해란 상상과 명상을 통해 자신이 선인들과 같은 시공간에 있다고 여기며 그들이 가졌던 고심을 느끼고 정서를 이해하는 것을 말한다. 그래야지만 아무런 장애 없이 직접적으로 그들이 가진 학설의 좋고 나쁨을 평가할 수 있다."(陳寅恪) 현대 학술계에서는 오랫동안 서양의 문학 기준으로 중국 고대 문학을 고찰해왔고, 선인들에 대해 "그들의 정서를 이해하는" 것이 부족했다. 그래서 중국 고대 문학 관념에 대해서도 "진정한 이해"를 할 수 없었다. 이제는 이런 국면을 바꿔야 할 때가 되었다. 그래서 필자는『호북문학사』를 완성한 뒤, 모든 정력을 중국 고대 문학 관념에 쏟게 되었다.

중국 고대 문학 관념은 고정된 것이 아니라 시기와 장소에 따라 다르게 나타났다. 한나라 때의 문학 관념과 선진 시대의 문학 관념에도 이미 차이가 생겨났다. 명청 시대의 문학 관념도 당송 시대와 사뭇 달랐다. 남북조 시대에는 "양자강 서쪽으로 가락이 퍼졌다. 그것들은 순수하고 무늬가 잘 짜인 것을 귀하게 여긴다. 황하의 북쪽에는 언어와 원리들이 진실하고 강하다. 그들은 기질을 강조한다. 기질의 경우에는 규범적인 이치가 언어를 지배하고, 순수하고 무늬가 잘 짜인 것은 외면이 개념을 능가한다. 이치가 깊게 담긴 작품은 쉽게 현실에 사용될 수 있다. 형식이 잘 꾸며진 작품은 노래하는 데 적합하다."(『隋書』〈文學傳序〉) 또한 문학 관념에도 차이가 있었다. 그러나 그것이 어떻게 발전하고 변화했든, 중국 초기의 문학 관념은 시종일관 기본적이고 제약적인 기능을 발휘하였고, 이것은 모두가 인정하는 바이다. 중국 고대 문학 관념을 연구하려면, 반드시 그것의 발생기부터 시작해야 한다. "낙엽을 헤치고 뿌리를 찾거나 물결을 통해 수원을 찾는"(『文心雕龍』〈序志〉) 것처럼 말이다. 그래야지만 중국 고대 문학 관념의 민족적 특징과 문화적 특색을 진정으로 이해할 수 있고, 이로써 중국 고대 문학을 더 깊이 알고 이해할 수 있다. 그래서 필자는 연구의 중점을 중국 고대 문학 관념 발생이라는 특정 시기에 놓고, 중국 고대 문학 및 문학 관념 발생의 현상·의미·과정·체제·구조·원리 등을 이해하고자 하였다. 특정 역사 문헌으로 마음속에서 생각하는 문학을 증명하는 것이 아니라, 가능한 모든 관련 문헌 자료를 바탕으로 선인들의 문학 인식을 분석하고, 그들이 당시에 어떻게 문학을 바라보고, 문학이 어떤 기능을 발휘하게 하였는지 밝히고자 하였다. "그들의 정서를 이해"하는 연구를 통해 얻은 결론은 어쩌면 오늘날 일반 독자들이 기대하는 것과는 맞지 않을 수도 있지만, 선인의 본래 언어 환경에 가장 가까운 참된 사상을 얻을 수 있을 것이다. 이것은 고대 선인에 대한 존중이자, 역사에 대한 존중, 민족 전통에 대한 존중, 중국 문학에 대한 존중이고, 중국 문학의 세계 문학계로의 합류를 의미하기도 한다. 진정한 민족적 특징과 독특한 문화적 의미를 가진 중국 문학과 문학 관념을 발굴하면 세계 문학을 풍부하게 할 수 있다. 이 또한 세계 문학에 대한 이해이자 존중이다. 이 점에 비추어, 필자는 그동안의 연구 성과를 『孔子研究』, 『中國社會科學』, 『人文論叢』, 『孔孟月刊』, 『文藝研究』, 『北京大學學報』 등의 학술지에 발표하여 학술계로부터 인정을 받았다. 2005년에 「중국 고대 문학 관념의 발생학 연구中國古代文學觀念的發生學研究」라는 주제로 국가사회과학기금에 신청서를 제출하여 승인을 받았다. 그 뒤 5년 동안, 『中國社會科學』, 『文藝研究』, 『淸華大學學報』, 『中山大學學報』, 『吉林大學哲學社會科學學報』, 『文史哲』 등에 10여 편의 연구 논문을 발표하였다. 이들 논문은 상당한 영향력을 가졌다. 『新華文摘』은 이 중 9편을 옮겨 실었는데, 그중에 3편은 1만자 이상이고, 2편은 표지 논문이 되었다. 또한 『中國社會科學文摘』, 『高等學校文科學術文摘』은 이 중 12편을 옮겨 실었는데, 큰 폭으로 실린 것이 9편에 이른다. 이들 논문은 대부분 2만자 이상으로 내용이 많아서, 중국 런민대학 서보자료센터인 『中國古代, 近代文學硏究』에서 복사하기에 적합하지 않았지만, 이 학술지는 이 중 4편을 복사하였다. 2005년 이후에 이들 논문을 인용한 학술 논문도 많았다. "중국즈왕中國知網"의 통계에 따르면, 6편의 논문이 10회 이상 인용되었고, 가장 많이 인용된 것은 41회였다. 미러 사이트에서 다운로드한 것도 부지기수였고, "중국즈왕"에서 논문을 유료 구매한 독자도 적지 않았다. 평균 400명이 구매하였고, 가장 많이 구매한 것은 1,452회였다. 필자의 논문이 발표된 뒤, 학술계에서 다운로드 되거나 인용된 것은 본인의 연구 성과에 대한 관심을 보여주었는데, 이것은 필자에게 가장 큰 격려와 칭찬이 되었다. 한편, 이들 논문은 정부와 민간에서도 인정을 받았다. 예를 들어, 2009년에 후베이성 제6회 사회과학 우수성과 부문 2등상, 2011년에 칭화대 제1회 "백성-칭화대학학보우수논문상" 1등상, 우한시 제12회 사회과학 우수성과 3등상, 2013년 교육부에서 주관한 제6회 고등학교과학 연구 우수성과(인문사회과학) 3등상 등을 받았다.

필자는 2009년 말에 이런 연구 성과를 바탕으로, 이들 논문을 종합·보충한 「중국고대문학관념발생사」원고를 작성하여 프로젝트 심사를 신청하였다. 2010년 4월 전국철학사회과학기획사무실에서 심사결과를 발표했다. 5명으로 구성된 익명의 심사위원들이 필자의 성과를 인정하였고 프로젝트 성과 검정에서 "우수" 등급을 받았다. 필자는 심사위원들의 평가 의견에 따라 3년의 시간을 들여 프로젝트 성과를 수정·보완하였는데, 원래 내용에서 1/3이 더 늘어났다. 2013년에는 새로 수정된 결과물을 "국가철학사회과학성과문고"에 신청하여 승인을 받았다. 심사위원들은 "본 연구 성과는 탄탄한 학술 과정을 바탕으로, 내용이 충실하고, 중국 고대 문학 관념의 생산, 발전 연구에 새로운 연구 방법을 제공하였으며, 중국 문학사 및 문학 이론사에 새로운 연구 방향을 제시했다. 아주 혁신적이고 그 학술 가치가 높다고 하겠다."라고 평가했다. "국가철학사회과학성과문고"에 포함될 수 있었던 것은 필자의 연구 성과에 대한 가장 큰 인정이자, 동시에 16년간 이 연구에 매진한 것에 대한 최고의 칭찬이었다. 그러나 필자는 이 연구 성과가 고대와 현대 학자들이 밝혀낸 대량의 연구 성과를 참고한 것일 뿐, 필자가 새롭게 발견한 것이 많지 않다는 것을 알고 있다. "같이 하는 것과 달리 하는 것은 고금에 구애받지 않고 세밀하게 살펴 오직 절충에 힘썼을"(『文心雕龍』〈序志〉) 뿐이다. 게다가 이 주제의 연구가 최고의 경지에 이른 것이 아니고, 아직도 더 깊이 보충해 나가야 할 부분이 남아 있다. 필자는 심사위원들이 제기한 심사 의견과 건의를 최대한 수용하였고, 그에 따라 조정하고 수정 및 보충 작업을 하였지만, 본 연구 주제가 미치는 범위가 워낙 넓기 때문에 이런 저런 부족한 점이 많고 실수한 부분도 있다. 부디 독자 여러분들께서 아량을 베풀어 주시기 바란다. 본 연구 성과가 학술계에서 중국 문학 관념의 문화적 의미와 중국 문학 민족 특색에 대한 연구 열정을 불러일으키고, 이 연구 성과에 대한 현대적 전환을 촉진할 수 있다면, 필자는 기꺼이 선구자가 되어 길을 열어주고자 한다.

그리고 이 자리를 빌려 문예학자 왕센페이王先霈 선생님과 역사학자 펑톈위馮天瑜 선생님께 감사드린다. 이 두 분은 후배의 연구에 높은 관심과 뜨거운 격려를 해주셨다. 바쁘신 중에도 시간을 할애하여 원고를 전부 읽어주시고 이론적 가치가 높고 핵심을 짚는 서문도 써주셨다. 또한 앞으로 이 분야를 계속 연구해나갈 수 있게 방향도 제시해 주셨다. 이 책을 읽고 있는 독자들도 마찬가지로 많은 지혜와 깨달음을 얻었을 것이라 믿어 의심치 않는다.

끝으로 이 책은 국가사회과학기획사무실이 주도하여 인민문학출판사에서 출판하였다. 이 책이 나오기까지 고생한 편집부의 거윈보葛雲波 선생, 양화楊華 여사에게 깊은 감사를 드린다. 또 인용문의 감수를 맡아준 원칭신溫慶新, 구원빈谷文彬, 류푸링劉伏玲(이상 박사 과정) 및 장쥐안張娟, 황춘黃淳, 리루자李露佳, 캉옌쥐안康燕娟, 리칭李情, 판즈강潘志剛, 샤진샤오夏金曉(이상 석사 과정)에게도 고마운 마음을 전하는 바이다.

계사년(2014) 입동을 하루 앞둔 날, 武昌紫菘・楓林上城에서

저자·역자 소개

저자 왕치저우王齊洲

1951년 중국 후베이성(湖北) 홍후(洪湖)에서 태어났다. 징저우사범전문대(荊州師專:현 長江大學) 중문과 교수, 교무처장, 교내 학술위원회 부주임, 후베이대학(湖北大學) 문학원 교수, 『후베이대학학보(湖北大學學報)』 상무 부편집장, 『화중사범대학학보(華中師範大學學報)』 편집장, 화중사범대학(華中師範大學) 문학원 교수 및 박사생 지도교수를 역임하였으며, 『중국고대문학연구연감(中國古代文學研究年鑒)』 특약 편집위원과 『남경대학학보(南京大學學報)』 "고대소설연구" 파트 특약 파트장을 역임하였다. 현재는 화중사범대학 문학원 명예교수로 활동하고 있다.

주요 저서와 논문으로는 『图说四大奇书』, 『裸学存稿——王齐洲自选集』, 『中国古代文学观念发生史』, 『中国通俗小说史』, 『〈韩非子〉全注全译』, 『〈韩非子〉文白对照』(合著), 『中华指掌文库〈韩非子〉』(合著), 『湖北文学通史』(先秦至五代卷), 『湖北文学通史』(宋元明清), 「"诗言志": 中国古代文学观念发生的一个标本」, 「"君子谋道": 中国古代文学观念的主体意识」, 「"威仪"与"气志": 孔子〈诗〉教的人格取向」, 「商鞅与早期法家的文学观念」, 「论庄子的文学观念」, 「孔子文学的学术路径与社会功能」, 「论荀子的小说观念」, 「中国古代小说文献整理与研究应该回归中华文化本位」, 「学术之小说与文体之小说——中国传统小说观念的两种视角」 등이 있다.

저서 『中国古代文学观念发生史』가 「國家哲學社會科學成果成果文庫」에 입선하였고, 논문 「诗言志": 中国古代文学观念发生的一个标本」이 중국 교육부 주최 제6회 「高等學校科學研究優秀成果獎」(인문사회과학) 3등상을 수상하였다.

역자 지수용池水涌

중국 화중사범대학(華中師範大學) 교수.
『朝鮮文學通史』(중), 『고려시기한문학연구』, 「高麗愛情歌謠抒情主人公的倫理困境與倫理選擇」, 「韓國小說「素食主義者」中的家庭暴力與倫理反思」 외 다수의 실적이 있으며, 현재 中華社會科學基金 프로젝트 〈韓國古代家庭小說中的倫理選擇研究〉 등에 관한 연구를 진행하고 있다.

역자 양은정梁恩正

전 중국 중남민족대학(中南民族大學) 교수.

『儒家文化視域下的韓語敬語法研究』, 『일제강점기 중국소설번역 연구』, 「중역에 대한 고찰」, 「개화기에 나타난 두 가지 중한번역 연구」 외 다수의 실적이 있으며, 현재 〈한국 개화기에 나타난 중국소설 번역〉 등에 관한 연구를 진행하고 있다.

역자 배규범裴圭範

중국 화중사범대학(華中師範大學) 교수.

『불가잡체시연구』, 『역주 선가귀감』, 「고려후기 문신 李仁復의 정치인생과 인적네트워크」 외 다수의 실적이 있으며, 현재 〈14세기 전반기 고려 문인들의 사회적 네트워크〉와 〈元 制科 급제 고려 문인들의 중국 체험〉 등에 관한 연구를 진행하고 있다.

중국 고대 문학 관념 발생사
中國古代文學觀念發生史

2022년 10월 31일 초판 1쇄 펴냄

저 자 왕치저우(王齊洲)
역 자 지수용(池水涌)·양은정(梁恩正)·배규범(裴圭範)
펴낸이 김흥국
펴낸곳 보고사
주소 경기도 파주시 회동길 337-15
전화 031-955-9797
팩스 02-922-6990
메일 bogosabooks@naver.com
http://www.bogosabooks.co.kr
ISBN 979-11-6587-368-4 93820
ⓒ 지수용·양은정·배규범, 2022